汉高祖

① 群雄逐鹿

杨焕亭 著

长江出版传媒　长江文艺出版社

图书在版编目（CIP）数据

汉高祖：全三册 / 杨焕亭著. -- 武汉：长江文艺出版社，2021.3
　ISBN 978-7-5702-0142-6

　Ⅰ.①汉… Ⅱ.①杨… Ⅲ.①长篇历史小说－中国－当代 Ⅳ.①I247.5

中国版本图书馆 CIP 数据核字(2021)第 016763 号

责任编辑：田敦国　　　　　　　　责任校对：毛　娟
封面设计：颜森设计　　　　　　　责任印制：邱　莉　胡丽平

出版：长江出版传媒　长江文艺出版社
地址：武汉市雄楚大街268号　　邮编：430070
发行：长江文艺出版社
http://www.cjlap.com
印刷：中印南方印刷有限公司

开本：730毫米×1060毫米　1/16　印张：76　插页：3页
版次：2021年3月第1版　　2021年3月第1次印刷
字数：1192千字

定价：128.00元（全三册）

版权所有，盗版必究（举报电话：027—87679308　87679310）
（图书出现印装问题，本社负责调换）

一部浩瀚宏大的中华民族英雄诗史
——读杨焕亭《汉高祖》

李 星

这是一部浩瀚宏大的中华民族英雄诗史。作品以秦末农民大起义为背景,以刘邦的生命历程为经,以秦、楚、汉等各诸侯国的此消彼长,强弱易势为纬,展开壮阔的历史画卷,追寻中华民族之所来路,深入思考中华民族繁荣强盛之本,是学者化的历史小说作家杨焕亭先生享誉大中华读书界、继《汉武大帝》《武则天》之后,积十年之功,笔耕不辍,郑重推出的又一部皇皇文学巨著。

前辈历史学家吕思勉先生早在1947年出版的《秦汉史》一著中就曾经说过:"刘项成败,汉得萧何以守关中,韩信以下赵、代、燕、齐,而楚后路为彭所扰,兵少食尽,因为其大原因。然汉何以得萧何、信、越等,且楚系如英布、周殷等,皆纷纷以叛乎?高祖置酒洛阳宫,曰:'列侯诸将,无敢隐朕,皆言其情。吾所以有天下者何?项所以失天下者何?'高起、王陵对曰:'陛下慢而侮人,项羽仁而爱人,然陛下使人攻城略地,所降下者因以予之,与天下同利也。项羽妒贤嫉能,有功者害之,贤者疑之,战胜而不予人功,得地而不予人利,此所以失天下也。'高祖曰:'公知其一,未知其二。夫运筹策帷幄之中,决胜于千里之外,吾不如子房。镇国家,抚百姓,给馈饷,不绝粮道,吾不如萧何。连百万之军,战必胜,攻必取,吾不如韩信。此三者,皆人杰也,吾能用之,此吾所以取天下也。项羽有一范增而不能用,此其所以为我擒也。'高祖所言,与高起、王陵所言,其实是一。韩信曰:'项王使人,有功当封爵者,印刓敝,忍不能予。'陈平言:'项王不能信人,其所任爱,非诸项即妻之昆弟,虽有奇士不能用。'郦食其说齐王,亦言项羽非项氏募得用事,故项氏故楚世家,其用人犹沿封建之世卑不逾尊,疏不逾戚之旧,汉高起于氓庶,则不然也。然是时知勇之士,故不出于世缘之家,此其所以一多助,一寡助乎?然则刘、项之兴亡,实社会之变迁为之矣。"用今天的话语,就是项羽代表的是腐朽的世袭贵族利益,刘邦代表的是下层大众、百姓的利益，他施行的"十五税一"制亦是一个重要例证。《汉高祖》所体现的正是这样一种历史观。作品开篇，从刘邦以亭长身份带领民工到咸阳服徭役，见到秦始皇东巡的车辇阵势，由衷发出"大丈夫当如是也"的感叹，到在丰泽西遇雨私放刑徒；从聚集芒砀山深处到重回沛县，被推举为起事首领，揭示了其身份与下层百姓的关系，从而为他后来夺取政权奠定了社会基础。

  我曾在为焕亭前两部小说撰写的序言或者评论中强调："文学作品就是要提倡人格的完整，要塑造高尚的人，任何时候都不可为恶人铸造民族高尚伟大的灵魂，这是文学的本质意义。"我还认为，历史小说要"忠实于历史史实，客观公正地评价历史人物，给人以尽可能真实的历史。"我很欣慰，焕亭在三部作品中一以贯之地体现了这种艺术追求。当然这种还原同样贯穿着作者的审美经验和对历史的主体认知。尽管在历史典籍中，刘邦是一个十分复杂的人物。然而，作为小说，《汉高祖》显然突出了刘邦宽仁、厚德、坚忍，能听从部下谋臣的意见的性格素质，以与项羽恃力、寡恩、苛刻、嗜杀、专断的人格个性相对照。作品在不少章节中描绘了刘邦对起义队伍中与自己出身差别较大、轻视自己的豪族将领雍齿、王陵的大度与宽怀，不仅一次又一次向迟迟不肯归顺的王陵赠送兵马，而且对先是勉强跟随自己举事，后来投降魏国，在魏国失败后报颜重归的雍齿表现了充分的信任，放手把汉国封都南郑交给他管理，并且在称帝以后，对之大肆封赏；来自社会底层的刘邦对秦王朝暴政有着切肤的体会，这使得他常常将"民心"与封建政权的巩固联系起来，从而采纳萧何的建议，轻刑罚，薄赋税，与民休养生息，并且，在国家治理上创造性地建立了以"三老"为主体的"乡贤制度"，为恢复汉初凋敝的经济创造了政策环境。意大利史学家、哲学家克罗奇说："一切历史都是当代史。"这正是这部描写了两千多年前的历史生活的《汉高祖》的当代意义。

  法国作家纪德在分析文学作品时指出，不论某个作家笔下的"人物多么具有代表性，我却从来看不到他们脱离人性……他们始终是一个人……"，是作家笔下"最有特点的那些人物"。这充分说明，讴歌人性存在的魅力，反映人的性格特征，是中外文学一条普遍的规律。以往演义小说往往重情节、故事，而人物往往类型化或扁平化，缺少个性特点。焕亭笔下的人物，不仅刘邦、项羽性格鲜明，而且其他历史人物或者虚构的历史人物如张良、萧何、夏侯婴、曹参、韩信、项梁、项伯、吕雉、范增、虞姬、钟离眛、卢绾、韩王成、樊哙、项庄等，也都是有血有肉、有欲有私、有勇有怯、有爱有恨有仇的个性鲜明的人物。"他们不仅担负多方面的矛盾，而且还忍受多方面的矛盾，在这种矛盾里依然保持自己的本色,忠实于自己。"(黑格尔语)作者尤其长于通过心理活动和行为细节来丰富人物的性格。如第一卷第五章"雍齿丰县败郡监,沛公偏师借王陵"中刻画刘邦、萧何、雍齿三人在刘邦帐内叙话一节时,作者抓住同一环境下不同人物各自复杂的心理活动,使刘邦的谨慎细心、萧何的敏感练达、雍齿的轻敌骄矜跃然纸上。还是在这一章,当韩信面对王屠户的侮辱,满怀激愤之际,却用文王三分天下而服事于殷,越王勾践卧薪尝胆,自古小不忍则乱大谋平息了心头的怒火,忍受了"胯下之辱",从而丰富了韩信戒急用忍、蓄势待时的性格。在第七章中,作者在写到章邯发骊山刑徒平息农民起义时,并没有将人物扁平化,而是用了简练的笔墨刻画少府少监"回程的时间对章邯发刑徒参战感到茫然,朝廷到了这一步还有救么"的暗中疑虑,接着写道"这念头一爬上眉宇,他就吓了一跳,下意识地摸了摸项上的人头。"借此深化了秦王朝面临的政权危机和人人恐惧的政治氛围,也暗示了章邯命运发展的趋势。我在读到此处时,油然写了"细节见人之处境之惨"的批语。这种注重不同出身经历的人在不同情势下复杂的心理和艰难的选择,直抵人心及人格的卑下与高贵、光明与黑暗、单纯和复杂,正是杨焕亭《汉高祖》与一些同类小说相比,出类拔萃之处。

把久远的历史生活现场化、人性化,使得《汉高祖》带给读者一种如闻其声,如见其人的审美快感。如在第十三章中,李斯之子、三川郡守李由明知道父亲李斯已身陷囹圄,但仍然对朝廷使者慷慨地留下一句话:"退敌之后,由以戴罪之身,回朝伏法。"此处细节,如此之真,李由此举,不亦愚忠乎?作为历史题材的开掘者,杨焕亭向来善于写战争场面的匝地烟尘和金鼓连天。在第一卷第十九章中,作者描写巨鹿之战后的惨景说:"在经过血与火的洗礼后,巨鹿城逐渐恢复了平静,楚军以及前来救援的各路诸侯军连续数日才将战场清理完毕。然而,浸入土地的血腥还时不时地随风飘进城内,在大街小巷之间久久弥漫,整个城市笼罩在一片僵死和腐气中。"将战后惨状,大笔描画,表现了"苍生良可哀"的人文悲悯情怀。又如第三卷第十章描写虞姬面临生死抉择时,写道:"虞姬趁项羽转脸看项伯之际,举起剑刃搁在脖颈上,一双凤眼灼灼射人:'妾意已定,必与大王共生死,大王若不答应,妾当以自刎了结此生。'"既表现了虞姬以死忠于项王,又侧写出形势如此危机,表现出作者状物绘景的艺术功力。

2020 年 9 月 13 日

目录

引　　子	遇秦皇英雄明志　遭淫雨大泽揭竿	001
第 一 章	丰泽西刘邦纵徒　沛县城萧何起浪	016
第 二 章	夜漫漫刘季斩蛇　情拳拳张良离乡	031
第 三 章	耆老陇上话玄机　沛令府衙扣萧曹	047
第 四 章	刘邦怒斩王县令　项羽剑取郡守头	062
第 五 章	雍齿丰县败郡监　沛公偏师借王陵	076
第 六 章	剑指薛城开新域　身归项梁谋锦程	094
第 七 章	陈王骄矜忘初誓　章邯奉诏发刑徒	110
第 八 章	壮烈烈周文伏剑　风瑟瑟陈王濒危	126
第 九 章	遭暗算英雄殒命　得协力萧何脱身	141

第 十 章	情深深吕雉送子	意茫茫吕臣矫诏	157
第 十一 章	刘拜项沛公借兵	流归海群英咸集	174
第 十二 章	旌旗奋怀王临位	酷刑具李斯蒙冤	191
第 十三 章	刘项雍丘斩李由	项梁东阿败章邯	208
第 十四 章	美姬钟情恋英俊	骄帅错棋分兵局	224
第 十五 章	拒忠言英雄殉国	审时势张良劝谏	240
第 十六 章	图咸阳怀王约誓	严家规吕雉发威	255
第 十七 章	血淋淋宋义枭首	坦荡荡沛公得心	271
第 十八 章	意昂昂破釜沉舟	气咻咻张陈反目	288
第 十九 章	背水为阵擒王离	后会有期别彭越	302
第 二十 章	章邯心寒欲降楚	刘季计远礼贤士	320
第二十一章	三寸舌说陈留令	两水战破章邯军	336
第二十二章	张子房归来献策	刘季子回师宛城	352
第二十三章	泪潸潸章邯降楚	马萧萧刘邦攻关	369
第二十四章	赵高密谋杀二世	子婴放胆诛奸佞	386

引子

遇秦皇英雄明志
遭淫雨大泽揭竿

时光是秦始皇三十六年(公元前211年)六月,咸阳的天气渐渐热了起来。站在阿房宫工地远眺,关中平原已经沉浸在一片金色中了,南风吹来一阵阵的麦香。这一切,让带领父老乡亲来咸阳服徭役的泗水郡沛县泗水亭长刘邦的心顷刻间就飞回了故乡。

他无法想象,妻子吕雉是怎样带着儿女应对这个收获的季节……也许,年老的父亲,还有岳父可以帮他们一把吧。然而,他很快地摇了摇头,把乡思藏进心底,埋头去磨硕大的秦砖了。他知道,只要自己稍一走神,禁卫的鞭子就会落到头上。

去年十月,沛县县令的文书下到了泗水亭,点名要刘邦带着几十名乡人去咸阳做役工。此去要走多少路,到了咸阳将干些什么,县令并没有说清,只道皇命如天,若是抗役懈怠,秦法严惩。他庆幸自己有一位深明大义的妻子。

她虽是续弦，却从来没有外看过前妻留下的儿子刘肥，这是他最感欣慰的。那天夜间，在儿女的睡梦中，吕雉在灯下为他赶制着异地要穿的冬衣。当她把一件交领、窄袖棉衫披上丈夫肩头时，那抚慰的话也就从舌尖滚出来了："来去不就是一年么，夫君只管去，家中有妾身与公父照应，你尽可放心。"

刘邦还能说什么呢？当初若非岳父大人不顾岳母的反对，执意要将吕雉嫁给自己，哪里还有这五口之家的福祉呢？

村头的公鸡叫过二遍，刘邦最后看了一眼吕雉，拉开门走进了初冬的晨曦。几十名役工早已在那里等候自己，从他们身后送别的亲人行列中传出一阵阵的悲戚。他正要安慰这些送儿子和丈夫远行的乡亲时，就忽然在人群中发现了萧何。他悄悄走到刘邦面前，把五百钱塞到他手中道："穷家富路，要紧时可以解解急。"

闻言，刘邦心里很不落忍，萧何虽在县府做主吏掾，可薪俸甚是微薄，他一边推却一边道："三百足矣，何劳公五百相赠。"但心里却浪花翻卷，若不是头上有个亭长的头衔，又如何能结交萧何和曹参这两位朋友呢？

后来到了咸阳，他才知道自己一行从事的是修筑阿房宫的徭役。

天下统一后，始皇为了杜绝结党叛乱，不仅收缴了天下的兵器，而且徙六国贵族于咸阳，京城人口急剧增加，眼见得老城显得拥挤了。于是，始皇决定在渭河南岸的上林苑中修建阿房宫，光是前殿，就东西五百步，南北五十丈，上可以坐万人，下可以建五丈旗，周驰为阁道，自殿下直抵南山，表南山之巅以为阙。

不到京城，不知道官小。刘邦终于明白，在那些手执皮鞭的禁卫眼里，他这个亭长与其他役工没有什么两样……

磨完身边最后一块砖，已经过了午时，耳边传来监工敲锣的声音，表明已到午饭时间。他站起来伸了伸酸疼的腰肢，就见厨役们抬着几箩筐粝米饭来了。有几位役工饿极了，迫不及待地捧着碗往前挤，立即就有皮鞭雨点般地落下。有一个役工看上去也不过十六七岁，须臾就倒在血泊中，被抬了出去……

这样死于非命者每天都会有，他已经麻木。从厨役那里打到一碗饭，他找了个向阳的地方坐下，刚刚吞下一口粗糙的米粒，却看见二兄刘喜朝这边来了。挨着三弟坐下，刘喜的怨声就从低沉的喉咙里滚了出来："糙米尚可以容忍，可满是沙子，皇上岂不是要百姓饿死……"

刘邦没有应声，用眼神告诉兄长隐忍为上。

"知道么？皇上明日要来。"刘喜收回话头，将这个消息带给刘邦。

刘邦将碗举到嘴边,忘了去扒饭,眼睛直直地盯着刘喜问道:"兄长如何知道的?"

刘喜瞅了瞅周围,见大家都在埋头吃饭,遂压低声音告诉刘邦,说他早间抬木头时,听到阿房宫监与从咸阳城来的郎中令说话,说皇上要东巡,路过阿房宫,要顺道查看工地:"三弟难道没有发现,东去的驰道上忽然地就多了许多岗哨么?"

是的!来到咸阳几个月了,他想象不来高坐在咸阳宫中的皇上是怎样相貌奇伟,气概不凡;这个自称为"朕"的男人是怎样须眉髦俊,不怒而严。刘邦正要说话,就听见号角响了,他来不及整理自己的思绪,就赶紧向工地奔去,那里有一大堆新砖等待他去洗磨,然后,由工匠雕成不同的图案,用来铺设阿房宫的前殿……

这一夜,刘邦失眠了。他竭尽所能地想象着始皇皇威赫赫的模样,直到四更才昏昏睡去。可监工的吆喝声和役工的哭喊声传到耳边,他就迅速地从土炕上爬了起来,加入役工队伍中去了。

阿房宫监把役工们召集起来传下圣旨,说皇上东巡要经过阿房宫,允准百姓沿途观瞻,所以,今日破例休工两个时辰。此乃皇恩浩荡。众人不可造次,若有行为不轨者,格杀勿论。

大约是上午巳时二刻,只见距阿房宫不远的驰道上旌旗猎猎,遮天蔽日。由导驾、引驾、鼓吹和后卫组成的庞大车队浩浩荡荡自北向南而来。走在前面的是十二排手执横刀、弓箭、相隔排列的皇宫禁卫;紧跟在后面的就是以钟鼓为主体的七百五十人组成的乐队;紧跟着乐队的,是由各种幡、幢、旌旗等组成的旗阵;之后是一排排峨冠博带的京城官员。皇帝的龙驾就在仪仗后面的八十一辆中,清一色的六马,清一色的辔头,清一色的装饰,分不清哪一辆上坐着皇帝。

没有亲眼看见皇帝陛下的龙颜,刘邦不仅有些失落。然而,这种遗憾很快如浮云一样过去,转而对渐行渐远的皇家车队生出一种强烈的羡慕。他觉得人活到这个分上才真正上不愧于皇天,下不愧于祖宗,油然便从心底发出一句由衷的感叹:"嗟乎!大丈夫当如此也。"

后半天,他虽然人在工地,心却跟着皇上的车驾走了。他想象着皇上在各地受到官员们的高接远送,大礼膜拜,也许,皇上会巡游到他的故乡沛县,而他的妻子儿女就在观瞻的队伍里,也许……想得出神了,手中的活就慢了下来,往事如烛火一样在心头摇曳。

当年泗水亭搬来一户吕姓人家的时候,放荡不羁惯了的他才被举荐为亭长不久,似乎他也没有在意这年迈的吕太公会跟自己的命运有什么关联。然而,有一天,他在街头遇见萧何,告诉他吕太公要举行乔迁宴会,县令作为老友届时也当前往致贺。

闻言,刘邦笑道:"乔迁不乔迁,关我何事。"

"足下诚非别处亭长可比,乃郡所之地职任。现吕太公乃县令至交,此亦可借势矣。亭长者,虽官卑职微,亦乡人仰之也,请君三思。"萧何见他不懂人情世故,劝道。

本来亭长乃转输戍卒粮草之职,属郡守管辖。然经萧何这样一说,刘邦亦觉不无道理,转脸问道:"依先生之意,该如何行事为宜?"

萧何笑道:"拜贺总不能少于一千钱吧?县令有言,按照送礼多少排定座次,少于千钱者居堂下。"

嗟乎!天下攘攘,皆为利往矣。乔迁亦成敛财之机,世风不亦悲乎?刘邦在心里感喟,目光中露出几许狡黠,又说了几句话后,转身离去。

不几日,吕府门前张灯结彩,宾客如云。来者皆是沛县诸官吏和乡邑头面人物,每个人都在门口无一例外地奉上礼单。在司礼唱过数量后,就有仆役来引导其在事先安排好的席位就座。当然,最惹眼的还是县令大人,照例由萧何、曹参陪伴来到府前。司礼看见,一边高声朝内报喊县令大人到,一边上前跪拜,还未起身,吕太公已经出现在门口了。

吕太公上前施过大礼,脸上就堆满了笑意:"县令大人莅临,真令吕门蓬荜生辉啊!"

"年兄乔迁,福光门庭,下官岂能不来恭贺。"县令让跟随在左右的曹参送上礼单,然后随吕太公一起朝里走,萧何自是安排衙役们到偏堂入席。

这一切都被刘邦看在眼里,他紧步着县令后尘来到门前,将一份礼单递在司礼手中,立刻就从对方的眼睛读出一缕惊异的光彩:"先生果真行一万钱?"

"白纸黑字,岂能有错?"刘邦眨了眨眼睛,就朝里走。

于是司礼从身后喊道:"泗水亭长刘季,一万钱。"

立刻就有仆役觍着笑脸上前,话语里带了恭敬:"先生请上堂就座,上堂就座。"

孰料刚刚端起茶盏,就看见司礼气咻咻地撞了进来,拉起刘邦衣袖道:"你敢戏弄县令大人与太公,单上写明贺礼万钱,却是分文不装,你有何颜面与贵客同席?"

刘邦对司礼的斥责不屑一顾,慢慢站起来,边朝外走边道:"借机敛财,法理不容。刘季虽无分文,亦不愿与你等同流合污。"

萧何见状,急忙赶过来将刘邦拉到一边劝道:"不行也罢,何必如此,还不向太公致歉。"

刘邦甩开萧何的手道:"季乃堂堂七尺男儿,岂能屈黄金之膝?"

两人正拉扯间,就听见一旁传来吕太公的声音:"先生何须与这浪子论说高低,让他走就是了,不要扫了县令大人的雅兴。"

刘邦刚刚迈开步子,又听见吕太公从身后喊道:"足下且留步。"

刘邦心想糟了,莫非他真要在县令面前羞辱自己,待他回转身,两人目光相对视时,却没有从吕太公脸上发现任何恼怒的表情,倒是他围着自己转了几圈,从眉眼到身材反复打量良久,从喉咙中呼出惊诧的声音:"哎呀!贵人啦!"

区区亭长,何贵之有?刘邦心中一片茫然,正踟蹰间,吕太公已经拉着他的衣袖请到上堂,频频举酒,说出的话也让刘邦惊悚交加:"老夫好相人,今观足下隆准而龙颜,美须髯,左股有七十二黑子,实乃不可言之贵相。"

萧何在一旁听了,不免心中发笑,心想我与刘季相交甚深,知其故多大言,少成事。太公未饮先醉,真道酒不醉人,人自醉矣。

但事情并不就此完结,酒阑席散,送走县令,吕太公又邀请刘邦和萧何到后堂饮茶,说出一番石破天惊的话来:"老夫相人多矣,无如季相,愿季自爱。臣有息女,愿为季箕帚妾。"

还没有等刘邦回应过来,吕太公的妻子吕媪不满意了:"夫君一向自诩疼爱小女,欲择贵人嫁之,县令大人屡次登门求亲,你却不与,何以妄许刘季?"

吕太公瞪一眼妻子道:"此间深意,岂是女流所能知的。莫看眼前,来日必是经天纬地。"

这真是无心插柳而成林荫的不期之遇,竟然在他带着前妻留下的儿子刘肥苦度日月的时候,成就了一桩姻缘……

现在,远在千里之外的这个中午,刘邦想起吕太公那一番云里雾里的相面之谶,忽然咀嚼出新的味道。

"莫非……否则,自己面对秦皇的高车巨辇,为何就有了吞云纳海的浩然大气呢……"这种意念,仿佛一轮红日跃出海面,让他顿时浑身燥热。

突然,刘邦觉得肩膀一阵疼痛,抬起头却是禁卫手中的皮鞭正朝自己抽打。刘邦一边躲避一边求饶,并且迅速从腰间拿出一枚钱塞到禁卫手中:"官爷息怒,都是小人的错。"言罢,他顾不得伤痛,低下头干活去了。

禁卫的脚步渐渐淡远，他这才得以瞅着那可恶的背影，朝地上狠狠地吐一口唾沫，低声骂道："有一天落到大爷手中，叫你死无葬身之地。"

晚上睡觉的时候，刘喜才发现刘邦的伤痕，及至得知原因后，禁不住埋怨道："你为何如此不小心，他们岂是你我能得罪的，且忍耐几月就该回去了。"

无人应答，刘喜转眼一看，刘邦却在身旁鼾声大作了，叹了一口气道："此等无心无肺之人，怎的就做了我的兄弟。"

无论是刘喜还是刘邦都不曾想到，始皇的出巡，在千里之外的另外一个青春少年心头，也激起改换天地，倒海翻江的躁动。

那已是始皇三十六年(公元前 211 年)十月的事情了，刘邦结束了长达一年的徭役，终于踏上回归故里的行程。始皇并没有如他所想行经沛县，而是去了故楚之地云梦，在那里祭奠了舜帝之后又到了会稽郡，在此遥祭禹帝。

这一天，二十一岁的项羽兴冲冲地从外面进来，将腰间宝剑悬挂在厅中的墙上，就直奔叔父项梁的书房，喘着气道："叔父听说了么？嬴政要来会稽了。"

项梁放下手中正在读的《孙子兵法》，眉头皱了皱说："你正当盛年，就该终日乾乾，夕惕若厉。孰料你学书不成，学剑不专，学兵不精，如此，则楚复国无望矣。"

项羽在叔父身边坐下，似乎并不以他的指责为意，反而说出一番让项梁吃惊的道理来："叔父岂知，书足以记名姓而已，剑一人敌，不足学，孩儿若学，即学万人敌。"

闻言，项梁放下书道："就依你言，学万人敌，何故不读兵书？"

项羽笑道："兵法云，凡先处战地而待敌者佚，后处战地而趋战者劳。故知兵之要在阵前，而非纸上谈兵，若赵括之流，孩儿不屑矣。"

这一回项梁倒是听进去了，原以为项羽平日里粗心大意，却不曾想他竟把书读活了，脸上这才有了喜色，随口问道："你何以知嬴政来会稽？"作为当年楚国名将项燕之子，项梁对楚国灭亡一直耿耿于怀，私下里从不称其为帝。

"郡守命曹掾们广贴告示，言明朝廷允准百姓观瞻皇家车仗。"

项梁"嗯"了一声，心头顿时五味杂陈。前几年，他就听说过嬴政兰池宫遇盗和博浪沙遇刺的消息，孰料他竟然置若罔闻，真虎狼之性也。他的心头渐次就生出了一种欲望，他真是该看看这位把六国踩在铁蹄下的君王是怎样一副模样。

"巷间间传说,重阳节那天有陨石落于东郡,上书'始皇死而地分',嬴政命御史寻找目击者而不得,于是将石旁居人尽诛之,焚烧了陨石。"项羽见叔父情绪好转多了,便把从街头听来的又一则消息告诉项梁。

"哦!"项梁似乎不经意地应了一声,那颗久久平抑的心波此刻都被一方来自天外的陨石激起层层浪花。十二年了,那是度日如年的十二年,是噩梦相伴的十二年。他至今仍然不明白,征战一世,统帅三军的父亲项燕怎么就没有识破秦将王翦的疲敌之策,竟然会相信秦军放弃了灭楚的目标而引兵自退了呢?他清楚地记得,那本来胜券在楚军的战争,由于父亲的误判而陷入被动。他们完全没有料到,已经"撤退"的王翦会在项燕班师途中杀了回马枪。当秦军潮水般地奔袭到蕲县南,楚军甚至没有来得及渡过蕲河,就被团团围住。生死关头,父亲的目光像刀子一样看着项梁,要他杀出一条血路,驰回郢都向楚王告急。他明白,在这个时候离开父亲,就意味着从此永诀。然而,他无法面对父亲严厉的目光。

项梁用战袍擦去泪水,拨转马头,挥刀向蜂拥而至的秦军冲杀过去……

后来,项梁从逃回来的军士那里得知,父亲不愿意成为王翦的阶下囚,他因为这场战争败于自己的轻敌而怀着深深的自责和负疚,举起宝剑,朝自己的脖颈抹去,鲜血染红了滔滔南去的蕲水。

他回到母亲身边的第五天,郢都陷落,这消息传到项府,母亲要他们隐入民间,自己头撞廊柱而亡。

没有任何抗争,楚王负刍就拱手而降。

"楚国完了!上天呀!楚国完了。"项梁仰天悲戚。葬埋了母亲,连夜带着三弟项伯和侄子项羽避祸于吴中……

嬴政!你也有今天。项梁的眉宇痛苦地颤抖了片刻,旋即将自己的心事埋藏起来,严肃地对项羽道:"当今皇上威及四海,如日中天。所谓陨石云云,皆途者之说,你姑妄听之,不可外传。"

项羽不以为然地点了点头,他不理解,当年跟随祖父血战沙场的叔父为何变得如此胆小怕事。

三叔项伯从外面进来,讲述了与项羽同样的两条消息。项梁告诫道:"你乃长者,自当谨言慎行,不可如籍儿一样,信口开河,贻人口实。"

项伯生来就是个儒雅的性格,顺口答道:"谨遵兄教诲。籍儿性格暴躁,万不可以祸从口出,累及家人。"

不管项羽心存多少远志,当着二位叔父的面,他自然不便再说什么,只有用一句"孩儿记住了"应对。这时候，丫鬟来请他们去后堂用膳，三人趁势收住话头。

秦始皇驾行会稽的消息让吴中百姓亢奋了一夜，第二天太阳刚刚露出一点胭脂红，街道两旁的酒肆、客栈、商铺都停了业，人们早早地聚集街头，等待着一睹龙颜。人群中传来低低私语："也不知皇上是怎样威风八面，有楚王那样车辇浩荡么？"

"足下之言差矣。想那秦皇以区区咸阳之地而灭六国，一统天下，必是吐纳四海，包举宇内，岂是楚王所能比的？"

"楚王怎么了，你不是楚人么，岂能为强敌张目。"

两人正争得不可开交，从后面挤进来一位老者，拉了拉两人的衣袖低声说："隔墙有耳，大庭广众之下，二位还是莫谈政事为好。"

"老丈所言极是，小人谨受教矣！"

"囹圄遍国，赭衣塞道，能无怨乎？"话音未落，却听见一个洪钟般的声音从身后传来。几个人单凭听声就知道是项府的公子项羽来了，也不说话，分头匆匆离去。

项羽左右看看，不仅哑然而笑："鼠胆之辈，岂能成事？"

太阳刚刚从城头露出半个脸，就听见从行宫方向传来钟鸣鼓噪，接着，遮天蔽日的旗幡导引皇上的车驾浩浩荡荡地过来了。走在仪仗后面的两辆车上，分别坐着两位身着朝服的官员，一个身着绿袍，头戴高山冠，手执笏板，面容严肃，直视前方；另一位微胖，八字眉，在他们两边是两位身披盔甲的将军。

项羽挤在人群里，被官员和将军的气度所感染，他虽然还不知道陪同皇上的两位大员乃丞相李斯和赵高，但心中却有了一些微澜："能驾驭群臣者，乃天子也。"待七百五十人的鼓吹队伍过后，一辆辆六匹马拉着的华辇从眼前驶过，车毂旋转发出"隆隆"的吼声，沉闷而又铿锵；冬日的寒风吹动旌旗，呼啦啦地飘过天空，荡起耀眼的光芒；再看看走在车驾两侧和后面的皇家禁卫，一个个青春风华，银甲衬黑色战袍，益发显得肃穆庄严。

项羽目光专注地盯着从眼前经过的队伍和车辆，每过去一辆，他就在心中添上一个数字，数过四十一辆，他朝后面看去，还不见队尾，就感触于皇威的匪匪翼翼，虎跃龙骧。当身后传来"威乎哉，始皇帝也"的感喟时，项羽禁不住热血沸腾，顺口就道出一句"彼可取而代也"的直言快语来。

项羽完全没有防备，一只手从身后伸过来，一下子捂住了他的阔口。回身一看，却是项梁和项伯。

项梁和项伯哪里知道,从得到秦始皇帝要巡游会稽的消息那一刻起,项羽的血液就没有平静过。昨夜,他一人躺在榻上望着窗外繁密的星云,想象着秦皇的威仪。他听从咸阳服徭役回来的吴中人说,秦始皇蜂准、长目、鸷鸟膺、豺声、少恩而虎狼心。不好读书的他无论如何也无法在心底勾勒出这位"暴君"的形象。现在,他奋力挣脱两位叔父的手,转身往回走:"叔父这是为何,孩儿不就是随口而言么?何必如此?"

项梁和项伯追上去,一人拉着项羽的一只胳膊不放手,项梁怒斥道:"你若是不想项门绝香火之祀,就跟我们回去。"

面对两位从小抚养自己长大成人的父辈,特别是当他从项伯的眼中看到晶莹的泪花时,那一颗撒野的心顿时收敛了。关乎一族存亡,他不得不有所顾忌。然而,他回府的步子是那样沉重,心中的遗憾让他一整天待在书房里没有出来,只觉得胸口堵得慌。

"彼可取而代也",这句出自二十一岁弱冠青年口中,近乎狂放的话也让项梁的心情久久难以平复。往事如水般地从眼前流过,当年兄长留下的弱苗就这样在自己呵护下转眼长成了一个身高八尺的汉子。有一年,吴中子弟在长江边挖出一方据说是黄帝遗落的鼎。有人放言,能扛鼎十步者予百金。同龄的年少们一个个跃跃欲试,可那鼎仿佛钉在了沙滩上,纹丝不动。但见项羽来到鼎前,深吸一口气,舒展猿臂,一声怒吼,那鼎竟然被他举在了半空,那些平日里叽叽喳喳的玩伴们一个个惊呆了。

这情景恰被从沙滩经过的项梁看见,他顿时大惊失色。所谓君子有三戒:少之时,血气未定,戒之在色;及其壮也,血气方刚,戒之在斗;及其老也,血气既衰,戒之在得。当年秦武王好强恃力,举鼎扬威,吐血而亡,如今项羽若是有个闪失,如何面对兄长临终嘱托。他的一颗心顿时悬在了半空,却是不敢出声,生怕惊扰了侄儿,酿成悲事,直到看见项羽将鼎放回沙滩后,竟然心气平和,毫无伤力之象,心才落了地。只是从此以后,吴中子弟一看见项羽都先自怕了,渐渐地,他的周围倒聚集下了不少随从。

项梁紧缩的眉毛渐渐展开,悠悠颤动,也许楚人复国有望矣。他站起身,望着西方渐渐下沉的落日,似乎是对自己也是对上苍说:"亡秦者,必楚也。"

始皇巡狩引发会稽万人空巷的波澜渐渐平伏下去,人们的起居栖息一如既往。就在人们渐渐淡忘了那赫赫一幕时,他们都没有意识到,此行是始皇与他拥有的一统社稷的最后诀别。

始皇率领宫廷禁卫从江乘县下水,遭遇一条巨鲛,一路追到芝罘,将其射杀。始皇沉浸在从未有过的兴奋中,他对跟随在身边的李斯道:"朕记得上次徐福陈奏,说海中有鲛鱼,致其不能入海求长生药,朕这回射杀了鲛鱼,且看他还有何话说。"

李斯和赵高几乎不约而同地回道:"陛下神威,岂水族所能奈何?"

然而,灾祸就在他们的谈笑中悄然而至了,在平原渡口登船时,始皇觉得身子沉重,不得不自北方返回咸阳,途经沙丘时便驾崩长逝了……

胡亥继承皇位的消息传到全国四十多郡已是二世元年春天了。新皇登基,人们没有感受到新泽被地,日月重辉。京都的阿房宫依旧工匠如织,骊邑的始皇陵墓依旧刑徒云集,尤其是在北方,两年前始皇命蒙恬发三十万大军自九原修筑通往咸阳京畿云梦山深处甘泉宫的直道不仅没有停工的迹象,反而征召了北方林胡、楼烦、白羊、土方、鬼方、猃狁、戎狄等族百姓投入修建。

赋敛益重,戍徭无已,用法严苛,民不堪苦,怨声载道,时序就在这样的人情汹汹中走到了二世元年秋雨连绵,遍地水泽,冷风萧萧,落叶飘零的日子。

泗水郡今秋的雨水比之往年不仅大,而且绵延的时间还长。阴云在大泽乡上空卷舒翻腾,不一刻,倾盆大雨就从天而降;有时候,眼看着天边露出一点亮色,可瞬间又云翻雨覆,大水苍茫。

陈胜站在茅棚门口望着漫天雨雾,整个心都湿漉漉的。七天了,放在晴日该走了近千里的路程啊!可现在,九百多弟兄就只能滞留在这里。陈胜清楚,每拖延一天,就意味着这些发自闾左的戍卒离人头落地的时刻更近一步。陈胜收回目光,一转身就看见押送他们的二五百主(秦军官职)朝这边走来了。

他们是从阳城征召的边卒,即将发往渔阳长城边塞戍边。临行前,两位负责押送他们的二五百主在了解了戍卒们的大体身世后,就指定曾经与人佣耕的陈胜和阳夏人吴广担任屯长,协助他们一路上安排大家的行程和起居,以保证能够按期到达。

然而,天不助人。他们走到大泽乡的时候,遭遇一场连日大雨。

其实陈胜也清楚,军爷之所以任命他担任屯长,完全是因为这些被发配到边塞的穷人中有许多都曾是为人耕种的佣者。那时候,他常常打不开的一个心结就是,同样是人,为何富者田连阡陌,而贫者却无立锥之地。在百思不得其解的时候,他常常拖着疲惫的身姿坐在田埂上,远望天边的云彩,发出"苟富贵,勿相忘"的感慨,尽管当时有人嘲笑他白日做梦,而他以"燕雀安知鸿鹄之志"回应。也许这发自内心深处的蓄志带给周围乡亲对于命运转机的向往，不久，人们很自然地拥戴他为佣耕者的大哥了。

陈胜看得很清楚，眼前的情况让二五百主心中颇不快，果然，在他向军爷行礼时，耳边就传来沉闷的吼声："明日一早，就是下刀子也要出发，误了行期，你等一死无所谓，连累本官也要遭受刑罚。"

这话陈胜就不爱听了，何为无所谓，你的命是命，难道我等的命便不是命。但他话到口边，还是换了平和的语气："如此秋风淫雨，就是走也是行迈靡靡，苦不堪言。"

二五百主扬了扬手中的皮鞭，瞪着眼睛道："你对他们说，不想死在本官皮鞭下，就遵命启程。"

军爷溅着水花的脚步渐渐远去，陈胜也转身向隔壁的茅棚走去，他觉得此时应该与吴广商量，一路上相处，吴广处事的干练和果敢给他留下深刻的印象，他相信吴广一定会和自己一起拯救共患难的九百名兄弟。

此时，吴广宿住的茅棚里，一群人围绕耽误行期面临的灾难而抒发着各自的牢骚和愤懑。话题先由个人的遭遇开始，不经意间就转到那些星象灾异上了。有的说"荧惑守心"，那就是当今皇上篡夺皇位的意思，听说始皇的太子不是在边陲抗击匈奴的扶苏公子么？怎的就不明不白地身亡了？有的说"沉璧复归"，那就是谴告始皇，只有恢复六国才能天下安定。陈胜推门进来，大家顿然鸦雀无声，一双双眼睛死死地盯着他。

"为何见我进来便不说话了？"陈胜顿了顿，在吴广对面坐了下来，目光扫视了一圈弟兄继续道，"军爷有令，明日就是下刀子也要走，我来此就是想和弟兄们商量如何办。"

大家便把目光转向吴广，吴广摇了摇头道："军爷昏了头了，如此大雨，如何起程？"

"谁说不是呢？我听那喜欢喝酒的军爷说，前面山塌了，路根本不通。"陈胜又道。

"不如趁今夜军爷喝酒的机会，我等四散逃了吧？"人群中不知道谁说了一句。

"对！今夜就逃。"他的想法很快得到不少人赞同，有些人甚至已经起身，准备收拾身后的行李。

这时候，就听见吴广高声道："逃！往何处逃，你不知秦法严苛，逃到天边，抓回来都免不了一死。"

"那总比在这里等死强啊！"那个叫黑头的民夫嗫嚅道。

"说得好！"吴广站起来，目光忧郁而深沉，"今亡亦死，举大计亦死，等死,死国可乎?"

"死国?"众人胸中顿时泛起了疑虑,"大哥此言何意?"

陈胜按了按手要大家安静下来,接着吴广的话道:"天下苦秦久矣!吾闻二世少子也,不当立,当立者乃公子扶苏。扶苏以数谏故,将兵。今或闻无罪,二世杀之。百姓多闻其贤,未知其死也。项燕为楚将,数有功,爱士卒,楚人怜之。或以为死,或以为亡。今诚以吾众诈自称公子扶苏、项燕,为天下唱,宜多应者。"

大家这才明白了吴广"死国"的意思,顷刻间满室大哗,嘈杂熙攘。吴广听得出来,大家对于举事能否成功心存犹疑。他在同陈胜耳语一番后,对大家说道:"吾闻举事者,当顺天意,应天时,不妨卜筮之后再做定夺。"

"今晚之事,断不可外泄。若有敢于违者,形同此物。"陈胜说着,拿起门框旁一只存水的陶罐摔得粉碎,人群中不少人被这气势惊得打了一个寒战,平日里他们见惯了陈胜处事稳健,孰知发起威来,竟如虎啸一般。

安顿戎卒熄了火睡下,吴广要伍长宋二去打听两位二五百主可否入睡。宋二去了不一会儿便回来禀告,说两位军爷在镇中富豪家中饮得酩酊大醉,鼾声雷吼一般。吴广点了点头,要宋二不要声张,回去睡觉。他与陈胜交换了一下目光,相携着融入浓浓的雨夜中。

居住在镇北的卜者对于两位屯长深夜到访投来惊悚和警惕的目光,及至明白来意后脸色才稍稍有了血色。但他来不及沐浴,只有更衣,焚香,从内室拿来一块龟板放在灯火上烧烤,不一会儿,就见上面显出一条条纹路来。卜者指着纹路,面带惊诧,口中念念有词道:

　　临官不见官,所忧俱成欢。
　　天喜与青龙,定期入门中。
　　驿马身临动,求谋事事通。

待龟板渐渐转凉后,须眉皆白的卜者睁开迷离的双眼道:"足下事皆成,有功。"

陈胜看了看吴广,两人面露喜色,忙向卜者道谢:"先生真神人也。"

不料卜者却连连摆手:"二位且慢,敢问二位,可卜之鬼乎?"

两人顿时明白了,这正应了吴广方才所谓顺天意、应天时的想法。

两人速速离去,刚刚迈出柴门,就听见"咣当"一声,里边的灯火灭了。

走进雨夜,两人的脚步慢下来了,一任雨水顺着蓑衣流到脚面,吴广问陈胜道:"卜者要你我问鬼,究为何意?"

"我猜他意乃借鬼神立我等威势,以服众人。"

"此事不难,鬼能言'祖龙死而地分',鬼亦可言'陈胜王'也。"吴广立刻明白了。

陈胜连连摆手道:"万万不可!在下何德何能,能担此重任,还是贤弟为之最好。"

吴广劝道:"一路走来,兄也寓目可见,众人皆以兄之言而是从。此弟兄性命攸关之刻,兄万勿推辞。"

陈胜作了一个揖道:"足下如此说,胜非异人任,自然再无推脱之由。"

第二天,两位二五百主酒醒时已是午时二刻,加之大雨滂沱,启程已无可能,这倒给吴广事鬼提供了机会。他在一块丝帛上用朱砂写了"陈胜王"三字,刚刚干爽些,就听见二五百主要他带戎卒李赫去买鱼。两人相跟着来到鱼店,趁戎卒挑鱼的时机,吴广悄悄地将丝帛塞进旁边的一条鱼腹中,拉了拉李赫衣袖,高声对店家说:"弟兄们多,就要这条大鱼。"

"也是!"李赫为人老实,没有多想,就把藏了丝帛的大鱼放进筐里,挑着往回走。

吴广跟在身后,看见茅棚渐渐近了,便对李赫说道:"你且挑鱼去做饭,我去去就来。"

李赫回到厨房,几位做饭的弟兄纷纷埋怨:"你为何延宕至此时才回来,耽误了用饭,我等都要跟着挨鞭子。"

"屯长大哥也是好意,想挑大鱼。"李赫憨憨地笑了笑,就将那鱼放在砧板上,手执一把明晃晃的刀向鱼腹划去。

这一划不要紧,但见刀尖上带出一条丝帛,上书"陈胜王"三字,李赫立时惊出一身冷汗,脸也变得煞白,急忙掩了棚门看着大家道:"这到底是怎么回事?这该如何是好?"

"还是禀报军爷知道吧?"有人建议道。

"你糊涂。"李赫摆了摆手,"你这不是害陈大哥么?他平日待我等情义非常。"

"呀!"有人惊呼一声,大家侧目去看,正是宋二,只见他眨了眨眼睛凑到大家跟前道,"莫非这是天意。诸位可还记得,昨夜我等说到陨石之谜,依我观之,'祖龙死,陈胜王'乃天意也。我去问问陈大哥。"说罢拉开门出去了。

宋二刚走,黑头脸色有些惶恐道:"诸位听见什么声音了么?"

大家立时静下来,屏气倾听,果然暮色中从村西头的丛祠内传来野狐鸣鸣的叫声,时高时低,哀鸣悲嘶,偶尔似乎可以辨出其间夹带着人语:"大楚兴,陈胜王。"亦人亦兽,亦神亦鬼,似是而非,听得人毛骨悚然,一个个啖指咬舌,似乎大难将临。

李赫战战兢兢地指着门外道:"那声音好像是从火光处传来的。"

众人顺着李赫的手指方向看去,火光把隐没在野林中的神祠映照成一座黑色的剪影,黑色的云团从光亮上空滚过,与火光烈火交融在一起,偶尔可以看见有山鸡从起火处飞上夜色深处,或者看见一只兔子,惊慌失措地向密林深处奔去。

"陈大哥呢?这半天怎么不见他的影子呢?"李赫说话时声音有些颤抖。

黑头回道:"奇怪,难道陈大哥没有听见这声音么,我也没有找见他的影子。"

是的,陈胜此时正在最边缘的茅棚黑处藏身,一双犀利的目光死死地盯着暗夜深处。只有他知道,这一切都是吴广所为。他希望这种混乱至少持续到明日黎明,一切都将会演绎出新的故事。陈胜吃力地咽了一口唾沫,又伸出舌头舔了舔干裂的嘴唇,使自己的心境平静下来。

丛祠里的火光燃烧了一夜,藏在神祠里的野狐叫了一夜,九百多名戍卒骨寒毛竖,目不交睫了一夜。

黎明时分,两位二五百主中的年长者一脸倦色地叩响年轻者的门说:"见鬼!昨夜一夜无眠,那野狐支吾悲鸣,捻神捻鬼,我头发都立起来了。"

"谁说不是呢?我的魂都要出窍了。"年轻二五百主伸着酸困的腰肢回答。虽然他很清楚地听见了"大楚兴,陈胜王"的呓语,但因身份之故却是不愿意说破,便转移了话题,"你我还是快去看看那些戍卒,以防他们借机闹事。"

年长者点了点头,两人刚出了门,就看见吴广从村口过来,两人顿时脸色阴沉了,紧走两步上前厉声问道:"天下着雨,你不在宿地静待,竟敢私自外出,该当何罪。"

放在平常,吴广也许会低眉顺眼地接受责罚,可今天仿佛是要故意挑事似的,侧目看一眼两位军爷道:"人食粟米,必也遗矢,军爷亦无例外。"

"你好大胆,竟敢如此与本官说话,今天本官就让你见识见识。"年轻的二五百主气盛,容不得一个屯长调侃的口气,手执皮鞭朝吴广打来。吴广也不躲避,眼见得脖颈处就是一道血印,分明未把军爷放在眼里。

这一下子激怒了老少两位军爷,口中骂道:"不杀一无以儆百,不剥一层皮,你不知道爷的厉害。"只见长者从腰间拔出宝剑,径直向吴广迎面刺来。

吴广迅疾躲开,趁势抓住宝剑狠劲一拉,军爷一个趔趄倒在泥地上。吴广干脆一不做二不休,手起剑落,取了长者的首级。年轻的二五百主见势不妙,回身就走,不料陈胜从旁边一个箭步冲过来,照着军爷当头就是一棒,顿时脑浆外溢,倒地死了。

陈胜一转身,冲上一座土丘振臂高声道:"公等遇雨,皆已失期,失期当斩。即使不斩,但将来戍边死去的肯定也得十之六七。再说大丈夫不死便罢,要死就要名扬后世,王侯将相宁有种乎?"

陈胜和吴广的气概深深地感染了李赫、宋二等人,站在雨地的九百多名戍卒中发出狂涛般的吼声:"我等甘愿听从差遣。"

"好!我等今日就以公子扶苏和项燕之名举事。"陈胜说罢,"嘶啦"一声撕下衣袖说,"为有别于秦军,我等皆以露臂为号。"话音刚落,从台下传来此起彼伏的"嘶啦"声,不一刻,整个义军都裸露右臂。

吴广跳上土丘,站在陈胜旁边高声道:"我等公推陈胜兄为楚王,诸位以为如何?"

李赫站在台下,望着两位首领,对于从昨夜到今天突然发生的事变,不免怀着欣悦与仓皇的心境。看了看身边的宋二,倒是满脸的兴奋,明白事情发展到这个地步,已成不可遏制之势。在宋二喊出"大楚兴,陈胜王"之后,他跟着高呼道:"大楚兴,陈胜王!"

台下顿时爆发出狂涛般的吼声——

大楚兴,陈胜王!

大楚兴,陈胜王!

……

声音穿过山林,在不远处的湖面激起一阵阵回声……

第一章

丰泽西刘邦纵徒
沛县城萧何起浪

当陈胜、吴广在大泽乡燃起反秦烈火的时候,刘邦与一百多名沛县刑徒再度踏上去咸阳的路程。这一次,他不是为阿房宫输送力役,而是前往骊山去为驾崩的始皇修筑陵墓。

对于骊山,刘邦并不生疏,前几年在咸阳服徭役时,就曾从骊山北麓经过。那峭拔的山岭,那蓊郁葱茏的林木,那北望如玉带般东去的渭水,还有汇集了七十万刑徒的宏大施工场面让他震撼,并为那些衣不遮体,面有饥色的刑徒们的遭遇感到愤懑。刘邦知道,这些刑徒中的许多人并不是杀人劫货的恶徒,而是被官府逼上"聚葆山泽"之路的。

关于骊山的往事,他在阿房宫服徭役时听到过不少,印象最为深刻的就是周幽王"烽火戏诸侯"的故事。相传那个被周幽王姬宫涅宠幸的褒姒,就是当时后宫一位侍女梦中被黑蜥蜴冲撞受孕所生。为保全性命,宫女将之弃于野外,被一对褒国卖桑弓箕箭袋的夫妇收养,她就是后来成了周幽王宠姬的褒姒。也许是出于对命运的忧伤,也许是因为对深宫幽院的厌恶,也许是她从黑蜥蜴那里承继下来的恶性所致,褒姒入宫后整日不苟言笑,凝眉蹙目。有一天,周幽王为博爱姬颜开,竟然在传递边关敌情的烽火台上燃起烽烟。当庄严的军阵出现在烽火台下,诸侯们因为没有敌情却烽烟滚滚而茫然惊惧的时候,褒姒笑了。这一笑,为大周江山埋下倾覆的祸根;这一笑,让昏庸的周幽王从此怠于朝政,只以烽火撩拨褒姒情怀。久而久之,诸侯们枭视狼顾的敏锐被美人的巧笑倩兮消磨殆尽,而大周的命运就在这嬉戏中走向灭亡。周幽王十一年(公元前771年),都城在平阳(今宝鸡眉县)的申国君主不顾与周王室的甥舅亲缘,竟然勾结犬戎攻打镐京。可叹幽王将烽烟燃得烟炎张天,却不见诸侯们一兵一卒到来,终于被犬戎杀于骊山脚下,留下一曲千年悲歌。

然而,就是始皇的祖先拯救大周于一线。秦襄公率军力战犬戎,并且护送平王迁都洛邑,掀开了东周历史的扉页。周天子感念秦襄公护驾有功,遂将岐山以西之地赐予秦人,秦人才得以浩浩荡荡地开进关中。

这些都是不久前发生的,秦人应该记忆犹新啊!在刘邦看来,骊山对秦人的社稷是一种禁忌。他不明白,如此一方阴冷凶险之地为何让始皇如此钟情,以致生前把陵墓选在这里,为何不选在咸阳宫旁的北坂呢?难道他不知道前车覆,后车诫的道理么?他甚至忽发奇想,若能有一日如始皇一般,定要在北坂寻一去处……这念头一冒出脑际,刘邦就哑然失笑,觉得这些想入非非抵不住送饭厨役的诱惑。他站起来朝前跑去,口中自语道:"饥而欲食,寒而欲暖,劳而欲息,人之所欲也……什么君子谋道,小人谋食,空腹难耐的感觉没有两样。"

现在,当他带一群刑徒再度去骊山之际,忽然就有了有事要发生的感觉,究竟是什么事情,他自己也说不清。

对于县令指定他押送刑徒,刘邦从接受时就心存梗结。依照秦律,治安捕盗之事乃县尉之职,治安警卫乃为亭长之责。再者,自己刚刚回到沛县两年,又复赴京,岂非快牛负重,良马重役?以他的性格是要找县令理论的,然而,萧何和曹参总会在这时候出面消解他内心的不平。

在泗水镇的一家僻静的酒家,萧何做东,曹参和樊哙作陪,主宾当然是刘邦。这是江北的七月,虽然草木依然葱茏,碧树依旧浓密,远远望去,微山湖碧波荡漾,但因为一场别离,每个人的心头早已秋风萧瑟了。

等店小二将几样家乡的小菜上齐后,萧何站起来亲自给刘邦面前的耳杯中斟满米酒，双手举起杯子道："何与亭长交往经年，情笃义重，请足下饮下这杯，且做壮行之颂。"

刘邦却不接应，道："是不是足下在县令大人面前胡言乱语，以致刘季背井离乡，远途咸阳？"

"如此，足下是冤枉萧兄也。县令大人之所以要足下押解刑徒，盖因兄素有长者之风，遇事长于斡旋，不至于徒生风波。"曹参忙在一旁插话，"在下也明白，此次押送刑徒之事乃县尉之职责。只是他老母近来逢采薪之忧，难以脱身，兄就辛苦一趟，来回也不过一年时间。"

"县尉又不止一人。"

"哎！其他的都年轻，何来刘兄应变之能呢？"

听曹参如此说，刘邦这才举起面前的耳杯，一一与大家碰杯，说出的话多了几分豪气："好！既然诸位如此看重，季当肝脑涂地，不辞劳苦。"

一杯罢了落座，萧何指了指身边的樊哙道："不过！何亦虑刑徒性情顽劣，不晓礼仪，此去路途遥远，令兄为难，故而特意雇了樊哙兄弟与你同行，若有事端，亦可照应一二。"

萧何的话刚落音，黑脸、络腮、豹眼的樊哙腾地从座上站起，来到鼎锅前酌一耳杯米酒，举过头顶，瓮声瓮气道："俺平日以屠狗为业，一把刀取过多少狗头，还怕几个刑徒么？一路上有在下，季兄尽可放心。"

这一番话让刘邦心里暖烘烘的，早先的顾虑和郁闷都被酒酿荡起的友情一扫而去。他扬起脖子，饮下甘醇，胆气都冲着印堂来了，双手抱拳道："如此，季先行谢过几位了。"

"至于家小，不劳足下多虑，何一有机会会去照应的。"萧何是个聪明人，早已猜到刘邦还牵挂着刘、吕两家。

这场践行酒一直喝到秋阳西斜，几个人都有些醉意了。出得酒店，萧何、曹参自去县府应卯，樊哙扶了刘邦回县城东街的家中。刚刚登上台阶，就听见从堂屋传来刘太公的呵斥声："你小小年纪，不习礼义，整日桀骜冥顽，将来如何承继家业，光祖耀宗？尔母训诫，反而固执，成何体统？"

接下来，是吕雉的声音："公父且息雷霆之怒，他毕竟少不更事，皆是儿媳教子无方。"

太公闻言，声音就高了："你就是顾及后母身份，才一再娇惯于他。若是他亲母，早已戒尺上头了。"

刘邦的酒顿时醒了一大半，忙叮嘱樊哙回去歇息，明日在县府牢狱门前见面。随后，他自己进了门，一脸严肃地问刘肥道："我出去这半日，你又生事端了？"

刘肥已经十四岁，个子却是追着刘邦而来，只是脸庞随了先母，胖而圆润，少了男儿的棱角。面对刘邦的问话，刘肥的眼睛眨了眨，就是不说话。见此，刘邦的心火便燃上眼角，骂道："你如此不求进取，将来必是纨绔之徒。为父明日就要启程前往京都，今日若是不教你，只怕我走后你要翻天不成。"随后举起巴掌就要打。

吕雉架住刘邦，柔声劝道："夫君何须动怒，有话不能好好说吗？"

刘邦的手无法落到刘肥头上，叹一口气道："都是你娇惯于他。"转身又向刘太公行了一礼，为自己教子无方向父亲致歉。事情到了这个地步，两个男人都不能不顾及吕雉作为后母的处境，几乎同出一声地要刘肥向母亲认错。刘肥看到自己在家里势孤力单，再固执无补于事，只好来到吕雉面前请她宽恕。刘邦顺势在刘肥的膝盖后悄悄碰了一下，儿子便跪下了。

这一切当然逃不过吕雉的眼睛，就为丈夫和公公处处呵护自己而禁不住泪花盈盈。自来到刘家，无论是刘太公还是刘邦都没有为难过自己。尤其是刘邦，将刘肥交给自己管教，丝毫没有袒护的意思，反而对盈儿兄妹多了几许宽容。同样是孙辈，刘太公总是会拿刘盈与刘肥相比，说盈儿懂事，小小年纪就懂得尊长，你这个肥儿除了斗殴上树，还能作甚？每当这时，吕雉就显得很纠结，公父这样，让她这个后娘十分难堪。

吕雉对于刘肥的情感，除了女人的柔肠外，更有父亲当年将他嫁给刘邦时寄托的希望。父亲的相人术颇有点名气，他执意要将自己嫁给刘邦，并且断定他日后会大有气象，必有道理。她深信父亲的眼光不会错，尽管目前他只是个小小的亭长，但从他处事的气度看，与常人是有许多不同的。光是隐忍这一条，她相信许多人就做不到。

两年前刘邦回到故乡，向她描绘了见到秦皇仪仗后的感触，那种心慕手追的情绪深深感染了她。她觉得自己肩头的担了更重了。她要为他分忧，让他一心一意地在外边谋前程。

尽管一场风波过去，可即将离家的刘邦在牵挂之外又多了一份担心。当晚，他找到二哥刘喜，叮嘱家中之事……

刘喜也对兄弟二赴京都大为不解，但自己所能做到的也就是替他分担一些后顾之忧："你且放宽心，老父自有为兄照管。"

刘邦且按下心事，回望故乡，早已了无踪影，只有白云悠悠从天际飘来。再看看头顶的太阳，虽说立秋已有半月，太阳依旧酷热难耐，这情景让刘邦既担心又揪心，生怕生出什么意外，便对身边的樊哙道："你我前后清点一番人数，少了，到京城无法交代。"

樊哙身材肥胖，更耐不得酷热，用袖头擦一把额头的汗水骂道："这鬼天气，眼看七月完了，还如此酷热。"

回头看看身边的刑徒们，一个个汗流浃背，太阳将刺人的光投射在他们肩头，照得衣衫褴褛处露出的皮肤益发地黑褐。再看看他们的脚踝处，被脚镣磨出的伤已经结了深红色的疮痂，但随着长途跋涉，新伤又增添了不少。樊哙见状，心里很不是滋味，他们也是肉身凡胎，经得起如此折磨么？

可他们是刑徒，是触犯了大秦律令的人，他没有办法为他们减轻哪怕一点痛苦。他按照刘邦的吩咐前后将人数了一遍，确信没有逃走或者掉队的才对大家说道："前面有片林子，到了歇凉喝水。"

说罢，樊哙又把县令派来的几位衙役叫到一边，低声叮嘱他们千万不可掉以轻心。一言未了，就听见刑徒中有人骂道："你无刑枷裹身，自然说轻松话容易，若是让你也戴上这家什，看看你还有何话说？"

闻言，樊哙便不高兴地回道："说甚鸟话。你不犯刑，岂能如此？"

"若是你妻遭人欺侮，你岂能袖手旁观？"那刑徒瞅着樊哙，一句话噎得他满脸涨得通红，睁着豹眼看了刑徒良久，拳头处的筋骨都能听出叭叭的响声，右手的皮鞭眼看举起来了。

"樊哙息怒。他叫牛良，亡命之徒，你和他计较作甚。"刘邦来到他身旁低语一番，转脸又对刑徒们说，"我知你等伤痛在身，只要你们不生事端，自然不会为难。"

刑徒们这才渐渐归于平静，觉得眼前这位官爷比之他人要和善许多，加之前面确实有一片柳林，硕大的树冠遮出一方方阴凉，从蓝天垂下的绿色绦看上一眼心头都会溢出水来；再看看树荫处，有人担了清水担向过往旅人卖水，大家不由自主地就加快了步子。

樊哙这会儿的心境也平伏了许多，那对刑徒们的恻隐之心再度泛上喉结，咽一口唾沫低声对刘邦道："也真苦了他们了。"

"此等刑犯中，有几个是真的？不少人是被豪强逼上杀人之路，人常曰：'不教而诛谓之虐'，秦政苛严，二世尤甚，百姓岂能不反？"

见樊哙点了点头，刘邦又问："现在走到何处了？"

"穿过前面这条柳林，就是丰西县境。"

刘邦"哦"了一声："先到前面喝水打尖，再筹谋下一步该如何行动。"

"大人有何话尽管说罢了。"樊哙性情耿直。

"还没有想好……"刘邦摇了摇头。

说话间就来到柳林边上，刘邦对跟在身后的囚徒们高声喊道："到林子里歇息半个时辰，饮足水，吃罢糇粮，再行赶路。"

樊哙按照刘邦事前的吩咐向卖水的农人付了钱，吩咐刑徒们依次近前饮水。然而，刑徒们戴着刑枷，顶着烈日走了数十里路，一个个渴坏了，哪管什么先来后到，蜂拥挤上前去抢水喝。有几位因为抢水竟然举起刑枷互相撞击斗殴，眼见得身上又是一道道血印。樊哙在一旁大声呵斥，他们权当没有听见。

刘邦看着也觉无奈。唉！他们蓄积了太多的怨恨，这世上的人和物都成了他们发泄的对象。等他最后一个盛了水到一棵大柳树旁坐下，眯起眼睛打量周围，不禁"啊"了一声。眼前是怎样的一幅景况哦！喝完水、吃了糇粮的刑徒们一个个靠树打坐，疲倦地闭了双目，一百多人，僵尸般一动也不动。

他心里顿时就又起了波澜。从离开沛县时拿到刑徒名单起，他就有了要问清这些人被囚原因的心思。然而，当他打听囚徒们犯罪的原因时，总被报以多疑的沉默或仇恨的对峙。时间久了，大概是刑徒们发现自己没有恶意，这才开口说话。就说坐在自己对面柳树下的那位叫李甲的汉子吧！朝廷"为田开阡陌封疆"，他本是有一份土地的，可村里的豪强硬是巧立名目夺去了，他到官府上告无果，这才动了纵火的念头，豪强的宅子化为灰烬，他也因此陷入牢狱。这一次赴骊山，谁知道还能不能回来呢？

还有不远处已经睡去的华发老者，就是因为在家中藏了几本孔子的书便被抓进牢狱，风烛残年却要受跋涉之苦。两个儿子因为在老父亲遭难时反抗而死于官府刀下，此次被点名赴骊山。一副刑枷压得他羸体佝偻，似乎只要倒下去就永远不会站起来。这会儿，他双目紧闭，呼吸紧促，从喉咙里发出扯丝拉絮的声音，听上去令人毛骨悚然。

如此下去，真就是"遍国囹圄，赭衣塞道"了。刘邦将脸转过去，不忍再看刑徒们一眼。

"季兄不歇息，又在想什么？"樊哙已经用过糇粮，来到刘邦身边坐下，"照这样每日行进不过数十里，误了行期，你我都要获罪于朝廷的。"

"足下所言正对我意。方才我也是在想，如何让刑徒们走得快些？"

"除非卸了彼等刑枷。"樊哙不假思索地回道。

刘邦闻言十分吃惊，两人心思竟不谋而合。但他毕竟年长几岁，又担着亭长的名头，思虑总是更周密些。他接着话头，把担忧摆到了樊哙面前："论理，戴着刑枷走路必是迟慢。可若是为彼等解了枷锁，逃走几个又如何是好?"

"有俺在,有宰狗刀在,还怕他们反了不成。"樊哙就笑刘邦太小心谨慎。

"这不是杀人的事情,你纵然杀了他,因为误了日期,你我也免不了刑罚之灾。"刘邦说着,站起来手搭凉棚朝林子外望了望,太阳光芒少了几许亮白,透出淡淡的橘黄,不似正午那样酷热,便要樊哙号令囚徒们起身上路。

这个刘季,为何心思又变了。樊哙因为自己的想法被拒而心头有些郁闷,出口的话就不免生硬多了,扯着嗓子喊:"你等速速起身,加紧赶路,若是迟延,俺即便有人情,手中这刀也不留情。"

刑徒们一个个喘着气艰难地站起来,按照樊哙的盼咐在柳林边站成三行。樊哙一一点了名之后,就发现少了一人:"孙少翁呢?孙少翁呢?"

刑徒们面面相觑,情绪木然,没有人回答他。樊哙就有些不耐烦,正要开口骂人,刘邦用眼色止住,对站在最前面的年轻刑徒说:"你去看看。"

那囚徒进了林子不一会儿,就传来急切的喊声:"大人!大事不好了。"

刘邦的心顿时就悬在了半空,他要樊哙看住刑徒,转身就朝林子里奔去,以致袍服的下摆被荆棘撕了一道口子也毫无知觉。及至来到孙少翁歇脚的树下,眼入眼帘的情景立刻使他的心境变得更加烦乱。

孙少翁的口大张着,似乎是因为呼吸困难,又似乎是有许多话要说;两只昏黄的眼睛睁得很大,眼珠鼓向外边,可以想见,在生命垂危的那一刻,他希望看到什么呢?是希望已经走到林子边缘集合的人们听到的呼唤,还是对即将离开这个生灵涂炭的人世的愤懑?他的手指着南方,刘邦知道,那里是沛县,是他们的故乡,埋着他的两个冤死的儿子;再看看他瘦骨嶙峋的躯体,旧伤未愈,新伤又添,以致曾经戴过脚镣的地方伤口已经糜烂,发出一阵阵的腥臭。刘邦俯下身子抚平孙少翁的眼睛和胳膊,从腰间拿出钥匙为他打开刑枷,说话的声音就带了哽咽:"你生也苦,死亦苦,而今逝去,倒也免去皮肉之痛。"

孙少翁的眼睛闭上了,脸色苍白得像一张绢帛。

将死者尸体在草地上放平,刘邦直起腰来擦拭额头的汗水时,眼前的一切让他瞠目结舌——那是九十多名刑徒愤怒而又哀怨的目光,他们在沛县都是些微不足道的人,活得鸢肩羊膝。他们中大部分人还没有将这一切归于秦皇暴政的见识,在他们看来,让自己背井离乡的就是眼前的这位亭长。

牛良最是愤懑,瞪着刘季半晌说了一句:"你不顾我们死活,是何居心?"

再看看樊哙和他率领的衙役们,虽然一个个荷刀而立,随时准备应付可能发生的事变,但刘邦还是从樊哙的目光中看出对自己的埋怨。

他沉吟了一会,终于在抬头的那一刻高声道:"此去骊山,山高水远,本官念你等戴枷赶路,多有迟慢,决计为你等卸下刑枷。但你等需明白,本官押送刑徒亦是奉命行事。若是徒生歹意,伺机逃走,不唯被官府抓住,引刀伏法,且本官也要担连坐职责。本官这位兄弟力大移山,一把屠刀不仅宰狗,要紧时也可以杀人,故而你等万不可造次。"

刘邦言罢,向樊哙挥了挥手。樊哙接着刘邦的话,高声问:"大人的话听明白了没有?"

"明白了。"刑徒们回答。

大家的情绪终于平静下来,刘邦将钥匙交与樊哙和衙役,他们为刑徒们一一打开刑枷,整好队伍向北而去。没有了刑枷,刑徒们的脚步明显快多了,到日色将暮的时分,丰西泽已经村影可见了。

然而此时抬头看天,却是阴云密布,从遥远的天际传来沉闷的雷声,这年头真是怪事丛生。已是七月流火的季节,这雷声倒比夏日还要爆裂,"哗啦"地一道闪电过后,那猛雷顷刻自远及近地滚过头顶,仿佛要吞没这一群衣衫不整的人。雷声过后,又有声音从天际神秘而来,有似战车驰骋的轰鸣,有似大河决堤的涛声,有似大风吹过密林的吼声,不一刻,大雨如注,倾盆而下。

刘邦在将蓑衣披上肩头的瞬间,不禁暗暗叫苦,上苍莫非真要降罪于我。这样的天气,能看住那些卸去刑枷的刑徒么?他急忙转身去看樊哙,只见他已命刑徒中罪轻者在前面领路,自己和衙役们将刑徒们紧紧夹在中间,顶着风雨艰难行进。

丰县乃沛县邻县,县西有一片堰塞淤积的水泽,沿泽居住的村落名为泽西村,多以捕鱼和种植稻谷为生。一干人赶到村头时,天已经黑魆魆的了。只有船上的渔火和村头富户人家的灯火在雨幕中闪着幽光。刘邦要樊哙盯着刑徒,自己上前去挂着灯火的富户大门询问。不一会儿,从门缝里透出一位戴着黑色纶巾的脑袋,一边犹疑地打量刘邦,一边问:"足下何故雨夜叩门?"

刘邦急忙双手打拱道:"在下乃沛县泗水亭长刘季,奉命押解刑徒去往京都,不料中途遇雨,想借住一宿,烦劳先生禀告庄主。"说着,从贴身的裈衣袋里拿出盖了县令官印的文牒。

管家回去通报了不一会儿,就听见从门内传出一声很热情的呼唤:"来者可是沛县刘季亭长。"

刘邦急忙上前施礼道:"正是在下,深夜打扰,还请足下海涵。"

这一问一答不得了，只见庄主一步跨出大门紧紧地握着刘邦的手道："哎呀！恩公到了。"

借着门楼前微弱的灯光，刘邦看庄主面熟，却无论如何也想不起来在何处见过。但眼下最要紧的是给刑徒们寻找避雨的棚舍，也便顾不得许多，急忙道明来意。

庄主道："这有何难，本庄后院正好有十几间空房，恩公只管住，何时天气放晴再做打算，恩公先到厅中换上干爽衣裳。"

待刘邦将樊哙介绍之后，庄主又吩咐管家帮助樊哙安排刑徒们的住处："你去拿家丁的衣裳为刑徒换上，命后厨烧一锅姜汤，为彼等驱寒。"

一会儿之后，刘邦已经换上干爽衣裳，与庄主坐在客厅里叙话了。置放在厅中央的鼎锅正在温酒，热气弥漫在大厅的各个角落。再看看三张案几，每一个上面都放了一只烤乳猪，一盘泽中打回来的鲜鱼，一盘湖中采摘的菱角。宾主互致问候之后，庄主眉心那颗黑痣终于唤醒刘邦的记忆。他记得这庄主姓葛，当年在泗水亭遭遇强盗，亏了刘邦和二哥奋力搏击，方才化险为夷。

"区区小事，葛先生不必萦萦于怀。"刘邦放下茶杯道。

"恩公此言差矣，诗云：'投我以木桃，报之以琼瑶'，黄雀尚知衔环报恩，况乎人？"说话间酒已温好，葛庄主亲自给刘邦耳杯斟满，双手举到胸前，"请恩公满饮此杯。若非天雨，鄙人何以能复见恩公，此所谓天意怜我矣。"

酒过三巡，葛庄主唤来管家，要他邀樊哙同饮。不一刻，樊哙进来，先向刘邦和葛庄主敬过酒，然后席地坐在自己座上，撕下一大块乳猪肉，一口酒一口肉地大嚼大咽起来。那威猛的样子，让葛庄主忍俊不禁，却又心生敬意："好汉果然好酒量，好食量，若是率军出战，定是横扫千军。"

樊哙抬起油光光的脸，含着肉的口说起话来不那么清楚："如此世道，暗无天日，白昼亦夜，苛政如虎，哙才不去助虐。"

"好一番慷慨陈词，壮士果然当世英雄。"葛庄主情不自禁地举起了酒杯。

酒逢知己，话题自然而然地转到了民生上。葛庄主道："前几日有客从蕲县来，传言陈胜、吴广揭竿而起，立国'张楚'，队伍已有数万之众了。"

"果真有此事么？"刘邦很吃惊，所有的事变都发生在自己奔往京都途中。

"在下也只是闻听，并不曾亲见。不过，近年不断传说陨石落，始皇死的谶语，果然先皇沙丘暴亡，故而揭竿之事也许并非妄言。"葛庄主见二位客人听得很入神,接着道,"听说举事前夜,刑徒们在鱼腹中发现了布帛,上书'陈胜王'三字,夜间大雨中,有狐鸣曰'大楚兴,陈胜王',岂非天意灭秦?"

刘邦点了点头,心想图谶之说,虽未亲验,然秦皇暴政,民不聊生,天怒人怨,气数已尽,改朝换代,乃人心使然。但他仍谨慎地隐藏了自己的内心,借邀请大家喝酒岔开了话题。

樊哙直肠快语,倏然从座上起来走到厅中央,仰头将一杯酒灌进腹中,连道痛快:"可惜时不我逢。若是当时在大泽乡,俺一定跟随陈王直捣咸阳,杀了那昏庸的二世。"

酒喝到亥时三刻,几个人都有些深醉了,刘邦一双眼皮沉沉直打架,听那窗外的雨声,今晚是停不了了,遂要樊哙查查衙役们的岗哨,自己则由管家扶了到后堂歇息,不一刻,便酣然入梦了。

刘邦在梦境里看见刑徒们一个个打掉刑枷,身披甲胄,手执刀剑,朝咸阳宫中杀去。那领头的将军是谁呢?他手持一把钢刀,寒光闪闪;在他身后,数十名刑徒抬着一个横木猛击宫门。顷之,宫门被撞开,将军越过白玉夹陛冲进前殿,一剑向坐在龙案内的秦二世刺去,但见一注鲜血从二世的脖颈奔涌而出,染红了宫前门阙上的青龙白虎。

将军手中提着二世的首级朝前追去,正踯躅间,就听见耳畔传了时远时近的喊声:"大哥,大事不好了!"

刘邦昏昏沉沉地睁开双眼,醉意中影影绰绰地见到一个人站在面前,那不是樊哙么?他想起身询问,却是筋骨酥软,动弹不得:"何事如此惊慌?"

"刑徒们趁着黑夜雨天,打开后院大门逃了。"

只这一句,刘邦的酒便醒了大半:"你说什么?你说什么?"

"刑徒们逃了。"

"谁为其首?"

"牛良不见了。"

"全都逃亡了?"刘邦倒吸一口冷气,牙根生疼。

"还剩十余人,都是平日里胆小怕事的。"

"兄弟!你我闯下大祸了。"刘邦此时的酒全醒了,一下子跌坐在榻上,目光呆滞,脸色苍白,口中只是讷讷自语,"这便如何是好?有司追究下来,即便保得了项上人头,也免不了黥刑之灾。"刘邦从内心深深地指责,都怨自己贪酒,不该喝得烂醉,"衙役们呢?难道他们也都喝醉了?"

"庄主热情,加之天雨,弟兄们喝酒除湿,都有些过量了。"樊哙回道。

"唉,葛庄主啊,你害苦季也!"

"事到如今！大人埋怨谁也无用,要紧的是如何处置。"

"那依足下之见呢？"

"俺有一句话,不知当讲不当讲。"

"事到如今,你就说如何办吧！"

樊哙顿了顿道:"依俺之见,一人是逃,十人亦是逃;一人是放,十人亦是放,倒不如一不做二不休,干脆全都放了,落得个干净。"

"你不怕朝廷问罪么？"

"事已至此,怕有甚用？也许放走刑徒,倒成就一番好事,望大人勿再优柔寡断。大不了哙与兄避祸芒砀山,做个山野之人倒也自在。"

刘邦不能不承认樊哙说得有道理,对于他,落草为寇又有何妨？只是家中上有两位太公,年迈苍苍;下有妻子儿女,倚门待望,从此生死未知,两情茫茫,不免多了许多的惆怅和伤感。造化弄人,一场大雨,将他推向人生的两难境地。然而,眼前他已顾不了许多。与其让官府治罪而死,倒不如选择逃亡,也许有一天还能父子、夫妻劫后重聚。心锁一开,刘邦目光中立时透出男人的豪气:"就依足下,请将十几名留下的刑徒传至厅堂,我有话要说。"

樊哙眉宇顿时展开,转身出了厅堂,须臾间将十几名刑徒集中到刘邦面前。刘邦用眼睛扫视了一下这些与自己相处数日的蓬头垢面的刑徒,话语中就多了许多的悲悯和温暖:"看诸位的眉目和一路举止,便知你等非强梁之徒,受此刑狱之苦,皆暴秦苛政所致。我不忍看诸位远途跋涉,趁今晚天雨,我准备放你等散去……"话到此处打住,刘邦只是暗暗打量每个人的情绪。果然,他从他们的眼睛里读出了怀疑、震惊和不解。刘邦也不多做解释,只回他们一句话,"放了诸位,我也决计逃命天涯了。"

话音刚落,就听见身后传来一句:"恩公果真当世英雄,敢作敢为。"

刘邦回头看去,就见葛庄主击掌从后堂转来,与刘邦和樊哙并肩而立道:"恩公所言,乃至诚之言,望诸位勿生疑窦。恩公'义'字当先,在下自然不能置身事外,我已命管家为诸位每人备好一份盘缠,一份干粮,烦劳樊兄分发一二。他日若有造就,报个信息即可。"

刘邦见状,深为葛庄主的义举所感动,忙打拱连声道谢。刑徒们这才疑云顿消,呼啦啦地就跪倒在地上,千恩万谢。人大概就是这样,在一起的时候,曾经仇眼相对,如今一俟分开,倒有些依依不舍了。

刑徒们散去,厅堂里忽然就陷入了难耐的寂静,只有窗外的雨声乱麻一样纷扰着大家的心,三个人都掂量得出今夜这决定的分量,都明白未来对他们意味着什么。刘邦为自己贪杯连累了葛庄主而深深地内疚:"今夜之后,在下与樊哙兄弟将隐身山林,欲以泥水自蔽。不知庄主有何打算?"

"此事恩公不必担心,丰县县令乃在下内弟,必不会为难鄙人。"

尽管如此,但刘邦还是就着烛光修书一封,递给葛庄主道:"若有不解之难,不妨拿了这书信去沛县见萧何,他一定慷慨相助,万累不辞的。"

这时候,窗外的雨声渐渐小了,樊哙在一旁提醒该动身了。刘邦这才披上蓑衣,将简单的行李背上肩头,向葛庄主道一声"后会有期",一纵身投入黑漆漆的夜色中……

看看日色西斜,萧何起身向刘太公告辞,准备回县府去。

刘太公颤颤巍巍地起身,声音浊重地说道:"犬子远行,劳大人牵挂,老朽真不知如何感激。"

吕雉听见挪动桌椅的声音,忙从后厨转出来,一脸笑意地说道:"萧大哥这就要走啊?"

萧何忙向这对翁媳施礼道:"近来世道不宁,人心浮动,县府事情分外繁忙,侄儿须得应卯去。"又对吕雉说,"太公年迈,季兄远行,家中诸事有劳嫂夫人了。"言罢转身出了刘家大门,朝县府的方向而去。

吕雉送到门口,望着萧何的背影道:"等夫君归来,请大哥喝酒。"

回到上房,刘太公瞪着一双昏黄的眼睛问:"季儿走了有一个月了吧?"

吕雉点了点头,准备到后院去收拾洗好的衣衫。一连多日的阴雨,使沛县城的每一棵树,树上的每一片叶子都能滴出水来。今日好不容易放晴了,一大早,她为老的和小的准备了早饭,自己就洗洗刷刷地忙了半天,后院就像打起了帘幕,一件一件以上连着,在太阳下散发着皂角的清香。

劝人容易劝己难,吕雉到今天才有了亲身体验。午前萧何来时,不但带了郡府发的薪俸,而且说了许多宽心话。萧何不愧是读书人,他字斟句酌的每一句话听起来都十分熨帖,她那颗牵肠挂肚的心因为萧何的到来而破云见日,渐次地亮丽许多。然而,刘太公的一句问话,让她落地不久的心复又空落落的,没个着地处。是啊!往常出行半月,总会有信捎来,这回整整一个月连一个字都没有,莫非……这两个字一冒出头,她立即"呸呸"地在心里骂自己,他了解自己的夫君,虽说平日里有些脱落不羁,但绝不是事到临头六神无主的人。

从绳子上拉下一件短裤,吕雉狠狠地摇了摇头,把心中的不快驱除出去。这时候,隔壁传来大儿子刘肥读书的声音——

公孙鞅之治秦也，设告相坐而责其实，连什伍而同其罪，赏厚而信，刑重而必。是以其民用力劳而不休，逐敌危而不却，故其国富而兵强；然而无术以知奸，则以其富强也资人臣而已矣。及孝公、商君死，惠王即位，秦法未败也，而张仪以秦殉韩、魏。惠王死，武王即位，甘茂以秦殉周……

《秦法》明令，以吏为师，把诸子百家的书焚烧殆尽，她只能让儿子读法家的书。昨晚，在为刘肥解读这一段时，她还指出秦法严苛，民怨沸腾。

刘肥心粗，她在那里讲着，刘肥只是哼哼地点头，倒是亲生的小儿子刘盈道："孩儿听萧何叔叔说，孟子曰，民为重，社稷次之，君为轻。夫子也说，泛爱众而亲仁。秦皇何不用儒术呢？孩儿还听说，秦始皇三十四年，秦皇一次坑杀四百多名儒者，这是何等残酷。"

听了这些，吕雉的心里就涌动着汩汩春水。当她一人站在院子里时忽发奇想，父亲不是说刘季有大贵之相么？将来……

"唉！居于陋巷，何敢有此非分之想？"吕雉笑了，笑自己想入非非……

萧何一回到县府，曹参就上门来找他，掩了门，脸上带着几分神秘："大人知道么？出大事了！"

萧何笑了笑道："何事如此神秘？"

"陈胜、吴广在大泽乡举事，聚众数万，声势浩大，朝野一派震恐。"

萧何对这个消息并不感到奇怪，一则他心里清楚，这样的事情迟早要发生；二则他对于一群戍卒能否成大事存有犹疑。可曹参接下来的话，却是让他对于那一片泽国发生的事情不能不刮目相看了。

"大人有所不知，如果举事者只是一些贫贱者倒也罢了，要紧在于应者甚众，你猜彼等都是些什么人么？"曹参其实并不要求萧何作答，就扳着指头一一数道，"张耳，当年为魏公子无忌（信陵君）座上常客，曾任外黄县令，今逢其时，投奔陈胜做了将军了，听说随楚将武臣进军赵地，夺下邯郸了……"

"哦！"萧何将坐下的杌凳朝前挪了挪。

"陈余，魏国名士，性情倨傲，亦拜在陈胜阶下。"

"咦！"萧何吸了一口气，不知不觉中又向曹参靠拢了一些。

"田儋，原是战国时期齐国王族，秦国灭亡齐国后，与其堂弟田荣、田横移居狄县。据传在狄县门客众多，追随陈胜攻略齐地，已自立为王了。"

萧何问道："足下此等消息从何而来？"

"蕲县的富豪们纷纷到沛地避难，带来的消息十有八九是真的。"

萧何"哦"了一声，心里就不平静了，这些日子自己忙着处理向咸阳输送刑徒之事,竟然没有留意世事巨变。看来,反暴秦者,不只是陇上耕夫,戍边戎卒,更有六国余脉。昔日强秦,早已遍地薪柴,稍有风过,便烟炎张天。蕲县距沛县不远,是顺义举事,还是做暴秦之鹰犬,都得有所应对才是。

平心而论,萧何早已对履职县府厌倦之至,这不唯自己官卑职小,常常受到郡府官员蔑视,更在于他不愿意随着官府去欺凌百姓。他亲历了秦灭六国的战争风云,王翦打到郢都时他刚刚十四岁,屈原投汨罗江的故事让他不止一次地感受到亡国的屈辱。大泽乡举事让他看到依稀希望,他敏锐地捕捉到暴秦从此将国无宁日。

"县令知道这件事情么?"萧何问。

"这不来向大人您禀告么?"曹参摇了摇头。

"好!你我这就去见县令。"萧何忘记了疲劳,起身朝外走。

两人来到县府时,就看到衙役们虽然还在县府门前值守,却没有了往日的肃然,甚至神色中有些慌乱不定。看到掾吏到了,一位值守的忙上前道:"县令大人正找二位大人呢,吩咐见了大人,让速到二堂。"

萧何看了一眼曹参,彼此眼睛中读出了异样的神色。转过前面大堂旁的小径,就看见县令正站在门前朝这边看,及至发现他们后,县令甚至顾不上通常的礼节,便忙不迭地说道:"哎呀!二位这半天去何处逍遥了。"又指了指案头郡里发来的文书,"刚到的,要我等严守县城,决不让陈胜贼寇攻城略地。"

萧何展开竹简,大致浏览了一番,作揖问道:"大人有何打算?"

县令无奈地耸了耸肩膀道:"区区沛县,岂能抵挡得住贼寇。"

萧何看了看曹参道:"卑职也如此想,眼下贼势正猛,负隅顽抗,我等殒命不说,祸及妻儿老小,全城父老,罪莫大焉。"

县令皱着眉头问:"依二位之见呢?"

"与其抗之,不若顺之。"曹参忙接上话茬。

"二位是要本县献城投降么?"

"非也!"萧何近前一步道,"不等陈胜军到,我等先举事,岂非两善。"

曹参明白,这县令平日里鱼肉百姓,官声甚劣,如今要他举事响应张楚,难以服众。可是当着县令的面他不便言明,沉思一会儿才道:"依卑职观之,举事者皆草莽农夫、囚犯刑徒之辈。我等均在官府有职,恐难取信于百姓。"

"依你所言,我等唯等死耳!"

萧何与曹参暗暗交换眼色,不失时机道:"卑职保举一人,必能号令百姓。"不等县令询问,萧何接着道,"泗水亭长刘季虑事周密,宽厚仁爱,且素知民间疾苦，由他率先举义，定孚众望。"

县令于是沉默了。作为县令，他怎么会忘记刘季当初在吕太公乔迁盛宴上的放浪之举呢？他平日里虽说为人宽厚，然常常戏谑官府中人，又怎么会于乱世中听命县令呢？

"大人不必介意，刘季虽举事，然彼必在大人麾下，若是拥立大人为王，岂不成就了大人夙愿。"

萧何这一番话算是说到县令心中去了，遂道："刘季虽可胜任，然则此人现在押解刑徒去京都途中，不知何时方可返回。倘在此期间，贼众兵临城下，我等岂不束手就擒？"

萧何笑道："这个不劳大人费心，陈胜这一起事，骊山刑徒自然蜂起响应，刘季若闻，必有对策。卑职估计，不久便会有消息。"

萧何没有猜错，等他从县衙回到家中，刚一进门就看见一人面墙背门而立，那熟悉的身影使他情不自禁喊出声："樊哙……"

"参见大人。"樊哙转过身，扑通一声就跪倒在萧何面前。

萧何急忙扶起樊哙，一双眼睛上下打量着他。樊哙蓬头垢面，衣衫不整，络腮胡子包裹着一张铁青色的脸，疲倦的眼睛布满血丝，哪里还有当日在街头卖狗肉时高呼大喊的模样。萧何急忙唤了丫鬟张罗为樊哙沐浴更衣，又吩咐夫人命后厨准备酒菜，半个时辰后，当他们席地而坐，举杯邀酒时，樊哙已经面目一新了。

樊哙显然是饿坏了，他拿起一只鸡腿一口咬掉一大块，又端起耳杯一饮而尽，直到吃过一盘鸡肉，打了个饱嗝后才长舒一口气道："大人！一言难尽，只是俺一路奔波，数日未合一眼，您能否让俺睡一觉起来再说不迟。"

送樊哙去歇息，萧何心头不禁暗暗生喜。樊哙能回来，也就意味着刘邦必在不久的将来回到沛县，举事指日可待了。

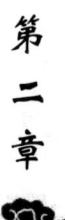

第二章

夜漫漫刘季斩蛇
情拳拳张良离乡

第二天东方既白,沛县的街市还没有热闹起来,萧何已经在府上待不住了,约了曹参直奔樊哙的狗肉铺而来。

"两位大人到了,有失远迎,恕罪恕罪。"账房瞧见两位县吏相偕而来,急忙上前打拱,说着话转脸对伙计喊道,"给两位大人沏茶。"

两人到厅中安坐,曹参不等账房说话,便问道:"你家东人可已起来?"

账房摊开双臂,报以无奈地笑道:"这些日子着实累坏了,一回来就躺到榻上,鼾声如雷了一夜,到现在还没有醒来。"

萧何摆了摆手道:"不急!你我且耐心等着。"

闲坐无事,两人便零零碎碎地问起些生意上的事情。

账房一脸的忧郁:"自从大泽乡揭竿的消息传来后,人心惶惶,有钱人家早已带了细软远避他乡,留下些穷苦人家,有几家常年能吃得起狗肉的?眼见得生意一日不若一日,而官府为平定寇乱,每日催缴赋税。东人被抽去押解刑徒的日子,一天也卖不了一只狗。您说,这过的是什么日子!"

萧何举目扫视了一下前面的铺案,上面摆着伙计们四更起来杀好的狗肉,肥厚新鲜,还残留着水洗时的热气。铺前匆匆往来的人却是不少,可没有人朝这边看一眼。正是七八月的天气,虽说节令即近中秋,却是暑热不退。这狗肉卖不了、吃不完,便只有腐烂倒掉。照此下去,不消月余,难免关门休业。可眼下他能做的,就是尽其所能,为老友分忧解愁。这样想着,萧何从衣襟下拿出一串铜钱,朝正在店铺前吆喝的店小二喊道:"你且过来。"

店小二住了吆喝,三步两步来到萧何身边。

"你算算这些钱该买多少肉,分为三份,一份送刘亭长家,一份送曹先生家中,一份送到我宅中。"

曹参情知萧何之意,忙拦住店小二,也递过一串钱道:"曹某也算一份。"

"足下何必如此,吃得了那么多么?"

曹参捋一把美髯,目光炯炯道:"足下慷慨解围,参岂能吝啬?难不成樊哙是你友,而非吾友乎?"

账房闻言十分感动,忙起身给二位掾吏续水:"我家东人得遇两位知己,真乃三生有幸。"说着就要弯身作揖。

曹参见状,起身扶着他的肩膀道:"杯水微澜,当不得先生大礼,快快请坐。"

三人正拉扯间,便听得内室樊哙瓮声瓮气地喊道:"何人喧哗,搅得人觉都睡不安稳。"

账房忙进到内室禀报,樊哙哦了一声,便立即出来见二人。

曹参问:"睡好了?"

"睡好了!俺如今才知道,押解刑徒实在是个苦差。风吹日晒不说,最担心的是死个人没法交代。"樊哙呷了一口茶,咕噜噜半天才咽下去,话也跟着出了口。

"快说说路上出了何事,为何只有你一人回来了,刘季呢?"

"散了!"

"何谓散了?"萧何睁大双眼,瞅着胡须满腮的樊哙问道。

"两位不要急,且听在下慢慢道来……"

告别了葛庄主,刘邦和樊哙投入到雨夜中去了。伴随着沉重的脚步,泥水在脚下发出"咯吱咯吱"的呻吟。大约走出一里路的光景,刘邦忽然有种被抛弃在天地之间的孤寂和仓皇。他说不清,今晚的事情对于他和樊哙,也包括那些卸掉枷锁的刑徒来说,究竟是祸还是福。他更无法确定,离开这里,将去向何处?沛县是决然不能回的,回去了就等于自投罗网。他问身边的樊哙道:"我等于何处安身方能逃过官府的追究?"

比起刘邦,樊哙的心思更是沉重。他本没有这趟差事,若非萧何力荐、刘邦反复邀约,他怎么会丢下肉铺的生意远行咸阳呢?他明白,萧何这样做是为了给他讨些官府的差费,填补一下用度;他清楚,刘邦邀他同往,也是知他平日行侠仗义,为朋友肝脑涂地。这份沉甸甸的情谊使他不忍拂逆了他们的心意。然而今夜,一场暴风雨让一切变得茫然无序,他就是再魂牵梦萦,亦是于事无补。站在夜雨淋漓、泥泞不堪的旷野,他感觉自己成了一只任由风浪颠簸的小舟,平日蛮牛般的力气毫无用处。听见刘邦问话,他挠耳抓腮半天,忽然想到一个地方:"在下在沛县时常听人说于此往北有芒砀山,山泽密布,群峰兀立。近年来,不断有落难者栖身此处,你我不妨前往躲避一时,待此事平息后再做打算。"

黑暗中,樊哙看不见刘邦的表情,只听从夜色中传来沉重的叹息:"事已至此,也只能这样了。"

有了这个打算,他们倒从心底感谢这场突如其来的大雨,这让他们少了几分被人认出的危险。他们把自己装扮成乞丐模样,一路讨饭,一路打听,终于在一天午后,芒砀山在望了。

"如此说来,刘季眼下在芒砀山了。"

樊哙点点头道:"出了刑徒逃亡的事情,他怎还敢回到沛县来?"

曹参和萧何彼此看了看,那种关不住的喜色顿时上了眉头,连道:"只要人在就好,只要人在就好。"

见此情景,樊哙陷入了迷茫,心想这两人是怎的了?朋友落难,不拔刀相助也就罢了,为何满面春风。

萧何看出樊哙的狐疑,忙道:"在下今日来,就是想请足下再辛劳一番,到芒砀山召刘季回来。"接着就把大泽乡举事后,遍国响应,沛县县令欲举事,他和曹参如何举荐刘邦,如何说服县令召樊、刘二人回来,共图反秦大计等一一叙说了一遍。

听了这番话,樊哙豹眼圆睁,倏地站起来说:"暴秦苛政,民不聊生,早该天谴民伐。既有举事之图,何不早说,害得俺半天如坠云雾。"

三人都因这氛围而情不自禁地站了起来,樊哙双手抱拳,话语中就带了赴汤蹈火的气度:"不瞒二位大人,刘兄人缘极好,他到芒砀山之后,聚葆山泽的好汉们都拥戴他,至今已有千人之众了。俺明日就动身前往芒砀山,请刘兄回来主事。"

"难得足下快人快语。"萧何说着,拉过曹参举起茶盏,"当"地与樊哙手中的杯盏碰在一起。

芒砀山矗立在芒县和砀县交界处,在方圆三十多里的地域内,坐落着二十多座山峰。说是山,其实也不过三十六丈。却因为僖山东耸,立山南峙,陶山西立,鱼山北布,将保安山、黄土山、铁角山、夫子山、磨山、马山、徐山、周山、王山等山峰凝结为一体,迤逦棋布,气象万千。

当刘邦登上雨后初晴的芒砀山时,不禁为它的逶迤起伏,群峰簇拥,主峰兀立的气势而惊异。他想到在咸阳服徭役时听到的一些传言,据说当初始皇南巡是因为有人陈奏东南有天子气,他试图东游以"厌之"。不是么?太阳从山头云层中将耀眼的光芒洒向每一座山峦,乳白色的岚霭顿时浮光跃金,霓虹飞彩,一道白云从山谷间冉冉升起,直上九天,宛若巨龙,这不是天子气么?

那么这个带天子气的人是谁呢?这念头一冒上脑际,他就不禁惊悚地看了看周围。他笑自己痴人说梦,现在正是落难之际,却去想那些遥无际涯的事情。当他发现身边只有跟随的李甲之外,就是站立在道旁的古松翠柏,这才稍稍从容了。

刘邦现在已是近千饥民推举的首领了,李甲做了他的亲兵。他按了按腰间的刀道:"樊哙走了有些日子了吧?"

"大概十多天了,想来早已到了沛县。"李甲回答。

刘邦"嗯"了一声,继续朝山头攀登。站在僖山山巅,举目四眺,林海苍茫,澜涌波卷,砀河蜿蜒曲折,从山谷间泻出,淙淙远去;对面就是立山,山虽不高,却是斧劈刀斫,参差嶙峋。仿佛一面屏障,呵护着群山深处的避乱饥民。

刘邦收回目光,回望来路,从山坳里传来一阵阵喊杀声,那是饥民们为应对事变在演习刀枪,这情景,让他的思绪一下子回到前些日子初到芒砀山的情景。

无论如何没有想到,刘邦在芒砀山看到的正是那一夜从葛家庄逃走的刑徒。当他们在山脚下遭遇之际,刑徒们投过来愤怒和狐疑的目光。有的甚至捡起路旁的石块,摆开一副拼命的架势。

对峙大约持续了半个时辰,清瘦却有几份胆量的李甲终于从人群中出来冰冷地问道:"你们是要抓我们回去么?"

跟着李甲之后，牛良也站出来指责："大丈夫一言九鼎，岂能出尔反尔。如今吾等身陷绝境，宁可决命争首，亦绝无再入牢狱之理。"

个中有积怒甚久之人更是摩拳擦掌，疾言厉色道："如今暴秦不得人心，遍国囹圄，赭衣塞道，尽地积薪，陈王振臂一呼，天下应之。掠城攻县，势如破竹。惹得吾等火气，杀个亭长有何不可？"

闻言，樊哙倏地从腰间拔出腰刀厉声道："休得无礼，且听刘大哥如何说。"

"诸位误会了。"刘邦拨开樊哙的手中的刀，近前一步，脸上就带了温暖的笑意，"既是放了你们，我岂能反悔。只是一放诸位，刘季亦成罪人，于来芒砀山避难，不想与各位相遇，岂非天意？"

"果真如此？"李甲退后一步，看着刘邦道。

"刘季七尺男儿，顶天立地。诸位若是不信，看看我等衣衫便不难分晓。"

大家这才把目光从刘邦和樊哙的头上移到身上，但见他们衣衫不整，两脚沾满泥土，哪里还有个押解刑徒的差官模样，与途中乞者无异，那份紧张和担心便去了许多。于是，众人在山前找了一块树荫坐下说话。

刘邦问道："既是放了各位，就该回家与妻儿团聚，为何又群聚芒砀山？"

李甲解释道："原本是要回乡的。可大家商议之后，甚感返归故里，依然难逃被官府通缉追捕，倒不如就在这芒砀山聚义，杀富济贫，等成气候了，再设法将家小接来，岂不快活？"

这话倒是对了樊哙的心思，忙拱手道："事已至此，我与刘大哥亦是有家不能回之人，诸位如信得过，大家就一起在芒砀山安下山寨，有福同享，有难同当如何？"

刘邦虽然没有说话，但他在心底已经认可了樊哙的主意，抬头看看，太阳西斜，刘邦站起来说道："天色不早，此处为官民过往之地，非说话去处。有何思虑，不妨上山之后详谈。"说罢，他起身沿着狭窄的山道向前走去。李甲忙向众人挥了挥手，一干人呼啦啦地跟着刘邦和樊哙上山了……

刘邦摇了摇头，觉得这些天简直就是在梦里过来的。他一个为朝廷效力的亭长而今却躲进深山集囚成寇，命乎，运乎？饥民和刑徒们都因他稳健持重推举他为头领，他只能顺从众人的意志。他毕竟读过一些书，对当今天下大势还是明白的。他隐隐感觉，拴在朝廷这棵大树上，将来绝没有好结局。

他唯一放心不下的就是吕雉母子，离开沛县这些日子，他不知道陈胜的队伍是不是已经到了那里。兵荒马乱的年月，不知吕雉该如何照管吕、刘两家老小。于是，他便拜托樊哙潜回故里。分手时两人相对，彼此从对方眼里读出了沉重。

刘邦握着樊哙的手道:"兄弟,此去无论吉凶,都该早些把他们母子,哦,还有萧、曹两位老友的消息带回来。"现在,他望着山下的盘肠路,多么希望樊哙的身影出现在眼前。

樊哙一走,他顿时感到了孤单。近千人的吃饭活命问题落在了他的肩头,他虽不能说是举鼎绝膑,却也有千钧重负之感。他只有狠下一条心,向芒砀山附近的豪强要吃要穿。昨夜,他派牛良带了些好汉去山下劫财,为山上的兄弟谋些过冬的粮食衣物。事前他已经遣人踩了点,得知那家豪强鱼肉乡里,民怨甚多。如果顺利的话,现在也该回到山寨了。因此,当李甲提醒他时候不早时,他迅速将一腔烦恼藏进心底,转身向寨门走去。

刘邦刚回到山寨喝了口热茶,李甲就进来说牛哥从山下回来了,整整拉了三车钱粮、衣物和财宝。刘邦闻言,欣喜便溢上了眼角,传令来见。一言未了,牛良一口一个大哥地从门外进来,双手抱拳向刘邦禀报。接着从腰间解下一个包裹扔在地上:"小弟把那恶人的头颅拿回来了。"

刘邦腾地从座上弹跳起来:"你把他杀了?"

"此等恶霸,不杀作甚?"

"唉!你怎可如此莽撞。"刘邦叹息了一声,"临行时为兄如何说的?眼下芒砀山只有千把弟兄,势孤力单,心余力怯,不足以震慑豪强。倘是惊动官府,岂不连累了众位弟兄。"

牛良却不以为然道:"兄长多虑了。小弟此次下山,不仅为山寨筹了钱粮衣物,因为杀了豪强,大快人心,有成百乡民愿意跟随兄长成一番大业呢!"

"哦!他们皆上山来了?"刘邦的情绪因为这一消息而转换过来,对李甲说,"传令下去,今夜山寨置酒庆功,牛良兄弟须得多饮几碗。"

在牛良和李甲分别告退后,刘邦临窗而立,望着西天渐渐散去的晚霞,扼腕自语道:"若是樊哙在,该是何等牛饮马啸啊!"

……

这是刘邦亡命芒砀山以来最狂欢的夜晚,大厅中央,一口鼎锅热气腾腾,酒香飘然,弥漫在周围。虽然衣衫不整,但因为劫财的喜庆,每个人脸上都洗得干干净净,没有了往日蓬头垢面的样子。每四个人的面前摆着一只大俎,里面盛了野鹿肉和野猪肉。看看酒沸腾起来,早有年轻的小卒给每个小头目的酒樽里斟满乳白色的酒浆。刘邦从上席口来到大厅中央,高声道:"众位弟兄,今夜置酒庆功,季与诸位兄弟一醉方休。"

刘邦饮完樽中酒酿,李甲上前为他再度斟满,刘邦接着道:"昨夜牛良兄弟为山寨筹粮,斩杀豪强,为民除害,功莫大焉,这一杯,我要敬牛良兄弟。"

等到第三杯举起来,他话锋一转道:"想必诸位知道,暴秦不得人心,皆在苛政如虎,视百姓为草芥。想在座各位深受其害,感之深也。"刘邦话语的节奏缓了下来,但语意分明加重了,"陈胜举义,意在解黔首于倒悬,救黎民于水火。我等于此举义,志在自救,非为匪患。故决不可侵扰百姓,不可滥杀无辜,不可见财起意。若有违者,严惩不贷。"刘邦说完,将樽中酒饮尽,就听见厅中静极了。

"诛灭暴秦,乾坤清朗;聚义守礼,秋毫无犯。"伴随着雷吼般的声音,觥筹交错,杯盏相撞,人头攒动。

刘邦为自己第一道令受到弟兄的拥戴而心境豁然开朗,在人群中来回穿梭,与众人碰杯,及至时交子夜,人已沉入醉乡。他拱手与几位头目作别,转身出了寨厅,步入清辉明月下去了。

李甲追出门要扶,被刘邦推开。李甲职责所在,只好远远地跟着。

月光洒在芒砀山的峰峦叠嶂,白日里郁郁葱葱的松林,碧草如茵的山坡,匆匆流淌的溪流,被涂成一簇簇凝重的剪影,尤其是僖山对面的保安山和立山,在夜色中,恰如伏虎、卧龙,威严而又神秘地耸立着,芒砀山的夜色因此平添了几分安逸。

夜风吹在脸上,初始是清爽的快意,不一会儿便五内翻腾,酒气上涌,脚下也不听使唤。刘邦摇摇晃晃地来到寨门前一块大石上坐下,解开衣襟,望着远方,仰天长啸:"想我刘季堂堂七尺之躯,上不能孝高堂二老,下不能抚妻子儿女,却在这深山藏身,岂能为大丈夫乎!"由思亲转而狂怒,将腰间的宝剑解下来,放在身旁,对月骂道,"嬴秦不灭,天理不容。"

他觉得头很沉,不一刻便昏昏睡去了。在梦境里他回到沛县,与萧何曹参一起对饮,与老父共话别后的艰难时世,他还要问岳父吕太公,他当年那番话是否真有一天会应验,他这样梦着,就发现有黑衮从天而落,加在他身上;又发现吕雉身披皇后深衣,凤冠高峨,被一般宫女簇拥着向他走来;再左顾右盼,但见萧何、曹参着了官服,手捧笏板,跪倒在山道两旁,口称陛下,毕恭毕敬,俨然朝堂。

"哦!莫非泰山人人所言果真应验。"刘邦正惊异间,却看见对面立山山头一朵黑云,乘着山峰朝他涌来。

"何人大胆,敢在此肆意威福?"接着,一位着白袍白甲的少年将军从天而降,怒目圆睁道,"此地乃白帝所属,岂容尔在此张狂,还不速速离去。"

刘邦甚是诧异,来芒砀山多日,并不曾闻白帝之说。莫非这两日来了强人,要与弟兄们争夺山寨。

"在下不知何为白帝?"刘邦手中宝剑被夜月映出凛凛寒光,直指白衣将军道,"倒是足下知趣,不妨早早离开,免得成试剑之物。"

这话一出口,惹得白马将军火起,催动胯下坐骑,持枪直朝刘邦迎面刺来。刘邦一个虎跳躲过长枪,轻轻一点,那马受到惊吓,一个腾空,险些将少年将军摔下马来。

刘邦不等他勒缰回首,就觉得有一股力量托着他飞上天空,推着他的剑飞向白衣将军,只见月光下一股热血喷涌而出,眼见得少将军身首异处。刘邦插剑入鞘,刚刚回转身来,却听见耳边传来呼唤:"大哥神勇!大哥神勇。"一个激灵,酒全醒了。

月光西斜,星稀云淡。哪里有什么白衣将军,青石旁一条白蛇被斩断数节,头依旧在草丛蠕动。

刘邦忙拉过李甲问道:"何来白蛇?方才发生了何事?"

李甲不容多想,就跪倒在刘邦面前连连道:"大哥神勇,大哥神勇。"

"贤弟快快说明原委,方才到底生出何等事端?是白蛇要伤及在下,贤弟斩了妖蛇吧!"

李甲仓皇摆手道:"小弟岂有此等神力,方才大哥酒醉入睡,只见一条白蛇从草丛中出来头颅高扬,天哪!火红的芯子,发出风一样的呼呼声。小弟生怕伤着大哥,欲拔刀斩了其首,未及动手,却见大哥迷糊中从青石上拿起宝剑,连连挥动,那蛇便黑血淋漓,身首分离,头跃起数尺高,才摔到草丛中,到如今还在颤颤蠕动。这时候,小弟又听见兄长一句梦语:'免得成我试剑之物',想来真是怪哉,不可思议。"

刘邦明白了,梦中所见之白衣将军正是这条白蛇,既然李甲不明其里,且任人传说吧。他从身旁的树枝上揪下几片树叶,擦了剑刃的蛇血,插进鞘内,以一种轻松的语气道:"既是毒蛇已死,你我且回寨中歇息吧,夜深了。"

这一觉,直睡到第二天日上三竿方才醒来。李甲打来热水,刘邦净了面,在虎皮座上打坐,喝一口茶问道:"昨夜山寨平安无事乎?"

李甲并没有直接回答,而是眨着眼凑近他道:"大哥你说怪也不怪?"

"何事?"

"牛良兄昨夜多喝了些酒,早早睡了。约为丑时二刻,起身到山后小解,却听到从密林深处传来妇人哭泣之声。他遂循声而去,彼处却是一山洞。一老妪坐于洞前,掩面而泣。牛兄问为何哭泣。老妪凄然曰,人杀吾子,故哭之。牛兄又问,何以见尔子被杀。老妪又曰,吾子白帝子也,化为蛇,当道,今赤帝子斩之,故哭。牛兄以为老妪说谎,正欲鞭笞,老妪却忽然不见了。"

"果真有此事啊!为兄倒要问问牛良。"刘邦面露喜色,出口的话却是极简约。牛良带回的消息使得他将长期以来断断续续却又千丝万缕、十分零碎的思绪在瞬间连成一张网。从吕太公眼中的"少好相人,相人多矣,无如季相,愿季自爱",到乡人道自己"一口美髯,左腿侧七十二颗黑子";从他的"不事生产"到咸阳服徭役,见到秦皇发出"大丈夫当如此也"的感慨,到母亲曾经告诉他说有一次在水塘堤坝上闭目小憩,梦与天神不期而遇。逢上雷电交加,天色阴暗,父到塘坝接应,见一条蛟龙蟠于母身,随之有孕而生自己。这些当年只能暗藏心底的秘密,都向他昭示出一种无以言说的征兆:他也许就是刘家中能够翻天覆地的人物了。

但这些隐秘只属于自己,连樊哙也不知道。他现在需要知道的是,山上这帮兄弟究竟怎样看待昨夜的斩蛇,需要知道他们的真实想法。

他轻步来到厅外,凭栏俯瞰,在山崖下面的平台上正聚集了一群兄弟,高一声低一声地聊着昨夜的事情,就数牛良的声音大:"各位弟兄,知道么,刘季大哥非常人,乃是上天遣下凡尘的赤帝子啊!"

他的话音刚落,就有人接着责备他惑乱人心:"刘大哥为人豪爽,与我等朝夕相处,我如何就没有看他是神人呢?"

旁边有人打断他的话道:"牛哥既如此说,自不是空言,且听他如何说。"

众人立即响应,要牛良将昨夜所见细说一番。

牛良目光掠过一双双渴望的眼睛,便饶有兴趣地将昨夜的枝枝节节串在一起一一道来,说得身边的人们一个个目眩然而不瞋,舌桥然而不下。但牛良并没有终止,他继续为自己言语的真实可信寻找证据:"诸位可知道?当你我在牢狱之际,大泽乡举事了。在下听说,事变前一天,上天将谶符藏于鱼腹,曰'陈胜王',方才有揭竿之事。"

这消息他们在葛家庄听说过。至此,大家终于明白,这些日子他们日夜相处的是一位天帝之子,一位神勇无比的英雄,他们现在开始想与他今后的关系,该怎样称呼他,才足以表示对赤帝子的尊敬和服从。

"他是神人,自然与我等不能再以兄弟相称。"牛良对此事似乎已经思虑成熟,在人们的巴望中,他沿平台边缘转了一圈,忽然目光灿烂射人,"有了。"

"有什么了?"

牛良眉头飞扬道:"在乡间时,我曾于富豪之家佣耕。见有客人来,彼常以'公'呼之,想必是高贵之称,刘大哥自沛县来,又任亭长,就称'沛公'何如？"

这时候，从山崖背后飞起一只苍鹰，直上九天，顷刻之间便以云为伴了。牛良在回身仰望的一刻，瞧见了倚栏而立的刘邦，仿佛有神力驱使，他"扑通"一声跪倒在地，高呼道："沛公在上，受小人一拜。"

众人见状，也随着跪倒在地，一时节山谷里齐刷刷地滚动着"拜见沛公"的声浪，在群山之间荡起一阵阵回声。

刘邦若醉若醒，似梦似幻，山间的风吹起他的衣袖，而远处那只苍鹰，不知何时又穿越云层，回到山寨，落在厅前那株古松上，眯眼望着眼前的一切。刘邦目光迥然，掠过跪倒的人群，伸开双臂，高声道："众位弟兄！至今往后，季当与众位兄弟同心勠力，共诛暴秦，福难同当，共图大业。"

他的声音刚落，就见人群中站起一位大汉振臂高呼："跟定沛公，伐无道，诛暴秦。"

"伐无道，诛暴秦！"

"伐无道，诛暴秦！"

四面群山齐声响应："诛暴秦……"

刘邦抬眼看去，不禁"啊"了一声，心中惊喜道："樊哙！是樊哙回来了。"

……

当刘邦在芒砀山深处被众兄弟奉为"沛公"之际，四十二岁的张良正在准备离开下邳，去寻找可以和衷共济的知己。

午后，他遣散跟随自己一起举事的百名少年，要他们向家人告别。队伍集合成列后，他很坦率地对大家说道："是去是留，任由自便。愿意走的，即行拜别父母，负戈远行；不愿走的，留下尽儿女之孝。"他说这些话时，没有任何虚与委蛇，言不由衷。他真诚的目光使得这些下邳少壮深信，跟着他，一定会干霄凌云，高飞远举。

他们毕竟生在这里，喝着沂水长大，当然也有父母之念，衿佩之紫。其中不少人在听到将要离开故乡的消息后，禁不住热泪盈眶。然而，他们更知道，当他们被大泽乡燃起熊熊心火的时候，就意味着要么杀出一条血路，于战乱中求生存。要么，被下邳官吏逮捕，做了刀下之鬼。这是包括他们父母在内的所有亲人都明白的道理，与其坐以待毙，不如拼死一搏。

站在最前头叫贺冰的年轻人双手抱拳，慷慨陈词道："跟着先生闯天下，我等义无反顾，计不旋踵，纵流矢白刃而绝无后退之理。"

后面的几位几乎同时喊出："跟随先生，义无反顾，共赴大业。"

但张良很快发现，在大家激昂盟誓之际，第二排的一位羸弱少年口唇嚅动,却是没有发声,于是传他出列说道:"你有何心事,无须顾忌,不妨直说。"

那青年苍白的脸泛起短暂的绯红,怯怯道:"我父亲离世太早,老母抚养,恩重如山。这一去不知何时可以归乡,故而牵挂母亲。"

张良的手轻轻地拂过他的肩膀,温婉地说道:"我深解贤契跪乳反哺之情,夫为人之先在于孝。君不妨留在故乡,侍奉娘亲,倘使有一日重逢,再续忘年情缘。"

那青年十分感动,纳头要拜。

"义军离开后,官军一定来袭,且带母亲暂避一时,待生活稳定时再回故乡务农。"张良拦住他说完这些,转身对大家道,"众兄弟也各自散去,明晨卯时在东城门外集结。"

张良却没有随大家离开,独自一人来到城东的圯桥边,这已成了他的习惯。

自十年前在阳武博浪沙刺杀始皇未果逃到这里后,每当心境郁闷时,他就独自一人来这桥头,望着远去的沂水,叹息自己一介书生,满腹经纶,却只能将亡国之恨隐忍,徒让韶华流去。

沂水从下邳城东穿过,自北向南蜿蜒而去,在远方注入泗水。城东乡人要进入下邳城,都要从河上的圯桥经过。此刻,张良缓缓地登上桥头,扶着石砌的桥栏杆北望,平原已经覆上浓浓的秋色,金灿灿的稻谷铺开一片,直到平原尽头。自秦"废井田,开阡陌"以来,这本是个旱涝保收、物阜民丰的地方。可近年来,朝廷徭役不断,豪强兼并愈烈,富者田连阡陌,贫者无立锥之地,当年商鞅变法带给百姓的益处毁坏殆尽。

张良叹了一口气,向前走到东边第四个栏杆时,目光凝固了,他仿佛感受到先贤的余温尚在,似乎听到了哲人触动心源的箴言睿语。

张良永远忘不了曾经的门第高峨,曾经的荣华富贵。他在都城新郑呱呱坠地时,"五世相韩"的家世带给他何等的荣耀,而最直接的荣耀是父亲张平在居相位。张家生下一个男孩,预示着一颗新的相星在都城上空升起。在他初晓人事时,听母亲说,满月那天,祖父的故交、父亲的门生故吏、同朝阁僚,登门庆贺者相望于道。人们纷纷争抱这个哭声洪亮的男儿,希望他不仅仅给家族带来血脉兴旺,更能成长为一位辅佐韩王的才俊。当时他并不知道,韩国的一位叫郑国的水工正在秦国修渠引水,试图借此"疲秦",以求安逸,而向韩桓惠王上奏这个谏言的不是别人,正是自己的父亲张平。

张良也忘记不了新郑被攻破的那一幕。那是一个秋风萧瑟的日子,重阳节前几日,秦国内史腾率领的十万大军已经渡过黄河,势如破竹地向新郑杀来。张良与母亲跟随着逃难的人群，仓皇离开新郑，向南而来。重阳节那天，正在流浪途中的张良闻说国都城破，韩王安被俘，不禁怆然涕下。

日子流水一样从身旁消逝，在隐姓埋名中度过三十岁生日时，他不仅成为一位成熟的须眉男儿，而且成为秦朝的一个臣民。昔日的一切对于他只在记忆中活着，复国的希望如秋云一样渺茫，这让他夙夜难眠，常受耻辱的折磨。终于，在三十二岁那年，他获得秦始皇要东巡的消息，便导演了那场惊心动魄，却功败垂成的行刺。他不能不感佩秦皇的诡谲神秘，他竟然将自己隐没在一色的驷马之驾中间。那豪华的车辇队伍让隐身在高坡后面的张良一瞬间陷入迷茫。当一百二十斤的大铁锤将乘车者击倒在地时，他慌了神，惊悚间趁乱钻入芦苇丛中，逃离现场。后来，他从传闻中得知，武士击倒的只是副车，秦始皇因为清一色的车驾而免于罹难。随即而来的是举国"大索"，他猜想那武士大概也杀身成仁了，否则朝廷不可能不知张良的去处。

在下邳，他最大的幸运是遇到了贵人。

那一天，他又一次来到圯桥桥头，面对沂水在心头呼唤："父亲！孩儿何时才能回到韩国去？"

他在圯桥上站了许久，直到斜阳夕照时才转身往回走。他需要认真筹划自己下一步该怎么做，他不能总这样消沉下去。这时候，耳边传来呼唤声。转脸看去，却是一鹤发老者，着粗布衣，手拄一杆荆木拐杖，把一只鞋往桥下扔。张良不禁有些纳闷，好好地脱了鞋往河里扔，莫非此人精神错乱。未及多想，老者说话了："孺子！下去为我取履。"

这种既没有敬语，又很生硬的口气，让张良心中很不快。你自己故意将鞋扔下桥，却要别人去捡，这不是故意刁难么？放在以往，也许他怒火中烧，拳脚相加了。然而，岁月可以改变一切，张良将一腔愤懑咽下腹中，挽起裤腿，从侧旁的缓坡下到河底。好在秋日河水并不深，那只鞋也漂出不远。他迅速拾起鞋子上了岸，捧在老者面前。

但是，张良没有从老者眼中看到一丝感谢的意思，他安然无事地坐在桥头，指着湿漉漉的鞋道："为我着履！"说着话，把脚伸了过来。

腥臭的汗味直冲进他的鼻子，从小在相门长大的他什么时候受过如此无礼呢？何况，他坐在地上，要穿上鞋，自己就得取跪姿方能奏效。再抬头去看，已经有过路行人驻足观看，觉得这老人太不给面子了。

可张良就是张良，他再一次说服自己——你不是反复吟诵过"是可忍孰不可忍"么？不是很欣赏荀卿字的"志忍私，然后能公"，倘使眼前的这事情都不能忍，还能成就什么大事。再者，已经为他捡起了鞋子，何妨再为他穿一次呢？又其次者,他垂垂老者,倘使"老吾老以及人之老",天下美俗也。

他这样想着,就匍匐长跪地为老者穿上鞋子。当五个脏兮兮的脚趾伸进鞋子时,他从老人的脸上看出了朗风开怀。

而他望着老人的背影,也为自己终于能够坦然面对生活遭遇而欣慰。就在他刚刚迈开回家的脚步时,老人转回来了,说道:"孺子可教也!后五日平明,与我会此。"

他就这样留下一句让张良感到惊异的话离开了,那渐渐消失的背影在张良心头化为团团疑云,越积越厚,以至于站在桥头,就那么望着那条了无踪迹的小径发呆。直到一位过路者提醒他挡了道之后,才不无歉意地笑了笑,转身离去。他觉得这是一次十分离奇的人生遭遇,这看似貌不惊人的老者一定是一位很不平凡的智者。张良说不清他身上究竟有怎样的魔力,只记得在他说出五日后相会时,自己几乎不假思索就回答了一个字:"诺!"

一路上,他不断憧憬五日后的会面将会是怎样的一种情景。

好不容易挨过五天。他卯时三刻就起身,匆匆洗漱之后,赶到圯桥桥头,东方已经放亮。远远地瞧见桥头坐着一个人,近前细看,果然是老者。张良撩起袍子,双膝跪倒在地,正欲拜见老者,却看见他满脸不快,接着就是斥责:"与长辈约见,却迟迟不到,这是为何？"

张良正要解释,却见老翁已起身离去,临行回看了一眼张良道:"后五日见。"待张良再次抬头时,老者已杳无踪影,只有一串浸渍露水的脚印,深深浅浅地印在桥头。

他的心弦因为老者的责备一下子绷得很紧。又一个第五天,鸡鸣第一遍的时候,他就急匆匆地应约而至,然而,他不能不惭愧地垂下头,因为就在桥东的第四个栏杆旁,他看见了老者的身影。果然,接下来,他承受了更为严厉的指斥:"为何又迟到了。"又是留下一句"后五日复早来",飘然而去。

这怪异的举止让张良强烈地感到,他们之间一定有什么事情会发生,第四个五日的前一夜,他干脆和衣而睡,更漏刚刚交过子夜,他就披着夜露来到桥头。不一刻,老人来了。当他第一眼看到先自己而到的张良时,脸上顿时扑满春风。

他以"当如是"三个字做了开场白,然后便从怀中拿出一卷竹简递到张良手中道:"你读此则为王者师矣。后十年兴。十三年孺子见我济北,谷城山下黄石即我矣。"

张良接过书,正要作揖道谢,却发现老者不见踪影,身边只有丑时的夜风吹动沂河的水声,哗啦啦地在耳边鸣唱。

这究竟是怎样的一位贤哲呢？举止如此索隐情怪？

怀着重重疑虑，张良的脚步自然慢得多了，等到回到家中，天已放明。

妻子冯慧用异样的目光打量他道："何事让夫君子夜外出，日旦归来？"

张良顾不上回答妻子的问话，径直奔了书房，先净了手，然后慢慢地启开竹简，当"太公兵法"几个字映入眼帘时，他禁不住"啊"地惊呼一声。他自知遇到了神人，立即唤来书童，在书房正中布置起香案，摆上果品，行了祭拜礼。

十年俾夜作昼，寒窗苦读，张良已经不再是那个在博浪沙行刺的青年了，岁月把他磨炼成一个智足决疑，量足包荒，才足折冲御侮的成熟男儿。

一阵风来，夹带着微雨，打断了张良的回忆。抬头西望，不远处就是下邳城楼。城楼上悬挂着下邳县令的头颅，经过几日风吹日晒，在灰色的天幕下泛着青紫。

这个甘做秦皇鹰犬，搜刮民脂民膏，天怒人怨的虎饱鸱咽者做梦也没有想到，将他推上断头台的竟然是一位看似懦弱的书生。

大泽乡的风潮很快席卷下邳，本已优游淡泊的张良热血再度沸腾起来，他照邻急庶的德望，风云玄感的卓识，很快就吸引了百十名下邳少壮集结在他的周围。

张良明白，复国将是十分艰苦而漫长的历程。与其好高骛远，毋宁从眼下做起。当夜，他们率领少壮冲进下邳县府衙，将县令从睡梦中抓起，押到圯桥桥头示众。

他本想说服县令与他们一起起事的，孰料县令口放狂言，反而要他们放下兵器，否则援兵一到，参与起事者难逃诛尽杀绝的下场。这话一时激怒了贺冰这个平日里为人佣耕，受尽欺凌的年轻人，他一步上前取了县令首级，悬上城楼。等他们再度回到县衙时，县丞、县尉早已逃之夭夭了。县府里一片狼藉，来不及带走的财物扔得到处都是。站在县令大堂中央，张良似乎看到咸阳城破的情景。

接下来几天的消息证明县令临终并非虚言，不断传来郡守已遣两位司马各率军一千前往下邳而来。这也在张良预料之中。区区百人，敌众我寡。他只有选择离开，去投奔可以依附的义军将领。

张家宅门在暮色中显得有些沧桑，他远远瞧见大弟张恭与二弟张俭在门口等候，看样子站了许久了。他的心一下子就沉重了。二老椿萱离世，他就是这个家中的支柱，他们显然在等待他的安排。

两位兄弟看见张良，急忙上前问候："兄长归来了。"

"回家说话。"张良点了点头。

三人回到厅堂,妻子冯慧已经将饭菜摆上。张良注意到,厅中央的鼎锅里温上了酒酿。每个人面前除了日常的饭菜外,特又加了一盆鸡肉。

张良的目光一下子变得忧伤了。从新郑城陷至今二十一年了,冯慧陪伴自己颠沛流离,没有享受一天太平日子。现在又要为自己担惊受怕,他却给不了他们什么,他不知道怎样对妻子说出自己的安排。

除了儿子不疑年龄尚小,不晓得将会发生什么外,在座的每一个人心中都明白,这大概是弟兄们在一起的最后一顿晚饭了。往后天各一方,参商之虞,情何以堪,话都显得很少了。

张良知道,话题先得自己开启。他举起耳杯道:"官军不日即来攻下邳,我们势孤力单,决计暂避锋芒,今夜且做告别之聚。"言罢,先饮了杯中之酒。

张良举起第二杯酒食时,便把目光集中到冯慧身上了:"我与你甘苦共担数十载,甚觉愧对于你。而后还要仰赖娘子抚养不疑兄弟,这杯聊表谢意。"言罢又仰头一饮而尽,顿觉自内而外地发热了。

接下来,就是对各位兄弟说话。张良举起第三杯酒,邀张恭和张俭共饮。当三人的耳杯在手中碰撞出声响时,他开始安排两人的去留。他看着张恭说:"你沉稳持重,处事绵密,须得留下,与你嫂及不疑一起到外乡躲避兵爨。"

"弟本想随兄长征战,共举大业。"张恭喉结颤动了一下,把话题转到留下来上,"常言说,长嫂比母。请兄长放心,只要张恭在,就决不让嫂夫人和侄儿们有些许不安。"

这情景,让一旁的张俭有些受不了。作为张家最小的儿子,母亲离开时他刚刚十岁,是嫂子一手将他拉扯大。他怎么会忘记在阳武居住的那些故事呢?那是一个初冬的日子,第一场雪降落阳武,他与村童们到渠水边观雪嬉戏,推搡间不慎落水,被村人救起时,浑身冰冷,昏迷不醒。闻讯赶来的嫂子解开衣襟,用体温从死神手中夺回了他;嫂子也有十分严厉的时候,有一次他丢下学业跑出去踏青,受到嫂子的戒尺严责。

往事历历在目,却又面临别易会难的遭遇,他的眼中就溢满了泪水,转身来到嫂子面前,举起酒杯道:"弟自幼离母,若非嫂子视同己出,岂有今日。请受小弟一敬。"

饮干杯中物,他分明看见,冯慧泪光盈盈了。当年那个贤淑、美丽的嫂子已经不在,唯有眼角的鱼尾纹记载着那些流逝的日子。

冯慧拉着张不疑来到张良弟兄面前道:"跪下,向你父亲和叔父行礼。"

不疑跪倒在"大人"面前,喉头颤动了忧伤,接着是扯着张良的衣角号啕大哭:"父亲!孩儿舍不得父亲走,孩儿要父亲留下来……"

张良的脸色立时变了,目光蒙上冰冷,几乎是带着怒斥道:"你且起身。诗曰:'肃肃兔罝,椓之丁丁。赳赳武夫,公侯干城。'为父博浪沙锤击始皇,你岂能于此离别之刻,哭哭啼啼,令为父失望。"

不疑从地上站起来,张良这才转换了说话的口气:"我走后,好生侍奉母亲。待事成之后,我接你母子出去。"

外面传来急切的敲门声,张俭拉开门,贺冰进来禀报道:"去景驹那边的人回来了。"

"怎么说?"

"景驹乃楚王后裔,趁陈王大势起事,如今已拥众两万了。闻说先生欲率众投奔,十分高兴,欲扫榻以待。"

张良的眉宇顿然展开,挥了挥手道:"如此甚好!明晨卯时二刻出发!"

第三章

耆老陇上话玄机
沛令府衙扣萧曹

九月，正是秋稻成熟的季节，可刘家地里却只晃动着一个女人的孤影。

吕雉直起酸困的腰肢，将一簇稗草扔在田埂上，这才撩起衣襟擦了擦额头的汗水。她手搭凉棚朝远处的树荫下看，那里，是自己的一对儿女——女儿刘蕊和儿子刘盈正在树下玩耍，她才放心地转过脸来，久久地打量地上那一堆稗草，长长地叹息。

"一走就是多日，也不知可到了京城？"吕雉自语着弯下身子，继续拔草。

年年这个当口总是刘家最忙的日子。最累的事务就是在稻田清除稗草，它常常混在稻菽丛中，不容易辨认。有时候瞅了半日，以为清除完了，回头检索，才发现它就隐藏在碧叶间，绿油油的，葳蕤不让稻菽。偏偏刘季平日里不事生产，喜欢交朋结友，常常夜醉而归。加之又有了个亭长的身份，终日在外奔波，哪还有时间到得田间。前些日子，他又被县令差遣送刑徒去咸阳。这一走就是两个月，连个音信也没有。

吕雉拽下一把稗草，轻轻地喘一口气，就觉得今日这天分外闷热，似乎要落雨的样子。头顶的太阳告诉她已是午时一刻，该到树荫下吃饭了。就是她自己不吃，一双儿女怕是早饿了。她刚刚朝地头迈开脚步，就影影绰绰地瞧见树荫下多了一个身影。待到距地头约有一丈远时，她终于看清楚了，那不是别人，正是沛厩司御夏侯婴。他和萧何、曹参一样，都是刘邦的朋友。虽说是给县令赶车，但夏侯婴生就是一个淳厚、宽容的长者性格。只要路过泗水亭，就总要找上门来讨杯茶喝，顺便说些沛县发生的新鲜事。

吕雉记得，上一次见面是在刘邦服徭役回来的第二天。自刘邦出去后，已有多日未来了。

夏侯婴正与刘盈、刘蕊玩打水漂。他从地头拾起一块瓦片朝塘里扔去，那瓦片就贴着水面滑行，在很远的深水区才沉入塘底。刘盈感到神奇，照着样子扔出去一片瓦，却很快就入水了。他很失望，钻进夏侯婴怀里要问个究竟。

刘蕊毕竟年龄大些，扯着刘盈的手道："叔父膝下，不可无礼。若是母亲看见，免不了要责备一番。"

"不妨事。"夏侯婴低下头，毛茸茸的胡须贴在刘盈的脸颊，刘盈便一个劲地喊"胡子扎人"，逗得夏侯婴哈哈大笑。

待放下刘盈，夏侯婴发现吕雉朝这边来了，上前施礼道："嫂夫人大安！"

吕雉躬身还礼："先生这是又出车了？"

夏侯婴叹了一口气道："这乱世县令哪有心情下乡体察民情。这不，他老父闻听陈胜举事，走州过县，专杀贪官污吏。日夜不安，惊吓成病，昨日传了郎中登门诊脉开药。在下一早送郎中回家，路过此地，看看嫂夫人有何事要做，弟亦可与刘兄分忧。"

吕雉欠身谢过，两人就坐在树荫下说话。

"没有刘兄的消息么？"夏侯婴有意无意地问了一句。

吕雉摇了摇头："兵荒马乱，传信也不方便，妾只是担心，途中可安否？"

夏侯婴明白吕雉尚不知道刘邦在外的际遇，便道："萧何、曹参没有告知嫂夫人么？"

吕雉觉得夏侯婴话里有话，忙问："发生了何事？先生能直言相告吗？"

夏侯婴觉得与其让吕雉牵肠挂肚，不如让她早有个准备。聪明的吕雉怎么能看不出夏侯婴目光中的意思呢？遂给刘蕊和刘盈手中各塞了一块麦饼，要他们到一边去玩耍。待转过脸时，吕雉一双黛眉就凝在了一起："叔叔有话不妨直说。"

夏侯婴瞅了瞅四下,说话的声音就低了:"刘兄押送刑徒途经丰西泽,刑徒逃走,刘兄与樊哙逃到芒砀山躲避去了。"

"啊!"吕雉嘴张开,眼见得喘气紧张了,"何时的事情?"

"大概月余了吧。萧、曹两位大人怕您担心,故而未敢明言。"

"唉!人在他乡,生死未卜,妾身一人,赡老抚幼,这如何是好?"吕雉长叹一声,盈盈泪水就涌出了眼眶。但这样的惆怅在吕雉眉目瞬间闪过,待她拭去腮边泪水的时候,情绪已经转换过来,惨然一笑道,"事已至此,妾身只能勉力为之。乱世之际,逃亡他乡,未尝不是一件好事。妾身唯有孝敬二老,教子成人,他若是能回来,也不枉与妾身夫妻一场。他若埋骨荒野,也不担心刘家断了香火。"

夏侯婴吃惊地望着吕雉,心想这女人如此胸襟,真乃女中丈夫,刘季有此良妻,三生之幸。他站起来抱拳作揖,慷慨道:"夏侯不才,愿为朋友赴汤蹈火,在所不辞,嫂夫人何时有难,可到沛县寻找在下。"

吕雉忙谢道:"妾身谢过叔叔,不到万不得已,妾身不敢相扰。"

"嫂夫人何出此言,刘兄之亲,乃婴之至亲。刘兄高堂,乃婴之老父。"夏侯婴说着从怀里掏出一串半两钱放下,转身朝地头啃草的马匹吆喝一声,驶上了去往县城的路。

弯弯曲曲的道路在稻田间蜿蜒,亦如纷乱的丝带在吕雉心头纠结,思绪无论如何是回转不到田头了,就那么看着车驾越来越远,她在心底祈求上苍,保佑刘季在外平安无事。她决计瞒过刘太公,找刘喜商议下一步的主意。她也在心里埋怨萧何和曹参,这样的事情怎么可以瞒着自己呢?她想得太专注了,要不是耳边传来数声"母亲",她也许还会在那里站下去。

喊他的不是别人,是十四岁的刘肥挑着食担站在面前。

"你祖父可曾用过?"吕雉接过担子问。

"用过了。孩儿手拙,做得慢,让母亲和弟妹受饿了。"刘肥说着话,从食篮里拿出碗筷,分别给吕雉、刘蕊和刘盈盛满粥,说麦饼是祖父刘太公教他做的。吕雉拿起麦饼咬了一口,虽然不及自己出手的香甜,倒也可口。她的心头就飘过一丝欣慰——为自己平日里没有白疼他,也为刘肥的知礼。

"昨日的功课可已温过?"吕雉口嚼麦饼,说话有些囫囵。

"温过了。"

"给娘背诵一遍。"

刘肥趁空给刘盈碗里夹了一筷子菜,晃动着肥囊囊的脑袋背道:"尧之王天下也,茅茨不翦,采椽不斫;粝粢之食,黎藿之羹;冬日麑裘,夏日葛衣;虽监门之服养,不亏于此矣。禹之王天下也,身执耒臿以为民先,股无胈,胫不生毛,虽臣虏之劳,不苦于此矣。以是言之,夫古之让天子者,是去监门之养,而离臣虏之劳也,古传天下而不足多也。今之县令,一日身死,子孙累世絜驾,故人重之。是以人之于让也,轻辞古之天子,难去今之县令者,薄厚之实异也。"

吕雉虽然没有动声色,然而,她的心头却是流过一缕欣慰。昨夜,她要刘肥背诵《韩非子·五蠹》篇,刘肥念着念着,倒"呼呼"地进了梦乡,为此她用戒尺打了他的手掌,罚他伴灯默诵,竟至子夜。秦皇焚书坑儒,只有这些法家的书可以读。可此时吕雉觉得,韩非子所言"今之县令,一日身死,子孙累世絜驾,故人重之",不正是暴秦天下的实情么?

但刘肥背着背着就停下了,眼睛斜看着不远处。吕雉正要责备,却发现刘肥目光所及处正有一位鹤发老者手拄黎杖,一边蹒跚而来一边说道:"老夫走得渴了,大嫂可赐口水喝?"

吕雉忙起身道:"无水有粥,可充饥渴。老丈请且住脚步,歇息片刻,妾身这就盛粥给您。"

未及转身,却见清瘦娇弱的刘盈端着一碗粥颤颤巍巍地来到老者面前,嫩声嫩气地说道:"请老爷爷用粥。"那彬彬有礼的模样,煞是可爱。

老者在接过粥碗的那一刻,灰白的眉毛悠悠颤动。喝完粥,老者舒服地长出一口气,昏花的老眼也灼灼闪光了。

"哎呀!夫人贵人相也。"他在与吕雉四目相对的那一刻,倏然惊呼道。吕雉还没有回过神来,他又围着吕雉打量了一番,把刚才的话重复一遍,"夫人!真贵人相也,前程不可预言……不可预言……"

吕雉一边收拾碗筷,一边笑道:"妾身虽未居茅屋草舍,家道消乏,却也仅能遮体果腹而已,何贵之有?老丈说笑了。"

老者不以为然地摇摇头道:"非也!荀卿子曰:'涂之人可以为禹',夫人仪态不凡,气若芝兰,举止间雍容尔雅,巾帼英气,不掩眉宇,将来必有大气象。"

这一回吕雉在意了,她记得还是在七八岁时,有一天,吕太公与人对弈,棋至中局,她遵父命烹茶待客,那人就曾道自己静女其姝。吕雉紧了紧衣裙,上前施了一礼,一脸虔诚都转到舌尖了:"谢老丈。老丈既是有相人之术,烦请为三位儿女指点前程。"

"这……"老者捋了捋胡须,眼睛先从刘肥身上开始,一一扫过三个少儿的脸颊,待到目光止在刘盈肩头的时候,禁不住又是一声惊呼,"呀!夫人所以贵者,此男也。"

"还请老丈详解?"

"天机不可泄露,他日必见分晓。"老者摇了摇头,接着又将刘蕊打量一番,连道,"此女亦贵人也。"

吕雉又要他为刘肥看相,老者留下一句"父荫子肥矣",便转身离去,那两只宽大的衣袖一如鸟儿翅膀,翩翩欲飞的样子。吕雉心头一惊,老者对三位儿女的观相虽是寥寥数语,却是轻重有别。情知自己遇见贵人了,她忙要三个儿女向老丈拜谢,人却已走远了。

吕雉发现,在高人相面的那一刻刘肥走了神,心不知飞到何处去了。她便很庆幸,他没有听明白更好,这样的事情他越糊涂越好……她按捺住兴奋,让刘肥带着弟弟妹妹们回庄上去,当然,她也没有忘记叮嘱刘肥将方才背的《韩非子》默写一遍。

"我不回去,要和娘亲一起玩耍。"刘盈不愿意回去,恋着田头的自由。

"听阿姊的话回去,爹爹在家等着呢。"刘蕊毕竟年长几岁,牵着刘盈的手踏上回家的村路。

"真的么?"刘盈眨着大眼睛问。这孩子从小没主意,只要阿姊说行就行。

"神神道道的。"刘肥挑着担子自语道,慢悠悠地走在后面,他想不起来刚才老者究竟说了些什么。

这一场遭遇犹如一阵爽风,扫去前半晌吕雉心头的阴霾,让她觉得这午后的太阳实在敞亮明澄。在走向田埂重新除草时,她脚底轻快如风。嗯,人生天地间,祸福岂有定?也许,这次遁身老林,对于她的夫君就是一次成事的良机;也许父亲当年的预言要应验成真;也许有朝一日,她真的……

稻田里的水映出吕雉影影绰绰的面容,她发现自己的长相的确带着几分福气。回想从小到大的成长历程,她有过观物伤泪的感受,也有过烦恼,但绝不同于普通女子的期期艾艾,她总是更多地想,假若自己是个男儿,吕家必是门第生辉。

在心情畅丽的时候干活,她一下子就专注了许多。她没有发现,一双眼睛全神贯注地看着她的背影。

一回到沛县,刘邦立时便有了忧虑。一马平川的沛县,连一座土丘都看不见,遑论深山老林。近千人的队伍,站成方阵,就是黑压压的一片,哪里去藏身呢?虽说回来之前,樊哙已将县令准备响应陈胜举事的消息告诉了他,但他还是不放心。好在沛县城外有数百亩密林，人进去后，如同鱼儿进了大海。他要樊哙将队伍隐藏在林中，等待他与萧何、曹参等人商议举事的时间。

"多则三五天，少则一两天，便见分晓。"他对李甲、牛良等人道。

离开队伍，他没有回家，径直奔了田头。这些日子，吕雉一定为他担心了。他轻手轻脚地来到东西走向的田埂上，一眼就从稻荪丛中发现了一株稗草。他伸出长臂拔草的当口，唤了一声"夫人"。正在全身心除草的吕雉被瓮声瓮气的男声吓了一跳，待回转身来，发现站在面前的是自己的夫君时，那眼泪还是止不住顺着两颊留到嘴角。

"燕雀尚知归巢，夫君一走数月，岂知妾的艰难，老父倚门盼儿之苦么？"

刘邦从吕雉手中接过稗草，解下腰间的汗巾，为吕雉擦去额头的汗水，说话就温软多了："我岂能不知夫人苦度时艰之辛。只是事发突兀，我不得已逃遁芒砀山，隐身月余。今日你我夫妻重聚，诚非天意？"

对于吕雉来说，人回来就是最大的安慰，便刹住话头，收拾行装准备回家。路上，他将夏侯婴如何路过泗水，前来传信，老者如何相面，言刘盈、刘蕊贵人之相述说了一遍。

一句话激起千重浪，刘邦的脑际迅速整理几个月来的种种迹象，深信这耆老绝非等闲之人，他急切地问道："老丈往何处去了？"

"离开了若干时辰？"见吕雉摇摇头，刘邦又问。

"大约一个时辰了。"

"憾之至也，憾之至也。"刘邦长叹一声，收拾起吕雉地头的器具，起步回家。当刘家庄渐次展现在眼前时，刘邦的心境已经释然。他悄悄打量走在身旁的吕雉，就从心底感谢岳父把女儿许配给自己。

"嘿嘿！"刘邦摸了摸颔下的胡须，暗暗笑了。

"夫君为何发笑？"吕雉撩了撩裙裾问。

刘邦没有回答，他从吕雉手中接过草篮，加快了脚步。他强烈地感到，从此他将不再属于泗水亭，更不属于自己的庄院，而是属于这个纷乱的天下了。

当晚，伺候老父安寝后，刘邦询问了在离开的这些日子里刘肥的功课。在知晓儿子学业有进后，他向在一旁洗漱的吕雉道谢。吕雉莞尔一笑道："夫君之子，亦是妾身之子，何劳道谢？夫君如此，倒有几分见外了。"

看看大榻旁边的小榻，刘盈和刘蕊都进入了梦想，刘邦心头扑满了温暖，只是觉得亏欠夫人太多，不是一个"谢"字能够载得动的。

所谓久别胜新婚，当夜阑人静之际，听着从街巷深处传来星星点点的犬吠,两人都有些情不自禁。灯火下,吕雉脱去白日的裙装,只穿一件短褥,内套一件束胸,两只丰盈的乳房将短褥撑得隆起,下着一件粉色小裤,长发从两肩垂下,衬出吕雉圆润的鹅蛋脸庞,润泽而又光滑。如果说,在以往的日子里,刘邦只是将她看作陪伴身边的家妇,那么,今夜,想着老者留下的话,他就觉得眼前的女人美不可言。

刘邦捧起吕雉的下颚,深情地吻过她光滑的额头,在她美丽的眼帘间停留了许久。他感觉得到,吕雉的身子在颤抖,心跳在加速,喘息的节奏越来越密。这是女人最焦渴的暗示,如潮水涌出堤坝,如烈火喷薄灼热。刘邦揽起她纤细的腰肢,坠入夜色露水岛上去了……他们的身子被大水推着,从一个浪峰到一个浪峰。他们的血液,被情感蒸煮,滚烫滚烫。

吕雉迷醉着眼睛,柔柔地问:"夫君说,盈儿真的就能成为贵人么?"

"老者的话,当不会错。"刘邦说着话,手却并没有停止抚摸。

"妾身也是巴望梦能成真。不过,"话题马上转到了刘邦的归来上,吕雉问,"夫君放走了刑徒还敢回来,不怕官府追究么?"

"是县令命萧何传话要我回来的。萧何说县令眼看暴秦气数已尽,欲响应陈王举事,要我辅佐他。"

吕雉"哦"了一声,这一回她丝毫没有阻拦刘邦的意思:"男子汉就该应时顺势,天下为怀,夫君尽管前去,家中诸事有妾撑着。"

刘邦俯下身子,给了吕雉一个吻,吹灭灯火歇息。当耳边传来吕雉梦中的呼吸时,刘邦却毫无睡意,有些事他还没有想清楚,无法全部告诉吕雉。

……

刘邦只在刘家庄待了一夜,第二天天刚放亮,他就起身前往沛县县城。他知道,那里不仅有近千名弟兄在密林里等候,而且沛县县令也正心急火燎地要见他。

刘太公拄着黎杖站在院中间,一脸的怒色:"你一走数月,家中全靠你妻操劳。你既回家,就该打点日子,为何又要走?"

"县令传唤,孩儿岂能不去?"刘邦向父亲作了揖,转身出了院门,上了通往县城的阳关道。随着村庄在身后越来越远,刘邦的心事也爬上心头。

这心事从樊哙返回芒砀山营寨,传了县令招他回去的消息时就翻腾开了。初始他感到很受鼓动,连县令都要谋反,二世不得人心可见一斑。然而,他一想起赤帝斩蛇的那场惊心动魄,心潮就起伏翻滚。既然连白帝子都死在自己的剑下,那他还有必要仰人鼻息么?他甚至想,比起"陈胜王"的谶语,斩蛇更昭示了他的帝王气象。尤其是当他从吕雉口中闻知耆老之言后,就更坚定了率部举事的决心。他相信兄弟们一定会支持他,而不会屈从于一个秦朝县令的意志。这是不是就是"天降大任于斯人也"呢?难道只有陈胜、吴广、张耳、陈余们可以逐鹿中原,而我刘邦就不能做一回雄杰吗?沿途的稻谷已经进入了灌浆成熟期,刘邦觉得这是举事的绝佳时期,筹集粮草没有多少困难。

泗水亭就在沛县城边,抬脚就到,不一会儿,刘邦已出现在樊哙的肉铺前了。问过店小二,得知樊哙刚从城外回来,刘邦悬着的心放下了。一进门,就看见曹参和樊哙正坐在厅中叙话。见刘邦进来,两人忙起身施礼招呼。

刘邦扫视了一下屋内问:"萧兄呢?"

曹参回道:"被县令传去问话了。县令急着要见刘兄。"

"朝廷鹰犬,也妄谈举事,岂非笑话。"樊哙递上一杯热茶,话里就带了轻视和埋怨。

刘邦呷了一口茶,与曹参对面而坐,接过樊哙的话头道:"回沛县的路上我也在思忖此事,这沛县令本就是个贪官,这些年没有少糟践百姓,现今却要我等跟随他起事,百姓会如何看?"

"刘兄所言甚是。在下知道,沛县令与郡守是儿女亲家,似乎又是赵高的远方外甥,与朝廷牵系盘根错节,岂能真心反秦?一旦情势逆转,他复为朝廷鹰犬,我等必是死无葬身之地。"

听曹参如此一说,樊哙"咦"的一声,牙缝中就进了冷气:"依我说,与其从之,毋宁杀之。"

话音刚落,萧何从门外进来了,一脸矜持地说道:"好啊!县令大人急着要见刘兄,你倒有闲情在此品茗。"

刘邦笑道:"不是等萧兄回来商议大计么。"

"什么事情都瞒不过刘兄的慧眼。"萧何笑了一声,接着就把县令叫他去的事述说了一遍,"看样子是急不可耐了。"

"依我看来,县令是察言观色,揣摩我等之心呢。"

萧何心头一动,心想这刘季平日里出入赌局,孰料察人论事,洞悉无遗,果然厉害。但他不动声色,却来个反诘:"何以见得呢?"

刘邦站起来在厅中踱着步子,历数县令盘根错节的关系,末了狡黠地一笑道:"他虽一县之令,却是上通丞相,下通郡守,为秦之官,食秦之禄,常为苛政前卒,岂能与嬴秦离心。现今言之凿凿,举事云云,不过遮人耳目而已。其心可疑,其言无信,我等不能不防。"

这一番话最是说到樊哙心里去了,他从座上站起来,怒目圆睁道:"既知如此，何须彷徨不决，只要沛公一声号令，千名弟兄杀进县衙，要了狗官的命，岂不痛快。"

萧何忽然听到"沛公"一称，甚觉新鲜，忙问樊哙何谓沛公。樊哙便将刘邦芒砀山中斩白帝子一事尽行道出，说牛良等弟兄拥戴刘邦为"沛公"，愿追随麾下，共诛暴秦，铸成大业。

萧何听罢，眉宇大展，忙来到刘邦面前，连连拱手道："沛公沛公，其称甚美。依在下观之，不如就由沛公掌局，我等众星拱之，何愁大业不举？"

众人立即响应，纷纷上前向刘邦祝贺。然而，刘邦却站在大家中间，连连摆手道："不可不可，万万不可！季本小小亭长，才疏学浅，岂能担得大任。倒是先生饱读诗书，学富五车，刀笔可抵千军，由先生主事，岂有不成之理？至于沛公云云，不过刑徒兄弟妄言，权当笑谈。"

"沛公此言差矣。"曹参从旁打断刘邦的话，"何谓不言而信，沛公是也；何谓不比而周，亦沛公是也。芒砀山聚义，沛公立下不可侵扰百姓，不可滥杀无辜，不可见财起意之法，大张仁义，百姓安乐。倘无天下胸怀，岂能有大略在胸。我等皆愿辅佐公成就伟业鸿基，君勿推辞矣。"

樊哙在一旁听着几位的话，早就耐不住性子了，大声道："俺最见不得的就是诸位不直言快语，非得礼让三番才能定夺。要依了俺，率一拨人马杀了狗官，插旗吃粮，愿者皆来，哪里来的这些俗套。"

闻言，众人轰然笑了，樊哙便不好意思道："话虽不雅，却是正理！"

刘邦深为大家的真诚而动容，举起双手打拱道："既是诸位拥戴，季自无再推辞的道理，就勉为其难。季定当肝脑涂地，披坚执锐，不负众望。"

正说着话，就见樊哙命店小二捧来一摞碗放在每个人面前，里面盛满了酒酿，对刘邦道："为成城断金，何不对天盟誓。"

话音未落，只听从旁边传来一声沉闷吼声："在下也算一个！"

众人回头一看，原是沛县常为丧事吹箫的周勃。他生得皮肤黝黑，与樊哙一样为络腮黑须，平素里与樊哙经常外出狩猎，拉得一手强弓。

樊哙见状，急忙将他介绍给刘邦。

"各路豪杰云集，乃大业必成之征。"刘邦大喜过望，脸色顿时就扑满了庄严和肃穆，他接过酒碗，双膝跪地，面对上天，振振有词道，"吾等奉天承运，共举大义，诛秦讨贼，勠力同心，若有反悔，形同此物。"

大家一起仰首饮尽碗中酒，跟着刘邦"咔嚓"一声，碗落地面，碎为几瓣。每个人目光如炬，都明白从此以后，他们的生命将与刀剑和死亡纠缠在一起。

接下来,刘邦一一安排事宜,要萧何、曹参回到县衙回好言抚慰县令,不使其生疑。他则和樊哙一起出城,到密林中集结人马。

刘邦问樊哙道:"兄弟可有杀好的狗肉。"

"昨日刚刚宰了二十只狗,只卖去五只,其余还没有来得及卖。"

"如此甚好。既是起事,自然顾不了许多,将狗肉装车,随我一起犒劳弟兄,待萧、曹两位先生归来,就攻进城诛杀县令,改换旗号。"

待这一切安排妥当后,已是日色近午。樊哙不敢怠慢,带了几名店小二押着两辆装了酒肉的车子来到县城南门。门口多了乡卒,检查过往行人。带头的门吏看见刘邦和樊哙,忙上前道:"亭长这是要去何方?"

刘邦若无其事地笑问道:"何事,如此紧张?"

门吏眨了眨眼睛说:"亭长有所不知,昨夜从郡里传来消息,说陈胜近日将攻打沛县,县令大人要在下检查来往可疑之人,以防奸细混入。"

"县令大人处事周密,事关百姓安危,自是不可掉以轻心。"刘邦"哦"了一声,接着转脸对樊哙道,"门吏大人问话呢,为何要带了酒肉出城?"

樊哙长叹一声道:"人心惶惶,生意难以为继。一天也卖不了几条狗。这不,城南张庄主纳妾,要用些酒肉,俺趁机送去。"

萧何和曹参久去不回,沛县王县令在县府二堂有些心神不安。对于这两位贴身掾吏那貌似恭顺的眼神背后还藏有什么秘密,他有些捉摸不透。王县令整了整自己的衣冠,力图让自己从纷乱的心境理出一个头绪来。

从情感上说,与朝廷有着千丝万缕牵系的王县令怎么也不愿意背叛朝廷,当大泽乡揭竿的消息传到沛县时,他盯着郡府文书上那些带着紧张和恐惧的小篆,目光中就流露出轻蔑。朝廷是什么?是曾经横扫六国的虎狼之国,是自东周以来第一次统一了天下的朝廷,它拥有把诸侯们踩在铁蹄下的六十多万大军,岂是几个刑徒、徭役能撼动得了的。

泗水郡府就在沛县,作为儿女亲家,他们之间的走动是常有的事情。"寇乱"初起时,郡守大人就立即传他去商议对策,要他迅速征集乡勇,配合郡司马的军队守好城池。

"贼寇未到,大人何以成惊弓之鸟。区区陈胜、吴广,不过乌合之众,能耐我强秦何?难不成彼等竟比项燕厉害?"

"未雨绸缪总是好些,万不可掉以轻心。"郡守就责备他太大意。

虽是儿女亲家,但毕竟官高一级,他没有再反驳,却在心里嘲笑郡守胆小如鼠,见几个蟊贼就心慌神乱,朝愁夕忧。可接下来的消息却令他失色目滞，不知所措了。他万万没有想到，在他心中车攻马同、千秋万岁的朝廷，一俟遭遇兵乱竟然天摇地动。叛军应者云集，不到一个月，连克铚县、鄸县、苦县、柘县、谯县，八月，打到陈县时，陈地郡守、县令望风而逃，义军所向披靡，一举攻下陈县，立国"张楚"。

就在前几日，他竟然听说郡守大人已于夜间逃出沛县不知去向。

"郡守离去后，末将接到朝廷诏命，率军北撤至颍川拒敌。"司马说完，把郡守离开时的一纸文书递到王县令手中，那说话的口气竟然与前一件大相殊异，乃至有废然而返、唇冷齿寒的意思：

> 贼势正猛，所过州县，摧枯拉朽，锐不可能；顺之者昌，逆之者亡。吾等亦当审时度势，谋大计于未雨，求自保于乱世，切切……

他手捧文书，反复琢磨这大计和自保之间究竟有怎样的联系，他究竟该怎样做才能免于一死。他在心里大骂郡守只顾自己逃命，扔下泗水百姓不管。

对于泗水郡的过去和现在，他是了然在胸的。这方土地本来属于楚国，始皇二十四年（公元前223年），秦灭掉楚国，始于此设郡。楚人子弟甚多，难保不会步陈胜后尘杀了他一家，献城投敌。

昨天，萧何来报，说刘邦和樊哙已经回到沛县，今日一早，他就命萧何曹参去传刘邦到县府议事，眼看日色过午，却不见踪影。倒是县丞慌慌张张地进来禀道："大事不好了，有人看见，刘邦从外地带回来近千人马，已在城南驻扎。大人想想，他既是听命归来，就该将人丁带回县府，交大人处置。为何留在城外，这不合规矩啊！"

王县令的脸色立时变得忧郁了，如果真的是这样，那自己岂不引狼入室？何况曹参在县府里就是主管监狱，如果他把狱中刑徒放出来，与刘邦合在一起，那形势将不堪设想。他将目光转向县丞问道："依足下说，该如何办？"

"为今之计，请大人速传县尉集中城内兵卒闭门坚守，假若朝廷大军到来，我围自解，纵然朝廷败北，'张楚'军至，我等开城投降，落个举事之名，亦可图一线生机。其二，请大人不要犹豫，待萧曹二人到来，即将其逮捕入狱，放出话去，逼刘邦退兵。如此，方可自保矣！"

"足下一言，可敌千军，就依足下。"

不一会儿，四名县尉、县府捕快等一干人等都到了。在县丞将面临的危机形势——告诉大家后,王县令一脸正色道:"我等皆朝廷命官,本官平日视诸位情同手足。现萧何、曹参勾结刘季,欲拥兵自立,反叛朝廷,是可忍孰不可忍。本官欲为朝廷除奸,陈捕快,命你率领衙役埋伏两厢,萧何、曹参一到,看本官眼色行事。"

众捕快应了一声,转身出门去了。

接下来,王县令命四名县尉快速前往郡司马兵营,召集没有来得及带走的散兵游勇与乡勇一起,分发到县城四面城墙守城。望着四名县尉,王县令喉头有些哽咽:"风雨如磐,间不容发,诚望各位勠力同心,共承艰危。有朝一日倘能拨云见日,本官当面奏朝廷,为足下请功。"他并没隐瞒时刻有归顺义军的打算,"纵然朝廷不保,归顺'张楚',我等皆是守城有功之臣,岂能容刘季之流据功为己,陷我等于涸辙鲋鱼之境?"

"愿为朝廷效命,唯大人马首是瞻。"四位县尉同声回答。

四位县尉从县府二堂出来,就遇见萧何和曹参两人朝着这边走来了,正欲躲开,却不意传来了萧何的问话声:"四位如此匆匆,这是要做何公干去?"

四人面面相觑,不知如何回答,口中不免支支吾吾。萧何顿时明白必是相府内发生了什么事情,也不点破,笑了笑道:"既是几位大人不便言说,在下不问就是了。"转身就要离去。不料其中一位县尉喊了一声"大人",却是下面再无话了。

萧何心中的疑团便骤然地加大了,别过县尉,他转过头问曹参:"足下以为会有何事发生呢?"

"莫非县令大人另有打算?"

"在下也是这样以为。"接着萧何附耳对曹参道,"不过也不必多虑。我等推举刘季,现在是弓在弦上,不得不发,郡守逃离,司马北撤,沛县就是一座空城,纵然有些乡勇,何能敌得义军。待会儿你我察言观色,从容应对罢了。"

曹参点了点头:"方才在狗肉铺,大家推举足下率众举事,君何婉拒,反而力主刘季主事?"

萧何捋了捋胡须,若有所思道:"足下何等聪明之人,难道不明白?你我二人好赖乃朝廷小吏,又非武士,倘举义成功,自然皆大欢喜;倘是铩羽穷麟,必诛灭九族啊!"

曹参"哦"了一声,正要批评他处事过于圆滑,却发现已经到了县府的二堂外,遂刹住话头,跟上萧何的脚步。

王县令显然也看见了萧曹二人,不待他们打拱,急忙起身相迎道:"二位回来了!不知刘季可曾同来?"

萧何还过礼，从容道："卑职与曹先生一早即去传刘季前来，未料他言道，从芒砀山带回数百弟兄尚需安抚，以便追随大人共襄义举。此时大概已到城外兵营，向弟兄传达县令大人的意思了。"

"果真如此么？"王县令看看萧何，又看看曹参，眉眼中流溢出莫名的笑意。

曹参道："大人这是何意，难道我等欺蒙大人不成？"

"本官绝无此意。只是本官听县丞大人说，这刘季平日里不事生产，逍遥好赌，常于赌局欠人钱财不还，或者肆意抵赖。如此不守信之人，岂能当得大任？"王县令摆了摆手，并不等萧、曹解释，接着道，"退一步说，本官与两位商议举事乃在自保自救，陈王论功，也应本官领受，哪有他刘季的份儿。何况刘季已今非昔比，他拥有数百人众，本官若是让他带兵进城，岂非引狼入室？"

话说到这里，萧、曹两人都明白王县令后悔了。果然，王县令的声音又在耳边响起来了："不如这样，二位就当着本官的面修书一封，说为见刘季诚信，只他一人进城来见本官，后面的事情，就由本官处置……二位以为如何？"

萧何惊异县令揣透了他们的图谋，也有一种身入险境的感觉。但他并没有丝毫的恐慌，他明白自己和曹参在刘邦心目中的地位，他需要自己这样的刀笔文吏来辅佐。相比之下，刘邦比眼前这位县令前程远大多了。

"大人既已告白，下官也不想隐瞒分毫。"萧何拂了拂宽大的衣袖，荡起一股凉风，话也变得凌厉起来，"依足下居沛多年所为，下官甚感举事难以服众，已决计跟随刘季举事。足下若是识时务，不妨与下官和曹先生一起投奔刘季，将来也好有个出路。"

萧何刚刚说完，曹参接上话道："我与萧兄非为自己，乃为天下苍生，更为足下计，万请勿失良机。"

王县令牙缝里倒吸一口凉气，他听得出来，在二人的心目中，自己早已不是县令了。而且，分明有要挟他献城投降的意图。

"二位就不怕本官杀了你们么？"王县令冷冷地说道。

但他立即听到了萧何更加响亮的笑声："萧何一死何妨，明日刘季杀进城来，你亦难逃身首异处之结局。"

"彼若能回心转意，我当在沛公面前求情一二，否则……"曹参立即接道。

这话让王县令一腔怒火"呼"地就冲出了胸膛，但见他大喝一声，立即从两厢冲出十几名衙役。萧、曹二人本是文吏，当下被锁了镣铐。

"从你等举荐刘季时起,本官就看出你们怀二心。如今沦为阶下囚,尔还有何话说?"

"小肚鸡肠,多疑斗筲之辈,岂能成了大事。"伴随着轻蔑的笑声,萧何将手中镣铐摆弄得稀里哗啦响,回头看了一眼曹参,调侃道,"足下大概想不到,管了一辈子监狱,如今被投进牢狱吧?"

捕快推了一把萧何道:"这时候还如此伶牙俐齿,赶明日刑场上看你有何话说。"

曹参回了一句:"休得无礼,在下自会走的。你不过暴秦鹰犬,一俟义军入城,彼等定死无葬身之地。"

沛县牢狱在县城西北角,出了县府大门,萧何、曹参很快引起来往行人的关注,昔日的县府"主吏"和掾吏忽然披枷戴锁,招来各种议论和猜测:

"这不是县府的萧大人、曹大人么?好好的为何绳捆索绑的,不知犯了何罪?"

"必是得罪了县老爷才遭此际遇。"

"哪里?是要造反吧?没听说陈王大泽乡举事,举国应之。"

"莫谈国事,小心你的脑袋。"

萧何目不斜视,别人说什么他全然当没有听见,他现在想得最多的是县令是怎样识破他们图谋的。他断定王县令决然没有如此的目光,一定与县丞脱不开干系。平日里公堂上下,两人多有不合,未料此次却栽在了他的手里。

曹参当然也没有让自己的心平静下来,他埋怨自己太大意,太自信。他相信刘邦必会千方百计地营救他们,他现在需要寻找一个人将自己和萧何被捕的消息传递给刘邦。

在县城十字路口,他们远远地望见迎面走来一辆车,那赶车的不正是平日里的酒中知己、沛厩司御夏侯婴么?哦,他已经跳下了车,正朝这边看,他一定发现了他们。

的确,眼前的情景使夏侯婴十分吃惊,按照王县令的吩咐,一大早他赶着车驾送县令夫人和子女们到乡村躲避战乱,临行时,他还听县令说要等萧何、曹参归来共商大事。为何半日,竟然冠履倒易了呢?一定是县令与萧、曹二人之间发生了误会。

夏侯婴决定问个究竟。他将车停在十字街头的拐弯处,只身来到衙役队伍前,一把拦住捕快问道:"二位大人到底为何事被拘。"

"卑职不管这些,卑职只管听县令的,押解二人到牢狱去。"捕快摇摇头说罢,打拱告辞,转身喝令观看的人们让开道路。

夏侯婴没有丝毫的迟滞,三步两步跟了上去,他要占据最显眼的位置,让萧何发现他。

当萧何感到有人出现在自己左前方的时候,他的目光迅速地转向夏侯婴,头朝南摆了摆,又趁着衙役们喝退围观百姓的机会,手朝城外方向暗暗用力指了指。夏侯婴顿了顿头,随即离开人群,向停车处走去。

夏侯婴一定明白了自己的意思。在牢狱门前,萧何这样想。

刘邦怒斩王县令
项羽剑取郡守头

从前日进驻这片密林起,牛良就再也没有见到刘邦。不仅如此,而且樊哙临行时反复叮嘱,在他和沛公没有回来之前,任何人不得走出密林。眼看着从芒砀山带来的干粮即将吃完,两位头领依旧没有出现,牛良也不免有些着急。

"为何一回到沛县,就把我等扔在城外不管了。"牛良坐在一棵大树下,无聊地揪起树周围的青草揉碎,不一会儿,手指都染绿了。看见李甲从对面走过来,牛良坐直身子问道,"你为随从,为何没有跟着沛公入城?"

李甲眨了眨眼睛道:"这你就不懂了。沛公以亭长身份去见县令,身边带个随从,岂不惹人生疑?"

"只是我们总待在林中也不是办法。"牛良觉得有理,毕竟一切尚在筹划。

"兄长急什么？这不才过去三天么？"

"话虽如此，可眼看着干粮要吃完，他要再不回来，兄弟们恐怕就要散了。"

"大哥休得胡言。"李甲出言制止，"如果没有意外，沛公和樊大哥该回来了。"

话音刚落，就听见林子边有人喊道："沛公回来了。"

牛良心中暗惊，疾步来到刘邦面前，施了礼道："沛公回来了。"

自从芒砀山深处那个斩蛇的夜晚之后，牛良对自己的行为有了明显的约束，倒是刘邦对他忽然变得小心翼翼有些不习惯，不唯少了过去兄弟之间的随和，也少了那种自由纯真。不过刘邦还是接受了这种礼遇，很大度地挥手道："嗯，回来了。"

牛良手扶刀鞘道："沛公，不知我们何时能够攻打县城？"

刘邦笑道："快了！一俟萧、曹两位大人归来，即行举事。"

李甲有些不解地问："卑职听闻县令亦欲起事，可属实否？"

刘邦哼了一声，夹带着对王县令的轻蔑："燕雀安能与鸿鹄同翔？彼等朝廷走狗，非诛之而不能平民愤，何谈举事？"

李甲自知失言，双手打拱不语，刘邦又问道："依你之见，王县令会否反秦？"

李甲先没有回答，猜不透他为何忽然问起这话。跟随刘邦的时间长了，他对自己也有了许多约束，在从刘邦的眸子里读出真诚后他才稍稍放下了心，斟酌了一番道："依卑职看，王县令有可能举事，但未必真反秦。"

"说说看！"刘邦没有阻止的意思。

"卑职笨拙，言难及意。然卑职在故乡时，以打鱼为业，每逢大雨水涨，总会泥沙俱下。眼下时世正如骤雨狂潮，顺之则存，逆之则亡。县令欲求自保，打起举事旗号未必不可。"

刘邦的眼睛霎时生了光泽，觉得李甲没有白跟随自己，见识确要比其他人要深些。仅是对王县令的看法，就与自己有许多相合之处，说不定要紧关头还真能派上用场。他亲切地拍了拍李甲的肩膀，鼓励的话语就滚到了嘴边："你之所言甚明，来日方长，有何见解，多与我述说。"接着话锋一转又问道，"如果给你百人，可能带得？"

"卑职没有多想过。"李甲顿了顿道，"卑职自跟随沛公以来长了不少见识，知遇之恩，比如山海。故只想追随大人，鞍前马后足矣。至于带兵为战，自知一介农夫，难当大任。"

"你且说说,若真要攻县城,该如何打?"

"依卑职愚见,我军人众不过千员,粮草也不济,只宜速战。"

"你之所见,正吾之所欲也。"刘邦兴奋得击节称快,"我现在就任命你为'百将',率百名弟兄攻打县府如何?"

李甲忙单膝跪倒在地道:"谢沛公提携,卑职当肝脑涂地,生死不辞。"

林子外面传来一阵"啾啾……"的马嘶声,接着,只见樊哙引着一位清瘦的人朝这方奔来。隔着十几步远,刘邦看清了,那不是沛厩司御夏侯婴么?他急匆匆赶来,一定是有大事。李甲退下后,他便径直朝前奔了过去。

"大事不好了,王县令把萧何、曹参二位大人下了牢狱。"不等刘邦询问,夏侯婴就喘着气将街头所见粗笔大线叙说一遍,"在下好不容易挤到押着两位大人的衙役队伍面前,就见萧大人暗示在下出城报信。人命关天,在下不敢耽搁,赶着马车就来了。"而且他还带来一个棘手的消息,当他赶车出城后回看,城门已经关闭。显然,王县令准备闭门自守,等候朝廷救援了。

事情的确来得突然,完全打乱了刘邦当初稳住县令,以智取胜的策划,这对于从未经过战阵的他的确有些措手不及。再看看身边的樊哙,早已横眉怒目,急不可待,摩拳擦掌地喊着要杀进城去,其他义军也跟着喊"攻进城去,杀了县令"。

刘邦知道,此时此刻最关键的是要冷静,他没有阻止大家,直到声音平息下去才挥了挥手道:"樊兄弟与诸位救人心切,我深解矣。我与萧、曹情同手足,现在二人身陷囹圄,我心如焚。然救人终非儿戏,尚需周密虑之。"

樊哙一拨刘邦的胳膊道:"周密什么?等到算计好了人头都落地了,弟兄们,随俺走。"

人群中一阵骚动,有些年轻力壮的操起兵器要走,被刘邦厉声喝住:"如此鲁莽,能成什么大事?"

樊哙吃惊地看了看刘邦,眼里就充满了诧异,这位连襟忽然表现出来的威严让他多少有些不适应。当初吕雉姐妹一个嫁了刘邦,一个嫁了樊哙。在他的印象中,刘邦从不轻易怒形于色。可这毕竟是一支队伍,没有规矩就是一群散兵游勇,这个道理他还是懂得的。樊哙愣了愣道:"那依沛公之言该如何办,兄弟听您的。"

刘邦眼睛转了转,对夏侯婴道:"王县令对足下没有生疑吧?"

"就眼下看还没有,昨日还派遣在下出车呢。"

"如此甚好!还请先生修书一封,极言季不顾樊哙苦劝,私放刑徒,聚众反叛。现樊哙欲归顺朝廷,已将季拘押,欲献给县令。

没有等夏侯婴回答，樊哙先不依了："不可，姐夫这不是要陷俺于不义么？"

"你且听我说完，此不过诈降而已。"刘邦摆了摆手，转身问夏侯婴道，"先生以为怎样？"

见夏侯婴点头，刘邦立时脸色严肃起来，道一声"樊舍人听令"。

樊哙神情一愣，立即回答道："卑职在。"

"命你率五百人马，趁暮色埋伏在护城河岸的草丛中，夏侯先生一叫开城门，你等即行冲入城内，乡勇降者收房，反抗者诛之，迅速占领四门。"

"遵命！"

"周勃听命，命你率一百人直取牢狱，救出萧、曹二位大人。"

接下来，他要牛良带一百人直奔县府，擒拿王县令和县丞。

待一干人领命而去，刘邦安排余下的二百人跟随自己，一则护卫夏侯先生，二则察看义军举止，凡有惊扰百姓者，杀无赦。

这一阵紧锣密鼓的安排看得夏侯婴呆了。几日未见，刘邦与之前判若两人，此公不仅治军甚严，且用兵颇有格局。正发愣间，刘邦来到身旁催促道："请先生修书吧。"

"足下与我交游甚深，彼此相知。要我将你说成暴秦罪人，实难落笔，不知从何说起。"夏侯婴面露难色。

刘邦笑道："先生明白人，为何又糊涂了，不是要诳县令么？你不说季有罪，又如何取信县令呢？"

夏侯婴赧颜地笑了笑道："如此说来，恭敬不如从命了。"

刘邦唤从卒送上笔墨绢帛，夏侯婴略思片刻，低头写道——

竖子刘季，私放刑徒，率众作乱，幸得樊哙忠直，将其擒获，欲率众归顺大人，共谋大计……

放下笔，夏侯婴吹了吹墨迹，待干后装进锦囊。

刘邦收好锦囊，已是日将落山的光景。樊哙命军中厨子将狗肉煮熟，端了一大盘上来放在临时搭建的案几上。没有酒，且借了茶水以壮行色。刘邦左手撕一块狗肉，右手持碗，一言出口，声若洪钟："诸位弟兄，欲图大业，当先图沛。如今沛县县令背天理，违民意，倒行逆施，私拘义士，我军必欲诛之才能使天理昭彰。饱餐之后，诸位弟兄务必各行其责，有贻误战机者，勿谓季刀下无情。"言罢，只见他仰起脖颈将茶水灌进喉咙，从胸腔中发出"咕嘟咕嘟"的声音,浊重而雄健。

夜幕渐渐深沉,大约戌时三刻,樊哙率领义军潜入护城河边的草丛。每个人头顶上都扎了草圈,在城头幽暗的灯火下,那草丛看上去只不过比白日浓密了些,南门守城的县尉和乡勇门根本想不到这里隐藏着数百义军。只有萤火虫在草丛中自由飞翔,聆听从护城河里偶尔传来的蛙声。

随着时间的流逝,城头上传来懒洋洋的打更声:"天干物燥,小心火烛。"

亥时一刻,夏侯婴赶着车,车上坐着被绳捆索绑的刘邦,在百名义军的押解下来到护城河边。为了引起城头军人的注意,他故意将鞭子打得脆响。果然,传来城上乡勇的喊声:"夜深人静,城门紧闭,何人在城下喧哗。"

夏侯婴一扬马鞭又是一响,随后高声回道:"我乃沛厩司御夏侯婴,有紧急军情禀告县令大人,快快打开城门。"

"县令大人有令,眼下贼寇猖獗,城门早闭。况乎已是亥时,大人还是等待天明吧。"

"我这里有书信一封速交县尉大人,误了军机,你命休矣。"夏侯婴说着,从一义军伍长手中接过弓箭,系上锦囊,"嗖"的一声,箭就到了城头。

那乡勇接了锦囊,便下城去了。不一会儿,县尉出现在城头上,喊道:"城下果真是沛厩司御么?"

"足下连我的声音都听不出来了么?"

"先生说樊哙欲归顺县令,果真擒了刘季么?"

"君子岂能戏言尔。大人不信,我且让您看来。"夏侯婴转身让义军伍长举过火把,他则牵了刘邦身上的绳索给县尉看。

刘邦当然也"不甘就擒",放声大骂樊哙背信弃义,禽兽不如,夏侯婴负心卖友,甘做鹰犬。说他一死不要紧,当激起沛县百姓,效法陈胜、吴广,燃薪成火,赃官暴吏死无葬身之地。

这一番骂词凌厉如冰,锐坚如刀,县尉在城头上听得清清楚楚,由不得对夏侯婴的机智和多谋肃然起敬。但他还是对这些不速之客不放心,说要将信札禀告县令才能决定。过了半个时辰,从城头上传来门吏的声音,要城下人押好刘邦,等待城门开启。

昏黄的灯光下,先是吊桥慢慢放下来,接着是"轰隆隆"的开门声。

坐在车驾内的刘邦早把身上"虚绑"的绳索甩到一边,操起宝剑冲上桥头,大喊一声:"冲进城去,杀掉狗官。"在他的身后,樊哙率领的数百义军潮水一般地涌来。

县尉见情势不对,忙令乡勇后退,想关闭城门。那些乡勇哪经得住义军冲击，霎时被踩倒在地，樊哙趁势手起刀落，取了县尉首级。刘邦站在车上，挥动手中的宝剑命令道："击溃乡勇，占据四门。"

樊哙除安排一路人马登上南城楼，将写有"沛"字的大旗插上城头外，其余三路人马分别奔赴东、西、北三门。

"占据县府，诛杀狗官。"刘邦又挥动宝剑。夏侯婴扬鞭催马，率领周勃和一百多位义军士卒呼啦啦地朝着县衙奔去。

王县令和县丞正在正堂等候夏侯婴押解刘邦来见，忽然听到外面传来喊杀声，王县令不免有些慌神，问县丞道："这是怎么一回事？"

县丞摇摇头，不知该如何回答。

这时，一位衙役来报，说刘邦带着人马朝县府杀过来了。

"沛厩司御何在？"县丞问。

"禀大人，他为刘邦驾车，已到县府门前。"一言未了，从身后射来一箭，衙役口吐鲜血，气绝身亡。

王县令这才明白，自己中了刘邦之计。看看身边只有四五名衙役相随，他绝望地喊道："挡住贼寇。"便抽身向二堂跑去。

刘邦一个箭步冲上前去，揪住王县令的衣领扔到县衙的台阶上。几名衙役见大势已去，纷纷放下兵器，跪地投降了。

王县令脸色惨白，浑身打战，他明白落在刘邦手中，必死无疑。只是人之将死，仍心存侥幸，他从地上爬起来，跪倒在刘邦面前道："将军率众举事，替天行道。若蒙宽恕，愿追随将军左右。"

刘邦黑着脸看了一眼王县令，厉声骂道："你助秦为虐，欲杀本人，私拘无辜，我岂能饶你。"手中宝剑闪过一道寒光，王县令的人头落地，顺着台阶滚到衙前的场上，顷刻间面目全非了。

这时从衙门外传来一阵喧哗声，刘邦抬头去望，原来是萧何、曹参到了。看二人衣冠整齐的样子，不像是身陷牢狱的样子。

奉命解救萧何、曹参的牛良明白刘邦是在为二人担心，急忙上前禀报，说他们攻到牢狱时，两位大人正率领狱卒准备驰援县府这边呢。

刘邦望了一眼夏侯婴问道："两位不是被拘牢狱了么，为何安然无恙？"

萧何便笑了，指了指身边的曹参道："多亏他管着牢狱。"

等曹参道明原委，刘邦这才明白，一切皆因为曹参平日里在审理狱讼中，秉公执法，且对狱卒们宽仁。因此，在他们被投进牢狱的那一刻，狱吏就释放了他们。义军一进城，萧何与曹参就直奔县府来了。

这一切，就发生在县丞面前。他亲眼看到"被山带河，带甲百万"的秦王朝一俟溃塌，竟土崩瓦解。毋宁说一个小小的县令，就是郡守亦难逃刀下毙命的下场，任何试图阻挡义军的行为，都无异于自取灭亡。他不由自主地就跪倒在义军面前，极言愿意跟随义军反秦。

这一切都晚了，不等他说完，李甲冲上前去声泪俱下道："你也有今日？当初吾妻被人凌辱，你竟是非不分，判我刑狱，发为刑徒。你若不死，天理难容。"他一刀下去，县丞身子断为两截。

清晨的第一缕阳光照着城头的"沛"字大旗，在晨风中哗啦啦响。经过一夜战火沐浴的沛县一下子人声喧哗，热闹非常。此刻，沛县的百姓都聚集到县府门前来了，人群一直蔓延到街道两旁，黑压压的一片。

刘邦见时机已到，跳上县府门前的巨石，挥了挥胳膊，骚动的人群顿时肃静下来："诸位父老乡亲，秦政严苛，百姓涂炭，民不聊生。大泽乡义旗，席卷天下。刘季奉天承运，欲提三尺风云宝剑，荡尽天下不平。沛中有少壮节烈志士，愿随季诛灭暴秦者，吾当与之分土。下面，请萧先生代宣《讨秦檄文》。"

萧何从怀中拿出事先拟好的文字，傍刘邦而立，高声宣读道——

呜呼！天下之苦秦久矣。苛政酷刑，吏如虎狼，民若荼毒，遍国囹圄，赭衣塞道。哀哀乎饿殍遍野，睚眦乎怨声四起。嗟乎！天下之怒秦久矣。窥举九鼎，志灭六臣。徒徒豪资，绝人之后。犯诸邦以尚武，凌弱小以鲸吞。咦唏嘘！天下之反秦久矣。陈胜揭竿，群豪四起，折木为兵，集薪燎原。吾等欲顺天应时，同仇敌忾，共诛暴秦，还天下以乾坤清朗，拯黎民于水火倒悬。诚矣哉！暴秦剪灭，终有其时。此天理民心，岂有他乎？

"天理民心，岂有他乎？"

萧何的声音在百姓的心头久久回响，仿佛涛声由近及远，余音不绝。人们这才对天地旋转，风雨变换有了实在的感觉。

接下来，曹参登台宣告——百姓中有愿参加义军者，到曹掾处报名。待完结后，编入义军。

整个一个上午，曹掾们的案几旁都涌满了要求参加义军的丁壮。午后，曹参大致估算了一下，原来数百人的队伍一下子扩大到三千余人，其中就有刘邦的二兄刘喜的名字。

刘喜完全没有想到，这个不事生产，懒散放荡，一直被他们瞧不起的三弟竟能干出如此轰轰烈烈的事情。现在，他们对吕太公的话深信不疑了。他虽然是农家出身，如今也想跟三弟混个前程。这也许只是一个原因，更深的原因大概还是在他们看来,跟着队伍比困在故乡安全些。

忽然,一个熟悉的名字映入曹参的眼帘,他禁不住念出了声:"雍齿!"这让曹参想起了膀大腰粗的强汉模样。

雍家是沛中世族。从宋国时代,就有养门客的嗜好。楚灭宋后,雍家非但没有因为宋国臣民的身份受到冷遇,反而更加富比君侯。秦兼并楚后,雍家很快就与郡守、县令打成一片。雍齿练得一手好铜锤,舞起来旋转如风,银光闪闪,曾将庭院中央的一支旗杆拦腰击断,惊得过往行人纷纷驻足观看。这样的人都加入了义军,足见秦朝多么不得人心。曹参这样想着,向县府大堂走去。

刘邦、萧何、夏侯婴、樊哙先到了,看见曹参进来,纷纷打拱寒暄。待大家坐定后,刘邦待随从给每个人面前的耳杯斟满热腾腾的酒酿后才开始说话:"诸位!我军举义,如雷横空,沛中震慑。然则,本县乃郡治所在,素为兵家关注。据探马来报,秦泗川军监吕平已奉命向沛县移军,此地绝非久留之地。下一步如何处置,还请诸位直陈所谋。"

看刘邦把目光投向自己,萧何捋了捋美髯道:"依我军战力,当避敌精锐,击其薄弱。属下听说毗邻之丰县兵寡势弱,然府库充盈,若我军能一举拿下,一可立足,二可补充粮草,三可观敌之势,进退自如。"

"先生所言,亦我之所想。"刘邦因为萧何道出了自己的心思,顿然有了英雄所见略同的兴奋,"只是谁担当攻城重任最合适呢?"

话音未落,樊哙便呼啦地站起来道:"兄弟就在眼前,沛公何视而不见。俺愿率军杀进丰县,迎接大军到来。"

刘邦示意樊哙道:"少安毋躁,你负有主军大任,岂能为先锋?"

闻言,樊哙心中便老大不快,正要强辩,却被曹参用眼色拦住道:"在下举荐一人,可当此大任。"

"何人?快快说来。"

"此人名雍齿,想来诸位并不陌生。他自幼习武知兵,必能胜任。"

这名字从曹参口中一出,萧何第一个响应:"曹兄慧眼,属下也以为此人堪用。"

"感谢两位大人,雍某请战来了。"刘邦寻声抬眼,正是雍齿全身披挂地站在了大堂门外……

二世元年九月的会稽城一直处于烦躁和不安中,义军席卷淮水,胜利北上的消息,让会稽郡守殷通心焦如焚。

七月,当陈胜在大泽乡揭竿举事时,殷通以蔑视口气对身边的郡丞道:"陈涉、吴广者,不过贼寇耳,怎敌朝廷百万雄师,不数月即行自灭矣!"然而短短不到两个月,江水(长江)以西的大片土地皆沦于贼军之手。特别是"张楚"大旗举起的时候,他生出了"大殿将倾"的危机感。

他尤其不能理解的是,会稽周围的郡县有不少倒戈依附贼军了。眼看着形势风雨飘摇,自己何去何从,还心中无数。连日来,他邀集了郡丞、郡尉反复商议,却是众说纷纭,莫衷一是。

殷通抬头望了望窗外,仲秋的阳光透过松柏的缝隙,洒在府门外砖铺的地面,早已没有了夏日的炽热。往年的这个日子,他总是要带上几位幕僚和郡中高贤项梁一同去城外的会籍山赏秋采菊。可现今,他哪里有这个心思?他一转身,就看到从咸阳快马送来的诏命———一份写满秦小篆的绢帛上盖着"皇帝玉玺"的大印,敕命各郡整顿军备,加固城防,严阵以待。这是前几天送来的,上面仿佛还留有一路的风尘。

他传来郡尉,依照朝廷的严令,要求他万不可掉以轻心。这些出自《吴子兵法》的言辞现在从口中出来,连他自己都觉得心虚气短。再看看郡尉,也是一脸的无奈。

"大水苍茫,覆舟势成,岂是一城一池所能御之。"郡尉闪烁其词,转弯抹角道:"当此之际,大人应早有应对之策。"

但当他欲问其详时,郡尉却三缄其口。他们都是朝廷命官,要做出叛秦的选择对他们来说是一件十分痛苦的事情。

殷通临窗远眺,会籍山寂然伫立,大禹陵隐没在浓浓的秋云中,而香炉峰似乎只能看见半截躯体,诡谲而又神秘。昔日千岩竞秀,万壑争流的苍翠陷入一片混沌,这浑天雾山对他来说意味着什么呢?他越看心越收缩,似乎会有一只鬼爪会从云中伸出,取了他的性命。

殷通合了幔帐,仿佛只有这样,恐怖才能离他远些。

星星点点的光落在幔帐上,他转身去看,发现那光是从挂在墙上的剑鞘散出的。送这剑的不是别人,正是项梁。

"项梁!彼乃项燕之后,与秦有杀父之仇,岂能对贼军势昌作壁上观?"殷通想了想,对应声进门的主簿道,"速传项梁进府议事。"

项梁这会儿正与兄弟项伯在后花园的凉亭下一边饮茶、赏菊,一边观看侄儿项羽舞剑。

二十五岁的项羽已是一位体格高大、两臂有力的男子汉了。早晨的太阳将他高大的身影投射在地上,与手中的剑光形成鲜明对比。只见他时而腾空而起,一个左胯刺,震落旁边枫树的红叶唰唰落地;又一个圆场跑,挥剑右击,眼看着一棵松树的小枝"咔嚓"断裂,回身又是"逆鳞刺",眼看着都要触及项伯的鼻尖。一旁观看的项梁惊得张口喘气,半天合不拢嘴。还没有回过神来,项羽收回宝剑,弓步蓄势,双手紧握剑柄,直刺前方,接着,"犀牛望月",气凝神定,目光如注。只有额头的汗珠表明他将所有的心神都凝聚在剑头了。

"好!"他还没有来得及收势,就听见项梁的击掌声,"籍儿剑法日益精进,正乃我之所望也。"

项羽将宝剑插入剑鞘,上前拱手道:"孩儿愚钝,还望叔父多加指教。"

"你且说说,为何近日学剑计日程功,效用甚显呢?"项梁来到场中央,满脸欣喜。

"孩儿记得叔父说过,学剑者,须凝神聚气,气不聚则力不发,神不凝则意不达;须心中有敌,有敌方能剑不虚指,招招中的。故孩儿习剑,乃以暴秦为敌,必诛之而后快。"

"你能如此,我甚欣慰矣!眼下兵乱四起,群雄逐鹿,嬴秦气数将尽。夫嬴秦虎狼,二世昏庸。彼必自毁,而人毁之;国必自毁,而后人伐之。你能明此,善莫大焉。"项梁看了看项伯,继续道,"你祖英雄一世,勇冠三军,若非王翦贼军狡诈,岂能玉碎?不过,在我看来,此乃家仇,比之国恨未为大也。你须记住,悠悠万事,复国为大。"

项伯接着项梁的话道:"籍儿,你身负重任,当关心时局,以应陵迁谷变。"

项羽正了正衣冠,来到亭中,饮下一杯茶话便多了:"孩儿有一事不明,陈胜揭竿,天下响应,此正当举事良机,为何二位叔父犹豫彷徨,若是换了孩儿,早兴兵伐秦了。"

"籍儿,圣人能辅时不能违时,智者善谋,不如当时。眼下虽宇内如焚,高岸为谷,深谷为陵,然则观之会籍,尚待破晓。时机不到,妄兴兵革,必事与愿违,损兵折将。"项梁眯起双眼望着墙外,正有一朵秋云掠过天空,"倘若我没有误判,不出数日,定有事变。彼时你我叔侄,岂能匏瓜也哉?岂能系而不食?"

项伯点点头,正要说话。管家来禀告,说郡府来人邀大老爷过府。项梁起身来到客厅,见是郡府来的主簿,上前见礼道:"郡守大人传鄙人有何事?"

主簿摇摇头道:"大人未能详言,不过卑职猜测,总是与贼军猖獗有关。"

项梁暗暗地看了项羽和项伯一眼,说出的话却是彬彬有礼:"烦请主簿大人转告郡守大人,鄙人换件衣裳,即刻便到。"

送走主簿,项梁立即招呼项伯和项羽到后堂道:"怎么样?气候到了。郡守请我进府,必是商议应对义军之事。或响应陈王,或拒敌域外,我等正好趁机应变。"

项伯却有些担心:"郡守乃朝廷将军,必不能与我同心。此去凶多吉少,弟当随兄进府,也好伺机策应。"

"叔父安危关系项氏宗族,孩儿愿陪叔父前往,有敢犯项氏者,我让彼成为剑下之鬼。"

"以籍儿勇力,敌百人如入无人之境,当胜券在握。"项梁说着,皱了皱眉头,"可眼下需斟酌的是,倘若殷通欲命我等抗击义军,又当如何?"

"区区郡守,能奈我何,杀之可矣。"项羽在一旁抽出宝剑,顿时寒光闪耀,映得他眉宇间英气勃勃。项伯很吃惊,没料到项羽如此果断。项梁虽然对侄儿的话没有及时做出评判,可是从内心为他的昂然气概所触动。他看了一眼横眉冷目的项羽,顺着自己的思路把另一个问题提到二人面前:"若是殷通欲联络吾等策应义军,又当如何?"

"殷通者,嬴秦狗彘,平日鱼肉郡县,当此乱世,名为策应反秦,实为图存自保。言之凿凿,心怀叵测,何来协理?杀之可矣。叔父擎旗举义,孩儿与三叔辅佐前后,何愁楚国不复?"

"好!"项梁情不自禁地站起来击节称快,在心头埋藏许久的国仇家恨被项羽的慷慨陈词点燃,他挥了挥宽硕的衣袖,一副大义凛然的神情,"如今情势,若火之始燃,泉之始达,智者当顺其势,乘利习胜。籍儿随我前去,见机行事,当断则断,不可徘徊犹豫。"转身又对项伯道,"你率府中人等埋伏于郡府附近,以备不测。"

"事决即行,以免郡守生疑。"项梁一边从剑架上取下兵器,一边往外走。抬头去看,项羽已大步奔出府门去了。

项羽并没有跟着叔父进去。他全身披甲,手按剑柄,迈着悠缓的大步在郡府前的台阶上来回踱着。他身材高大,在郡兵们心中黑煞煞的可怕。

看着叔父在品茗氛围中与殷通叙话,项羽的眉头蹙郁在一起。对于项梁的从容和镇定,他很不以为然,依他所想,干脆冲将进去取了郡守首级用来祭旗,以彰反秦之志,何等痛快。在等得不耐烦时,他将腰间的宝剑抽出来在手中掂来掂去,似乎随时都会有人头落地,惊得在一旁郡府卫兵们心神不宁。

在各自谈了情势的研判后,殷通终于明白,反秦烈火,势不可挡,欲图自保,唯一的选择就是策应义军。

"项公所言,令通神明通达。江西皆反,此亦天亡秦之时也。吾闻先即制人,后则为人所制。吾欲发兵,使公及桓楚为将。"

项梁放下茶盏,连连摆手:"万万不可。梁何德何能,岂能担此重任?明公乃一郡之守,号令域中军民,必一呼百应。梁虽不才,然愿追随于明公左右,一图大举。"

殷通所言的桓楚亦是亡楚的世族,虽有一身武艺,却是拓落不羁。有一年,他与友在吴中酒肆吃酒,他醉后狂语,断定陨石坠落,上刻"始皇死而地分"乃是上天之意,不出两年,必有大变。谁知第二天就被人密告到殷通处,幸亏项梁从郡守那里得到消息,连夜遣项羽送出吴中,亡匿于草泽之间。

两年以后的现实应了桓楚的预言,这让曾经通缉过桓楚的殷通十分惊异,当此乱世,他自然想起了他。

其实,项梁也没有忘记桓楚。自打乱起,他就遣项羽四处打听桓楚的下落。一天,项羽从外面归来告知项梁,桓楚并没有走远,他就在不远的邻县,隐姓埋名过着孤独的日子。他们已经商定,一旦吴中有事,就回来投身其间。

殷通不是糊涂人,直言不讳对项梁道:"非通不愿率众举义,我乃朝廷命官,诚恐难服众心,环视今日之军中,非公与桓楚者,再无御势之人。"

项梁又推辞了几次,直到殷通说到为郡中百姓计,请公勿再推辞时,才双手打拱道:"如此,梁自无再推辞的道理,且勉为其难,待桓楚归来,勠力同心,共诛暴秦。"

一说到桓楚,殷通的眉头又皱了起来:"可惜!至今不知桓楚藏匿何处,何时方能归来领军?"

项梁心中暗喜,明白火候到了,一则经过长达一个时辰的叙话,殷通警觉全无。二则,桓楚去向为项羽行事提供了借口,于是转身面向殷通道:"这个不劳大人费心,犬侄项籍情知桓楚藏身之处,传他进来,一问便知分晓。"

见殷通点了点头,项梁起身朝外面喊道:"籍儿进府,郡守大人要问你话。"言罢借口"更衣",起身出门去了。

项羽正要循声进去,却不料项梁出得门来,朝自己摆了摆头,心里便明白了八九分。他"唰"地抽出宝剑,冲进门去也不说话,朝殷通猛刺。

殷通惊呼道:"少将军这是为何?"

"取你性命!"项羽大啸一声,仗剑砍去,殷通的左臂顿时鲜血淋漓。情急间他朝外面喊"来人",右手抽出宝剑仓皇应战。要说殷通也是灭楚时的战将,曾经奉王翦之命率军第一个冲进楚都寿春。平日里力敌数人,毫无怯色。

然而,今日突遇变故,猝不及防,三五个回合已是气喘吁吁;加之项羽年轻气盛,力拔山河,先在气势上胜了一筹。

殷通勉强战过十个回合,跳出界外,目光中流过不尽的悲怆:"我诚心待你叔侄,何以步步相逼?"

项羽一边持剑猛刺,一边回道:"会籍者,楚人天下,岂容你作威作福,今日以你首级祭旗,张我楚人之气,岂不快哉?"

殷通明白今日大限已到,就在这时,屯长带着守城的校尉和郡兵冲了进来,将项羽团团围在中间。殷通见援军到来,心力倍增,忍痛提剑再战,无奈筋疲力尽,被项羽一剑取了首级。校尉和郡兵们一个个望之色变,项羽左冲右突,纵刺横砍,身边的郡兵如秋草逢霜,纷纷倒地……

项羽刀刀溅血,剑剑毙命,冲出郡府将殷通的首级扔下台阶,厉声喊道:"有不惧死者近前来。"

这半晌,血肉横飞,惊鬼泣神。郡兵们看项羽恶煞煞的气概,哗啦啦地跪倒了一片,口称"项将军",竟然没有一人敢抬起头正眼瞧瞧面前的惨状。

项羽擦了擦剑刃上的血迹,插剑入鞘,从地上捡起殷通的头颅,面朝一侧,庄严跪地高声道:"此贼已除,请叔父尊天主政。"

项梁在项伯陪同下来到郡府门前,从项羽手中接过殷通首级,面朝众人道:"殷贼逆天意,坏人伦,我今诛之,奉天行道,复楚灭秦。"

"追随项公,复楚灭秦。"

项梁举目四顾,台下山呼海啸者不仅有倒戈郡兵,更多的是故楚遗民。

依着项羽,凡在郡府公干的旧吏皆是朝廷爪牙,一并诛之痛快。可他的建言受到项梁的责备:"你懂什么!所谓域民不以封疆之界,固国不以山溪之险,威天下不以兵革之利。得道者多助,失道者寡助。寡助之至,亲戚畔之。多助之至,天下顺之。以天下之所顺,攻亲戚之所畔,故君子有不战,战必胜矣。"

当晚在郡府后堂,项梁又将事理跟项羽说了一遍:"亡秦者,非陈王、吴广也,乃秦也。彼不恤民苦,不惜民力,长城埋骨于万壑之中,刑徒殒命于骊山之苦。天下怆怆,人心尽去,岂能不亡。"

火光将项羽黝黑的脸颊映成古铜色,项梁借着灯光望去,侄儿似有所思,他便不再说下去,他相信随着时间的推移,他一定会明白这些道理的。从今天开始,他们将走上与往昔完全不同的人生道路。

夜间亥时二刻时分,项梁要项伯传下话去,明日一早,凡在原来殷通麾下任职的官吏以及吴中豪杰,一律到郡府听命。

一夜无话。第二天雄鸡第一声唱晓之际,项梁已经端坐在郡府案头署理诸事了。他大体浏览了一下摆在面前的文书,惊异地发现这些日子殷通根本没有去关心郡中公务。郡府主簿小心翼翼地将一杯热茶放在身旁,正要离去,被项梁喊住:"你去传项伯来见。"

主簿应了一声"诺",面朝里退出门去,项梁在身后见状道:"你不必事事小心,平常心待之罢了。"

主簿闻言,心中一阵感动。刀光剑影暂时过去,接下来他要思虑的是如何适应新主的性格。

不一会儿,项伯来到署中向项梁禀告:"自昨天籍儿手刃殷通后,吴中子弟士气大振,纷纷加入义军,到昨夜子时已集众八千余人。"

这数字让项梁十分兴奋。有了这八千子弟,他至少可以不用担忧秦军的进攻。即便陈王军马来此,他项梁也该有一席之地。

"大家都拥戴兄长任郡守呢!"项伯又道。

"哈哈!人心如此,为兄也是受命于危难之际啊!"项梁长出一口气,想起昨日的惊心动魄,再看看窗外的阳光,忽然有一种恍若隔世的感觉。

项伯告诉项梁,项羽这会儿正率领吴中子弟在巷闾间巡查,以防秦军奸细作乱。项梁心头掠过一丝欣慰道:"他勇猛彪悍,力敌万人。只是尚须历练,才能担得大任。"

门外传来一阵杂沓的脚步声,项梁知道是吴中豪杰与故职旧吏到了。他刹住了与项伯的话头,起身迎接大家的到来。

豪杰和旧吏们一进门,都无一例外地拱手作揖,称呼项梁为郡守。项梁也不谦辞,招呼大家坐下,表示了一番安抚之意后,就命项伯按照郡中各职一一安排豪杰们做了校尉、军侯和司马。项羽被封为"裨将",统领郡中兵马。

军、吏一一就位后,项梁发现有一人站在那里没有离开的意思,遂问道:"你有何话说?"

那人道:"卑职不明白,署中各有司职,为何独余在下一人。"

闻言,项梁的脸色就阴沉了:"你难道不明白吗?殷通虽死,然以礼当葬之。我命你办理,你推诿不办,岂能用乎?我不治你罪也就罢了,还不退下。"

站在两列的众人暗自交换一下眼神,心中同时响起一个声音:"真项燕之后也!"

"诸位!"项梁环顾一眼分离两厢的校尉、司马高声道,"用赏贵信,用刑贵正,乃治国之本,治军之魂也。于今以后,有再渎职误战者,斩无赦。"

第五章

雍齿丰县败郡监
沛公偏师借王陵

雍齿没有料到，丰县县令比沛县县令要惜命多了。一俟得到刘邦三千人马朝丰县奔袭而来的消息，他几乎没有任何犹豫，就带着家小连夜逃往泗川郡了。义军一路上除遭遇到零星的抵抗外，并没有见到秦军的影子，就浩浩荡荡地开进了丰县县城。

刘邦在萧何、曹参陪同下来到丰县东门，远远地就瞧见雍齿的卒伍分列在城门两边迎接。看见刘邦一行下了车，雍齿上前打拱见礼道："沛公到了，请到城内歇息。"

"将军一路辛苦了。"刘邦微笑着点了点头。

雍齿嘴角流露出不易察觉的得意，没有直接回应刘邦，却是一再热情地邀请他们一行入城歇息。刘邦似乎并没有在意，可萧何却敏锐地捕捉到雍齿那种取城功劳非他莫属的骄矜，大有舍我其谁的傲然。他的笑容渐渐从眉头隐去，看雍齿的目光是水波不兴的。庄子曰"善始善终"，观之雍齿，其始也未必善，哪敢担保往后？时间太紧，看到曹参招手，他摇了摇头，迅速跟上刘邦的脚步。

一行人边走边看，就发现丰县虽与沛县毗邻相望，却是兴衰两重天。一街两巷，少见酒肆楼榭，低矮的棚屋间，店小二眼巴巴地看着来来往往的行人，眼中布满了迷茫。刘邦的心便由不得起了恻隐之念，对萧何、曹参道："我闻丰县羊肉汤味甚鲜，不妨尝尝如何？"

话刚落音，雍齿伸开双臂出来拦挡："末将已在县府备下酒席，沛公何故要在街头喝这茅棚羊汤，岂非有碍观瞻？"

"我岂是单为了喝羊汤？"刘邦摆了摆手，径直朝茅棚下走去。

雍齿还要说话，被萧何用眼色拦住，曹参也在一旁附和，雍齿便不好再说什么，只是在心里先轻看了刘邦："再折腾都是亭长的命，岂能享得大福？"雍齿嘴角暗暗撇出一条弧线，仿佛有一条虫子爬过。

店家冷落了半天，忽见有人来吃饭，喜不自胜，忙热情地上来招呼："几位官爷想吃什么？小的这便端上来。"

刘邦看了看萧何，萧何便道："各人一碗羊汤，外加两块麦饼。"

"有狗肉吗？"樊哙一坐下，就瓮声瓮气地问道。

店家笑了笑道："本店从不曾卖狗肉。"

樊哙嘴角嚅动了一下道："不卖狗肉，你开的何店？"

"此处并非沛县，你就将就些吧。"曹参拉了拉樊哙的衣袖。

不一会儿，饭食上齐。雍齿喝了一口羊汤，尚觉新鲜，只是麦饼到了嘴里就不免觉得粗糙，囫囵转腾了一阵，伸伸脖子吞咽下去，心里便老大的不悦，想刘邦放着酒席不吃，却要到这茅棚来，能成什么大事？

刘邦一边喝着羊汤，一边问起丰县这几日的形势。

店家朝周围看了看，没有发现可疑之人，才压低声音道："客官有所不知，沛县那边举事了，传说举事者皆刑徒之众，所到之处，杀人劫货，无所不做。这不，县令连夜走了，百姓纷纷躲入湖中，哪能不萧条？"

刘邦咽下一口麦饼后又问道："我听闻昨日义军就已进城，依你看是否如传说的一样？"

"小的倒没有看见，不敢乱说。"店家摇了摇头。

萧何接着刘邦的话道："在下即从沛县而来，知举事义军皆因暴秦肆虐，走投无路才不得不反。他们守纪爱民，秋毫无犯。店家若再遇见百姓，不妨将所闻所见转告，以正视听。"

店家听着这一桌人说话,就觉得必非巷间凡人,忙打拱道:"客官所言,令小人顿然醒悟,敢问……"

雍齿正要开口说话,被曹参抢了话头:"我等与足下一样皆巷间中人,从沛县来,一路所见皆非传言,故而知其乃仁义之师。足下不是也眼见为实了么?"

风波往往起于意料之外,刘邦等人喝罢羊汤,付了银两正要起身离去,却听见从街北头传来女人的呼叫:"救命啊!救命啊!"

樊哙机敏,起身就朝街头跑去。只见一落荒女子满脸惊恐地朝这边跑来,后面追着的人显然是一名义军士卒,边追边喊道:"贱人哪里逃,看我不一刀结果了你性命。"

樊哙见状,顿时怒火中烧,那脸眼看着就憋得通红。但见他放过那女子,横出一个扫堂腿,追赶的汉子一个趔趄,当街趴在了地上,半天回不过神来。樊哙豹目圆睁,怒吼道:"光天化日之下,你竟敢欺负良善女子,该当何罪?"

那汉子抬起头,看见面前站着的正是前几日攻打沛县县府的樊哙,心中暗自怯了,只是口中却不示软:"关你何事?好事之徒。"

这一下樊哙更怒了,顺手操起马鞭狠抽下去,汉子身上的褂褥顿时裂开一道口子,从中冒出殷红的血来。樊哙似乎还不解气,接着又一连几鞭。不一刻,那汉子就倒在地上,只有呻吟的气息,毫无还手之力了。

周围响起一片欢呼声——

"打得好!"

"打得好!"

接着,便是一阵雷吼般的掌声,樊哙这才喘一口气,环顾周围,黑压压地围了一圈人。

再说刘邦等人见樊哙气冲冲地出了门,急忙追着脚步赶来。雍齿走在最前面,看见躺在地上呻吟的不是别人,正是属下的一位伍长,脸霎时变得乌青,一步上前去夺樊哙手中的马鞭,生气道:"樊兄好生无礼,为何殴打本部伍长?"

"你问问他?"樊哙从雍齿手中夺回马鞭,指着伍长道,"强抢民女,该不该打?"

"即便有罪,也该由我处置。"雍齿转脸看一眼伍长,没好气地说道,"你躺在地上成何体统?还不起来?"

这时候,那女子从人群中走出来,双膝跪倒在樊哙面前,连连叩首道:"多谢大人搭救,要不小女子今日就没命了。"

这一切,刘邦、萧何、曹参都看得清清楚楚,小女子一番言辞,更使是非一清二楚。刘邦的心情油然沉重起来,举事方始,军士竟敢罔视军纪。倘是天长日久,岂不大乱?他暗暗打量萧何和曹参,见两人脸上覆冰盖霜,眉头紧皱,更加确定今日之事不可以不了了之,随即问曹参道:"曹中涓在沛县素以断狱为名,今日之事该当何处?"

"兵不斩不齐。诗云:'靡不有初,鲜克有终',今义军方兴,万民引颈相望,若宽恕有罪,一则冷了百姓之心,二则埋下他日祸端。属下觉得当严处之,方能免'郑伯效尤'之患。"曹参回答得没有丝毫犹豫。

刘邦顿时严肃起来,转过脸来正要和雍齿说话,孰料脚尖被暗暗踩了一下,回眸之际,就发现萧何微微摇了摇头,似乎有话要说。刘邦便顺势问道:"萧功曹有话要说么?"

"攻克丰县,雍将军功莫大焉。部属失于管束,虽将军难辞其咎,然毕竟初犯。下官之意,此人不妨交于雍将军处置,沛公以为如何?"萧何缓缓上前,拍了拍雍齿的肩膀,眼睛却暗暗打量樊哙。

樊哙果然老大的不悦:"照先生之说,倒是俺多事了?"

萧何也不反驳和回应,他相信刘邦已经明白了他的意思。

刘邦当然听明白了萧何的话,刚才还挂在脸上的冷霜很快转换成大度和宽容,笑道:"功曹所言,正合我意,将军劳苦功高。彼乃初犯,当由将军处置,下不为例。"

雍齿暗暗惊异萧何的随机应变,更为刘邦的顺势而为而感慨,立即转身来到伍长面前厉声道:"你要装死么?还不谢过沛公。"那伍长挣扎着起来,向刘邦施过一礼,仓皇去了。

刘邦一行这才在雍齿的邀请下,朝县府而去。

路上,曹参有意识拉了拉萧何的衣袖。萧何会意,便放缓了脚步与曹参并肩而行。

"光天化日之下,强抢民女,该是死罪,足下知否?为何姑息迁就?"

萧何捋了捋美髯就笑了:"先生聪明一世,糊涂一时。我军初起,羽翼未丰,区区三千卒伍岂能抵得强秦。况乎雍齿世族,从者甚众。眼下正当用人之际,怎可因小失大,内讧伤己。"

曹参点了点头,但他还是强调了己见:"兵法云,族未亲附而罚之,则不服,不服而难用之;卒已亲附而罚不行,则不可用也。故令之以文,齐之以武,是谓必取。正因初起,才应严明军纪。"

看看县府到了,萧何刹住话头,不过他内心完全认同了曹参,觉得要瞅个机会向刘邦专事建言。

当晚,雍齿要在县府设宴庆功,被刘邦劝住。简单用过晚膳,众人即在县府二堂议兵论战。商定由雍齿镇守丰县,曹参率樊哙、曹无伤等人攻打薛城,牵制秦军。

众人散后,刘邦留下萧何与雍齿。望着门外沉沉的夜色,刘邦呷了一口茶,润了润嗓子道:"丰县乃我军初战攻取之地。所谓一生二,二生三。故守好丰县,意深体大。不可掉以轻心,有赖二位了。"言罢起身打拱。

萧何忙拦住道:"沛公乃一军主公,折杀属下了。"

雍齿也上前双手抱拳连道:"有末将在,敢保丰县万无一失。"

二人离去后,刘邦要李甲布置好巡夜的值守,自己便上了榻。

上半夜,月亮稍显嫩亮,从窗外淡淡地照到榻前,不免涂下秋色的清冷。从县府后堂门里望去,值守的哨兵仿佛一尊尊塑像,肃然而立。一阵风来,他们禁不住瑟缩着身子。要说刘邦没少走南闯北,在外过夜是常有的事情,可今夜他却是睡意全无。在泗水亭与一家人的分手时,刘太公、吕太公的衰颜老身,吕雉的别意徊惶,还有刘肥、刘盈和刘蕊追着的喊声,一下子涌到眼前。

刘邦使劲摇了摇头,他在心里提醒自己,于今以后,四海为家,不可儿女情长。他这样想着,裹了裹身上的被子闭上双眼……

第二天,曹参、樊哙率领一千人马奔赴泗川郡所薛城,与那里的郡守薛壮拉开战幕,刘邦亲自送到丰县城外。

"我军之所以要攻取薛城,不仅在于其乃泗川郡所,更在彼与丰县、沛县成掎角之势。占据薛城,至若控弦,进可以取胡陵,退可以据丰、沛,如此则大事可成矣。"刘邦勒住马头叮嘱曹参,"听闻四川郡守薛壮颇懂些用兵之术,必不能坐而待死,你与樊哙不可轻敌。"

樊哙在一边听着,觉得刘邦不免多虑,眼下秦军已成惊弓之鸟,区区薛城何足挂齿,因而说出的话就不免带了狂傲:"沛公放心,俺定取薛壮首级来见。"

刘邦皱了皱眉头,说话的声音就重了:"我知你平日鲁莽,然兵家大事,非同儿戏。此次攻薛,曹中涓任主帅,你为副将,当一切听从中涓号令,不可造次。若有违者,军法从事。"

看着这一对连襟说话,曹参想那吕雉姐妹真有眼光,刘、樊二位,一文一武,也算得上珠联璧合,忙在马上作揖道:"属下谨记沛公之命,定当精于运筹,必求制胜。"言罢两腿一夹,战马撒开四蹄追赶队伍去了。

望着军伍渐渐淡出视线,刘邦收回目光,回望丰县城头,"沛"字大旗正被秋风卷起,发出呼啦啦的声响。

接下来的日子,留守丰县的义军除了操练外,就是部署防守军务。雍齿每日派遣弓箭手与步兵在城头值守瞭望,又命探哨出城十里以外观察敌情。他根据刘邦的命令征招丰县百姓,将桐油和滚木礌石搬上城墙,以作拒敌之用。

一连四天,探哨带回来的消息都说秦军纷纷把重兵用来防守郡所,似乎没有力量顾及丰县。

"果真没有发现敌军?"

"出城十里,未见秦军一兵一卒。"

"好!你且退下。"看着哨探退出帐外,雍齿拂了拂垂到额前的一绺长发,暗笑刘邦过于谨慎,不知兵务;笑泗川郡守胸无大局,若此时派兵进攻丰县,岂不手到擒来么?他颇为得意,觉得应该将这个情况告知刘邦。他前往县府的脚步很轻快,风吹动他的战袍,云团一样地在周围飞舞。

刘邦正与萧何在县府大堂商议如何安抚百姓,看见雍齿兴冲冲地赶来,忙起身相迎。

"何事令将军如此高兴?"萧何问。

雍齿先向刘邦作揖行礼,然后将近几天探哨所报情况大致叙说一遍,才在刘邦示意下在萧何对面坐了,不无自豪地说道:"有末将在,料秦军不敢来犯。"

刘邦闻言,心里却有些沉重:"我闻薛壮诡谲莫测,善于用兵,将军不可轻敌。"

雍齿不以为然地呷了一口热酒,回了刘邦一串爽朗的笑声:"沛公不必担心,末将已在城头布满弓箭手、滚木礌石等,敌军胆敢来犯,必令其死无葬身之地。"

萧何接着刘邦的话劝道:"沛公所言,还请将军谨记。否则,患莫大焉。"

雍齿虽然点着头,心里却暗道,书生就是书生,弄弄刀笔可以,言战则惧。正要说话,就听见李甲在门外大声道:"禀沛公,七大夫夏侯大人回来了。"

"哦!快快有请。"刘邦看了看萧何与雍齿,起身向门外走去,正好与从门外进来的夏侯婴撞了个满怀。

夏侯婴连连作揖道:"撞了沛公,罪过罪过。"

"该杀该杀。"刘邦拍打着夏侯婴的肩膀,大笑着挽起他的臂膀进了大堂。

李甲早进来沏了茶水，四人席地而坐，刘邦迫不及待道："快将沛县境况说与我听，这些日子，真是恍若隔天啊！"

夏侯婴擦了擦额头的汗水，将茶水灌进肚内长长舒了一口气，才开口说话："沛县倒还平定，太公和嫂夫人安好。为避战祸，萧兄、曹兄家小也都隐居到乡间去了。"

刘邦、萧何这才放下了心。但夏侯婴接下来传递的消息，却令三人既喜且愕："主公可知王陵此人么？"

"夏侯兄明知故问。当年我为亭长，与彼虽不比萧兄与夏侯兄过从之密，然走动经常亦属实情。只是沛县举事时，他不赞同，我亦不强人所难。"

夏侯婴所说的王陵亦乃沛县豪族之后，刘邦为亭长时，于赌场相识。有几次，王陵手气甚差，亏了刘邦在旁指点，扭转危局，从此两人便以兄弟相称。

"嘿嘿！他也举事了！"夏侯婴放下茶盏，掩饰不住心头的兴奋。

刘邦听了，与萧何、雍齿相视良久，不禁感叹溃堤千里，一朝倾覆。连王陵都聚众起事，暴秦来日无多。只是不知他欲图何方？

夏侯婴又道："他正欲离沛北去南阳，不日将从丰县经过，在下劝他归顺沛公，被婉拒了。"

"人各有志，不能勉强。"刘邦长叹一声，重新落座。他明白，豪族出身的王陵不愿屈身在自己麾下亦属常理。

"沛公何须叹息？依属下观之，燕雀终非鸿鹄，早晚彼必投公门。所谓得道多助，我军一路西来，百姓箪食壶浆，夹道相迎，便知沛公深得民爱，将来亦是天下归心，王陵又岂能独于风云之外。"萧何欠了欠身子安慰道。

……

这些茶话还没有散尽，骤雨浓云就密布于丰县上空了。

这天后半夜起了风，秋气越发地浓了。刘邦正在案头翻看《孙子兵法》，自从被推举为沛公后，这成为他每日不可或缺的功课。此刻，他望着下面一段话陷入了沉思：

> 不可胜者，守也；可胜者，攻也。守则不足，攻则有余。善守者，藏于九地之下，善攻者，动于九天之上，故能自保而全胜也。

眼下义军在丰为守，在薛为攻。守者和攻者都有些心浮气躁，这是刘邦最为担心的。他现在多么希望雍齿严守秘密,不使秦军摸清底细。而又多么希望去往薛城的曹参深计远虑,一举克敌制胜。而曹参素来处事沉稳,他现在最忧虑的就是雍齿,他建功心切而又刚愎自用。他觉得明天有必要与雍齿认真谈一谈,约束一下这匹野马。他这样想着,就听见帐外传来一阵急促的脚步声,接着就听见李甲厉声问道:"何人在此?"

刘邦警觉地从梁柱上拔出宝剑,门外传来李甲急促的声音:"禀告沛公,雍将军紧急求见。"

刘邦心头一惊,忙朝外面喊道:"请进。"

"秦军来袭了!"雍齿一进大堂门,就气喘吁吁道。

"你可看清了?"

雍齿回禀道:"末将方才得到守城军士禀报,急忙登上城楼,但见四面火把林立,喊声四起,显见得丰县被围了。"

"你不是说未见秦军么?"

"末将也纳闷,不知秦军为何倏地说来便来了。"雍齿支吾着应道。

刘邦的脸色黑下来了,朝外面喊道:"速传夏侯婴、萧何到大堂议事。"

不一刻,萧何和夏侯婴都到了,待雍齿将情势大体述说一遍后,刘邦情急道:"事急矣,眼下曹参与樊哙军在薛城,我军只有两千余人。急召二位来,不知可有退敌之策?"

萧何眉头一皱道:"为今之计,需借两人。"

"先生不妨详说。"

萧何看了一眼夏侯婴道:"曹参水远,我军力单,必欲借力方能克敌。近日王陵军正欲从丰县经过,沛公不妨修书一封,由夏侯兄直往王陵军处,说动他前来驰援。"

这话一出,雍齿的眉宇间眼看就郁蹙了:"王陵原就心异,今求救于彼,无异引狼入室。倘秦军退后,彼欲求丰县,又当如何?"

夏侯婴冷眼看了看雍齿,回了一句:"你岂能如此说。我军图在咸阳,岂在乎小小丰县。彼若欲取之,毋宁我予之何妨?依在下观之,王陵虽不愿追随沛公,却并非器量狭小之人。"

"夏侯兄所言,正合我意。我这就修书一封。"刘邦说着就命曹掾取来笔墨,铺开绢帛就势写道——

  王陵兄大鉴:

    沛地一别,如隔三秋。闻兄大略御兵,聚众举义,殊堪敬仰。嬴秦暴虐,天怒人怨,群雄蜂起,兄当俊杰之首也。季虽不才,然愿与兄风雨同舟。目今秦军来袭,丰县兵寡,欲邀兄共伐郡监,长我义军之威。孙子曰:"当其同舟共济,遇风,其相救也如左右手。"吾守城以待仁师。

切切

刘季顿首

刘邦捧起绢帛,吹了吹未干的墨迹,抬头看着夏侯婴道:"尚需夏侯兄亲往送书。"

"沛公何出此言,属下追随主公,万死不辞,区区送信又算得了什么?"

然而,萧何还是替夏侯婴安危担心:"只夏侯兄一人,恐难出城,尚需卫士护送。依属下看,当让'百将'牛良率一屯士卒护送。"

定下计策,刘邦的心才稍稍落了地,他伸了伸修长的臂膀,似乎是对雍齿又似乎是对自己道:"援军一到,我内外夹攻,不愁秦军不灭。"

……

看着夏侯婴在牛良的护卫下融入夜色,雍齿回到大帐,抬头看天,已是凌晨。冷月西斜,秋风萧瑟,从远处深巷传来间歇的犬吠。他独自打坐,胸中似乎有一块石头堵着,十分郁闷。从几天前在街头遭遇属下被殴,到今天萧何提出借助王陵军解丰县之围,他心中就有一股气憋着,看什么都不顺心。哼!樊哙算什么?不就是一个屠狗之徒么?借着刘邦之势,竟敢不把自己放在眼里,而最让他不可思议的是,刘邦、萧何这些昔日的些县小吏,竟然对自己能否守住丰县心生迟疑,而且严令在据城待援期间不可以随意出战,难道丰县不是他雍齿一手打下来的么?

当天刚破晓时,他似乎对于当初追随刘季有些后悔。以自己在沛县的家世和声威,倘使当初独自举事,定然也是处尊居显,应者成群的,何须如此屈居人下,遭遇贵远轻近的尴尬?

东方拉开鱼肚白之际,雍齿起身向帐外走去。秋露打湿了秋树的枝叶,空气中就弥漫着一股湿冷的气息,一摸战袍,似乎都湿漉漉的。晨曦中,迎面走来一位年轻将军,看身影是麾下的"千人"岳恒。相逢街头,岳恒发现雍齿面带倦容,便问道:"将军一夜未睡?"

岳恒是他从沛县带出来的年轻将军,故心无芥蒂。两人并肩登上城墙根台阶的时候,他终于忍不住道:"怎么入睡呢?刚刚占了丰县,樊哙就当众打人欺主,目中无人。此时秦军围城,彼等宁信外力,而薄近厚远,岂非轻视吾等?"

前几日街头发生樊哙惩罚伍长之事,岳恒也听说过,不过在他看来,总是伍长行为不检点才招致樊哙鞭笞,似乎与主将扯不上关系;至于后者,他刚刚知道,也便不好说什么。不管怎么说,大敌当前,不可以自乱,便劝道:"将军也不必在意,厚薄之分,战之方见分晓。天明秦兵必将攻城,属下还是跟随将军查看城防吧!"

经岳恒这样一说,雍齿的心境好了些许。两人一前一后登上城头,一路走来,看见弓箭手一个个凝心聚神,弓矢在手;一堆堆滚木礌石前,都有军士值守,随时准备投入城战;在靠近瓮城的瞭望楼旁,被征集来的百姓把鼎锅的桐油烧得滚煎,人还没有走近,就有热气迎面扑来;一队军士从城下上来,每两人抬一捆箭羽,放到城垛旁边。然后不敢有丝毫的懈怠,用衣袖擦擦脸颊的汗水,转身就向城下跑去。

这一切如同刚刚跃出远方地平线的太阳,驱散了雍齿心头的烦闷,让他的脑际闪过"王于兴师,修我戈矛,与子同仇"的诗句。他相信,有了如此坚固的军备,一定能将秦军拒于城外。不!他一定要瞅准时机,主动出击秦军,让刘季看看,究竟谁是当今英雄?

雍齿刚刚转过身,就听见从城下传来排山倒海般的吼声——秦军在郡监姚平的率领下发起了攻城。

"嗨嗨……"冲在最前面的是数百名弓箭手,在鼓声的助威下箭雨齐发,义军中有军士中箭倒下。岳恒见状,朝着躲在城垛后面的弓箭手喊道:"快发箭反击。"

随着他的喊声,各个屯长纷纷率先拉满弓,紧搭箭,一声令下,千百利箭倾泻而下,雍齿分明看见,秦军弓箭手一个个倒地而亡。他迅速来到角楼,对正在监视敌军的旅帅道:"弓箭之后就是攻城步军,速备好滚木礌石。"

果然,一阵紧锣密鼓后,秦军步军扛着云梯潮水般地朝城下涌来,一部分秦军已经从护城河上临时搭起的木桥上过来,踩着云梯登上城墙。城头坚守的"百将"见状,一挥手,但见滚木礌石轰然而下,大石落在木桥上,连人带桥砸入护城河中。个中有手脚利索而又善战者,眼看爬上城头,却被从城头倾倒的桐油烫得皮开肉烂,惨叫着落入水中。

第一拨攻城整整持续了两个多时辰,到午时一刻,城下已遍布秦军尸体,烈火燃烧的浓烟从护城河边滚滚而来,守城的军士咳嗽不止。

岳恒一肩征尘,脸上被烟熏火燎成古铜色。他沿着城头巡查,身边躺着的都是清晨还生机勃勃的年轻士卒,往前数数十天,他们还都是些在田地里晒着脊梁的农人。现在,他们再也听不见父母的呼唤和震天动地的战鼓了。

举事前,岳恒曾是雍齿府上的门客,由于武功精良,年纪轻轻已是家丁教头,虽不能说衣食奢华,但绝没有穷困潦倒过,更没有经历过生与死的瞬息转换。当双方年轻的生命在自己眼前变成孤魂野鬼的时候,他感到一阵阵冷风浸入骨髓。

"你怎么了？"雍齿发现岳恒的脸色很难看。

岳恒摇摇头道:"惨不忍睹,都还是些年轻人,顷刻间就……"

"这就是战争。刀光过后,白骨累累,嬴秦不就是用白骨堆起社稷的么？往后几天会更残酷,你不可怀妇人之心,以后还要经历无数战阵,习惯了就不会惊悚恐惧了。你先在城头督战,我去向沛公禀报战况。"雍齿拍了拍岳恒的肩膀就走了。

他刚转过角楼,准备下城,却看见刘邦在萧何陪同下上城来了。他们后面是一队卫士,抬着酒食。雍齿上前见礼,被刘邦拦住道:"这半日将士们勠力同心,拒强秦于城下,劳苦功高。"说着,向身后的萧何招了一下手。

萧何手中举着一只酒觥,脸上就写满了真诚和钦敬:"属下与沛公一路走来,看到城防固若铁壁,将士争先用命,此皆将军带兵之功,请饮下此酒,祛寒提神。"

"多谢沛公,杀敌建功,将士之责。"雍齿接过酒酿,一饮而尽。然后,又把岳恒引荐给刘邦。刘邦举目打量,果然浓眉凤目,阔额柱鼻,神采炯炯。便要卫士捧了酒觥犒劳岳恒。岳恒谢过刘邦和萧何,更多的感慨都被热酒化为沸腾的血液了。

雍齿要岳恒将酒食分与各个屯,以鼓舞士气,自己则陪着刘邦和萧何去察看军情。这是刘邦平生第一次亲临战场,那种身处大战的肃然,严阵以待的将士,那些脸上还染着血迹,被蒙了白绢的青春尸骨,还有身边这位昔日豪族之后、今日披甲戴胄的将军,都让他在一刹那间悠然觉得,是的！陈胜说得对,王侯将相,宁有种乎？放在几年前,他是绝不会想到会如此挥戈千军的。

他明白,从此剑与火将伴随他走过未来的日子！他不得不承认萧何的慧眼,若非他那日阻止了樊哙的鲁莽,将处置属下的权力交给雍齿,那么,现在走在这城头上的,大概就是那个嚣张的郡监姚平了。

"官人重于用兵,自古为君之道也。"这思绪滚过刘邦心头,经久不散。他的手情不自禁地就牵上了雍齿:"将军治军有方,季不胜感激,还望恪职不怠,避强敌之锐气,击其之惰归。待援兵一到,必克敌制胜。"

雍齿又如何没有感受到刘邦话中的真诚呢？但他对刘邦寄希望于王陵

仍然很不以为然，不置可否地点了点头。这一切都被萧何看在眼里，他隐忧在胸，只是觉得眼前的城防是更要紧的事情，一切都可以暂时放下……

第二天，秦军不再强攻，而是派了屯长和"百将"率士卒在城下骂阵——

"刘邦小儿，胆小如鼠，龟缩城中，算甚英雄！"

"雍齿逆贼，反叛朝廷，罪不容诛，还不开城投降。"

"刘季小儿，逆天之贼……"

一拨骂累了，另一拨就来换下。消息被岳恒报到雍齿那里，他禁不住撩拨，顿时怒从心头起，拔剑砍下案几一角，转身就去刘邦大堂请战。

当刘邦听了他的禀告后，脸上反倒流露出轻松的笑意，放下手中的兵书道："此敌激将之法，你不必应战，静观其变可矣。"

雍齿闷闷不乐地回到大帐，对等候在那里的岳恒说："任他骂去。严令各部，有请战者斩。"

一连四天，秦军每日都来骂阵，雍齿虽然恨得咬牙切齿，因为刘邦有令在先，只能强忍怒火，不与回应。到了第五天清晨，雍齿登上城头，却发现今日秦军阵容整齐，在城下集结。为首的战车上站着一位中年将军，中等身材，看上去倒还结实，只是距离太远，看不清面目，他断定这该就是泗川郡郡监姚平了。正想着，就听见"嗖"的一声，从城下射进一支箭，上面裹着一白色绢帛。岳恒打开绢帛，见是一封来书，是写给雍齿的，工整的隶书表明，书写者的确是字斟句酌了的。

雍齿将军大鉴：

　　君本沛地富豪，家财万金，可比君侯；刘季者，小吏尔。以将军家世，乃事竖子，岂非屈节卑体，以大事小乎？且将军七尺男儿，畏战怯阵，与妇人何异？见书若悟，何妨倒戈归朝，亦可谋锦程远途；否则，就该阵前了断，何必鳞潜鼠伏，涂为域中笑耳！

岳恒看雍齿收起绢帛，问道："禀知沛公么？"

雍齿没有回答，只说了一句"帐中议事"，便下城去了。

岳恒猜不透雍齿的心思，忙安排了城头防务后来到大帐。一见面，雍齿示意岳恒在对面坐了，就直截了当道："真是气杀我也，依你看，今夜出战如何？"

岳恒眉头皱了皱道："依属下说，此事还是禀知沛公为妥！"

"你以为他会准许我等出战么？"雍齿看着岳恒的眼睛，依照自己的思路继续道,"彼等从未经历战阵,岂能懂得用兵之术?岳恒听令,今夜亥时一刻饱餐一顿,亥时三刻出战,夜袭秦军。"

"这……属下还是以为当禀知沛公。"岳恒没有动弹。

"你为何如此优柔寡断?"雍齿看一眼岳恒,"难道沛公不愿意早日击溃秦军,解围城之忧么?我就不信,法剑能斩有功之人。"

岳恒迟疑片刻,才转身传令去了……

"你觉得雍齿今夜会来偷袭么?"泗水郡监姚平一回到军营,就问身边的军侯马力。

马力跟着姚平进帐,在案几旁站着说话:"前几日,卑职遣往丰县的探哨归来说,这雍齿仗着家世向来轻看刘季,故而夜袭之举未尝不会发生。"

"不是未尝,是定会来袭的。"姚平很自信自己的判断,"命令各部,大军藏于营外复新河南岸之密林中,留一座空营给雍齿。待敌深入营寨中心,从四面包围,务求全歼。雍齿伏法,刘季不保,泗川郡从此平安。"

姚平刚过四十,长得一副黑脸,络腮胡子。在郡监任上盘桓数年,当然希望通过剿灭义军为自己升迁争得一个机会。

"诺!"马力出帐一个时辰后,秦军上下都知道了雍齿将夜间来袭的消息。当晚酉时三刻,秦军饱餐一顿,只在寨门口的帐篷亮着灯火,留下一屯士卒在寨内外巡逻,其余则趁夜幕降落之际,全都隐蔽在复新河南岸密林深处。

毕竟已是十月深秋,隐没在密林中的将士不消两刻便一个个肩头浸了湿漉漉的夜露。有些人禁不住清冷,瑟缩着身子埋怨郡监多事,有一位小声道:"眼看四面反声不绝,朝廷百孔千疮,还守个什么?"

此话却被巡查而来的马力听见,他上前一刀取了首级,低声训斥道:"再有煽惑人心者,有如此头。"

见状,大家一个个噤若寒蝉,不敢出声了。

更漏刚交亥时三刻,就听夜色中有窸窸窣窣的声音由远及近而来,紧接着,又似沉闷的涛声,此起彼伏。姚平依据以往战事的经验,低声告诉身边的马力道:"定是雍齿的军伍夜袭来了。传令下去,不听鼓声,决不许轻举妄动,违令者斩。"

姚平所言不错,匆匆突入秦军营寨的正是雍齿所部。他们来到秦军营寨外,潜伏在草丛中远远望去,但见营寨内灯火稀疏,影影绰绰地可见巡逻的军士来回穿梭。雍齿心中掠过一阵欣喜,对紧随在身边的岳恒道:"真是天助我也,秦军皆入了梦乡,正是我等大显身手之时。"

岳恒会意,向身边的一位军侯挥了挥手,一千人便冲进了营寨。迎面走来一位举着火把的伍长,他看见义军便知道遭了夜袭,一边转身朝寨内跑,一边高声喊道:"贼军来袭了……"

刚刚跑出没有几步,便被从身后射来的箭结果了性命。与此同时,从河边穿了震天的鼓声,但见火光冲天,喊声四起——

"贼军哪里逃,留下首级。"

"杀尽贼军……"

雍齿勒住马头,环顾四面,秦军潮水般地从四面涌来,他情知自己中了埋伏,忙挥动长枪,连续刺倒十数名秦军,高声喊道:"人自为战,取敌首级者赏。"

义军将士明白,此时不杀敌,必被敌杀。纷纷拼命向外冲击,一道道人墙倒下,又一道道人墙立起。

雍齿在敌阵中左冲右突,好不容易杀出一条血路,忽见前面冲来一位中年将军大喝道:"贼将雍齿哪里走,还不下马就擒。"

雍齿也不答话,执枪就刺,两人大战数十回合,雍齿渐感吃力,跳出圈外,拨马要走,只听后面喊道:"姚平在此,岂容你走。"挥动大刀直向雍齿砍来,雍齿急忙伸出长枪架住,两人再度马上来去,杀个昏天黑地。

正无法脱身时,岳恒杀到雍齿身边,姚平见状,急忙拨转马头而去。岳恒要追,被雍齿拦住。两人在马上朝四面看,义军的军侯们已率领所部朝北突围,雍齿自恨料敌失误,竟然招致兄弟血染敌营,恨声道:"这一回,真是无颜见沛公了。"

岳恒劝道:"事已至此,悔亦无用,只有奋力杀敌,才能自救。"

再说姚平拨马去了一会儿,于乱军中与马力相逢,油然感慨以往低眉顺眼的农人们一俟反起,竟然如此勠力同心:"不管如何,绝不能放走贼众。"

"将军所言极是。眼下不灭,后患无穷。"

姚平横了横手中的刀道:"现今是贼寡我众,必围而歼之。我料敌必从南寨门突围,你率军前去,不予其可乘之隙。"

马力止要催马向北,却见东南方向秦军阵脚人乱,姚平人惊:"何处来的贼军?如何事先毫无消息?"

言未了,就听见从黎明的黑暗中传来雍齿的喊声:"援军到了,弟兄们杀敌立功啊!"

这一场厮杀从亥时三刻到辰时二刻,从夜色沉沉到晨曦破晓。从深陷埋伏到绝处逢生,雍齿觉得,自己经历了有生以来从未有过的巨变。当杀声渐渐稀落下来的时候,他借着东方微露的晨曦看着自己的盔甲,从鳞片到战袍,都染着鲜血。他说不清自己此时的心境,只是觉得很疲倦。

这时候,耳边传来呼唤:"雍将军,雍将军!"

他抬头朝远处望,啊!那不是夏侯婴么?在他身边的中年将军一定就是王陵了。他微胖的身材裹一身银甲,骑一匹雪青战马,盔缨在新阳下分外鲜红。

现在,夏侯婴、王陵与雍齿、岳恒在秦军营寨中央会合了。夏侯婴在马上打拱道:"为何如此巧啊!怎的就今夜会师了?沛公真是料事如神啊!"

雍齿只并没有直接回答夏侯婴的话,他不好意思告诉他们是自己私下出兵而中了姚平的埋伏。他很遗憾,没有能够亲自斩了郡监的首级。他已布置下去,要义军擒拿姚平,他想亲自问问,这位泗川郡监是如何料到他要偷袭的。

"若非足下及时赶到,我军必难取胜。"夏侯婴感谢王陵道。

而岳恒则有点惋惜:"只是秦军两名主将不知去向……"

"你没有在尸体中寻找么?"

"找了!没有。"

王陵接着岳恒的话道:"定是趁乱逃往薛城了。"

"如此一来,曹参、樊哙压力必大。"夏侯婴的眉头倏地蹙在了一起,转身高声喊道,"牛良何在?"

牛良急忙上前答道:"卑职在。"

"你飞马进城禀告沛公,我等随后就到。"晨光中,他没有看见雍齿脸上尴尬的表情。

韩信已经说不清这是第几次遭到亭长妻子的冷眼了,又是第几次被拒绝寄食了。

出了亭长家的门扉,他绝望而又发狠地回望身后两间并不高大的屋舍,朝地上吐了一口唾沫:"哼!有朝一日发迹,我定来要你瞧瞧何谓奇男子。"

正胡思乱想间,忽然就觉得背后"哗啦"一声,屁股上就溅了许多脏水,接着传来尖刻的骂声:"如此慵懒,与狗彘何异?整日混吃混喝,与乞丐无二;三天一小扰,五天一大扰,与无赖一般。如此男人,不如自缢了断,人间少了大害。"

韩信怒火中烧,甚至悄悄握了握身边唯一的陪伴物———一把祖先留给自己的宝剑,恨不得一剑结果了这恶妇的性命。但他忍住了,甚至没有回头看一眼,就离开了亭长的家门。

当他走上街头时,就暗暗自嘲地笑了。他明白,自己也就是过过嘴瘾。似目前这样穷困潦倒的样子,何时才能出人头地呢?要说这妇人说得也没有错,连古人都说"至无有者穷",自己有什么呢?一不通晓农事,二不懂为官之道,三不能治生商贾,又怎么会不招人嫌呢?

当初,是亭长带他去家里吃饭的。那时候,他因为饥饿晕倒在淮水岸边。但现在他发誓宁愿街头行乞也不到亭长家去了,他受不了亭长妻子那种满含讥讽和轻蔑的目光。

他发现淮阴城这些天有些隐约的不安,街道两旁的酒肆间时不时传来关于情势的议论——

"知道么?会稽的项梁带着兄弟和侄儿举事了。"

"那项羽年方二十五岁,力大无穷。举事那天,一剑结果了郡守殷通的性命。"

"何止一个殷通?近百人都死在了他的刀下,郡府前的门槛染得殷红。那项羽拥戴项梁做了郡守,正招募兵卒呢,吴中子弟纷纷响应。"

"你能不能小声说话,让县府的人听见,你命休矣。"

"你怕什么?"说话的是一位白发老者,虽然他压低了声音,但韩信还是听出了大概的意思,是说项梁集结队伍,正要渡过淮河北上,淮阴朝夕不保,人心惶惶,县令大人正准备带了家眷逃跑呢。

这是今天醒来后,韩信听到的唯一可以慰藉心灵的消息。

父亲去世后,他与母亲相依为命。虽然家徒四壁,灶无隔夜之粮,但母亲总是不忘督促他寒窗攻书。性格使然,他不喜欢读那些礼仪之类的书籍,而对兵书有着浓厚的兴趣。他最先读的是《吴子兵法》,四十八篇,他一篇不漏地背诵了下来;接着,一个偶然的机会,他得到一部《孙子兵法》,虽然只有十三篇,但这位兵家所谈论的完全是另外一种环境下的战争。早晚背诵这些名篇时,就好像与这些人面对面的感觉。

他曾多次将自己所学讲给身边的人听,可没有人会耐心听一位穷困街头的"竖子"信马由缰地空谈阔论,他们甚至嘲笑他不疯即痴,或者狂言浪子。而在他的眼睛里,彼等都是些胸无大志的燕雀之徒,不足与言兵事。

这似乎是恶性循环,他越是瞧不起周围的人,人家也就越是疏远他,而他也就越孤独。现在好了,项梁渡淮的消息不啻是暗夜里的烛光,给他带来的是希望。

对于项梁,他还说不上有多么深的了解。可从吴中过来的人不断传说这位项燕之后如何的性度恢廓,深得人心,否则,他怎么会取代殷通而成为义军首领呢?他相信,项梁一定能为他提供一个施展才能的机会。

可现在,晃晃悠悠的韩信还只能将兴奋藏在心底,面对的还只能是人们的冷眼。有几家店铺的小二远远地瞧见他,便转身进了铺子,似乎他身上带着瘟疫。但在前方的十字街口,他看到了一个人,那就是脑满肠肥的王屠户,他这会儿不在肉铺营生,却站在人群中高声大嗓地说话。每句话似乎都能在那些追随者中激起一阵吆喝。这阵子,他的话题正落在韩信身上——

"知道么?韩信这个小人竟然口出狂言,要领千军万马,这不白日做梦吗?"

"就是!行乞浪子,瓮牖绳床,命在旦夕,谈何将兵?"

"哈哈哈……"

"有一天,定当让这'竖子'清醒清醒。"王屠户说这话时,挽起了袖子,一副不可一世的神气。当他朝西看时,就不禁笑了,"嘿嘿!机会就在眼前。"

众人随着他的目光转过脸去,果然,韩信从那边过来了。

韩信很沮丧,他想转身离去,可已经来不及了,王屠户和一干人径直朝他走来。

王屠户双手抱肩,一副满不在乎的模样,说出的话却如十月的冷风:"看你身材高大,喜佩刀剑,其内中却是怯懦的。"

韩信不愿理他,按了按剑柄,朝一边看,招来的却是嘲笑:"看看!害怕了吧?"

这话似一把火烧得胸膛灼热,霎时间瞳仁周围红云密布,似乎有一个声音在呼唤他拔剑出鞘。可就在要紧关头,他还是忍下了这股恶气。不是他真的怕了眼前这位年轻人,而是在他看来,把力气消耗在这些小人身上,不值得。

然而,王屠户似乎并没有收敛的意思,向前一步,眼看着凸起的腹部都要挨着他了:"我说你怯懦,如何?"王屠户打量了一下韩信腰间的宝剑说,"你若不怕死,即可用剑刺死我,若真是畏惧了,就俯出胯下。"

这话一出口,立即在周围荡起一阵笑声。有几个好事者跟着起哄:

"出剑!出剑呀!"

"钻呀!钻呀……"

"他不敢,哈哈……哈哈……"

韩信思绪在剧烈地波动。他完全可以拔剑出鞘与这无赖厮杀一番,即便血染淮阴街头也必落个血性男儿的名。然而,这就是自己一生所求吗?若如此算得上英雄,勾践又何须卧薪尝胆以求复国呢?若如此算得强者,孙膑又何须忍受膑刑呢?若此可以出心中恶气,文王何须三分天下有其二,以服事殷,而被囚于羑里牢狱呢?自古小不忍则乱大谋,何况项梁渡淮在即,我不能因一时之意气而误了大事。

他的心终于平静下来,而眼睛里几乎水波不兴。他从腰间解下宝剑,然后匍匐着身子开始一步一步地朝王屠户的胯下爬去……

他每爬一步,脑际就幻化出他一步一步登上点将台的情景;

他每向王屠户的胯下接近一步,他的眼前就浮现出运筹帷幄,决胜千里的情景;

韩信终于艰难地爬过了王屠户两腿之间的三角形空间,而在他眼前铺开的是三万里锦绣江山……

围观的小子们开始还嘻嘻地笑,还能说出几句调侃的话语。渐渐地,就陷入一片安静。

王屠户呆了。在韩信重新把宝剑系上腰间的时候,他颓然蹲下了身子……

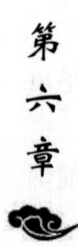

第六章

剑指薛城开新域
身归项梁谋锦程

丰县城门在紧闭了数日之后,终于重新敞开了。从城门口望去,街道上来来往往的都是巡逻的义军;酒肆、店铺前的招子飘飘欲飞,战争阴云散了,一切都回归正常中……

太阳刚刚升上城头,刘邦就带着萧何出现在城门外。尽管他对雍齿违命出战心中满怀不快,但在萧何的劝解下,加上剿灭秦军的大胜,一切都变得明丽敞亮了。虽然已是十一月初,可挂在树梢的太阳依旧耀眼,丰县的大街小巷因此显得不那么清冷了。其实,刘邦内心很清楚,对秦军的首战之胜不仅在他面前展现出希望,更因为昨晚与王陵的觥筹交错,使得他对天下大势有了更加清楚的认识。

昨晚刘邦为王陵设宴,雍齿回禀说昨夜酒醉未醒无法赴宴,座上就仅剩下刘邦、王陵、萧何、夏侯婴四人。

"沛公可知,张楚假王吴广被杀了。"酒过几巡后,王陵向刘邦、萧何等人传递了一个来自张楚军的消息。

刘邦举到空中的筷子顿时凝滞不动了,眼睛睁得老大,谁不知道大泽乡举事时,几乎所有的筹划都出自吴广呢?又有谁不知道他在军中的声望仅次于陈胜呢?当然,刘邦也听说过,他被封为假王后率军攻打荥阳,并不顺利。延宕数月而不下,尽管如此,也不至于殒命中道啊!

王陵显然读出了刘邦眼中的疑虑,将一樽酒灌进肚里,说话的声音就显得沉重了:"在下也是道听途说,传吴广死于部将田臧刀下。彼以为荥阳久攻不下,皆因吴广拒听谏言,以致贻误战机,未能牵制秦军,致使张楚骁将周文不能西进咸阳。田氏与诸将密谋,斩杀假王,并献首级于张楚王前,张楚王遂以田臧为上将军。"

田臧?萧何想不起这个人有何世族渊源,怎的就当了张楚的上将军,真是乱世出英雄啊!

"足下果真以为假王是因为骄而失命么?"刘邦沉思片刻,他细长的眼睛迷离成一条线,"在下在芒砀山时也听人说起大泽乡揭竿,言吴广机敏多智,深得众心,为何荥阳遇阻反而骄横起来了。依在下观之,该是他缺少防人之心,以致遭人暗算亦未可知。"

萧何放下酒杯,朝着刘邦坐的方向频频点头道:"沛公所言切中肯綮,《易》曰:'鸟焚其巢,旅人先笑后号啕。'物必自腐而后虫生。暴秦未灭,而先自乱,殊堪为训。"

这话一出口,王陵手中的筷子不由自主地掉在了案几上。他原以为吴广骄横而亡,未料刘邦、萧何将事情看得如此透彻,这让他不得不重新审视这两位从沛县走出的小吏。他记得商鞅当年说过:"愚者暗于成事,知者见于未萌。"刘邦与萧何是不是"有独知之虑"的"智者"他一时说不清,可他们看事比自己显然深了一层。

也许缘于此,宴会的后半场他的神思有些离乱,饮酒的兴致也索然了。就在他彷徨之际,夏侯婴的声音在耳边响起来了,很温暖亲切:"《书》曰:'同寅协力和衷哉',自古成大事者,莫不以人心为上。现今沛公深得人心,百姓拥戴;将军胸怀大略,志在千里。何不兵合一处,共图大计,岂不乐哉?"

王陵又是一惊,早在来丰县的路上他就发现夏侯婴对刘邦推崇备至。现在,他的劝说显然是有备而来。回看自己身边的幕僚,有哪一个能够与萧何、夏侯婴比呢?有了这一群介士忠臣,即便到了刘邦营垒,他还能有什么位置?至于再远的事情,他更是无法判断。但他已打定主意,绝不能留在丰县。他借口"更衣"出去了一会,再回来时,心境就安定多了。他从容举起酒樽,向着刘邦、萧何和夏侯婴表示敬意,话也借着酒意从口中流出:"感谢沛公盛情款待,在下先饮为敬。陵本沛地小富,足衣足食,但求安逸。皆因暴秦无道,百姓倒悬,陵不得已勉力为之。今沛公大略天下,陵不敢望其项背。且借此酒当作辞行,明日一早,便要北去南阳了。"

闻言,刘邦大度地起身应道:"兄至诚实言,季不胜感激。来日方长,日后若有为难之处,季当万死不辞。"

几只酒樽"当"地碰在一起,震落了天边的几颗残星。

此刻,刘邦与萧何看见,在夏侯婴的陪同下,王陵朝城门口来了。

刘邦下了车,上前作揖道:"昨夜叙话时久,兄未睡好吧?"

王陵翻身下马,一步上前握住刘邦的手道:"烦兄相送,实不敢当。"

"解围救援,大恩不忘。"

两人相视而笑,刘邦邀王陵上了自己的车驾,看上去很亲密的样子。萧何与夏侯婴彼此看了一眼,都在心里觉得刘季有不同常人之处。

萧何与夏侯婴乘一辆车,拉套的却是一头大犍牛,虽然虎虎有生机,总不如马威武。萧何打趣道:"牛车虽慢,却是稳当了许多。"

夏侯婴本是赶车出身,顺着萧何的话道:"倘有一天换乘马车,足下还会如此说么?"

再后面是王陵的队伍,他们中不少人就是沛县人,对于离开故乡北上南阳,掩饰不住的乡恋就挂在眉梢角。他们不明白,王陵为什么就不能与刘邦合兵一处,却执意要到南阳去闯天下。

出城五里,王陵拉着刘邦的衣袖道:"千里相送,终有一别,兄我就此分手,愿相会于强秦覆灭之时。"

刘邦跳下车,看到萧何与夏侯婴也都围了上来,彼此一一道别,目送王陵马上打拱而去……

回城的时候,刘邦的话少多了,似乎多了几重心事。萧何问道:"沛公还在为没有留住王陵而惋惜么?"

刘邦摇摇头道:"一切皆缘,若是有缘,总有一天他会回来的。我是在想另一件事。"

萧何立即明白了,问道:"沛公是否还在为吴广之死纠结?"

刘邦点点头。的确,他绝不相信吴广会是一个居功自傲的人,再说,大泽乡举事后的第一仗就是荥阳之战,而出师不利,他也没有理由狂傲不羁啊!他断定此事必与田臧有关。令他尤其不解的是,陈胜竟然听信谗言,任用这样的人为上将军。

可萧何明白，刘邦纠结吴广之死不过是个由头，他的思绪所指在身边人，特别是眼前骄横渐露的雍齿。他竟然不来送王陵，这不是给沛公难堪么？

"沛公是担心……"萧何手指暗暗指了指城门道，"属下也以为对此人不能不防。"

闻言，夏侯婴赶上一步道："沛公所虑，属下在回丰县头中就想过。此人虽作战骁勇，然心无定见。主公不妨移师薛城，免得被雍齿胁迫。"

刘邦十分感喟，他的忧虑萧何和夏侯婴都替自己排解了。他捋了捋胡须，脸上露出由衷的笑意："就依二位，回城。"

刘邦并不急于上车，让驭手赶着车驾在前面走，自己跟在后面步行。萧何与夏侯婴知道刘邦有话要说，于是相继弃车随行。李甲率领卫队在后面远远地跟着，时不时地瞅瞅道边的树丛，叮嘱卫士们提高警觉，以防袭击。

刘邦看了一眼萧何道："方才二位建言移往薛城未尝不是良策，可丰县乃我军首战胜地，距薛城不远，进退皆是依靠，交给雍齿，不知当否？"

萧何点了点头，觉得刘邦的担心不无道理。眼下秦室衰微，群雄蜂起，攻城略地，以大凌小，弱肉强食，难保雍齿不会见风转向。然而，眼下除了他又有谁担得此任呢？他转脸看了看夏侯婴，问道："足下如何看雍齿？"

"彼非忠贞大度之人。"夏侯婴判定道。

"依属下之见，不如留夏侯婴守丰，雍齿随主公前往薛城。"萧何见状建议道。

"万万不可。"刘邦连连摆手道，"如此一来，彼必起疑心，倘使率众倒戈，我岂非前功尽弃。"

这话一出，二人都觉得还是刘邦深谋远虑。所谓"见之不若知之，知之不若行之"。一场战事让他俨然懂得知兵用将，心中先自服了。不过，在夏侯婴看来，在眼下义军气势正盛的情势下，雍齿尚无倒戈的依凭，不如先以守丰县安抚之，待取下薛城再作打算。

萧何也觉得这不失为一种缓兵之策。只要义军一举夺得薛城，就会断了雍齿自立欲念。

见刘邦频频点头，萧何、夏侯婴的心才落了地。他们一回到县府刚刚坐定，雍齿就慵懒地从门外进来，虽然醉意尚在，还没有忘记向刘邦行礼："王将军走了？"

"你怎么知道他已离开？"刘邦示意雍齿坐下。

"方才军侯报知，沛公到城外送别去了，末将就明白王将军另有高图，此弹丸小城,岂能容得下彼等。"雍齿忽然想到,送别队伍没有自己,脸上立时表现出些许愧意,转脸向刘邦道,"末将昨夜酒醉不醒,未能与王陵欢宴,还请沛公恕罪。"

刘邦似乎对此事并不在意,却将话题转到了昨天的战事上:"我再三叮嘱不可轻易出战,雍将军却置若罔闻,致使我军中敌埋伏,死伤甚众,总该有个说法吧?"

"这……"雍齿脸上腾地红了,耳根子发热,后半截话支吾其词,"末将也是想突袭敌营,壮我军威,却不料姚平奸诈,早有埋伏……"

"此次与郡监为战,将军虽贸然出兵,然意在早日灭秦,我很理解。"刘邦适可而止地刹住了话头,他明白这样的事情只能点到为止,于是话锋一转道,"眼下薛城战事正紧,不知将军有何破敌之策?"

雍齿沉吟片刻,猜想刘邦的话并无其他意思,便应道:"沛公只管前往薛地,丰县交给末将,万无一失。"

刘邦的脸色亦严肃了:"我相信将军定能不辱使命。丰县乃我军依托,守城之责甚重,将军万不可掉以轻心,给秦军以可乘之隙。来!我且以茶代酒,谢过将军了。"

刘邦如此礼贤下士,却是雍齿所没有想到的,他忙站起身子应对:"折杀末将了,末将定当谨记沛公之言,绝不再鲁莽行事。"可是没有人觉察到雍齿被谦恭掩盖的微妙心理……他内心对刘邦的叮嘱大不以为然。

这时候,牛良进来禀报,说丰县穷苦子弟千余人要求加入义军。这消息让刘邦心头一震,眉宇顿时展开,如两只鸟翼悠悠颤动。

"属下去处置就是。"夏侯婴不失时机地说了一句,转身出了县府门……

泗川郡守薛壮从城头巡查回来,心头阴云就又厚了一层。

居高临下望着义军阵容,他顿时陷入一片仓皇。一个小小的泗水亭长,为何会拥有如此众多的士卒呢?黑压压一片,将薛城四门围住。他们的衣着颜色斑杂,也没有坚硬的盔甲,可那迎风招展的"沛"字大旗,还有旁边的"曹"字黑旗,都把犁庭扫闾,必欲取之的紧张气氛传递给他。

再回看自己身边的士卒,虽然身披甲胄,手持利器,却掩盖不住内心的慌乱。其实,他自己又何尝有过一丝的安定呢?每日听到的,都是让他十分沮丧的消息。

眼下,不仅义军风生水起,当年被秦皇兼并的六国后裔们也纷纷趁机自立复国。

除项梁掌控的楚军之外,正月,田儋杀了狄县县令,自立齐王。八月,田儋战死,田荣继承王位,在阿城大败章邯军。

几乎在阿城之役的同时,张楚军将领武臣攻取邯郸,在张耳、陈余拥戴下自立为赵王。他派遣部将韩广北略燕地,孰料韩广效仿武臣,自立为燕王。

薛壮至此明白了,置秦于死地的不只是黔首和刑徒们,更有昔日的六国贵胄,他一个郡守又如何能够抵挡得住这樯倾楫摧之势呢?但他是夏禹的后代,早年居于薛邑,以忠贞不贰为家风,岂能随波逐流,反叛朝廷。

他至今不能忘记,前年始皇南巡时在会稽郡召见他,听说泗川郡风调雨顺后,特地赐他青铜剑,剑柄上刻有秦篆"咸阳"二字。那时候,他曾憧憬应召北上,在高峨的咸阳宫中朝拜皇上。然而,天有不测风云,仅仅过去一年,大秦社稷就风雨飘摇了。

走下城头的时候,他已经下了赴死的决心。他现在唯一的希望就是郡监姚平在丰县大败贼军,只要守住丰县,他就可以与之形成呼应之势,将曹参和樊哙的军队聚而歼之。他了解姚平,他对兵法的熟稔常常会在自己一筹莫展时奉出奇计,他不相信姚平会败给一群乌合之众。

在城下等候的是郡尉虔,看上去也是一脸的倦容。自郡监兵出丰县后,虔就承担了守城的大任。连日来,他生怕有个闪失。他现在等在这个地方,一定有什么消息告诉他。

"有事么?"

虔看了看周围,压低声音道:"郡监所部的军侯回来了。"

"战况如何?"

虔摇了摇头道:"浑身是血,战袍殷红。"

"郡监大人呢?"

"恐怕是凶多吉少。"

薛壮便不再问话,转身就朝郡府奔去。刚一进府门,就看见军侯苍凉的背影。听到身后的脚步声,军侯转过身来跪倒了,接下来就是弥散在郡府大厅各个角落的哭声:"大人!完了,一切都完了。"

薛壮皱了皱眉头,说话的声音就带了申斥:"起来说话,哭哭啼啼成何体统。"

军侯的哭声戛然而止,听到问郡监的情况时,忙回道:"郡监大人在丰县兵败,在投奔薛城途中遇到樊哙的围堵,百十人只回来十数人。属下率领弟兄们拼死厮杀,就为回来给大人报讯。"

"郡监呢!"薛壮厉声问道。

"郡监大人被围城樊哙军截杀,生死未卜。"

"马力呢?"

"不得而知。"

薛壮没有再问,颓然地坐在了榻上。军侯何时退下的,他不知道。直到虔的声音在耳边响起时他才讷讷自语道:"大秦危矣,大秦危矣啊!"

这声音,犹如秋风掠过郡府的屋顶,在薛城上空久久徘徊,也在虔的心头久久环绕。虔觉得大敌压境,郡守不能自乱,上前劝道:"始皇远行,我等不可自乱,当速定退敌之策!丰县虽失,广戚尚在,只要我军从容应对,则进可以收复丰、沛,退可以据守广戚,以待援军。"

闻言,薛壮的情绪渐渐平复:"大人所虑甚是,就请大人遣人前往广戚传令,命郡丞大人谨慎设防,以为策应。"

……

"策应?"此时在义军大帐内,曹参在向刘邦一行析解了军情后,爽朗地笑了,"唇亡之际,齿岂能独存?覆巢之危,必致卵破。我军一路势如摧枯,小小广戚岂非螳臂,岂能阻我义军北进。"

刘邦接过樊哙亲自呈上来的热酒道:"中涓言之有理,眼下我军士气正盛,正乃歼敌良机。诸位尽可放言破敌良谋,不必忌讳。"

樊哙的手掌在战袍上擦了擦,从案几上抓起一块狗肉塞进嘴里,说话便有些模糊:"有甚良策,敌军据城不战,如之奈何?不如俺率部登城,取了贼将首级,岂不痛快?"

周勃从樊哙手中抢过狗肉,撕下一块道:"君不闻上兵伐谋,其次伐交,其次伐兵,你急什么,何不听听萧先生如何说。"

"就你明白!"樊哙瞪了一眼周勃,却把脸转向了刘邦。

刘邦喝了一口酒,也从樊哙手中夺过一块狗肉道:"你就知道打打杀杀,何时方能眉头有计。恐是这狗肉食之过多也。"

樊哙听懂了刘邦的嘲笑,反讥道:"沛公忘记了,当初您赊欠俺狗肉无数,至今还不还账,你亦食之过也。"

"哈哈哈!二位连襟倒有不少故事,待闲时不妨做通宵叙。"

刘邦听出萧何话中的意思,忙问:"功曹可有破敌之计,不妨说与我听听。"

萧何起身打拱道:"自敌失丰,而姚平被我军截杀之后,郡守则为惊弓之鸟,惶惶不可终日。此时,敌必不能对我军采取攻势,而我军也不能盘桓太久,只能智取速战为宜。"

"萧兄此言甚是。我倒有一有诱敌之策,不知当否?"曹参将身子欠了欠,见刘邦、萧何和夏侯婴目光中充满期待,从容道,"如果我没有猜错,薛壮此时必遣人前往广戚设防,我军可佯装移师广戚,做必欲取之态。"

夏侯婴立即接上曹参的话问:"曹中涓是说,薛壮必会乘机追杀我军,以解广戚之围?"

"正是此意。"曹参合击掌道。

话说到这个分上,刘邦完全明白了,索性放下酒樽揭开了谜底:"前往广戚必经微山湖,我军可在湖岸葭苇深处设伏,待敌经过,以火攻之。敌必不能彼此相顾,我军趁薛城空虚一举拿下,岂不快哉?"

当晚,刘邦命曹参和萧何率一千人马隐于城外密林深处。其他人马则做出退兵减灶的姿态,先是拆除了营寨,接着放火烧了围寨的栅栏;夜色沉沉中,义军的火把呈"之"字形长龙朝广戚方向而去。沿途路过村庄,广为散发讨秦檄文,大造声势。夜色中,刘邦登上车,回看烛火晃动的薛城城头,对夏侯婴笑道:"此时此刻,薛大人一定在城头为吾等送行吧!"

夏侯婴也笑了:"他如果得知我军将去广戚,定然火急三焦,紧急驰援的。"

"因此我当大造必取广戚的声势。"刘邦点了点头又问,"对了,萧何把那几个俘虏的士卒放了么?"

"昨晚就放了。萧兄心细,连他们回去说些什么都一一叮嘱清楚,还给每个人钱数贯,可谓仁至义尽。"

"自古得人心者得天下,吾等须切记之。"刘邦以这话做了结语,但听驭手一声清脆的鞭响,马儿撒起快蹄"嘚嘚"地向夜色深处奔去……

太阳从微山湖上冉冉升起,将金色的光芒洒在湖面的冰花上,银光闪闪。凛冽的寒风吹得葭苇唰唰作响,更增加了冬日的清冷酷寒。但樊哙遵照刘邦的吩咐,严禁各屯起炊造饭,一律啃食麦饼。这些来自沛县和丰县的义军士卒平日里受尽秦朝官吏的欺压,如今看见刘邦、夏侯婴等人也同自己一样啃食冰冷的麦饼,心中生起的埋怨渐次地烟消云散了。尽管衣裳单薄,却无声无息,众人埋伏在葭苇丛中,如无人一般。

牛良率领部下埋伏在最前沿,以观察秦军踪迹。风像刀了一样向脖了、衣缝里钻,不一会儿,牙齿也禁不住打起战来。由己推人,他想象自己的部下一定也苦不堪言。但他硬是忍住没有吭声,并且小声告诉身边的伍长千万不要打草惊蛇。

几个月来,牛良有种恍若隔世的感觉。当初因为妻子遭豪强欺辱而杀人的他，没有想到会被刘邦途中释放，更没有想到会成为率军的"百将"。前些日子，刘邦把护送夏侯婴的重任交给他，现在又让他埋伏在队伍的前列，这分量他掂得出。他不敢有丝毫的懈怠和疲倦，眼睛直愣愣地盯着湖岸不远处的官道。

"精神些！"牛良对身后的部下道，"误了军机，那是掉头的大事。"

可第一天过去，大家都没有见到秦军的影子。而刘邦得到的消息，义军中有人因为衣裳单薄而冻病，甚至有人一梦过去就没有醒来，他的心就不免沉重起来。他哈了哈热气暖手，问夏侯婴道："郡守果真能上钩么？"

"能！必来无疑。只是不能久拖，我军冬服不济，难抗寒冷。"

好不容易熬过一夜，第二天大约午时二刻的时光，终于从远处传来轰隆隆的车毂声和马蹄声。牛良的目光立时像看见猎物的鹰，悄悄来到樊哙身边禀告。

"听到鼓声再点火。"樊哙的声音虽然低沉，但每一个字都是有分量的，"点火后，我军迅速撤出。"

刘邦选在这里设伏，实在是再恰当不过了。这一带的萑苇都是多年野生的，枝枝蔓蔓地长出长五里、宽二里的苇林。夏天，它是密密扎扎的青纱帐，到了冬天，苇叶枯黄，苇花雪白。通往广戚的路就从苇地间穿过，因而也常常是强盗打劫之处。

薛壮的车驾已经进入樊哙的视野，只是看不清他的表情。

樊哙是个直性子，他见不得姐夫满口出奇制胜讲什么韬略，依他的性子，干脆就是刀对刀，枪对枪地厮杀个痛快，谁能杀了对方，谁就是胜者。为此他一次又一次地受到刘邦的责备和萧何的规劝。不过，两个多月来义军的节节胜利，使他对自己的想法开始有了反思。

"这狗官现时正想什么呢？"樊哙伸了伸脖子，似乎这样可以看得更清楚些。

车驾渐渐深入到萑苇腹地，薛壮忽然有了隐忧。虽然一路走来，百姓纷纷言刘邦的军队直奔广戚而去，并且他亲眼看到贼军焚烧营寨的火势。当军队一步步走进苇林时，他心里就有些发慌，便对身边的"千人"命令道："快马疾走穿过苇林，军情紧急，不容延误。"

一阵北风迎面扑来，薛壮打了一个寒战，但听"扑棱"一声，从不远处的苇丛里飞起一群鸟，直朝九天而去。薛壮惊出一身冷汗，是何物惊扰了水鸟？上天！倘使贼军于此处埋伏，那只需一把火，他就难逃葬身火海的下场了。

薛壮挥了挥手中的长戟，看了一眼从身边走过的军伍，怒吼道："蹒跚不前者,斩无赦。"

"千人"们得了郡守的命令,纷纷举起皮鞭,抽打士卒中行动迟缓者。

一刻时间过去,萑苇林恢复了平静,他的心才稍稍安了些。其实,昨夜在城头上看到贼军撤退的情景后,他是半信半疑的,他担心这是刘邦设下的诱兵之计。然而,当从敌营中回来的士卒禀告了所见所闻时,他意识到这是一次战机,立即找来郡尉虔商议。虔认真析解了刘邦的兵力,以为不过四千之众,复新河边伏击,虽然没有大胜,但刘邦军损失是肯定的。因为他要进军广戚,又要留一部分守丰县,难免力不从心。

当薛壮问刘邦为何弃薛城而攻广戚时,虔的判断是因为薛城坚固,易守难攻,而刘邦军力不足而致。他还帐前请缨,愿率军前往广戚。但薛壮让虔留下坚守,临行时又叮嘱道:"薛城郡所重地,足下长于运筹,足智多谋,当不负我望。"

虔没有继续争出兵的机会,这让薛壮有些不解。依理说,他血气方刚,正是建功立业之际! 此刻面对冷风萑苇,他"啊"了一声,莫非他已经料到……一想到这里,薛壮的神思顿时乱了,目光彷徨离乱,四下里茫然扫视。

就在这时,只听一阵震天动地的鼓声,埋伏在萑苇林中的义军从四面涌来。

牛良手擎火把冲在最前面,一边挥刀砍倒冲上来的秦军,一边挥动火把燃起身边的苇叶,然后,按照樊哙的安排,率领部下迅速撤到苇林边缘,摆开杀敌的阵势。

他刚刚部署好士卒,就远远望见刘邦正手搭凉棚朝这边张望,他顿时涌满热血,转过脸来对士卒们道:"绝不能放过一个贼军。"

刘邦此时已在李甲的护卫下来到一方高地,"沛"字的大旗插上高地顶端,大旗的周围满布弓箭手,以防秦军袭击。

夏侯婴居高望去,但见眼前一片火海,里面传来惨烈的呼喊声。哦! 那不是樊哙么,他手执一面黑色大旗,目光紧盯着萑苇林边缘,遇见有秦兵冲出火海,他就挥动手中的大旗,义军们立即上前将之擒杀。风声、喊杀声、惨叫声交织在一起,透出无限的恐怖。

秦军这时候已经不辨东西了,火苗吞噬着他们的生命,滚滚的浓烟使许多人还没有等到大火燃身就已窒息而死。有几位从小在湖边长大的屯长率先跳下湖去。其他士卒见状,也纷纷跳湖自救。那些不知水性的只在水中挣扎一会儿就沉了底,空气中弥漫着一种焦煳味、血腥味。

薛壮后悔自己求胜心切,当战车四周苇火熊熊的时候,他迅速从车上跳下来斩断绳套,翻身上马朝苇林外冲去。在他的身后,是平日里寸步不离的卫士。他们现在自顾不暇,往往正跑着跑着就死在了路旁。马蹄踩过他们的尸体,溅起点点血花。他此刻已经将卫士们远远地甩在身后,冲出了林子。但他惊魂未定,就见前方斜冲出一位黑袍将军,大声喊道:"周勃在此,还不下马受死!"

薛壮也不答话,挥动手中的大刀就朝周勃砍去。两人厮杀几个回合,薛壮无心恋战,拨马夺路朝广戚方向跑去。周勃见状,追了过去。这是他第一次直面秦朝郡守,自跟随刘邦举事以来,雍齿、樊哙都已先后在攻城略地中建立功勋,这让他很羡慕。周勃看似粗心,实则粗中有细,常常会在一言半语中显出自己通晓兵法的睿智。大军刚刚进入微山湖伏击地带,他就主动向刘邦请缨,在外围守候薛壮。当他的战马紧紧咬定薛壮的坐骑时,眉宇间流露出猎犬式的兴奋。耳边是呼呼的风声和"噼里啪啦"芦苇被烧倒的声音,在薛壮的感觉里,它们都化为义军在追赶自己。他惊慌中回头去看,一个没有披戴盔甲、豹头环眼的汉子,手执长刀正在追赶。

薛壮急忙从腰间抽出一支箭,回身拉满弓弦向周勃射去。那箭"嗖"的一声,从周勃耳边飞过。两人两马又追出五里地,前面一条河拦住去路。薛壮挥动马鞭不断策马前行,但那马盯着波光粼粼的河水,死活就是不走了,双蹄腾空,险些将薛壮摔下去。恰在这时,樊哙从身后追来,一箭正中薛壮脖颈。薛壮脑际顿时一片空白,觉得自己的身子轻飘得没有多少分量。

周勃有些惋惜,他原是要抓活的。此刻,他只好下马挥剑取了薛壮首级,回马来到刘邦面前,禀告贼首被斩。

刘邦问道:"将军如何料定薛壮从此过。"

周勃憨憨地笑道:"兵法曰,北勿从,锐卒勿攻。末将观薛壮乃真败而非佯北,其择路唯近,故而在此等候。"

刘邦频频点头,觉得这周勃比之樊哙前程要远大很多。也许,日后可当大任。

这时候,樊哙率领人马也集结到刘邦车前。他命人清点伤亡情况,过了大约半个时辰,各个屯长来报,说是除了水性好的,大部秦军已葬身火海。

"我军呢?"刘邦又问。

"我军也有数十人因没有及时撤出苇林而被烧死。"樊哙叹了一口气,但显然沉浸在斩杀郡守的兴奋中,"战阵之中,岂能不伤皮肉?"

"他们皆是血肉之躯,有妻儿在家守望,岂能视如草芥?就是那些秦军也是身不由己。"刘邦走下高岗,眉头收拢在一起,话音中带着哀伤,"将秦军尸体好生掩埋,对我军亡者记下姓名,一俟有空,定当抚恤。"

夏侯婴闻言,频频点头:"荀卿有言,'爱民者强,不爱民者弱','君者,舟也;庶人者,水也。水则载舟,水则覆舟。'夫强秦兴也勃,亡也忽,盖在不惜民力矣。"

樊哙点了点头,不再吭声,吩咐牛良通知屯长们掩埋尸体,打扫战场。

这时候,就听见刘邦高声喊道:"回师薛城……"

萧湖波光粼粼,湖岸垂柳成行,湖中蟹肥鱼美,使得它成为淮阴城北一处远离尘嚣的垂钓处。韩信已在此垂钓多日了,与其说他瞅着甩进湖波的钓竿,倒不如说他在等待项梁北渡的消息。因此,常常是鱼儿咬动钓钩,拉得丝绳悠悠地颤,他却仍然没有从思绪中走出来。他想象着声震吴中,拥兵数万的项梁是怎样的器宇轩昂;他走在淮阴街头,将会怎样吸引众人的目光。听说项梁还有一位力能拔山的侄儿,仅比自己年轻数岁,又该是怎样的青春义气;当然,他想得更多的还是项梁将会怎样接见自己,会不会像当年秦昭王在咸阳宫中一样耐心地听荀子议兵,听他指点江山,或者给予他统领数千人马的机会。

有过路人看看水波涟漪,又看看他痴心呆目的样子,发出暗暗的嘲笑。个中好事者上前碰碰他的肩膀,提醒鱼儿已经上钩了。韩信这才糊里糊涂地拉起钓竿,看到的却只是空空的鱼钩,上面的鱼饵早被吞噬一空。他重新装好鱼饵,用力将鱼钩甩向湖心,然后就坐下来。只是这一回,他不再盯着湖面,而是将目光转向湖岔处码头上浣洗面纱的老妪。

他从淮阴街上人的口中知道,其实她并不老,也不过四十五六,比自己大了十数岁。只是生活的风霜染白了她的发鬓,岁月的艰辛在她额头刻镂下细密的皱纹,日子的重负压弯了她曾经笔直而又婀娜的腰肢。

她正埋头濯洗一把梳理得整整齐齐的面纱。她洗得很仔细,先用皂荚籽儿在面纱上搓出白沫,然后就投进水中反复地漂洗,白色的粉末顺着湖水缓缓流向远方。不一会儿,水清了,纱白了。她艰难地站起身,一手托着纱团,一手捶捶酸困的腰肢,这才缓缓地来到距湖岸不远的柳林,将纱团晾晒在绳子上。然后,她从蒲箩中再拿出一团,回到码头重新投入日复一日的劳作。伴随着棒槌锤打的节奏,从情感的堤坝流出凄婉的歌声:

　　皆云田家苦,怎知浣纱艰。
　　春浸桃花水,冬蒙冰雪寒。

> 新纱上机杼，夜夜素月盘。
> 织得江淮锦，纳赋输郡官。
> ……

那歌吟低沉婉转，如泣如诉，韩信的心头禁不住一阵酸楚，眼角就发热了。

"大恩漂母……"他在心底暗暗地呼唤。

他不知道她姓什么，也从来没有打问过这些，只听来取纱的人唤她漂母，他也就跟着叫，而她总是顺着他的呼唤回答一个"哎"字。

转眼十多天过去，可初遇漂母的情景犹在昨日。

从王屠户胯下爬过之后，他在一片狂笑中离开了淮阴街头，来到萧湖岸边。比起精神蒙受的屈辱，饥肠辘辘才是眼下最难忍耐的折磨。从昨天中午在亭长家吃过午饭后，到现在他水米未进。腹中饥饿，心慌目眩。他多么希望此时有一位好善者施舍他哪怕一碗粥，使他不至于因为饥饿而掉入湖中。

他环顾左右，已时一刻的湖边静悄悄的，只有几位垂钓者耐心地等待鱼儿上钩。看他们的打扮，都是些富豪子弟。他在心头暗暗给自己鼓劲，怕什么呢？不就是一块干粮么？可每当这种念头浮上心头时，他的眼前就有一个影子在晃动，那不是别人，正是把自己变为嘲弄对象的王屠户。这样的屈辱，他不可能再承受第二次。

韩信咽了口唾沫，忽然就觉得头晕目眩，似乎脚底踩着云团，轻飘飘的，之后就什么也不知道了……

他再醒来时，已经躺在一间茅草屋里了。一位沧桑的女人端着一碗粥坐在他面前，一勺一勺地喂进他的口中。暖乎乎的粥汤顺着喉咙流过肠胃，也流过他的眼角。

"韩信谢过救命之恩！"他挣扎着要起来，被漂母一手按住。

"你饿昏了，不能轻动。"那女人放下碗，把一块麦饼递到韩信手上。韩信顾不得维持哪怕一点男人的自尊，就狼吞虎咽，不消片刻，麦饼就只剩下手掌心的几粒碎渣。

"不急，还有呢！"

一连吃过两块麦饼，他的精神好多了，翻身下榻跪在了那女人的面前："韩信谢过相救之恩，倘有出头之日，定当重报。"

"人皆有恻隐之心，我亦莫之能外，并非有图报之念。"那女人从架子上拿下团纱,问道,"只是不知壮士今后作何打算？"

韩信不知道该怎样回答,他着实不知道接下来自己该干些什么。说他等项梁的兵马么？笑话,你这样一副落魄的模样,说去拜见义军统帅,谁信呢？说过日子么?这不是他的初衷,而且淮阴城谁不知道他是一个游手好闲的浪子呢？

其实,在他沉默的当儿,那女人已经把一副钓竿放在了他的面前:"你堂堂七尺男儿,岂能仰望他人。妾身无他能耐,这里有钓竿一副,你可于明日萧湖垂钓,得一半条鱼,或烹而食之,或市而易之。"

韩信还能说什么呢？他只有接了钓竿。

可十几天下来,他竟然没有多少收获,只在第三天钓上来一条小鱼,之后都是空空而去,空空而回,徒费了漂母做的鱼饵。倒是漂母的茅草小屋成了他的就食之处。但他已顾不了许多,他需要时间来等待项梁的队伍过河。

看来今天注定又是一无所获了。他抬头看看天,日色已近正午,侧目左视,看见漂母踏上了归程,他慌忙收拾起钓竿,朝桥北的茅草屋去了。但他的脚步是沉重而又滞涩的,速度比往日慢了许多。

走完湖岸的小径,走过柳荫,漂母的茅舍就在眼前了。韩信忽然就忐忑不安,他不知道会不会又遇到亭长妻子那样的遭遇。毕竟十多天了,他一无所获。但他知道,此时漂母一定在里屋发现了他,离开已不可能。

果然,隔着窗漂母喊道:"来都来了,还站在门外作甚？"

韩信的脸上就有些发热,推开院门进到屋里,一眼就看见案上摆了两盘菜蔬,旁边的陶温酒樽里正热腾腾地散发着酒香,一阵阵扑鼻而来……

他敏锐地感觉到这大概是在这最后的午餐了,他下意识地摸了摸身上,及至确定一文不名时就不免有些仓皇。目光正离散间,漂母从里间走出来了,两只黑陶碗分别盛了糯米做的干饭,那诱人的味道让饥肠蠕动的韩信喉结微微颤动,那贪婪便都毫无遮掩地写在眉宇间了。

漂母从温酒樽中酌了一勺酒,倒进案上的黑陶碗,脸上就带了肃然:"喝了这酒,妾身有话说。"

韩信将酒碗举过头顶,忙道:"谢过漂母。"

"先不要言谢。"漂母给自己的碗里也酌了酒,"吃完这顿饭,你就离开这里。"

韩信惊叹自己果然没有猜错,当他再度把目光对着漂母时,脸上就充满了自责:"韩信无能,身无分文,相扰数日……"韩信说这话的时候,眼圈就红了,"韩信他日有为,必当重报。"

还没有等他说完,就被漂母截住了话头:"唉!你难道不感到惭愧么?大丈夫当自食其力,我是怜你方供你食,何曾望你报恩?"

这一顿饭因漂母的话而吃得很沉闷。在咀嚼着并不细腻的饭食时,韩信已打定主意,吃完饭就离开茅舍……

可韩信万万没有想到,当他把钓竿交还给漂母,陪着那把祖传的宝剑重新走上淮阴正街十字路口时,眼前的情景让他有些目不暇接。

一面面旌旗迎着寒风呼啦啦地飘扬,一队队士卒手持戈矛,步伐整齐地走过街头;一辆辆车毂碾过巷间,发出轰隆隆的声响;一匹匹探马在行军的队伍两旁来回奔忙,时不时吆喝街道两旁观看的百姓让道。

韩信夹杂在围观的人群里,眼睛却是来回扫着走过的队伍。在四人一排的队伍渐渐离开视线时,他转眼朝南看去,就见一面"项"字大旗在前面开道,接着,就看见四马拉的战车上站着一位年近五旬的将军,他头戴银盔,身披银甲,着褐色战袍,饱满的天庭下一双眼睛深沉而又稳健。当他环顾迎接义军的百姓时,韩信就感到一种无以名状的威严。

他正猜着眼前的这位将军是谁,就听见一位年轻的将领驱马来到车前高声道:"启禀将军,淮阴三老在县府恭迎将军。"

"传令各军,我军乃仁义之师,所过之处,不可惊扰百姓。"将军点了点头。

"遵命!"年轻的将领转身而去,当他从步军身旁驰过时,带起了一阵风。

韩信日思慕盼的项梁军渡过淮河到淮阴城了,直到队伍过尽,百姓散去的时候,他才下意识地摸了摸腰间的宝剑,手掌间竟然渗出了津津的汗湿。

这一夜,韩信失眠了。冷风从淮河河面生起,掠过街巷,在窗外的树梢嘶鸣,发出凄厉的叫声;河风苦寒,穿墙而入,将斗室冻成一间冰窖。他裹着破旧的棉被,仍然时不时打战。他排解寂寞和寒冷的唯一方法就是放开遐想,憧憬见到项梁以后会是怎样一种情景。

早在项梁叔侄在会稽起事时,他就听说这位楚国名将的后人礼贤下士,善得人心。他一定有一双识人的慧眼,而绝不会如亭长和屠户一样把自己看得一事无成。

城中不知哪个角落传来雄鸡第一声啼晓,韩信已经在榻上躺不住了。他来到院内,靠舞剑驱除寒意。果然,不一会儿,浑身就热气腾腾了。

他回到屋内啃了一块麦饼,就转身向外走。刚才他开门的时候,看到院子的窗台上放着一包麦饼,不用说,那是漂母趁着黎明的晨曦送来的,这让他感到十分温暖。

韩信心头升腾起从未有过的自信，脚下的步子轻快而有力，仿佛寒冷正在离他而去，而春天正迅步朝他走来。路过淮阴正街十字的时候，他听见王屠户吆喝卖肉的声音。显然，王屠户也发现了韩信，不无讥讽地说道："韩信，一大早又要去何处混吃混喝？"

韩信没有回答便匆匆离去，他在心里再一次重复了陈胜的那句感叹："燕雀安知鸿鹄之志哉！"

哦！他终于看见淮阴县府了。在淮阴县令逃走后，这里俨然成了项梁的中军府，门前站着全副武装的卫士，从街口一直排到县府大堂门前。

"军爷在上，请受韩信一拜。"韩信上前打拱行礼，生怕卫士拒绝了他，几乎就在收回双臂的同时说，"烦请军爷通禀一声，就说淮阴韩信欲追随项将军，前来拜见。"

卫士见韩信比自己大了十几岁，况且腰佩宝剑，气度不凡，便转身进了县府，不一会儿便出来道："将军有令，进堂回话。"

"遵命！"韩信越过卫士朝前走去。这一刻，他觉得不远处的这扇门对于他来说，曾经是多么遥远，而今又多么亲近……

第七章

陈王骄矜忘初誓
章邯奉诏发刑徒

当刘邦的军队冒着寒风奔向薛城的时候，陈胜的车辇正沿着鸿沟东岸缓缓而行。这条兴建于魏惠王十年的运河，驶过魏王的大船，行过秦皇的龙舟，如今依然水波平缓，只是在岸边行走的人已非昨日身影。

陈县坐落在淮水以北、河水以南的平原上，东顾苦县，北望固陵，鸿沟载着南北往来的船只从城下经过。往南，就是项县，是秦朝淮阳郡的触角所在。

陈胜刚刚从沟对岸演练的校场出来，准备回到城里去。他对都尉张贺的治军十分满意，将士们一丝不苟的阵法，奋勇杀敌的气概让他看来，张贺主持陈县防务真是人尽其才。他虽然年轻，但思虑周密、处事稳健，都大大超过了他的同龄人。放眼南去的鸿沟，就像一条丝线，牵着陈胜的思绪回到大泽乡，回到那个大雨滂沱的日子。

那是一段多么大快人心的日子。大军所过之处，秦朝的郡守、县令们如同秋杀落叶,或弃城落荒而逃,或死于乱刀之下。

他们知道民心是根本,每到一处就打开粮仓,把囤积如山的粮食分给穷苦百姓。在铚县,他亲眼看到那些饿极了的少儿手捧黄灿灿的谷米,顾不得煮熟,就生吞虎咽的情景;而两鬓雪花的耄耋老者,抱着米袋,就跪在了义军面前;在柘县,饥民们在领到粮食后纷纷滴血盟誓,要加入义军,甚至有父子两人一同跟着队伍离开故乡的;在谯县,一位年届六旬的老妪拉着自己十八岁的儿子找到了陈胜的大营,恳请将他带走。这个年轻人就是张贺,短短几个月已从一个士卒成长为都尉。

吴广总是将事情想得长远,每攻下一座城池就遣人收拢秦军逃走时留下的战马,不久,竟组建起一支骑兵。义军因此而如虎添翼,益发锐不可当。

第一次阅过骑兵之后,佣耕十数年的陈胜觉得骑在马上远比坐在车辇上要轻快得多。但他的想法很快就遭到包括吴广在内的臣下们的阻拦,他们纷纷谏言,说王者威及天下,必四驾乘御,否则于礼相违,君将不君,臣将不臣,并且给他选择了一位叫庄贾的驭手。

此刻,庄贾就坐在车辕头,手中的马鞭轻轻地打在马身上,马蹄儿踩着河岸的沙石,发出"嘚嘚"的节奏。他的背影挺直,看上去很年轻,很结实。

陈胜记得他是在最后攻破陈县,大军入城的日子来到自己身边的。

吴广用了整整三天时间才排演好的队列秩序,使得入城式气壮山河而又井然有序,完全洗刷了官府在百姓中散布的"劫匪贼寇、乌合之众"的印象。走在前面的是三马并行的骑兵仪仗,马头一色的红缨,马蹄以上都涂了几寸白色,每前进一步,似乎是云团在天地间跃动。

走在骑兵最前面的是吕臣,新阳人。他本不在押往咸阳的刑徒之列,义军路过新阳时,其父吕青就送他到陈胜帐下,现在他已是中涓了。接着是四十多辆战车,除了驭手,每辆战车上都站着四名将士,手执长戟,威严而又整肃;再后面是吴广的战车,他手握长剑,目不转睛地望着前方,似乎只要有任何异动,他都会随时挥剑给敌人致命一击。

陈胜的车驾跟在吴广后面,这一切都被他一览无余地尽收眼底。眼前的情景让他很感动,他就这样被吴广推到这支军队"魂灵"的位置。

当城门内迎军的鼓声敲得震天响时,一辆战车的辕马忽然受惊,四蹄腾空,"啾啾"长鸣,狂躁地朝陈胜的车驾冲来。为他驾车的驭手一下子就蒙了,竟然对迎面而来的狂马毫无反应。那一刻,陈胜心中近乎空白,只有四个字——我命休矣。

生死一瞬之际,但见前面战车上的年轻驭手甩掉马鞭,死死抱住惊马的头颅,一声怒吼,那马随着车翻,顺势倒在一旁喘着粗气。

吴广闻讯过来,命士卒将惊马翻车移至偏道,年轻驭手一步上前拉住陈胜车驾的马缰道:"大王受惊了。"

陈胜的驭手这才清醒过来,失魂落魄地就跪倒在车前:"小人有罪,以致大王被惊马袭扰,罪该万死,罪该万死。"

好在先期到达的周文来报,说陈县三老已在县府恭迎大王和吴将军大驾,一场风雨暂告平息。

后来,陈县成了"张楚国"的国都。响应他斩木为兵,揭竿为旗的周文、武臣、田臧、张耳、陈余等人推举他为"张楚王",他又任命吴广为"假王",生活从此进入"运筹帷幄,决胜千里"的忙碌。

第一次朝会上,面对群臣,他以王者的姿态让昔日的"同舟"们刮目相看:"诸位!陈县地处平川,鸿沟穿境,我无可倚屏障,敌有舟输之便,倘若暴秦大军兵至,我必腹背受敌,依我观之,陈县绝非久留之地。咸阳,四塞屏障,川险形胜,乃帝王之都,我军要问鼎社稷,必主力西征,偏师略地,于咸阳逐鹿耳。"

这话一出口,首先震惊的是吴广,他几乎就在陈胜话音落地的同时喊出了"大王圣明"的赞语,可回应他的却是寂然无声。他环顾周围的人,哪一个不是走马挥军的人物呢?

他左边的张耳,少年时就做过魏公子信陵君的门客,官至魏国外黄县令,以贤而名;紧挨着张耳的陈余,虽与张耳是忘年交,然精通儒术,他们是在义军占领陈县的当晚来投奔的。在豪杰们纷纷劝进陈胜称王时,他们以"夫秦为无道,破人国家,灭人社稷,绝人后世,罢百姓之力,尽百姓之财。将军瞋目张胆,出万死不顾一生之计,为天下除残也。今始至陈而王之,示天下私"为由,劝解陈胜缓称王,而"据咸阳以令诸侯"一议,足见韬略在胸,非等闲者也。

他再看看右边的武臣,他本就是陈县豪杰。早在他和陈胜攻打苦县时,他就聚集乡中子弟以应之,他看陈胜的眼睛是灼灼发光的,显然,陈王的话在他心头引起了强烈的共鸣。还有周文,他亦是陈县人,在见到陈胜之前,就曾有过在项燕军中任"视日(观测天象)的不凡经历,又曾在春申君府上做过门客。虽一度流落民间,却是知兵识时之士。他是第一个在大军入城时站在路中央声言要见陈胜的贤者。还有田臧、周市,在义军如日中天的时刻,他们纷纷率部追随,如今都位至将军。可现在他们都拥有一个共同的表情:张口、瞠目、无言。

吴广明白，陈胜对天下大局的见解让他们感到吃惊，一时反应不过来，及至确定这是出自陈胜之口时，大家似乎对大泽乡鱼腹中的"谶语"更加深信，都断定陈胜就是上苍遣入人间葬埋秦朝的英主。

"大王圣明！"张耳第一个带头高声礼赞，尽管他当初阻拦过陈胜称王，但他现在肯定，这绝对是一位可以左右天下的枭雄。

"大王圣明！"同样的话语从众臣口中同时涌出，浪花一样扑打着陈胜和吴广的胸怀。

朝会进入尾声，陈胜下达了立国后的第一道军令：假王吴广和田臧率军攻取荥阳，周文率军西进咸阳，武臣率张耳、陈余北上赵地。

这时候，周市起身道："请大王允准臣夺取魏地，以张大我张楚基业。"

陈胜闻言大喜过望，连道："此足见我张楚深得民心，本王就允你率部北上掠地宣威。"

周市慷慨陈词道："请大王放心，臣定当不负王命，胜利而归。"

第二天，陈胜到城外鸿沟岸边为吴广送行回来，就看见周文在王邸门外等候。他身着一身铁色盔甲，腰佩长剑，也是一副出征的行装。对于这位来自陈县的将军，陈胜十分看重，这不仅因为他精通兵法，更因为他们从见面的那一刻起，周文的持重和温厚就给陈胜留下深刻印象。

果然，周文跟着陈胜进了王邸，就禀奏他将于明日辰时一刻率军西去。

"本王明日亦在西城门外置酒为将军送行，佑我张楚大军早日攻克咸阳，剪灭暴秦，重塑乾坤。"

"臣谨记大王恩典，当在咸阳迎接王驾。"周文看着陈胜布满血丝的眼睛道，"微臣别大王而去，萦萦所怀，乃在大王贵体。那日闻听大王遭遇惊马，故而临行之际向大王举荐一位驭手。此人彪悍敏捷，精稔车御，若在大王左右，必能护卫大王安全。"

"哦！"陈胜抬起头问，"不知此人现在何处？"

"此人姓庄名贾，现在宫外等候。"

"好！传他进来。"

不一会儿，庄贾小心翼翼地进了王宫，跪倒在陈胜面前。

"哦！你不就是那日拦马的御者么？"陈胜的脸上顿时就泛起了难以抑制的喜色，转脸对周文说起来，"那天若非庄贾，本王之命休矣。"

就这样，庄贾来到了陈胜身边。

庄贾平日处事很谨慎，除了尽职尽责地为陈王驾好车辇，很少说话，特别是在陈胜与臣下同在一辆车上议事时，他从不插嘴。可陈胜很快发现，他并非那种心不记事的普通车夫,每当他就某件事情征询看法时,庄贾总会在谦恭之后说出谏言。

譬如前些日子,陈胜不断接到家乡阳城父老来鸿,声言要来陈县见他。陈胜不胜其烦,有一次外出,随意问庄贾道:"依你之见,本王可见乡老否?"

庄贾先是推让,陈胜再三表示只是私议后,他才明确以为不可以:"臣闻'飞龙乘云,腾蛇游雾,云罢雾霁,而龙蛇与虫寅蚁同矣,则失其所乘也'。大王现今乃万乘之君,威过于始皇,势过于尧禹,岂能随意与虫蚁之辈同室叙话,岂非失其位矣?"

开始,陈胜很不以为然,如此几次后,陈胜渐渐就听进去了,尤其是一次庄贾外出为他驾车途中,忽然提到诸将在外,须考课督查方能竭力用命,这引起了他的注意。不久,陈胜便任命朱房做中正,胡武为司过,专司对群臣的考课和监督。

而吴广就在这样的境况下被田臧等人诛杀。理由很直接,就是骄横不听众将进言,贻误战机,以致荥阳久攻不克。陈胜对吴广还是深为了解的,他不相信吴广会一意孤行,于是便派了朱房和胡武去查。可他们回来后禀奏,说田臧所言属实。于是,他任命田臧为上将军、上蔡人房属蔡为上柱国。

"啾啾……"一声战马的长啸将陈胜从回眸中唤醒过来。哦!鸿沟桥就在不远处,过了鸿沟桥,就是陈县城。庄贾挥了挥手中的马鞭轻声道:"大王坐好,即将过桥。"

陈胜越来越觉得庄贾是最能懂得他心思的人,自从吴广死后,他常常有一种无言的孤独,于是他禁不住问道:"你果真以为假王死于固执么?"

庄贾很吃惊,这么长时间了,陈胜竟旧事重提。可他更不能忘记田臧暗中送给他的钱币,便很谨慎地选择词句道:"朱、胡二位大人既已定案,大王已厚葬假王,自当俯仰无愧天地,微臣恳请大王万勿为亡者伤体。"

接下来陈胜又问:"你可知守荥阳者是哪位秦将么?"

"这……"庄贾摇摇头,他的确不知道,"此事,大王还是问问吕大人吧。"

走过大桥,陈胜就瞧见中涓吕臣在城门口等待他,于是便让他上车问道:"如此急于见本王,有要事么?"

吕臣看了看坐在驭手位子上的庄贾,附耳几句,陈胜刚才还平和的脸色立时凝重了。

吕臣带来了一个十分不好的消息:前往赵地的张耳、陈余已经拥戴武臣在邯郸称王,张耳被任为丞相,陈余任为将军,从此不听命于张楚朝。

陈胜仰天长叹一声,陷入了沉默。这些人当初追随自己时,何曾有过异心,然稍有发迹即背他而去。他知道,对于武臣等是心有怒而力不足,那是"虽鞭之长,不及马腹"的无奈。

"随他去吧!"陈胜无力地闭上眼睛。他现在唯一欣慰的是,周文没有辜负他的重托。他率军一路破竹,斩关夺隘,听说已经兵过陕县,如果顺利,不日即可夺下咸阳。

庄贾"吁"了一声,车驾停在了王邸前,跟随的卫士上来扶陈胜下了车辇。吕臣也跟着跳下车,进宫的时候,陈胜随口问道:"你父亲近来可有书信?"

吕臣紧跟陈胜的步子道:"家父来信说,自臣离乡追随大王后,官兵到处追杀臣之父母家眷,家父率家人离开新阳,逃难途中,幸遇沛公刘季义军,暂为栖身之处。"

"哦!刘邦!"陈胜停住了脚步,近来,关于刘邦和项梁的信息不断传到陈县,而且刘邦举事的沛县距大泽乡就不远。他听沛县来的人说刘邦很得人心,他虽未亲见,却生了招纳的念头,"你不妨去信你父,若能说服刘邦来归,本王自当重赏。"

吕臣沉吟片刻,面露难色:"家父在刘邦军中并无要职,只是弱笔撰椽,恐人微言轻……"

"此事以后相机而行便是。"陈胜转身登上王邸门前的阶陛,似乎忽然想起了什么,回头又问,"你可知守荥阳的是哪位秦朝将军?"

吕臣立即答道:"彼乃三川郡守李由,丞相李斯即其父也。"

"哦!"陈胜答了一声,却发现在宫门前站着三个人。哦!旁边不就是太师孔鲋么?一件十分烦心以致让他恼怒的事情正在等着他。

……

李赫和宋二已经许久没有看到陈胜了,只是在义军入城的那天,他们远远地瞧见了他的背影。这让他们很不满足,于是今天特地约了黑头要亲自见一见陈王。他们相信从大泽乡风雨夜中走出来的陈胜绝不会忘记昔日一起佣耕、举义的兄弟。他们三人因为胸无点墨,现在都只是士卒,因此根本没有觉察到陈胜地位的变化,还是习惯于称他为"大哥"。

黑头至今仍记着李赫买鱼回来,在鱼腹中发现写有"陈胜王"三字绢帛时的吃惊。那一夜他因为腹中饥饿,溜出去寻找充饥之物时,无意发现吴广趁李赫与渔家论价,悄悄把绢帛塞进鱼腹。及至李赫从绢帛上看到"陈胜王"三字时,他就明白了吴广的心思。他没有揭破玄机,反而煞有介事地声言这是天意,上天亡秦,秦不得不亡。因此,当张耳、陈余等人在朝会上将陈胜奉为大王时，黑头便暗暗发笑。此刻，他依旧笑出了声："哈哈！没有咱几个瞒住那机密，大哥能称王么？"

李赫忙向周围看了看，确信没有人时才低声道："这是在陈县，是在王邸，你不要信口胡说，招来祸端。"

宋二心里却很不以为然，哼！我等不懂文墨，不知礼义，纵使不能当官，在大哥身边端茶送酒总是可以吧，你看看，他现在与那个吕臣倒很亲近，必是忘了根本了，心里禁不住讷讷自语道："也是啊！当初佣耕时不是说过'苟富贵，毋相忘'么，怎的刚刚称王，就把咱弟兄忘记了。"

"谁说不是呢？"黑头接着话茬，弯腰凑到二人耳边道，"不仅仅是鱼腹那件事，我还知道那雨夜中的狐狸鸣叫也是吴广大哥蹲在草丛中学叫的。哼！什么天意，天也是人敬出来的。"

闻言，李赫十分吃惊，黑头如何知道得如此清楚？正发呆，又听见他道："其实，我等也无非分之想，就是想看看大哥现今吃的何等膳食，住的何等宫宇，能不能从他那里讨杯酒吃。"

然而，他们却被太师孔鲋挡在了门口。

正说着话，远远地就瞧见庄贾赶的车辇停在了王邸阶陛下面，黑头又是一阵不愉快，不就是赶车么，谁不会，为何偏偏要选庄贾？但这话只在心头翻滚，因为陈胜已经在吕臣的陪同下沿着阶陛向王宫走来了。

黑头很快将刚才的一腔愤怨压在心底，换上一副笑脸，隔着几步远就喊道："大哥！黑头看您来了。"

其他两位也急忙上前打拱招呼。

陈胜此时正一门心思想着如何说服刘邦来归，冷不丁被几声"大哥"打断思绪，抬头一看，正是与他一起从大泽乡走出的几位兄弟，心中虽然有些不快，但还是问道："你等为何来到王邸？"

黑头咧着嘴笑道："这不听说大哥做了大王，我等向大哥祝贺来了。"

迎来送往也是吕臣的职责之一，见状忙上前搭话道："大王国事繁忙，刚从演练校场归来未及歇息，三位既已致过贺忱，不妨先回去，改日大王有空，会召见你等的。"

孔鲋也上前帮忙说话："吕大人言之甚是，诸位还是请回吧！"

孰料一语未了，他就被黑头拨拉到一边，话也带了味道："我等与大哥说话，你和酸老头有何资格拦挡？知道不知道，我等是跟着大哥出生入死过来的，你算哪路英雄？"

吕臣也不后退，一手按着剑柄，一手推着黑头："此地是王邸，容不得你等目无法纪,来人……"

眼见从两厢冲出数名卫士,一个个执刀在手,陈胜却在一旁说话了:"你等退下。他们皆是昔日举事兄弟,既是来了,不妨进去看看!"

吕臣明白,陈胜之所以同意他们进宫,实出无奈。于是,在陈胜进了宫门后,他特地召来值守的禁卫,暗中部署在两厢,一旦有事,以摔杯为号。

陈胜一进宫门,脸上就蒙了一层霜:"你等现今已是义军中人,就该遵纪守法。有事可向屯长、千人禀告,为何在王邸门前高嗓大声,岂不让人耻笑?"

但他没有从黑头等人那里得到回应,此时,他们完全沉醉在王邸的陈设中了。他们在大厅上来来回回地走,时而闻闻从墙壁上散发的椒叶芬芳,时而摸摸陈王平日里喝茶的茶具,情不自禁地发出"啧啧"感叹。

"天哪!"黑头望着案几后面墙上的浮雕奔马,悠长地叹了一口气,"看看那马,腾云博雾,游龙一般。大哥这是想着当秦始皇么?"

李赫也接着话道:"看这酒爵金光闪闪,那二世也不过如此吧?难怪吴广大哥要写那谶语立大哥为王……"

这话一出口,黑头的心就"咯噔"一下,转过身厉声道:"你胡言乱语些什么?什么'谶语',尽是狂人浪语。"

宋二正埋头看一只金色的酒器,却不料被黑头的厉声责问惊得酒器脱手落地,埋伏在两厢的卫士呼啦啦地拥了出来,将三人团团围在中间。

陈胜的脸色一片苍白,额头渗出津津汗珠,刚才李赫将"谶语"秘密说出口的时候,他本能地打了一个寒战,他根本没有想到,他和吴广一直严守的秘密竟然被几个极不起眼的士卒揭破,倘这事传将出去,他尊上天之意的神秘光环将不复存在,那些跟着举事的六国之后还能听命于自己这个昔日的佣耕之徒么?不!决不能让他们走出这个宫门。

从宫门口冲进来的吕臣十分纳闷,是何人摔掉酒器,召卫士集结宫廷的?然事已至此,他正好顺势而为,转身就跪在了陈胜面前。

陈胜将目光投向黑头、李赫和宋二,冰冷地注视了很久,从牙缝里吐出一句话:"胡言乱语,将彼等狂徒尽行斩首。"

黑头三人这才知道自己祸从口出,一下子就软瘫了。黑头率先跪倒在地,连连叩首:"大哥……不,大王,小人知罪了,小人今后再也不敢了。"

陈胜冷笑道:"还有今后么?拉出去!"

吕臣近前一看,李赫和宋二已经昏厥,几位卫士将之绳捆索绑抬了出去。黑头知道求告已无法挽回,绝望中他挣扎着喊道:"陈胜!我纵然一死,也要到上天告你蛊惑人心之罪。"

这是二世元年十月初三卯时一刻时分,李斯已经起身,在丫鬟的伺候下洗漱完毕,用过早膳准备上朝。这一年来,他的心情就没有好过。最怕的就是每日阅看那些来自各地的战况文书,虽有秦军克敌的信息,可比起四面叛秦潮涌,那些小胜犹如杯水车薪,只是徒添惆怅。

　　李斯是始皇剿灭群雄,完成一统大业的亲历者和见证者。他忘不了始皇二十六年(公元前221年)咸阳宫中那场关乎王朝命运的论战,当淳于越、冯劫等提出"臣闻殷周之王千余岁,封子弟功臣,自为枝辅"时,是他力排众议,以"古者天下散乱,莫能相一,是以诸侯并作,语皆道古以害今,饰虚言以乱实"为训,力主郡县制。始皇英明,他以"天下共苦战斗不休,以有侯王。赖宗庙,天下初定,又复立国,是树兵也;而求其宁息,岂不难哉"的警言为那场争辩做了结论,把一个四海为一的秦王朝留给了他的后代。

　　有鉴于此,一年来他尤其忧心那些六国贵胄借贼军之势复辟。其实,这样的事情在去年八月之后就已经不断发生,只是赵高等人为了蒙蔽二世,封闭消息而已。

　　一想到赵高,他的眉头顿时就凝结成一团乌云。赵高完全置社稷危亡于不顾,整日与二世在咸阳宫中歌舞饮宴,心醉神迷。他不但怂恿二世先后杀掉了始皇的十二个公子,逼死内史蒙恬,更以妄言诓骗皇上:"先帝临制天下久,故群臣不敢为非,进邪说。今陛下富于春秋,初即位,奈何与公卿廷决事?事即有误,示群臣短也。天子称朕,固不闻声。"因此谏言二世身居禁中,群臣只向赵高奏事,这是何等荒唐?

　　他十分后悔当初始皇驾崩沙丘时,他屈从赵高一同参与篡改先帝遗诏,害死公子扶苏的事变。但是今天,他决计要将朝廷面临的危局禀奏二世。

　　昨天内史府遣人来报,说陈胜的将军周文率十二万大军,一路斩关夺隘,已过陕县,戏下守军告急,希望朝廷速派大军驰援,将贼军阻拦在函谷关外。

　　他很欣慰,儿子李由在三川任郡守,已将吴广部拦截在荥阳,致其内讧,吴广被杀。然而他没有想到,周文正是借荥阳酣战的机会长驱直入,先后攻克渑池等地,使朝廷岌岌可危了。

　　更漏已报卯时二刻,李斯吩咐家令备车上朝。

　　夫人从后院过来相送。自始皇赐婚后,这生于咸阳的女子就把自己与李斯的生死安危牵系在一起,她上前为夫君整了整冠带,那掩饰不住的惆怅便都爬上了眉宇:"夫君上朝还需谨言慎行些,不可轻易得罪赵高。"

李斯牵起夫人的衣袖,话语中带了抚慰:"夫人放心,老夫自有分寸。"

车驾出门走了好一截,夫人依旧站在晨曦中。国之危乱,家何以安?李斯决然回过头,催促驭手打马快行。他知道夫人是牵挂在三川的李由,在几位子女中她最看重的就是李由。这不仅因为李由因为尚秦室公主而成为驸马,更因为他竭忠尽命而受到先皇的多次赏赐。有一次,他从任上回到咸阳,百官都来赴宴庆贺。以致他在欣慰之际,有了"物极则衰,吾未知所税驾也"的担忧。他没有想到,这件事情过去不到两年就应验了,他真担心李由能不能不负皇命而平安归来。

咸阳宫在渭河以南,李斯的车驾过了横桥就看见宫前灯火下的三个人影。李斯下了车驾近前一看,原来是公子子婴、左丞相冯去疾、将军冯劫。

子婴在皇室诸公子中素来是以节俭、低调出名的,这也是他能够逃过二世杀戮的重要原因。他从来都是深居简出,既不登门探看臣下,也不接待臣下上府拜访,终日与家人在后院种植兰草。昨天,丞相冯去疾、将军冯劫偏偏在房门前与他相遇,言谈中对寇乱贼患表示了深深的忧患。冯去疾希望子婴能劝解二世罢阿房宫之役,子婴很为难,可他拒绝不了两位老臣忧郁的目光。于是,便有了今日的宫前相遇。

可他们很失望,在塾门值守的黄门告诉他们,皇上已经很久不早朝了,也不听大臣陈奏,有事由郎中令赵高转奏。

"丞相说说,当年始皇日阅奏章百二十斤,为何当今皇上他……"

子婴做了个沉默的表示,冯去疾明白了,便不再说话。

李斯明白,他们是为无法面奏皇上而着急。但他更明白,在此地耽延太久,若被赵高、赵成兄弟看见,则必牵累更多人,便道:"此地非久留之地,趁着天色微明,公子和两位大人请速回府,下官设法将诸位欲陈直奏皇上。"

"丞相所言甚是,我等且回府去。"子婴向李斯拱手道,"丞相乃朝廷股肱之臣,国之栋梁,多事之秋,尚请为社稷谋。"

李斯急忙回礼:"折杀下官了。请公子放心,下官为朝廷效命,肝脑涂地,在所不辞。"

李斯十分庆幸,在三人匆匆离开之后好一会儿,他终于看到了赵高的身影。尽管赵高有意回避他,他还是疾步上前行礼:"赵大人安好!"

赵高满脑子都是如何为二世设计一些新节目,使他能消磨时光,却不意与李斯相撞,不免有些不快。但出于同僚的礼仪,他扭过肥胖的身子,两颊的肉就堆满了笑意:"丞相大人早。丞相不在府上,如此早来宫中有何大事?"

"贼军猖獗,周文大军不日即可兵至函谷,你我该陈奏皇上才是啊!倘使咸阳城破，不唯你我成千古罪人，家小也将死无葬身之地，还望大人慎思。"

闻言，赵高的肩膀不由得抖动了一下。这些日子，他以郎中令身份封锁了一切来自外部的消息，他一直对二世说天下太平，君主之贵，在于只闻其声，不见其人。从而将皇上与冯去疾、冯劫等重臣隔绝开来。现在，听李斯如此说，亦觉形势危急。

赵高的眼睛滴溜溜地转了几圈，立即觉得机遇到了。自沙丘事变后，他就把目标转向了李斯。冯劫算什么，他老迈不堪；冯去疾又算什么，行将就木之人。李斯就不同了，他不仅与自己年龄相仿，更有儿子在郡任守，强干茂枝，如不除掉，终是心腹大患。他深知二世迷于声色而不能自拔，李斯刚直的性格必然导致君臣失和，这样他就可以堂而皇之地将"密谋反叛"的罪名加在李斯身上而又使他百口莫辩。

"丞相所言甚是，你我且同去晋见陛下。"赵高已经完全换上热情而温暖的笑意，他很谦恭地道一声"丞相请"，把李斯让在前面。在望见二世一手举着酒爵，一手搂着妖媚的宫女，正把浓香四溢的酒酿灌进宫女口中的情景时，他悄悄地与李斯拉开距离，甚至隐藏在丞相背后。

那宫女张开樱桃小嘴，抿了一口酒，嘤嘤的笑声就浪在大殿的各个角落。胡亥哈哈大笑，伸手一拉，那女子顺势就倒在了他的怀中。

皇上座前的地毯上，宫女们正在演绎"七盘舞"，婀娜、绰约，可胡亥关切的是从女人身上找到发泄的机会。这会儿，他已经搂起另外一位宫女，她薄如蝉翼的衣裙，不掩她丰若有肌、柔弱无骨的骚情，胡亥的情欲在一刹那就被女人迷醉的眼神调动起来了，他伸开臂膀将女子压倒在皇榻上，三两下就脱去了她的下衣。这一切，乐师与黄门们视而不见，每个人的脸上都是一样的木然和冰冷，只是机械地演奏着手中的器乐。

见状，李斯的血汹涌地朝着两颊集聚，他先用笏板遮住自己的眼睛，可那狂笑像粉尘一样钻进他的耳朵，他忽然感到无地自容。他回身去看，却发现赵高不知什么时候早已无影无踪了。他强使自己定下神来，然后举起笏板高声道："微臣拜见陛下。"

胡亥根本没想到李斯会在这个时候进宫，他因为兴致被破坏而大怒："大胆李斯，朕未召见，竟敢私自进宫，该当何罪？"

李斯顺势跪倒在地："臣罪该万死，臣有重要军情要陈奏陛下。"

"朕掌国政，四海晏然，何来军情？"

"陛下！"李斯抬起头时，眼睛就涌出了泪水，"陛下，陈胜麾下将军周文、邓说率大军西来，已过陕县，不日即可兵至函谷，臣请陛下速做决断，否则朝廷危矣！"

"前几次你私闯宫闱,朕宽恕于你。今又擅进,你目中还有朕么?即如你言,你居三公位,如何令盗如此?"

李斯似乎早知道胡亥会这样说,急忙从袖中拿出一卷竹简道:"陛下所问,臣已有奏章在此,恭请圣览。"

站在胡亥身边的中车府令赵成接过竹简递给胡亥,但见李斯用很工整的小篆写道——

> 夫贤主者,必能行督责之术者也。故申子曰:"有天下而不恣睢,命之曰'以天下为桎梏'者,无他焉,不能督责,而顾以其身劳于天下之民,若尧、禹然,故谓之桎梏也。"夫不能修申、韩之明术,行督责之道,专以天下自适也;而徒务苦形劳神,以身徇百姓,则是黔首之役,非畜天下者也,何足贵哉!故明主能行督责之术以独断于上,则权不在臣下,然后能灭仁义之涂,绝谏说之辩,荦然行恣睢之心而莫之敢逆。如此,群臣、百姓救过不给,何变之敢图!

李斯暗暗打量,胡亥脸上的情绪渐渐趋于平静,他明白,那是他猜对了皇上的心思。

"丞相所奏,正合朕意。"胡亥刚说了一句。

"陛下圣明。"赵高不知从什么时候已经跪在了李斯身旁,马上应声。

"郎中令也以为丞相之言是么?"胡亥就笑了。

"臣唯陛下之命是从。"赵高应道。

昨晚在起草这道奏章时,李斯踯躅了许久。倾听窗外的风声,他一遍又一遍地问自己,当初的锐气到哪里去了?站在咸阳宫中,与淳于越等人辩论时的气度到哪里去了?然而,当他想到夫人那双忧郁的眼睛,想起与贼军鏖战的儿子李由时,他退却了。他又一次循着胡亥的责备,屈从了旨意而写了违心的话。他很清楚,因为这道奏章,将导致是非颠倒。然而,他更知道,眼下只有这样才能够见到皇上。因此,他不失时机地继续道:"军情紧急,还请陛下明断。"

胡亥这一回真的感到了事情的严重,他心中有数,一旦贼军攻破潼关,无异于兵临咸阳,他不敢想象乱军之中自己将会是什么下场。他推开宫女,恼怒地问赵高道:"卿不是陈奏天下太平,河晏海清么,如何贼军就打到陕县了?"

"微臣……微臣只是不愿陛下徒添烦恼而已。"赵高的脸红一阵白一阵,支吾着以致口吃,"臣保举一人,可退盗贼。"在胡亥点头后,他就把现在任少府章邯举荐给皇上。

李斯很快就对赵高所奏做出回应:"郎中令慧眼知人,微臣也以为少府章邯才能砥柱中流,安邦定国。"

"来人!速传章邯进宫。"

大约半个时辰后,章邯已出现在咸阳宫外。当年他追随王翦,一场兼并战争打下来,已是须发挂霜了。也曾经踌躇满志,也曾经心在云天,可那时候,始皇眼中只有王翦、李信、蒙恬。而今,他们一个个抱憾而去,他成为都城上空的一颗孤星,寥落寂寞地守着少府寺。贼军蜂起的消息让他冰冷的心再度燃烧起来,他曾欲请缨出战。可当他知道二世不见大臣,一切朝事皆由赵高转达时,就心灰意冷了。

如今,他终于有机会站在咸阳宫大殿中央了,就像一只赋闲太久的鹰,一俟出征,毛发都竖起来了。面对二世,倾听他懵懂而又不知所终地询问退敌之策,章邯的陈奏事明了而毫不含糊:"启奏陛下,群盗已至,远水不解近渴。骊山刑徒多,请陛下赦之,用以抵挡贼军。"

赵高对此表示质疑,担心刑徒阵前倒戈。章邯并不辩解,一句"莫非郎中令欲率军拒敌"噎得他哑口无言。

"丞相以为如何?"胡亥把目光转向李斯。

李斯不假思索道:"生,人之所欲也。今骊山刑徒莫不欲生而恶死,陛下若能大赦,则必尽忠用命。事不宜迟,还请陛下明察。"

"好!朕准卿等所奏,赦骊山刑徒,以章邯为将军至戏水拒敌。"

李斯的心总算是落了地,但他认为贼军势重,诚恐章邯力不从心,便又上前向二世进谏:"微臣以为,长史司马欣、都尉董翳可协力章将军破敌。"

令李斯十分不解的是,这一回赵高又是全力支持。

辞别二世,走出宫门,李斯追上迅步行走的章邯道:"章将军国之砥柱也,通古(李斯的字)期待将军大捷,当请命前往劳军。"

章邯长叹一声道:"赦免刑徒,实属无奈,老夫当不遗余力,驱贼报国。"

再说赵高看着章邯与李斯的背影,眼中流露出神秘莫测的笑。转回宫中,二世已经重新拥着宫女们观舞听歌了,赵高来到胡亥身边道:"扰了陛下雅兴,微臣有罪。"

胡亥斜了一眼赵高,示意他坐下,问:"李斯、章邯回府了?"

"走了,走了陛下才能安心静养。不过……"赵高暗暗打量一眼胡亥,故意拉长了说话的尾音。

胡亥闻言不免着急,问道:"爱卿说话吞吞吐吐,是有难言之隐么?"

"陛下可曾想过,为何贼军能够一路西来?"赵高顿了顿,见胡亥很感兴趣,就迫不及待继续道,"据臣所知,周文西来,三川郡乃必经之路,郡守乃李斯之子李由。必是他御敌不力,才招致今日之局。"

"呀!若是丞相他……"胡亥长吁一声,他下面的话没有说出,一位宫女却剥开一只蜜橘塞在了他的口中。

赵高就此刹住了话头,他很得意于这种似有似无的提醒,他并不希图二世一次引起警惕,他相信如此数回,李斯必死无疑了。

章邯举目南望,骊山在冬阳下显出奇伟迤逦的雄姿,他的目光沿着山峰慢慢下移,崔巍的秦始皇陵岿然立在眼前。虽然皇陵还没有最后竣工,骊邑设置却从一统大业垂成时就有了。章邯在王翦麾下任职时就听说过,始皇当年徙六国豪强到咸阳,其中有一部分到了栎阳故都就没有再西行,而是被安置在了骊邑。现在,它已经成为栎阳县东富豪聚居、商贾林立的镇邑了。戏水从骊山发源,自南向北缓缓流去,在数十里外融入渭河。自宗周以来,这里就是通往关中腹地的咽喉,戏下往往作为屯兵的营寨,堪称函谷关西的最后一道屏障。山东六国素来都把夺取戏下等同于夺取丰镐或者咸阳,这也是周文势在必得的原因。

不远处就是正在秦始皇陵做苦力的刑徒们,远远望去,黑压压的一片,仿佛山雨欲来时的云团在地上滚动。他们尚不知皇上已经发了大赦的诏命,而接下来就是与同自己出身一样的兄弟去以命相搏。

章邯收回目光,眼前就浮现出父亲章慭临行时荷杖倚门的身影和絮絮叨叨的叮嘱:"为父垂老,风烛残年,却又遭逢乱世。今日你去,虽在京畿,然战事一起,刀枪无眼,不知你我父子尚能重逢否,思来愁肠百结啊!"

那一刻,章邯的心揪在了一起,心想自己年纪如此大了,还要老父牵挂,他如何能好受?然皇命如天,他颤颤巍巍地跪在了父亲面前:"父亲在上,受孩儿一拜,自古忠孝不能两全,孩儿此去,必当荡平贼寇,以慰天下苍生。"

"唉!你只知道为国尽忠,可知当朝昏庸,百姓涂炭乎?"章慭没有说话,那后来的话都在长长的叹息中了,即要孙子章勇向父亲大拜辞行。

章勇跪倒在章邯面前道:"孩儿已长大成人,愿随父亲阵前杀敌。"

"糊涂!"章邯口中责备儿子,目光中传递的却是殷殷的父爱,"为父走后,你要留在庄园代父尽孝,伺候你祖与母亲。"

章憨又对一起出征的二儿子章平道:"你兄年岁日高,你当协力你兄杀敌,为父企盼你等平安归来。"

离开府门登程时,他蓦然回首,发现老妻正在楼上窗前掩面而泣。由己及人,眼前这些刑徒难道没有妻儿老小么?

司马欣勒马注目,问章邯道:"这些刑徒果真能退敌么?"

章邯回道:"欲生而恶死,人之本能也。如今皇上大赦,彼等必奋力而求生。彼不杀敌,敌必杀彼。"

"大人言之有理。虽是如此,然尚需严加督责。刑徒性恶,非严法不能使之臣服。"董翳也在一边建言。

"大人所言,不易之理也。"章平点了点头。

始皇陵虽由李斯总揽,却是少府监工修建,故而章邯对这里的一切并不陌生。当初李斯欲视死如生,将日、月、星象、山川地理存入地下;又尽显先帝挥剑东指,一统天下的伟绩,在陵周围密布陶俑军阵,俨然雄师东进气象。

章邯使劲摇了摇头,他是朝廷九卿之一,在平定贼寇这件事情上他不能有丝毫的犹豫。当年李信、王翦在世时,他虽有满腹韬略,却只能屈居麾下,如今他已成为主将,更当建功立业。

朝廷的诏命前两天已快马送达护陵署,因此他们一到这里,负责督建皇陵的少府少监和管理陵墓的护陵监就急忙赶来拜见。

章邯一行来到护陵署,对少府少监道:"朝廷的诏命想来诸位已经知道,本官今日来就是要兵发戏下,你等速命各个工区刑徒暂停,本官要当面宣读皇上的大赦诏书。"

"请大人少待片刻,属下这就派人去集结刑徒。"

大约半个时辰后少监来报,说护陵署附近的数万刑徒已经集结完毕。

章邯出了门,登上陵前的高坡,满目都是衣衫褴褛不堪,面带饥色的刑徒,近前的那些刑犯,则是满脸的狐疑和恐惧。他展开绢帛,高声诵道:

> 制曰:查贼陈涉,罔视朝廷,聚盗为乱。朕怀黔首之苦,亦闵刑徒之境,今诏以大赦,复其身,从军平乱,卫我社稷。钦此

"你等想活吗?"章邯收起诏书,所有的严肃和凌厉都写在脸上了。刑徒们对皇上突如其来的大赦诏命蒙了,竟然一时不约而同地选择了沉默。直到章邯再度高声问道"你等想活吗"时,才从人海中传出"要活"的声浪。

虽然回应来得晚了些,但章邯还是满意地点了点头:"你等想活,皇上恩

赦,就是放你等一条生路。可本官得知,眼下贼寇陈胜不让你等活,贼军周文杀奔咸阳而来,屠刀所向,首在刑徒。本官奉诏率你等屯兵戏下,以拒贼军。"

人群中一阵喧哗,但在周围秦军的厉声呵斥下,很快就平静下来。刑徒中不乏知文弄墨之士,他们对于章邯的话有着深深的疑虑。他们虽然处在秦军的严密封锁下,对外面的事情一无所知,可他们从史书上所阅,凡与暴秦为敌者,若非盗跖、必为庄蹻,岂有拿刑徒试刀的?想来这个朝廷必是遭遇危机了。只不过心中明白,却无法出口罢了。但其间大部分则是目不识丁,家徒四壁之人,听说有人要杀刑徒,顿时激愤。何况尚有一道赦免的诏书为据。

这些章邯都看在眼里,他对并马的章平低语了几句,章平催马出列,喝令候命的校尉们按照五人一伍,五十人一屯,百人、五百人、千人的次第,将刑徒们分别编入秦军军伍。

"传诸治监。"章邯又对一直陪伴在身边的少府少监道。

少监去了不一会儿,就带着诸治监来到章邯面前。章邯下令道:"你明日就命人打开府库,通知各校尉向刑徒分发兵器,不可延误。"

"谨遵大人之命,属下这就去办。"年过六旬,已显老迈的诸治监离开章邯,回程的时间对章邯发刑徒参战感到茫然。朝廷到了这地步还有救么?这念头一爬上眉宇,他就吓了一跳,下意识地摸了摸项上人头。

布置完这一切,章邯转头西望,已是夕阳西下,暮色将至了。他这才意识到至今仍然没有吃饭,随拨马向护陵署而去。

"吩咐温酒一鼎,本官有些疲乏了。"章邯挥动马鞭道。

第八章

壮烈烈周文伏剑
风瑟瑟陈王濒危

没有更漏,周文凭借以往的经验估摸大概是子时一刻。星稀月残,冷风袭人,他回看身后衣裳单薄的义军将士们,浑身瑟缩,迈着疲惫的步子,泪光在一瞬间涌出眼眶。尽管暗夜下,没有谁看到他眼角的湿润,但他还是抬起袖头很快擦去溢出眼眶的伤感——这个时候,他不愿哪怕一点情绪波动而影响本已垂落的士气。

借着下弦月微弱的光亮望去,西崤山迤逦起伏,从西南向东北流去,分外冰冷和奇峻;静夜里,河水沉闷地在十几里外吼叫着汤汤东去。在这样的时刻行军,周文的心始终悬在空中,生怕秦军设下埋伏,那么他的疲惫之师将不堪一击:"来人!传令下去,加快行军。"

跟随在身后的传令兵应一声"诺",打马转身离去。

马蹄声敲碎子时的宁静,他揉了揉布满血丝的眼睛,为的是不致使自己在马上睡去,如果说整支军队已经疲极力竭,那么,他更要困累数倍。这不仅因为在与章邯军的酣战中,他成为秦军擒拿的主要目标,更因为他要为兄弟的生死揪心,没有一时一刻的歇息。

平心而论,离开陈县时,面对陈胜信赖的目光,他虽慷慨表示当不负王命,但他完全没有想到西去的战事如此顺利。那势头就像身边的河水,在奔向大海的途中不断有径流汇入。短短几个月,他的麾下已有十二万之众,较之出征时增加了十多倍,甚至有些县厩司御赶着战车前来投奔。

他不是那种见利忘义之徒,更不同于那些各怀心事的六国后裔,在为楚国名将项燕担任"视日"时,是这样;在楚相春申君黄歇府上做门客的时候,他更是这样。现在,他只有一个心思,就是辅佐张楚王早日入主咸阳宫。大军刚刚进到戏水亭,就有人从魏地传来消息,说周市已在临淄(今山东高青县西北)拥立亡魏公子魏咎为魏王。儿子周义在将这一消息禀告他时,以试探的口气问大军进入咸阳后有何打算。

周文严肃地对儿子道:"始皇生前有言,天下苦战斗不休,以有诸侯。今张楚初立,又欲复割据之势,岂非上违天意,下背民心。传令各部,大军入咸阳,秋毫不犯,以待大王驾临。"

他以为咸阳是唾手可得。当潜入咸阳的探哨向他禀报,说秦将章邯发骊山刑徒将在戏水与义军大战时,他根本没有当一回事。章邯是什么人?他之前没有听说过,他只听说过王翦、李信的名字。何况项燕在自刎前说,楚军败于轻敌,而非王翦善用兵,想来这个章邯也不过是德薄望轻之徒吧。至于骊山刑徒,周文更是轻蔑地笑了:"这不过乌合之众罢了,秦朝无善战之将,亦无拒敌之兵,能不亡吗?"

但他很快就发现自己错了。章邯不仅善用兵,而且勇力过人。虽须发皆白,却能拉三百石强弓,一柄大刀使得如车轮般旋转。要命的是,他阵前放言,斩贼军首级者,赐爵一级,免赋三载。一群有着强烈求生欲望的刑徒就这样为利而战,为命而战,向自己的穷苦兄弟举起了战刀。

两军在戏水边展开长达半个月的厮杀,七十万刑徒将十万义军分割包围。不仅是敌我力量悬殊,更让他难以为继的是,身为掌管秦朝府库的少府,章邯把粮草源源不断地送到前线,而他的义军却只能靠沿途筹集的粮食勉强充饥。两军的鲜血染红了戏水,虽然已是九月,可空气中每天都散发着腐尸的气味。

章邯深知"兵不贵久",他相信义军远途而来,难以维持,对胜券在握毫不怀疑。而周文在后方无援的境况下不得不放弃攻打咸阳,于一个深夜东撤到曹阳亭。章邯趁势穷追不舍,一路上死伤兄弟无数。义军进入曹阳城时,十二万士卒剩下不到七万人。曹阳亭一役前后十几天时间下来,周文军锐减至五万人,战车损失数百辆,已难以与秦军作车阵之决了。

在大帐议军时,校尉们纷纷对刑徒们不分是非,对穷苦兄弟无情杀戮愤愤不平。当有人以义军连日苦战,疲惫不堪,战无胜算为由而主张弃城东撤时,立即遭到那些在大泽乡跟随陈胜举事,而今成为阵前骁将的校尉们的责备。

"诸位!"周文大声一喊,顿了顿,语气就带了强调的意思,"兵法云,其用战也胜,久则顿兵挫锐,攻城则力屈,久暴师则国用不足。夫顿兵挫锐,屈力殚货,则诸侯乘其弊而起,虽有智者不能善其后矣。我军西行,以拙速取胜。然千里驰驱,人马疲累,又兼戏亭新败,曹阳重创,我已成疲累之师,战之不利,望诸位三思。"

这一番话说得校尉们彼此相看,一时无言,沉默了好一阵后,忽听从"千人"中响起一位年轻人的声音道:"父亲岂可长他人志气,灭自己威风。孩儿不才,然愿率所部拒章邯于曹阳城下。"

周文随着声音看去,眉头就皱起来了,说话者乃周义,遂责备道:"你年少气锐,不谙世事,口出狂言,还不退下。"

周义强辩道:"孩儿记得离开陈县之际,曾当着母亲的面叮嘱孩儿临战不惧,不可后退,今强敌在前,父亲……"

"退下!"周文瞪着眼睛,喝退周义,起身来到大家面前,说话的口气转而缓和了,他并不想把一场议军弄成剑拔弩张的样子,"诸位抗敌心境,我深为了解。夫兵久而国利者,未之有也。我军攻下渑池时,曾借兵荥阳,以将军邓说留守。此去一则可以休整数日,以解劳顿之累;二则可以据城拒敌。依我观之,只要章邯军过不了渑池,其东进图谋必然受挫,如此,则荥阳可下,我军南北连片,拱卫陈县,大王无忧矣!"

邓说原是吴广麾下的将军,亦是陈胜的同乡,他一直对吴广被杀心存疑窦。恰在这时,周文借兵守渑池,田臧借机将之挤出来。周文西进离开渑池时,两人曾执手相约,会于咸阳宫阙。但这约定,竟然如此快就化为泡影。

此刻,从不远处的山谷中传来雄鸡啼晓的声音,周文摇了摇头,将这些思绪甩出脑外,问身边的卫士道:"我军行至何处了?"

还没有等到回答,就听见马蹄声自远及近而来,微明中,他看清楚是儿子的身影。

"禀父亲,此处乃谷阳谷,距渑池不足四十里路程。"周义并不下马,"孩儿已派一百将进城禀知邓将军。"

周文"哦"了一声,想起九月间从渑池城出发西进时路过这里,三老率众乡亲相送。言说谷水含玉,并以玉相赠,解决义军军需之用。现今,"谷阳玉"仍然含着将士的体温,他不知道该怎样应对父老乡亲的古道热肠。

然而,周义的一句话扫除了他心头的阴霾:"方才孩儿到村里打探路径,三老闻父亲大军东撤,知是遭遇了困境,正挨家挨户地吆喝父老乡亲呢。"

周文决然地摇了摇头道:"败军之将,无颜见乡中父老,传令下去,慎勿惊动百姓,赶辰时渑池城下集结。"

"遵命!"周义拨转马头离去。

听着马蹄声渐远,周文忽然觉得这一回最对不起妻子的就是将儿子带在身边。周义本是编在陈县张贺的卫戍军中,是他觉得西去咸阳正是男儿建功立业的机会,亲自找中涓昌臣将儿子要到身边。此时想起妻子临别时亦怨亦怜的复杂目光,周文自言自语道:"也许,真是自己错了。"

大约一刻时辰后,周文发令军伍直奔渑池。可就在谷口,谷阳村三老率领全村百姓夹道送行,村人纷纷将度日的糇粮、麦饼塞到义军手中,有的甚至当即脱下冬衣披在义军身上,这情景让周文再也无法安坐在战车上了。他跳下车拉住站在最前面一位老丈的手道:"末将未能攻克咸阳,愧受父老厚待,汗颜之至。"

"胜败本兵家常事,将军何出此言?"老丈对事情看得倒豁达,"此去渑池休整数日,岂知不能反败为胜。"

"老丈之言末将记下了,就此作别,后会有期。"周文转身上了车,驭手一挥长鞭,战马撒开四蹄朝前奔去。

在离开谷口将近一里之际,周文忽然生出了一线牵挂,对身边的卫士道:"速传周义来见。"卫士应了一声,转身去了不一会儿,就将周义引到车前。

"我有一事令你去做,你可愿往?"

"军令如山,孩儿敢不遵命?"

"好!"周文双手按在儿子的肩膀,眼圈眼见得红了,"谷阳谷水产玉,秦军必掠之,我欲遣你回马谷阳,护送父老乡亲到崤山深处避难。"

周义沉思片刻后道:"孩儿愿往。只是父亲孤身一人,孩儿……"

"儿啊!敌众我寡,生死一悬,我……"周文喉头有些哽咽,转过脸去不忍看周义,他怕受不了眼前的情景,挥了挥手道,"去吧!"

周义扑通一声跪倒在地,向父亲行三叩大礼,然后起身上马,带着五十军士朝村口西去了。周文望着远去的儿子,转身对身边的卫士说:"你亦去助力。"然后登上战车,再也没有回头。

邓说已经获知周文两役俱败,前来渑池的消息。辰时一刻,他就冒着凛冽的寒风在城楼上等候,远远瞧见迎风招展的"楚"字大旗,他担心秦军有诈,直到看见周文的车驾从队伍阵列中出来,才迅速命守城士卒放下吊桥。

"将军辛苦了!"邓说抱拳迎道。

周文摆了摆手,对没有能够战胜秦军而抱恨。

邓说没有说什么,他明白,这当口稍有不慎都会伤及周文的自尊,他偕周文一同弃车步行入城,一路上,看到义军将士和城中百姓都在忙碌备战,有的将滚木礌石运上城头,有的正在蒸煮麦饼,有的正在街头巡查可疑之人。邓说发现一路未见周义,周文便将谷阳谷所遇一一告知。

"义军皆如周兄,暴秦岂能不灭?"邓说就十分感慨,后面的话他没有说,但周文已经大致猜出意思。

当日午时,邓说为周文设宴接风。说是酒宴,因逢战时也不过几样冬日干菜,酒倒是烧得滚烫,饮之暖身暖心。多日的饥饿和困倦,都被这酒燃烧得无影无踪了。

酒过三巡,话题渐渐地转到当前战局上来,两人都十分感慨,觉得当今之人都言而无信。

"张耳、陈余、武臣之流,当初若非大王仁义,岂能有立足之地?况乎出兵之际,言之凿凿,说什么'愿请奇兵北略赵地',言犹在耳,就脱离了张楚自立,与篡臣何异?"邓说举着酒樽,越说越愤然,"还有,魏咎、周市方离陈县,异心顿生。难道我等举事,就为'各报其怨而攻其仇','成封侯之业'乎?"

周文仰起脖颈将一樽酒灌进腹中,也长叹一声道:"未成业而分土,亡军之兆也。田儋,趁机复亡齐,复攻魏地,岂非义军自相残杀。"

"君之所言,乃肯綮之议。未建功而弑主,岂能成得大事?如田臧、李归者,假大王之手而杀假王,意在取而代之。然彼等胸无兵略,迟早为李由、章邯虎口之食。"

两人的酒语也言及了会稽、两淮一带的项梁和刘邦队伍。他们只闻项梁拥兵甚众,且有一位力大无比的侄儿;刘邦很得人心,却未知其详。邓说以为项、刘之军所以锐气尚在,是因为距秦军主力较远,而郡守、县令皆非其对手。

他们都感到渑池失守只是时间问题,不得不做准备。周文以有经验为由,坚持将自己所部部署在城外。

邓说不解道:"我等皆为楚臣,荣辱与共,何分你我?"

"足下未经戏水之战,对秦军用兵生疏。还是将在下所部放在渑池四周,即使章邯来攻,吾当先挡之。倘若战之不利,也好有退路。"曹阳亭一战,周文彻底打破了对章邯的轻视,况乎章邯欲为第二个王翦,接下来将是一场恶战,他已做了最坏的打算。在酒阑席散之时,他望着微醉的邓说道,"战场形势瞬息万变,倘若在下以身殉国,还望你能带周义回到陈县。"

邓说无法回答周文沉重的托付,只有默默地点头。

这场酒喝到日色西斜,两人都有些微醉。周文一回到大帐就倒头入梦了,他在梦中看见周义鲜血淋淋地跪在自己榻前,醒后一身冷汗,再无睡意,一直坐到天明。卫士来报,言邓说已经率部上了城头,他顾不得洗漱,就披挂向外奔去。

一整个上午,周文快马疾走,将部署在渑池四周的义军巡查一遍,叮嘱校尉们加紧备战。大约午时二刻时,才回到大帐歇息。

卫士刚刚将一盏热茶递到他手中,未及喝下,就听见从帐外传来杂沓的脚步声,接着一位千人急匆匆地进了大帐,结结巴巴地禀报说从谷阳谷方向驰来三骑。周文闻言,立即放下茶盏奔出大帐,翻身上马,就到了阳关路口。他手搭凉棚,望自远及近的人影,心骤然下沉——他已经猜得出来,来者正是他留下协助周义的百将。

容不得他多想,三匹战马已经来到面前,那"百将"一声"将军"就跪倒在马下了。

"周义呢?"

"将军刚刚离开不久,秦军就尾追而来,少将军为保护父老乡亲避难,奋力杀敌,为国捐躯了。"

"义儿!"周文忽然感到渑池城楼横空压来,他头晕目眩,有些不能自持,强忍疼痛问,"可曾抢得尸体。"

"百将"泣不成声道:"秦将章平命士卒把少将军的头颅挑上枪尖,又命骑兵将他的尸体踩成肉酱。末将死战无功,便奋力杀开一条血路回来了。"

"秦军一直穷追不舍,很快就到城下了。"旁边的士卒补充道。

一言未了,耳边传来马蹄的涛声,周文迅速收藏起丧子之痛,喊道:"传令,锋矢营张满强弓,为阻敌前沿;战骑成锥形阵脚,居于其次;步军在其后,全力杀敌于西城门外。"

周文早已将生死置之度外,怒目横刀,立于阳关路口。

现在他已看清楚了,冲在最前面的正是章平。他手持一杆长枪,在两丈外勒住马头喊道:"周文小儿,还不早早下马投降,我可饶你不死。"

"哼,国仇家恨集于一身,我岂能放过你,看刀!"周文冷笑一声,催动坐骑,挥动大刀直取章平。

章平伸出长枪驾住,两人厮杀十几个回合,章平跳出圈外朝身后一挥手,数十辆战车轰隆隆地朝前奔来。周文见状,急忙对着身后大喊一声"放箭",只见从锋矢营中飞出漫天箭雨,倾泻而下,眼看着战车上的秦军将士纷纷倒下。前面的车与后面的车相撞,不少翻倒在地。这情景让章平大吃一惊,忙传令骑兵出阵。霎时尘土飞扬,嘶鸣凌天,战刀落下,义军倒下一片。

周文也喝令骑兵上前对阵,双方搅在一起。既是肉体搏杀,又是心理较量。刑徒们每斩一首,就积累一份与妻儿早一天见面的机会;义军已被秦军逼上绝路,只能从刀尖上寻求生路。一把把战刀寒光闪处,鲜血飞溅;一颗颗人头落地后,依旧怒目圆睁。渑池上空,云飞尘扬,日光暗淡,被死亡笼罩成一片惨烈。然而,毕竟经历两次败阵,义军骑兵损折不少,明显处于劣势,队伍渐渐地被冲乱。周文见状,忙要身边的"百将"手持"周"字大旗冲进阵内,试图稳住队伍。可彼盈我竭,非心可为。义军骑兵很快被压缩到狭小一角,面临覆没之势。

周文转过脸去看步军,他们哪里是秦军骑兵的对手,未及出刀,已成冤鬼,潮水般地朝城门方向退去。

这一切,邓说在城头上看得清清楚楚,急命守城校尉将摇鼓助威改为鸣金收兵。同时挥动旗帜,示意周文向城内撤退。

"上苍啊!你要灭我张楚么?"周文仰天长叹,转身率残部奔向城下,刚刚进城扯起吊桥,秦军骑兵便蜂拥而至了。

邓说从城楼上冲下来,看着满脸血污的周文,对身边的校尉大声道:"快关城门,据城御敌。"

夜幕降临,周文和邓说毫无睡意,在大帐里商议御敌之策。厨房数次将晚饭端上来,可谁也没有食欲。

城楼上巡查回来的校尉说秦军已将渑池团团围住。可周文并不那么悲观,道:"虽然西城外义军退入城内,然东、西、南三门尚有义军与敌周旋。不至于短期内兵败城破。"

邓说摇头苦笑道:"将军有所不知,就在你与章平酣战之际,章邯、司马欣、董翳率部从另外三门突进,我军奋力抵抗,终因寡不敌众,死伤大半。"

周文不再说话,眼睛死死地盯着面前的烛火发呆。想想这几个月的经历,简直就是一场梦,辉煌得快,黯然得也快。他觉得自己对失败负有不可推卸的罪责,便开始转换思路,思考如何处理善后事宜:"足下以为我军能守住渑池么?"

邓说沉吟片刻,摇摇头道:"若无援军,守住实难。"

"眼下群雄纷纷逆命自立,项梁、刘邦远在淮、泗,无暇北顾。期待援军,无异于俟河之清。"周文话锋一转,"与其无望厮守,毋宁退而存实。在下之意,足下不如趁夜间撤往陈县,以保存实力。"

邓说瞪大了眼睛,看了周文许久才回应道:"大敌当前,将军何出此言?"

周文说话的口气坚定而又冷静:"在下所言,非触机之议,乃为张楚国计也。足下与我皆为大王近臣,当此之际,必当有甘为朝廷效命者,有甘为江山流血者。足下与大王同乡,此时不在大王身边,更待何时?我闻东阳宁君与秦嘉响应陈王起兵伐秦,足下如转战到彼处,当说服其称臣张楚,如此,则张楚有救矣。"

这两个人邓说都听说过,而且他还听说陈王闻听其在郯城围攻秦军郡守,便派遣武成军畔为监军,致秦嘉疑窦顿生,心存郁结。能否说服,他不敢断言,只是连连摇头道:"不可!万万不可,即便回撤,也该将军先行,将军为大楚已失爱子,岂能再历刀戈之痛。"

"糊涂!在下许诺于咸阳迎接大王,今非但未能如愿,且将兵折之大半。上无颜见大王于朝,下无颜见爱妻于室,倒不如与敌拼杀,也好全其名节,不枉追随大王一场。"周文决然背过身去,"我意已决,足下不必再劝。足下若心怀张楚,就当勿生异议,当机立断。"

听到背后传来声音,周文回转身去,只见邓说浊泪滚滚,把额头在地上磕得嘣嘣响:"仁兄大忠大义,弟铭感肺腑……"

两人再无话,只有沉默。

后半夜,从崤山吹来漫天的飞沙走石,接着,冷雨从天而下,周文命令义军在北门放火击鼓迷惑秦军,邓说率军从东门杀出,朝着陈县方向奔去。

大风从这一夜刮起,一吹就是数日,天气越来越寒冷。

接下来的日子,秦军每日都发起小规模的攻势,并不急于夺城,但周文却再也无法蓄势以待了。田臧、李归被李由缠在荥阳脱不了身,而他发给周市的求援信却是杳无回音。周文并不知道,此时周市正说动雍齿将丰县城献与魏国,准备联手向刘邦动兵呢!

城内的粮草越来越少,昨天,几位校尉来报,说是百姓与士卒因争粮发生斗殴。今晨刚一起身,卫士就来报,说昨夜有十几个义军士卒买通守门将士,出城逃往山林了。

人心离散,这才是最可怕的。

五天以后,寒风携带雪花袭击了渑池。后半夜,周文裹着斗篷出来巡查岗哨,看见在登城口站着一位值守的哨兵,上前问话,没有回答,伸手去摸,却是僵直倒地。他死了,是冻死在自己的哨位上,落在眉毛上的雪已经结成冰凌。

从城墙根到城头不过数十丈的路程,他一连看到五个士卒冻死在两旁。当初他们投奔义军,就是为了能够过上有饭吃、有田种的日子,那希望即使在死后仍然留在眼角。

"完了!"周文把泪流进肚子,他很悲哀,那些曾在骊山受苦的刑徒们哪里知道,即便张楚国亡,秦朝也不可能回到大一统的年月。那些昔日六国诸侯的后裔们将裂土分疆,回到战乱不休的年代。

他为章邯悲哀,他在暴秦危亡之际受命剿灭义军,能和王翦灭楚一样么?他只不过是一个陪葬者而已,可惜他似乎并不明白这些。

他为整个张楚国悲哀,刚刚半年时间,就面临累卵之危。他和邓说等近臣就是有三头六臂,也难以挽回崩塌之势。

登上城楼眺望城外,秦军连营接寨,绵延数里,灯火通明,隐隐约约可以瞧见巡逻的军士来来往往,这阵势让他在心里盘桓许久的意念益发地坚定了。回到大帐,他吩咐卫士传令各路校尉到帐中议军。

看着瑟缩着身子,一脸饥色的校尉,周文似乎从来没有这样沉静过:"诸位,眼下情势想来诸位不难估量,渑池已陷入秦军重重包围之中,困守待援几于无望。我邀诸位来就是要告知大家,我已决计以身殉国。然我亦知,各位校尉皆有父母老小,大家不妨明言,愿与我据城抗敌者,留下;记挂老小愿意就此散去的,给予钱粮送走。若有一日重逢,再续兄弟情谊。"

虽然此话所道皆是实情,可毕竟来得突然。校尉们陷入一阵沉默,接下来,有两三位站起来了,其中一位说:"将军所言,慷慨真诚,我等铭感肺腑,然我等上有老母,下有妻儿,欲先回乡,待来日情势好转,再图举事。"言罢,转身离去。

周文看看留下的校尉,再一次问道:"还有想离开的么?"

"愿与将军共生死,愿与渑池共存亡。"

"谢谢各位。"周文的泪水终于忍不住涌出眼眶,旋即目光烂烂,"各位将军,我以为秦军今日必攻城,请各位各司其职,勠力拒敌。"言罢,他从腰间抽出宝剑鼓舞士气。

一群义军士卒脚步紊乱地跑来,其中一位屯长上前禀报,说秦军已从东城门涌入,朝这边来了。

"怎么会这样呢?滚木礌石、桐油呢?你等为何不用。"

"前些日子秦军不断攻城,滚木礌石所剩无几,难以抵挡大军登城。"

形势急转直下,周文知道,城破之日即自己殉身之时,便对身后的校尉们喊道:"人自为战,巷自为战,玉碎不能屈其志。"

秦军从东门进来,一路遭遇了义军的激烈反抗,不多时,两军尸体塞满街头。可怜的是那些百姓手无寸铁,却一个个成为刀下的冤魂。血,渗入积雪,霎时泅出一片片殷红。

几个秦军士兵追赶着一位姑娘从对面的酒巷中跑了过来。周文冲到面前,宝剑寒风一般掠过,秦兵的头颅在雪地间滚了几滚,掉入雪坑中去了。周文顾不上安慰姑娘,就听见身后风声呼呼,知道是秦军涌了上来。他急忙一个凌空旋转,就有几位秦兵倒在地上。此时的他早将生死置之度外,心头只有一个念头,就是要多杀几个秦军。

然而,没有等他放开身手,秦兵却纷纷有秩序地向四面撤退,在包围圈中,只留下他孤零零的身影。哦!他看清了,那是因为章邯的战车过来了。这是开战以来周文第一次看见章邯,前几次他都是与章平对阵。他雪色的眉毛、雪色的胡须、雪色的头发被大雪映照得益发银色闪闪,只有那一双眼睛依旧冰冷。

章邯一手扶着车轼,一手挥动宝剑,对着不远处的周文喊道:"素闻将军勇猛,今日一见,果然不同一般。为何要追随陈贼反叛朝廷,将军若是深明大义,就该改弦易辙,归顺朝廷,本官不仅可在陛下面前保将军一家安然无恙,还可举荐将军擢升。"

周文听罢,仰天大笑道:"章邯老儿,秦亡有日,你不识时务,反倒劝降于我,岂不贻笑天下。我本陈县草民,蒙大王不弃,一路至有今日,乃我轻敌之故也,唯有一死方能报大王知遇之恩。"言罢,周文举起宝剑面对东南方大呼一声,朝自己脖颈抹去,顿时血柱喷天。

章邯惊呆了,半日情绪方转换过来,对身边的近卫道:"周将军死节,当厚葬之。"

二世二年腊月是一个多雪的月份。从十一月底起,每隔几天就会有一场降雪,虽然不大,却使得空气比往年冷了许多。

天刚放亮,都尉张贺就起身督促"百将"们率领部属演练阵法了。近来不断传来消息,言说章邯率部攻克渑池后,又与三川郡守李由里应外合,一举击溃围攻荥阳的田臧,于敖仓之役中将田臧、李归斩于马下。消息传到陈县,众人无不震惊,有人甚至谈之色变。

张贺清楚,众人内心的恐惧无法消除,他唯一的办法就是加紧演练,使所部在秦军袭来时不至于仓皇。

一队骑兵从眼前驰过,立在道边的草人纷纷倒地,溅起一阵雪尘;紧接着,骑士们俯下身子,转身一刀过去,那草人就在寒光中断为两截。而另一片雪地上,步兵正在演练格斗,喊杀声在鸿沟两岸荡起阵阵回声。尽管不断传来消息,说章邯大军在攻取荥阳后,正挥师南下,但张贺已做了碎身的准备,宁可一身捐国,绝不苟且偷生。正要转身回大帐,却见一人骑马披着雪花进大营来了,看身影是中涓吕臣,张贺忙出营迎接:"大人为何一早过大营来?"

吕臣下马还礼,两人相随进了中军大帐。吕臣扫掉肩头的雪花,这才告诉张贺,说楚王要来营中巡查,他奉命先来告知。平心而论,吕臣对楚王来营中巡查的理由不大赞同,若是犒赏三军倒也罢了,可中正朱房、司过胡武以诸将纷纷自立为由要陈胜亲自监督。尽管吕臣不惜触怒王颜劝说,但陈胜依旧疑虑重重。

此刻面对年轻的张贺,他这些话如何说得出口呢?好在张贺处事坦荡,倒也没有将楚王驾临想得那么阴暗,反而觉得,在这个时候来军营必能鼓舞士气,振奋人心。

于是,吕臣就把话题转到御敌上来了:"听说章邯破了荥阳,正率军南下。将军一身关系张楚安危,万不可掉以轻心。"

"这个请大人放心,末将已派遣数批探哨,沿鸿沟一线深入五十里,秦军一旦袭来,末将当迅疾迎敌。"

吕臣正要称赞,就被门外卫士的禀报声打断。

进来的是一名什长,禀报说在固陵以南发现秦军,距陈县不足五十里。

"是章邯亲率么?"

"启禀将军,章邯放言,要将大王……"什长欲言又止。

"事已至此,你就直说吧。"

"章邯放言,要擒拿大王到咸阳领功。"

"你且退下。"张贺眉头皱了一下,"看来章邯老贼是要亡我张楚啊!"他觉得此刻陈胜到大营风险太大,希望吕臣能够出面阻拦他出城。

然而,吕臣却是一脸的难色,他不知道怎样才能让张贺理解自己的处境。

两人正踯躅间,营门外值守的将士高声喊道:"楚王驾到!"

"楚王驾到!"

吕臣与张贺来不及多想,就奔出营门外,双双见礼同声道:"恭迎大王。"

吕臣暗暗抬起头,看见朱房和胡武跟在身边,两双眼睛滴溜溜地在张贺额头扫视,心里很不舒服。

君臣在大帐坐下,上过茶点,张贺向陈胜陈奏了秦军已过固陵,正向陈县奔来的消息,之后慨然言道:"启禀大王!御敌卫国,将军之责也;治国理政,大王权柄也,今秦军袭来,微臣已命将士枕戈待旦,一俟战起,臣等必当勠力同心,共抗贼军。大王身系国之安危,阅完兵,还请回城。"

听说秦军距此不足五十里,朱房和胡武脸上就露出恐惧和慌张,忙上前附和:"张将军所言甚是,大王还是回去吧!"

陈胜不悦地瞪了他们一眼:"你等平日考课将士,言之凿凿,为何未战而怯,此岂是我义军朝臣之所为?你等不是谏言本王坐镇大营么,何故又劝本王回城,这是何道理?"

"这个么……此一时,彼一时……"朱房、胡武一脸的尴尬,不知道该说什么。

陈胜喝住两位:"罢了!何言此一时彼一时。昔日本王大泽乡振臂一呼,天下应之,难道还怕章邯老贼不成?"

"大王!确乃此一时彼一时也。"朱房、胡武双双跪下,"现今……"

"你等勿再多言。"陈胜正色道,"本王今夜就在营中歇宿,与将士共御贼军。"

但朱房还是跪倒在陈胜面前,红着眼圈道:"臣与胡司过蒙大王不弃,任职有司。今国家有难,臣怎可惧死,臣只是为大王安危想。既是大王不离军营,臣当追随左右。"

这话一出口,陈胜的心渐渐平静,本来他平日对这二位都很倚重,经过这一番陈奏,心倒软了:"你等所奏亦非惧死怯战。不过,城中亦不可无人据守。你等回城,本王与吕爱卿、张将军在此拒敌。一旦有事,也好有个回旋余地。"

"不!请大王恩准微臣留在营中。"胡武跟着朱房跪下。

"无须再言。"陈胜说完,便叫庄贾驱车送朱房和胡武回城。

随后,由陈胜主持,吕臣和张贺商议如何退敌。

张贺首先道:"孙子曰:用兵之法,十则围之,五则攻之,倍则分之,敌则能战之,少则能逃之,不若则能避之。故小敌之坚,大敌之擒也。如今敌强于我军不止五倍,故而,我军一味固守并不是好办法。"

"少将军所言极是。"吕臣认为张贺所言甚有道理,"依微臣所见,我军可依托陈县,在鸿沟两岸设伏击之,待重创敌人后,退入城池坚守待援。臣闻邓说所部在与章邯郯城大战后,正向陈县移动。"

"二位所言正合本王之意。张贺听命,本王命你率一部步军在鸿沟桥西设伏,待敌军前来扰而击之。吕臣与本王在营寨周围设伏,待敌军再进时予以痛击。"

"微臣谨遵大王旨意。"张贺与吕臣都被陈胜临危不乱、处事不惊的气度所感染。

此时,章邯与司马欣、董翳正率军越过固陵,前往陈县途中。风雪迎面吹来,刀子一样从将士脸上刮过,冷冰冰地疼。刑徒们虽然换上秦军军装,依然瑟瑟发抖,行军的速度并不尽如人意。章邯命"百将"以下军官每人手执一条皮鞭,士卒稍有怠慢,立即一顿鞭笞。

当然,章邯也知道单靠惩罚并不能完全奏效,于是他又召集各部校尉,放话早一天到陈县者赐牛肉二斤;生擒陈胜者,赐千金;取其首级者,赐八百金。尽管如此,大军每日行军不过三五十里的路程,走了两天半,在腊月初五黄昏终于到达鸿沟桥边。

章邯长长地舒了一口气,他立即向身边的章平吩咐道:"迅速在河东岸扎寨安营,明日攻城。"

秦军一路连胜,刑徒们渐渐习惯了军中节律,很快按照军侯、校尉们的命令在鸿沟东岸竖起一大片帐篷。为了防备义军突袭,整个营寨四周都部署了铁蒺藜,议事的大帐安置在帐篷群中间最不引人注意的地方。

章邯刚刚坐定,还没有来得及喝一口热茶,章平便进来禀告:"探哨发现,在鸿沟桥边有影影绰绰的人影晃动。"

章邯皱了一下眉头,不禁吃惊陈胜竟然早早地设了伏兵。他将了捋胡须吩咐道:"我军宜内紧外松,待彼夜袭,我军聚而歼之。"

章平应一声"诺",唤来值守的校尉,叮嘱加强夜间巡查。

秦军的所有举止都在张贺的视线中。看来,无论是陈胜还是他和吕臣,都低估了章邯的能力,他们既然不肯进入伏击圈,自然早有警惕,夜袭已无可能。

夜幕渐渐降临,天茫茫,地茫茫。张贺很庆幸将士们反穿了戎装,与雪融为一体,否则,都将成秦军的箭矢之的。他回头向身边的"千人"摆了摆手低声道:"伏击无望,夜间不可轻进,传令撤回大营……"

义军大营此时也是严阵以待，吕臣遵照陈胜的旨意到各个部曲巡查。暮色苍茫中，他来到步军营寨区，但见两位值守的军卒正在笼火取暖，上前一脚踢了火堆斥责道："大敌当前，你等竟在此烤火，若是敌军骑射到来，只一箭就要了你等性命。"

两位军士跪在地上，连道饶命。

正当此时，一位军侯手持皮鞭也到了，见此情景举鞭就要打。吕臣拦住他，说话声就带了温和："带兵之计，宽严张弛，在乎度也。念其初犯，改过即是。"

军侯觉得吕臣与张贺一样，属于"仁者用兵"之将，真是爱兵如子。

可吕臣的心却没有平静下来，他觉得应该迅速向陈胜禀奏，夜间召集各路校尉，务必严肃军纪，方能战胜强敌。一想到这里，他不禁加快了回大帐的脚步。

陈胜正站在帐门口，吕臣紧走两步上前道："外面风大，大王还是回帐中去吧！"

"你没有见到庄贾么？"

"不是送两位大人回城去了么？"吕臣摇了摇头。

"也该回来了啊！"陈胜说着转身回了大帐。吕臣将巡查所见一一禀奏，陈胜当即要贴身百将通知各路校尉到大帐议事。

"百将"急匆匆出帐，却与从外面进来的张贺撞了个满怀。"百将"拱手而去，陈胜却很惊异："你怎么如此快回来了？击退秦军了么？"

张贺长叹一声道："章邯老儿甚是精明，竟在鸿沟东岸安营扎寨，就是不进伏兵圈。"

闻言，陈胜眉头郁蹙在一起，没有说话。此前，他没有见过章邯，对其用兵不甚了了，曾叹息周文、田臧、李归等不善用兵，败在一位无名之将手中，现在看来他错了，这个章邯实在小视不得。

正踌躇间，众校尉相继到了，陈胜看着灯火下一双双眼睛，他提高了声音说道："诸位也已明白，前几月我军在荥阳、渑池与敌大战，均失利败损。眼下，章邯穷追不舍，已到陈县城下。此乃张楚存亡之战，本王望各路校尉听从统领，奋力杀敌。"

说完，陈胜将目光转向吕臣，吕臣站起来将早些时候巡查的情况大体说了一遍，末了道："生死存亡在此一战，明日敌军必然来攻。凭借地利，我军将在城西与敌对阵。我军骑兵只有两屯，战马不过百匹，不足以抗敌之骑兵，故而我军骑兵可趁机出击贼军战车，砍其辕马腿骨，辕马一倒，战车即瘫。我军弓矢营在鸿沟桥东第一拨阻击贼军,全力射杀敌军骑兵;步军第二曲在鸿沟桥西阻击敌军。"

"末将卫戍千人作为前锋,在鸿沟东岸与敌直接接战。卫戍二曲千人护卫大王与吕大人……"张贺做了一些补充。

部署完战事,已是酉时二刻。陈胜就着木炭火刚刚闭目,就听见帐外一阵杂沓的脚步声。接着,就是卫士严厉的问话:"何人大胆,竟敢深夜闯进大营?"

陈胜顿时睡意全无,"嗖"地从剑架上抽出宝剑。这时候,从帐外传来熟悉的声音:"是我,大王的司御庄贾。"

接着,庄贾出现在陈胜面前,一脸的愧意:"臣迟迟才归,还请大王恕罪。"

"为何此时方才归来?"

庄贾迟疑了片刻,旋即回道:"天黑雪大,微臣迷路了。"

第九章

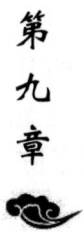

遭暗算英雄殒命
得协力萧何脱身

战争是在黎明时分打响的。

章邯命司马欣、董翳、章平等人将义军营寨团团围住时,张贺就意识到一场恶战降临了。他令校尉们迅速按照事先演练的军阵摆开,随后来向陈胜禀奏。尽管他知道陈胜昨夜为退敌苦思冥想,直到卯时一刻才昏昏睡去,可兵临城下的现实使他顾不了这么多。

他在大帐外遇见正在巡逻的吕臣。显然,吕臣已经知道事情的严重性,两人于是相偕来到大帐前。卫士上前拦住,张贺一伸胳臂就将卫士擢到一边。陈胜"呼"地从榻上腾跃而起,一看见吕臣和张贺,劈头盖脸就问:"秦军攻进来了么?"

"末将已命校尉摆开阵型准备迎敌。"张贺点了点头。

陈胜从剑架上拿下宝剑,卫士帮他披挂上盔甲,就要出门,却被吕臣一把拦住:"大王这是要……"

"本王与你等一同出战,誓与章邯老贼决一死战。"

"万万不可。"吕臣死死抱住陈胜握剑的胳膊不放。

陈胜欲挣扎摆脱,却不能奏效,脸上顿时就布满了怒色:"你这是为何?难道本王是贪生怕死之徒?今死于国,本王无憾矣。"

"大王!"吕臣说话的声音带了哽咽,"张楚岿然立于中原者,赖有大王神威。故大王在,张楚国在。大王岂可逞一时之勇,视己等同于士卒乎?张楚可以无吕臣,然不可无大王。"

"吕大人所言忠贞可嘉,臣望大王慎思。"张贺说完,就对一旁值守的卫士道,"速去传王彤前来听命。"

趁陈胜沉吟之际,吕臣对身边的卫士使了个眼色,大家纷纷上前解下陈胜身上的盔甲,陈胜茫然道:"即便不阵前杀敌,本王亦当坐镇大营,你等为何要本王解甲?"

然而还没有等他回过神来,吕臣已换上陈胜的盔甲道:"大王乃一国之主,必为敌注目,臣愿假扮大王将贼寇引开,大王趁机率一小部人马撤进城内,做久战之备。"

此计立刻得到张贺响应:"吕大人深明大义,令末将钦敬之至。末将这就出战,吕大人驾车沿鸿沟西岸向颍水上游进发,沿途高扬张楚旗帜。敌疑大王南去,必追而击之。末将率军与司马欣、董翳周旋,以疲惫贼军。"

这时候,都尉长史王彤也进来了。

陈胜已被换上吕臣的灰色盔甲,但他的脸色依旧没有转换过来:"你等李代桃僵,不怕本王治罪么?"

三人正争执间,秦军已攻入营寨,将士们正在营门口拒敌。张贺忙令王彤道:"你速率五百人护送大王回城。"

"庄贾何在?"吕臣见状,亦向帐外喊道。待庄贾应声进来,吕臣大声道,"你速驾战车护送大王进城,若有怠慢,军法从事。"随后他一步冲出门去,登上陈胜的车辇,挥动宝剑朝营外奔去。

张贺会意,紧跟吕臣翻身上马,又大声喝令紧随身后的骑兵道:"护卫大王,杀敌立功。"

情急中,骑兵们并没有看清冲出营寨的是谁,但听张贺大喊,顿时士气大涨,军阵中爆发出齐整如一的怒吼:"护卫大王,杀敌立功。"

备战多日的义军自内向外猛冲,给秦军造成了巨大的冲击。章邯站在门旗下,焦虑地朝前看,当一队骑兵护卫写有"楚"和"陈"字两面旗帜的战车冲出义军营门时,他断定那战车上站着的将军一定是陈胜了,遂向身边的司马欣道:"号令校尉紧追陈胜车辇不放,务必生擒。"

司马欣命人挥动手中的令旗,秦军队伍中顿时一片震天吼声:"活捉陈胜,活捉陈胜。"

司马欣高举大刀,冲在前面。

吕臣驱动四匹战马,车毂碾过碎雪荡起一阵阵尘土,他回头看了一眼从后面追来的秦军,脸上流露出难以捉摸的笑意。哼!章邯老贼,你也有看走眼的时候!身边的校尉继续喊"护卫大王,杀敌立功",队伍没有丝毫的犹豫,沿着鸿沟西岸直朝颍水上游方向奔去。

张贺看着秦军浩浩荡荡西去,看着王彤跟随陈胜车辇而走,自己便拨转马头直冲章邯门旗而来。章邯见一少年将军英姿勃勃,其所部皆是精兵强卒,情不自禁地感叹,义军并不似所传的乌合之众,难怪数月之间,拥众数十万。

正想着,就见章平驱动战马,一边冲上前去一边高呼"知趣者献上首级来"。两人均使长枪,在马上龙出云水、虎跃长空地大战数十个会合,张贺气息均匀,面不改色,左冲右突,如入无人境地,一路无敌的章平反而气喘吁吁。环顾自己周围,双方将士交织在一起,刀剑相撞,火星闪闪,彼此伤亡不轻。

章邯正要董翳出阵合击,却看到张贺并不恋战。他趁章平分神之际,用枪杆狠抽座下战马,马通人性,腾空飞跃,眼看着和一干骑兵飞过鸿沟桥,朝苦县方向而去。

章邯已发现张贺所部并非义军主力,其东去之意在于吸引秦军注意力。但他更相信数倍于义军的司马欣必将擒获陈胜——他唯一没有想到的是,司马欣追击之"陈胜"乃吕臣所扮。但他并不打算放过张贺,决心毕其功于一役,彻底扫灭张楚国。他"嗖"地从腰间拔出宝剑,随着一道寒光掠过长空,战车"轰隆隆"驰过鸿沟桥,紧追张贺而来。"嘚嘚嘚"的马蹄声,喊杀声飓风一样地掠过固陵、苦县间的平原,经久不息。

这一追就是数十里地。前面是一片数百亩大的柳林,一棵棵合抱粗的柳树落了叶子,呈现出冬日的萧瑟。张贺勒住马头回看身后,秦军正潮水般地涌来。他眉毛颤了颤,只要能为陈胜争取时间,即便战至一兵一卒亦值得。张贺来到义军面前,高声道:"贼军穷追不舍,我等如何应之?"

义军将士明白已陷绝境之战,此刻他们心头滚过一个凝重而又坚毅的声音——"今亡亦死,举大计亦死,等死,死国可乎?"那是永远留在大泽乡,也永远刻在义军将士心头的声音。他们心头油然喷出蓄积心头多日的悲壮："死国可矣。"

张贺以感谢的目光望着面前这些参差不齐的士卒，也许过不了几个时辰，这里将尸横遍野，也没有人能够为他立一座坟茔，他们将在漫长的岁月里化为平原上的一粒沙土。几百年后，不！用不了几百年，人们将不记得在这里发生过一场厮杀。

人往往就是这样，到了绝望的尽头，恐惧反而被挤到心灵深处不为人知的狭小空间，死反倒变得那么无所谓，那么坦然。章平冲在秦军队伍的最前面，展现在面前的是一张张血污的脸，一双双燃烧仇恨的眼睛。他的心头骤然掠过"民不畏死，奈何以死惧之"的箴训，那目光熄灭了他想要劝降的念头，直奔张贺而去。

厮杀迅速在柳林边展开，章平指挥秦军很快将义军分割成几块。刑徒们为给自己的记工簿上多增加几具首级，以多杀为要。只要抓住一位义军士卒的长发，立即挥剑斩首，割了耳朵，放进腰间的行囊。

张贺正与章平酣战，侧目看到那惨烈的场景，撇下章平，飞马来到正争夺少年首级的刑徒面前连出四枪，四个刑徒纷然倒地。他正要回身，就觉得身后一阵冷风，章平的枪从他的后心刺进，枪尖从他前胸冒出，他只觉得一阵剧痛，口里就喷出一股热血，立时模糊了眼睛。

张贺跌下战马，他觉得整个人很轻松，仿佛一场跋涉，一俟到达终点，整个的精神都散脱了。他这才发现底下的土地是这样的绵软，而头顶上灰色的天棉絮一般地向他覆来。他很冷，期待棉云将自己裹得严严实实。隐隐约约，他似乎听见娘亲唤他的乳名，村里那个美丽的、没有能够来到义军营中的小慧姑娘就在不远处看着他。

章平想收回枪，但它深深嵌入张贺的肉体，无论如何也拔不出来，直至枪尖挑断张贺的四条肋骨。开战以来，他杀人无数，只有这一次，恐惧是这么不可遏止地控制了他的情绪。他久久盯着人去气绝的张贺，说不出一句话。似乎那尸体随时都会从地上跃起，与他开始新的搏斗。

章平很颓然，牵着马沿柳林边缓缓行走，到处是尸体，到处是凝固了的血。在一堆死尸里，他隐约听到依稀呻吟，上前去看，是一位着了秦军戎装的刑徒，看上去有四十多岁，身上到处是伤，有些地方还在淌血，只有腰间装着敌人耳朵的行囊饱满地鼓起。章平忽然觉得五脏翻腾，几欲恶心呕吐。他挥起长枪直插刑徒的喉咙，然后转身离去。这时候，一骑正急匆匆地朝这边飞奔而来。

来者是章邯的传令兵,他传达了主帅的将令,说司马欣部传来消息,秦军全力追剿的并不是陈胜,而是陈胜身边的中涓吕臣,要他快速返回,全力追寻陈胜的车辇。

"怎么会如此呢?"一路上,章平不断地问自己。

……

目睹吕臣沿着鸿沟西岸南撤,而张贺的队伍东突而去,陈胜半年来第一次淌下了咸涩的泪水。昨夜议军散后,他已经安排吕臣,一旦形势缓解,就要他派人带上书信说服刘邦和项梁所部星夜驰援。这一会儿,朱房和胡武一定在城头等待自己归来,危难时刻,唯有他们会陪伴在左右。

陈胜擦了擦眼角的泪水,对王彤道:"快去叫城,就说本王归来。"

王彤催马上前,朝城楼上高声喊道:"快去禀报朱大人,就说大王回城了,快快打开城门。"

不一会儿,城楼上露出一张脸,朝下喊道:"城下果真是楚王么?"

"你连本王都不认识了,快开门,后面贼军追击,情势紧急。"陈胜亲自上前搭话。

然而,很快就从城楼上传来令他吃惊的声音:"城下之人听着,本官与胡武大人已决计易帜归秦,你若是明白,不妨下车就擒,本官可在章邯将军面前保你活命。"

陈胜顿时睁大了眼睛,始而以为自己听错,当庄贾告诉他话语确实出自朱房之口时,便惊呆了。这就是每日不离左右,在耳边不断检举臣下龌龊的朱房么?这就是那个振振有词地指控吴广骄狂,拒听良言,导致荥阳久攻不下的胡武么?这就是那个昨夜还高声大言表示要陪伴在他身边的中正和司过么?他的脑际一片空白,此刻庄贾的声音在耳边响起来了:"大王,能否容小臣一言。"在确定陈胜在听话后,庄贾低声继续道,"武臣自立,魏咎割据,田儋复齐,周将军殉国,邓说杳无音信,陈县已成一座孤城,宛若大海之一叶舟,风雨飘扬,所谓'尺蠖之屈,以求伸也',依微臣之见,大王不如……"

"你是要本王降秦么?"陈胜坐正身子,目光凌厉得如一把刀子,庄贾顿时毛骨悚然。

"说!你为何昨夜送朱房、胡武归来甚晚,莫非你等……"陈胜的剑刃横在庄贾脖子上,"你今天若不说明白,本王定然不饶。"

庄贾浑身战栗,磕磕绊绊地说:"臣自跟随大王以来,忠心耿耿,可对天日,怎么会背主他谋呢?"

的确,昨夜送朱房和胡武回到陈县后,三人再一次谈了许久,眼看着张楚大势已去,朱房和胡武都十分后悔。献城劝降,就是他们一致商定的。可现在面对冷光闪耀的利剑,庄贾哪敢将心中隐秘说出来呢?

"大王息怒!微臣不是那个意思。臣堂堂七尺男儿,岂能如此没有骨气,微臣是说……"庄贾故意拉长腔调,一副小心翼翼的样子,看到陈胜神色渐趋平静,才接着说道,"既然陈县非久留之地,大王何不移军汝阴,彼处亦属陈郡,距淮水不远,进可以回归陈县,退可以渡淮回旋,倘遇吕大人,又能合心合力,岂章邯之流能奈之何?"

陈胜长长地舒了一口气,收剑入鞘。他环顾左右,吕臣和张贺都不在身边,遂把脸转向王彤道:"你以为如何呢?"

王彤沉吟须臾后道:"此不失为一条缓兵生息之策。"

"就依二位,移军汝阴。"

在确认追击目标并非真正的陈胜后,章邯捶打自己的额头,在心头埋怨自己求胜心切。想到王翦当年濒临蕲水,忽然撤退麻痹项燕,旋儿转头追击,陷项燕军于绝境时的稳健和沉静,他沉默了许久,终于要章平挥军东南,必欲擒陈胜于颍水之边。这无疑增加了陈胜军南撤的难度,等到汝阴城外,随从人马不足四百人了。

镇守汝阴的本是义军的一位校尉,但有了陈县城下的遭际,陈胜不敢轻易进城。当晚,就在距县城五里之外的颍水西岸安营。好在汝阴校尉并无异心,在劝说无果之后送来了酒食,王彤所部人马饱餐一顿后,解了连日来的饥饿,精神顿增。

校尉当晚回到城中,命百姓连夜准备麦饼,赶天明送到陈胜军营以作备战之用。

为安全计,王彤安排自己与陈胜隔帐而居,并将庄贾安排在自己旁边。若是秦军来袭,他也可以及时命司御驱车护卫大王撤退。这一切安排完后已是酉时一刻,多日积累的倦意袭来,王彤正欲解甲入寝,却听见帐外卫士禀报,说营门外来了一队人马,看上去足有上千,为首的将军声言要见大王。

"莫非秦军化装夜袭?"王彤警觉地眨了眨眼睛,忙要卫士调集士卒暗中埋伏,一俟有变,立即护卫大王离开。他重新披挂来到营门前,望着夜色中靠着马匹歇息的身影喊道:"请问来者哪位大人,何以夜间至此?"

"大人可是张贺将军长史王彤?"来人搭话中流露出惊喜,在看到王彤点了点头后,急忙报上自己的姓名,"在下邓说。"

"邓将军?"王彤听出来了,是邓说的声音,"将军不是在荥阳么?"

"一言难尽,快引我去见大王。"

陈胜是在梦中被王彤唤醒的。多日来，他第一次在梦中看到了留在阳城的妻子和儿子。她虽然衣衫陈旧，却仍掩盖不了婀娜和清秀；儿子已经十岁，那眉眼形态，甚至那说话的声音都像极了自己。夫妻相聚，妻子热泪潜然，埋怨他整日打打杀杀，置他们母子安危于不顾。妻子的愁绪催下了一位男儿的泪水，他告诉她，非他无情，实在是战事频仍，无暇关顾……

　　在这个时候被人唤醒，他的心境十分烦躁。及至听说邓说归来，更是火从心头起："哼！丢了渑池，走了郯城，他有何面目再见本王。命他来见，看他说些什么？"

　　"大王！"邓说一进大帐，就放声大哭，血泪凄然地诉说如何在渑池遵周文嘱托，一路转战来陈县谒见陈胜的艰辛和曲折，"臣冲开秦军道道障碍赶至陈县，方知朱房、胡武降秦，又从百姓口中得知大王南下颍水，遂由寝县曲折转来。臣救驾来迟，罪该万死。"

　　听完诉说，陈胜的心火渐渐归于平复。楚臣纷纷逆他而去，邓说临危不惧，追随左右，实属难能。他要邓说落座叙话，与王彤一起商议如何摆脱章邯追击。

　　邓说建议道："臣来汝阴途中听逃难的百姓说，张将军以身殉国，所部死伤几尽，少数残部失散逃命去了。臣所部也不过千人，为今之计，当以保存实力为上。"

　　王彤觉得邓说所言切中肯綮，附和道："章邯已发现前日所追击者乃吕大人，故而迅即集结，不日即可尾追而至。其实军伍一到汝阴，臣就命率人入河探测，发现颍河已经封冻，移军可免筹集舟车之劳。因此我军必须渡过颍水，向东到城父避其锋芒，寻机休整，以待吕大人归来再图长策。"

　　"好！就依二卿。以我军目前不过一千五百人众，过河需时不会太长。"倾听帐外呼呼寒风，陈胜哈了哈冰冷的手，又长叹一声，"想我陈胜揭竿以来，甘苦备尝，名为君王，未有深宫大殿，未享嫔妃之乐，竟至今日惶惶奔走，不亦寒心乎！"

　　邓说和王彤沉默对视，却是无话，他们为陈胜的所思和遗憾感到很吃惊。业未竟而淫思起，此社稷之大忌也。可大敌当前，他们只能将一切藏在心底。

　　第二天大风整整吹了一天，傍晚探哨前来禀报，说颍河冰厚已可过人，邓说要王彤率领所部护送陈胜车辇过河，他留下来阻击秦军，双方约定在城父相会。

　　冬日天黑得早，远远望去，河面上黑压压地布满了义军。冰层虽厚，可是太滑,走不了几步就有不少人摔倒。谁都明白,这是命系一弦的时刻,大家相互搀扶着向对岸移动,生怕秦军从身后追来,时不时回头张望。

王彤是个细心人,命庄贾用蒲草裹了陈胜车辇的马蹄和轮毂,以防行车期间打滑。他的马则驮着楚国的文书、信札,由卫士牵着朝对岸缓缓移动。王彤乃项县人,幼时就在河边长大,往日里并没有觉得这河面有多宽阔,可现在他感到这河面似乎总也走不完。他最担心的就是被秦军堵在河心,时而赶至陈胜车辇旁叮嘱庄贾小心驾车,时而又转回身呵斥行军太慢的义军将士。

在最后一屯义军刚走到河中心时,王彤担忧的事情终于发生了,来路上人声嘈杂,杀声连天,邓说的军队已与尾追而来的秦军绞杀在一起。秦军点燃了蒲草,顿时映红了夜空,他只看到一个个身影倒下,却无法判定邓说在哪里督战。

邓说永远不可能见到陈胜了。此时,他已身中数支利箭,躺在火势熊熊的蒲草丛中了。他听得见章邯苍老的声音,他正要属下生擒邓说。他笑章邯痴心妄想,他从加入义军那一天起就时刻准备慷慨赴死。他侧目看了看正在向他蔓延而来的蒲草,忍着剧痛滚了过去,他立即被火海吞没了。从熊熊大火中传来邓说的吼声:"章邯老贼,你不得好死。"

他的壮举在义军中形成强烈的震撼,那些觉得突围无望的将士纷纷跳进火海,刺鼻的焦味让马上的章邯和司马欣咳嗽不止,喘不上气来。

催促最后一个部属上了岸,对面的大火还在燃烧,火势借着风势越烧越大,向远处的村庄蔓延。有几个人影跟跟跄跄地向河心奔走,但很快就中箭扑倒。王彤的泪水模糊了双眼,他知道邓说回不来了。他转身准备追赶陈胜的车辇,却发现他们不知什么时候无影无踪了。

"大王呢?"王彤传来一位千人问。

他摇摇头道:"刚过河时还看到,秦军一攻上来就没有再看见。"

王彤的心就"咯噔"一下悬到了半空,前晚庄贾归来太晚,他就心存疑虑,可当他想起平日里楚王与庄贾亲密的往事,就暗暗埋怨自己多虑多疑,没想第二天朱、胡二人就举起了降旗。把这些前因后果穿缀在一起,他顿时有种不祥的预感,当即召了几位百将前来,命大家顺着城父的方向寻找,务必在黎明前接回大王。

风声夹带着义军将士的呐喊,时远时近、时强时弱地掠过颍河东岸的蒲草丛和柳林,在夜空中久久回旋,每个人的心都笼罩着肃杀的惆怅,大家都掂量得出陈胜的失踪对风雨飘摇中的张楚国意味着什么?虽然长长短短的呼叫传递着忧思和关切,但对于这些从故乡走向战场的农夫来说,都感到了

"离散"的临近。有些人转过灌木丛，就趁人不注意时悄悄消失在夜色中。也许，当他回到茅舍野田的家中时，等待他的是亲人尸骨横陈的场景，可此时他脑际怀想的，都是妻子温暖的笑靥、父母苍老的泪水；有的趁着王彤不在身边，暗议如何寻求出路。其实，与那些死在戏水、曹阳亭和渑池的义军将士相比，这半年来，他们根本没有离开家乡多远，最远也不过四百里路程。在张楚国最盛的日子里，每天映入他们眼帘的都是百姓纷纷加入反秦大军的盛况，根本没有时间想家。可今夜，他们思乡的惆怅都化为咸涩的泪水，哗啦啦地涌流。

"张楚国完了！"一位义军将士的哭声在夜色中颤动，"大王一走，张楚就完了！"

"与其等天亮死在秦军手中，倒不如趁天黑寻一条生路！"

"你等休得胡说，王彤平日待我等不薄，即便要走，也要给王彤打个招呼。"

"打了招呼还走得了么？他一心要寻找大王。"

接下来是沉默，只有冷风在耳边吼叫。大约亥时二刻，他们终于决定不辞而别了。

漏交子时，王彤回到了始发地，几位百将也都回来了。问陈胜的下落，大家都失望地摇摇头。各屯报了清点人数，已剩下不到二百人。

"估计到天明，还会有人走。"暗夜里，一位"百将"嘟囔道。

王彤抬头看看黑魆魆的天空，长叹一声："孰料让二世闻风丧胆的张楚义军竟至有今日。你等愿走者，我虽无路费可助，但绝不阻拦。我心意已决，定要到城父与吕大人会合。即便楚王遭遇不测，也要重张张楚大旗，为大王报仇。你等不必先回答，思虑好了再说不迟。"

他们几乎与子夜一起陷入沉默，又与子夜一起走向凌晨，百将们纷纷表示愿意追随王彤奔往城父，誓与张楚共存亡。

"如此甚好！他日张楚重生，诸位皆为功臣。请各位回到各曲用过糇粮，向城父进发。也许，会与大王相遇。"王彤向大家举手打拱。

……

陈胜从昏迷中醒来，就听见夜色中传来隐隐约约的"大王……大王"的呼唤声，想回答却是没有力气，嘴张了几张，连他自己也听不清楚。

"本王这是在何处？"他问坐在车辕上的庄贾。

"你不是要前往城父么？"

"你？"陈胜吃惊地咽了口唾沫，几个月来，他第一次从庄贾的口中听到用"你"的人称,这究竟发生了什么事情?

他想坐起来,刚一动身,就觉得头疼异常,这时候又听见庄贾道:"你最好安然躺着,你我便都相安无事。"

他不再说话,模模糊糊地眼前就出现了一片火海。哦!他记起来了,他是昨日黄昏从颍河冰面上过河的。当时身后就是熊熊燃烧的大火,还有要涌到对岸去的义军。哦!跟在左右的不是还有王彤和邓说么?为何现在只剩下他和庄贾两人了呢?他记起来了,庄贾当时为了摆脱秦军的追击,选择了一条不为人知的小道。他当时几乎不假思索就答应了,自从入城惊马后,他就从来没有怀疑过庄贾的忠诚。

一个时辰以后,他们已经远离了义军队伍,孤零零地行走在通往城父的小路上了。他觉得口渴得厉害,庄贾不失时机地递上水囊和糇粮,他喝过水,刚刚嚼了几口糇粮就昏昏沉沉地睡过去了。当这一幕幕地从他眼前流过之后,他忽然就有了一种惊惧,使尽浑身力气问:"你是为本王下了迷药么?"

耳边传来的是庄贾干涩的笑声:"你说呢?"

"你要叛本王而去,本王并不强留,你何必要加害于本王呢?"

庄贾跳下车,环顾了周围环境,看到这是一片荆棘满布、杂树丛生的林子,自语道:"就于此处吧!"

"你想杀本王,就不怕邓说、王彤将你碎尸万段么?"

"哼!邓说早已葬身火海,王彤根本想不到你我会来到此处。"

"本王平日待你不薄,为何叛我?"

"事到如今,我也不想瞒你。前日夜间送朱房、胡武回城,我等就商议用你的头颅做归顺朝廷的见证。"庄贾伸出手掌,摸了摸陈胜的长发,"你也知道,眼下你的头颅可值钱呢。朝廷诏命,有生擒陈胜者,可以为郡丞;献头颅者,可以为县令。如此好事,你就成全了吧!"

庄贾说着,就从身后拿出一条平日行车用的绳索,向陈胜脖颈套去。陈胜去摸腰间的宝剑,却发现不在身边;他使出全身力气揪住绳索,怒骂庄贾忘恩负义。然而,中了迷药的他怎敌庄贾那有力的臂膀,他只觉得胸口堵得慌,渐渐地思绪越来越模糊,那一刻,他看到了吴广、周文……他怒目圆睁,把庄贾猥琐丑陋的形象永远定格在瞳仁间。

黑夜掩盖了罪恶,也掩盖了仇恨,更掩盖了庄贾心头的战栗和恐惧。他伸出手指在陈胜鼻翼间试了试,确认其气绝身亡,这才从车上拿起陈胜从未离身的宝剑割下他的首级,放进行囊,迈开了向西的步伐。

他很庆幸没有看到陈胜最后的面目。他在乡间时就听人说过,凡被勒死之人,眼睛圆睁,舌头外露,很狰狞可怕。

"呜啾啾……呜啾啾……"从身后传来战马仰天嘶鸣,他回身看去,那马几乎同时前蹄跪地,发出深长的哀鸣。庄贾浑身发抖,"噗嗒"一声就滚进了旁边的河沟……

渑池城破人亡的日子里,新立的魏国丞相周市的使者却带着亲笔信到了据守丰县的雍齿将军府上。

周市拥立魏国公子宁陵君为魏王的消息雍齿早就知道了,在他看来,这是顺理成章的事情。那方水土本就是魏国的,只是因为秦始皇扫灭六国,才使得这些昔日门前车水马龙,拜者相望于道的贵人们背井离乡,颠沛流离。张楚国立,物归原主,此天经地义也。陈胜算什么?不就是一个刑徒的屯长么?怎可以据九垓八埏之乾坤呢?接着,又传来武臣等人自立赵王、燕王的消息,雍齿更是暗地弹冠,觉得诸侯异政的战国时代又回来了。

由陈胜他自然而然地就想到了刘邦。一个小小亭长亦想经天纬地?这不,两个多月前伏击泗川郡守薛壮小胜之后,回战薛城,盘桓两月而不能下,乃天不予矣!

刘邦数次遣人催促雍齿出兵驰援,他都以粮草不足为由而拖延,为此他同萧何发生过几次龃龉。他轻视陈胜,期待重回诸侯割据时代的见解遭到了萧何毫不留情的嘲笑和批驳:"将军所见,皆不合时宜之说。夫秦兴数载而乱起,乃在亟役万人,暴其威刑,竭其货贿,负锄梃谪戍之徒,圜视而合从,大呼而成群。时则有叛人而无叛吏,人怨于下而吏畏于上。天下相合,杀守劫令而并起,咎在人怨,非郡邑之制失也。"

雍齿自觉理屈,却是不服:"先生说过,孟子曰,得道多助失道寡助。今张楚未强而诸侯立,足见周道煌煌,弥久益坚矣。"

萧何目光闪过依稀轻蔑,话语中就带了讽刺:"张楚王有言'燕雀安知鸿鹄之志',休看彼等此时拥兵自重,未知彼如燕巢幕上,危若朝露。即张楚不存,沛公必得天下。"为了促使雍齿出兵,萧何又进一步道,"足下若不信,君我不妨击掌,若是足下言中,在下愿俯首称臣;若是在下猜中,将军只需服膺沛公即可。"

雍齿被逼到绝处,只好答应出兵。第二天,他遣了岳恒率领一部人马前往薛城会战,孰料出城不远,就被泗川郡尉虔的兵马拦截,他迁怒于萧何,干脆将之软禁起来,不许他再接触属下游说出兵了。

这会儿,雍齿正在拥着一位叫娇娘的女子喝酒,那女子粉面黛眉,额头白皙而又光洁，虽然穿的是百姓家女人穿的袿衣，可斜领、窄袖、长仅及腰际的上襦和那由四幅素绢连接拼合而成、上窄下宽、不施边缘、下垂至地的下襦，装束得她婀娜美艳。从鼻翼间呼出的微微的香气令雍齿陶醉了，心猿意马的他一手搂着女子纤细的腰肢，一手伸向斜领不掩的酥胸。那女子一扭腰肢，咻咻笑道："大人不安分啊！嗯……"身子却懒懒的靠到怀里。

雍齿哈哈大笑，俯下身子给女子灌酒："安分了还是男人吗？昔日在沛县，我看那些郡守县令娶妻纳妾，心想有一日也享享这福，哈哈……"

这女子是刘邦离开丰县后当地的一位富豪送来的，听说此前是富豪家的一位婢女。义军进了丰县，为了保护家产不被劫掠，富豪原本是要送给刘邦的，不料被萧何发现，狠狠一顿数落，他转而又送给守城的雍齿。果然，雍齿写下一张手谕，从此富豪依然如故。

雍齿喝着酒，搂着女子很是惬意。他眯起眼睛看着窗外冬云从门前飘过，心想这世上的人包括陈胜等不疯即傻，何须打打杀杀，天天拥一个芬芳绕膝的女人不好么？他抱起身轻如燕的女人，转身就朝帐后走去，却不料门外传来岳恒的声音："启禀将军，魏国丞相周市的使者驾到。"

雍齿很扫兴，使了个眼色，那女子知趣地进了后帐。然后他正了正衣冠重新坐定，这才朝外面喊道："你且进来，我有话说。"

岳恒进来先行了礼，雍齿问道："你说我见还是不见？"

岳恒这几个月跟随雍齿从沛县打到丰县，虽然是在雍齿麾下，可他亲眼看到刘邦性度恢廓，胸有大略，知人善任。尤其是明知道雍齿不服，却仍将守丰县的大任交给他，单是这份胸怀，就让岳恒感喟不已。也正因为如此，他一直觉得很纠结，他曾受过雍齿的恩惠，即便有什么也只能忍着。现在，这种纠结就摆在面前。

"属下唯将军之命是从。"岳恒的眼睛闪了闪，以这样的语言来表达此时的心境，也是他唯一能够做得出的选择。

"你就这点好！"雍齿很满意地笑了，对于岳恒对刘邦的赞誉，他时不时也听到，可他相信，比起个人恩泽，那些随口而出的赞誉或许就是逢场作戏，"我以为，魏咎家世显赫，复国重任，非他莫属。倘能给我一个郡守或者郡丞，何须跟着刘季漂泊呢？"

"将军，此事是否与萧先生商议一二？"岳恒劝道。

"糊涂！难道你不知他与刘季乃沛县举事首谋么？若是与他商议，我还能做主么？"雍齿不悦道。

"将军与刘季毕竟均自沛县来……"

"道不同不相为谋。刘季与我曾多次赌场交手,每逢输局,百般抵赖,言而无信,岂能成得了大事。"见岳恒收了话头,雍齿便要他请周市的使者到前厅见面。此刻,魏国使者与雍齿就坐在将军府的前厅说话了。

"丞相素仰将军豪爽侠义,遣在下来拜访,现有薄礼送上,还请将军笑纳。"使者说罢摆了摆手,就有随从捧一木匣进来,那木匣的四角都镶了耀眼的铜箔,看上去十分豪华。使者慢慢打开木匣,就呈现出一对玉璧来,颜色翡翠温润,抚之细腻滑爽。轻轻敲击,声音清脆悦耳,余韵悠扬。

雍齿顿时睁大了眼睛。

使者告诉雍齿:"这玉璧就是魏文侯赏给宁陵君祖上的,他闻听将军爱玉,遂割爱奉赠。"

雍齿示意使者落座,笑吟吟地接过玉璧,小心翼翼地置于案头,说话间就带了分外的亲近:"丞相有何吩咐,不妨直说。"

但见使者从袖间拿出一封信札,双手举过头顶,雍齿接过来打开一看,那信是周市奉魏王魏咎的命写来的,盖着鲜红的王玺,话也说得字字如针,直指雍齿心底软处——

  方今之势,秦室倾危,四方雨骤,吴广新丧,周文自刎,陈王不能自顾,诸侯复起,纷纷自立。刘季者,乡间鄙陋龌龊之徒,胸无壮志之辈,以出入赌场之身而谋天下,以区区亭长之能而率三军,岂非蚍蜉戴盆,不自量力?将军者,沛县世族,豪强一方,振臂一呼,应者万千,何必屈居于庸辈之下?魏王乃魏国公子,昔为宁陵君,门客数千,家资累万,今欲复国,前途无量,将军何不效良禽而择桧木,归附魏王,共图大计,他日必成诸侯,砥柱国中。万望勿失良机。

但雍齿不是刘邦,他看重的是眼下的利益:"不知魏王如何安置我?"

使者道:"丞相言道,只要将军归魏,将以泗川郡守任之。待他日国是勘定,将军必为国之栋梁,位在三公。"

"好说!好说!"

"不过,丞相还有一事相求。丞相闻萧何乃沛之大贤,欲任为吏。将军若能说服其北上,功莫大焉。"使者又道。

"这个不难!他现就在营中。请使君转告丞相,诸事末将做主。"雍齿说着,传岳恒进来道,"我设宴款待魏使,你来作陪吧。"

……

宴罢归来已是薄暮冥冥了，冬日天短，夕阳徘徊片刻就落在复新河水中了，河面上的冰被照得瑟瑟发红。岳恒在军营里走了一圈回来，天已经完全黑了。他的心中似乎揣着一只兔子，慌得突突跳。

刚才宴席上雍齿与使者的谈话让他感到害怕。这就是那个对自己有知遇之恩的雍齿么？这还是那个乱军中挥刀如风的雍齿么？他怎么轻易就把一座城池献给了远在北方的魏咎呢？他没有考虑此乃沛公的立足之地么？他记得前几天沛公还遣人送来信札，说冬日天冷，薛城久攻不下，准备退进丰县休整，孰料这里却发生了如此变故。

而更让他不安的是，他还要把萧何献给周市。他甚至答应，如果萧何不屈从，将斩之以绝后患。萧何是什么人？他是刘邦的心腹，若是为此殒命，雍、刘之间免不了两败俱伤，这岂非正中了章邯的下怀。

一边是灭秦大计，一边是滴恩泉报，岳恒陷入痛苦的纠结，在房内辗转反侧到凌晨子时，终于做出了选择。不管雍齿将来如何对待自己，他都要救萧何出去，他不能让从沛县走出来的两位同乡兵戈相见，更不能看着雍齿越走越远。想到这里，他从榻上爬起来朝外走去。不远处就是萧何的居室，帐幔上映出他高大而又清瘦的身影。哦！他是知道了什么吗？

是的！这些日子，萧何没有一天不思念刘邦的。他至今仍然清晰记得刘邦语重心长的叮嘱：“丰县者，我军进退之所据，成败之枢纽也。留公与雍将军同守，乃因公忧国奉公，恪居本位，勤不告劳。”

只有萧何读懂了刘邦话中的意思，他们曾不止一次地交换过对雍齿的看法，两人几乎同出一见。此时，便愈益觉得肩头责任的重大。

他没有辜负刘邦的嘱托，在义军前往薛城的日子里，他一有空就在雍齿耳边传递刘邦如何看重他骁勇善战，礼赞他忠烈可嘉，寄予他卓劳洪勋的信息。萧何相信，这些看似闲叙的细语和风，于稳定雍齿的心志会有润物效用。后来，在刘邦久攻薛城不下时，他也曾派岳恒出城驰援。但萧何深知，要豪族出生的雍齿从内心服膺刘邦殊非易事，他只要能做到让他不怀离乱之心即可。可从昨日午后，一位陌生人来到丰县后，他就觉得自己如同身陷牢狱，居室门外徒然地多了岗哨。

"我乃沛公丞督，奉命与将军同守丰县，你等这是为何？"萧何刚一出门，就被雍齿的卫士拦住，禁不住脸色阴沉地问道。

那为首的伍长脸上便很不自在："卑职也不知道，此乃将军卫士安排，卑职只是履行军令而已，请大人不要为难。"

"我倒要问问雍齿为何如此，看他日后怎样见沛公。"萧何愤而拂袖朝外走,但他很快就被卫士拦住了,他们不再解释,只是面无表情地挥手示意他回去。

萧何反身回到内室,关起门眉头就皱在一起了。他现在没有考量个人的安危,而是着急刘邦还不知道这个消息。倘是雍齿降秦,那薛城、丰县两面夹攻,沛公危矣。

萧何再也无法闭目安坐,他在屋内来回踱着步子,双手来回摩挲,为自己找不到传递信息的途径而心烦意冗,坐卧不宁。

门外响起杂沓的脚步声,接着传来说话声,萧何听出来了,来者乃是雍齿的裨将岳恒。

"将军吩咐过,任何人不得见萧先生。"

"我是外人么?"

"这……没有大人的命令,恐怕……"

"将军说萧何有谋逆之心,遣我提他受审。若是误了大事,你等难逃罪责。"岳恒提高了声音。

"哦,那将军请吧。"

岳恒推开门,透过灯影就看见萧何着急的神色,也不解释,立即高声道:"你这等小人,将军待你不错,你却要背主降秦,且不论沛公,雍将军岂能饶你。走!随我前去受审,如何与泗川郡丞合谋,以致薛城久攻不下。"言罢,他从腰间拿出一条绳索将萧何从身后缚了。

萧何会意,口里道:"你等乡野之辈,欲与强秦为敌,宛若飞蛾扑火,自寻死路。"

接着,他俩就在伍长和士卒的面前推推搡搡地出了门,顺着城墙根直向东门而去。拐过城墙角,岳恒的贴身卫士早在那里备好两匹马。两人来到城下,值守的城门司直上前盘问道:"将军有命,夜间紧闭城门,以防秦军来袭。将军此时出城,却是何故?"

岳恒挥了挥手中的绢帛道:"此雍将军手谕,命我等去城东打探秦军踪迹,以防章邯老贼来袭,快开城门,误了大事,你等担待得起么?"

司直彷徨片刻,借着烛火看了看绢帛,见那手书拙朴中透出稚嫩,显然非义史之笔,遂打开城门。萧何用黑绢裹紧面容,跟在岳恒身后,一跃出城,一口气跑了四十多里地。

一弯冬月冰冷地挂在西天,风吹过肩头,刚才汗流浃背,此时却冷寒渗骨。岳恒望着淡淡的月色,在马上与萧何拱手作别,话里却含了依依不舍:"与先生相处数月,胜读诗书万卷。于此往东,百四十里即到泗水,公我就此作别。请禀报沛公,雍将军已归顺魏国,并已献丰县,请沛公早做准备。"

萧何感谢岳恒危难时舍身相助,恳切地邀他同往薛城谒见刘邦:"良禽择木而栖,雍齿胸无大志,将军在彼身边枉度青春,何不随我投奔沛公,共谋大业。"

岳恒十分感谢萧何的坦诚,却婉谢了:"末将从小受雍齿抚养教诲之恩,此时离开,于心不安。"

"我担心雍齿恼羞成怒,加害于将军。"萧何劝道。

岳恒笑了笑道:"眼下还不致如此。再说诸侯复国纷立,看似群雄逐鹿。然依在下观之,天下归一,人心所向,欲图复国,不过狂人梦魇。雍将军被周市收买,不过暂入迷途,末将将不遗余力说服将军归来。"

这一番话重情重义,让萧何对眼前这位平日讷讷其言的少将军有了耳目豁然的感觉:"如此甚善,我在沛公营中恭候将军到来。"说罢,他回看了一眼月色朦胧的旷野,扬鞭催马而去……

西方天地连接处,骤然燃烧起千百火把,岳恒收回目光,拨转马头迎着火光而去,那是雍齿的兵马追来了!

第十章

情深深吕雉送子
意茫茫吕臣矫诏

这是秦二世二年春正月的一天。

黎明时分,泗水亭的雄鸡刚刚唱过一遍,吕雉已经躺不住了,她起身洗漱,随即拉开门,一股冷风迎面吹来,她裹了裹袷衣,就觉得这个冬天太漫长了。年都过去(秦以每年十月为岁首)三个月了,天地还是冰封未动。

她站在台阶上,就看到张乙正在埋头打扫院落。她要上前帮忙,就被拦住道:"沛公安排小人留下,就是为了照顾夫人和太公,倘是累着了夫人,沛公回来,小人真不知如何交代。"

吕雉收回手脚,转身朝回走,渐渐就放慢了脚步。屈指一算,禁不住"呀"了一声,一转眼夫君离开沛县已八个多月了。虽说丰县与沛县隔着一条泗水,相距也不过百里,可他自离开后,就再也没有回来过。

她回忆起分别那天的情景,心中仍然酸酸的。他被人尊为沛公,身边就多了许多卫士。他从中挑选出眼前这位叫张乙的青年留下来照管家事,这种牵萦的分量她掂量得出。在泗水亭外的阳关路口,刘邦跨上车辇时,说了一句"一俟情见势明,就来接你们"。她虽然含泪点头,但她更知道,谋事在人,成事在天,前路茫茫,风恶浪险,此时一别,不知何日才能重逢。

　　人就是这样一个生灵,期待自己所爱的男人鹏翼扶摇是一回事,思念起来缠绵悱恻又是另外一回事,吕雉就是这种感觉。

　　昨夜,她在梦中看到了刘邦。父亲不是说他有贵人相么?怎么她在梦中看到的刘邦都是些落魄蒙难的形象呢?他被秦军追到一道悬崖边,下面是深不见底的沟渊,后面是车辚马萧的官军,她清楚地看到,战车顺着悬崖飞下去,从深涧幽谷中传来刘邦缥缈的声音……

　　她奋力扑向深谷,一激灵间醒了。窗外黑乎乎的,除了风声,就是偶尔在巷间间"汪汪"的犬吠。回眸身边的儿子刘盈和刘蕊,一个口里嘟嘟囔囔,一个眼角挂着泪花,鼻翼间回旋着"唏嘘"的节奏。唉!他们也一定在梦中看见父亲了。

　　从隔壁传来刘肥的鼾声,十四岁的少年打起鼾声来与雷吼无异,这声音又勾起吕雉的不安。刘邦刚刚离开沛县时,他尚能每日准时起来受祖父指点,学些剑术套路,待旭日初上时,即静静地坐在书房里读书温课。当然,学的都是朝廷颁布的法律和树艺之类的书籍。当"咿咿呀呀"的读书声从隔壁传来时,她脸上总是露出欣慰的笑意。想象有一天,当刘邦万里归来,看到刘氏族中出了一位博古通今、学富五车的学子时,将会以怎样的目光看待她呢?可近来她发现,这孩子读书时不断走神。有时候她在耳边叫了半天,他才回过神来,却不知道她刚才问的是什么。

　　"你为何问牛答马呢?"

　　刘肥翻看了她一眼回道:"读这些又有何用,倒不如跟随父亲杀敌痛快。"

　　儿子说得也不是没有一点道理,朝廷都风雨飘摇的,他还能安心在书斋读书吗?令她尤其感到不安的是,前日上街遇见曹参夫人和自己的妹妹、樊哙的夫人吕嬃,说起刘肥,竟然爆出一个惊人的消息。说刘肥和几个孩子在一起,商量着要结伴到丰县寻找义军。吕嬃更是担心,兵荒马乱,彼等不谙世情,难免让长辈挂心。吕雉倒不是怕这些,甘罗十二岁就担任国使,这些孩子最小的也都十三岁了。她担心的是他们会不辞而别,若是途中出个差池,那她就真是没有尽到一个母亲的本分。

　　她把这些天发生的事情串联在一起,就觉得刘肥这两天怪怪的,不由得加快脚步进了门,朝着隔壁房间喊道:"肥儿!肥儿!"

那边静悄悄的,没有了她熟悉的鼾声。这时候,刘太公从门外进来了。她先向太公问安,然后询问刘肥的去向。太公笑了笑道:"我正要问呢,怎么近两天他不跟老夫习武了。"

这话让吕雉一下子急了。她先给刘太公奉上早饭,然后安排张乙到街头去买些菜蔬,自己转身就出了门。她估计这孩子不定又找几个玩伴去了,她已打定主意不再拦他,但一定要问清楚他们的打算。

从刘家庄院到曹参府上,其间要经过操练乡勇演武的校场。隆冬的天气,四周都覆了厚厚的一层白霜,远远瞧去,白茫茫的晃眼。吕雉一抬头,心里就禁不住"咯噔"一声,校场除了刘肥,还有樊哙的儿子樊伉、曹参的儿子曹窋。这中间就数曹窋大,已经十八岁,持一杆长枪;刘肥最小,十四岁,舞两把长刀;樊伉却用一双铁锏。三人你来我去,正格斗到兴奋处,时不时伴有"嘿唡"的喊声。

曹窋把一杆长枪舞得车轮般旋转,刘肥不甘示弱,两把长刀寒光闪闪,砍杀、勾连,步步紧逼;樊伉将一双铁锏使得招招滴水不漏,与曹窋战过十几个回合后,已是气喘吁吁,一分神脚底不稳,绊倒在地。

"住手!"吕雉在旁看了,心就提到了嗓子眼,她提了裙摆进到校场中心,扶起外甥,一边拍打着肩膀的土一边问,"没有摔着吧!"

樊伉擦了擦额头的汗水道:"姨娘!没事。几位兄弟都让着甥儿呢!"

吕雉看着几位年轻人,脸色就分外庄重了:"古曰:'赳赳武夫,公侯干城';'赳赳武夫,公侯好仇',我知道好男儿志在四方。可父母在,不远游,游必有方,你等为何不能坦诚告知长辈呢?"

"我等担心祖父、母亲不允准。"一番话说得三个年轻人惭愧地低下了头。

"你等父亲共举大业,驰骋疆场,披坚执锐。为娘自然希望你等效父辈解民于倒悬,救世于战乱。"吕雉擦了擦裙裾,说话的口气柔和了许多,"可你等更须知,母亲十月怀胎,始有你等。更含辛茹苦,扶幼劬劳,恩及瀚海。你等不告而走,岂非不孝?你等且回去,对母亲表明志向,得到恩准,方可离开。"

说完,吕雉转过身来,对刘肥说话的口气就加重了:"你祖父不知你去向,现正担忧呢,跟为娘回家去。"

刘肥扭了扭有些臃肿的身子,极不情愿地说道:"孩儿不就是想去看父亲嘛,有何错?"

"你说什么?尊尊长长,乃刘氏家风,你敢不遵?"吕雉的目光顿时严厉了,也不说话,就那么静静地盯着他。刘肥从小没有见过亲娘的面,吕雉是第一个带给他母爱的女人。平日里,吃穿从不委屈于他。吕雉是个好强的女人,别人家孩子有的,刘肥一定要一样不少的有;别人家孩子没有的,只要他提出,吕雉也千方百计地满足。但在礼仪教化方面,她也从来不含糊。有几次刘肥在外做了错事,她毫不顾忌养母身份,操起家法一顿好打。其实,刘肥最怕的还是吕雉那双刀子一样的眼睛,常常让他充满难言的恐惧。究竟为什么,刘肥说不清。因此,他从来不敢正眼看养母。

刘肥不敢再耽延下去,更不敢向玩伴们告别,蔫蔫地跟在吕雉身后回去了。吕雉走了一截路后,回转身对两个孩子道:"还不回去找你娘去……"

曹窋和樊伉都因为刚才的一幕呆了,听到声音,才转身向各自家中跑去。

刘太公正站在门口朝外张望,看见刘肥跟着吕雉回来,一颗心才落了地,拐杖在地上点得叮咚响,口里数落道:"你爹在外领军阵战,你娘独撑家业,不堪劬劳,你该为她分忧解难才是,为何不去攻书,反而冥顽不羁?"

刘肥低着头,绕过太公,来到堂厅。吕雉也不再絮叨,从锅里盛了饭菜,示意刘肥吃。

刘肥端起碗,低下头吃饭。这时候,耳边就想起吕雉平和的声音:"说说吧,为何近日心神不宁,总往外跑?"

刘肥口里噙着饭,说话有些模糊:"孩儿……孩儿……"

"怎么了?"见刘肥吞吞吐吐,吕雉知道他内心胆怯,便将心中不快暂且放下,"你有话不妨直说,只要言之有理,为娘亦非固执己见之人。"

刘肥这才有了些胆气:"孩儿想爹了。再说,孩儿已年交十四,想跟着爹,为诛灭暴秦效力,也好代娘照顾爹。"

"你看着为娘的眼睛说话,你果真想到军营么?"

"孩儿不敢。"

"这却是为何?"

刘肥的脸就腾地红了:"娘的眼好厉害。"

吕雉就被这憨憨的话逗笑了。刘肥悄悄打量,才发现平日不敢正视的养母如此美丽,那眼睛也是有水波的啊!于是,便将三人近日在一起暗暗嘀咕的事情全数说给吕雉听。她听着听着,内心就起了波澜。他相信父亲的目光,相信刘邦的前程。等刘肥的话一落地,吕雉就跟着他的话尾开腔了:"你果真有此远志,不枉为刘季之子,为娘自然不会拦你。只是你等年纪尚小,贸然上路,多有危险。待你父营中有人来时,就让他带你去。"

"这要等到何时?"刘肥有些着急,可当他再度看吕雉时,那目光中的温柔消退了,留下的就是严厉,再也不敢犟嘴,赶快放下碗到自己房间温课去了。

吕雉一转身,发现刘太公站在一旁听她和刘肥的谈话,忙施礼道:"儿媳言有不妥,还请公父教诲。"

刘太公将了将灰白的胡须,满意地点了点头:"'不学,不若茫;不教,不若狂'。你对肥儿视为己出,刘门之幸啊!"

"多谢公父。"听了这话,吕雉眼里就含着笑的泪花,转移话题问,"张乙呢?"

"买回菜蔬就到田里去了。"

吕雉哦了一声,转身拿了刘太公和刘肥的脏衣,准备去洗。

从那边传来读书的声音:"民,善之则亲,利用之则和,用则有任,和则不匮。"

书声惊醒了刘盈和刘蕊,他俩双双跑到吕雉膝下,缠着也要读书。吕雉内心软软的、暖暖的,就想起耆老之语来,是的,也许只有盈儿,才是刘家的福星呢。她转身从锅里盛出早饭,要刘蕊照顾刘盈吃饭,自己这才腾出了出门的时间。

"阿姊这是要去河边洗衣啊!"吕媭人还没有进门,声音倒先进来了。这一对姊妹虽然内里刚强,但吕雉善于将心机隐藏起来,而吕媭就是个直肠子,藏不住话。她就在院门口截住了吕雉问道:"听说阿姊允准肥儿前往丰县军营了?"

"是啊!伉儿没对你说?"吕雉点了点头,就把脏衣放在院中的石头上,邀妹妹到家里说话。

但吕媭显然没有坐下谈话的意思:"到底肥儿不是阿姊亲生的,你放走他,少个碍眼的,可你不该教唆伉儿啊!"

吕雉不解地睁大了眼睛:"阿妹这是从何说起,我何曾教唆过伉儿?"

"就在刚在啊!伉儿一回到家,就连道姨娘说好男儿志在四方,什么赳赳武夫,公侯好仇呀!什么他们的爹戎马奔波呀!阿姊这不是要引诱孩子们上战场吗?"

吕雉明白是樊伉说漏了嘴,随即嫣然一笑道:"伉儿找你闹了吧!阿姊也不全是鼓动他们出去,也说了'父母在,不远游,游必有方'的话,这不,让他们回家与母亲商议嘛。"

"商议什么?"吕媭撩了撩宽大的衣袖道,"樊门三代单传,我和樊哙就这一个儿子,你舍得让肥儿上战场,我可舍不得,我还想给樊门留条根呢!"

吕雉听着话不顺耳,声音也高了:"阿妹这是来寻衅吧!我方才在校场上也不过是奉劝孩子们不要莽撞行事,你左一个碍眼,右一个教唆,难不成我成了罪人?"

吕媭也是益发义愤填膺,正要说话,刘太公从门里出来,笑吟吟地说道:"自家姐妹,有话好说。孩子们都在堂厅,听见不好!"刘太公朝屋里看了看,见没有动静,才又压低声音道,"媭儿,你不是总赞念阿姊这些年将肥儿看作亲生,含辛茹苦么?怎么今日一来气,就口无遮拦了?"

这话让心直口快的吕媭很不好意思,欲待转换话题,却听见身后传来一个男人的声音:"嫂夫人这是为何,哭天抹泪的?"

吕雉回转身,禁不住"啊"的一声:"萧大哥是何时回来的?"

萧何指了指身后牵马的张乙道:"在下才到得亭外,就在田间看见了张乙,这不就一起回来了。"

吕雉等不及了,开口就问刘邦近况。刘太公在一旁忙插话道:"功曹风尘仆仆,总该喝口热茶才好。"吕雉这才刹住话头,忙招呼萧何到正堂就座。

刘太公自然是被让到上首,转而对吕雉道:"功曹好不容易回来一趟,你让张乙牵上马去接我那老亲家过来,今日就浅酌几杯如何?"

吕雉从内心感谢公父想得周密。好在张乙脚快,不一刻吕太公就过来了,一进门就喊道:"功曹在何处,功曹在何处?"

萧何闻声忙奔出门外,搀了吕太公就道:"半年不见,您老依然康泰如故,真乃举家之福。"

吕太公道:"老朽老朽,不能为爱婿分忧,反惹他牵萦。"

说话间到了厅堂,两位太公互道问安之后,一一落座。

吕媭也想从萧何口中得知樊哙的安危,但听到吕雉暗地呼唤,就到厨房帮忙去了。刚才的口角早已忘却,萧何的归来让她们既兴奋,又不安,躲在厨房里一边准备酒菜,一边说着共同关心的话题。

"你说!萧功曹为何此时回来,是要接我们去军营么?"

吕雉摇摇头道:"看样子不像。若是接我等出去,哪能萧功曹一人一马归来?"

"阿姊所言有理,莫非他们出师不顺?"

吕媭的话刚一出口,就见吕雉"呸呸"道:"别说不吉利的话,想想他们也真是不容易啊!"

"阿姊真要送肥儿走?"

吕雉将烹饪好的一只鸡盛进盘内,擦了擦双手道:"他马上要十四岁了,男儿出去见见世面,亦非坏事。"

吕媭没有回应,她思考吕雉的话,发现阿姊虽然是一个女人,看事情的见识一点也不比男人差。她对刘邦成事的信心似乎从来都没有动摇过,反而为他分担安危,排解困顿。相比之下,自己却不免有些优柔寡断,自樊哙跟随刘邦离开沛县后,她整日栗栗畏惧,若是让樊哙知道了,他还能安心辅佐刘邦打天下吗?

吕雉已将菜蔬准备妥当,回眸一瞬间,发现吕媭站在那里发呆,便笑道:"那个一脸胡茬的男人有啥想的。萧大哥等着吃饭呢!"

吕媭的脸泛起了绯红,急忙端起饭菜,双双出了厨房,往前厅而去。

一进前厅,就看见吕太公正在慷慨说辞:"所谓'括而羽之,镞而砺之,其入之不亦深乎',为箭尚且如此,况乎江山社稷,岂可一蹴而就。老夫说过,刘季隆准而龙颜,美须髯,左股有七十二黑子,此贵人相,功业自有天相,纵遇风险,一如巨舟之逢小浪。其后,必是风生水起,一路顺畅。"

"借太公吉言,沛公定然蜚英腾茂。晚辈以茶代酒,谢太公盛意。"

刘太公正要说话,不料吕雉在旁边发声:"萧大哥归来,无酒怎可?妾身这就备酒去。"随即端来一盆炭火,上面坐一盛酒的鼎锅,不一刻,酒香四溢,蒸汽芬芳。

刘太公想起刘肥还在隔壁,遂让吕雉传了刘肥进来。

"萧伯何时回来的?请受侄儿一拜!"在沛县的日子里,刘肥常常看到萧何来家中与父亲叙话,故而并不生疏。遵照母训,他先向萧何敬酒,不料被萧何拦住,说长幼有序,还是先从吕太公开始。待逐个敬完,他才接过刘肥的敬意。

萧何很吃惊,仅半年时间,刘肥的个头已到了自己的肩膀,分明一位青春男儿,哪像一个十四岁的孩子。

"刘门族脉,兰馨松盛。"萧何喜从心起,端起酒觥,一饮而尽。随即,他从座上起来,逐一地向刘太公、吕太公、吕雉和吕媭敬酒,待回到自己座上,话题自然地就扯到了义军的行踪上。萧何隐去了刘邦久攻薛城不下,雍齿叛主的消息,只把义军将士如何微山湖边设伏,击败泗水郡守薛壮,如果回师薛城,官军闻风丧胆绘声绘色地说与刘邦家人。末了特别强调,"沛公运筹帷幄,决胜千里,计利以听,运势而为,乃帝王之资也。"

吕太公接着萧何的话语便流露出自鸣得意:"老夫早就说,刘季乃贵人相,如何?"

刘太公倒显得超然，转脸对吕太公道："知儿莫如父。他区区亭长，有何能耐？若是有些造化，当归于先生等的扶持。"

吕媭见大家的话题总不离开刘邦，心中不免有些失落，站起来向萧何敬酒，口中却道："萧大哥在军营，可看见我家屠夫了？"

闻言，萧何仰天大笑道："樊兄弟现今哪是屠夫，人家早做了中涓，前后跟着沛公，人人见了都有些畏惧呢？"

吕媭忙谢道："多谢大哥扶持，妾身先饮为敬。"

萧何奔波一夜的疲劳都被这顿酒消除了，饭后，吕、刘两位太公歇息，厅堂里就留下吕雉、吕媭与萧何说话。吕雉给萧何奉上一杯茶，话里就带了托付的意思："不瞒萧大哥说，肥儿与几个孩子近来私下商议着要去军营，彼等不涉世事，妾身恐路途不宁。恰好萧大哥回来，拜托您将他带往军营，不知大哥意下如何？"

这正合了萧何的心思，随即慷慨答应："夫人重托，何敢不从命。"

看到吕雉如此坚决将儿子送进义军，吕媭也动心了："论年龄，伉儿比肥儿还要大一岁，两人在一起使枪弄棒也有些时日了，不如结伴而行，跟着萧大哥一同奔往义军，也好照顾吾家那屠夫。"

"好！就依弟妹。"萧何遂笑着起身作揖告别，"何自回沛，尚未归家，也不知禄儿、延儿与他母亲如何。唉！男儿不能福荫家室，甚是愧天怍人矣。"

送走萧何，一转身吕媭的泪水就湿了衣襟，说话都有些语不成句："阿姊！你说说，想当年长不盈尺的婴儿，眼看着就成了男子汉，我这心……"

看着妹妹哭成个泪人儿，吕雉心里就不痛快了："你如此爱非其方，岂能养得虎子。子犹未行，你倒哭成个泪人儿，干脆留下他陪你平庸度日罢了。"

吕媭便止住哭声道："道理我岂能不懂，只不过为人母之情缱绻而已。"说罢，便回去了。

吕雉虽如此训诫妹妹，其实她的内心岂能安之若素？当初，她遵照父命嫁到刘家来的时候，万万没有想到刘邦膝下已有了一个儿子。

关于肥儿的来历，左邻右舍说辞纷纭，有说刘季任亭长时，与一姓曹女子私生这孩子，那女子不为刘太公所容，遂抛下儿子含泪而去；有说是刘季外出公干，路过一草亭，闻婴儿哭声出于亭，循声寻去，果然有人弃婴道旁，心生怜悯，便抱至家中抚养。反正她来到刘家时，他已经两岁了。吕家上下除了吕太公，都认为委屈了女儿。可吕雉却不觉得委屈，她相信父亲的眼光，更把这看作是命运的安排，不但接受了这个现实，而且承担起了母亲的角色。

那些与肥儿朝夕相处的根根节节，此时都如潺潺溪流一样地淌过心头。记得他三岁的那年冬天，忽然口舌生疮，一进食就哭，而刘邦却被人拽到赌场去了。三九天，吕雉抱着刘肥在月光下徘徊，霜花落在眉头鬓角，冻得浑身打战。可为了给儿子取暖，她硬是将一个三岁的小肉疙瘩贴在胸前。后半夜，刘季从赌场回来，急忙请了郎中。儿子的病情减轻了，而吕雉却累倒了。还有一年，吕雉带着刘肥在田间除草，她埋头干活，刘肥就在路边玩耍，忽然听见孩子的哭声，她直腰看去，一只狼正恶狠狠地盯着刘肥。情急之间，吕雉迅速点燃自己的外褥吓退恶狼，紧紧地把儿子抱在怀里，眼泪止不住哗啦啦直流。唉！日子流水一样过去，转眼刘肥长成大孩子了。她虽然不曾给予过他一口母乳，可他成长的每一步都渗着她的心酸和苦果。

"唉！从此再也听不见他雷吼的鼾声了。"吕雉孤独地坐了许久，开始起身为刘肥准备行装。千针百衲、层层密密的棉甲如今洗干净了，用木炭火烤干后整整齐齐地叠在床头，千层底的软靴放在棉甲旁边。嗯！他尚需要一顶黑色的纶巾……整理完衣物，又为他收拾兵器，她将他惯常使用的长刀插进鞘中，挂在梁柱显眼处；又拿起挂在墙头的箭囊，一支一支地插满箭羽。

现在，吕雉开始思谋着如何做一顿肥儿喜欢吃的饭菜。她看了看菜蔬，就朝外面喊张乙。张乙这会儿正忙着为刘肥明天将要骑走的战马刮洗鬃毛呢。听见吕雉的吩咐，忙进来问道："夫人有何吩咐。"

"肥儿平素喜欢吃狗肉，你去樊家狗肉铺，让吕媭阿姐匀些狗肉来。"吕雉从衣袖间拿出一串半两钱递给他，"亲兄弟，明算账，你告她，该收多少是多少。"

暮色沉沉的傍晚，张乙回来了，不但带了狗肉，而且吕媭和樊伉也过来了。

一进门，吕媭就埋怨姐姐做事生分："肥儿、伉儿都要走，还能有多少相聚的日子？我们过来坐坐，也好向太公辞行。"说罢，将半扇狗肉放在案头，自己系起围裙帮着忙碌起来。

闻言，吕雉便有些不好意思："还不是想让你母子多在一起说说话么？你的眼泪又多，怕我这盆子盛不下呢！"

吕媭反唇相讥道："阿姊那嘴就是刀子，死活不饶人。妹妹虽然眼泪多，总还是个女人的性格，哪像阿姊，倒比姐丈还男人。"

院子里传来刘肥与樊伉向刘太公施礼的声音，两人相互看看，刹住话头。

刘蕊牵着刘盈进来，闻见香味，吵闹着要吃。吕雉看着一对亲生儿女，她多么盼望他们快快长大成人,长成老者所言的贵人。吕媭是个细心人,她很快发现,虽然说吕雉视刘肥为己出,但还是与看刘盈和刘蕊的目光不一样的。

一夜无话,第二天太阳初升时,吕雉、吕媭带着刘肥和樊伉来到泗水亭外,萧何早已牵着马在那里等候,吕雉上前施了一礼道:"两个孩子就此交于大哥,一路上费心了。"

吕媭也泪眼婆娑道:"虽道长个大个儿,可毕竟年龄尚小,一路上若有冲撞之处,还请大哥海涵。"

萧何笑道:"二位但且放宽心,两位虎侄虽出于刘、樊之门,然亦乃义军之后,萧某定当安然将他们带到军营,再过几年归来时,就是将军了。"

"功曹慢行。"这时候传来一阵女人的声音,原来是曹参夫人和曹窋一同赶来了。一见面,曹夫人就埋怨道,"功曹为何不带曹窋去,他都十八岁了。"

"嫂夫人要送儿子,萧何求之不得。"

张乙牵过两匹马,刘肥上了枣红色马,而樊伉的坐骑却是黑青色鬃毛,在冬日晨阳下闪闪发光。萧何道一声"告辞",四匹马放开蹄脚,在吕雉和吕媭的泪眼婆娑中,朝薛城方向去了……

吕臣坐着陈胜的车辇一路南下,经过数日行军,终于将司马欣的军队甩在了身后。

为人臣者,当"鼋衔左骖以入砥柱之中流",危难之际,这话成为支撑吕臣最直接的信念。他相信陈胜一定会重振张楚国威,令天下重归一统。

因此,当校尉禀告说司马欣率领的秦军忽然放弃追击时,他仰天大笑,断定陈胜已安全回到陈县:"哈哈!章邯老儿何其精明,却未识我桃李相代之策,也算千虑一失吧!"

他要"百将"传令下去,部伍北上新阳,那里秦军守备空虚,攻下新阳后即可休整几日,然后返回陈县向陈胜复命。

果然不出吕臣所料,新阳县令闻说吕臣义军到来,星夜逃往别处。义军进城时,当地百姓夹道迎接,三老手中捧的就是县令遗落在县府的冠冕和印信。走在队伍最前面,吕臣感觉暴秦气数已尽,即便章邯、司马欣和董翳忠贞不贰,也难挽狂澜于既倒。

其实,吕臣恨的是置民倒悬的秦朝,如同他忠于陈胜一样,章邯对朝廷的忠诚也令他肃然起敬的。特别是在听到周文自刎,章邯以节烈之士厚葬的消息后,他认为章邯是一位真正的将军。

"唉！他为何就不明白此间的道理呢？"走在新阳街头，他仍然禁不住为章邯效忠一个即将寿终的王朝而惋惜。迎面走来几位扛着粮食的百姓，吕臣上前问话，都道是从义军手中领得的。

吕臣欣慰地点了点头，继续往前走，就看见街中心的茶楼前簇拥着一群人，陪同的"百将"告诉他，新阳百姓闻义军伐秦诛暴，纷纷要求加入。吕臣十分感慨，在章邯大军以众击寡的情势下，尚有百姓如此抉择，实属义军之幸。回想连日来征战不休，他便益发感到攻取新阳不失为一条良策。

当他来到县府后面的校场时，一位校尉率领刚刚换上崭新冬装的义军士卒在演武习兵，喊杀声在不远处弹回阵阵叠声，煞是威武。一位屯长正与手下的士卒单个较量，一连摔倒了四个，第五个上阵时，他全然没有放在眼中。可偏偏就是这个貌不惊人的年轻人，攻守迅捷，先是避实就虚，虚晃几招，待屯长分神之际，一个猛虎扑食之势，将屯长击倒。吕臣在一边不禁为之叫好。

校尉闻声上前，以军礼迎接："不知将军驾到，诚请恕罪。"

吕臣摆摆手，来到年轻人面前，伸手捶打了一下他的肩膀问："几时入伍的？"

"启禀将军，昨日刚到。"

"好！义军有你等精壮，何愁暴秦不灭？"吕臣命令继续操练，然后将校尉叫到一旁低声询问将士们可有饱餐之食，是否都换上了冬装。校尉一一回答，吕臣这才放心离开。

他没有想到，一回到县府就看到了一个虽然满身征尘，战袍褴褛，却是十分熟悉的身影。

"是长史么？"他三步并作两步地冲上县府门前的台阶喊道。

都尉长史王彤一转身，撕心裂肺的哭声立即充盈着县府前厅，和着冷风在天空盘旋："将军，张楚完了，大王他……"

"怎么会是这样呢？"吕臣被王彤的叙述打蒙了，脑际一片空白。他吃惊自己如何就没有看透朱房、胡成的真面目呢？当初，他只是对陈胜听信朱、胡进言，滥杀有功之臣颇有微词，却万万没有料到，他们会在张楚国危难之际献城降秦，叛国背主。

他悔恨自己有眼无珠，作为中涓，怎么就没有识破庄贾这等小人呢？他只记得，那一天，当周文将军把庄贾介绍给陈胜时，他是从内心认同的，因为他亲眼看到了庄贾帮助大王化险为夷的情景。他唯一没有想到的就是他的"诗礼发冢"，口是心非。

他痛心陈胜的深闭固拒,偏听宠信。记得田臧等人诬告吴广"不知兵权,不可与计"时,陈胜也曾有过疑虑,然而,他架不住朱房、胡成的不断吹风,终于还是承认了田臧等人的行为,并且把攻取荥阳的重任落在这些胸无韬略的小人头上。他更为邓说惋惜,他曾说过,等陈王主政咸阳那一天,他要亲自护卫陈王回阳城祭拜祖先的。现今,他们都已先他而去,他顿时感到了一种被抛却的孤单。

眼下他已顾不得冷静地梳理这些纷乱的思绪,为陈胜复仇,为张楚复国的怒火渐渐地占据了他的胸臆,他回转身问王彤道:"章邯老贼现在陈县么?"

"卑职在前往城父途中,曾听逃难的百姓言说章邯、司马欣和董翳等贼首建功心切,已派人将大王首级星夜送往咸阳。他们停留几日,把陈县留给朱胡二人管辖后,便大军北上,欲图数月内扫灭群雄,恢复一统。"王彤已恢复过来,说话不再那么口吃了,他拉过一位少年来到吕臣面前,"此乃邓说将军之子邓龙。其父战死后,卑职将他带在身边。"

"你乃义军之后,当为陈王及你父报仇雪恨。今后,就跟在我身边。"吕臣浑浊的泪水滴在邓龙手背上,热乎乎的。

十五岁的邓龙双膝跪倒在地,放声大哭道:"伯父!此仇不报,邓龙枉为男儿。"

"传令下去,为祭奠大王,今夜起我军上下将士纶巾一律改为黑色,亦自今夜起,我军名为'苍头军',誓杀朱房、胡成、庄贾,为大王报仇。"吕臣擦去双目浊泪,拉着王彤面向星空双双跪下,"明日出征前,臣当在新阳为大王祭奠。大王在天有灵,当佑我张楚,早日诛灭暴秦。"

"卑职愿率所部为先锋。"王彤深为吕臣的气概所感染。

"救楚诛秦,千钧重负,君我同心,义无反顾。"吕臣紧紧握着王彤的手,放低声音道,"邓龙年幼,不可与战。否则,无法面对邓家大小。"

"请将军放心,卑职心中有数。卑职有一言不知当讲不当讲?"见吕臣点了点头,王彤继续道,"眼下虽然诸将自立,但并不知道大王遇害。若是彼等得知大王离去,定然肆无忌惮,那时即使章邯不战,我自分崩离析。"

吕臣没有应声,但王彤的话显然触动了他的心机。他自知不过一中涓,难以号令天下,尚需借陈胜英名吸纳各路义军,共诛暴秦。若是行事太张扬,被人看破玄机,不唯情势难以掌控,为大王报仇亦成画饼。

吕臣打量着面前这位从张贺营中走出来的年轻人,胸臆间涌动起波澜迭起的感激。"一言兴邦",他现在有了切身体会。

大约晚上酉时,饱餐之后的义军聚集在县府门前的场地,千百支火把映红了半边天,站在县府大堂门前看去,一色的苍头黑巾,一色的白旗,使得整个义军沉浸在一片悲壮的气氛中。每一个方阵的前面都有一位骑马的校尉,马头高扬,旗帜扫过,纹丝不动。从离开陈县后,义军从来没有像今天这样军容整齐,众志成城。

酉时三刻刚过,吕臣在王彤陪同下准时出现在县府大堂前,目光炯炯地扫过全军将士,从腰间"嗖"地抽出宝剑,高声喊道:"兵发陈县,诛灭国贼。"

"兵发陈县,诛灭国贼。"怒吼的涛声滚过,在四面引起阵阵回音,同仇敌忾的义军披着凛冽的寒风向陈县扑去……

章邯带着大军北上了,把陈县留给了朱房和胡成。虽然章邯临行时将关于朱房、胡成为陈郡郡守、郡丞,庄贾为陈郡郡尉的奏章与陈胜首级一道送往咸阳,可无论是朱房,还是胡成似乎都感到渺茫——这风云变幻的岁月,谁能保证朝廷使者不会中途被义军截杀呢?

攻下陈县后,章邯才发现张楚国的形势并不像他当初想象的那么森严壁垒——只要杀了陈胜,就意味着张楚国亡。北方武臣、张耳、陈余的赵国,田儋的齐国,魏咎、周市的魏国,不仅不受张楚节制,而且其实力也远非陈县可比。

在攻占陈县的当晚,章邯就召集司马欣、董翳、章平等召开议军会议,当然也没有忘记叫上献城的朱房、胡成和献上陈胜首级的庄贾参加。

"诸位!"章邯捋了捋垂到胸前的银色美髯,振振有词道,"陈贼虽诛,然任重道远。武臣、田儋诸贼盘踞赵、齐,谋复列国,我大秦岂能容贼众分而割之。老夫虽年迈,然决心不负圣命,明日即行北上,诛灭贼寇。"

司马欣请道:"我军自戏水以来长途奔袭,风餐露宿,不胜其苦。请将军三思,可否休整数日再行北上。"

章邯这么快就要离开也是朱房、胡成等没有想到的,他们最担心的就是秦军离开后义军卷土重来,他们知道吕臣的义军并没有遭受重创,而吕臣对陈胜的忠诚他们心知肚明,他又怎么会对陈胜之死无动于衷呢?因此,司马欣的话刚一落音,朱房就跟着道:"司马大人言之有理,我军着实该在陈县歇息数日,卑职当千方百计为军营筹集粮草。"

"不知兵者,慎勿论之。"章邯用轻蔑的目光看了一眼朱房,转而面对大家道,"所谓一而鼓,再而衰,三而竭。荡寇灭贼,兵贵神速,岂能优柔寡断,贻误战机。"

董翳和章平都以为章邯所言胸有大局,司马欣便不好再说什么。

这下轮到胡成急了,说话便显得磕磕绊绊:"大人……这……一走,陈县安危如何……"

闻言,章邯不经意一笑。他从内心瞧不起这些反掖之寇,断定他们即便归顺朝廷也是口是心非,便道:"你等惧怕贼军再度袭来,其命不保,所谓'普天之下莫非王土',既然陈县回归朝廷,本官自不能置之不理。本官已从章平军中抽出千人归两位节制,待我军北上扫平贼寇后,再行南下。"

朱房吞吞吐吐道:"千人有些少吧!陈县可有四门呢。"

"兵不在多,而在精。倘是你等愚钝,纵万兵亦难当大任。"司马欣说话的口气显得有几分轻蔑。

至此,朱房与胡成便不好再说什么。

这是几天前的事情。现在,面对秦军撤出后空荡荡的陈县城,朱房、胡成和庄贾愁眉紧锁。

"章邯老贼,豺狐之心,悍然北去,岂非视我等为弃儿?"

"只留兵,不遣将,吾等何时执兵临阵过呢?如此与吕贼对阵,岂非以卵投石,以指绕沸。"胡成皱着眉头,指着庄贾道,"章邯不是指你为郡尉么?这城防就委你辛苦了。"

庄贾一脸的苦相:"二位大人勿拿我取笑了。当初取陈贼首级,我意在领赏,孰料反被弃若敝帚,寒心之至。"

如此商议半日,不得要领,守城的"百将"却前来禀报:"吕臣的军队已经到了城下,将陈县团团围住。"

朱房一听顿时急了,忙偕胡成、庄贾登上城楼,当他的目光俯视城下的时候,顿时被苍头军清一色的黑巾震慑了,那分明是复仇的象征,是决死的气概。朱房顿时陷入慌乱,问身边的庄贾道:"你可有退敌之策?"

庄贾浑身筛糠般地颤抖不已:"我哪知道什么退敌之策呢,还是两位大人决断吧!"

话犹未了,就听见城下发出震天怒吼,义军士卒将满腔仇恨都倾泻在城头,他们扛着云梯,开始登城。城头有过战阵经验的秦军"百将"指挥弓箭手发箭,眼看着一个个士卒落进护城河,可义军却没有后退的意思,射倒一批,就跟上一批,以致秦军士卒后来手腕发软,拉不开弓,眼看着义军登上城头,向他们举起刀剑。朱房见状,赶忙把胡成叫到一边道:"现今之际,只有献城投降。"

胡成无奈地摇摇头道:"吕臣为陈胜复仇而来,献城岂可奏效?"

朱房解释道:"你我当初不过拒陈王于城外,并不曾害他,凶手乃庄贾。我等若是擒了庄贾,也许可以获得吕臣的宽恕。"

胡成会意,朝庄贾招了招手。庄贾下到半坡,但听胡成大声对跟在身后的卫士喊道:"将庄贾拿下。"

四个卫士上前缚了庄贾。庄贾挣扎着喊道:"大敌当前,大人这是为何?"

"你乃凶手,不缚你缚谁?"胡成不容分说,命卫士用绢巾塞了口,押往城门口。朱房先行一步,命城门司直开了城门,举着一面写了"降"字的旗帜,缓缓走过吊桥来了。

城头上的秦军见朱、胡放弃抵抗,也都纷纷弃械投降。等到吕臣、王彤率领义军进城时,秦军黑压压地跪倒了一大片。而朱房、胡成则跪在队伍最前面。朱房不敢抬头看吕臣,头紧贴着地,只是口中讷讷道:"罪臣朱房拜见将军。"

王彤目光扫过降军,第一个映入他眼帘的就是被绑了手脚的庄贾。他的精神完全垮了,浑身无力,脸色苍白,头上冷汗淋漓,若非士卒架着,立即就会瘫倒在地。如此势利小人,吕臣连申斥他的话都不愿多说一句,只对身边的"百将"道:"将朱、胡二贼与庄贾押往楚王宫,本官要'红祭'楚王。"

看着三人被押解离开城门,吕臣把降军将士交与王彤处置,自己翻身上马,朝楚王宫奔去。

王彤手按宝剑,看着跪在地上的一大片降军,高声道:"我知你等皆骊山刑徒,被迫与义军为敌,情非得已。然诸位不妨回想一下,自戏水之战以来,多少刑徒兄弟战死在乱军之中,有哪一个得以回家与妻儿团聚?没有。我军替天行道,出于仁义,现请你等做出抉择,愿意跟随吕将军反秦诛暴的,善莫大焉;愿意回家团聚的,我军发给你等盘费,即行离开。"

王彤命义军中两名校尉分头统计。不一刻便有了分晓,除了十之有一的刑徒准备返回故里,九成人都愿意投奔义军。这情景计数日来一直愁眉不展的王彤脸上有了喜色,立即要校尉们按照编制把降军一一分配到各个部曲,要他们严守城池。安排好这一切,他才打马朝楚王宫奔去。

第二天巳时三刻,行刑的诸事项均已准备完备,吕臣亲任监斩官。

陈县城失而复得,百姓为之鼓舞,听说要处决三个叛贼,顷刻间万人空巷,纷纷聚集在楚王宫前的广场。王彤到来的时候,只见义军将士苍头玄甲,全副武装排列成一个个方阵,黑色的棉甲与银晃晃的战刀,冷气逼人。

高高的王宫门前,已经竖起了陈胜的灵位,前面的案几上摆上了牛羊牺牲,朱房、胡成和庄贾被士卒押着,跪倒在陈胜的灵位前。

看看日色已到午时三刻，吕臣命陈县主簿出列宣读祭文。主簿手捧绢帛，哀音低回，催下义军将士的怆然泪水：

> 昊昊楚王，壮而怀远，感天下之苦秦久，怒二世之死扶苏，怅恨满之，大泽揭竿，斩木为兵，应者云集，厥号张楚，盖振臂一呼而带甲者百万，举麾一号而下城者数十。功盖万世，义薄云天。
>
> 哀哀楚王，数月之间，一战失利，不幸殒命于驭者之手，然则身骨虽去，精魂不朽，于今域内，群雄奋起，掎鹿争捷，瞻乌爰处，暴秦诛灭，指日可待。王灵在天，当慰之至。
>
> ……

一篇未罢，军民中哭声嚎嚎，此起彼伏，成为送楚王上路的"雅乐"。吕臣率领众校尉向陈胜灵位行三叩九拜大礼，然后起身，面向众人怒吼道："将叛贼朱房、胡成、庄贾首级取下，祭奠我王。"

说时迟，那时快，随着一声令下，三名身强力壮的刽子手往大刀口喷了一口热酒，抡圆猛砍，只听"咔嚓"一声，三贼的头颅飞向台下，滚了很远。早有士卒在那里等着，捧起首级跑步来到陈胜灵位前，与牛羊牺牲放在一起。

做完这些事，吕臣的心一刻也没有松弛。第三天一早，他即召王彤和主簿等到王宫商议安葬陈胜和反秦大计。当他向主簿征询陈胜墓址，主簿几乎没有思索就回答："卑职以为，芒砀山距大泽乡不远，大王若是葬于彼处，每日看义军胜券连膑，岂不快哉。"

吕臣沉吟良久道："先生之言甚是。只是眼下战事频仍，大王尸骨难觅，待战事稍定后即遣人寻找。"

"为政者要在知人善任，明察贤与不肖；兼听纳谏，此千古之箴训矣！"王彤若有所思，他的话说到这里戛然而止，却像重锤一样敲击着大家的心，谁都知道，陈胜正是因为骄矜拒谏，才致贼人取宠的。

话题一转到当前情势，大家的心境便分外沉重了。虽说陈县收复，张楚复立，然则章邯兵势甚盛，倘彼等北上战事顺利，不久就会南下的。陈县孤悬一隅，岂能敌得强敌。吕臣想了想道："依我看来，为今之计必须邀集江淮各路英雄共伐章邯，方能断其手臂，挫其锐气。大家有何良方，不妨讲来。"

王彤建议道："将军不妨举起义旗，天下必应之。"

吕臣连连摇头："将军此言差矣，想当初武臣、田儋等人尚不能听命于楚王，吕臣岂能服众？"

主簿见状,也出主意道:"卑职闻之,眼下江淮之义军最强者莫过于项梁军。现今天下尚不知大王被害,将军倘能以大王名义诏命项梁为上柱国,则江淮各路义军必群起而归之。"

"矫诏之举,大逆不道,我等岂能擅为?"吕臣投来疑虑的目光。

主簿眨了眨昏黄的眼睛道:"矫大王诏而灭暴秦,大王在天之灵亦当允之。"

这时候,一位"千人"进来在吕臣身边小声附耳几句,吕臣的眉毛顿时郁蹙在一起,大家都感到一定有事情临头。"千人"出去后,吕臣果然说出了消息:"据探马来报,司马欣派两名校尉杀回陈县,因为在青陂遭遇来自六安的黥布义军阻击,才未能到得陈县。"

"事急矣!将军勿再犹豫,卑职愿代将军起草诏命,聚集群雄共抗贼军。"主簿一脸的焦急。

"好吧!请先生转告项梁,只要共举抗秦大业,我愿追随项梁将军左右。"

说写就写,卫士拿来笔墨,主簿略思片刻,饱蘸翰墨,铺开绢帛信笔写来:

　　江东已定,即引兵西击秦,诏命项梁为大楚上柱国,节制江淮之军……

吕臣捧起绢帛吹了吹墨迹,忽然想起玉玺在陈胜去后不知流落何处,若无国玺,项梁必不肯发兵。

主簿见状笑了,从身边的行囊里拿出玉玺道:"卑职见朱房、胡成心怀叵测,专以取悦大王为能事,故而大王一出城征战,老夫就携带玉玺逃出王宫,幸得朱胡皆愚钝不堪,若是遇见二位将军,小小陈县岂能有主簿藏身之处呢?"

看着玉玺重重地盖在诏命上,吕臣和王彤的心这才轻松了许多,似乎看到千军万马正在项梁率领下,向咸阳奔去……

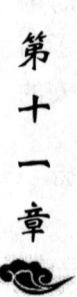

第十一章

刘拜项沛公借兵
流归海群英咸集

秦二世二年五月,江淮大地已是夏荫浓郁,柳色深深,荷香稻熟,可刘邦的心情却没有因为勃然生机的夏日而明丽。许多事情让他百思不得其解,人人都说章邯军战戏水、取渑池、援荥阳,一路风卷残云。然而砀郡一战,他仅用三天就打败了章邯别将司马仁,他还听从夏侯婴谏言,当即招降秦军校尉以下军九千余人。接着,他又一鼓作气,挥师东进,轻取下邑,一路乘利席胜,威震砀、泗,百姓箪壶食浆,拥戴非常。那一刻,他常常坐在车辇上,观大军从侧旁如涛般驰过,不止一次生出诛秦除暴者,非他而其谁的得意。

可同是挥剑决云他如何连一座丰县却攻不破呢?难道在分别的日子里,在他眼中多勇少谋的雍齿忽然就用兵若神了么?难道周市给他身边派了能人异士么?

好在现时天暖,他的军伍滞留在丰县城外的营寨没有风寒之忧。他每天站在寨门前,眺望丰县城头飘扬的"雍"字和"魏"字大旗,心里就腾起一团团火焰,有时候会莫名地发泄在卫士身上,弄得他左右的人一个个提心吊胆,小心翼翼……

一想起这些事的前前后后,他的心境五味杂陈,莫可名状。

那正是他连下二城,春风拂面的早晨,萧何到砀城来了,他不但为自己带来了朝思暮想的儿子,还为他带了雍齿献丰县于周市的消息。这不唯让他吃惊,更让他很恼怒。且不说丰县乃他举义后首占之城,是他赖以立足的根源,单说雍齿背恩忘义,就该伐其罪,以雪失城之耻。

他已经顾不上与儿子叙父子之情,问家园诸事了,把所有的怨气都发泄给面前的萧何:"当初留你在丰,就是担心雍齿。既有异心,你何不阻拦劝诫,又为何不密报我,以至于周市肆意游说,施以重贿,你之所为,甚失我望。"

怨罢萧何,刘邦转而又骂雍齿小人,非千刀万剐不能平心头之恨。说到激动处,他拿起案头的酒觥用力摔在地上。回身从剑架上拔出宝剑,"咔嚓"一声将酒觥砍为两瓣:"雍齿逆贼,我要将你碎尸万段。"

脾气发过了,萧何依旧是萧何,刘邦从不怀疑他的忠诚。尤其是当他听罢萧何在岳恒掩护下逃离丰县,潜回沛县的惊心动魄经历后,便为自己的不敬和狂肆而惭愧了。当晚,刘邦借为萧何接风压惊,而把自己喝得酩酊大醉,一回到大帐就沉入梦乡了。

别后第一次见父亲,却是一副醉酒的模样,这让刘肥有几分失望。他一时还不能理解父亲此时心头的郁结之痛,但他记着临行时吕雉的话——为娘不在你父身边,冷暖自是不能关顾,你此去须时时陪伴左右,早晚照应分忧,为娘才好在家中全心赡养二老,代他尽孝。他只让卫士在外面守着,自己守在榻前,用热水敷在刘邦额头,又一遍一遍地热了茶水,以备父亲醒来解渴。

他细细地打量睡梦中的父亲,虽然因为战事频仍,额头留下丝丝缕缕的倦容,但嘴角却带着微微的笑,他想,父亲定是在梦中看到了母亲。

是的!只有在梦境里,刘邦才会把一切烦恼抛却云霄,而与吕雉短暂的厮守。他很疲劳,觉着躺在榻床上是最惬意的时光。吕雉就坐在他的身旁,用浸热的绢巾为他擦拭头上的汗水,用温暖的水为他洗去征尘。不要什么金戈铁马,更不要什么高冠金冕,他希望就这样面对面地看着,闻着柴草味过日子。然而,吕雉笑他燕雀小志,要他牢记吕太公的箴言,心有天下,志在九域,等他做了皇帝,她就来为他管理后宫。远方的一声鸡啼惊断了他的美梦,他睁开眼睛,却发现刘肥坐在榻前。

"昨夜,你一直在此守候?"

刘肥点了点头:"娘临行叮嘱,要儿子代她照管爹,儿子不敢违命。"

刘邦没有再说什么,起身洗漱一毕,早有后厨端上早饭,米粥、菜蔬、麦饼,父子俩半年后在一起吃饭,彼此的话很少。刘肥发现那个从外面公干回来,总喜欢逗他玩耍的父亲早已远去,面前的刘邦更多的是军中主帅的威严。短短的一顿早饭,不断有"千人"或者"百将"进来禀报军中大事。刘邦一般都是三言两语,明确而又简短。这让他感到有些压抑,本来有一肚子的话,此刻却是什么也不想说了。

睡梦中那个嘴角带笑的父亲一俟醒来,立刻就变成一头愤怒猛虎。他先是传来一名校尉,要他将儿子与同来的樊伉、曹窋一起编入骑兵部曲,每日演练骑射和马战;不操练时就跟着军中掾研习礼义、文学。然后就是传萧何、夏侯婴和周勃到帐前议军。

顷刻间就像陌路人,他没有再多看刘肥一眼。

萧何早已忘了昨夜刘邦对自己的横眉怒目,直言不讳地反对出兵丰县:"依属下看来,眼下讨伐雍齿尚无胜算,与其寸土必争,毋宁任他自去。我军首要在生存,不为一城一地而战。"

刘邦很不以为然,甚至以讽刺的口气道:"看来丰县两月,丞督几成鼠胆。我不信,莽撞雍齿会比司马仁胆略兼人。"意思是说,他可以打败司马仁,雍齿更不在话下。

萧何并不动气,继续申述理由:"眼下雍齿方降于魏,魏相周市早知丰县乃我军首取之城,岂能罢休;曹中涓在夺取砀城之后,未有片刻歇息,即奉命进击方与,目前大战正酣,难以分兵丰县;国大夫樊哙至今仍在胡陵为战,如此,我军能够用于收复丰县之军不足三千,属下恐力不从心。"

刘邦闻言很不悦,转而问夏侯婴:"太仆以为如何?"

夏侯婴对萧何的分析深以为然,萧何所言之三千人马,正自己所部。不久前,当曹参在砀城击败司马仁时,夏侯婴率军也在砀东之济阳一带与秦军周旋,与曹参构成掎角之势,使司马仁首尾不能相顾,故而败给义军。现在,他刚刚率部归来,未得休整,以疲惫之师击蓄势之兵,胜算渺然。

萧何接着又道:"若我军轻易击丰,章邯军趁势袭来,我军腹背受敌,功亏一篑,孰轻孰重,还请沛公三思。"

在三人争论时,周勃很少言语,一直在静静地听。他就是这个性格,心里明白,可话一出口,连他自己都觉得不顺溜。因此,当刘邦最后将目光投向他时,他竟然一时憋得脸红:"末将觉得,两位大人言之……有理。只是末将唯沛公之命而……是从。"

此时仅持收复丰县，剿灭雍齿"一思"的刘邦，这口吃却清晰的表态无异于一锤定音。他以果断的口气做出最后决定："夏侯婴听命，你率两千军马随我渡过泗水，收复丰县，丞督与周勃留守砀城，以防秦军来犯。"……

然大军兵临丰县数月，每日攻城不断，沛军死伤甚众，丰县却纹丝不动，其间不断有消息传来，说秦军司马楒在砀县遭到曹参重创后，正在重整旗鼓南下。沛军若是被纠缠在丰县，必致砀城重新被围，他刘邦纵然想退却，都没有余地了。虽然他明白周勃有勇多谋，乃统帅之才，可巧妇难为无米之炊，他以寡敌众，岂能久守？

刘邦收回目光，转身向帐内走去。各路校尉正在督促部下准备云梯、盾牌等攻城器物，见刘邦过来，纷纷站立路旁行注目礼，刘邦也以注目还礼。

刘邦现在后悔当初没有听萧何的劝告，以致造成眼下被动。他回大帐的步子就不免显得沉重缓慢，生怕又有什么揪心的消息传来。刚刚回到大帐，李甲就把一封信札送了进来，不等他问，李甲就告诉他是丞督大人从砀城飞马传来的，送信人就是周勃。刘邦"哦"了一声，急忙取出绢帛，那熟悉的字体就映入眼帘。

萧何在信中向他禀报砀城的情势，言说章邯军闻项梁任张楚上柱国，正准备大举南下讨伐。项军若败，则沛军不保。他闻东阳人宁君与东海郡陵人秦嘉因秦军败陈胜，而拥立楚国贵胄景驹为楚王，军势甚盛。沛公若是攻丰兵力不济，不如就近求景驹发兵。萧何在信中还说，为取得景驹信任，不妨暂栖虎穴，以表归顺之意。

放下信札，刘邦朝外面喊："来人！"

李甲应声进来，刘邦吩咐道："速传太仆帐中议事。"

夏侯婴已从李甲处得知萧何有信来，料定必与丰县之战有关，故而一见面就问刘邦可有退兵之意。刘邦摇摇头，将信札递与夏侯婴。他大略阅看一番，不禁为萧何虑事之远而感慨："前些日子，不是还传言楚王诏命项梁为上柱国么，为何就溘然而去了呢？"

"景驹自立为楚王，可见陈胜已不在人世。景驹现驻留县，我欲纳丞督谏言，去留县求援，国人大留营主军，有事可与周勃商议，此人吟口而多谋，必能堪大用。"刘邦嘱咐道。

夏侯婴提醒道："借力假物，兵之智也。今就近求援，未必不是捷径。然据臣所知，景驹楚之贵胄，并无大才。倒是其辅佐秦嘉为人狡诈，张楚国立后，曾自任司马，不听命于陈县。只是慑于项梁势重，才不得已立景驹。主公此去,属下唯忧于此。不如周勃随主公同往,一应事变。"

刘邦沉思须臾道:"太仆此言甚是,就命周勃同往。"

夏侯婴又问:"主公此去,欲带多少人马。"

"百骑足矣。我此去意在求兵,人多反而容易引起景驹疑虑。以牛良所部百人交周勃节制,随我前往留县。"

夏侯婴又道:"有了周将军,属下再向主公举荐一儒生。"

刘邦一听,摇头道:"要那儒生有何用,还是让他在营中教授肥儿、仉儿等人吧。"

"此人虽系曹掾,却是见识过人。姓吕名清,乃陈胜中涓吕臣之父。"

刘邦一听这名字,有种似曾相识的感觉,便顺口说了一句:"太仆以为可带,就带上吧。"

第二天晨曦初露,刘邦、周勃等率百骑离开营寨,夏侯婴送到距丰县十里时方才依依惜别。人急马快,刘邦一行从丰县出发,不消多半日就已到达沛县县境,东去半个时辰,就是泗水亭。于是周勃问道:"主公可否要去泗水亭停留半日,看看太公及夫人?"

"将军亦沛县人氏,尚能忘家为国,我岂能因小情而误军机。"刘邦摆了摆手,折转马头朝南而去。

日色将暮的时候,他们已经到达沛县东南之啬桑镇。坐落在泗水之阳的小镇经过战乱,显得分外萧条,百人队伍沿着主街一路慢行,直到南头才找到一家客栈,房屋倒是有十多间,且是两层楼房,但没有迎风飘扬的招子,也没有客栈名牌。牛良上前去敲门,良久,从堂屋出来一人,看样子是店小二,拉开院门问道:"请问客官,是打尖还是住店。"

牛良道:"我等欲前往留县,见天色已晚,欲觅一住处,不知贵处可有空闲房间?"

"不知客官有多少人。"

"百十号吧!"

店小二便面露了难色:"真是不巧,此前已有百十人住进鄙店,客官还是另讨方便吧!"

"我等一路走来,把这条街转遍了,就你一家。眼看日落西山,你让我等何处寻觅?还请向店主通禀一声,能否调配一二。"

店小二耸了耸肩,一副爱莫能助的神气。见状,牛良的气就上了眉头,说:"你为何如此不通人情,不是让你向店主通禀,你却拖延推诿,好生无礼。"言罢,对身后的几位士卒道,"你等进去,看看谁敢阻拦我住宿。"

店小二见状，知道遇见了不好招惹的主儿，转身就向内跑去，却不意与从里边出来的人撞了个满怀，抬头一看，正是此前住进来的主儿，店小二急忙道："小人有罪，还请先生宽恕。"

来人笑笑，大度地问何事喧哗。店小二也不说话，指了指牛良，惊慌地转身进了后堂。

那人出得门来，对着牛眼圆睁的牛良施了一礼道："观仁兄装束，定是军爷出身，敢问军爷从何处来？主公系哪家英雄？"

牛良平素惯于粗疏，被眼前中年人尔雅、风流和彬彬有礼的气度震慑住了，忙打拱道："先生好眼力。我等乃沛公属下，去往留县，因……"

一句未了，中年人已喜上眉梢，目光中流露出不尽的崇敬，连道："沛公在何处，沛公在何处，快引我去见。"

牛良引着中年人来到店外槐树下，正待通禀，那人一步上前双手作揖道："在下颍川张良，听闻沛公驾临，特来拜见。"

"张良"二字一出口，刘邦顿时睁大了眼睛问："足下便是博浪沙行刺始皇的张子房么？"

"正是在下！"

"哎呀！幸甚幸甚！"刘邦伸手牵着张良的衣袖，那喜悦和敬佩都写进一双丹凤眼中了，"当年在下在泗水亭，听到始皇博浪沙遇刺，壮士勇冠贲育，名高泰山。原以为举事者必魁梧奇伟，今日一见，竟是一儒雅才俊。"

"沛公过奖了，在下不过运筹谋划而已，执椎者乃至今不知生死的武士。"张良连忙打拱，将话题转到两人相遇上来，"良闻沛公奋剑而起，龙行虎随，率从风云，征乱伐暴，招集英雄，应者如云。今日幸得相会，实乃人生大幸。"

刘邦也把随来的周勃介绍给他。张良观周勃行敏言讷，器宇不凡，料定此人他日必前程远大。两人寒暄之后，张良邀刘邦一行到客栈，两军合为一处住宿。昔日冷落的客栈，因为忽然来了两路兵马而显得十分热闹。当晚张良做东，两军兄弟推杯换盏，至月上中天方尽欢而散。刘邦被安排在张良右首，周勃左首，既为着叙话方便，更为了刘邦的安全。

这是江淮大地的五月十五夜，春月融融，将缕缕清辉洒向大地。也许是因为从丰县到留县域内皆系各路义军占领，故而相对平静些。临窗而立，张良毫无睡意，与刘邦的不期而遇，使他带着百十来从者一路漂泊的孤独感都悄然消退了，心中仿佛投进一道阳光，充满了温暖。在西来路上，他不断听到刘邦胸怀坦荡，广纳贤才的传奇。现在，他就在隔壁，何不来个竟夜长谈呢？

张良起身来到刘邦居室门前,敲了两下轻声问:"沛公,可安寝否?"

刘邦立即拉开门,喜出望外地道一声"子房来也,请到房内",却被张良按住胳膊道:"今夜月明如昼,公我何不就近走走呢?"

刘邦正有此意,于是两人各自佩了宝剑,悄悄下得楼来。

夜很安静,一座座店铺人去屋空,连成一道黑色的"墙",分外冷落,不远处的树枝上,偶尔传来一两声鸱鸮的叫声,平添了恐怖的气氛。刘邦蓦然回眸,却发现牛良带了人在后面远远地跟着,正要喝退,却被张良拦住道:"由他们去吧,公我只管叙话就是。不知沛公率部欲往何处?"

刘邦将丰县经过详叙一遍后,长叹一声道:"眼下攻城军力不足,欲前往留县向景驹借兵。"

"不瞒沛公,在下此行亦是投奔景驹。在下邳举义后,在下本欲有所作为,孰料贼军甚众,良势孤力单,不得不背井离乡,四处寻求可倚之力。听说景驹兵盛,便来投奔。不过,天有不测风云,在下已得知,两月前景驹与项梁在彭城有过一次大战,景驹、秦嘉被杀,项梁招降了景驹所部,现已拥众十万了。"

刘邦很吃惊,若非张良北上,他对这一切全然不知。他的心一下子变得空落落的,借兵不成,丰县不下,他就只能再回到沛县去。

"暴秦未灭,义军自相残杀,岂非自毁长城?"刘邦望着天空的月亮道。

可张良接下来的一番话却为刘邦打开了一条思路:"项梁广张告示,极言陈王首事,虽战之不利,然未闻所在,今秦嘉背陈王立景驹,实为大逆不道。"

刘邦"哦"了一声,张良接着道:"听说陈王曾命中涓吕臣向项梁颁布诏命,任命他为上柱国,故而师出有名,一路得道多助,百姓拥戴,景驹、秦嘉为民弃之,故而大败。"

刘邦转过身,与张良面对面站着说话:"子房可有破丰之策。"

张良几乎没有思索,似乎一切已了然在胸:"眼下义军之最强者,非项公莫属。彼现军薛县(非薛城),如公不弃,良愿追随沛公往项梁营中借兵,收复丰县。"

月光下,刘邦紧锁的眉宇展开了,情不自禁地挽起张良的胳膊,由衷的话冲出胸臆:"得遇子房,乃上苍眷顾我也,我闻子房在下邳时,得黄石公传授兵法,韬略在胸,我当拜子房为师,何如?"

张良忙双手打拱道:"使不得,使不得,子房一介书生,手无缚鸡之力,唯愿毕生所学有所归宿,今遇沛公,终如愿矣。"

刘邦刚才为借兵而瞬间涌入心头的忧虑都为能结识张良而云淡雾消，他忽然觉得此行的收获已经远远地超出借兵这个目的。他一转身，就对跟上来的牛良和李甲喊道："速去禀告五大夫，我要与子房做竟夜之饮，请他作陪。"

喊声惊起一群卧在草丛中的飞鸿，横空展翅，朝着北方飞去……

两天以后，刘邦偕张良、周勃一行已到达项梁军驻扎在薛县的大营。

项梁以张楚上柱国的名义迎接沛公与张良的到来，他指定项伯陪同二位到军营中一观。

走在绵延十里的项梁大营，刘邦才真正领略到什么谓之堂堂之阵，正正之旗；什么谓之车马之美，匪匪翼翼；什么谓之营帐接袵，云腾龙跃。那气势，除了在咸阳看到过，再未见到。于是，刘邦触景生情，发出由衷的感叹："人言楚虽三户，灭秦必楚，然以季观之，当今英雄，唯项公耳。"

项伯虽不像吕太公那样断定刘邦必成贵人，然而一见面，他就从彼此的谈吐中感受到沛公与项羽在性格上的差异。特别是在项梁举行的接风宴上听到沛公描述咸阳服徭役时的情景，那句"大丈夫当如此也"的话，给他的印象太深刻了。他十分吃惊，在秦朝的南北端，竟有两人说出意思相近的感言。他很惋惜项羽正在攻打襄城，否则，他真希望他们能够在一起叙谈一番，也许彼此可以相互补正各自的性格之缺。

项伯为人老实，他在张良面前丝毫不回避项梁帐下缺乏谋士，他不断地往张良耳边吹风，希望他留在项梁身边，帮其参谋军务："子房若是立于上柱国之侧，必能运筹帷幄，决胜千里，大业垂成有望，攻克咸阳有日。"

但张良已暗暗选择了刘邦，就不能犯"东食西宿"的错误，他笑了笑自嘲道："良浪迹天涯，居无定处，若是今生有缘，自有共济之日。"

闻言，项伯很失望，只好将这个话题打住。过了一天，当他陪同两人到薛县城外蟠龙河游览时，干脆直截了当地邀请沛公加入项梁大军。站在河边，望河水自东北而西南缓缓流去，项伯充满感慨地说道："千流归海，独木难撑。江淮义军只有归于一统，才能不被章邯军各个击破，沛公若是深明情势，不妨与项军合流而为楚军，行陈王大义，兴大楚基业，岂不快哉？"项伯还告诉刘邦和张良，过些日子，项梁将在薛县召集各路义军共商讨秦大计，彼时将群英荟萃，豪杰咸集。

当着项伯的面，刘邦和张良虽然都没有说什么，可在当夜，两人已达成共识，为借兵攻丰，不妨暂且归附为上。

这话一出口，就遭到周勃的反对："万万不可，所谓人心叵测，未知项梁枭雄乎,义士乎,倘是他如景驹一样挟名行奸,主公不是陷入危局了么？"

"这个将军大可放心。我观项伯其人,慈眉善目,行侠仗义,可信可交。有他在,我等无恙。"张良说完,众人当下商定,第二天便去见项梁。

回到房间歇息,刘邦心里一直牵挂着丰县之役,想着该怎样应对项梁的问话,怎么说服他借兵给自己,几乎一夜没有合眼。启明星刚刚升上东方的时候,他就无论如何躺不住了,干脆邀了周勃在营帐前舞剑,直到天放亮,才收了兵器。恰恰此时项伯进来,看到刘邦和周勃脸上热气腾腾,不禁称赞道："二位朝夕不倦,跨鞍驱驰,真英雄气概也。"

"项伯言之甚是,想我义军群英竞奋,何愁暴秦不灭。"说话间张良也从厅内出来,加入叙话的行列。项伯要他们快用早饭,上柱国要见。两人相互看了看,喜色不掩地暗自握了握手。

……

大约是巳时一刻,刘邦和张良在项伯陪同下登上了上柱国议事厅,刚刚上到第四个台阶,就听见守在厅堂门前的卫士高声喊道："沛公刘邦、张子房到……"

刘邦抬头看去,但见阶陛两旁士卒阵容整齐,逆目而迎,伴随着他们的脚步,追随他们的身影,目送他们一步一步走进上柱国议事厅,才齐刷刷地收回目光。

张良暗地打量将士的装束,一色的镀银盔甲配铸铁弯刀,刀背靠肩,刀刃朝外,冷森森的似乎时刻都会架到来人的脖颈。

真虎贲之师也,刘邦在心底发出由衷的称道。

迎面走来一位身着银色锁子甲的将军,虽然个头很高,但看上去有些瘦削,脸色有些青白,手按剑柄,擦肩而过。刘邦和张良颔首示意,他似乎只是礼仪性地点了点头,并不曾过分的热情。

"这是哪位将军,似乎从来没有见过。"

刘邦摇摇头表示也不认识。

一俟进到厅堂,刘邦与张良共同行了礼,同声道："拜见上柱国大人。"

"得知二位英雄驾到,我未能远迎,见谅见谅。"项梁起身回礼,朝站在旁边的卫士道,"为英雄赐座。"

于是,项梁坐在上首,刘邦和张良分坐在两旁,项伯坐在下首,说话时彼此都能瞧得见对方的表情。刘邦这才有机会细细端详项梁,果然剑眉星目,印堂如岩,直鼻阔唇,一副大将气概。想象其父项燕当年也一定是神采奕奕,气度不凡了。正思问时,就听见项梁在一旁劝茶的声音,急忙举起茶盏应对。

"不知二位英雄到此有何见教？"

项伯在一旁插话道："二位英雄欲投奔上柱国帐下,共图灭秦大计。"

项梁摆了摆手道："想二位英雄久历战阵,博见洽闻,自有韬略在胸,何须由你代言。"

项梁虽然脸上含着笑意,可这话显然是逼着他们亲口说出此行的目的。事已至此,刘邦也直言不讳地将周市如何策动雍齿反叛,自己率部收复丰县,兵力捉襟见肘之事和盘托出,末了道："季此行就是想从将军处借兵,一俟收复丰县,即行归还。"

"同为义军,本该枹鼓相应,唇存齿固。孰知周市私行其奸,离间策反,如此行径与景驹、秦嘉何异？将军今奉陈王之命主持讨秦大计,当除邪扶正,广张道义,良与沛公当追随将军左右,勠力杀贼,共图大业。"张良不失时机地在旁边附和。

这话对于刚刚结束了与景驹一场大战的项梁来说,真是太对心思了。从举起义旗的第一天起,他就把恢复故楚作为自己的目标,只有这样,他才能恢复项氏的尊严,自然不会对雍齿将丰县献与魏国坐视不理,特别是张良一番话令他顿时目光灿烂射人,一只手狠狠地击打在案几上怒道："如此逆贼,岂有此理。"他把脸转向对面的项伯问,"与刘将军五千人马如何？"

不等项伯回答,刘邦急忙起身连道："足矣,足矣。"

但项梁跟着的话更是令刘邦和张良震撼："再与你五大夫将十人归你节制,驱除雍贼,收复丰县。"

刘邦、张良和项伯相互看着,厅堂内出现了片刻的寂静。接着,刘邦起身来到项梁面前,大礼参拜,口中慷慨陈词："刘季谢过项公,将军如此宽怀大度,真乃盖世英雄,大楚砥柱也。"

走出议事厅,时光已近午时二刻,刘邦问送他和张良出来的项伯："季刚拜见项公时,看到一位青面将军,不知是何人？"

项伯沉思片刻,"哦"了一声道："二位是碰到了宋义将军吧。此人早年乃楚国令尹,现为义军将军。处事稳健多思,常有良谋奉于项公。"

"有机会一定要当面聆教于宋将军。"刘邦和张良同时点了点头。

闻言,项伯高兴道："在下乐为穿缀。"

回到住处,刘邦即行收拾行装,并要周勃到楚军营中清点兵将,准备回到丰县前线去。周勃刚一出帐,就被张良拦住,拉了一起来见刘邦。

"沛公这就要走么？"张良问。

"然也！"刘邦一边回答,一边往身上披戴盔甲,"丰县不拔,季夜不能寐。

况乎人心叵测,万一项公变卦,前功尽弃。"

"沛公可否听在下一句话再行不迟。"张良横在刘邦面前,并不等他表态就直接道,"沛公如此草草离开,才最易引起项梁生疑。"

"那依子房之见呢?"

"依在下之见,周将军可率军回丰县,沛公不如留下,一则过几日项梁将召集江淮各路义军首领议事,沛公不妨听听。二则也好见证沛公归附诚信,消除疑窦。"

"依你之见呢?"刘邦又问身边的周勃。

周勃不假思索地回道:"属下以为子房先生所虑不可谓不周密,请主公放心,属下此番率军西去,定当拿下丰县。"

话音刚落,就听见耳边传来礼赞的声音:"沛公果然宽明之略,云水之怀,天下能不归乎?"

刘邦循声去看,却是一瘦削男子手执长戟,正在门口值守。他心中很不痛快,鄙夷地看一眼年轻男子道:"军国大事,岂是你士卒所能明白的?"

那男子却不罢休,不无夸耀地说:"公以布衣而提剑逐鹿天下,情知将相本无种乎。韩信之言,他日必为公所证。"

刘邦正要申斥,却见项伯从楚营赶来,言说将士集结成阵,要他过去检阅。刘邦立时邀张良、周勃同去,早把韩信之言置之脑后了。

就在他们滞留项梁军营的日子里,一位年届七旬的老者走进了项梁的大帐。在登上议事厅的最后一级台阶时,来自居巢的范增停住脚步,下意识地整了整衣冠,以示对这次接见的重视。他的目光越过议事厅前迎风招展的"项"字大旗,直视宽阔高大的门楣,他的脚步很缓慢但很坚实地向坐在这座大厅里的将军迈进。他并不为自己在夕阳晚岁出山有丝毫的遗憾,而把自己赋闲在家看作成韬光养晦,一切似乎都为了今天的这一刻。

他在前往薛县的途中已准确地获得了陈胜已经遇害的消息,在独宿客栈的那个夜晚,他用了整整一宿的时间为这位张楚王的离去罗织了完整的说辞。而且断定,这说辞必然改变项梁对局势的看法。因此,当他在项梁贴身主簿引荐下来到议事厅的时候,整个表情神清气定,甚至没有想到要对面前这位呼风唤雨的主帅行晋见礼。倒是项梁对他的到来表示了儒雅的谦恭:"不知先生自何处来,有失远迎,还请见谅。"

"谢将军!"范增从浑浊的眼睛里露出长者的笑容,"老夫乃居巢隐者,闻将军号令江淮,举义抗秦,故而一路过九江、越陈郡,迢迢远来。"

一想到从居巢到薛县遥遥千里,项梁不免为之动容,忙吩咐赐座。

当两人同席相向而坐时,项梁端起手中的茶盏道:"相传神农尝百草,日遇七十二毒,得茶而解之。故知茶可清心明目,我以此敬先生。"

范增一手端茶盏,一手掩其口,一杯入腹,果然神清气爽,话也随之多起来了:"老夫拜见将军,非为饮茶,乃为陈王已去之故……"

这话一出口,项梁握着茶盏的手举在空中停住了,很吃惊于范增以垂老之躯而见事迅捷:"先生何以得知陈王已去?"

"老夫来此途中,得遇苍头军失散士卒,言说陈王已死于司御庄贾之手。"范增看着卫士为杯中续了茶,继续道,"老夫前来,愿为将军来日计。"

这话正中了项梁的下怀,自秦二世命章邯率军出函谷关以来,多在荥阳、渑池一带为战。之后,南下陈县、汝阴,终于与他所率领的江淮义军接战。腊月,章邯军到达栗县,他曾遣将军朱鸡石、余樊击之,孰料为秦将司马仁所败,余樊战死军中,朱鸡石伏法引刀;最令他揪心的是,项羽攻襄城亦不顺利。他知道,如不尽快遏制秦军气焰,久而久之,必致人心离散。也许,范增的到来,能为他破解迷局谏言良策。

"在下愿聆教于先生。"项梁的双膝不知不觉间向前挪动了一步,面向范增打躬作揖,那谦恭都在举止的每一个细节中了。

然而,范增却并不急于陈说想法,而是把一个十分尖锐的问题提到了项梁面前:"敢问将军,可知陈王何以败北身亡?"

项梁不想打断范增的思路,只是又悄悄地朝前挪了挪,给范增留下礼贤下士的强烈感觉,那在心中缠绕多日的思绪便顺着项梁热情的目光流出舌尖了:"夫陈王之败,乃为必然。何也?夫秦灭六国,楚国最是无辜。秦用张仪之谋,诳怀王入秦不返,楚人怜之至今。故楚有南公曰,'楚虽三户,亡秦必楚',今陈胜首事,不立楚而自立,其势不长。"范增说到这里,将举起的杯子置于案头,目光缓缓掠过项梁的额头,就从中读出了一种欲知若渴的情绪。他内心暗暗兴奋,撩了撩自己的衣袖,从座卜站起来,孰料项梁也跟着站了起来,范增这才将话转到正题上来,"请将军再思,今将军起于江东,楚蜂起之将争附君者,乃因君世世为楚将,担当复楚之大任也。若将军效陈王而自立,老夫恐有危矣!"

一语点醒梦中人,项梁本欲纳头拜谢,却被范增死死拦住,连道:"若将军不弃,老夫愿去往民间,觅得楚王之后胄者立为王。"

"在下之得先生,胜于和隋之珍矣!"项梁当下拜过范增。

第二天,范增便离开薛县前往民间访寻楚王后胄,项梁、项伯、刘邦和张良送至城外五里,以酒饯行,直看到范增的车驾融进五月的稻田深处,才相继拨转车头返回。

张良向刘邦使了个眼色,两人都缓了一步,待项梁和项伯的车驾启动后,才要司御挥鞭驱马。这在礼仪上没有任何纰漏,却为张良和刘邦说话提供了短暂的空间。

"在下观范增其人,老谋深算,城府幽深,沛公当提防之。"张良说罢,迅速登上车先一步离开。

等待各路英雄会盟的日子,刘邦除了偶尔应项伯之邀共析军情战势外,更多的是和张良在一起,一方面游历薛县,一方面等待来自丰县的捷报。这一天,张良来约刘邦:"在下闻县东有奚公仙山,山上有夏时奚仲之墓,苍松掩映,清泉碧流,不妨一游。"

两人遂向项伯打了招呼,只带了撰掾吕清出了城门,快马半日,果然前方翠峰争秀,径曲山幽。三人把马交于山下店家,自己缓步而行。刘邦不解地问道:"奚公何功于夏,而致后世祭奠?"

张良看了看身旁的吕清,吕清口中嗫嚅了一下,却被刘邦看见,便带着着揶揄的口气道:"季最厌者乃儒生,故作文雅,言不及义。子房要你说,你看我作何?"

吕清眉头皱了皱,脸上却有些挂不住:"属下人微言轻,故而不便多言,不过据属下所知,奚公乃夏禹司御,因造车有功,被夏禹王封为车正,无奚公则无车战。"

"你果然有些见识。"刘邦就是这性格,只要说得有道理,他也欣然接受。

吕清不好进谏,但张良却在一边发声了:"治国之道,要在一民,一民之道,要在兼听。李斯助纣为虐,固然可恨,然其于《谏逐客书》中所谓之'是以泰山不让土壤,故能成其大;河海不择细流,故能就其深',实乃为君之道也。"

刘邦何等聪明之人,怎能听不出张良话里的意思,忙向吕清道歉:"方才我言语不恭,多有冒犯,还请见谅。"

见状,张良就笑了:"人言沛公善得人心,今日一见,果真名实相副。"

两个时辰转眼过去,三人都觉得身乏口渴,下得山来,见前面一家酒店招子飘飘,酒香四散,正要上前向店小二问话,却见一骑人马穿街而过,过往行人纷纷避道两旁。

张良心中很不高兴,从腰间拔出宝剑,当街拦住那批人马道:"光天化日之下惊扰百姓,与贼军何异?"

领队的显然是一位屯长,见一书生模样的人拦住去路,开口骂道:"你有眼无珠,不看看这是哪家军伍。"

张良却不后退:"你若是义军,所过之处当秋毫无犯,岂可如此无理?"

刘邦见状,便要说和,只听从人群后面传来一声"不得无礼",一中年将军着一身黑色铁甲,骑一匹青色大马,喝退前后士卒,来到张良面前下马作揖道:"属下无礼,还请先生宽恕。"言罢,转身怒视屯长,"还不向先生道歉。"

刘邦在一旁,一眼就发现这将军左脸有墨字痕迹,想来就是六安义军首领英布,顿时脸上就暖洋洋的,问:"阁下可是六安英布将军。"

"若末将没有猜错,足下乃当世英雄,梦中斩白蛇的沛公。"这一问英布也猜出个八九分,便把目光投向了张良,"这位是……"

刘邦拉过张良道:"这位便是当年博浪沙刺秦的张良张子房先生。"

一语未了,英布大呼一声:"久闻大名,今日有幸得见先生,有幸之至。"

张良侧目扫视,发现吕清藏在众人身后,脸上很尴尬,便牵着他的衣袖来到英布面前说:"这位乃沛公帐前撰掾吕清先生,虽系布衣,然见识不俗。"

他这一说不要紧,英布纳头便拜:"世伯在上,请受小侄一拜。"

吕清顿时如坠入五里云雾,急忙伸出胳膊要扶英布,却听见刚才发脾气的屯长喊了一声"吕将军到",霎时吕臣已经跪倒在吕清面前了。

刘邦想起来了,十月时,萧何曾向他转过一封信,说是陈王亲笔为之,为说服沛公归服张楚说辞。他当时正忙于微山湖伏击薛壮,便束之脑后了。

吕清愣愣地望着吕臣,十分震惊,在经历了许久的沉默后,吕臣长喊了一声"父亲",那久锁在情感堤坝内的浪涛顷刻倾泻而出:"儿子有罪,儿子有目若瞽,不辨忠奸,竟然让庄贾叛贼得手。儿子有罪啊!"

吕清缓缓摩挲吕臣的长发,那感觉中含着一个沧桑老人的百感交集,含着对儿子的宽容和理解,只是此时他竟然想不出一个恰当的词语安慰泣不成声的儿子。关于儿子战死城父的消息几个月来一直折磨着他。唉!儿子还活着,而且带着苍头军参加义军会盟来了。

吕清的泪水在无言的沉默中流到嘴角,是一种咸涩的味道。吕臣入义军后,他为避乱也投奔了刘邦,本想效力才智,不料刘邦轻视儒生,他就只能做些抄抄写写的事情。

尽管此前有不少关于陈胜被害的传言,可现在面对陈胜近臣吕臣,他们才确信陈胜早已不在人世。但谁都不能否认,是"等死,死国可乎"的宣示,是"王侯将相,宁有种乎"的叩问拉开了反秦大幕。于是,无论是刘邦、张良还是英布,都感到了这次会盟的不同寻常。

刘邦见吕臣身边一青年将军英气勃勃,须臾不离,煞是忠诚,便打听道:

"少将军是……"

吕臣回道:"此乃陈王帐下都尉长史王彤,是他协力我攻取陈县,才得以为陈王报仇。"

王彤忙参见刘邦,心想楚地多奇人,看这刘邦大耳垂肩,一脸福相,定能成就大事。

英布虽然想不出多少话语去抚慰吕臣,可残酷的现实使吕臣的哭声在他心底产生了强烈的共鸣。幼年起,父亲就常常对他讲起先祖皋陶时代的辉煌,在他青春的季节,有人为他卜筮,言说他"当刑而王",那时候,因触犯秦朝刑律而被处以黥刑的他还在咸阳骊山做刑徒,只当这是笑谈,并不曾想有一天会号令天下,是陈胜的一声怒吼改变了他的命运。虽数千部属与章邯的左右大战于清波,并且大胜而归。但他也清楚地看到,倘使义军各自为政,必不能持久。清波之战后,他与吕臣便一起结伴到了薛县。

"吕将军为张楚出生入死,功可天鉴。"刘邦撩起衣袖,擦拭着湿润的眼角。吕臣的号啕强烈地震撼了他的心。吕臣的忠诚也使他对吕清的教子肃然起敬。因而,当吕清将儿子介绍给他时,他从内心已经喜欢上他了,"吕将军不必太过伤心,只要义军万众一心,诛灭秦贼指日可待。季虽不才,然愿与天下同其利,益人之智而纳之,何愁天下不能易主?"

这见识在张良的心弦上久久颤动,余音不绝。虽然与刘邦结识不过数日,但他已明显感到刘邦不同于其他义军首领,他的目光不在丰沛弹丸小地,而在遥远的咸阳。别的不说,仅从他每夺城严令军伍不扰民,不滥杀无辜,不毁坏秦朝官署,就可见其志向远大。

有鉴于此,当英布提出,人生难逢知己,何如一醉方休时,张良婉言谢绝了,谦恭地说道:"诸位!英雄相见,惺惺相惜,本人之常情。然在子房看来,陈王新去,国逢大丧,我等举酒殊为不当。我等居于薛县,乃在拜谒项公。项公未见,岂可醉乎?"

"子房所言,振聋发聩。"刘邦第一个对张良的话给予回应,"诸位英雄,我观今日之域中,能继陈王之志,率各路义军诛灭暴秦者,唯项公尔。故而,季有一言,明日盟会之后,共推项公为盟主,未知可否?"

众人都认为刘邦之言审时度势,沉着冷静。大家相约各自安排好队伍,明日一早拜见项梁。

……

"蠢!"此时项梁正在议事厅中斥责项羽的鲁莽和意气用事,"你领军攻打襄城时,我一再叮嘱不可滥杀无辜,更不好抢掠民财。孰料你攻下襄城后竟然屠城三日,致使尸横遍野,如此必失民心,你懂么?"

刚刚从襄城前线归来的项羽还没有来得及洗掉征尘,眼睛中布满血丝,甚至说话时声音都带着沙哑。他完全没有走出那惨烈的氛围,这不仅因为他对据守数十日的秦军将领十分恼怒,更因为久攻不下而致自己损失了近千名将士而憋闷。他把这一切都迁怒于襄城的百姓,现在,面对叔父的责备,他心里老大地不快:"叔父不曾到过襄城,哪知战阵之酷烈?若非城中贱民与贼军沆瀣一气,岂能使我近千名将士埋骨沙场。依侄儿观之,勿说两万,即便杀他鸡犬不留,也难消我心头之恨。"

"你如此嗜杀成性,岂能取得民心。"项梁从座上站起来,指着项羽的鼻子一脸的愤怒,"须知城中百姓乃因秦军胁迫所致,并非有意与我军为敌。"

"叔父如此责备侄儿,难道拔取襄城非但无功,反而有罪?"项羽热血上涌,本来就黑的脸颊霎时一片朱紫。他正要发作,被从外面进来的项伯一把拦住,"你年轻气盛,且平息心境。"

项羽挣脱项伯,脖颈歪到一边道:"是叔父不讲道理,籍儿有何错?"

项伯并不生气,反而转过身对项梁道:"籍儿也是因为我军攻取襄城伤亡过大,心结难解。还请兄长息雷霆之怒,宽恕他的孟浪之举。"

项梁长叹一声,对项羽挥了挥手道:"你且下去,论功行赏之事,明日盟会上我自有处置。"

项羽这才向项梁拱手告辞,"哼"的一声出门去了。那声音在项梁心头积起一团乌云,也在项伯心头打成一个结,他也急忙告辞追了出去。

且说项羽怀着一肚子的怨气出了薛县城东门,挥鞭驱马沿着薛河一口气跑出十里地,才住马下蹬,躺倒在蒲草丛中了。

身底的草很绿,头顶的天很蓝,远处的白云飘若丝絮,西斜的阳光洒在脸上热烘烘的,恰如他此时的心境一样火烧火燎,刚才叔侄之间的争论在项羽看来是多么不值。自吴县起兵以来,他就给暗自立下誓言,攻取一城,必坑杀俘虏。若有助纣为虐者则竟相连坐,绝不放过。这有什么呢?当年白起长平之战,一举坑杀四十万俘虏,他此举无非其人之道还治其人之身罢了。夫暴政,必以暴力止之,岂有他哉?可叔父竟然小题大做,以罪论之,如此怀柔,岂能取得天下?

他从来不信人心可以用恩惠征服,他觉得手中的刀就是最有力的语言,血与火是他最喜欢看的眼色。从吴县到襄城,他在杀戮中获取人生的成就和快感,在一双双恐惧的目光中感受自己的存在,把俘虏们惨烈的叫声化作他饮酒的伴乐。也只有在这时候,他才觉得自己是一位真正顶天立地的英雄,觉得可以当之无愧地站在祖宗面前。

但他不能理解,为什么两位叔父就不能接纳他的举止呢?第一次他杀了一万人,受到项伯的责备,这一次他杀了两万人,又受到了项梁的斥责,往后去……

像一头暴怒的猛虎,项羽从地上跳起来,举起宝剑朝正在吃草的一头水牛刺去。那水牛受了伤,竖起一对犄角直朝项羽扑来。项羽躲过牛角,转身抱住牛腹,使劲压迫,那牛"咕咚"一声就倒在了地上,他顺手拿过宝剑,顺着牛的喉咙猛刺数剑,那牛刚开始还奋力挣扎,后来渐渐地断了气息。

他刚把宝剑插进剑鞘,就听见从远处传来一声吼叫:"何处狂徒,敢宰杀我的耕牛?"

项羽回身去看,见是一农夫,知道自己又惹了祸,遂从行囊中掏出一串钱朝农夫扔去,道一声"赔你就是",转身就要离去。

农夫死死拉住他道:"壮士今日若不说个清楚,休想离开。"

项羽一边拉扯,一边骂道:"你好生无理,我误伤你牛,赔偿即是,你反而不领情。"

"你无故宰牛,与强盗何异?"农夫力怯,只有抱住项羽的双腿。

"哼!你敢骂我强盗,死有期也!"项羽手起剑落,农夫身首异处。他擦了擦剑鞘上的血,冷笑道,"逆我者亡,岂有他途?"

"籍儿,你在哪……"在草丛的那头,传来项伯焦急的呼声。

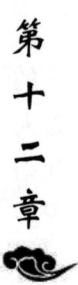

第十二章

雄旗奋怀王临位
酷刑具李斯蒙冤

在乡间牧羊的熊心被范增扶上车的时候如在梦里,当他被安排在薛县的"行宫"时,仍然没有从梦中醒来。

其实,他的梦从十五年前就开始了,他常常在梦中被追杀的秦军催醒,那些恐怖的画面让他不寒而栗。他后来不止一次地问自己,祖父楚怀王怎么就相信了秦昭王的谎言而前往武关呢?秦军在攻取八座城池的背景下又怎么能够与楚国签订平等条约呢?他变成秦国的囚徒,从此踏上了不归路;他也不止一次地问自己,叔父楚顷襄王为何就不能以怀王为镜,竟然以为与秦国联姻就可以相安无事,坐享太平呢?楚顷襄王二十年秋,这对熊心来说是一段撕心裂肺的日子,秦军趁顷襄王开城迎亲之际杀入郢都。

秦军攻入楚宫的时候,他正在书坊里听令尹宋义讲述先祖楚庄王如何远女色,举贤能,开一代霸业的风云往事。宋义说到楚国今昔,号啕大哭,为楚国被奸佞把持,为忠良遭谤,也为自己的生不逢时。是喊杀声打断了宋义的哭声,他们都明白楚国从此完了。混乱中,宋义将他推入茫茫夜色,留了一句"换了百姓衣裳快走",从此再没有见过面。

他现在只记得,当他躺在尸体里看见秦军举着火把一步一步走来时,情急中抓过地上的血渍抹在脸上,就那么挺直地躺着,屏住呼吸,心里就想着两个字——死了。等秦军走远了,他才长长地舒了一口气。后半夜,雨下得很大,寿春成为一片泽国,雨水冲刷了秦军屠杀的罪孽,也掩盖了他出逃的痕迹。

庞大的楚国被肢解为几个郡,他能够做到的就是忘记楚宫那些奢华的日子,把自己打扮成为秦帝国的一个臣民,一个家徒四壁的贫者,一个为人牧羊的佣者。多少个日子,太阳刚刚爬上八公山头,他就准时把羊群赶到山上,羊儿在一边吃草,他就躺在岩石上看蓝天白云。记忆就像天空的云彩一样挥之不去,每当它撞击受伤的心灵时,他就使劲摇头将之驱开。十五年,将近五千多个日日夜夜,他就这样从一个翩翩少年熬成鬓边有了雪花的中年汉子,从衣着到面容都是一个地地道道的牧羊佣了。至少在这个乡村,没有人知道他曾是楚国王室的贵胄。

可是范增,这个年届七旬的老者是那样决然地打破了这种清苦但安定的平静。他直言不讳地告诉熊心,秦之积衰,已成土崩瓦解之势。项梁高聚义旗,招纳贤者,欲复亡楚之地,报灭族之仇,重建王权,此天赐良机。他那颗几于哀死的心再度被激活,乘着范增的车辇到薛县来了。

在距薛县城十里的柳林镇,看见项梁率领会盟的各路将领大礼参拜在道旁,他有种受宠若惊的感觉,越发无法走出色彩迷乱的梦境了。已经习惯被主人申斥的他被眼前宏大的场面吓坏了,以致不知道如何去回应朝拜的礼仪。就在这关头,他忽然在人群中发现了宋义,那种久别重逢的喜悦在一瞬间唤醒了他远去的记忆。

"令尹!你不是令尹宋义么?"熊心忘情地喊道。

宋义抬起头时,已经热泪盈眶了:"殿下!是微臣,微臣就是宋义啊!今日君臣相见,真是上苍有眼。"

这情景让项梁有些不快,谁是楚国砥柱?是他的父亲项燕。项梁咳嗽了一声道:"殿下风尘仆仆,一路劳顿,微臣已备好行宫,请殿下进城歇息。"

宋义立刻意识到时过境迁,现在主宰大局的是项梁,忙道:"项公一朝举义,从者如云,望重功高。有项公辅佐殿下,灭秦复楚,指日可待。"

就在刚才,在各路义军将领拜倒在熊心面前之际,项梁从内心认同了范增谏言的睿智和英明。将军们看熊心时的目光让他懂得,至少在眼下,这位落难的王子是聚集人心的偶像。没有他,复楚大业会怎样,他心中没底。

项梁把薛县县府腾出来做了熊心的行宫,而他和将军府的幕僚们则搬到距行宫不远的那些富豪府上去住。尽管与当初寿春城中的王宫相比有如天壤,然比之四面透风的羊棚也算富丽堂皇了,生活变化太快,让熊心觉得有些眼花缭乱。

楚声虽在,国之不存,怎样复旧时殿堂,他说不清楚。凭栏远眺,薛城尽在眼底,各路盟会的义军营寨,在城外沿着薛河两岸绵延数十里,蔚为壮观。他们都是应项梁的邀约来的,与自己没有任何关系。而他能在多大程度上掌握复国大业的权柄,全是未知。甚至他一想起项梁那双犀利的眼睛,就有些仓皇不安。

"殿下!"一声呼唤打断了他的思绪,那是尚食的柔美声音,他转过头去看她,发现这女人虽然已过了三十,一双眼睛依旧水灵滋润,透出难以掩盖的风情。

"殿下请用膳!"尚食命宫女打开食盒的盖子,一股香味扑鼻而来。虽是战时,菜蔬比不了当年的王宫,却也有"蒸白丸""蟹黄鱼翅"等几样宫廷菜。

熊心刚一坐下,一位袅袅婷婷的宫女就递上来一条浸湿的绢帛,他擦了擦手,刚刚拿起筷子,另一位宫女立即将温热的米酒斟满,双手举过头顶:"请殿下饮酒。"

熊心接过酒樽放在案几上,住了筷子道:"为何只有我一人吃饭,项公、范先生、宋令尹呢?"

尚食谦恭地屈身应道:"今夜各位大人忙于会盟诸事,待明日盟会之后,殿下还要大宴各路将领,到时定然君臣欢宴,觥筹交错!"

熊心明白,到了这里,一切都听命于项梁的安排,他立即失去了重回往昔的喜悦,甚而暗暗地潜入了一种难以名状的焦虑……

不仅仅是熊心,所有来这里会盟的人,这都将是一个不眠之夜。

用血和剑濯洗征尘的项羽对叔父请来一位落魄的王室公子做楚王无论如何都不能接受,不管项伯如何苦口婆心地劝诫,他还是在酉时二刻时分冲进了项梁的大帐,灯火下,他高大的身影涂在大帐上,形成深重的阴影。这情景引起项梁的厌烦,他瞪了一眼项羽道:"你不与各路英雄言欢,到此为何?"

军中将士素知项羽不仅豪饮,且酒后最不掩真情。此刻,他被络腮胡须包裹的脸庞被酒意燃烧得油亮,似乎从胸腔里吐出的气都浸满了酒味,而一双眼睛喷出的,都是酒气四溢的火苗。项羽也不答项梁的问话,眼睛直愣愣地看着他,口齿有些不清地反问道:"侄儿不明白,号令三军的叔父为何弄个竖子顶在头上,岂非让人轻视?"

对于项羽的疑问,项梁并不感到唐突,不只是项梁,就是来会盟的各路豪杰,除了曾经与熊心过从甚密的宋义,能够理解的不多。他相信,就是被风传大度能容的沛公刘邦也未必能够深解他的良苦用心:"你知道什么,国者天下之制利用也;人主者,天下之利势也。故用国者,义立而王,信立而霸,权谋立而亡。楚乃芈姓熊氏之故国,而项氏世代忠烈,你祖项燕,朝之砥柱,国之栋梁,岂能篡楚以为己有,为天下人所指乎?"

"叔父之言差矣。"项羽对项梁的说辞很不以为然,高声大嗓说道,"楚国者,楚人之楚国,非一人之楚国。昔者熊氏丧国,罪莫大焉,怀王被诈,客死秦宫;襄王惧秦,迁都于陈;烈王昏庸,国破政息。当今复楚者,非项氏莫属。熊心虽乃楚室公子,然流落民间久矣,有何能力居高临下,号令各路英雄,传将出去,岂不让章邯耻笑楚无良才?"

"休得妄言!"项梁不悦的目光掠过项羽的额头,放下手中的竹简文书,说话的口气明显地加重了,"昔者周文王三分天下有其二,以服事殷。况乎义军初起,大业未成,你岂能尊卑无序,心有旁骛?夜已深,你早些回去歇息吧!"

经项梁这么一责备,项羽的酒醒了些许,越发地不能委曲求全了,一拳狠狠地击打在墙壁高声喊道:"叔父忘了,昔日秦皇东巡至会稽,侄儿立下'彼可取而代之'的誓言。当今天下,非项氏不能为。"言罢,他也不告辞,冲出帐外,从夜色中传来声声怒吼。

项梁长长地叹一口气,闭上双眼,向后靠去。他现在很后悔当初对项羽过于放纵,不习经史,罔视法度的容忍,以致使他以为天下者,力胜可矣。更令他担忧的是,他的自负而不自知。看看自己,虽未垂垂老矣,却也双鬓雪花,如此下去,他能将兴楚大业交到这莽汉手上吗?

从帐外传来一阵急促的马蹄声,他知道又是项羽到营外撒野去了。项梁重新闭上双目自语道:"随他去吧!"

月色如霜,人心如潮,这是个多么不协调的夜晚。

"驾!"项羽挥动皮鞭,狠狠地抽打坐骑的臀部,那马就撒开四蹄,朝城东门口直奔而来。

守城的士卒见状,知道少将军要不就是醉在梦乡,要不就是心中结了块垒。城门司直明白,正当与秦军鏖战之际,私开城门是要受军法处置的,正待上前问话,但见项羽挥鞭朝拦马的伍长打去。在薛城守门多日,项羽在军中的地位如日如月,他若是惹恼了少将军,挨一顿皮鞭事小,弄不好就做了他的刀下之鬼,于是忙命士卒开了城门。那马在项羽的策打下风驰电掣般地冲出城门,朝着浓浓的月夜深处奔去了。

旷野里飘来稻秧的清香,但心情郁结的项羽没有心思看这清风下的明月,心中只是滚动着一句话:"熊心小儿,我岂能听命于你。"

马蹄跨过一座小桥,才放慢了脚步。项羽借着月光望去,发现城东已是另一重世界。各路豪杰的营寨都集中在这里,黑压压地绵延到十里以外。每一座营寨门前都亮着灯火,营寨中心的帐篷灯光闪烁,那一定是首领们在商讨灭秦大事。他便情不自禁地感喟叔父项梁的赫赫之光,越是这样,就越是对他屈从于熊心如鲠在喉,分外别扭。

"熊心!吾迟早要杀了你。"项羽抽出宝剑,狠狠地朝路边一棵垂柳砍去,眼见得那树枝唰啦啦地落到了河里,惊得前边不远处的战马"啾啾"的嘶鸣。

"哦!原来月夜不眠者非项羽一人啊!"他将宝剑插入鞘内,瓮声瓮气地喊道,"是哪路豪杰深夜出营?何妨报上名来。"

"临水而立者可是项籍项将军?"伴随着马蹄"嘚嘚",两人来到面前,张良先于马上打拱道,"在下张良张子房。久闻将军大名,今日相遇,实属大幸。"接着,又介绍刘邦说,"此乃沛公刘季,听闻项公邀集各路豪杰共商灭秦大计,故而赶来盟会。"

刘邦急忙下了马,毕恭毕敬地上前搭话:"季在沛县时,即听闻少将军力能拔山,举巨鼎而面不改色。今日一见,果然相貌奇伟,气度不凡。今后还望少将军关照,季不胜感激。"

"好说好说。"项羽就对自己刚才说话鲁莽有些不好意思,顺势下了马,三人牵着马散步。

刘邦又问道:"今夜各路豪杰宴会,见将军中途离席,是有要紧军情么?"

"一言难尽。"项羽长出一口气,隔几步远都可以闻到甜腻的酒味。

刘邦和张良都没有接话,几个人默然走了一段路程,项羽还是按捺不住心中的愤懑,回转身看着月色下的两人道:"想必两位听说过我在会稽见到秦皇的传闻了吧?"

刘邦撩了撩马缰,以谦恭的语气与项羽说话:"季当初闻听秦皇东巡会稽,将军发下'彼可取而代之'之誓,有如铿锵铙鼙,洞心骇耳。自来薛县后,又不断听说将军御风腾云,连破强贼,真乃当世英雄也。依季观之,将来天下英雄必归于将军。"

"沛公之言,亦我心中所思矣。"张良停住脚步,连连点头。他深知刘邦对项羽的鲁莽是了解的,只是眼下不愿意点破罢了。

这一切,项羽毫无觉察,倒是有了面对知己要发泄的冲动:"籍以剿灭暴秦为己任。无奈叔父做事优柔寡断,分明项氏势大,却弄个楚国的落魄公子摆在头上,这究竟是为何?"

"哦?"张良沉吟了一阵后道,"原来将军愤郁乃为此事。在下以为,以项公处事持重沉稳,遣范增遍访民间寻觅新主,必有鸿远之虑,邃深之思。"

"子房所言甚是。项公立主,乃以陈王为鉴,收取天下人心而已,季以为即便熊心即位,军国大事皆决于项公与少将军,却是不可移易之势。"刘邦接着话茬,向项羽身边靠了靠道,"即如季与子房,明日盟会之后,必追随于项公左右。更不必说将军恭敬爱人,力劲骁勇,天下无敌,岂非社稷之主乎?倘有朝一日秦室社稷崩塌,我等当'大雅扶轮',不遗余力,唯楚是忠。"

这一番话不唯让项羽十分感动,尤其是张良更是瞠目而视。对刘邦藏锋敛光,隐忍挫锐的处事风格又多了一层了解——大凡善居于人下者,必有大谋。

所谓同一句话,看谁来听。项羽显然被刘邦的话打动了,他至今还不知道刘邦当初见到秦始皇时,发出与自己一样的心思,但眼前的热肠让他相信,一旦两人联手,必能勠力一心,据天下之雄图。他索性放开马缰,双手打拱,半是清醒半是醉地对刘邦道:"兄一番话,让我拨心雾而耳目明。兄长我数岁,不妨结为金兰之交如何?"

这确是刘邦不曾料到的,忙摆手道:"将军乃望族之后,族脉隆盛。季乃区区亭长,只怕污了将军名声,实在不敢高攀。"

项羽憨直,一旦起了念头,便不想退却,他不由分说,拉着刘邦就跪倒在地,面对升上中天的月轮高声道:"月老在上,吾誓与刘季结为刎颈之交,兄弟相待。不求同年同日生,但求同年同日死。祸福共担,艰危共扶,共诛暴秦,同复大楚。若有异心,形同此石。"言罢,挥掌朝路边一块方形石头击去,只见方才一块完整的顽石,顷刻列为四块。

刘季大惊,始知项羽勇力过人并非虚传。正走神间,就感觉身后被人推了一把,回转身就看见张良暗中的示意,忙向天作揖道:"苍天在上,吾与项籍情同手足,胜似同胞,永无异心。"

"难怪今夜风清月朗,缘知乃为二位备之。"随着两双手紧紧握在一起,张良不失时机地在一旁击节。他满腹诗书,任何事情一经他的口,便都成为有故之举了,"《易》曰,'二人同心,其利断金;同心之言,其嗅如兰',从此以后,项公左右,文才武略,砥柱中流,何愁嬴秦不灭?"

项羽与叔父发生的郁闷因与刘邦义结金兰而消散了许多,他未曾去探究或者揣测刘、张二人此时的心境,深信三颗心跃动着同一个节律。孰料正当他兴奋之至的时候,刘邦的声音却在耳边响起来了:"将军忠直,季感同身受。然则,季有一言,不知当讲不当讲?"

项羽不假思索道:"兄长何须曲折,直说无妨。"

"难得将军如此豁达。《易》曰:'尺蠖之屈,以求信(伸)也;龙蛇之蛰,以存身也。'熊心虽已落魄,然则彼今登基,即为楚王。项公以下,皆为臣下,君我必以君臣之礼,方能赢得人心。"

项羽虽然没有多说话,但心底已经接受了刘邦的劝言。

从远方传来黎明的第一声鸡啼,三人抬头望去,明月西垂,启明初升,新的一天开始了。各路英雄闻鸡起身,准备奔赴盟会。项羽、刘邦、张良拨转马头,奔上回城的道路,马蹄沾上晨间的露珠,留下一串"嘚嘚"的余音……

辰时三刻,被改作王宫的薛县县府门前人头攒动,川流不息,呈现出从未有过的热闹。

既是复国,自然有复国的排场。早在范增去寻找熊心之际,项梁已要宋义按照典章制度,命尚衣坊做了君臣穿戴的冠冕和朝服。

项梁依稀记得,父亲项燕曾经不止一次地对他说过,楚人先祖出自黄帝之孙颛顼高阳氏,颛顼曾孙吴回是帝高辛氏的火正,主管天火与地火,能光融天下,帝喾命曰祝融。故楚人向来有尚红色的习俗。楚王的衮服也便以棕红色为主调,交领右衽,直裾,长袖,领口宽大,衣襟、下摆处有锦绣的缘边。其他自项梁以下皆按照尊卑之序,分别以紫红、黄色、藕色、灰白为官服。

楚王的衮服做成当天,项梁左右拿来要他试穿,被他严词拒绝:"上则能尊君,下则能爱民,政令教化,刑下如影,应卒遇变,齐给如响,推类接誉,以待无方,曲成制象,乃圣臣之道,践之者,若吾父是也。今暴秦未灭,亡国未复,臣之耻也。岂可妄生他想,此梁所不齿矣!"在场的项伯、宋义闻之,无不动容。

昨夜,就在项羽与刘邦义结八拜之际,项梁捧了衮服到熊心行宫,亲自看着宫女们给他穿上。待熊心面目一新地出现在项梁面前时,他的眼睛亮了,无论是从个头还是五官,都仿佛昔日的怀王又回来了,他禁不住喊出声:"真怀王再世矣!"

陪同他前来献衮服的范增急忙在一旁建言道:"既是如此,何不就以怀王名义诏告天下,以示我大楚臣民思念怀王,同仇敌忾之志。"

熊心一边摇头,一边推辞道:"昔日怀王以大国君主,东联齐,西抗秦,功垂万世。我何德何能,岂敢比于先祖?"

一言未了,项梁与范增已跪在他面前了:"臣项梁、臣范增拜见大王。"

事已至此,熊心还能说些什么呢?他只是一时还无法适应,这个人世间对于他,的确有若鬼出电入,不可捉摸……

昨夜,他梦魇不断,时而在金碧辉煌的宫殿,时而在波谲云诡的深山,时而被秦军追杀,几于丧命。醒来后,身边站了一群宫女和黄门。他的眼角挂上尴尬的苦笑,不知是否所有的君王都如他一样,提心吊胆地过日子。

此刻在王宫门前,数十面紫红色,镶了白边牙,上面绣了巨幅籀书"楚"字的大旗分两排在宫前排开,风卷旗扬,发出哗啦啦的响声;清一色黄色戎装的仪仗在旗下站成整齐的方阵,而中间通往正殿的甬道则铺了猩红色的地毡。

项羽、刘邦、张良等人着了昨夜发到营寨的冠冕,庄严肃穆地、步伐稳健地走过地毯。六月的阳光洒在他们肩头,那种灼热的感觉,很快化为额头的点点汗珠,当仪仗队伍齐刷刷地向他们行注目礼时,每个人的心头回旋着的,都是昔日战场上的刀剑铿锵,战马嘶鸣;是未来的关山万里,荆棘漫道。在这时候,他们忽然觉得,只有沉默,才与这氛围相合,一切的话语都是对它的亵渎和不恭。当他们登上台阶时,就听见司礼在一旁高声唱报:"项将军、沛公、张子房先生到!"

"请诸位卸下刀剑。"立即就有禁卫上前迎接。

项羽的眉头皱了皱,但看到刘邦和张良无一例外地交了兵器,便也将腰间宝剑解下来交给了禁卫。

熊心早已端坐在王位里,在他的旁边有一座位空着,大家都知道这是留给项梁的。刘邦在前来汇聚的各路豪杰中看到了吕臣父子和英布,显然,他们对这次盟会怀着很大的期望。有了前几日的相遇,彼此并不生疏,刘邦向他们颔首招呼,投去很温婉的微笑。然后,跟上项羽和张良的脚步,去朝拜熊心。

张良的目光迅捷地扫描着每一个会盟者的表情,透过挂在眉宇间的微笑,他仍然能触摸到每一位首领的面亲心疏。别的不说,单说那个英布,早在遭受黥刑时就常常自言有人说他"当先刑而后王",又岂能甘居人下,只不过势单力薄罢了。即如沛公,安能屈身小小牧羊郎。想到这里,他对此行盟会有了自己的谋划。

现在,项羽、刘邦和张良已经来到殿前,面对熊心,齐刷刷地拜倒在地道:"微臣拜见大王。"

熊心看上去有些惶恐不安,语不成句地回应道:"英雄平身,赐座。"

三人依照顺序,在自己的位置上"跽跪"而坐。

时间已到巳时一刻,范增以"典令"身份出列高声道:"请武信君入座。"众人纷纷侧目望去,就见原先坐在各路豪杰最前面的项梁起身,先向熊心行臣子大礼,然后在楚王身边正襟危坐,一脸严肃。项羽至此终于明白,真正说话主事的仍是项梁。

接下来,就是熊心向大家赐酒,他先看了看项梁,才举起手中的酒爵道:"各路英雄,今日盟会意在九合一匡,共诛暴秦,复我大楚,请诸位与寡人一起举酒,以示我勠力一心,同舟共济。"

熊心的话音刚落,项梁举酒接着道:"新主临位,故国依在,我等誓灭强秦,创太平盛世。"

众人这才一起举杯,狂呼:"勠力一心,誓灭强秦;活捉章邯,共诛二世。"

项梁挥动臂膀,声潮迅即平静下来。

"诸位英雄!"项梁洪亮的声音在大厅内荡起一阵阵回声,"《春秋》曰:'凡邑,有宗庙先君之主曰都,无曰邑,邑曰筑,都曰城'。我楚立国久矣,宗庙在郢,继之寿春。可恨嬴秦断我脉源,毁我宗庙。我意立盱眙为新都,楚王不日移驾新都,以图兴楚大计。"

众人又是一片欢呼。项梁趁着大家举酒之际,向范增使了个颜色,但见他屈身来到楚王面前,低声陈奏几句,熊心点了点头,不失时机地将典礼引向封赐环节。

依照昨夜与项梁的商定,宋义被封为上将军,佐项梁运筹与章邯大战之计。

宋义感动于熊心的恩泽,为昔日宫中那一段君臣情谊的接续而分外欣慰。他从豪杰阵列中走出,向熊心行三叩九拜之礼,口中讷讷道:"臣定不负大王重托,肝脑涂地,在所不辞。"

在这次盟会上,英布被封为当阳君,在受封的那一刻,他没有任何喜色,无论是从当初响应陈胜揭竿还是后来独立抗秦,无论是归顺项梁剿灭秦嘉、景驹还是与吕臣苍头军一起战于清波,他都从不惧死。他觉得获此封赐乃实至名归。

他矜持的情绪自然逃不过张良的眼睛,他断定英布虽现在项梁属下,然必不能长久。即便将来归了沛公,亦必居功桀骜的一匹"泛驾之马"。这当然是他触景观人的随想,他很快就被项梁下面的话吸引了注意力。

"各路英雄。"项梁挥动着右臂道,"目今嬴秦危机四伏,诸侯纷立。然章邯贼军势重，会盟之前，我即闻贼军击魏王于临淄，魏相周市战死疆场。魏王咎为其民约降，而后自焚，储君魏豹告急。臣奏请大王将兵六千，助其复国；又闻田儋为救魏而战死，危若累卵。观之战局，若夫唇亡则齿不能存矣，故而，救齐犹若救己，臣欲奏请大王恩准臣亲自率军击章邯军于东阿，以解其水火之悬。"

不被章邯军各个击破，这也是项梁此次会盟的核心。他的话一出口，即得到了大多数义军首领的拥护。熊心从来没有打过仗，面对项梁的陈奏，心中一片茫然，转过脸来看了看"典令"范增，见他频频点头，于是当殿准奏，以项梁为统帅，发起"救齐之役"。

为牵制司马欣、董翳兵力，项梁又命项羽、刘邦合兵一处，攻取城阳、濮阳、外黄等县，致敌首尾不能相顾。

众将领都为项梁运筹帷幄，精于大局的气度和思路而感慨。在久违的楚宫乐舞中，临位大典接近尾声……然而，项梁的心思却是没有丝毫的轻松。望着将领离去的背影，他特地邀了项羽、刘邦和张良到大帐饮茶叙话。

项梁命卫士给三位豪杰斟满茶后，把目光转向项羽，说话的声音就严肃多了："此次乃你与沛公、张先生首次合军为战。我知道你勇力过人，力敌千军。然则兵法云：'故善战者，致人而不致于人。能使敌人自至者，利之也；能使敌人不得至者，害之也'，兵者，素为诡道，非独力能胜矣。沛公年长，当为兄长，凡是相商为宜，当以智取为上，进击次之。"

闻言，项羽心中就有了诸多的不快，他最不满意的就是叔父总拿自己当孩子看。但此时此刻，他高兴的是可以与刘邦协力攻战，故而舒展眉宇，频频点头道："侄儿记住了，叔父勿虑。《吕览》云：'良工之与马也相得则然后成。譬之若桴之与鼓'。孩儿定与沛公桴鼓相应，更唱迭和。"

刘邦也急忙在一旁道："项公尽可放心，季虽布衣，然素怀葵藿之心，定不负项公之重托。"

向来对读书情味索然的项羽竟然说出这一番话来，这让项梁十分吃惊，始知这些日子，他与刘邦和张良在一起颇有精进，心中的一块石头也渐渐落地。项梁命卫士给每个人面前的杯子续了水，又把征询的目光投向张良道："先生还有何赐教，不妨直说。"

张良一脸虔诚道："两位将军所言，亦在下所虑所思也。相信两位将军定能扫灭秦贼，为项公大略增色添彩。方才在临位大典上听项公一番宏论，如饮甘醇，心清目明。在下受项公启发，有一话不知当讲否？"张良低头捻动颌下的美须，起身来到项梁面前站定。在项梁点头之后，他接着道，"项公既已立楚后,而韩诸公子横阳君成最贤,可立为王,如此,嬴秦又多一劲敌,必无暇南顾,如此,则大楚复兴有望矣。"

这话一出口,刘邦就瞠目吃惊了。当着项梁的面又不好将两人的知遇之约挑明,只是一个劲地叫"子房……子房",下文却无论如何也说不出口了。

项羽当然不了解这两个人私下说了些什么,只觉得张良的献策对分散秦军兵力十分有利,声高气粗而又兴奋地说道:"先生良谋,叔父何不玉成乎?"

项梁看了一眼项羽道:"先生所议,于楚有利。只是此事尚须奏明大王方能定夺,明日一早老夫即去拜见大王,陈明此事。"

张良明白,这不过是项梁做给大家看的一个过程。

三天以后,张良以韩国司徒的身份来向刘邦告别,说他即将北上寻找韩国公子成。刘邦依依不舍的情绪毫不掩饰地布满眉宇,他断定张子房就是他梦寐以求的兴国良才,往后的日子里需要他的辅佐。但他知道,这些话现在都只能藏在心底。他在营寨中为张良备了饯行酒,一直喝到午后日色西斜,才送张良上马。

张良被李甲扶上马,双手打拱作别道:"子房就此别过,沛公保重。"

正要打马离去,却见刘邦一跃上马道:"你我知遇一场,情同手足,季怎可忍心子房孤独离去,且送一程。"

张良还能说些什么呢?两人一前一后驰过小桥,缓缓地上了通往西北的道路。侧望张良清秀的面容,刘邦还是忍不住道:"子房一走,季顿觉心中空落。不知往后将问计于谁?"

这话让张良眼眶有些发热,所谓人生知己,他在同刘邦相处的这些日子深有体会,然而灭秦复韩,是他化不开的心结:"今生得遇沛公,乃良之幸,然则,良乃韩国丞相之后,亡国亡家之恨未敢一日忘却。当年博浪沙未能击杀嬴政,终成憾事。现复国良机,未可再失。然而良相信,君我终有见面之时。"

"先生宏愿,季意会神解,感同身受。只是此去兵燹纷扰,路途多艰,先生保重。"

张良的心被刘邦的热语激荡得十分纷乱,他生怕自己一瞬间动摇了归去的决心,急忙擦拭了眼角的泪花,在坐骑身上狠抽一鞭,再也没有回头……

刘邦目不转睛地盯着远去的身影,似乎整个的心都随他去了,直到从远方传来"沛公"的呼唤,他才缓过神来。到得面前,刘邦不仅"哦"了一声,这不是雍齿的副将岳恒么?他的心头顿时腾起一阵喜悦,断定周勃已经攻下了丰县。

岳恒翻身下马,将一封信札高高举过头顶:"启禀沛公,丰县来信了。"

周勃在信札中禀告刘邦,丰县已经攻克,雍齿只身逃遁,投奔赵歇去了。

岳恒的脸上流露出些许愧色,双手行礼道:"末将碍于私情而昧于大势,致丰县沦于魏咎之手,还请沛公治罪。"

刘邦轻抚岳恒的肩膀,话语中就带了长者的宽容:"少将军不必自责。于私,你与雍齿情同父子,追随左右,乃孝义之节;于公,你不顾雍齿阻拦,助萧丞督深夜脱险,回归大营,是为大忠,功莫大焉,何罪之有?"

岳恒心头稍稍获得欣慰,当下表示当跟随沛公,为灭秦大业尽股肱之力。

"不日我将奉项公之命转战城阳、濮阳,将军青春年少,正乃鹏程万里之际,就随我前行如何?"

两人说着话,打马回营。

路上,刘邦对雍齿投赵给予了宽恕:"我观赵之赵歇乃器量狭小之人,必不能容他。我倒希望有朝一日他能迷途知返,重归我军。"

岳恒没有说话,望着披挂六月阳光的刘邦背影,有一种难以言状的感慨:"古今雄杰者,胸纳四海而志在天下,沛公是也。"

章邯率军在前方的艰苦鏖战与朝廷内的血雨腥风构成了秦二世二年六月咸阳的基本底色。

章邯、司马欣和董翳从前方传来的战报,特别是周文大军兵败戏水,退出函谷关,而又覆没于渑池的奏报,让昏庸的胡亥抱火厝薪,继续沉醉在歌舞酒色中。

而李斯就在这样的风雨声中被投进了"囹圄"。连他自己都没有想到,当年他曾经千方百计说动秦王关押韩非的地方,如今成了囚禁自己的处所。

从六月下旬就霏霏沥沥的夏雨,每日哀歌一样地在耳边回旋,搅得他昼夜不能安寝。背靠墙壁,透过牢房小窗,望着从窗前飘过的黑色云团和从云层深处飘到地上的雨丝,李斯的思绪就飞得很远,那些细碎而又具体的往事渐次地从眼前划过,时而清晰,时而模糊,时而让他愤怒,时而让他心痛。想到无奈处,他便将头狠狠地碰向墙壁。

他从来不曾想过自己今生会与囹圄结缘,可命运偏偏就是这样冷酷地嘲弄了他。当年他与韩非子共事秦王,他用自己的"舌刀"说动秦王杀了韩非。然而,故技却在二世这里碰了壁。他在写给皇上的奏章中历数赵高"邪佚之志,危反之行,私家之富,若田氏之于齐矣,而又贪欲无厌,求利不止,列势次主,其欲无穷,劫陛下之威信,其志若韩为韩安相也"。二世读着他的诏书,就笑他的迂腐:"何哉!夫高,故宦人也;然不为安肆志,不以危易心,洁行修善,自使至此,以忠得进,以信守位,朕实贤之。"更要命的是,二世竟然把他上书的内容全部告诉了赵高。

"这是微臣预料之中的事情。"赵高倒没有任何惊悚,立即反咬一口道,"丞相所担心的只是我一个人,我死了,丞相就要像当年齐国的田常那样弑君谋反了。"

结果,不只是他一人身陷囹圄,株连宗族、宾客千余口获罪。

走进狱门那一天,李斯仰天长叹:"悲夫!不道之君,何可为计哉!昔者桀杀关逢龙,纣杀王子比干,吴王夫差杀伍子胥。此三臣者,岂不忠哉!然而不免于死,身死而所忠者非也。今吾智不及三子,而二世之无道过于桀、纣、夫差,吾以忠死,宜矣。且二世之治岂不乱哉!日者夷其兄弟而自立也,杀忠臣而贵贱人,作为阿房之宫,赋敛天下。吾非不谏也,而不听吾也。"

那是怎样地撕魂裂魄哦!一千多次的"榜掠",棍击鞭打,皮开肉绽,骨碎身损,多少次昏过去,又被冷水泼醒。行刑的都是那些如狼似虎的狱卒,赵高并不多来,每当他出现的时候,也必然是自己被折磨到意志极限的时候。

这一天,在他被第四次用冷水泼醒后,赵高出现了。他臃肿的身材一出现在囹圄门口,就形成一个硕大的黑影,笼罩了所有在场的人们,也笼罩了他那颗破碎的心。

赵高在他的面前坐下来,悠然自得地笑道:"这刑罚滋味不好受吧!尚有何刑未用,何不明告丞相?"

"诺!"狱吏回应,转而对李斯道,"丞相平日高高在上,岂能闻这皮肉之苦。所谓五刑者,乃指刵、墨、劓、宫、大辟,辅之以笞、杖、徒、流、死。火能变金色,故墨以变其肉;金能克木,故刵以去其骨节;木能克土,故劓以去其鼻;土能塞水,故宫以断其淫;水能灭火,故大辟以绝其生命。丞相若是想见识一下,不妨听听。"

狱吏说罢,向外面挥了挥手,但听从隔壁传来声嘶力竭的惨叫,李斯听出来了,那是将军冯劫的声音。谒者告诉他,此为刖刑,砍去双足是也。

赵高示意狱吏退下,像听一曲《高山流水》一样轻松地对李斯道:"丞相聪明过人,何须受这裂骨酷刑,何妨招供,皇上开恩,或能免你死罪亦未可知。"

李斯抬起头看了看赵高,愠怒地说道:"章邯诸将正与贼寇酣战,你等如此，岂非让亲者痛，仇者快？"

"这……"赵高眨了眨鼓起的眼睛道，"你身陷囹圄，自顾不暇，谈何亲痛仇快？"

这时候，从隔壁刑讯室又传来一阵惨叫，那不是右丞相冯去疾的声音么？李斯的心就禁不住恐惧地收缩："你等要将老丞相怎么样？"

行刑的狱吏冷笑一声道："怎么样？哼哼，此乃劓刑，想想吧，你被割去鼻子，还是人吗？"

李斯颓然地低下了头，是啊！如此酷刑下去，何时是个尽头，尚不知家人被折磨成何等模样。也许，暂时的招供不仅可以免受粉身碎骨之苦，而且在赵高之流上奏朝廷的日子里，还可以为自己赢得辩解的时间。李斯微微睁开眼睛，痴痴地对赵高道："你不必再动酷刑，我招供。我与儿子李由暗通陈涉，欲图谋反。"

"早如此痛快，何须皮肉受苦？"狱吏冷笑一声，拿过"狱词"和朱笔，李斯血淋淋的右手接过毛笔，狠狠地画了两道，又被狱卒捉着拇指按了指印，然后死尸一样地躺了下去……

从那以后，他就再也没有见到赵高。

天色郁暗，看样子雨将会更大。李斯换了一个姿势，那心就飞到窗外，跟着雨丝东去了。他不知道，远在三川的李由怎么样了？会不会已经被缉拿回京？自从在狱词上画供以后，他就一直陷入深深的自责。埋怨自己不该惜命，以致连累了儿子。如果说，此前他十分惧怕有人拿李由与陈胜暗通嫁祸于自己，那么，现在他倒从心底希望儿子投奔义军，这样可免死在朝廷酷刑之下。

不！他要为自己辩解。当年，郑国疲秦事败，秦王在举国发起大索之时，他就在骊邑的月光写下了那篇《谏逐客书》，挽狂澜于既倒。如今，他要用刀笔救自己的妻儿，救曾经与自己患难与共的宾客，这是留在他心头唯一的自信。想到这里，他转脸对着狱门喊道："来人！"

狱卒中有暗中悯李斯者悄悄上来低声问道："大人要笔墨为何？"

"我要上奏陛下！"

"唉！大人都画了押，上奏又有何用？"

"想我强秦……"李斯喘了口气道，"想我强秦赖先帝神威，大略御势，带甲百万，奋扫六合，包举域内，四海为一。然则赵高诸贼欺君罔上，课税繁重，囹圄遍国。以致陈胜揭竿，应者甚众。通古虽陷囹圄，然不忍看生灵涂炭，当上奏陛下，还请足下玉成。"

狱卒长叹一声道："即便写了，又如何达得天听呢？"

李斯沉思片刻后道:"足下不是常于咸阳门市为囚犯购食么?只需将上书投之北阙勿引人注目即可。"

"如此就依大人。"狱卒去后不多时便拿来笔墨。

李斯谢过狱卒,从内衣撕下一片白绢,伏地铺开,未及赋笔,已是涕泪怆然,那千言万语都海涛一般地涌上心头——

  臣为丞相治民,三十余年矣。逮秦地之狭隘,不过千里,兵数十万。臣尽薄材,阴行谋臣,资之金玉,使游说诸侯;阴修甲兵,饬政教,官斗士,尊功臣;故终以胁韩,弱魏,破燕、赵,夷齐、楚,卒兼六国,虏其王,立秦为天下。又北逐胡、貉,南定百越,以见秦之强。更克画,平斗斛、度量、文章,布之天下,以树秦之名。此皆臣之罪也,臣当死久矣!上幸尽其能力,乃得至今。愿陛下察之!

自此,他就一直焦急地等待,他希望皇上在看到奏章后,能够明辨是非,为自己辩冤。

然而,在过了一天后,他的心益发地焦虑,他没有再看见为他提供笔墨的狱卒,而等待他的却是更加严酷的刑罚。

赵高又一次到狱中来了,手里拿着的,就是他写给皇上的上书。

"哼!你以为还是丞相么?你难道不知道,囚犯岂能上书。"赵高在李斯面前晃动着黑白分明的绢帛,将染着他血迹的上书扔进火堆,顷刻化为灰烬。

他并不知道,接下来的日子,对他施行酷刑的,都是赵高门客冒充的御史、谒者、侍中。终于有一天,李斯再也熬不住了,他对刑讯者道:"我复如前供,欲图谋反。"

"李由可否与你同谋?"

李斯不置可否地转过脸去,立即就有一位谒者上前抓住他的手按了指印。至此,长达数十天的审讯以李斯认罪而结束。

第二天大雨如注,咸阳宫前一片茫茫水泽,汇成大大小小的径流,朝宫南的渭河淌去;在宫门前值守的禁卫们,盔甲湿淋淋的,不断有水滴落在地上,这为六月的暑天平添了惆怅。赵高直到巳时一刻才到了宫前,他问等在门口,即将接替他为郎中令的赵成道:"陛下醒了么?"自从皇上声言不见群臣,大小事委于赵高之后,他就直接到内宫奏事而不再去咸阳宫前殿了。

赵成擦了一把额头的雨水,抖了抖蓑衣上的水珠道:"昨日宴乐太晚,方才醒来。"

赵高点了点头,转过回廊,越过一片芷兰,来到殿前。他看了一眼守在殿门前的黄门,无须传禀,径直来到二世面前施了一礼道:"启奏陛下,李斯已经招供。"

"招供?何供之招?"胡亥还没有从迷梦中完全醒来。

赵高顺手将李斯的狱词呈上:"李斯招供,其与长子、三川郡守暗通贼寇陈胜,密谋反叛朝廷。此为其招供的'狱词',请陛下御览。"

胡亥从赵高手掌接过狱词,自右而左地浏览一遍,待抬起头来时,已是满目惊恐了:"果真如此么?"

"陛下可遣御史去狱中察看。"

"可将李由缉拿归案?"胡亥摇了摇头。

"启奏陛下,臣差廷尉府遣人星夜奔往三川缉拿李由。"

胡亥眉头皱了一下,油然喟叹道:"若非爱卿,朕几为丞相卖矣。"

"陛下明察!"赵高不失时机地上前奏言,"只是李斯一族做何处置,还请陛下圣裁。"

"此类事皆由爱卿处置,安国利民即是。"胡亥打了一个呵欠,显出疲倦的神色,言罢闭上了眼睛。

"如此,微臣告退。"赵高谦恭地退出大殿。愉快的心境使他忘记了头上飘摇的雨丝,那从沙丘事变之后就蒙在心头的阴云豁然消散,他不用再担心李斯有一天拿篡改遗诏,害死太子扶苏的把柄要挟自己。现在,这一切罪名都可以算在李斯头上,他就是有一百张善辩之口也无济于事了。

七月初,腰斩于市的诏书到了大牢。当年他任廷尉时,就常常捧着皇上的诏书到"囹圄"宣判。他记得很清楚的一次是他对韩非宣读盖了秦王玉玺的诏书后,这位昔日的同窗没有表示任何的意外和恐惧。他甚至没有要狱卒挟持,就自己走出了牢狱。当韩非从他身边经过的时候,他听到了一句真正让他恐惧的话:"今韩非之死,尚有君送之;不知君明日之死,可有葬身之地否?"

廷尉面目冰冷,甚至在雨幕的背景下有些灰暗,宣读诏书的声音远不如自己当年那样洪若钟吕,似乎于苍白中透出依稀的胆怯——

　　　　查李斯暗通贼寇,欲图谋反,着即处以腰斩。

他没有对朝廷的判决给予任何表示,他万念俱灰,在离开这个曾经让他辉煌又让他疲累的都城之际,他唯一的后悔是不该受赵高蛊惑,出于私心参与了篡改始皇遗诏的密谋。他唯一的希望是能够在走向刑场的时候,看到自己的妻子和小儿子。

刑场就在皇宫北面的门市,处在北坂到平原的二阶台上,那街中心有一座楼,监斩官就坐在楼房内,可以居高临下地看见对面行刑的平台。此刻平台上一片水渍。

辰时三刻,李斯被押解出了牢狱。多日接连不断的酷刑使他遍体鳞伤,脚踝骨露出被脚镣磨出了骨头,每走一步都钻心地疼,以致表情看上去有些古怪。他在心头埋怨自己懦弱,远没有当年的韩非淡定。

忽然,他的眼睛睁大了。哦,从另一间牢房出来的,正是他妻子和手中牵着的小儿子。他们母子显然也发现了李斯,跟跟跄跄地向他奔来。

李斯一把将小儿子抱在怀里,泪水禁不住落在他的额头。在丞相任上的那些年头,他每日就是出于公门,入于私门,一次次地忘却陪伴儿子嬉戏的诺言。

"儿啊,为父真想和你重牵黄狗,共同出上蔡东门去追逐狡兔,但哪里还能办得到呢!"

"父亲,孩儿不要黄狗,孩儿就要父亲……"

从旁边传来"囚车起行"的命令,李斯和小儿子被强制分开,塞进两辆不同的囚车。李斯艰难地回头去望,随后的囚车有数十辆。他怆然地闭上眼睛,想在感觉上把自己与这个世界隔绝开来,但小儿子的哭声依旧不可遏制地传到他的耳内……

第十三章

刘项雍丘斩李由
项梁东阿败章邯

　　雨渐渐小了，天边微微露出依稀光亮，雍丘城头浓烟滚滚，朝东南方向飘去；而写着"秦"字和"李"字的黑色旗帜，如今已面目全非，褴褛不堪地随风飘摇；云梯断为几节，像一个跛足的老者，沧桑而又疲倦地横卧在护城河上。从城头落下的秦军和没有来得及登上城头的楚军士卒的尸体杂然相陈，挤在护城河里，散发出浓郁的血腥味。

　　刘邦站在战车上把这一切尽收眼底，环顾周围，守护在身边的李甲等卫士一个个浑身泥浆，没有一处干爽的地方，他眉头渐渐蹙在一起。在犹豫了片刻之后，他终于下定决心，对身边的传令兵道："鸣金收兵！"

　　正在城下督战的曹参听到传令收兵，不解地回头望向楚军大阵前，心中不由得起了烦恼。半日厮杀，我军疲劳不堪，敌军亦水米未进，两军相持韧者胜，难道沛公不明此理吗？他挥动手中的大刀，要跟随在身边的岳恒号令大军有序撤退。他拨转马头,来到刘邦面前问道:"敌我正在酣战,沛公为何鸣金?"

刘邦宽厚地看了一眼曹参道:"君自沛县举义以来,所历战阵无数,应知'顿兵挫锐,屈力殚货'的道理。依我观之,雍丘不同于城阳,守将李由乃相门之子,我闻其精通兵法,素爱士卒,加之守城兵器完备,故我军连续攻敌两日,死伤甚众,而其岿然不动。此时如继续疲战,势必士气低落。我意暂且收兵,回营与萧丞督另谋破敌之策。"

曹参便不再强辩,战袍在雨水里浸泡了两日后,僵硬而又潮湿。直到这时,他才感到了汗水、雨水、泥水绕身的不舒服。由己及人,那些校尉和士卒们一定心同此感。

回到大营,用过晚饭已是酉时一刻,曹参虽然疲惫,却也无法入睡,从丰县到胡陵,从薛城到城阳,他跟随刘邦一路厮杀,克坚历险,却从来没有打得像今天这样苦。方才军中主簿前来禀告,说两日战阵下来,楚军死伤达五百人,其中校尉两人。他们中有不少人就是故乡出来的子弟,他不知日后该如何向其父母交代?

曹参再也没有心思卧榻安睡了,一骨碌从榻上爬起来就朝外走,却不意与从外面进来的岳恒碰了个满怀。

"你不歇息,亦不巡哨,来此作甚?"

岳恒忙双手打拱道:"末将是因为白日战事不顺,心事堵胸,想与将军解析一二。"

"哦?"曹参的眼睛顿时焕发了光彩,"我也正为此事思虑纠结,夜不能寐,故而欲拜见沛公相商破敌之策。不如同去,且行且议。"

申时方小的雨这会儿又大了,打在树叶上发出唰唰的声响,土地在脚下"哼哧哼哧"地喘息,整个世界都变得分外沉重。当耳边传来将士的鼾声时,曹参为刘邦爱兵惜将的情怀感动了:"少将军心开目明,鹰眼鹞骨,有何高见,不妨说来。"

"大人不知想过没有,现今天下纷然,暴秦悖逆天道,灭德立违,朝不虑夕。可小小的雍丘城竟然固若金汤,我大军合而围之,犹不能破,其间必有隐情可究。"曹参没有打断岳恒,心想这个年轻人多谋善虑,难怪沛公爱之有加。于是岳恒接着道,"兵法云,称胜者之战民也,若决积水于千仞之溪者,形也。今守雍丘者,非单秦军也,亦有耕战之民,此于白日城头人影不难看出。足见李由治政有方,深得民心,民才不畏死而助之,此乃我军与章邯军战之异,将军以为如何?"

转过一道土丘，曹参放慢了脚步，显然岳恒的话打动了他。正思忖间，就听见岳恒又道："战者，既在城地之争，更在人心向背，与其破城，不如破心，心城一破，不攻自乱。"

此时，曹参的脚步停下来了，忽地生出"知音"的欣喜，连说话的声音都带了兴奋："小将军还有何见解，不妨悉数尽言，我洗耳恭听。"

岳恒憨憨地笑了："惭愧。只是这如何破敌，末将尚未想好，故不敢轻言。"

"到了！萧丞督善断多谋，必有破敌良策。"前方灯火通明，人影晃动，从里面传出刘邦与萧何说话的声音。

李甲看见曹参与岳恒，忙上前迎道："主公与萧丞督早就料到两位大人必来，要小人在此等候。"

进了大帐，刘邦示意他们坐下，吩咐李甲道："雨夜风寒，速备鼎锅酒酿，我等就着酒酿灯火，做通宵议军，岂不快哉？"

曹参将一路上与岳恒的交谈一一禀告刘邦，末了，话语中就带了自责："皆是我无能，才致我军踯躅不前。"

刘邦豁开衣袖道："五大夫不必自责苛求。亦是我虑事不周，未能探清敌情，又自恃我军势大，故而莽撞出兵，此乃用兵大忌。"

雍齿与刘邦比之，确实相形见绌，岳恒感触于刘邦过必自思之风，说道："依末将愚见，攻取城阳时，项羽将军不听沛公良言，屠城三日，乃伤及天下之心，致雍丘民心为敌所用。或曰，民不畏死，奈何以死惧之。因为民皆知保城即保己的道理。李由之军，有民辅助，故能坚守，还请沛公明察。"

刘邦没有回应，但他从心底认同岳恒的见解。自会盟以后，刘项联军连攻数城，项羽的英勇善战他是亲眼所见的，可他最不能容忍的就是项羽那种暴戾的性格。眼下项氏势重，连他攻打丰县的五千人马还是从项梁那里借来的，这让他常常一筹莫展。

此前两军就攻打雍丘军前会议上，刘邦曾很委婉地提议道："听闻三川郡守李由为官清廉，体恤百姓，倘能策反，不唯不战而屈人之兵，且能以一持万，为秦将反正立一楷模。"

孰料项羽闻之拍案道："沛公之言乃妇人之见，夫李斯、李由与二世乃同流合污之辈，尽诛之可矣。"

刘邦情知辩亦无用，最终议决，由刘邦率军攻打西门，项羽率军攻打东门。孰料项羽贪功心切，声言自己所部可打三门，只留东门给刘邦。刘邦也不争持，任由他选。

刘邦将一爵酒灌进肚里，浑身疲倦去了许多，趁着酒意向萧何问计。萧何看了看岳恒道："少将军所言乃砭弊之谈。战者，首取人心，其次掠城。"

刘邦摆摆手道："丞督就不要慢条斯理了，直言胜战之策吧！"

萧何笑了笑，双手朝外面拍掌，但见一被甲校尉闻声进帐。刘邦一看，竟是牛良，一时无语。萧何有些得意地笑指牛良道："昨日主公督战之际，属下暗命牛良化装成秦军潜入雍丘，探得重要军情，正要禀告沛公呢！"

牛良接过岳恒递过来的酒觚一饮而尽，话语不催自出了："末将率探哨入城后，多方探听，其间有一士卒与李由的贴身近卫乃表兄弟，末将多使了些钱币，从他口中得知二世、赵高遣一王姓使者到三川郡缉拿李由归案；其父李斯已遭赵高诬陷，以谋反罪身陷囹圄，单等擒得李由之后一同处斩。据言，此案殃及李氏一族及门客千余人。"

"哦！"刘邦的眼睛顿时睁得老大，"这么说……"

"我不乱秦，秦自乱耳。"萧何命牛良退下，等他转过脸面对刘邦的时候，已经眉飞色舞，计上心头了。

一句话点破曹参，他也起身来到刘邦面前，接着萧何的话说："前方将士竭忠尽命，后方尔虞我诈，诬良为奸，灭秦者，上天之意也。"

"我军何不趁乱……"

萧何话未说完，刘邦呼地从席上站起来道："丞督且慢，我猜猜看是否如此：我军可遣细作入城，广散李由将降消息，致使者疑窦重重，李由百口莫辩，上下人心自乱，届时破城，易如探囊。"

"沛公所言甚是。"萧何近前一步，打了一个拱道，"属下觉得，与其盯着李由，不如用李斯说事。我细作可在百姓和士卒中散布李斯已在咸阳被腰斩于市，王使者并未实告李由。真假莫辨，则使者与李由相互猜忌，必不能专之坚守，我军攻城，胜券在握。"

在座的几位都以为这不失为一条破敌良策，刘邦顺势举起手中的酒爵说："好计！只是遣谁去呢？"

岳恒上前道："末将愿前往，请沛公恩准。"

曹参凑上来赞同道："少将军虑事周密，定不负沛公之望。"

"好！岳将军听令。"刘邦放下酒爵，脸色顿时肃然了，"你率两伍人马混进城去，依丞督所计行事，待后作为我军内应。"

"末将遵命！"岳恒转身离去。

刘邦又对曹参道："速将此计报与项将军得知。"

更漏过了卯时，三川郡守李由不敢再睡。他睁开惺忪的双眼，外面一切都模模糊糊的，只有雨声渐沥渐沥地低吟。回想昨日守城之战，东城项羽攻势凌厉，西门刘季紧锣密鼓。南门、北门也都纷纷告急。虽赖将士用命，撑过两天，可他心里明白敌众我寡，明于此，在刘项两军城阳之役后，他奉命来雍丘坚守时就遣人前往濮阳求援。如果援军近两天不能赶到，那雍丘危矣！

匆匆洗漱罢，他一边吞咽糇粮，一边要卫士传主簿来回话。不一刻，主簿急急赶来，喘着粗气站在了帐前。李由问："濮阳可有回音？"

主簿有些不安地回答："至今尚无消息，是否中途遭遇……"

一言未尽就被李由截住，他眼下最怕听的就是这话："你且退下，若有濮阳消息，速报本官知道。"言罢，他仰起脖子喝了一口水，出帐去了。

虽然淫雨绵延，可雍丘城内却是一派紧张气氛。天刚亮，守城的士卒和百姓就车来人往，往城头搬运滚木礌石和要加热桐油的鼎锅；督战的司马也不想像别的秦官那样凶神恶煞，除叮嘱加快速度，甚至还会帮一把手。

郡丞迎面走来，问道："将军昨夜睡得可好？"

李由脸上掠过一丝无奈的苦笑，转而问郡丞："王使君可已送走？"

"昨日已送往濮阳，他见过章邯大人后即回咸阳。"

李由不再问下去，作为当事人他不可能说得太多。王使君的到来使他的心乱了。皇上诏命说得很清楚，父亲因涉嫌谋反已被投入牢狱，他作为同谋要被朝廷缉拿。尽管王使君临行时一再表示要冒死面奏陛下，可朝廷里有赵高，皇上会听得进他的谏言么？

怀着这样的心思，他登城的脚步缓慢了。回想上次回咸阳为父亲庆寿，文武百官相望于道，只有赵高姗姗来迟。而那时节，正是陈胜、吴广在大泽乡揭竿的日子。父亲在宴席期间向赵高提出省民力役，却遭到他的奚落。

"篡臣当道，忠良遭诬，百姓涂炭，岂能长久？"这话在他心里滚动了多少次，每次一冒上心头，他就使劲摇头，试图将之驱出，而且当那声音冥冥中传来的时候，他的额头顿然冷汗淋漓，生怕别人窥见他的内心。怀着如此重的心事，岂能专心御敌？他已做了最坏的打算，纵然以死殉国，也要洗清强加在他们父子头上的罪名。也许，皇上会念在他奋勇杀敌的分上，开释父亲。

他刚刚登上东门城楼，就听见城下人声嘈杂。守卫东门的郡尉禀告，说天刚亮，项羽的人马就开始攻城了。李由倚楼远眺，果然黑压压一大片。

楚军在大战两天，毫无战果的情势下，仍然保持着战车如云，旌旗蔽日的严整。项羽骑着乌骓马，着黑色盔甲，手持长长的楚戟，直指城头高声骂道："李由小儿，早早受降。否则，定将这雍丘杀成血海。"

接着,从城下传来楚军山洪决堤般的声浪——

"李由必死,暴秦必亡。"

"李由必死,暴秦必亡。"

郡尉被激怒了,要出城迎战,被李由拦住:"此乃项羽激将之法,你何必计较。守住城门,就是保护百姓。"

果然,见李由拒不出战,项羽喝令进攻。一通鼓后,但见数百楚军肩扛云梯,手持刀剑向护城河边蜂拥而来;而另一部分步军扛了巨大的松木,向城门口逼近。

攻守双方在城头展开残酷的厮杀,从城门口传来"呼嗨呼嗨"的吼声。李由很快明白项羽攻城是计,而撞开城门才是真正目的。他向郡尉交代了城防要事后,就向城门口冲去。

刚刚下到城墙根,就见主簿慌慌张张地赶来道:"大人,大事不好了。"

"何事如此惊慌?"李由的心就悬在了空中。

"丞相被腰斩于市了!"

"什么?你说些什么?"

"丞相被赵高腰斩于市了……"

"父亲……"李由一阵眩晕,自觉五内翻卷,血气上涌,一股热血喷出口,顷刻间倒地不醒了。

主簿伏下身子焦急地呼唤:"将军!您醒醒……"

李由从昏迷中醒来,第一句话就是:"这消息从何而来?"

"哎呀!满城里都传遍了。"

"如此说来,是王使君诳了我。"李由勉强站起来,目光十分离散,而项羽楚军撞击城门的声音却在耳边回响。他现在顾不了别的,向身边主簿下令道:"传令速用滚木拦挡城门,绝不可以让项羽入城残杀百姓。"说着,披挂上马,做好迎战准备。

这时候,就听见身后传来声音:"李将军,令尊早已死于五刑,尸无全身,族无幸免。你胞弟年纪尚小,亦成刀下之鬼。暴秦于将军无滴水之恩,不如阵前举义,追随沛公,共诛暴秦。"

李由心里"咯噔"一下,似乎是被石头撞击的疼痛,但他还是不为之动,大骂道:"何方反贼,竟敢阵前蛊惑人心,难道不怕我取你头颅?"

说话的就是岳恒,他并不生气,回道:"将军何须发怒。现今山川沸腾,岸谷壑陵,燎原之火漫及全国,将军难道不知独木难撑之理么?"

李由自知辩解无力,遂举刀直扑岳恒。岳恒也不接招,拨转马头,朝西奔去。李由穷追不舍,到了西街法门巷口,就听见一声怒吼:"李贼哪里逃?曹参来也。"李由拍马上前,两人就在法门巷口厮杀起来,双方酣战十数回合,李由心神慌乱,无心恋战,刀法时露破绽,一不留神,被曹参险些刺中咽喉。亏得他机敏,用力拨开曹参的长枪,正要回身,孰料岳恒从远处发来一箭,恰恰射中李由左臂,顿时血流如注。曹参虽然不屑于岳恒的暗箭之举,但毕竟给自己赢得了一次机会,对李由道:"将军身负重伤,不妨暂且随我回营疗伤,待康复后再做定夺。"

李由已经丢下了手中的兵器,右手按住伤口,说话都喘着粗气:"我虽遭诬陷,然清浊自知,生当为秦臣,死亦陪伴始皇帝陛下,将军若是有意,不妨给我一枪,我也好跟随父母而去。"

这话一出口,曹参的心犹如投进一块巨石,顿时沉甸甸的,手却是无论如何举不起那银亮的枪头了:"将军,这又是何苦?"

李由的血顺着胳膊流到地上,被雨水冲刷到路边的壕沟,殷红殷红的:"将军!你就成全我吧!"

"如此恶贼,留他作甚?"未及曹参回应,却听身后震天一吼,但见斜刺里一支长戟直插李由胸口。

李由脸上掠过一丝苦笑,声音微弱道:"我终于没有死在沛公手里……"

项羽收回长戟,回身对身后的将士们道:"屠城三日,军民不留……"

曹参忙上前阻止:"他是受伤之将,何故屠之?"

"那就请将军问问白起,他为何要坑杀四十万赵军俘虏;问问王翦、王贲父子,为何在寿春屠城?"项羽看了一眼曹参,"我说你那个沛公未读诗书,为何书生意气。什么不杀战俘,不扰百姓,难道不知雍丘城中皆是敌人乎?"项羽说罢,勒住乌骓马的马头,在长空留下一阵长啸,飞蹄而去……

曹参望着项羽打马而去的背影,生怕自己的部属受了影响,忙对跟在身边的岳恒道:"严令我军,有敢残害百姓者,杀无赦。"

"遵命!"岳恒应了一声,朝西门口去了。

曹参又吩咐跟随在身边的校尉道:"将李将军尸体清洗干净,好生掩埋。"

李由死后第二天,奉命前来驰援的司马欣看到的是城破人亡,一片狼藉。在街头,他向一位幸存的卫士打听李由下落,那卫士声泪俱下地哭诉道:"就在将军指挥军民与楚军苦战之际,朝廷的王使者到了,他不但带来丞相身陷囹圄的消息,更传达了陛下要缉拿将军归案的诏命。将军没有表示出任何的愤怒,他传来一名校尉,要他率领卫士护送王使者到濮阳。分手时,他所有的慷慨都凝结成一句话:'退敌之后,由以戴罪之身,回朝伏法。'随后,曹参首先入城,与将军展开厮杀。将军左臂中箭,血流如注,加之牵念丞相,无心恋战,在法门巷口为从东门攻进来的项羽所杀。"

"那李将军的尸体呢?"

"项羽杀了将军之后,扬长而去。倒是曹参吩咐将李将军身体洗净掩埋。小人得知后,装成百姓为将军收了尸体,现在就在一郎中家中隐藏。"

跟随卫士来到城东北角的药店,一番介绍后,司马欣跟随郎中来到后院,在一间柴房里看到了李由伤痕累累的躯体。

李由的尸体已被洗净,静静地躺在棺椁内,仿佛远征之后疲倦地进入了梦想。然而,司马欣心头还是忍不住一阵阵绞痛。清水可以洗去他身上的血污,却洗不去他心头的创伤。

至今想起来,司马欣仍为自己的失期而悔恨不已。那一夜,大军在行进到距丹水(汴河)二里的时候,前锋校尉禀报,说天雨多日,丹水上涨,围困雍丘的刘邦和项羽早已料到秦军援兵必然要来,将沿河百姓的船只、门板焚之一空。等待河水回落,必然贻误战机。

司马欣的眉头顿时紧皱在一起,催马来到丹水岸边,果然洪峰接踵,浊浪翻卷,就连昔日河边合抱粗的杞柳都半截埋入水中了。那漂浮在水面的柳枝,让司马欣脑际一亮,急忙唤来校尉,要他号令以屯为单位,砍伐沿河杞柳,编制木排渡河。

雨水哗哗地自头顶而下,湿透了司马欣的盔甲,他口里却焦躁无液,喉头冒火,在心里暗暗呼唤远在雍丘的李由:"你自坚守,未可松懈,待末将过得河去,合兵一处,杀退楚军。"

然而,一切都晚了。李由死了,城破了。

"杀李由者,司马欣也。"司马欣不能原谅自己,在心里时刻埋怨。

司马欣与李由交谊甚深,两人几乎同时进入朝廷,在事关帝国兴亡的大是大非上,两人英雄所见略同。那时候,咸阳城郊的上林苑是他们并马而行,醉饮渭水的好去处。有时候,李由喝得不省人事,常常是他将之驮在马背,为此曾遭受丞相的责备。

不久,李由因李斯举荐到三川任了郡守,然书信往来从未断过。司马欣在信中常常发泄对赵高的愤懑,李由总是在读了之后将之焚毁。

那一年,李由回京参加其父的庆寿。李斯当时位极人臣,门前车马相望,充塞于道,但李由以朋友的身份将他置于父亲身边。他理解,这一切都是为了自己的前程。那一夜，两人竟然和榻而卧。当李由将焚烧信稿的经过告诉他时，司马欣彻夜不寐。

因此，这次听说李由遭遇刘项围困，他第一个要求前来驰援，可……

"李兄！这到底是为什么？"司马欣顿足捶胸，这念头在他的心头只是倏忽一闪，似乎听到冥冥中有一个声音在耳边回旋，"杀李由者，非楚，乃秦也！"

他惊恐地环顾周围，一个人影都没有，难道是上苍在谴告自己么……

齐相田荣惊弓之鸟般地逃进东阿城，一连几天都没有缓过劲来。这次被田假取代，这对田荣来说，不仅仅脸上无光，更面临着死无葬身之地的危险。缩居在东阿城，他不免对自己当初与陈王离心，私立田儋有些后悔。果然，趁着他和田儋赴魏为战之际，那些前朝的老臣田角、田间拥立了齐王建的孙子田假即位，自己倒落了个惶惶若丧家之犬的下场。

"哼！齐王建乃亡国之君，其孙有何颜面立为国君？"田荣回首往事，愤愤地想着。他现在唯一的期望就是项梁的楚军尽快打过来，帮助他重新回到齐国去。

早在与章邯军交战之初，他就深感力不从心，曾派遣使者前往薛县借兵，孰料项梁竟慷慨回应，并且亲自率大军前来。

他当然不会明白项梁的远大志向，此刻，他站在东阿城南门外等待项梁的心情是十分迫切的。这位当年楚国三军统帅项燕的儿子，会是怎样地器宇轩昂，他更对那个骁勇过人却又暴戾急躁的项羽充满了遐想。他时而手搭凉棚朝远处看，时而问身边的齐军司马，项梁真如传说的那样深得人心么？

跟随田荣一同救魏而来的司马龙且很茫然地摇摇头，他没有见过项梁，只从薛县回来的使者口中得到过一些片言只语的描绘，实在无法在田荣眼前勾勒出项梁的容貌和脾性："末将亦从未见过，待会儿就知道了。"

未及田荣回答，却见从远方飞来一骑，待到得面前声言道："卑职乃项梁将军帐下主簿，将军已到东阿城郊的河水岸边，请二位将军前往。"

"啊，吾等在此迎候多时了。"田荣惊异地睁大了眼睛，向司马使了个眼色。两人跟随主簿一路奔城南而来，大约二刻时间，就远远瞧见一位身材高大的将军正对围簇在他周围的校尉们说些什么，他想必就是项梁了。

两人下得马来，主簿先去禀报了情况，见项梁转过身来，两人才有些拘束地上前行礼，田荣道："下官与司马在城南等候多时，却不意将军到了河水岸边。"

项梁还过礼道:"我奉王上之命前来解齐国之难,必当先察地理而后乃知用兵啊!"

"人言将军六略三韬在胸,果然名不虚传。有将军临阵,齐国复国有望矣!"田荣内心忽然就被什么东西震了一下。

"兵法云:'故经之以五事,校之以计,而索其情:一曰道,二曰天,三曰地,四曰将,五曰法。道者,令民于上同意,可与之死,可与之生,而不危也;天者,阴阳、寒暑、时制也;地者,远近、险易、广狭、死生也……不知天时,不能时胜,而不知地理,则不知生死也。'故而,我未曾入城,先察地形。"项梁也无谦辞,说着转面向南,指着辽阔的河水古道,"诸位请看,河水之阳残丘连绵,蒹葭丛生。继之往下,乃河水退去后的淤泥,人马陷之,则战力尽丧。吾闻章邯军自城阳、雍丘受挫之后,心生急躁,寻机与我决战。我军倘能于此埋伏,另用一支军伍诱敌深入,必能于此置敌于死地。"

"将军所言,真乃妙计。凡战者,以正合,以奇胜。故善出奇者,无穷如天地,不竭如江海。故善战者,其势险,其节短。势如扩弩,节如发机。此正是以奇制胜之道也。"说话人节奏缓慢,却是字字有声,吸引了田荣的目光。

项梁这才想到今天乃田荣与楚军第一次见面,遂拉着说话者的臂膀道:"此乃王上钦命之将军宋义,先楚国令尹是也。"

田荣于是又一惊,暗想楚军果然人才济济,秀士如云。

"我意,田相国与司马做诱敌之兵。"项梁带领众位校尉沿着河水北岸边走边说,见田荣面露惊恐之色,话锋一转继续道,"我知足下新败于秦军,此正章邯轻敌之故也,将军可于城东布兵迎敌,待敌自濮阳城北来,即行为战,然不可贪恋,稍战即佯败而走,直奔城南。沿途可将军中器物散往道边,待敌进入伏兵区,即可杀回马枪。"

"相国所损,当由楚军补之。"宋义在旁边补充。

闻言,田荣脸上显得不自然,为内心的秘密被宋义窥透而脸上发烧,直到项梁在前面招呼才缓过神来。

项梁接着又要吕臣在蒹葭丛中埋伏,待章邯军追击田荣至此后,拦路截杀;而英布所部则在河水西端的残丘后面伏兵,以防章邯军兵败西逃。

这是吕臣会盟后的第一次出战,蓄积在情感深处的情绪终于有了发泄的机会,面对项梁,他双手抱拳道:"盟主放心,末将绝不让章邯贼军一兵一卒从手下逃脱。"

英布虽然没有多说话,但这些日子,他对项梁的用兵在内心是拳拳服膺而默然记之的,从他的口中说出的只有两个字:"遵命!"

看看日色过午,项梁才觉得腹中饿了。田荣见状,忙道:"下官已在东阿城中备有酒宴,正要为阁下接风洗尘。"

项梁笑道:"如此,我就恭敬不如从命了。"

……

望着王使君渐行渐远的身影,章邯捋了捋银白的胡须,心里忽然觉得空落落的,第一次有了六神无主的惶恐。直到回到城内的将军府,这种心绪都没有回转过来。

这情景让他的兄弟章平心中不免沉闷,他明白大哥的情绪一定与李由被治罪分不开。他斟了一盏茶水,谨慎地问道:"王使君走了?"

章邯用浑浊的目光看一眼章平,没有直接回答他的问话,反问道:"你如何看王使君三川之行呢?"见章平有些犹豫,章邯道,"此处只有你我二人,但说无妨。"

"依小弟之见,此必赵高矼主之举。"章平接着就直抵章邯心事,"兄长是担心我等复蹈李氏父子的旧辙么?"

章邯惊异于兄弟的敏锐,却不知道该怎样回答兄弟的问话。在王朝风雨飘摇的危难时刻,是李斯举荐他出关平叛的,李斯的死会不会殃及自己,这当然也是他的担忧。但他此时考虑最多的还是当初慷慨赴任,挽狂澜于既倒的雄心壮志。可数月过去,事情并不像他想象的那样简单。虽然他至今还没有能够与传闻中的项梁直接对阵,可城阳、雍丘之败,都是项梁所部而为,由此不难判断项梁的精于运筹。倘若赵高等奸佞怀疑战事迟滞,是因为他父子心存异心,那等待他们的就是李由的下场。

自己老了,纵然衰朽骨骸弃之荒野,走狗吞噬,又有何妨。要紧的是兄弟还年轻,章氏一族三千余口都要因他而引刀啼血。他忽然怀疑当初的选择是否是一时的义气驱使?这种意念刚一冒上心头,他就使劲地摇了摇头,为自己投杼逾墙的恐惧而自责。就在这时,兄弟的一番话让他翘舌瞠目,很是震惊。

"兄长所忧,亦小弟所思也。想我兄弟一腔忠烈,为平叛攻苦食淡,餐雨饮露。然则,匪患却是愈剿愈烈,此人心向背之故也。我朝自始皇驾崩以来,每况愈下,气数已尽,纵有回天之力,其可奈何?"章平见章邯在听,便将自己连日来的所思和盘托出,"知其不可而强为,无异于缘木求鱼。"

"罢了!"章邯一声怒吼,兄弟的声音戛然而止。他起身朝四下里看看,见无可疑之人,才低声训斥道,"此等大逆不道之说,从你口中吐出,若是让朝廷刺探了去,不唯你难逃车裂之罪……"

"小弟只是……"

"退下！"章邯声嘶力竭地吼道，"休得多言，还不下去？"

望着章平愤愤而去的背影，章邯忽然觉得自己很疲累，但一闭上眼睛就会看见李由甚至李斯灰色苍白的面容……

在等待司马欣回兵的日子里，章邯对自己的思路做了一次彻底的清理，最终选择继续将战事进行下去，即便不能复始皇伟业，他也算是尽了一位臣子的责任。

司马欣带给章邯一个十分重要的消息，说项羽、刘邦在攻取雍丘之后，挥师南下，已将定陶团团围住。章邯觉得，楚军分兵之际，正乃东阿击敌良机，于是立即召集各路将军，商议进军事宜。

"诸位！"章邯的声音有些沙哑，"自城阳、雍丘战后，贼军气焰嚣张。所谓一军之中必有其首，故而搴旗取将乃我胜敌之要。楚军虽众，然必取项梁之头而可胜之。"

会上议定，由司马欣、董翳率部西上，为进兵定陶之先遣。待取了东阿后，围歼项梁。

董翳有些迟疑道："吾闻项梁之侄项羽骁勇非常，力敌千军，奈何？"

章邯摆了摆手道："项籍者，乃莽汉耳，未知兵法，何足惧？倒是那个亭长刘邦，身边聚集了几位能人异士，须得提防。"

对于兄长的如此安排，章平有些担心，待司马欣、董翳离开后，他立即对章邯道："小弟十分担心攻打东阿的兵力不足，兄长是否再考虑一番？"

章邯似乎没有放在心上，道："田荣之流已成溃势，闻我军而丧胆。项梁前些日子，在亢父首战而胜董将军，必然轻敌，加之彼等初到齐地，人地生疏，此正是我致胜良机。"章平还要说话，章邯制止道，"你不必多说，以为兄将令行事即可。"

第二天卯时，章邯安排校尉守城，以章平部为前敌先锋，趁着黎明前的暗色离开濮阳城，朝东北方向的东阿城奔去。

出城不久，天空就飘起了雨丝，顺着黎明的风吹到脸上，潮湿微寒；士卒的草鞋踩在水泥地上，发出有节奏的沉吟。章邯的战车虽然有伞盖，不一会儿也是湿淋淋的了。但他没有丝毫的动摇，不断催促部队加快行军速度。

六天以后，章平的前锋部队已经到达东阿城外，在泰山脚下的密林中宿营。当夜，章平派遣军中探哨暗中侦察。第二天，章邯的后续军伍也到了东阿城下，章平将探哨所获田荣军情一一禀告。

章邯皱了皱眉头问："项梁今在何处？"

"启禀兄长，尚未有楚军到达的消息。"

话音刚落，就听见卫士在帐外禀报，说担负侦察军情的"军侯"回来了。章邯忙传进帐来问话："可有楚军的消息？"

军侯见是章邯，先自肃然了："卑职挑了十几名精干士卒沿河水北岸搜索，直到城西沼泽处，未见楚军痕迹。后来，卑职遭遇了几个到河边取水的齐军士卒，擒了审问才知项梁与田荣因出兵之事发生龃龉，愤而回师薛县了。"

"果真如此？"

"千真万确！"

"若有差错，军法从事。"军侯挺了挺胸，"战之大计，卑职不敢妄言。"

"如此，你且退下。"没有机会与项梁接战，章邯不免有些失落，心想早知如此，司马欣可矣，岂用亲至。当下决计休兵两日，与田荣做最后一战。

可让章邯没有想到的是，没有等到两日过后，齐军司马率军攻打秦军营寨来了。章平主动请战，来到营寨外，指着齐军司马的鼻子骂道："败军之将，也配与本将军过招，速速下马受缚，饶你不死。"

齐军司马也不应话，一杆明晃晃的银枪径直朝章平刺来，章平急忙挥刀驾住，两人在马上龙吟虎啸，云水翻腾数十招，齐军司马忽然肩膀战抖，气喘吁吁，显得力不从心，拨转马头朝西奔去。章平抖动缰绳，大喝一声率部追了过去，军行不到数十丈，身后传来收兵金鸣。章平一愣神，齐军司马早跑出去一箭之地。

章平很不解地回到营寨，直奔大帐问："兄长，小弟正欲取贼将性命，何故鸣金收兵？"

章邯回道："为兄是怕楚军埋下伏兵，故而鸣金回营。"

第二天雨住天晴，田荣又率军前来叫阵，章平与之大战十数回合，田荣退去，章邯即命收兵，不去穷追。

如此三天，始终没有见项梁军前来助援。第四天，章邯终于确信军侯所探军情无误，遂传下令去，次日卯时夜袭齐军军营，一举夺取东阿。

刚刚晴了一天的东阿又是雨意浓浓，卯时三刻，秦军骑兵、步军、战车一起出动，轰隆隆地朝着齐军军营奔来。马嘶声、车毂声与雨声交织在一起，仿佛决堤的河水滚滚而来。

章平率军一直冲到前面，直插齐军营门。借着寨门前的灯火，发现营中一片漆黑，只有几顶帐篷亮着烛火。正要挥兵突进，就看见四面燃起了柴草，火焰顿时映红了天空，火光中，田荣与齐军司马分头率领军马从两个方向杀来，在营门口与章平遭遇。

与此同时，不远处的东阿城头飞来千百支火箭，传来一阵阵鼓角轰鸣。章平勒住马头，望着灯火交映的城头吃惊地眨了眨眼睛，急忙将精力集中在对付田荣上。但见他一杆长枪直刺田荣心窝，田荣慌乱之中仓促挥刀驾住，两人马上来去十几个回合后，田荣已是气喘吁吁，跳出圈外，拨转马头，朝西而去。章平自然不肯放过，一声号令"追"，人马呼啦啦地跟了上去。

这边，齐军司马与章邯纠缠约半个时辰后，也显得力怯，命士卒回身西去，沿途将行囊和辎重丢得满地皆是。这一切，章邯看得清清楚楚，他相信齐军真的怯阵怕战，只要得不到楚军援助，田荣必死无疑。

正处在汛期的河水像一头咆哮的雄狮从东阿城下流过，然而，秦军大举追击的吼声淹没了涛声。这些从刑徒转来的士卒，看见齐军丢下的衣物和钱币，顿时乱了阵脚，争先前去抢拾。然而，随着而来的皮鞭雨点般地落到他们身上，章平最担心的就是齐军以此扰乱部属的军心。他发狠地冲上前去，将一位刑徒挑上枪尖，摔到不远处的残丘后面。

章平没有想到，被摔下的尸体落在楚军伏兵将领吕臣面前，刹那间蓄积已久的仇恨燃成复仇的怒火。吕臣挥动长刀，大呼一声率先冲了出去，指着不远处的章平骂道："苍头军在此，纳命来！"楚军应声而上，手执长戈，与秦军厮杀在一起。戈可杀亦可钩的功能与秦军的刀、矛交织在一起，很快显示出优势，秦军纷纷被钩倒地，或被马蹄踩成肉酱，或被楚军砍掉头颅。

这是平叛以来章平第一次遇到的情景，始知楚军并非传说中的乌合之众，再也不敢掉以轻心，而吕臣的步步紧逼又使他穷于应付，人虽在战，而神已离散，一不小心，右臂中了一刀。虽是刀尖划过，却是血流如注。这时候，就听见从远处传来兄长苍老的声音："速速退兵濮阳。"

直到第二声再随风传来时，章平始信乃兄长的警示，正要调转马头，不料吕臣趁势追来，一刀砍伤背部，血染红了战袍。章平顾不得皮肉之苦，打马蹿出十数丈远，回身拉开长弓，"嗖"地一箭射向吕臣，箭从纶巾穿过，留下一个洞。吕臣惊出一身冷汗，一分神，再看时已不见章平踪影，只有还没有吐穗的蒹葭在闪闪摇曳。

吕臣望着遥无边际的河岸蒹葭，自责地跺着脚："未杀秦贼，吕臣死不瞑目。"

其实，章平并没有走远，当他逃过一劫，从蒹葭深处冲出时，才发现错失了方向。跑到兄长与英布周旋的阵前了。他清清楚楚地看见，身高力大的英布抡一柄天罡大斧，在周围荡起阵阵风声，似乎只要一斧下去，章邯就会连人带车被击得粉碎。章平顾不得多想，箭射英布额头，英布急中躲闪。章平趁机挥剑隔断战车辕马的辔头，扶兄长上马向西而去。

英布自六安举义以来，虽然也有败绩，却不曾受此窝囊气，他催动坐骑，号令所部倾力追击。这时候，从身后传来鸣金之音，英布刹住马头，回转身，就看见项梁的战车悠悠地过来了。

英布将大斧横在马上问道："此乃我军穷追终胜之际，将军何故鸣金？"

项梁扶着车舆，面带笑容道："兵法云：'穷寇莫追，此用兵之法也'，我军此行乃在解齐之围，待来日为楚复国，必斩之务尽。"

英布还是没明白，解齐之围是与秦军作战，复楚亦是与秦军厮杀，为何非待来日不可。正要说话，却听见身边马蹄声声，原来是吕臣、田荣到了。

大家纷纷称道项公料事如神，用兵不凡。吕臣道："末将大体估算了一下，秦军死伤约占五成，真是伤了元气，一时恐难再与我军为战。如我军一鼓作气，定可陷敌绝境。"

田荣也都觉得此时鸣金收兵，必致纵虎归山，日后为患。

项梁虽然没有言语，但将领众口一词的遗憾却在他心头掀起了层层浪花，也许自己这次决策失去了大破章邯军的一个最有利的时机，也许章邯这只猛虎一旦回过身来，将危及到复楚大业，然而，军令如山，既然鸣金令已经发出，悔亦无益。

倒是宋义比其他将领想得开，从另一辆战车上下来，与大家叙话道："纵然章邯此次得以逃走，亦无碍大局。现刘季与项羽两位将军正在定陶与司马欣、董翳作战，只要二位将军力挫敌气，也是伤了章邯左膀右臂。"

当晚，大军在东阿城中盛宴庆功，项梁并未放怀豪饮。面对各路英雄，他举起酒爵道："此次大胜章邯军，乃齐、楚两军勠力同心之故，我已将捷报上报大王，不日王命必计功行赏，今夜，我且代大王敬各路英雄。"

众人面向项梁，高举酒觥，齐声道："项公运筹决胜，功莫大焉。"

项梁刚刚坐下，宋义举起酒爵站了起来，大声道："项公薛县会盟，义军力量大增，复楚指日可待。章邯之流，虽甚嚣尘上，然只要吾等同仇敌忾，贼军恰如这河水之鲤，为我所食矣！"

大家以为宋义所言，正表达了此时大家的心怀，纷纷举酒邀约庆贺。

这时，一位主簿匆匆进来，在项梁耳边低语几句，但见他眉宇大展，满面生光，跟着宋义的话高声道："方才项羽从定陶飞报战讯，刘项联军陷坚挫锐，一鼓而下，大败司马欣与董翳，正应了宋将军所料。诸位共举一觥，庆贺我军大胜。"

吕臣乘兴出列，为大家舞剑助兴。舞到高兴处，又邀请英布同舞，一时宴席上剑光闪闪,热气腾腾。待二人稍稍收势,项梁不失时机地向两位举酒:"二位真英雄也。"

吕臣接过侍者手中的酒觥,忽然就浊泪盈眶,面向门外长呼道:"吕臣不才,未能为陈王报仇;然得遇项公,大败章邯,您在天有灵,当助我等光复大楚。"

大家都被吕臣的忠诚所感动。这时候,田荣站起来来到了项梁面前。这一举动让喧哗声戛然而止,大家都不知道他在此胜利的氛围中,有何话要对项梁说。

田荣向项梁敬酒,继之又向大家敬酒,然后才开口道:"赖项公威势,东阿痛击章邯所部,消我心头之恨。然田儋已去,田假篡国,下官岂能容得。故而,借此盛宴之际向项公辞行,明日下官就要率军东去,攻取临淄,诛杀国贼了。"

众人顿时愣住了,项梁也为田荣辞行之举感到唐突,一时默然无语……

倒是宋义又在这个时候用一句话解了扣:"项公此次出兵北来,原意也在助齐诛秦,既然章邯军西去,相国回到故土亦是自然,项公以为如何呢?"

"甚是!今日且借庆功之酒为将军饯行。"项梁很快明白了宋义的意思。

……

第十四章

美姬钟情恋英俊
骄帅错棋分兵局

项羽纵马登上荷山,举目四眺,荷水自东南涌出,一片澄明和安静。他抬头望九月天空的太阳,亮丽而又纯净,曾经缔造了绵绵霏雨的云彩,现在都无影无踪了,只把湛蓝的天空留给大地。秦军大败,雨过天晴,这是否意味着楚军如日中天了呢?

攻下定陶后,项梁的军命下来了,两月之内秦军不敢南下东向,加之齐、赵两国纠结,无暇旁骛,刘项军可用半月时间休整待战。项羽一直紧绷着的精神终于有了一个缓冲的时期。一向对时迁物变不大关注的他忽然觉得,这个秋天属于自己。

今日一大早,他带了从事中郎和十数名卫士到定陶城外的荷山赏秋来了。项羽是那种性格不受约束的将领,尽管今晨出发时项伯一再叮嘱从事中郎要时刻警觉,但一出城,他就吩咐从事中郎带领卫兵们远远地跟着就行,然后,他击打了乌骓马腹部两下,那马就撒开四蹄向前方奔去了。

项羽的心就如这秋日的阳光,暖融融的。自雍丘战役后,定陶是他感到十分快意的一仗。与他交战的董翳的确不凡,唯其如此,他才找到了厮杀的快感。那一天,董翳领教了他长戟拨云扫雾的凌厉,在众多校尉的护卫下败走,随后定陶城头飘扬起楚军的旗帜。唯一让他不快的是,当他向部属发出屠城的命令时,遭到了刘邦的坚决反对。刘邦的话锋并不尖锐,却直刺他心底:"将军须知,亡秦者非楚也,乃秦矣。若非秦皇严刑峻法,遍地囹圄,岂能有陈胜、吴广揭竿?记得季于咸阳服力役时,听闻当年商君常在渭水边行刑,以致渭水常年如血。赵良观之曰:'恃德者昌,恃力者亡。君之危若朝露,尚将欲延年益寿乎?'将军今不识古训,乃恃力胜,与卫鞅何异?望将军三思。"

他没有揣摩其间的深意,认为刘邦不过是危言耸听,事情虽然过去了多日,现在他一想起来,仍然耿耿于怀。

回首来路,他远远瞧见从事中郎与卫兵们在半山腰盘桓,心想我力举巨鼎,杀得秦兵丢盔卸甲,还怕几个蟊贼不成?然而,就在他孤芳自赏的时候,蟊贼真就来了,只听从山崖后面传来一阵呼喊:"哪里去,还不快停下脚步。"

项羽循声看去,但见不远处有几个狂徒手执棍棒,正在追赶一身着粉色深衣的女子。那女子一边跑,一边从剑鞘里抽出一对鸳鸯雌雄剑,大声道:"你等狂徒也敢欺侮本姑娘?还不快滚,否则要了你等性命。"

蟊贼们觉得一位女流舞刀弄剑也不过是兴之所至,哪里有什么真功夫,因而并不惧怕。为首的一位矮胖汉子笑嘻嘻道:"姑娘如此粉面桃腮,咱们怎忍心轻动。退下不难,跟大哥我回府中饮上几杯如何?"

这话让女子两腮顿时泛上绯红,眼见得杏眼怒睁,那剑顷刻间就架在汉子的脖颈上。其他几位见状先自怯了,口里却不示弱,叫嚷着要救大哥。女子随手挥起另一支剑,"嗖"的一声砍下旁边的一枝小树枝,黄叶落了一地,厉声道:"不怕死者上来,明年此时,就是你等忌日。"

"姑娘息怒,有话好说。"矮胖子急忙求饶,身后的几个贼人也不过虚张声势,却没有一人上前。

这一番对峙,看得不远处的项羽情不自禁地喊了一个"好"字。好一个巾帼英杰,身临险境而无惧色,面对强贼而不退却。项羽对这位姑娘暗地生了敬意,但见他一步跃上前去,大骂道:"光天化日之下竟敢图谋不轨,就不怕遭天谴么?"

几位贼人的心神还没有从与姑娘的对垒中解脱出来,却不料半路杀出个虎头豹眼、黑脸络胡的黑衣大汉来,心中的惧怕又多了几分。有两位悄悄后退，做了要逃的打算。孰料项羽抓住矮胖蟊贼的衣领，说时迟，那时快，只见几道寒光闪过，狂徒一个个倒在了血泊之中。项羽撩起战袍，擦了擦剑刃上的血迹，双手打拱道："姑娘受惊了。"

那姑娘回看了一眼项羽，反而责备道："他们退了也就罢了，何劳壮士血染宝剑，又伤了几条生命。"

项羽却不以为然地笑道："籍自幼疾恶如仇，自随叔父举义以来，一柄长戟刺杀秦军无数，岂能容得这几个蟊贼贻害人间？"

"哦！壮士就是项将军么？"

"正是在下。"项羽说着，将几具尸体踢向深沟。

姑娘收了宝剑，虽然英气依旧，却多了几分女儿的温柔。鹅蛋脸上镶嵌着一双水灵灵的杏眼，梳一头螺髻，两颊扑满云霞，樱口红唇映出满面春色；内穿一件梅红小抱腹，外着粉色深衣，脚蹬一双云纹绣鞋，关不住的青春芬芳淡淡地飞入项羽的鼻翼间。

项羽暗暗打量着面前的姑娘。童年时代，项燕位高权重，家中美女如云，但那时候他不晓男女之事；后来因为项梁牵涉杀人案而避祸吴县后，他已是一位公子了，身边不乏伺候的侍女。然而，像这样明眸皓齿，让他心旌摇荡的女子还是第一次见到。项羽就那么痴痴地望着，很久没有转过神来。直到姑娘轻轻呼唤，他才为自己的失态而冒出了汗珠。

姑娘笑道："想不到挥马千军的将军也有赧颜之时啊？"

项羽也不计较，拱手问道："敢问姑娘尊姓大名？"

姑娘落落大方回应道："小女虞姬，本寿春人氏，秦军攻进寿春后，祖父饮刀而亡。兄长在与秦军大战中身亡，母亲带我逃往陈县，中途饿死道边。小女孤身一人，幸被一老者怜悯，不仅收养了小女，且传授文武艺。孰料章邯军攻破陈县，杀了老者，从此小女流落天涯，靠街头卖艺为生。不料今日荷山遇险，得遇公子，真乃大幸。"

在叔父身边长大，第一次在这样的情境下与一个孤女相处，不仅她悲郁的身世让项羽心头悸动，更面对一双泪眼不知所措，犹恐近之不恭，远了又伤了虞姬柔弱的心。情急之中，项羽憋出一句话来："暴秦不灭，百姓不安。"

"此处就你我二人，将军何出此言？"虞姬被这句没头没脑的话逗得破涕为笑。

"不瞒姑娘说，在下近日心头正有说不出的怨气。你也知道，城阳一战，在下命士卒屠城三日，刘季那个亭长妄加指责也就罢了，孰料两位叔父也指责在下滥杀无辜，你说说……"

"除恶务尽,何错之有?自古不能成大事者,皆心肠太软,优柔寡断。似将军这样,勇冠群雄,来日必乃雄御天下之主。"

这诤诤利言,让项羽感到吃惊,顿生了进一步走近她的勇气,问道:"方才姑娘一番剑法,真是让在下大开眼界,不知源自何处?"

虞姬莞尔一笑道:"此剑名之鸳鸯交颈剑,乃收留小女老者祖传,其先祖有训,传男不传女,然老者之子为咸阳刑徒,死无归处,故而将之传与我。此剑舞将起来,撒豆不进,原为小女防身之用。"

哦,倘是个男儿身,上阵杀敌,定是一员虎将。项羽暗暗替虞姬惋惜,接着问道:"敢问姑娘,现居何处?"

虞姬长叹一声:"卖艺之人,云游四方,居无定处。近来就在定陶城外,荷山下之悦来客栈栖身。"

他们就这样开启了之间的叙话。下山的时候,两人牵着各自的坐骑相傍缓行,从当年楚国贵为盟主说到项燕率军击秦;从都破楚亡说到秦皇暴政;从义军渡淮说到薛县会盟。几乎在所有项羽感到不平的事上,虞姬都毫不含糊地给了支持。到山脚下,项羽邀虞姬到酒肆浅酌几杯时,竟然忘记了身后还有一大帮卫士呢。

虞姬明白,像他这样阵前走马的将军必是公务繁多,于是婉言谢绝,说好后日在荷水岸边相见。但项羽感觉得出来,两人都有些难分难舍了。

忽然,项羽从腰间解下一方玉佩对虞姬说:"今日得遇姑娘,乃籍之大幸。此玉佩原乃母亲临终遗物,你我初见,无以相赠,权且请姑娘收下此物,日后姑娘走遍天涯海角,见物若见人也。"

虞姬没有想到,看起来五大三粗的项羽倒也有些温润男子的细密处,情急之中,将头上玉簪抽下送与项羽:"玉簪本母亲心爱之物,今赠予将军,也算是物有归处。"

事情到了这个地步,两人都明白了对方的意思。尤其是项羽,眼见得虞姬一头蓬松的头发霎时如瀑布般地泄向两肩,益发将脸庞衬托得粉嫩白皙,恰如三月桃花绽放在眼前。于是乎热血开始沸腾,向着眼角奔涌,那火辣辣的神色,直扑虞姬而来。

虞姬脸泛嫣红,心血上涌,身子也变得绵软了,娇若醉酒憨态,趁项羽上前扶持的机会,在他的脸上留下一抹胭脂,转身就走了。

项羽的脸颊留下麻酥酥的感觉,那口唇的芬芳绕着面颊,淡淡的,经久不散;那转身时带起的风吹起她的战袍,余香不断;那伴随着美人离去,在身后颤悠悠的齐腰乌发,让他心旌浮动。他痴痴地站在原处,一直看着虞姬在视野中消失。

这一切,从事中郎都看在眼里。他悄悄地来到项羽身边,伸开手掌在他面前挥了几次,都没有反应,这才轻轻地呼唤,三声之后,项羽才转过身来问道:"你是在叫我么?"

卫士们"哗"地笑了。项羽皱起眉头,接过马缰上马回营去了。

项羽刚刚回到军营,就看见项伯站在门口朝这边望。远远瞧见项羽,拉着脸道:"为何这般时光才回营?"

项羽若无其事地回答:"秋日天好,即在荷山上多停了两个时辰。"

"就你一人么?"

"还有从事中郎和一干卫士。"

"从事中郎率卫士与你同往,你倒好,严令不可靠近,倒与……"

下面的话还没有出口,项羽已经明白,项伯对他的行踪了然在胸了,干脆也就不再隐瞒,直言道:"侄儿中途遇见一伙强贼正追赶一民女,怒从心起,杀了几个蟊贼,救了那姑娘。"

"仅此而已?"

"仅此而已。"

"你先去吃饭,随后速见你二叔父。"项伯点了点头。

"诺!"项羽头也不回地去了。

项伯素来笃实、敦厚,不善猜测人心里所想,何况从事中郎所见也不过是些皮毛表象而已。他相信侄儿说的话是真的,英雄拯救落难女子之事,古已有之,何况项羽生性刚烈,岂能面对强贼而袖手。好男儿志在四方,他从心底希望侄儿将心思花在"灭秦复楚"上,一俟大业垂成,何虑没有美女配英雄呢?

他刚一转身,却看见傍晚的斜阳中,刘邦的车驾停在了将军府门前,跟随刘邦的是一位年轻将军,但显然不是此前见过的岳恒。项伯至今也说不清楚,不知是什么原因让他当初一见刘邦与张良就觉得气息相投。相对于项羽,他觉得刘邦更亲切。因此,不待刘邦向他打招呼,倒先上前与他搭话了:"定陶一战,沛公功莫大焉。"

刘邦谦恭地笑了笑道:"公谬奖了。将军年少有为,季以臃肿之姿追随于后而已。"接着,就拉过马力介绍,"此次取胜,得益于马力诈降,才探得秦军内情。季今日与他同行,正是要在主帅面前为之请功。"

"全仗沛公、少将军运筹有方,末将只是奉命行事而已。"

马力这话一出口,项伯就听到心里去了。这就是刘邦的过人之处,他不像项羽那样争功好胜,凡事总是礼让,尤其亲爱部属,这一点非常对他的心思。

转过一株松树,将军府就在前面。刘邦觉得有些话当着项伯的面说比在项梁面前方便,于是住了脚步:"项公可知,攻克定陶以后,少将军所为么?"

项伯心头一沉,关于项羽放手让部下强抢掠夺的消息,他此前间接地听说过,可出自沛公之口,却倍加引起他的注意:"虽然之前有所听闻,还是请沛公陈明其详。"

刘邦便将司马欣、董翳败退出定陶,项羽是如何疏于管束,致有些士卒强抢民女,有些杀人越货,百姓谓之"前门走虎,后门进狼"的情形说了一番,最后叹了一口气道:"管子曰,民为邦本,本固邦宁,害民者,民必远之。季此说乃为复楚大计,还望项伯体谅一二。"

项伯沉闷良久,抬起头时,目光中就写满了忧郁:"籍儿自幼因兄长娇惯,性情鲁莽。明日定当再加训诫,提示其不可妄为。"

到了将军府前,刘邦与项伯告别,转身进了项梁的大帐。

章平走在去往濮阳城的官道上,欣赏一路的风光,就十分钦佩兄长处事的缜密。

不是么?兄长与从定陶撤下来的司马欣、董翳退入濮阳后,就对城内和城外驻军做了谨慎的部署,三军分别驻扎在柳屯、孟轲亭以及沿河水一带。东北可窥视东阿之敌,东便于监视定陶驻军的刘邦和项羽,西能够随时迎接朝廷的援军。

章平所部就驻扎在柳屯乡,不过秦军入驻前,老百姓早已闻风而逃,街头除了几位老弱病残者外,萧条冷落如劫后余生。章平命校尉们依照顺序安排好营寨,又吩咐加密岗哨,自己带了十数名卫士,驱马濮阳城中拜见兄长来了。

进了将军府,岗哨们纷纷挺立身姿,行注目礼,到了府门前,就看见长史司马欣的身影,章平忙上前见礼道:"长史大人到了!"

因为是章邯的亲弟弟,司马欣在礼节上是丝毫不马虎的,还了礼便及时将话题转到了章平的伤上,顺口说些叮嘱的话。章平一一回答,末了道:"吕臣小儿,能奈我何?只是些皮肉外伤罢了。"

说起在定陶的失败,司马欣一肚子的怒火,大骂刘邦奸诈,竟然派人诈降。定陶城下,两军对阵,彼刺得我军军情后,内外夹击,致使我军军败。

章平问:"不是还有董翳都尉么?"

司马欣长叹一声道："天不助人奈何？董都尉一身好武艺，偏偏遇上那个举千斤鼎而不气喘的项羽，一杆长戟如风轮旋转，所过之处，我军如芟夷蓑草，纷纷毙命。杀到最后，竟然无一人敢上前，你说，岂非天不助人……"

章平没有再问下去，他再一次想起了前几日与兄长就要不要继续为朝廷而战的谈话。司马欣的话让他再一次觉得，秦之危亡，乃是天意，既然兄长已经将之视为大忌，自己就该永远藏在心底。不过，他还是对司马欣说道："我军自与项梁楚军接战以来连战皆输，确实不得不深思。"

说话间，就到了章邯署外。待卫士通禀后，两人进去，却看见章邯正在埋头写着什么。章平一眼就看见台首写着臣章邯叩见皇帝陛下，忙问："兄长这是要向朝廷上疏么？"

章邯抬头看见司马欣和章平，示意他们分两厢坐下，又吩咐卫士上茶，然后又继续埋头书写。

自东进以来，秦军一路披坚执锐，浩浩荡荡；然而，一俟南下与楚军遭遇，却处处被动。自陈胜死后，他转而北上，剿灭齐、赵，虽有小胜，然近来四战而胜一，成了他挥之不去的痛。是自己过于期待速胜了么？是自己为一路顺风而轻敌了么？是自己过于看重名节了么？

许多的心绪，只在他的心池里涟漪不断，但一旦要诉诸朝廷，他就不得不三思慎行了。六月中，使者曾来到这里，之后便是李斯伏法、李由战死。倘是将战场的胜负据实禀奏朝廷，那么，岂不授赵高以话柄么？如此踯躅再三，最后的奏章变成了报喜不报忧的上疏：

少府、上将军臣章邯昧死上疏皇帝陛下：

自奉诏发骊山刑徒伐寇，臣麾战戏水，兵出函谷，被坚持锐，凛若风飙。赖陛下神威，将士用命，吴广引刀，陈涉陨落，张楚兵挫地削，赵魏势穷力极。大军所过之处，贼吏面缚衔璧，士卒舆榇请刑。然则，河淮地广，贼众甚多，剿之复起。军伍久战，将疲师劳。为复强秦社稷，皇业永固，请陛下再发军师，臣必挥师奋进，春蒐夏苗，秋狝冬狩，还大秦朗朗乾坤……

章邯反复看着一手清丽、敦厚的秦篆，忽然生出眩晕的感觉，似乎那一个个字都变成了讥讽抑或忧愤的眼睛，朝他投来一道道冰冷的光。

章平且不说，这一段日子仗打得如何？司马欣是再清楚不过的，因此，他也不打算隐瞒真实想法，放下笔说道："长史定能明白我的苦衷。若不如此说，恐授人以柄，章邯获罪事小，连累长史一家事大。"

"末将这就传人六百里快马赶往咸阳。"司马欣并没有怪罪章邯的意思，他倒是觉得老将军处事过于谨慎，与他在战阵前判若两人，作为军中副将，他明白自己的职责，就是尽快把主将的上疏送往咸阳，以求朝廷早日发兵平定寇乱，他们即可回京与家人团聚。

章邯的眼睛有些湿润和发热，他从心头感谢司马欣的理解。做完这些，他这才得空转过身来察看章平的刀伤。章平现在还用绢帛架着胳膊，这让他看着心疼。父亲将兄弟交给自己，原为建功立业。如今落得伤痕累累，他……

眼看兄长的眼圈红了，章平心里也不好受，忙将话题岔开："兄长不必伤情，只不过小伤罢了。"

"唉，我只是觉得难以面对父亲……"

章平理解兄长此刻的心境，若不是陈胜大泽乡揭竿，兄长至今仍在少府任职，每日进出朝廷府库，何其安定？自己也还在京城与一般少年垂杨系马。是战争将所有的平静打乱了。他安慰兄长道："兵法云，夫将者，国之辅也。为国尽忠竭命，乃为天职。此兄长对小弟耳提面命之言，未敢稍忘。"

闻言，章邯的心绪这才渐渐平静下来："只盼朝廷早日发兵，助为兄尽快剿灭贼寇。"

司马欣一出门，就看见都尉董翳下了马，朝将军府走来。隔着十几丈远，董翳喊道："长史，多日不见，别来无恙乎？"

定陶最后一战，董翳和司马欣被刘邦和项羽大军团团包围，楚军借着雨夜发兵突袭，他们措手不及，那是董翳第一次见证项羽的骁勇善战。他觉得再也不能恋战，情急之间，他脱下头盔抛向空中，趁着项羽分神之际，朝着城北的密林中逃去。

第二天，他收拢残兵散卒和几位伤痕累累的军侯，一直向西北而来。为了躲开楚军锋芒，他们冒雨白天宿营在密林里，等到黑夜到来时才出行。辗转多日，才回到濮阳。

他并不知道，刘邦麾下的两位将军周勃和樊哙追着司马欣不放，险些取了他的首级，若非黑夜，他决然逃不脱做刀下之鬼的结局。

"没有料到，刘邦营中竟有如此猛将。"战后相见，感慨良多，司马欣暗自喟叹，若是自己那夜遭遇了项羽，恐怕早已死于长戟之下了。董翳没有将话题延伸下去，这不仅是为将者的尴尬，更有着难以名状的惊悚。

一说到当前，董翳满腹的忧虑："军伍所住的孟轲亭，街头萧条，村落衰败，数里之内，不见人烟。这么多将士，就食甚艰。"但他明白，眼下对长史说这些都是徒劳无益之语，遂刹住话头问，"长史这是要去往何处？"

司马欣挥了挥手中的文书道:"章老将军上疏请求再发援军,合力剿贼。"

"少府大人在帐中?"

司马欣点了点头,转身朝外走:"依少府性格,他绝不会对定陶之败善罢甘休。"

董翳将战马交给卫士牵着,打拱向司马欣告辞,但话他是听进去了。自定陶大战后多日来,他一直在问自己,北方战火未息,两淮兵爨蜂起,秦军穷于应对,这个仗还要打到何时才能罢休? 他摇了摇头,因为他已经看见章邯沉思的身影。

施礼坐定,章平退了出去,章邯提出一个尖锐的问题:"都尉不妨说说,为何我军一路东来,势如摧枯,而南下以来,却连失数仗?"

董翳的故乡在河水西岸的夏阳,地道的秦人,从晓事起就听祖父讲起商鞅变法,急耕战之赏的故事,从军以后,他也是按照这个思路来训练部属的。虽然他参与了赦免骊山刑徒,但从内心一直十分轻看这支队伍。戏水、渑池之战之所以顺利,是因为他们遭遇的是与骊山刑徒一样的义军,而南下淮楚就不同了。

"依末将看,张楚军与项梁军相形见绌,而我军对此估计不足,故而失于战阵。"

章邯觉得董翳说得很对自己的心思,接上他的话茬道:"我已上奏朝廷,祈陛下遣虎贲之师前来助战,定能一举剿灭贼军,平定天下。百姓苦战久矣,久战必失民心。"

董翳心头"咯噔"一声,哦!原来老将军早有此见识,只不过他更多地站在朝廷一边想事罢了,正要将一路所想和盘托出,未料章邯却转移了话题:"我已经决计援军一到,定要收复定陶。依将军之见,到时该如何布阵排兵,方能取胜?"

"知己知彼,方能百战不殆。现秋雨霏霏,亦非作战良机。末将明日即遣人刺探敌情。"

两人正说着话,却见章平又兴冲冲地进来了,连道:"真乃天助我也!"

章邯脸色顿时严肃起来,道:"为将之人,动辄喜形于色,成何体统?"

章平并不在意兄长的斥责,依旧满面阳光道:"方才小弟到营门口瞭望,见我军校尉捕得一齐人,言说乃齐国使者高陵君显,从定陶来。小弟立即将其押回帐中审问,不消半个时辰就招了。彼言从宋义口中得知,项梁连克雍丘、亢父和定陶后,似露骄矜之色,说章邯不过如此,比起当年王翦,逊色多了。彼以为我军不堪,整日纵酒为乐,军中懈怠成风。"

这消息的确出乎章邯意料,他甚至怀疑这是齐国使者编造的诱兵之策。在反复询问了章平后,他终于确信,项梁见识太浅,小胜即骄,为将之大忌。

"项梁死期近矣!"章邯眉宇间露出许久不曾有过的喜色,"我等只需每日加快操练,朝廷援军一到就席卷定陶,务必生擒项梁。"

当齐国使者高陵君显转身北去,车毂声渐行渐远时,宋义心中忽然地生出难以名状的忐忑和不安。是不是太大意了,把项梁轻敌骄兵的情绪告诉一个外国的使者,会不会给楚军带来伤害?

刚才与高陵君显的一番对话惹出不尽的烦恼,甚至忘记了项梁要他出使齐国,督促田荣出兵共伐齐军的将令,宋义呆呆地坐着,半天没有一句话,直到司御询问的时候,才懵懂地反问:"你说什么?"

"大人还要继续赴齐么?"

"回定陶!"他要再奉劝项梁万不可恃强衿大,盲目轻敌,这样,也许可以弥补无意间透露破绽的失误,使忐忑的心境获得一息平静。

司御看了看宋义,似乎有些迟疑。是啊!车驾已经离开定陶四天了,现在回去会不会被项梁治罪。司御跟随他经年许久了,理解他的担心。但此时此刻,他已顾不得这些了,他要为楚军的安危着想。

他们晓行夜宿,四天后回到定陶,车刚刚停在将军府前,他就急不可待地跳下车朝大帐奔去。他的脚步声惊动了正埋头读书的项梁,问道:"大人如何半途而归,是军情有变么?"

宋义一脸的惆怅,上前施礼道:"非下官中途而归,是下官乃因有话如鲠在喉,不能不对将军直言?"

"还是要我擐甲执兵,枕戈披甲么?"项梁脸上立时就挂上了阴云,长叹了一口气道,"我早对大人说过,秦军势去,不足惧,大人为何又要旧事重提?"

宋义上前作了一揖,宽大的袖头就贴着地面,从躬身的胸腔中发出沉重的声音:"将军处尊居显,身系国运,万不可固执己见,置楚军生死于不顾。"

"罢了!"项梁有些不耐烦,将手中的竹简摔在案头。

宋义用眼睛余光扫视了一下,却并不为之所动:"下官受王上之命,辅佐将军克敌诛秦,自问心在楚而无私用,今日将军纵然取了宋义首级,我亦当直言相告。兵法云,不知军之不可以进而谓之进,不知军之不可以退而谓之退,是谓縻军;不知三军之事而同三军之政,则军士惑矣;不知三军之权而同三军之任,则军士疑矣。三军既惑且疑,则诸侯之难至矣。三者犯其一者,必败,请将军扪心自问,犯禁否?"

宋义这一番话,搬出孙子之言,恰如利剑,刺得项梁心痛,脸顿时憋得通红,一腮美髯颤颤发抖:"宋义!你好大胆,竟敢妄诬本将军不知兵,来人!"

在门口值守的卫士应声冲了进来,却被跟进来的刘邦拦住:"你等先退下,我有话要向项公陈禀!"

项梁看见刘邦,没好气道:"你亦来施教么?"

刘邦从容地施过礼,才开始说话:"将军胸藏万乘,运筹决胜,季得将军五千精兵,方得收复丰县,岂敢对将军妄加指责。季只是觉得,将军薛县盟会,群雄集结,方有今日之局。然则,灭秦复楚,负重致远,当勠力同心。今大敌在侧而斩将,乃为军之大忌,请将军明察。"

刘邦的话刚刚落音,项伯与项羽也进来了,项伯在帐外已听出个大概,一进帐就劝项梁息怒,项梁的脸色这才松泛了些,再也不提杀人的事情。项伯趁势转过身来,笑吟吟地对宋义道:"大人曾为楚国令尹,素以善辩而著称。田荣东阿战后引兵北归,还请将军出使齐国劝其出兵,共击章邯所部。"

项伯的一番话如秋风细雨,浇灭了宋义的心火,当即表示愿意出使齐国。言罢,向众人施了一礼,出帐去了。

宋义的脚步与来时相比不唯缓慢多了,且沉重而踯躅,一种不祥的预感在心底慢慢膨胀。

这一会儿,刘邦才有机会把马力与定陶之役的胜负关联一一陈说给项梁。项梁闻之大喜:"将军年少有为,赏金三十,以为褒奖。望少将军僶勉从事,再立新功。我定当奏明王上,奖掖晋升。"

马力忙拜倒在项梁面前道:"项公厚爱,末将当苦学力行,为复楚大业肝脑涂地,在所不辞。"

刘邦扶起马力道:"你且回营去禀告萧大人做好移军诸事,我领得将令,即行开拨。"

马力应了一声"遵命",又向项梁告辞,出大帐去了。

不管宋义如何阻拦,项梁依然按照自己的思路部署兵力,他没有忘记命随从去传曾经代他民间觅寻楚王的范增。

项梁摊开地图,手指边移动边道:"诸位,依本将军观之,秦军自雍丘、亢父、定陶战后,已成强弩之末,而我军士气正盛。半月休整,秣马厉兵,此正攻城略地之良机。故而本将军以为,籍儿与刘季将军率军攻打外黄、陈留,吕臣、当阳君及随从之蒲将军攻取彭城。本将军坐镇定陶以御章邯军,如此,则西可挥师函谷,直逼咸阳;东北可雄视濮阳,南控薛郡和泗水郡。诸位以为如何?"

项羽首先说话:"叔父运筹乃制胜千里之策,只是侄儿麾下校尉皆瞋目扼腕之将,故侄儿请缨独率所部直取陈留,无须合兵击敌。"

项伯皱了皱眉头,项羽的刚愎自用让他担心,遂躬身上前对项梁道:"万万不可!籍儿骁勇,然年少气盛,诚恐兴来独行,虑事不周,还是与沛公协力较为妥当。"

项梁正要说话,不料项羽却对项伯的话很不认同:"以叔父之言,侄儿只能屈居人下,此岂非长他人志气,灭项氏威风,侄儿以为不可取。"

"籍儿!"

项伯只轻轻唤了一声,话还没有出口,就被从门外进来的范增截住了:"少将军乃项门之后,前程未可限量。老夫倒以为将军独率麾下将领出战,不失为建功良策。老夫不才,愿随少将军之后,以为马卒之效。"

项梁没有对范增的话表态,他把目光投向刘邦。

刘邦先是摆了摆手,表示此类事乃项门内中事,自己不便多说。然而,项伯却暗暗地用手顶了刘邦的脊梁,他便明白不说不唯对战局不利,且有负项伯一番好意。但怎样说呢,他在心头掂量良久,才出列说道:"项公军令,季岂敢不从。季麾下虽有周勃、樊哙,皆具兼人之勇,然与少将军相比,乃泰山与小丘之别。以往屡次战阵,季多沾少将军之光,不胜感谢。至于攻打外黄、陈留,或合力攻之,或分进合击,或各自为战,季唯项公之命而是从。"顿了顿,刘邦向前迈了一步继续说,"季倒是以为项公四处出击,只留少部镇守定陶,未必善策。而宋义将军之忧不能不虑之。"

这话一出口,项梁就睁大了眼睛,不解地看着刘邦。项伯的心也提到了嗓子眼,生怕项梁迁怒于刘邦,急忙上前打圆场道:"小弟也以为宋义将军所言不无道理,只是碍于兄长之尊,不便言明,今沛公所禀,正是小弟之欲言矣!"

可项羽、范增先后说话,都指责刘邦太轻看了楚军,一时大帐内形成尖锐对立。这当然是项梁不曾想到的,更是他不愿意看到的。会盟不久即起内讧,传将出去,必为秦军所趁。

项梁起身,在几位将领中间踱步一圈后,眉宇间豁然开朗,脸上立时溢出大度而宽容的笑道:"诸位所陈,虽各有异,然皆为楚计,足见其忠。"项梁以这样的语气终结了议军争论,转身来到公案前,目光炯炯环顾诸将,声音虽低,但力度却对在场的每一个人形成了强烈的震撼,"项羽、刘季听令,本官命你合军攻取外黄、陈留,不得有误。"还没有等二人回应,项梁的将令又下来了,"范增听令,本官命你跟随项羽,参赞军务。"

三人不约而同地高声应道:"遵命!"

吕臣和英布早前两天率军南下,现在大帐内只剩下项伯了。项梁笑道:"你就留下,助我守定陶如何?"

"小弟遵兄长之命即是。"项伯说罢,却不离开,一副欲言又止的样子。

未料刘邦即将出帐时,又转了回来对项梁道:"季依然觉得定陶驻兵稍少,不利占据。项公若不嫌弃,季愿将雍丘战事中新收灌婴与年轻将军马力及其部属留与项公共御强敌,也使彼等随公研习兵法,得公指教一二。"

"灌婴?是那位以贩织缯为业的灌婴么?"项伯问。

"正是此人。听闻我军攻打雍丘,遂率部来归,现在军中任中涓。此人骁勇善战,必能助项公守城。"

"沛公深明大义,令人钦佩。兄长不妨就接纳两位将军,助我坚守定陶。"此话一出,项伯先被感动了。

项梁点了点头,目送刘邦离去,随后回头问项伯道:"你还有话要说么?"

项伯了解项梁,虽然性格有些倔强和自负,却也并不糊涂。沉思片刻,他还是决定把自己的担忧说出来:"小弟还是以为留在定陶的兵力稍显薄弱,倘章邯合力而围,我军危矣。"

项梁并不责怪项伯,只是拊掌笑道:"父亲当年对吾兄弟三人皆有评说,你自幼为人忠善,遇事优柔寡断,此为将之大忌也。为兄留你在身边,意在于此。"项梁拉着项伯,来到门外,望着从天空飘过的秋云,一脸自信地说道,"兄弟不必担心,为兄料就章邯两月内不敢轻动。到他南下时,项羽、刘邦已拿下外黄和陈留,回师援我,内外夹击,定让章邯老贼埋骨定陶。"

项伯虽然点了点头,可心头的云雾并未消散。父亲当年由于轻敌,为王翦所败,溃兵蕲水河岸,绝望中自刎而死的惨景近来总是在梦中出现……

当一个人把自己喜欢的人藏进心底时,究竟是怎样的一种滋味呢?虞姬有生以来第一次品尝了那种甜蜜、忐忑甚至因为距离而产生的惆怅。

天色还漆黑漆黑的卯时一刻,她已经在榻上躺不住了。坐在客栈的铜镜前,自己的面容就看得清清楚楚了。她一边梳理蓬松的头发,一边打量镜子里的自己,从额头到眉眼,从脸颊到鼻梁,从口唇到脖颈,一丝不落地欣赏。父母在她的印象中是模糊不清的,但她从自己的容貌联想到父母一定是这个人世间最英俊的男子和最美丽的女子。

他们生下自己,却没能够把自己养大成人,这是虞姬心底的痛。但是,自从那天在荷山上遇见了项羽之后,这种痛渐渐远了,喜欢舞枪弄棒的她忽然对打扮开始上心。现在,她给脸颊敷上薄薄的粉黛,又浅浅地描了弯眉;并且在两腮涂了很自然、很匀称的胭脂,涂唇时,她并不像时下姑娘着意樱口,而是依照自己的双唇原样浅浅地涂了一层,并不忘嚅动双唇使之更加均匀。

　　做完这一切,更漏才刚刚过了卯时二刻,天色还早,她轻手轻脚地来到客栈后院练了一通剑法,身上自内向外发热时,就看见店家和伙计们开始起身,准备客人们要用的早餐。她自然引起店家的关注,他提着一壶茶来到面前,望着热气腾腾的虞姬,由衷地赞叹她好剑法,令人眼花缭乱。

　　虞姬脸上泛起朵朵红晕,道:"妾练剑只为防身,让店家见笑了。"

　　定陶地处南北枢纽,来往客商在悦来客栈打尖住宿者甚多,习武之人见得多了,但店家已从姑娘口气中判断出了她的意思,便也不深问,只说了一句"姑娘请便",转身招呼其他客人去了。

　　看看晨曦绽露,虞姬已经在客栈待不住了,忙佩带了双剑,牵着马向荷水边而去。说好今日在荷水边见面的,可出了客栈,上了道路,她还是禁不住心里突突地跳,浑身发热,额头香汗津津。

　　经过几天的沉淀,前些日子因下雨而暴涨的荷水现在变得十分清澈,带着秋色,自东南流向远方,仿佛飘荡在定陶城边的一条银色飘带。只是名为荷水,却没有一株荷花生在水面。

　　虞姬想着这些,不由得笑了,心里说,你是来等人,又不是探水,操那么多心干什么?抬起头望定陶城,除了城头上隐约可见尚未熄灭的灯火,一切都是静谧和安宁的。她的目光定格在官道上,看了半日,却不见项羽的影子。她不仅在心中埋怨,怨罢又自嘲,人家统帅着千军万马,岂能如乡间后生,优哉游哉。必是有军中大事呢……

　　她转过身子,就看见荷水岸边伸向河心的滩头上坐着一位老人正在垂钓。河水很缓,钓竿在水里任由细浪推动,颤颤悠悠。老者并不着急,一双细眼望着水面,看看钓竿一闪一闪地被拉动,判断鱼已上钩,这才轻拉丝线,等到了膝下时才提出水面,果然是一条大鱼。他从吊钩上取下鱼儿,放进旁边的竹篓,抬头看太阳时,才发现身边站着一个佩了剑的女儿家。虞姬被老人发现,忙上前施礼道:"惊扰老伯,还请宽恕。"

　　老者笑眉笑眼地看了看虞姬道:"你未出声响,何来惊扰?敢问姑娘在此作甚?"

　　"在此等人。"虞姬接着问道,"老伯可知这荷水的来历?"

老者将钓竿重新甩向河心,这才回话:"这荷水又曰深沟,相传乃大禹理水而掘,后吴王夫差再次开挖,连通泗水与济水,漕运乃兴。至于何谓荷水,皆因自荷山涌出,非水中荷花而名也。"老者一边说,一边瞅瞅虞姬的眉眼和身材,先是睁大了眼睛,继之发出由衷感叹,"小姐福相,必遇贵人。"

虞姬的心便突突地跳,正要问话,未料老者又道:"依老夫拙见,小姐所遇贵人乃当世英雄,但人世无常,陵迁谷变,祸福相依,小姐当慎处之……"

虞姬正待要继续问下去,却听见不远处传来马蹄声。一定是项羽来了,虞姬向老者告辞,急忙上岸,远远瞧见乌骓马正朝这边奔来。项羽英姿勃勃的身影,头盔上火红的盔缨,都在秋日的晨间显得非常耀眼。

被爱的蜜醴浸渍的心,此时此刻总是最柔软的,虞姬就那么痴痴地望着项羽在自己面前翻身下马,看着他把马拴上河岸边的树身,看着他走到自己面前。

项羽一扫他在军营里的威严和暴躁,轻声道:"让姑娘久等了。"

虞姬低头轻声回道:"将军身负重任,必是有要事缠身,妾怎能怪罪呢?"

沿着河岸下去就是一片草滩,虽是秋日,但茅草依然高密,他们就从人迹留下的小道进去,在草地中间的石头上坐下,第一次肩挨肩,彼此似乎都能听得见对方的心跳。那男人的味道,随着微风丝丝缕缕地飘到虞姬的鼻翼间,她情不自禁地就将身子靠在项羽的肩头,这样,女儿家的芳香令项羽体味到人间还有比杀人掠城更加爽心快意的情境。项羽发现,虞姬今日没有挽发髻,长长的乌发顺着肩膀一直流泻到腰间,愈益增加了她的妩媚。

虞姬闭着双眼,享受每一寸秋光,长长的睫毛在眼睑处投下淡淡的眼影,这是女人最惹人爱怜的情态。项羽想俯下身子去亲吻她迷醉的眼睛,他相信虞姬一定在等待这个时刻的到来。可就在他们即将给付相接的瞬间,他退了回去。虞姬觉察到了项羽的变化,她微微睁开眼睛,那秋波便都涌向项羽了:"你为何如此胆小?"

项羽放开虞姬,看着远方道:"非籍不解风情,实乃大战在即,不能连累姑娘。"

虞姬坐起来,将身后的乌发拉过一绺到胸前,慢慢地摩挲着问:"将军能对虞姬详说么?"

"今日与姑娘一见,我即要奔赴外黄杀敌了。"

项羽的话音刚落,虞姬"呼"地坐起身来,眉目间射出一道光亮:"虞姬一双鸳鸯雌雄剑,正愁无用武之地,将军何不成全了妾。"

"万万不可!杀敌立功乃男儿之事,岂能让女子上阵?"项羽不解地看了看虞姬。

　　虞姬起身,与项羽面对面地站着,说话的口气就少了女儿气:"将军此言差矣!岂不闻商王之妃妇好率军万人,北伐土方、南征蛮夷,开疆拓土,功冠朝野。每每凯旋,商王出朝歌八十里迎接。虞姬虽不敢自比妇好,但凭借一双雌雄鸳鸯剑辅佐将军夺取天下,当在所不辞。"

　　虞姬说着,从剑鞘中拔出剑来,在空中划过一个弧圈,那寒光耀得周围水渍闪闪发光。接着,一个斜刺直向项羽而来,项羽拔出宝剑迎接,两人就在湿地上剑来剑往厮杀了半天,项羽感到,虞姬出剑的力量毫无减弱的迹象,于是他从心底接受了虞姬的从军意愿。可他毕竟只是一位将军,他必须征得项梁和项伯的同意。

　　项羽不准备再较量下去,他觉得此时哪怕延宕一刻,都是对虞姬的不尊重。他收了宝剑,示意虞姬住手。虞姬轻轻地喘了一口气问道:"这回该允准妾从军了吧!"

　　项羽沉思片刻,不打算隐瞒自己的难处:"以姑娘武功之精湛,战场上必有大作为。只是楚军主帅乃叔父项梁,我尚需禀告。"

　　虞姬盯着项羽,被岁月磨出的倔强顷刻间就上了眉梢:"妾不管别人如何,只要将军说可否从军?"

　　"籍何尝不想与姑娘并马疆场呢!"

　　"好!有将军这句话,妾就放心了。"虞姬说罢,扬起手在项羽肩头轻轻地打了一下,"咯咯"地笑着跑上河岸。她飞身上鞍,勒住马头,战马仰天而望,一声"啾啾"长啸,扬蹄而去。

第十五章

拒忠言英雄殉国
审时势张良劝谏

  大军行进到距定陶城十里的济水渡口时，刘邦下车对前来送行的灌婴、马力道："千里相送，终有一别，两位请回。"
  刚刚与沛公相识不久又要分手，灌婴的内心不免有些空落落的。他一个靠贩卖丝织品为生的睢阳小贾，本期待与妻儿相守过平安日子。只要官府不为难，他绝不想背一个"贼寇"的恶名。然而，就在他外出的日子里，秦军为征讨义军而挨门催要赋税，等他回到家里的时候，看到的是老父、妻子和女儿浑身刀伤地躺在血泊中。乡亲告诉他，因交不上赋税，三人被杀。他含着泪水掩埋了亲人，将没有卖完的"缯"分发给左邻右舍，发誓不诛灭暴秦，绝不回乡。听闻沛公率军攻打雍丘，他星夜赶来投奔。睢阳自古就有习武风气，他自幼跟随父亲学得武艺使他在雍丘之战中尽展所长。刘邦甚是喜欢，当即命他为内侍中涓，与曹参一样跟随左右。

其实，马力也是一样的想法。当初他被义军俘虏，是刘邦听了萧何的进言亲自为他解开绳索，亲抚伤口。战事频仍，他把每一次分别都视作诀别，心头徒添了许多的沉重。

"刚蒙公恩，又要相别……"

灌婴的话还没有落音，马力接着道："属下等真有裂肺伤情之郁。"

曹参在一旁听了，揶揄道："你等堂堂七尺男儿，怎的如此妇人情怀？"

灌婴和马力明白，曹参不过是想淡化悲凉的气氛罢了。刘邦眼睛有些发热，一边拉着一位属下的手道："此次南下击敌，我心头亦不轻松。"

曹参问道："沛公是担心项公轻敌么？"

"也是姐丈糊涂，向项梁借什么兵？如今处处受制于人！"樊哙在一旁插言。

刘邦瞪了一眼樊哙道："为将者当了然大局，岂能只顾打打杀杀，既是盟会，定有担当。二位将军回到大营后，定要协助项公守好定陶，决不能让我军血战之城再度沦入敌手。"

樊哙回瞪刘邦，没有说话。

灌婴忙双手打拱道："沛公尽可放心，属下定不负公望，恪守厥职。"

刘邦点了点头，看看时间不早，这才道："二位上马，我看着你回城。"

灌婴与马力一前一后打马而去，刘邦直看到他们消失在大道尽头才回转目光，却见曹参指着不远处道："那不是项将军的人马么？"

刘邦顺着曹参所指朝定陶城方向看去，果然旌旗浩然，骅骝奋蹄，便油然喟叹项羽的军伍的确不凡。若论阵前厮杀，项羽部属可谓踔厉奋发；可为何就不能爱民若子呢？且不说恫瘝在身，匕鬯不惊，连不滥杀无辜都做不到，这究竟是为什么？但现在刘邦无暇细想这些，他的目光被眼前的情景吸引了过去。

走在队伍最前面的不仅有项羽的高大骏马，更有一位身形窈窕的女子。此前，刘邦没有听说过项羽的军中有"女卒"啊！远远望去，他们并马而行，似乎很亲密的样子。刘邦想象不来，杀人如麻的项羽怎么会与一位女子轻言细语，侃侃而谈的。当他转过脸去看曹参时，但见他嘴张得老大，显然，是与自己想到一起去了。

刘邦忙令岳恒让队伍靠右行，把大道让给项羽的军队。樊哙不免口出埋怨之词，岳恒笑道："大敌当前，我义军唯有同仇敌忾，方能早日诛灭暴秦，若是凡事计较，安能克敌制胜？"

闻言，樊哙也没好气地朝一边靠了靠。

说话间,项羽已来到面前,下马作揖道:"兄长枕戈待旦,令弟惭愧。"

刘邦立即回应道:"贤弟军伍整肃,此番出征,稳操胜券,为兄翘首以待。"

"借兄吉言,弟若能一举拿下外黄、陈留,则定陶无虑矣。"项羽络腮胡包着的厚唇就弯成月牙儿。

两人相偕而行。受命跟随项羽出征的范增望着两人的背影,不免就多了心思,在心底轻轻叹息项羽为人过于忠厚,太看重金兰结义的情分。自到薛县以来,他虽然与刘邦接触不多,却觉出其为人的狡黠、圆润和善于周旋,他担心项羽木强敦厚,迟早会被人算计。他决计在适当的时候提醒项羽勿太以忠直待人,须提防别人不仁之心。

两人行走了大约半里路的时光,刘邦于笑谈中说道:"贤弟好眼力,看这女子眉目如画,然不掩英气,想来必非茅舍家女子。"

项羽吃惊于刘邦的识人之透,加之义结金兰的兄弟情分,便将如何在荷山临危救险,不期而遇;荷水再逢时,如何话语投机等粗笔大线地述说一遍。

刘邦听了,心中便明白了八九分,笑道:"贤弟遭遇桃花运,幸甚幸甚。"

项羽也不辩解,只是摊开双手做出一个无奈状:"她因父母皆死于秦人之手,故而执意投军,小弟莫之奈何,便也从了她的心意。"

前面就是阳关路口,因前日议军时商定,两军各从东、南和西、北合围外黄,两人遂于十字路口停步作别。项羽翻身上马,道一声"后会有期",朝后面的虞姬等人一挥手,大军呼啦啦地朝西南方向而去……

刘邦默默地望着项羽大军融入远方绿林旷野,便有了五味杂陈的心绪。特别是当虞姬纵马从身边驰过时,他的心一下子就回到了吕雉身边。半年来,他四处转战,居无定所,留下吕雉照顾家庭,儿子远在丰县,托萧何管教,他不知道这样的日子还要持续多久,何时才能举家团圆。他使劲摇了摇头,待勒马回望身后时,曹参、樊哙和岳恒就率领大军追上来了。他只要一看见走在队伍前面的"刘"字大旗,便顿时心开胸朗,全部的心思都回到战场上来了。

……

九月底,宋义从齐国回来了,给项梁带回了两条消息,第一条是田荣趁着楚军接连大胜之机回兵临淄击败田假,田假逃到楚国来了,当初拥戴田假的田角也逃到了赵国。田荣立了田儋之子田市为齐王,自任丞相,以其弟田横为大将:"下官随田荣进入齐国国都,以王上使者名义恭贺田荣复国。并谏言田荣出兵援助楚军,共战章邯。"

项梁听罢,击节道:"齐国复国,乃因我大楚大败章邯之故。田荣必知恩图报,挥兵南下。"

"下官尚未言第二条消息,项公少安毋躁。"宋义张了张口,将田荣以"楚诛杀田假,赵捕杀田角"为条件,换取出兵等——禀报。

闻言,项梁的眉头就皱起来了,半天没有说话。当初田荣前来求援,自己二话没说就率军大战东阿,如今其却待价而沽,岂非忘恩负义?

宋义见状,忙劝道:"田荣背信负义,确为人不齿,可当前我军之敌乃章邯。至于田假,并非名正言顺,此次逃进我国,在于离间我军与田荣,杀之无妨,也见项公重信取义之胸怀。"

"楚地阔袤,如何知田假隐身何处?"

宋义回道:"下官回定陶之际,田丞相言说,田假逃亡彭城了?"

项梁沉思片刻,随即对宋义道:"有劳将军前往盱眙奏明怀王,将其缉拿,送往齐国。"

可几天以后,宋义带回的消息更是令他吃惊。原来田假没有逃亡他处,正是躲进熊心的王宫里了。当宋义将项梁的意思禀奏时,熊心很吃惊,对项梁之举大惑不解,言说:"田假与国之王,穷而归我,杀之不义。赵亦不杀田角、田间以市于齐。"

听到这话后,项梁便沉默了。怀王是自己请到盱眙的,也是当着各路豪侠的面尊为怀王的,倘若此时一意孤行,未免落个"挟王自重"的骂名。不过项梁对于局势并不似宋义那样"非借齐兵不可"的悲观。合上宋义从怀王处带回的诏命,他站起来望着窗外的秋云道:"我等岂可与燕雀之流同伍。怀王重义,必得良报。只要吾等心同力协,不怕秦军不破。"

与项梁相比,宋义的性格更偏于谨慎,他还是担心没有了齐国的合力,一旦章邯卷土重来,定陶危急,于是建议项梁收缩兵势,只留昌臣军南下,将英布人马调回定陶以作拒敌策应。

"大人多虑矣!且不说楚军一路攻坚摧朽,秦军闻之丧胆,单刘季将军留下的灌婴、马力二位将军皆能战善谋之士,岂能惧怕秦军。"项梁很自信地打断了宋义的话,起身来到他身边扶着他的肩膀道,"怀王委重任于你我,我等切勿辜负王上所托。君我当通忧共患,同寅协恭,共复大楚。"

宋义虽然对项梁叔侄的刚愎自用暗有微词,可他们的忠君复国情怀却屡屡让他感动。这一番慷慨陈词更是让他感慕绕怀,连道:"请将军放心,下官当非异人任,不辞重则。"

接下来的日子,项梁每日都要到军中巡查官兵演阵,回来后对着地图沉思御敌之策；宋义除了陪同项梁一起察战劳军外，还经常到灌婴、马力的军营中征询御敌良谋。

一晃多日过去，眼看过了十月半，时序进入秦二世三年岁首，却仍然不见秦军南下的动静。项梁于是断定秦军当专力攻打齐、赵，无暇南顾。渐渐地，他下军营少了，每日在大帐里邀宋义饮酒走棋，观书叙话，时不时传校尉来问问演阵情形。宋义虽然眼睛盯着棋盘，心却飞到了濮阳。他觉得眼前这种平静并不值得乐观，担心章邯正在酝酿一场大战。

其实，与他有着一样思绪的还有留在定陶的灌婴和马力。这些日子，他们除了每日到项梁帐前点卯外，一回到军营，就目注神聚地带领校尉们演训阵法，军营里传出的喊杀声，从辰时到午时，回荡在定陶城外的上空，余音不绝。

这一天，宋义奉项梁之命来到灌婴军营察看，一进营门就被眼前的情景震慑了，只见一队队士卒扛着云梯正在模拟攻城，而在另一处，一辆辆战车从校场驰过，与从对面冲来的"敌军"战车厮杀在一起，各自率军的两位将军不是别人，正是灌婴与马力。

灌婴手持大刀，马力手持长枪，两军对垒，杀得难解难分。灌婴虽然年长马力近二十岁，却毫不怯力。宋义看得心潮湟漾，热血上涌，情不自禁喊道："好一场厮杀。"

灌婴听出是宋义的声音，两人都跳出圈外。灌婴吩咐马力继续率领校尉士卒演训，自己则陪宋义到帐中叙话。

相坐品茗，宋义开口第一句话就是："进得将军营寨，临战气氛甚浓，足见将军佩弦自急，敌存思战之怀。"

灌婴给宋义杯中续上茶，话语中就充满了对刘邦的怀念："沛公临行时反复叮嘱，道《吴子》有言，'今使一死贼伏于旷野，千人追之，莫不枭视狼顾。何者？忌其暴起害己也'，今章邯虽败，然暴秦仍存。若不警惕，旦夕危至，婴不敢稍有懈怠。"说到这里，灌婴忽然想起一件事情来，"自留守定陶以来，末将每日都派遣探哨逐次向东北打探秦军消息。昨日，一军侯率探马归来，禀报说途中发现不少逃难的百姓，上前打听，皆道自宛朐而来……"

"且慢！"宋义倒吸一口冷气，截住了灌婴的话，"如此说来，秦军已经度过河水，距定陶不远了。如此重大举止，我军如何知之甚晚？"

"据逃难百姓讲说，秦军渡过河水后，将战车车毂和战马的马蹄都裹了蒲草，一路夜行晓宿，偃旗息鼓。沿途见可疑者，格杀勿论。"

"咦！如此说，章邯乃有备而来……"

灌婴颔首道："演训已毕,末将正要进城向项公禀报呢！"

"多谢将军！还望继续打探,一有军情立即向项公禀报。"宋义双手打拱言罢,转身出了营帐,快马回定陶去了。

宋义没有想到,他一进大帐就看见项梁双眉紧皱,面前摆着两份文书。宋义明白了,必是刘邦项羽从前方送来了战报,而且战事颇不顺利。

"你看看！"项梁指着案头的战报道,"籍儿与刘季飞传战报,言说驻守外黄秦军负隅抵抗,连攻数日不下,现正准备移师陈留,另觅战机。彼不能胜,被秦军拖住,则我定陶必危。"

"不瞒将军,危机就在眼前。"

"此话怎讲？"

宋义顾不得别的,直接将灌婴所获军情一一禀报。项梁听完目瞪口呆,半响才说出一句话来："如此重要军情,我竟然一无所知……"接着,他转过身喊卫士,要对外出刺探军情的校尉治罪。

宋义连忙上前拦住："当务之急,在迅即部署御敌守城。"

见状,项梁沉思片刻道："刘、项与其盘桓陈留,不如回师定陶,对敌形成内外夹击之势,则胜券在我。"

宋义摇摇头道："万万不可。秦军不日即可到定陶,远水不解近渴。彼若回师,必遭秦军袭扰,得不偿失。依下官之见,须凭借城外灌婴、马力之军；内赖城中军民,据守御敌。"

"都是我轻敌才导致危在旦夕,眼下只能如此。"项梁叹了一口气,要从事中郎速传吕臣离开时留下的都尉长史王彤、刘邦留下的中涓灌婴、将军马力到帐中议军。

宋义发现,项梁脸色苍白,眼睛浮肿,一副疲倦不堪的模样,心中徒添了不尽的沉重。

……

章邯十分感念皇帝的恩泽,九月中,在接到他请求再发虎贲大军的上疏后,二世就飞传敕命,要跟随王离在韩地转战的涉间将军迅速南下,协助章邯迎战楚军。

这涉间本是蒙恬部将,早年在北方抵御匈奴,屡立战功。蒙恬蒙冤离世,他又到了王翦之孙王离的麾下。前年,随王离出关平定韩地,如今已年过五旬。秦军在大败之后,忽然来了一员虎将,顿时元气复原。在议军会上,涉间提出趁项梁轻敌之际,派遣一支队伍假扮齐军夜袭定陶,打楚军一个措手不及。

"彼能想到用马力诈降大败我军,难道会想不到我军之惑敌之策么?"章邯担心被项梁识破。

涉间笑道:"老将军何须多虑,此正所谓兵不厌诈。"

"即便如此,总得有精通齐地言语之人,彼才不会疑虑。"

闻言,章平把目光投向章邯道:"这有何难,二十多天前我军俘获的齐国使者高陵君显仍羁押在军中,正可利用他求生之心,令其假言田荣悔悟,承诺发兵共击秦军,诓开定陶城门,杀他个片甲不留。"

听了这话,章邯转身对涉间道:"将军素未与项梁接战,彼必无法应对,还请将军为前敌先锋,从北门攻城。"

章平在一旁急了,站起来拱手道:"兄长为诸位将军安排战事,却将小弟晾在一边,未知兄长何意?"

章邯捋了捋银白的胡须道:"你与董都尉跟随我攻打定陶东门,务必堵住项梁逃路,若是走失敌酋,唯你是问。"

这已是数日前的事情,此刻章邯大军已经渡过济水,朝定陶方向一路奔袭而来。大军过了宛朐,章邯严令全军偃旗息鼓,车毂、马蹄均裹上蒲草,夜间行军,绝不给楚军探马些许痕迹。可就在昨日,从定陶方向回来的探马却带回来一个消息,说在定陶城外二十里处发现一支旗帜上写有"刘"字的队伍,整日操戈驰马,演训不止。

章邯断定,那一定是刘邦留在定陶的军队。从雍丘到定陶,秦军屡次与刘邦军交锋,深感刘邦军中谋士甚多,比之项羽军更难对付。他当即要司马欣率所部前往,只需对敌袭扰,使其不能驰援定陶即可。他明白刘邦麾下的几位将军个个安行疾斗,司马欣硬战,恐为敌创。

这是十月下旬的酉时,涉间的前锋来到了定陶城北的济水岸边。数千人马不起营寨,而是隐没在荷水岸边的密林和草丛中,只在远离河岸的林子深处搭了一顶小小的帐篷,作为发号布令之处。全军将士,从涉间到普通士卒严禁烟火,只食冰冷糇粮。酉时二刻,涉间传令,押高陵君显来见。

"你欲活命否?"涉间冰冷的目光直刺高陵君显的心底。

"罪臣当然愿活,只要将军不杀罪臣,凡事皆愿听命于将军。"

"你之所为,章老将军早已言明,你只需照行即可。"

"罪臣明白,不敢造次。"高陵君显颤抖着身子退出帐外。

涉间又传来假扮齐军的军侯叮嘱一二,遂传下令去,酉时三刻发兵,子时到达城下,一旦诓开城门,即行发起进攻。

"兵贵神速,有延误战机者,斩无赦。"涉间手按剑柄,对前来听命的几位校尉道。那声音低而有力,犹如雷霆万钧。校尉们都知道,这位将军当年在北部戍边抗击匈奴时,杀伐无情,自是不敢轻看其言的分量。

更漏刚过了子时,涉间率领军伍换上齐国士卒戎衣,高举火把来到定陶北门城楼下,对坐在车上的高陵君显使了个眼色,他便对着城楼上喊道:"请问城楼值守者,可是宋义将军麾下。"

在城门值守的校尉见凌晨子时忽然有一支队伍来叩城门,自是不敢大意,匆匆来到城下向坚守北城门的都尉长史王彤禀告。

王彤询问道:"来者是何旗号,着何戎衣,何处口音?"

"'齐'字旗帜,齐军戎衣,临淄口音。"

闻言,王彤便有些迟疑不定。前些日子,他分明听闻田荣以怀王不肯杀田假为由拒绝出兵,为何忽然改弦更张了?他不敢大意,急忙来到城楼,对着下面的军伍喊道:"请齐国高陵君说话。"

被短刀顶着的高陵君显强作镇定地回答:"下官正是齐国使者高陵君。"

"我听说田丞相拒绝宋义将军之议,不肯出兵援楚,为何深夜来此?"

假扮田荣部将的都尉上前搭话道:"将军所言不虚,然宋使君回国后,田丞相念及当初齐国岌岌可危之际,项公深明大义,助齐平乱,此大恩不报,必为天下所笑,因此派遣末将率军星夜疾行而来。"

王彤没有回应,他不敢妄信。吩咐校尉严阵以待,自己转身下了城楼,直奔宋义府门。宋义并未就寝,正在灯火下察看地图,听了王彤的禀报亦心生疑虑,急忙来到城楼详细询问。未料城下答复滴水不漏,处处皆在情理之中。可对处事谨慎的宋义来说,这些是远远不够的。只见他将头伸出城垛,神色从容道:"深夜到访,多有不便。能否请使君将使者印信送来一看?"

"宋将军如此未免小气,难道齐国还会作假么?罢了,我就如你愿,送印信上来。"都尉大声言罢,手搭弓箭"嗖"的一声射向城楼,早被王彤接住。宋义借着灯火详细观察,果是高陵君印信无疑。

"如此可以开门迎接齐军了。"宋义将印信藏进衣袖后道。

但王彤却不为之动:"此时此地,不由人不警觉,将军还是三思而行,抑或禀明项公再做定夺。"

宋义思忖片刻,摇了摇头道:"不必了,现有印信在,岂能有假?借兵之事本宋义不才,未能说服齐相,致使我军孤悬定陶,今齐相回心转意,我军求之不得,将军速命司直开门为妥。"

但王彤的心并未松弛,在走向城楼时他暗暗吩咐身边的校尉,城门半开,吊桥半放,一旦有变,立即起吊封城,坚守待援。他相信二十里外的灌婴,很快就会来为定陶解围。

一切似乎都是在突变中发生的,当城门司直依照王彤的吩咐将吊桥放到一半时,就见从对方的队伍中冲出数名壮汉手执板斧跃上吊桥,手起斧落,只听"咔嚓"声声。王彤明白,城外深夜到来的不是齐军,而是秦兵。情急之间,他朝城头上大声喊叫"射杀刀斧手",然而晚了,只见铁索断为两截,眼看着秦军潮水般地冲进来了,"诛杀项梁""活捉宋义"的喊声如涛卷浪,此起彼伏。城门司直奋力关门,被涌进来的秦军拦腰砍杀。

危急时刻,王彤第一个想到的是宋义,他挥动宝剑接连砍倒几名秦军后,终于在城墙根看见了冲下城来的宋义。王彤一路护卫着宋义且战且退,到了沽衣巷口,看见一店家门前拴着两匹马,他二话不说扶了宋义上马道:"西门距灌婴营寨最近,将军速去其营中调兵。"说罢猛击马臀一把,那马"啾啾"长啸一声,撒开四蹄朝西门方向跑去……

王彤飞身上了另一匹马的时候,就看到满街都是秦军,刀剑的碰撞声,军士的喊杀声以及百姓哭叫声乱成一片。王彤清楚,凭借自己一人之力要想解救百姓,无异于杯水车薪。而且,他现在最担心的是项梁。驰马到沽衣巷尽头,转弯朝西不远处,就看见将军府前云集着楚军队伍,正朝东门冲,王彤催马上前,对匆匆而来的项梁道:"西门距沛军营寨不远,项公西去可矣。"

项梁拨转马头西行,未料从十字街口冲来一辆战车挡住去路。项梁挥动大刀怒骂道:"你竟敢挡吾去路,死期近矣。"说着挥动大刀,直向来将砍去。

未料迎面一杆枪,将大刀架在空中道:"我乃朝廷钦封大将涉间,今奉陛下敕命讨逆伐罪,你若明白,便下马受降。"

项梁心中"咦"的一声叹息,知道遇见强手了,横竖都是过不去,不如拼死厮杀。大战三十个回合后,项梁双臂发麻。正在这时,王彤挥剑赶来将项梁隔在一边,大声喊道:"项公速去,王彤来也。"项梁这才得以脱身,一连杀死十数个秦军士卒,向西门奔去。

这边,王彤千方百计与涉间周旋,为项梁出城赢得时间。可惜他手中的兵器只是一把剑,难敌涉间一杆长枪,不多久,手中宝剑被震落。他欲从秦军士卒手中夺一柄长枪,却不料在侧身时被涉间一枪刺中,剧烈的疼痛全部集中在眉宇间,那圆睁的双目让秦军感到恐惧。涉间见状,用力从他身上拔出钢枪。王彤口吐鲜血,向后倒去。

项梁率领贴身卫士数十人冲向西门,却不意碰到从北边冲来的章平。在战场上,他们有过几次交锋,彼此知道对方的厉害。章平并不上前厮杀,而是发出密集箭雨,眼看着楚军将士纷纷倒地,他也拉开硬弓,缓缓追踪项梁背影射去,只听前面"啊"的一声,便知项梁落马了。

章平将弓插入弓囊,催动坐骑向前奔去,在距西门不远处看见了倒地的项梁。此时,他就是要擒拿一个活的项梁回去,这是瓦解楚军意志的最好办法,便对身边的军侯和校尉道:"不可杀之,擒获即可。"

箭从项梁肋间射入,鲜血顺着右肋间淌在地上,很快将土地洇成殷红。他望着头顶的蓝天,一只苍鹰向着云端飞去,渐渐化为一颗黑点。他疲倦得厉害,总想闭眼睡去,可满腹的心事使得他无论如何也不能合上眼睛。他牵挂项伯,敌军打进城来的时候,他们一起冲出将军府,他若死于乱军之中,他就无颜见列祖列宗了;他牵挂项羽,尚不知外黄战情如何;他担忧宋义,从昨夜大帐叙话之后,就再也没有见到他。当秦军的脚步一阵阵接近时,他明白,所有的牵挂都无济于事。他艰难地侧目看去,听见章平要属下擒获他。他已经下定决心,宁死也不做阶下囚,为了楚国的尊严,也为了家族的尊严。项梁挣扎着从腰间拔出宝剑,紧闭双眼,顺着自己的脖颈狠狠拉了一剑,浑身痉挛了片刻,然后静静地将头偏向一边。他的眉头郁蹙在一起,嘴角留下一丝对这个世界的眷恋,这表情让章平感到很震撼。他曾听兄长说过当年项燕在蕲水河边向天自刎的往事,孰料壮烈悲歌的一幕,今日竟然在眼前重现。

章平不知道该说些什么,就那么站在尸体面前沉默了许久,才对身边的校尉道:"清理尸骨,好生掩埋,我这就向将军禀告。"

话刚落音,就看见章邯的战车从东门方向过来了……

出了西门,项伯伏在马上,趁着夜色径直奔向灌婴大营。回想刚才血与火交织的一幕,他简直就像在梦中。他始终没有明白,秦军是怎样攻进定陶的,难道他们有插翅飞进城池的本事?当他披挂上马冲到将军府前时,只看见满街都是秦军。灯火中,章邯挥动宝剑,号令秦军将士潮水般地向将军府冲来。

那一刻,他首先想到的是兄长项梁,他挥动手中的双铜左冲右突,奋力冲到将军府前,他远远地瞧见项梁带着两名校尉站在府前,望着从梦中惊醒的部属,仓促应对突如其来的战事。

"兄长,为何秦军会攻进城来?"

项梁没有回答,反问道:"宋义、王彤现在何处,如何不见彼等踪影?"

项伯摇了摇头道:"目今之计,在于冲出城去。"

项梁命令道:"你速从西门出去前往灌婴营中传令,命他率军速来增援。"

可项伯没有动,沙哑着声音喊道:"大兄离世后,兄长身负复楚重任,小弟岂可丢下兄长一人。倘若事出不测,小弟有何颜面再见籍儿?"

"糊涂!"项梁挥动着大刀道,"为兄事小,复国业大。援兵至,则城存;援兵迟,则城亡。存亡在此一举,勿再犹豫。"

"兄长……兄长保重!"项伯哽咽着言罢,转身驱马朝西去了……

在西门外五里地,项伯遭遇了一名秦军校尉,两人厮杀了一刻之后,那校尉忽然落马。他借着烟火看去,才发现校尉已中箭身亡,情知援军离他不远。果然,片刻之后耳边便传来灌婴的喊声:"项将军,末将在此。"

那一刻项伯的眼睛潮湿了,若非灌婴赶来,他命休矣。他冲到灌婴面前勒住马头,将项梁的将令传与灌婴。灌婴顿时明白自己中了章邯的声东击西之计,仰天长叹一声道:"晚矣!恐怕项公凶多吉少。"

"将军何出此言?"

灌婴遂将军营在凌晨遇袭一一道来,随后道:"唉,末将当时甚是欣慰,若章邯误将末将当作楚军主力,项公即可从容应对。孰料末将迎接者乃秦军长史司马欣所部,方知中了敌分兵之谋。"

项伯环顾了灌婴周围,问道:"马力将军呢?"

灌婴沉默了片刻后道:"雍丘一役,秦军已知马力投降,对其恨之入骨。司马欣号令麾下有能取马力首级者,赏百金。可怜马力将军被秦军骑兵团团围住,索拉刀砍,已无完尸。"

项伯正要问宋义何在,却见一校尉快马来报,说秦军忽然退却,朝东门撤去。灌婴大叫一声"定陶休矣",转身挥动战刀就向西门口奔去。项伯也不敢怠慢,一干人来到西城外,凭借晨光远望,城头"楚"字大旗早已不见踪影,代之而起的是"秦"字大旗,从城头上传来章邯的喊话声:"朝廷大军已占据定陶,你等负隅顽抗,死路一条。若是识时务投降朝廷,尚可保全性命。"

灌婴知道大势已去,但他仍不甘心,手搭弓箭射向城头,但听"嗖"的一声,那箭招来的却是利箭如雨。灌婴还要号令攻城,却被项伯拦住:"眼下秦军士气正旺,我军孤军为战,乃兵家大忌。不如南下彭城,禀明怀王再做打算。"

话虽是如此,可项伯情知兄长尸骨现在秦军手中,既然攻而不能胜,也就意味着项梁的英魂无法还家,忆起当初吴县举义,数月众至十数万;渡淮涉河,锐不可当;六月盟会,群英相聚,孰料今日阴阳两隔,从此形影相吊,不禁悲起心头,滚下马双膝跪地,面朝定陶城连叩"三响",额头流血道:"兄长,小弟无能,不能与你同归会稽,待来日诛灭暴秦,弟一定高台祭奠……"

一阵阵啼血洒泪哭得灌婴心痛如绞,他知道此地不可久留,若是秦军三面出城,必陷重围,便忍住悲痛扶起项伯道:"项公鹤归,人痛天悲,然虎狼在侧,当今之计,须得撤往外黄抑或陈留,与刘、项两将军合兵一处,再做打算。"

项伯双肩战抖,唏嘘不止,涕泪怆然,再向亡灵拜别,口中讷讷自语:"不杀章邯,誓不为人……"

当刘邦和项羽盘桓在外黄,战事极度不顺之际,辅佐韩王成定都阳翟的张良的心境亦如十月的天气,一场阴雨一场凉,无论如何也无法敞亮起来。

站在司徒府二楼凭栏远眺,颍河汤汤地从城外流过。今秋多雨,颍水明显涨了,也浑浊了许多,昔日清晰可见的具茨山蒙在沉沉云雾之中。多雨的日子,街巷显得寂寞多了,偶尔从深巷传来叫卖"阳翟羊汤"的声音,悠长而又清凉。张良在这里已经站了许久,心神都游弋到了薛县那些难忘的日子,他一有心事,就勾起对刘邦的思念。

前些日子,他听从彭城回来的韩国使者说刘邦和项羽在雍丘大败章邯军,紧接着就南下外黄和陈留。他多么希望他们旗开得胜,这样也为韩国减轻一些压力。他又一次想起那天分别时,刘邦亲自下马,握着他的手道:"子房智足决疑,量足包荒,才足折冲御侮,德足辅世长民,韩王得一子房,胜得万骑也。今日相别,季依依不舍,他日若有机会再度重逢,你必为季左右。"

他亦拱手作揖道:"今生得遇沛公,乃子房大幸,唯愿沛公功业垂成,子房在阳翟引领南望,萦萦牵怀。"

这些记忆依旧新鲜,时光已推移了四个多月。可这对张良来说,是甘苦备尝的四个月。

时运一如当年博浪沙一样,丝毫没有眷顾这位故韩国丞相的儿子。当他率六千精兵来到阳翟时,几场仗打下来,张良痛切地感到自己可以运筹帷幄,可韩王成的将领却不能决胜千里。他们一个个畏敌怯战,有的还没有与秦军接触,就早早地撤退了。而从项梁那里借来的六千精兵由于不习北方水土,战力锐减。几个月来,他们与秦军一直在颍川一带周旋,顺利了尚能夺取几座县城,可很快就被秦军重新夺回。

张良记忆最深刻的是许县之役。在议军会议上,他以司徒身份分析军情,特别强调许县乃阳翟门户,倘若战败,阳翟不保。韩王成深知张良的良苦用心,严令许县守将务必奋力为战,绝不能让秦军越过。守卫许县的校尉也当着韩王成的面信誓旦旦道:"人在城在,誓与许县共存亡。"但张良明白,王贲、涉间都是秦朝名将。故而,暗地在许县到阳翟之间的山道上设下伏兵,果然,守城的校尉在秦军猛烈攻击下弃城西逃。秦军乘胜追击,未料中途中了张良的埋伏,才收了西进之念。

这件事对张良的触动很大,也使他对韩国能否恢复有了疑虑。

接踵传来的消息更是一次次地击碎他的梦想。在临淄,田儋为田假所取代,田荣率部惊慌失措地进驻东阿,想借助于项梁大军击败田假,重拾旧梦;在赵地,内讧骤起。赵王武臣和左丞相召骚被部将李良杀死,张耳及时潜避逃脱劫难,遂召集未叛士卒约数万人,将原赵国后裔赵歇立为赵王,迁居信都。

这一切都给他一个强烈的感觉,过去了就过去了,复国旧梦不可能使他回到过去的日子。但他并不甘心,每当这种意念爬上心头时,他总是寻找各种理由来为自己辩护。

然而,一个严酷的消息终于使他不能面对破碎的现实,就在昨日,从彭城回来的使者带来了楚军在定陶战役中惨败,项梁死于乱军之中的消息。当韩王成被这个消息惊得六神无主,向他投来凄凉的目光时,他借故风大沙子眯了眼而回避了。散朝以后,韩王成专事留下了他问道:"人言司徒策谋奇妙,清识独流,以项梁之威,带甲数十万,战车千辆,尚且败于章邯,我韩国兵微势弱,奈何?"

"这……"张良顿了顿道,"消息猝然,微臣尚需思虑方能奏明王上。"

"好!寡人给你三天时间。老丞相当年在宫中明陈方略,屡断疑虑,朝野敬之。卿乃相门之后,必能挽澜平波。"韩王成对此满怀希望。

他将自己关在府邸书房里整整两天,只有在用膳时才出现在亲人面前。现在已是第三天,他必须在午后向韩王成拿出方略。

"该如何向王上陈说自己的所思呢?"当一阵秋风吹来的雨丝湿了前额时,张良这样问自己。

身后传来"司徒大人"的呼唤,是家令站在身后,手上托着一件信札:"沛公从定陶来书,请司徒大人过目。"

"哦!沛公有书来。"张良目光立时溢满光彩,从家令手中接过信札后吩咐,"如有人来,就说我不在宅中。"他转身掩了门,迫不及待展开绢帛,一串亲切又热情的文字跃入眼中——

  沛人刘季稽首:
    子房足下,薛县一别,量无恙乎!引领北望,举踵思慕之情,日引月长。

足下北归,辅佐韩王,忠君之义,令季高山仰止。然则观之天下,群雄竞据,此疆尔界,各自为战,彼此未能相顾,致秦军分而击之。前有襄国之诫,近有临淄之殇。季为君言,与其被分而食之,毋宁勠力同心,兵合一处,敌攻此则彼匡翼,攻彼则此策应,如其则清朗乾坤,指日可待,望足下三思!

  谨再拜!

  明哉!沛公。张良将信札反复读了两遍,仿佛一缕秋雨过后的阳光,暖意融融。刘季虽然读书不多,然天下大势了然在胸,且不说韩王成,纵然项梁亦未必能及之,此时与自己的心境甚为相合。合上信札,他朝外边喊道:"来人!"

  "大人有何吩咐?"家令立即出现在门口。

  "备车!我要进宫。"

  夫人从一旁赶过来劝道:"午饭已备好,夫君还是用过再去不迟!"

  "事急矣!回来再吃亦可。"张良看了夫人一眼道。

  王宫在阳翟的东北角最高处,韩王成此时正独自一人坐在宫中发呆。其实,他的心思与张良此刻并无二致。与王离的虎贲军几仗打下来,他的军队损失了将近三分之一,而辖域缩小了将近四成。再这样下去,国之不存,他这个韩王岂非虚有?一想到这些,他就为自己未能复祖业而惭愧自恨。

  王妃带着几个宫女,手中的托盘盛了酒酿和珍馐向他施了一礼道:"妾知王上近日为国事操劳,特备酒酿,与王上分忧。"

  在以往的日子里,王妃温良的性格总会驱散他心中的愁云,可今日他看眼前的珍肴美味,毫无食欲,甚至窈窕宫女们,一个个都很不顺眼,他烦恼地挥了挥手道:"退下!寡人无欲也。"

  王妃无奈地笑了笑,示意宫女们退下,上前亲自为王上摩挲双肩,温柔而又谨慎地劝慰他放宽心。这些话最能平静韩王成不安的心绪,他伸出双臂,从后面按住王妃的双手,说出的话没有一丝的底气:"连项梁都死于秦军刀下,我韩国弹丸之地……"

  话还没有说完,就听见在门外的黄门尖着嗓音喊道:"司徒大人觐见!"

  韩王成示意王妃回避,对黄门道:"快请。"

  在例行君臣之礼后,张良席地坐在对面,韩王成问道:"司徒进宫,可是有要事陈奏寡人?"

  张良点了点头:"王上明鉴,微臣正是要为王上陈奏愚见,以利国是。"

  "寡人愿闻其详,司徒可言无不尽。"

张良向韩王成深深作了一揖，这才开口说话，他当然没有将刘邦的来信和盘托出，而是从楚军的定陶大败说起，从项梁之死到刘、项外黄战之不利，从吕臣、英布南下受阻到怀王迁都彭城一一道来。张良说这些话的时候，总是不忘用眼神的余光打量韩王成的反应。他发现，每一件事情都会引起韩王成两颊的战栗，心中就充满了失望。果然，等他将自己多日来的思虑直陈后，韩王成面色苍白地说道："司徒所言，正是寡人夜不能寐、食不甘味之故。不知司徒可有良策，挽累卵于欲坠？"

张良双膝缓缓地移向韩王成道："自项公殉国后，盟会自散，借兵解忧已无可能。于今之计，莫过于与强力者合兵，不唯自救，亦可图来日发展。"

"那依司徒之见，该与哪路英雄合兵为宜呢？"韩王成便伸长了脖子问。

张良的双膝向前挪了挪道："微臣以为，与刘邦合兵，乃为上选。"

韩王成没有说话，但他的目光显然是在问这是为何。张良继而侃侃而谈道："自项公之后，项伯软弱良善，赞划参谋尚可，率军排阵断无资质；项羽敦厚忠诚，然彼暴躁少谋，常为一时之利而暗于大局；至于吕臣，兵微将寡，而英布胸无大志。唯刘邦不仅性度恢廓，大率能得人心，况彼麾下，萧何多智，曹参、樊哙勇猛无敌，微臣还听说刘邦近日又得灌婴，其人智勇双全。故当今英雄，为泗水沛公莫属也！"

韩王成的心显然被说动了，身子也向前挪了挪问道："只是合兵之后，寡人当何以自处？"

"此事微臣已反复谋之，即便与刘季合兵，王上依旧是王上，此绝无妥协之余地。"张良口里这样说，心中却为韩王成的短视而遗憾。

这承诺让韩王成一颗心落了地，他双手击节道："如此甚好！寡人就命爱卿明日起身前往刘邦军中，陈明大义。"

"沛公，不几日君我就可见面了……"事情说到这里，张良也起身告辞了。

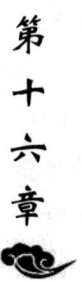

第十六章

图咸阳怀王约誓
严家规吕雉发威

项梁战场殉身,不仅让刚刚到彭城的楚怀王有砥柱倾倒的惊慌,就连刘邦、项羽、吕臣和英布都感到震惊,全军上下笼罩着一片悲哀。

项羽听到叔父战死的消息后,顿时口吐鲜血,亏得医官抢救,虞姬精心伺候,才未出意外。他大惑不解的是,当他与刘邦放弃攻打外黄和陈留,集结到彭城时,却看到宋义已来到怀王身边。那在章邯向定陶发动攻击时,宋义在何处呢,难道他没在叔父身边么? 既然与叔父危难同当,为何他毫发未损地回到彭城? 这些疑问如同窗外秋日的云团,厚重而又混沌。

"若他是临阵脱逃,我必取其首级,为叔父报仇。"项羽躺在榻上,牙齿咬得"咯咯"响。一场大战彻底打破了两个年轻人的矜持,彼此已无话不谈了。

"将军悲痛呕血,伤及内腑,切记不可放纵性情。"每当这时候,虞姬总会在一旁婉言相劝。她知道项羽性格很倔强,要他一时接受劝解并非易事,"纵然宋义有罪,怀王定能依法论处,给将军一个交代。"

项羽不再说话,他不忍拂逆了虞姬的美意,但他怀疑怀王会因早年的瓜葛袒护宋义。外面传来侍卫的问话声,虞姬听出是有人来了,便出帐迎接。来人手中提着一绢帛包裹的什物,散发着淡淡的清香,虞姬上前问道:"请问大人可是来探视少将军?"

来人见面前站着一位粉面桃腮的娇娥,腰间佩一把宝剑,煞是英武,忙以礼回道:"正是!请问姑娘是……"

虞姬莞尔一笑道:"妾乃虞姬,项羽军中女卒。请问大人尊姓大名?"

"我乃楚国将军宋义是也,闻听少将军有恙,特来看望。"

闻言,虞姬心中起了不易察觉的涟漪。天哪!彭城这地方为何如此神奇,想着谁谁就翩然而至。项羽正在气头上,宋义一来,定是口舌相争,是非难辨。但这种心境犹如夏天的雨云一样,瞬间即来,骤然而去,虞姬已经想好了说辞:"遵照项伯嘱托,妾在此照护少将军,宋大人若不见外,可否借一步说话。"

见宋义没有拒绝的意思,两人来到将军府外,就在台阶边说话。

虞姬也不掩饰,直截了当地将项羽的怀疑提到了宋义面前:"妾有几处疑问,不知当讲不当讲?"

"姑娘但讲无妨。"

"倘言语有所冲撞,还望大人海涵。"

"下官并非小肚鸡肠之人,怎能骤然生怒?姑娘有何疑问,尽可问之,下官当知无不言,言无不尽。"

虞姬沉思片刻后问道:"请问大人,章邯攻进定陶时,大人身在何处?"

宋义立时意识到,这话虽是虞姬口中说出,可传递的一定是项羽的心结。这一点,他在刚到彭城时就想到了。因此,他没有任何回避:"姑娘所问,亦正是下官自责之事。若非下官轻信,断不会开门。若无开城之举,秦军图谋何能得逞。若非王彤牵制敌军,下官早已死于乱军之中。所以下官一到彭城,就恳求怀王降罪。"随后,宋义捧起手中的帛囊话锋一转,"下官闻听少将军得知项公辞世,悲痛呕血。夫楚可以没有宋义,然不能没有少将军。此乃东阿名药阿胶,可以补气止血,本应当面奉赠,无奈少将军徒生疑窦,故而请姑娘转赠。"

虞姬尽管心存为难,但还是接住了。目送宋义的身影渐行渐远,虞姬的心绪依旧不平静。刚刚进入楚军,就遭遇了主帅崩殂的重大变故,而她最担心的是项羽那个火爆的性格,倘有一天按捺不住对宋义动了刀剑,这该如何是好？

"虞姬姑娘这是在送客么？"

从身后传来男人的声音，虞姬忙回头看去，原是刘邦来了，她上前施礼道："不知沛公驾到，有失远迎。"

刘邦打拱回礼："项将军可好？"

"昨夜因狂怒呕血，此刻正卧榻沉闷呢。方才宋义将军前来探视，未敢轻易进帐，这不，留下阿胶回去了！"

"巧了！"刘邦说着从身后李甲的手中接过一个绢包道，"有商贾路过彭城，在下市易得此山参，乃补气佳品，送与将军。"

虞姬谢过刘邦，在前引路进了府门，正看见项羽卧榻懒慵，眼睛却盯着墙壁发呆。虞姬上前禀告，项羽这才翻身坐起向刘邦回礼。两人对坐，虞姬坐了下首。早有侍卫沏了热茶奉上，刘邦呷了一口茶，接着询问项羽的病情。

"籍无恙！籍所恨者，不能手刃宋义恶贼。"项羽的豹眼死盯着刘邦，"同守定陶，若非他临阵脱逃，叔父怎能殒命于乱军之中。"

"你我金兰之谊，弟之叔父亦季之叔父矣。国失项公，大厦柱倾；军失项公，三军无帅，痛之至也。"刘邦抬起头，看着项羽道，"此役之败，失在轻敌和轻信上。东阿战后，我军料敌数月内不敢南下，此正被章邯、涉间之流所乘；敌军兵临城下，我军先是被敌围城打援所困，不能驰援；进而轻信齐使印信，连失马力、王彤两员骁将。"

项羽挥手打断了刘邦的话道："兄长说这些何用？为何宋义就活着？"

面对项羽的追问，刘邦并不着急，起身为项羽续了茶水，转身回到座上道："宋将军轻易开城固然有责，然绝无通敌之嫌。季曾经问过从定陶逃出的军侯，言道若非王彤拼死相救，宋义大概也难逃殒命疆场的悲局。"

项羽将茶盏重重地放在案几上，溅起几朵水花："弟管不了许多，弟就要取了宋义首级为叔父报仇。"

刘邦起身来到项羽面前，轻轻地打了一个拱道："将军报仇心切，季感同身受，季有一言奉上，请将军三思。请问将军，大楚眼下劲敌者为谁？"

"这何须兄长问，乃章邯贼军耳！"

"那宋义呢？"

"彼乃怀王钦命将军，兄长何必明知故问？"

"大敌当前，将军一心只想报私家之仇，此乃敌不乱我我自乱也。"看见项羽收回了凶狠的目光，刘邦继续娓娓道来，"于今之计，莫过于同力抗敌，若能取得章邯、涉间首级，将军必威震天下，此亦项公生前所望，英灵所慰也。"

　　刘邦这一番识大局、知大体的劝告，在虞姬心头激起了层层浪花，这是她第一次听到与项羽称兄道弟的另一个男人侃侃而谈军国大计。刘邦处事要比项羽老成得多，从他口中说出的道理让你没有理由拒绝。于是她莞尔一笑插言道："沛公所言甚是，还请少将军斟酌。妾虽为一女子，亦以为如今国恨大于家仇。听说项公祭祀典礼之后，怀王要登朝议事，还请二位将军早做准备。"

　　这话从虞姬樱口中一出，立时化为一缕香风，直朝着项羽的鼻翼飘来，刚才还燃烧的心火如同遭遇了细雨，渐渐平复了，僵硬的眉宇间也显出一片晴空。饮下杯中的茶，项羽却把人情送与了刘邦："兄长一席话，如三月春雨，令弟心障顿开，愁云化去。兄言甚是，当下须以破敌为要。请兄长饮下这杯香茗，随后各自召集属下议军吧！"

　　虞姬淡淡的弯眉间溢出灿烂的笑意，她明白，项羽这是在维护男人的自尊，她忽然觉得这个项羽很可爱，还有点一凿即通的聪明处。她起身帮项羽送客，却也不点破他内心的玄机，而将之视为项羽对自己的独爱。

　　这也许是她离开定陶以来最为舒心的一个上午。

　　送走刘邦，她没有一刻停息，就转到后堂，亲自为项羽煎起药来……

　　项梁的灵堂设在距王宫大约一里的武信君府，此乃项羽把国都迁往彭城后专为叔父辟出的一方府邸。惜乎项公戎马倥偬，战尘被肩，竟一次也没有进过府邸的大门。令项羽更为伤情的是，叔父死后竟连尸骨也没有留下，只有以衣冠入殓。

　　这种遭际让祭奠灵堂哀云密布，灵堂前的祭案上陈列着篆字书写的项梁神位，灵位后面悬挂着黑色的幔帐；灵堂两边悬挂着现任楚国令尹、吕臣之父吕清亲自书写的挽词，灵堂两边分列着佩了白色头巾的侍卫。整个彭城变成一片雪的世界，从四面城楼上的白幡飘荡到街头树枝上的百花如雪；从武信君府哀乐低回到每日吊唁的将军们络绎不绝，似乎彭城的冬日比之往年早了许多日子。

　　今天是祭祀的最后一天，之后，灵柩将被埋葬在马岭山。依照楚国礼仪，祭祀多在夜间，吕清奉怀王之命主持祭奠。灵堂前灯火高燃，灵案上摆满了祭祀的少牢等祭祀物品。

　　时交子夜，吕清示意祭祀拉开帷幕。在丝竹、管钥、编钟等合奏的哀乐声中，主持招魂的大巫师身着礼服，爬上武信君府的屋顶，捧着项梁生前常穿的袍服、深衣等,朝着定陶城所在的方向,悠长而又悲郁地呼唤:"项梁归来兮!"

成群的武士仰面朝着天跟着喊道:"项梁归来兮。"

如此三遍,大巫师才回到地面,面对牌位行三叩九拜大礼,口中念叨着祈福祝祷之词,迎亡灵归来,接受生者的礼拜,即所谓"死者生"之意,表明项梁的魂灵永远与楚国在一起。

接下来,吕清身穿祭服来到灵堂前,宣读祭文。他当然不会忘记,项梁是在陈王喋血、陷入危困时接受了吕臣矫诏,受封上柱国的。因此在他看来,张楚与楚原本就是一体。祭文饱含了他对项梁的感激之情,因而,读得也催人断肠——

  昂藏项公,崧高维岳,峻极于天。公名将国柱之苗裔,玉叶金柯,幼而聪慧,博闻强记。长而好义,见不平而慷慨赴身;手刃恶贼,避祸于吴,夙兴夜寐,未敢忘国仇家恨;隐行修身,魂兮萦复国大计。
  敦壮项公,才略深茂,定于一尊。夫秦皇无道,吞二周,并诸侯,制六合,废先王,焚诗书,坑儒者,危害天下。于是乎,斩木为兵,揭竿为旗,天下响应。项公举义,吴中豪俊,随者云集,旦暮之际,集十数万之众,纵横江淮,几成摧朽之势;声名若日月,辉光域中。
  哀哀项公,壮志未酬,溘然而逝。薛县会盟,群英竞奋,拥立楚主,下东阿,去亢父,战定陶,名号显美,楚师威震海内,义军驰誉天下。惜哉业未竟而中道命殒人寰,三军闻之,衰绖菅屦,辟踊哭泣,呜呼哀哉!吾侪……

读到这里,吕清如泣如诉,泪如泉涌,引得守灵的各路豪俊涕泪怆然,纷纷撩起袍袖擦拭眼睛。这时候,听见从帐外传来一声撕心裂肺的呼唤。大家一看,冲进来的不是别人,正是宋义。

站在晚辈行列之首的项羽看见宋义失魂落魄地进来,昨夜刚刚平复的怒火重新燃起,欲冲上前去申斥,却被在身边的刘邦死死拉住,道:"项公尸骨未寒,全军上下一片悲痛,将军万不可鲁莽,惊扰了项公亡灵,一切待后理论。"

项羽并不知道,这一切都是项伯的安排。昨夜他亲自找到刘邦,要他陪同项羽守灵,见机行事。现在,看到刘邦遏制住了项羽的情绪,他的心头掠过一丝欣慰。

宋义痛不欲生,仰天捶胸,边跪拜边哭诉道:"当初君我知遇,对天盟誓,勠力一心,以诛暴秦为己任。孰料公先我而去,于今以后,宋义独行踽踽,茕茕无依。晨无醒梦之唤,夜无秉烛之友。心事浩茫,欲问何者?项公!你何不言矣?你总有一句话留给宋义,我亦知惇信明义……"宋义说到痛心处,喉头哽咽,语不成句,几次有气绝于胸的征象。

这情景,倒让在一旁的项伯心中不忍,上前要扶宋义,却被一手推开,接下来竟是他的自责之词:"呜呼项公,宋义有罪。若下官听从王彤之言前往灌婴营中,若下官不担忧怀王安危,直奔彭城,也许不至于公丧于乱军之中。夫楚可以没有宋义,然不能无项公。公今已去,纵宋义百身莫能易之……"

这些话在别人听来,句句是肺腑之言,可项羽却以为是人前做戏之举。及至宋义连呼"项公"的时候,他竟然挣脱刘邦的劝阻,冲到灵堂前将宋义从地上扯起来,怒道:"听你之言,乃为不能追随吾叔父而憾之至也。你若是真欲追随吾叔父,何不碰死在这梁柱前,岂不遂了心愿?"

项羽如此对待宋义,可吓坏了项伯与刘邦。两人上前一起拉着项羽的胳膊。项羽想要挣脱,却又碍于项伯和刘邦的身份,大声喊着:"放开我!"两人就是不放手,刘邦低声劝解道:"眼下祭奠项公要紧,将军不可鲁莽……"

吕清了解项羽的性格,只是摩挲着双手,一脸的无奈。

四人正撕扯得不可开交,只听见黄门在门外喊道:"怀王驾到!"

闻言,各路豪杰顿时腰身挺直,项伯低声申斥项羽:"王上驾到,你岂能目无君上,还不收手……"

项羽这才松了手,拂了拂衣袖回到自己的位置上。

这时,楚怀王熊心在大臣们的拥戴下走进了灵堂。吕清急忙上前,率先喊道:"微臣恭迎大王。"

……

两天后的早朝上,宋义被任命为上将军。

"谢大王,微臣当如项公,为复兴大楚粉身碎骨,在所不辞。"宋义诚惶诚恐地跪倒在了怀王面前,他心里明白,怀王之所以如此,完全是出于昔日楚宫中那一段情谊。他更知道,对这项任命最不满意的当属项羽。他明白项羽对自己的误解很深,他期待在今后的日子里,能有机会消除他们之间的阴云。

接下来,吕清奉怀王之命封项羽为长安侯,号鲁公;拜刘邦为砀郡长,封武安侯;吕臣为司徒。

项伯和刘邦很是欣慰,虽然项羽对宋义继任上将军心怀芥蒂,可并没有在朝堂上任性发作。特别是刘邦,从心底希望项羽能够理智处事,然而他万万没有想到,怀王在朝堂上的一项决策把他和项羽推进了漩涡。

"各位爱卿,暴秦不灭,天下不定。项公生前谏言本王当钲人伐鼓,陈师鞠旅,问鼎咸阳。章邯自定陶战后,以为我军大伤元气,转而渡河北上击赵,此正西进良机,故而本王乃当朝盟誓,先入咸阳者为王。不知哪位将军欲胜其任,不妨奏明本王。"熊心说罢,把目光投向站在朝班里的将军。

此话一出,刘邦就投来惊诧的目光。怀王区区牧羊之人,何来如此韬略。他转脸去看宋义,见他一脸的得意,顿时明白了。刘邦的余光一一扫描过吕臣、英布和刚刚从齐国归来的龙且,就在项羽那里停留了。他看到项羽双颊充血,一副跃跃欲试的气魄,他刚刚在心头掀起的波澜被兄弟金兰意念强压下去了。是的,无论是从军队的数量还是从项羽的勇猛无敌上,西取咸阳非他莫属。当然他也清楚,麾下的谋士和将军们早已对进攻咸阳心存夙愿。别的不说,据守丰县的萧何已经来过三次信了。更不消说,樊哙、曹参、夏侯婴、灌婴、岳恒等数次进谏。但此时此刻,他已打定主意,绝不与项羽发生冲撞。

果然,项羽气势昂昂地出列请战了。他用目光环顾了一下班列里的将军,目光中就露出志在必得的自信:"敢问大王,倘臣先去咸阳,果真可以为王么?"

"自古君无戏言,寡人岂能拿此事当儿戏?"

"启奏大王!"项羽上前施礼道,"臣愿率大军西取咸阳,直捣秦廷。"

楚怀王正要说话,孰料宋义出列道:"启奏大王,章邯北上围赵,张耳遣使急来求援。夫赵与楚,若唇齿相依也。少将军勇猛过人,兵势甚壮,故微臣以为,救赵重任非少将军莫属!"

项羽一听,就知道宋义是冲自己取咸阳而来,气就不打一处来,眼看着怒气上冲。谁知这时候,项伯却出列说话了:"启奏大王,宋将军所言乃大义之理,微臣也以为当遣重兵救赵,赵围一解,则楚亦安!"

这话一落音,不仅项羽如坠五里云雾,就是宋义也大惑不解,心想这项伯果然忠厚,他的思绪尚未回转过来,项伯又说话了:"微臣以为,少将军年纪尚轻,故救赵必得有上将统率,方能胜券在握。臣以为上将军统兵为宜。"

项伯只顾自己言说,却不曾发现朝班喧哗不断,刘邦暗暗埋怨项伯不识时务,此等人功岂能拱手送与他人;英布和吕臣暗暗交头接耳,皆以为项伯定是昨夜酒醉未醒,才说出如此亲疏不分的话来。这情景楚怀王看在眼里,明白在心里。从情感上说,他对将救赵大任委之于宋义更为放心。从薛县登上王位那一天起,他就对项羽处处表现出的藐视心存不满,但他更希望这话从其他人口中说出来。于是,他转脸问一直沉默的吕清道:"这半日,怎不见吕爱卿说话呢？"

吕清当然绝非抱事外之心。儿子吕臣乃张楚旧臣，投奔项梁后屡建战功，倘能率军西出彭城直往咸阳，前程自不可限量。从怀王提出盟约那一刻起，他就在心中反复掂量，终觉吕臣麾下兵微将寡，此去关山重重，风险莫测。因此，当怀王向他征询谏言时，他不由自主地顿了顿道："微臣以为，当今能取咸阳者，非宋将军与沛公莫属，何不由二人盟约，先入咸阳者为王。"

只要不直接与项羽发生冲突，刘邦心里便安定了许多，忙出列答道："微臣遵命。"

一言未了，项羽接着道："大王，臣自跟随叔父起兵以来，兵势日壮，麾下猛将如云，臣愿与沛公击掌为誓，兵分两路，先入咸阳者王之。"

怀王已听出项羽话中排斥宋义的意思。昨夜王宫谈到西取咸阳时，他早已料到项羽必不能见容于宋义。唯其如此，怀王更担心其一旦离开彭城，便效武臣、田儋之流，另复立国。因此两人商定，无论如何不能让项羽单独出兵。他用温和的眼神看了看项羽道："爱卿兵多将广，又勇谋有加，寡人心知。然北上救赵牵涉大局，非同小可。宋将军略略大度，有辩才，故而统兵最为合适。若此去取得章邯首级，寡人为将军记头功。"

不论出于什么目的，怀王这一番话都合情合理，项羽虽然满腹牢骚，却无法当着众位的面发泄出来。于是，怀王很顺利地宣布了誓约：以刘邦率军西进，以宋义为上将、司徒吕臣任长史，项羽为次将，范增为末将，北上救赵，转而西进，先入咸阳者为王。

楚军在痛失项梁后的第一次朝会就这样结束了，大家散去后，项伯见项羽气咻咻地站在那里不动，便连叫了数声"籍儿"，都没有回应。他有些不高兴，责备道："国事当先，你为何不懂事理？"

项羽横着眉毛看了一眼项伯道："叔父今日朝堂所为，甚令籍儿不解。宋义乃害死军帅真凶也，叔父不奏明怀王治其罪，反而为之张目，这是何道理？"

项伯长叹一声道："糊涂！为今之计在于复国，你岂能舍大局而顾私怨，何况你没有证据证明二叔父之死与宋义有关。"

"叔父如此心慈手软，迟早要招祸于敌手。"项羽向项伯施了一礼，"大丈夫一言驷马，侄儿既已领命救赵，自然会尽忠竭命。"言罢转身出了殿门，径直回府去了。

项伯看着项羽的背影，长叹了一口气。从项梁殒命之日起，项羽与宋义就结下了怨恨。这一点，不唯项羽心知肚明，宋义也是了然在胸的。他觉得还应当好好与宋义谈谈,想到这里,他转身上了车舆,朝南去了。

这一切,都没有逃过刘邦的视线。众人离开后,刘邦并不急于离开,本是想找项羽就今日盟约做些释解的,然而,当项伯与项羽相向而立的时候,他打消了这个念头。他们叔侄之间说话,自然比自己要强得多。于是他上了车驾,踏上归程。

车在通往城外的道上行走,马蹄"嘚嘚"地敲击在条石铺设的路面上,也敲击着刘邦的心。他将了将下颚的美髯,从心底感谢上苍的眷顾。若非中途投奔项梁,岂能有今日盟约的机会。尽管成事在天,然则谋事向来在人。不知人,岂能赖于天,他需要与麾下的武将、文士们认真筹划西去的方略。有两个人很快在他的脑际浮现出来,一个是萧何,他命周勃率领从项梁那里借来的五千精兵,将那个背信弃义的雍齿赶出丰县后,萧何就留守在那里为他训练兵卒了,他们已经许久没有见面了。另一个人就是夏侯婴,身为中涓,他本是要跟随在自己左右的。然而打下胡陵后,他不得不留在那里打理军务。前些日子,夏侯婴从胡陵来书,言百姓皆广传沛公爱民美誉。要商量攻取咸阳大计,这两人必须在身边。

哦!还有张子房,他要是在该多好。恍惚之间,他回到韩地已有四个月之久。刘邦摇了摇头,他理解张良的心境,他毕竟是韩国丞相的后裔,对往昔岁月有着千丝万缕的眷恋,但他也相信张子房是一位信守情谊的士者,他们一定还有机会再见面。

"啾啾!"辕马一声嘶鸣,稳稳地停留在营寨门外了。李甲在两边布置了岗哨,然后转身来到车前,想扶刘邦下车。刘邦甩开李甲的胳膊道:"我若是要你搀扶,还能率军完成灭秦大业么?"

曹参、灌婴、樊哙、岳恒等早早地在营门外守候,远远瞧见刘邦下了车,忙上前见礼。刘邦立定回礼,几个人笑着朝内走去。进了营寨,转过两顶帐篷,见一人缓缓朝前走来,刘邦定神一看,禁不住呼唤道:"丞督到了……"

萧何上前就要参拜,被刘邦拦住道:"你是何时归来的?"

"昨日沛公赴项梁殡礼,刚刚离开军营,属下就赶来了。"

刘邦笑着道:"你倒来得及时,你若不来,我正要差人请丞督前来呢!"

一丁人来到中军帐,就闻见浓浓的酒香,灌婴解释道:"属下知道今日沛公归来,必要与丞督接风洗尘,故而早早地准备了酒酿。"接着,他向李甲使了个眼色,不一刻,军中后厨端上菜肴。

刘邦定神一看,就觉得这彭城不愧是名厨彭祖封地,菜肴独具特色。其中一小鬲中所盛汤汁呈乳白色,绿菜浮面,间有嫩肉,用小匙拨之,但见"稷米"翻滚,异香扑鼻;另一样菜乃为鱼鲜、羊鲜合成一体,羊肉酥烂味香,内藏鱼肉鲜嫩。

见刘邦面露惊诧之色,灌婴不失时机地解释道:"此两样菜,一名雉羹,一名羊方藏鱼,皆彭城名菜,相传源自彭祖,可养生益智。"

樊哙瞪了一眼灌婴,从鬲中夹起一块鸡肉放进嘴里嚼了嚼道:"什么雉羹,不就是鸡肉么?什么事叫你等文人穿凿附会,便都成了神仙之物,无聊!"

曹参对樊哙报以宽容的笑道:"都如你粗陋,何来美食?"

樊哙正要发作,却见刘邦举起酒觥高声道:"诸位!怀王有命,令季率军攻取咸阳,我提议饮下此杯,以为吉祥。"

众人也纷纷举酒相酬,一时帐内气氛热烈,其乐融融。但很快刘邦便发现萧何坐在那里喝着酒,很少与左右言谈,形色似乎有些异常。当着众人的面,他也不好细问,遂道:"数月以来,丞督与周将军镇守丰县兼教诸子,劳苦功高,且饮此杯。"

萧何忙举杯回应:"谢沛公!"

待刘邦回到座上,萧何起身来到刘邦面前,将刚刚盛满,还散发着热气的酒觥举起来虔诚地说道:"自沛县举事以来,我军由小到大,由弱到强,现今拥兵数万,此次怀王又将进取咸阳的重任交与我军,此皆沛公运筹之劳,请且饮此杯,属下还有话说。"

刘邦被萧何真诚的眼神感动,举酒畅饮,一副豪气在胸的坦荡:"丞督与我情同兄弟,有话不妨直言,我自是乐于悉心承教。"

"丰县之战后分多聚少,此次西进,属下定当追随左右,以尽股肱之力。"

"丞督所言,正合吾意。"

两人正说着话,却见曹参、樊哙凑过来也向萧何敬酒,曹参举觥道:"我等追随沛公,南北征战,萧兄据守老营,又代为教子,劳苦功高,弟敬你一杯。"

孰料这句话出口,就见萧何脸色唰地变得苍白,眼眶眼看就湿润了。樊哙是个粗人,见状揶揄道:"横竖不就一碗酒么?至于如此么?"

萧何的脸便由白转而通红,目光益发地离散。刘邦眼快,忙止住众人的话问道:"究竟发生了何事?"

"属下有罪,还请沛公严责。"萧何一转身就向刘邦跪下了,接着,涕泪怆然地将事情的经过陈述了一遍。

原来萧何代为管教刘肥、曹窋和樊伉几个孩子,每日除读书习字外,还演练武功,刚开始刘肥尚能闻鸡而起,刻苦自奋,慢慢地就有些厌倦了。半月前,他们趁萧何与周勃商议军事,偷偷溜到丰县街头胡吃海喝,却又不付账,店小二上前理论,彼等一阵狂打。店家找到府上告状,萧何将三人传到帐前罚跪两个时辰,又命彼等在营中连跑二十多圈。孰料第二天早晨,军士来报,言说三人不见了。

"属下遣军士寻找了两天,终未见踪影,想是回了沛县,这才急忙赶来向沛公禀报。"

樊哙在一边听着,脸就黑了:"他们还是孩子,何必又骂又罚?"

曹参拉了一把樊哙道:"你说的甚话,萧兄是爱惜彼等。他们正逢少壮,若不谨本详始,只恐将来要出大乱。"

刘邦跟着曹参的话道:"五大夫所言甚是。大家不必惊慌,我猜想这几个孩子是想母亲了,明日即遣牛良前往沛县探听,若有情况,定当及时告知诸位。以他们现今的武功,可保无恙。丞督不必自责,你代我等教子,有何错可言?历揽前朝,观之今朝,社稷之败,皆因子弟纨绔。现今不教,更待何时?"

萧何闻言分外感动,感慨道:"沛公胸怀,在万里江山,属下感佩不已。"

刘邦摆了摆手道:"眼下军务要紧,酒阑席散各回居处,待夏侯兄从胡陵归来,立即升帐议事。"

樊哙的情绪还没有转换过来,一脸的矜持。樊伉是他独子,又得之较晚,不免情重了些。岳恒从后面赶上来,小声劝慰道:"将军放心好了,说不定他们正在娘面前撒娇呢!"

樊哙回头看看岳恒,也不过二十多岁年纪,可自从跟随雍齿出来,大约也一年没有回家了,于是点了点头道:"也是……"

东方刚刚露出晨曦,张乙就将刘家前后院落扫得干干净净,然后才牵出白犍牛准备到亭外去犁地——还在卯时一刻时,他给白犍牛填添了草料,到如今还没有吃完,当他解开缰绳拉牛出棚时,贪吃的牛儿撅着屁股不愿离开。他一用力,牛朝着外面发出"哞哞"的叫声,这惊动了在后厨忙着的吕雉。

"时间还早,你这就下地去?"吕雉一边用围裙擦着双手,一边笑吟吟地问道。

"天已放明,就剩那一块地,早完早歇息。"

"哦!那你少待。"吕雉转身进了厨房,不一会儿出来,用一块白色绢帛包了几个麦饼,左手提了一个陶罐,来到张乙面前,"犁地是累活,歇息时好吃。"

"谢夫人。前些日子,萧大人给小人捎来了军饷,必要时可在外用餐。"

吕雉摇摇头道:"此言差矣。你既是奉了夫君之命照管我家老小,该在家中吃饭才是。"

张乙便不再说什么,接过东西便转身向外走去。正碰上从外面回来的刘太公和吕太公,两人精神矍铄,额头冒着热气,肯定是一早出去练过拳脚了。

张乙松了牛缰绳,向两位老人问安:"两位太公早!"

刘太公点了点头,脸上就流露出些许的歉疚:"季儿这一走就是一年,若非你前后忙碌,吾等老小,不知该如何过哟?"

张乙回道:"职责所在,小人不敢懈怠。"

吕太公在一旁点头赞道:"你虽奉命当差,却是与吾子无异。"

张乙谢过两位老人,拉着牛出了院门。平心而论,张乙做梦都想着上战场杀敌,有几次在梦里与敌军相搏,大喊而醒,惊得吕雉和老人们纷纷来看。他本是家中独子,在丰西泽被刘邦释放后,便与同村的李甲一起投了义军,并一起做了刘邦的随身侍卫。有一天萧何找到他,要他到沛县替沛公照顾家小。他当时极不情愿,可军令如山,他就掂着铺盖到了刘宅。

过了一段时间,他就觉得这差事并不轻松。除了处理吕雉安排的家事外,最为烦恼的是沛县乃为义军和秦军拉锯争夺之地。在义军撤离的日子里,他们常常要躲避秦军的追杀。有时候躲在湖汊里多日,就靠他每日打鱼充饥。好在近几个月来,章邯军北上,沛县才相对安定了些。他也是一位热血男儿,期盼着有一天沛公让他重回战场。

稻田到了。冬日的稻田,水都放干了,满目的禾茬站立在田畦里。张乙套好绳套,用鞭子轻轻地打在牛背上,那牛喘了口粗气,就蹒跚入田了。伴随着张乙轻快的吆喝,从犁铧入地处翻起一道道泥土的浪花,那芳香淡淡地在周围散开,歌儿也从张乙的喉咙滚到舌尖了——

　　生男慎勿举,生女哺用脯。
　　不见长城下,尸骸相支拄。
　　沛公赤帝子,龙斩举义时。
　　应者尽相随,英雄争骋驰。
　　……

前面四句是从北方传来的《长城谣》,到了南方,百姓有感于沛公提三尺风云宝剑问鼎中原,又续了四句,倒也朗朗上口。张乙每唱这歌儿,心都飞到遥远的前线。

太阳渐渐升高,暖洋洋地照着大地,偶尔有大雁从空中飞过,留下一两声雁鸣。牛儿走到地头时,张乙伸了伸酸困的腰,将目光投向远方。在田的那一头就是通往泗水渡口的官道,就是在这条路上,他和刘家人一起送刘肥、樊伉和曹窋前往丰县的。时光如白驹过隙,转眼数月过去,也不知几位少年在军营过得如何。

大道尽头出现了三个黑影,直向着泗水亭方向奔来。渐渐地,张乙发现那是三匹战马,骑在马上的三个人身形似曾相识。哦,他们来到路边的柳树下了,三人下得马来,从他放在地头的包裹里取出麦饼,狼吞虎咽地大嚼大咽起来。那不是刘肥、樊伉和曹窋么?他们不是到丰县去了么,为何会出现在这里?

张乙站起来朝那边喊道:"树下可是刘公子么?"

三人激灵了一下,情不自禁地朝这边张望,当确定赶牛者正是张乙时,倒没有那么惊慌了。等到张乙与他们面对面的时候,包裹里的麦饼仅剩下半块,陶罐里的水也只留下一半。张乙知道刘肥饭量较大,干脆将剩下的半块麦饼递到他手中。刘肥也不推辞,风卷残云地三两口就吞下腹中,噎得眼睛上翻。张乙递过陶罐喝了水,这才问话:"三位是从丰县回来的?"

三人不约而同地点了点头。

"沛公和萧丞督知道么?"

这一问,三人都不作声了,一个个都蔫蔫地低下了头。看来,他们一定是偷跑回来的,张乙禁不住眉头就紧皱了,道:"公子可知,私离军营是目无法纪之举,何况义军与秦军鏖战正急,沿途兵燹不断,你等不辞而别,不唯乱了军心,更让父辈牵挂。"

刘肥双手摩挲着不说话,张乙的一席话让他心绪顿然纷乱。因为打伤百姓受到萧丞督责罚时,他们一心想的就是回家,现在经张乙这么一说,才感到事情的严重性。他偷偷打量身边的樊伉和曹窋,也都心事重重地垂手而立,耷拉着脑袋,不敢正眼看张乙。

可事情已经发生,人已到了村口,张乙只能暂时将人带回泗水亭。看看日近中午,他收拾起犁田的农具,对三位少年道:"时候不早了,你等先与我回家再做打算。"

思念是一种什么味道?相濡以沫的夫妻之间思念又是一种什么味道?只有经历过的人才有体味。吕雉现在每日就是这种心情,她排解寂寞的唯一选择就是不停歇地干活,不敢闲下来。她最怕的就是孤守静夜,风在窗外呼呼地刮,带着她的念想飞向远方;灯火如豆,伴着她飞针走线,为夫君和刘肥缝制一件又一件的换季衣裳。她也知道,一俟从了军,也用不着再穿百姓的深衣。但不做这些,又怎么打发那百无聊赖的时光呢?

但她从来没有主动给刘邦写过一封家书,她觉得伺候好二位老人和膝下的一双儿女,让刘邦一心一意谋划大业,就是她最大的心愿。除非刘邦在外打了胜仗,命差官送来远方飞鸿,她才在分享夫君功业的同时,回上一封报家中平安的书信,至于自己的辛苦,她从来没有向夫君透露过一个字。

她最担心的就是那些在刘邦来书中读不到的消息。九月的一天,她从溪边洗衣回来,就看见从阳关道上涌来一群衣衫褴褛的百姓,她的心一下子就悬到了半空。她一脸忧虑地上前询问,难民中的老者告诉她,义军在外黄被章邯军击败,秦军大肆烧杀,尸横遍野。吕雉转过身时,忽然地就觉得天旋地转。回到家里,她没有将战事告诉刘太公和吕太公。只说是路上遇见吕嬰,多说了几句话。那一夜,她望着窗外的冷月,在女儿刘蕊和儿子刘盈的梦呓声中坐到天明,刘盈梦中呼唤"爹爹"的声音,催下了吕雉辛酸的泪水。第二天,她把一切的痛苦和烦恼藏进心底,照样准时给二老和儿女做好早膳,然后就和张乙一起去了田地。

此时,吕雉刚刚从不远的溪边回来,篮子里都是她为两位老人和孩子浣洗的衣裳。穿过溪畔的疏林,看林子里落了叶子的树影越来越短,情知该做午饭了。她打了打肩头的尘土,又拢了拢被风吹乱的头发,这才朝家门口走去。

从院内传来刘太公说话的声音,有些生气:"你为何不向父亲禀明,就带着弟兄私自回来了?且不说你父亲牵挂,于军法亦不能容。"

接下来就是吕太公的话:"我言说你父亲有富贵相,你此去前程无量,却中途归乡,此乃少无大志也。"

吕雉的心像被什么坚硬的东西戳了一下,麻生生地疼,莫非刘肥逃回来了。她没有多想,忙推开院门,果然看见刘肥垂手站在二老面前,低着头并不说话。及至他看到吕雉时,心更怯了,脸憋得通红。

吕雉并不理会,问正在将牛牵向后院牛棚的张乙道:"是你带他回来的?"

张乙将牛拴好才应道:"方才在田间遇见公子,小人就陪着一起回来了。"

"你呀!难道不知军法无情么?"吕雉埋怨地对刘肥说完,转身进屋操持午饭去了。

刘太公看着吕雉的背影道:"就等你母亲做好午饭,吃完就回去。"

吕太公叹了一口气，转身进了堂屋，毕竟非自己女儿所生，他自觉深浅不是，只能听由刘太公数落了。

院子里只剩下刘蕊和刘盈，看见走了多日的哥哥忽然回来了，他们一会儿拿出家里的点心让哥哥吃，一会儿又问兄长这些日子到哪里去了。刘肥虽然脸上写满了温暖，但内里那一颗心总是"扑腾扑腾"地跳，嘴里也所答非所问。正尴尬间，听到从内屋传来吕雉要刘妍请两位祖父用膳的声音，总算是解脱了赧颜。

这一顿饭吃得分外沉闷，从刘、吕两位太公到吕雉，从张乙到刘肥都没有说一句话。刘肥用眼睛的余光偷偷打量吕雉，见她一直黑着脸，一路上的饥饿之感都逃之夭夭，没有半点食欲了。

用罢午饭，收拾完碗筷，吕雉对着外面喊："张乙，将刘肥给我捆到后院牛桩上。"

刘太公和吕太公见状，大吃一惊，不约而同道："肥儿知错了，你又何必大兴家法呢？"

吕雉从堂屋出来，向两位老人施了一礼道："常言说，养不教，父之过也，今夫君不在，妾自当担起教子重任。"

刘蕊和刘盈都看母亲阴云满面，眉间愠怒，顿时吓哭了。吕雉将刘蕊交给吕太公，将刘盈交给刘太公，要两位老人暂且出门去。

刘太公叮嘱道："你不可太过分，点到即止。"

待两位老人一离开，吕雉关了院门，回身去看，就见张乙站在院子里没动，立即道："不是吩咐你捆这个蠢材么？"

张乙面露难色，口中嗫嚅道："夫人！这……公子……"

"公子什么？公子就可以临阵逃脱么？好！你不动手，我自己动手。"说罢，吕雉拉起地上的刘肥，向后院走去。

张乙情知夫人今日要动真的，一步上前抓了刘肥的胳膊道："夫人不必动怒，小人捆就是了。"一路上，张乙暗暗叮嘱刘肥，待会儿夫人施行家法时早点认错，免受皮肉之苦。

吕雉手执牛鞭，站在了刘肥对面，两道眉毛颤着厉声道："说，为何离开军营，私自回乡？"

刘肥低下头讷讷道："儿子怕了。"

"你怕什么？是怕你父亲么？"

"母亲！"刘肥的泪水滴在地上，"不是怕父亲，儿子是怕流血了，母亲不知，那秦军所过之处，妇孺不留……后来，儿子总做噩梦……"

"你呀？"吕雉截住了刘肥的话头，"人言三岁看老，你现在如此，将来能有何出息？"吕雉喘了一口气，指着他的鼻尖继续问，"你可愿今晚就回丰县？"

"儿子……儿子想与娘在家中耕田。"

吕雉的心火很快就被刘肥的犹豫不决燃成烈焰，回想起自己初进门时，刘肥还是一个不晓人事的孩子，是自己悉心照管，并且教他读书，孰料他竟然胸无大志，这哪里是刘邦的儿子啊！她又想起夫君离开沛县后，她一人照管两个老人和儿女，受累不说，还要为他父子在外牵肠挂肚，可他不但不能跟随父亲建功立业，反而……

吕雉越想越气，挥起鞭子就朝刘肥的脊梁打去，但她自己都觉得这一瞬间何其艰难，颤颤巍巍，欲举还收……

她眼前浮现出的是当初她以一个姑娘的身份进刘家大院时，引领离开亲娘的刘肥的情景……那个夜晚，她曾经对刘邦许诺……

吕雉的鞭子终于落在了刘肥的脊背，但在张乙的眼里，那落下去的力度分明不似言语所发泄的那样，而且就在落下的那一刻，多少有些犹豫……

与第一、二鞭相比，后来的几鞭落体的力量越来越弱，及至打到第九鞭的时候，甚至轻微得连刘肥都没有觉得疼痛，而吕雉的泪水却模糊了眼睛。当她再度举起牛鞭之际，胳膊却被一只手架在了半空。随着一声"夫人息怒"，一个陌生男人出现在面前。

吕雉刚刚撂下皮鞭，那人就立刻上前拱手道："卑职乃沛公麾下军侯牛良，奉沛公之命追寻公子。惊扰夫人，还请恕罪。公子年轻，做事确欠思虑，惊动诸位大人，沛公连夜派卑职来沛县探查。"

刘肥这才意识到事情的严重性，垂着头对在一旁生气的吕雉道："儿子知错了，请母亲宽恕。"

"你可愿随牛将军回去？"

刘肥忙回道："儿子听从母命，今夜就随军侯回营。"

吕雉这才亲自上前与张乙一起将刘肥身上的绳子解开，看到刘肥背上的血印，吕雉的手抚过刘肥的伤处，眼泪扑簌簌地就掉下来："休怪娘心狠，娘只是想你早日成才。"

泪眼中，她看到刘太公、吕太公、吕媭、樊伉盯着自己，一时不知该说些什么好。

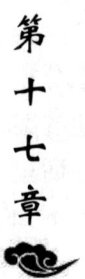

第
十
七
章

血淋淋宋义枭首
坦荡荡沛公得心

在山河破碎、风潇雨晦的日子里，秦二世三年(公元前 207 年)十月到了。

岁首，是孕育希望的日子，可刚刚过了二十五岁的项羽每日却被焦虑和愤懑缠绕，而且随着战事的不断延宕，这种情绪渐渐地化为怒火，时刻都可能从胸臆间喷出。此刻，他站在安阳城头，举目北望，漳水如一条玉带将巨鹿与安阳划开。那影影绰绰的城池剪影，那飘浮在城池上空的冬云让项羽心潮翻卷，难以平复。

出兵前，张耳派使者传来消息，说在秦军的大举进攻下，赵国已进驻巨鹿城坚守，等待救援。倘若当时宋义能及时渡河，那秦军必陷入内外夹击的绝境。将建功立业、为叔父报仇挂在心头的项羽为争取出击的机会，暂时将与宋义的私怨抛在一边，大军刚刚驻下，他就直奔大帐请战："救赵即是击秦,末将请求率军渡河。令赵军向外,我军向内,陷敌于两面夹击之中,既可解巨鹿之围,又可重创秦军。"

宋义抬起眼皮看了看项羽,似乎早已深思熟虑,说话的语气就带了长辈训诫的意思:"夫搏牛之虻,不可以破虮虱。"

"上将军此话何意?"

宋义从座上起来,到木炭盆中拨了拨火,说话益发慢条斯理:"将军将门之后,为何如此浅见?难道你不晓得,赵知楚援在侧,必神凝气定;而秦之攻赵,即便取胜,亦必成疲累之师,此时若我乘其疲惫而攻之,则定然大胜矣;彼若不胜,则我引兵鼓行而西,必举秦矣。"见项羽没有回答,宋义便十分得意。在彭城,鉴于项梁初逝,他将所有的怨恨都压抑在心底,而现在,他的案头就摆放着上将军印玺,项羽再暴躁,料也不敢以身试法,接下来他的话里就夹带了讥讽,"若论披坚执锐,我不如将军;若论运策决机,恐怕将军不如我吧!"

"你……"项羽忍住了一腔的愤懑,目前尚未开战,他不愿意因为内讧给秦军以可乘之隙,"末将明白了!"他向宋义打拱告辞,郁闷地出帐去了。

让项羽没有想到的是,他刚刚回到大营不久,就接到了宋义下达的军令——凡猛如虎,狠如羊,贪如狼,强不可使者,皆斩之。

这不是针对自己么?

"当初未能一剑结果这小人,致使今日反受其辱。"项羽口中大骂,身体却已跃出数尺之远,"我这就找宋义问个明白?其若再出言不逊,贼命休矣。"

范增急了,忙向找寻项羽商议军情的英布使了个眼色,英布会意,从后面抱住了项羽。

"你这是为何,快放开我!"项羽见挣扎不脱,这才住了脚步,豹眼怒视英布和范增道,"你等怕他,我却不怕他。"

范增来到项羽面前道:"将军岂不闻小不忍则乱大谋乎?夫将军阵前建功,乃为击秦;帐前滋事,乃为抗命。死于战而名垂千古,死于法而负罪万年。孰为轻重,请将军三思。"

"难道就任他这样恃权妄为么?"

范增摇摇头道:"所谓多行不义必自毙。宋义若果真滞留安阳,不唯三军将士众怒难犯,就是怀王也会治其罪的。"

"范老将军所言甚是,宋义欲作何为,我等且静观以待,请将军少安毋躁。"英布附和道。

这一等,居然就是四十六天。项羽摇了摇头,不愿意再想起那些令他心灰意冷的争论。宋义不发兵,他现在只能望着漳水而长叹。

寒风凛冽,项羽本能地裹了裹战袍朝前走去。在角楼前,几名士卒正在笼着一堆柴火取暖,呛鼻的烟味顺着寒风直冲进项羽的喉咙,他咳嗽了两声,脸色顿时就蒙上一层乌云。

几位士卒知道项羽的性格,顿时浑身战栗,趴在冰冷的地上叩首求饶。项羽对守在城头的其他士卒道:"有胆敢擅离职守者,斩!"

刚刚踏上石阶,项羽就与范增遭遇了。范增上城来,劝慰道:"士卒疏于值守,固然该斩。然归根溯源,乃在宋将军。"

项羽闻言,点了点头道:"兵久而国利者,未之有也,难道宋义不懂得这个道理吗?"

范增转身傍着项羽往城下走:"宋将军畏战不前,一则有失国格,二则违背怀王旨意。此双重罪责也!"

项羽警觉地看一眼范增道:"先生的意思……"

范增诡谲地笑了笑,他相信项羽已经明白了他的意思。在范增看来,推倒宋义的火候还是没有到,还需要一些事为之铺垫。当他发现随着时间的延宕,楚军的军纪越来越松弛,就断定为时不远了。

两人相傍着从城墙根走到街头,就听见从对面的小巷中传来一阵救命的声音,项羽大步冲过去了。眼前的情景使他不敢相信这是在楚军占据的安阳:三位楚军士卒正在围打一位店家,一边打,一边口中还振振有词:"没有义军来安阳,你等岂能安然市易?吃你几觥酒竟如要命一般。今日不痛打你,你不知爷的厉害。"

店家挣扎着求饶:"这酒钱小人不要了也罢,请军爷看在小老儿年迈的分上,且饶了小人吧!"

一个伍长一脚踢倒店家:"滚开!惹恼了军爷,要了你的命。"

"住手!"他们只顾快活,却不意发现面前站了一位粉面桃腮的女子,此人正是虞姬,"朗朗乾坤,岂容你等胡作非为。"

伍长抬头见是一佩剑女子,益发地淫笑上眉:"嘿嘿!姑娘倒是喜欢管闲事,干脆与大爷一起玩玩如何?"

这句话激怒了虞姬,她"唰"的一声拔剑出鞘,冷森森地架在伍长的脖子上,其他几位士卒见这姑娘功夫非常,就要逃走。孰料项羽从后面赶来,一剑下去要了军士的性命,再看看身边,虞姬早已将伍长刺倒在地,最后一位军士魂飞魄散,软瘫在地。

亏得范增到得及时,一方面劝阻项羽剑下留情,一方面指着地上的军士道:"你要洗心革面,否则军法无情。"

项羽招呼侍卫收拾了军士的尸体,出得巷来,问虞姬道:"你为何到此?"

虞姬回道:"妾本是要到校场观看演训的,不料在此遇见几位狂徒,气不过就来制止了。未料彼等不听劝诫,逼得妾动手。"

范增在一旁笑了笑道:"若非宋将军优柔寡断,何来军纪涣散?"

虞姬听了,忧虑道:"我听说巨鹿城里粮草将尽,已出现人相食的惨剧。"

"依我看,楚军迟早要断送在宋义手中。"项羽"哼"了一声,顿了顿继续道,"不管宋义是否回心转意,我都要再去见他,陈明利害。"

范增点头表示赞同,却说了一句若明若暗的话:"老夫前些年游历天下,到得齐鲁,听闻孟子当年见到齐宣王,王问治安之策,君曰'左右皆曰可杀,勿听;国人皆曰可杀,然后察之;见可杀焉,然后杀之',其间深意自不待言。"

"先生的意思是……"项羽觉得,范增分明在暗示什么。

但范增却反而顾左右而言他:"虞姬姑娘前些日子不是说要在军中组建健妇军么,不知将军作何想法?"

虞姬觉得范增的确是有心之人,接着话茬道:"是这样,军伍北上后,沿途不少女子,或遭到秦军欺侮,或亲人被秦军杀害,为报家仇,纷纷要求参军讨秦。妾见这些女子年轻体健,若能建一支健妇军,自然又多了一分力量。"

"此事我已思虑多日,此军就命名巾帼军,由虞姬任巾帼校尉如何?"项羽思索着道。

"此名甚好。只是须征得宋义同意,老夫担心那里……"范增又眨了眨眼睛,"此事容待大局定后再说不迟。"

项羽会意,虞姬也明白了范增的意思。三人只顾说话,一抬头才发现已经到营寨门口。进了门,就见英布一身戎装站在那里看见项羽,他立即上前说道:"龙且将军来了。"

"咦!他为何来安阳了?"项羽一边自语,一边朝大帐走去。

对于龙且,项羽有近乎同脉的亲近。自幼两人一起长大。当年在长江边举鼎,龙且以力稍怯而只举到平肩,故输于项羽。项梁在会稽举事时,恰好龙且不在身边,后来听说他去了齐国,为田荣军中骁将,东阿大战后,两位终于见面,项羽劝龙且回归楚营,他当时表示要送田荣回齐国后再做打算。哦!他现在终于回来了。项羽加快脚步,却见帐内站着两人,其中一人的背影颇熟悉,却是不敢冒昧相认,只对龙且一人打招呼:"久违了!龙且兄。"

龙且转过身,上来一拳打在项羽肩头道:"回来了!与你打架来了……"

项羽哈哈大笑:"那兄一定还要输给项羽。"

正说话,只听耳边的声音道:"少将军不认识在下了?"

项羽定了定神,瞅着与龙且同来的人半日,"呼"地唤出了名字:"桓楚?你是桓楚!"

"正是在下。"

项羽双手搭在桓楚的肩上道:"这些年你来无踪去无影,究竟去了何处?"

桓楚也已是胡须络腮的汉子了,当他手搭项羽肩头的时候,瞬间就捡回了流逝在岁月中的记忆:"唉!那一年因遭受奚落而出手打死了乡间恶少而逃往山泽。项公举义时,在下也拉起一支百人队伍,然终究独木难撑。幸遇龙且兄,这不,便追随来了。"

项羽拊掌大喜道:"龙且兄、桓楚兄归来,项籍大幸也!"

"群英聚会,岂能无酒。"英布当下吩咐军厨备了酒菜,就在项羽后帐席地而坐。菜蔬都是安阳名菜,英布、龙且、桓楚都是南国人,对于北国菜肴不甚了了,见每人面前的案几上放着一只盆,里面盛一只兽掌,却不知道叫什么菜名,便不轻易动筷子。

范增见了,便以长者的身份夹起一块肉放进嘴里,边品味边介绍道:"此菜乃为獾掌。"

大家纷纷把目光投向范增,希图知其详者。范增又站起身来到釜中舀了酒,才轻言慢语道:"獾者,北国之夜行兽也,皮可御寒、肉可美口,头扁、鼻尖、耳短、颈短粗、尾巴较短,四肢短而粗壮,爪有力适于掘土,乃为穴居之物。其味甘、酸,性平,无毒,可补中益气。獾掌多油,食之温中补气,乃冬补之佳品也。"说着,范增举起酒邀大家共饮。

于是众人食肉饮酒,皆道范增见多识广,与之交谈,胜读十年书。

项羽便借题发挥道:"怀王任范老先生为末将,甚是委屈了。"

范增忙道:"老夫原本乡野村夫,蒙项公抬爱,只为复楚国大业,并不曾有些许私欲。"

项羽却不这样看,声言一定要奏请怀王加封,大家也都以为项羽所言有理。正议论着,却见军厨又上了一道素菜,绿莹莹的,切成一段一段,蘸汤汁食之,芳香滑润,余味无穷。范增又道:"此乃云梦湖之水芹菜。"

"美哉!美哉!"桓楚夹一筷子入口,连道,"当下战事频仍,民不聊生,不知军厨从何处采得如此佳肴?"

"桓楚兄所言甚是。此乃秦郡守出逃留下之物,吾等享受,有何不可?"项羽把话题转到了龙且身上,"东阿之战,龙且兄诱敌深入,功莫大焉。战后,籍本欲劝兄留下,共谋讨秦大计,兄却随田荣北上,其情其意令籍感慨钦敬。何故今又归来?"

龙且长叹一声道:"所谓'鸟则择木,木岂能择鸟'。在下举义之后,追随田荣,原本为伐暴秦,解民倒悬,孰料此人器量狭小。东阿战后,在下力劝他留下与项公共商攻打定陶大计,孰料彼拒而不听,悍然北上。后又置项公邀约而罔闻,不肯出兵共击章邯。在下叹其为蝇头小利而置大义不顾,不免心灰意冷,故而前来追随项将军。"

龙且话音刚落,却招来一声叹息,回眸去看,只见英布饮下一觥酒酿,从胸腔内呼出一股闷气,夹带着淡淡的酒味。

"当阳君为何叹气?"龙且问道。

英布抬头时,目光中就布满了沉郁:"英布追随项公,与龙且兄一样,欲提健骏汗马,以树卓劳。项公殉国后,在下与项将军北上救赵,然主帅宋义不思进取,我军徒滞安阳,日复一日,何时方能上阵杀敌?故而郁闷。若再无所作为,在下便带着麾下弟兄重回山泽,何必在此消磨时光。"

英布一句话在众人心头掀起层层波浪,项羽愤愤不平道:"当阳君所虑,乃籍心中所思也,若非当阳君那日拦挡,我早已杀了那贼。"

龙且和桓楚听说前方是如此情景,也以为宋义做事太没有远见,非主帅之所为。龙且更是直接提出,怀王当初为何不命项羽节制诸军。

闻言,范增笑了,露出缺了牙齿的黑洞,说起话来便显得不那么清晰:"诸位不知,这怀王与宋义早在寿春之时便有君臣之谊。他命宋义接任项公,乃因昔日之情。可怀王万万没有想到,这个宋义偏偏置他的王命于不顾,一再丧失战机。怀王若是知道了,恐亦不能容忍矣!"

话说到这个分上,项羽对范增一路上不断引述前贤箴训提醒自己终于有了明晰的了解,转首作了一揖道:"项羽明白了,明日就去大营催促他出兵。"

"我亦随将军同去。"英布立即响应。龙且、桓楚也都表示,要跟着去宋义大营讨个说法。

范增已有几分酒意,从座上起身,口中讷讷念叨:"国人皆曰可杀,然后察之;见可杀焉,然后杀之。"

几个人还没有离开营帐,就听见侍卫在帐外大声喊道:"上将军幕府主簿到。"

项羽与众将交换一下眼色,大家迅速回到席位,这才对外面道:"有请。"

主簿平日对项羽的暴躁多有所闻,故而进帐后神情不免显得几分惶恐,及至闻到满帐内的酒气,更是提心吊胆,小心翼翼地看一眼项羽后道:"上将军有令,请诸位将军明日一早过大营去。"

项羽问道:"可是商议出兵之事?"

主簿摇摇头道:"非也!怀王诏命下来,应齐王之请,上将军之子宋襄前往齐国为相,上将军要为他举办饯行大宴,请诸位将军共喜。"

项羽一听,气就不打一处来,正要发作,却觉得身旁有一只手暗暗拉住了战袍,回头一看,范增眨了眨眼,项羽按下心头怒火道:"我明白了!请主簿回禀上将军,明日我等定当赴宴。"

主簿一走,项羽就问道:"先生,此事该如何处置?"

范增眨了眨眼睛道:"当断不断,反受其乱。"

项羽心知,当下命英布、龙且、桓楚和范增等人秘密召集军侯以上军官,部署应急措施,以防不测:"龙且兄率部扮作进城卖柴百姓,隐没在大营不远处的深巷中,举火为号,见火即发起进攻。当阳君、范老先生与我一起前往赴宴,见机行事。"

话刚落音,就听见虞姬在帐外高声道:"诛杀国贼,岂能无虞姬?"

项羽转脸看时,虞姬已一身戎装站在面前,便摇摇头道:"你还是守在营中吧,此等风险之事岂是女子所为?"

可范增看到虞姬却是心生一计,他将项羽拉到一边耳语几句,再回来时项羽一脸喜色道:"酒至三巡,你即可进大帐借口为宴会舞剑助兴,传递伏兵消息。"话毕,又转脸对桓楚道,"兄远道归来,宋义不识,若是随我等去,必引起宋贼怀疑,兄不如就坚守营寨,以防宋义派军来攻。"

众人相继离去后,项羽抬头看天,已是夕阳西垂的时光了。他见虞姬并没有随众人离开,一双杏眼痴痴地看着自己,便问道:"你为何还未去歇息?"

虞姬两腮泛着绯红,眼里含情脉脉,从舌尖上流出的每一个字都是温柔缠绵的:"妾跟随将军已有数月,深爱将军英武忠直。不知将军如何看虞姬?"

项羽的心一下子就被撩拨得心潮翻卷。是的,这几个月来他与虞姬虽未挑明,但她早已是他心中的最爱。只是目前战事频仍,他实在分不出心来谈婚论嫁。

暮色中,项羽伸开双臂,揽着虞姬纤细的腰肢,坐在榻上道:"既然怀王已经盟约,先入咸阳者王之,我必欲拔头筹,故而请姑娘再忍耐数月,等拿下咸阳,定当由叔父主持,你我结发为俪,岂不风光?"

虞姬点了点头,斜靠在项羽肩头,讷讷细语道:"妾以身相许,乃慕将军仁而爱人,骁勇善战,一切以将军之见为主!"

月亮已经爬上东山,淡淡的银辉洒在营寨的角角落落;回眸西天,晚霞依然眷恋在天际,留下些许玫瑰色。这是最惬意的时刻,虞姬傍着项羽缓缓漫步,直到自己的帐篷门口,才恋恋不舍地分手。

送虞姬回来,项羽发现帐外值守的岗哨换了,此时当值的不是别人,正是叫韩信的郎中,他手执长戟,挺立在寒风中。虽然在以往的日子里,韩信多次冒昧走进营帐向自己谏言,但在他看来,征战乃国之大计,一个小小的执戟郎掺和什么?项羽甚至没有多看韩信一眼,径直朝帐内走去。然而,韩信却在一旁叫了一声:"将军!"

项羽转过头来问道:"有事么?"

韩信侧身面对项羽道:"不知将军诛杀宋义后,将欲何为?"

项羽很吃惊,方才商议大事之际,韩信还没有当值,他如何知道自己要诛杀宋义?项羽没有回答,只将豹眼死死盯着韩信,一副阴森森的神态。可韩信并没有丝毫的畏惧,依然按照自己的思路道:"宋义不了战局,不识战阵,不知进退之机,非将帅之资,将军取而代之,乃军心天意。"说到这里,韩信顿了顿,暗暗打量项羽,他却是水波不兴,毫无表情,于是继续道,"兵法云,不战而屈人之兵,善之善者也。"

对自己侈谈兵法,岂非自不量力,项羽便有些不高兴,说话的语气也重多了:"你究竟想说什么?"

韩信回道:"依卑职之见,章邯乃疲惫之师,无须强攻,只需诱降可矣。"

"罢了!"项羽决然打断了韩信的话道,"我以为你有何等妙策,未料出此下策。你只管执戟可矣,军国大事,勿再论之。"言罢,转身走了。

韩信很失望,忽然就有了明珠暗投的落寞……他的眼前骤然地就浮现出漂母相别时那殷殷期待的目光。倏忽数年过去,至今仍然踽踽独行,情何以堪?一阵风来,他裹了裹身上的绵甲,心中自语道:"不知还要多久……"

从彭城辞别怀王北上已经四十六天了,可自楚军驻扎进安阳城之后,宋义似乎忘记了身负的王命。这倒不是他要抗命,因为他一想起定陶大战死里逃生的经历,就对章邯军有种不寒而栗的恐惧。因此,不管赵国的张耳怎样告急,他都不敢轻言进兵,生怕重蹈覆辙。那时候,前面尚有项梁,可以遮风挡雨,这回亲自节制诸军,他必须谨慎从事。

其实,在驳回了项羽数次要求出兵的请求后,他的内心也很不安。他的确寄希望于让赵国与秦军大战消耗有生力量后再趁机袭取。但他也担心,如此作壁上观的姿态会消磨楚军的意志。

这不，军中长史吕臣就来禀报，说一名伍长带着他的属下强抢民女，当地三老联名告到大营来了。宋义当即下令将伍长以下十人押上囚车，游街示众之后即行斩首。现在，囚犯的头颅还悬挂在安阳门市。

宋义不免郁郁寡欢，与儿子宋襄对弈走棋解闷。此刻，棋势正走在激变处，宋义眼看着自己的"兵马"渐渐地被宋襄包围，不禁眉头紧皱在一起，两只浑浊的眼睛锁住棋盘，半天都不眨一眼。

宋襄一只手托着腮帮，眼睛扫过父亲的额头道："父亲犹豫什么呢？"

宋义抬头看了一眼宋襄道："你观之棋局，颇类秦赵之争乎？"

"父亲兵势在胸。"宋襄点了点头，接着就将话题转到项羽身上来了，"项羽私下埋怨父亲将兵不进，贻误战机，有违王命。"

宋义"哼哼"冷笑两声，接住话道："岂止私下非议，刚到安阳不久，他就闹上大帐了。"

"哦！怎么说？"

"他以为秦围赵急，宜疾行引兵渡河；楚击于外，赵应于内，破秦必矣。"

"此等狂徒，不知尊卑。父亲又是如何应对的？"

"老夫只消略动片语，即将其驳回。"宋义将棋子推到一边，摆了摆手道，"不说这些了，待明日送你赴齐后为父再做打算。"

宋襄站起来告辞："儿子观项籍剽悍滑贼，所过无不残灭，父亲当提防才对。"

宋义不以为然道："项羽确属不能信人之徒，可怀王已任为父为上将军，他纵然忧愤，亦奈何不得。"

一切的暗流都在一片祥和的气氛中涌动，一切的刀光剑影都在推杯换盏中逼近。宋义似乎没有觉察到，他实在是太迷信怀王的印玺权力。

在为儿子饯行的宴会上，宋义先是宣读了怀王派遣宋襄出使齐国，去任相国的诏命。然后端着酒杯，目光逐一扫过坐在各自席位上的将军，高声道："诸位，想必大家不会忘记，周显王四十五年（公元前 322 年）齐楚之盟，令强秦不敢东进，后被张仪连横之策破之，齐灭楚亡，不亦悲乎？然今王上英明，应齐国之情，宋襄出任齐国相国，从此，齐楚再度联手，救赵诛秦，胜券在握。请诸位举杯，共祝早日实现兴复楚国之大业。"

在宋襄的陪伴下，宋义首先来到范增面前道："老先生走遍乡野寻访怀王，劳苦功高，且饮一觥。"

"好说好说，谢过上将军。"范增躬身回应，将觥中酒一饮而尽，"还望上将军不负众望，早发大军，救赵于危难之中。"

宋义也以同样的语气回应："好说好说……"

接着，宋义父子又来到英布面前道："诸路英雄，唯当阳君智勇兼备，深孚众望，素为宋义敬仰，且饮此觥，请……"

看着英布饮了酒，他们又来到吕臣面前，宋义道："当初陈王举义，司徒大人追随左右，陈王殒命，大人又拥立项公为上柱国，于楚功莫大焉，宋义当躬身敬之，请大人笑纳。"

宋襄也在一旁附和："司徒多劳，在下才能在异国安心。"

吕臣起身打拱道："吕臣区区中涓，若非当阳君相助，岂有今日。而今身为长史，能为大人划策一二足矣。"

这些人，无论其运筹还是勇力都在项羽之下。现今，宋义将项羽放在最后，显然是冷落和轻视之举，这一点，范增看得最为清楚。他在心中笑宋义见识太浅，竟不知山雨欲来，危机在前。他自鸣得意的是，事件正朝着自己预见的方向发展。果然，宋义父子来到项羽面前，刚刚举起酒觥，尚未说话，却被项羽抢了话头："且慢！"项羽伸出粗大的臂膀挡住宋襄举起来的手道，"今日饮宴，乃为宋公子饯行，岂能有酒而无舞。来人！"

话音刚落，就见虞姬提着一双鸳鸯雌雄剑进来禀道："妾闻宋公子明日将远赴齐国为相，故而舞剑以为助兴，还请上将军笑纳。"

言罢，虞姬提气收腹，两脚并立，骤然间一个旋转，使出犀牛望月招式，双剑直指长空。接着，一个腾跃，疾行绕场一周，其剑如电令人目不暇接，其行如幻令座上不辨东西，落地稳如泰山，腾空跃如蛟龙。刹那间，宴会厅内寒光闪闪，似有飞雪临天；舞剑人英气逼人，似有杀机四伏。英布、范增连连叫好；宋义身边的校尉、将军不明其里，也都跟着叫好。只有吕臣似乎感到了什么，口张得老大，却不知该说些什么。

从虞姬舞剑的第一招式出来后，宋义的内心就开始不安起来。可这是为儿子出行举办的宴席，他如果表现出一丝惊慌，都有失上将军体面，成为笑柄。他坐在席上，欲用酒安定自己慌乱的心境，可刚刚举起酒觥，倏然看到虞姬一个乳燕翻身，右手的那把剑削掉悬挂在空中一只灯盏的油捻，落到身后的幔帐上，顿时火苗噌噌地燃烧起来。宋义"呼"地从席上站起来，大声喊道："来人！扑火……"

然而晚了，只见项羽从虞姬手中接过一把宝剑，跃到宋义面前骂道："宋义老贼，竟敢违抗怀王诏命，贻误战机，罪该万死。"

猝不及防的宋义就这样被取了首级，项羽登上案几大声道："宋义多行不义，故我奉王上之命诛之，其他诸将慎勿轻动，违令者斩无赦。"

平日里围绕在宋义身边的校尉们这才发现,就在虞姬削掉火苗,点燃幔帐的那一刻,由龙且率领的楚军适时地杀了进来,将宴会厅包围了,任何人轻举妄动,都会招致来杀身之祸。

　　事情到了这个地步,吕臣已经看清楚了,这是一场预谋的杀戮,此计必出自范增。事到临头,吕臣反而镇定了。其实,围绕要不要渡河救赵,不唯项羽,他也曾多次与宋义有过争执,每回都是不欢而散。只不过吕臣恪尽职守,以大局为重罢了。因而在他看来,宋义今日结局,正是不能听从建言的结果。

　　"诸位将军,宋义抗命不前,贻误战机,疏于治军,致使军纪松散,扰民之事屡有发生。"吕臣转过身来面对项羽道,"当今之计,应将宋义罪行速报大王,奏请大王速任上将军主持大军诸事。"

　　"长史之言甚是,在下以为军中不可一日无主帅,我等拥立项将军为假上将军,并报大王得知。"范增一边回应一边打量周围,却是不见了宋襄踪影,忙问,"宋襄呢?宋襄何处去了?"

　　话音刚落,就听见外面一声答应,虞姬一手提着宋襄首级进来道:"启禀将军,宋襄小贼欲逃走,被妾取了首级,请将军验看。"

　　宋义父子血淋淋的头颅被摆上案几,大家的心一下子绷得老紧,有几位校尉平日得宋义恩宠,本欲报仇,现在看到人心尽去,悄悄收了手脚。

　　这时候,在项羽军营守候的桓楚见许久没有消息,放心不下,也匆匆地带着士卒向宋义大营呼啦啦地杀了过来。宴会厅弥散着血腥味,寂静得可以听见每一个人的呼吸,所有的目光都集中到了项羽身上。

　　项羽冷冷地环顾周围,似乎要穿透每个人的内心,待他把目光定格在桓楚身上时,才开口说道:"桓楚听令。"

　　"末将在!"

　　"命你连夜将消息送到彭城,宋义抗命不遵,贻误战机,全军上下皆曰可杀。籍顺从全军意志,将之斩首。"

　　"诺!"桓楚言罢,转身离去。

　　门前聚集了大批军士,要求尽快发兵渡河救赵,早日诛灭暴秦。项羽方才还紧缩的眉宇顿然绽开了,心头喧响着一个声音:"秋水时至,百川灌河。民心即社稷也……"

　　牛良带着刘肥、曹窋和樊伉星夜奔回彭城,刘邦却已率领大军北去攻打栗县了。安排三位公子在客栈打尖、歇息一夜,第二天,众人就马不停蹄地寻路北去,一路风尘,追进砀郡。此地已属义军管辖,沛公乃为郡长,大家才放慢了脚步。等到赶到栗县，已是秦二世三年十二月了。

刘肥自知这次私自离开军营惊动了太多的人，因此越是接近栗县，就越是心中忐忑，不愿意再往前走了："牛叔！俺怕……"

牛良松开马缰，放慢脚步问道："你怕啥？"

"父亲若是……"

牛良当然知道，刘邦见了刘肥，自然免不了一顿责罚，叹了口气道："既有今日，何必当初？男子汉既是犯了错，就该面对，你说是不是？"

刘肥便不再说话，樊伉又问牛良："牛叔，父亲不会鞭打我等吧？"

"只要你等低头认错，牛叔可求情饶你等一二。"

倒是曹窋毕竟年纪大些，听了牛良的话，胸中似乎真长了男人的气概，在马上责备两位同伴道："不过就是一顿鞭笞，怕从何来？忍受便是了，要紧的是往后不再犯。"

"对了！这样才像男儿的样子。"牛良扬鞭一响，四匹战马朝前奔去……

这会儿，刘邦正与萧何、柴武坐在大帐中品茗叙话。刚刚攻下栗县的胜利喜悦还挂在每个人的眉头，刘邦端起茶杯道："此次攻下栗县，得益于柴将军，又兼魏之皇欣、武满二军协力，方得取胜。我以茶代酒，谢过将军。"

萧何在一边劝道："刚武侯受怀王册封，深明大义。而今四方群雄正盛，合力者强。沛公胸襟开朗，将军何不与其合军一处，共取咸阳，岂不快哉？"

柴武忙陪着刘邦饮下杯中的茶道："谢过萧公，末将正有此意。"

出自砀郡的柴武，早年亦在故里佣耕，秦二世元年刘邦流落芒砀山深处时，他就听闻刘邦善得人心的传闻。后来，自己虽然响应陈胜、吴广举事，由于身边缺少萧何这样的运筹之才，举步维艰，至今也不过四千人马。薛县会盟后，柴武更觉势孤力单。东阿之战时，他本欲投奔兵强马壮的项羽，但听说他性格暴戾，不能容人，便心灰意冷了。此次栗县之役得遇沛公，对其为人甚是佩服，萧何的提议正合他的心思。

刘邦大喜过望，忙起身欢迎，被柴武死死拉住："沛公如此，折煞柴武了。"

刘邦再度落座，对萧何道："吩咐下去，今日晚间为刚武侯设宴接风。"

"诺！"

萧何应了一声，却听见帐外传来一声喊："为何人接风，岂能没有俺。"说话间，樊哙偕曹参进帐来了，柴武忙起身迎接。

樊哙粗声粗气道："柴将军命好，有口福，你一来就为你接风，俺跟着沛公，从沛县打到栗县，也没讨得半杯酒喝。"

曹参知道这一对连襟没个大小，笑着打趣道："你就记得吃，真不愧是屠狗者胃口。"

萧何挥手打住二人的话头："今日因柴将军到来，众人高兴，你两位就不要斗嘴了吧，沛公还有大事与诸位商议。"曹、樊这才住了口。

刘邦待大家坐定后，清了清嗓音道："自怀王誓约以来，我军一路西进，一克阳城与杠里，敌守城秦军弃城西逃；二克栗县，幸遇刚武侯，又得魏军襄助，全军奏凯，此皆将士上下勠力之功也。下一步，我军将兵发昌邑。如何制胜，诸君请不妨畅言。"

萧何闻言，首先建议道："'不知山林险阻沮泽之形者不能行军；不用向导者，不能得地利。'昌邑者，地处齐郡之西北，潍水之下游，境内有箕屋山，夫我军自南来，人地两生，若要取胜，须得通晓地理之人方能稳操胜券！"

樊哙嘟囔道："丞督此言，无非白说。我军现尚在栗县，何处觅得向导？"

曹参看了看身边的柴武问道："不知刚武侯有何见教？"

其实，在刘邦刚刚提出问题时，柴武已经想到了一个人，只是不知道这个时候提出来是否适当。说起来那是前年的事情了，那时候他刚刚举义，人数不过一千。有一次，在砀县城北的山泽中遭遇秦军围攻，粮尽草绝，陷入困境，他本已做最坏的打算。然而，就在当天夜里，一支军队奇袭了秦军，柴武趁乱突了出去。拂晓，在北去的路上两军相逢才知道，昨夜袭击秦军的壮士名叫彭越，他本是南来投奔陈胜，不料却听说陈胜被害，于是准备重回昌邑。

柴武这一说，只听萧何"哦"了一声，接上话道："侯爷这一说，倒让萧某想起此人来。记得在丰县时，王陵也说起过此人。说昌邑少年举事时，推举彭越为首，他再三推辞不过，只好答应。然而，第二天点卯时，却发现许多人没有如期报到。于是他说自己老了，众人执意他才勉为其难当首领，现在到了约定的时间而有许多人没到，没到的人不能都杀了，只杀最后到的一人。从此以后，再也不敢有人迟到了。当时我就对王陵说，彭越者，将才也。不料刚武侯也遇见过此人。"

萧何与柴武这样你一言我一语，说得刘邦凤眼放光，口中生津，似乎立欲见之而后快："有如此沉勇能断，风从彪虎之人，何不快快请来？"

柴武笑言道："在下听闻彭越性格刚烈，好特立独行，不轻易追随他人，故而，尚需假以时日才好。"

"不管用多少时间只要他愿意归附，我将待若上宾。"刘邦把目光投向萧何与曹参，"二位谁愿前往……"

萧何打了一拱道："眼下天寒地冻，'腊祭'在即，等过了腊祭，在下就起身前往昌邑。"

"需要带侍卫么？"

萧何摇了摇头："不用。带了兵卒，反而让他生疑。"

柴武在一旁听着两人说话，心头就起了涟漪，为刘邦的求贤若渴，为萧何的坦荡无私，为自己这次抉择而欣慰……只是他没有想到，接下来发生的事情，使得他对于刘邦的认识又深了一步。

一干人直说到傍晚，李甲进来禀报，说接风的宴席已经齐备。刘邦遂起身拉着柴武的手出了大帐，朝后厅而去。席间，众人免不了推杯换盏，畅饮开怀，等回到大帐已是戌时二刻。刘邦刚要吩咐李甲铺被暖榻，却见岳恒和牛良站在了身后。有些微醉的他自觉身子懒慵，挥了挥手道："你等有事明日再禀告不迟，我有些困倦了。"

牛良与岳恒交换了一下眼色，走近刘邦附耳嘀咕了几句。但见他双眼大睁，酒醒了许多："那个蠢材果真回来了？"

"沛公之命，卑职怎敢延宕？星夜赶到泗水亭，果然几位公子回了家。"

刘邦的酒意又去了一半，恨恨道："来人！"

"在！"李甲带着几名侍卫应声进来，"请主公发令。"

"将刘肥、曹窋、樊伉三人押下去，重责四十军棍。"

"诺！"

众侍卫转身，却被岳恒上前拦住道："沛公息怒！末将有事禀报。"

"你无须说情，我亦不会听，不打这个蠢材，日后如何治军统兵？"

"军法当然也要执行，不过先请沛公听完末将陈说之后，再做定夺不迟。"

刘邦便不说话，暂且坐了下来。

"我军自沛县举义以来经年征战，屡有将士捐躯，留下遗孤，不断遭受秦军追杀。故而，末将思虑能否将之招募到军营，建一'少年营'，由军中主簿或者撰掾教之以礼义文字，派遣得力校尉教之以兵法武功，这不仅体现沛公宽仁慈爱，彼等将来也必成国之栋梁，岂非两全其美之事？"

听了岳恒这番话，刘邦捻须沉思了一会儿，等到抬起头时，已是喜出望外了："岳将军虽然年轻，然虑事鸿远，依我看来，教之兵法武功之事，非将军莫属。就命你为少年营校尉，招募沛中捐躯将士子弟如何？"

"末将定不负沛公厚望，只是末将一人独木难支，尚需有一精明之人协力。"岳恒说着，看了看身边的牛良。

刘邦顿时明白，随后道："就命牛良为司马，协助你管教诸子弟如何？"

牛良当然没有不愿意的，可他仍惦记着刘肥的刑罚，趁着刘邦高兴求道："公子私离军营，本应处罚，可卑职方才忘记禀报主公，夫人早在沛县就严厉责罚了，至今身上仍留有鞭伤。"

"哦？"刘邦长吁一声，从内心感谢吕雉代自己教子，他已打定主意，一旦局势稳定，就接家人到身边，"虽是他母亲责罚，然军法难免。"

"罚是自然，依末将看，不如就罚他三人负重奔跑十里如何？"牛良急忙跟上刘邦的话。

见刘邦点头，牛良又问："主公不见见公子？"

刘邦挥了挥手道："不见了！等他认错了再见不迟，二位累了一天，也该回营歇息了……"

腊祭的日子就在刘邦军上下忙碌的日子里一天天走近。前几天，萧何奉刘邦之命在栗县城中心街口搭建了祭祀台，安放了上到尧舜，下到楚庄王、项梁的神位。祭祀的案头摆了整牛、羔羊等牺牲祭品。高台前面是秦砖铺的台阶，上面披了黄色的绢帛。在高台不远处，是树枝扎成的彩门，过了彩门，就是通往刘邦大帐的道路。

近两年来，义军连续征战，风餐露宿，转战淮、河南北，几乎没有停歇。好不容易有了几日休整时间，刘邦特意叮嘱萧何千方百计备些酒肉来。

相传帝舜当年在这一天不仅祭祀天地、尊神、祖宗，更将之视为与诸君长议政之日。故而，刘邦也决定在这一天祭祀之后，与诸位文官武将进一步勘定进击昌邑大计。

腊日的太阳刚刚升上栗县城头之际，刘邦率领萧何、曹参、樊哙、柴武等人从大帐出发，踩着黄色的绢帛登上祭祀台，庄严地向着神位行三叩九拜大礼，然后，献上牺牲。所谓献，不过是刘邦走到案几前，对摆好的祭品稍事整理，以示重视。接下来，就是献爵，刘邦第一献酒，乃为初献，接着由萧何做亚献，刘邦的这一安排，分明将萧何置于仅次于自己的位置，这一点，曹参看得最清楚。依理说，接下来就该曹参做终献，然而，昨夜萧何却按照刘邦的意思，将终献给了柴武。对此，曹参虽然心中有些不快，但在萧何解释了用意之后，也便理解了。

倒是柴武，根本没有想到刘邦会安排自己为终献，及至萧何唱出"刚武侯终献"的说辞后，一时有些不知所措，那神情倒比在战场上还要紧张。他在萧何导引下斟酒时的微微发颤，那走步时小心翼翼的拘谨，那脸上穆然的表情，引得一旁的樊哙暗暗地笑。

"为何同妇人一般？"樊哙推了推曹参，小声道。

曹参没有对樊哙的话给予回应,反而为柴武的举止所动容,耳际仍然回绕着昨夜刘邦让萧何转给自己的话:"所谓亲不见怪,足下之与季,至若兄弟之谊,当知目今正是用人之际,夫安人心者安天下矣!柴武初归,尚需安抚,季以为,唯足下明此深理。"

这时候,刘邦在萧何耳边低声询问:"为进击昌邑,我准备再拨两千人马给柴武,使其兵力增至六千人之众,你以为如何?"

萧何反问道:"沛公不怕他中途生变,带着人马另觅他途?"

"所谓用人不疑,疑人不用,我观柴武也不像那种背信弃义之人。江山大谋,岂能小气?"

萧何点点头道:"既是沛公决策,必有道理。"

接下来,就是由岳恒带领的"少年营"演出的傩戏,扮演者皆是十二到二十岁左右的少年。他们都头戴大红头帻,穿皂青衣,手持大鼗鼓,还有为首一人扮演驱邪之神。主舞者头戴面具,身披熊皮,手持戈矛盾牌,同时率领十二人扮成的野兽与一百二十位童子呼喊舞蹈,击鼓而行,口中高唱:

> 吉日兮辰良,穆将愉兮上皇。
> 抚长剑兮玉珥,璆锵鸣兮琳琅。
> 瑶席兮玉瑱,盍将把兮琼芳。
> 蕙肴蒸兮兰藉,奠桂酒兮椒浆。
> ……

其声其威震撼人心。萧何听出来了,这是《九歌》里的句子。

刘邦手搭凉棚朝前望,那位手执令旗,指挥百人队伍前后舞蹈者不是别人,正是岳恒。想起前些日子他提出组建"少年营"的谏言,果然是不辱使命。正这样想着,傩戏前面的三位舞者来到刘邦和大家面前,手之舞之,足之蹈之,行过礼后,齐刷刷拿下蒙在脸上的面具。刘邦定睛一看,原是刘肥、樊伉和曹窋三个小子,心里越发地对岳恒喜欢了,于是转过脸朝萧何微微颔首。萧何站起来高声宣布:"校尉岳恒、司马牛良演训少年营有功,赏酒一升。"

岳恒今天着一身银甲,下衬褐色战袍;牛良着一身黑甲,下衬蓝色战袍,煞是英武,两人走上前来接过酒爵,一饮而尽。

这一切都映入柴武的眼帘,他心中顿时不平静了。过去听人说沛公胸襟宽厚,现在眼见为实,跟定刘邦的信心又坚定了许多。

祭祀大典直到未时一刻方告一段落,全军上下除了值守者外,都放开肚子食肉饮酒。不知不觉已是暮色将至,冬日绛紫色的晚照投射到刘邦肩头,那饮过酒的脸色便愈益敞亮。他一手举着酒爵,另一只臂膀在空中划出一道弧线,面对大家自信而又谦恭地说道:"诸位,今日腊祭,预兆冬之将去,春之将来,此正我军奋发作为之机,我要宣布三件大事。其一,明日萧丞督前往昌邑拜会壮士彭越,共商夺取昌邑大计;其二,柴将军以四千人马归附我军,此乃我军大幸,亦见将军壮怀。故而我决定再拨两千人马归柴武将军节制,以为攻打昌邑前锋。其三,岳恒将军听命,我闻说雍齿将军入魏之后,境遇不畅。我命你捎话给他,言说我不会忘记他当初攻下丰县之功,何时愿意归来,我设宴为他接风,不仅如此,我还要邀王陵归来,同享先入咸阳之快……"

刘邦的声音在大厅的各个角落回荡,萧何却早已按捺不住心头的喜悦,率先站起来鼓掌,大厅内顿时掌声起伏,夹带着"沛公英明"的呼唤,此起彼伏,经久不息。

曹参用目光悄悄地扫视身边的柴武,他清楚地看到,柴武的眼角流淌出晶莹的泪珠……

第十八章

意昂昂破釜沉舟
气咻咻张陈反目

卯时一刻刚过,项伯便早早地传唤丫鬟为自己洗漱。夫人从后堂来到前厅问道:"时辰尚早,老爷何必如此着急?"

"已是卯时二刻,不早了。老夫近几日总是心神不安,噩梦不断。"项伯一边穿衣束带,一边回答夫人的话,"前些日子,籍儿来书说兵至安阳,之后再无消息,老夫不免有些担心……"

夫人讪讪地笑了笑道:"籍儿已是带兵的将军,夫君何须挂心?再说,前有宋将军主事,身旁有范增老将军赞划,会有什么事情呢?"

"籍儿自幼在我们膝下长大,夫人岂不知他的雷霆脾气。加之他以为兄长之死与宋将军有关,老夫担心他不能以国事为重,而阈于私怨……"

此话夫人不知道该怎样回答,恰在这时家令来报,说车已备好。项伯出门登上车轼,才觉得湿漉漉的,原来是落雨了。

司御吆喝一声，马儿就撒开四蹄在路上小跑开了，"嘚嘚"的马蹄声打破了晨间的寂静，也叩开项伯的心门，诸多的心事便涌上心头。这几天来，项伯的右眼皮时不时有跳动的感觉。特别是从昨日午后开始，愈益厉害了，他预感着有什么事情要发生了。

记得在大军离开彭城的前一天夜间，他和项羽有过一次并不算愉快的谈话。面对烛火香烟环绕的项梁灵位，项伯心头五味杂陈，他无法说服项羽对宋义的怀疑，他更说服不了自己。可他更知道，大敌当前，任何有悖于复楚大局的行为都会让兄长的在天之灵不安，更让父亲的英名遭到玷污。

可在项羽看来，叔父的内敛和忍让与项氏家族叱咤风云的性格格格不入，同祖父秉旄仗钺的气吞云水相去甚远。面对仇敌忍气吞声，这就是懦弱。

项伯并不生气，温和地回应道："你年轻不懂，温良恭俭让乃君子之德，得人心之本也。"

项羽失望地看着叔父有些瘦削的身影，从胸腔里吐出的每一个字都是燃烧的："叔父如此，岂不让亲者痛而仇者快，叔父泉下岂能瞑目？"

项伯无奈地摇摇头，在无法说服项羽之后，只留下声声叹息。

此刻，他把这一切都同眼皮跳联系在一起，就觉得车毂转动得十分艰涩、沉重和缓慢。便对坐在车辕上的司御道："你能不能快一些？"

司御不解地看了看项伯，清晨的彭城上空响过一声清脆的鞭声，车明显地快了。

雨越下越大，间回夹带了片片雪花，落在脸上冷飕飕的。项伯下意识地裹了裹衣服，心却飞到了前方。在这样的日子，不知士卒们如何度过一个个寒夜霜晨。

王宫侍卫看见左尹的车驾，纷纷挺直身板。过了王宫的阙门，大殿便可望了。说是大殿，不过是秦泗川郡守的府邸前堂，不仅不能与高峨入云的咸阳宫阙相比，就是与昔日楚王宫比起来也寒酸了许多。唯一给人震撼的是那两座在顶部雕了凤凰展翅图腾的阙门。项伯记得刚刚搬到彭城，项羽就力主将凤凰雕上冀阙，以示决心。每一次在阙门前下车步行进殿奏事时，项伯都肃然地在门阙前仰望凤凰许久，似乎只有这样，他才能深刻领悟复楚对他来说意味着什么？

司御一声"吁"，车驾在阙门前停了下来，项伯朝守卫在门前的侍卫点了点头，就匆匆奔向大殿。他远远地瞧见殿门前站着一位老者！那不是吕清么？他正急切地朝这边观望。项伯加快脚步，登上阶陛问道："吕大人先到了？"

"快点！大王等急了。"吕清接过项伯的话说罢，转身就朝殿内走。

项伯追上去问道："出何事了，让大王如此着急……"

吕清压低声音道："世侄杀了宋将军，已遣桓楚飞报朝廷了。"

"啊！"项伯顿时大张着嘴巴，他最担心的事终于发生了。诛杀主帅，形同于谋反，他首先想到的项氏家族的灾难降临了。他在心头埋怨项羽做事鲁莽，闯下如此大祸。

吕清在一旁催促道："大人快些，大王发怒了。"

项伯稍稍整理了一下纷乱的心境，踏进大殿跪倒在丹墀，手捧笏板讷讷道："微臣参见大王。"至于班列中大臣们的表情，他根本无心察看。

耳边传来的声音表明事情并没有想象中的那样严重："二位爱卿平身。"

"谢大王！"吕清与项伯双双站起，这才发现桓楚站在一旁。

"二位爱卿怎样看待宋义之死呢？"怀王待二位站起身，便问道。

项伯觉得如此重大的事情，在无法判断大王态度前，只能跟在吕清后面察言观色。好在吕清早从吕臣的来书中了解到前方战事的原委，定了定神出列禀奏道："启奏大王，依臣观之，事变缘由皆出于上将军优柔寡断，迟迟不肯发兵，贻误战机，引起众将愤怒。故而，不应治项将军罪。"

话音刚落，就有人出列反对："右尹之言差矣。上将军曾是楚国令尹，又蒙大王垂爱节制各路大军。阵前杀害主帅，形同谋反，该将项羽处以车裂之刑。"

这话立即得到平日看不惯项羽骄矜傲慢的人的响应，一时，杀项羽的声浪轰动了整个大殿，熙熙攘攘，难以平息。

这场面，让怀王想起当年的屈原就是这样在众人要求下被逐出郢都的。前车之鉴，他不能因为一时顺应舆情而铸下大错；他更明白，自己之所以有今天，皆归于项梁的忠贞。在当今举国反秦，诸侯蜂起的情势下，连张耳、陈余、武臣、周市等人都纷纷自立割据，以项梁当时的怀玉抱瑾，神威远播，完全可以拥兵自重。可他却遍访民间，扶自己上位。若是杀了项羽，不仅让秦军快慰，且愧对于项梁泉下之灵。想到这里，怀王挥手平静了一下殿内的声音，对项伯道："左尹为何沉默不语呢？"

项伯低头看着笏板，大家的话他一字不漏地听了进去，心里七上八下。听到怀王问话，他的心"咯噔"一下，忙不迭地出列道："启奏大王，愚侄不才，犯下如此大罪，微臣听凭王上裁决。"

闻言，怀王又将头转向桓楚问："桓将军既是受项羽差遣，定然是在场之人，何不详述其情呢？"

桓楚这会儿正着急没机会为项羽辩白，现在怀王让他说话，真是求之不得,忙出列作揖道:"项将军手刃宋义,实属军心所向之举。"

众皆哗然,有人怒道:"诛杀主帅,岂可谓义愤之举?"

桓楚并不惊慌,他早在来彭城的路上便将应对的话在心里反复掂量过了,现在不过是将腹稿公之于众而已:"诸位大人少安毋躁,且听末将一一道来。我军奉怀王之命救赵讨秦,然则,宋义却以种种借口迟迟不愿进军,致使我军滞留安阳四十六天,敢问各位大人,此举是否有违王命之嫌?"

"咦!"人群中又是一阵喧哗,又有人道:"宋大人此举,确属不妥。"

"岂止不妥,项将军多次陈说厉害,反被诬为目无尊长,几欲杀之。依末将观之,此岂非肆权弄威?"桓楚又道。

人群中又是一阵喧哗,桓楚知道人心朝着有利于项羽的一边渐渐倾斜了,不失时机道:"末将听说,赵国丞相张耳为解巨鹿之围,曾遣人前往将军陈余处搬兵,孰料陈余所遣五千兵马遭遇秦军,土崩瓦解,一败涂地。陈余从此怯战畏敌,不敢出兵。巨鹿城中,粮草奇缺,出现人相食之惨剧,而宋义却袖手旁观,传将出去,大楚声誉扫地,此岂非误国之罪?更有甚者,我军与秦军为战,甘苦备尝,不遑暇食,而宋将军却借公子宋襄出任齐相之机大宴宾客,岂非渎职之罪?"

接连几个反问,桓楚缓了一口气,看看朝里的大臣一个个低头不语,情知自己的话他们听进去了。果然,吕清站出来说话了:"微臣亦以为项将军此举乃顺应人心之举。前不久,吕臣来书亦言曾多次劝宋将军出兵援赵,都被驳回。试想,倘照此延宕下去,我大楚国威何在?信誉何在?"

怀王没有料到,舆情会朝项羽一边倾斜。正想着如何应对,吕清的声音又在耳边响起来了:"当务之急,大王乃在选任前方主帅,稳定军心。"

怀王沉思了大约一刻时间,才将与宋义的往昔情感翻了过去,待他面对众位大臣的时候,已经对新任主帅有了很明晰的主见:"众位爱卿,宋义一意孤行,甚违本王之意。项将军顺应军心将其斩首,足见必战的气度和恒心。故本王决计,任项羽为上将军,节制各路讨秦大军。项伯听命,寡人命你即日前往安阳宣示诏书,并出使赵国宣达本王谕意,以解其忧,不得有误。"

看看日近中午,怀王示意黄门宣布散朝。大臣们纷纷走出大殿,只有项伯站在丹墀内没有动。一纸诏命,搅乱了项伯本已不安的心境,既庆幸项羽终于没有被追究,又担心以后怕有负王命。一时间五味杂陈,莫名其状。

"项大人,散朝已久,回府吧!"

项伯"呃"了一声,跟随着吕清脚步出了殿门,来到司马道上讷讷而语道:"吕臣将军在前方任长史,大人才该去安阳啊!"

"万万不可。现虎侄已为上将军,大人赴任身当其责,正当其时。"吕清放慢脚步,等着项伯跟上来才接着刚才的话道,"犬子虽不才,然对大楚忠心耿耿,必能协力少将军决胜秦军。大人就放心前往,吕清在彭城署理朝政,静候大人佳音。"

到了冀阙前,司御正在那里等着,项伯拱手与吕清相别,回府去了……

马蹄声渐行渐远,吕清望着项伯有些佝偻的背影,在心里道:"同为一母所生,公与项梁相形见绌矣!"

其实,对于项羽来说,从被推上假上将军那一刻起,就已担起了运筹决策的重任,项伯来不来前方,似乎都不影响他按照自己的思路部署大军。军营内外终日鼙鼓声声,喊杀震天;众人白日征尘满身,夜间和衣而眠,枕戈待旦,一派临战气氛。

松懈多日的军纪重新严厉,校尉们对在演训中敷衍塞责的伍长、什长,轻则鞭笞,重则剥去戎衣,捆在高杆上冻饿,将士们每日的心都绷得紧如弓弦。

英布、龙且奉项羽之命率麾下人马悄悄渡过漳水,以扰敌为主,寻机歼之。如果顺利,这两天当有捷音传来。

这一天,项羽在范增的陪同下到各个军营察看,出了大帐,就瞧见十字街头簇拥着一堆人,问道:"前面作甚,如此喧闹?"

"上将军忘了?此乃虞姬姑娘组建的'健妇营'报名处,安阳城中的妇人们纷纷前来,听说已经过了五百人了。"

项羽不无感慨地嘘了一口气道:"五百人是少了些,虞姬要领就领千人。以后每攻下一座城池,就招妇人进'健妇营',不需多久便可上阵杀敌了。"

范增点了点头道:"我军要战胜强秦,非少壮有力者不能为之,故每到一地,也要招青壮男子入军。"

虞姬此时正站在人群前,对担任记名的女伍长道:"招呼大家站好队伍,一个一个来。"然后,自己坐在案几后面,以考官的身份问话。

虞姬看见一位身材窈窕、容貌俏丽的女子走进人群,便喊道:"你过来回话。"

那女子落落大方,来到虞姬面前,施了一礼道:"参见将军!"

"你家居何处?"

"生在云深处,弓箭不离身。"

虞姬明白了,这女子出身猎户,继续问道:"姑娘姓甚名谁,请报上名讳。"

"小女姓虞,人称虞娘。"

"咦!"虞姬暗暗惊叹,一下子便来了兴头,"令尊是谁,可否告知一二。"

虞娘顽皮地笑了笑道:"是我入军,又不是家父,将军多问了吧?"

"姑娘误会了。我也姓虞,遇见同姓自然高兴,姑娘不说亦无妨。"

"哦?原来如此啊!家父虞明,曾是薛郡沭阳人氏,秦灭楚后,家父避难砀山深处,以游猎为生。"

"呀!"

虞姬又是一声惊呼,虞娘打住了话头问:"将军又怎么了?"

"姑娘不知,我也是沭阳人士,听家父生前言道,有一兄弟姓虞名明在战乱中离散,不想今日再次遇见妹妹,此天赐矣!"虞姬喜不自禁,上前一把搂住虞娘,惹得前来报名的妇人们投来诧异的目光。

这情景自然被项羽看见,他紧步上前,哈哈大笑道:"上天有恩,让姑娘姐妹重逢,可喜可贺,今日午间我略备薄酒,为虞娘接风如何?"

虞姬忙推辞道:"谢上将军,只不过虞娘是来报名入'健妇营'的,倘若如此,岂不冷落了其他姐妹的心。"

项羽想想觉得也是这个道理,便顺口道:"来日方长,等解了赵国之围,全军上下同喜同贺。"言罢告辞,继续往前巡查去了……

沿着军营转了一圈,项羽等人回到大帐已是巳时三刻,吕臣告知龙且将军从河北回来了。项羽揣摩龙且这时候亲自回来,定是有重要军情禀报,便与众人径直进了大帐问道:"龙且兄为何此时归来?"

这时,侍卫已捧了砀山云雾茶上来,龙且仰起脖子一饮而尽道:"末将与当阳君率部渡过漳水后,就遭遇到王翦之孙王离和涉间所部,连日来屡次交战,虽有小胜,然终不能与城中坚守之赵军接触,故而,末将过河来向上将军禀报。"

项羽倒吸一口冷气,沉默良久没有说话。对于王翦这个名字,他并不生疏,当年祖父项燕正是死于与王翦之战中,而正是这个王翦率军灭掉了楚国。如今,自己倘是败于王离之手,不是让世人笑三楚无人么?王离啊王离,你如今遇到我,算是活到尽头了。项羽将拳头握得"嘎吧"响。

这些日子,从斩杀宋义到北上抗秦,项羽见识了范增的老谋深算,在心底已将之视为不可须臾离开的军师了,他立即将头转向范增,露出询问的目光。

理了理思路,范增捋了捋胡须道:"倘若老夫没有猜错,上将军必是要与王离、章邯在河北决战?"

项羽点了点头:"正是!此次籍当国仇家恨,集于一战。"

"夫未战而庙算胜者,得算多也;未战而庙算不胜者,得算少也。多算胜少算,而况于无算乎!依老夫观之,上将军纵然倾漳水两岸之兵合力北进,我军于数量上仍不敌秦军,谈何决战?又谈何集国仇家恨于一役?"

"先生所言,不免多虑。两军相逢勇者胜,此亦兵法所言。"

"上将军欲以匹夫之勇对强秦乎?墨翟虽言'君子战虽有阵,而勇为本焉',然徒有其勇,不懂战法,亦无胜算。"

"那依先生之见呢?"吕臣插话问道。

话说到这个分上,范增觉得火候到了:"兵法云:'投入亡地然后存,陷入死地而后生'。"

闻言,项羽眉毛顿时展开,摆手截住范增的话道:"我明白了,先生一席话点醒事中人。我军皆江淮间人,必欲绝其恋乡之念而不能克敌。传令下去,我军于今夜子时渡漳水,过河之后,皆沉船,破釜甑,烧庐舍,持三日粮,以示士卒必死,无一还心。"随后,项羽又对吕臣作了一揖,"安阳军务就交于长史,待我军解围之后再相见。"

吕臣这半晌深为项羽的气概所打动,脸上便带了由衷的钦佩:"将军尽可放心,安阳有属下,担保万无一失。"

龙且辞别项羽,连夜过河将命令传达给英布。

是夜,漳水沿岸起了大雾,项羽率领大军悄无声息渡过漳水,天将拂晓时,已全部集结在漳水北岸,与英布、桓楚军队会合了。

大军刚刚扎住脚,龙且就按照项羽的安排传令毁船沉舟,破釜断炊,每位士卒只带三天干粮。将令一到军营,且不说"千人"以上官佐,那些从会稽跟随项羽打到北方的"五百主"和"百将"尤其想不通。有两位"五百主"以家中有七旬老母为由拒不毁船,龙且当即将其就地正法。他横眉怒目,站在河岸高处对军卒高声道:"你等须明白,胜者,舟毁尚可再造,釜破亦能再买,若败,则死无葬身之地。再有敢抗命者,格杀勿论;校尉治军不严,连坐鞭笞五十。"

这话落地不一会儿,但见在釜锅餐具被粉碎的叮当声中,一顶顶帐篷燃起冲天火焰,一艘艘渡船被装上石块沉入河底……士卒们眼看着刚才还乘坐的渡船顷刻间被淹没在滚滚的漳水中,想起从此不知还能不能回家看到妻儿,禁不住泪水从眼眶涌出,咬住嘴唇不出声,在心里默默念叨着儿子的名字。

英布、龙且各自督促部属破釜沉舟,心中荡起一股必胜浩气,深为项羽的英雄气概所感染。大家都意识到,面对秦朝的虎贲之师,将必是一场恶战。

范增一步不离地陪同项羽巡查兵营。他虽被怀王任为末将,然因不习武功,身边并未有一兵一卒,然在项羽的心中,范增的一句话足可敌万军。此时,他想起了一件事,便道:"上将军可否留意,龙且将军禀报军情时,并未提章邯军之动向。"

"咦!"经这一提醒,项羽顿时觉得确是这样。恰在这时,龙且来报说所部辎重均已处置完毕,只待下令向敌发起进攻。项羽顺势问起章邯军的踪迹。

龙且回道:"据探马报说,此次围攻赵国的乃王翦之孙、王贲之子王离和曾经在东阿与我军为战的涉间,章邯军承担粮草辎重押运之责。"

"哦!如此说来……"范增轻捻胡须,正要说话,却不意从耳边传来执戟郎韩信的声音,"依卑职观之,章邯押运辎重不过掩人耳目。存己之师,避战观望才是真意。还在河南时,卑职就曾谏言上将军不妨对章邯贿之以金,晓之以利,致其阵前倒戈,乃不战而屈人之兵上策也。"

闻言,范增心中骤然一惊,这韩信竟也能料敌陈策,随之就有一种被人看穿心思的不快,责备道:"老夫与上将军说话,你胡言乱语什么,还不退下?"

项羽转过头狠狠地瞪了韩信一眼:"我早对你说过,此肉食者事,你多言无益。"

"诺!"韩信卑微地低头后退。

不过,韩信的话范增确是听进去了,再朝前走的时候,他便低声附耳道:"将军可派一支军伍截断章邯军粮道,致其与王离军首尾不能相顾,进而诱其降之。如此,则赵围可解,我军大胜无疑。"

项羽点了点头,转身对身后的韩信道:"传各位将军到河岸隐蔽处议军。"言罢,转身朝前走去。

在不远处,他看见了虞姬姐妹的身影,她们正带领"健妇营"搬运沉船的石头。一个个头上热气腾腾,腮边绯红,恰如冬日山崖上盛开的梅花。项羽来到她们面前,只见运输楚军的数百条船,如今被沉没得只剩下不到十条……

项羽正举目远眺,就见韩信匆匆赶来禀报道:"桓将军护送项左尹到了。"

项羽闻之,眉头大展,心想叔父此来,必是带了怀王诏命,忙转身往回走。

在河北岸的岩石后面,项羽看见了刚刚下船的项伯和桓楚。见过大礼,项伯取出怀王的诏命念道:"查宋义违命不前,贻误军机,罪当诛之。夫赵之

295

与楚,祸福相接,唇齿相依,一荣俱荣,一损俱损,故命项籍为上将军,节制各军,早日解赵之围,以达寡人宽仁于睦邻。"

项羽挺直腰板接过诏命,高声道:"臣定不负大王之命。"

太阳从太行山顶慢慢升上天空,昨夜曾掩盖了楚军渡河的晨雾慢慢淡去,项伯看了看附近正在沉船的士卒,将不解的目光投向项羽。项羽读懂了项伯的狐疑,用范增的话做了回答:"投入亡地然后存,陷入死地而后生。"

项伯不再说话,似乎从他身上看到了项梁的影子……

项羽破釜沉舟的消息,很快地被刺探楚军军情的细作传到王离耳内。已与英布、桓楚有过交锋的王离骤然变色道:"破釜沉舟?项羽究竟何意?"他将桌上的文书推到一边,在大帐内踱着步子……

不管百姓怎样怨声载道,在王离的心里,文臣武将的职责就是护卫社稷。祖父王翦是这样,父亲王贲是这样,如今到了自己,岂能丢弃传统,任由贼寇横行。因此当章邯向朝廷请兵时,正在恒山郡井陉口驻军的王离在接到二世诏命后,立即派遣涉间南下协力剿贼,虽东阿失利,然定陶大捷,无疑为章邯赢得了北上击赵的机会。

王离一向是很轻视楚军的,这不仅因为祖父当年率领秦军攻破了寿春,将曾经称霸南方的楚国变成了几个郡,更因为涉间只是小试牛刀,就打败了义军各路会盟的盟主项梁。因此,尽管他麾下的司马在杠里与刘邦有过接触,并一度失利,可在他看来,楚军仍然不堪一击。直到与英布、桓楚两支军队交锋后,他才发现敌军并不像预料的那样一触即败。

如今,项羽将渡船烧掉、将炊具粉碎的举止就像一块巨石投入他的心湖,让他再也不能平静了。他没有见过项梁,更没有见过比自己年轻了数岁的项羽。但从细作的禀报中他感觉得出来,这位青年不可以轻看,他问走在身边的涉间道:"依你观之,我当如何破敌?"

涉间与楚军作过战,也听说过项羽的勇猛,更对目前情势有着高度敏感:"依末将看来,项羽之破釜沉舟,乃因彼军在数量上少于我军,故而做速战之姿。敌欲速战,我则以疲敌应之,不过半月,敌军思乡心切,必致自乱。"

"将军之言差矣,敌破釜沉舟,已将自己置于绝境,况漳水北岸地域狭小,不宜大战,我军正宜以优势军力将彼压至河北岸之沟道,聚而歼之,不仅可以予楚以灭顶之灾,更可以震慑援赵的各路诸侯军。"王离笑声中带着自负,涉间还要进言,被他用眼色制止,"将军不必再说,我意已决,我军于明日对敌开战,务必一举胜之。"

大雾渐渐散去,耳边传来漳水哗啦啦的涛声。涉间向王离告辞,准备回军营去,他要暗中派遣校尉,把这里的情况送给章邯,催促他快速归来,勠力对敌……

赵国丞相张耳现在回想起当年跟随义军进入陈县的第一次朝会,那种难以名状的悔愧就暗暗爬上心头。也许,当初他就应该忠贞不贰地跟着陈胜,做一个阵前冲杀的校尉或者赞划政事,而不该借口北上分兵击敌,到邯郸拥立武臣为王。谁知不久,武臣与左丞相召骚被部将李良诛杀。幸亏他事先得到消息,才幸免于难。尽管,幸得将军陈余的回戈,这场短命的政变很快平息。如果这时候他和陈余幡然悔悟,重新回到陈胜身边,张楚国也不至于那么快就被章邯击败。陈县本是他的第二故乡,但他却绝不愿再回到那里去,又拥立故赵国后裔赵歇为王,迁居信都。当时的章邯正与项梁在东阿、定陶一带大战。他希望项梁能将章邯拖在江淮,使他赢得与魏国、齐国结盟的机会。

但事与愿违,章邯不仅在定陶大败楚军,而且项梁也战死了。章邯转而挥师北上,将赵国作为攻伐对象。不仅如此,驻守在井陉口的王离转战南下,与章邯军合军一处。赵军很快就发现与秦军力量对比太悬殊,再战无异于以卵投石。于是,张耳和陈余商议退出信都,避敌锋芒。

那一夜子时,天落着雨,张耳和陈余来到王宫,含泪向赵王歇陈奏了战事经过,劝谏他撤离。赵王歇有些不舍道:"王宫初起,信都初开,如此仓皇撤离,难免被诸侯嗤笑。"

陈余扑通一声跪倒在地,哀声若鸿道:"大王,我军号称二十万,实不足十五万,难御强敌。若强撑一战,将城破国亡。"

"此天不助我矣!"赵王歇长叹一声,当夜,踩着泥泞退入巨鹿城。与此同时,他还遣使向魏、齐、楚求援。

陈余毕竟经历过战阵的,他明白一旦全军退入巨鹿城中,就等于作茧自缚。于是他将十五万兵马一分为二,一半入城据守,另一半驻扎在巨鹿城北,以备策应。

曾做过秦朝外黄县令的张耳早年只在传言中听过王翦和王贲的善战骁勇,对于其后人王离知之甚少。现在双方一交战,他就明白王家不愧为将军世家。秦军仿佛从天而降的狂飙,如从长空滚过的雷霆,如刺破黑夜的闪电,别的不说,单是那气势就足以让赵国和前来救援的诸侯国闻之惊悚。

不是么?当赵国使者向田荣求救时,田荣非要赵国先遣回田角而拒绝出兵。将军田都不惜与田荣失和而率军驰援,虽然攻下济北等城池,然而,闻听王离、涉间军已将赵军围在巨鹿,也不敢贸然进军了。他命校尉进城向张耳传话,要等楚军到来再行进攻。否则,救赵不成,自亦危矣。

张耳还能说什么呢?他镇定地对使者道:"请使君回禀田将军,不日楚军将兵至巨鹿,定然胜券在握。"其实,他明白自己说这话时底气是何等的不足。

还有雍齿。他因为与刘邦翻脸而被周市裹挟到魏国,成为魏咎的一位将军。张楚国亡,魏咎惊惧,自杀身亡,魏豹自立为王。在接到赵国的求救文书后,他适时地派遣了雍齿前来救援。他当然是无利不起早,可一仗下来损兵数万,便急忙收缩手脚,不动了。张耳数次遣人催促其兵发巨鹿,得到的回答却与田都一样,要等待楚军到来。

还有那燕王韩广派来的权将军声明救赵,可一到巨鹿,见秦军攻势凌厉,立即将部队后撤二十里。韩广乃是武臣派去经略燕地的部将,却叛主而自立。如今燕地地瘠民贫,兵微将寡,张耳也明白,燕国出兵只不过是杯水车薪。

在四十六天漫长等待的日子里,张耳几乎每天都登上城楼南望,漳水夹带着浑浊的黄泥滚滚远去,那近乎焦渴的目光多么希望能穿越雨雾,看到楚军浩浩荡荡奔袭而来。怀王不是已任命宋义为上将军,节制各路英雄北上救赵了么,为何日复一日地延宕?他也曾派使者过河催促过好几次,宋义总是推诿,难道他也被章邯吓破了胆么?

巨鹿城虽为巨鹿郡治所之地,平日里商贸还算繁盛,在没有战事的年月,平静而又热情地接待着南来北往的旅人商贾。现今一下子涌进数万将士,很快就显得拮据了。以致百姓为抢购过冬的木炭、小米而大打出手。

昨天,相府的家令来报,说是城中较大的客栈和酒肆都雇了专门的家丁,以防抢劫。

"本相知道了。这些天,相府夜间也要多加仆役值守,以免夫人受到惊吓。"

"诺!"

家令刚刚转身出去,一名守城的校尉便进来禀报,说城中粮食紧缺,有些什长带着属下到米店抢粮,甚至打伤店家。

听了这话,张耳的心一下子就提到了嗓子眼。打仗打什么?打的就是军心。军心乱了,巨鹿城还守得住么?但他不愿将自己的情绪传递给校尉和官佐,不动声色道:"你且下去,严令各级官佐管好麾下军士,绝不可以骚扰百姓,否则严惩不贷。"

校尉离开以后,他立即传来丞相长史,要他到司库查访,看城中军粮还可以维持几日。

长史一脸无奈:"恐怕维持不了多久了。"

"究竟能有多久,本相也好向王上禀报。"

午后,丞相长史将各个府库的情况一一陈说一遍,眉头就再也无法展开:"照此计算,士卒每日两顿,可持续十日;一日三餐,只能维持七日。一旦断粮,必起事变,丞相须早做计划。"

"本相所愁,正在于此。就在方才,军中校尉来报,说有什长放任麾下抢掠米店,继续下去,如何了得。"张耳沉默片刻,顿了顿又道,"明日一早,本相即去朝见王上,奏明此事。"

长史眉头颤了颤,想起一个人来,又进言道:"目今之计,唯陈将军能救赵于危难之中。他现驻军巨鹿城外,因各路诸侯与秦军相持,他尚未遭遇重创,倘若陈将军能遣以善战之将携粮杀进城来,必能解饥饿之围。"

咦!为何有近水而不用?张耳听罢一击掌道:"烦劳长史前往陈将军处,一则请他发兵解围;二则请他携粮驰援。本相将派遣得力校尉护卫大人前往。"

张耳眉宇间虽然一派肃穆,其实内心是翻波卷浪的。在义军中,他与陈余被视为"父子"。在陈胜揭竿时,两人相偕投奔,并被允准随武臣北上。更因在漫长清苦的岁月中,张耳待陈余视同己出,而陈余也的确将他视为父辈。

往事历历在目,桩桩都充满质感,像昨天一样新鲜。正所谓患难见人心,在李良反叛的生死关头,陈余以五万残兵大败李良,又协助张耳拥立赵歇为王。他和陈余已经成为赵国的砥柱中流,赵歇比谁都清楚。

"微臣深信,陈将军一俟见到长史的信札,定会遣得力校尉护送粮草入城的。"第二天在王宫,面对心急如焚、一筹莫展的赵王歇,张耳依旧充满信心。

他自信和坚毅的目光使得神情恍惚的赵王歇渐渐平静下来。这个名为贵胄公子,实则未经世面的赵王把一切希望都寄托在张耳身上,他紧紧握住张耳的手几于失态:"寡人安危,系于丞相与陈将军了。"

张耳惶恐,急忙双手扶着赵王歇道:"大王万万不可,所谓谏、争、辅、拂之人,社稷之臣也,臣虽不能不及其一,然忠贞天日可鉴。至于陈将军,自幼与臣相依为命,当此之刻,定能以国之安危为重。"

辞别赵歇,张耳走出王宫的步子是沉重的。在王宫外的阶陛上,他看到了儿子张敖。进入巨鹿后,他特地将张敖遣到赵王歇身边担任右中郎将,专事负责赵王的侍卫。张敖显然也看见了父亲,他向身边的侍卫交代两句,忙赶过来拜见。张耳简单地问了问宫廷治安,叮嘱儿子近日人心浮动,不可掉以轻心。

"父亲尽可放心,孩儿日夜守卫宫廷,敢保大王安然无恙。"

听到儿子铿锵的声音,张耳转身再次踏上归途。

长史出城已经一天多了,如果顺利今晚便可以回来。至今仍然没有楚军的踪影,而齐、魏等军皆持观望态度,如果近两日楚军不过漳水,那么,巨鹿城破只是时间问题。张耳撩了撩衣袖,仿佛要甩掉蓄积在心中的烦恼。

回府的路上,张耳没有说一句话,整个心思笼罩着一层阴云,以至于司御提醒他府邸已经到了时,竟然没有听见。

夫人看见张耳怏怏不乐地归来,小心翼翼地问道:"何事让夫君烦心?"

"我想单独静一会儿。"张耳长叹一声,进了前厅坐下。他明白夫人虽然身居深院,外面的境况却是时刻挂在心。他理解夫人的心境,当年他从魏国逃到外黄时,恰逢夫人新丧丈夫,岳父见张耳温文尔雅,便将女儿另许与他。这一对半路夫妻,生下一个儿子张敖,现在一家人都在巨鹿城中,夫人能不提心吊胆么?

他很感念妻子。她一个富豪人家出身的小姐,丢下暖阁闺房,跟随着自己南北颠簸,却毫无怨言,就冲这一点,他也要尽职尽责,千方百计解巨鹿之围。他很疲倦,不一会儿就进入了梦中。在梦中,他与一家人遭遇秦军的追击,前有王离堵截,后有涉间追击,就在生死关头,他一个激灵,从梦中醒了过来,一身冷汗。睁开蒙眬的眼睛,看见夫人和家令站在面前。

"夫君,是梦魇了么?"夫人忧心忡忡地问。

张耳摇摇头,却把脸转向家令问道:"有人来访么?"

"禀丞相,长史大人已在厅中等候多时。小人要唤醒老爷,长史大人说丞相连日操劳,不堪疲倦,要您多睡会儿。"

"长史身系国家安危,怎能不唤醒我。"张耳说着,忙整了衣冠来到前厅。

"长史大人辛苦了!"张耳人还没有进前厅,声音先进到了长史耳内。

长史一转身,与张耳撞个满怀,情知其等急了。待张耳屏退左右后,他就迫不及待地说道:"气杀人也!"

"怎么了?陈将军有变么?"

"属下杀出城外,来到了城北陈将军营寨,随身侍卫死伤所余不过十一二人。当属下将大人信札交于陈将军时,大人猜他如何说?彼言:'吾度前终不能救赵,徒尽亡军。且余所以不惧死,欲为赵王、张君报秦。今必惧死,如以肉委饿虎,何益?'丞相说说,这还是当初那个与丞相一起拥立赵王的陈余么?"长史咽了一口唾沫,"属下告诉他说事情已到了生死关头,要以俱死立信,安知后虑?彼又曰:'吾死顾以为无益。'"

长史告诉张耳,在他说到唇焦舌燥之际,陈余答应遣一校尉送些粮草进城以解急需。末了,叹了一口气道:"陈余将军谈'离'色变,殷殷于口的是前次派遣的五千精兵覆没于巨鹿城外,声言决不能再做以卵击石的蠢事,要为赵国保存最后的兵力。"

"陈余者,鼠胆矣!我如何不识其色厉内荏乎?"张耳一只手狠狠地击打案几,震得茶盏翻落到地上摔得粉碎,一转身从身后的剑架上拔出宝剑,"嘶啦"一声割断半边袍摆怒吼道,"陈余,我与你至今以后形同路人,恩断义绝。"

长史见张耳浑身颤抖,脸色蜡黄,生怕他气坏了身子,忙上前好言劝慰道:"目下大敌当前,丞相务必制怒大忍,不使臣僚之间徒生嫌隙,一切且待巨鹿解围之后再做计较。"

张耳正要搭话,却听见家令在门外禀报:"公子回来了!"

儿子在这个时候归来,莫非秦军攻进城了?张耳心里忽然布满了惊惧,他呼地站起来,却发现张敖已经站在面前了。

"父亲,楚国使者项伯进城,大王传父亲进宫议事。"张敖眉宇间掩饰不住的喜色,淡化了前厅的紧张气氛。

"这么说,楚国援军到了?"

"非但到了,上将军项羽命三军将士破釜沉舟,发誓三日内解巨鹿之围。"

"项羽者,当世英雄矣!"张耳望着窗外沉沉的夜色,重重吐出一口气。

第十九章

背水为阵擒王离
后会有期别彭越

冬日的太阳在苍山背后渐渐落下,几缕余光仿佛沉郁的眼睛,俯视着巨鹿城外尸横遍野、烟火缭绕的战场。

血污和着尘泥,改变了戎衣的色彩。横七竖八的尸体堆里,分不清秦军与楚军,彼此的血肉纠缠在一起,扯都扯不开。在生命的最后关头,有的士卒口里还噙着对方的一只耳朵,就被从身后过来的枪戟刺穿身子,倒在丢了一只车毂的战车旁,不!他似乎并没有死,斜倚战车而战,愤怒的目光直视前方,准备迎战从正面攻击而来的敌人。在不远处,风吹着褴褛不堪、残存着火苗的"王"字大旗,被死死地抱在掌旗兵手中……

在巨鹿城外,双方展开了七轮你死我活的搏杀。项羽、龙且和英布率领军队轮番进攻,而桓楚则率部去拦截章邯军的粮道。

王离完全没有料到,处于绝境中的楚军士卒以一当十,校尉赴汤蹈火,死不还踵。仅仅两天,秦军就被死死地围在一个小小的空间,并随着战事的延续,还将进一步缩小。

晚霞散尽最后一缕光彩,夜幕悄悄拉开,楚军终于停止了进攻,四面燃起了烟火,恐怖的夜色又平添了几分神秘。王离判断楚军在用餐,他们既已毁掉了军中的炊具,一定吞噬的是"糇粮"。

"禀将军,楚军暂停攻击。"从暗处走来一个朦朦胧胧的身影,那是跟随左右的从事中郎。看不清面容,但嘶哑的声音告诉王离,他的喉咙此时一定干得冒火。在他的身后,跟着几名佝偻着身子的侍卫。

"我军伤亡如何?"王离紧了紧腰带问道。

"贼将龙且对麾下声言,若想饮酒食肉,定当奋勇克敌;能斩我军一首级者,赏爵一级。重赏之下,贼众皆为亡命之徒,七战下来,我军死伤过半。"

"前面引路!"王离不再问话,他担心接下去的回答会动摇自信,他的脚步谨慎而又缓慢,尽量不去碰触那些早已僵硬的尸体;他时不时地俯下身子,用手抚平死者圆睁的眼睛,希望能够些许抚慰那些亡灵。

在一块高地旁,从事中郎拿出食囊和水囊道:"这几天还有恶战,将军先将就果腹。"

王离接过食囊,抓了一把"糇粮"放在嘴里艰难地吞咽,从事中郎递上水囊,他用水冲下干粮,拍了拍手问道:"章将军所部现在何处?"

从事中郎摇了摇头答道:"大概还在运粮途中。"

"我军粮草如何?"

"倘章将军粮草不到,我军仅能维持三日。"

王离吸了一口冷气,牙龈生疼。兵法云:"衢地吾将谨其恃,重地吾将继其食,泛地吾将进其途",章邯身为老将,不可能不明白吧!为何如此延宕,岂不是要置我军于绝境?但他很快就否定了自己的想法,他相信章邯是同他一样为粮草而着急。他靠着一棵枯树,欲闭眼睡一会儿,可只要一闭上眼睛,就会呈现出白日里的厮杀场面。

战事是在项羽渡河的第二天黎明打起来的。王离以为楚军新到巨鹿,必是疲惫之师,又加破釜沉舟,必致人心不稳,当夜就决定以涉间所部据守营寨,自己则率所部攻打楚军军阵。然而,当他冲进楚军军阵时,就对求胜的自信动摇了。首先迎战的是当阳君英布,他双钺使得车轮般转,只见寒光闪处,秦军纷纷倒地。王离亲眼看见,麾下校尉与英布大战十几个回合后,被挑下战车,做了马下碎尸。王离勃然大怒,冲上前去欲与英布大战,孰料英布拨转车头,朝东而去。王离穷追不舍,却在数里外遭遇了龙且的迎击。两人厮杀半日,分不出胜负,龙且并不恋战,留下秦军一具具尸体而离去。

早在项羽渡河之前,王离就有过与英布、龙且交战的经历,双方各有胜负,但都规模不大,如今见两人不敢恋战,纷纷离去,心中暗笑他俩不过如此。正得意间,就听见从土丘后传来一声怒吼:"王离小儿哪里走,看我取你首级!"接着冲出一员猛将,身着黑色铁甲,内衬褐色战袍,豹头环眼,黑茬茬的络腮胡,使一柄长戟。再看看战车的马,也都是纯黑的毛色,远远望去,仿佛一匹匹黑色的绢帛,尤其是那吼声在四面激起阵阵回音,如雷如霆。

王离断定他就是项羽。他已从章邯那里获知项梁阵亡的经过,更从祖父那里听过不少关于项燕的旧事。那时候他年纪尚小,却觉出祖父并不因为胜利而轻看楚国的主帅,反而言语中充满了对项燕的崇敬。

项羽的战马已经冲到阵前,几乎碰在一起,项羽挥动长戟,直朝着王离刺来,王离急忙拦挡。只听"嘭"的一声,双手震得发麻。王离暗暗吃惊项羽泰山压顶的力量,始知过去关于项羽举鼎的传说并非虚言,提醒自己大意不得。

王离毕竟是将门之后,当他了解了对方的实力之后,很快调整了心态。他招招有序,从容迎战,密不透风,不给对方机会。

从第一眼看见王离时起,项羽的心中就燃烧起复仇的火焰,冥冥中,他似乎看见叔父和祖父站在云端俯视着战场,听到叔父弥留之际的抱憾。因此,他一出手就有置对方于死地的狠心。然而数十个回合后,他便情不自禁地暗叹王离不愧是名将之后,他镇定自若,不断化解自己步步紧逼的招数。

这时候,就听见从项羽阵营中传来"收兵"的鸣金。项羽卖了一个破绽,拨转战马撤离了战场。王离并不追赶,他觉得这"鸣金"太及时了,断定项羽阵营中一定有举无遗算的高人。因此,他决定不追击,抬头看看,日色已过午时,转身回营中去了。

涉间早已备了米酒热饭在营中等候,叙话间,王离谈了与项羽作战前后的思索,涉间深以为然:"将军所言极是,若无高谋之士,不会那么及时地收兵。敌若变,我亦变。明日我军留长史守营,末将先与之接战。将军养精蓄锐,待后出战,虽不能断定我军必胜,但敌亦无胜算之机。"

果然,第二天楚军便改变了急于求胜的毛躁,而是派出将领和校尉轮番与秦军作战,而且每遇厮杀正酣的时候便跳出圈外,而紧接着,新的一轮进攻接踵而至。双方从辰时二刻一直战到酉时二刻,才各自退出战斗。楚军没有帐篷,宿露天,食干粮,但王离却发现其阵脚不乱,军容整齐。夜色中,一处处的灯火仿佛满天的繁星,这才是让他最感可怕的。

"项羽营中一定有能人异士！"王离再次对从事中郎谈了自己的感觉，"陷于绝境而不乱，此乃制胜之师也。"

王离的猜想没有错，在他与项羽大战之际，范增就站在门旗下朝这边观望，当他发现项羽因为报仇心切而出手急躁时，及时鸣金收兵。项羽回到阵营中，闷气盈胸地朝范增发脾气："我正欲取贼将首级，先生为何鸣金收兵，岂非败我兴头？"

范增布满皱纹的脸上笑容可掬，一边要"健妇营"的女士卒们为将士送上晚饭，一边亲自下车迎接项羽。项羽的确口渴了，他接过从事中郎手中的水囊，扬起脖子"咕嘟咕嘟"灌了个饱，才顾得上说话："说说，这是何道理？"

范增依然笑道："可否传英布、龙且和虞姬将军来商议接下来如何再战。"

项羽点了点头，又向从事中郎挥了挥手，从事中郎应了一声，转身而去。不一会儿，英布、龙且、虞姬相继而来。项羽大致询问了一下战况，随之将目光转向范增道："明日如何破敌，还请先生指教？"

范增挪了挪身子，先是将自己观战的体味大致叙说一遍，接着道："如果老夫没有猜错，王离以为我军毁船破釜，必欲速战，故而彼激我决战。兵法云，'凡战者，以正合，以奇胜。故善出奇者，无穷如天地，不竭如江海。'何谓以奇胜，乃出敌之预料也。敌欲速胜，我则从容应之，以轮番战而疲敌，正所谓'战势不过奇正，奇正之变，不可胜穷也'，老夫之意，明日我军可派出将领先与王离接战，待敌稍有疲惫时，再遣后续者接战，如此连绵不断，王离必因久战而烦躁，因烦躁而失神，神之失也，乃大败之兆矣。"

在范增说话的当儿，项羽并没有停止思虑，范增的每一句话都在他的内心激起浪花。早年，叔父曾经责备他不习兵书，当时他很不以为然，现在却都不幸言中。

一直坐在一旁听各位议论的项伯深为范增的谋略所震撼，心中就有了打算。在众将散去后，项伯并没有马上离去。项羽见状忙道："自毁船沉舟后，一切太过简陋，叔父且到避风处歇息，待巨鹿解围后，就可入城。"

"将士可风餐露宿，范先生蒙尘沐雨，为何不能？"项伯摇摇头，拉着项羽的手来到范增面前道，"范先生虽任末将，然精通兵法，老谋深算。你少年丧父，何不拜范老将军为亚父，于私于国皆为幸事。"

事情来得突然，众人都出乎预料。特别是范增，觉得怀王诏命为末将，让上将军称自己"亚父"，实为不情之名，忙推辞道："不妥，不妥！范增，老朽也，何敢当亚父之称？"

项羽也正在迟疑,未料虞姬从一旁过来劝道:"老吾老以及人之老,义也礼也,有何不妥?虞姬早年丧父,见老者皆以为己父,将军欲有天下,当先具高德矣!"

其实,这些日子项羽也愈来愈觉得范增须臾不可离开,只是没有想到这一层。如今,经叔父和虞姬这么一说,觉得正是顺理成章之事,当下口称"亚父",向范增行叩拜之礼。

项伯大喜过望道:"有亚父辅佐,你父亲可含笑九泉,我亦心无牵挂矣。"

这一切,都为第二天的大战无形中注入了力量……

"前方可是王离将军?"从朦胧夜色中传来将军涉间的声音,一转眼,他就站在了王离面前。他的战袍已经失去了本色,散发着泥腥味。有过同项梁军作战经历的涉间,怎么也不会相信项羽率领的楚军如此善战,"难道楚军是神兵么?彼一人敌我军数人,毫无惧色。倒是我军被敌气势压倒,怯战者不少。若非末将挥剑斩了数名临阵退逃者,后果真是不堪设想。"

"我今天才真正领略了何谓置之死地而后生。"王离呼出一口气,胡须上立即结了水珠,接着他把话题转到了明日的战事上来,"我最担心的是那些作壁上观的诸侯军,看到楚军连连得势,他们趁机合围,那时我军命运才真正不堪设想。还请涉将军明日移军城北,阻止陈余与诸侯协同进攻。"望着远方的篝火,王离话语中沉郁的气息明显加重了,"从棘原到巨鹿不过三百多里路程,章将军运粮队伍最迟今日应该到达,何以至今不见消息?"

涉间宽解道:"战事正酣,以章将军多谋,定会安抵巨鹿。末将以为,只要我军备足粮草,不妨与敌疲战,此正彼要命之处。"

王离以为涉间说得有理,在心底祈愿章邯中途不遭伏击,早日会师巨鹿。涉间看看天色不早就告辞了,王离打了个呵欠,连日来的疲倦都袭上身来,叮嘱从事中郎警惕夜袭,随后就着案几睡着了。从事中郎拿了一件披风轻轻盖在王离身上,才蹑手蹑脚地退出。

后半夜下起了大雪,纷纷扬扬的雪花驱除了黑暗,让周围一切都朦朦胧胧,若隐若现的。从事中郎靠在帐外的树旁打了一个盹,被迎面扑来的冷风吹醒,发现身上落了白白的一层雪。他正准备挥手拍掉身上的雪,却发现四面的篝火骤然间熄灭了,从远处传来漳水暴发洪峰时的涛声。他的心一下子悬在半空,顾不得身子冻得僵冷,急忙回身进帐唤醒王离,说楚军夜袭营寨了。王离闻讯,"嗖"地站起来就朝外走。这时候司御已备好战车,王离大吼一声"牵坐骑来",随后一手持戟,一手拉过马缰上了马,就冲出了营寨。

营寨外,秦军与夜袭的楚军厮杀在一起,为首的不是别人,正是章邯之弟章平。他前日才从棘原赶到巨鹿,正赶上王离与楚军大战。而迎战章平的却是昨日与自己大战数十回合的龙且。龙且一柄斧钺抡得十分灵活,招招皆是致命之处。眼看着是数十回合下来,章平只有招架之功,却无还手之力。王离大吼道:"龙且,看我取你头来。"龙且一分神,章平借机脱身,朝东南方向而去。

王离风驰电掣般地赶到龙且眼前,前两天他们交过手,故而都不敢大意。两人杀了大约半个时辰,龙且气力渐渐不支,正待拨转马头,就听见耳边传来一声"陈余在此,王离下马就擒"。王离心中一惊,果然不出所料,陈余动了,其他诸侯军定然不会再袖手旁观。他心头顿然加了负担,已无心与陈余恋战,只几个来回便拨转马头朝城东奔去,欲与涉间合兵一处,寻求突围。

未料跑出一里多路,却被项羽军拦住,与他交战的是一位女将,骑一匹纯雪色战马,持一对鸳鸯雌雄剑。王离早就闻听说楚军中有一员女将,想来就是她了。也不搭话,挥动长戟直刺咽喉。虞姬一个马上藏身,躲过长戟,用双脚击打马腹,一个镫里藏身,挥动双剑,朝王离战马的腿部砍去。王离急忙策动坐骑,腾跃而起,躲过双剑,等到回头时,虞姬已跑出一箭之地。王离大喊一声就追了上去,转过一个土丘,前面一道壕沟,王离只顾瞅着前方的白马,却不料自己的坐骑骤失前蹄,落入壕沟,被埋伏在壕沟里的楚军士卒套了绳索,连人带马成了俘虏。

这时候项羽出现了,他不无揶揄的眼睛盯着王离半日,并不说话,倒是王离觉得名将之后,受缚于马下,脸上无光,咬了咬牙道:"项籍小儿,殊不知你祖父乃死于吾祖刀下,你叔父亡于章将军之手。若非你计擒于吾,定取你首级。今日落在你手,只求速死。"

项羽近前一步,豹眼死盯着王离,牙齿咬得"咯咯"响,大骂道:"我与你国仇家恨,今日定当了断。待我解了巨鹿之围,再行处置。来人,将此贼押下去好生看管。凡被俘秦军,一个不留,尽杀之。"

虞姬劝阻道:"彼等已被俘,断无反抗之力,将军何故要杀?何如放彼等生路,也好获取人心。"

"姑娘所言,皆妇人之见。昔日长平一战,白起坑杀赵国四十万众;王翦攻克郢都,楚人数十万父老死于刀下,彼能杀得,我为何就杀不得。"项羽说完,转身打马离去,身后留下一阵狂笑。

虞姬摇了摇头,项羽的命令使她心中五味杂陈。一整个上午,两个项羽的形象在心中打架。一个雄姿勃勃,力敌千军;一个刚愎自用,冷酷无情。而她偏偏将要伴他终生,这到底是她的不幸,还是幸运?也许,从一开始就是错的。然而虞姬就是虞姬,既然选择了他,那就是上天的安排,纵然将来有什么事情,她也无悔。远远瞧见范增朝这边走来,虞姬收起思绪,迎了过去……

章平率领残部一口气跑了数十里,将陈余所部甩远了才松了一口气,看看左右,所剩不过十余人。虽值深冬,却一个个大汗淋漓,一脸倦色,用绝望的目光看着自己。

章平松了马缰,仔细打量,才发现漳河在这一段是南北流向。过了漳河,就是兄长章邯经略的地方。一夜大风和大雪,漳河冻成一面平镜。从事中郎遣两人过去试试,如能过去,就可以完全摆脱楚军的追击,回到棘原大营。不一会儿,两名士卒来报,说冰面较厚,完全可以过人。章平要从事中郎率领大家前行,自己断后,整整用了一个时辰,一干人才上了东岸。情知这里归邯郸郡所辖,他的心才落了地,喊道:"来人!"

"将军有何吩咐?"从事中郎应声而至。

"去附近村落觅些东西果腹,然后打马回棘原。"

……

涉间在巨鹿东门遭遇英布截杀,两人从天刚发亮战到辰时二刻,英布愈战愈勇,而涉间则惦记着在城北的王离,不免有些急躁。他觉得如此下去,定会为英布所杀,干脆不再恋战,趁机拨转马头朝城北而来,欲图与王离会合后再行突围。英布追了一段,却听见耳边传来一声巨吼:"涉间休走,我在此等候多时。"英布抬头看去,却是魏将雍齿,随即刹住兵马,回头向项羽复命去了。

雍齿的出现是涉间所不曾料到的,前些日子作壁上观的诸侯军见秦军大势已去,看来也出击了。涉间举刀迎战时,强烈地感到雍齿必欲取之的臂力。要紧的是,此时雍齿有恃无恐,步步紧逼,两人大战十几个回合,涉间拨转马头,继续向北而去,却不料沿途遭到陈余与韩国将领的围堵。他纵然有千钧之力,也经不住分神了。涉间一边穷于应对,一边期盼能在厮杀的队伍里看到王离的身影。

涉间明白,此时的王离不仅仅是援救的象征,更是秦军力量的昭示。可他失望了,他没有看见王离,他最后的一点精神寄托彻底垮了。在东阿大战中,他早已闻知项羽坑杀俘兵的残酷,与其被枭首悬于高杆,毋宁自裁落个干净。涉间对围绕在自己周围的士卒道:"项羽所过之处,皆屠城以逞淫威,降者必死也。纵然侥幸赦免得生,亦必受辱。我等世为秦臣,若不能扫平草寇,何如一死报国。"

"如此,则永不能见到亲人矣!"士卒中有人大放哭声。

涉间来到那人面前道："涉间无能，不能全身带你回去，今放你一条生路，且看你造化。"

那士卒将信将疑地问道："将军果然要放小人。"

涉间并不回答，挥了挥手。然而，他刚刚跑出十几步，就被周围的诸侯军射杀。其他人见生还无望，纷纷愿意一死报国。数十人紧紧围在一起，涉间点燃了自己的战袍，然后是从事中郎，然后是伍长、屯长……

雍齿、陈余见状，惊呆了……

在经历了血与火的洗礼后，巨鹿城逐渐恢复了平静，楚军以及前来救援的各路诸侯军连续数日才将战场清理完毕。然而，浸入土地的血腥还时不时地随风飘进城内，在大街小巷之间久久弥漫，整个城池笼罩在一片僵死和腐气中。

可不管怎么说，赵国劫后余生，总是一件值得庆幸的事。从赵王歇到丞相张耳、将军陈余乃至巨鹿的百姓，都对楚军怀着深深的感恩。赵王命张耳出城犒赏楚军和各诸侯国将领。张耳的想法很明确，没有项羽，就不会有后来各诸侯国的倾力相助，因此他谏言赵王，将劳军的地点定在项羽的辕门。

这是巨鹿战后的第七天，雪后初晴，天高云淡，大约辰时二刻之际，在项伯和范增陪同下，项羽来到辕门外迎接张耳与各诸侯国的将领。

依旧是铁青色的盔甲，但衬在下面的褐色战袍已经换成了新的，头盔上的红缨在冬阳下显得十分耀眼。那曾让宋义惊悚、让王离惊惧的豹眼，神情怡然地扫视着眼前的一切。

清晨的太阳照耀在辕门上方两旁的旗帜上，那硕大的"楚"字被风吹起，呼啦啦地舞动。而不远处的高杆上悬挂着王离的头颅，在寒风中呈现出深紫色。这是项羽告慰项燕的标志，他之所以要杀掉王离，是因为只有这样，他觉得才无愧于先祖。为此事，他还与身边穿戴一新的叔父发生过争论。现在，这一切都不重要了，他以胜者的姿态站在了巨鹿城下。

但他也有遗憾，那就是没有在巨鹿擒拿章邯。昨夜，他已同叔父和亚父商议，今日劳军之后就立即重整兵马寻找章邯，一鼓作气打到咸阳。此时，他想到了刘邦。听说他在杠里曾与王离所部有过交战，并且在栗县与柴武的军伍合为一军，正向昌邑进发。"为不信刘邦会先于自己进入咸阳。"项羽心想。

张耳率领朝臣们从北门过来，在他们的后面是长长的劳军队伍，甚是壮观。队伍在辕门外止步，张耳上前行过大礼后道："多谢大楚相救，上将军横扫秦军，赵国转危为安。下官奉赵王之命，特备水酒犒劳贵军和各路诸侯将领。"

"暴秦无道,天下共诛之;赵国有难,怀王遣大军驰援,乃顺天之举。"项伯以楚国使者的身份接受了劳军大礼。

项羽接着叔父的话道:"请丞相到行辕入座。"

双方坐定后,侍卫奉上茗茶,项羽问道:"为何陈将军未到?"

张耳吹了一口茶水浮面的茶梗,脸色便严肃了:"奉赵王诏命,下官已于昨日传他进城收回印绶,赵国自此不复再有陈余将军。"见项羽投来质疑的目光,张耳继续解释道,"秦军围困巨鹿,彼据兵城北竟然畏敌怯战,致使城中粮草断绝,下官差人去催才勉强应付。若非上将军与秦决战,彼依然龟缩不动。荀子曰:'上不忠乎君,下善取誉乎民,不恤公道通义,朋党比周,以环主图私为务,是篡臣者也',如此误国之臣当道,国之不幸。因此下官奏明大王,收回印信,放归民间,不复再用。"

项羽看了看身边的项伯和范增,觉得此乃别国国政,不便多说。恰在这时,辕门外传来说话声,项羽命龙且出门去看,来者不是别人,正是被免除将军职务的陈余。见龙且出来,陈余忙上前作揖道:"在下别无他意,就是想见一见上将军。"

龙且回道:"项将军正与张丞相叙话,将军有话不妨对在下说。"

陈余一听张耳在里面,顿时火气冲天,对着帐内大声道:"张耳小人,我待你若子事父,未料你心胸狭小,我交出印绶,非是怕你,乃明己不重将军之心志也,你之于赵国,与庆父无异,王上必有一日明白过来,将你千刀万剐。请龙且将军转告上将军,末将愚钝,然对上将军钦佩有加。今日虽别,后会有期。"言罢,转身离去。

张耳在帐内听着陈余的怨言,心绪也渐次地纷乱起来。他也没有想到,昔日的刎颈之交,如今竟会反目为仇。当着项伯、项羽的面被指为小人,更是尴尬。好在这时候,门外传来迎接各诸侯国将军的消息,才缓解了难堪的场面。

赵国知会各诸侯国在楚军辕门劳军,参战的各路将领感到为难。若是拒之不去,不唯有伤和气;若应约而往,前些日子各国怯战观望,与项羽所部横扫千军的气概相形见绌,自感脸上无光。然而,他们盘算再三,还是来了。

现在,踩着残雪,魏将雍齿、齐将田都和韩国的权将军在辕门前下了车,顺着仪仗排列的甬道朝大帐走来了。那旌旗猎猎的雄气横天,那刀枪林立的威严军阵,那庄严肃穆的注目礼,还有悬挂在辕门前的王离首级,把气氛烘托得严肃宁静。回想七天前项羽破釜沉舟的决断,每个人心头掠过的是无言的敬畏和复杂的愧意,在走进大帐的那一刻,没有谁耳提面命,大家便情不自禁地屈身垂首了。

与此同时,他们也从项羽的目光中读出了胜者的骄矜,这让雍齿在一瞬间想起了与刘邦相处的日子。当他后来知道是项梁借刘邦五千精兵将自己赶出丰县后,就心存怨恨。可一场巨鹿大战使他受到了强烈的震动,那积怨渐渐地淡去……那一夜,他忽然想念起刘邦,自撤离丰县后,他们再也没有见过面。他听说这个被项羽枭首的王离所部,在杠里也曾被刘邦的击败过。他也听说楚怀王与刘邦、宋义有过先入咸阳者王的誓约。现在,项羽成了上将军,他预感安天下者,非项即刘也!如果当初不听周市的蛊惑,岂有今日之悔愧?现在,项羽的气度使他更坚信这一点,既然魏国不能持久,那他是否要选择归顺刘邦抑或项羽呢?

……

此时,萧何正秉承刘邦的意思,与彭越在昌邑巨野泽中的水寨饮酒,畅叙沛公自任砀郡长以来所向披靡,一路西进的功勋。一个个得人为枭的故事,经萧何悬河之口的渲染,就在彭越面前勾勒出刘邦天下雄杰的形象。

这个只有三个人参加的宴会,成"品"字形而坐。彭越坐在上首,左边是萧何,右边则是彭越的军师马申。彭越将马申介绍给萧何,萧何暗暗打量,觉得这个小眼睛的军师的笑意中有一种揣摩不透的东西。

"若能得见沛公一面,此生无憾矣!"彭越望着萧何道。

"沛公早闻英雄大名,亦思之若渴。"萧何饮了一口酒,脸上就带了真诚。

侍卫送来一钵菜肴,一股异香飘进鼻翼,彭越不失时机地介绍道:"此为潍河银鱼,长二寸余,体长略圆,似无骨无肠,细嫩透明,肉质细腻,清炖之后,佐以菜肴,鲜美无比。"

萧何夹起一块乳白色的嫩肉放进口中,果然爽滑如饴,连道:"此鱼中上品矣。"

马申侧身举起酒觚,向萧何和彭越致意,顺便问道:"不知沛公攻下昌邑,是久驻还是路过?"

闻言,萧何很快读懂了马申话里的味道,在回敬二人的同时不经意道:"沛公志在咸阳,昌邑岂能牵住王者之心?"

马申狐疑的目光掠过萧何的额头,很快就转为温暖的微笑:"沛公者,鸿鹄也,思天远之高翔,在下钦佩。不过……在下听说在栗县,沛公夺刚武侯军四千人,这怎么说?"

萧何先是一愣,紧接着拊掌大笑:"先生真会说笑,柴武何许人也,他是楚怀王钦命的刚武侯,身经百战,若非真意加盟,岂是沛公夺得了的。他之所以合入沛公军,乃因沛公性度恢廓,人皆附之。"

马申急忙申明道:"在下也是道听途说而已,萧大人切勿在意。"

彭越适时地举起酒觥,邀萧何共饮,冲淡了刚才的气氛,然后若有所思地道:"今日与萧公一叙,胜读书十年。"

"萧何者,区区县吏,若未遇见沛公,也不过撰椽而已。"这就是萧何的聪明之处。当初沛县举事者皆推他为首,是他拱手相让才成今日格局。如今,反倒以沛公识才,才使他有今日的理由,来吊彭越的胃口。

彭越两颊泛着红光,玉面剑眉此时都被装点上团团红云,益发地显得玉树临风。酒喝到这个分上,彭越再也无法抑制情感,一年来的辛酸苦辣顿时涌上喉咙……

现在想起来,那些事就像昨日一样鲜活。当初昌邑好汉在巨野泽中举义时,公推他为首领,然而两年过去,至今拥众不过千人。项梁在薛县会盟时,连张良都在邀约之列,而他却被人遗忘。这让他很丧气,从此对周围战事不闻不问,只一心在泽中经营水寨,偶尔也与驻守昌邑县的秦郡监发生小战。驻守昌邑的郡监也曾数次入泽清剿,未料湖港河汊纵横交错,扑朔迷离,难以奏效,干脆各守其土,互不相犯。然彭越心中再明白不过,一旦章邯掉头北上,此种局面必不能持久。若非巨鹿之战,他大概早在秦军剿灭之列了。萧何的到来,为改变目前的局面,攻占昌邑城带来了一线希望。

这一场接风宴,萧何与彭越的叙话直到日色将暮,夕晖落水之际才尽欢而散。当夜,萧何就在巨野泽水寨歇息,第二天,在巨野泽码头,彭越亲自送萧何上船,两人依依惜别。

船已经划出去很长一截水路,萧何回眸,仍见彭越与马申站在渡口,隐隐约约还传来声音:"彭越在巨野泽恭候沛公到来。"

从昨天开始,马申就对彭越在萧何面前表现得过于谦恭是心存腹议的,现在,望着船儿消失在芦苇荡后,他终于将憋了一天的话说出来:"属下听闻刘邦其人不守信用,当年出入赌场时常常赖账,难保他不心存叵测,将军不可不防。"

彭越没有回答马申。其实他的内心也很矛盾,不管如何艰难,总算是一军之首,在巨野泽中可以纵横捭阖,称霸一方。如果如萧何所言,倒也罢了,倘若真应了马申的担心,岂非引狼入室?

"久居泽中,亦非长策;攻打昌邑,乃我夙愿。他既可助我攻城,不妨暂且利用之,至于日后,且行且看吧?"彭越言罢,转身回了山寨。

转眼到了秦二世三年(公元前207年)二月,刘邦将夏侯婴、灌婴和岳恒主持的"少年营"留在了栗县,自己率大军到了巨野泽,彭越率领泽中义军出芦苇荡五里迎接。当他看到刘邦乘坐的船只拉开长达数里的阵势时,从内心感到了震撼。及至登岛相见,看刘邦身后的萧何、曹参、樊哙、周勃、柴武等人一个个英气逼人,内心就变得更为复杂。

当晚,彭越用巨野泽湖鲜为刘邦一行接风。席间谈到攻城事宜,彭越通报了一个让刘邦十分吃惊的消息,说自萧何离开后,昌邑驻军骤然增多。据探马禀报,乃是驻扎在棘原的章邯军为阻止刘邦北上,特地遣都尉董翳前来署理昌邑防务,郡监辅之,光是校尉以上官佐就有五人;探马还说,董翳一到昌邑,就命城中军民将滚木、礌石、桐油等搬至城头,又从棘原运来粮草充实府库。

随后,马申补充道:"据闻,章邯之弟章平从巨鹿战场败走后,也奉命前来昌邑。因此,破城更添困难矣。"

樊哙对马申长别人志气,灭自己威风心存微词,瓮声瓮气道:"未战先怯,非大将所为。俺明日就率军攻进城去,杀他个昏天黑地。"

曹参拉了拉樊哙,又把下颚朝刘邦方向伸了伸,那意思是叫他少安毋躁,且听沛公安排。

刘邦将手中的筷子举起来又放下,的确,当初之所以北上取昌邑,是因为项羽在巨鹿牵制了秦军。现在看来,事情出现了变化,便将目光投向萧何问道:"丞督以为如何?"

萧何抬起头环顾了一下在座的各位,道:"知彼知己,胜乃不殆;知天知地,胜乃可全。彭将军言敌之情,我等明日再实地观之,再定破敌之策不迟。"

"丞督所言,亦吾之虑也。明日我与丞督、五大夫与彭将军一起察看敌情。"刘邦言道。

……

"哼!刘季要会同彭越攻我昌邑,谈何容易?"此刻,在昌邑县府内,董翳正和齐郡郡监、将军章平以及昌邑县令一起议军。说到据守,他满怀自信,"只要我军秉承章老将军以静制动、以逸待劳的谋略,不消数日,敌必自退。"

"自退?敌远道而来为何?"章平不以为然,"都尉不可轻视。"

"非我空言。我闻楚怀王乃与刘季、宋义曾誓约,先入咸阳者为工。刘季者,逐利之徒也。他必以早日入关为要。"董翳信心满满道。

"那又如何知刘季自退呢?"齐军郡监顺着章平的思路问。

董翳呷了一口热茶,润了润嗓子道:"昌邑,些许小县,岂能为刘邦所恋。敌此来必以速战,战之不胜,必退无疑;还有,敌此来是为收彭越于帐下,一且彭越归附,当挥师西进,彼时我军倾力追击,陷彼于首尾不能相顾之势,敌当无暇再顾咸阳,如此,朝廷之危解矣!"

章平没有再争论,这不仅因为坚守昌邑的主将是董翳,更是被他一番说辞折服了。记得自己刚回棘原,还未喘口气就被派往昌邑的那天晚上,兄长便告诉他,长史司马欣回京奏事,至今没有消息。而从咸阳不断传来传闻,二世早在李斯被杀前已不再坐朝理政,一切政事皆决于赵高。兄长很寒心,再也没有刚出兵时的勃勃雄心了,他要章平到昌邑后,遇事多听董翳的。回到大帐,章平秉烛连夜给兄长修书。

第二天刚到辰时一刻,章平就出现在军营里。可他发现董翳更早,两人互致问候后,一同察看城防。展现在面前的却是冬日的枯树昏鸦,雾霭重重,并不见楚军进攻的迹象。这意味着什么?章平不免有些担心,问道:"将军不觉得太安静了么?"

很长时间,董翳的眉头都郁蹙在一起,他冷峻地对身边的从事中郎道:"传令下去,四门紧闭,有贸然出城与敌接战者,斩无赦。"

忽然,董翳的目光锁定在城西南不远处的山上,内心顿然揪紧了——敌若用火箭射中城楼桐油,岂不要殃及城中军民么?一想到这,他倏地转过身朝城下走,随口对章平道:"请将军速命校尉在城楼上多多备水,以防敌火攻。"

董翳并不知道,此时刘邦与萧何、曹参、彭越正在距城北门不远的丛林中查看地形。刘邦发现,昌邑城墙虽不高,但并非正南正北走向,城墙沿着土丘之势蜿蜒,在拐弯的地方都修筑有瓮城。站在瓮城前,可以看见城外的动向。而且,自秦建齐郡以来,对昌邑城不断加固,尤其是丘陵下段,城墙不但升高,而且加厚。

"这样的城池易守难攻。"刘邦严肃地对身后的萧何和曹参说道。

彭越却指着前方道:"沛公请看!在城西南不远处有一座小山,而在西北方向有一条小河朝东南方向流去。倘是我军在小山顶上设置弩机,不知可否射进城内?"

萧何瞅了一会儿,接过彭越的话道:"弩机乃楚秦氏'横弓着臂,施机设枢'而成,射远二百四十尺,即以最强算计,仅仅可以触及城墙,尚不足以伤及守城将士。"

曹参却道:"丞督所计甚是,然既不能伤人,乃可伤物。倘我用火攻,敌奈何不得。"

刘邦沉思片刻后道:"只是我军一时到何处寻找这多弩机手?"

萧何笑道："无妨！前次项公借我六千兵马,其中就有弩机屯,命周勃调来即可。"

"如此甚好！"刘邦转身朝坡下走,"回营,商议进军大计。"

日色西斜之时,刘邦一行回到巨野泽山寨,当即邀集各路将军部署攻城事宜,刘邦亲自坐镇,由周勃带领弩机屯在城外小山上设伏,一则为步军号令,二则一旦步军进击,即用火攻城楼；柴武、樊哙各带本部人马从东城和北城进攻；曹参部署在西城,彭越部署在东城,使敌首尾不能相顾。

在议军进入尾声之际,马申忽然站起来道："在下有一句话,不知当讲不当讲？"见刘邦点了点头,马申撩起衣袖继续道,"诸位将军兵强马壮,唯彭将军所部不过千人,诚恐攻城兵力不足,还请沛公明察。"

萧何意识到这是要挟,正想着该怎样应对,却不料刘邦爽快地答应从周勃处拨出三千人马给彭越。这一举止,不仅刘邦所部将军没有想到,就连彭越也感到突然。孰料刘邦接下来的一番话,更让彭越无言以对,心中唯存感激。

"诸位！"刘邦宽大的衣袖在空中舞动,声音高亢而又宽厚,"我闻昔日郑国疲秦事发,秦皇举国大索,一时间人心浮动,上下不安。李斯闻之,乃上《谏逐客书》,言曰：'是以泰山不让土壤,故能成其大；河海不择细流,故能就其深；王者不却众庶,故能明其德。'自古成大事者,莫不胸纳万川,况乎彭将军一方雄杰,助我攻城,区区三千人马,我犹以为薄也。"

这声音如重槌击鼓,萧何、曹参一干人心中波浪迭起,每个人都感到举事近两年来,刘邦的胸怀有了很大的变化,言行举止中带了社稷之主的气度；尤其是彭越,在巨野泽中独处时,他根本没有将这个亭长当回事。可如今,刘邦在他心中变得高大起来,至于马申,因为自己的小心机被刘邦化解而殷殷地惭愧,再没有说一句话。

战事是从卯时开始的。当弩机屯将第一支火箭射向星空之际,楚军在昌邑城东、南、西、北四面同时发起进攻。抬着云梯的楚军将士呼喊着朝城下跑去,犹如夏日惊雷从空中响过,留下经久不息的余音。接着,第二波轰响接踵而来。樊哙一手执大槌,一手执盾牌冲到护城河边,号令部下在护城河上架起梯桥,随后很快来到城墙根将云梯竖起来,各伍伍长率先登梯。

城头上的秦军并无仓皇失措的纷乱,先用滚烫的桐油从城头泼下,接着用火把点燃。许多士卒还没有看清秦兵的模样,就被桐油烧瞎了双眼,惨叫着从云梯上滚下。连续几拨过去,樊哙便有些烦躁,他丢掉盾牌,将板斧插在腰间,抓起一架云梯就要朝前冲。身边的从事中郎伸开双臂抱住他的后腰,连声道:"将军之责在调遣人马,岂可贸然逞匹夫之勇。"

樊哙骂道:"放开,你胆小如鼠,俺为有你这样的属下感到羞愧。"

从事中郎并不反驳,从地上扛起云梯迅速越过护城河。当他爬上城头时,就见一伍长的刀刺了过来,从事中郎握住刀刃顺势一拉,手掌立时血流如注,那秦兵却被丢到护城河里。他刚刚才上城垛,脚就被从踝部砍去,那秦军校尉紧接着一刀过去,从事中郎拦腰被斩,两段尸首滚下云梯。

樊哙眼看从事中郎壮烈殉职,一拳打在自己胸口,朝身后的士卒们喊道:"冲!冲上去……"

柴武所部集结到北门,却没有急于攻城,而是派了一批声高嗓大的士卒由屯长领着骂阵:"郡监小儿,鼠胆贼心,龟缩在城中算什么英雄,有胆量出城来较量。"

"郡监小儿,鼠胆贼心!"

"杀杀杀!杀尽秦军,立功回家!"

起初,秦军并不为之所动。大约巳时左右,郡监属下的一位司马终于耐不住性子,跃马出城与柴武接战。柴武只命校尉应战,两人在马上杀了十数个回合,校尉转身而走,那司马紧追不放,却不妨校尉回马一枪,正中咽喉。

这一切,被来城北督战的董翳看在眼里,严令鸣金收兵,怒斥郡监道:"我早有将令,私自出城者斩无赦,你是要以身试法么?"看着吊桥高悬,董翳留下一句话,"不论楚军如何骂阵,都不得出去,这就是胜算。"

曹参的进攻也不顺利,自举义以来,他经历战阵无数,却没有像今天这样死伤甚众。

在东城的彭越,以往都是在巨野泽中与秦军周旋,攻城尚属首次。虽然他有四千人马,声势浩大,可同其他三门一样,秦军紧闭城门,牺牲的都是被滚木礌石砸下城的士卒。许多划桨的里手没有死在泽中,却在昌邑城丢了性命。自己起家的千余人众怎经得起如此牺牲,两个时辰后,他就号令暂停攻城。

再说西南方小山上,周勃率领两屯弩机手向城中发射火箭,以萧何的预想,火箭到了城头,堆积在城墙上的滚木、柴草和桐油被点燃,火借风势,必致秦军引火自焚。但他没有想到,董翳也发现这面山坡,而且命城中军民备足了水供灭火用。楚军的箭矢一落到城头,就被秦军用水浇灭。周勃干急却无可奈何,铁青的脸色这会儿更加难看……

这一切当然都在董翳的意料之中,他看着楚军一片片地倒下,得意地对章平道:"此即所谓以逸待劳,以静制动也。"

连续五日进攻下来,楚军伤亡不断增加。在攻城过程中,萧何一直陪伴在刘邦身边,刘邦神色严峻,心境复杂。果然,在暮色降临的时候,刘邦发令鸣金收兵。

彭越很沮丧,第一次与刘邦协同作战就出师不利,这让他十分尴尬。回到营中,他没有休息就来到大帐,不无愧意地对刘邦道:"在下无能,没有料到董翳到来……"

"兵无常势。此一时彼一时,将军不必自责。"刘邦很宽容地邀彭越入座议兵,在听取了将军们禀报的战况后又道,"董翳乃久战之将,对我军十分清楚,故而以静制动。诸位,如何才能诱敌出城,还请各陈高见。"

闻言,柴武先说话:"此次董翳坚守,必出于章邯之意。末将骂阵半日,他闭目塞听,无动于衷。"

曹参接着柴武的话建议道:"如果能遣一支军伍混入城中以为内应,城门必破无疑。"

樊哙却不赞同:"五大夫说起来轻巧,做起来何其难哉。董翳四门紧闭,飞鸟难入,何况人呢?"

在众人谈论中始终没有听见周勃说话,刘邦于是问道:"中涓为何不语?"

周勃"吭"了一声,抬头看着大家道:"依末将观之,此次昌邑之战既无天时,亦无地利。这二者不具,徒有人和,亦不能成事。"

周勃的话虽然不像其他人那样涉及具体战事,却将萧何的心猛地撞了一下。他觉得,周勃虽观书不多,然慎思却长于他人。于是,暗暗向刘邦使了个眼色。刘邦会意,环顾了一下众人说道:"连连大战,将士疲累。今日就到此为止,诸位且回营歇息!"

众人走后,大帐内只留下刘邦与萧何。萧何问道:"方才周勃所言沛公如何看?"

"我岂能听不出话中意思,只不过当着众将之面不好说罢了。近日来我反复思忖,此次昌邑久攻不下,再攻是否合宜。我军目标乃在早入咸阳,不在一城一地之争,盘桓于此,岂非鼠目之举?"

"沛公所虑极是。"萧何为刘邦的所思称赞,"与其纠缠于此,不如避实就虚,绕道而行。"

"丞督此说,正合我意。"刘邦转身对站在门外的李甲道,"传令下去,我军明日子时撤退西行。命樊哙遣一校尉速往栗县,命夏侯婴、灌婴、岳恒等移军西行,兵发陈留。"

李甲走后,刘邦又问:"丞督以为彭越会随我军西行么?"

萧何思量片刻后道:"依属下观之,彭越虽人马不过千人,然久在巨野泽中,未必肯舍而离去。沛公何不请来问问。"

而此时马申正与彭越在帐中密议,马申依据近日战况,推论出刘邦很快就会做出退兵决策,这让彭越十分吃惊,追问其详。马申的眼睛眯成一条线,很是得意发现了刘邦心底的秘密:"刘季者,何许人也,乃当世枭雄,唯项羽可遏之。彼之图在咸阳,岂能因一城之利而暗于大局?在下以为刘邦前次攻昌邑不下,非为一城,乃在谋夺将军之兵。"

闻言,这回轮到彭越沉默了。他双手摩挲,在帐内踱着步子。马申的话如一方重石,在他心头激起层层浪花。如果说当初听到刘邦在栗县夺柴武军的消息感到震惊,那么,昌邑一战,让他亲眼见证了刘邦的力量。萧何的未雨绸缪,曹参的不伐功矜能,樊哙的骁勇无竞,周勃的忠勇质木,以至于至今仍在栗县的灌婴、夏侯婴、岳恒,哪一个不是将相之才?再看看自己身边,除了马申,没人可以与之匹敌。即便到了沛公麾下,自己岂能有一席之地?

走还是留,他犹豫不定。留,何以面对萧何一片挚诚之情;走,前程难料。

马申在一旁看着彭越七上八下的心绪,就不免着急道:"主公当断不断,反受其乱,早做了断早安宁。"

彭越正要回答,就听见帐外侍卫禀报,说沛公差人请将军过去议事。马申使了个眼色,出去对前来传令的李甲道:"请转告沛公,彭将军即刻就到。"

马申此举,是为了给彭越留下整理思绪的时间。听着李甲的脚步渐行渐远,彭越凝结在一起的眉毛绽开了,留下一句"回巨野泽中"的话,就奔沛公大帐而来。一进门,就连连作揖打拱道:"在下来迟,请沛公恕罪。"

刘邦邀请彭越落座,安排侍卫奉上茗茶,这才很谦恭地问道:"依将军之见,下一步该如何攻取昌邑?"

彭越沉吟须臾后道:"萧公上次来时,城中只有郡监,尚不足虑,然董翳与章平一来,情势大变,连日来我军伤亡较大,加之冬寒天冷,不便登城。故而在下以为,该另做他图。"

闻言,刘邦看了一眼身边的萧何又道:"将军一言中的。方才我与丞督商议,亦以为不宜再战,欲绕城西行,不知将军有何打算?"

彭越对于刘邦的询问没有丝毫的惊讶,一路上,他反复思虑马申的谏言,觉得归刘实非存己壮军之策。现在,他不过是把一路所思直陈于刘邦面前而已。彭越起身来到刘邦面前,躬身施礼,而出口的话却是十分得体:"今日得遇沛公,乃在下大幸。唯感所部兵微将寡,若随沛公西进,非但无益于事,反而拖累大军西进。"说到这里,彭越暗暗打量萧何,他脸上水波不兴,这才接着道,"加之当初所集皆昌邑人,恋乡故土,不愿离开。故在下斟酌许久,决计回巨野泽水寨暂栖,待来日羽丰翼满,再来拜见沛公,共兴大业。"

不等刘邦和萧何说话,彭越又道:"在下十分感谢沛公将三千人马拨与麾下以作攻城之用,现在城池未下,在下当归还人马……"

萧何的眉宇间流露出不易觉察的微笑,心想这个彭越说起话来倒真是密不透风。正想着,刘邦的声音却在耳边响起来了:"将军这是什么话?我既是将三千人马拨与将军名下,就不曾想到要收回,且让其留在将军身边,跟随将军学习水战,说不定何时就能派得上用场。"

大帐内立时一片寂静,萧何忽然想到"上德若谷"的箴言,他怎么也想不到当年在赌场上与人争分计厘的刘邦,竟然如此大度将三千人马赠予他人,所谓"镞而砺之,其入之不亦深乎",战争就是如此地改变了一个人。至于彭越,更是吃惊不已,忙拱手道:"使不得,使不得。沛公,折煞在下了。"

刘邦缓步上前,牵着彭越的手道:"人言季不修文学,然以有天下为己任,岂能因小利而暗于大局。将军千人之伍,难敌秦军。三千人马虽不算多,然亦可壮行色,将军勿再推辞。"

"既是沛公大量,将军笑纳便是。"萧何也在一旁劝道。

彭越还能说什么呢?离开营帐之时,他转身向刘邦深深地行了一礼,油然喟叹道:"沛公者,率从风云之主矣!"

送走彭越,刘邦传令下去,当夜子时高点火把,佯攻实退,梯次西行,令敌不敢穷追。

彭越早早地来到营寨,看见沛公的车驾过来,忙率领马申以下校尉在车前送行。刘邦在萧何陪同下来到送行队伍面前,轻轻扶起彭越,双手抚着他的肩膀道:"今日一别,诚望将军珍重,后会有期。"

刘邦没有忘记拨给彭越军的校尉,叮嘱他追随新主,竭忠尽命:"你莫负所望。待诛灭暴秦,江山归一,愿与诸位会与咸阳。"言罢,刘邦登上车驾,轰隆隆地西去了。

第二十章

章邯心寒欲降楚
刘季计远礼贤士

二月初二那天一大早,天空忽然阴云密布,不一会儿便听见巨大的雷声滚过中军帐,惊落了章邯手中的竹简。这自统兵出关以来从未有过的天象使他起身来到帐外,望着头顶的乌云喊道:"来人。"

侍卫应声进来,问道:"将军有何吩咐?"

"可有来自巨鹿的消息?"

还没有等侍卫回答,天空就落下了雨,他本就烦躁的心绪如同飞雨,纷然无序,正要把莫名的怒火发泄在侍卫身上,就听见辕门外传来一阵战马的嘶鸣。章邯急忙出帐察看,却是章平一身战尘地滚下马来,跪倒在了章邯面前。

"兄长,王离、涉间为国捐躯,弟拼死杀开一条血路,才得以走脱。"

"这怎么可能呢?"章邯有些头晕,侍卫急忙上前扶持,却被他推开,"王离乃将门之后,声闻遐迩;涉间乃久战之将,料事如神,怎么会败给一位乳臭未干的项羽?"

章平跪在地上沉默不语,不一刻,浑身淋了个湿透。

章邯示意章平起身说话,两人来到帐中坐下,几盏茶后,章平的惊惧才慢慢退去,遂将项羽如何破釜沉舟,如何擒获王离,粗笔大线地叙说一遍,末了,长叹一声道:"弟率军朝西突围,从沿途逃难的百姓口中得知,王将军被擒后宁死不屈,项羽将其枭首,涉将军自焚身亡。"

"难怪这雷声如此恐惧,莫非上天要谴告于我么?"在章平的说话声中,章邯做着渺无头绪的联想。

"弟担心兄长运粮中途遭敌伏击,故而一路奔来。"

章邯雪白的眉毛颤了颤,没有说话,但神情却十分忧郁。章平从巨鹿带回的消息,加上前几天自己运粮中途的遭际,都使他对项羽有了不可名状的畏惧。过去与项梁作战时,他从没有这种感觉!

"后生可畏,岂知来者不如今也。"章邯心里这样诘问自己,"难道恢复一统江山的重任果真要在自己手里夭折么?"

现在想来,刚刚过去不久的大战使章邯仍没有走出惊惧的阴影。当他按照议军时部署,打点好数百辆车的粮草北上驰援那一刻,他自信地判断,项羽绝对想不到他这次退避到押运粮草了,更不会想到他会取道漕运,然后过邯郸,沿漳水岸边陆运至巨鹿,以应王离粮草之需。临行前,他对麾下的校尉道:"只要将粮草平安无误地送到阵前,每人赐爵一级,免三年赋税;攻下巨鹿城,大宴三天,论功行赏。"

从棘原到巨鹿,中途经过邯郸。但自从秦军攻陷邯郸并毁了城池后,这一路没有障碍可以阻隔章邯与王离、涉间之间的联系。尽管如此,他还是决定亲自押运粮草到前方。况且早在去年六月,他就开始修筑棘原至巨鹿的甬道,现已投入使用。然而他没有想到的是,楚军会在邯郸以北的太行山东麓密林中设伏。

桓楚此战并不关注斩杀诸将,他的弓弩手呈圆形阵法朝秦军发射火箭,一拨射罢,另一拨继续,秦军步军未能到得阵前就浑身着火,火焰舔舐皮肤的"吱吱"声与士卒惨烈的叫声混在一起。

当桓楚的战车冲来的时候,章邯的脸上第一次流露出慌张。他一面指挥麾下的校尉死死拖住桓楚,一面严令后面的车辆紧急撤退。等撤出山林清点粮车,损失几近三分之二。而桓楚在掠取了大约三分之一的粮草后,就指挥军伍迅速北去了。

"请将军发令追击桓楚,夺回粮草。"身边的校尉几乎同时请战。

章邯站在蒙着草灰的粮车前,心底生出不尽的自责。

"罢了!丢掉粮草事小,若再遭遇伏击,则不仅王将军无助,且我军危矣。"章邯回转脸向跟随在身后的从事中郎吼道,"传令!大军回撤棘原待命。"

章邯是最后一个离开战场的,望着大军南去,他觉得前所未有的悲怆。他意识到自己毕竟不是王翦,更不是白起,"旧梦"终究不可复归。

"我推想项羽军中近来定有高人参佐。"章邯说了这些最后总结道。

"兄长,"章平在听完章邯对战事的追忆后惊异非常,"王将军在巨鹿战时也对小弟言过,说项羽军中一定有高谋之士辅佐。"

章邯没有回答,仔细体味着王离的话,但他的思虑很快就被另外一个问题取代了:"不好!我怎么只想到项羽,而把另一个人给忘了?"

"兄长说的是刘季?"

章邯点了点头:"一个月前,昌邑郡监来书,言刘邦大军在攻陷栗县后正朝昌邑进军,并与巨野泽中的贼首彭越会合,为兄即派都尉董翳前往援战,只是迟迟不见消息传来。我闻彭越勇猛,而刘季麾下的樊哙、柴武、曹参皆能征敢战之将,尤其是萧何足智多谋,我恐昌邑不保。"

"兄长之意,是命小弟驰援昌邑?"章平眨了眨眼睛问道。

章平的善解人意让章邯十分感念,父母当初让他跟随左右,原是为照顾自己的。孰料,他却将其置于危险位置,真是有负老人家嘱托。可他自知也没有别的选择,拍了拍章平的肩膀,那目光中充满了柔和:"机不可失,你用过午饭即率军前往昌邑,我……"

后半截话没有出口,章平已经明白兄长是含着歉疚的心绪下令的,他也情不自禁地涌出了泪水,双手抱拳道:"兄长春秋已高,弟当竭力为兄长分担,还望兄长珍重。"

章平走后不久,项羽就将大军移至漳水南岸,双方形成对峙局面。奇怪的是,项羽竟没有主动进攻的意思,他在等待什么呢?而章邯也明白,在司马欣前往朝廷奏事的日子里,自己任何不慎都会给战局带来意想不到的伤害。因此他只要求麾下的校尉们严防死守,不给项羽军以任何可乘之隙。

说起来那是一个月前的事情,他接到了陛下的诏书,责备他进军不力,屡次退却。而李斯父子死于酷刑的教训使他担心皇上是受了赵高的蛊惑。恰在这时,定陶大战取得胜利,他移军北上前夕,派遣司马欣回咸阳陈情,并向皇上求援,以便在南北两线展开剿灭贼寇、平定诸侯的战事。然而一个多月过去了也不见司马欣回来,他的心绪便不得安宁。在这个多事之秋,一切都那么扑朔迷离。但章邯更明白,自己是三军统帅,决不可掉以轻心让棘原沦入敌手,更不能让敖仓为敌所用。因此在司马欣、董翳不在的日子里,他督促校尉们在棘原大营周围开挖壕沟,又派遣一支劲旅到敖仓布防,防备敌军偷袭。

这天,太阳渐渐爬上山头,章邯终止了一个时辰的练剑。用过早饭,他就带着从事中郎和侍卫前往阵前察看防守情况。

出了营寨南门,登上作为漳水和洹水分水岭的南坡,一条并不算大的溪流从坡下缓缓流过。岗不算高,不足三百尺,却有一个非常躁动的名字——野马岗。也许,当年此处即是野马出没之地。它就像一道石堰,漳水和洹水在这里被一分为二,自西向东流去,与南面和西面的太行山余脉,形成一个三角形的冲击带。从外面看,似乎地域狭小,越往里走越是宽阔。秦军占据这攻守兼备、进退自如的地方,也许正是项羽南渡后不敢轻易进攻的原因。

章邯按剑而立,放眼满目春色。从岗子下去就是一个水运码头,从这里上船,可以顺洹水向东入河水到达广阳道,然后直通河内。向北,则可以经洹水入清河,将辎重粮草运抵巨鹿。

冲破料峭春寒,山桃花最先在沟岔梁峁间开放,远远望去,连片累枝,香尘弥漫,灿若云霞。春风吹过,一瓣瓣残花纷纷扬扬落进水里,被涟漪带向远方。章邯看着那花瓣在水中打着漩涡,渐行渐远,他的心就随着落红漂到千里之外的咸阳。他在京都任少府的年月,每到春暖花开季节,他都要陪伴父母驱车北坂,看桃花杏花。那一座座摩肩接踵的六国宫室,常常让他惊叹……是战争改变了一切,他现在根本无法确定什么时候能够回到咸阳。

在接到二世斥责的诏书后,他也暗地埋怨过,以为远在京都的官员们根本无法知晓前方战阵的惨烈。前面有一群士卒在修筑一座高台,那是矗立在距大营五里外的烽火台。章邯沿着岗顶朝北走了大约一里地就到了烽燧前,正遇见一位校尉用皮鞭抽打士卒,那位倒地的士卒发出痛苦的呻吟,在他面前是红红的血渍。

校尉正在气头上,却不意皮鞭被人挡住,正要大骂,发现是章邯,急忙单腿跪在地上道:"卑职参见将军。"

在得知士卒怠工后,章邯从校尉手中接过皮鞭狠狠抽打下去。

眼看士卒奄奄一息,一旁的将士个个噤若寒蝉,呼啦啦地就跪倒在章邯面前求饶道:"小人们知罪了,还请将军饶了这位兄弟。"

"今后再有敢于触犯者,斩无赦。"章邯放下鞭子言罢,转身离去。

从事中郎在前面带路,章邯等人去码头察看船只情况。顺着砖砌的台阶下到码头,一字儿排开数十条船,每条船上都有两名士卒挺立注目。从这里向南可以与陆路相通,这也是章邯将这里选作大营,并主动请缨担任辎重粮草运输任务的原因。

在渡口值守的校尉禀报道:"自巨鹿开战以来,渡口将士枕戈待旦,不敢稍有疏忽。"

"此处为我军后备要冲,形同咽喉,决不可掉以轻心。渡口一失,我军危矣!"章邯点了点头,登上首船甲板。水手们高张船帆,十数位艄公扳动大桨,高呼号子,大船缓缓启动,朝东而去。因为是东向顺流,艄公们在矫正好船舵之后就渐渐松了气力,一任船帆借着风力顺流而下。沿途两岸山花烂漫,榆柳争绿,鸟鸣啾啾,哪还有战事的气息呢?

风顺船快,不到一刻时间,船已驶离渡口五里地。前面有一处浅滩,艄公们都不敢大意,纷纷做好扳船的准备。章邯手搭凉棚朝远处张望,不禁惊呼一声:"哎呀!前面滩涂处是何物?"没等到艄公回答,他就接着道,"看样子是一落难之人,只是未知生死否。"他立即要校尉遣人下到滩涂看看。

"将军,未知敌友,仓促施救,这个……"校尉有些不放心。

章邯看了一眼校尉,脸上掠过一丝不悦:"或敌或友,皆当施救。若是敌之密探,正好借机了解彼之军情;若是我军将士,施救自不待言。"

校尉应了一声"诺",遂命一位伍长带着四五名士卒涉水到滩涂。须臾间便传来伍长的喊声:"启禀将军,落水者乃长史司马欣大人。"

"司马欣?他如何会在此昏迷?"章邯的脸色顿时严肃了许多,朝滩涂喊道,"快救司马大人上船。"

司马欣被伍长一干人救回甲板,喝了几口热水才睁开眼睛,疲倦地问道:"这是何处,我为何到了此地?"

章邯伏下身子问道:"我巡查水路,却不意遇见长史于此落难,这究竟是怎么回事?"

司马欣明白了,重新闭上眼睛,无力地说道:"一言难尽。"

"先回大营。"章邯命令艄公们调转船头,并预备了酒菜为司马欣压惊。

席间,问起咸阳之情事,司马欣口中含着食物,口齿不清地回道:"下官连续三天未进粒米,还是等饱腹之后再细说。"

章邯举到空中的酒杯就被复杂的心绪搁置了,他不再催促司马欣,也不再提及回朝的事情,饭后命侍卫好生伺候司马欣歇息,一切待精神恢复之后再说。

等司马欣从酣睡中醒来,月亮已经爬上野马岗头了。他一骨碌从榻上起身,问伺候在身边的侍卫:"现在是何时辰?"

"启禀大人,现在已是酉时三刻。"

司马欣打量了一下自己,发现泥水衣衫早已为干爽深衣所取代。他接过侍卫手中的绢帛,擦了把脸,就直奔章邯大帐而来。

两人相对而坐,一个满目期待,一个目光离散,掩饰不住的失落。

"陛下怎么说?"

"这……"

"哎呀!褒奖或斥责,老夫早已置之度外,你只管说实情吧!"

"大人啊!您让下官如何说呢?"司马欣长叹一声,"我等在前方出生入死,赵高在朝廷蛊惑陛下。陛下已不坐朝,一切政事皆决于赵高。"

"这么说,大人没有见到陛下?"

"下官带着大人的上疏在咸阳宫外守候了三天才见到赵高,未料他阅过大人上疏后非但不予援军,反而责备我等剿寇不力,声言要奏明陛下追究渎职之罪。下官听闻继李斯父子之后,大将军冯劫父子、蒙恬父子皆死于酷刑;杀了功臣,又杀宫室诸王,秦室十二王子、十位公主皆死无葬身之地。大人!惨不忍睹,惨不忍言啊!"司马欣说到伤心处,啼泣不已。章邯上前为其顺气,他才缓过神来继续道,"据说,公主们被活活碾死在杜邮亭,公子间等被赐死前,仰天长啸:'吾无罪矣!'现在,赵高做了丞相,其弟赵成为中车令,其婿阎乐为咸阳令。咸阳巷间之间,只闻赵高而不闻有陛下矣。下官为求得朝廷发兵,在宫门前与赵高据理力争,孰料得罪老贼。下官刚一离京就遭到密探追杀,不得不由陆路转为水路。中途遭遇撞船落水,幸得大人营救,否则我命休矣。"

司马欣说完积攒了一个月的话,面对帐外浓浓夜色长叹一声:"大秦危矣,如之奈何?"

大帐内令人窒息的沉默,司马欣将目光投向章邯,发现他的老泪顺着两颊流淌到了嘴角。章邯的脑际一片空白,他目光中一片血红,那是染红了咸阳天空的血色。前方与后方,流血牺牲与恃权弄威,如此巨大的反差让他不知道该怎样回答司马欣。

司马欣是什么时候走的他不知道,在侍卫的提醒下,他只是沉默地点了点头。他忽然觉得自己太渺小,渺小得只剩下一身孤独和落寞。

在司马欣离开的当晚,章邯就发起热来,昏迷中,他看见赵高率领禁卫抄了他的官邸,二老被捆绑到咸阳门市斩首,那血淋淋的人头流着泪,呼唤着他的名字；他梦见项羽的大军攻破了棘原，冲进大营，开怀大笑；他梦见章平被刘邦生擒，砍去了手脚，他想去救，却无论如何挪不动脚步。他觉得嗓子干得冒烟，而在不远处就有一汪清泉，他却只能眼巴巴地匍匐看着……

第五天晨曦爬上大帐门帘时，章邯醒过来了，他第一眼看见的便是一直守在身边的从事中郎，便开口想要喝水。当清冽的冷水顺着喉咙流进腹中时，章邯舔了舔干裂的嘴唇问道："老夫这是怎么了？"

"大人！您数天昏迷不醒，口里喊着章将军的名字。"从事中郎回道。

但章邯却想不起这几天都发生了什么。这时，军中医官进来了，双手端着一碗药汤道："大人是急火攻心，请大人喝了这碗汤药，病情定会见轻。"

章邯喝罢汤药，吃了早饭，便显得精神多了。这时候，从事中郎又递上来一封信，章邯便问："是朝廷来的么？"

从事中郎回道："是陈余差人送来的。"

"陈余！他不是赵国将军么？为何致书与我？"

"使者说大人看过信札，病就会好一大半的。"

章邯打开信札，映入眼帘的是让他怦然心动的辞藻——

  白起为秦将，南征鄢郢，北坑马服，攻城略地，不可胜计，而竟赐死。蒙恬为秦将，北逐戎人，开榆中地数千里，竟斩阳周。何者？功多，秦不能尽封，因以法诛之。今将军为秦将三岁矣，所亡失以十万数；而诸侯并起滋益多。彼赵高素谀日久，今事急，亦恐二世诛之，故欲以法诛将军以塞责，使人更代将军以脱其祸。夫将军居外久，多内隙，有功亦诛，无功亦诛。且天之亡秦，无愚智皆知之。今将军内不能直谏，外为亡国将，孤特独立而欲常存，岂不哀哉！将军何不还兵与诸侯为从，约共攻秦，分王其地，崐南面称孤！此孰与身伏锧，妻子为戮乎？

章邯合上书札，闭目良久无语。正所谓旁观者清，这个陈余倒是比自己明白多了，他说的件件事情，有哪一件不是戳向自己心窝的呢？而最让他触目惊心的是"功多，秦不能尽封，因以法杀之"这几个扎眼的字，似乎是自己命运的昭示。是的！他需要好好想一想了。他抬起头，对从事中郎道："你去请长史大人，我有事要与他相商。"

不一刻，司马欣闻命赶来，章邯屏退左右，才将陈余的信札拿给他看："长史大人有何观感？"

司马欣将陈余之书仔细看了两遍，这才望着章邯道："下官请大人赐教。"

章邯摆了摆手道："大人死里逃生，你我同系一命，彼此就不必戒备了！"

司马欣放下信札，就座打拱道："赵高用事于中，下无可为者。今战能胜，高必嫉妒吾功；不能胜，不免于死。愿将军孰计之！"

章邯皱了皱眉头道："陈余书中言还兵与诸侯从，约共攻秦，不知可否？"

司马欣沉思片刻后建议道："自古敢战方能言和。大人何不遣使前往项羽营中道明本意，一探虚实；与此同时，我军于棘原备敌，如此则两全无误矣。"

章邯看了看司马欣，没有说话。但司马欣已猜透了他的意思，直截了当道："行军主簿可为使者前往楚营，议决举义之事。"

"大人是说始成？"

"此人办事老成，当不负大人之命。"

"如此甚好！"章邯说着，当下伏案写就书札一封，一边交于司马欣收好，一边附耳道，"朝廷耳目甚多，此事万不可泄露。可令其扮作商贾，于明日卯时出发前往楚营。"

"诺！"司马欣似乎听得见他的心在"嘣嘣"直跳。

……

三月的桃花，女儿的心。大军撤到漳水以南后，虞姬就发现妹妹虞娘有了心事，她总是有事没事地打听桓楚的行踪。桓楚率军截取秦军粮道的日子里，她除了照顾营中伤兵外，抽空就问桓楚什么时候可以回来，会不会遇险。

"女儿家不好好照顾伤兵，打听男人行踪作甚？"虞姬白了一眼妹妹，严肃地说道，"心思放在战事上，不可旁骛……"

"人家不就是随口问问嘛。"虞娘的杏眼眨了眨，笑着道，"姐姐心无旁骛，为何总是往上将军帐中跑，是怕他帐中藏了惊鸿吧？"

"胡说！"虞姬嗔怪地用手指点着虞娘的额头，"再说，撕破你的嘴。"

"让我说中了吧？"虞娘莞尔一笑，眉目间洋溢着调皮，留下一串"咯咯"的脆响跑开了。

虞姬被妹妹笑语荡起层层心浪，划出一圈一圈的涟漪，一种说不出的舒坦慢慢地溢过情感堤坝，催热了一双凤眼。

想着男人的女人是最幸福的女人，虞姬此刻就沉浸在这种甜蜜里。也许，那次荷山邂逅是上苍有意牵了一条红线。从那时候起，她不仅与项羽形影不离，而且还在他的营寨里拉起了健妇营。她明白，爱一个人就要走进他的心。他作为楚国的上将军，她得为他分忧。她最喜欢看他在议军会议上那种威压千军的气概，喜欢看他手执长戟，站在三军面前时的赳赳雄风。她想象着有一天，项羽高坐在咸阳宫中享受臣下的朝拜，该是如何威仪赫赫！

一天早晨起来，虞姬带领健妇营的姐妹们演训完毕，将双剑挂在腰间，准备到漳水旁的小溪畔去看桃花。自从进了项羽的军营，战事频仍，春夏秋冬是怎么过来的，她似乎都没有了感觉。而在没有战事的日子，女人们总是会不失时机地去释放自己的心情。

刚走了不远，就听见身后有轻轻的脚步声。回头一看，却是虞娘追上来了，噘着小嘴埋怨道："姐姐不该忘了小妹。"

虞姬停下脚步，等虞娘赶上来便瞪了一眼道："什么时候都少不了你。"

"谁让你是姐姐呢！"

姐妹相随着朝河边走，沿途的野花竞相怒放，天地间弥漫着一阵阵芬芳。虞娘弯腰摘下一朵蓝色野花，硬要插在虞姬的鬓角："看姐姐像不像王妃？"

"什么王妃？现在正在打仗，你胡说什么？"

"怀王早就说过，先入咸阳者为王。姐丈乃军中雄杰，定能先刘邦而入咸阳，到那时候姐姐不就是王妃了？"

虞姬没有回答，她不是那种心高气傲的女人。她就是想和项羽在一起，虽然她也会想象项羽进咸阳是如何的威风凛凛，群雄朝拜，但她却从来不奢望他封王拜侯，锦衣美食。秦皇又怎么样？不是到终了命落沙丘？倒是那些百姓人家知冷知热，相依相偎，一日不见多了许多的温情："我不想这些，我就想赶快打完仗，早晚厮守在一起。"

虞娘继续自己的思路："听说桓大哥正在班师途中，明天就回大营了。"

"怎么，想他了？"

"小妹就是随便说说，我想他作甚？"虞娘两颊泛起绯红，有些不好意思。

虞姬挽着虞娘的胳膊朝前走，就看见一片桃林。桃花开得正盛，远远望去，宛若彤云。近前一看，一朵一朵，像少女含珠带露的面庞，粉盈盈的。她袅袅婷婷地走到一棵树下摘下一朵桃花，回赠给虞娘，随后不经意地问道："是不是有意于桓将军？"

对于虞姬的追问，虞娘不置可否。虞姬便明白了她的心思，笑道："喜欢一个人并非丢人之事，有何赧颜为难的？小妹若是真的有意，改日见了桓将军，姐姐替你问问。"

"如此妹妹先谢过姐姐了。"虞娘莞尔一笑，接着挽着虞姬胳膊道，"说不清为什么，妹妹一看见桓将军就觉得顺眼，他骁勇善战，想事周密，儒雅沉静,妹妹觉得他对女人也会勇于担当的。"

虞姬点了点头,觉得桓楚是真的入了虞娘的心,要不,她不会看得如此仔细的。

虞姬愿意出面,这是虞娘没有想到的。于是,她开始盼望桓楚平安归来,期待战争早早结束,因而关心起战事来:"姐姐说,章邯还会打过来吗?"

"这可说不准。现今秦军在巨鹿吃了败仗,定不会甘心。因此,上将军要全军将士严阵以待,不可懈怠。"

两人正说着话,虞娘忽然地打住了,悄悄指了指不远处道:"姐姐快看那边……"

虞姬顺着妹妹的手指看去,只见从漳河岸边的小路上过来一位商贾打扮的人。她警觉起来,她记得大军撤到漳河南岸后,项羽在议军会上曾提醒说要严防秦军细作侵入。而且严令校尉们,营寨二里之内不许陌生人进入,莫非此人就是秦军奸细。一想到这,虞姬立即拔出双剑,对着小道上的人喊道:"你好大胆,竟敢擅闯军营。速速离去,否则取你性命。"

那人见是一对娇娘,也不回避,径直朝她们过来了。虞姬的脸色顿时变得冰冷如霜,大声道:"你再不止步,小心人头。"

那人行进约两丈之处终于停止了脚步,施了一礼道:"敢问姑娘,此处可是楚军营寨?"

虞娘回道:"是又怎样,不是又怎样?干你何事?"

"姑娘切勿生怒,且听在下道明原委。"接着,那人就将如何奉章邯之命,以使者身份前来商谈秦楚弭兵之事叙说一遍,末了道,"请二位姑娘行个方便,带在下去见项将军如何?"

两位姑娘第一次遇见使者弭兵,一时不知如何是好。虞姬沉思片刻,将披在肩头的绢帛解下道:"要见项将军并非不可,可此为重兵之地。还请你委屈一下,才好进得营地。"

秦军使者就是主簿始成,他并不感到意外。于是很顺从地蒙了眼睛,虞姬执剑在后,虞娘在前面牵着始成的衣袂,朝着项羽的大营去了……

郦食其被解开蒙在眼上的绢帛,才发现自己站在陈留城外的楚军军营了,而面前的却是几位刚才绑了自己的青春少年。

"请问少将军尊姓大名?"郦食其揉了揉酸涩的眼睛问。

站在前面的胖小子回答道:"我乃刘肥,请问你是何人,竟敢冒闯我军营地?"

一句话未了，但见樊伉横着宝剑上前一步道："哥哥何须与他废话。看这贼人衣衫不整，定是秦军密探无疑，干脆一剑结果了贼人性命，我三人也算从军以来立了一功。"言罢，举起手中宝剑，一副跃跃欲试的样子。

　　曹窋立时上前按下樊伉手中的宝剑，不急不慢道："即便是秦军细作，亦当问清来由再交岳将军处置不迟，我等如此草草杀了人，若是岳将军客人，岂非铸成大错？"

　　刘肥觉得曹窋毕竟年长几岁，虑事周道细致，于是跟着他的话音道："曹大哥言之有理。我们这就带他去见岳将军。"

　　正要挪步，却见岳恒从大帐出来，众人急忙上前拱手道："参见岳将军。"

　　未料这一声拜见，引得身边郦食其大声惊呼道："岳恒？你是岳恒？"

　　"请问先生是……"岳恒站在郦食其的对面满脸疑惑。

　　"少将军不认识老夫了？"

　　岳恒仔细一看，情不自禁地"啊"了一声喊道："原来是郦先生！久违久违。"及至发现其身上的绳索后，立即责备几位少年，"你等好生无礼，怎可如此对待先生？"

　　三人即刻低下头，刘肥不好意思道："我等以为他是秦军奸细，故……"说着话，上前帮郦食其解了身上的绳索。

　　"先生本陈留高阳人。乃闻名遐迩的饱学之士，当年我见之，行大礼犹恐不及，你等竟敢绳捆索绑，真是失礼。"岳恒见三人讪讪地笑着，遂要他们下去，自己则带郦食其进帐品茶叙话。

　　三盏茶入口，郦食其一路上的困倦消除殆尽，话也多起来了："数年不见，当年隔墙偷摘果子的少年已成一路将军，英姿勃发，实乃后生可畏！"

　　一句话把岳恒的思绪带回到往事之中。那年，雍齿因为赌场输赢之争，怒而不慎致人死命。为躲避官家追究，带着他连夜从沛县逃到陈留，居住在妹妹家中，恰与郦食其为邻。那时候，岳恒不过七八岁，常常在夜晚的月光下听郦食其讲故事。从那里，他知道了什么叫郑人买履，什么叫井蛙不可语于海，什么叫滥竽充数。这样的日子持续了大约一年多，事情终于过去，他又跟着雍齿回到陈县。他至今仍然记得，临行时郦食其依依不舍地送到村头，留下了一句至今让他仍然受用无穷的话："天行健，君子以自强不息……"

　　其实一入陈留县境，岳恒就想去高阳访寻郦食其，孰料他竟然登门来见。岳恒心中漫过乡亲的温润。

　　想着刚才三位少年活泼腾跃的身影，郦食其又问道："为何沛公军中会有如此少年？"

"先生有所不知，方才几位，富态的乃沛公之子，名刘肥；稍瘦一些的，乃是樊哙将军独子，名樊伉；大一些的乃五大夫曹参之子，名曹窋。薛县盟会后，在下谏言沛公将军中损折将士之子接到营寨结成少年营，由在下统领。如今，他们已经可以上阵杀敌了。"

"哦！此当不失为长策。"郦食其捋了捋胡须，思路就到了刘邦身边。刘肥虽系刘邦长子，但他木讷，举止拙笨，似乎不像传说中刘邦的性格，倘若有一天刘氏得了天下，此子岂能承继父业？怀着这样的心思，他又转脸问道，"刘肥乃沛公独子么？"

"沛公生得两男一女。次子刘盈与女儿刘蕊皆在沛县老宅，由吕夫人教养。"

"哦，这就对了。"郦食其没有再说下去。

这时候，岳恒的声音在耳边响了起来。只见他端起手中茶盏，一脸的虔诚问道："不知先生来此，有何赐教？"

"我闻沛公欲成大业，遍访天下贤士，可否如此？"

"此言不虚。在下跟随沛公举事以来，深感沛公不舍寸土，不拒细流的博大胸怀，故而，追随者甚众。"

这是岳恒的直接感受，因此当初雍齿劝说他投魏，就被他婉言谢绝。后来的事实证明，魏国根本不是章邯的对手，周市也没有沛公的度量和胸怀。

而眼前这位老者，自进入陈留以来，岳恒就不断听人传说，张耳、陈余、武臣、魏豹等人路过陈留时，都曾慕名邀请他出山相助，或遭婉言谢绝，或干脆避而不见。最近的一次是薛城盟会后，项羽与刘邦攻打外黄、陈留时，项羽也曾拜访过他，他却闻风远走，落了个"清高"的名声。如今，他忽然问起刘邦，倒引起岳恒的关注。

果然，郦食其又道："我闻沛公慢而易人，多大略，此真我所愿从游之人。"

岳恒明白了，郦食其是欲投奔沛公做一番事业。这对刘邦来说未尝不是一件幸事，但岳恒担心他的刚愎自用、拓落不羁，能否为刘邦所接受。未料他还没有回过神来，郦食其却在一旁说话了，道："你可言于沛公，就说高阳有郦生，年六十余，长八尺，人皆谓之狂生，生自谓我非狂生矣。"

"啊！"岳恒大睁两眼看着郦食其，连连摆手道，"使不得，使不得。先生难道没有听说沛公不好儒吗？诸客冠儒冠来者，沛公辄解其冠，溲溺其中。与人言，常大骂。先生以其他身份出面皆好说，不可以儒生身份见也。"

郦食其却大不以为然，放下杯子，一脸自信地对岳恒道："足下照老夫所言告于沛公无妨。沛公若是真欲据天下而威加海内,定不会拒儒生于千里之外的。"

闻言,岳恒自是无话可说,安顿郦食其在营寨住下,他径直向刘邦禀报去了。

出了营门,行走约一刻时间就到了刘邦的辕门。远远瞧见车骑校尉牛良在门口站着,岳恒上前见礼,问沛公可在帐内。

牛良眨了眨眼睛,压低声音道:"正被两个侍女伺候着洗脚呢!"

岳恒"啊"了一声道:"秦军未灭,任重道远,何人出此馊主意,岂非惑君迷主吗?"

"我闻军中传言,李甲自跟随沛公以来已近三年,仍在'五百主'位上徘徊,日夜想着升迁。为讨主公心欢,才想出这一招。"牛良不说话,却将手指向大帐,岳恒发现李甲挺直身子站在那里。

岳恒听着,心里便如投进一块石子,不免翻了几许忧虑的波浪。他当着牛良的面又不好多说,私下里却埋怨萧何、夏侯婴、曹参、樊哙这些与刘邦出生入死的心腹为何缄默。转而又一想,沛公不过就是洗足而已,何必大惊小怪。别过牛良,岳恒转身来到大帐外,要李甲向内传禀,说有一狂生求见。

李甲老大的不愿意,言道:"沛公此刻正被两位女子伺候着洗足,此时禀报,岂不坏了兴致。"

闻言,岳恒就不乐意了,责备李甲不分轻重缓急。两人你一言我一语,高一声低一声地吵了起来。

牛良正要上前拦挡,却听见刘邦在里面大声训斥道:"我正在洗足,你等在此吵嚷,成何体统?"

岳恒乘机禀报道:"高阳儒生郦食其,人谓狂生,欲助沛公成就灭秦大业,前来拜见。不料李五百主不愿传禀,末将惊扰了沛公雅兴,还请恕罪。"

"你难道不曾听说我素不好儒么?"

"启禀沛公,末将曾向他言明沛公不好儒生。然彼言曰,倘沛公欲据天下而威加海内,必不能拒贤者于千里之外。"

"哦?"刘邦在里面笑了笑道,"此人倒是有些性格,我倒要看看他有何能耐,夸下如此海口。好!传他来见。"

"诺!"岳恒在帐外打拱,转身离去时狠狠地瞪了李甲一眼,心想此类察言观色之徒,将来必是奸佞无疑。

岳恒去了不一会儿,郦食其便来了。肩头披着二月午间的阳光,风微微吹起他的深衣,翼翼如也。郦食其显然没有孔夫子见鲁君那种谦恭,他挺胸昂首,迈着慢而大的步子,径直奔刘邦大帐而来。

刘邦腆着肚子半躺在榻上,两只长腿伸到面前一个硕大的木盆里,左右各有一名年轻女子捧着一只脚,往上面淋水。热腾腾的水汽环绕着这个号令千军万马的人物,他印堂发亮,两颊放光,就连那一缕美髯也泛着明光锃亮的水珠。刘邦似乎没有觉察到有人进了大帐,他闭目养神,舒服地出着长气,似乎要把连日来征战的疲累吐个干净。

再看看两名伺候的女子,都是高阳的美女,带着昔日魏国女人的风韵。云鬟如瀑,面如白玉,精心点染的樱桃小口微微张合,只能闻得芬芳的气息,却看不见一颗牙齿外露。一双纤纤细手,捧着男人大脚摩挲揉搓。可以看出,她们做这个已经很熟练了。只是郦食其透过她们微微郁蹙的眉宇和强颜欢笑,仍然读得出她们苦涩的内心。

人言刘邦不事生产,浪荡赌场,今夜会不会留情女子呢?但郦食其眼下还顾不得深想,他面对的是刘邦对自己的轻慢,是那种视他人如草芥的倨傲。他觉得自尊心受到了极大伤害,决计以桀骜应对,他轻轻地做了个行礼的样子,直言不讳道:"足下欲助秦攻诸侯乎?且欲率诸侯破秦也?"

这种特有的见面方式,这种切入话题的率直,让刘邦方才舒坦的心境忽然塞上了一块尖锐的燧石,进而碰撞出愤怒的火星。平日对儒生的厌恶都因为此境而集聚成轻蔑和讽刺,刘邦忽然从美女手中挣脱双脚,站在木盆中指着郦食其的鼻子大骂道:"竖儒!夫天下同苦秦久矣,故诸侯相率而攻秦,何谓助秦攻诸侯乎?"

郦食其眯起眼睛看了看刘邦,丝毫没有惊惧,反而到他的面前,话语从刚才的诘问出发,直向刘邦的心底而来:"足下果真要聚合义兵诛无道暴秦么?我看未必。若是真要天下归心,为何如此倨傲无礼地对待谒见者呢?不仅如此!"郦食其一转身,深衣就在周围带起一阵风,"须知儒生亦有三寸之舌,若将今日所见昭告天下,还有谁来归附足下。不错,足下可一怒而杀郦生,然岂不闻始皇焚书坑儒,而招致亡国之危么?孰轻孰重,愿足下三思。"

"咦!"刘邦沉吟一声,示意两名美女退下。他匆匆忙忙穿上麻屦,开始平静地打量郦食其,不得不承认其所述是这些年的事实。似乎说这话的郦食其不是第一人,对了!还有萧何。记得早在丰县时,萧何就不断提醒自己,不仅要罗织各路将军,更要广纳四方贤士,以为治天下而备;还有夏侯婴,这位县令的司御不断谏言,让自己每到一地定要礼贤下士。刘邦想着,就在内心嘲笑自己的健忘,萧何、曹参,哪一个不是刀笔吏出身呢?

"不知先生驾到,多有轻慢。请先生少待,我顷刻即来……"刘邦换了语气对郦食其说话,一边向后堂走一边对站在门外的李甲喊道,"为郦先生备茶!"

郦食其站在原地没有动,他明白从这一时刻起,命运之舟改了方向……

此刻,穿戴整齐的刘邦重新站在郦食其面前:"先生请坐!"刘邦从容大度地将郦食其让在上宾位置,"方才不周之处,还请先生宽谅。"

郦食其似乎并不计较这些,也丝毫没有其他士人的拘束,略略大度地说道:"荀卿子有言,彼正身之士,舍贵而求贱,舍富而求贫,舍佚而为劳,颜色黧黑而不失其所,无他,志于道而已也。方今天下,群雄四起,然依在下观之,唯沛公能得人心。"这话一出口,刘邦的身子就情不自禁地向前倾斜了,郦食其情知自己的话他是听进去了,接着提起战国旧事,尤其以楚怀王之事为训,言及用人之要,"昔怀王放逐屈原,错用靳尚之流,乃遭灭国之灾,殊堪为训。"

这些事情距今不远,刘邦岂能不知,听着听着就来了倦意。郦食其看在眼里,立即转移话题道:"在下听闻,当今怀王曾要阁下与宋义盟约,先入咸阳者为王,可有其事?"

刘邦迷离的双眼顿然睁开,点了点头,膝盖不知不觉朝前挪了挪道:"我正要问计于足下……"

郦食其正要回答,却见李甲进来禀告,说午饭已经备好。刘邦命李甲传来萧何作陪,就在大帐内排开宴席,煮酒叙话,一时热气腾腾。

刘邦坐在上首,萧何居左,郦食其居右,三人对望,说起话来也十分方便。其实,关于如何早日入咸阳这事,在以往的日子里,刘邦同萧何、曹参商议过多次,而现在,他更希望从郦食其这获得新想法。

郦食其无愧于"高阳酒徒"称号,在敬过刘邦和萧何之后,他好一顿豪饮,眼看着六七觥入了腹,他两颊泛起热红,话也随之浪涌了:"沛公起纠合之觿,收散乱之兵,不满万人,欲以径入强秦,此所谓探虎口者也。"

这话一落音,他就从萧何目光中读出了几许吃惊,但处在兴奋中的郦食其完全顾不了这些,只图将良久所思喷薄于外:"萧丞督不必惊异,在下不过说了诸位熟知的境况而已。"

萧何微微举起手中的酒觥,以示敬意,郦食其仰起脖子又饮下一觥,话里就带了自荐的口气:"即说眼下,陈留乃天下之噤,四通八达之地也,其城又多积粟。在下请为沛公出使之,时期归顺。若是他不听,沛公举兵攻之,在下为内应。如何?"

见萧何没有回答,郦食其趔趄着来到刘邦面前,口舌有些发硬地问道:

"足下以为如何？"

萧何在一旁看着,觉得郦食其身上有"士者"的遗风,不仅生活上落拓不羁,且多长于毛遂自荐,每陈一策,必先抑而后仰。他明白郦食其的用意,之所以开口贬低刘邦军,其实并无恶意,正为推出自己做铺垫。他看着郦食其的醉态,便觉出几分率真和可爱来,忙起身来到刘邦身边耳语几句,平息了他的不快。两人让李甲盛满各自的酒觥,来到郦食其面前。

"我得先生一言,胜于金缕矣。我即命先生为使者,前往陈留城中游说县令,若取陈留,定有封赐。"刘邦高声说完,示意郦食其继续饮酒。

萧何在一旁也不失时机地赞道:"先生行于前,大兵随于后,陈留必取无疑。"

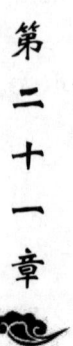

三寸舌说陈留令
两水战破章邯军

　　濉水自陈留城下静静南去,留下王朝兴废的咏叹,也留下美丽的传说。
　　相传早年,陈留城外的高岗上常有凤鸟栖息,引来百鸟朝拜,遂成一方吉地。有一年,仓颉来这里游览,依据凤鸟行迹,会意指事,缔造了文字。旅人闻之,纷纷于此定居,年深日久,竟成一座城池。春秋时,谓之留邑,先属于郑国,后归于陈国,始有陈留之称。秦始皇兼并天下后,乃置陈留县。
　　也许是因为祥瑞,近百年间,陈留虽居天下要冲,却常常在战火中化险为夷。最近的一次就是秦二世二年(公元前208年)七八月间,刘邦军协同项羽大军,先攻外黄,后击陈留。刚刚拉开战幕,却不意项梁殒命定陶,楚军上下惊恐,纷纷撤退,奔彭城吊唁去了。那时候,守城多日的刘县令与入驻陈留的张校尉站在城头上,远望刘项大军朝东南而去的烟尘,从心底感谢上苍使陈留又逃过一劫。

然而就在前日,当守城的校尉遣人告知刘邦的军队卷土重来,已经在传舍周围扎下营寨时,刘县令清瘦的两颊抽搐着,好久没有说话。他明白,刘邦此次绝非绕城路过,而是势在必得。很久,他才抬起头来对传讯的伍长道:"请转告张大人,下官当竭尽全力,与司马大人一起保境安民。"

张校尉是奉王离之命来陈留保护城中屯粮的。他感佩王离的远见,只要陈留屯粮不被刘项大军掠取,一旦秦军南下,就断无后顾之忧。现在,让刘县令担心的是,自从张校尉率军入驻陈留后,就再也没有看到王离发来的文书,倒是不断有难民传说巨鹿之战秦军大败的消息。他想,张校尉也许早得知战情,只不过不愿意说破,以免离散人心罢了。

坚守城池的主要责任在校尉,他作为县令,职责在于除暴安良、筹集守城物资和安定人心。初赴县令任上,他就曾听从京城来的人说,秦皇每日要批阅一百二十斤奏章,那是一个十分惊人的数字。多年来,皇上成为他打理县政的楷模。特别是义军蜂起的几年里,他更是宵衣旰食,不敢懈怠。两年过去,他越来越感到王朝正一天天走向衰亡。连王离、章邯这样的将军都无法阻止贼军攻城略地,他一个县令又如之奈何呢?

他也曾想过献城投降,甚至有时候还有劝说校尉的冲动,但事到临头都退却了。这不仅仅因为他有文人的自尊,更担心此举若不能感动刘项,反而会身败名裂,为后人不齿。还有一层,就是怕惹起校尉的愤怒,招来杀身之祸。

其实,他就是从沛县来这里做官的。虽然此前不曾与刘邦见过面,但关于这位泗水亭长的传闻却听过不少。那时候,他从心底里瞧不起这个刘家的老三。谁知短短两年多时间,他竟然成为万马军中的主帅,真是人不可貌相!

既然他已经明白刘邦此行目的,就得早做打算。趁敌军还没有攻城之前把老母、妻儿送回乡间去是当务之急,至于自己,听天由命吧!一想到这,他就再也无法在公署待下去了,匆匆忙忙起身朝后堂走去,准备脱掉朝服,换上便装,这样可以不引人注目。可他刚刚转过身,就听见从公堂外传来呼唤声:"刘大人,卑职有事禀报。"

刘县令回头看去,见依旧是那位伍长,眉头皱了皱道:"何事如此匆忙?"

"启禀大人,城下来了一位老者,自称是大人的老友,前来求见。"

"哦,"刘县令问道,"可知来人姓名?"

"他自言乃高阳酒徒郦食其。"

刘县令又是一声"哦",止住了脚步。正值两军交战之际,他来此意欲何为？绝不会为闲敲棋子、品一杯茗茶而来。他沉思片刻后对伍长道："本县尚有公务署理，来日方长，传话令他回去就是。"

伍长又道："老者留下话说，大人目下有血光之灾，他为消灾免祸而来，倘若大人不见，不出三日，横祸飞来，勿谓言之不预。"

"咦！"刘县令倒吸一口冷气。郦食其是他早年的朋友，虽然酒醉时狂言浪语，却绝无虚话。记得还是他刚来到陈留时，有一天郦食其前来拜见，两人品茗对弈。郦食其说倘是自己输了，将从县府的萧墙前爬到县府门外。五局过去，刘县令五局三胜，郦食其二话没说，脱衣践诺，令在一旁观看县丞和主簿感慨不已。还有一年春日，郦食其独自一人出游，听见濉河岸边一桃林深处传来求饶的哭声，立即循声而去，却是县令长子在酒肆饮酒，不付酒钱，反而打骂店家。郦食其顿时一脸冰霜，上前道："我乃你父好友，岂能任由你仗势欺人，向店家道歉则罢了，否则押你到县府，看你父亲如何说。"随即代付了酒钱。县令长子在家中见过郦食其多次，了解他的脾性，只好低头认错，这件事让刘县令感动了许久。

现在，郦食其在要紧关头来访绝非寻常。刘县令搓了搓手，转过身来就跟着伍长到了城头。抬眼望去，城下的吊桥外果然停了一辆车驾，上面端然打坐的正是长发飘飘的郦食其。刘县令俯身问道："先生一人一车前来，莫非要讨本县一杯茶喝？"

郦食其动了动，却并不起来，随口答道："大人该知郦生所爱唯酒耳。"

"哦！倒也是。不过，先生来非其时啊！难道兄不知刘季已到高阳，不日即要开战，生灵涂炭，本县恐先生遭池鱼之殃，还是劝先生离去为好。"

郦食其手扶车帮起了身，仰头答道："郦生正为此事而来，请大人开门，在下有话要对大人说。"

刘县令站着没动，郦食其很快发现站在他身旁的张校尉，接着道："倘若在下没有猜错，守城者乃王离将军麾下之张校尉，老夫也有话要对校尉大人言说，事关两位大人前程，还望速做决断。"

张校尉看了看刘县令道："莫非他是来诳我开城，为刘季贼军开道。"

刘县令捋了捋胡须回道："下官深知郦生为人，绝非欺世盗名之徒。他既然言道事关我二人前程，也许是带了王将军或章将军的消息，放他一个酒徒进来，也无妨守城大计。"

但张校尉还是满腹狐疑，再度望着城下问道："先生果然是一人一车么？"

闻言，郦食其哈哈大笑，环顾左右笑道："刘大人知道，郦生不过高阳一酒徒耳,何来兵马?"

张校尉这才对身边的伍长道:"传令下去,放郦生进城。"

进城后,张校尉、刘县令和郦食其在县府后堂席地而坐,开始了战阵间隙难得的叙话。郦食其并不避讳自己来自刘邦军营,更不否认自己受了刘邦的委托前来做说客,在接过县府府役递过来的热酒后,他将长发潇洒地披在背后,宽大的衣袖扇起阵阵酒香,而说出的话带着三春的温暖:"沛公深知两位大人深明大义,绝不愿看陈留遭遇兵燹,生灵涂炭,故而要老夫传话过来,只要两位大人开城迎接楚军进城,则民免屠城之苦,士免按甲之劳。此等利民保境之举,大人何乐而不为呢?"

郦食其说完这话,将目光投向张校尉,立即从他的目光中读出不肖和轻视。果然,张校尉放下酒觥时,话便出了口:"刘季乃沛县痞民耳,怎能与王将军、章将军相比?末将不信,去年他攻陈留不下,今岁便能直下?"

郦食其饮下一口酒,从鼻翼间呼出的气都带着豪气:"足下之言差矣。昔者,秦围邯郸,平原君募随从二十人。有毛遂者自荐而出,折服楚君,遂成合纵之势。夫以貌取人,必不能识人。易曰:'潜龙勿用',时运使然。今秦暴天下,人神共愤,正英雄驰骋之时。沛公顺天应人,随者云集,文武竞秀。"说完这些,郦食其把脸转向了张校尉,"请问,以阁下之勇武,比之樊哙如何?"

见张校尉面露尴尬,郦食其又问:"以排兵布阵论,大人比之灌婴、曹参如何?"

"自愧不如。"

"更不必说萧何运筹天下,拔奇夷难,迈德振民;夏侯婴卓而不俗,智勇过人。然沛公皆御之从容,足见其善生养人者也,善班治人者也,善显设人者也。我闻楚王盟约,先入咸阳者为王。依老夫观之,问鼎咸阳非沛公莫属……"

郦食其正要往下说,却被张校尉截住话头:"先生此言过矣!先生不要忘记,我军尚有王离、涉间将军虎贲雄师,锐不可当;更有章将军决胜千里,此岂是你等乌合之众可比的!"

这话引来郦食其一阵大笑,张校尉不禁脸上通红,刘县令也十分难堪,但没有等到他们细思笑声中的意思,郦食其又开口道:"老夫问张校尉,自比与王离将军若何?与涉间将军若何?"

张校尉摇摇头道:"我区区校尉,岂能与王、涉二位将军相比?"

"这就对了!"郦食其紧跟着张校尉的话语,将一个重要消息带给他们,"二位久居城中,岂不闻巨鹿一战,王将军被项羽枭首;涉将军见大势已去,引火自焚。而章将军前不久也被桓楚截了粮道。"

这一连串的消息让刘县令和张校尉不胜惊悚,两人几乎同时从口中吐出几个字:"果真如此么?"

"老夫与刘县令莫逆之交,岂能诳哄于友人?再则,二位扪心自问,章将军奉诏讨伐,每有战功,朝廷不仅毫无赏赐,反而不断责难。忠而遭谤,信而见疑。无他,朝廷皆赵高父子兄弟主政。或曰:'鸟则择木,木岂能择鸟?'或曰'君子不立于危墙之下',如今暴秦朝不保夕,岌岌可危。刘大人一世聪明,张校尉亦颖悟之人,岂能事于残喘之主,而累家人遭殃。祸福在人,还请两位三思。"

郦食其说完,要起身告辞,却被刘县令紧紧拉住道:"先生少待,容本县与张校尉商议之后再说。"言罢,使了个眼色,转身进了县府一侧的厢房。

掩上门,刘县令看着张校尉道:"郦生所言,与君我这两天道听途说大致相近,据此可知,官军巨鹿之败乃是实情。"

张校尉点了点头:"依刘大人之见,该当如何?"

刘县令眨了眨眼睛道:"蠹众而木折,隙大而墙坏,朝廷现为奸佞把持,李斯、冯劫尚不能幸免,似我等这样些小县吏,命若蝼蚁,倒不如择贤者而随之。我闻东阿大战中,沛公曾力阻项羽屠城,足见其高怀远目,云水胸襟。我等归顺之后,可免百姓兵燹之祸,大人以为如何呢?"

"好!就依大人。"

两人从厢房出来时已是满面春风了,连连感谢郦食其方才一番说辞点醒梦中人,刘县令更是行了一个大礼道:"我与校尉大人商议,为陈留百姓计,愿献城迎接沛公大军,还请先生斡旋一二。"

郦食其闻言大喜道:"老夫进城时,沛公要老夫传话给二位大人,城中粮食除部分予城中百姓度春荒外,一律封存,以备后续进军之需。你我且去迎接沛公如何?"

三人相偕来到东城门口,就看见城门司直正朝这边张望,原来是守城的军士来报,说城下来了一支军伍,为首的是一位美髯将军。郦食其面露喜色道:"定是沛公到了。"

三人上得城楼,果然眼前旌旗猎猎,刀枪如林,车马列阵,十分肃然,站在阵列前头的那位定是沛公无疑。再看看两旁,萧何、曹参、灌婴、岳恒等一字儿排开十几位,个个英武非常,张校尉从心底庆幸自己没有死守。郦食其高声喊道:"张校尉、刘县令盼望沛公若佳禾之盼甘霖一般,请沛公少待,我等这就大开城门,迎大军入城。"

三人下得城来,目光所及,情景纷然,大街两侧早已涌满了百姓,就连店家都忘记了生意,挤在人群中东张西望。在百姓的前面是守城的将士,这时他们都将兵器集中在城墙根,规规矩矩列队等待义军进城。

入城仪式显得简单又隆重,先是刘县令捧着县府印信来到刘邦面前,恭谨地说道:"罪臣愿意归附义军,追随沛公。"

曹参上前接了印信,转身捧给刘邦。刘邦稍视片刻,又交给萧何。接着,张校尉也交了印信,退到大道旁边等候刘邦宣示。

"二位投奔义军,陈留未经兵火相扰,百姓安居乐业,功莫大焉。"刘邦凤眼迷离,瞳仁间充满了温暖和宽容。

刘县令与张校尉几乎同时邀请刘邦入城。只听司御一声鞭响,刘邦一干人的车队和骑兵队伍浩浩荡荡地进了陈留城。沿途百姓看到义军军容整齐,步伐铿锵,目不斜视,纷纷感叹刘邦治军有方。

走在前列的是少年营将士,岳恒着一副银甲,衬紫红色的战袍,骑一匹白马走在最前面,挨着他的是副将牛良。紧接着是刘肥、曹窑和樊伉三位少年校尉并马而行。刘肥披一副黑甲,内衬灰色战袍,骑一匹雪青马,斜持钢枪,臃肿中倒也平添了几分威风;樊伉也是一副黑甲,内衬褐色战袍,一对双斧,寒光闪闪;曹窑有些别样,披一件金色甲胄,骑一匹红马,在三位中,他的个子最高,被排在中队。三人第一次看到城中百姓如此热情迎接义军,一个个脸上熠熠生彩。没有经过厮杀就取了陈留,曹窑有些遗憾,对身边的樊伉小声道:"将来进咸阳时,我定要求战任先锋,第一个杀进秦宫,取二世首级。"

刘肥听了,鼓着肥囊囊的厚唇道:"岳将军诫我等,不战而屈人之兵乃上战也。图个清闲不好么?"

樊伉却是不认可刘肥的话,语带讥讽道:"你便是不稂不莠,终生窝在家中的主儿。"

刘肥老大的不满,正要发作,却听见前面人声鼎沸,此起彼伏。他忙抬眼望去,但见前方人头攒动,一位青年领头喊着:"沛公神威!沛公英明!"

后面的人跟着喊,声浪一波高过一波。

刘邦的车驾紧跟在少年营的后面,此时,他已顾不得思虑别的事情,只是迎接着一双双热切的眼睛,不断向两旁挥手。这情景让他有些晕乎乎的。他看看左右,此时萧何、曹参骑马紧贴着他的车驾,一边护卫一边警戒。

再后面,几十辆战车三车一排,由夏侯婴统领,浩浩荡荡紧随其后。每辆车上都有一名伍长和三名士卒,全副武装。近三年了,刘邦的军队终于给人以虎跃龙骧的印象。特别是作为进城导引的刘县令和张校尉更是为刘邦所部的马肥人壮而感慨,由此而拂去了当初选择开城时留在心底的最后一丝愧意。

县府门前更是人海如潮,百姓们箪壶食浆聚集在这里。李甲手抖缰绳"吁"了一声,那马就停在了县府前的场地上,他下车搬来了一只机凳,上前请道:"此乃县府,请主公下车。"

刘邦踩在机凳下了车,来到县府的高阶上,对百姓高声道:"我军乃仁义之师,所过之处秋毫不犯。若有违令者,斩无赦。"

刘县令和张校尉上前来拜见刘邦,并将县丞、县尉一一介绍。萧何则命主簿将这些人领至别室一一谈话,有愿随义军反秦的,视能力安排;有想回家的,一律发盘缠回家。县尉表示自家有八十岁老母,想就此解甲归乡。萧何当即命军中司库拿了盘缠,县尉千恩万谢地踏上归途。

从晨间议定开城,刘县令和张校尉就安排属下将县府清扫得干干净净,刘邦等一干人依次在大堂上就座。他四处搜寻郦食其,问道:"郦先生呢?"

郦食其挤开人群,来到刘邦面前,不无得意地打躬作揖道:"恭迎沛公!"

刘邦摆了摆手道:"若无先生一口好说辞,怎能不动一兵一卒而得一座城池?我将向怀王请封,封先生为广野君。"

郦食其明白,在当今诸侯蜂起的情势下,所谓请封不过是个过程,只要刘邦做了,怀王没有不允准的。刘县令和张校尉急忙上前向郦食其道贺。

"张校尉、刘县令深明大义,体悯百姓,我亦要奏明怀王,多有赏赐。"刘邦手按太阳穴,沉思片刻后又道,"眼下刘县令不妨且做中涓,早晚在旁赞划军政;张校尉可做夏侯婴副将,助彼操训车阵如何?待我军进入咸阳之后,定当人尽其职,各得其所。"

两人同意,当场又表示晚间要在县府排宴犒劳三军。

这一切都被郦食其看在眼里,心中暗自感喟人心向背乃为社稷之本。再看眼前的刘邦,更庆幸自己没有看错人。一时心血来潮,禁不住又讲出自己的另一番心思:"在下有一小弟,名商,曾聚集数千人占据山泽,屡遭官军清剿,未免势孤力单,沛公若能收其于麾下,定能为股肱之将。"

一句落地,刘邦大喜道:"我已得先生,若得凤鸟;若得舍弟,亦如得虎。就烦劳先生走一遭,以表我思贤若渴之意,唯求早日归来,共商西进大计。"

当晚,刘县令与张校尉在县府大宴刘邦官兵,酒酣夜深方才散去……

第二天一大早,郦食其早早起身,来到刘邦住处辞行。

刘邦正在后院练剑,听到禀报后收了势来到前堂。李甲从军厨处取两觥酒来,刘邦将觥端在手上,殷殷话语都在酒中了:"听闻令弟为避秦军追剿,移军济阳,此去路途遥远,兵荒马乱,我担心先生形单影只,故命岳恒从少年营中选一二少壮,以尽卫从之责。"言罢,刘邦朝外面喊道,"岳将军可在?"

"末将在!"岳恒应声进来,身后跟着牛良、刘肥、曹窑和樊伉,"三位公子请求出营护卫,末将担心彼等路遇风险,故而要牛将军率领他们护卫先生。"

这是自少年营建立后刘邦第一次和儿子说话。其实,此前他也想过让刘肥出去历练历练,却不承想一年前还胆小的长子竟然自请出战。眼随心走,刘邦看儿子的目光顿时少了威严,而多了几许慈祥。他离座来到儿子面前,亲手整了整他的战袍和宝剑,以温良的口气叮嘱道:"一路上好生呵护先生。"转而又来到樊伉身边,正了正他的头盔,"你父亲繁忙,无暇赶来,我在这里叮嘱你几句,你性情刚烈,一路上不可任性,要与表兄彼此关顾,听牛将军的话。"

自古人言严父慈母,可眼前这情景,男人的爱子之心哪点比妇人差?牛良上前安慰道:"主公放心,末将定当回护先生与公子们安全。"

"不!"刘邦回到座上,立时恢复了主帅的威严,"不仅要保他们无恙,更要请回郦商将军。"

郦食其没再说话,刘邦的叮嘱给他的肩头压上了一座山,他走出大帐的脚步情不自禁地缓慢了……

章邯军中主簿始成一离开漳南楚军军营,范增就把情形告知项羽。闻言,项羽气咻咻地骂道:"败军之将,有何颜面与我谈论分兵据地?"

桓楚闻讯,从外面走进来问道:"上将军这是怎么了?"

"章邯老奸巨猾,欲图缓兵苟延,前来与我军议约。"项羽回到座上,望着外面的春云道,"他提出要我不动他所部人马,还要封王。"

"这样说,老贼并非来降楚的?"桓楚狐疑道。

"是的,他若不降楚,总有一日会在我军背后一击,到那时誓约岂非画饼?"项羽喘了一口气道,"我言若欲盟约,立即率军降楚,我即奏明怀王,多有赏赐和擢拔。秦军使者始成言说,回到棘原定将如实转告,及时回复。"

作为议约的参与者,范增从一开始就怀疑章邯的诚意,及至始成提出两军互不相犯的条件后,他就断定章邯不过是前来试探。此刻面对二人,范增将所想和盘说了出来:"没有结果乃在预料之中!依老夫观之,章邯现在进退维谷。他日夜思谋再现当年坚甲厉兵之业绩,故而绝不轻易言降。然而自北上击赵以来,秦军初出咸阳时之锐气大折,别说当年辉煌再现,就是维持局面也十分艰难。可他又不甘于弃战,便只有寻求两军割据的局面了。"

"亚父所言甚是。"项羽频频点头,"依亚父之见,我当如何对之?"

"还是请桓将军说说地形。"范增把目光投向桓楚,"前些日子,桓将军截取章邯粮草,通过水路运抵巨鹿时经过汙水,不妨说说其地利。"

桓楚放下茶盏,若有所思道:"汙水乃漳水以南的一条支流,两岸林木浓密,野草鞠茂,末将听闻秦军都尉董翳奉章邯之命在此防守,进可以渡河驰援巨鹿,退可以声援棘原大营。事有凑巧,董翳为对付刘邦,前往昌邑据守。现在营寨中只留下几位校尉。倘若我军奇袭汙水,并在此设伏,定能大败秦军。"

"桓将军所言正合老夫之意。"范增用自信的口气说道,"假如老夫没有错判,始成回去禀报章邯,其若左右彷徨,必遭二世责谴,他惧怕朝廷降罪,不得已会寻机与我军决战。"

话说到这里,项羽已经心中有数了,兴奋地接上了范增的话道:"我军可在汙水伏击章邯军,迫其投降。如此,我军进入咸阳少了诸多障碍,也好让安慰叔父在天之灵。"

范增没有阻拦项羽的说话,也没有提醒他不可急功近利。但他对项羽的乐观和性急的确有种莫名的担心,自薛县盟会以来,他感觉到刘邦处事稳健和达观更胜于项羽。这怎么能够容许呢?楚国是项氏用鲜血和生命换来的,岂容一小小亭长染指。范增已暗暗打定主意,一定要辅助项羽先期进入咸阳,即便两雄并行,他也要帮助项羽除掉刘邦这个心腹之患。

第二天,项羽在大帐召集桓楚、英布、虞姬以及新近投进楚军的陈余,另外还请了前来援助巨鹿的魏国将军雍齿和赵国将军司马印等,商议进击秦军大计。决定由司马印和雍齿率领本部人马佯攻棘原,待引出秦军后即可转头回撤,诱敌至三户津,与桓楚共击之。章邯必到汙水营寨可以暂歇,项羽与英布、范增在此设伏。

项羽来到雍齿和司马印面前,拍着两位将军的肩头道:"我知秦军新败,士气低落;我军士气正盛,唯其如此,才需戒除焦躁,既要给章邯老贼以决战的印象,又不可恋战,该撤时即行撤退。"

"末将明白!"雍齿大声回道。一场巨鹿大战让他的心思发生了很大变化,他说不出为什么,倒是希望有一天在项羽的指挥下攻进咸阳。因此,当魏豹要他继续协助项羽扫灭章邯时,他很乐意地留下了……

桓楚偕众人走出大帐,看见在不远处站着一个姑娘,扎一身桃花色铠甲,内衬白色战袍,那飒爽英姿使他不知不觉地停了脚步。从虞娘进入"健妇营"的第一天起,桓楚就把她印进了自己的心底,认定了这个让他一见倾心的女子。其间,虞姬也曾若明若暗地探问过他。现在虞娘就在面前,他觉得面前站的是三月的桃花,芬芳而又灿烂,他就那么痴痴地望着。这时,虞姬从身后过来了。桓楚有所惊醒,急忙行礼,虞姬便明知故问道:"将军刚才看什么呢,那样入神?"

桓楚的脸腾地就红了,胡诌道:"末将刚刚出帐,就见天空中飞来一只燕子,可怜它孤身单飞,就由不得去看。"

闻言,虞姬大笑道:"听说燕子这鸟儿最是不守贞节,若是一只死了,另一只很快就心有所属,将军说说,这不是与世界上的负心男人一般无二么?"

桓楚没有经过婚娶之事,加之平日精力都用在打仗上,什么时候想过这些琐碎之事呢?如今在虞姬面前,他窘得心慌意乱。好在这一切很快被虞娘看见,她匆匆跑到姐姐身边声援道:"姐姐也真是,就会欺负老实人,明明知道他不懂这些,还偏要问。"

虞姬要的就是这场面,向虞娘挤了挤眼睛,以揶揄的口气道:"哟,这就帮上腔了。难怪桓将军看得丢了魂似的。你们二人合伙欺负我,我不和你们说了,我还有要紧事办呢,你们两人找个地方说话去吧。"

桓楚望着虞姬远去的背影,心想项羽哪世修的福分,遇见了这样的好姑娘。可这神情却引起了虞娘的不快,嗔道:"将军面前站着个大活人看不见吗?却盯着别人,真让人伤心。"

桓楚在这些事情上最笨,只好转身赔礼。虞娘却莞尔一笑道:"你呀!就是个榆木疙瘩,这地方人来人往的,哪是个说话的地方?"

"那依姑娘呢?"

虞娘也不说话,转身袅袅婷婷地走了,桓楚就在后面跟着。两人来到漳水南岸的桃林深处,但见前几日灿若云霞的桃花,如今已是花褪残红,从浓密的枝叶中可以看见毛茸茸的小桃。观花感时,虞娘脸上便带了惆怅,弯弯的眉毛郁蹙在一起,便是一种惆怅的美。那楚楚可怜的样子,弄得桓楚热血沸腾,就要上前拥抱。虞娘轻轻推开道:"妾还有话要问将军,急什么?"

桓楚自觉失礼,拣了一块方石坐了:"姑娘也坐,有什么事情尽管问吧!"

虞娘挨着桓楚坐下,隔着深衣都能听得见自己的心跳。其实,问什么她自己也说不清,只是觉得跟眼前这个男人在一起,就能安心。当两双眼睛火辣辣相撞的那一瞬间,她立时将所有的心思化为一句话:"不知你可属意于妾?"

说完这话,虞娘就微微地闭上双眼,在良久没有得到回答而睁开眼睛时,就看见桓楚的口张了几张,却没有话出来。她的心反而踏实了,他不是那种花言巧语的公子,他的意思,都因为这无声的口型而走进虞娘的心底。

"将军听我说。"虞娘柔声道,"妾不要将军难堪,若是属意于妾,就点点头;若是不中意,那就摇摇头,想来这不难做到。"

桓楚很认真地点了点头,又补上一句话:"我绝不负姑娘心意。"

虞娘甜蜜地靠在桓楚的肩膀,那男人的气息直往鼻翼间飘,温暖而又惬意。她心中暗想一定要像姐姐一样,一心一意地帮助桓楚建功立业。从这一刻起,他的冷暖悲欢都注定成为她生命的一部分。明天,她的心将会伴着战马的嘶鸣与他同行:"战场刀枪无眼,将军当心,妾在营中才能放心。"

"嗯!放心!能杀我的秦将还没有出生呢?"桓楚用有力的臂膀搂着虞娘。

虞娘捂住他的嘴巴道:"尚未出征,将军不可信口。上苍佑我大楚必能战胜强敌。"

……

"上苍佑我早日荡平贼寇,章邯举家方有团聚之日。"望着大帐外冉冉升起的月亮,章邯一颗思乡的心回到了咸阳府邸了。

始成带回来的消息使章邯很沮丧,项羽拒绝了他的要求,还要始成转告他,倘能识得大势,何妨率部降楚,届时将封王邑户,不在话下。并且约定,盟约之地选在殷墟,由两军主将当面约谈。

然而,对曾经雄心勃勃的章邯来说,从心底选择投降并非易事。很显然,接待始成的那位老者就是项羽身边的智者了。他看透了自己通过盟约行缓兵之策的图谋,但他似乎看得更远些,这才留下在殷墟约谈的空间。他心里一片纷乱,理不出头绪。就在约谈失败归来的第二天,曾到过三川郡的王使者带着二世的诏书到棘原来了。诏书严厉责备章邯优柔寡断,以致关东盗贼行迈靡靡,益剿益多。严令章邯和司马欣进击楚军,若再徘徊不进,将诛灭三族。

章邯明白,诏书每一个严厉措辞都出自赵高之手。他在杀了李斯、冯劫等人之后,将屠刀举向了自己。

现在,光照九州的冷月高悬,他不知道远在千里之外的咸阳发生了什么?他的府邸会不会已被禁卫包围,他年迈的高堂会不会如李斯一样成为阶下囚,或者说早已成了刀下之鬼……

章邯下意识地裹了裹肩上的披风。从不远处的树林里传来鸱鸮的哀鸣,他的心一阵阵收缩。更漏报卯时一刻的时候,章邯终于下定决心,为了家人,他必须一方面与项羽约谈,另一方面还要做出与楚军决战的姿态,绝不给赵高留下口实。

"来人！"章邯对应声进来的从事中郎说道，"传令下去，辰时二刻出兵，东进漳南，奔袭楚营。"

卯时二刻起了风，天空飘起了些许的雨丝。司马欣镇守棘原大营，章邯亲率所部沿着漳水向东南方向而去。风吹动旌旗，发出呼啦啦的声响，夹带着战马"啾啾"的嘶鸣和杂沓的步子，沉闷而又苍凉……

第四天午后，队伍行进到安阳县以西的时候，前锋来报，说二里外遭遇了魏将雍齿、赵将司马卬的阻截，双方已经厮杀在一起。章邯严令校尉们催促队伍加速前进，自己狠狠地在马臀上抽了一鞭子，那马"啾啾"一声长啸，腾空越过几名士卒的头顶，朝前冲去。

前方校尉已与雍齿和司马卬厮杀在一起，章邯大喝一声，挥动龙雀大环刀冲进军阵。楚军将士见章邯来势凶猛，纷纷向后退去。雍齿与司马卬见来者白眉银须，身材高大，相互对视一眼，一个持枪，一个持刀，杀将上去。跟在章邯身后的校尉怕老将军吃亏，急忙上前迎战。章邯拦住道："老夫出京转战两年，尚未遇见对手，今日却要看看彼等有多大能耐，敢虎口拔牙？"

三人在马上大战数十回合，雍齿将一杆枪使得如风如雨，而司马卬的大刀也多次泰山压顶，却都被章邯一一格开。他并不慌忙，一招一式密不透风，从辰时二刻战至巳时三刻，仍然呼吸均匀，毫无力怯的样子。倒是雍齿两位有些气喘不匀了，暗叹章邯不愧为当世骁将，加之范增临行时反复叮嘱不可恋战。觉得战到稍显力怯，便是撤退的最佳时期——既不给敌留下假败印象，又确有不敌之感。想到这里，他虚晃一枪，拨转马头朝东南方向而去。两名秦军校尉见状，忙令麾下人马紧跟追击。雍齿边退边战，连续刺倒数十名秦军士卒，终于摆脱追击，回头望时，但见喊杀连天，原是司马卬紧随着雍齿撤退了。司马卬刀无虚往，所到之处秦军纷纷人头落地，待到与雍齿所部会合在一起时，秦军却没有再紧追不放，至少拉开二里路的距离。

"范老将军料事如神啊！"两人相视一笑，率部来到一片开阔地才停下来，暗暗要士卒做出疲惫不堪的样子，又命几位校尉持鞭巡察，发现士卒中有怨言者，呵斥责骂，重则鞭笞。

这情景，早被秦军探哨报至章邯帐中。

"你果真发现其乃疲惫败师？"

"启禀将军，千真万确。属下分明看到有士卒因抱怨主将而遭暴打。"探哨正说着，就听见帐外人声嘈杂，原来是几位雍齿部下因不满被打而来投秦军。从事中郎细细察看，果然一个个背上鞭痕累累，当下安排屯长接纳了。两相对照，章邯紧锁的眉宇展开了："看来敌人果真疲惫不堪，此正进击良机，传令下去,未时一刻出发,务必将敌人剿灭。"

其实,不用追击,大约午时三刻之际,雍齿和司马卬率部就杀回来了。双方大战到日色将暮,无论是雍齿还是司马卬都觉得体力不支,转而退去。而章邯经过两场厮杀,也已人马劳顿,没有余力追击,当晚在洹水岸边安营扎寨。

然而,事情的发展出乎章邯预料,第二天黎明时分,派出去探听敌情的军侯来报,说魏军和赵军已悄然无声撤退了,只留下尚有余温的灶灰。章邯"哦"了一声,一干人催马来到敌营。章邯俯下身子摸了摸灶灰,果然余温未尽,倒是在灶膛周围留下一些脚印,始则杂乱,慢慢地就归拢在一起,朝东北方向而去,再看看步军足迹旁留下的马蹄印,也是一个方向。

清晨的太阳显出初升的蓬勃,照得人眼花,章邯手搭凉棚朝远处张望良久,他断定雍齿和司马卬所部绝非子时撤退,应该是在卯时三刻,其方向必是东北方向的三户津。

长期在棘原驻守,章邯对于三户津并不生疏,漳水河面在这里徒然变窄,本应水流湍急,然而,正是从东南转而东北的大湾消解了水力,反而使得流速变慢,在三里之外形成开阔的水面,自战国以来,此地素为兵家必争之渡口。

"难道魏、赵两军欲从此处渡漳北去,再回巨鹿?"章邯放下左手,问身边的从事中郎。

"即便如此,数千人要渡过漳水亦非顷刻之功。若我军迅即追击给予重击,即便殷墟盟约,我当不至于受制于人。"从事中郎建议道。

章邯微微颔首,觉得从事中郎所言亦是自己所虑,他紧了紧腰间束带,顿时来了精神,下令兵发三户津。所谓心急马快,大军行进半日一夜,终于赶到三户津渡口,却未见军马渡河的踪迹。

战马冲上渡口码头,前蹄在灰色岩石上磕出一串火星,朝河北发出"啾啾"长啸,弹回此起彼伏的回音。章邯狠劲勒住马缰,侧目身边,高岩兀立,益发显得峡谷幽深。他的眉头骤然凝结在一起,目光布满迷茫:"难道敌军插翅飞过河去了?"

正疑窦重重间,忽然听见一通战鼓,顷刻间在渡津旁边的高台上涌出千军万马。章邯大惊,但见从崖面上伸出无数弓箭,对着在渡口的秦军,为首的将军正是桓楚。章邯终于明白,雍齿与司马卬不过是项羽用以诱兵的鱼饵,而桓楚早已在此设伏,等候秦军到来。如此周密的计策,绝非平庸之辈所能为之,章邯又一次感叹这隐身在楚军中的能士不凡,并且总是想在他的前头。

桓楚对峡谷里的秦军高声喊道:"章老将军若是识时务,应须明白你已陷入重重包围,只要我一声令下,万千箭雨齐下,霎时间尸横遍野。将军何不投降我大楚,怀王与上将军定当厚待。"

"哼!有用弓箭厚待的么?"章邯明白,此时与敌军多周旋一会儿,就可以为部属赢得更多生机。他一边使眼色要从事中郎传令给各个校尉,沿漳水南岸一直向东奔驰,一百五十里之外就是汙水大营,当初董翳即驻扎在这里,只要到了汙水,就可以找到援军,一边仰面对桓楚道,"项将军诱兵投饵,岂能取信于我,请将军回告项羽,若真有诚意,即请后撤三十里,容我回归大营。"

桓楚居高临下,敏锐地发现秦军暗中向东移动,不再对章邯喊话,即命弓箭手将千余支利箭射下。箭雨落处,秦军纷纷倒地。章邯大怒,挥动龙雀大环刀将利箭拨落在地,又用力拍打战马两腹,马有灵性,腾空一跃,蹿出数丈远。桓楚见状,驱动坐骑冲下峡谷,与章邯厮杀在一起。战过三十回合,章邯卖了个破绽,欲跳出圈子,桓楚性急,持枪刺来,因用力过猛,险些闪下马,急忙收回兵器,坐稳身子。章邯趁机跃出十丈远,撒蹄东去了。桓楚见敌军有脱逃迹象,大喝一声"哪里逃",手握长枪顺着章邯逃走的方向奔去。但见漳河南岸旗帜翻卷,马蹄如涛。楚军清一色的褐色戎装,秦军清一色的黑色战衣,在春日阳光下仿佛两道奔腾的激流,煞是壮观……

这一口气奔出五十多里,章邯回眸身后,却发现桓楚并没有紧紧咬住,心里稍稍掠过一丝庆幸。他忙要从事中郎检点军伍,方知在刚才的大战中秦军死伤数百人,其中不少都是在东逃途中被马蹄踩死的步卒。

"此天不该亡我强秦。拿水来!"章邯仰天长舒了一口气,随着清凉的水"咕嘟咕嘟"地灌入腹中,人也精神多了,"传令下去,大军在此暂歇半日,申时三刻用饭,酉时二刻出发,进入汙水大营拒敌。"

"诺!"

从事中郎转身准备离去,章邯又唤回他叮嘱道:"命前哨急报汙水营寨校尉,速作迎接大军之备。"

是夜,月明星稀,春风微寒,不断传来巡夜的将士互答的声音。大帐灯火若明若暗,将章邯高大的身影投射在帐篷上,益发显得孤独和落寞。

这是最煎熬人的时刻。白日战事的惨淡艰危,未来战局的扑朔迷离,对家人的思念和担心,都使章邯难以入睡,虽然手中捧着一卷竹简,但他目光离散,心不在焉,等到回过神来,竟然想不起刚才书上写了些什么?

放下竹简，出了大帐，一泻千里的银色月光就洒在他的肩头。唉，此时此刻，远在昌邑的章平在干什么呢？是与诸位校尉商议守城大计么？是行走在巡查的大街小巷么？或许，他也在思念远在北方的兄长。他知道，让刚刚从巨鹿战场上撤回的章平赶赴昌邑，协助董翳对付刘邦大军，多少有些不近人情。虽然军令如山，可他们毕竟是同胞兄弟。他多么希望不远处摇曳晃动的影子，就是章平的身形。当直觉告诉他那不过是一堆树影之后，他转身向回走，生怕自己承受不了思亲的怆然。

　　回到大帐，侍卫打了一盆热水放在案几旁，然后熟练地跪在章邯面前帮他脱去战靴，再脱去布袜，又试了试水温，才捧着一只脚轻轻地放了进去。很快，水的温热顺着血脉向身体的各个角落蔓延，他就有种昏昏欲睡的感觉。

　　久在将军身边，侍卫懂得怎样消除他的疲劳。他的手缓缓地滑过脚板，一点一点地摩挲，在确认将军睡去的时候，他悄悄地推出了营帐。然而，就在他刚刚迈出第一步的时候，章邯醒了，问道："现今是何时分？"

　　"启禀将军，刚交酉时一刻。"

　　"来人！"

　　从事中郎闻声进来，只见章邯边穿战靴边道："传令下去，酉时二刻准时出发，失期者斩无赦。"

　　秦军沿着漳水与洹水分水岭的北坡一直向东走了整整一天，到第二天傍晚时才看到从这里分出一条河来，这就是汙水。当初之所以要将军营设在汙水下游，是因为下游乃太行山，古树参天，林荫遮道，便于隐蔽；加之分水岭坡势陡峭，易于防守。当黎明的晨曦中传来汙水淙淙的流水声时，章邯的眼睛骤然亮了许多。继续前行约半个时辰，前锋军侯来报，说董翳营中校尉前来迎接秦军。章邯眉头骤然展开，庆幸艰难的时刻终于过去，从此只要守住汙水营寨，与在棘原的司马欣形成东西策应之势，即可与项羽对峙而处。即便盟约，也有讨价还价的条件。

　　"速命校尉来见。"章邯勒住马头道。

　　前锋军侯去了不一会儿，引来一位中年校尉，他一见章邯立时下马跪倒在地道："卑职在此恭候章将军。"

　　章邯挥了挥马鞭道："起来说话。"

　　校尉站起来，双手打拱道："卑职姓李，奉董将军之命据守营寨。"

　　章邯"哦"了一声，顺着他的回答询问了防守情况。李校尉将汙水营寨的地利描述一番后道："禀将军，巨鹿大战期间，我将士披甲待旦，戈不离身。"

　　"好！你前方带路，兵发汙水。"

从事中郎按照章邯的命令朝身边的大军挥了挥手,但见战车驱动,战骑奋蹄,呼啦啦不消一个时辰,汙水军营便在望了。就在这时,章邯发现刚才冲在前面的李校尉不见了,正要询问,就见密林深处冲出一队人马,为首的将军使一柄斧钺,冲着他大喊道:"当阳君英布在此等候多时了。"

哎呀,中埋伏了。章邯心中暗惊,情知李校尉已经投敌,汙水大营早为楚军占据,并且在这里等候的绝不止英布一人。果然,还没有等他回应英布的话,又从山道一侧来了一队人马,清一色的桃色软甲,看那为首的女将军英姿飒爽,想来就是虞姬了;紧接着听见战车驱动的声音,从分水岭北坡的左侧涌来一辆辆战车,走在车阵前面的将军手执长戟,由一位老者陪着,面对被陷入重围的章邯说道:"巨鹿未见,将军无恙乎?"

"哼!不劳将军牵挂,老夫剿贼荡寇,攻城略地,胜局指日可待。倒是将军为人鹰犬,不亦悲乎?"

闻言,项羽的脸顿时涨得通红,正要号令麾下进击,却被身旁的范增拦住,对着章邯哈哈大笑道:"事到如今,身陷绝境,将军竟然奢谈胜局,岂非笑话?"范增撩了撩衣袖,转头道,"李校尉何在?"

刚才为躲避章邯的李校尉应声登上战车,面向秦军而立,对章邯做了一揖道:"二世昏庸,赵高篡权,诛杀无辜,李斯冯劫,死于酷刑;宫室诸王,尸骨成山,此卑职不待言而将军自明。"

"还有!"范增接上李校尉的话茬,"将军与司马欣、董翳麾兵定陶,转战巨鹿,饱经风霜,孰料长史回京都奏事,非但不能面见二世,反遭追杀。如此昏庸之主,一任奸佞横行,为之捐躯,岂非与抛骨山野无异?"

"亚父所言,至诚至信。与其死于乱军之中而行如灰土,何不与大楚一同击秦,将来裂土封邑,岂不快哉?"项羽收了长戟,挥了挥手继续道,"我可命楚军让开一条退路,将军不妨后撤三舍安营扎寨,待与长史商议后,若有意,则于殷墟会约。籍若有食言,形同此木。"言罢,挥剑将车帮砍夫一角。

见状,章邯惊呆了。他转过身子,见竟有不少士卒放下了手中兵器。

第二十二章

张子房归来献策
刘季子回师宛城

且说郦食其偕牛良等人化装成商贾,晓行夜宿,不几日便到了济阳。他们很快打听到在县南河水(黄河)边有一处河漫滩高地,芦荻丛生,小径密集,若是外人进入,不辨东西,寸步难行。近年来为一郦姓豪杰占据,县府屡次进剿,皆无可奈何。

四人找了一家僻静的饭馆,要了几样菜蔬和酒,草草打了尖,即驱马南来。路上,刘肥问牛良道:"郦商不会杀了我等吧?"

郦食其在一旁听了,忙对刘肥说道:"公子不必担心,我那兄弟平日里痛恨官府,却对良家百姓爱之有加。"

牛良点了点头道:"先生言之有理,劫富济贫乃豪杰所为。只是如此孤影单身应对官府,难免力不从心。若是遇见章邯这样的将军,免不了吃亏流血。先生劝其归于沛公麾下,定是如鱼得水,前程不可限量。"

郦食其正要回牛良的话,就见从芦苇林中冲出十几名汉子,为首的手握一把大片刀,朝着来人怒吼一声:"你等何人,竟敢私闯营寨,还不下马就擒。"

郦食其向牛良等使了个眼色,下马上前施过大礼道:"在下乃高阳商贾,听闻贵寨有船只可以过河,特来讨个方便。还望豪杰禀明你家寨主,容我等见面详叙。"

那人满眼狐疑地看着郦食其和身后几人又问:"果真是商贾?可否报上名来,在下也好禀报主公。"

郦食其捋了捋胡须,又把束起来的长发向后理了理道:"在下郦食其,行不改名,坐不改姓。足下只需向你家寨主提起,他必来见我。"

"如此你等少待,待我进寨禀明寨主。"那为首者向身旁的一个人耳语几句,转过脸来言罢,将片刀向肩膀上一靠,转身进了芦荻深处。

郦食其猜接话的人大概是这伙人的副头领,果然,他向属下使了个眼色,那几个年轻人立即将他和牛良几人围了起来。刘肥有些胆怯,嘴里嘟囔道:"我就担心他们会杀了我们,你们却不信,如今怎么样……"

樊伉瞪了一眼刘肥道:"就你怕死。好赖就是一刀,碗大个疤,再过十几年又是一条好汉!"

"跟你爹一样,犟牛。"

刘肥还要说话,却被曹窋拦住:"事情未见分晓,怎能自乱阵脚,不是还有牛良叔么?"

牛良最看重曹窋这种临事而不惊的静气,指着郦食其对几个孩子道:"窋儿所言有理,你等不可多言。先生在此,你等有何畏惧?"

"兄长在何处?兄长在何处?"大家正说着,就听见耳边传来急切的呼声,看那样子,牛良便断定来人是郦商无疑。果然,当郦食其的身影渐次进入他的眼帘时,那久别重逢的喜悦立时变成奔跑,很快,兄弟俩便拥抱在一起。

"兄长,想煞小弟了。"郦商倾诉着这些年的奔波流离,"举义后,小弟率众乡亲在高阳至济阳间流荡,甚感力薄势单,盼望兄长能来助我。"

郦食其听完,便把牛良等人一一介绍给郦商。

得知兄长从沛公身边来,郦商目光中顿时有了光彩,连连道:"素闻沛公云水襟怀,高瞻远瞩,今日虽未谋面,然观其麾下,便知他知人善任,必成大业。"随后,挽起兄长的胳膊朝水寨内走去。

是夜宴后,郦商安排牛良、刘肥、樊伉和曹窋几位歇息了,与兄长留在帐中说话。

灯火明明暗暗,映照出郦商沧桑的面容,特别是右脸处一道伤疤,在灯火下呈黑红色,郦食其就知道小弟这些年过得不易,便问道:"脸上那个疤痕是怎么回事?"

"嗨!被秦军的刀挂了一下,不妨事。"郦商摸了摸伤疤,脸上却是一副轻松的表情。其实现在想来,他仍然有些后怕,当他被秦军紧紧围住的时候,他曾想到了死。若非上天相救,忽然刮起大风,飞沙走石,滚滚黄尘,他也许永远不可能与兄长煮茶夜话了。

"兄长又是如何到了沛公麾下?"郦商起身给兄长的茶盏中续了水,问道。

郦食其便将经过跟郦商详细说了一遍,随后挪了挪腿道:"为兄此来,意在邀兄弟一起加入沛公大军,共举大业。"

郦商望了望郦食其的散发道:"小弟亦觉势孤力单,独木难撑。只是听说项籍在巨鹿大败秦军,声震诸侯。想来定比刘邦势大吧?"

"目下来看,确是项羽势大。不过,你也许听说项籍虽为人诚实,然刚愎自用,往往不能从谏,故而身边能征善战之将,运筹帷幄谋士纷纷转向沛公。放眼望之,将来必是沛公居上,此所谓得人心者得天下也。"郦食其顿了顿,又道,"听闻为兄要来寻觅兄弟,沛公诚恐一路多险,乃遣将军牛良率少年营校尉一路护送到此。你可知这其中就有沛公长子啊?"

"哦?如此说来,沛公当是重情重义之人啊!"郦商不禁为之动容,"可是那位身材峻拔的男儿?"

郦食其摇摇头道:"是那位稍胖少言的青年。他不惜让自己的儿子担当风险而护送为兄,可见其为人也旷朗无尘。"

"嗯!"郦商的心显然动了,"小弟深信兄长所言。明日便打点行装告别水寨,前往陈留归顺沛公,共讨秦贼。"

看到兄弟打定了主意,郦食其拢了拢飘到胸前的长发道:"所谓良禽择木而栖,良臣择主而事,兄弟能如此,为兄甚是欣慰。兄弟尚不知怀王已与沛公项羽盟约,先入咸阳者为王,目下,项羽尚在燕赵之地与章邯对峙,无暇西去,此乃沛公西进之良机。我等追随沛公,一俟进入咸阳,必是冬林逢春啊!"

"如此,小弟便依兄长。"郦商血涌如潮,两人的手紧紧握在一起。

三天以后,郦商封了寨门,整顿军伍,换上"刘"字大旗,跟随郦食其、牛良一行投奔沛公去了。军伍渡过济水,便到了外黄县境。到了外黄,便等于到了陈留。自去年以来,秦军与楚军在此多次鏖战,百姓纷纷逃亡,如今已是路断人稀,村落萧条了。

这天正午，队伍来到外黄县北的崔家庄，准备小憩打尖。牛良带着三位少年校尉将村里村外转了个遍，却没有发现一户有烟火的人家。回到驻地，他向郦食其禀告了事情原委，随后传令下去，让士卒们就地取水，吞食"糇粮"。

郦食其、郦商、牛良三人寻找了一处向阳的地方坐下，然后从腰间解下食囊，抓了一把"糇粮"放进嘴里，却是难以下咽。曹窋在一旁看了，便邀刘肥、樊伉去村头的井边汲水。刘肥有些不大情愿道："走得人困马乏的，汲什么水？"

闻言，曹窋拍了拍刘肥的肩膀道："先生春秋高，为长者，我等理应敬之。"

樊伉也在一旁插话："曹兄所言甚是，表兄切勿烦躁。"

三人来到井边，才发现已有士卒正在汲水，戎衣却有很大不同。为首的手中提一吊桶将水提上来，然后分给周围的士卒，大家纷纷用头盔接了喝。清凌凌的水看上去都是甜的，刘肥伸了伸脖子，一副馋涎欲滴的样子。

曹窋毕竟在三人中年长一些，上前先向伍长模样的军士行了一礼，谦恭地说道："这位军爷，可否将水桶借我一用，汲过水即还。"

孰料那军士立时摆出一副架势道："我的汲水之桶，岂能供你使用？"

这话一出口，刘肥、樊伉就心火上涌，曹窋用眼色拦住道："军爷宽谅，与人方便，于己方便，借借何妨？"

那伍长模样的军士眼睛一瞪道："我便不借又如何？"

这回曹窋就是脾气再好也不满了："你这人好生无理，我好言相借，你不借也就罢了，何必蛮横无理。"

"我便无礼了，你又如何？"那军士说着话便挥起了拳头。

曹窋一闪身，迅速摆开架势应对，两人遂在井旁你来我去，动起武来。刘肥环顾四周，对方人多，恐怕曹窋吃亏，连忙回到阳坡向牛良禀告。

牛良闻言便立即赶了过来，远远地喊道："二位住手。"

曹窋听见牛良的声音，自是先收了势。那军士还要出拳，却被牛良一旁伸过的手架住道："军爷何必动怒，有话说话。"见那军士不再挣扎，牛良这才打量了一下这些人的装束，问道，"看军爷不像秦军，若方便，可否道明二？"

那军士看牛良的盔甲像一位将军，这才缓和了语气道："本部乃韩国司徒张良麾下，听说沛公大军移至陈留，便随司徒前往……"

这话一出口，牛良"啊"的一声，那喜悦和激动都迅即跃上眉宇，问道：

"原来是先生到了,先生现在何处?"

这突如其来的惊诧让那军士有些不知所措:"将军怎么认识司徒大人,又为何称司徒为先生?"

牛良笑了笑道:"须臾之间难以解释,见到先生自知分晓。"

那军士听牛良的口气,便知与张良的关系非同一般,忙招呼身后的军士借出水桶,自己则带了牛良来到崔家庄南的一片密林旁。远远望见张良正站在一辆车前说话,牛良疾步到了车前,迫不及待地喊道:"张先生,张先生!先生可还认识末将否?"

张良仔细打量一番,忽然一拍鬓角脱口道:"记得记得,足下乃沛公麾下牛良,经年不见,都做到将军了。"

牛良笑道:"方才因在井旁汲水,下属多有得罪,还请先生恕罪。"

"些许小事,不足挂齿。请问将军从何处来,又要往何处去?"

"末将奉沛公之命,跟随郦食其先生前往济阳迎接郦商将军,路过此地,不意于此遇见先生,真是幸会。"

张良闻讯,大喜过望,急忙拉过牛良一同拜见韩王。

"有牛将军一路向导,寡人可放心矣。"韩王成听说沛公驻扎在陈留,多日的惆怅顿时消了一半,起身下了车驾道,"途中幸会,乃天意也,何不请郦食其先生诸位来见,合军一处,岂非良策?"

"大王所言极是。"

此话很快得到了旁边一人的响应,张良急忙将他介绍给牛良:"他就是韩国太尉公子信。"

"久仰将军大名,今日一见,果然器宇非凡。"牛良急忙以礼还之。

不一会儿,郦食其、郦商及刘肥等校尉前来,道明情况后,众人皆喜不自胜。就在柳林边找了一块清净之地席地而坐,畅叙别情。当张良从牛良口中得知沛公自薛县盟会后,相继攻克栗县、昌邑、陈留,一路广受百姓拥戴的消息后,对自己当初劝韩王与沛公合兵的谏言益发坚定,当即商定歇息一夜,明日辰时二刻,前往陈留,谒见沛公。

……

在牛良前往济阳的日子里,刘邦命夏侯婴押运粮草后行,自己率大军继续攻打陈留以西约六十里的开封。当时开封守将乃秦将赵贲,双方展开大战,赖樊哙勇力,斩敌首五十六级,军侯、千人各一。赵贲入城闭门,避而不战。刘邦遂转战距开封百里之白马津,大破秦将杨雄,使他逃往荥阳。消息传到咸阳,二世震怒,下令将杨雄缉拿到京斩首。接下来,刘邦一鼓作气拿下长社县，接着挥师西南，等到张良、郦商等率部追上时，大军已攻下颍阳，正在做西进的准备。

刘邦完全没有想到，郦食其不但接回了郦商，而且迎回了张良，真是喜出望外。当牛良带着刘肥等校尉先期把消息传递给他时，他当即率领萧何、曹参、樊哙、灌婴等一干人等出营五里迎接。

颍水从颍阳城下自西北向东南而下，正是四月上旬时节，沿河两岸开遍了各种野花，天地间弥漫着淡淡的芬芳，而张良的归来让刘邦觉得有一种天遂人愿的惬意。

萧何却没有表现出相应的喜悦，他望着河岸边延伸到远方的大道说道："子房归来，固然可喜。沛公可不要忘记，他现今是韩国司徒，纵然他可以归来，然则韩王成未必愿屈尊公下。"

"咦！"刘邦手摸着下颚沉默了片刻道，"我一时高兴，怎么就没有想到这一层呢？依丞督所言，如之奈何？"

萧何撩了撩衣袖建议道："自打牛将军禀报韩王成同来，属下便思虑此事了。韩王成之所以采纳子房谏言，乃因为不敌秦军，倘若我军攻取颍阳后转道北上，护送韩王成回阳翟，则无大碍矣。"

曹参在一旁插话道："横竖我军是要西进，此乃一举两得之良策。"

闻言，刘邦便从心底感到萧曹两位无愧于心腹，总是在关键时刻陈言良策，破解难局。而他此时又想到更深一层，倘是韩王镇守阳翟，则可牵制秦军，他西去便无后顾之忧，真乃一石三鸟之策，便应道："好！就依二位。"

刘邦以爽快的口气结束了三人之间的谈话。这时候，大道尽头隐隐约约地飘扬着旗帜，想是他们到了。刘邦抑制不住内心的激动，催马快行，萧何等人不敢怠慢，忙追了上去。

在颍河岸边，刘邦一行与张良和郦食其队伍相遇了。他们几乎同时下车，朝对方奔去。隔着几丈远，刘邦便喊着张良的字道："子房，你终于回来了！"

"子房拜见沛公。"

"郦生拜见沛公。"

张子房和郦食其几乎同时向刘邦行了大礼。

"二位辛苦了。"刘邦伸出双臂扶起两位。

郦食其把郦商引荐给刘邦，刘邦看这郦商甚是英武，分外高兴。随后，他又拉着郦商与萧何等人一一见面，把说话的空间留给了刘邦与张良。

刘邦情不自禁地挽起张良的手臂道："子房归来，了了季夙夜思念之苦！"

"自薛县分手,良没有一刻不思念沛公。"

"自此归来,足下不走了吧！"

"不走了,良决计追随沛公,成社稷大业。"接着,张良将与韩王成商议的结果简要叙说一遍后道,"近一年来,良在韩国司徒任上惨淡经营,终于明白,往者不可追,今日韩国已非昔日韩国,故而与沛公合军,才会不至于被秦军各个击破。"

张良这话很对刘邦的心思,他便将与萧何商定的决策直陈于前:"两军合力,韩王仍据阳翟,足下则随军南下,赞划军务,岂不快哉。"

这对日夜都在为韩国命运而系念的张良而言,是最好的结果,也了却韩王成的一番心思,忙双手打拱谢道:"良定将此告知韩王,韩王必感于沛公胸怀。"在他无意间回头望正在与郦食其和郦商叙话的人群时,发现少了一个人,便问,"请问沛公,樊将军不在颍阳么？"

"足下可曾闻项羽屠城于东阿么？"刘邦叹息一声,见张良点点头,又道,"季不曾想到,樊哙竟步项羽后尘,以杀人为快。"

原来,樊哙为先锋,率军攻打颍阳,遭遇顽强抵抗。他一怒之下,下令所部屠城一日。等刘邦到时,大错已经铸成。刘邦要将樊哙斩首,被萧何与张良劝住,以惩罚二十军棍了之。

"哦,是这样啊。"张良听完叙说,除了对刘邦治军甚严赞赏外,随即表示入城后要去探望樊哙。

当晚,刘邦在颍阳城中设宴,为韩王成、张良和郦商接风。宴罢,刘邦前往樊哙帐中,亲自为之敷药。

樊哙挥手豁开:"早知现在,何必当初,俺不过杀了几个秦军士卒便挨军棍,难道攻城无寸功可赏么？"

刘邦从医官手中接过外伤疗药,轻轻敷在樊哙伤处,说话的声音便有些哽咽了:"我岂能不知你出入战阵,屡立战功。然我军与项羽军之殊异,即在民心。而你屠城,非屠尸骨,乃伤民心耳。"

樊哙自知理屈,不再强辩,不过,这一番话被前来探望樊哙的萧何与张良听见,内心泛起一阵涟漪。趁樊哙哼哼唧唧,他俩来到榻前劝慰道:"沛公所言,乃天下之大理,将军屠城,乃泄愤而非善举。"

樊哙看见萧何,便问道:"我那狗儿子不知他爹被打么？"

萧何笑道:"大丈夫敢为敢当,所谓君子之过,如日月之食,人皆见之。知错改错,光明磊落,公子知道了又何妨？"

樊哙不好意思地笑道："他爹窝囊，总被赌徒欺负。"一句话逗得众人拊掌大笑。

眼看时间不早，张良叮嘱樊哙好好将息，转过身子对刘邦道："韩王还在帐中等候，请沛公过去一叙。"

"我也正要去见他。"刘邦一按手心，遂与萧何、张良一起出了樊哙大帐，直奔韩王成下榻之处。

韩王成正与公子信叙话，听说沛公前来探视，不禁有些惶惶失措。的确，对于身居一国之主的他而言，以"上"事"下"，终觉有失颜面。因此，面对在张良陪同下走进帐的刘邦与萧何，脸上不免呈现出极不自然的矜持，起身迎接时也显得举止迟缓。

刘邦何等聪明，岂能不明白韩王成的心思。在侍卫奉上热茶，几位成掎角之势打坐时，他直截了当地说道："韩王乃项公生前禀奏而封国建邦，今两方合军原为击秦，大王名号依旧，我也当禀明怀王。"刘邦说着，举起手中的茶盏，向韩王成表示敬意。

闻言，韩王成忐忑的心这才有了些许的平静，不料刘邦的话又在耳边响起来了："不日，我大军将挥师北上，痛击韩地秦军，护送韩王回阳翟，还请太尉日后多多关顾。"

公子信见状，也慨然言道："愿听沛公调遣，共诛暴秦，早日安定天下。"

"如此，良且代大王谢过沛公。"虽然早在见韩王成以前，张良已明白刘邦的意图，但在这样的场合，他还是以司徒的身份表明自己处处是为韩国着想，当他的目光暗暗掠过韩王成与刘邦时，就从他们的神色中捕捉到一种满意和赞许。

刘邦暗暗打量公子信，发现其人身材魁梧，说话声音洪亮，果然是一员虎将，不禁窃喜，看来形势是蒸蒸日上。夜色渐深，刘邦起身告辞。韩王成与公子信坚持送到大营外，两人执手低语，依依惜别，其情其景，让萧何与张良动容。

郦商与韩王成军的加入，让刘邦的军势在短短的几个月间急追项羽，在萧何和张良的主谋下，刘邦将项羽在北方牵制秦军的机遇发挥到极致。

四月，刘邦军攻下轩辕关，正要继续南下，却不意传来已被项羽节制的赵国别将司马卬欲图西渡河水，入函谷关的消息。无论是萧何还是张良，都明白这是项羽为先入咸阳而布下的一招狠棋，他们更清楚，这主意必是源自范增。当晚，两人向刘邦谏言先截断河水渡口，断了司马卬西进之路。于是，郦商率部一举拿下平阴，将沿岸的船只搜索殆尽，久经战阵的司马卬只能望滔滔河水兴叹。

刘项两军相距不过一二百里，此时最易惹起项羽狐疑，而义军之间内讧，只能让亲者痛仇者快，因此，张良谏言刘邦转师南下，另寻入关途径，与项羽军脱离接触。

六月，刘邦将韩王成安顿在阳翟，并派遣将军柴武协力公子信镇守，随即命曹参为前锋继续南下，在洛阳东大败赵贲所部；在颍川郡阳城南一百六十里处，刘邦军又大破南阳郡守吕䶮，直将秦军追进阳城。吕䶮神魂未定，又弃阳城而退入宛城。

张良不失时机地谏言，目下正值收获季节，可暂缓西进，遣夏侯婴到阳城附近购买军需粮草。这一去，就是近两个多月，等到军伍精神整肃，兵精粮足时，时序已进入七月底了。

这一天，张良与萧何巡查军营回来，直接奔了刘邦的大帐。

刘邦也没有一刻闲着，他这会儿正在思谋如何赶在项羽之前进入函谷关，占据先入咸阳的主动地位。在李甲通禀之后，他心境豁然，忙起身道："快快有请，快快有请。"

双双坐定，侍卫送上解渴凉茶，张良呷了一口，顿时心神清爽，随口问道："沛公可知此茶来自何处？"

刘邦眯起眼睛道："愿闻其详！"

张良端起茶杯，轻轻摇了摇，但见绿色澄明的茶汤散发出一阵阵清香，遂道："在下听说，此茶乃宛城春茶，采新茶嫩叶制成。饮之有清热、败火、生津、明目之奇效。"

"子房不说，尚且懵懂。经如此点拨，果然非同一般。"刘邦喝了一口，放下茶盏笑道，"子房来此，不单是为了品茶闲话吧？"

"沛公明鉴！"张良从案头拿起一只蒲扇，扇了扇暑热，将话头转到正题上来，"在下想知道，沛公于西进作何谋算？"

刘邦沉吟良久，抬起头道："自吕䶮逃入宛城后，我军因筹粮而暂停进击。月余之后，我元气恢复，敌亦复振士气，我恐攻之不下，延宕战机，致项籍领先入关，我军岂非功亏一篑。故……"

"绕过宛城，南进武关？"

张良这话一出口，刘邦顿时睁大了眼睛："先生早已料到我之所想？"

"非在下猜想，沛公于军国大计沉吟不决，在下自然明白了。"

"哦？"刘邦愣了一下道，"那依子房之意，我将如何处之？"

"沛公请看！"张良起身来到地图前，指着宛城道，"在下深谙沛公入关心切之故,然就目下看,要打进咸阳,沿途秦兵尚众。今若攻不下宛城,则进入宛城的吕齮必尾追而来,彼时秦兵在前,吕齮在后,我军腹背受敌,此乃危险之道矣,请沛公三思。"

"子房之言,百龙之智也!"还没有等刘邦说话,从帐外传来一阵喝彩声,原是萧何进帐来了。

刘邦惊问道:"莫非丞督亦有此意?"

萧何打了一拱道:"属下与子房分手后,未见他回帐,便知必是来主公处了。方才属下思虑我军形势,亦觉这宛城形同骨鲠,不除不快。未料子房竟然先我而言,真乃运筹帷幄矣!据属下所知,吕齮乃赵贲麾下骁将,素来多思。若我军大张旗鼓回师宛城,必致敌警觉。故而不如将我军攻取平阴时所获秦军戎衣旗帜换上,以麻痹敌军,如此,则宛城唾手可得也!"

这二人真是珠联璧合,说得刘邦心局顿开。当即传来曹参、樊哙、郦商、岳恒等将领,下令改换旗帜,明日子时出兵,回攻宛城。

众位将军各持将令离开后,张良眉头一皱,忽然想起一个人来,道:"如果在下没有记错,南阳一带尚有一支义军,为首将军乃二位乡党。"

闻言,刘邦一拍巴掌道:"先生说的是王陵,我怎么将他给忘了?"

"当地百姓传言,多年来王陵在南阳屡被秦军追剿,然依旧独树一帜,可谓英雄。"

"前年我攻打丰县时,即借助于他的兵马。战后,也曾留他共举大业,却被婉言谢绝,未料一别三年了。"刘邦目中闪过一道光芒,"子房之意,是再借王陵围打宛城?"

萧何接上刘邦的话道:"此不失为妙策。只是王陵素与夏侯婴交好,偏他押运粮草尚未归来。"

话音刚落,就听见李甲在帐外禀报,说夏侯婴押运粮草辎重赶上大军,前来复命了。

刘邦闻之大喜道:"此乃天助我也,快请夏侯执珪进帐。"东阿之战后,刘邦封赐夏侯婴执珪爵位。

……

南阳郡守吕齮进入宛城后,紧闭四门,多置滚木礌石等守城物资,遣麾下刘校尉、李校尉、马校尉日夜督阵,伍长以上官佐枕戈待敌,不敢疏忽。

不久,探马带回消息,说刘邦的军队绕过宛城西去,他的心这才稍稍有所放松。夜来,他秉烛观看地图,从洛阳到颍阳,从颍阳到犨(chōu)县;从阳城到宛城,一步步地移动着目光。他知道,刘邦之所以把南阳作为主攻目标,完全是因为赵贲失利后在洛阳闭城自守,刘邦久攻不下。这给了他很大的启示,故而退入宛城后,他严令部属,不轻易出战,等待赵贲援军。果然,刘邦对宛城同样采用了绕道南下的策略。只要他们离开南阳郡域,宛城危难自解。

还有一层,那就是王陵军的威胁。倘若刘邦盘桓南阳,即便不与王陵军盟约或者合军,也会成为其有力策应。现在好了,这个赌徒终于率军离去,这对连日疲于应付的吕齮来说,无论如何都是一种欣慰,他如今只要将主要兵力用在围剿王陵上,便可保郡域内无恙。

他现在要做的,就是筹划如何剿灭不断骚扰的王陵军。而每到这样的关头,他总是喜欢将所思所虑说给舍人陈恢听,这不仅因为在故乡时陈恢就是自己的门客,更在于他奉诏主政南阳郡后,其一直不离左右,甘苦共尝。而且每每进言,都切中肯綮。

现在,他便很想与陈恢说话。而陈恢就在这时候,出现在他的面前。

彼此毫无客套,吕齮开门见山道:"依你之见,刘季还会再回宛城么?"

陈恢也不拐弯,直言相告道:"刘季为人狡诈,身边多有谋士,现今又多了张子房,一切都在两可之间。"

"唉,如此你如同未言耳。"吕齮对陈恢的回答很不满意。

但陈恢接下来的话却让他惊呆了:"据刘校尉派出的探哨回来说,刘季麾下之夏侯婴前往王陵营寨。他们乃沛县老友,此行目的不言自明。倘使此二人一旦牵手,难保其不会再度北上攻宛城。"

"咦!"吕齮呼地站起来,下意识地问道,"那如之奈何?"

"目下只能严防死守,待赵贲将军挥师南援,内外合击,必能重创刘季军。"

陈恢一番话使吕齮刚刚轻松的心境重新紧张起来,自觉今夜无法安寝了,转身从剑架上取下宝剑佩在腰间,对陈恢说了一句"陪我巡城",转身走进浓浓的夜色中。

七月的夜风中夹带着热气,吹到身上烧呼呼的。吕齮没有走多远已经汗流浃背了,听到从身后传来喘气声,他放慢脚步,等待陈恢跟上脚步。

"这天气,如火烤气蒸啊。"吕齮骂道。

两人来到城墙边,刚刚登上斜坡道,就看见李校尉有些慌神地朝城下奔来,吕齮截住问道:"何事如此慌张?"

李校尉话说得有些磕巴:"大人,刘邦大军又回来了,现已兵临城下。"

吕齮心中"咯噔"一下,暗惊形势又一次被陈恢言中,立即就向城头跑去。李校尉与陈恢不敢怠慢,加快脚步跟了上去,这时候,更漏刚过子时二刻。

吕齮登上城头朝下看,但见凌晨的朦胧中,城下火把林立,映红了半边天,影影绰绰中,可见战车和骑兵列阵肃然,火光照着风吹旗帜,若明若暗,似浪涛翻卷。中军大旗下,站着一位壮实汉子,果然是刘邦,左右两边各有一位将军,想来就是樊哙和曹参了。吕齮正要再看,就听见从城下传来刘邦的声音:"城头站立之人,可是南阳郡守吕齮将军。"

吕齮没有回答,而且刘邦也不需要他回答,继续道:"宛城已陷我军重围。我不想欺瞒将军,不妨直陈于此。我已决计,由曹参将军攻打南门,樊哙将军攻打东门,郦商将军攻打西门,柴武、王陵将军攻打北门。岳恒将军率领少年营早已在城周围密布埋伏,以防逃脱。此等布阵,城中飞鸟亦难逃脱,况乎人哉?何去何从,还请将军三思。"

"严防死守,绝不可以轻易出战,违令者斩无赦。"吕齮吩咐完李校尉,转身下城去了。

回到大帐,吕齮问陈恢道:"依你观之,刘邦意欲何为?"

陈恢略思片刻后道:"刘邦果然说动王陵参战,此于我军大大不利也。"

"刘季是久战抑或速战?"

"属下听闻刘季在说动陈留县令献出粮仓后,命夏侯婴车载而随,现在其兵精粮足,故而敌必久围而待我自乱。我且观敌之动向,再做打算。"

然而,第二天就传来消息,坚守南门的刘校尉耐不住叫骂,违令私自出战,遭到曹参所部痛击,死伤百人后退入城内了。消息传来,吕齮大怒,要下令将刘校尉斩首,却被陈恢劝住。第三天义军不再攻城,一切看上去似乎很平静。吕齮自感诡谲,却说不出究竟。等到第四天一早起来,但见满城烟雾缭绕,刺鼻呛人,走上街头,行人都捂着鼻子行走。询问路边行人,皆不知何因。

吕齮带着陈恢来到北门,守城的马校尉正心急火燎,看见吕齮忙指着城外的孤山道:"大人请看。"

吕齮手搭凉棚朝山上望去,但见义军的几位军侯正指挥属下干这件事情:一些人用人粪搅拌着树叶和树枝,点燃大火,一些人挥动硕大的扇子扇,烟雾借着山风吹进城里,奇臭难闻。吕齮捂着口,在心里大骂刘邦无赖,竟将如此下三烂手段用于两军交战中。

好不容易熬到傍晚,从东南方向飘来团团乌云,其间夹带着沉闷的雷声。到申时三刻,大雨倾盆而下。吕齮站在郡府门前,望着窗外"扑嗖"的闪电,几天来的惆怅终于消退,显出几分活泛,言道:"此天助我也!刘季,看你如何用烟攻?拿酒来,我也要消消连日来的困乏。"

他端着酒,在心里感谢苍天在危难时刻救了宛城,然后将一觥酒灌进腹中,仰天大笑。自陈胜大泽乡揭竿,章邯奉诏出关以来,他以郡守之职,时而驰援洛阳,时而东入陈郡,时而转战于南阳郡辖。直至最后,被王陵义军纠缠在南阳而不能自拔,在阳城与宛城之间疲于奔走。当传来赵贲退守洛阳,而刘邦军辗转南下的消息后,他最担心的事情终于发生了,刘邦军将宛城团团围住。

"哈哈哈!天不灭秦,刘季奈何?"吕齮自信地呷了几口酒,便觉得头有些昏昏沉沉,靠着案几进入了梦乡。在梦中他看见刘邦的军队匆匆退去,南阳郡一片升平。他和夫人、儿子乘坐着车驾沿着洇河一路北上,观田禾丰盈,碧树夹道,百姓乐业,哪有贼军的影子……

他不知睡了多长时间,忽然一阵雷声从郡府上空响过,惨白的闪电从窗前划过,吕齮一个激灵,急忙睁开眼睛,但见一个身影急匆匆进来,口中连道:"大人,大事不好了……"

"何事如此慌张?"吕齮呼地站起来,转身就去拿宝剑。

进来的人是坚守北门的马校尉,他一身水泥地站在面前,声音打战道:"刘贼趁着黑夜大雨,将洇河、礓石河水掘开,现在大水顺着城门涌进来了。"

吕齮骤然想到这宛城处于南阳最低处,四面皆是斜坡,站在街头向四处望,周围都是高地。像这样的大雨夜,最容易形成河水倒灌入城,只是此事被刘邦军用来攻城,却是他没有想到的。他正要吩咐马校尉调集军伍排水救灾,李校尉和刘校尉先后进府来禀报,说城外鼓声大作,刘邦军开始攻城了。

吕齮的眼睛睁得老大,透着凶光喊道:"你等还不救灾保城,站在这里有何用?"

李校尉迟疑道:"此次天人共力,依末将观之,恐难守住了。"

刘、马二位校尉悄悄拉了拉李校尉,三人悄悄退出,步入雨幕之中。

当吕齮发现只有自己一人孤零零的身影时,顿时觉得头晕目眩,巨大的恐怖从四面向他压来。他清楚,自己的生命已经走到尽头,过去,他不止一次听说项羽每攻下一城必屠之的消息,现在,他不敢想象,假若自己的妻子儿女落入刘邦军之手,将会是怎样的结局。他擦了擦额头的汗水,咬咬牙想,宁可死,也不能遭贼军蹂躏,就向后院奔去。他决计亲手杀了夫人和一儿一女,然后自刎以谢陛下。

夫人似乎早已料到会有这一刻,她并没有躲避,在安排家令将两个孩子藏进后院的暗房后,迎着丈夫的宝剑而来了。

"妾身明白夫君的意思,就是不愿意妾身落入贼手。只是念在你我夫妻一场放过两个儿女,让家令带他们逃生,也好接续吕门香火。"夫人言罢,抬起吕齮手中的宝剑,向自己脖颈间拉去。

就在这时,陈恢出现了,他奋力隔开夫人的手,回头看了看吕齮道:"大人这是为何,事情尚未到山穷水尽地步,岂可如此绝望?"

"宛城不保,我等岂有活路?"吕齮说着又要挥剑。

陈恢死死拦住道:"属下愿意出城劝退刘邦,保全城百姓免遭涂炭。"

吕齮收起宝剑,满腹疑虑地望着陈恢。

"刘邦所谋在宛城而非大人,只要大人不与义军为敌,属下担保宛城无恙。"陈恢言罢,将郡府后堂的白色幔帐撕下做了一面降旗,转身出了郡府。

"夫君!"夫人扑到吕齮怀抱,夫妻二人相拥而泣。

吕齮自语道:"若非舍人赶到,为夫险些铸成大错。"

陈恢走出郡府时,雨渐渐小了,满街都是惊悚不安的百姓,呼儿唤女,携老牵幼。哭声喊声浑然一片,间或杂有官军的呵斥声。再看看脚下,大水流淌,有的地方水深已达膝盖以上。路过宁秦巷口,听见民房倒塌的声音。他的心头就徒添了沉重和着急,盼望雨早些停,更期待刘邦军早日撤军。

来到西门口,他将白色降旗举在手中,让守城士卒把自己放在一荆条罐笼内,一边喊着"我乃郡守使者",一边让士卒用绳子将自己慢慢放下。

刚刚落地,就被曹参部属拦住,军士们上前推推搡搡地押解到曹参面前。陈恢不待介绍,就直接道:"足下可是曹将军?速带我去见沛公,有要事禀报。"

曹参将陈恢上下打量一番,便觉此人沉静庄雅,绝非轻狂无赖之徒,道一声"请先生随我来",转身向刘邦帐中走去。来到刘邦帐中,陈恢未等刘邦开口问话,先施礼道:"在下为沛公送宛城来了。"

刘邦看了一眼身边的萧何和张良,见二人脸上流露出窃喜的神色,立时换了颜色,吩咐赐座,道:"先生方才之言,还望能告其详。"

陈恢并不直接转述吕齮的求降之意,却问道:"在下听闻沛公曾与楚怀王有约,先入咸阳者王之。宛城者,乃大郡之都也,连城数十,人民众,积蓄多,若公强攻之,则吏人自以为降必死,故皆坚守乘城。倘足下于此迁延太久,则士卒伤亡惨重;倘足下率兵西去,则宛军必随其后。前后夹击,定然耽误入咸阳良机。为足下计,莫若约降,封赏郡守,使其为沛公留守,沛公率军西进。如此,诸城未下者,闻声争开门而待,足下通行亦无所累。"

陈恢说完这些,显出一副大无畏的气度。这倒让刘邦感到了几许真诚,当他将征询的目光投向萧何与张良时,便从二人神色中读出了赞同,待他转身说话的时候,已是神定计生了:"足下一番说辞,入情入理。据此而知吕郡守深明大义,我当奏明怀王,请封郡守为殷侯,封足下千户,即日解除宛城之围,率军西进。"

陈恢虽然面似冷静,其实内心一直打鼓,生怕刘邦如项羽一样动辄杀戮屠城。听到刘邦如此安置,心中顿时生出不尽的感动,起身施了大礼道:"如此,在下替宛城吏民诚谢沛公宽容大度。"

送走陈恢,刘邦又问萧何和张良道:"吕齮虽降,然未知其心。倘若我军西进,彼率军袭后,奈何?"

张良笑了笑道:"陈恢并非浪语狂人,他来必与吕齮商议而定,若食言,必为天下耻笑。"

萧何接着道:"为防不测,沛公可命一将军留守宛城。"

话音刚落,就听见帐外传来声音:"留守宛城之将有矣。"

大家转身去看,原是夏侯婴来了……

王陵没有想到,自丰县之战后,一转眼三年过去,他竟然在南阳郡与刘邦的队伍相遇,更没有想到能够与自己一向瞧不起的刘邦再度合作,围攻宛城。而这一切,都是因为那个善于言辞的夏侯婴。

说起来,王陵与夏侯婴的友情要追溯到在沛县的那些年月。那时候,作为司御的夏侯婴经常奉命到乡下为县令岳母接送郎中,而王陵所在的王家庄正是他每次必经的村落。有一天,当车舆从庄上路过时遭遇了一群恶少的骚扰。那几位恶少从酒肆中出来,借着醉意要夏侯婴送他们回家。正公务缠身的夏侯婴直接拒绝了他们的无理要求,惹恼了恶少,那为首的矮胖子一声令下,几位年轻浪子纷纷上前,对夏侯婴动起拳脚。

夏侯婴不由大怒,挥动长鞭,一顿好抽,只听"啪啪"声后,几位歹徒倒地哀号。就在这时,有一位恶少悄悄转到他的身后,抢起木棍,照准他的后脑用力打去,他只觉得眼前一黑,便朝后倒去。

他再度醒来时,已躺在庄主王陵后院的客房了,头上包扎了白绢。王陵正坐在榻前,丫鬟舀起一调羹药,用口吹了吹,轻轻喂到他的口边。

"我如何会到这里?"

王陵把街头所发生的事情简要叙说一遍后道:"家丁们告知在下恶少们目无法纪,竟敢殴打县令司御。当时见足下头上受伤,在下即救回庄中疗治。"

夏侯婴挣扎着起身问道:"那些恶少呢?"

王陵笑道："足下放心,在下已命家丁押往县府大牢了。"

"真是多谢恩公!"从此,夏侯婴与王陵成为莫逆之交。

刘邦在沛县举义时,曾托夏侯婴邀王陵加入,他将之告知雍齿,两人皆以为刘季难成大事,与其追随其后,不如别树一帜,逐鹿天下。令他大感不解的是,刘邦当时非但没有丝毫的邻壑之念,反而在他宣布举事那天,送来了十数坛美酒和一封信札。王陵打开信札一看,句句都是古道热肠——

> 夫嬴秦暴戾,神人共愤,百川沸腾,岸谷鋆陵。足下应天顺时,散豪室巨财;举帜号令,聚乡中壮勇,乃英雄之志,豪杰所为也。季仰之慕之,特赠薄酒,以为贺忱……

而送来贺礼和信札的不是别人,正是夏侯婴。捧着信札,王陵一时双目发潮,不知该说些什么。后来,当丰县久攻不下,夏侯婴向他求援时,他没有犹豫就答应了。连他自己也不能不承认,刘邦身上的确有一种让他说不出,却能感受到的吸引力。战后,他没有留下,仍旧回到南阳,三年多来,辗转盘桓,终于使这支队伍壮大到令南阳郡守都无可奈何的地步。

他自己无法回答,为什么每一次都无法拒绝夏侯婴的目光。这次刘邦重围宛城,依旧是夏侯婴带刘邦的书信前来求援,他不假思索地就答应了,并且担任了北门的主攻。虽然因陈恢的出现而没有攻进城,可他也明白,如果没有大军压境,吕齮绝不会轻易献出城池。

于是,一个现实的问题摆在王陵面前,是跟着刘邦西进早入咸阳,觅得拜王封侯,还是继续留在南阳漂泊。就在刚才,夏侯婴再次转达了刘邦的意愿,诚挚的目光使王陵不忍拂逆他的好意。可直到吕齮与刘邦休战,他都没有归顺的意思:"这事容在下思虑之后再回答夏侯公。"

"好!在下与沛公静候佳音。"夏侯婴放下茶盏,起身告辞。

王陵送到寨门口,依依不舍地握着夏侯婴的手良久,才转身回了大帐。在帐中,他一眼就看见了军师的身影,知道与夏侯婴的谈话他早在帐后听见了,于是直截了当问道:"我是走是留,你如何看?"

"主公将如何决定?"军师在王陵对面住了脚步,见他没有回答,便觉出了他的心动。从沛县跟随王陵至今,他深知王陵性格的弱点,就是太重朋友情义,太在乎别人的情感。军师接过侍卫递上的热茶却没有喝,他放下茶盏,指尖蘸了些许茶水在案几上画起了地图,边画边道,"虽说怀王有约,先入咸阳者王之。然刘项目下未分高下,而在下以为,项羽之势如日中天,究竟谁先入咸阳,尚难见分晓。如此时刻,主公归顺刘邦,虽不能说明珠暗投,然确非其时。"

"我亦如是想。"

"故属下以为,主公可以与吕齮共守宛城为由暂留南阳,如此,进可以西去,退可以与项羽盟约,此乃一石二鸟之策。倘若刘邦真的先入咸阳,依主公素来有恩于刘,那时易帜也不晚。"

王陵点了点头道:"多亏军师提醒,我这就去刘邦处申明此意……"

"将军此想,正合我意。"在宛城郡府,刘邦当着众人的面如此直截了当的回答,让王陵有些措手不及。

王陵不知道,此意正是夏侯婴回营寨途中所思所虑的结果。

正想着如何回应,未料刘邦却先他而言了:"我军西去,山高路险,既要战迎面之强敌,又要防秦军自后路奇袭。如有将军与吕齮将军坚守宛城,我军亦无后顾之忧矣。"

王陵真的语塞了,他找不出恰当的词语来表达自己的心情:"这个……在下深谢沛公宽谅。"

"王将军!"刘邦拉着王陵的手,温和地说道,"你我皆沛县人,以乡里论,当同怀同气,共赴艰危,为百姓打一片清平世界来……"

"沛公……"王陵第一次改了对刘邦的称呼,尽管在他只是一种下意识的举止,可萧何与张良早已将之收进眼底,两人相视而笑,却没有将心中暗喜说出口。

倒是夏侯婴按捺不住心头的高兴,疾步上前拉着王陵的手道:"沛公在郡府设宴,款待足下与殷侯,君我一同入席吧!"

……

第二十三章

泪潸潸章邯降楚
马萧萧刘邦攻关

送走怀王的使者，吕臣回到安阳城中，沉默半日，情知自己从此将不可能再驰骋沙场，为陈王报仇雪恨了。

怀王的使者是前日到达安阳的，他带来了怀王的诏命——

> 初！卿自请出战，协力上将军力克强敌，鞍甲之劳，荡荡之勋，朝野共目。今巨鹿战后，章邯败绩，欲降大楚。然则，朝事烦冗，令尹年高，寡人甚悯，着即回彭城，在朝佐寡人理政，在府侍奉令尹，事亲忠君，其两利也……

字里行间流淌着王上的关切和温暖，理由也很充分。但吕臣明白，这一切大概因为父亲是令尹的缘故。透过文字，他感到背后另有声音，那就是自己长期在外令某些人疑虑丛生。

除了项羽,还会有谁存此心机呢?是的,他毕竟是陈王的近臣,他当初打起苍头军的旗号只有一个目的,就是要为陈胜、吴广报仇,重建张楚国的威严,这显然与项梁父子的目的大相径庭。这一点,他在项梁遣范增前往民间寻找熊心时就看得很清楚。随着战事的延续,现在军中几乎没有人再提起陈王。

他之所以对项羽斩首宋义表示了支持,完全是因为章邯乃杀害陈王的元凶,不杀宋义,就不可能对章邯用兵。在怀王默认事变结果、任命项羽为上将军的第二个晚上,他来到项羽帐中,提出此时乃陈王遇害忌日,倘使军中吊祭,定能聚三军之志,凝上下之力。孰料项羽讽刺的目光掠过他的额头,说出一番让他十分伤心的话来:"陈涉者,佣耕之徒也,岂能为大楚之王。司徒既为楚臣,当侍奉怀王,吊祭吾叔矣!"

这件事虽然因项羽的干涉而搁浅,但吕臣却难以释怀,在项羽与秦军大战巨鹿之际,他还是在安阳城中祭奠了陈胜与吴广的亡灵。那一夜,吕臣借着酒劲放声大哭,让跟随在左右的从事中郎和侍卫们无不潸然泪下……

"位高忘主,枉为人乎?"吕臣并没有因为被召回而对自己的行为有所悔愧,"物以类聚,人以群分。道不同者,未可谋也!回彭城就回彭城,那里有白发苍苍的老父,还有辛劳一世的母亲,一家人团聚,何乐而不为呢?"

王命难违,加之心有所属,吕臣就一刻也不愿意在这待了,他自嘲地笑了笑,问从外面进来的从事中郎道:"桓楚将军还没有到么?"

"回长史大人,桓楚将军后天可到。"

"王命紧迫,我亦无意滞留。待桓将军到来,命主簿将军中名册、府库粮草图册以及殷墟受降地形图悉数转交给他,就说我回彭城复命去了。"

闻言,从事中郎流露出眷恋和不舍:"大人在安阳数月,甚受将士、百姓拥戴,卑职这就传都尉与安阳令前来送别。"

"不可!我军进驻安阳,百姓安然无恙,皆赖怀王圣明,陈王灵佑。吕臣区区将军耳,何敢劳动父老乡亲。"吕臣连连摆手,从案几上拿起一卷竹简道,"此乃我数年来与秦军为战之心得,就送与你权且做别礼吧!"

"谢大人!"随后,从事中郎对外面喊道,"来人!"

外面进来几位侍卫,人手一个托盘,里面盛着热酒。从事中郎拿起盘中的酒觚,高高举过头顶道:"卑职跟随大人数年,情同手足,请大人饮下此杯,且做饯行之浆,亦表对大人敬意。"

"桓将军乃高世之将,折冲千里之外,足下在他身边,必有精进。当自修砥砺,勿失众望……"吕臣接过酒觚,一饮而尽。

第二天黎明，第一声雄鸡在安阳城啼叫，吕臣便悄悄起身。昨夜，他命侍卫给车毂上缚了蒲草，出了安阳城南门，登上了去往东南的官道。一辆车驾，几名随从，在晨曦中留下淡淡的身影。

昨夜的酷热到这会儿都已散尽，凉风习习，吹散了吕臣昨夜的醉意，真所谓醉时忘忧，醒时多愁。此时，吕臣被烈酒浇下的思绪再度爬上眉头，涌上心头。他油然地想到了两个人，一个是近来刚在白马津南大破秦军的刘邦，一个是在汙水渡口等待章邯投降的项羽。很显然，章邯之所以选择降楚，不唯因为巨鹿大战伤了秦军元气，还与刘邦的策应有着绝大的关系。

他们都是将才，吕臣不得不承认他们英勇善战。尤其是项羽在巨鹿破釜沉舟，曾给他强烈震动。然而，他最不能容忍的是每每攻下城池时，项羽大肆屠城，所过之处，杀人盈野。而刘邦则每下城池，都严令军士不可骚扰百姓。

"当今争天下者，唯此二雄也。"车驾驶近殷墟时，吕臣抬头远眺，当年繁盛一时的商朝都城如今只剩下残墙断壁。倘使项羽先进咸阳，那难保秦皇宫殿不会被夷为平地，多少年后，为人感叹唏嘘。

"与其毁于项羽，不如归于刘季；既然不能见容于器量狭小之人，不如择主而栖。"但这一想法跃上心头，连吕臣自己都吓了一跳，忙对司御道，"加快速度，我不忍看这凄惨之地。"

"大人，您可曾听到后面有马蹄声。"司御一句话提醒了吕臣，他侧耳听去，果然蹄声在耳。

"吕大人请留步……"但见不远处两匹战马扬起的尘土飞扬，从尘埃中传来急促的呼唤。

吕臣听清楚了，那是属下校尉的声音。司御见状，不再催马，让车速渐渐地慢了下来，直至在殷墟的东南角止步不前。

"参见大人！"几位校尉驰马来到吕臣面前，相继翻身下马相见。

"你等这是为何？我是奉命回彭城履职，你等皆率军之人，责任重大，岂能弃军伍于不顾。"

"司徒一走，我等顿失主心骨。我等自阳城便跟随司徒，南征北战。现今司徒大人只身离去，我等甚是忧虑。"校尉张虎回道。

"张兄所言，亦是我之心迹也。"校尉邓龙接着话头道，"项羽刚愎自用，范增老谋深算。我等在其帐下难免受气，倒不如跟随司徒回彭城另做打算。"

邓龙乃邓说之子，其父战死后，便被吕臣带在身边。他忘记不了当时一身疲惫地站在吕臣面前的时候，迎来的是慈父般温暖的目光。从此以后，他便受到吕臣无微不至的关怀。现在，吕臣就要离开，他的心也跟着走了。

"糊涂！"吕臣的眼神一一扫过部属,话语中就带了沉重,"我回彭城乃为履职,你等率兵随我,岂非落下兵变之疑的口实？"

"这一层却不曾想到。"张虎沉吟一声,"只是大人这一走,我等心中……"

在大道尽头有一拐弯处,直往东去,道旁栽了粗壮的柳树,柳树后面就是殷墟旧址。当年的城墙痕迹犹在,然而时间的风雨将盛极一时的殷商王朝吹得只剩下满地尘埃。吕臣目光在一处断墙边停留了很久,这才转过脸来道："商纣暴虐,人亡国毁,殷鉴不远；秦政严苛,黎首揭竿,即在眼前。可惜,项籍不敏,无以戒之。"

邓龙忧虑道："此亦我等之忧。倘归属其麾下, 他命我等屠城,如何应对？"

"万万不可！"吕臣的目光顿时严肃起来,"陈王揭竿乃为天下百姓不遭涂炭。我等出身皆与陈王同,岂能将屠刀举向父老乡亲。即如此,与暴秦何异？"

"我闻刘季军纪甚严,百姓拥戴,倒不如……"

张虎这话刚说了半截,却被邓龙挡了回去："你这样说,岂不是连累了司徒大人么？"

但张虎的一句话,却引起了吕臣的深思,弃暗投明,不失为良策,只是眼下刘邦正率军南去,属下之举若被项羽或桓楚知道,难免被诛。想到这一层,他说话的口气就变得慎重了："目下为时尚早。"

"这却是为何？"

"一则,刘邦在南,你等在北,若是背项奔刘,势必引起与项羽军的纷争,此乃亲痛仇快之举,智者不为；二则,刘邦南去,你等追赶途中必遇秦军阻拦,以我苍头军战力,孤军作战,得不偿失。"

"如何应对,司徒大人不妨直说。"张虎是个急性子。

"所谓小不忍则乱大谋。目下,你等且在项羽帐下听令,以待时机。依我观之,随着章邯之降,秦朝气数已尽。而义军中可逐鹿者,唯刘项尔,到时我自有话来。"吕臣从腰间解下一方玉佩,"嘣"地摔在地上,那玉佩一分为三。吕臣将其他两块交与张虎、邓龙道,"到时,见玉如见人。"

张虎、邓龙接过玉佩,一时无语。

吕臣的眼眶潮乎乎的, 但他毕竟经历过生死,硬是用笑脸面对两位属下："男儿之泪贵如金,切勿轻抛。千里相送,终有一别,你等好自为之。"

吕臣走了好长一截路,张虎和邓龙仍然在阳关道口站着……

"皇帝昏庸,赵高当政,忠臣遭谤,将士寒心,大秦气数尽矣。今胜亦为赵高嫉妒而死,败以罪而死,何以处之,请老将军三思。"司马欣一到汙水军营,就对章邯说道。

司马欣是接到章邯的信后率部星夜从棘原赶到汙水的。就在他出发的前两天,朝廷使者还带着二世的敕命来到军营,字里行间充满了责备。严令他倾尽军力将局面扭转过来,否则将缉拿归朝,军法从事。

那使者显然是赵高的鹰犬,言谈举止间傲慢不羁,根本没有将他这个长史放在眼里。临行时还放下话说,若月内毫无战果,即提头面圣。

"朝廷使者还说了什么?"章邯面向坐在对面的司马欣,急切地询问道。很显然,他最担心的是家人的安全。

司马欣将一口热酒灌进腹中,印堂眼看着就发红了,眼中布满了血丝,说话时愤怒中带着悲凉:"使者言道,朝廷为我等安危计,已将老将军、董都尉与在下的老小都集中到皇城去了。"

"这不是拿举族做人质么?赵高老贼,我与你不共戴天。"章邯怒发冲冠,"有朝一日回得咸阳,我定将此贼碎尸万段。"

司马欣忙上前劝慰道:"老将军息怒,眼下最要紧的是我等将何以自处?"

回到座上,章邯喝了一口闷酒,心里就上下翻腾开了。早先,他抱着依稀幻想,希望能与项羽互不交战,结果未能如约。接着,就是白马津与汙水两战,他损兵折将。项羽要他与司马欣商议降楚。可现在,当他得知老父妻子皆被羁押在朝时,便犹豫不决了。只要他降楚的消息一传到咸阳,三家近千口人命就完了。可再战下去,又能如何?贼众愈剿愈多,秦军如入火阵,遍地布薪,奈何?

"是战是降,老将军速做决断才是,项羽岂能任我军无限期拖延下去?"
"依长史之见呢?"
"依属下观之,降乃上策,尚可保命。"
"我等保命,家小奈何?他们可是赵高手中人质。"章邯眉目忧郁地说道。
"将军以为战就能保住家小么?"司马欣正要说话,却听见门外有人声传了进来。

"此乃项羽帐下之陈余将军。"章邯立即介绍。

"陈将军为何言战不能保家小?愿闻其详。"司马欣起身见礼,问道。

陈余呷了一口酒润了润嗓子道:"赵高素谀日久,今亦恐二世诛之,故欲以法诛将军以塞责,使人更代将军以脱其祸。夫将军居外久,多内隙,有功亦诛，无功亦诛。此不言自明之理，童稚皆明。奈何老将军身在事中，而不知其危矣！且天之亡秦，无论愚智皆知之。今将军内不能直谏，外为亡国将，孤独立而欲常存，岂不哀哉？"

闻言，章邯的脸上就有些发热，未料陈余并不管这些，接着道："目今天下英雄，唯项将军耳。自巨鹿战后，白马津、汙水两战足见其韬略过人。将军何不还兵与诸侯为从，共约攻秦，分王其地，南面称孤；此与身伏斧质，妻子为戮孰为轻重？"

话说到这个地步，彼此都明白了对方的用意，司马欣觉得陈余所言也正是自己这些日子所思虑的，便在一旁劝道："陈将军所言乃为我军计，请老将军速做决断。"

"好！"章邯终于下定了决心，"就请陈将军转告项将军，我愿与诸侯合纵击秦，兹请定于吉日，下官在殷墟转交将军印信，以明心志。"

陈余敏锐地觉察到，章邯始终没有说到一个"降"字。但这有什么要紧的呢？只要他交了印信，那投降就成事实了。陈余大喜，立即回去通报消息。

走出营寨，陈余回头看了一眼汙水大营，然后甩开大步，朝车驾前走去。

陈余得意忘形的情态都一览无余地映入司马欣的眼里，便道："依属下观之，陈余亦非心存大志之人。"

"长史所言极是。他岂非胸无大志，简直就是势利小人，项羽识人有差矣。"章邯平复了一下语气道，"老夫刚有些失态，还请长史见谅，今日之事勿对外张扬，以免军中有朝廷耳目。"

司马欣表示一定严守机密，章邯才放下心来，说既是"议和"，那就该知会远在昌邑的董翳和章平。司马欣觉得这是顺理成章的事，说此事就由他去办。

毕竟这是一件事关战局的大事。加之面对的是一个性情暴戾、嗜好杀人的项羽，章邯不得不考虑到部属的退路。

司马欣见章邯面露忧色，又问道："老将军还有何顾虑？"

章邯眉头皱了皱道："凡事预则立，不预则废。项羽性格暴躁，加之范增老谋深算，我担心遭遇埋伏。故而……"

司马欣截住了章邯的话头道："老将军放心，末将回去后，立即命人暗中埋伏于洹水南之蒿草丛中，以应不测。"

犹如一石入水，激起层层心波，一整个下午，章邯都神不守舍，一会儿朝营门外看，一会儿又拿起司马欣转来的朝廷敕命反复浏览。眼看日沉西海，暮色降临，他只是草草地用了一些晚饭，就依旧坐在大帐中发呆。

"老夫想静一静,非紧急军情,勿扰。"章邯交代完从事中郎,就拉了幔帐。

他的思绪拉得非常久远。二世元年九月,当他立马骊山脚下,检阅数十万换上戎装的刑徒时,是多么踌躇满志。诛周文,灭张楚,殒项梁,可谓捷报频传。三年风餐露宿,卧冰伴霜,征尘满肩,他一心想的就是再铸大秦一统江山,像王翦那样青史留名。现在他终于明白,时移事易,今非昔比。他没有王翦得遇始皇那样的幸运,二世昏庸,赵高篡政,对为国效命的将军来说意味着战非所值。他不敢想象,回到咸阳将会遭受怎样的刑狱之苦。

他的思绪沉重。是的,所有的事与愿违都源于赵高。他至今记得,在前往骊山集结刑徒的前一夜,李斯带着酒酿到了他的府邸,两人煮酒对饮,推杯换盏之际,都对发生在大泽乡的事表示了深深的忧虑。那时,他们的见识是何等的一致。可后来,他从章平口中得知,义军所过之处,百姓箪壶食浆的情景后,他沉默了。当京城传来李斯一门被斩的消息后,他虽然喝住章平关于赵高篡权的疑虑,但心底却不断问自己究竟为谁而战。

从主战到投降,这一步多么不易。从此他将成为贰臣,尤其是还要牵涉二老妻子。父亲已年过八旬,当年他被朝廷任命为少府时,父亲就叮嘱他为臣之道,当以殷之伊尹、周之太公、秦之商君为楷模,上则尊君,下能爱民。尤其是守府库,必得出于私门,入于公门,心无旁骛。出征前,父亲还将章平引到面前,要他护卫自己为要。而他现今却违背老人家的心愿,在前方与敌军媾和。

"父亲,请恕孩儿不孝!"章邯再也忍受不了情感的折磨,"扑通"一声跪倒在地。

"章邯提出,三日后在殷墟当面交将军印绶于上将军。"陈余一回到军营,就向项羽禀报了与章邯约谈的结果。

"章邯还有何要求?"项羽看了一眼身边的范增。

"章邯所挂怀者,乃上将军能否言信行果,践行事前所议之诺。"

闻言,项羽便有些不高兴,面露讥色:"败军之将,何谈践诺?"

"上将军慎思!"范增总会在要紧关头出面,他将了捋胡须,眼中闪烁着精明的光彩,"章邯者,秦军之主将也。今章邯一降,上将军若待若上宾,明日将有千百章邯效之,如此,则我军不动刀兵,入关指日可待矣!"

"亚父言之有理!"项羽一点即透地说道,"籍洗耳恭听。"

范增撩了撩衣袖,又看了看陈余道:"反之,若我军言而无信,则必为秦将畏惧,转而降刘,抑或合纵为战,孰轻孰重,将军不难明察。老夫线人报说,刘季近日已说降南阳郡守吕齮,先我一步,不可不警觉。"

"就依亚父。"项羽站起来,在帐里踱着步子,"许诺奏明怀王,封章邯为雍王,司马欣为上将军。待灭秦后,再事封赏。"

范增的思绪并没有停止,他接着又提出一个问题:"秦军乃虎狼之师,章邯乃名将,为防万一,可命桓楚、英布在殷墟两侧埋伏,以防万一。"

项羽笑道:"此事我早已料到,已命桓将军先行进驻安阳,倘若彼心怀不测,将聚而歼之。"

这一招陈余的确没有想到,看着项羽韬略在胸的样子,他忙在一旁赞道:"还是上将军深谋远虑。"但很快他就觉得尴尬,因为项羽并没有搭话,却表现出一缕极不易觉察的轻慢。

众人散后,项羽并没有停在帐中,而是径直奔向了健妇营,他要把这个消息告诉虞姬。他越来越觉得自己有两个人须臾不可离开,一个是范增,一个就是美丽而善解人意的虞姬。

……

三天后,以项羽为首,范增陪同的一方与以章邯为首,司马欣陪同的一方在殷墟以南的地方会面了。不管暗地怎样剑拔弩张,为了表示诚意,双方都只带了十数名侍卫,而且在身后数十丈远的地方跟着。只是项羽一方多了仪仗方阵,以壮军威。

项羽一身黑色盔甲,衬一件褐色战袍,骑着那匹陪同他从会稽打到漳水的乌骓马,旁边有两名侍卫,为他扛着长戟,还有一名着朝服的主簿跟着。昨晚,范增曾劝他换上朝服,以彰显楚国上将军的雅健,但被他拒绝了,说自己本来就是马上取天下的将军,不需要"雅健",那章邯本就是败军之将,为何还要照顾彼等感受?不仅如此,他还要范增也换上盔甲。范增笑说他本就不是武将,穿起甲胄,反而弄巧成拙,倒是朝服显得庄重些。项羽自然不能强求,只好随他去了。

到了相距三丈的地方,项羽和范增勒马止步,这是受降者的姿态。章邯和司马欣当然明白这些,双双下马,手捧将军印信,缓步来到项羽面前,躬身施礼,然后将印信举过头顶,声音有些沙哑地说道:"请楚国上将军接印。"

项羽严肃地接过印信,转身交给身边的范增,范增又转交给身边的主簿。

章邯随之将司马欣介绍给项羽,司马欣很得体地向之行了大礼,相比于章邯,他倒没有那么沉重。

"我已飞报怀王,封章邯为雍王,司马欣为上将军。其所部为先行军,不日即西进咸阳,共诛暴秦。"项羽眉毛悠悠颤动,从章邯的眼里看到了浊重的泪水,多少有些不解,"今日乃君我大喜,将军为何伤感?"

章邯哽咽地说道:"赵高老贼为逼下官与楚军为战,将下官及长史、都尉三家近千口人擒拿至咸阳城中,至今不知生死。"

司马欣将军册递给范增,范增大体浏览一遍,乃知尚有二十万众,心中便有了担心,若这二十万人万一哗变,岂非祸事?不过此时此刻,他将这一切藏进心底,一脸和悦地说道:"有了这二十万人,大楚如虎添翼,入关指日可待。"

"二十万人?"这个数字强烈地震撼了在一旁与章邯叙话的项羽,他立时便有了与范增一样的心思。不过,在这受降的时刻,一切都被和解淹没。范增不失时机地在前面引路,项羽与章邯一起来到仪仗方阵前。但见斧钺林立,刀剑闪光,战车列阵,群马昂首,旗如蒸云,声似洪涛:"上将军威武!"

"上将军威武!"

声浪在殷墟残墙断壁间荡起阵阵回音。项羽催马来到仪仗前,向将士挥手致意。这情景让章邯的情感更加复杂,说不清自己是什么感觉。

项羽醉了,在受降之后庆功宴上,他喝了个酩酊大醉。此刻他趁着酒意,踏着八月融融的月光,到健妇营来看虞姬了。他想象这个时刻,虞姬将会以怎样的欢悦迎接他的到来,他满脑子都是虞姬窈窕的身影和娇媚的眼神,忽然觉得繁忙的战事该是多么残酷,一次又一次地剥夺了他与虞姬独处和缠绵的机会。他跟跟跄跄,远远地瞧见一位女校尉率领女兵们巡营,觉得那女校尉与虞姬很像,便喊道:"虞姬!我来看你了。"

虞娘一听那口齿不清的样子,就知道项羽又喝醉了,便闪过身子对他道:"上将军看看,我是虞娘。"

"你姐何在?怎不来接我。"

正在帐中的虞姬闻声出来,见项羽脚底不稳,忙上前扶了道:"怎么醉成这样?"

来到帐中,虞姬伺候项羽坐下,忙命人端来醒酒汤侍奉项羽喝了,又打来热水为他擦了擦脸。过了一会儿,项羽的酒意果然去了不少,他望着虞姬艳若桃花的脸庞道:"你知道么?章邯降我大楚,我高兴啊!"

"高兴也不能喝得如此深醉。"虞姬的爱都在细节处,她不用"烂醉"这个词,生怕伤了项羽的自尊。

项羽张开被络腮胡子包裹的阔唇道:"记得当年秦皇巡狩会稽时,我曾放言,将取而代之,今日章邯降于我,我比之嬴政如何?"

虞姬眯着眼睛看项羽,良久无言。自从来到楚营,对眼前这个男人,她怀着爱忧参半的情感,多少次为他那力拔山兮的气概所感染,为他万马军中取秦将首级的勇力所震撼,觉得将此生托付给项羽无憾矣。然而,每逢自己陶醉在英雄美人相依的爱流中时,总会有另外一个项羽会闯进这纯情的依偎。他如此鲁莽而又残酷,杀起人来甚至连眼睛都不眨一下。特别是在几次大胜之后,他竟放纵部下以杀人为乐,这难道就是自己所爱的豪杰么?

此刻,灯影下的项羽脸上呈现出男人野性。他并不在乎虞姬此时的心情,拦腰抱起她就向帐后奔去。接着,三两下解开了她的衣带,只将肤如凝脂的玉体展现在面前。那山岭一样的丰乳,在平原一样的身段隆起,伴随着他的揉搓而悠悠颤动;而当他宽厚的身子裹挟着虞姬的娇小躯体之际,那粗而短促的呼吸直冲进女人的心底最软处。

每逢这样的时刻,虞姬的回应总是五味杂陈。她渴望暴风雨的骤然降临,或者潮水的汹涌澎湃,愿意将自己的娇小和婀娜化为一叶小舟,自由曼妙地一任浪花载着漂向远方;然而,当飓风真正袭来的时候,她又怀着深深的忧惧,生怕眼前这个号令如山的男人辜负自己。所以,每当这个时候,她总是选择退却。这让项羽很失落,他猜不透虞姬究竟需要什么?也很想问一问她为什么在紧要关头选择若离——一种充满着眷顾的推却。

虞姬轻轻回避了项羽贴上来的嘴唇,轻柔地说道:"上将军真觉得自比秦皇有过之而无不及么?"

"爱姬何出此言?现今我军势如海潮,秦廷危若崩石。咸阳属我,朝夕之间,此时我不想说这些。"

但虞姬还是把要说的话涌出樱唇:"依妾看来,秦皇之败,在政苛刑酷,政苛刑酷之源在暴戾成性。将军当以此为戒,方能得道多助,人心归顺,自古有以仁礼而治天下,未闻以杀戮而服人心的。"

闻言,项羽便老大的不高兴:"我军新胜,你却出此谬言;我却以为,唯刀剑可以说话。不仅屠城,若章邯所部有异动,定将其校尉以下二十万人坑杀之,以绝后患。"

听闻此言,虞姬惊呆了,她浑身不再柔软,而是变得僵硬,从弯眉下的眼角淌下一串晶莹的泪珠。

此刻项羽完全清醒了,他知道吓着了虞姬,却一时想不起什么安慰的话来……

"哈哈！连孟子都明白'不嗜杀人者能一之'，他竟然以屠城为快。"

八月，当怀王的使者将项羽殷墟受降的消息传递给刘邦时，张良以讥讽的口气评价道。

使者此行乃为查看刘邦大军行程，也带着催促其加快西进的意思。然而，当使者在武关见到刘邦时，他当着萧何和张良的面摆了一大堆难处，那意思很明白，他没有项羽招降章邯的天时和地利，不可能早于项羽进入咸阳。他要使者回去奏明怀王，若项羽先入关，则楚军一统天下立可得也。

刘邦的表情也很丰富，说到难处时一直皱着眉头，似乎有万重大山压在心头；说到项羽先入咸阳时一脸的虔诚，似乎他处处在为复楚大计着想，并不在乎谁先为王；说到抓紧进军时，又是抓耳挠腮的焦急。这些做派逗得一旁的张良、萧何心中暗笑，不得不佩服刘邦的应对自如。使者刚一离开，张良和萧何就盛赞刘邦临大事而不惊，从容镇定。

刘邦听后笑道："我这些还不是得之二位么？依我看来，目下对于入关，众人各怀心事。怀王催促我加快进关，无非想圆一统社稷之梦。"

张良接着刘邦的话道："在下以为此不过怀王一厢之愿。项公去后，彼徒有名耳。在下可断言，项羽进咸阳之日，乃怀王寿终之时……"

"况且项羽招降章邯后，西去已无障碍，其野心昭然若揭。"萧何朝左右看了看，见周围无闲杂人，才接着张良的话继续道，"倘彼先入咸阳，必大开杀戮，则百姓遭殃，故我军当加速西进，早日入关，方是社稷良策。"

"我观怀王诏命，可见彭城有人也不希望项羽早入关。"

刘邦把写了怀王诏命的绢帛递给张良看，张良看了一遍后道："假如在下没有认错，此诏命出自司徒吕臣之手。当初薛县会盟时，我见过他的笔迹。"

萧何惊道："如此说来，吕臣回到彭城了。"

刘邦点了点头："怀王调吕臣回彭城乃为壮项羽也，吕臣岂能甘心？如果我所料不错，这催促进兵诏命，必是吕臣向怀王进谏所为。"

张良不假思索道："吕司徒这是暗中提示我军早日入关啊！"

是啊！谁能想到事情的变化如此之快，转眼间，先入咸阳的话题匆匆地来到了面前。刘邦的思绪就顺着张良的话回到了数日前的武关大战。

车辚辚，马萧萧，一路旌旗蔽日，战马嘶鸣，刘邦自离开沛县后从来没有像今天这样扬眉吐气。事情的发展果然不出张良所料，自南阳郡守献出宛城后，一路南下，所到之处纷纷投降，刘邦兵不血刃就到了武关下。

武关，雄踞在商县武关河北岸，北倚高峻的"少习山"，南临绝涧，关城建在峡谷间之平缓地带,乃兵家必争之地。城东有四道岭,堪为屏障,尤以吊桥岭高耸入云,险峻陡峭,历来有上山一道,不容并骑之称。当年范雎来到秦国,盛赞秦乃"四塞之国",就是指函谷关、大散关、萧关和武关。陈胜、吴广势成燎原后,赵高欺瞒二世最有力的理由就是只要守住四关,便可保咸阳无恙。也许正因为地势险要,所以在其他郡县纷纷投降的时候,唯有武关守将踞关坚守。

武关守将司马牛乃司马欣堂弟,竟放言攻下武关之将尚未出世。刘邦闻之大怒,一气之下起用樊哙担任攻城前锋,以曹参为主力攻打武关。

战事很是酷烈。樊哙率部避难就易,从西城攻关,孰料守关秦将自知东城险峻,将重兵部署在城西和城南。连续三天,眼看着士卒一片又一片倒下,樊哙焦躁万分,当夜找曹参商议,曹参也正为死伤甚众而恼火。

"难道我等就这样让武关守将嘲笑么?"

"攻城倒是还有一条路径,且秦军必以为我军不能至!"

"将军说的是吊桥岭么?秦军必以为此处一夫当守,万夫莫敌,我军何不就此奇袭呢?"

曹参惊异一向粗疏的樊哙也有虑事细密的时候,竟然与自己所思相合。

两人密议良久,当夜遣士卒千人扮作秦军运输粮草,肩扛"军粮"从城东吊桥岭入东门,坚守东门的校尉根本没有想到,义军会从这里进入。验看了从城下吊上的文书后,便开城迎接粮草辎重。待一干人进城后,司直正要重闭城门,却不料被身后一刀结果了性命。千人卒伍潮拥而入,朝西门奔去。等冲到西门口,有人高声喊道:"将军何在,我等乃送粮草辎重而来。"关门司直稍一分神,便被取了首级。等到城上守军发现异动时,城门早已大开。樊哙手执两个板斧,好一路砍杀,但见寒光闪处,人头落地,鲜血飞溅。

樊哙杀红了眼,把前两天攻城中死伤将士的仇恨都撒在了秦军身上,一边追赶一边高声喊道:"杀!杀!杀!杀尽贼军,为死难兄弟报仇。"

将士们一听开了杀戒,顿时杀气横天。只听见惨叫声、喊杀声、哭泣声交织在一起。分不清哪是秦军哪是百姓。夜色中,满街尸体横陈,有几次樊哙向前行时,都险些被尸体绊倒。

在南门口,樊哙遇见杀进城来的曹参,相互一看,脸上都是血迹,曹参劝道:"将军报仇心切,但不可滥杀无辜。"

樊哙瞪了一眼曹参道:"不杀岂能安抚死伤士卒及家人?"

曹参正要说话,却听到不远处有马蹄声,原来是武关守将司马牛手持一杆长枪冲来。曹参闪过枪刺,顺势一用力将他拉下马来。起初,那司马牛出枪凌厉,颇有威势。然而,数十回合后,耳边自己军伍的呼声愈来愈小,倒是义军吼声如雷贯耳,令他分神。曹参趁势一刀下去,将他的首级削下,骨碌碌地滚到地上。那战马见主人捐躯,"啾啾"一声长啸,飞起前蹄朝曹参冲来。多亏樊哙眼快,飞出一箭,正中战马咽喉。

曹参望了一眼战马,不仅感慨道:"马亦知救主复仇,况乎人哉?"

这种感喟如夏日阵雨般地很快过去,曹参最为担心的是,樊哙的屠城之举,刘邦将会如何处置。

天刚刚放亮,刘邦就在萧何、张良、郦食其、夏侯婴等人的陪同下进了武关,一夜大战,武关城内尸体堆积成山。当刘邦发现尸体中有普通百姓时,就皱起了眉头:"我多次言明不可滥杀无辜,来人,押了樊哙来见。"

"沛公!"张良示意李甲慢行,来到刘邦身边扯了扯他的衣襟道,"我军不日将进入关中,此时责罚,不吉也。"

这时曹参也来到刘邦面前,如实禀报了天色黑暗,兵民难辨,待天明才发现,秦军将士中裹挟了不少百姓。他还特别强调,说樊哙很是自责,正要自缚前来请罪呢!

"果真如此么?"

"属下怎敢诓骗主公!此乃秦军之计,欲以百姓为人质也。"曹参又道。

"殃及无辜,禽兽不如。"萧何忍不住骂道。

刘邦压下心头怒火,对夏侯婴道:"无论秦军将士还是城中百姓,皆需好生埋葬。请夏侯大人调集车辆清理城中尸体,勿使瘟疫害人。"

如今这一切都已过去,现在一干人聚在一起,目光所及的是当下和未来。

这是取下武关的第二天酉时,议事厅里灯火正旺,刘邦召集属下商议下一步计划。

"武关虽取,峣关横前,诸位不妨直陈高见。"刘邦在明白了怀王诏命以及背后隐藏的真意后,很适时地把攻打峣关的议题提到了大家面前,"峣关一下,关中门户大开,无异于咸阳在握。"

峣关是关中的最后一道屏障,因关临峣山而得名,归蓝田县所辖。其地势险要,易守难攻。此地距咸阳不过二百里,有何消息转瞬即到,故而众人不敢掉以轻心。

"峣关地势险要不让武关,我军只能智取,不可强攻。"萧何首先建议道。

樊哙却不以为然:"人地两生,如何智取?倒不如率军杀他个片甲不留痛快。"

他的话引来刘邦责备的目光:"你就知道打打杀杀,何时能多些智谋呢?"

樊哙便不再作声,这时候,郦食其发声了。一场智取陈留,济阳寻弟,让刘邦对他越来越重视了。

郦食其拢了拢散发,开口说话道:"在下得知峣关守将韩荣乃屠夫之子,素来贪财惜命。如能厚贿其财,郦生愿前往说服彼献关投降。如此,我军事半功倍,定会赶在项羽之前进入咸阳。"

他的话立即得到了曹参、萧何和夏侯婴等人的响应,众人以为这不失为一条上策。唯有张良一直沉默,没有说话,这不能不引起刘邦注意。最近,他越来越感到,萧何与张良这两人各有所长。论起建邦立国,萧何总会有真知灼见,而一说起克敌制胜,张良立时便眉飞色舞。现在他保持沉默,刘邦就觉得他一定有更深的思虑,便问道:"子房如何看?"

张良侧过身子向大家示意,随后道:"郦先生所言,不失良策。在下已闻韩荣贪欲,其见财起意,必降无疑。然则我所贿者,乃韩荣耳。此独其将欲叛,恐士卒不从。不从必危,不如因其解击之。"

张良一席话,引起厅内一阵低声议论,接着便是称赞。首先是郦食其盛赞此乃克敌取关万全之策,直夸张良虑事周详;接着,萧何、曹参、夏侯婴纷纷表示此计可行。

刘邦见此情景,站起来在厅内踱了踱步子,伸开双臂道:"子房出奇策,郦生谏良言,我军岂能不克难攻坚,早入咸阳?"遂命樊哙等除备好五万人的粮饷外,还在四周山上广插军旗,大造声势,给韩荣造成必欲取之的印象;命曹参率部暗中潜入关外两侧山林中,等待时机发动奇袭;命夏侯婴将所辖车辆扮成运粮队伍,夜间离开军营,等到天明前往军营,浩浩荡荡,络绎不绝,摆出一副兵精粮足的做派。

众人散后,刘邦留下郦食其,又命李甲去少年营中传来岳恒和刘肥,道:"上回先生济阳寻弟,岳将军命少年营三校尉护卫有功。此次进城,刘肥可随先生前往,以应不测。"

这话一出口,岳恒就有些为难,心想公子若有闪失,他如何向主公交代,正沉吟间,却不意刘肥倒胆怯了,口中嗫嚅道:"据传韩荣性格乖戾,杀人如麻,儿子……"

见状,刘邦的脸色便阴沉下来:"自古英雄出少年,你如此懦弱,岂能当得大事。今日去也得去,不去也得去。"

"并非儿子不愿意去,实在是……"刘肥扑通一声跪倒在地,哭了。

这泪水倒如烈酒,点燃了刘邦心头的怒火,他转过身"噌"地从剑架上抽出宝剑,恨恨地说道:"你胆小如鼠,倒不如一剑结果了性命,免得将来……"

话未说完,岳恒忙上前按住刘邦的手劝道:"主公息怒,且听末将一言。"

刘邦挣扎了几下终不能奏效,便道:"且听你如何说。"

岳恒这才松了手,打拱道:"公子尚且年少,少经战阵历练,怯场也情有可原。末将以为对付韩荣非胆大心细者莫属,而曹执珪之子曹窑比公子年长几岁,可担重任。"

"就依卿言。"刘邦看了看岳恒,叹了一口气,转身怒对刘肥,"你甚失我望,且看在岳将军情面饶你一次,还不退下!"

刘肥连连叩头,战战兢兢地退出大帐,禁不住惊出一身冷汗。

刘邦又问了少年营近日演训情况,岳恒一一做了回答。刘邦觉得岳恒处事谨慎,演训有方,将一帮死难将士的后人锻造得体健气锐,很有一番气象。心想等拿下峣关,定要到少年营阅兵,便赞道:"岳将军有老成之风,率昂昂千里之驹,明日驰骋疆场,将是劲旅。"

"全仗主公耳提面命,末将略有薄功。"岳恒随之将话题转到当前的战事上来,"方才主公训诫公子,令末将受益匪浅。末将深解主公眷念死伤将士之心,每逢战阵,即以我部或为策应,或为后援。然则,剑经磨砺而锋利,将须战阵而强勇,请主公允准末将率少年营为前锋攻取峣关。"

"将军言之有理,自古未有生而为常胜将军者。"刘邦来到岳恒对面,抚着他的肩膀下决心道,"我这就差人传话给曹执珪,明日就以少年营为先锋,兵出峣关。"

时光已是酉时一刻,峣关四周的山岭沟壑间已经渐渐染上凉飕飕的秋意。听着岳恒渐行渐远的脚步,回想刚才刘肥怯懦惊悚的模样,一个人影骤然浮上刘邦心头:"盈儿,你与你母亲还好么?"

话分两头,且说峣关守将韩荣每日都要派出探马悄悄出城探听敌情,他也随时到城头上察看军情。这日,他凭栏远眺,就禁不住"噫"地倒吸一口冷气。天哪,一夜之间,关外的山头上遍插"刘""楚"大旗,在晨风下呼啦啦作响,密林深处还传来阵阵喊杀声和击鼓声……一个时辰后,当鼓声渐渐平息之时,却看到从城东的官道上驰来上百辆装着粮草辎重的车辆。韩荣禁不住问身边的校尉道:"看到这情形有多长时间了?"

校尉回道:"自昨日中午起就络绎不绝,至今大概有十几趟了。"

韩荣屈指算了一下,每个时辰至少有两趟可以到得军营。倘是源源不断,那刘邦就算在此滞留数月亦无接济之忧,而小小的峣关又能维持多久呢?想到这里,他又忙问身边的上计城内有多少存粮。上计略一沉思,就用很肯定的口气回道:"最多半个月。"

韩荣不再说话,他明白刘邦是志在必得,转身闷闷不乐地朝城下走,却不意传来"嗖"的一声,就见一支箭不偏不倚地射在城楼的角柱上,上面带着一条白色绢帛。他急忙命军士拔下,原是一封来自楚营的信件。大意是说,我乃沛公帐下使者郦食其,素闻将军贤明大义,欲求一见,奉达沛公盛意。接着,就是一份金银财宝清单,韩荣的眼睛睁大了。

韩荣再次来到城头,就看见一散发老翁由一名少年校尉和几位士卒陪着,身边是装了财物的两辆车。

见状,韩荣说话的口气不再那么冰冷:"请问城下可是楚营使者郦先生?"

郦食其仰面高声答道:"正是在下。所行目的俱已言明,将军若果有诚意,不妨放在下入关一叙。"

闻言,随身校尉小声劝道:"将军不可大意,小心有假。"

韩荣此时心中只是想到美玉珠宝,瞪了一眼校尉道:"区区老翁,能奈我何?放进来。"

校尉无奈,只好命属下打开关门。

在峣关南门内,郦食其掀开蒙在车上的绢帛,将财宝一览无余地呈现在韩荣面前。那温润细腻的蓝田玉、墨绿晶莹的珠宝,照得韩荣眼神发痴,他捧起几串口里讷讷道:"果然奇珍异宝。"

郦食其以不易觉察的轻蔑看了看韩荣,接着就换上温暖的话语:"沛公言道,只要将军献出峣关,协力我军兵进关中,这两车珠宝仅作为见面之礼,后续更有重赏。"

"好说!好说!"韩荣对随身的侍卫道,"将珠宝运回关驿密存。传我将令,开关迎接沛公大军。"

"将军!还请三思。"校尉上前大声提醒,一句未了,从暗处射来一箭,校尉顿时倒地身亡。

这时候韩荣才发现,就在他刚才验看珠宝的当儿,身边多了许多穿了秦军戎衣的少年,人人手中兵器都不一样,他甚觉狐疑,问道:"你等从何处来?为何此前从未见过?"

说时迟,那时快,只听身后一阵冷风,一把长刀就架在了韩荣脖颈上:"我乃沛公军中校尉曹窋,来取你性命。"

接着,岳恒从人群中出来高声喊道:"将韩荣属下诸贼拿下!"话音刚落,刘肥、樊阬等几位校尉指挥所部将守卫南门将士分割包围，顺者饶命，抗者杀头。那些守关的军士，平日里受尽韩荣的盘剥，此时见大势已去，纷纷放下兵器，呼啦啦跪倒一片。

韩荣欲图挣脱，怎奈曹窋生得腰圆膀粗，他横刀过去，一股血柱冲天而起，丢了首级的韩荣"咕咚"倒地。

此时，曹参率领大军从后面杀了进来，大街顿时布满了义军，黑压压的一片。仿佛决堤的潮水，在狭小的峣关街道涌动。

曹参挥动手中大锤，如风驰电掣般地从秦军头顶掠过，他正搜寻守关主将韩荣，却听到耳边传来一道吼声："曹贼哪里走？我乃峣关副将，拿命来。"

曹参立时催动胯下战马，一锤过去，如风过耳，副将身子几乎平摊在马上，躲过铜锤。接着，伸出长枪直刺曹参咽喉。曹参挥动大锤，将枪尖隔开，未料用力过猛，竟然将枪尖打掉。副将立刻慌了手脚，正要拨马转身，被曹参双锤击中头颅，白花花的脑浆四溢。

在关中央，岳恒与曹参撞见了，第一句话就是："将门多虎子，曹公子机敏善战，首次出击即出手不凡，末将要禀明沛公，为之请功。"接着，他又把曹窋如何斩杀韩荣的经过述说一遍。

曹参闻言十分欣慰，他一直寻找的守关主将却死在儿子刀下，也算曹门之功了。但从嘴里说出的话却是平静谦恭的："都是少将军治军有方，犬子不才，还望严教。"

岳恒点了点头，笑了。

围城数日，却不意如此快就结束了战事。岳恒仰面看天，已是午时三刻。哦！刘肥呢？他四下查看，最后在街头看见了牛良和刘肥，他们正押解着俘虏朝这边走来。望着牛良黑黝黝的面孔，岳恒心中一阵微澜。牛良虽说长自己数岁，却愿做副将协力管好这些战死将士的子弟，处处做出表率，殊为难得啊！

这时候，从南门口传来一阵鼓声，原来是刘邦、萧何、张良的车驾入关了。刘邦着一领猩红色的斗篷，配一身银色铠甲，凭车而站，不断向欢呼的百姓和将士招手。曹参看了一眼岳恒，两人催马上前，迎接主公去了……

第二十四章

赵高密谋杀二世
子婴放胆诛奸佞

进入二世三年（公元前207年）九月，秦王朝形势急转直下。不管义军内部怎样相互竞逐，怎样暗藏心机，其实都只有一个目标：向咸阳进发。秦王朝风雨飘扬，残烛萤火，病入膏肓，无药可救了。

刘邦是这样想的！

项羽是这样想的！

因刘、项两军的影响而分化的楚军将领也是这样想的！

项羽在接受章邯的投降后，沿途郡县闻之丧胆，尤其是赵国张耳宠臣申阳在献出瑕丘古城后攻下三川郡，率部也归顺了项羽，范增便不失时机地提醒他绝不可在河北盘桓，应及时挥师西进，问鼎咸阳。

与此同时，在刘邦兵不血刃拿下峣关，进入蓝田之后，当初南阳战役中还不把刘邦放在眼里的赵高亦对大势心知肚明了。大臣们更是惶惶万状，每天都在朝不保夕的恐惧中煎熬。只有胡亥被蒙在鼓里,终日酒池肉林,弦歌乐舞。

更漏已过子时,新一天到来了,喧嚣的咸阳宫才渐渐平静下来。乐师们战战兢兢退下后,身边就是醉成烂泥的嫔妃,鼎锅里的酒早已喝干,温酒的木炭已成灰烬。几分醉意、十分疲累的胡亥挣扎着动了动身子,有气无力地喊道:"来人!"

两名在阁外值守的黄门应声进来,胡亥口齿不清地问道:"现在是何时了?"

其中一位是黄门副总管,回道:"回陛下,已是子时三刻。"

"哦,"胡亥一阵干呕后道,"扶朕歇息。"

"诺!"两位黄门上前搀了胡亥,向寝殿走去。酒醉的胡亥身子沉重,伴随着他的挪动,黄门发出轻轻的喘息。

登上前殿通往后殿的甬道,二世醉眼迷离,看眼底郁郁葱葱的树林,忽然问搀扶他的黄门道:"你说会不会有刺客藏在树影里……"

两位黄门相互交换着惊恐的眼色,在确认皇上是在说醉话后,黄门副总管回答道:"陛下天威,神鬼惧之,盗贼岂敢冒犯?"

"哈哈……"胡亥甩出一阵浪笑,收回目光,却又提起另外一件事情,"你等告诉朕,此为鹿乎,马乎?"

两位黄门的脸一下子变得煞白,浑身筛糠般地战抖不停。黄门副总管暗暗指了指周围,只说了一句话:"陛下龙体要紧,还是早些歇息吧!"

"哼!"胡亥瞪了一眼黄门,"朕明白,你等惧怕丞相,才不敢说真话……"

那是八月底发生在望夷宫前殿的事。胡亥依照赵高的安排居于深宫,朝廷奏章悉数委于赵高处置。久而久之,他竟忘记了什么是早朝。因此,当赵高提出朝会时,他感到很新奇。他根本不知道,那是赵高与兄弟赵成、女婿阎乐策划的一场测试。

"朝中大事皆委于丞相,干吗还上早朝?"胡亥抬起臃肿的脖颈,看了看赵高问道。

赵高并不直接回答,却神秘地笑道:"陛下无须多问,明日殿上自知。"

胡亥脸上便有些尴尬,却也没有计较,回转身继续拥着怀中的美女。

赵高出了禁中,就要赵成遣人知会群臣第二天早朝。

大臣们很久没有见到皇上了,忽然听到召见的消息,情知一定事急,一个个卯时起身,辰时一刻已聚集在咸阳宫前殿塾门了。辰时二刻,黄门总管一声高呼,大臣们纷纷应声入班,依照文武序列站立在丹墀内。有人暗暗打量,发现胡亥已经端坐在龙位上,虽然一脸倦容,但对于久未谋面的大臣们来说,心理上总是一种无言的抚慰;更重要的是,他们希图从朝会上听到许多关于前方战事的消息。可让大家不解的是,在胡亥身旁站立的是郎中令赵成,没有看见赵高的影子,难道他今天不来早朝么?

过了大约一刻钟,从殿门口传来值守黄门尖细的声音:"丞相大人到!"大臣们呼啦啦地转过脸看去,只见赵高牵着一头鹿进殿来了。他肥囊囊的脸上堆着笑,走过文武大臣列成的长廊。他的眼睛并没有闲着,看似极不在意地从一个个臣僚的额头掠过,当他发现没有一人敢于与他的目光对视时,他从心底感到了快慰和满足。只是众人不明白,赵高牵一头鹿到皇上面前干什么?

事情很快就见了分晓。赵高牵着鹿来到胡亥面前,既未行参拜之礼,又未陈说要奏之事,却指着身后的鹿道:"臣昨日游猎,觅得一马,特献与陛下。"

胡亥瞅了片刻,便抚掌笑道:"丞相,这是鹿也,岂能谓马?"

"明明是一匹马,是陛下眼拙了。"

"朕再眼拙,会分不清鹿与马?丞相莫非在取笑朕?"

赵高收起笑容,转过身来面向群臣高声道:"诸位同僚,本相为陛下献马一匹,孰料陛下指以为鹿。诸位同僚可帮陛下辨认,其为鹿乎?马乎?"

赵高说完话,就在胡亥身边坐下。人群中一阵喧哗,有看着赵高眼色行事的,纷纷言说是马;有个中实诚者,直接指以为鹿;更有平日里对赵高飞扬跋扈耿耿于怀的,指斥赵高欺君,该处以极刑。但在绝大多数臣僚同声高呼"丞相献马有功,请陛下重重赏赐"时,胡亥颓然低下了头。良久,他抬眼望着站在丹墀内的臣僚,一个个形容呆滞,心中顿时充满了无奈:"众卿以为是马便是马了,朕眼拙,不辨鹿马耳。"

赵高终于达到了目的。他坐在皇上身旁要马监好生饲养,不可慢待。而站在臣僚中的阎乐,不失时机地率领众臣高呼道:"丞相圣明。"

两位黄门以为此事已过去多日,未料皇上今夜借着酒意又旧事重提,这不是招祸么?皇上根本不知道,那些坚持是鹿的大臣,一个个都做了刀下之鬼,他们的罪名就是欺君罔上。好在胡亥酒涌三焦以上,被扶上皇榻便呼呼入睡了。

两位黄门摸了摸额头,不约而同地揩下冷汗:"感谢上苍,令我二人免了一场口祸。"

胡亥醉得很深,梦也做得很深。他乘着车辇去骊邑祭祀祖龙。车驾出了咸阳,直向着东南方向而去,仪仗和禁卫们前呼后拥。环顾左右,陪同他前往的不是赵高,却是李斯、冯劫和冯去疾!哦!最前面的车辇上坐的是谁?那不是皇兄扶苏么?在他的左边有两位将军,一位是蒙恬,一位是蒙毅。他们不是都死了么,怎么会随自己出行呢?胡亥不免有些惧怕,他问李斯这些日子去何处了?李斯不说话,张开口竟然没有了舌头;他又问冯劫,冯劫仰起脖子,他的脖颈处有一道绢帛勒过的血印。哦!他们……

胡亥不禁打了一个寒战,声嘶力竭地喊道:"左丞相何在?"他四下里搜寻赵高的影子,可他并没有出现,却听见呼呼生风,紧接着从云层里冲出一只白虎,直扑向他的车辇。辕马受惊,仰天长啸,那白虎张开血盆大口噙住左骖马的脖子狠咬,只见一股热血冲天喷出,骖马惨叫一声,倒地而亡。车辇倾倒,胡亥跌落尘埃,心就缩成一团,连连喊道:"丞相救朕,丞相救朕……"环顾左右,哪里还有仪仗和禁卫的影子。"朕命休矣!"胡亥跪倒在地,放声大哭。

"陛下!陛下!"胡亥听到耳边焦急的呼唤声,一激灵醒过来了,看看周围,两位宫女和两个黄门正在轻轻地呼唤,"陛下醒醒!陛下醒醒!"

"朕这是在何处?"胡亥觉得浑身发冷。

"启奏陛下!此处乃咸阳宫后殿。"宫女用绢帛为胡亥擦拭冷汗,又掖了掖他的锦被。

想起刚才梦中的情景,胡亥仍然禁不住战栗:"现在是何时了?"

"卯时二刻。"

"秘传卜筮进宫,朕要解梦。"胡亥说完,命两位宫女退下,又小声对黄门道,"勿令丞相知晓。若有人问起,就说朕偶感风寒,求上苍赐药。"

"诺!"黄门应声退下,胡亥裹了裹锦被,看着宫墙发呆,再也没有睡意了。

大约辰时一刻,卜筮官跟着黄门匆匆进宫来了。胡亥将梦中所见大略说与卜者听后,但见卜者用火烘烤一块龟板。随着火焰的吞噬,龟板发出噼噼啪啪的响声。卜者紧闭双目,念念有词,祈祷神灵降旨解梦。不一会儿,龟甲表面呈现出几道裂缝,卜者回转身,跪倒在地道:"启奏陛下,梦中白虎,乃泾水作祟,请陛下移驾望夷宫,斋戒五日,沉白马于水,自然无恙。"

辰时二刻,天已放亮,胡亥命赵成到赵高府上陈说泾河岸边斋戒之事,并要他陪同前往。

赵高昨夜拥着女人而卧,虽不能行云雨之事,但他折磨女人却有一套方法。隔着幔帐听赵成禀告,他心中便打起了鼓,心想这二世究竟意欲何为,为何想起移驾望夷宫:"在咸阳宫中待得好好的,为何忽然要去望夷宫?"

透过幔帐,赵成看到睡在兄长身边的是白日里在咸阳宫中陪伴皇上的舞伎,便收回目光小心翼翼回道:"陛下言说,昨夜梦见白虎吞噬骖马,卜者以为泾水作祟,故而前往望夷宫斋戒。"

"哦!"赵高脸上掠过一丝诡秘的笑意,暗地掐了身边的舞伎一把,"小儿家,嬉戏亦可宽谅。你告知胡亥,就说为兄偶感风寒,不便前行。你代行伴驾。"

"诺!"

赵成转身就要离去,却听见赵高在身后问道:"阎乐今日在做什么?"

赵成现任咸阳令,但因管辖着京都周围,与赵成作为郎中令所承担的宫廷安危紧密联系在一起,赵高当然不容其他人染指。只有阎乐在这个位子上,他才不担心胡亥会联络其他大臣危及自己的权威。可近来他不断听到有人传话,说这个阎乐竟然暗暗混迹于永巷,他心中很不是滋味。

赵成当然明白兄长的意思,随口答道:"阎乐整日忙于除暴安良,兄长但可放心。"

"叮嘱他多睁一只眼,提防臣僚中有人作祟。"

"诺!"赵成忽然想起一件事情,又回到榻前道,"近日不断传闻,说刘邦率军攻下蓝田,距京都不足二百里路了,请问兄长将如何处置?"

赵高沉默了片刻道:"为兄自有主意,你先去伴驾。"

听着赵成的脚步渐渐远去,大门口传来"送二老爷"的声音,赵高才转过身子,拉下脸问:"方才的话你都听到了?"

舞伎糊里糊涂地点了点头,赵高挥起手就是一巴掌:"今日之事若是被外人知道,老夫先杀了你。"

那舞伎情知说错了话,忙不迭道:"妾身什么也没有看见,什么也没有听见。"

"哦……"

没有赵高的伴驾,胡亥一路上心中都是空落落的,总有一种不祥的感觉。自从那天咸阳宫指鹿为马之后,他就明白自己的处境与囚笼里的鸟没什么两样。不要说赵高不去望夷宫有理由,他就是根本没理由地拒绝,胡亥也只能沉默允准。

仪仗和禁卫护卫着胡亥的车辇浩浩荡荡地出了望夷宫,往泾河岸边而来。晨光中的望夷宫已披上绚烂的朝霞,金灿灿得耀目。胡亥侧目左看,乃是郎中令赵成,他怀中抱着宝剑,目光警惕地巡视着周围;在他的身前身后是宫廷禁卫中的校尉,一个个全副武装;再看看后面,是太仆的车驾;再后面,就是太史和卜者的车辆。

胡亥并不是第一次进驻望夷宫,刚刚登基时,他就在李斯的陪伴下来这里巡视过。李斯告诉他,望夷宫建在泾河之阳,用意是直面北夷,以防入侵。然而,现在此地却成了他梦魇之处。从这里再往北,就是直道起点。

坐在车辇上,胡亥忽然怀念起父皇,他怎么就暴病而崩了呢?如今,匈奴未灭,内乱又起。章邯率军出关两年,竟然没有平定天下,他的情绪顿然变得悲郁了。他期待从前方传来决胜的消息,使他能在祖先的灵位前不那么惭愧。尽管赵高说是章邯剿寇不力,但他多少有些不信。

这一切,都使胡亥对这次斋戒和祭祀十分重视,他收回目光,泾河在他面前展开波光粼粼、浩浩汤汤的气象。太仆、太史和卜者来到车前禀奏道:"泾水到了,请陛下下车斋戒。"

河两边密布了岗哨,猩红色的地毯从车辇前一直铺到河岸。宫女们扶着胡亥缓缓来到河边,在太仆的吆喝声中,向天地行三叩九拜大礼。然后,由太史宣读祭祀文稿。接着,就见卜者来到四辆车前,每一辆车上都躺着一匹白马,四蹄绳捆索绑,口里塞了绢布。

这时候,就听见太仆在不远处喊道:"沉马献祀。"

卜者向掌车的司御挥了挥手,司御仰起马鞭驱赶辕马。也许是悲于同类的命运,辕马四蹄蹬地,就是不愿前行一步。骚动了半日,每匹马由十名士卒抬向河边。辕马们终于忍受不了这悲怆的场面,纷纷仰天长啸,"啾啾"的声音像刀一样直刺胡亥心底。他匍匐在地,连声道:"上苍有知,佑我大秦。"

跟在他后面的大臣们也都跟着喊道:"上苍有知,佑我大秦。"

四匹马被沉入水底,水面上荡起一阵波澜,很快就恢复了常态。赵成冷眼看着眼前发生的一切,他从来不相信这些,他此来的目的就是监视胡亥的举止和言行。眼见时间不早了,他向黄门总管使了个眼色,总管便来到河边屈身对胡亥道:"陛下,时候不早了,诸神已安,回宫去吧!"

胡亥在宫女的搀扶下缓缓地起身,转脸看了一眼赵成冰冷的变容,忽然心生了怒气。若非剿寇不力,朕岂能斋戒求神?这种情绪,直到车驾回到宫门时依然没有平息。当他发现赵高没有在宫门前迎接的时候,忍耐了许久的怒火终于从胸中喷薄而出:"朕斋戒丞相竟不来伴驾,这是何道理?"

闻言,赵成先是一个激灵,接着就揶揄地笑道:"微臣不是上奏过陛下,丞相偶感风寒了么?"

"是么?整日报喜不报忧,现今贼人已攻下蓝田,如之奈何?"胡亥冷笑一声,他的心并未因发泄而平复,只是看到赵成怀中的宝剑才收住了话头。

"微臣已将军情禀报丞相得知。"赵成并不与他多辩,便转身去了。在他心底认为,一个懵懂小儿只因出生的原因,才得以坐上皇位,与他多说一句都是枉费口舌。

在丞相下榻处,赵成遇到了一位陌生人。赵高并不避讳,指着一头散发的郦食其道:"此乃沛公使者郦食其先生,特来与为兄商议谈约之事。"

郦食其起身行礼,复而落座,并不多说话。赵成心中十分吃惊,猜不透兄长是怎样与楚军接上头的。显然,他们已经谈了很久了。

赵高道:"虽天下叛秦,可京都嬴氏依旧盘根错节。我虽盼望楚军乃若瀚海旅人之盼甘泉,可毕竟此事干系重大,容我与同僚商议之后,再遣使者报与沛公如何?"

"如此甚好,不过此事宜早不宜晚,宜快不宜慢。"郦食其不卑不亢,打了一个拱顿了顿又道,"现今沛公进兵咸阳,朝夕之间。何去何从,还望丞相速作决断,在下就此告辞。"言罢,起身辞别。

赵成听见郦食其志在必得的口气,不免义愤填膺,正要说话,却被赵高用眼色拦住。送走郦食其,赵成瞪了一眼赵高道:"方才兄长在那个狂徒面前唯唯诺诺,这是为何?"

"弟久在华堂,怎知风云变幻。章邯、司马欣之流均已降楚,天下郡县,尽皆叛离。嬴秦气数已尽,你我奈何?"赵高叹了一口气,有些疲倦地坐下,奸细的嗓子因为急火攻心而有些沙哑,"想那章邯戎马一生,尚不能阻秦鼎崩塌,我等又岂有回天之力?彼能降,我等为何不能降?楚军念我献城之功,封王拜侯亦未可知。"赵高并不等赵成回答,便将话题转到了泾河斋戒上来了,"那个小皇帝怎么样了?"

"哼!说是自今日起,五日不食肉。"赵成撇了撇嘴,将一路上所见所闻一一说与赵高听。

及至他将事情前后叙说完毕,就听见从赵高的牙缝里挤出几个字:"看来!这小儿不想活了。"

赵成一惊,冷眼望着赵高,希望从那张肥囊囊、吊满赘肉的脸上读出更多的信息。接下来,赵高的话果然充满了杀机:"只要你我手中握着国玺,就不怕刘邦不与我和谈。你附耳来。"

没有等赵高说完,赵成跳了起来:"这不是有弑君之嫌么?"

"你糊涂。国已不国,哪来的君?你不杀他,他有朝一日回过头杀你,你悔之晚矣。"

赵成没有说话,用惊奇的目光看着赵高。时至今日他才发现,平日里在胡亥面前笑眉笑眼、貌似恭顺的赵高实非自己所想的那样。他现在已经由吃惊转为敬佩兄长了,还是陈涉说得好——"王侯将相,宁有种乎?"难道这社稷不可以姓赵么?他摸了摸腰间的宝剑,决计遵照兄长的安排,干一件惊天动地的事情。

赵成转身朝外走去,就听见赵高在身后道:"此事宜速不宜缓,明白么?"

"诺!"赵成以平日里惯常的口气回答。

……

望夷宫在黑暗中显出捉摸不定的恐怖,似乎每一片丛林中都藏着杀机。只有从不远处驿站传来的雄鸡啼鸣,昭示着新一天的到来。大约在卯时一刻,有一黑影翻墙出了宫苑,他刚刚落地,就听见从草丛中传来连声惊呼:"有盗贼啊!抓盗贼啊!"

偌大的院子立刻人声喧哗,抓盗贼的呼声此起彼伏,惊醒了值守的令卫仆射。他匆匆冲出塾门,大喊道:"盗贼在何处?"接着便朝身后喊道,"来人!封锁宫苑,违令者斩无赦。"

这时候,不知谁的声音冲破了黎明的朦胧:"咸阳令阎大人到!"

"他这时候来作甚?"

令卫仆射未及细想,就听见阎乐大喝一声:"好个令卫仆射,玩忽职守,致使盗贼入宫危及陛下,还不拿下?"

令卫仆射倒退一步,声色俱厉道:"谁敢上前?宫殿皆有禁卫把守,日夜巡逻,何来盗贼?"

阎乐听罢大怒,从腰间抽出宝剑手起剑落,仆射人头落地。阎乐挥动宝剑,朝跟在身后的士卒喊道:"冲进宫苑,斩杀盗贼。"

但见千余人呼啦啦如潮水般地涌进了宫内,正准备接班的黄门、宫娥们看见明晃晃的刀剑朝自己砍来,一个个魂飞魄散,转身向四下逃去。个中不明原因的卫士见有人闯宫,欲图拦阻,被斩于道边。这时候赵成从大殿内出来,他以向胡亥奏事为由打开殿门,朝阎乐摆了摆手道:"内殿有胡亥近身禁卫,个个身手不凡,只能用箭攻。"

"这个好办!"阎乐转过身唤来弓弩手,在外殿门外排成四排,一排发完手中的弓矢,另一排立即上前替代,利箭如雨,齐向内殿射去。

内殿传来阵阵惨叫,大约过了一刻时间,内殿静了下来。赵成估计禁卫们均死于乱箭,正要进去,但阎乐却从弓弩手手中接过弓,"嗖"的一声,不偏不倚,正中胡亥皇榻幔帐。随后,阎乐和赵成率领吏卒冲进内室,却是一座空榻。他们急忙命人在内外搜查,不一会儿,吏卒们纷纷报说未见胡亥踪影。

"奇怪!难道他上天入地不成?"

阎乐这话一出口,顿时引起赵成的警觉:"也许真是上天有路,入地有门,你等再仔细瞧瞧。"大家于是四面散开,再做拉网式搜查。

其实,胡亥没有走远,他就在内室的一处地窖里藏着。地窖的上面就是龙案,摆着皇帝玉玺。只要龙案不动,谁也不会想到这下面藏着一个人。当胡亥确定赵成和阎乐就是要杀自己那一刻,他浑身软瘫地倒在地,仰面长叹:"父皇啊,您为何将这破碎山河丢与儿臣……"

外面杂沓的脚步声越来越近,他万念俱灰,等待死神的到来。就在这时,他耳边响起一个熟悉的声音:"陛下,此处有一藏身之地,可保陛下无恙。"他睁开恐惧的眼睛,就看见向自己爬来的黄门副总管。

"何处可以避祸?快说。"

黄门副总管示意他起身,两人一起奋力挪开龙案,掀开地毡,就看见青砖覆盖的地窖。黄门副总管道:"这地窖只能藏得一人,陛下快下去。奴才恢复原样,上置皇帝玉玺。赵成国贼贪占玉玺,必不会想到此处藏人。"

胡亥战战兢兢地下到地窖,问道:"爱卿如何……"

黄门副总管也不搭话,迅速盖上地砖,覆上地毡,用力将龙案挪到原处,恢复了平日模样,在确认无人可以识破秘密的时候,他的牙缝中挤出一声冷笑,在心底诅咒赵高。此刻,从门外射来一箭,从背后穿透他的胸膛,在倒地气绝的那一刻,他说出了只有他自己听得见的五个字:"陛下保重啊!"

一摊鲜血渗透地毡,顺着砖缝滴到地窖里……

"莫非他逃出殿外?"

"不!宫苑内外密布吏卒,他插翅难逃……"赵成否定了阎乐的疑问,喝令继续寻找。话刚出口,就听见耳边传来阎乐"哎哟"一声的呼喊,回眸去看,就见阎乐被一具尸体绊倒,近前察看,原是黄门副总管。他挪开尸体,顺着已经凝固的血液流向追寻,更觉得龙案下藏着蹊跷。

"来人!揭开地毡。"赵成挥了挥手,立即有两面士卒上前掀开地毡。一切便都清晰地呈现在面前,那血液顺着砖缝渗透到地下。士卒揭去染满血渍的青砖,一切暴露在众目睽睽之下。阎乐又命几名士卒顺着声音到地窖口,将魂飞魄散、脸色煞白的胡亥拉上地面。

胡亥已经绝望到了极点,他浑身筛糠般地战抖,一句话也说不出口,没有谁能猜得出他此时此刻心里想了些什么。阎乐以咸阳令的身份上前道:"足下骄恣,诛杀无道,天下共叛,足下请自为计!"

这一切不都是赵高所为么？胡亥心里虽这样想，但出口的话却是："朕能否面见丞相？"

"不可！"阎乐摇了摇头。

"丞相若图大秦社稷，朕愿退而为郡王可否？"

"不可！"赵成道。

"退而求万户侯可否？"这一次没有人回他的话，胡亥将求生的目光再度投向阎乐，"吾无所求，愿与妻子为黔首，比诸公子。"

"哼！你觉得这样再而三有意思么？"阎乐看了看赵成，发出一声冷笑，"大秦有今日，皆足下行无道也。本令受命于丞相，为天下诛无道。足下虽多言，然不敢报！念你平日待丞相不薄，且命你自裁。"

当胡亥最后一次提出希望见见皇妃和公子时，阎乐告诉他，说皇妃及诸公子已死于乱军之中。胡亥的最后一念彻底破灭了，他从士卒手中接过宝剑，颤抖着试了数次，就是无法下手。阎乐喝令一名士卒上前，握着胡亥执剑的右手顺着脖颈狠劲拉去，但见一股热血从脖颈处涌出，喷到士卒脸上。士卒惊惧地松开手，胡亥"扑通"一声倒在地毡上，血汩汩地从伤口流向地毯。

阎乐将胡亥首级取下，以作与刘邦议和之用。他与赵成来到赵高下榻处，禀告了经过。赵成道："胡亥即死，就该将其首级奉与刘邦，以求封王。"

赵高沉思良久后道："我等身为臣下，闯宫弑君，刘邦岂能放心与我等议和？倘以弑君罪将我等擒拿，昭告天下，如之奈何？"

赵成摇摇头道："不如此，怎能确保不死于楚军刀下。"

"我已思虑多时，当此之际，嬴秦社稷尚需秦公子来打理。"赵高接着道，"我闻公子子婴仁俭，百姓皆载其言，我欲更立子婴。"

"兄长何不自立？"赵成还是不甘心。

"弟有所不知，目今人心浮动。倘弑君真相为人所知，朝廷臣僚引刘季入咸阳，首当其冲者我等矣，何必火中取栗，自招其祸？"

赵成还是不放心道："倘若子婴怀疑我等弑君，如何应对？"

闻言，阎乐便自信地笑道："小婿已考虑到这点，已派一队人马装扮成贼寇将吾母与妻绑架，暗送至丞相府了。"

闻言，赵高心中大惊，此事他尚不知道，暗地里却赞阎乐处事有方。

说到国玺，赵高又说出了一番"宏论"："昔秦皇一统天下，故称帝。今诸侯复立，秦地狭小，空以皇帝之名，不可。宜称王。若项羽刘邦仁义，我等皆因此而无恙矣！"他又想了想道，"二世即死，入土为妥，当以黔首之礼葬于杜南宜春苑中。此乃吾等更立秦王后首奏之事。"

秋风掠过泾河水面,载着落叶汤汤而去;秋气淌过泾水,带着宫廷的血腥飘向都城咸阳……

当秦二世在望夷宫蒙难之际,子婴正与自己的两个儿子在后花园对弈。他觉得今天的棋运很不顺,连布几阵都被大儿子嬴发破之,急得在一旁观棋的二儿子嬴忍唏嘘不止:"父亲,您岂能如此疏忽?"

"为父自有主意,你何须多言?"子婴不悦地看了一眼嬴忍,嬴忍便不敢再说话。

然而,接下来的几局他都输在了嬴发手下,便不免有些慌神。在最后一局举起洁白的棋子欲下落时,那棋子却不意从手中脱落掉在了地上。更为不可思议的是,那蓝田玉做的棋子竟如此不耐摔打,碎成了几瓣。见状,子婴的脸色很不好看。嬴发见状,急忙打圆场道:"小小棋子,父亲何必在意,明日另做一副罢了。"

所谓旁观者清,嬴忍分明看出今天父亲有些心不在焉,否则,兄长岂是对手,便宽慰道:"对弈原本是为了消遣,既是父亲疲累,不妨改日再下,定当棋开胜局。"

子婴命侍女收起棋盘,立即就有人奉上热茶,子婴呷了一口,突兀地问道:"皇上去望夷宫斋戒有些时日了吧?"

闻言,两个儿子面面相觑,不知道怎样回答。父亲已经三年多不问朝事了,为何今日突然关注起皇上的行踪了?虽然子婴与胡亥不是一辈人,但他很清楚,他们同样流淌着嬴氏的热血。祖父暴亡于沙丘,依照秦律,是该父亲扶苏继位的,可父亲却不明不白地被祖父赐死,而诏书是在祖父驾崩后发出的。可怜父亲孝义当先,竟不辨真伪就选择了自尽。叔父胡亥即位后,非但没有将父亲亡灵入庙祭祀,反而对与父亲一起修筑长城的蒙恬、蒙毅大开杀戒。为此,他曾语重心长地进谏胡亥,希望他宽仁善政——

> 臣闻故赵王迁杀其良臣李牧而用颜聚,燕王喜阴用荆轲之谋而倍秦之约,齐王建杀其故世忠臣而用后胜之议。此三君者,皆各以变古者失其国而殃及其身。今蒙氏,秦之大臣谋士也,而主欲一旦弃去之,臣窃以为不可。臣闻轻虑者不可以治国,独智者不可以存君。诛杀忠臣而立无节行之人,是内使群臣不相信而外使斗士之意离也,臣窃以为不可。

奏章送到胡亥那里,赵高当然不能容忍一个被赐死的王爷后代非议朝政,他声色俱厉地谏言胡亥该将其枭首于咸阳门市。然而,此事却遭到了李斯的阻拦。也许是出于忏悔,他对胡亥和赵高道:"扶苏方去,十二亲王、公主喋血刑场,宫室内外人心浮动。于此之时,若杀了子婴,更令朝野对沙丘之变疑虑重重。"于是,子婴就这样逃过了一劫。

但他的心从来没有冷却,他忧虑的目光一直关注着王朝的风云变幻。章邯初出京时,他尚能不断听到来自前方的消息,对于天下的平定,他抱着几分信心。再后来,消息越来越渺茫,特别是李由在三川郡战死,李斯被判谋反罪,族三百口的血淋淋现实,使他对未来失去了信心。那些日子,每逢深夜他便独自一人来到后室,面对始皇和父亲的灵位低声饮泣……前些日子,臣僚中有人深夜来访,向他通报了章邯已投降项羽,刘邦大军越过终南山直抵关中的信息,他彻底绝望了。他不敢想象刘邦抑或是项羽攻入咸阳时,生灵将会遭遇怎样的煎熬……他更无法判定,在这场天崩地裂面前,自己怎样才能保证家人的性命。

"此非吉兆也!"子婴眼眶布满了血丝,讷讷自语道。

嬴发一边将棋子收拢到匣内,一边安慰父亲:"物有完损,乃世之常情,父亲不必忧心。"

起风了,入秋以来,他们第一次感到了冷风的刺骨,嬴忍从一旁的梁柱上拿下斗篷给父亲披上:"外间天已转冷,请父亲回内室歇息。"

子婴默默地点了点头,正要开步,却见黄门韩谈慌慌张张地跑进来禀道:"王爷,朝廷来人了!"

闻言,子婴一怔。三年了,没有谁来打破这寂静,现在朝廷突然派人登门,他觉得蹊跷,急忙来到客厅,就见阎乐已在那里等候了。

阎乐没忘记赵高的叮嘱,谦恭地上前向子婴行晋见礼,恭贺的话语也随之滚出舌尖:"恭喜公子,贺喜公子。"

子婴招呼阎乐落座,不无疑虑地问道:"我父子终日闭门不出,喜从何来?"

阎乐挤了挤小眼睛,两颊立即堆满了笑道:"诸侯复立,天下叛秦,皆因胡亥无道。今彼闻贼军攻破蓝田,惊惧万分,自裁以谢天下。朝野闻之,纷纷谏议更立公子。公子者,扶苏之后,当继大统,此岂非喜事?"

闻言,子婴眉毛颤了颤问道:"此乃丞相之意么?"

"既是丞相之意,亦是人心所向。不过……"

"不过什么?"

"丞相言道,当今诸侯纷立,秦地狭小,称帝必然贻笑大方。故丞相以为,当立为秦王。"

这一回子婴不说话了,双方都陷入了沉默。终是阎乐耐不住性子,又道:"国运所系,王爷优柔寡断,伤群臣之心矣!"

子婴怎么会不明白阎乐话里软中带硬的意思呢?摆在面前的严酷现实是,答不答应都是困局。他绝不愿意看到社稷落入赵高之手,可如果答应了,兵临城下的危局,自己该如何破解?

他毕竟是始皇眼皮下长大的皇家公子,很快就想到了摆脱困境的权宜之策。他告诉阎乐十分感谢丞相的盛意,然此事关系朝廷命脉,须慎思之后再答复丞相。说到这里,他谦恭地说道:"当此危难之际,丞相呕心沥血,砥柱中流,还请大人代我谢过丞相。"

阎乐也不好强迫,起身告辞道:"国不可一日无君,请公子速做决断,丞相静候佳音。"

阎乐一走,子婴就将嬴发、嬴忍和贴身黄门韩谈传到后室密议。

"方才阎贼所言,你等皆听见了。赵高在望夷宫弑君,恐群臣生疑,故而立我为王。我闻此贼与楚军盟约,要拿嬴氏首级迎楚军进京,以求封关中王。故而,我担心……"

嬴发接着道:"父亲是说,他对我父子动了杀机?"

"是的!"

"父亲有何思虑,不妨告诉孩儿与韩黄门,也好商议对策。"

子婴似乎早已思虑成熟,不假思索道:"一、我等须紧闭府门,不可走出一步,以防赵贼中途截杀;二、韩黄门可以使者身份前往丞相府,言说我身患重疾,难赴宗庙斋戒。赵高闻之,必因生疑而来我府中,彼时……"

嬴忍立即明白了父亲的意思,做了个杀头的示意:"只要赵贼一死,贼众顿失灵魂,阎乐、赵成等皆可一并诛之。"

嬴发慨然道:"那两个贼人就交给孩儿了。"

子婴压了压胳膊,要大家冷静下来:"诛杀赵高,即由韩爱卿去做。你率禁卫百人藏于两厢幔帐之后,待赵成、阎乐诸贼进宫,即诛杀勿问。"

"如何引两贼进宫?"嬴忍又问。

"传出话去,就说丞相与我商议大典之事,邀赵成和阎乐进府议事。"

韩谈没想到这个平日里沉默寡言的公子临危处事竟如此镇静,心想,当初即便不立扶苏而立了子婴,也不至于兵临城下了。正思虑中,就见子婴夫人从一旁走出,来到后室。

子婴本不欲让夫人担忧,便道:"我与孩儿们在此叙话,你来却是为何?"

夫人并无丝毫的惊慌，说出一番让子婴瞠目结舌的话来："妾身虽未知详情，然也听得几句，故而有些话亦想对夫君说。赵高者，窃国之贼也，不杀不足以慰先帝、先父英灵。然则，夫君亦知，赵贼生性多疑，岂能轻信夫君患病之说？"

"那依夫人之见呢？"

"妾身倒有一计，请夫君耐心听来。"接着，子婴夫人将所虑和盘托出，末了强调道，"赵高老贼闻夫君杀了反对称王的妾身，必前往探视实情……"

"万万不可！"子婴决然地打断了夫人的话，"嬴氏后人虽不成器，可热血男儿岂能让夫人以命助力……"

子婴夫人早料到夫君绝不会答应，事前就藏了一把匕首在身，趁子婴分神之际倏然抽出朝胸口刺去。嬴发见母亲自尽，急忙上前阻拦，未料子婴夫人趁嬴发的手力又将匕首向深里狠刺："孩儿，母亲去后，你等必当勠力同心，共杀赵……"

韩谈在宫中多年，深知夫人虽然平日里细声细语，然秉承其祖白起之气，刚烈果断，如今面对一具倒地的尸体，他悲意敬意双生，"扑通"一声就跪倒在地了。子婴伏下身子抱起夫人，声泪俱下："夫人，都怨子婴无能，才使你遭此一劫啊！"

嬴发和嬴忍双双跪倒在母亲面前，韩谈上前扶起两位公子道："为今之计，便是迅速部署杀贼之兵，并按夫人嘱托速往丞相府禀报，诳老贼进府。"

子婴命人将夫人尸首暂时安放后花园的厅房中，强忍住悲痛缓缓起身，咬着牙关道："赵高，我不杀你，天地不容。"随后，他缓了一口气对韩谈道，"我命你为使者前往丞相府，就说夫人因反对我受命为王，被我诛杀。我因气涌三焦，病倒在榻。"

"请公子放心！"韩谈言罢，速速离去。

嬴发和嬴忍传来禁卫中军侯以上官佐，在后室门前列成一排，然后请子婴发话。子婴来到众人面前，低声但果断地说道："诸位跟随本公子经年，我待你等如何？"

官佐们齐声回答："恩重如山！"

"若是本公子率你等杀贼，可愿前往？"

"赴汤蹈火，在所不辞。"

"好！"子婴依照四人议定决策，要禁卫们听从嬴发兄弟调遣。安排完这些，他来到内室卧于榻上，等待赵高到来。

再说韩谈奉了子婴之命奔赴丞相府，将事情原委禀告赵高时，他正与赵成商议如何逼子婴前往宗庙接受国玺。听了韩谈的话后,赵高将信将疑地望着心急火燎的韩谈,似乎要从中发现什么异样:"公子果真杀了夫人,气涌三焦而病倒?"

"夫人尸首尚有余温,公子现正卧榻沉吟,大人可前往察看。"韩谈神清气定地回完,向前一步又道,"公子在病榻上说,即便杀了夫人,也要临危受命,共赴国难。"

赵高没有直接回应韩谈,拧紧眉毛思索半日,对赵成和阎乐道:"既是如此,本相当前往王府探视,你等且各自回署中等候。"

阎乐担心其中有诈,上前劝道:"即便去,小婿当一同前往。丞相……"

赵成也跟着劝道:"丞相春秋已高,岂能轻动……"

赵高立刻明白二位话里的意思,但在他看来,朝堂上他可以指鹿为马,望夷宫他可以诛杀胡亥,单是这两件事就足以震慑嬴秦宗室。一个传闻中沉默寡言、处事懦弱的子婴奈何不了他:"二位不必担心,当今朝堂想取本相首级之人尚未出世。备车,本相要前往公子府。"

韩谈见状,忙在旁边道:"奴才这就前面带路。"

韩谈的车走在前边,赵高的车走在后边,两边步行的是赵府的侍卫。一干人来到子婴府门前,隔着老远,韩谈就高声道:"丞相驾到!"

"恭迎丞相。"嬴发和嬴忍闻声出了府门,双双以礼迎接。在他们低头的瞬间,赵高发现二人穿了名为"斩缞"的孝服,便断定韩谈所言不虚。

早有侍卫上前扶赵高下来,韩谈先一步下车来到赵高面前道:"公子尚在病中,请丞相大人命侍卫在府门前等候,奴才陪大人前往内室探视。"

"好!"赵高此刻仍然自信子婴绝无心生异动的胆量,吩咐侍卫列队在外等候。

在韩谈陪同下,赵高进了府门,沿着弯弯曲曲的小石径来到了内室。韩谈不失时机地向内室传递丞相驾到的信息,提示两厢埋伏的侍卫做好准备。

"丞相请!"韩谈谦恭地尖着嗓子道。

赵高发现刚才还跟在身后的嬴发和嬴忍不见了,韩谈见状忙掩饰道:"两位公子为夫人守丧去了。"

赵高想想也是。及至进了内室,果然看见子婴脸色蜡黄,眼含泪水躺在榻上。看见赵高进来,子婴忙挣扎起身道:"劳烦丞相探视,在下深感不安。"

闻言,赵高的神情进一步松弛了,笑道:"本相前来,一则是为了探视公子病情,二则乃为大典而来。今日斋戒已进入第四日,不知公子明日可否前往宗庙受国玺?"

"赵高,你可知罪?"子婴呼地从榻上坐起,指着赵高的鼻子厉声问道。

这突如其来的一问,使赵高有些措手不及,一时语塞,无言以对。

子婴趁势大喝一声:"来人!将此贼首级取下,祭奠宗庙。"

话音刚落,韩谈从赵高身后猛刺一刀,后胸进,前胸出,赵高回头望了一眼韩谈,只说出了一个"你"字,就倒下了。韩谈上前割了首级,早有侍卫捧了木笼上来盛了。

事情到了这一步,韩谈谏言子婴速遣人传郎中令和咸阳令,邀两人进府商议大典事宜,等二贼一进府门,即乱刀砍死。送信的使者一走,韩谈便埋头撰写讨赵檄文——

> 国贼赵高、赵成、阎乐,有邪佞之志,危反之行;私家之富,若田氏之于齐;兼行田常、子罕之逆道而劫陛下之威信,其志若韩玘为韩安相也。无过人之志,而居万人之位,是以倾覆秦国而祸殃其宗,尽失其瑟。专制朝权,威福由己;时人迫胁,莫敢正言。更有甚者,外接贼寇,弑君篡政。人神所疾,举国同愤,本王上尊天意,下遵民意,诛杀国贼,族其户以拯社稷。

韩谈刚刚罢笔,就听见侍卫在门口高声传话道:"郎中令、咸阳令大人到。"

韩谈来到府门口施礼道:"丞相与公子正在后室商议,恭请两位大人。"

赵成和阎乐四下里看了看,见除了当值的侍卫外并未发现异常,便放心地跨进府门。只听见"咣当"一声,府门关住了。阎乐转过身问为何关门,一句未了,早从两厢幔帐后冲出侍卫,一个个持枪荷刀,将阎乐和赵成团团围住,率军的正是嬴发和嬴忍。

韩谈大喊一声:"诛杀国贼,以谢天下。"

赵成手捧笏板,绝望地望着一步步逼近的侍卫,声嘶力竭地朝内室方向大呼"丞相救我",未等他第二句喊出口,侍卫手执狼牙棒狠狠砸去,赵成顿时脑浆喷发,倒地而亡。与此同时,阎乐也被乱刀砍成肉酱。

嬴发来到台阶下,手执宝剑指着赵成和阎乐的尸骨道:"想不到,你等贼人也有今日。"

嬴忍跪倒在地,面朝苍天声泪俱下:"母亲,您在天之灵该看看诸贼下场,孩儿为您报仇了。"言罢,飞起一脚,将阎乐尸体踢到一边,进内室向父亲禀告去了。

子婴在黄门的搀扶下出现在侍卫面前,失妻的悲痛使他形容苍白,他长长地舒了一口气,仿佛要把多年来的压抑、落寞和仇恨都还给眼前这亭台阁榭。当他抬头扫视面前的侍卫时,抑郁的目光中平添了细微的平静,似乎眼前发生的一切都是必然。他没有丝毫的兴奋和激动,语音平缓地说道:"传令,明日辰时二刻早朝,将赵高罪行昭告天下,将三贼首级高悬城楼示众;择定日期,族赵氏一门于咸阳门市。"

他觉得这些足够了,他没有更多的话可以说,在朝廷大军与诸侯厮杀的日子里,他一直置身于漩涡之外,现在该如何面对陷入危机的王朝,他一时还理不清思路,这些,只能等明日早朝问计于群臣了。

可现实却不容他对王朝的命运延宕和犹豫。就在他走下台阶的时候,门口值守的黄门匆匆进来在他的耳边嘀咕了几句,他刚刚展开的眉毛又复凝结在了一起:"传他进来。"

从灞上疾疾归来的军侯带来一个震魂裂魄的消息:刘邦率领的楚军已到达灞上,不日即可到达咸阳了……

汉高祖

杨焕亭 著

② 楚汉争锋

长江出版传媒　长江文艺出版社

目 录

第 一 章　郦生巧舌说秦王　项羽密谋坑秦卒……………………001
第 二 章　子婴素车降刘季　吕雉深情念夫君………………………017
第 三 章　武偕文慷慨诤谏　吏与卒约法三章…………………………032
第 四 章　吕臣父子说怀王　项羽主副谋西征…………………………048
第 五 章　函谷关头战云起　灞上军营人不寐…………………………062
第 六 章　项庄舞剑意非宴　金蝉脱壳假成真…………………………078
第 七 章　恨悠悠子婴断魂　火熊熊项羽焚城…………………………093
第 八 章　戏下势分诸侯散　灞上风向汉水行…………………………107
第 九 章　张良夜遁脱危境　萧何戴月追雄杰…………………………123
第 十 章　拜将台韩信执兵　掠秦地刘邦纵横…………………………139

第十一章	迎眷属刘借王陵　拘陵母项失人心	155
第十二章	弑义帝人心浮动　定三秦诸侯来归	170
第十三章	避乱世流离颠沛　祭义帝倒海翻江	187
第十四章	鼓角鸣兵下彭城　军情急师回江北	204
第十五章	王陵泣血谏刘邦　吕雉严词责项王	220
第十六章	走险棋项羽恃勇　遭劫难父子情薄	236
第十七章	志郁郁下邑筹谋　意切切牛良劝归	252
第十八章	骑战方显英雄气　立嗣又伤美人心	268
第十九章	萧何受命担大任　韩信将兵扫魏国	285
第二十章	韩重言奇计布兵　九江王途穷归汉	303
第二十一章	张子房拨云散雾　陈中尉献计贿敌	321
第二十二章	陈平再设连环套　项羽中计逐范增	337
第二十三章	哀兮兮范增苦楚　乱纷纷刘邦出城	353
第二十四章	汉王南下走武关　项羽分兵战南阳	369
第二十五章	巧游击彭越扰楚　好说辞郦生下齐	386

第一章

> 郦生巧舌说秦王
> 项羽密谋坑秦卒

除在丰泽西逃跑那次,这是刘邦第二次进入关中。可情势已今非昔比,如今他怀着称王的雄心登临灞上、俯瞰广袤的山川时,已和早年的他判若两人。

记忆是一个无法描述的精灵,只要经历了的事情就很难抹掉。现在他坐在车上,在司御的鞭声中聆听马蹄的清脆和车毂的鸣唱,那改变命运的一夜悄然爬上心头。如果不是陷入绝境,他又怎么会跟着刑徒们亡命呢?若不是众人推举,他又怎么会有诛杀沛县县令的壮举呢?这一切似乎都是上苍的眷顾。

车子傍着灞水东岸的驰道缓缓前行,清清河水匆匆东去,岸边的秋草开始泛黄,偶尔有萧瑟的秋风吹起几片黄叶,落在水面上被带向远方,灞水桥东北方向的"灞城"静静伫立,目送风雨四季在眼前变换出不同的色调;抬眼右望,灞上原在河东岸隆起它苍茫的迤逦,仿佛一道屏障,拱卫着咸阳;而在遥远的身后,终南山奇峰耸立,万仞峭拔,烘托起秦地"山川险,形势便,天材之利多"的雄姿。他现在的心境很好,尤其对走在驰道中央有一种由衷的自豪。这道名曰"蓝武道",从咸阳经蓝田通往武关,昔日是始皇的专用驰道。它宽五十步,路两旁每隔三丈就植一棵松树,远远望去,亭亭如盖,宛若卫士。据说,全国像这样的驰道有九条之多,都以咸阳为中心,条达辐辏,连接全国。秦律规定,倘是大臣甚至皇亲国戚驶上驰道,那是要问僭越之罪的。可他现在就行走在驰道中央,也没有谁敢说三道四。

不仅仅如此,现在跟在刘邦后面的还有萧何和张良。李甲作为校尉,率领卫队走在两边,一副威风凛凛的气派。

刘邦放眼关中的沃野田畴,从内心感慨秦人的远见卓识。这个当年流落西陲,与戎狄杂居的氏族在进入关中后,经过了雍城、泾阳、栎阳三次建都后,终于在孝公十二年(公元前350年)定都咸阳,从此再也没有迁徙。秦王政二十六年(公元前221年),秦国最后兼并了齐国,一统天下。

可仅仅过了十三年,秦王朝就分崩离析。无论是陈胜、吴广还是项梁、项羽,谁又能料到他一个小小的泗水亭长会长驱直入,兵临咸阳呢?

这也许就是天命!刘邦在心里想。

咸阳是怎样的富丽堂皇?秦宫又是怎样的高大威严?当年他在咸阳服役时,每每谈起来总是十分艳羡。他曾对二哥刘喜说过,倘若有一天能在宫门前站一会儿,便不枉此生了。听闻咸阳宫中五步一楼,十步一阁。各抱地势,钩心斗角;一日之内,一宫之间,气象多变;宫中粉黛成群,个个貌若天仙。秦皇轮番御女逍遥,绿云扰扰,渭流涨腻,该是如何的土被朱紫,木衣绨绣。现在,他觉得到咸阳宫前站一站的奢望是多么渺小和不值一提,拿下咸阳,他非得参验身为人间至尊的感觉。

二哥刘喜,这个常常嘲笑自己的乡间农夫,看到这种境况又该做何感想呢?他本来是要入义军的,孰料临行时却犹豫了,表示要留在家乡照顾二老。现在,轮到刘邦在心里嘲笑他的目光短浅了。

刘邦的思绪如波浪般地起伏跌宕,直到车驾驶过灞桥,才将他从梦境拉回到现实。

战事未息,岂能胡思乱想?刘邦不禁暗暗自责。他发现萧何与张良还没有跟上来,趁着这个空隙,便问从芒砀山一直跟着自己,如今做到校尉的李甲:"你在想什么呢?"

李甲转脸看了看刘邦,在马上作揖道:"主公,属下想着何时能随主公开进咸阳。"

"还有呢？"

李甲愣了一下，一时不知道该怎样回答。平心而论，他最想做的事就是在咸阳为自己讨一个媳妇。他自小家贫，父母没有能力为他娶妻，后来，二老双双死于战乱，他被征了徭役。再后来，就跟随刘邦上了芒砀山。至今他已经二十五岁，仍然孤身一人。

刘邦看着李甲黝黑的皮肤，因连年大战而显得比同龄人苍老不少的脸颊，心头便生出悲悯。倘在平安年代，像他这样的年龄早已娶妻生子了。于是，他笑着对李甲道："好！打下咸阳，我定要萧丞督为你谋一房娇妻，彼时你携妻回归故里，也是衣锦还乡啦！呵呵……"

闻言，李甲急忙谢过。长期以来，李甲耿耿于怀的是，同样是楚军将领，项羽每攻一城，可以任由将士烧掠民房，甚至强拉女人，可在刘邦这里就是禁忌。就说女人吧，皇帝可以嫔妃成群，宫女成千，为什么入了义军不可以占有一个女人。打天下不享受，那还打什么天下？记得在雍丘之战中，他趁机拉了一个良家女子正要发泄，却不意被樊哙的校尉看见。那一刻，他害怕极了。顾不得身份，祈求他饶过自己。这事已经过去了两年，现在想起仍然唏嘘不止。

"进了咸阳一定要尝尝女人的滋味……"李甲发狠似的在心里反复地说着一句话。

这些藏在胸中的心事他不说，刘邦当然也不去猜。两人正说着话，萧何与张良下了车子向这边过来了。

"二位以为，赵高果真能如郦生所言，献出咸阳么？"刘邦站在一边，萧何、张良站在另一边。

萧何看了一眼张良道："我军兵至灞上，做出一副势在必得的架势，赵高乃刀笔吏，即使如郎中令赵成读过些兵书，却未经战阵。章邯一降，秦军几乎无将可用，无兵可调，彼不投降，别无他途。"

"丞督言之有理。秦朝气数已尽，灭亡即在朝夕，只是赵高投降尚在两可之间。况且即便胡亥退位，赵高亦无胆量自立为王。在下听闻故太子扶苏之子子婴贤能，他绝不会甘愿秦室江山落入赵高之手。"张良在一旁分析道。

"哦？"这话引起刘邦注意，偏过脸看着张良道，"子房不妨细说……"

张良双臂背到身后，一副悠闲的样子："前些日子，在下听闻赵高在咸阳宫指鹿为马，颠倒是非，群臣慑于淫威，竟然不敢真言。胡亥受此奚落，断不肯善罢甘休，君臣之间免不了一场残杀。此事必然引起秦室公子愤慨，如此一来……"

张良说到这里,萧何就接上了话茬:"依属下观之,即便赵高欲降,此人亦不能留。他能背叛胡亥,岂知来日不能背叛主公?"

"丞督言之有理!我只需待秦室来降,方为上策。"刘邦点了点头。

"主公所言甚是!当然,我军也不能坐以待降,须派遣得力将军摆开西取咸阳之势,放出话去,我军不日即兵临城下。如此,咸阳必人心离散。此乃兵法言之攻心为上,彼时我不乱敌而敌自乱矣。"张良又道。

一席话说得刘邦频频点头。三人相跟着缓缓前行,登上灞原。刘邦居高临下,展眼望去,西侧,灞河缓缓而去,再往东就是浐河,将一道原夹在中间。北望,岚霭空蒙中,渭河像一条玉带,自西向东蜿蜒而去;秦川在渭河两岸铺开它的苍茫沉郁,袤袤其广,翠翠其绿,沃野广畴。待他将目光东转之际,华山就在眼前巍然耸立,直刺青天。而身后的终南山,连天接云,逶迤如浪。刘邦深为眼前的山川气势所感染,不禁陷入沉思,好久没有说话。

进入咸阳在即,秦庭栋倾梁榻,收拾破碎山河当在常理之中。萧何上前指着不远处岚气缭绕、隐隐显出树影的地方道:"主公不知,当年周平王曾有过在此原建都之思呢!"

"哦?这倒是第一次听说。"

"那是周平王元年(公元前770年),西方犬戎对周室发难,兵临镐京,秦襄公统兵护送平王东迁。路过灞浐原,平王见其地势雄伟,起伏迤逦,准备在此建立都城。未料动土时,惊动了地下千年沉睡的鳄鱼,它一翻身,地动山摇。卜者以为此地不宜久居,平王遂迁都洛邑。至此,周室衰微,王道式微,诸侯争霸,战乱不已。"

这一段故事听得刘邦心潮起伏,他从内心对秦皇一统天下,结束数百年战乱心生钦敬。心想倘是秦皇从立国之初,爱惜民力,怀柔天下,也许不会有今天战云密布,生灵涂炭之苦,于是随感而发道:"自古得天下不易,守业更难,嬴秦其兴也勃,其亡也忽,咎在人怨,非制邑之弊也。"

张良在一旁听了,觉得沛公所思正是秦亡之故。然则他又觉得此时说这话有些为时过早,当务之急乃在既要灭秦,又要防项羽大军。他自小受祖父和父亲的熏染,每逢大事似乎更多的是静气。而且,他从萧何的目光中也看到了同样的意思。于是,他转过脸对刘邦施了一礼。刘邦见状有些别扭,笑道:"郊游之际,何必拘礼,子房有话不妨直说。"

但张良还是用了先扬的口气道:"主公深谋远虑,在下亦深以为然。然则,当下最要紧的事乃是早日入京。再则,需对项羽多加提防。据探马来报,说近来项羽正与降楚将领章邯商议西进咸阳之计。"

萧何正要说话,却听见半坡上传来一阵马嘶,原来是少年营将军岳恒来了。一转眼,岳恒牵着马已经到了三位面前,他上前行了军礼,喘着气道:"主公,咸阳出大事了。"

闻言,众人的脸色立时严肃起来,刘邦问道:"出了何事?"

岳恒作了一揖道:"末将依照吩咐,前些日子率少年营几位校尉化装进入咸阳,探得秦廷事变。赵高出于议和之需,杀了胡亥,拥立扶苏之子子婴为秦王。子婴愤于赵高平日飞扬跋扈,乃设计将其诛杀,赵门三百余口被诛。末将不敢延误,便飞马回来禀报了。"

这突如其来的消息让三人面面相觑,一时不知如何应对。的确,这事也太突然了,无论是刘邦抑或萧何都有一种风飚电激的感觉。惊诧之后,刘邦立即意识到进兵咸阳的机会到了,他呼地转过身来,面西而立道:"此天助我也!不日兵发咸阳!"

这事在张良心头激起层层波浪,他从年轻时起就直接感受到了亡国之痛。这消息让他瞬间想起了博浪沙的惊心动魄,避难时的颠沛流离,面对祖宗时的惭愧负疚,终于为在有生之年看到嬴秦灭国而生出不尽的感慨。然而,这种心绪很快就平复了。他明白自己目下的地位和责任。到了今天,特别是进入了刘邦的楚军大营,他就不属于那个复国艰难的韩国了,他要为刘邦着想。张良撩了撩衣袖,问正要转身去传达军命的岳恒道:"将军在咸阳,百姓是如何巷议子婴的?"

"子婴诛杀赵高后,咸阳城中百姓奔走相告,频传子婴有乃父遗风。"岳恒咽了一口唾沫接着说道,"据从宫中传来的消息,说子婴在召集群臣大殿议事时,竟无一人率军出征,倒是言降者十之八九。"

"这就对了!"张良看了一眼萧何,对刘邦道,"在下以为不战而屈人之兵,此乃上上之策也。"

"属下附议。"萧何跟上张良的话道,"子婴既有贤名,我等杀他,反倒为天下人所愤。因此当遣一人前往说服子婴来降,如此,我军不日即可进入咸阳。"

"人倒不缺!"刘邦完全采纳了萧、张的谏言,"仍以郦生为使,前往咸阳说降如何?"

二人皆拊掌称是。

这时候,太阳已经渐渐接近西山,橘黄色的光芒洒在灞浐原头,一片柔和。刘邦转身下坡:"回营!今夜召集众位商议入咸阳之事。"

萧何、张良和岳恒等人心头充满了欣慰，觉得这个秋日的下午非常惬意和畅快。

……

三天以后，郦食其作为刘邦楚军的使者站在了咸阳宫门外。

与不久前见赵高时相比，郦食其的外貌前后差异很大。他意外地收敛了以往闲散的性格，着了使者的冠服，一副峨冠博带的做派。刘邦特地为他备了三匹马拉的车子，配备了司御和侍卫。此刻，他借着黄门通禀的间隙，用审视的目光打量着宫殿前的人事景物。来往行人脚步匆匆，很少打招呼；有些人赶着车子，一看就是准备逃离京城的样子；也有人怀中抱着小的，手中牵着大的，神色慌张地向城外走去；再看看店铺，客人稀疏，生意冷清。只有禁卫，来回在殿前巡逻。

北门口的门阙上，影影绰绰有竹简悬挂，他知道，这里也是发布告示或者榜文的地方。当年吕不韦就曾将三千学子编就的《吕氏春秋》悬挂在宫殿北边的门市，声言可易其一字者予千金，从此留下了一字千金的佳话。这话传到他的故乡时，曾引起了一时骚动。特别是稷下学宫中的博士们更是觉得不可思议。时过境迁，如今自己竟然以楚国使者的身份出现风雨飘摇中的秦廷，天意乎？他正这样遐想着，就看见从宫门内走出一位看似黄门总管模样的人，他缓步走到车子前，彬彬有礼地问道："阁下可是使君郦先生？"

"正是在下。"

"在下韩谈，王上已在宫中恭候阁下，请随我来。"

郦食其进了咸阳宫。一路走来，但见廊腰缦回，檐牙高啄。琉璃覆顶，青砖铺地。各个殿宇之间都用甬道相连，如云栈般曲折蜿蜒。一路上，有韩谈引领，沿途的岗哨见是使者，纷纷挺直腰杆，行注目礼。郦食其不由暗叹，如此奢华，不知耗费多少民力民财。及至到了前殿外，韩谈谦恭地说了一声"少待"，便进了大殿。不一刻，从里面传来尖细的喊声："请郦使君进殿。"

郦食其迎着坐在殿上的子婴来了。他冠带飘飘，衣袂如翼，步履缓缓，虽气度逼人，然举止间却无孟浪浮躁："郦食其参见秦王殿下。"

子婴抬起头看了看郦食其道："先生果然气度不凡，赐座。"

"谢殿下！"郦食其在子婴对面坐下，不等询问，便开门见山道，"外使前来拜见之意，想必韩大人已禀明殿下。目今天下沸腾，郡县叛秦者十之八九，楚军陈兵灞上，势不可挡。沛公深明大义，故遣在下前来陈明利害，请殿下为天下百姓计，早日降楚，公可以免生灵涂炭，私可以保一族之全，何去何从，请殿下早做决断。"

这话的意思子婴已经明白了,他只有一个选择——投降,否则,大军压境,玉石俱焚。子婴感到自尊心受到了挑战,却又没有底气发怒。他手按额头,很久没有说话,大殿内静极了。

过了一会,子婴终于抬起头来道:"倘若沛公不进咸阳,本王愿将天下一半分与沛公。"

这话刚一落音,郦食其就禁不住哈哈大笑起来:"敢问殿下,嬴秦还有天下么?连赵高都明白秦地益小,不敢称帝,请问殿下拿什么与沛公裂土?"

这话一出口,噎得子婴半晌回不过神来。韩谈在一旁看着着急,忙对郦食其说道:"先生不可太急,容殿下三思。"

"大人此言差矣。殿下可以三思,可我楚军不能再等。想我楚军一路斩关夺隘,克南阳,进武关,过峣关,取蓝田,现就在都门之外,岂能久拖不进?"

韩谈倒吸了一口冷气,在心里骂郦食其口如刀剑,但话一出口仍带了说服的语气:"先生应知,大秦虽宗室之秦,亦是群臣之秦。如此大事,殿下一意孤行,诚恐朝野沸腾,反而不利议和。"

郦食其打断韩谈的话道:"请大人斟酌,外使奉沛公之命,是前来议降,而非议和。"

韩谈又被噎住了,觉得郦食其言辞太咄咄逼人,随口道:"在下也请先生明白,纵然楚军大兵压境,然使者来京唯先生一人,先生如此言辞凌厉,不唯目无殿下,就是在下也不能遭此轻慢,激怒我朝群臣,将先生鼎烹镬煮,未尝不能。"

"哈哈哈……"闻言,郦食其仰天大笑。

笑声飞出大殿,在对面的宫墙上荡起阵阵回声,听得韩谈浑身发毛:"你还笑得出来?"

"我笑大人迷于时务,竟要挟本使。"郦食其收住笑声,轻蔑的目光直刺韩谈,话语中带了凛然无惧的意味,"外使算什么?沛公帐下,猛将如雨,谋士如云,如在下者,不过区区使者耳,殿下杀外使容易,只恐京都从此面临血光之灾。"

韩谈没有想到事情会发展到这地步,顿时陷入不知所措的尴尬。子婴正要说话,就听见大殿外传来一声悠长的喊声:"报……"

韩谈顾不得郦食其,闻声急忙出来,就见一位军侯飞步向阶陛跑来,及至登上大殿,立时单膝跪地道:"启禀殿下,楚军曹参、樊哙已攻破芷阳,新任内史冯铿大人告急,请王上速调大军援救。"

这消息使子婴最后一点自尊扫地,所谓兵败如山倒,且不说早已无兵可调,就是有也是远水解不了近渴啊!到这时子婴才明白,刘邦不只派了郦食其来说降,更有大军紧随其后。他先让军侯下去,然后来到郦食其面前谦恭地说道:"方才言语多有得罪,还请使君海涵。"

郦食其当然没有忘记自己的使命,更明白刘邦派遣曹参、樊哙做出决战的架势,一则是了解到冯铿乃前右丞相冯去疾之子,为咸阳百姓未必真战。二则也是为了使者的安全。既然事情有了转圜,他也顺势而为,脸上的表情也活泛多了。正要说话,韩谈进来在子婴耳边悄声道:"百官上书,言逆势难转,秦亡在即,劝殿下降楚,勿再做无谓愚抗。"

子婴的脸色顿时变得一片煞白,差点摔倒。好在郦食其与韩谈上前扶住,子婴睁开忧伤的双眼道:"请使君回禀沛公,明日本王自系其颈,从轵道降!"

郦食其是什么时候离开的,子婴不知道。身边除了两个公子,韩谈和太医夏无且,再就是几个黄门和宫女。

夏无且忙将熬好的汤药奉了上来。

子婴看着褐色的药汤,流着泪道:"我的病岂是药能去得了的?"

一句话说得夏无且喉头哽咽,哀声劝解道:"微臣自进宫以来,历三代君王,始皇风云一世,社稷一统。二世持身不谨,信谗不寤,愧对宗庙。今殿下临危受命,奈何积重难返,天下殆哉,岌岌乎,岂殿下一人所能回春之?当下之计,在养心康体。心存而天下存,体康而龙脉续。还请殿下服药为盼。"

两位公子跪倒在地,将头磕得嘣嘣响:"请父王为母亲计,服药疗疾。"

子婴这才勉强接过药盏,服下汤药。不消半个时辰,果然身子轻了些许,子婴挣扎着要起来,韩谈上前扶住道:"殿下刚刚有所好转,还是卧榻歇息为好。"

子婴摇了摇头道:"当此之刻,我岂能入眠。传太仆进来,我有话说。"

"殿下!"韩谈面露难色。

"速去!"子婴叹了一口气道,"这是我最后一次召见他!"

韩谈遣一名黄门出宫,大约一个时辰后,太仆进宫来了。他一踏进后殿,就立时感受到压抑和寂寥。因此,大礼之后他选择了沉默,低头等待王上说话。

"你随本王到太庙祭祀列祖列宗。"子婴声音轻轻道。

"大王,现值深夜,太牢牺牲皆无,恐惹怒了先祖,于社稷不利。"太仆小心翼翼回道。

"国将不存,何言太牢?本王去往太庙是要表达追念之情,忠孝在心不在迹，懂么？"子婴说着向韩谈摆了摆头，带着两位公子向外走去。太仆急忙起身，跟随着出了宫。

已是深秋了，夜色沉沉，子婴坐在车驾上抬眼望去，一条天汉横空而过，只是眼前的北斗星不像夏夜那样绚烂夺目，似乎有点萎靡的样子。子婴隐隐记得父亲曾对他说过，这咸阳就是仿照天上星宿的分布而建，穿城而过的渭水就像天上的银河。那时候，他对祖父的崇敬无以复加，曾暗暗发誓将来要像他一样威加海内。

战争，使得咸阳卸去了昔日灯火璀璨、车水马龙的繁华，街头上不时响过杂沓的脚步声。韩谈告诉他，自昨日有人在城中散布楚军将血洗咸阳的消息后，百姓人心惶惶，趁夜纷纷逃命。果然，前面人流拥挤，挡住了车队的去路。韩谈正要喝令禁卫驱赶，被子婴拦住了。这样盘桓许久，等到了处于城西的太庙，已是亥时一刻了。

庙门紧闭，昏暗的灯光下站着四位当值的禁卫。太仆上前吩咐道："王上要来祭祀列祖，速传太庙令来见。"

四名禁卫相互看了看，口中却嗫嚅而不闻其声。在韩谈厉声询问之下才知，太庙令从午后出去后就再也没有回来。韩谈怒骂一声，要派人前往捉拿。

子婴拦住韩谈道："他已逃走，责已无益。开门吧！"

禁卫开了门，太仆命还未逃走的禁卫点燃烛火。虽然没有太牢，但日常的祭品尚在，祭祀的程序也是一丝不苟的。太仆站在一边主持祭司礼仪，而跟随子婴而来的韩谈、两位公子以及黄门、宫女们纷纷拜倒在地陪祀。

太仆引导子婴和两位公子先行裸（guàn）礼，用珪瓒酌了一种叫作郁鬯的香酒洒在地上，待酒浸入地下后，表明列祖诸神已接受祭祀，然后才进入稽拜程序。

虽然国之将亡，城之将献，王位将去，然而一俟进入这庄严的殿堂，面对孝公、惠文王、武王、昭王、孝文王、庄襄王、始皇帝的灵位，子婴心中顿然升起慎终追远的庄严。这种情感十分复杂，是对昔日秦王扫六合雄风赳赳的追念，是对秦地被山带河，四塞以为固的皇皇业绩的不能忘却，更是对大好社稷即将易主的无奈和自责。

当太仆以沉闷的声音宣布行三叩九拜大礼时，子婴依照"稽首""顿首""空首"的次序，先两手着地，拜倒至地。此刻他心头悲怆，泪水湿了面前的地毡。直至太仆宣布进入"顿首"时，他还木然不觉。韩谈见状，忙上前提示。但进入顿首礼仪后，子婴的情绪完全失控，将头在地毡上磕得嘣嘣响："列祖列宗！子婴不孝，未能守社稷，子婴不孝啊！"

这哭声强烈地感染了两位公子,他们也跟着嘤嘤啼哭不已。太仆的心一下子就乱了,不断提醒"王上节哀"。好不容易走完了祭祀程序,子婴对太仆道:"本王明日即将献城,今夜就在这里陪伴祖宗吧!你也好自为之,潜入民间,以稼穑为业罢。"

太仆终于忍不住浊泪双流,向子婴行了跪拜大礼后,仓皇离去。他走上街头,看见逃难的百姓抢劫店铺场面,一声"嬴秦完了"的叹息自喉结处涌出。他正要上车,身后就中了一刀。他的脑子一片空白,无声地倒在了街头,只觉得身子轻飘飘地飞到了空中,隐隐听见司御抱怨道:"看着峨冠博带的,却也没有多少金钱……"

这边子婴望着太仆出了门,又要韩谈将身边黄门和宫女们召集在一起,每人发些盘缠,要她们趁着夜色择路逃命。待众人离开后,子婴对韩谈道:"你留下,明日陪我献城。"

韩谈默默地点了点头,他这几年一直跟在子婴左右,即使在胡亥肆虐的日子里,都没有想到要离开。现在,他更是觉得没有理由离开。他在子婴对面坐下,问道:"王上想过投降后的结局了么?"

"事关生死,我岂能不想。可此时生杀予夺不在我而在楚军,想亦无益。我只是想托付你一件事情,倘是事情有变,你无论如何要带两位公子逃走。不要再图富贵,粗茶淡饭即可。"

闻言,韩谈声音哽咽地说道:"请王上放心,奴婢冒死也要护卫两位公子。"

"自今以后,不要再提嬴姓。他们到了民间后,就改姓秦罢了。"

外面的嘈杂声渐渐沉寂下去,大概已是子夜,韩谈要子婴闭着眼睛小憩一会儿。但子婴毫无睡意,却问了一个韩谈不好回答的问题:"你想过没有,为何大秦兼并天下仅十五年,便岌岌可危了?"

"这……"韩谈慎重地选择措辞,"都是二世昏庸,赵高篡政,以至于有了今日。"

"此乃表象。在胡亥当政,宫室惊惧的日子里,我为不使皇上生疑,终日闭门研读故丞相文信侯之《吕览》,乃知我朝之失在于治天下而行酷政也。《吕览》云:'赏不善而罚善,欲民之治也,不亦难乎?故害黔首者,若论为大。'《吕览》又云:'以爱利民''宗庙之本在民''仁之于民也,可以便之,无不行也'。这与我朝素来秉持商君之法殊异也。"

韩谈在子婴府中这么多年,并不曾想过这些事情。此刻,这些话从子婴口中说出,让他有种石破天惊的新鲜感。但他又觉得子婴有些书生气,不忍拂了他的情绪,顺着他的口气道:"微臣愚钝,不过听着也是此理。"

子婴叹一口气道:"可惜先祖未能纳谏,筑长城,修直道,建阿房,不惜民力,乃有陈胜揭竿。此足堪为训,然悔之晚矣!"

韩谈暗暗打量这位终日陪伴的公子,深为他的思虑所打动。他身上既有着始皇的英气,又有扶苏的静气。倘是当初子婴主政,那大秦天下必是另外一番情景。真是天妒英才,偏偏这时候让他一人独撑将倾大厦,不亦难乎?看看窗外的天色,大概已是丑时了,韩谈劝道:"往事已矣,王上还是回宫去歇息片刻,天明就要去见刘邦了。"

子婴与两位公子上了车辇,驶上了回宫的道路。刚刚寂静了几个时辰的咸阳城又人声嘈杂起来,子婴放下车幔,不敢望百姓一眼。不知过了多久,"吁"的一声,都尉一声吆喝,车辇就停在咸阳宫前了。两位公子率先跳下车,双双扶着父王登上殿前的阶陛,却听见从城中传来一声雄鸡的蹄叫。

"嬴秦大限到了,列祖列宗,请宽恕儿臣的罪孽。"子婴在心里道。

"出去!"项羽厉声对站在面前的韩信吼道,"早对你说过,征战治国乃肉食者之责,你一个小小郎中岂知统兵挂帅之事?"

"将军!请听属下……"韩信还要说话,眼看着项羽转身去抽剑架上的宝剑,这才转身退了出来。

韩信郁闷极了。当初投奔项梁,原本是想有一番作为的。未料项梁中道殒命,他当时完全可以跟着前来吊唁的刘邦走的,可他还是对项羽抱有希望,跟随他北上,亲身感受到巨鹿大战的惊心动魄。可他很快发现,这是个刚愎自用的莽汉。就在刚才,他借着项羽一人在帐内之际,斗胆向他谏言,要他催促章邯和司马欣率领秦军作为先锋西进。他没有来得及讲出口的谋略是,当章邯再回咸阳时,他必然遭遇刘邦的奋力抵抗,鹬蚌相争,而他项羽作为渔翁可坐收其利。谁知道刚一开口,就被项羽喝令退出。

这是午后未时三刻的时光,西斜的阳光洒在从新安城东流过的涧水上,银光闪闪,波光粼粼。远方的山头,金色透亮。韩信牵着马,漫无目的地闲步慢行。屈指数来,离开淮阴已经三年多了。当初告别漂母时他曾许下誓言,一定要衣锦还乡。可现在,他仍然是守护大帐的一名卫士,他的命运就像一叶小舟,被战争的狂涛卷着,从淮阴漂到薛县,从薛县漂到河北,说不定哪一天,这个狂徒一发怒,自己就会人头落地……

对于死,他从没有惧怕过,可他要死得其所。

他在军营中待得越久,就越是对项羽的性格和处事充满了担忧。他重义气而又轻信别人,章邯、司马欣投降后,他沉湎于敌酋跪倒在膝下的威势,甚至被章邯的浊泪所感动,埋怨范增待人缺乏诚意;他性格粗暴却从来不习惯猜度别人的心境。韩信曾听到范增向项羽提说过要警觉刘邦取近道先入关,但项羽却回之一笑,说他与刘邦有金兰之交,刘邦绝不会负兄弟而为;韩信也曾在项羽心情高兴时谦恭谏言,说章邯所部皆骊山刑徒,与义军无异,要他善待降卒。然而,他轻慢地嘲笑韩信乃妇人之心……

韩信觉得,这样的人为将尚可,一俟为帅或者为君,必将贻误社稷。

前面是一个斜坡,涧水在这里延伸出一处滩涂,几片刚刚从枝头脱落的黄叶落到水中,打了几个漩涡,随波渐渐远去。韩信在滩涂上坐下来,看着河对岸的五岭村。相传那村中有一座高台,名曰"龙台",是为纪念涧河蛟龙为民施水而筑的。那蛟龙豪爽义气,与村中百姓为友,常常应父老请求飞上长空化水成雨。因此而惹恼了玉帝,将之囚于高台行刑,龙血染红了高台,鳞甲散落在高台周围,久而久之,那高台变成了赭红色。

然而,如此救世的龙今在何处呢?始皇被人称为祖龙,却给人间带来了灾难。

他忽然想到了刘邦,千里之外的他是否也在做进兵咸阳的准备呢?说不定他率领的大军距咸阳不远了。当初在薛县,他婉言谢绝了夏侯婴的引荐,现在想来,就油然生出难以言状的纠结。那时候,他相信未来主天下大势者非项梁莫属。后来,在刘邦身边做事的人不断传话,对沛公的大度、豪侠、宽容盛赞不已。他愈来愈觉得,倒是这个泗水亭长很有些造化。可他……他已经许久没有见到夏侯婴了,他还会引荐自己去见沛公么?

身后传来脚步声,韩信警觉地摸了摸腰间的短刀,本能地回头去看,原是项伯下河来了。

"项公也有心境来涧水边闲步?"韩信站起来迎接项伯。

"哦!原来是足下啊!"项伯搭着话,已经来到韩信身边,"这马许久未洗澡了,今天来洗洗尘泥。"

"那卑职帮项公清洗。"韩信说着,帮助项伯将马拉到涧河浅水处,一边往马背上撩水花,一边与项伯说话。

"今日你不当值?"项伯从来都是一副和善的笑容。

韩信点了点头:"刚刚交了值,心中烦闷,就一人来此坐坐。"

闻言,项伯便关切地询问韩信郁闷的来由。韩信便将方才到项羽帐中谏言而不被采纳的经过叙说一遍,末了道:"项公知道,卑职亦是饱读兵书之人,为什么上将军就听不进去一句话呢?"

项伯也叹了一口气道:"岂是别人,他就连老夫的话也是置若罔闻了。"

"可项公毕竟长他一辈,当说则须说。"韩信一眨眼道,"眼下正是章邯之流与刘邦相争良机,上将军完全可以作壁上观,待两虎俱伤后,莫说一座咸阳城,就是整个天下,都是项氏的了。"

"将军所言极是,老夫回营就去向他提说此事。这一回,老夫要正告于他,令章邯、司马欣早日出兵西进,直取咸阳!"

"一切仰赖前辈了。"韩信忙向项伯致谢,手不由自主地向马的脖颈处撩了一掬水。马受了刺激,飞速晃动马头,飞溅的水珠洒了韩信一脸,凉飕飕的,他郁闷的心境好了许多。

项伯牵着马上了岸,回头给韩信丢下一句话:"依老夫拙眼,足下颇具大将之相,且待时日吧!"

一个时辰后,项伯出现在项羽的大帐里。他一进去,就发现不只项羽一人,范增也在。项羽招呼项伯落座,又命侍卫上了茶点,随后又转过身来继续听范增说话。

他们议论的话题正与韩信的谏言有关。范增眯着眼睛,似乎那眸子下藏着别人永远读不尽的秘密:"上将军可曾听说,近日受降之秦卒颇不安定?"

"哦?亚父不妨细说。"项羽听得很专注。

"有军侯禀报,说秦卒多怨。"

"他们都说了些什么?"

"说章将军诓骗他们投降,而楚营待秦卒严苛,膳食两样。秦卒多食糙米,而楚军乃常食肉。"

经范增如此一提,项伯也想起来了,有一天他去巡查,看见楚军与秦卒恶言相加,拳脚出手,为的就是不一样的膳食,因此却建言道:"既是章将军率部投降,就该一视同仁。如此贵此贱彼,岂能安定人心?"

"呵呵!项公总是柔肠良善。"范增沙哑的笑声中分明带了揶揄,"隼雀岂能同巢。秦卒俱为刑徒,生性彪悍,有虎狼之性,又如何能礼义教化呢?"

"那依亚父之见,又该如何处置?"项羽问道。

范增看了一眼项伯,做了杀头的手势:"必欲除之而不能绝后患。"

这话出口,项伯就睁大了眼睛:"老将军为何出此等下策?那可是二十万众啊!"

"莫说二十万众,就四十万又如何?叔父不闻当年白起坑杀长平四十万赵卒的往事么?"项羽却笑叔父胆气太小。

"何止二十万?"项伯皱着眉头道,"当初他们被章邯征为军卒时,有近七十万众,三年来死于战阵者达五十万人。现在这二十万人又将面临被诛杀,想想将有多少父母失去儿子,多少孩儿失去父亲,多少妻子失去丈夫。如此,与暴秦何异?"

项伯还在那里掐指计算,项羽却早已听得不耐烦,回了一句:"兵者,国之大事,死生之地,存亡之道,不可不察也。既是为战,岂能不死人?"

"然兵法亦云:'将者,智、信、仁、勇、严也',似你这样杀降之人,何以立信,何以持仁?你之所为与祖训相去甚远矣。"

听项伯如此说,项羽的脸色便不自在了。他看了看项伯,又看了看范增。范增会意,截住项伯的话头道:"怀王既命上将军领军,你我切勿扰之。窃以为上将军主张杀降卒,必是为西进扫除障碍,此乃'勇''严'之举也。"

闻言,项伯长叹一声,起身告辞。

项羽也不挽留,口中讷讷道:"叔父万望珍重。来人,送叔父回营歇息。"

项伯一走,项羽立即传来英布和桓楚密议诛杀降卒之事,范增将二人所思直告两位将军。

桓楚闻言,眉毛一颤道:"总得师出有名,否则,诸侯闻之,我则失信于天下矣。"

英布也以为对章邯、司马欣不好交代。

见两人有所顾忌,范增诡谲地笑道:"欲加之罪,岂无辞乎?只要决定除掉他们,总会有理由的。至于章邯、司马欣,手无寸兵,已成笼中之虎,惧他作甚?"

四人正说着话,就见有军市令来报,说是驻新安城西的秦卒因膳食粗糙而与军正发生了冲撞。范增听罢,拊掌大笑道:"军正者何也?乃军中执法者,殴打军正,形同谋反,弹压、诛杀皆在执法之列,何愁心腹之患不除。"说完,他转过脸又问军市令道,"他们有何言行?"

军市令道:"那位主管新安城西的左校尉煽惑军心,言说章将军诈骗彼等投降,今能入关破秦,大善;即不能,诸侯虏吾属而东,秦又尽诛吾父母妻子,奈何?"

"奈何?"项羽问在座的三人。

英布惊道:"目下我诸侯军计四十万人,秦降吏卒二十万人。关外尚好说,一俟入关,不听我令,则必危矣。"

"依当阳君之意,如何?"项羽带着征询的口气问,他很快就从英布的表情中得到了肯定的回答,然而,当他向坐在对面的桓楚投去征询的目光时,得到的却是否定的神色。

"桓将军以为该当如何？"

桓楚顿了顿道："兵法云,为将者当爱兵如子。末将相信人同此心,心同此理,我以仁对彼,彼必以义报我。"

范增心里就嘲笑桓楚妇人心肠,人世间哪有虎狼报人恩的道理。但他并不知道,桓楚近来在和虞姬姐妹交谈时,都为项羽动辄以杀伐为要而忧虑,从而对事情看得更远些。

事情到了这一地步,项羽以上将军的身份命令桓楚率部夜间潜入新安城南,遣英布率部夜袭降军营寨,将其引至洞水西岸聚而歼之。桓楚仍然担心两军对阵,一旦杀将起来,双方俱有损伤。范增则提出明晚由项羽出面邀请章邯、司马欣和董翳到大帐内饮酒,敌失其酋,群龙无首,不说还击,恐连自防亦难。

第二天,一切如常,没有谁能料到一场密谋正在暗暗进行。桓楚离开大营前,对虞娘说他要与英布率部先行西进,为早日入关扫除障碍。虞娘有些依依不舍,桓楚叮嘱她遇事多与姐姐商议,不可轻率。与虞娘结识以来,桓楚第一次说了假话,不免心中有些慌乱,急忙离开。

暮色刚刚降临,项羽遣人到城南邀请章邯、司马欣、董翳前往大营饮酒。在没有战事的日子里,章邯没有窥出其间的任何纰漏。

司马欣问道："难道不留一人坚守军营么？"

章邯想了想道："既是上将军邀我等前往,缺一人反倒显得我等器量狭小。我已交代从事中郎多些警觉,有事直接奔大营禀报。"

董翳虽然没有说话,但他心里一直有种无以名状的慌乱。章邯一句话,让他无话可说。离开营寨时,他回头默默地看了看守在营寨门口的士卒……

目送章邯三人乘车离去,从事中郎转身回到营中。大约在戌时三刻,各个营帐的烛火相继熄灭,只有巡逻的通道上,灯火明明灭灭,飘飘摇摇。从事中郎打了一个呵欠,白日演训后的困倦一齐袭来,遂和衣而卧,进入了梦乡。

后半夜忽然起了风,吹灭了巡逻道上的灯火,军营里陷入一片漆黑。然而,睡梦中的从事中郎决然没有想到,与自己同属楚营的英布会在这个时候率部袭击。英布的大军是从营寨大门冲进来的,要命的是,值守的校尉还没有弄清来者为谁,就做了斧下之鬼。

楚军趁着降军熟睡之际冲入营帐,一阵乱刀,他们几乎没有任何反抗,甚至没有发出惊呼,许多人就此绝命于夜色中的新安城南了。

杀戮是自东南角依次展开的。西北角的营盘,有个士卒夜间起来如厕,忽然发现有黑影冲进营帐,便慌乱中喊道"夜袭了"。睡梦中的降军哗啦一声坐了起来,连外衣都顾不得穿就冲出了营帐。混乱中,几个有力者推倒了营寨的边墙,朝涧水边撤退。孰料他们刚刚走到岸边,就遭遇了桓楚大军的围攻。他们复而转身往回跑,与追上来的英布军厮杀在一起。毫无戒备的降军哪里是楚军的对手,没过多久,就尸横遍野了。

这场杀戮直到丑时方才结束。当桓楚和英布相会在章邯的大帐中时,楚军才点燃了熄灭的灯火。血腥味弥漫在各个角落,借着昏黄的灯光望去,展现在他们面前的是一张张扭曲的面孔。他们都是从骊山刑徒中征召进军营的,三年来,他们之所以眼看着身边同乡一个个死在战场而没有逃走,就是因为肩头已挣来了军功爵,他们希望回乡以后,朝廷能以功抵罪。章邯在殷墟投降之际,他们心头充满了恐惧,只怕项羽处决了他们。好在这两个月的日子是平静的,没有谁能想到在这个秋夜遭此劫难。

这就是战争!英布看了一眼桓楚,吩咐从事中郎将这些秦军就地掩埋。

掩埋尸体整整持续了三天……有些楚军因为精神过度紧张,以致中途心迷疯狂,被英布命令与降卒一起掩埋。

第二章

子婴素车降刘季
吕雉深情念夫君

  咸阳的晨曦总是那样柔和,当朝霞映在渭河水面的时候,新的一天开始了。对大战阴影下的咸阳百姓来说,新的一天并不意味着安宁的到来。任何一条不知出处的消息都会引起骚乱,让居住在渭河两岸的人们心惊肉跳。

  子婴从诛杀赵高的那一刻起就打定主意,一定不能让祖先苦心经营的都城毁于战火。昨夜祭祀完宗庙回到宫中,这种信念更加坚定。

  幔帐渐渐显出一线光亮,映出窗外的竹影。子婴唤来了韩谈,要他唤醒昨夜睡在隔壁殿中的两位公子,并传令御府丞官员送来素衣白服。

  "王上为使生民免遭涂炭,决计降楚,奴婢十分理解。但素衣自缚未免不妥,这会令宗庙不安。"韩谈表示了不同的看法,"纵然要着素衣,也该由奴婢来着,决不可让王上屈尊。"

  子婴眉头皱了皱道:"卿此言差矣,刘邦所求者乃传国玉玺,所受者乃秦王。倘若我不践诺，何以令其相信我降楚的诚意？若因此动起兵戈，岂非事与愿违？"

"殿下……"

韩谈还要说，被子婴用严肃的目光拦住："速去勿误！"

韩谈离开不一会儿，御府丞官员捧着三个红木衣匣进来了。御府丞的眼眶红红的，一进前殿便纳头跪倒在地，声音哽咽道："启奏王上，素衣奉上。"

身边的宫女接过衣匣，置于案头，子婴示意御府丞平身。但他却跪在地上不肯起来，接着表达了与韩谈同样的看法。

子婴严令住口："何人能代替本王呢？我意已决，你等无复再言。"

御府丞泪水盈眶而出，连连自责。子婴又反过来安慰道："此事非我莫属，何况我亦对楚使许诺，岂能食言？为大秦百姓，我即使玉碎亦在所不惜，何况素衣乎？"

大家沉默了，谁都清楚朝廷面临灭顶之灾，只不过是自尊心在作祟。这时，两位公子已经穿戴整齐来到前殿向父王请安。当他们双双跪倒的时候，子婴的眼睛再一次模糊了。他们的曾祖父十三岁登基，二十一岁平嫪毐……可他们呢？宫廷的安逸磨去了他们的锐气，哪想到有一天亡国的厄运会降临头上呢？

"平身！"伴随着子婴的声音，两位公子起身站立一旁，黄门拿过素衣请他们换上。

两人不解，不约而同地问道："父王，这是干什么？"

"国之大丧，为人鱼肉，岂能不着素服？"子婴严肃的声音中含着悲怆。

两位公子不再询问，默默地换上素衣。子婴一手拉着一个儿子，沙哑着声音道："再有几个时辰我将不再是秦王。你我父子此去生死两可，沛公若是念及我诛杀赵高，推位让国，兴许可以留我父子一命；若是骤然翻脸，也许此去就是你我父子同赴黄泉之时。"

"父王……"

"若是沛公要动杀机，我将请求只杀我一人。你等此后躬耕陇亩，形同黔首，不可再有荣华念想，可明白？"

两位公子连连点头，子婴颤抖着双手从黄门手中接过绳索，将两个儿子缚了。然后，又对韩谈道："将本王缚了。"

"王上！"韩谈一声叹息，从黄门手中接过绳索，试图缚住子婴的双手，却由于心神离乱而不能奏效。

子婴定了定神道："你若想让我父子活命，就勿再犹豫。"

韩谈这才将绳索套在子婴的手上。

在一旁的黄门和宫女看着昔日的皇胄要自缚去见强敌，亡国的悲伤情绪笼罩在每个人的心头。先是个别人抽泣不止，接着汇成一片哭声。子婴无片言相馈，径直登上车辇，在此起彼伏的哭声中离开咸阳宫。

皇城（渭城）的大门开着，街头逃难的百姓看到皇家的车辇没有了往日的仪仗，后面孤零零跟着几名侍卫，纷纷驻足观看。出了皇城东门，上了横桥向南驶去。当渭水的涛声盈耳之际，子婴才不无眷恋地凝视故国山河，每一处景观都勾起他的伤感。特别是当未建完的阿房宫映入眼帘时，他的心就禁不住一阵阵绞痛。记得当初皇祖以"咸阳人多，先王之宫廷小"为由，要在丰镐旧迹上建造新宫时，首先遭到了父亲扶苏的反对。加上之前父亲曾经上书劝谏皇祖不要滥杀无辜，因此触怒龙颜，不久，父亲就被调往上郡监督修筑长城了。

始皇的气度是宏大的。一天，当他在赵高和李斯的陪同下来到工地时，赵高谏言在宫前建筑象征皇权的冀阙时，始皇笑他目光狭小。他指着远方南山的两座山峰，要求表南山以为阙。如今，言犹在耳，阿房宫却像一位瘫倒的老人，沉默地躺在萧瑟的秋风中。

何事暴行还暴废，子婴长叹一声。君子之泽，五世而斩，嬴秦二世而亡，天意乎，人事乎？

午时二刻时分，车驾到了芷阳城下，城头上的楚军大旗迎风招展。子婴明白芷阳县已不属于大秦，只是没有听到冯铿将军的消息。正情伤间，就见城门打开，从吊桥上奔出一位年轻将军，率领一队人马来到子婴的车辇前，他在马上打拱道："来者可是秦王子婴。"

韩谈忙上前替子婴回话："正是王上，请问将军……"

"在下乃沛公麾下少年营将军岳恒，奉命在此等候多时了。"面对子婴狐疑的目光，岳恒进一步解释道，"沛公闻知秦王驾到，诚恐中途有失，故遣在下押护秦王前往轵道亭。"说完，岳恒一挥手，但见楚军士卒分成两列，分布在子婴车辇左右前后。

子婴听着，心里禁不住一阵凄凉。押即押，护即护，何来押护？刘邦真想得出来。他的心境并没有丝毫放松，以试探的口气问道："请问，驻守芷阳的冯铿将军……"

岳恒回头看了一眼子婴道："冯将军不愿降楚，已于城破之日引颈自刎了。沛公念其节烈，已厚葬之。"

子婴不再说话，他的心头稍稍平静了一些。秦王朝最后一位内史慷慨赴死，让他这个最后的君王生出莫名的感慨。是痛、是愧，他说不清。

当夜，子婴留宿在芷阳县城。因为有刘邦的军令，樊哙的接待还算得体。岳恒招呼一干人安寝，并派遣重兵看护玉玺后，才从县府后堂出来。他看见樊哙在二堂门口转悠，忙上前见礼道："将军怎还未歇息？"

樊哙瓮声瓮气道："憋气满腹，岂能安卧？"

岳恒笑问道："好好的！气从何来？"

"你明知故问。"樊哙瞪了一眼岳恒，接下来把一肚子气发泄出来，"你说说，一个残害百姓的嬴秦后人，不杀便也罢了，还待若上宾，不知我那连襟是如何想的？"

岳恒并不说话，静听樊哙继续说下去。

"依我的脾气，将他拉到咸阳门市，当着百姓的面砍下头颅示众，方解心头之恨。"

岳恒佩服的就是樊哙这种不遮不掩的直率，停了片刻，他用缓和的口气问道："将军想过没有，为何沛公如此对待子婴父子？"

"为何？"樊哙一瞪眼道，"你就不要藏着掖着，直接说出来痛快。"

"末将在灞上曾听萧何和张良两位大人说，秦之灭也，要在夺其国玺，非徒杀人也。既然子婴已承诺将传国玉玺交于沛公，我军便不必大动杀伐，以彰守信之意。"

樊哙虽不再争辩，但内心却笑沛公痴呆："要那物何用？随意拿些金子就可铸它一方。"

"姨夫所言，正是甥儿所想。"已经成为骑兵校尉的刘肥不知从什么地方出来插了一句。

樊哙瞪了一眼他道："你不睡觉，出来作甚？"

刘肥看了看岳恒道："就是想看看子婴是怎样一副模样，咋看也不像个君王的样子。"

岳恒笑了："王侯将相，宁有种乎？君王也是人，两个鼻孔，一双眼睛，有何奇怪。快去歇息，明晨还要赶路呢。"

一夜无话，第二天黎明，子婴早早就醒来了。岳恒遣人送来早膳，他父子用了才起程。子婴伸出两手，要韩谈用绳索将自己与两位公子依旧捆了。

"由芷阳东去十三里便是轵道亭，不必了吧？"岳恒怕子婴误解了他的意思，接着又解释道，"由我大军押护，难道还怕你等逃脱不成？"

子婴摇摇头道："既是亡国之君，了无奢望，还是捆上为是。"

岳恒也就不再强求，看着韩谈将子婴父子重新缚了，喝令少年营士卒分两列走在车驾的两边。

岳恒和刘肥走在最前面,他看着胖乎乎的、盔甲紧绷在身上的刘肥,回想前日刘邦安排押解队伍时特别提出要他前来,大概是让他来体味江山易主时的况味吧?毕竟进了咸阳之后,一俟主公称王,刘肥便是王子啊!

岳恒正为刘邦的良苦用心而感慨,却不意刘肥低声道:"将军,这一天一夜我算是看出来了,当皇上远不如百姓好,一旦灭国,就是这副可怜样。"

岳恒心底"咯噔"一声,他没有接刘肥的话,但愿这样的话不要被其他人听见。

轵道亭坐落在灞上原西南方向。当初章邯出关与义军作战时,就曾在这里回望咸阳,立下重振嬴秦雄风,再成一统大业的誓愿。而今,旧亭伫立,而站在亭旁高台上的是楚军的武安侯,被三军将士称为沛公的刘邦。

这受降台是夏侯婴用五天时间搭建起来的,通往高台的道路上都铺了猩红色的地毯。台中央绣了"楚"字的大旗和绣了"刘"字的大旗,被从灞水上来的风吹得猎猎作响,高台四周也插满了象征楚国的彩旗。

已经晋升为执珪的曹参奉刘邦之命在高台正面辽阔的空地上部署了大军方阵。每一个方阵前面都有一面旗帜,旗下站立着跟随刘邦一路打到关中的周勃、樊哙、灌婴、郦商、少年营校尉曹窋等人。本来岳恒担任押护之责后,少年营该是副将牛良率军。未料一个多月前刘邦接到吕太公书信,说长子吕泽率家丁百十人一路追寻而来,不知是否已追上大军,刘邦便命牛良率少年营一半士卒去接。而在留守的所有校尉中,只有曹窋武艺精通,颇受好评,便来接受检阅了。今天,他们都着上了全新的盔甲,在秋阳下显得威武健拔。在广场的另一角,则是由夏侯婴率领的战车方阵。四十多辆战车,每四辆一排,排成十列队伍,每辆战车上分别有一名驭手,一名骑射,一名持戈手。他们肃然挺立,目光炯炯。

曹参乘着战车从各个军阵前经过。每到一位将军面前,他都要严肃交代:"沛公有命,全军将士务必显出我车既攻,我马既同之势,大张军威。"

将军们也都无一例外地回答:"遵命!"

后面的将士也顺势跟着喊道:"我车既攻,我马既同!"

当他来到夏侯婴车阵前的时候,才真正感受到阵容的威严。曹参在马上向夏侯婴拱手致敬后才命驭手拨转车头,转身向大营而去。

曹参的车驾在离灞上大营几丈远的地方停下了,他瞧见从营门口走来五人,不用说,走在刘邦左手的是萧何,右手的是张良,萧何旁边散发飘飘的是郦食其,可走在张良旁边的又是谁呢?看起来面熟,却无论如何也想不起来。李甲今天盔甲一新,在不远处护卫着刘邦一干人。

刘邦今天特地着了一件金色盔甲,内衬猩红色战袍,以彰显胜者的姿态。萧何、张良和郦食其都是楚国冠冕,每个人脸上都洋溢着喜悦。曹参在不远处下了车子,目不斜视地向刘邦行礼,高声禀报:"军伍列阵已毕,请沛公观阵。"

刘邦点了点头,转身将跟在后面的那人拉到曹参面前笑道:"你该认识此人吧?"

曹参近前一看,就从胸腔里呼出一声长长的"啊"字,接着惊诧道:"原来是卢绾兄啊!三年不见,竟在灞上相遇。"

卢绾闻言,有些不好意思。说起来他与刘邦也是同乡,且年幼时同学于一师,他干咳了两声道:"说来惭愧,都怨卢某目光短浅,当初刘兄邀我举事,我犹豫再三,孰料公等共举大业,诛灭嬴秦,问鼎咸阳,即在眼前。卢绾不才,愿以臃肿之身追随沛公……"

话未落音,萧何接上话道:"论起来,卢兄与沛公乃为同庚,此时来随亦未为晚。一旦进京,必是用人之际,卢兄正好施展才情,岂不快哉?"

卢绾忙笑着向众位打拱,曹参却没有说抚慰之词,他从心底瞧不起这种观潮见风之人。当初沛公久攻丰县不下,不见他的影子;外黄大战不利之时,不闻他的声音,现今胜券在握,称王在即,他倒来了。

卢绾觉察到曹参的表情,但他并不埋怨,事实上他这个时间来投,难免遭人议论。一路从武关追到峣关,又从峣关追到灞上,他对自己该做什么,已在心里反复盘算。他觉得此时正是献策的时机,于是撩了撩衣袖,提起了一个人的名字:"不知雍齿在魏如何?"

刘邦看了一眼卢绾道:"他不是在巨鹿跟随项羽大战章邯么?"

"沛公只知其一,不知其二。我听闻雍齿在魏不安其心,在项羽帐下不顺其心。意欲再度回归,只是苦于没有斡旋之人,我可以前去劝解雍齿回归,毕竟都出自沛县,乡情难舍……"

这些是刘邦没有想到的,可萧何在一旁却很快接上了话:"当初雍齿也是受了周市蛊惑,现周市死于章邯刀下,魏咎自焚,魏豹自立,雍齿不免有寄人篱下之感。现在归来正当其时,沛公不妨就命卢兄为使前往游说。"

"子房以为呢?"刘邦把头转向张良。

"此事当然再好不过。倘若雍齿归来,沛公又添一员虎将,何乐而不为呢?"张良也十分赞同。

众人如此说，卢绾的脸上顿时有了光彩，忙道："我定不负众望，尽忠竭力。"

刘邦正要说话，就看见刘肥飞骑而来。待到近前，他跃下马鞍，喘着气禀报，说子婴和两位公子素衣素服自缚来降，现距此只一里之地了。

刘邦举目望去，远远地瞧见距营寨约一里的大道上，一位年轻将领率人马押护着一辆车辇，不用说，上面坐着的素衣素服者，必是子婴父子了。

不管怎么说，子婴父子来降，都标示着一个王朝的结束，当然与章邯投降项羽不可同日而语。刘邦下意识地挺直了腰板，盯了曹参一眼。曹参会意，立即登上战车，对着三军方阵高声道："诸位听令，待子婴交上传国玉玺后，三军当振戈高呼'沛公英明，大楚必胜'。"

这时，鼓吹手擂起大鼓。那鼓放置在战车上，由三匹马拉着，鼓手四周站着数十名铙钹手，每对铙钹都缀了苎麻染成的红缨。伴随着鼓点的节奏，红缨上下翻飞，恰如红浪涌动，气势分外磅礴。就在这震天动地的鼓潮声中，刘邦偕萧何、张良、郦食其、卢绾登上受降台，在大楚旗帜下落座。每个人都情不自禁地收敛了平日的笑容，眼睛不约而同地直视前方。

其实，最受震动的还是子婴父子。当两位公子将仓皇不安的目光投向父亲时，但见子婴面如死灰，目光暗淡。这猛雷般的鼓声是不是他的"丧钟"，刘邦对他会不会如项羽对待王离那样，将他的首级悬挂在高杆上示众呢？他看了看押护的岳恒，脸上除了被鼓声激荡的兴奋外，看不出什么。

人就是这样，当真正陷入绝境或者面临死亡时，反而平静了。他回头冲跟在后面的韩谈报以苦涩的笑，在心里安慰自己有如此盛典送行，也不枉做了四十六天秦王。

车驾在阅兵场边缘停下来，岳恒催马来到受降台前双手抱拳道："启禀沛公，子婴父子押护前来。"

"给子婴父子松绑，命其交上传国玉玺。"

"诺！"岳恒拨转马头，命士卒为子婴父子解开绳索，并扶他们下车。子婴大公子手捧王妃的灵位，他则捧着传国玉玺，一步一步地来到受降台，耳边传来士卒此起彼伏的声波："沛公英明！大楚必胜！沛公英明！大楚必胜……"

子婴父子双膝跪地，将玉玺举过头顶，缓慢说道："罪臣子婴携犬子前来向沛公呈送传国玉玺，罪臣万死。"

刘邦站起来接过玉玺，转身递给萧何，随口问了大公子手中所捧何物。大公子凄然泪下道："罪臣所捧乃吾母灵位，以表降楚诚意。"

这一番话让刘邦霎时动容，上前扶起子婴与两位公子："你等既是降楚，当为大楚臣民,我理当一视同仁。郦生何在?"

郦食其应声从后排座上站起来。

"我将子婴阁下与两位公子交于你,我将上奏怀王,赦免秦宫胄裔。"

虽然郦食其在劝降时承诺过不杀他父子,可直到现在,子婴才相信这绝非妄言,他情不自禁连道:"罪臣谢沛公不杀之恩。"

郦食其领着子婴下了受降台,向霸城门方向而去。刘邦挥动双手,大声朝着站在台下的将领道:"明日兵发咸阳……"

霎时,人群中再度爆发出声浪:"沛公英明!大楚必胜!"

……

当晚,刘邦一行驻扎芷阳。晚膳后,刘邦邀萧何、张良到后堂叙话。这是一年的岁首,刘邦先向大家拱手贺岁,然后声言进入咸阳后将大宴三天,并准允各位回乡接来家小。

当夜色渐渐浓稠的时候,每个人心头都溢出满满的乡思。自离乡后,终日被战事缠绕,非但不能与家人团聚,甚至连想一想的时间都很少。在丰县时,萧何还曾回过一次家,而张良有好长时间没有回阳翟看看了。

此刻张良虽然没有言语,但他暗暗觉得,刘邦话语中有些陶醉自满。而眼下严酷的现实是,各诸侯相继复国,要收复还有漫长的路要走;更要命的是项羽,他无论是在笼络诸侯,还是军力上,都远远超过刘邦。虽然当初有先入咸阳为王的誓约,但在诛灭嬴秦战争中屡克劲敌的项羽绝不会甘于将社稷送与刘邦。现在大军在咸阳城外,如果在这时扫了刘邦的兴头,多少有些不合时宜。可张良在内心已经决定,一定要戳破这层"安乐"的幻想,让沛公意识到真正的危险。

送走萧何、张良后,偌大的后堂顿时显得十分寂静。有道是劝人容易劝自己难,当刘邦一人独处的时候,对家人的思念顷刻便涌上心头。最近一次获得家人的消息,是牛良追赶擅自离队的刘肥等人带回来的。他说四岁的刘盈很聪明,夫人开始教他《小学》了;刘蕊已经十岁,可以帮母亲做些厨下的活儿,但夫人更喜欢教女儿读书认字。夫人听说攻打昌邑不顺,要他带话说大丈夫当以四海为家,万勿贪恋小家。

刘邦当时就觉得,自己以往对吕雉知之甚浅,原来她也是胸中可以装得天下的女人。

他想得太出神,冥冥间就觉着吕雉站在了自己面前,着一身绣罗锦衣,雍容华贵,仪态端庄。刘邦情出于心,不能自已,随口喊道:"夫人。"未料身边传来一声怒吼:"俺乃樊哙,何来夫人?"

刘邦心神顿时一惊,看了一眼樊哙没好气道:"一惊一乍的,太鲁莽了。"

"哈哈!是不是扰了你的雅兴。"樊哙因即将进入咸阳,心中高兴,也不计较,"夜间巡查,路过后堂见灯火明亮,故而进来看看。"

刘邦招呼樊哙坐下,借着灯火看去,经过两年多的征尘洗礼,樊哙益发显得粗糙黝黑。他不禁唏嘘人世沧桑,谁能想到一个屠夫,竟然成为指挥千军万马的将军。

樊哙对刘邦不杀子婴还是表现了不满:"似你这样妇人之仁,必会坏大事的。"

刘邦一边吩咐侍卫上茶,一边回道:"当初怀王遣我西进,以宽容为上。且秦王已降,杀之不祥。"

侍卫给樊哙送上茶水,刘邦又问道:"安定下来后,你准备怎么样?"

樊哙喝了口茶,润了润嗓子道:"要我说还是回沛县卖狗肉去。一手交货,一手接钱,倒也痛快。"

"你就没有想留在咸阳?"

"想这个作甚,嬴秦世居之地,咱们住着别扭,哪里有沛县好呢?"

"假若我执意要留呢?"

"那咱也要在京城开一家狗肉店。"

闻言,刘邦就从心底惋惜:樊哙仅识得账上的钱数和自己的名字,想不到江山社稷,情感也走不出沛县。这样的人虽然粗鲁,但忠直持正,他可以放心。

幔帐上有人影晃动。樊哙从腰间拔出宝剑,直朝黑影刺去,那人急忙出剑迎战。两人战了十几个回合,那人终于出声:"将军难道看不出,卑职乃校尉李甲。"

樊哙这才住了手,近前一看,正是日夜护卫刘邦的李甲,心中顿时火起:"你不带兵士巡查,到沛公帐外鬼鬼祟祟干什么?"

李甲忙挺直身子道:"卑职巡查路过后堂,闻听有人声,故而前来,不意却与将军相撞……"

夜色中,李甲形容模糊,但樊哙凭着嗅觉闻到了李甲身上的酒味,立即低声却是带着几分愤怒问道:"你喝酒了?"

"天寒风大,弟兄们为驱寒,少喝了几杯。"

"哼!你好大胆!岂是几杯?分明神迷心醉。"樊哙虽然豪饮,但有几个不饮:一个是大战前不饮;另一个是夜间巡营时不饮。现在见李甲浑身酒气,便数落道,"沛公安危关系全军,我之所以安排你等住在厢房,正在于就近方便。孰料你竟枉顾军纪,饮酒无量,我定当禀明沛公,治你渎职之罪。"

冷风中,李甲"扑通"一声跪倒在地连声道:"卑职罪该万死,请将军宽恕,卑职定当痛改前非……"

"再有疏忽,项上人头不保。"樊哙说罢,将宝剑入鞘,转身离去。

听着樊哙的脚步渐行渐远,李甲狠狠地朝地上吐了一口唾沫道:"莽汉一个,等沛公坐上江山,你定逃不了狗烹下场。"

……

张乙站在刘太公门院前,心里盘算着今天是九月二十七日(公元前206年),再过三天就是岁首,该回去看看二老了。可他踯躅半日,话到口边却说不出。当年沛公离开时,留下他照管刘、吕两家,他尽职尽责,从未有丝毫的懈怠,加上家在南阳乡间,路途遥远,平日里家中大小事委于兄长照料。但吕雉是个明白人,总会在九月将尽的时候备些礼物,催他回去看望二老。

今年情况多少有些不同。沛公率领大军奔了南阳,并从那里进入武关后,就再也没有消息。刘、吕两家,包括吕媭一家,整日都心牵千里之外。尤其是刘太公,每日太阳一出来,就冒着凛冽的秋风荷杖守门,望着不远处的官道发痴。吕太公虽然深信当年的看相没有错,可战场瞬息万变,刀枪无眼,谁知道厄运何时会降到头顶呢?吕雉从秋收到冬藏,忙个不停。在这样的情况下,他又如何能够开口告假呢?

他来到后院,拿起梳理牲口毛发的篦子慢慢地从牛背上理过,说是为牛梳毛,毋宁说是梳理自己纷乱的心境。张乙不光有着儿女常情,更有着驰骋疆场的心志。还在八月中秋时,他接到同乡兄弟李甲的来信,说是沛公率领大军到了南阳,他在信中流露出对沛公军纪太严,不准义军将士骚扰百姓的怨言,说当初参加义军就是不满于富人三妻四妾的……现在义军一路取胜,却还是……

这些话让张乙感到忧虑,他在信中说了些劝解的话,并希望他能在沛公麾下有所作为。

这些细微的心绪,去年就被吕雉看出来了。吕雉虽是女流,可处理起大事来丝毫不让须眉。一天在田里除草时,吕雉对他说道:"等稻秧起身,农活少下来之际,就送你去前方,反正沛公身边也少不了照看的人,好男儿岂能闲白双鬓。"

这些话暖心,可越是这样,张乙就越是不舍得离开,他觉得这样不仅辜负了沛公的期望,更会伤了夫人的一片好心。

牛儿被篦子轻轻梳理着皮毛,舒坦地摇晃着脑袋,偶尔发出"哞哞"的欢叫。张乙梳理的速度很慢,伴随着心事常常会不知不觉地停下来,看着墙外来来往往的人们。

"张乙,你在想什么呢?"吕雉不知什么时候出现在后院,轻声问道。

张乙有些不好意思,憨憨地笑道:"没想什么,就是看来来往往的人儿奔忙。"

"想爹娘了吧!"吕雉已经来到张乙身边,打量了一下他身上的戎衣道,"有些旧了,待夫君回来给你换件新的。今日已是九月二十七,眼看新岁到了,你也该回家看望爹娘了。昨日我与妹妹备了些黍和肉,你带回家中,为二老做顿黍臛(肉粥),也算尽了孝心。再带上两坛黍酒,与家人团圆,代妾身向二老恭贺新年。"

吕雉说这些话时,眼里溢出融融暖意。张乙很是感动,道:"谢夫人,但我反复思量,今年还是不回了。"

"这是为何?"

"沛公越走越远,万一家中有何急事,我不在,难免让二位太公操心。"

"这兄弟!"吕雉笑了,"你也不想想,队伍越走越远,足见战事顺利。倘能攻下咸阳,夫君必然来接家小,到时候你还用费心么?你就安心回去,他二伯不是还在家么?"

张乙不再坚持,他不愿意拂了夫人的好意,答应吃过早饭就快马回去,但他还是趁饭前的空儿将前后庭院打扫得干干净净。刘太公从门首望儿回来,看见一尘不染的地面,直夸张乙勤快,嘟囔道:"就是战事再紧也该捎信来,就是做了皇帝,也不该忘了双亲。"

张乙见了刘太公这样说,上前施礼道:"夫人说了,队伍走得越远,说明战事顺利,也许不久,就会从咸阳传来消息。"

吃过早饭,浑身暖烘烘的张乙牵来沛公留下的马匹,驮上黍米、猪肉、狗肉和黍酒,向刘邦一家人告别。刘太公与吕太公拉着孙子刘盈,刘蕊傍着母亲的臂膀,一起从堂屋出来送行。吕太公颤颤巍巍上前帮张乙紧紧马鞍,叮嘱道:"千里奔忙,靠的鞍鞯。只有把马鞍紧好,马才能放开跑。"

刘太公闻言,就在一旁笑他多事:"张乙是侍卫,怎么会不知道这些道理?"

吕太公板着脸,一本正经道:"跟着贵人做事,就是不能马虎,我这是教张乙礼仪呢!"

刚刚交上十一岁的刘蕊指着外公和祖父,趴在吕雉的耳朵旁道:"看看爷爷、外公,像个小孩!"

刘盈听到了却是不依:"《吕氏春秋》说,'国以孝为本',姐姐这样说,是为不孝。"

吕雉看着两个孩子斗嘴,却句句都是千古不易之理。她特别喜欢刘盈的一番说辞,于是接着刘盈的话意道:"盈儿所言有理,真是聪明。"

刘盈便有些洋洋得意,刘蕊噘起小嘴,埋怨母亲偏心。

吕雉也不去责备,上前反复叮嘱张乙,说现今兵荒马乱,路上要多加警觉。

送走张乙,院子里少了一个人,顿时有一种空落的感觉。吕雉擦了擦潮湿的眼角,对两位老人道:"父亲、公父,且到堂上暂坐,顺便看着两个孩子,妾身这就忙庆岁的事情。"

吕雉进了厨房,将一大早从街头买回的肉摊上案板有节奏地剁烂。随着叮叮当当的声响,原本是完整的肉块开始变得细碎,先是红白相间的肉片,渐渐地变成红色的肉末。她向里面加了调料,然后就放在罐子里存起来,等到九月三十夜间才开始煮"黍臛"。

她觉得应该给吕媭送些黍米去。刚刚走出厨房,就听见吕媭高喉大嗓地进来了:"你说说这个死鬼,怎么到了年下都不来个音信呢? 莫非他……"话到嘴边,又收了回去。

其实,吕雉早已猜到了吕媭下面要说的话。她十分了解自己的妹妹,樊哙当年在沛县时,也只能当一半的家,许多事情都是夫人说了算。樊哙恼怒的时候,常常发誓,倘一天离开,就永远不回来。吕媭就常常回一句,不回来好! 倒落个清静。可她毕竟有一颗女人心,嘴上刀子,架不住心中思念,在牵挂和忧心中迎来新年,她感受到了孤独。特别是儿子走后,她每日形影相吊,那种苦处只有自己知道。

"又怎么了,大呼小叫的。"吕雉忙迎了上去。

吕媭也不掩饰:"一对父子,把家忘了。"

"刘家父子还不是没有来信,想必是战事吃紧。"吕雉拉着吕媭的手,言语间就带了姐妹的情分,"本想给你送些黍米过去,现在看来,你干脆就在这边过年罢了。兄长追赶军伍,亦不知追上与否。"

吕媭叹了一口气道:"男人一到外边心便野了……前些天,嫂夫人还埋怨父亲心狠呢!"

吕雉没有接上话茬,她的心被妹妹的话荡起一阵阵浪花。她那个刘邦,身边不会有旁的女人吧! 世上多少男人,在战场上是英雄,可就是过不了美人这一关。可现在当着妹妹的面,她不想说这些。她觉得想这些都太虚妄了,等到了他身边,不就一切见分晓了么?

"兵荒马乱,大战不断,男人们哪有时间想入非非?眼下我们当全身心伺候二老庆岁过寿。"吕雉笑了笑道。

吕媭点头表示同意,两人相偕进了厨房,开始准备过年的食材。

虽然世事艰难,但她们都不愿意让老人和孩子这个年过得寒酸。吕雉做了精心安排,九月三十日晚,全家准备食黎米饭,改改整年食粝饭的口味;不仅如此,她还为两家老人置些米酒;十月初一,吃汤饼……这样一一准备下来,从十月一日到七日几乎不重样,十月七日这一天还要食煎饼。姐妹两人一点一点地备好食料,不一会儿,厨房的案板上就变得十分丰富多彩。吕媭在一旁帮手,就被吕雉的细心深深感动了。

"阿姊真是细心。"吕媭感叹道。

"男人在外打仗,女人孝敬老人,使其无后顾之忧,你说是不是此理?"吕雉说着话,却不影响做事,一会儿让吕媭给炉灶里添柴,一会儿让到案板上剁肉。她做得很投入,似乎全部的心思都在美食上,连门外的嘈杂声都没有听见。

还是吕媭最先听见,她拉了拉阿姊的衣袖,吕雉身心仍然都在厨事里,挣脱吕媭的手回了一句:"让你帮手,你倒添乱!"

吕媭不管,又扯着她的胳膊道:"阿姊听听,院内嘈杂声是何缘由,为何呼阿姊出去?"

吕雉抬眼看了一下窗外,禁不住"啊"了一声,心就一个劲地往下沉。来者不是别人,正是当年刘邦在泗水亭时欠下赌债的债主。自刘邦离开故里后,他们几乎年年都要登门讨债。找不见刘邦,就盯住吕雉不放。去年这个时候,吕雉狠心祟了几担稻米,算是暂且打发了他们,未料今年这个时候又来了。

吕雉生就不怕事,她洗了手,在围裙上擦了擦,就满面笑容地出现在门首:"三位大哥如此早就登门庆岁,妾身谢过了。"言罢做了个万福。这动作倒让三个男人事先准备的说辞说不出口了,显出几分矜持。

过了片刻,还是为首的张三说了话:"弟妹不必言谢,我等用意想来你已明白,拿了钱我们就走,你与家人好好过年。"

"夫债妻还,天经地义,妾身不想推辞。想来各位大哥当初都是夫君好友,亦当念及现今兵荒马乱,加上天旱歉收,三位大哥能否拖延几月,待春稻收了一并奉还。"吕雉好言道。

张三看了看同来的另两位,其中一位长得腰圆膀粗,一脸横肉,摆出一副泼皮架势道："嫂夫人这不是诳鬼么?想那刘三现今统率千军万马,所到之处,官府闻风而逃,岂能没有金银寄回家中?今日你还了债则罢,不然,这家中几件值钱的家什就顶债了。"

吕媭是个火暴性子,一步上前喊道："反了你们?阿姊好言请求,你等不识时务,竟然言词要挟。"她挥了挥手中的菜刀,"惹恼了老娘,今日就与你们拼个鱼死网破。"

那胖男人并不惧怕,继续向里屋走,吕媭挥动菜刀道："你再往前走一步试试。"言罢,将菜刀高高举起,怒视三个汉子。

那男人倒真有些怯了,停住脚步道："年节之际,我不想与女人计较。拿钱就无事。"

吕雉见吕媭一副拼命架势,从心眼里高兴,但真的动起手来,恐怕不是三个男人的对手。她急忙上前横在中间道："有话好好说,何必动刀呢?"

那男人倒退两步道："是你家阿妹先动手的。"

吕雉并不理会胖汉子,反而将目光转向张三,脸上虽然依旧和颜悦色,话里却带了分量："三位大哥是泗水亭的明白人,且听妾身一句。今日之事,亏了夫君侍卫张乙不在,若是他在,三位恐怕早已损骨伤身了。方才那位大哥所言不错,夫君现今确是统领千军万马,可在这战乱年代,岂能按时寄钱回来?冤有头,债有主,妾身并不想赖账。倘若你们苦苦相逼,勿说还债,恐怕连性命都不保。"

"言之有理。"随着声音落地,吕太公与刘太公出现在门口。

"诸位兄弟不知,我那女婿虽出身亭长,却是一副贵人相。不知你等可否看过,他股下七十二颗黑子,那就是命星,注定将来要得天下。你等若是明白人,不如且待数月,彼时他衣锦还乡,还怕不还你等银钱?"

刘太公也附和道："我家姻太翁所言乃为诸君想,还请斟酌。"

这时候,刘蕊手托一个方盘,上面置了三杯温酒出来递给吕雉。吕雉笑着说道："三位大哥既是来了,不妨喝杯酒暖暖身子再走。"

事情到了这个地步,三人无话可说,正思量寻找一个台阶。面对酒酿,正好顺坡下驴。张三接过耳杯,对另外两个汉子说道："既是两位太公说话了,我等今日且罢,等刘邦回乡时再来讨要。"

旁边的瘦小个子点点头,接过耳杯,仰头饮尽杯中酒酿。胖汉子起初还嘟囔,及至最后也勉强端起耳杯,这场突如其来的风波就尘落风息。

吕雉望着三人退出刘家大院,身子顿时有些软瘫了……回身看去,刘盈正趴在窗口朝这边望,她不由得长叹一声。

岁初几天转眼即过,到了十月初七,刘家老小聚在一起饮米酒,食煎饼。刘喜一大早就过来了,先是帮弟妹劈柴,接着向两位太公贺岁,他举起酒杯道:"孩儿当初没有随三弟起事,也是想着二老。请二老饮下此杯,祝福二老万寿无疆。"

吕太公饮了一杯,觉得刘喜所言甚有道理,油然想起儿子吕泽带领家丁前去投奔,亦不知可已找到。两个月前,他托人向刘邦捎了信,也没有见回音,不免惆怅。

刘太公与吕太公正举杯相贺,就听见院子里传来人声:"夫人,我回来了。"

隔着窗子看去,张乙牵着马到了院子中间,一脸掩饰不住的喜色。吕雉来到院中,接过张乙手中的马缰,笑吟吟道:"你何不与父母多待些时日?这么早回来作甚?"

张乙向吕雉打了一拱,道声新年好,接着一个惊天消息就说出了口:"夫人有所不知,沛公进咸阳了。"

闻言,吕雉的双眼顿时睁得老大:"真的么?你如何得知的?"

"我在回家路上恰遇少年营副将牛良,他奉主公之命沿路寻找吕泽大哥,是他告诉我的。"

张乙没有发现,在他描述楚军进京的当儿,吕雉两眼涌出了晶莹的泪花,口中讷讷道:"三年啊,太不容易了!"

张乙见状笑道:"主公进京,理当高兴,夫人却流泪了。"

"你不懂,我这是喜极而泣啊!"吕雉拉起围裙,擦了擦眼角,转身朝着堂屋喊道,"听见了吗?夫君率大军入咸阳了。"吕雉忘情地奔回堂屋,抱着刘盈道,"听见了么?你父亲进咸阳了,要称王了。"

为这消息最感振奋的是吕太公,他忙举起手中的酒杯道:"如何?老夫没有看错吧!"

刘太公点了点头:"只要孩儿们在外平安便好!"

听说刘邦进了咸阳,刘喜高兴之余更多的是惋惜和失落,伴随着刘邦入京,接下来就是依照战功封赏臣下,自己却错过了这个机会。不!他要进京去找老三,让他也为自己封一片田地,从此不用再身体力行地插秧播种了……

吕雉和吕媭相拥而泣,泪水中含着太多的滋味,是魂牵梦绕,是梦中相遇,是牵挂不已……可她们此刻想得最多的是,什么时候夫君能接她们到那个遥远的京华。

第三章

武偕文慷慨诤谏
吏与辛约法三章

刘邦的大军终于在汉纪元年(西汉建国后追认,为公元前206年)浩浩荡荡地开进了咸阳。咸阳究竟有多大？萧何终于如愿以偿地看到了。那天,他跟随大军即将走过渭水,站在横桥桥头举目四眺,就被它的气魄强烈地震撼了。渭河两岸,宫观连属,甬道纵横,却没有外郭,就那样毫无遮挡地呈现在世人面前。他无法想象,走在大军中间,被侍卫一路护卫的刘邦会怎样赞叹这座都城。未及细想,浩浩荡荡的大军已裹挟着他越过横桥,登上咸阳北坂了。

萧何收回目光,一个新的问题油然爬上心头。想当年秦皇兼并天下,分天下为三十六郡。治理如此庞大的国家,总该有图籍表册,此可是治国之必需。想到这里,他立即命驭手将车驾停在道边,高喊一声:"来人!"

一位军侯应声催马而至问道:"丞督大人有何吩咐？"

"速传韩谈来见！"

军侯应一声"诺",转身离去,不一会儿,韩谈就来到萧何面前。

萧何招呼韩谈上了车驾,驭手催动辕马,两人就在车上说话。当萧何一问起图籍、户口表册藏处时,韩谈就觉得此乃藏万里江山于胸中之人。

"早年朝廷图籍表册皆存于丞相官署。李斯被斩后,赵高任右丞相,遂将之存于自己官邸。"

"典籍者,先祖常籍法度之文,户口多少、强弱之录记,天下郡县之分布,一卷在手,尽知天下厄塞,万不可毁之兵燹。"萧何脸色严肃起来,立即要身边侍卫知会曹参,让他速派得力校尉将赵高府邸包围,严禁闲杂人等进入。

曹参听了建议道:"干脆就让岳恒率少年营前往,岂不更好？"

岳恒亦是细致之人,听说要前往丞相府看管典籍,便知其分量。不一刻,就带着麾下数百人将丞相官署团团围住。

刘肥觉得刚刚进京,还没有看看亭台楼阁,湖光山色,又来值守,十分烦闷。岳恒也不与他理论,只管按照萧何的安排,吩咐押送从夏侯婴处调来的车辆进到丞相官署,并在大院中列队。

萧何对岳恒的谨慎周密十分满意。当他走进官署时,就生出无尽的感慨。赵高死后,官署一片混乱,谒者、侍中等属官已在大军到来之前纷纷逃走。现在满地狼藉,其间有不少始皇当年批阅过的奏章,上面覆盖着尘埃,甚至有些奏章的竹简上面的封签尚未打开,足见城破时的仓皇。

萧何弯腰拾起一支竹简残片,隐隐约约看到那是记载象郡当年收支数目的文书断章,脸上的表情变得十分复杂。他唏嘘,为王朝的败落时的人亡殄瘁而感慨;他愤懑,为秦朝繁重的赋税致民陷水深火热而怨怒;他庆幸,这些官员们出逃时没有焚毁这些典籍图册。他的眉宇悄然展开了,对韩谈道:"你对典籍图册较之他人熟稔,不妨指点吏卒将之分类装车,然后由岳将军押运到大营妥为安置。"

韩谈笑道:"难得丞督如此智明,在下定然不负所望。"

萧何没有想到,这一整理就花去了六七天时间,等到他看着最后一组车队装着文书缓缓向营寨走去时,已是第七天的夕晖了。冬日的最后一缕阳光,涂抹在沿街古树的枝丫上,清冷萧条,没有一丝暖气,迎面吹过来的风直往棉袍里钻。但萧何此刻没有觉得寒冷,额头甚至渗出细密的汗珠。虽说是韩谈指点着吏卒们忙活,但萧何深知这些东西的意义,一刻不停地守在旁边。现在终于有了眉目,他的心头顿时轻松了许多。

"岳将军辛劳！"萧何对向他辞别的岳恒道,"尽量分开陈列,以免混淆。"

岳恒领命而去，他才觉得困倦袭上身来。两只胳膊似有千钧重压，一抬臂酸困难耐；腰就像要断裂似的，无论如何也挺不直；眼睛也有点昏花，脖颈旋转就会冒金星。不过这一切他都觉得值得，有了这批文书、典籍，等于将整个王朝掌握在手中，项羽即便进了咸阳，不也是一抹黑么？

萧何跟着最后一辆车子走出丞相官署，顾不得腹中饥饿，就奔向驻扎在渭河北岸的大营，他要将数日来的所获禀告给刘邦。

丞相官署在咸阳西，距咸阳宫大约二里地；而大营则紧挨着咸阳宫，为的是刘邦进出咸阳宫方便。出了丞相官署，萧何吩咐驭手转道向东，沿着驰道边缘缓缓行走。他要让咸阳的吏民明白，他萧何乃至十数万义军都是懂规矩的。

驭手知道萧何一连七天都在丞相官署，着实累了，便有意放开马缰，一任车子在街头慢慢行进。刚刚转过一个弯，远远瞧见一群人押着一个人朝这边步行而来。暮色中，他看清那被押解的不是别人，正是沛公的侍卫校尉李甲。而不断用马鞭抽打他的也不是别人，正是将军樊哙。萧何纳闷，李甲不是一步不离地跟着沛公么？为何成了囚犯？他不禁在心中埋怨樊哙做事鲁莽，不该如此对待沛公的贴身侍卫。

李甲似乎怀着强烈的愤懑，一边挣扎一边喊道："你们如此待我，沛公定不会轻饶。我有什么错？不是说秦皇后宫嫔妃三千么？为何我等打下江山，连一个民间女子都不能碰？"一句话未了，但见樊哙一脸的青紫，挥动马鞭一阵狠打，眼见得李甲肩头的衣裳裂开道道口子，殷红的血渗了出来。

萧何听明白了，李甲调戏良家女子被樊哙发现，正要拿下交于沛公治罪，他刚从丞相官署出来时的兴奋转而沉重了。大军刚刚进入咸阳，军纪竟如此涣散，连刘邦贴身的侍卫校尉都是如此，普通兵卒可想而知。此事绝不可小觑，定当与沛公商议一个对策。

"将军所为乃大义之举。"萧何转过脸来鄙夷地看着李甲道，"你身为沛公贴身侍卫，本该力行大义，孰料你竟调戏良家女子，其罪一也；你本贫家出身，而今却忘根本，欺侮姐妹，其罪二也；你乃沛公贴身侍卫却擅离职守，置沛公安危于不顾，其罪三也。三罪中任何一罪都可将你枭首示众，你倒满腹怨气，你扪心自问，有何面目苟活于世？"

"如此说来，我可以将其斩首。"

樊哙当即就要发令，却被萧何拦住："李甲毕竟跟随沛公从砀山打到咸阳，就是处置也要禀告沛公才是。将军先将李甲好生看管，待我将典籍安置妥当后与将军一同去见沛公，听其定夺。"

樊哙苦笑道:"真是麻烦,依我一刀结果了他的性命,倒也痛快。"言罢挥了挥手,士卒们押着李甲走了。

樊哙回到大营,就听到许多令他不快的消息,说是诸将进咸阳后,纷纷涌进官署,将没有来得及带走的财物尽行分享。而当他来到大帐拜见刘邦时,却只见到了张良,而刘邦却被告知进咸阳宫去了。

"先生为何不拦住主公?"樊哙埋怨道。

张良笑道:"初进京都,观之无妨!"

"先生倒说得轻巧,沛公未必如此想,先生不闻诸将分财帛之行么,怎知沛公不会动心?"樊哙言罢一跺脚出了大营,直奔咸阳宫而来……

张良望着樊哙的背影,一个念想爬上心头——沛公真的会居安忘危么?而且樊哙刚才的一番话令他很不安,他忙朝外面喊道:"来人,备车。"便跟着樊哙的脚步追去了。

樊哙来到咸阳宫门前,就见十数名侍卫持刀而立。他刚刚走近一步,就听见有侍卫上前道:"请将军止步,沛公正在宫中游历。"

樊哙气道:"传话给沛公,就说俺要见他。"

"沛公言道,任何人都不见,违者格杀勿论。"

这句回话让樊哙急了,他一挥手将侍卫攉到一边,高声道:"俺倒要看看,你等谁敢拦俺。"不等其他侍卫上来,樊哙已经冲进宫门去了。

此时,刘邦正在韩谈的陪同下,在咸阳宫廊腰缦回的宫苑中曲折徘徊,神游心驰。

韩谈是跟子婴一起进咸阳宫的,虽然只有短短四十多天,但他对咸阳宫的殿宇、台榭、池沼、园林已经熟稔在胸了。他之所以主动提出陪同刘邦游览咸阳宫,也是为子婴父子安危考虑。他明白只有不断满足楚军将领的欲求,才能让王上活着。

"此处乃乐坊,沛公可愿入内一观?"韩谈指着一处建筑问。

"不妨观之。"刘邦一边答应着,一边跟随守门的乐帅进了乐坊。

五间大的乐坊内,陈列着笙、箫、管、埙等各式乐器,韩谈告诉刘邦,当年秦王与赵惠文王相会于渑池,就是带着这些乐器去演奏的。秦王要赵惠文王击缶,就是以这些乐器为之配乐。在最前方置放着一把琴,引起了刘邦的兴趣。韩谈立即三步并作两步上前,掀开覆盖在琴上的绢帛,介绍道:"此琴长六尺,十三弦,二十六徽,皆用七宝饰之。"

"哦!"刘邦为琴的精致而击节,他又从琴题上看到了"渥圬之乐"四字,觉得很有意思,转脸问韩谈道,"何谓渥圬之乐?"

韩谈略思片刻即道:"渥者,温润貌;玙者,美玉也,言其琴体乃润玉而成,故而铭之,以示其贵。"

刘邦轻轻地弹拨琴弦,其共鸣余音绕梁,经久不息,但音色却是十分干净,毫无杂音,若鸣泉之玲珑,若天音之袅袅,又若钟磬之远播,刘邦情不自禁连道:"好琴!好琴!倘有佳人抚之,必是感音动耳!"

韩谈不失时机地问:"沛公果然想听?"

刘邦笑了笑道:"我在沛县时,尝闻孔子闻《韶乐》,三月不知肉味。美乐佳曲,人皆好之,我岂能无动于衷?"

"这个不难!"韩谈转身来到门口,对那看门的乐师耳语几句。但见他速速离去,不一会儿,就来了一群乐伎,个个明眸皓齿,蛾眉樱口。人未进来,香气已扑面而来。刘邦第一次见到这阵势,先是有些目眩,进而神色迷离。

韩谈对领头的乐师低声几句,他心领神会,顷刻间,琴弦流水匆匆,笙管曲径通幽,加之舞女们翩跹如云,顾盼生辉,看得刘邦双眼发直,心旌摇荡,整个神思都浸渍在歌弦足蹈中了。过了一会,他侧过身子问道:"不知乐师们所奏乃何曲?"

"此曲名《蒹葭》,从秦亭歌者而来,原是写男欢女爱之曲。"韩谈还没有介绍完,就听见从幔帐后面传来婉转吟唱——

蒹葭苍苍,白露为霜。
所谓伊人,在水一方。
溯洄从之,道阻且长。
溯游从之,宛在水中央。
……

刘邦拊掌称快道:"果然缠绵悱恻,莺声婉转。"

韩谈知道刘邦乃楚人,忙接上话茬:"其实楚地也有妙音佳曲呢!早年秦楚联姻,宣太后引楚音入秦,因而宫中亦有楚辞名曲。"

"哦?"刘邦不禁感叹,正陶醉着,却听到乐曲变了,接着,又是一曲高歌——

若有人兮山之阿,
被薜荔兮带女罗。
既含睇兮又宜笑,

  子慕予兮善窈窕。
  ……

  南北律异而雅同,刘邦听得如醉如痴,直到一曲歌罢,仍沉浸在音乐营造的梦境里。直到韩谈请他再游别处,刘邦才清醒过来,不禁为自己的失态而有些耳热,尴尬道:"方才听到群奏中有一音高亢、清脆,不知乃为何器?"
  领头的乐师上前回话:"禀沛公,此器乃为玉笛,长二尺三寸,二十六孔。"
  刘邦又问道:"可独奏一曲乎?"
  "诺。"
  执笛乐师转身回到乐师丛中,顿时有了鹤立鸡群的感觉。但见他横笛再扣,吸一口气,顿时笛音干云,绕梁不绝。更为奇妙的是,随着笛曲的起伏婉转,刘邦面前幻化出一道道山林曲径,鸟鸣花香,从山道上缓缓行来一辆车,上面坐着一位白发童颜的老者,挥动马鞭,驱赶辕马向延伸到幔帐后面的山道而去。及至乐声渐息,山林景物悄然隐去,刘邦左顾右盼,连道这是何物,竟有如此奇效。
  领头的乐师告诉刘邦,这器名"韶华之管",吹奏时便又幻境入目,乐息景去,妙不可言。
  走出乐坊,刘邦将心中憋了许久的疑惑提到韩谈面前:"卿可知这后宫佳丽几许?"
  "秦皇时,人称佳丽三千,分居七十二院。战事以来,死于兵戈,逃出宫苑者不少。现今留在宫中的,少说还有千人。"
  "哦!"刘邦脚步移动着,当年看到秦皇出巡时的情景再度浮现在眼前。
  是的,大丈夫当如此也。既然这咸阳宫始皇享用得,尤其是那个昏庸的胡亥也享用得,为何他就不可以久居其间,署理朝政,稳操社稷呢?
  当然这些话只是在刘邦的心头滚动,却被韩谈猜了个十之八九,他在一边轻声道:"秦地浮渭据泾,被山带河,四塞之国。大王若是于此定都,定当摄制四海,运于掌握之内。"
  刘邦不置可否地点了点头。
  再往前走又见一偏殿,古朴庄重,琉璃覆顶。韩谈告诉刘邦此乃百戏坊,不妨入内一观。
  见刘邦没有拒绝的意思,韩谈上前叫醒昏昏欲睡的小黄门。
  那年轻的黄门吓了一跳,急忙站起来请罪:"不知沛公驾到,小人罪该万死。"

"沛公要看十二金人奏乐,快快开门。"

黄门打开门,只闻一股腐气扑鼻而来,低头看去,只见室内有铜人十二枚,坐皆高三尺,列在一筵上,琴、筑、笙、竽皆有所执,皆缀花彩,俨然若生。刘邦奇怪地问道:"此又为何物?"

"请沛公少待,须臾便知。"

韩谈示意黄门演奏,黄门说此曲需两人方能奏效。于是韩谈与他一起来到筵下,筵下有铜管,上口数尺,出筵后。其一管内空,一管有绳,大如指。黄门负责一人吹管,韩谈负责扭绳,顷刻间琴筑笙竽皆作声音,与真乐无异。

刘邦又是一阵感慨。在咸阳服徭役时,终日在皮鞭下度日,何曾想到咸阳宫中竟有如此奇珍异宝,今天算是开了眼界。及至到了咸阳宫前殿,看过秦皇当年署理朝政的案几,刘邦更是艳羡之至,又问道:"外间人言秦皇每日批阅奏章一百二十斤,可有其事?"

"这是平日,边关战事紧时不止百二十斤。秦皇必每日阅完,绝不留与次日。"韩谈点头道。

刘邦在龙案旁站立许久,回转身来,就满怀敬仰地说道:"如此勤政,秦一统天下,乃人之故也,势之故也。"

从咸阳宫前殿出来,就是悬空甬道,刘邦正要登上甬道继续前行,却听见耳边传来一声大叫:"好呀!诸事未具,百废待兴。沛公不升帐议事,却来咸阳宫中转悠,难怪诸将尽掠财宝归己所有。"

韩谈一惊,转脸去看,樊哙已经到了甬道口,黑黝黝的脸上看不出一丝笑意。这些日子,他在楚军营中走动,听说樊哙性情暴躁,疾恶如仇,于是敬而远之。孰料冤家路窄,倒在这里碰上了。他上前施礼,樊哙并不理睬,直接对刘邦道:"沛公是被这些奇珍异宝看花眼了吧?"

刘邦笑道:"你言重了,今日闲暇,我入咸阳宫一观,你何须吹毛求疵?"

"吹毛求疵?好!俺今日就吹毛一番,看看沛公有无疵点。"樊哙黑着脸道,"沛公若能回答一问,俺自不管你这些事。敢问沛公是想拥有天下?还是做一田舍翁呢?"

闻言,刘邦有些不高兴,问道:"你这是何意?"

"犬马、重宝、妇女,凡此奢丽之物,皆秦之所以亡也,沛公岂能用乎?若沛公欲有天下,当还军灞上,以应项羽大军西进之不测。"樊哙说完这些,也不管韩谈在旁,上前扯起刘邦的衣袖就要往外走。

刘邦挣脱樊哙,脸上顿然增添了怒色:"你好生无礼,如此拉拉扯扯成何体统？念你平时乃粗鄙之人，我不与计较罢了，还不退下？"

"俺乃粗人，说不过你，但有能说动你的。"樊哙哼哼两声，转身走了一截，回过头高声道，"你只管游宫，却不问李甲去了何处？其身不正，虽令不行啊！"

刘邦心里"咯噔"一下，他这是何意，李甲不是告假有病了么？

经樊哙扰动，刘邦游兴大减，立即转身回营。韩谈很是不安，忙跟上赔礼："都是小人多事，邀沛公游宫，还请沛公息怒。"

刘邦摆了摆手道："是我要游的，与你何干。"

韩谈不敢多言，只是小心翼翼地跟着，想想方才那一番争论，真是有些后怕。若是樊哙一怒之下动了刀枪，岂不首先杀了自己。

回营时，刘邦一路上闷闷不乐，只听见马蹄儿"嘚嘚"，却再也没有来时那样与韩谈的谈笑风生。直到韩谈小声提醒："沛公，营门口那不是子房先生么？"

"哦！"刘邦抬头去看，可不是吗，张良正准备上车呢！大概是看见了自己，又在路旁候着。刘邦心一动，莫非正被樊哙言中，项羽大军西进了？一想到这些，他吩咐驭手停车，自己下了车远远地喊了一声"子房"。

张良上前见礼，说有些话想商量。

"好！有事大帐去说。"

在军中大帐，两人席地而坐。侍卫上了茶点，张良端起茶盏向刘邦敬道："不知沛公这半日游咸阳宫所见如何？"

刘邦也不掩盖自己的心情："往日听子房讲河伯至于北海，东面而视，不见水端，喟然叹曰：'今我睹子之难穷也，吾非至于子之门则殆矣，吾长见笑于大方之家。'我今日游咸阳宫，便有这种感觉。楚宫虽大，亦不及秦宫之楼宇嵯峨，珠宝盈宫。"

张良笑着点了点头："此皆为身外之物，他日沛公称王，何愁不能尽据？只是……"

"子房无须顾虑。"

张良放下茶盏，整了整衣襟道："秦无道，故沛公至此，夫为天下除残贼，宜缟素为资。今沛公始入秦，即求安乐……"

刘邦听到这里，不禁有些耳热，惊异张良所言与樊哙刚在咸阳宫中的一番话如出一辙。但他不能像对待樊哙那样去责备张良，只是两眼直直地望着他。

张良猜得来刘邦此时的心境，便缓和了口气道："忠言逆耳利于行，请沛公听樊将军之言,还军灞上。"

刘邦这回算明白了樊哙临走时那句话,敢情他真搬了张良来说服自己,于是再度感叹樊哙粗中有细。正想着,张良的声音又在耳边响起来了:"如今咸阳诚如亡鹿,众目瞩之,项羽尤甚;又若围炉,近者必招炙烤,因此不妨先撤出,待日后局势分明后缓图之。"

刘邦脸上的颜色顿时有了喜色,特别是最后几句话声声铿锵,直中心底,"子房一番话若警鼓醒耳,我这就发令,明日移军灞上。"

但张良并未就此打住,接下来他就把军纪问题提到了刘邦面前:"我军起于微末,军伍中贫者甚众,一俟进城,争夺财物布帛者甚众。更有甚者夜入百姓宅户,强抢民女以泄淫欲。如此下去,人不攻我而我自破矣!"

刘邦闻言,于是又一惊,眼见得额头的汗水下来了。原来樊哙所言不虚,正所谓"其身不正,虽令不行",自己这些日子都干了些什么?整天沉醉于秦宫奢艳,怠怠于声色犬马。天下未据而图安乐,此离危亡不远矣!

"都怨我。"刘邦狠狠在额头击了一掌,"多亏子房提醒,我这就传诸将进帐,严明军纪。"

"何必麻烦,眼下就有将死之人。"这时从帐外传来一声大叫,这是樊哙的声音。接着,就看见两名士卒押着李甲进了大帐。

李甲一进帐就跪倒在刘邦面前,连道:"主公饶命,末将再也不敢了。"

刘邦惊道:"你不是去军中医官处疗疾去了吗?怎会如此境遇?"

樊哙大声道:"主公让他自己说。"

见李甲不说话,樊哙径直将李甲如何强抢民女,被他发现从头至尾说了一遍。刘邦闻言,脸色一下子变得苍白,上前狠狠踢了李甲一脚骂道:"你跟随我多年,竟然如此胆大妄为,做出此等猪狗不如的事来。樊哙听令,将李甲押出营门斩首。"

"诺!"

樊哙正要动手,却被张良拦住:"如此处决,不能以儆效尤。我意将之押回灞上,择定日期邀咸阳诸县父老豪杰当众斩首,必能震恐全军,严明军纪。"

"好!就依子房。将李甲押下去,好生看管。"

"诺!"

樊哙押着李甲退出后,刘邦擦了一把汗水,脸上布满愧色道:"亏得子房,否则我险些铸成大错。"

张良为刘邦的醒悟而欣慰,上前拱手道:"君子之过,如日月之食焉,过也，人皆见之；改也，人皆仰之。沛公反躬自省，善莫大焉。"

说起李甲，刘邦不免有些惋惜："那年在丰泽西释放了刑徒，我不敢回故里，只有上芒砀山，李甲乃我上山所遇第一人，从此跟随我三年多，可谓尽忠竭命。但此事我却不能容他，只是他这一去，我身边连个贴身校尉都没有了……"

张良建议道："少年营将军岳恒治军有方，不妨传来一问，若有合适之人，调到身边就是。"

"如此甚好！"刘邦道。

第二天辰时二刻，刘邦起身洗漱一毕，岳恒已在帐外等候了。岳恒此次来见沛公，不仅是为他选调贴身校尉，还禀报了少年营严守军纪，不扰百姓之事。刘邦听闻后赞道："将军虽然年轻，然处事有度，规矩方圆，此将才之所必须也。"

张良昨晚已经将刘邦治罪李甲的消息通禀给岳恒，因此事情就转向正题。

"李甲有今日，根源在己。主公严明军纪，深得军心。张先生已将主公之意告知末将，末将以为主公身边少不得得力校尉，便想将公子刘肥调往大营，不知主公以为如何？"岳恒回道。

刘邦立即截断岳恒的话道："不可！夫楚军者，国之楚军，非刘氏私财。刘肥经世浅薄，尚需历练。此事就此打住，勿再提及。"

岳恒深为刘邦的爱子情怀所感动，转而沉思了片刻，就说出了另一个人的名字："曹窋虽年轻，却是轻重在胸，缓急在手，到主公身边，将来必有出息。"

"你说的是建成君之子么？"

"正是此人。"

"就让他到我身边来。将门出虎子，曹执帛骁勇善战，其子武艺超群，将来定为栋梁。"刘邦心悦地点了点头，爽朗的笑声飞出营帐，在冬日的树梢徘徊……

十一月，刘邦的大军一回到灞上，就与从沛县一路追来的吕泽和刘喜相遇。吕泽的事情，早先曾接到过吕太公的来信，刘邦并不惊讶；而刘喜的到来，却是他没有想到的。

当晚，刘邦举行私宴，为刘喜、吕泽接风，萧何和曹参以乡邻身份作陪。菜蔬完全不同于沛地口味，都是关中的品种，是请当地厨子做的，所饮也是名为"秦酒"的佳酿。

当大帐中央的鼎锅飘出浓浓酒香,侍者给每个人面前的酒觥斟满酒时,刘邦举起手中的酒爵高声道:"此酒是从秦宫中带来的,据言乃当年秦昭王招待赵惠文王时饮的酒。我军先入咸阳,乃全军将士勠力同心之故。我借此先谢在座的萧、曹二兄。"然后将脸转向吕泽和刘喜,"也为你二位接风洗尘。"

今日刘邦自然不同往日,举止间带了王者的气度,两位兄长自然不再如故乡时动辄指责了,而是换上温暖的笑脸相迎。

之后,萧何、曹参双双举爵向刘喜和吕泽表示敬意。萧何道:"刘兄曾来过咸阳之人,也算是见过大世面的,当初若与沛公并肩举义,现今又该是何等景象……"

话说到这里,却被曹参抢了去:"萧兄何出此言?孝老抚幼,人之责也。刘兄虽未征战,却在故里替沛公行孝,伺候两位太公也是劳苦功高啊!"

萧何会意,忙对曹参的话表示赞同。两位来到刘喜面前,说出的话都是酒香四溢的:"三年多来,我等在外征战,你在故里春种秋收,不仅替沛公分忧,更对我等亲属多有关顾,请兄饮下此杯,以表我等敬意。"

方才听萧何之意,刘喜的脸上发热。当初不仅没有跟随刘邦举义,甚至兄弟间为之吵闹不休,以致刘邦离开沛县时,刘喜都没有来送。守在故乡很长一段时间,只要一提起刘邦,刘喜都愤愤不平,埋怨他把老父和家小留给自己。有一次逢重阳节,他来向老父送酒,适逢刘邦攻打丰县不下的消息传到刘家庄,刘喜趁机说动父亲要召刘邦回来,结果却遭到吕雉的责备……好在曹参的一番话解了他的难堪,刘喜举起酒觥回敬道:"美不美,泉中水;亲不亲,故乡人。老老幼幼,乃责任所系,无须挂在口上。我兄弟能有今日,皆仰赖两位鼎力相助,我该敬两位兄弟。"

轮到吕泽,他并没有刘喜的尴尬。当初吕太公迁徙到沛县时,大女儿吕长姁已经出嫁,唯独将大儿子吕泽和二儿子吕释之留在故乡单父。当大泽乡起义的消息传到单父时,吕泽也曾招得百人响应,无奈敌我悬殊,不久便树倒人散,他逃入深山年余。直到听说刘邦大军兵进关中之际,他才重新拉起人马百十人追了过来。今夜虽然时值深冬,但他却从军营中感受到盎然春意。父亲的眼光没有错,于是他高声道:"妹夫诛秦有功,事业如日,请诸位举酒为前程干之。"

酒至夜阑,萧曹二人辞去,刘邦对吕泽道:"兄长早年随太公习武,今又率军而来,日后自当大用。只是目下众将功高,兄不可与之比肩,我先拨你三千人马,日后你征战扩之,我当论功行赏,兄长以为如何?"

吕泽虽然觉得兵少了些,但刘邦说得也有道理,于是便起身告辞。临行时他还说,要去信将留在单父的兄弟吕释之也招到军中来,辅助妹夫成一统天下大业。

唯有刘喜留在帐中不走,看见刘邦转回帐来,问道:"你如何安置我?"

"这……"刘邦捻着胡须道,"二哥既然来了,明日就差人陪你游游关中山水,然后转归故里,代为弟伺候老父去。"

闻言,刘喜就一脸的不高兴:"我千里迢迢来寻你,你却让我回去,我有何颜面见故里父老?"

刘邦劝道:"非是我不留你,只是二哥平日只懂稼穑,不习武功,留在军中只会让我担心。"

刘喜蹲在地上,委屈地说道:"说起来,你与我一同在咸阳服徭役,每逢禁卫皮鞭抽打时,都是我替你遮挡,留下不知多少伤疤,你要不要看看?"刘喜抬头看了一眼刘邦,"反正我来都来了,你看着办。"

刘邦无奈地摇了摇头,只好道:"二哥恩德,我怎敢忘记。也罢,你暂且就任曹仓,管好兵器粮草,日后我自当论功行赏。"

"曹仓官位有多大?"

刘邦长叹一声道:"一时也说不清,你属下也有一二百人吧!你归夏侯婴管辖。"

刘喜这才告辞出来,在一位侍卫的引领下去了粮草仓库。他一路上想,夏侯婴为人厚道,也许是一件幸事。

但刘邦的心并没有一息消停,第二天辰时一刻,他已将张良、萧何、夏侯婴、郦食其、卢绾等人传到大帐商议会见三秦父老和豪杰之事。

萧何是个细心人,在大军暂住咸阳的日子里,他已将典籍中内史所辖各县人口、三老和豪杰情况梳理个大概。此刻当着大家的面,他把一份父老、豪杰名单递到刘邦手中:"主公看看还有什么不妥,诸位可再商议增删。"

刘邦捧起绢帛,闻着馨馨墨香,就从内心感叹萧何的周详细密,情之所至地念出声来:"新丰,三老二十,豪杰三;蓝田,三老十五,豪杰四……"刘邦再度抬头看了看萧何,那种掩盖不住的喜色立即跃上眉梢,"丞督办事,真是滴水不漏,各县所报,不仅有数,且都有名有姓,我与这些人见面,关中大势定矣。"

忽然,刘邦的眉毛跳动了一下,接着就"咦"了一声。众人不知道发生了何事,纷纷把目光投向刘邦,只见他指着一个名字道:"难道这是巧合,此葛庄主莫非就是丰泽西的葛庄主？"

萧何闻言就笑道："千里之遥，彼葛庄主岂能到此？"

"不！莫非上苍有情？"刘邦放下绢帛道，"还是遣牛良去查访一下，当初若不是葛庄主慷慨相助，我岂有今日？"

接下来，夏侯婴向刘邦禀报了接送三老的车辆安排，郦食其禀报了住宿安置情况，卢绾禀报了饮食安排。看到麾下众人各执其责，有条不紊，刘邦知道这一切都出自萧何。看来，他果然是佐相之才！

事情进展到这里，一个十分严肃的问题由刘邦提出来了："诸位！想必大家都已知道，我的贴身校尉李甲借病假之际私入民宅，强抢民女，被樊哙缉拿。又据子房禀告，言说我军自进城以来，将军尽奔府库掠资财而分之。如此下去，不仅暴秦残余不灭，我军就是立足亦难。因此我觉得当严整军纪，方能赢得人心。此事子房早有成策在胸，不妨言与诸位。"

张良正了正坐姿，环视了一下几位同僚道："自古得人心者得天下，人心一失，即成过街之鼠。我以为急需约法三章，告知三老、豪杰，言明杀人者死，伤人及盗抵罪。有检举我军违纪者，重赏。"

"子房所言，正合我意！为以儆效尤，五日后我要在与三老、豪杰见面时将李甲斩首，首级示众三日。"刘邦随后补充道。

郦食其、萧何等人纷纷赞同。卢绾初到军营，对前因后果不甚了了，正踯躅间就听见刘邦向他问话，忙点头道："沛公治军有方，只是在下还有一言，不知当讲不当讲？"

郦食其瞪了他一眼道："沛公这不是征询众位之意么，你只管说来，何须吞吞吐吐？"

卢绾也不反驳，他刚到军营时即听闻郦食其舌战南阳郡守的传奇，生怕触怒他引来冷嘲热讽，干脆直对刘邦道："诚如诸位所言，兵不斩不齐，治军必严。然则《兵法》亦云：'卒善而养之，是谓胜敌而益强。'想如李甲这样从芒砀山就跟随沛公南征北战者亦不在少数，故念其护主有功，虽杀之，然可妥为葬埋，以安军心，不知妥否？"

在卢绾说话的当儿，张良也觉得赏罚严明乃治军之要，生严而亡宽，也是人之常情，的确可以消除士卒之顾虑，使之同仇敌忾，共赴大业，于是赞同道："卢先生所言甚善。惩戒乃在提振军威，自古恩威施使，方能一众统军。"

郦食其亦附和道："不仅如此，属下以为对此次进咸阳遵纪守规者亦当奖赏。"

"立一楷模胜却斩杀十罪。近几日可命曹将军、樊将军、岳将军、郦将军在所部选拔有功守纪者,当着三老、豪杰重重赏赐,奖惩同行,必得人心。"萧何也十分赞同。

刘邦一脸的喜色,他深深感到,打仗靠各位将军,可论起治军,还真得靠这些谋士。他想到在高阳第一次见郦食其时自己的无礼,不仅暗暗自嘲当时见识太浅。真是感谢三年征战,这让他改变了许多固有想法。刘邦起身在大帐中踱了一圈,然后在中央站定,气定神闲道:"今日议政颇有章程,可视为立国方略之预计。还要丞督辛苦拟一文告,将我军约法三章书之布告,命军中曹掾缮写清誉广为张贴,使四方百姓皆明我军所为,广传我军声誉。"

这半晌让卢绾大开眼界,昔日眼中的赌徒论政竟是如此得心应手,大有刮目相看之感。出了大帐,卢绾紧步赶上萧何小声道:"沛公果然不同往日。"

萧何神秘地笑了笑道:"你来楚营不过数日,见之尚少,日子一长,他定然让你耳目一新。没听说,他在芒砀山夜斩白帝子之事么?"见卢绾满眼的惊奇,萧何又道,"有机会,让跟随沛公从芒砀山至今的牛良与你细说。"

"哦!"卢绾长嘘一声,没有好意思再往下问。他暗自下了决心,定要说服雍齿来归,否则,自己将在军中没有立足之地。

……

在霸城门外的安子村,牛良经过打听,终于在村东头一座并不显赫的住户里找到了刘邦要他找的葛庄主。

牛良向葛庄主道了姓名,葛庄主围着他转了一圈,从头到脚反复大量许久,不禁"啊"了一声道:"你不就是那个最终没有离开,而是等待与刘邦一起上芒砀山的刑徒么?"

"正是在下。"牛良接过丫鬟递过来的热茶道,"果然是恩公,沛公一直没有忘记您的关照。近日他在三老名单中看见姓名,担心是否就是恩公,故而派在下前来寻访。"

葛庄主长叹一声道:"感谢沛公惦念,在下正思谋着这几日闲暇拜访呢,却不料他倒先差人来了。"

"庄主不是在丰泽西么,为何流落到此?"

"不瞒将军,说来话长。"葛庄主呷了一口茶道,"那日送走沛公,在下深知惹下祸端,连夜遣散了家仆,只带了些细软一路西行,到了这灞城住了下来。亏了义军,灞城县令早早弃城逃走,才没有人追究在下的来历。"

"五天后,沛公要在灞上会见诸县父老、豪杰。既然庄主到此,若无琐事,不妨到营中小坐。"

葛庄主一挥手道:"在下正有拜见沛公之意,这就动身。"

出了庄门,早有车辇等在那里。不到一个时辰,就到了军营。牛良发现,营门口贴了墨迹淋漓的告示,上书"杀人者死,伤人及盗抵罪",简明而扼要,却是字字戳心,令人生畏。

在帐外值守的卫士已换成曹窋,他上前通禀了情况,曹窋进去不一会儿,就从帐内传出"恩公在何处,恩公在何处"的询问。接着,刘邦的身影出现在大帐门口。葛庄主看见,忙上前要跪,刘邦拦住道:"就是要跪,也是刘邦当跪恩公,岂可本末倒置?"言罢,拉着葛庄主就向内走。

见状,牛良唤了一声"主公",刘邦回头问道:"你有何事么?"

牛良看了看葛庄主,却没说话。刘邦见状道:"葛庄主不是外人,你有何事尽可直言。"

牛良先行了一礼才道:"末将迎接吕泽将军归来,听说李甲兄弟犯罪,羁押在狱。他虽触犯军法,然则念及我们一同跟随主公出生入死的分上,请主公恩准末将前去探视!"

刘邦闻言,将征询的目光投向葛庄主。葛庄主应道:"公私两分。即便杀头,亦不妨碍亲情探视,此法外人情之故也。"

"好!就依庄主。允准你前去探视。"刘邦顿了顿又道,"带话给李甲,他的父母,我会好生赡养的。"

"末将定当转述主公之意。"牛良言罢施礼,转身去了。

他先在街头备了几样菜蔬,沽了一壶滚烫的米酒,这才向大营西南角而来。

李甲披枷戴锁,除了脚踝骨处因为脚镣摩擦有血痕外,身上倒也干干净净。此刻,他两眼痴呆地望着地面,并不曾听到有人走近。牛良喊了四五声,他才抬起头,毫无表情地望了一眼昔日的同伴,冷冷地说道:"你来了。"

"我来看你!"牛良向看管的士卒小声低语几句,士卒开了门锁,牛良进了"牢房",他在地上摊开酒肉和菜蔬,将酒葫芦递给李甲道,"天寒室冷,喝一口暖暖身子。"

李甲接过酒葫芦仰脖喝下一大口热酒,觉得浑身暖和多了:"谢谢你还记得我这个有罪之人。"

牛良又撕下一块肉递到李甲手上,李甲也不谦让,大嚼大咽。牛良在一旁看着,心里很不是滋味。

他是了解李甲的。自从跟随了沛公之后,他忠心耿耿,不曾有过丝毫的畏惧和彷徨。牛良清楚地记得,义军攻打外黄时,董翳冲到刘邦面前,欲取其首级。刘邦平日使的兵器乃是双铜,近战尚可,远战根本使不上力。眼看董翳的长枪伸到了脖颈之下,就在这危难时刻,李甲纵身一跃,冲到刘邦前面,董翳的枪从他的肋下刺过。回到军营后,军医告知刘邦,李甲的一根肋骨断了。他还记得,在攻打昌邑战役中,敌军从城上发射箭矢,李甲当时护在刘邦身旁。要紧关头,他与刘邦换了马匹。昌邑城虽然没有打下,但李甲身上留下三处箭伤。

牛良怎么也不信这样一个艰险不畏、生死不惧的汉子,会干出强抢民女的罪行:"兄弟,你英雄一世,为何……"他把后面要说的话咽下肚子,相信李甲明白了他的意思。

李甲喝了一口酒道:"牛哥,你想听为什么吗?"

见牛良点了点头,李甲放下酒碗,沉闷地说道:"兄弟说了,牛哥可打可骂,可不能生气。"

"唉!事到如今,你就放心说吧!"

"好!"李甲咬了咬嘴唇道,"我是何等之人?是押往咸阳服役的刑徒,若非沛公仗义释放,能有今日?可我亦非无功之人,从芒砀山到丰县,从外黄到定陶,直至咸阳。当年与我一起举义的大都成了将军,就是岳恒亦以将军之职号令麾下。我呢?在军侯之位盘桓多年,勉强做到校尉,这公平么?"

牛良没有接李甲的话,但关于李甲的职位他是知道的,有几次行赏时刘邦也提到了李甲,可张良、萧何、曹参、樊哙几乎众口一词地认为,李甲忠勇可嘉,可不懂兵法,难以率兵。他却没有想到,这成了李甲的一个心结。

"人生无非两样,名与利尔!既然升迁无望,何不及时行乐?"李甲咽下一口唾沫继续道,"既然今日铸成大错,我死而无憾。"

牛良长叹一声道:"强敌未灭而思淫,社稷未据而行侈,此沛公不能宽恕兄弟之故。临来之前,沛公叮嘱,他将视兄弟父母如亲生。我也请兄弟放心,往后弟之父母即兄之父母,养老送终,拜祭追远你可无虑。"

牛良这话一落音,就从李甲的喉咙深处传出呼声,紧接着,就是撕心裂肺的哭喊:"沛公!李甲有罪啊!"

傍晚的风吹过军营,将李甲的哭声带得很远……

第四章

吕臣父子说怀王
项羽主副谋西征

一转眼,吕臣回到彭城将近十个月了。离开了战马嘶鸣的战场,每日陪伴怀王署理朝政,向刘邦、项羽两军以及各路诸侯发出诏命,然后就是回到府邸,与妻儿过日子。

吕臣不是耽于安乐之人,与熊心度过一段日子后,他不免有些心灰意冷。这位仓皇流落民间的楚国公子虽然用的是楚怀王的王号,可是他连那个昏庸的楚怀王都不如,更不必说称霸一方的楚庄王和与秦争雄的楚悼王了。他将刘、项从前方发来的战报统统交给令尹处置,每天就是要吕臣陪同他下棋、饮酒、观看歌舞,直到子夜,吕臣才能拖着疲累的身子回府。

一次,吕臣陪同怀王下棋。当怀王连胜两局后,脸上就挂满了兴奋和得意。

"大王棋艺出奇,岂是臣敢比的?"吕臣这话正对怀王的心思,忙命中官赐酒。

说是赐酒，不过形式而已。吕臣轻轻抿了一口就放在一边，随后问道："章邯投降后，上将军对西进有何打算？"

"听令尹说，上将军正在秣马厉兵，做战前准备。"

"那依大王之见，是上将军入咸阳好呢？还是武安侯入咸阳好呢？"

"这……"怀王捻着弱须，瞳仁转了转，没有立刻回答吕臣。事实上，究竟谁应该先入咸阳，他也无法做出选择。可从情感上说，他更倾向于项羽，毕竟他是项燕的孙子，项梁的侄子，都曾是楚宫的重臣；何况他也是项梁扶持登基的，这点再怎么也不会忘记。但现在，他不愿意当着吕臣的面说出来，他知道吕臣与项羽存有歧见，"寡人当初盟约，先入咸阳者为王。看他们谁有能耐，寡人都乐见其成。嗯，先摆子走棋，寡人不爱听这些打打杀杀的消息……"

怀王低头看去，吕臣不知什么时候已经摆好了棋子。两人刚走了几步，就见中官总管匆匆赶来，在怀王耳边低语几句，接着把一份奏章呈送给他。怀王大体浏览了一下，口中讷讷道："上将军为何这样呢？"说着，便将奏章顺手递给吕臣。

"二十万吏卒，上将军一言就坑之，这与秦人虎狼之性何异？"吕臣一看，也大吃了一惊。但他并不想追究这件事的责任，而是眉毛凝聚在一起思谋良久，抬起头时，眼里就布满了忧郁，"臣有一句话，不知当讲不当讲？"

"卿有何话，尽管说来就是。"

吕臣起身整了整衣袖，就跪在了怀王面前，一脸愤懑地说道："二十万秦卒被坑，如此大事，上将军竟然不奏明大王，这岂非僭越？若是传将出去，诸侯闻之寒心，百姓闻之伤心，朝臣闻之忧心。臣斗胆问一句大王，楚国究竟是熊氏之楚国，还是项氏之楚国？"

这话算是戳到了怀王的心底。近两年来，因对项梁的感恩，怀王对项羽总是宽容和忍让。孰料他竟真的先斩后奏，将自己置于傀儡之地。吕臣这话使他尤为激愤，可过了一会，他就渐渐平静了。这倒不是他对项羽的所为理解和宽谅，而是他与项羽的力量实在太悬殊了。项羽现今不仅统领楚军，而且也统领着各路诸侯，而自己有什么呢？围在自己身旁的都是一些手无兵权的文官，即如吕臣这样的将军，也只剩一个司徒的名号。即便项羽有罪，自己拿什么去兴师问罪呢？再说这又不是第一次了，当初处决宋义时，项羽不也是先斩后奏么？

可当着吕臣的面，他需要一个堂而皇之的理由。他看着棋盘沉思片刻，说出了一番让吕臣很吃惊的话来:"上将军疾恶如仇,故而有此举止。况且秦乃楚之世仇,今日不杀,来日必成后患。传令……"

中官总管领命道:"大王有何吩咐?"

"传寡人诏命,上将军诛秦有功,赏千金,即日赴新安犒劳三军。"怀王说完,又对吕臣挥了挥手,"寡人今日有些疲累了,卿也退下吧!"

吕臣完全没有想到,怀王在这件事上会做出如此决定。他一时间纠结满腹,却又不好发作,只好想着回府邸与老父商议。

回府路上,吕臣的心思犹如这晃晃悠悠的车驾一样无法安定。他觉得,现在只有刘邦才能抑制住项羽滥杀无辜、到处屠城的暴行。前些日子,刘邦遣人送来战报,言说大军已过了武关,现在尚不知是否已进了关中。他在心里祝祷,让刘邦的军队顺利占领咸阳……

车驾在令尹府前"吁"的一声停住了,吕臣下了车,就看见家令在府门口等候。

"司徒回来了?令尹在前厅等候呢。"

"哦,有要事么?"

家令摇摇头道:"小人不清楚,只听说与前线战事有关。"

吕臣顾不得到后堂向母亲问安,换下朝服就去了前厅。刚进门,就看见父亲手中握着一封信札,听见吕臣的脚步,他转身示意吕臣在下首打坐。吕清先是询问了今日之事,当听说项羽将坑杀二十万秦卒之事禀报怀王时,便叹了一口气道:"臣之不臣,君之不君,何谓国乎?项羽所为,不得人心。"

吕臣表示了同感,他倒不认为怀王是偏祖项羽,更多是感到无奈。随着秦朝的灭亡,项羽迟早要取怀王而代之。所有的先斩后奏之事,都可以从中得到解释。但这些话他并不打算说出,他不愿意祸及年迈的父亲。

吕清知道吕臣自回到彭城以来心事一直沉重,也不想把这个话题延伸。于是他将手中的信札递给吕臣。吕臣打开一看,两眼顿时放了光,及至将信札从头至尾细看一遍,就情之所至地讷讷道:"沛公者,当今英雄也!"

刘邦的战报显然是出自萧何手笔,写得洋洋洒洒,文思飞扬——

武安侯臣刘邦叩见怀王殿下:

臣率大军自南阳而下,取武关,夺峣关,与秦贼战于关中,赖大王神威,一路西来,屡操胜券,长驱直入,已于十月岁首屯军灞上。暴秦皇冠落地,宗庙崩塌,秦王子婴系颈以组,白马素车,降轵道旁。臣率部入咸阳,约法三章,杀人者死,伤人及盗者抵罪。百姓闻之,广传大王恩德,大张楚军仁义。

初！大王曾与臣并上将军盟约，先入咸阳者王。今臣兵至咸阳，请大王如约册封。切切

当吕臣抬起头时，就从父亲的目光读出征询的意思。

"一言而非，驷马不能追；一言而急，驷马不能及。君子尚且如此，况乎王者？大王理当践诺，慷慨封赐。"吕臣许是出于与项羽坑杀二十万秦军的比较，他十分关注刘邦在战报中提出的约法三章，"据此可知，刘邦军纪严明。仅此一点，就是项羽所不能及的。"

吕清皱了皱眉头道："虽说当初有约在先，然项羽所为，必引起怀王犹豫。为父之意，当力谏怀王封赏。"

吕臣点了点头道："依孩儿观之，刘邦既然进了咸阳，断无让出之意，而项羽绝不能坐视刘邦咸阳称王。两军大战只是时间问题，此事大王也无能为力。"

从父亲处回来，夫人早已倚门守望，看见吕臣进了大门，忙上前迎接："夫君终于回来了，妾这就传晚餐。"

"不必劳动夫人。"吕臣说已在父亲那里吃过，现在想一个人到书房坐坐。

进了书房，拨亮灯火，研好浓墨，吕臣铺开面前的绢帛，挥笔向邓龙和张虎写下信札。

雄鸡在彭城的第一声啼晓，打破了黎明前的寂静。吕臣伸了伸酸困的胳膊，知道该前往王宫早朝了。夫人起身来到书房，看到吕臣双眼的血丝，那爱怜顿时就写满了眸子："又是一夜没有合眼。"但也仅此一句她就收住了话头，她了解夫君的性格。夫人呼唤丫鬟出来为吕臣梳洗整齐，吕臣上了车，晨星稀落地分布在头顶，在东方启明星的映照下，显得有些黯然失色。

吕臣一路上闭目养神，耳边车毂的轰隆和马蹄声顷刻远去。过了不久，只听见驭手一声"吁"，车驾就停在了王宫前。吕臣下车，提起袍裾上了司马道。

哦！那不是父亲么？在他身边的像是莫敖（楚国军事官员职务）。自怀王任命项羽为上将军后，莫敖已成虚设，对军队已鞭长莫及，整日只能陪伴着怀王饮酒作乐。吕臣记得，在项羽斩杀宋义这件事上，莫敖似乎一直视为僭越。

吕臣转脸朝后看了看，就发现跟在后面的有左右司马、上柱国等人。这些重臣之所以这么早来上朝，其实是为了一件事情，就是决定楚国下一步走

向。

辰时三刻,怀王在中官的陪伴下准时出现在大殿。他环顾了一下文武朝班的重臣们,随后看了看中官。中官尖着嗓音喊道:"大王有旨,有奏章者呈上来。"

吕清年迈的身子挪动了一下,出列奏道:"启奏王上,武安侯刘邦从前方传来战报,其所部大军已经进入咸阳,秦王子婴白马素车,亲往灞上投降。"说完,他把战报举过头顶,递给中官。

怀王从中官手中接过战报,大体浏览一遍,尤其是看到刘邦大军深受咸阳百姓拥戴,脸上顿时溢出笑意:"武安侯做得对。秦楚乃甥舅之交,只是近世才妄动兵戈,刘邦那是代寡人寻亲了,哈哈……"

众人也都为暴秦寿终正寝而欢呼雀跃,人群中一阵喧哗。但欢悦很快就过去了,接下来如何应对,这让大殿陷入了一片寂静。

吕清接着道:"想来王上还记得当初誓约,请王上发布诏命,封赏刘邦。"

"微臣也以为王上当守信封赏,以取天下人心。"莫敖也支持吕清的上奏。

两人的话在众臣中引起一阵喧哗,接着上柱国出列道:"微臣以为,现在封赏为时尚早。依臣观之,与秦军力战者,乃上将军也;击败章邯大军,伤暴秦元气者,上将军也;置暴秦于死地者,上将军也。因此,刘邦才得以避实就虚,趁机进了咸阳。此时王上倘若封赏刘邦,不唯朝臣不服,上将军那恐也难以交代。"

左司马曹无伤和右司马项庄则以为取信天下,就需践约行赏,并且还讽刺道:"当初上柱国本项梁公,奈何天妒英才,你才得以为上柱国。你不图报恩,却曲解王上意思,难道是要让王上失信于天下么?"

众位朝臣的激烈争论,吕臣一直在悉心聆听。昨夜,他父子两人在一起谈到封王事宜时都觉得早封为宜。但现在看来,事情远不像他们想象的那样简单。朝臣中各有选择且不说,项羽不能答应刘邦为王确是事实。倘若强行封王,必然导致项羽兵戎相见。吕臣趁着大家议论暂时平息的机会,整理了一下思绪出列道:"臣有事启奏。"

这一场争论吵得怀王头昏脑涨,不知所从。他很后悔当初立下这个盟约,希望这时有人能够出来分清是非。因此,当吕臣出列说话的时候,他满怀期待道:"爱卿有事且奏来。"

吕臣习惯性地举了举手中的笏板道:"各位同僚所言皆有道理,让臣颇受教益。然履约践诺关乎大王声誉,更关乎楚国国威,岂能出尔反尔?臣以为大王当一面遣使前往灞上宣慰王意,行封赏之旨;另一面则遣使前往新安,宣慰大王劳军之意,并言明刘邦已进咸阳,依约该称王。上将军若是通晓大义,定然不会拔剑动武的。"

事情到了这步,大家都以为这不失为一条万全之策,纷纷表示赞同。

朝臣们退出后,吕清父子却留下没有走。

屏退左右,怀王对吕清父子道:"二卿人前不便说的话,现今可以放胆说!"

"王上现置于火炉炙烤,危矣!"吕臣一开口,就把严峻形势摆上台面。

怀王的脸色眼瞅着黑了下来。

吕臣向怀王作了一揖道:"王上当初盟约,先入咸阳者为王,意在督促刘、项两位将军合力诛秦。然则,却埋下祸根。今上将军巨鹿大捷,招降章邯,功在朝野;武安侯运筹有致,咸阳在握。此当今大势之其一也;其二,王上若要取信于天下,必将践约,允刘氏称王,此举必激怒上将军,若挥师西去,兵临咸阳,楚军内讧,在所难免;其三,王上若为安抚上将军,毁约不封刘氏而封项氏,以上将军之襟怀,必致尾大不掉,危及朝纲。此三者如何应对,请大王明鉴。"

闻言,怀王不由得倒吸了一口冷气,还没有等到他问话,吕清接着吕臣的话题延伸道:"昔日楚灵王欲在陈、蔡、不羹筑城,遣弃疾做蔡公。弃疾者,共王之子也。灵王问政于申无宇,申无宇曰:末大必折,尾大不掉,君所知也。杀上将军宋义,不奏而刑;坑秦卒于新安,亦不先奏,足见其功高傲主。王上不可不防。"

话说到这里,怀王的思绪都被搅乱了。他何曾遇到过如此难题,这时只有求助于面前这对父子:"依卿之见,寡人将如何处之?"

吕臣回道:"依臣愚见,一则必须封赏,不可毁约;二则,在封赏诏命送达时间上做些手脚,该先刘后项,相差五天行程。"

"这又是为何?"

"大王切勿急躁,且听臣徐徐奏来。"吕臣脚步向前挪了挪道,"上将军虽诛秦功高,然则至今未能西进,封王则失据;刘邦先期入咸阳,理当先封,即便上将军追究,大王亦有说辞应对。"

"若上将军必欲得之,岂不又要生乱?"

"这正是臣接下来要说的。臣闻刘邦心胸恢廓,忠君爱上,倘若上将军一意孤行,必欲夺之,则刘邦感戴王上封赏之恩,必拼死一战。天下诸侯皆以沛公为楷模,必四海咸归。如此王上则无忧矣。"

在吕臣陈说理由之际，吕清全神贯注地听着，表情随着儿子陈说的起伏而变化。他没有想到，在陈胜身边做过中涓的儿子现在完全不是当年在膝下那样单纯。他对朝事的通晓，使得吕清强烈感受到儿子已成为一个栋梁之材。吕清不失时机地替儿子做了结论："王上岂不闻郑庄公，春秋之霸主也，然则，于栎地筑城置子元，而致召公不立。然则，齐桓公置管仲于谷地，而成霸业。主之用人，在德而已矣！"

这父子俩一唱一和，将个楚王宫变成了自己的讲坛，一番纵横捭阖，让怀王心胸洞开，听到兴奋处，情不自禁称赞："好！就依二卿。今日朝后，司徒起草诏命，先五日发往咸阳，后五日发往新安。"

离开王宫，在回府邸的路上，吕臣的心思又转到另外一件事上，他已打定主意，暗中去信给邓龙、张虎两位校尉，要他们在刘、项大军遭遇时倒戈归顺沛公。

回望午间的王宫，吕臣轻轻地叹一口气。彭城，他滞留此地的时间不多了……

刘邦先期进入咸阳的消息不胫而走，不久就传到了新安。

"刘邦有翅膀么？"项羽对这个消息表示质疑，"难道他会飞过秦军的重重关隘？"

"上将军千万不可低估刘邦。根据细作所言，刘邦并没有直接西进，而是下南阳，取武关，再夺峣关而抄近路进入关中的。"范增边劝边解释。

项羽闻言哈哈大笑："此亦传言。我闻武关地势险要，一夫当关，万夫莫敌。武关守将司马牛骁勇善战，岂能容他轻取？"

"他的首级早已被樊哙、曹参取下，就挂在关楼上，人皆见之。至于峣关守将韩荣，经不住刘邦谋士郦食其劝说，很快献关投降，可见刘邦善于笼络人心。"范增进一步道，"老夫还听说刘邦已任秦降公子子婴为相，将军再不挥师西进，恐失良机，到那时必悔之晚矣。"

冬一天天走进深处，但项羽大帐内每个人却因为战争而显得燥热。

项羽从案几后呼地起身，来到地图前指着咸阳道："即便刘邦取了咸阳，我四十万大军亦必踏破关中。巨鹿一战，我军能大破王离；两水之战，我军能逼章邯投降，定能掠秦地于掌中。"他碗大的拳头狠狠擂在墙上，砸出一个坑，对入关充满自信。

"非也！"这话一出口，众位将军面面相觑，范增心里暗自叹息项羽又犯了骄兵轻敌的痼疾，但嘴上仍然好言劝道，"时移境迁，不可相比。关中乃嬴秦内史辖地,四塞为固,山川险峻,非熟悉地形之人为向导而不能克之。"

当范增又提出起用章邯、司马欣、董翳、章平等降将西进时,项羽再度表示了轻蔑。项羽的络腮胡子抖了抖,显然,他为当初没有能一次处置降将而后悔。而因为降将的事,不久前他又同范增发生了激烈的冲突。

事情虽然过去了许多日子,而且章邯等人并没有对项羽坑杀秦卒有过任何抗逆之举。"折翼之鹏,奈何高天",项羽从内心认为章邯等人没有了秦卒,就是关进笼子的虎豹,纵然有梦,也是白日之梦罢了。尤其是当刘邦先期进入咸阳的消息传来后,他一则震怒,二则认为范增过高地估计了关中秦军的力量。因此,今天议军一开始,气氛就分外紧张。

项羽环视了在座各位将军,目光中透出凶杀之气:"自薛县会盟以来,我军南征北战,披坚执锐,斩王离,降章邯,高功卓劳。然则,刘邦却趁机进军关中,欲先称王,是可忍孰不可忍。"

桓楚神情激昂地响应道:"小小刘邦,沛县赌徒耳,亦敢生王者梦?末将愿为先锋,先发兵函谷关。"

"我意已决,以当阳君为前锋攻打函谷关。"项羽踌躇满志道,"我以数倍于刘邦兵力入关,料他必定交出玉玺。"

此话一出口,就招来项伯忧虑的目光:"籍儿急于入关,乃在情理之中。然则,为王关中而大兴兵戈,为智者不取。须知刘邦入咸阳乃履约之举,籍儿与之争锋,师出无名;再者,当初薛县会盟时,你曾与刘邦结金兰之交,现今同室操戈,兄弟相残,岂非亲痛仇快。"见项羽一脸的不屑,项伯禁不住话中多了强调的意思,"更进一步说,今日籍儿乃上将军耳,沛公亦为楚军主将。你为一地而兴师动众,难免朝野嗤笑。为今之计,莫如上书请怀王定夺。若怀王以功论,劝说沛公退出咸阳,彼时上将军进关,乃顺理成章之举也。"

"叔父此言差矣。刘邦入关为践约,我入关亦践约,难道咸阳刘邦进得,我就进不得,天下哪有如此道理?"项羽撩了撩战袍,直愣愣地望着项伯道,"请叔父扪心问之,怀王能食前言而劝退刘邦么?如叔父不能自圆其说,怎能说服侄儿?"

"你!"项伯气急攻心,转身出帐。

项羽也不恭送,听着叔父渐行渐远的脚步,转头便下达了西进将令——桓楚率战车紧随其后,一旦英布拿下函谷关,即长驱直入,力克驻扎在芷阳的樊哙军;以龙且骑射军分两翼同时并进,一翼由邓龙率领,直奔陕县;另一翼由张虎率军渡河,兵发渑西,成夹击之势,策应英布主攻,防止刘邦在函谷关外阻击;范增押运粮草辎重,随大营、健妇营跟进,以虞姬、虞娘为正副将军,率领健妇营护卫粮草。

部署完这一切,项羽转身问范增道:"亚父有何见教?"

"章邯、司马欣、董翳、章平如何处置?"范增依然关心降将的命运。

"这……"项羽想了想道,"随军入关。"

范增没有再说话,在各位将领散去后,他留了下来。

项羽见状,有些奇怪地问道:"亚父还有吩咐么?"

范增看了看外面的太阳道:"今值深冬,天寒地冻,上将军何不上城察看城防,老夫愿陪同前往。"

项羽点了点头,边朝外走边说道:"还是亚父思虑周详。"

十一月的太阳懒洋洋地悬于空中,一阵阵冷风扑面而来,项羽裹了裹斗篷,担心范增受不了风寒,劝他回去。可范增却微笑道:"为将者,风餐露宿,终年相伴,岂可畏惧风寒。老夫与你同来察看防务,正因为还有许多话要说。"

闻言,项羽从心底感激范增,他不像项伯总是处处中庸宽让。他总会在自己进退维谷时说出攸关大局的谋略,就像夜路下的一盏灯,照着他的脚步,也照亮了他的心。

两人来到城头。一番攀爬,身子发热,驱散了刚刚离开大帐时的寒冷。范增靠着城垛平息了一下气息,风吹起鬓角银色的长发,翩翩中透出儒雅之气。

极目北顾,大约在七十里外,河水自西向东从县境边缘流过,转眼南眺,终南山余脉迤逦地向东奔涌,一山一水,就这样将新安与咸阳连在一起。在河水与南山之间,荆紫山、青要山、邙山、郁山四峰兀立,青河川、畛河川、涧河川三川并立。这情景,让范增的心顷刻之间飞到了咸阳。他从来没有到过咸阳,可他却对这方土地充满了向往。

他悄悄打量着身边的项羽,他勇猛善战的故事简直就是传奇。别的不说,放在项梁、刘邦,有哪位将军敢破釜沉舟,在绝境中求得大胜呢?像项羽这样的英雄,才有资格站在咸阳城头指点江山,喝令四海。可他很遗憾,在方才的议军会上,他没有听出项羽的宏阔远思。

恰在这时,项羽问话了:"亚父在想什么呢?"

范增顺势道:"我在想,上将军欲王天下,还是王关中?"

闻言,项羽有些不解:"何谓王天下?何谓王关中?"

范增向前缓缓挪动脚步,整理了一番思绪后道:"老夫听说沛公居山东时,贪财好色,然今入关,财物无所取,妇女无所幸,此王天下之志也。

"哦,"范增的话引起了项羽的注意,"亚父不妨细说。"

范增抬头看了看天道:"老夫命军中望气者观天象,见西北方向皆呈龙虎之象,此天子之气也。"

项羽明白了,接着范增的话道:"如此说来,王关中者,将沉浸于秦宫珠宝、妇人。依亚父之见,籍儿将何以自处?"

范增捋了捋风中飘摇的银须道:"依老夫之见,上将军当封章邯、司马欣、董翳于关中。如此,彼方能心安理得,不事抗逆。而上将军当广联诸侯分封天下,为王天下者。"

"怀王呢?将如何处之?"

闻言,范增笑了,缺失的牙齿看上去像一丛残枝败叶的蒺藜:"上将军可知项公当初为何要老夫寻访流落在民间的楚王后裔?"

"不是为号令天下么?"

"然也。但彼时上将军居霸主之显,而令天下诸侯,俨然周天子之亡天下也,岂非取秦皇而代之?"下面的话范增没有再说,但他相信项羽已经听明白了。

是的!项羽的确听明白了。他惊异范增的敏锐,能准确猜透自己的心底之秘。从当初反对叔父立熊心为怀王到如今不断越俎代庖,他心里只有一个声音——竖子焉能成器?一想到这里,他浑身血液沸腾,进军咸阳的冲动比任何时候都要强烈。但他还是不明白这一切与四位降将有何干系?龙且、英布、桓楚,哪一个不比章邯治理关中更可靠呢?

"即便如此,也未必要用章邯等人。在我看来,彼等总是离心,何必养痈为患呢?"

"此正老夫为将军计也!"范增陪着项羽向前走去,"老夫谏言起用章邯等降将,还有一层意思,那就是我军要做得利渔翁。"

"哦!怎么说?"

范增成计在胸道:"如楚将占据关中,必先与刘邦诸将接战,楚军内战,好说不好听。不如将之送与章邯等降将,到时刘、章大战,两败俱伤,彼时我军获利,岂非事倍功半之举?"

说到这里,范增相信项羽完全明白了自己的谋略。果然他转过身来,果断地说道:"回去!传令章邯来大营听封。"

闻言,范增故意笑问道:"不先奏明怀王?"

"将在外,君命有所不受。"项羽并不直接回答,随后两人相视一笑,下城去了……

午后的斜阳涂抹在谷山顶端,留下一片金光,司马欣进了位于谷山脚下的章邯营寨。

章邯闷闷地坐在帐中,把项羽送来的文书翻来覆去地看,却理不出个头绪。项羽在文书中说,秦卒因倒戈而被坑杀。平心而论,从当初二世诏命他征集骊山刑徒之日起,他就没有将之视为心腹麾下。可现在,当他们被坑杀的消息陈在面前的时候,他的心还是禁不住一阵阵紧缩。这倒不是因为他生出恻隐之心,而是他立即想到,这一场杀戮意欲何为?是在向谁挥舞屠刀?他在心里问自己,没有了这二十万秦卒,还拿什么与项羽抗衡?

章邯觉得胸口堵得慌,他觉得应该问一问项羽,这些降军为何就倒戈了。他站起来,对着外面喊道:"来人!备车。"

这时候,章平进来了,他脸上还留着战场的伤疤。他显然也获知了消息,看见满面怒气的兄长,一步上前按住章邯手中的宝剑道:"兄长息怒。"

"早知道人为刀俎,我为鱼肉,拼死也不降楚。"章邯顿足捶胸,愤懑填膺,"都是老夫有眼无珠,才致有今日。"

章平挽着章邯的肩膀劝慰道:"事到如今,兄长自责又有何用?还是静下心来思谋对策。"

章邯眼里写满了绝望:"今日坑杀二十万秦卒,分明折我双翼。下一步,只要我等稍有不顺之辞,生杀予夺,尽在项羽。"

章平正要说话,就听见侍卫在帐外喊道:"司马长史到!"

两人中止了交谈,迎到帐外。司马欣隔着老远喊了一声"老将军",就喉头哽咽说不出话来:"二十万人啊!整整二十万人呀……这到底是为什么?"

章平一步上前挽起摇摇晃晃的司马欣,三人回到帐中打坐,相对半日无语,竟不知话该从何说起。还是司马欣打破了沉默,道:"听从死人堆里爬出来的士卒说,桓楚等人用皮鞭将放下兵器、手无寸铁的秦卒赶进万人坑,然后由刀斧手挨个砍杀,哭声求饶声喊成一片。"

章邯听着,浑身就起了鸡皮疙瘩。难道这是上苍对秦人一统天下时屠杀的报应,可那是七十多年前的事了,这与我章邯何干,为何偏要我来承担后果呢?

在两位将军一筹莫展的时候,章平将投降前后的枝节梳理了一遍,就忽然想到了刘邦。前几日,他为排解郁闷,率领十数名侍卫到荆紫山狩猎,路遇逃难的豪家。据传刘邦大军已经过了武关,正向蓝田进军。如果沿途郡县秦军溃散,那么,他率领的楚军一定挺进关中了。假如项羽得知刘邦进了咸阳,他将会有怎样的反应呢？他决不会坐视刘邦先于自己称王,可自小在会稽长大的项羽对于关中一无所知,他凭什么知晓入关的路径,特别是风土人情呢？

一想到这里,章平的眉宇展开,做了一个超乎意料的推想:"如果我判断得没有错,不用一日,项羽必然要遣人来请我们议军。"

"此乃我等自救之良机！"听了章平的推断,章邯刚才的悲观渐渐褪下眉头。

"老将军所言甚是！"从帐外传来董翳的声音,看来,四人都在为自己的命运担忧。

章邯示意董翳在司马欣身边坐了,董翳确信帐内没有异心之人后才咳嗽了两声道:"项羽虽作战勇猛,可不善取人心。不唯我等,就是虞姬也常常与之争论不休。他虽然可以大军逼退刘邦,却不能尽得关中黔首之心,而我等一俟回归关中,犹如龙归大海,任我左右。"

"故而……"章邯打断董翳的话道,"我等要暗中知会身边曹掾不可向楚军透露丝毫关内消息。"

四人相互看了一眼,豁然开朗。章邯又叮嘱道:"眼下我等对坑杀秦卒一事装作充耳不闻,要以静制动,静观其变。"

"不仅如此！"司马欣补充道,"我观范增其人奸诈狡黠,不可不防。而项伯其人却忠厚老成,可以用之。"

章平接话道:"嗯,改日我等在营中宴请项伯,一则从他口中探听项羽动向,二则将治关中非我等不能之意传递给他,他定会谏言项羽的。"

看看天色不早,章邯正要遣散诸位,却不料值守的校尉匆匆进来,说项羽遣人过来请老将军进城。章邯忙使了个眼色,司马欣、董翳和章平避入后帐,章邯唤侍卫进来收拾了案上陈设,才传话有请使君。

使者不是别人,正是项羽帐下的从事中郎。一见章邯,他恭敬地行了大礼,然后郑重地说道:"上将军有请老将去往中军帐商议进军咸阳大计。"

"哦,"章邯沉吟了片刻,抬头说道,"请中郎回禀上将军,老夫即刻前往。"

章邯很有礼节地要章平送从事中郎,他明白,自己的一言一行他都会禀报给项羽,他要给项羽留下始终如一、忠诚楚军的印象。

刚刚送走从事中郎,司马欣等三人就转入前帐,几乎同时问道:"项羽要干什么？是要连我们一起坑杀么？"

章邯摇摇头道:"看样子不像,他若真想杀我等,绝不会白日来传,倒是商议攻打咸阳不假。"

章平还是不放心道："项羽、范增等人生性无常，还是预做准备为好。"

司马欣赞同道："章将军所言有理。末将暗自掐算，我等卫队加在一起近两千人，纵然战死也不能束手就擒。"

"好！就依长史。你等在此警戒，老夫若有不测，便拼个鱼死网破。"章邯说罢，暗暗藏了匕首在袖中。

来到帐外，驭手已经备好车驾等在那里。章邯登上车轼回头看时，心就禁不住悠悠颤抖，他分明看见，章平眼里含了泪水。章氏一族，自被赵高以人质身份囚禁后，生死未知。谁又能说，此一别不会是兄弟之间的诀别呢？但这一刻，他却是一句话也说不出来，他叮嘱驭手催动辕马，出了营门直奔新安城而去。

天气格外寒冷，但章邯却觉得额头汗水津津，他对跟在车两边的侍卫道："你等与车驾停在中军帐不远处，倘若生变，立即转回大营禀报几位将军。"

"吁！"驭手一声吆喝，新安城已经横矗在面前。守卫城门的司直和校尉显然早已接到了项羽的军令，在确认车驾上坐的是章邯，便放下吊桥。车驾进了城门，走了大约一里地，就看见项羽府门前的岗哨。

下了车，章邯径直入了大门，朝中军帐前走来，远远地就瞧见范增朝这边张望。果然，当章邯的身影映入他的眼帘时，范增的宽袖就如鸟儿翅膀一样展开，伴随着风卷袖起，他沙哑的声音传递的是热情的问候："老将军驾到，老夫这里有礼了。"

"谢老将军！"章邯也很有分寸地行了礼。

两人一同进了大帐，项羽一转身，嘴中说出的都是热情的话语："老将军一向可好？"

章邯点了点头，行了一个军礼："戴罪之将章邯拜见上将军。"

项羽一摆手道："老将军言重了。老将军既然归楚，就是我大楚重臣，何言戴罪？赐座。"

接着，就见几名侍卫每人捧着一颗用黄绢包裹得严严实实的印信进来了。项羽高声道："请范老将军宣示诏命。"

范增闻言，展开手中的白绢宣道——

闻将军章邯、长史司马欣、都尉董翳等，归楚有功，着即封章邯为雍王、王关中西，都废丘；封司马欣为塞王，王关中东，都栎阳；封董翳为翟王，王上郡,都高奴。章平为大将军。即日起,挥师关中,兵定三秦……

一个"闻"字,表明诏命来自怀王。章邯丝毫没怀疑这是项羽和范增的矫诏之举,因此,他叩首道:"谢大王封赏。"

令他更没有想到的是,刚刚接过四颗印信,英布、桓楚、龙且等人就进了帐,纷纷向他恭贺。项羽似乎并不计较章邯没有感谢自己,他以上将军的身份宣布,为庆贺章邯等人封王拜将,要在大帐中设宴:"来人!"

值守的郎中韩信应声进来,项羽看了一眼他道:"速传司马欣、董翳、章平三位将军赴宴。"

"诺!"韩信转身出去后向一同值守的侍卫交代了几句,就来到后院马厩牵了战马,径直朝新安城外的营中去了。

马蹄嘚嘚,伴随着呼啸的北风喧响在韩信耳旁。树木山景向身后迅速移去,一如韩信现时的心境。一转眼三年过去,眼看着项羽要率四十万大军直取咸阳,而自己却还在郎中的位子上盘桓,韩信在心里问自己:"渺渺尘世,知音何在……"

战马路过一处军营,远远地就听见有人在喊:"韩郎中,你欲往何处?"

韩信勒马看去,发现是吕臣麾下,如今归项羽节制的校尉邓龙,便在马上拱手道:"奉上将军之命,请司马欣、董翳将军赴宴。"

"哦!赴什么宴?"

"封王之喜!"

韩信准备策马离去,不料邓龙拉住马龙头道:"末将听闻中郎多智,你回来时可否在我营中稍作停留,有事请教。"

"下官明白了。"韩信说完,在马臀抽了一鞭,转身离去了。

第五章

函谷关头战云起
灞上军营人不寐

怀着依依不舍的心境回到灞上，刘邦刚刚住下，彭城的使者就到了。这使者不是别人，正是怀王身边的左司马曹无伤。

曹无伤宣谕了怀王的诏令，声言沛公既然先入了咸阳，当践约称王。刘邦感谢楚怀王盛意，当即在大帐设宴招待。举酒时，刘邦问道："怀王有没有什么话带给我？"

曹无伤摇了摇头："怀王倒是没有什么，就是吕臣大人捎话给将军，言说怀王不日亦将遣使者前往新安，向上将军宣示践约诏命。"

"哦？"刘邦正要说话，不意张良却借着敬酒的机会暗地踩了他一脚。刘邦情知子房有隐情，便打着哈哈道："上将军功高劳卓，嘉勉理所应当。"说着，又招呼曹无伤饮酒。

席间，曹无伤有意无意地打听刘邦进咸阳后的举止。刘邦坦荡，遂将如何招降秦王,如何约法三章大略讲述了一遍。曹无伤连连称赞沛公英明,说回彭城后定要禀报怀王。刘邦当即举酒,再次表示感谢。

送走曹无伤后,张良留了下来。刘邦有些困倦,席地而卧道:"子房方才是有话要说么?"

张良也不掩饰,开口就道:"主公大智。撤回灞上,乃我军安已拒敌之上策。"

"子房这是话里有话啊?"刘邦立即嗅出了战争的味道。

"吕大人捎话给主公,是提示您警觉项羽兵进关中,要我军速做准备。"张良看了看帐外,见曹窋正全神贯注地值守,便在刘邦对面坐了下来,"探马来报,说项羽率百万大军正滚滚西来,大有必取咸阳之势。"

"百万大军?"刘邦笑着摇了摇头,"记得在薛县会盟时,项梁军不过二十万,经过几次大战,充其量也不过四十万。项羽向来好虚张声势,说百万言过其实了。"

张良觉得刘邦的分析很有道理,可仍然劝道:"即便是四十万也不容轻敌,我军至今不过十万,要面对四倍之敌,显然力不从心。况乎秦地四塞,进之容易,退出却难。"

这样一说刘邦也急了,忙唤曹窋进来在地毡上铺开地图,手指沿着河水由东而西察看,这一看,他的心忽然就悬了起来。从新安到函谷关,途经渑池,距陕县约一百六十里。项羽军只要越过渑池,不用两日即可到达函谷关。

刘邦抬头看了看张良道:"都是我急于咸阳宫室,多亏子房提醒,否则我军危矣。不知子房有何破敌之策?"

张良将手按在地图上,指着函谷关侃侃而谈,似乎一切早已了然于胸:"沛公请看!从渑西到潼关之间是一条狭长谷道,西据高原,东临绝涧,南接终南,北塞河水,乃天险屏障。据传当年孝公定都咸阳,便从魏国手中夺取崤函之地,在此设置函谷关。此关谷道仅容一车能过,素有一将当守,可敌万军之说。前年周文被章邯追赶,正是因崤山之故才得以退往渑池。故而,我军只需遣一名得力将军驻守函谷关御敌可矣。"

张良在陈述破敌方略时语气平静,恰似闲人对弈。这种气度深深感染了刘邦,他应道:"有子房在,我何惧项羽?只是不知遣哪位将军较为妥当?"

"柴武可矣!"

"如此,就依子房。"

刘邦转头就要喊曹窋传令,却被张良拦住道:"主公少安,在下还有话说。兵法云,不知山林、险阻、沮泽之形者,不能行军;不用向导者,不能得地利。我军初到关中，人地两生，须招关中兵以自益。如此，则有备无患矣。"

"征兵之事不难，就由萧何去办。他向来虑事周密，滴水不漏。"

拒敌方略在二人胸中越来越清晰，张良心底卷起一阵细浪。自跟随刘邦以来，他最感佩的就是刘邦的知人善任，他总能把身边之人安排到恰当位置。而其人一旦赴任，他又能豁然放手，从不干预具体举措。所以，在他身边做事，众人感到轻松，无须提心吊胆。

这时，刘邦的声音又在耳边响了起来："兄弟阋于墙，情非得已。楚军内战，我心中总是不忍，不知多少父母妻子又要饱受煎熬。"

张良心中又是一惊，这就是刘邦与项羽的不同之处，他忽然想起屈原的辞来——长太息以掩涕兮，哀民生之多艰。楚人如此忧民，焉能不得天下？

有了刘邦约法三章的影响，灞河两岸数十里村庄的百姓都感戴刘邦的怀土爱民，纷纷前来参军。不几日，竟然募兵三千多人。这其中有不少人都曾被征入秦军，而今怀着不同的心境入伍，就像变了个人似的，士气分外高涨。

这天，刘邦检阅完新卒操练回到大帐，就发现郦商站在帐外等候。他远远瞧见刘邦，三步并坐两步上前施了大礼。刘邦一边走一边问："将军有何事？"

郦商跟随刘邦进了大帐，也不拐弯，便直接问道："末将听说沛公要遣大将坚守函谷关？末将不才，愿意前往。"

刘邦笑了笑道："将军果然忠勇，只是子房建言柴武将军前往。"

郦商抱拳道："柴将军知兵善战，能担此重任。可末将还是希望主公能再考虑考虑。"

"哦，这却是为何呀？"

"末将自追随主公以来，寸草之功未见，滴涓之劳未有，每每听闻众将军功高劳卓，很是惭愧……"

下面的话没有出口，就被刘邦截住了："将军何出此言，攻打芷阳，将军虽非主攻，然驰援亦是有功。"

"主公不提则罢，一提末将更无地自容。芷阳之敌不堪一击，樊将军一人克敌，末将只是跟随进城罢了。"郦商说到这里，言辞愈益恳切，"请主公将此机会授予末将，主公若是不放心，末将愿立军令状。"

刘邦摆手道："将军言重了，我与子房、丞督商议后再说。"

郦商闻言，以为这是托词，当即单膝跪地，面对帐外青天高声道："上苍作证，末将若是守关有误，甘愿军法处置。"

那凝重和虔诚让刘邦为之动容，他上前扶起郦商，当即允准他率军前往函谷关:"函谷关山势险峻,易守难攻。而我军兵少,加之新招关中士卒训练不足,故不可掉以轻心。"说到这里,刘邦神色分外庄重起来,"请将军万勿轻易出击,只要坚守,敌则莫之奈何也。"

"末将记住了!"

郦商满面喜色地告辞出来,就直奔了兄长住处。未料他并没有从郦食其的脸上看到任何赞许,反而读出了忧虑:"不行!你人地两生,难当此任。"

"兄长不是总教诲我要竭忠尽命么?"

"项羽气势汹汹而来,能否守住函谷关关乎全军安危,你岂能逞一时之勇?"

"兄长勿再多言,我已向沛公立下军令状。覆水难收,只有慷慨赴任。"

郦食其无奈地看了看郦商,许久没有说话,等他再度抬头时,就多了作为兄长的庄重和宽容:"你的心境为兄理解。你我自来沛公麾下,赖主公精于运筹,子房多谋善断,萧何持筹而算,战事一路顺畅。你建功立业的机会较少,急于出战,情有可原。既然如此,为兄却是要交代你几句话。函谷关谷道狭长,难容大军通过。你只要坚守,敌要推进一寸皆难;其二,你须戒急用忍,不可因贪功而经不住敌军挑战;其三,不可擅动,须及时向沛公禀报军情,以求从容策应。"

"兄长的话,我牢记在心了。"听闻这些谆谆教诲,郦商的眼就有些发潮。

郦食其拿来酒酿,齐胸而举道:"为兄也无酒宴,且借这觥酒为你壮行。"兄弟俩饮过酒,郦食其并不挽留,催促郦商回军营整顿军伍。

"关中新招士卒皆年少青壮,你须善待之。"看着郦商一跃上马,郦食其禁不住在他身后高声叮嘱。马蹄卷起的烟尘,趁着东来的风,在郦食其眼前拉开一道尘障,渐渐淹没了郦商的背影。不知为什么,他的心就像塞了块石头,比以往任何时候都要沉重。

长兄如父。父亲因病早逝,母亲改嫁他方,郦食其和郦商是祖父带大的。祖父不仅教他们道德文章,也教给他们武功兵器。郦食其对纵横之学情有独钟,而郦商则对兵法情趣盎然。那时候,郦商俨然兄长的守护者,常常将那些因为口舌之争而欺负郦食其的乡间恶少打得鼻青脸肿。久而久之,他在高阳一带名声远扬。

随着年岁渐长,郦食其发现郦商心气太强,常常不能冷静地看待周围的人和事。而现在,他却毛遂自荐地去镇守函谷关,他的心就益发不安。事已至此,他只能在心中祝愿兄弟此去能挡住项羽大军。只要函谷关不破,沛公就会安然无恙。

第二天郦商出征之时,萧何和张良都去阳关路口送行,因为他们都知道此战对刘邦军的分量。

"我军安危系于将军一身,万望将军谨本详始,临深履薄,早有捷报归来。"萧何望着已经登上战马的郦商道。

郦商双手抱拳,慷慨激昂地回道:"请大人放心,末将定不辱使命。"

此时在郦商身边多了一员将军,那就是牛良,这是张良举荐的。知人甚敏的张良跟刘邦坦然谈了自己的看法,并且举荐牛良为副将,以便紧要关头遏制郦商的不慎和躁动。此刻他特地来到牛良面前道:"将军与郦将军当同心协力,共御强敌,万不可以掉以轻心。你为副将,凡事当多听郦将军才是。"

自从随刘邦上了芒砀山之后,三年来,从军侯到校尉直至将军,牛良一直处在副将位置,尤其是在少年营为岳恒副将时的两年中,他从岳恒身上学到了谋于大局的品德。也正因为此,所以刘邦才多次遣他外出公干,图的就是一个放心。现在,他又一次置于副将之位,他没有丝毫的委屈,微笑着对张良道:"先生之言,末将谨记在心。"言罢抖了抖马缰,跟随大军旌麾,奔函谷关去了……

张良的目光追着远行的队伍,一直没有收回,直到萧何在耳边提醒,才从纷乱思绪中转了过来。

"子房心事重重,这却是为何?"

张良撩了撩衣袖道:"兵法云:'知兵之将,民之司命,国家安危之主也。'函谷关虽说关险道窄,然非骁勇善谋之将不能守之。郦将军自荐守关,其情可嘉。然则,彼对秦地地理人事生疏,故而……"

"子房所虑,亦我所思。"在回大营的途中,萧何并不急于上车,而是与张良并肩步行,"我意只在函谷布兵尚且不够,还须多做打算才是。"

"我已建言沛公,命柴将军在骊邑阻敌,曹将军在灞西布军,樊将军在芷阳,构成控弦之势……自古敢战方能言和,敌我兵力悬殊,我军此部署意在使项羽不敢轻视,逼他息战。"

萧何赞道:"此图存之良策也,子房果然韬钤满胸,折木成兵!"

张良摇了摇头:"在下也只能运筹,论起理政,不及大人,而论起统兵出战,不及……"后面的话他没有说,但萧何还是听出来了。在张良的眼中,目下沛公身边尚缺为帅之人。

萧何拉了拉张良的衣袖,诡谲地笑了笑问:"先生心中是否有为帅之人?前几日,夏侯兄对我提到一人,先生可知否?"

张良转脸眨了眨眼睛道:"拿过手来……"接着,就在萧何手中写下了

"韩信"二字。

"可惜此人在项羽处为中郎，'园有桃，其实之肴，心之忧矣，有谁知之？'"萧何很是吃惊，原来两人想到一处去了。

张良对此表示了同感，长吁一声道："看机会吧！园有棘，其实之食，且待行国也。"

从灞上到函谷关约六百里路程，郦商和牛良率军晓行夜宿，赶到函谷关时已是十一月下旬了。

大军在关口搭建帐篷，埋锅造饭，饱餐一顿，歇息一夜后就投入紧张备战，郦商、牛良与原来在此守关的"二五百主"一起登关察看关防。

站在函谷关城楼向东望去，只见左边是起伏不平的土岭，右边就是巍峨耸立的崤山，中间一条狭长的谷道。站在南山，可以清楚地看见北坡的人在地里劳作。

"二五百主"介绍道："这谷道长约十五里，因其地势险要，故秦孝公定都咸阳后就在这里设置关隘。秦王政六年，楚国、赵国、韩国和魏国合纵攻秦，兵至函谷关而败。从此，六国视函谷关为死地，从不轻进。"

"哦？"郦商看了看牛良道，"五国尚且如此，遑论项羽？倘若他敢于轻进，必败于我等手中。"

"二五百主"见状，奉承道："将军定能稳操胜券。"

闻听此言，牛良在转身西顾之际，眉头就皱起来了。他发现不唯关前道路狭窄，关后亦然。倘若关破，军伍撤退亦难。牛良不敢轻言操胜，便对郦商道："项羽非等闲之辈，素来喜欢出其不意；其麾下英布、桓楚、龙且皆能征善战之将，将军万万不可轻敌。将军请看……"郦商随着牛良的手指把目光投向西方，"倘若关破，我军亦危矣。"

郦商觉得牛良的话很有道理，便传令道："关后谷道，自今日起严禁百姓出入，违者斩无赦。"

"如此叨扰百姓，不好吧？"牛良有些不愿。

郦商并不理会牛良，只管向从事中郎传令。从事中郎下楼去后，郦商才看了看牛良道："守关乃要事，其余暂且无须记挂。"

牛良还要争辩，一想降将在旁，于是便忍了。

再往前走，就看见一队队士卒在屯长的率领下，将滚木礌石抬上关楼，"嗨哟嗨哟"的号子声此起彼伏；一座座楼垛旁边，弓弩手严阵以待；不时有巡逻的士卒来回巡查，明晃晃的战刀举在手上。备战的氛围让郦商十分满意，牛良附耳告诉他已派出数十名探马出关十五里侦察，一旦发现项羽大军的踪迹,立即禀报。"

郦商点了点头。他虽然是第一次与牛良合作,但张良已向他介绍过牛良的为人,果然细密周详。

接下来的日子,郦商始终处于枕戈待旦的紧张中,每日督促备战;牛良则负责新卒的演训,每日里校场上杀声震天,刀光闪闪。这一日演训完毕,牛良带属下校尉沿着北坡登上关后的山顶,他向西望去,但见河水在这里转为南北流向,便问道:"由此往西,可以到达何处?"

校尉回道:"西去可以到达蒲坂,过了河水就是临晋、下邳,离咸阳不远了。"

牛良望着连天接暝的山脉,心中忽然闪过一丝忧虑,假若项羽遣一支军队从蒲坂渡河,绕过函谷关,从北侧进攻,岂不避实就虚,灞上危矣。这个发现让他倒吸一口冷气,由不得"噫"了一声,转身催动坐骑便下了山……

郦商正在大帐内观看地图,听见侍卫在外面说话,知是牛良回来,便在帐内大声吩咐:"快请牛将军进来。"

牛良进帐后并不落座,直接来到地图前指着蒲坂方向,将自己的忧虑和盘托出。孰料郦商听了哈哈大笑道:"牛将军多虑了。项羽人地两生,岂知有这样一条路可进入关中?你我就一心一意地守好函谷关即可。"

"将军三思,此事是否提醒主公?"牛良并不放弃。

郦商闻言,有些不耐烦道:"主公既将守关重任委于我,我自然心中有数,牛将军切勿杞人忧天,做好本分即可。"

"如此,末将就告辞了。"牛良说罢,便退出了大帐。

望西斜的阳光从山顶投射到营门前,虽不温暖,倒也鲜亮。人言张子房运筹帷幄,难道想不到这一层么?自己倒真有些杞人忧天了。想到这里,他拍了拍自己的额头,不无自嘲地笑了。

牛良一回到营帐,派出去的探马就到了,禀报说项羽大军已过了曹阳,正向函谷关而来。

牛良忙问道:"率军将领是谁?"

"据南来的百姓说,乃当阳君英布。"

牛良心头一惊,英布乃项羽军中名将,早在陈留、外黄和定陶大战中,他就见过其力敌千军的英姿。项羽遣他为前锋,对关中志在必得。他不敢有丝毫迟滞,忙对探马道:"你与我一起去禀报郦将军得知。"……

两日后的子夜,在关楼值守的牛良听到有声音自远及近而来,似乎是大海的怒吼。他全身顿时紧张起来,两眼直勾勾地望着前方。果然,过了大约半个时辰,就看见火把组成的长龙向关前滚滚而来,牛良一面安排弓弩手严阵以待,一面要从事中郎速报郦商得知。

那是怎样的火把长龙啊!肉眼看去,足有五里长,迎着夜风舞动。牛良据此估计,英布的军伍至少在两万众之上,而郦商和自己所部不过三千,确是力量悬殊。正想着,郦商上城来了,他的目光穿越夜色远眺,禁不住"啊"了一声道:"敌军果然不少。"

"弓弩手箭上弦,弩机张;步军生火烧沸桐油,备好滚木礌石。"郦商立即将几位校尉叫到面前下令,然后他从剑鞘里拔出宝剑,在空中划过一道弧光高声道,"吾等平日深受沛公恩泽,今日不报,更待何时?杀敌立功者赏,畏缩脱逃者斩无赦。"

可从他们看见第一个火把过去了两个时辰,只是隐约地看到英布军伍在关外安寨扎营,却没有进攻的迹象。郦商和牛良都感到奇怪,难道英布到此只是佯攻,项羽大军真会从蒲坂渡河进入关中么?

夜深沉,人不寐。在函谷关外,英布正在召集麾下校尉部署攻打关隘。侍卫在四周围了一圈,英布和校尉们借着火把看地图,每个人脸上闪着明明暗暗的光芒。

一股冷风吹来,英布紧了紧腰带指着地图道:"函谷道狭,不易展开大战。还是范老将军善谋,要我等引敌出关。明日一屯为一拨,轮番在关前骂阵。军厨尽管将好酒好肉送到阵前,直到守将出关为止,听明白了么?"

"明白了!"众校尉不约而同地回答。

英布又道:"不值守骂阵者,可安寝歇息,养精蓄锐,及时换班。"

东方刚刚露出鱼肚白色,雄伟的函谷关关楼屹立在晨曦中,十分宁静。经过一夜歇息,英布军中首拨骂阵的士卒在屯长率领下来到关前,对着城头高喊:"城头可是守将?报上名来可饶你不死。"

见关城没人回应,士卒们开始大骂,骂了足足一个时辰,第二拨便来替换,出口的话比前一拨更难听。

郦商和牛良都在关楼上。郦商一方豪杰,何时受过这等窝囊气,敌军骂得紧了,他忍不住怒火中烧,几次欲出关迎战。

牛良死死拦住他道:"此乃敌军激将之策,将军千万不可动怒,你且下楼回大帐歇息,这里有末将守着。"

郦商想想也是,眼不见心不乱,心不乱则神定。于是道一声"牛将军辛苦了",转身下了城楼。

一连五天,英布军都是轮番骂阵,而且越骂言辞越激烈。到了第六天,英布军屯长带着士卒来到关前,像往常一样高声骂道:"关楼上守将听着,你等如妇人一般胆小,不如穿了女装出来投降,我军饶你不死。哈哈……"

郦商此刻就在关楼上,他心火升腾,双目血红。当关前传来更加不堪入耳的话语时,郦商终于忍不住了,操起大刀就向城下冲去。

牛良一步冲上前扯着郦商的战袍道:"将军!小不忍则可乱大谋啊!请将军三思。"

"你放开!"郦商猛一用力,战袍被撕下一块。

郦商下了关楼纵身上马,大呼一声"愿杀敌者随我来",便要守关士卒放下吊桥,冲了出去。

关前,英布早已披挂待阵,手执斧钺。见郦商冲出关门,他对身后的校尉使了个眼色。只听校尉大呼一声"冲进关去",英布军潮水般地涌了过来。牛良见此情景,大呼"郦将军退回来",可郦商却置若罔闻,直朝英布扑去,两人很快厮杀在一起。郦商不知道,此乃英布调虎离山之计,他缠住郦商,是为给所部进关赢得时间。

牛良见无法阻止人潮涌进,亲自带领士卒试图扯起吊桥,却无论如何也拉不上来了。他急忙上马,挥动长枪,一连刺倒几位冲在前面的英布军士卒,喊郦商快速退回。

郦商明白自己中了英布之计,再也无心恋战,转身回撤。英布大喊"哪里逃",追了上来。郦商凭借勇力杀出一条血路,赶到牛良身边,一脸惭愧道:"事已至此,怎么办?"

"函谷关一破,沛公危矣。我等能拖多久就拖多久,为沛公重新部署兵力赢得时间。"牛良这会儿也顾不上追究责任。

郦商点点头道:"都是我不听将军劝阻,误了大事。回大营后,我当自缚前往沛公帐下请罪。"

"眼下不说这些,御敌要紧。"

两人随即分头整顿队伍,在狭长的函谷道中与敌军展开厮杀,且战且退。到第二天巳时,英布军向前推进了数十里。谷道里到处是两军留下的尸体,战马一踩下去就血柱喷涌,惨不忍睹。

从事中郎清点士卒人数,回报说一战下来,人马损失一半。郦商听了长叹一声……

天空阴沉沉的,午时二刻飘起了雪花。半个时辰后,已是漫天皆白,银装素裹了。双方的士卒都很疲惫,战事渐渐慢了下来。郦商靠在一处背风的土坡坐下,艰难地咽了一口糇粮,转脸看去,只见牛良按剑而立,迎风警惕,心中便充满了感激。

这是牛良跟随刘邦以来第二次遭遇失败,他的心火烧火燎,没有一点食欲。此时他的思绪再度回到前不久察看关情时想到的问题,假若项羽真从蒲坂渡河,那他们在这里鏖战还有什么意义呢?

远方一骑正披着风雪朝这边奔来,赤色的战马与白色的斗篷看上去十分显眼。一定是灞上有新消息了,牛良迅速飞马上前迎接来人。在几丈远的地方,使者发现了牛良,便道:"牛将军,沛公有书来。"

说话间,牛良带着使者来到郦商面前,他们打开信札一看,果然不出所料,项羽已攻到戏水,沛公听从张良建言决计休战,要郦商和牛良将函谷关交于英布,回撤灞上。使者也不停留,转身上马走了。牛良估计,沿途驿站换马不换人,使者在路上至少走了三天。

"都怨我……"郦商大睁血红的双目,欲站起来唤军中曹掾起草书札。他忽然一阵头晕,险些跌倒。牛良赶忙扶住,要从事中郎去传人。不一会曹掾来了,当即铺开绢帛写道:

> 同为楚军,何故相残?沛公深明大义,命我等罢兵息战,将函谷关交于当阳君。望将军好自为之,勿再生事端。

回军途中,郦商不断自责,这是自举事以来他第一次如此窝囊地退却。

灞上,现在是战云密布,鼓紧锣密。
不断从前方传来消息:
柴将军不敌项羽军,已撤出曹阳;
樊将军不敌项羽军,项羽大军已抵戏水。
项羽大军已抵鸿门。

刘邦到这时才真正体会到,项羽果真不同凡响。现在看来,当初是过于乐观了,相信一纸誓约就可以圆自己先入咸阳为王的美梦,看来是把事情想简单了。项羽一路所向披靡,不仅靠的是各路诸侯,也不仅是兵力上的优势,他手下的战将的确个个骁勇。

这让刘邦觉得尴尬。坐在灞上军营大帐,他的心绪很乱,甚至有些愤怒地朝在外面值守的曹窋喊道:"丞督、子房为何如此迟缓,难道不知道兵势如水火么?"

"中郎大人已经快步去请了。"

曹窋话音刚落，萧何便匆匆进了大帐，刘邦脸上露出不悦道："灞上战事吃紧，你们倒也能坐得住？"

萧何解释道："主公且息怒。属下是遇见一件要紧的事，所以耽误了一些时间。"

"什么事还能比战事更要紧？"

萧何回道："属下正在整理关中图册呢！"

刘邦闻言一愣，气道："眼下当务之急是商议退敌之策，你整理什么图册？"

萧何见状，缓和了一下气氛道："论起军中大事，自然离不了子房。"

刘邦也觉得生气不是时候，没好气道："已经遣人去请了，不知为何再三拖延。"

萧何继续平息刘邦的火气道："子房向来处事谨慎，绝非误事之人，主公少安，估计他很快就到。"

张良的确处事周密，此刻他正在住处会见一位老友，这也是关乎战局的重要客人——楚国左尹项伯。

张良没有想到，巨鹿大战后项伯就一直留在军中。

项伯见到张良时，气喘依然没有平息，显然是一路走得太急。张良正要差人上茶，却不料项伯摆了摆手道："茶就不喝了，我是来救先生的。"

"此话从何说起？"

项伯不答反问："敢问足下可知曹无伤其人？"

"是左司马曹无伤么？他是怀王派往沛公军营的使者，不是早回彭城了么？"

"非也！就是这个曹无伤跑到上将军处，言说沛公尽得咸阳宫中珠宝，惹得上将军十分震怒，发誓要踏平灞上。"项伯说到这里，拉着张良的衣袂道，"我担心城门失火，殃及池鱼，故而夜奔而来，请先生与我一同去往鸿门。"

张良挣脱项伯，眼看着神色就严肃起来了："项公好意，子房心领了。想当初我本答应追随沛公，后来应韩王请求出任司徒，沛公二话不说，十里相送，其情其景，历历在目。当下事急，子房纵然要走，亦不能不辞而别，当禀报沛公。"

项伯叹了一口气道："先生真书生耳。你若禀报沛公，还走得了么？"

"纵然走不了，也决不能不辞而别。"

项伯又再三劝解，张良只有一句话："项公深夜外出，必遭上将军疑虑，阁下还是趁夜速速回去，子房这就去禀告沛公。"言罢，急忙朝刘邦大帐奔来。

项伯着急地在屋内踱着步子，可就这样走开又放心不下，于是跟在张良身后往沛公营帐而来。

刘邦久等张良不来，正在火头上，见了面便劈头就问："军情紧急，子房为何延宕至此？"

张良先不回话，而是把曹无伤如何向项羽告密之事从头至尾大略叙述一遍，刘邦边听脸色边由吃惊渐渐转为愤怒，最后铁青着脸一拳击打在案几上大骂道："这个贼人身为左司马，内心竟然如此阴暗。"

"主公何必为小人怄气？"张良这才在萧何身边坐下，接着将一个尖锐的问题摆在刘邦面前，"主公自忖，我军能否抵挡项羽军入灞上？"

刘邦沉默了好一会儿，说出的话就显得不那么有底气了："当然不能。请二位来就是思虑如何应对。"

萧何在一旁道："当今之际，只有缓兵而后图之。"

"丞督所言极是。趁现在项伯还未走，倘若沛公有意，属下自与项伯前往项羽军中，道明主公并无称王反叛之意，在此屯兵是等候上将军入咸阳，共谋安定大事。"

刘邦对项伯还是了解的。项氏父子，项燕因轻敌而自刎；项梁善战，却因刚愎自用而殒命；现在只留下项伯一人，为人忠厚，不善谋略，虽为左尹却无建树，然好交友，人缘甚好。只是他不明白，为何项伯会冒着危险来救张良。

"说来话长。那还是始皇在世时，在下年轻气盛，欲遍游天下名山大川，行至吴县，不料遇见项伯，两人共结同游。有一日为赶路程，耽误了投宿，到得一山村，在村头一农人家里借宿，被安置在后院柴房。后半夜，忽然听见有叩门声，主人起身开门，就听见来人在外面问：'可有生客夜宿？'主人答道：'倒是有一书生、一壮士来投宿。'来人说话的声音忽然地就低了：'看看清楚，若是带得钱币，就将之做了，钱财对半分。'他们说这话时，完全没有注意项伯如厕回来，听了个清楚。他蹑手蹑脚来到柴房，提了腰刀出得门去，大吼一声：'好贼人，竟敢趁夜打劫。今日不杀你，日后必贻害他人。'说时迟，那时快，项伯上前就是一刀，结果了主人性命。接着，又与歹人厮杀在一起，不一会儿，歹人也倒地身亡了。第二天，当地亭长就向县令报了案。一日之间，城乡街头都贴满了我俩的海捕文书。"张良说到这里，呷了一口茶润了润嗓子，"一看项伯惹上官司，在下连夜将之化装成肺痨病人，用车拉出吴县，直奔新郑老庄，隐姓埋名数年。正是因为这个缘故，便连夜奔来相救。"

刘邦又问道："君与项伯，孰长？"

"项伯长在下数岁,故称之兄长。"

刘邦轻拊掌心道:"我在薛县与项伯有过交往,如君所言,忠厚诚实,我当敬之为兄,不妨今夜一见,好向上将军明心迹。"

萧何在一旁听了刘邦的话,忙道:"此言甚妙。项伯乃项羽叔父,由他转告最好不过。若是子房前往,免不了多费周折。"说完便喊来曹窋,要他速请项伯前来大帐。

不一会儿,项伯进了大帐,刘邦不等他开口就上前大礼参拜道:"薛县一别又是两年,然兄长者之风,时常挂怀。请受弟一拜。"

如此热情倒叫项伯极不自在,忙还礼道:"谢沛公。"

萧何见此情景,暗命曹窋通知军厨速备酒菜上来。等酒热起来后,刘邦斟满一觥来到项伯面前,高举过肩道:"弟素慕兄以社稷为重,待人赤诚,以友善为先,请兄且饮此杯,弟还有话说。"言罢,与项伯碰杯各自饮下。

刘邦借着热酒,话就出口了:"不知兄膝下儿女几何?"

项伯平生最不习惯就是猜测别人心理,此刻,他更是来不及思考刘邦的目的,就答道:"我现有两儿一女,皆在彭城。"

刘邦一击掌,"啪"的一声惊动了在座的各位,大家纷纷把目光集中到他的脸上,但见他眉目中流露出掩饰不住的惊喜:"世间竟有如此巧合之事,我亦有一女两儿,岂非天赐良缘于我与项公?"

项伯有些不解,孰料刘邦接下来的话更让他应接不暇:"弟生有一女,虽不能说是金枝玉叶,却是端庄秀丽,项公若不嫌弃,何不与贵公子结为良缘,从此刘项一家,还惧楚国强盛无日么?"

刘邦只顾在那里毫无顾忌地说着,这边萧何却动了心思,心想你与项羽结为金兰之交,如今又将女儿嫁与项伯公子,这样,女儿与项羽岂不成了大伯与弟媳的关系?他的这个心思很快被张良猜透,暗地拉了拉萧何的衣摆。萧何会意,两人几乎同声贺道:"贺喜二位,恭喜二位,我等举酒恭祝了。"

项伯急忙举酒作答:"沛公愿将女儿下嫁项府,真是天赐良缘。我在这里先谢过沛公,再谢过子房,若非今夜来访,岂能有此机缘。"

这话一出口,萧何与张良都很惊诧,项氏竟出了这样一位木讷实诚之人,也该沛公逢凶化吉、吉人天相。

果然,在一番寒暄之后,刘邦不失时机地将话题转到先入咸阳之事上来:"不知项公可还记得,薛县会盟时,弟曾与上将军结为金兰之好?"

这时候项伯的思路完全顺着刘邦走了,忙回道:"如此义气之举,我岂能不记得。正是足下与犬侄合力,才使得楚军如日中天,其功可嘉。"

刘邦接着项伯的话茬道:"如此说来,弟亦是左尹侄辈了。"

这话一出口,萧何又是掩口暗笑,一会儿儿女亲家,一会儿叔侄相称。刘邦可真是翻手为云覆手为雨啊!就是张良这半会儿也为刘邦的左右逢源而目眩然而不瞚,舌挢然而不下。不过他明白当务之急是退去项羽大军,便跟着刘邦的话邀请项伯饮酒,道:"沛公一番话天日可鉴,刘项一体,方能固国安民。上将军不明其里,动怒发兵,情有可原。然则,沛公心思,项公不难理解。"

刘邦进一步贴近项伯,以致他的呼吸项伯都听得清楚:"我入关,不敢有所近。籍吏民,封府库,以待上将军,几于引颈东望。所以遣将守关者,乃在备他盗之出入于非常也,岂敢反乎?"

事情到了这个地步,项伯完全相信刘邦绝无二心,慷慨答应将实情转达给项羽:"既是如此,明日何不早点到鸿门向上将军说清楚呢?"项伯说罢起身,直言自己是私下出走,须得当夜回去,向项羽说明情况。

刘邦一干人送项伯到军营外,刘邦望着上马的背影喊道:"明日鸿门拜见左尹、上将军。"

……

这个看似平常的腊月夜晚,不但刘邦军营无人入睡,鸿门项羽军营中也烛火通明。范增、项羽以及彭城来的使者、项羽堂弟、右司马项庄都在秉烛夜谈,等待项伯归来。

项羽问道:"为何怀王遣曹无伤出使刘季军,而遣你出使我军?"

项庄摇摇头道:"弟不甚明白,而且前后相差五天。"

范增眯着眼睛听这两兄弟说话,心思却是一刻也没有停。他微笑着转脸问项庄道:"如果老夫没有猜错,怀王的诏命定是吕臣转达的。"

闻言,项庄顿时睁大眼睛:"千里之外,老将军为何知道?不错,正是吕臣向我宣达了怀王的诏命。"

范增合掌道:"这就对了。吕臣是要抢先将诏命传给刘邦,践约称王,彼时上将军即便知道,也晚矣!"

"吕臣算什么?若是惹恼了我,杀奔彭城,取了他的首级。"项羽说罢,端起案头的酒酿一饮而尽,从胸腔中吐出一股恶气。看看帐外,更漏该是亥时三刻了,依旧不见项伯归来,也没人知道他去了何处。

见众人心神不定,范增再一次表现出他的料事如神:"依老夫之见,左尹必是去了灞上。"

项羽吃惊地问道:"亚父如何知道?"

范增自信道:"左尹出走,是在曹使君向上将军通报了刘邦在咸阳境况,上将军发誓要进军灞上之后,他会去何处呢?据老夫所知,他与韩国司徒,今在刘季营中的张子房交情甚笃,必是通风报信去了。"

项羽却是不信,摇了摇头道:"叔父虽然平日处事优柔寡断,然身为楚国左尹,岂能做出如此不慎之举?"

"他也许并不想向刘邦陈言,然救张子房却是意料之中。"

但项羽仍旧不信,以为范增故作玄虚。范增也不反驳,将目光移向窗外道:"上将军少安毋躁,不过半个时辰必见分晓。"

话刚落音,就听见帐外传来一阵战马嘶鸣,不一会儿,从事中郎进来禀报,说项伯回来了。项羽刚要问个究竟,岂料项伯却不传自到了。一进帐便打了一拱道:"让诸位久等了。"

"叔父这半日去了何处?劳众位为您担心?"项羽便顺口问了一句。

"不瞒诸位,我刚从灞上归来。"项伯接过侍卫递上来的酒觥,贪婪地饮尽觥中酒酿,长长地喘一口气,"真是渴坏了。"

项伯刚扬起衣袖擦拭着额头的汗水,就听见项羽沉闷的声音传来了:"刘邦不念金兰之情,趁我军与秦军鏖战之际,投机取巧,先入咸阳,我正要挥军西进,以伐其罪。值此大战之际,叔父却前往灞上,难免不令人生疑。"

接着项羽的话,项庄开口了:"侄儿奉命出使军中,宣达怀王诏命,从新安追到鸿门,却未能见叔父一面,憾之至矣!现今项氏兄弟三人只剩叔父一人,若是您有个意外,我兄弟如何面对祖宗?"

项伯这才注意到项庄就坐在自己斜对面,他心中很是纳闷,这怀王究竟如何想的,先遣曹无伤去了刘邦处,又遣项庄来此?正沉思间,却看见范增向自己走来。

范增在项伯身边坐下,不唯面上和颜悦色,连说话都带了分外的温婉:"当初上柱国将上将军托付于项公,老夫以为项公前往灞上,绝非另有他图,乃在探听刘邦军情耳。"他觉察到项羽的茫然,明白他对自己前后相异的说辞不理解。但他并不计较这些,继续按照自己的思路问话,"项公既从灞上来,可知刘邦如何应对上将军?"

项伯的眉毛立即展开,以长者的口气对坐在对面的项羽道:"我到灞上走了一遭,方知误解了刘邦。"接着,就绘声绘色地将刘邦怎样热情接待自己,怎样急切期待上将军进入咸阳的心境向各位述说一遍。说到激动处,项伯脸上光彩熠熠,发出对刘邦军纪严明由衷的称赞,"我观刘邦军上下勠力同心,深受百姓拥戴,乃仁义之师,大楚砥柱也。"

项伯并没有发现,他的礼赞让范增的眉毛微微颤动了一下。是的,刘邦的所作所为,不仅与他以往贪财的性格相异,更与刚刚坑杀二十万秦军的项羽形成鲜明对比,这才是最可怕的。他很快调整了自己的情绪,拊掌大声道:"刘邦军坚甲厉兵,沛公推襟袒怀,如此说来,我等错怪沛公了。"

"然也!"项伯为范增对了自己心思而兴奋道,"离开灞上时,沛公当面对我说要亲自来鸿门向上将军致歉,邀上将军入主咸阳。"

"甚好!甚好!此正是两军弭兵之良机。上将军……"范增为项伯带来的这个消息而神色飞扬,看着项羽道,"沛公既有诚意,上将军自然不能怠慢,不妨就在鸿门设宴,款待刘邦如何?"

"这……"项羽正迟疑中,范增挤了挤眼睛,项羽明白必有隐情,遂对项伯道,"就依亚父,明日设宴鸿门。"

闻言,项伯的心头缓缓溢过一丝欣慰。当那颗悬着的心终于放下的时候,一路的疲劳渐渐爬上身来,于是打了一个哈欠就告辞了。

送走项伯,范增舒了一口气,仿佛从心头搬开了一块石头,忙对项羽道:"明日宴会,乃杀刘邦之良机,请上将军万勿迟疑。"

项羽面露难色:"既是刘邦无心称王,杀他岂不显得没有雅量,于国于己皆非上策。"

范增叹了一口气道:"上将军叱咤风云,威震四方,然则待人良善,往往因情误国。须知今日不除,来日必是后患矣!"

"此事容我三思。"项羽还是摇头道。

范增上前一步,将所虑和盘托出:"老夫明白,上将军与刘季有金兰之誓,脸面上过不去。此事上将军尽可放心,一切皆由老夫运筹。"随后,范增动情地捋了捋银色的胡须道,"上将军呼老夫一声亚父,老夫自是事事想着上将军。但为上将军运筹帷幄,摄制四海,成一代明君,纵埋骨渭滨,亦在所不惜。"

"亚父!"项羽的心似乎被什么猛烈撞了一下,眼看涌上喉咙的话却无论如何也说不出口了。

此刻从远处传来雄鸡报晓的声音,新的一天开始了……

第六章

项庄舞剑意非宴
金蝉脱壳假成真

晨曦初露,冬阳尚未升上灞上原,十一月的寒霜将大地涂抹成白茫茫一片。军营门前的旗帜上落了霜,营寨的大门上落了霜,门前的衰草上落了霜,站在营门前值守的士卒肩头也落了一层霜……

天刚蒙蒙亮,军营里的号角就在灞河两岸的原坡间回荡,沉闷而又悠长。晨训的将士们纷纷走出帐篷,列队、摆阵、搏击,一切都紧张而有序。

迎着新一天的晨曦,大营前站着一百多名骑兵,他们都是从岳恒少年营中选出来的轻骑,一个个全副武装,银色的盔甲被朝霞渲染,益发显得英姿飒爽。站在队伍最前面的是樊哙,依旧黑甲黑马,在一群少年士卒面前显得尤为别样。

太阳刚露出半个脸庞,大帐内便走出了刘邦和张良。刘邦今天不着盔甲,为的是给项羽留下好印象。樊哙发现他们一边走一边说着什么,只是距离较远,他没有听清。

昨晚送走项伯,张良并没有歇息,而是与刘邦、萧何一起商议今日赴鸿门言和之计。萧何以为项羽虽性格暴戾,却是为人豪爽,无须太过担忧,但范增此人老谋深算,他定然不会放过沛公,一定会借机造出一些事端来。

"况且,我方能想到借言和缓兵,彼亦会想到。因此,我们不但要派轻骑随主公前往,更须选派得力将军不离左右。"萧何又强调道。

"也不要杞人自扰,我有十万大军做后盾,料项羽也不敢轻动。"刘邦看了一眼萧何,主张五十骑足矣。

然而,张良却明确主张至少百骑,甚或更多:"即便百骑前往,置身项羽军营,亦是秭米之入大海。至于护驾沛公,在下举荐樊哙前往。樊将军粗中有细,处事机敏,可随机应变。"

当百名少壮齐刷刷地出现在面前,当樊哙精神抖擞地勒马昂立,刘邦内心感慨万千。一阵风吹来,刘邦拉了拉肩上的斗篷来到侍骑前。这些刚进入青春季节的少壮瞬间跟随樊哙下了马,行注目礼。刚才还谈笑风生的刘邦收了笑容,郑重地向大家挥手。

一阵哭声打乱了刘邦的检阅,原来是刘肥痛哭流涕地从营寨门口进来了,他一到卫队面前就扑通一声跪倒在地:"项羽暴戾,此去凶多吉少,孩儿请父亲停止鸿门之行。"

刘邦刚被少壮们激起的心潮迅速退却,已擢拔为校尉的儿子在这个时候哭天抹泪,让他颜面尽失。他火从心起,挥起马鞭狠狠一抽,刘肥绵甲上顿时绽开一道口子。

"粪土之墙不可圬也。你身为校尉本当奋勇当先,孰料你恣意阻拦,今日不鞭挞一番,你不知军法如山。"刘邦一边训斥,再度举起了鞭子。可他的胳膊却被架在了空中,定神一看,乃是少年营将军岳恒。

岳恒也是来为刘邦送行的,未料出现如此尴尬的局面,他忙上前向刘邦领罪:"都是末将管教不严,请主公息雷霆之怒。"

"唉,"刘邦长叹一声,松了鞭子,"我鞭下教子,你不必自责。"

岳恒上前扶起刘肥,附耳道:"还不快向主公谢恩。"

刘肥暗暗打量了一下刘邦和张良,一个个正色峻目,知道自己闯了大祸,道一声"孩儿错了",忙溜到岳恒身后。

此事告一段落,在即将离开军营的这一刻,刘邦忽然有了无以名状的悲壮。尽管昨夜一切都安排得十分妥帖,但他分明感到,萧何还是赶早前来送行了。

"昨夜不眠,丞督何不多歇息一下……"

"主公出行,事关我军安危,属下岂能高枕无忧?"萧何说着,转身向樊哙和张良二人打招呼,特别叮嘱樊哙道,"进入项羽军营后,一切听从子房吩咐,不可掉以轻心。"

樊哙摇摇头道:"俺真是不能理解,如此曲曲折折,不如与那莽汉决一死战,杀个痛快。"

"樊将军如此心境,倒让在下心中不安。"张良来到樊哙身边道,"敌强我弱,形势分明,小不忍则乱大谋。将军此去,使命在肩,万不可因小失大。"

"俺岂能不知军情,也就过过嘴瘾罢了。"樊哙揶揄地笑了,言罢,对着面前的侍卫喊道,"上马!"

侍卫们哗啦一声上了战马,紧勒马嚼,但见一匹匹战马昂首挺胸,煞是威风。

"时候不早了,你我且上马吧!"刘邦向张良招呼一声,随即上了马,他向跟在马后的萧何打了一声招呼,便策马向前奔去。紧随着张良和樊哙的坐骑,百名轻骑呼啦啦地离开军营,朝着鸿门方向去了……

"将军真要杀刘邦么?"虞姬望着远处的骊山,眉宇凝结在一起,问走在身边的项羽。

"你不须细问,只管率健妇去迎接即可。"项羽不愿意多谈这个让他踯躅不前、举棋不定的问题。

"妾一心想着将军功成业就,岂能不闻不问?"虞姬睁大她的杏眼,忽闪忽闪地看着项羽。

项羽没有反驳虞姬,他没有理由拒绝心爱之人的关切。他抬起头,冬日鸿门的一切都在眼前延展开来。鸿门坂,南依骊山,北俯渭水,地处骊山山前二阶台原。戏水和玉川河就像两条美人玉臂,环抱着这方古老的土地。南面沟壑连绵,甘泉之水由坂后涓涓流出,蜿蜒远去。冬日清晨的岚霭,从玉川河面生起,飘带一样环环绕绕,忽而东去,忽而西来。岚霭过后,就是白茫茫的霜地。沿河是一行行垂柳,深冬的日子,垂柳都落了叶子,远远望去,只有几片残叶挂在枝头,仿佛鸟儿依偎着枯枝。

自项羽攻下戏水驻军鸿门以来,这里便成了健妇营演训的校场。每天清晨,从这里传出的喊杀声清脆地回荡在沟壑间。冬日,玉川河冻了,她们拿着兵器敲开河冰,就着冒热气的河水洗衣裳。太阳渐渐升高的时候,训演告一段落,如果无风艳阳,虞姬最喜一个人坐在沟坎上看远方的山、远方的水和延伸到自己脚下的小路,或者跟着到项羽到靠南的饮马池边去喂马。可从昨日开始,她明显地感到刚刚宁静不久的鸿门弥漫着一股杀气。现在她明白了,范增是要借刘邦登门言和之际除掉他。

"妾就是不明白,亚父为何这样做呢?"虞姬试图从项羽那里获得答案。

"这……"项羽为自己与范增商定的决策寻找理由,"刘邦不守金兰之誓,抢先入得咸阳,并且任子婴为相……"

"项伯不是已经言明,沛公屯兵灞上,是等上将军到来共兴大业吗?将军为何还要暗藏杀机,意图除之而后快呢?"虞姬说话时的声音柔柔的,慢慢的,似乎夹带着无言的惆怅。

与她朝夕相处的项羽能够感受到言语中蕴含的分量,但他并不退却,绞尽脑汁寻找说服虞姬的理由:"姑娘健忘。记得攻下定陶后,我要屠城,就遭到刘邦阻拦。姑娘闻之,曾言除恶务尽,自古不能成大事者,皆因心肠太软,优柔寡断。为何今日反而对亚父除患之计疑窦重重呢?"

前面到了河道最窄处,河心排列着几块列石,过了河就是鸿门。虞姬迈开轻步跳过列石,脸上泛起一阵绯红,对跟在后面的项羽道:"那是不一样的。"

"都是诛杀强敌,有何不同?"项羽过了河,与虞姬对面站着说话。

"将军糊涂!定陶屠城,为诛灭暴秦。今日之举,乃楚军自相残杀,岂能相提并论?"

"这……"

"请将军想想……"虞姬摘掉落在项羽战袍上的一片枯叶,"记得你我相识不久,将军曾亲口说过,外黄大战之际,将军曾被秦军团团围住,是沛公麾下曹参、灌婴奋力杀敌,才使将军得以解围。余情尚在,却起内讧,此亲者痛,仇者快之举,愿将军三思。"

"嗯……"

见项羽情绪有所松动,虞姬进一步劝道:"沛公与将军有金兰之誓,尚且不能保全性命,传将出去,现在随我军一路西来的魏将雍齿、赵将陈余、别将司马卬、齐之田荣等,岂能不生兔死狐悲之情?将军一旦失信于诸侯,还能号令天下么?"

虞姬的一番话的确令项羽震惊,因为他从来没有细想这个问题,它出自相伴经年的虞姬之口,犹如重槌敲打心鼓,在心底激起嗡嗡回声。项羽望着结了冰的河面,许久没有吭声。但虞姬分明感到,他的心被一泓春水泗过,渐渐地融化了。

"感谢姑娘提醒。"当一阵风从耳边刮过,项羽便伸出有力的臂膀揽起虞姬的纤纤瘦腰,朝大营走去了。

大营里一片繁忙,为迎接刘邦的各项准备都在紧张有序地进行。当然,最忙的还要数范增。这会儿,他正在给一位看上去文静的中年人安排事情:"陈平,待会筵席上你不用多说话,老夫昨夜已与上将军商定,举玉玦为号诛贼,你只需悄悄提醒上将军即可。"

"请大人放心,下官明白。"陈平回答得严肃认真,这让范增确信找到了一个可靠之人。

陈平,阳武户牖人。当初陈胜、吴广举事之际,他投奔魏咎麾下。巨鹿战前,因与魏豹意见相左,险遭杀害,得朋友襄助,转投项羽麾下,拜为都尉。他少时勤读书,尤喜黄老刑名之学。曾为乡里分肉,甚均之,父老乡亲赞曰:"使平得宰天下,亦如此肉矣!"他与韩信的遭遇完全不同,一到军中就被范增看重,多次在项羽面前举荐他。在范增眼中,陈平足智多谋,巧于周旋,因此特提议他参加鸿门宴。

但陈平毕竟不是范增,他对刘项之间大动干戈有不同的看法。他以为天下未定,自相攻伐乃亡己之兆。更何况,他对刘邦素来钦敬有加。这些话,他当然只能在心头来回翻卷。他明白自己的处境,因此,他给了范增一个看似肯定却含糊其词的回答。

范增传来项羽的从事中郎,要他将侍卫埋伏在大帐两厢,以举玉玦为号,将刘邦一行斩杀在宴上。从事中郎惊道:"卑职听闻刘邦率百骑而来,还有樊哙护驾,不知老将军如何应对?"

"这个你不必多虑,老夫自有安排。若有变化,老夫自会告知于你。"

这一切安排妥当后,范增又急匆匆地来找来项庄,要他陪同樊哙在别处饮酒:"成败在此一举,请司马为上将军计,屈尊安抚樊哙,倘贼有动,即杀之。"

项庄没有异议,立即在别帐另备酒宴,准备招呼樊哙。至于百骑,范增特别派了心腹在侧,以应其变。

说话间,刘邦一行已经到来,范增忙请项羽、项伯一同出门迎接。

项羽手搭凉棚,见刘邦所带不过百骑,身边相伴的也就樊哙与张良,脸上顿时轻松了许多。他紧走几步,就看见刘邦一行沿着玉川河一步步登上了鸿门坂。顾不得微微喘息,刘邦就把大礼送给了项羽:"季在灞上等待上将军,若稼禾之盼甘霖。至有今日相见,真是大幸。"

这热情让项羽一下子应接不了,反倒显得有几分矜持,倒是范增从旁笑道:"昨夜项伯传话回来,说沛公要亲来鸿门,上将军喜不自胜,连夜安排欢宴相迎。"

此刻,项羽的情绪才活泛了,溢出笑意道:"亚父所言甚是,自定陶一战后,你我兄弟南北为战,幸得今日一见,此乃天意。请!"

"请!"刘邦回敬了项羽一个笑脸,两人并肩进了大营。

环顾四周,帐篷林立,旌旗飘飘,绵延数里。倘若四十万大军云集于此,该是何等阵势?刘邦在心底感谢张良定下的和解之策,出口的话却是:"上将军巨鹿大战,擒王离,降章邯,功莫大焉,今见上将军兵强马壮,势大兵雄,真乃当今英雄耳。"刘邦说着,看似无意地牵起了项羽的手道,"季与上将军勠力攻秦,上将军战河北,季战河南,然不自意能先破秦入关,得复见将军于此。今者因小人之言,令将军与季有隙。"

项羽没想到刘邦如此直接地洞穿了自己的心底,忙回道:"此左司马曹无伤之言,不然,籍何以至此?兄慎勿疑。"

"幸亏两位将军鸿门相会,一切谗言便不攻自破。"范增在一旁不失时机地为项羽开脱,一边说着一边看着随行的张良。

张良很适度地点了点头,却没有说话,反倒是樊哙在一旁道:"曹无伤弄舌之辈,有一日落在咱手……"话说了半截,收住话头。

这半日张良的眼和心都没有闲着,他发现这里显得太平静了,偌大的军营竟少有士卒来回巡逻。特别是站在宴会厅前,就发现这厅周围幔帐有些特别,似乎比平日的要宽厚一些。倘是在这里埋有伏兵,真是招之即来啊!他再看看这厅,前后都有门,而后门通往茅厕。他正要做个掂量,却听见项羽高声道:"兄所率百骑皆是青春少壮,个个风华正茂,只是不知武功如何?"

"上将军有所不知,季自沛县起兵,一路有不少部下殒命战场,留下孤儿。季有所不忍,便将彼等编为少年营,南阳、武关之战中,不少人立下战功,被擢拔为校尉。"刘邦唤过贴身校尉曹窋介绍道,"他就是少年营中的校尉,现为贴身卫队长。"

项羽暗暗打量这年轻人,举止有度,行而有节,遂对这百名轻骑产生了浓厚的兴趣。他忽然想到了虞姬的健妇营,随口说道:"真是巧了,兄军营中有少年营,籍则将战时死去丈夫、兄长之妇人编为健妇营,由虞姬姐妹负责操训,如今虽未经大战,然对兵阵已不生疏。如兄不介意,不如让彼等比试一番如何?"

这突如其来的建议不唯让范增措手不及,刘邦更是感到唐突,他转脸望了望同来的张良和樊哙,问道:"二位以为如何呢?"

樊哙向来干脆，不假思索道："比就比！咱就不信堂堂男儿会输给一群女眷。"

"既是上将军有意比试，我等理当应之。在下看这鸿门场地宽阔，不妨就在此处比赛如何？"张良顿了顿，看了一眼范增又特别强调，"观阵比武，原为情谊，只需点到为止。"

"那是自然。"项羽遂要从事中郎前往健妇营通知虞姬，又在鸿门二阶台上设了观战台，邀刘邦、张良以及陪同的范增、项伯、陈平等登上观战台观看。

从事中郎去后不久，虞姬便率领健妇营的女卒们到了。刘邦从台上看去，不觉眼前一亮，但见女卒们一个个身着桃花色软甲，头戴银盔，座下清一色的白马，远远望去，俨然五彩霓虹。一干人马在为首女将的号令下，马蹄整齐地踩在地上，发出清脆的踢踏声。虞姬单人独马来到观阵台前，拱手向项羽、刘邦等人行礼，然后高声道："健妇营将士奉命前来比武，请上将军下令。"

项羽挥了挥手，虞姬拨转马头对虞娘道："命令人马且在一旁待命。"

"遵命。"虞娘挥动手中宝剑，女卒们立刻一齐拨转马头，马匹也似乎很有灵性，有秩序地退在一旁。

这情景让在一边的樊哙震撼，不由得对即将出列的将士小声道："你等一个个提起精神来，不可让沛公在项将军面前失了颜面。"

"将军放心，孩儿们明白。"曹窋勒住马头回答。

项羽要项伯来主持这场比试，项伯没有推辞。他将身子向前挪了挪，对站在下面的健妇营和少年营将士说道："今日比武，原为助兴，望各守规矩。第一局，射箭，请各营出一名将士出赛。"

曹窋看了看身边，就听见有人说"卑职张远愿出战"，然后催动坐骑来到场地中央；从健妇营中走出的是一名年轻女子，自报姓名乃淮梅，想来是从淮河边上来的。四目对视，张远大度地向淮梅作了一揖道："姑娘先请。"淮梅依礼说一声"承让"，转身在马臀上打了一鞭，那马就飞跑起来，连跑两圈，只见淮梅拉满强弓，一个侧身向矗立在广场西南角杨树上悬挂的一枚秦半两钱射了一箭，"嗖"的一声，那箭不偏不倚地从铜钱孔中穿过，摇摇晃晃地在空中摆动，台上台下顿时响起一阵欢呼声。未及看清，淮梅已驱马回到队列中。项羽看了看身边的刘邦，显然看得很投入，就从心底感谢虞姬给自己长了脸。

刚才发生的一幕张远看在眼里，他没有丝毫怯场，嘴角溢出不易觉察的笑意。他两腿狠夹马腹,那战马一声长啸,撒开四蹄绕场飞跑,摩擦出的火花闪闪发光,而马上的勇士忽而侧马藏身,忽而犀牛回望。在众人的眼花缭乱中,张远拉开手中之弓,朝淮梅刚发过箭的靶标射了一箭,顷刻之间,悬挂铜钱的丝线应声断落,铜钱掉在地上。人群中发出"哎哟"的惊呼,就连项羽也情不自禁地呼道:"好箭法!"

项伯举旗宣布:"第一局,少年营获胜。"

第二局是对打,少年营出场的是名叫李钰的青年,健妇营出场的是淮梅的妹妹淮英。入场后,两人行过礼道一声"请",淮英便做出迎战的姿态,但不急于进攻。倒是李钰有些急于求胜,冲着淮英就是一个"猛虎掏心"。淮英不慌不忙一个侧身,李钰扑了个空,转过来又是一个"饿虎捕食",淮英一跃而起,转身到了李钰背后。李钰便有些蒙了,心想今天遇到了高手,急忙转身防守。就在此时,淮英飞起一脚正中李钰后臀。李钰一个趔趄差点摔倒在地,惊得曹窋"啊"了一声。好在李钰平日里脚底功夫不错,立时就站住脚,并做了守势。两人重新开打后,淮英后发制人,稳扎稳打,始终不给李钰机会。李钰便不免有些慌神,这时,淮英发起进攻了,一连三脚,脚脚中的,李钰眼看着就要仰面朝天躺在地上了。淮英上前正欲拉住他,却不料李钰一个鲤鱼打挺顺带扫堂腿,淮英后退了两步,粉脸上莞尔一笑道:"壮士好功夫,承让。"转身就出了场子。李钰擦了擦额头的汗水,有些不好意思地回到队列,曹窋向他竖起了大拇指:"男人要有胸怀,输了就是输了。"

项伯又举旗宣布:"第二局,健妇营胜出。"

第三局是马上对打。从少年营走出的是曹窋,使一把长柄龙雀刀;健妇营出列的是虞娘,是两把日月刀。两人催动坐骑来到场中央,彼此致意后,虞娘挥动双刀直奔曹窋而来。曹窋聚精会神,挥动大刀迎战。两人先在马上大战二十个回合,未分胜负。虞娘趁势撒开乾坤绳用力一拉,曹窋被拉下马,两人遂又在地上大战十数个回合。曹窋将一把龙雀刀使得如车轮般转,只听风声呼呼,步步都是要命处;虞娘也不示弱,日月刀寒光闪闪,砍、劈、刺步步为营,密不透风,眼看着半个时辰过去,仍然难分胜负。项伯抬头看了看天,日色已过晌午,便向从事中郎耳语几句,但见从事中郎鸣金收兵。项伯宣布道:"第三局双方战平,各回本营。"

这一场比试真是精彩纷呈,目不暇接。虞娘与曹窋战平,项羽心中略有遗憾,他觉得自己起码该是两胜,这样才足以给刘邦一个警示。当他转脸去看刘邦时,就从他的眼眉中读出欣慰。是的,刘邦并没不看重结果,要紧的是让项羽看到了自己将士的心志。

而对主持比试的项伯来说，他更关注的是两军的和睦。他最为欣慰的是，两军出列的将士都十分注意礼节，这才是他最希望看到的。

范增一直以焦虑的心情观看比试，甚至有些心不在焉。从心底说，他对项羽临时起意比试很不理解，为什么逞一时之勇呢？难道他真忘记了鸿门宴的目的了么？因此，比试刚一结束，他就督促项羽，该宴饮了。在刘邦携项羽一同进了宴会厅后，他很有礼节地请张良入帐。

张良正要问樊哙如何安置，却听见项庄在一旁热情地邀道："请樊将军与在下到别帐饮酒。"言罢，他拉着樊哙进了旁边的营帐。见状，张良的心一下子就缩紧了。他虽然人进了宴席厅，目光却盯着项庄和樊哙的背影。

这一切自然逃不脱范增的眼睛，他上前解释道："请先生放心，众人与樊将军老夫已安排酒食善待之。"

此刻，众人均已落座：项羽、项伯朝东坐，范增朝南坐，在他的旁边就是都尉陈平；刘邦朝北坐，张良朝西陪坐。这当然是范增煞费苦心设计的，他朝南，正好与项羽形成视线上交织，以便关键时刻暗示他。对项羽性格的了解莫过于范增了，他虽然性格暴躁，却最不善揣测人心，也最容易被别人貌似真诚的话语打动，最为要命的是他向来重义气，担心他关键时犹豫和动摇。

窗外的严冬似乎渐渐远去，在范增的主导下，一切都似乎十分和睦。大帐中央，鼎锅将米酒烧得滚烫，浓浓的酒香弥漫在各个角落；每个人的面前都摆上了一样的菜品：一盘酱菜、一盆烤乳猪、一盆蒸猪腿、一盆汤，还有两样青绿色的菜蔬。这些菜品旁边，就是喝酒用的叫"卮"的酒器。菜蔬上齐后，范增拍了拍手，立即从帐外进来清一色桃花色深衣的健妇，依次来到主客面前，给"卮"中倒满米酒。

项羽以上将军的身份举酒道："早先左司马曹无伤暗进谗言，蛊惑人心，以致我与刘兄徒生误会，今日兄率张司徒亲来我营，前嫌尽释。请诸位举酒，为兴楚大业满饮此杯。"

众人纷纷举杯响应，一时间酒香四溢，春风满面。

项羽举过酒后，项伯接着说话了："上将军肺腑之言，刘项一体，大楚才有希望，诸侯才能臣服。"说罢，先自饮了。

项伯刚刚放下酒卮，刘邦接着举起酒器了。与项羽的高喉大嗓相比，刘邦不唯面容和煦，说出的话也多了儒雅，侧着身子向左右致意："季本沛县亭长，时逢乱世，乃得举事。赖先项公不弃，得有今日，此瀚海之恩没齿不忘。若无上将军巨鹿大战威震天下，秦军闻之而丧胆，季岂能如此快入咸阳。故而请诸位饮下此杯，以表对上将军之敬。"

众人纷纷响应,敬完酒,互相招呼吃菜。项羽指着面前的烤乳猪道:"此乃秦人名菜。取乳猪一只置于砧板之上,于正中下刀,嘴叉劈开,挖出猪脑,沿脊骨中线划开,除肩胛骨,入炉中用小火焙一个时辰,烤至发出爆皮的响声,色呈金红色,爆皮均匀即可。此物皮脆肉嫩,入口即化。"

张良动了动筷子,并没有真的去尝。正想着,就见范增沙哑的声音在耳边响了起来:"沛公方才所言出自肺腑,令老夫深为感动,借着机会,老夫向二位将军敬酒,愿同气连枝,共兴大楚。"

话虽说得温婉热情,但他的目光却直视着斜对面的项羽,将佩戴在身上的玉玦有意无意地举了三次,希望项羽能够领会他的意思,号令两厢的侍卫出战,将刘、张二人斩杀在酒席宴上。但他并没有从项羽的目光中获得任何回馈,项羽只是一刀一刀地将肥嫩的乳猪切成块放进口中,大嚼大咽。

项羽怎么会不知道范增的暗示呢?他又怎么会忘记昨夜的约定呢?那一刻,他的心里卷起了滔天巨浪,可月下义结金兰的同拜天地,玉川河畔虞姬的婉言相劝,特别是她忧郁惆怅的眸子顿时涌上他的脑际,更不用说刘邦刚才推心置腹的敬意,使他如何也无法对曾经出生入死的兄弟起诛杀念头了。就是杀,也要真刀实枪地在关中摆开战场让刘邦输个明白。暗中下手,算什么英雄?

这一切,被坐在一旁的张良看得清清楚楚。他觉得此刻正是扭转气氛的大好时机,便举起酒卮面向大家说道:"在下在韩国时,听闻项将军为攻取巨鹿,破釜沉舟,一举击败王离虎贲军。在下久生敬意,今日且借上将军美酒聊表敬意。"言罢,先饮为敬。

项羽见此情景,顿生豪气,端起酒卮一饮而尽,大笑道:"痛快!昔日王翦攻破寿春,灭我大楚时是何等的悲壮。然则,楚虽三户,亡秦必楚。今日,暴秦果亡于项氏,吾祖、父亲、叔父在天之灵可得慰藉矣!"他目光中涌出盈盈泪光,举卮高唱道——

> 操吴戈兮被犀甲,车错毂兮短兵接。
> 旌蔽日兮敌若云,矢交坠兮士争先。
> ……
> 带长剑兮挟秦弓,首身离兮心不惩。
> 诚既勇兮又以武,终刚强兮不可凌。

悲壮的歌声在大帐内低回,每个人都被项羽沙哑的声音牵出不尽的回忆。张良和陈平不禁为之击节。他们都因为这首歌而想起了一位远逝的诗人——屈原。只有这《九歌·国殇》，才能勾起他们不尽的故国情怀。

范增没有想到，事情会朝着相反的方向而去，更不承想项羽会如此动情地引吭哀歌。他着急地来回摩挲着双手，不得已扯了扯身边陈平的袍裾。陈平看了看范增，微微摇头，那意思很明白，在这个当口，若是坏了项羽的兴致，不是自找不快么？他直直地看着项羽，直到一曲歌罢，才用看似不经意，实际掂量了又掂量的口气道："卑职听闻范老将军有块绝好玉玦，可否拿出来给各位欣赏欣赏，也添添气氛。"

孰料项羽瞪了一眼陈平道："酒饮正酣，看什么玉玦？"说着举起酒卮，向在座的人频频颔首。

陈平不明白项羽究竟是将昨夜与范增的约定忘记了，还是心里清楚而装糊涂，但他庆幸沛公因此躲过了一劫。

在众人的推杯换盏中，范增出了大帐，他的心境是复杂而又躁动的。他怨气满腹，埋怨项羽一再错失动手的机会；他担忧这一切被刘邦和张良看破，会置项羽于被动，但他更不甘心就这样放走刘邦。巨鹿大战中，他就曾暗下决心要帮项羽除掉刘邦这个唯一劲敌，现在怎能轻易放手呢？他忽然想到隔壁还坐着项庄。哦！此人可以一用。

范增抬脚就走到别帐外，听到从里面传出项庄与樊哙邀酒的声音。显然，项庄是以胜者的口气与樊哙说话的，处处流露出自傲，而樊哙则是对沛公、萧何和张良足智多谋的礼赞。

樊哙从乳猪上撕下一块肉塞进嘴里，举起手中的酒卮高声道："人生快意莫过于大块食肉，大碗饮酒，右司马，请……"当的一声，这是酒卮碰撞的声音，接着樊哙又道，"若非沛公先入咸阳，你我岂能今日对坐饮酒。"

项庄也不示弱，放下酒卮，两只发红的眼睛直视樊哙道："须知是上将军大军压境，沛公登门谢罪的。我为主，你为客。客随主便，乃千古不易之理。"

樊哙口里含着肉，说起话来就不那么清楚："主又能怎么样，论起功劳，沛公不输于上将军，再者，当初怀王有约，先入咸阳者为王。上将军失信于人，妄动干戈才致有今日……"

范增听着，心里就不是滋味。这两人若是打将起来，岂不给刘邦以可乘之隙。不！他要的是刘邦的头颅，而非樊哙的首级。他掀开帐帘，对争得面红耳赤的两位道："刘项两位将军在大帐执手言欢，你等却在这里争论不休，传将出去，令天下人耻笑。"

项庄和樊哙这才住了口，纷纷起身向范增行礼致歉。

"老夫只是不愿意惹出误会来。两位将军饮宴,若无奏兴,岂不无趣。老夫闻右司马剑术造诣甚高,何不舞之助兴。"范增笑着说罢,不由分说拉起项庄就往外走。

樊哙在身后喊道:"项司马走了,这酒……"

范增回头笑了笑道:"将军且自斟自饮,右司马片刻就回。"

在回大帐的路上,范增将计谋和盘托出。项庄做了个杀头的示意,等范增进了大帐落座之后,才跟着进去双手打拱道:"吾兄与沛公饮宴,庄借此机会为诸位舞剑助兴如何?"

"好!"项羽首先表示赞同,"庄弟自幼习剑,功夫颇深,今日献艺,正合我意。"

这突如其来的变故让项伯有些蒙,叮嘱道:"既是助兴,那就点到为止,舞罢即退。"

范增笑道:"自然是点到为止,不过,总要尽兴才好啊!"

张良迅速将目光转向刘邦,瞬间从他脸上读出了惊悚;再去看范增,他眯着一双笑眼频频颔首,便明白这插曲必是范增临时起意,联想到方才陈平提议项羽出示玉玦,益发觉得这其间隐藏着诸多秘密。

他正这样想着,就觉得大帐内风声呼呼,寒气逼人。抬头望去,但见项庄将一把青锋剑舞得风生水起。这项庄果然是剑术高手,一把剑在他的手中只见冷气森森,银光闪闪,却看不见剑身。他时而弓步直刺,锐锋犀利;时而并步直刺,若昆仑崩壁;时而回身后劈,若犀牛望月。看得在场的项羽和范增连声叫好,刘邦口张得老大,却没有发出声音……倒是项伯数次惊呼:"小心伤人。"

张良不放过项庄每一个动作,当他发现项庄有几次剑锋直朝沛公而去,虽然在危急关头都以回身后撩而掩盖,但显然他的目标不在别人,而在沛公。他之所以屡试而收,在于为行刺做铺垫,他要给人造成误伤印象。当他把这一切看破的时候,就在座位上再也无法安之若素了。他缓缓起身,向项羽、项伯含笑着点头示意,然后出帐去了。

在别帐门口,他遇见了樊哙。樊哙正为项庄把自己一人扔下而气愤,看见张良,他急忙问道:"今日之事如何?"

张良用极简的话语回道:"甚急矣!今者项庄舞剑,其意常在沛公也。"

人说樊哙粗中有细,这话还真不假,他立即明白了张良的意思,道:"事情紧迫。俺请入帐,与你等同生死。"

张良要的就是这句话,用力地点了点头,转身向不远处的茅厕而去。

樊哙大步来到大帐外,却被值守的侍卫拦住:"上将军有命,闲人不可进入。"

樊哙正在火头上,拿起手中的盾牌用力一撞,那卫士顿时"哎哟"一声倒地。这时候,韩信过来了,见此情景便埋怨侍卫多事。樊哙见此情景,一扭头就闯了进去。

这一进不要紧,迅速打破了险象环生的局面,连项庄也停止了舞剑,全神贯注地望着站在众人面前的樊哙。樊哙面西而立,豹眼直视项羽,头发直竖起来,眼角都裂开了。

一波未平,一波又起,樊哙的闯入虽然挫败了项庄的图谋,可显然引起了项羽的不快。他手按剑柄,呼地从座上站起来问道:"来者何人?"

这时候张良进帐来了,忙上前介绍道:"彼乃沛公骖乘樊哙。"

"壮士,赐卮酒。"

樊哙接过酒,单膝跪地,道一声谢,仰首将卮中酒酿一饮而尽。

项羽见之豪爽,又道:"赐彘肩。"

须臾间,两名侍卫抬进一条半生不熟的猪腿,樊哙也不谦让,将手中盾牌置于地上,置猪腿于肩上,拔出宝剑一块一块地切着吃,一边吃一边说着囫囵话:"快哉,快哉!"不一刻,一条肥囊囊的猪腿进了腹中,单是那贪婪的样子和留在唇边的油腻,就让在场的人们顿然惊愕。

项羽兴起,随之问道:"壮士,还能再饮吗?"

樊哙嘿嘿一笑,黝黑的脸上泛起一层光泽,道:"死且不避,卮酒安足辞也!夫秦王有虎狼之心,杀人如不能举,刑人如恐不胜,天下皆叛之。怀王与诸将誓曰:'先破秦入咸阳者王之。'今沛公先破秦入咸阳,毫毛不敢有所近,封闭宫室,还军灞上,以待大王来。故遣将守关者,备他盗出入与非常也。劳苦而功高如此,未有封侯之赏,而听细说,欲诛有功之人。此亡秦之续耳,窃为上将军不取也!"

这一番话若是出自张良之口,项羽也许以为乃善辩之士使然,然而出自一位将军之口,却不得不让他吃惊,一时间陷入沉默了,只是脸上略微露出不快。范增眼里看着,心里着急,暗想上将军何不借此机会怒而诛贼;刘邦心中焦急,生怕项羽暴戾,拔剑出鞘,大帐里免不了又是一场厮杀;张良窃喜,为樊哙的仗义执言和临场不惧,相比之下,项庄不免逊色。他觉得此时说话正是时机,于是欠了欠身子对项羽道:"樊将军一向豪爽,心思口说,足见其坦荡,楚有樊哙,乃大幸也。在下借卮酒向上将军、项伯和沛公恭贺。"

项羽的脸色渐渐转向平静,张良说话的当儿,他的思绪一直在快速运转,他承认樊哙一番话入情入理,襟怀开朗。相比之下,范增倒显得狭隘、以己度人了,于是举起手中的酒卮回应。

刘邦的一颗心终于落了地,他从心底感谢萧何,若非他推举樊哙前来,也许自己就会命丧项庄剑下了;他从心底感谢张良,若非他借如厕出去,樊哙不会及时赶到;甚至他对项羽也有隐隐的谢意,若非他一直忍着性子,范增的图谋早已实现了。于是,刘邦很适时地举起酒卮,向在场的每一个人示意,他特别面向范增,口中说出一番热情的话语:"上将军有亚父,譬如桓公之得管仲,燕王之得乐毅也。唯此才有巨鹿之捷,殷墟之降,季深表钦敬,请饮此杯。"

张良在一旁听了,心中暗暗发笑,与其说是敬酒,不如说讽刺。果然,范增的脸上一阵青一阵红,一脸的不自在,微微举起酒卮,勉强碰了碰口唇,出口的话却是:"老夫不胜酒力,且住了。"

刘邦也不计较,转身来到樊哙身边,略带责备道:"我与上将军饮酒,谁让你贸然进来扰了上将军雅兴,还不退下。"

樊哙会意,忙向项羽行了礼,转身退出帐外。

大帐内的几位说了一会儿话,张良暗暗向刘邦使了眼色。刘邦起身,谦恭地向项羽作了一揖:"上将军慢饮,季且更衣(上厕所),须臾便回。"言罢,便出帐去了。

在军营门口,刘邦向樊哙表示了要离去的意思:"我借如厕出来,现在离去,未能向项羽告辞,于礼不合。"

樊哙憨憨一笑道:"做大事不必顾及小节,现在人若菜刀和砧板,我们则好比是鱼和肉,还辞别什么呢?让子房留下道歉料无大碍,他不是项伯好友么?"

刘邦回望一眼宴会厅,面有难色:"只是如何告知子房呢?"

恰在这时,陈平从大帐内走出来了。原来,项羽见刘邦去了很长时间没有回来,就要陈平来看。

陈平紧步来到刘邦面前,不待他说话便道:"上将军命我传沛公回去。但依在下之见,此地距灞上不过二十里,沛公何不驰马离去?"

刘邦指了指大帐道:"只是子房……"

"公有何话,在下转达就是。"

于是,刘邦嘱托了陈平,然后翻身上马,带着樊哙匆匆离去了……

刘邦离去约一刻钟,陈平才进了宴会厅,他匆匆来到项羽面前道:"沛公不胜酒力,驱马回军营去了。"

"嗯？"项羽顿时豹眼圆睁，瞅着张良。

张良倒不着急，与陈平对视一眼，就明白了沛公的用意，他缓缓来到项羽面前躬身行礼道："沛公不胜杯勺，不能辞行，还请上将军海涵。"

刘邦不辞而别，项羽甚感无颜，正要发作，却不料项伯在一旁说话了："上将军不必究于小节。我在沛公营中，已知其不善饮。"

项伯一出面，项羽的怒火却是无论如何也发不出来了，只是黑着脸饮酒。

张良继续道："沛公对亚父与上将军盛宴款待铭感肺腑，对上柱国当年借兵萦萦于怀。为表达对二位的敬意，特备白璧一双，欲献上将军；玉斗一双，欲献亚父。今子房代为呈献，还望上将军与亚父笑纳。"说罢，张良对外喊了一声，"来人！呈玉璧、玉斗来。"

立即就有刘邦带来的两名卫士双手捧着托盘，上面分别盛了玉器。张良先接过玉璧，恭敬地来到项羽面前，将托盘举过头顶道："敬献上将军，诚望早日入咸阳安抚天下。"

项羽接过玉璧，置于案头，神色还没有转换回来。

张良又来到范增面前献了玉斗。眼看着一场预谋就这样败落，范增气郁双结，脸上僵硬，没有一丝喜悦，因此，他接过玉斗掷于地上，从腰间拔出宝剑用力砍去，玉斗顿时碎成几瓣。

项伯在一旁见了，起身责备道："当着上将军之面，亚父这又是何必。子房乃我良友，你这样不是让我难堪么？"言罢愤而甩袖出帐去了……

再说，刘邦一回到军营，就召见了萧何，将化险为夷的经过述说一遍。萧何笑道："有樊哙与子房在，断然无恙。"

刘邦惊奇地问道："这一切都在丞督预料之中？"见萧何点点头，刘邦不禁感慨，"丞督者，砥柱也。"

两人正要准备出门迎接张良，就见柴武从营门外进来，手提一个包裹到了两人面前，"咕咚"一声扔在地上："此乃左司马曹无伤之首级也，末将奉丞督之令追至蓝田，取了其首级。"

第七章

恨悠悠子婴断魂
火熊熊项羽楚城

郦商和牛良一回到灞上，顾不得休整，就前来请罪。他们跪倒在刚从鸿门归来的刘邦面前，请求治罪。

"末将盲目轻敌，不听牛将军劝阻，贸然出战，给敌可乘之隙，请沛公治罪。"郦商抬起头，眸子里写满了悔恨和惭愧。

但牛良并不愿意郦商把所有的责任都担起来，他反复强调当时敌情突变，自己没有遵照张先生临行前的嘱托好言劝阻，以致酿成败局，如果要治罪，自己难脱干系。

郦商拨了一把牛良的胳膊道："我乃守关主将，牛将军无须再言。"

两人相持，这情景让萧何看见，不禁感慨，历来有为些许小功争执不休甚至不惜诋毁对方的，这二位倒好，千方百计将罪过往自己身上揽。再看看刘邦，正眯着一双笑眼打量着他们。见萧何来了，遂收住笑容问道："丞督以为此事当如何处置？"

萧何沉吟片刻后道："依属下观之，函谷关乃项羽必得之，且敌我力量悬殊，关破乃迟早之事。两位将军是在接令之后才将函谷交于英布的。故而，罪责不在二位将军。"

等萧何话音落地，刘邦便起身来到两位将军面前道："丞督既如此说，我亦无歧见，二位起来吧。"

"主公！"郦商和牛良站了起来，望着刘邦，"谢主公宽恕之恩。"

"此事不必再追究。二位将军且回营休整，我有要事与丞督商议。"刘邦现在最担心的还是张良，在郦商、牛良退出后，他急不可待地问道，"子房回来了么？"

"已派夏侯婴去接了。主公单骑回归，可谓胆识兼人。将士闻之，气志大增。"

"丞督之言过矣，若非子房运筹，樊哙骁勇，我岂能脱身，只是这一回怕是连累了子房。"刘邦摆了摆手，说着话眼睛却朝帐外瞅。

"主公但放宽心。"萧何笑罢，指着营门口道，"看看！回来了。"

果然，张良与夏侯婴同乘一辆车子进了营门，在他的后面是曹窋率领的少年营百名轻骑。刘邦见状，忙迎出帐外，隔老远便情不自禁地喊着："子房！你终于回来了。"接着三步并作两步地跑上前去道，"我回营后，一直担心项羽听信范增谗言，会扣留子房。"

夏侯婴在一旁笑道："与子房之大谋相比，范增不过庸夫小计，何堪一论。"

几个人进帐入座，侍卫送上茗茶，张良一路走得渴了，连饮两杯才开口说话，将刘邦走后，他如何应对局面缓缓叙来。当说到范增因刘邦走脱，发狠剑劈玉斗时，萧何拊掌大笑道："夏侯兄说得对。如此城府，岂能成得大事？"

刘邦笑了笑，话题转到日后的对策上来："目今之势，项羽四十万大军在侧，称王之约践行无望，我军久驻灞上，终归成彼眼中之刺，必欲拔之而后快。日后我军何去何从，诸位有何高见，不妨直言道来。"

张良闻言分析道："在下将归时曾探项羽口气，他要项庄与项伯赶回彭城，向怀王提出封王之事，估计近期未必会有战事。"

萧何点了点头道："子房所言甚是，目今之计，属下以为要做好三件事情：其一，严令我军据守营寨，不可外出寻衅挑事；其二，对外广传拥戴项羽称王消息，不授人以柄；其三，加紧研习关中及四周地形，为日后做准备。"

刘邦听后，眉眼大开道："丞督所言三事真乃当务之急。这些就交于丞督去办,我兄刘喜闲着无事,不妨从旁协力。"

夏侯婴一直听大家说话,等到刘邦问自己的时候,他将一个棘手的问题提到大家面前:"不知主公可否想过,子婴父子该如何处置?"

刘邦一听这话,忙道:"近日一直忙于应对项羽,现在看来,这果然是一件棘手之事。当初我不杀子婴,乃在宣扬我军仁义,可安抚百姓之心。结果却被曹无伤诬陷,险些被项羽借故兴师。到了现今这地步,我军留之无益,执珪有何良策,不妨说与大家听。"

夏侯婴眨了眨眼睛道:"当初不杀乃上策,而今再杀,更非良策。依属下之见,不如好生待之,劝其重归咸阳如何?"

张良闻言称道:"执珪所言,在下甚是赞同。在下以为此时主公出面已然不妥,还是依旧由郦先生出面好言抚慰,劝其归去。至于未来生死,则仰赖天运了。"

"不过依项羽往日作为,恐怕子婴难逃一劫。属下之意,不如将国玺交还子婴,也许项羽念其主动交出传国玉玺,会放他父子一条生路。"萧何又道。

刘邦等人将这些事情商议妥帖,眼看日色已经过午,他命曹窋上了些酒菜,众人就在大帐内吃完饭,随后各执其事去了。

冬日天黑得早,申时刚过,晚霞就在西北方的终南山留下一缕胭脂红,而夜幕却是悄悄降临了。军营的灯火开始点燃,熊熊燃烧的火焰照耀着四周,一阵风来,来回巡逻的士卒身影被摇曳的灯火投射在地上,忽长忽短。天冷得出奇,只有营帐内的炭火给人一息温暖,而一角蒸腾的酒酿,正诉说着冬夜的漫长。

郦食其、子婴父子与韩谈就着炭火席地而坐,饮着闷酒打发时光。郦食其举起酒卮敬道:"足下这些日子在沛公军营粗茶淡饭,还习惯么?"

子婴忙举酒回答:"亡国之君,承蒙沛公刀下留命,已是万分感激,何敢有非分之想。这些日子在沛公营中,深感沛公度量如海,志意广大。只是子婴戴罪之身,无缘请见,请先生代我转呈谢意。"

郦食其忙接过话道:"一定一定。"

曾为贵胄,今为阶下囚,短短的几个月,子婴经历了国殇、屈辱,对任何事情都分外敏感。他觉得郦食其今夜邀请自己饮酒定有缘由,因此放下酒卮后,他很平静地问道:"先生今夜邀子婴饮酒,不仅仅是出于驱寒取暖吧?"

郦食其心里称赞子婴是个明白人,也就毫不拐弯抹角了,望着四人道:"想必足下也知道项羽大军已进入关中,沛公担心一旦开战,会殃及足下与在座诸位。因此沛公决意将传国玉玺还给足下,今夜就送你们四人回咸阳,足下可将传国玉玺献与项羽,以求宽恕。"

子婴"哦"了一声,事情果然不出他所料。命运再一次将子婴父子推到漩涡中心,他不知道该如何应对。营帐内静极了,只有外面的风声和巡逻士卒的脚步声。韩谈眼里噙着浑浊的泪水,默默地看着子婴父子;两位公子听说要回咸阳,一脸的惊恐。他们都明白,咸阳现在是一座空城,不可能再带给自己什么。难耐的宁静让人有些喘不过气来,大约过去半个时辰,鼎锅下的柴火半死不活地维持着余热之时,大公子终于无法再沉默了,他抬起头忧伤地看着郦食其道:"先生能否告诉我等,此次回咸阳没有危机么?"

闻言,善辩的郦食其显得有些口吃了,他无法找到一个适当的词句去描述这四个人的命运。可这职责落到自己头上,再怎么也无法绕过去。他对在一旁伺候的士卒道:"给每个人卮中倒满酒,喝完这杯,我有话说。"

真乃天意,鼎锅里残存的酒刚够。

"诸位请饮。"郦食其将酒卮举过眉头,自己先干了,随后抹了抹唇边的酒珠,将最后的话语从胸腔中挤了出来,"我虽然无法回答公子所问,可依我观之,无论是项羽军还是沛公军皆是楚军。沛公能为之,项将军亦能为之。况乎传国玉玺在手,项将军定会以国事为重,善待各位。"郦食其明白不能再多说,便朝外面喊道,"来人!"

一名曹掾应声进来,郦食其要他传话,由虎贲令周勃率轻骑二百送子婴父子与韩谈回咸阳。

子婴脸上水波不兴,没有任何表情。他起身向郦食其施了一礼,然后向外走去。两位公子跟在后面,默默无语。

韩谈从入席的那一刻起始终沉默,在郦食其巧舌劝慰子婴的过程中,他的脑际却时不时重现刘邦初入咸阳宫时的惊诧和沉迷。他相信只要是人,就没有不向往黼黻文章,美姬歌舞的。他已在心底打定主意,要再演一场项羽游咸阳宫,使他沉醉于宫苑。也许,这不失为救子婴父子的一条良策……

"呵呵,我料定刘邦必将子婴送回咸阳。"在戏水岸边的楚军军营,范增很有把握地说道。

项羽惊问道:"亚父为何如此肯定?"

范增起身拨了拨渐渐暗下去的木炭才道:"所谓'螳螂捕蝉,黄雀在后',刘邦当初入咸阳拿住子婴时,决然想不到上将军会如此神速也进了关中。现今,留子婴在军营无异于留下祸根。他怎么可能为一个亡国之君而不顾与上将军的交情呢?"

"现在看来,曹无伤所言子婴为相乃为虚言。不过,留一个亡国之君在军营,足见其无社稷之怀,天下之志。"项羽望着帐外幽幽的灯火又问,"我军不日将进咸阳,这个子婴……"

"必诛之以安天下。"范增没有任何的犹豫。

这话一出口就对了项羽的心思,他耿耿于怀的就是祖父项燕、叔父项梁亡于秦军的家仇,他发誓要亲手杀了皇帝,用其头来祭奠列祖列宗。

"上将军国仇家恨,老夫感同身受。可子婴一区区亲王,何劳上将军亲自动手。"

"哦?亚父不妨明言。"

"不是有章邯、司马欣和董翳么?此事最好由章邯出面,彼乃秦朝九卿之一,由他处置子婴,传出去既可震慑秦之余孽,又能为项氏雪仇,岂非一石二鸟?"

项羽虽然认为范增所言不无道理,可他仍然不能为亲手杀了秦皇后人而遗憾:"我亲手杀了,才解心头之恨啊!"

"章邯杀之,与上将军杀之何异?"

项羽便不再强辩。范增也不谦让,直接将向章邯宣达命令的责任担了起来。自从鸿门刺杀刘邦失手后,他总是将一些棘手的事情留给自己,生怕项羽临到关头又优柔寡断。

章邯没有任何异议。送范增出了营寨,他并没有回帐,而是迈着散漫的步子沿着玉川河去了。关中今冬少雨,太阳暖暖地照着大地,田禾懒洋洋地望着蓝天。道路上满是尘土,人马过去便扬起一阵烟尘。事情来得太突然,他需要整理一下自己的思绪。

他是秦朝降将,现在却要向秦皇子孙举起屠刀。就是别人不说,他一想起来也脸红肤热。可他之所以接下了这带刺的荆条,是因为自二十万秦卒被杀后,他就失去了与项羽讨价还价的资格,他真成了楚军砧板上的肉,任人宰割。他断定如此狠毒的计策绝非出自项羽,必然是范增这个老儿提出的,他那双眼睛总是狼一样盯着他和司马欣。

章邯当然也不是混沌之徒,他现在唯一的希望就是保住当初投降时项羽封王的承诺。他以进入关中需要为由,希望项羽拨一部分人马给他:"老夫去日无多,一切皆为上将军着想,请老先生体谅一二。"

没想到范增竟答应了他的请求,两人商定三日后进军咸阳,为楚军先遣。

"老狐狸!"章邯轻蔑地撇了撇嘴,心里发泄着对范增的不满,就听见耳边传来一声"老将军"的呼唤。哦！司马欣也出来了。他告诉章邯,范增已传达了项羽的命令,要他奔赴栎阳。章邯"哦"了一声,心道,这个老儿当面怎么不对我透露半字呢？

"借重君我,乃因楚与秦不两立,有亡国之仇。项羽恐关中百姓仇之,我等自然要向他请兵,他自然不能不给。老将军今番回京,不唯国之不存,大概家亦破了。"司马欣长叹一声。

三天以后,章邯带着章平、司马欣、董翳三人率领从项羽处借来的兵马,分别向咸阳、骊邑、高奴进发。

大军到了戏水北岸,章邯向塞王司马欣、翟王董翳惜别,言语之间充满悲伤："此次分手,关中一分为三。愿翟王莫忘昔日战场生死情谊,无生纷争,更勿兵戎相见。"

司马欣和董翳表示绝不与雍王为敌,况乎秦地初定,盗匪猖獗,当联手除暴为要。

浩浩荡荡的大军走过渭桥,章邯立马桥头,举目北顾,咸阳的宫殿依旧矗立在冬日风中,但早已没有了祥云盘桓的王气,看起来有些瑟缩和冷落；而由二阶台的原畔上,曾经长达五里地的冶铁业、制陶业、烧转业作坊,看不见一丝腾空环绕的烟火,无言地向天地诉说岁月的沧桑；由二阶台逐渐登高,就到了秦皇当初每兼并一国,就仿其建筑而积累成的"六国宫室"。当年被秦皇迁到这里的六国贵族,不少人逃往故里了。

章邯断定子婴不会住进咸阳宫,他心灰意冷,必是恋着昔日的公子府邸。于是,他命令章平包围子婴府邸。

随着章平一声令下,楚军哗啦啦地向咸阳宫东北方向而去,那里就是昔日的亲王府邸,子婴的府邸在第二条街的深处。楚军从西门进入,先封住了街西口；另一队一路狂奔,到街东口布了岗哨。那些在刘邦军撤出咸阳后又回到旧地的豪绅和公子们,顿时被这阵势吓坏了,纷纷关了府门。

在十字街口,章邯与章平并马而立,直到几名校尉前来禀报,说已将整条街围个水泄不通后,章邯才朝街中心那座高峨的府门挥了挥道："进府。"

两屯士卒在屯长率领下来到子婴府邸,明晃晃的战刀照得眼花。章平仅仅叩了两下,府门就开了,从里面探出一张人脸问道："你是何人？"

"我乃雍王麾下将军章平,今日奉命前来擒拿子婴。"说着,向身后的士卒挥了挥手,冲进了府邸。

章平直奔中庭,孰料不等他号令属下动武,就见从里边走出一人来,正是子婴。子婴的镇静使章平有些意外,于是再度申明道："本将军奉雍王之命,前来捉拿亡国之君子婴,快快束手就擒,免遭皮肉之苦!"

"雍王?谁是雍王?"

章邯从府门外进来,子婴便明白了,但口里却道:"这不是少府大人么?何时成了楚人的雍王了?"

章邯脸上顿时红一阵白一阵,干咳两声道:"将死之人,还有何话可说?"

子婴正要说话,就听见身后传来撕心裂肺的哭声,刚喊了两声就被绢帛堵了,只听见沉闷的"哼哼"声。子婴明白,两位公子被捉拿了。他吩咐韩谈捧出国玺道:"倘若我交了传国玉玺,可否饶我儿子性命?"

章平从子婴手中一把夺过玉玺,不无讽刺地说道:"亡国之君,有何资格讨价还价?"

子婴最后一点希望断绝了,他没有泪水,也没有恐惧,伸出两手对章邯道:"国之不存,我活着有何意思?愿杀愿剐,任由少府处置。"

章邯咬了咬牙道:"我与兄弟在前方浴血剿寇,你叔父胡亥将我一族三百余人投进牢狱烧死,此仇不报,有何面目立于天地间?"

闻言,子婴面如死灰:"二世非但有罪于少府,亦有罪于秦室。若非他听信赵高谗言,大秦岂有今日?如果杀我能一泄将军之愤,就请动手吧!"

人之将死,其言也善。子婴这句话让章邯多少有些感动,他也明白章氏一族蒙难与子婴无关,可他毕竟是嬴氏遗脉。章邯从牙缝中挤出一丝冷笑道:"念你临行之前尚有醒语,就留你个全尸,来人,赐子婴父子各三尺白绫,送彼等走吧。"

"诺!"

……

子婴留在嘴角的依稀笑意与圆睁的双眼让章邯感到恐惧,口中讷讷道:"公子要明白,是项羽要我杀你的,你要报仇,就去找项羽吧!"

子婴父子的尸体被移到王府后院,一位校尉前来询问是否掩埋,章邯无力地摇了摇头道:"且放置在冰室,留人看守,待项王验过之后再掩埋不迟。"

处理完这些,章邯觉得眼前的咸阳就是一口枯井,一道深渊,甚至是吞噬灵魂的鬼魅,他一刻也不愿在这里停留了。当章平问他要不要寻找父母罹难处去祭奠时,他咬了咬牙,做了一个挥手的动作,从口里吐出三个字:"回废丘!"

从街道上传来校尉们整队的声音,不一会儿,脚步声、马蹄声就渐行渐远了。韩谈这才从后花园的一个废水缸中出来,蹑手蹑脚地来到停尸的地方,他正要上前,却被在这里值守的校尉发现,厉声喊道:"什么人在此偷看?

给我拿下。"

士卒们哗啦啦上前扭住韩谈的胳膊。韩谈尖着嗓子叫道："千万不要误会,小人乃公子府黄门。"

校尉上前打量了韩谈一眼,听他说话的声音情知是一位宦官。正待下令砍头,韩谈忙道："大人且慢,待小人说完,任打任杀,悉听大人之便。"

"哦？我看你能说什么？"说着命士卒放松了韩谈被强扭的胳膊。

韩谈这才有机会向校尉行了一礼："小人听说项王不日就要入城,想必这咸阳宫他从来没有去过吧！小人十岁进宫,在宫里待了三十多年,每一座宫殿都很熟悉。小人可以带领项王游遍咸阳宫,一任项王择殿居住,也算秉承公子遗嘱了。"

"公子遗嘱……这是怎么回事？"

"公子生前已知自己必死无疑,故而对小人说,二世有罪,皇宫无辜,可禀告上将军,居之而勿毁之。小人也想,现成王宫居住方便,免得大兴土木,滋扰百姓。"

校尉沉思片刻,觉得韩谈所言甚有道理,于是吩咐士卒押送他到公子府僻静处羁押,等待项羽到来。

韩谈没有任何怨言,他顺从地来到关押处,在黑暗中沉默地靠墙坐下,夜幕降临的时候,他草草吃了士卒送来的饭食,然后就是孤独地望着天空发呆。透过小窗,他发现星云中有一颗星特别亮,他觉得那一定就是子婴。他到天上去了,不再忍受亡国的痛苦,扶苏公子会呵护他的魂灵……

正月(公元前207年),项羽以"项王"的身份进入咸阳,帝都再度陷入动荡之中。

沿途没有秦军的抵抗,更没有刘邦军队的阻拦,逃难的百姓,甚至包括当地家财万贯的豪绅都成了楚军袭击的对象。每到一处,哭喊连天,烽烟冲天,一片狼藉。

杀戮是从葬着秦将白起的杜邮亭开始的。看护白起墓的秦军早已逃之夭夭,只剩下给寝殿打点灯火的老人白安。他清晨刚刚起身,准备到墓园里修剪枯萎的松枝,脚步还没有来得及迈出大门,就被迎面而来的十数名楚军堵住了。白安惊恐地问道："各位壮士有何事？"

楚军校尉也不搭话,吩咐部属将各个角落搜了个遍,见没有什么珠宝,便将放在屋角的一件铜香炉扛上肩头。白安上前求告道："此乃祭奠白起将军所用香炉,还请壮士留下。"

他的双膝还没有来得及着地，就听见耳边传来校尉的一声吼："就是那个坑杀四十万赵军的白起么？如此罪大恶极之人，哪里配得上早晚祭奠？"

　　士卒们得了令，每人手中举一火把冲进墓园，将一片松柏林点燃。顷刻间烈焰熊熊，风助火势，殃及寝殿、献殿和厢房。白安跪在地上，将额头磕得咚咚响，不一会儿，印堂鲜血直流，模糊了双眼。忽然，他觉得身后冷冷的，原来是一把刀架在了脖子上，白安未及喊一声，就倒在了血泊里。

　　杜邮亭街头已是血流成河，尸骨遍地。校尉带着人冲上街头，就看见几名士卒正把一个年轻女子压在身下，那女子拼死挣扎，双脚蹬地，从喉咙里发出恐怖的尖叫："你们这些禽兽，光天化日之下……"未等他将下面的话说出口，嘴就被堵上了，接着就是一阵狂笑。

　　他带着一干人来到杜邮亭西头，见到另外一种情景，一群楚军正与一群家丁厮杀。那些家丁显然是经过操训的，对付起楚军来虽说有些力怯，但并不退却。校尉立即从腰间拔出宝剑，大呼一声："上！"家丁们见楚军援兵到了，一个个心思纷乱，渐渐不敌，最后退缩到外垣墙的墙角。那家丁中的为首者显见是一位热血男儿，他从地上拾起一个火把先将自己点燃，然后一回身，紧紧与同行抱在一起，霎时火势熊熊，却是没有一人发出叫声。

　　两名校尉被这情景强烈震撼了，面面相觑道："百姓若此，遑论军伍，人言秦乃虎狼之国，果然不虚。"

　　杀戮向都城核心区蔓延……

　　楚军将官营作坊的工匠们或活埋在陶土坑内，或就地斩首，然后将作坊焚毁殆尽。傍晚时分，站在宫殿露台北望，火光映红了北边的天空，隐隐约约传来灼热的感觉。

　　楚军向没有来得及逃出的病残老人举起了屠刀，鲜血染红了脚下的土地。从会稽举事以来，屠城对他们来说已是司空见惯了。

　　楚军开始向咸阳宫进发……

　　将军们这会儿在哪呢？他们当然看不上蝇头小财，这会儿纷纷奔向秦朝的丞相、将军和九卿们的府邸。

　　诸侯军中的赵国别将司马卬带着麾下直奔了少府府库，命令将所存珠宝悉数装车运往军营。虽一连运了两天，才不过运了个零头。

　　"天哪！这秦皇存下多少财宝啊！"司马卬对一同进入府库的魏将雍齿道。

　　雍齿看着一车车珠宝，心里想的却是自己该拿多少？雍齿在沛县也算是数一数二的富豪，如今置身府库，才知自己是一粒米掉进大海，连踪迹都寻不见。在司马印连说了三遍后才醒悟过来,才跟着道:"是呀!这才是金山银山。"

司马印对赶车的司御们喊了一声"回营",十数辆马车才呼啦啦地离开了少府,在车队身后,雍齿所部一把火烧了府库,可惜那些珠宝伴随着烈焰化为灰烬。

他们刚刚走出街口,就看见从街东头飞来两骑,等到来跟前,才发现是桓楚和虞娘。桓楚与虞娘交好已成了将军们心知肚明的事。司马印勒住马头,作了一揖道:"二位将军这是要赶往何处?"

"足下可知项王一早去了何处?"

"这……听说黄门副总管韩谈陪着去了秦宫。"司马印支吾了一声。

雍齿补充道:"好像虞姬姑娘一同进了宫殿。"

桓楚"哦"了一声问道:"这些财宝,将军准备运往何处?"

司马印觉得这话问得好唐突,不假思索地回道:"当然是运回军营,分发给弟兄们。"

桓楚看了一眼虞娘,眉头就皱在了一起:"将军此言差矣,秦宫财宝民脂民膏,即便开库,也应归楚国府库,或交项王处置,你等却欲图私分,好没道理?"

虞娘也在一旁劝道:"不如二位将军且将财宝运往楚军大营,项王闻之,定会褒奖将军之功。"

司马印闻言,有些轻蔑地仰面大笑道:"二位这番话好不迂腐,岂不知屠城掠宝乃项王之命,末将这样做,正是奉命行事。"

"你!"桓楚一脸怒容,指着司马印道,"你竟敢矫项王令,该当何罪?"

"什么矫项王令?分明是将军闭目塞听,孤陋寡闻。"司马印言罢,向身后挥了挥手。

车队从桓楚身边经过,雍齿看了一眼桓楚与虞娘,不无得意地说道:"若无诸侯军,项王岂能这么快就攻入咸阳,这些财宝算什么?"

一句话噎得桓楚半晌说不出话来。他狠狠抽了坐骑一马鞭,直奔咸阳宫而来。一路上,桓楚觉得心里堵得慌,看看身边的虞娘,油然发出喟叹:"如此军伍,岂能赢得天下。"

"看这架势,也只有项王才能力挽狂澜。"

桓楚点点头,再一次鞭策战马加快速度。

路过丞相府的时候,他们遇见了从赵高相府出来的范增。在诸将瞩目财宝的时候,范增首先想到的是去丞相府寻找表册和图谱。但他很失望,在这里,他除了看到散乱在地上的无关紧要的文书外,什么也没有得到。

范增挠了挠耳畔的灰发,对进来的几名曹掾道:"怎么会这样呢?赵高是被子婴杀死的,他绝没有可能将这些转移出府。再说姑且转移,也会只转移珠宝,将这些表册带走,对他毫无用处。"

曹掾回道:"只有一种可能,那就是刘邦从这里带走了这些东西。"

范增先是点了点头,但他很快就否定了这种想法。刘邦明知项王不能容忍他先入咸阳,他要这些东西有何用呢?一定是赵高临死前将这些烧掉了。但范增毕竟是个细心人,他命曹掾们将丢弃的文书梳理一番,拣了些可以参照治国理政的文书装车运回军营。

"看看!这才是老先生的过人之处!"桓楚十分感慨。

说到近两日的军纪,范增也皱起了眉头:"老夫在西行之前就曾提醒项王,刘邦进咸阳,不贪财,不扰民,乃有天下之心。惜乎!大王进城之后,就将之置于脑后了。"

三人当即商定,由曹掾押解文档回营,他们去咸阳宫寻找项羽……

"大王请随小人来。"韩谈很谨慎,脸上挂着笑,引导项羽和虞姬沿着咸阳宫的阶陛进了前殿。项羽站在宫门口回望,才发现这宫殿建筑在堆积很高的土台上,一层夯土台体南部有五室,北部有二室,周边绕回廊。二层中部矗起两层楼的主殿屋,西部有二室,东南角有一室,东北部呈转角敞厅;除敞厅外,均绕以回廊。可谓廊腰缦回,曲径回折。

"秦皇平日就在此打理国政么?"

"启禀大王,此乃秦皇每日批阅奏章,与大臣议事处。"

项羽似乎并不关心始皇在世时多么勤政,更对外界传闻他每日批阅一百二十斤奏章没有兴趣,却向韩谈提了一个很久远的问题:"本王听说,早年老楚怀王就被囚禁在咸阳,你可知因在何处?"

韩谈一下子被噎住了,他不知道项羽为何旧事重提,何况这是昭王时代的事,他也是来到宫中后断断续续地听人说的。他暗暗打量项羽的表情,情知躲不过去,于是小心翼翼地回道:"小人也是道听途说。"

伴随着韩谈的叙说,项羽眼前就浮现出一幅幅惨烈的画面。

是张仪狡黠的笑容使得楚国与齐国绝了联盟,而且使怀王蒙受了最大的欺骗和羞辱。

是怀王恼羞成怒发动战争,八万将士血染丹水。

而让项羽不可思议的是,昭王的母亲宣太后就是楚宫的女儿,却对甥舅举起了屠刀。那时世间还没有项羽,但在他的幼年时代,叔父每每叙说这段国耻时怒发冲冠的模样,都深深印在他的记忆中。

"至于囚地么?"韩谈沉思片刻后道,"据宫中人说,似乎是在渭河南之甘泉宫。"

一路上,虞姬都关注项羽情绪的变化。毕竟项氏的荣辱与楚国的存亡连为一体,可她更知道,这是楚军以胜利者的姿态进入咸阳的,她生怕稍有不慎,就会影响大局,失心于诸侯。

冰雪聪明的虞姬不失时机地问韩谈还有何处可以游览。韩谈也觉得虞姬比项羽好说话多了,忙转换话题,邀请项羽去看东南角的居室。

"大王请看!"韩谈推开居室门,详细地介绍了室内的陈列和各种设施,"此处就是秦皇的居室,他每晚批阅奏章困倦了就此歇息。在居室隔壁有浴室,可供皇上沐浴;浴室内建有排水道,浴过之水顺着管道流向宫外。"

"大王再看,这里就是取暖的宫道,冬日殿外冰天雪地,可居室内温暖如春。那里便是冰库,夏日在里面置有冰块,可以储藏鲜果,供皇上享用。"韩谈过去在宫中只是普通的宦官,那时候,秦皇在他的心中神圣而又神秘,直到现在仍然摆脱不了这说话的口气。及至发现项羽脸色黑下来时,急忙改口道:"嬴秦奢华至极,才有倾覆之危。"

但虞姬的眼神因为韩谈的介绍而顾盼流转,似乎这一物一件都熠熠生辉,诉说着秦宫的绚烂和辉煌,想到这里地下的一块砖就要费去黔首半年粮的情景,不仅触景生叹:"哟!想必天帝也不过如此吧!"

这时,韩谈已打开了通往露台的门:"大王请看,此处就是露台,嬴政当年署理国政之余,常于此瞭望咸阳的巷闾门市,或与大臣商议国事。"

"哦?"项羽的兴趣忽然来了,"这么说,王翦当年也曾在这里接受过嬴政的诏命?"

"想来应该是。小人曾听当时的黄门总管说,王翦就是在这里向嬴政提出了为子孙赐田宅的请求,不料他竟然应允。王翦一路东去,下齐灭楚……"

"你说什么?"项羽断然打断了韩谈的话,气喘明显加速了。

韩谈顿时明白触到了项羽的痛处,一时汗水湿了前额,忙跪地连连道:"小人该死,小人该死。"

虞姬也在一旁开罪:"口下之误,大王怎会计较?"

但项羽的情绪没有舒缓下来,不仅因为"灭楚"二字让他蒙羞,更因为当年王翦就是从这里奉诏出兵楚国,与祖父展开一场殊死决战……为此,他对这庞大的秦宫产生了厌恶,甚至觉得在这里多待须臾都会愧对祖宗。项羽毅然转过身,大呼一声:"来人!"

在不远处警戒的龙且迅速赶过来道:"末将在!"

"传令下去将秦宫焚毁,不留一瓦一砖。"

"大王!"龙且以为自己听错了,"大王!末将……"

"让你焚毁咸阳宫,没听清楚吗?"

"遵命!"龙且忙应了一声,转身正要离去。

不料韩谈从地上爬起来,似乎恐惧在这一刻骤然远去,他来到项羽面前禀道:"大王一言九鼎,小人不敢非议。然则,子婴公子临行之前有一句话留给大王,请大王听之一二,然后再下令焚宫不迟。"

虞姬拉了拉项羽的战袍,项羽回道:"念及子婴已死之人,你且说来。"

韩谈清楚,依照项羽的性格,自己这句话出去断无再活的可能,但他心中反而坦然了。他之所以陪刘邦和项羽先后游宫,目的就在于不致使耗费民力的宫室毁于战火,只要能够达此目的,纵然粉身碎骨亦在所不惜。韩谈整了整衣冠,慢慢说道:"子婴公子在被杀之前曾要小人禀报大王,人有罪,宫无辜。秦宫耗费民力无数,切勿毁之战火。"

项羽不屑地说道:"那又怎样呢?本王还能轻信死者之言么?"

"大王!"韩谈近前一步,做最后一次努力,"小人尚有一言进献大王。关中阻山带河,四塞之地,地肥饶,可以为霸。大王尚居咸阳宫中,则运于掌握天下,可以成千古霸业,请大王三思。"

项羽听完,仰面冷笑道:"何止关中,楚地就不能成霸业么?烧了咸阳,回师彭城,驰骋江南,地广千里,何愁霸业不成?富贵而不归故乡,如锦衣夜行,谁人知之。你从口口声声下齐灭楚,到方才谏言帝业关中,分明处处瞧不起楚人,今日若不杀你,难去我心头之恨。来人,将韩谈押下去,处以烹刑。"

韩谈试图保住咸阳宫的最后一缕希望彻底灭绝,他心如死灰,面容呆滞,冷笑着回看了一眼项羽,仰天长叹道:"人言楚人沐猴而冠,果然。"言罢,坦然地走向囚车。当晚,龙且秉承项羽之命,烹韩谈于油鼎中。

看着韩谈上了囚车,虞姬心中很不是滋味,她觉得韩谈所言很有道理,项羽没有理由拒绝,更没有理由焚毁耗费民脂民膏建成的皇宫。因此,当项羽要点燃焚毁秦宫第一把火之际,虞姬不顾一切地冲上前去按住他的胳膊道:"大王息怒!妾有话要说!"

项羽怒视着虞姬道:"你也要让本王蒙羞么?"

"妾觉得子婴、韩谈所言不虚,大王真要焚毁秦宫赚得千古骂名么?"

"纵然落下千古骂名,本王也不愿见秦宫一日存在……"项羽说罢一甩手,虞姬一个趔趄跌倒在地上。项羽顾不了这些,他看到火苗腾地冲上大殿屋檐,哈哈大笑,他没有发现,虞姬不知什么时候不见了。

虞姬不忍秦宫焚于火海,转身打马向宫外驰去。在宫北的冀阙下,她遇见了前来寻找项羽的范增、桓楚和虞娘。虞姬双泪满面,从桓楚身边擦肩而过,口中只是念着"咸阳完了"。她的哭声撕扯着虞娘的心,她向桓楚打了一声招呼,就跟着虞姬的背影追了上去。

"姐姐留步……"虞娘在后边喊着。但是,她没有得到任何回答,只见前面马蹄荡起的烟尘,而一街两行,都是燃烧的大火……

第八章

戏下势分诸侯散
灞上风向汉水行

  大火整整烧了三个月，咸阳宫阙、六国宫室、巷间楼台、碧林园囿，在大火中化为灰烬。据侥幸逃脱的黄门后来说，硕大的地砖被烤成黑色粗陶，一尺以下的黄土被烤成赭红色，瞅一眼心头都会恐惧不安……

  可对项羽来说，无论怎样也找不回当初在秦宫点燃那把火时的快感了，反而眉头蒙上了复杂的情绪。这不仅因为他一回到戏下就遭到了项伯的申斥，更要命的是，虞姬迁怒他的鲁莽，自从那天在咸阳宫挥泪而去后至今未回。桓楚和虞娘沿着戏水上下寻找数次，依旧不见踪影。她会到哪里去了呢？是回定陶了么？可山高路远，她一人独行……是到灞上军营中去了么？沛公处事稳健，岂能将他心爱之人藏匿……是躲到戏下庄户家中去了吗？人海茫茫……虞姬，你在哪里？

  他几次梦见虞姬骑着桃花马被人追杀，有几次马跃深渊，跌入谷壑，他惊醒后睁着眼睛直到天明;还有一次,他梦见虞姬踩着白云,袅袅而去,他骑着乌骓马在后面奋力追赶,却总是眼可望而身不可即。

"虞姬……虞姬……"项羽一激灵,从梦中醒了过来。

在帐外值守的韩信进来问道:"大王怎么了?"

"本王方才看见虞姬了!她回来了么?"在看到韩信摇头的表情后,他狂怒地大吼一声,拥着锦衾发起呆来。

韩信看样子要说什么,见项羽一脸惆怅的样子,叹息一声退了出去。他明白在这种气氛中多说一句话,都会招来杀身之祸。

二月初二这天一大早,范增径直到大帐来拜见,直言道:"暴秦已灭,咸阳荡然无存;然天下未定,诸侯翘首以待。戏下地瘠民贫,难以容纳诸侯军常驻,将军岂能终日郁郁,令天下失望?"

"虞姬不回,我无心旁顾。"项羽看了一眼范增,唤来韩信为自己束带、披衣,转身就朝外走。

范增追着项羽的脚步忙问:"大王欲往何处?"

"在营里待烦了,出去游猎一番。"项羽说罢,向在一旁的从事中郎招了招手,数十名侍卫簇拥着他呼啦啦向营外奔去了。

"大王、大王……"范增望着项羽离去的背影连喊数声,回应他的只有渐行渐远的马蹄声。他摇了摇头,长叹一声回自己帐中去了。他没有发现,执戟值守的韩信脸上掠过一丝不易察觉的轻笑……

今天从一大早就阴沉沉的,太阳只在东边天际露了半个脸,很快就隐藏在云层后面,从终南山顶涌来的云团被风带着向平原上空铺展。分布在戏水两岸的诸侯军营在阴云天看上去就像一包包丘陵,一直延伸到数十里之外。从军营里传来的喊杀声打断了项羽的思绪,四十万大军滞留关中,不唯各国君主不放心,单是粮草就不堪重负。项羽这时候才意识到范增的话切中肯綮,隐隐生出了自责。

可这种瞬间荡起的自责,须臾就被对虞姬的思念冲淡了。他要再一次去找回虞姬,他甚至做了最坏的打算,即便她不和自己一起回来,他也要当面表示深深的歉意。他要直白地告诉她,自从定陶一遇,他的心就注定再也容不下别的女人……

尽管身后跟着从事中郎和侍卫,可他一人策马疾驰,很快就冲出了他们的视线。

来回几次寻找,让他决计将范围延伸到军营以外的山岭沟壑区。这一去就是四十多里,渐次走进高原的怀抱。两边原面隆起,呈葫芦状地留下一个入口,更为奇怪的是,若不入内,是决然看不见沟道深处的,更无从知道沟道里居然有人定居。项羽不明白,这地方怎么就没有人发现。

水面忽然变窄,河道淤出的土地上有耕夫吆着耕牛犁田,仿佛战火与他们没什么干系,日月在这里也多了几许灵气。偶尔有一两声"哞哞"的牛叫,更增添了几分闲散的惬意。

项羽上下打量了一下自己,没有什么让人恐惧处,才牵着马向耕夫走来。在隔着几步远的地方,项羽向耕夫打拱道:"老丈在上,在下这厢有礼了。"

耕夫被瓮声瓮气的声音吓了一跳,他喝住耕牛,抬头见这汉子虽然长得腰圆膀粗,眼睛中却无凶光,举止也还得体,不像是打家劫舍的强盗,遂回了礼问道:"壮士这是要……"

"走路渴了,想讨盏水喝!"

耕夫喝住耕牛,领项羽来到不远处的树下,拿过放在这里盛水的陶罐。项羽接过陶罐仰脖喝了一阵,觉得这水果然甘甜爽口。趁老者歇息间隙,两人随意聊起了生计,项羽隐瞒了自己的身份,言说来秦地商贾,不料战乱骤起,咸阳焚于大火,他与堂妹中途走散,遍寻关中各地,未料误入此处。

耕夫眉头皱了皱,望着远方若有所思道:"秦政苛于虎,楚人猛如狼啊!"

闻言,项羽不由得脸上一热,急忙压下心火问道:"老丈何出此言?"

耕夫转过脸来道:"先生乃走南闯北之人,你说说宫阙有什么罪,竟要一把火烧了,那可都是百姓血汗建起来的啊。老朽常想,假若当初这放火之人做过徭役,就不会如此不爱惜民力了。"

项羽暗暗吃惊,莫看老丈深居简出,原来天下风云都在眼中。两人正说着话,就听见从南山头传来阵阵雷鸣,接着,沟道里起了大风,不一会儿,天空就下起了雨。耕夫对项羽说道:"先生能否帮老朽把牛和犁牵回村中,也好避雨。"

项羽觉得天意留人,也只能如此。

两人一人扛着犁,一人拉着耕牛,踩着泥泞的路顶风前行。等走到村头,已是浑身湿透了。虽说二月风扑面不寒,但淋湿的深衣经风一吹,还是冷飕飕的。在第三家茅舍前,耕夫上前叩门,开门的是一老妪,看样子是耕夫之妻,她警惕地看了看跟在身后扛着木犁的项羽,没有说话。耕夫知道她有疑虑,便解释道:"先生虽年轻,但为商贾多年。走郡过县,不料与老夫相遇,也是缘分。快拿干爽衣裳来,我俩换了。"

老妪压低声音道:"女儿刚睡着,你能不能小声些。"

不一会儿，两人换了干爽衣服在厅堂坐下，出身贵族门第的项羽第一次穿上农夫装束，虽然打着补丁，却是干干净净。他喝着老妪送上来的姜汤，浑身觉得暖和多了，便随口问道："老丈家中尚有千金？"

耕夫放下陶碗道："我老两口一世孤苦伶仃，何来女儿？"

项羽指了指后堂，懵懂道："那方才……"

耕夫明白了，他重新打量了一番项羽，确认不会生事之后才道："说来话长，前些日子老朽到山外去卖些山货，回来途中见一受伤女子昏迷在戏水岸边，不由得心生恻隐，便背了回来。经老妻数日照料，方得伤愈。女子有感于我夫妇良善，乃拜为义父母。"

"哦？"项羽应了一声，心思便动开了。他记得虞姬与他游咸阳宫那天没有披甲戴盔，要不，耕夫怎会救她回家呢？想到这里，他用试探的口气问道，"请问老丈，这女子何方口音？"

"不知何方口音，总归不是秦人。"

项羽侧过身子，向耕夫作了一揖道："方才在地头在下曾对老丈言，说与堂妹走散，也许恩公所救正是堂妹。待会儿姑娘醒来，可否让在下一见？"

正说着话，就听见侧室轻轻唤了一声"母亲"，那声音听起来何等熟悉，项羽顾不得征得耕夫夫妇的允准，径直到了侧室门口，就看见老妪扶着姑娘朝外走来。那不是虞姬么？眼见得消瘦了，虽然素面朝天，却掩饰不住美丽。项羽悬了多日的心终于落了地，轻轻叫了一声："虞姬！可找到你了。"

虞姬也发现了项羽，不管当初她怎样负气而走，也不管离开后她怎样埋怨项羽的鲁莽，在经过一场劫难后，她心中的块垒消了许多："你怎么来了？"

耕夫听虞姬的口气断定两人必是旧识。虞姬还要说话，项羽担心暴露身份，忙截住话头对耕夫夫妇说此正是他日夜寻找之人。耕夫闻之大喜，连道二月二，龙抬头，上天敲鼓庆贺兄妹重逢呢！

一阵雷声滚过屋顶，消失在遥远的天际。

耕夫夫妇见天送贵客，心中高兴，忙生火做饭，并将去冬自酿的麦酒拿出来，四人且饮且话，给这个老户家平添了不少的快乐。吃完饭，雨过天晴，太阳透出它灿烂的光芒，戏水岸边升起一道彩虹，煞是好看。

送到山路出口处，耕夫夫妇有些依依不舍，虞姬也流着泪道："二老搭救之恩，女儿没齿不忘。待天下太平，定接二老去安享天伦。"

萍水相逢，耕夫夫妇从来没有问过姑娘住在何处，家中还有什么人，就是不图回报。现在，面对即将离去的这对"兄妹"，他们还是把最温暖的别语留在虞姬的心中："天下太平了，我们就有见面的机会。"

项羽和虞姬刚刚走出山口,就见前方有一队人马匆匆朝这边奔来,项羽料定是从事中郎率领侍卫前来接应了。果然,一干人刚到面前,从事中郎就翻身下马上前请罪。

项羽摸了摸络腮胡子笑道:"你等何罪之有?起来吧,原路返回。"

"卑职要不离大王左右。"

项羽挥了挥马鞭道:"你等速带人马离去,我有话要与虞姬说。"

看着马队拨头而去,项羽下了马与虞姬步行。他关切地问道:"不累吧?"

虞姬抖了抖马缰道:"不妨事。"

"那天我……"

不等项羽说出口,虞姬就拦住了他的话头:"不得人心,怎得天下?"

闻言,项羽明白虞姬并没有放下责备,他只有寻找新的话题:"你不见后我每日茶饭不思,急坏了。桓楚与虞娘终日寻找……"

虞姬暗暗打量项羽,双目布满了血丝,知道他是牵挂自己,夙夜难眠,心中便不免起了柔波,口里却道:"依大王神威,三妻四妾来之易如反掌……"

一句话没有说完,就被项羽用口堵上了。虞姬用力推开项羽,两人慢慢归于平静,项羽这才问:"你是如何到得此地的?"

虞姬咳嗽了一声道:"想想都有些后怕。"

……

现在想来,许多记忆都有些模糊,虞姬只记得当时流着泪从桓楚、虞娘和范增身边驰过,沿途见了些什么,都想不起来了。

她不知道自己要去往何处,任由战马朝东北方向狂奔。大约离开咸阳二十里后,他与聚而为匪的秦朝残兵败将遭遇了。虽然虞姬一身好武艺,可当她被数十名杀红了眼,又对楚人抱着强烈复仇心理的秦兵团团围住时,还是感到了巨大压力。她挥动着一双鸳鸯剑左冲右突,不一刻,脚下便是一堆尸首。就在这时,一支箭矢飞来,正中她的腋窝。虞姬情知再也无法拼力杀退贼军,便拨转马头朝前奔去。贼军穷追数里后,姗姗退去。

虞姬昏昏沉沉地被马儿驮着,沿戏水游荡,在傍晚的时候,跌落在山口。

"后来的事我一无所知。只听恩公说,是他在山口发现我,并背回家的。"

虞姬收回追忆的思绪,像是对自己又像是对项羽说道:"天下至善之人莫过于百姓。经此生死之劫,妾明白,无论何时何地,都不可伤了百姓的心。"

项羽没有接虞姬的话茬,他虽然一时还无法想清焚烧咸阳错在哪里,自己报国仇家恨有什么不对,但从项伯到桓楚,从虞娘到虞姬都不赞同,至少说明这件事自己做得草率。作为一个年轻人,他还不习惯当面承认错失。此刻,他忽然有了归乡之念,因此说道:"我们回故乡去吧!"

还有一层,他从来不愿意告诉包括虞姬在内的所有人,他始终觉得关中对他就是一个凶地。他越早离开,就越能摆脱不知什么时候就会降临在头上的厄运。

虞姬有自己看事的眼光,她并不完全附和项羽:"也许韩谈是对的。秦地四塞之固,广地千里,帝业所在。"

"唉,事到如今,你为何又旧事重提。我既已答应将关中三分给章邯等人,怎能出尔反尔呢?再者,秦虎狼之国,民乐于耕战,须得秦将治之,你不是不明白这些道理。"

虞姬不再劝解,两人沉默地走了很长一段路。忽然,头上传了一声大雁的哀鸣,抬头看去,一只孤雁正自北向南飞去。项羽见状,主动打破沉默:"回到楚地,我欲将怀王迁往江南郴县,我既已称王,便当尊其为义帝。"

"哦!"虞姬跟着项羽的脚步上了桃花马,两人并辔而行。

项羽又告诉虞姬道:"王离、章邯军如此快被剿灭,不是我一人之功。三年来,灭秦而定天下者,皆诸侯与籍之力也,故而,我当分天下与诸侯,而后安之。"

虞姬道:"安定天下,事关社稷民生,大王可与左尹、亚父商议过?"

"这个你不用多虑,此议就是出于亚父之口,叔父也表赞同。本王当为霸王,意在复楚昔日霸业矣。哈哈哈……"项羽在马后抽了一鞭,冲到虞姬前面。他勒住马头,一声长啸后,散发出自顾为雄的气息,高声唱道——

　　力拔山兮气盖世
　　仗剑四方我御势
　　锥相伴兮欲何去?
　　虞兮虞兮最相知
　　……
　　虞兮虞兮最相知,
　　贵不归乡谁将识?
　　安得绣衣兮过江东
　　见吾父老欢宴时
　　……
　　锥相伴兮欲何往,
　　虞兮虞兮最相知

……

桃花马追着项羽而去,虞姬望着他高大的身影,泪花从眼角流到唇边,是甜是咸,是酸是苦?五味一齐涌上心头。唉,这就是项羽,英武而又刚愎,忠厚而又温情。当这一切牵系起他们之间充满波澜而又春风几度的情感丝带时,虞姬更多地将之看成宿命、天意。上天将这样一位英武男儿赐给自己,就注定他们今生只能相濡以沫地走完一生。多少次,她在心里祈愿,项羽能够少些莽撞,可现在她明白了,他是一个活生生的人,怎么能够祈求他完美无缺呢?也许他的可爱处正在于此吧。别的不说,单是他深入山沟寻觅自己,这份情义就够她咀嚼一阵子的。

虞姬几天来埋在心头的郁结被这二月的春风融化了。既然焚烧咸阳宫已成事实,她且将新的期待寄予未来。戏水里映出悬挂在天际的绮霞,一如她化去浓云的心境,明快而又敞亮。晚霞落在她的两颊,泛起桃花色的光焰。

嗯,等局势稳定下来,她要去求项伯做主,为他和项羽完婚。

一转眼到了四月,眼看关中大地的麦子开始吐穗灌浆,丰收在望。云集在戏水两岸的诸侯军在获得了项羽赐给的名分后,集结队伍回到各自的封国去了。绵延数十里的帐篷一天一天减少……

凡是参加过巨鹿大战的各个诸侯国将军与立过战功的楚营将军都相继被封王拜将。

当阳君英布作为薛县会盟后就一直跟随项氏的将军,功冠楚营,被封为九江王,都城设在六安;韩王成仍然以阳翟为都城;曾在巨鹿大战中追杀过王离军的赵将司马卬被立为殷王,都朝歌。司马卬没有什么怨言,他很清楚,项羽之所以对自己情重有加,绝不仅仅是巨鹿大战,更重要的是在刘邦南下武关之际,他曾奉命渡河欲先入咸阳。故而撤军赴任时,他特地到大营向项羽辞行;曾拥立武臣为赵王的张耳,因巨鹿大战中战功显著,被立为常山王,都襄国;而赵王歇则被改立为代王;就连那个中途归降的申阳也被立为河南王,都洛阳;而一度与张耳翻脸,后追随项羽的陈余只得到了南皮三县的封邑,他一怒之下,当晚就率部投奔田荣去了。

大多数诸侯没有对名分表示意见,这当然与项羽勇冠诸军的形势不无关系,而他们中有的人本就没有多少功劳可言,能分得一杯羹已属大幸,就乐颠颠地离开了戏水。

其间不乏失意者,奉魏豹之命前来巨鹿参战的雍齿就是其中之一。他不仅没有获得王位,就连旧主魏豹也被改立西魏王,都城由大梁迁到平阳,而大梁周围的大片土地划归在项羽的辖内。

面对兵势正旺,连沛公都要让其三分的项羽,雍齿敢怒而不敢言。离开关中前一夜,沛县乡党卢绾到营中探望了。屏退左右,两人饮着闷酒,谈起桩桩往事,雍齿的脸颊就禁不住热了。两相对比,刘邦当初的信任让他感怀不已,言语中流露出愧意。卢绾不失时机地劝他回归,但雍齿婉言谢绝了,他觉得此时回去,会让萧何等人看不起……更为担心的是,此举倘若惹恼了项羽,那后果不是他能控制得了的,因此他推脱道:"请卢兄转告沛公,一俟机会到来,我定当回去!"

卢绾自然无话可说,只是他没实现当初对刘邦的许诺,脸上觉得没有光彩。

回到灞上,卢绾踌躇许久,才决计如实禀报雍齿暂不归来的消息。他刚刚走到大帐外,就听到刘邦的怒吼声:"项籍骄横!他凭什么封王拜将,他要将怀王置于何地?汉王?哼!谁不知此去山高路险,地瘠民贫。分明是鸿门未达杀我目的,借机置我于绝地!"

接下来是周勃的声音。

在历次议军中,周勃都不太说话,他刚刚开口就被刘邦厉声拦住:"你不要说,你以为我怕他,大不了决一死战。"

卢绾听明白了,刘邦这是对项羽封他为汉王心存愤懑,他觉得此时进去无异于自找霉头,便悄悄转身离去了。

刘邦一改往日临大事总是稳健从容的习惯,不停地在案几周围踱着步子,双手在胸前交叉摩挲,眉头散发着怒气,似乎随时都要向在座的几位将军发出进军令似的。

周勃并不生气,还是依照原来的思路道:"小不忍则乱大谋。眼下诸侯军尚未全部撤离,天下尚未安定,若主公逞一时之气轻易开战,则必两败俱伤,我方尤甚。"

灌婴顺着周勃的话道:"周勃这样骁勇的将军尚且以为不宜开战,足见他是充分估量了双方的实力。属下也以为以目下情势,忍则利,战则损,请沛公三思。"

"二位说得对极了,俺亦赞同。真的能战,当初何必让出函谷关,退出咸阳城,屈尊去鸿门赴宴呢?不就是因为我军力有不济么?主公一不高兴就想开战,孰知战局好开,残局难收。"樊哙仗着自己与刘邦是连襟,说话不讲究措辞,只图说个痛快。灌婴怕伤了刘邦的自尊,悄悄扯了扯樊哙的衣襟,不料他一瞪眼道,"你扯俺作甚?俺说的是实话!"

萧何一直没有说话,细细观察着刘邦的表情变化。比起别人好言规劝,樊哙这种调侃、揶揄的语气更能触动刘邦的心境。眼看着刘邦怒容渐渐退去,心境渐次趋于平和,而且与他的目光相对了。果然,刘邦问道:"那依丞督之见,当下情势将何以自处?"

萧何捋了捋美髯道:"属下有一番话,还请主公耐心听来。"

刘邦有些等不及了,挥了挥手道:"我有项羽那样刚愎自用么,何时不听你说话了?快快讲来。"

"属下以为沛公虽王汉中,看似入险恶之境,然则比起开战来,要好多了。"

"丞督夸张了吧?"

"我军军力不如项羽,此乃不言自明之势,百战百败,不死又能如何?"萧何不慌不忙看了看周围的几位同僚,见大家都等着自己讲述,于是牵出一段史事来,"当年商汤诎于一人之下而信于万乘之上,然则,能够事于夏桀;周武三分天下有其二,犹能服事于殷,乃德胜矣!夫德胜者存而力胜者亡。属下愿沛公王汉中,养其民以致贤人,收用巴蜀,还定三秦,则天下可图也。"

刘邦看到众人对萧何的分析频频点头,心中的疑云也悄然散去。他似乎觉得这话该出自张良之口,便情不自禁呼出了他的名字:"子房……"

"张大人今日一早,就将沛公所赠悉数转赠项伯了。"萧何见状道。

刘邦记起来了,因张良救驾有功,他曾赠金百镒,珠二斗。孰料他竟转赠项伯,胸怀由此可见一斑。他顺着萧何的话急道:"都是我一时疏忽,倒想在了子房之后,我也该送那儿女亲家大礼才是……"

几个人相互看看,都会心地笑了,因为刘邦接受了被封为汉王的现实。

四人正说着话,就听见曹窋在帐外问道:"夏侯大人回来了?"

夏侯婴回道:"刚刚接张先生回来,大王在么?"

曹窋点了点头,见夏侯婴身后跟着的三人都不认识,忙伸开臂膀道:"请三位少待,待我进去禀报。"

"他们都是跟随我投奔大王的。"夏侯婴解释了一下,接着对邓龙、张虎道,"二位且在帐外等候,我与韩信君进去片刻,就来请二位。"

在大帐内,夏侯婴向刘邦施了一礼,禀报了张子房在去见项伯的经历后,又转身拉过韩信问刘邦可曾见过此人。刘邦瞅了两眼,言说看起来面熟,夏侯婴提醒他,说鸿门相会时就是这位中郎值守,若非他暗中相助,主公岂能轻易出走?刘邦"哦"了一声,终于想起来了。夏侯婴接着道:"韩信君素重沛公惜才重义，今闻大王将赴汉水，故而前来投奔。"

众人这才将目光集中在韩信身上，不过他身材平平，未见过人之处。尤其是刘邦，心想倘若果然不凡，岂能久在项羽帐下屈身执戟郎？他侧目看了看韩信，随意地问道："不知足下长于什么？"

韩信施了一礼，不卑不亢回道："自幼研习兵法，长于攻伐。"

刘邦又"哦"了一声，看着夏侯婴用热望的目光看着自己，就不忍拂逆他的好意，随口道："目下战事暂息。足下既是长于攻伐，且在军营做个连敖如何？"

韩信的心就"咯噔"一下，心想为何沛公如此看待自己。可当着夏侯婴的面，他也不好深问，只好告辞。

深知韩信奇才的夏侯婴觉得遗憾，只是现在还不是说话的时候，场面不免有些沉闷，正进退维谷间，张良前来晋见，这才打破了这种尴尬。

"项伯者，大王可托之人也。"张良兴奋道，"昨夜，项伯说动项王为助大王去往汉中，乃拨三万兵马于大王。"

这消息犹如一石击水，溅起一池浪花，令所有人都睁大了眼睛。谁也没有想到，项羽会慷慨地将如此多的人马赠予刘邦。而张良明白，项羽比谁都清楚，这三万人马原本就是吕臣旧部。在项羽那貌合神离，倒不如落个顺水人情，也好平息芥蒂，给项伯一个面子。

夏侯婴不失时机地向刘邦禀告，说这三万人马的将军邓龙和张虎已在门外等候召见。刘邦神色大悦，忙请两位将军进帐问话。

其实，即便项羽不拨邓、张所部给刘邦，他们也要趁刘邦南行时前来投奔，这不仅因为他们这些年跟随项羽受尽冷落，而且前不久吕臣暗中送信给他们，要他们趁机投奔刘邦。当他们出现在大帐的时候，立即被那种君臣和谐、勠力同心的气氛感染了，双双拜倒在刘邦面前同声道："末将参拜大王。"

"二位将军快快平身。"刘邦疾步向前，喜不自胜道，"南下之际，本王得二位将军，真乃天赐良将也。"

张良在一旁介绍："邓将军乃将门之后，其父邓说与周文同为张楚王身边得力大将。"

在座的樊哙、灌婴、周勃等听了，纷纷作揖欢迎。

夏侯婴内心有些波澜，心想韩信乃大将之才，大王视而不见，却对这二人另眼相看，此识人之误也。他与坐在一边的萧何交换了一下眼色，他知道此前萧何与韩信有过交谈，相信他对韩信的了解要深入许多。

接下来事情的发展更令夏侯婴匪夷所思，刘邦扬了扬宽大的衣袖道：

"传令下去,中午就在大帐排宴,为二位将军接风。"

刘邦再没有提到韩信,似乎把他忘记了……

四月底,在关中即将进入麦收之际,刘邦从灞上开拔,选择从杜县入终南山。

说是四月底出发,那是刘邦的最后行期。萧何与张良谏言,此前将麾下军队分为五拨,梯次移动。

曹参率领所部在四月中已悄悄离开,作为前锋探路排险。出发前一天,曹参到刘邦帐中辞行,两人相语良久,刘邦说起自沛县举事后曹参屡克难关,不尽感慨。曹参牵挂曹窋,刘邦牵着他的手道:"建成君尽可放心前去,我视窋儿如亲生。"

"谢大王!"曹参转身离去,将坚毅的步履留给了刘邦。

第二拨为樊哙、吕泽。临行前,樊哙特地将樊阮送到刘邦身边并交代道:"你当不离姨父左右,他的安危胜于一切。"樊哙本不善言辞,然而这番话却说进了他的心里。

对于吕泽,刘邦没有什么可叮咛的,只是提醒他一路上听从樊哙调遣:"说起来,你我三人都是亲缘,不可让外人轻看。"

第三拨是周勃、柴武和夏侯婴。周勃、柴武负责押运夏侯婴的车辆辎重。为了不引起项羽的警惕,大军不仅安排在深夜子时出发,而且给每辆车的轮毂和马蹄都裹了马莲草。郦食其、卢绾、刘喜等人随行。

刘喜心中老大的不悦,想当初听到刘邦进入咸阳的消息时自己的狂喜,心头就充满了失落。从接到将要前往汉中的消息时起,他就不断埋怨,说进了咸阳屁股还没有坐热,又要离开。现今倒好,连关中也守不住了。

刘邦听了,心中就很不是滋味,特地将兄长传到大帐嘱咐道:"此去汉中,险关重隘,道路崎岖。兄长若是不愿前往,我这就遣人送你回乡。"

刘喜闻言忙道:"我不过说说而已。"

"既是如此,就该随军前往。"刘邦不打算与兄长多说,将其送到帐外,语重心长地说道,"其身正,不令而行;其身不正,虽令不行。兄当为表率,切勿枉生事端。"

第四拨为邓龙、张虎的队伍。

最后,留下的就是刘邦、萧何、张良等人,由灌婴所部与岳恒的少年营护送启程。

东方晨曦初露,刘邦在萧何、张良的陪同下出了大帐,离开驻留了五个多月的灞上。扶着车辕,刘邦举目前望,少年营三列生机勃勃的轻骑,整齐地走在队伍最前列。清一色的银色铠甲,在朝霞的映衬下,散发着青春的气息。岳恒和牛良荷枪持刀,并辔而行。

刘邦收回目光,他知道儿子刘肥此刻就在队伍中。在他的亲人中,只有刘肥在临行前没有得到他的召见。一想起刘盈,吕雉和刘蕊的影子就油然浮现在眼前。当初,曾有过入咸阳后接他们团聚的念头。可眼下连回乡机会都没了,遑论团聚。他按下万端心事,在车里坐下来,示意萧何下令出发。

灌婴率领所部跟在刘邦一行后面。灌婴虽然是定陶战役中归顺的,但他忠勇稳健,刘邦一向很看重。

大军离开灞上原朝南而去,往前走,就是杜县,曾是秦朝的内史辖区。过了杜县就进入子午谷,才算是正式踏上了赴汉中的征程。

大约巳时一刻,军伍行进至子午谷口。此处有一大村,名曰子午村。早年曾是亭治所在地,南北商贾云集,豪绅富户群聚,三条街整齐地排列在终南山下,远远望去,青山碧岫,白墙蓝瓦,景秀地美。然而,一场战乱,这里已是烟断人稀,风光不再了。

岳恒策马来到刘邦车前禀报,说前面云集数万人,皆言愿从大王赴汉中。

"有这等事?"

岳恒回道:"其中就有末将老主人雍齿将军。"

事情来得突然,刘邦忙传萧何、张良下车,早有曹窋、樊阮等侍卫备了马匹。三人弃车纵马,随岳恒前行一二里,果然前面旌旗翻动,人头聚集。正在行军中的汉军将士滞留路边,无法前行。

刘邦一行刚刚下马,就听见人群中爆发出一阵呼喊:"汉王英武!汉王英武……"

声音由近及远,在子午谷口荡起阵阵回声。

刘邦顿时心潮逐浪,难以平静了。须知这是在项羽有意打压,将自己发配到那么偏远的地方时,犹有数万人愿意景从,这是什么?这就是人心。哦,他想起来了,刚刚进入咸阳时,张良就曾向他讲过,言荀卿子曾说,君者,舟也;庶人者,水也。水则载舟,水则覆舟。现在,这些载舟之水就在眼前,何其磅礴,而又何其温柔。人心真是一面铜镜,可以照出政之正误,情之深浅,缘之远近。

刘邦下马来到队伍面前,高声向大家致意,然后,侧身小声问萧何和张良:"此事如何应之?"

"顺其自然。"

张良只说了一句,刘邦立刻明白了意思,回身来到一方高地上伸开双臂道:"刘季无他,唯以诛灭暴秦,安定天下为己任。今得诸位厚爱,愿从前往,季不胜感激。"

"愿随汉王,走遍天下……"人群中又是一阵声浪。

这时候,雍齿步行到刘邦面前,刚刚举手打拱,头就低下去了:"末将不才,在外漂流多年,今又姗姗归迟,不胜惭愧。"

刘邦觉察得出雍齿心中的失落,只是淡淡一笑,算是将过去几年的恩怨翻了过去:"将军英武过人,归来共谋大业,将来必前程远大。"刘邦说着,就要樊阮去传灌婴。

不一会灌婴到了,刘邦拉过雍齿道:"眼下大军刚刚行进,就请昌文君将雍将军所部排在你部之后,其他诸侯军依次。此后,随行诸侯军统归汉军。"

一下子增加了几万人,军伍不得不在子午口经过三个多时辰的休整。吃了午饭,大军才得以继续行进。

未时二刻,大军行至子午道,但见峰峦叠嶂,诸峰递次,险拔峻峭,仰头望去,山头在云层深处。临河的山崖上伸出一个个粗大的杠木,铺了藤条与竹篾编织的铺板,上面覆盖了阁楼,晴日雨天皆可行走。在路口,有曹参留下的校尉守候。岳恒上前询问,校尉回道:"此为秦时修建的栈道,险绝之处,傍凿山岩,而施梁为阁。曹将军担心后续军伍不熟地理,故而留下卑职在此接应。"

岳恒是个细心人,尽管前面已有数拨将士通过,但他还是详细地询问了能否走车、有无危险之后,亲自带少年营的轻骑走了一遍,随后又调来一辆拉辎重的车子,传刘肥来驾着走一趟。

刘肥看了看一边峭岩壁立,一边河水滔滔,先自眩晕了,问道:"这能走么?"

"前面已经有人走过,为何不能走?我等身为汉王心腹,就该尽忠竭命,为他安危先走一步。"

刘肥瞪了一眼岳恒,极不情愿地接过马鞭,犹犹豫豫磨蹭。岳恒急了,在辕马屁股上拍了一把,那车便上了栈道,碾在藤条与竹篾编织的铺板上,发出咯吱咯吱的响声。刘肥大惊,随着车子紧张地朝前挪着步子。

岳恒在旁边看了,无奈地摇了摇头,便让刘肥将车子停在栈道上。他回头一看,牛良已经督促少年营来到面前,岳恒向牛良交代几句,到后面向刘邦禀报去了。

刘邦、萧何和张良正在车前说话。

"往前去路会越走越难,既然韩王邀足下回阳翟任相,不妨就此作别,待日后有机会再谋大业。"刘邦话虽这样说,但心里惜别的惆怅仍在盘桓。其实,从听到韩王成邀请的消息时起,刘邦的心境就没有轻松过。毕竟在多少个关头,都是张良运筹,使自己化险为夷。他也曾多次想说服张良留下,但话到口边又咽回去了。张良本就是韩国相门之后,此次回去任相,顺理成章,也是他的夙愿,自己如何能强留呢?现在,他不忍张良跟着自己跋山涉水,决计在这里作别。

张良婉谢了刘邦的好意。虽然目下来看刘邦颇不得意,但他断定刘邦必不会在汉中待得太久。他觉得自己有责任陪刘邦走一趟,为将来出山提些谏言。

"子房既有此意,大王就让他同往吧,回来时可遣侍卫护送。"萧何在一旁劝道,"沿途熟悉山水,也好为将来谋划。"

"如此……也好!我一路可听子房多讲些兵法。"刘邦只好答应了。

众人正说话间,岳恒来到面前,禀报了探路情况,特别言明曹将军命校尉在道旁等候。刘邦听罢,很是满意:"曹执珪平日少言,然则虑事周密,不在丞督之下。"

萧何点了点头道:"大王所言甚是。"

三人转身上了车子,司御催动辕马朝栈道驰去。

登上栈道,众人在铺板呻吟中缓缓而行,这才发现栈道的设计真是巧夺天工,两辆车对面可以会车,毫不拥挤;而且栈道的木架都搭建在不高处,距离水面不远。至于那栈阁,既能防雨,又可以防止贼人行刺。刘邦不由得感慨秦人奇智巧能,竟然在这绝壁之上凿出道路。

栈道在前面有一处拐弯,转而向西南而去。刘邦从车上回头望去,汉军人车有序,依次行进,蜿蜒数里。此时正是申时一刻,山谷间岚霭浮动,人马宛在云雾间穿行,甚是壮观。

"哼!重山阻隔,地远人偏,此正项羽立本王之所虑也。"刘邦想着想着,就笑了。这世上只有人不为之事,绝无人不能为之事。秦人能于此凿山铺路,怎知我不能二次出山。

当然,张良置身栈道,心思也没有停止运转。他想得更多、更远,几乎与刘邦同时想到了再度出山的问题。不过,他的思绪飞离栈道,飞到正准备返回彭城的项羽军营去了……

经过十天行军,大军来到褒中。这褒中因为境内有褒谷之水而得名,县城处在汉江与褒水交汇处,曾是夏朝褒国旧地。又有传说,它就是当年烽火戏诸侯的美人褒姒的故里。不过到秦时,它只是汉中郡辖的一个小县了,属于八百里栈道沿线的歇脚驿站。县城呈南北走向,一条街穿城而过,出了县城,又是栈道。

刘邦一行是从北门进城的,让他十分惊异的是,在战乱纷然的年代,这里似乎并没有受到兵燹殃及,倒保持了一方难得的安静。军伍刚一落脚,萧何便去找灌婴安排大军食宿;刘邦、张良被曹参留下的校尉接到褒谷客栈歇息。

傍晚时分,萧何才赶回客栈,一下车便长呼一声"渴死了"。刘邦命侍卫送来当地产的大碗山茶,萧何一口气喝完,才"噗塌"一下坐在地上,将数万大军食宿安置情况大略叙述了一遍。这时候,校尉进来禀道:"卑职已略备薄酒,请大王及各位前去。"孰料刘肥回答说军伍一住下,岳恒就约牛良去县城四周察看地形,部署岗哨了。

这酒喝到月上中天,席间,大家的话题多围绕着到达南郑后,如何以汉中为中心,广纳贤才,福赐民生,收用巴蜀,扩大业绩。众人各抒己见,气氛倒也热烈,离开灞上时的沉闷一扫而空。在座的各位忽然觉得,立足汉中,未免不是一件好事。

"我观汉中北倚秦岭,眺望关中;南临汉水,可控巴蜀。古云'天汉',其称甚美。"萧何呷了一口酒,夹起一块山鹿肉道,"其西据剑门、阳平之固;北凭子午、陈仓之险;更兼汉川一马平川,鱼米丰盈,实乃强兵兴业之地也。"

张良十分感慨萧何的天下在胸。看来,当初进入咸阳时,他在赵高府中尽得天下郡府之图册,实乃治国必备。现在,汉既已立国,百废待兴,当然不能无律令、规矩、职官设置,而这一切,都非萧何莫属。想到这里,张良站起来先向刘邦敬了酒,然后才说道:"国不可一日无君,朝不可一日无相。今汉已立国,请大王任萧丞督为相。"

接着,张良如数家珍地追述了从沛县以来,萧何辅佐刘邦的卓劳殊勋,说他虽未历战阵,然则理政扶主,力顶千军。一席话说得在座的灌婴频频点头,以为萧何确系相国之才。

其实,这也是刘邦一路上思虑的,此刻他更觉得张良不仅有一双慧眼,更有一腔热忱和胸襟,忙接话道:"我也以为首任丞相非丞督莫属。待到了南郑,文官、武将一应封赏。"刘邦的目光扫视了一番在场的几位,举起手中的酒觥道,"请各位共饮一杯,为来日兴盛同心协力。"

山间天狭,月色穿天而过,不到一会儿就落在西山背后。客栈外的天色渐渐转暗,大家饮尽鼎中酒酿,纷纷向刘邦告辞散去。

刘邦抻了抻张良的衣袖道:"子房若无睡意,不妨与我闲叙片刻?"

"谨遵大王旨意。"张良顺口说出的这句称呼,刘邦乍听有些不习惯,但他并没有下意识地去阻止,也许今后,这就是他与众人的一种新关系。

山风从林梢吹过,发出沙沙鸣唱;褒谷水哗哗地流向远方,愈显出夜间的寂寥。刘邦邀张良在对面坐下,然后吩咐曹窑备了些茶点,在这样的夜阑人静中对饮品茗,思绪自然就被茶点的热气牵出丝丝缕缕来。

刘邦看着张良,将之前的话题再度提到面前:"千里相送,终有一别。韩王尚在阳翟等候,君我今夜话别,明日子房且回韩,后会有期。"

张良向刘邦作了一揖:"谢大王体恤之心。在下相信,不久就会见面的。"

"子房还有何话,不妨留下。"

张良沉思片刻,将在子午口上栈道思虑的陈说在刘邦面前:"请问大王,是欲取天下抑或屈居汉中?"

"愿闻其详。何谓欲取天下,何谓屈居汉中?"

"大王若欲取天下,须得明晓当今大势。"张良站起来来到窗前,望着窗外满天星云道,"天下诸侯,譬如星云,项羽卧榻之旁岂容他人酣睡。大王若欲取天下,当先消彼等疑虑。"

"子房的意思……"

"在下以为诸侯中令项羽唯一不放心者,乃大王。故大王何不烧绝栈道,以示并无还心,以固项王之意。"

"子房一言点醒事中人。"刘邦不禁拉着张良的手道,"若非韩国乃足下故里,我岂能舍你归去,我明日就遣人将栈道烧毁,以示绝还之心……"

"大王无须回师,在下沿原途返回,且行且烧,即可绝项羽之疑。"

"先生一路归国,安危至要,我怎忍看你独行。曹窑……"刘邦朝外喊道。

曹窑应声进来,刘邦吩咐道:"传令樊阮率侍卫二十人护卫先生一路北去阳翟,不得有误。"

曹窑应了一声"诺",出门去了。

"恭敬不如从命。"张良十分感动,不知从何说起,只一句话从喉咙里滚出,带着五月的灼热。他万万没有想到,此一别,竟有意想不到的危险在等着他……

第九章

张良夜遁脱危境
萧何戴月追雄杰

张良率领侍卫二十余人到达韩国都城阳翟时是丑时二刻了,整座城市都沉浸在六月的梦乡中,只有街头店铺的灯火迎风摇曳。

安排侍卫在客栈住下,张良只带着樊阮径直回了司徒府。因身在汉营将近两年,司徒府已很少有人到访。深夜听到大门辅首"咣当"响,司徒家令立时浑身汗毛都竖了起来,战战兢兢地来到门首问道:"何人深夜来访,司徒大人不在府上。"

"开门!难道没有听出是我的声音么?"

家令还是不放心,隔着门道:"兵荒马乱的,还请足下报上姓名为好!"

张良看了看身后的樊阮,无奈地摇了摇头道:"我是张良,回来了。"

家令听清楚了,忙不迭地起开门闩,神色慌乱道:"小人没有听出老爷的声音。"

"兵乱年月,小心无大错。"张良随后问道,"夫人和公子呢?"

"夫人和公子都在后堂歇息,小人这就去唤。"家令说罢,领着张良来到二堂。樊阮自然守卫在门外。

不一刻,夫人冯慧与公子张不疑来到二堂。亲人相见,彼此都从对方身上看到了人生沧桑。自责油然铺满张良的心池,他觉得这几年最对不起的就是家人。冯慧怎能看不出张良笑颜中的内疚呢?只是她想得更多的是夫君一人在外,起居无人照料,人都消瘦多了。她只觉得喉咙里一股辛辣直朝鼻翼上冲,眼睛就酸涩了。

不疑上前拜见父亲,却不知道该说些什么。他已经十五岁,在母亲身边读书习武。他觉得父亲太生疏,因此只是远远地站着。

冯慧是个明白人,丈夫带着侍卫归来,绝不仅仅为了看看他们母子,一定还有更重要的事情。果然,刚刚饮了一杯热茶,张良就问道:"近来韩王没有遣人来过府上么?"

"韩王?"冯慧摇了摇头道,"没有。"

"那太尉呢?"张良问的太尉,就是韩国王室公子信、韩襄王的庶孙。楚怀王同意韩成立国时,项梁将所部六千人马拨与韩王成,任公子信为太尉,统领这些兵马。

冯慧想起来了,前几天太尉是遣过一个司马来询问过消息,他只道有要紧事,未知其详。

张良不及多想,就要儿子张不疑前往太尉府请公子信过来。

好在太尉府距司徒府仅一墙之隔,一杯茶尚温,公子信便过府来了。简单几句寒暄后,话题直接转到了项羽分立诸侯上。公子信沮丧地告诉张良,说项羽出尔反尔,墨迹未干就以韩王诛秦无功而收回了立国成命,并且在路过阳翟时,将韩王成并王室百人一齐带往了彭城。

张良的脸色一下子就难看了,言语中也带了责问:"太尉手中尚有三万人马,难道就眼看着大王遭劫而无动于衷么?"

"唉!司徒有所不知,是大王言项羽暴戾,坑秦二十万士卒都视为笑谈,况乎区区三万人马,力主不可妄动,以免阳翟遭屠城之灾。"公子信长叹一声,"离开阳翟那天,我看见数十名楚军前后簇拥,刀剑林立,说是护卫,形同挟持。"

"不知何人跟随大王去了彭城?"

"中车令、令弟张俭。"

张良的眉头紧紧皱在一起,事情变化得太突然,他现在不仅担心兄弟张俭,更忧虑韩王的安危。他的心剧烈地翻腾,望着站在对面的公子信,希图从他的目光中看到一线希望,可他却得到了公子信一句近乎踯躅但很悲壮的话:"事到如今,我唯司徒之策是从。"

"好!"张良做出了一个吃惊的决定,"下官将去彭城营救韩王。"

"司徒欲入虎穴?"公子信大张其口,半天没有喘气。

"去,也许大王还有望获救;不去,便只有任人刀俎。与其苟且保身,不如赴汤蹈火,绝地求生。"

闻言,公子信很是惭愧,张良一介书生,尚且临危不惧,况且自己身居太尉,署理兵务,此时不赴国,更待何时?于是他一步上前道:"我愿与司徒同往彭城。"

张良握着公子信的手道:"人多容易见疑,太尉现有三万人马,可据守阳翟等待时机,如有不测,则立即投奔汉王,此乃韩国图存之策矣!"

言罢,两人都有一种说不出的滋味在眼里盘桓。

送走公子信,张良对守在门外的樊阮道:"速去客栈传侍卫来府上集结,卯时三刻出发。"随后,他来到后堂向夫人辞行。

一进内室,冯慧就扑进张良怀中,饮泣不止,说出的话句句牵肠挂肚:"离乱年月,朝不虑夕,夫君颠沛流离,妾孤守家门。吃苦受累倒也罢了,唯忧心夫君夜不安寝,食不甘味,居无定所,行无定向。有几次梦中,妾看见夫君回来了,一脸的血污,站在门外就是不进来,妾伸手去拉,却被门夹住了手。一阵疼痛,醒来后,冷月当空,西风呼呼,再无睡意。唉……这日子何时是个头啊!"

张良捧着冯慧的脸,自知没有办法回答,但他更不愿意点破眼前危局,俯下身子道:"暴秦已灭,天下安定不远,且忍些日子。"

冯慧苦笑一声,从夫君怀中脱开:"今日一别,不知何时才能重逢,妾为夫君梳梳头吧!"言罢,她从案几的铜镜旁边拿起一把犀牛角梳子来到张良身后,先解开发带,再拢了拢蓬乱的头发,然后,才细细地梳理起来。

这一梳,勾起多少青春记忆。她现在还温馨地记得,新婚之夜,张良就是用这把犀牛角梳子为自己梳理缕缕青丝的。据说犀牛角上白纹,被称为灵犀,用它制成的梳子梳头,彼此就把对方藏进了心灵。然而就在他们沉浸在幸福梦境的时候,都城破了,韩国亡了,他们逃出了阳翟,从此开始了漂泊。

这一梳,含着多少生离死别的痛苦。张良带领义卒离开故土时,便将这把梳子留给她,说是有灵犀在手,如同他陪伴身边。可三年多了,他们何曾有过一段从容相伴的时光呢?

这一梳,她的眼睛就酸涩了。夫君刚刚四十三岁,正是人生如日中天的时候,却已华发暗生。她静静地望着那些扎眼的银丝,两颊贴在他的发际久久不愿挪开。

门外传来樊阮的声音:"先生,侍卫已集结完毕,请先生吩咐!"

时光之于人,说是有情倒更无情,一夜的时间在冯慧的感觉中连一个时辰都不到,她将张良抱得更紧,似乎怕失去他。

张良最后一次吻过冯慧的额头,转身走出后堂门,对樊阮道:"弃车骑马,星夜赶往彭城。"

这时候,张不疑从晨光中走来,张良叮嘱道:"在家好生伺候母亲。若有事变,立即找太尉求助。"言罢上马,樊阮与侍卫们紧紧跟在后面,一干人出了城,朝彭城方向疾驰而去……

怀王已被迁到平阳,彭城现在是西楚的都城。远远瞧见城头上的"楚"字大旗,张良情知带着二十多名侍卫定会引起疑虑。在距城五里外的彭阳镇,他要樊阮暂且将队伍隐没在镇外的密林中,不到紧要关头,不可轻举妄动。

樊阮回道:"汉王临行前将先生交与末将,末将岂能惜身自保,而置先生安危于不顾?"

张良解释道:"项羽多疑,你等跟着我反而容易引起事端。项伯与我交好,你不必担心,管好属下要紧。"

一直看着樊阮带着队伍进了密林深处,张良才拨转马头单骑来到彭城城下,高声对城头喊道:"我乃韩国司徒张良,请校尉禀告左尹项伯,就说老友求见。"

一场鸿门宴让张良声名远扬,楚营里很少有不认识张良的,守城校尉将头探出城垛问道:"城下果真是张子房先生么?末将这就去禀告。"

校尉去了大约一刻时间,项伯就出现在城头。看见张良,他立时眉宇挂满了喜色,喊道:"子房少待,我这就命大阍开门……"

大约巳时时光,张良已洗去多日奔波的风尘,清爽地坐在左尹府的客厅叙话了。项伯用彭城有名的三清茶招待挚友,张良呷了一口,果然清香沁脾。

项伯这时才问道:"子房为何一人到此?"

张良毫不隐讳地告诉项伯自己并非一人前来,城外还住着二十多名侍卫,只是担心项羽才未进城。

"汉王乃我儿女亲家,他的麾下如何能寄宿村野?"项伯当即要从事中郎出城接人。

张良见项伯一片诚心,便建议樊阮等人以左尹府役身份住在后院,若不这样,宁可露宿密林。直到项伯答应,两人才继续说话。

"在下奉汉王之命来彭城谒见霸王,禀明汉王在南下途中已将栈道尽行焚毁,以明永不东归之志。"

闻言,项伯"哦"了一声,心中暗笑范增以小人之心度君子之腹,前几日还提醒项羽谨防刘邦杀回关中,重据三秦;并要项羽传话给章邯、司马欣和董翳当佩弦以自急,不可疏忽大意。现今刘邦焚了栈道,看他还有何话好说,便道:"好!待饮宴之后,我与你一起去见霸王。"

张良点了点头,随之把话题转到了韩王身上:"在下听说霸王收回韩国立国成命,这究竟是怎么回事?"

"这……"项伯似有难言之隐,沉思片刻后道,"据我所知,霸王收回成命,主要是巨鹿大战中各国纷纷出兵响应,唯韩王按兵不动。现复国立王,恐诸侯不服,故……"

张良打断了项伯的话:"霸王此说未免牵强,韩王立国在先,乃故项公所赐。在下作为司徒深知当时韩国兵微将寡,尚难自保,何谈驰援?"

"这……"项伯有些口塞。

其实张良内心清楚项羽这样做,是因为自己协助刘邦先入咸阳的缘故,由此而迁怒于韩王:"不立国且不说,他为何又要将韩王带来彭城呢?此举与当年秦王囚怀王于咸阳何异?"张良说到激动处,将茶盏"咚"的一声置于案几,"霸王如此,如何取信天下?"

这些话让项伯心中不安,他看看左右无人,才道:"霸王如此,自有他的苦衷,即便有不周之处,也多出于范增之谋。"

这时家令来报,说宴席已备好。项伯趁机邀请张良入席,并答应说服项羽,允准张良去看望韩王成。

第二天一大早,项伯携张良走进王宫的时候,项羽正在和范增议事。当司宫禀奏说项伯带着张良来见时,无论是项羽还是范增,都有些出乎意料。

"这个张良有何来意?"项羽问道。

"必是与韩王成被囚脱不开干系。"范增回道。

"那依亚父之见,见还是不见?"

"见!见之方能察言而观色,溯行而寻意。"范增眯着眼,一副老谋深算的样子。

项羽朝司宫挥了挥手道:"有请左尹与张子房进殿。"

一夜静思,张良已意识到任何的怒形于色都于事无补,他必须左右周旋,这样才可能搭救韩王成。此时,张良满面笑意,对站在阶陛两旁的人频频致意。他的从容和淡定让项羽和范增有些迷惘,不知这位被传为倜傥儒雅、通幽洞冥的张子房到底揣着什么而来。张良藏而不露,从一开始就占据了主动:"在下奉汉王之命,来向霸王禀奏,汉王赴南郑途中,将沿线栈道尽行焚毁,以示无东顾之意。"

这消息对项羽和范增来说真是石破天惊,尤其是项羽,"以示无东顾之意"这句话不但听进去了,而且心中生出隐约的惭愧:"汉王襟怀坦荡,令寡人感慨万端。他有诚意,寡人亦相安处之。兄弟东西呼应,如此,百姓福祉无穷,也有益于天下。"

"大王所言甚是,在下定将大王之意书寄南郑,汉王必会感戴大王之恩。"张良说这话时,眼神暗暗打量着范增。他从范增的脸上没有看到任何表情,简直就是水波不兴。

"哼!越是平静,就越表明他对项羽的话不以为然。"张良心想。

果然,范增不阴不阳地说了一句:"烧了栈道,未必就不能东进,须知汉水南通荆楚,怎知不能绕道出兵?"

听了这话,项伯却不依了:"此言差矣。大王与汉王金兰之交,岂能口是心非,置信誉于不顾。亚父这话未免以己度人,器量有些小了。"

见范增没有再辩解,张良不失时机地向项羽提出了要见韩王成的请求:"在下回到阳翟,才知韩王被带到了彭城,因此想见一见韩王殿下。"

项羽现在的心境松弛多了,只要刘邦不东进,什么话都好说。至于韩成,已在股掌之中,张良如之奈何。于是,他笑了笑道:"外界传言,子房未可轻信。我只是将韩王改封穰侯以平诸侯之怨,并无其他意思。"

"在下既来彭城,可否见穰侯一面?"

"这?也不是不可以探视,只是……"项羽将目光转向了范增。

范增会意,立即接上了话茬:"大王之意,并非不可以探视,只因穰侯无功,诸侯多怨,先生若是探视,诸侯闻之,恐心中不平。"

"哦?听先生的口气,穰侯已成阶下之囚了。"张良这话一出,项羽和范增顿生尴尬,不知如何应对,"韩成有功无功且不去论,大王囚一诸侯,传将出去,天下惊恐,怎知诸侯不会生唇亡齿寒之惧?其二,在下司徒之职亦是故项公所赐。司徒去见韩王并无不妥之处,大王若是推三阻四,天下人难免笑大王器量狭小,难道雄视天下的霸王会惧怕一书生么?再者,在下即便见了韩王成,必晓之以理,劝其追随大王……"

张良的话音还未落地,项伯却是听得心驰神往,为张良的雄辩之才,更为这样的高士不能就于项羽帐下而惋惜。他立即接上话道:"大王就该答应子房，允准其前往穰侯府探视。"

话虽这样说，可项伯、项羽与范增心里都明白，哪里有穰侯府呢？韩成分明被软禁在桓楚将军府后花园的三间房里，并且日夜有禁卫看守。范增眯眼沉思良久，眉宇间就溢出温暖的笑意："子房乃重情重义之人，大王岂能不允准。只是穰侯初到此地，尚需准备一二。"说到此处，范增收敛笑容，很严肃认真地向项羽奏道，"请大王允准两日后，由老夫陪子房去穰侯府。"

项羽立即领会了话里的意思，爽快地回答道："准亚父所奏，两日后偕子房前去探视穰侯。"

项伯的一颗心终于可以放下了，在宫门外，他邀张良同坐在一辆车上。一路上，他热情地询问刘邦的起居饮食，不断地憧憬刘邦和项羽联手复兴楚国的愿景；不加掩饰地赞扬王宫大殿上张良雄辩的才情。

张良默默地听着，心头却漫过一阵沉重。眼前这位左尹太实诚，最容易为巧言令色所惑。他把人世间的一切想得抱宝怀珍，而看不透背后的狰狞和图谋。作为朋友，他是那样值得信赖。然而作为一人之下，万人之上的令尹，未尝不是一种悲哀。但现在，他凭什么让项伯相信项羽和范增是口是心非的虚与委蛇呢？面对这样一个善言善行之人，张良不忍打碎他心底那份纯净，决计瞒着他去尽属于自己的责任。

"不知穰侯现居何处？"张良看似无意地问道。

"这个么？"项伯想了想，变了个说法，"穰侯初到彭城，新府待建，暂时居住在桓楚将军府上一别室。怎么？子房等不及了，要自己前往。"

张良摇了摇手道："在下就是随便问问，住在桓将军府上，自是无人相扰！"

晚饭后，借着项伯处理文书之机，张良一人来到后院。出了小门就是一条鹅卵石铺就的小道，两边遍种兰草和橘树，绕过波光粼粼的湖水，就看见临湖有大约十数间房舍，樊阬他们就住在这里。

这会儿，樊阬正带领侍卫们习武，见张良到了，忙屏气收势，站成两排。张良点头示意后要大家散开，拉了樊阬到一边道："我欲命你带两人潜入桓将军府邸察看韩王居处，你可愿前往？"

自离开少年营后，樊阬第一次独当一面，不免有些兴奋道："末将定将韩王居处打听个一清二楚。"

张良反复叮嘱："千万不能惊动桓府侍卫。"

"请先生放心。末将在少年营时，岳将军曾传授夜探之术，正好用上。"

张良闻言十分欣慰，又叮嘱他们无论怎样，都要赶在亥时三刻归来。

项伯已经将文书处理完毕,出得书房,恰好看见张良从后院门进来。他却不曾多想,只道张良是看望属下去了,便道:"夏夜天热,子房若无睡意,不妨到前厅品茶纳凉。"

两人来到前厅打坐,丫鬟送上茶点,项伯举起茶盏道:"难得你我相见,真是弥足珍贵。"

张良回敬道:"自薛县会盟以来,汉王屡得项公襄助,每每提起都感戴不已,单凭这点,汉王也决计安居汉中,绝不同室操戈。"

项伯相信刘邦的话是真的。的确,在他看来,当初兄长将熊心从乡野接回,正是要尽一份忠臣之责,好将楚人凝结在一起;就个人而言,几次短暂相处,让他将刘邦视为仅次于项羽的天下英雄。至于这两人谁主沉浮,他从来不曾想过。直到项羽蛮横地将怀王迁往平阳,而把彭城做了西楚的国都后,他才感到了侄儿的不可一世。

此刻,他不想让这些事情冲淡了两人的茶趣,便告诉张良,自从儿子知道刘邦要将女儿嫁给他后,便勤奋多了。张良再一次感受到了项伯的忠厚,说道:"待汉王国事安定之后,在下一定促成此事。"

夜色在低语中走向深处,抬头看着窗外的天色,不知什么时候,星星隐没在云层深处,破窗而入的凉风夹带着潮湿,从遥远天际传来沉闷的雷声。不一会儿,雨哗啦啦自天而落。闪电划过长空,映照出门外黑色的桧松和幽深的竹林剪影。张良的心被雨声打乱了,他不时站起来朝外看……

"有事么?"项伯给茶盏续了水,关切地问道。

张良心不在焉地笑道:"没事!就是这雨来得突然……"

忽然,一个黑影冲进前厅。借着灯火,张良看见在他后面跟着两位同样打扮的侍卫。

"先生,大事不好了!"樊哙喘着气道。

"怎么了?"张良呼地从座上站起来,双手抓住樊哙湿漉漉的双臂问,"发生了什么事?"

"韩……韩王他……"

"韩王他怎么了……"

"他被杀了……"

"啊!"张良一下子跌坐在榻上,讷讷自语道,"果然不出我所料。"

项伯也被这突如其来的消息震蒙了,白日大殿项羽的话言犹在耳,为何此时就发生了一国君主被杀的命案?但他从樊哙的叙说中确信这是真的:"快说说,到底是怎么回事?"

樊阮擦了一把额头的雨水道："末将奉先生之命潜入桓将军府邸探听韩王境况,待爬上屋顶轻轻掀开瓦片朝下看,不禁大吃一惊,原来韩王并非安居侯府,而是披枷戴锁,被囚禁在后花园。末将正要回来向先生禀报,就听见有开门的声音,接着就看见几名黑衣人声言奉范增之命来取韩王首级。可怜韩王,只是一声惊叫就倒在血泊中了。接着,从隔壁传来王妃和王子的惨叫声……"

"郎中令呢?"张良旋即想起了自己的兄弟张俭。

"在韩王身边还有一个披枷戴锁的男子,想必就是郎中令了,他被勒死在韩王身边……"

"张俭!"张良只觉得眼前一阵发黑,昏厥在地。

樊阮扑上去将张良抱在怀里,一声声呼唤:"先生,先生……"

项伯浑身瘫软地跌坐在地上,目光死死地盯着窗外黑漆漆的夜色,一句话也说不上来。忽然,他浑身一个冷战,挣扎着从地上站起来对张良道:"子房,趁着雨夜速速离开彭城。"

张良强忍失亲的悲痛道:"韩王死后,范增必将杀机转向在下,只是这彭城如何出得去?"

项伯沉默片刻后道:"我可签署一道出城令,你可持令出城,一直朝西,溯汉水回到汉中。"

"如此就多谢项公了!"

张良当即命樊阮召集起二十名侍卫,人人换上夜行衣。在侍卫们翻身上马的那一刻,张良回身抱住项伯,然后翻身上了坐骑,消失在夜色之中。

"范增,你多行不义,岂能善终?"项伯在心里想。他疲倦极了,在走回前厅的时候身子跟跟跄跄,几欲跌倒。

且说张良一行来到南门,被值守的大阍拦住问道:"你等深夜外出,不知奉了哪家大人之命?"

樊阮持项伯的尹令上前道:"我等奉左尹之命出城,请快快放行。"

大阍借着灯火将尹令仔细看了一遍,印信俱全,便开了门放行。樊阮暗暗看了一眼张良,不敢怠慢,匆匆出了城门,向南而去。

雨势越来越大,雨滴顺着蓑衣流淌到脚面,鞋袜都是水渍,但没有一个人停下来。张良被侍卫四面护卫着,而心却随着雨雾再度盘桓。这是真正意义上的生离死别,从今以后,韩国不复存在,而他的司徒一职也伴随着韩国的灭亡而烟消云散,他的复国梦被雨水冲刷得荡然无存。从此,他那颗浪迹天涯的心割断了与故国的最后一丝联系。他决计不再漂泊,要回到刘邦身边去。他要将国仇家恨埋在心底,等待项羽一天天失去人心,最后变成孤家寡人。

樊阮似乎听到后面隐隐传来马蹄声,他回头一看,但见二里路之外,一支支火把伴随着马蹄声自远及近而来,他迅速来到张良身边禀道:"先生,后面有追兵。"

"快!速到芦苇荡隐藏。"

樊阮低低吹了一声口哨,侍卫们离开官道,向小路边飞奔而去。此时此刻,樊阮就十分感叹少年营岳将军严格的训练,终于在危急关头用得其所了。但见侍卫们进得芦苇荡,抱着战马的脖子轻轻一按,那马便都齐刷刷地卧在芦苇丛中,了无声息,外人如果不走进芦苇荡,决然不会发现这里藏着数十人马。

樊阮刚刚帮张良调理好战马,就听见从不远处的官道上传来说话声——

"他不在左尹府上,能去哪里呢?"

"一定逃回阳翟了。阳翟在北,我等向南,岂非南辕北辙?"

"是不是逃进芦苇荡了。"

接着就听到脚步声朝这边走来,踩着泥泞,发出"扑哧扑哧"的沉闷声响。张良和樊阮的心就提到了嗓子眼,生怕战马失控,暴露了一行人的行踪。这时候,就感觉数支长枪向芦苇丛中刺来了,苇叶被拨得沙沙响。樊阮敏感地向后缩了几寸,紧紧抱着战马的脖子不放松。在他的左右,年轻侍卫们也都看好自己的坐骑,使其不发出声音。终于,脚步声渐渐走远,追击队伍朝北而去了。

但张良一行趴了整整一个时辰,判断楚军的确走远了才一个个走出芦苇荡,不敢有丝毫停留,径直朝西南飞奔而去。

张良等人一路夜行晓宿,为的是避开楚军耳目。八月初的一个黎明,他们来到南阳郡宛城城外。看看城头的旗帜上书有"刘"字和"吕"字,便知原郡守吕齮并没有叛变刘邦。他知道这一切都有赖于他的门客,一心崇仰刘邦的陈恢,他现在已被刘邦任为郡长史。

张良的眉宇顿时展开了,有陈恢在此,他和侍卫们便安然无恙了。正要叫城,却听见身后一阵马蹄,紧接着从不远处传来声声呼唤:"城下可是子房先生?城下可是子房先生?"

张良回头看去,但见四五骑朝这边奔来,看身影似乎在哪里见过。及至到了面前,张良才发现来者乃楚国司徒吕臣和其父、右尹吕清。吕清他并不生疏,过去曾在刘邦营中任过曹掾,薛县会盟时又在一起相处过几日,为人厚道老成,后来去了彭城,被怀王任为右尹。只是不知因何原因,竟然父子二人共同出现在这里。

面对张良,吕臣也不隐瞒自己的行踪。遂将项羽如何挟兵自重,并不征得怀王同意就将之强行迁往平阳的经过述说一遍,末了道:"家父见此情景,不免心灰意冷。又听闻邓龙、张虎所部已归了汉王,便不辞而别,奔汉中来了。"

吕清在旁补充道:"当初之所以接受了怀王任命,乃在项公深得人心,忠贞不贰,承继张楚业绩。孰料项羽背恩逆取,我父子迟早要成为砧上之肉。故决计弃暗投明,协力汉王逐鹿天下。"

张良看着父子二人风尘仆仆的样子,知道一路遭遇与自己一般无二,忙接上话道:"子房也正要回汉中,能与右尹同行,真是幸运。"

这时候从城头传来陈恢的喊声:"城下可是子房兄么?战乱年月冷落了诸位,下官这就开城迎接。"

张良紧绷着的心弦一松,一方面向城头的陈恢表示感谢,一方面想该找个地方好好睡一觉。

傍晚,夏侯婴来到府库寻找韩信,约他一起去清点库存粮食,孰料看守粮仓的士卒回禀说已经有半日没有看到他了。闻言,夏侯婴一下子就僵在那里,许久说不出一句话来。

真所谓何处不起思乡情,当年跟刘邦从沛县出发,直至后来不断汇入队伍的两淮将士,许多人都是抱定先入咸阳,享受荣华富贵的梦想出生入死的。如今倒好,咸阳没有守住,反而到了这远乡僻壤,失落的情绪逐渐在一些人心中形成思乡愁绪。自从过了褒中,就有不少士兵或单身离开,或结伙逃走。前不久,樊哙抓回十几个逃跑的士卒,韩信就在其中。刘邦下令要将这些出逃者斩首示众,恰逢夏侯婴从刑场经过,韩信抱着求生的希望朝夏侯婴喊道:"汉王不是要取天下吗?为什么还要斩壮士!"

是呀!这是怎么回事?杀谁都不能杀韩信呀!夏侯婴对樊哙说一声刀下留人,转身就进了刘邦大帐,不但说服刘邦开释了韩信,而且授予他治粟都尉之职。

"难道他以为治粟都尉也是大材小用么?"

是的!那天与韩信一路回到军需大营,夏侯婴也觉得韩信太委屈。他决计在适当的时候再向刘邦进言,促使他委韩信以重任。可这个韩信为何就不理解自己的良苦用心呢？纵然要走，也该道明原委。而他更担心的是，一旦再被樊哙麾下抓住，恐怕就只有九死而无一生了。不！这样的将才屈死于刀下，不仅丢的是一条命，更是汉王的臂膀。他想到这里，转身就去找萧何。

"什么？韩信不见了？"夏侯婴的话让萧何顿时睁大了眼睛，"什么时候的事？"

"军士说已有半天没有看到他了。"

萧何"哦"了一声，抬头看天，月亮从米仓山头爬上天空，在云霓间穿行。一连数日的大雨，终于在这个夜晚结束了。他稍作推想，因白日有雨，那韩信不可能走得太远。

"我去追韩信。"萧何说着，径直来到相府后院，牵了那匹陪伴他多年的白马，"此事先不禀报大王，待我追回韩信再说不迟。"

夏侯婴劝道："你去追不如我去追。"

萧何已经登上马背，摇了摇头道："不一样，你已救他一次，这回大王未必开恩，你也不好再说。"

夏侯婴想想也是，遂问道："若是大王问起你的去处，我该如何回答？"

萧何一边催动坐骑，一边留下一句话："什么也不要说，等我回来。"

待到夏侯婴再看时，萧何已融入松烟月波中去了……

然而，这松烟月波对韩信来说，却充满着眷恋、寒心、失望。

马蹄在山道上敲出孤寂单调的节奏，也敲击着他那颗愤愤不平的心。抬头望天，一群乌鹊飞过星空，偶尔传来几声凄凉的叫声，有几只环绕在山道旁的一棵苍松，飞了几圈，终于还是南去了。

韩信至今不能明白，为什么自己一腔热情就是没人能够读懂？记得早在项羽军中时，他就曾经冒死向他进言，料定刘邦必然借着楚军与章邯大战之机先入咸阳，要他分派人马西进。可在项羽眼里，他是多么不屑。后来，范增也看出了这点，项羽倒欣然接受，并派了司马卬渡河西进。他也曾向项羽谏言宽待秦军士卒，使其归心可用。可项羽一意孤行，终于酿成惨案。一次又一次冷遇，使他对项羽失望了。明于此，他有了再择新主的想法。因此，鸿门宴上，当刘邦借口如厕而逃走之际，他没有阻拦。

也就是在这次剑拔弩张的关头，他结识了夏侯婴。两人一番交谈，夏侯婴为他的满腹谋略而惊诧，为他的境遇而叹息，并且慷慨应允要在沛公面前举荐他。可结果刘邦与项羽一样将他视为"乡人"，没想给他一个展示才华的机会。从连敖到治粟都尉，每一次近乎随意的任命，在他的感觉里都是对自己的羞辱。因此他同样不能明白，萧何、曹参、夏侯婴这些人怎么了，竟如此忠贞不贰地跟着这个传为赌场无赖的刘邦。

治粟都尉，说穿了就是看管粮库的小吏，上任后，韩信不用吹灰之力就可以处理得井井有条。闲暇无事的时候，排解寂寞的唯一办法就是躺在粮库门前的台阶上看《兵法》。

一天，他正在看《兵法》，一边看，一边把先贤所述与今日所经历的战例加以对照，揣摩其间的得失。忽然，他眼前一亮。刘邦面对项羽的排挤竟选择委曲求全，甘愿到偏僻的汉中落脚，这智谋必非出自常人之口。是张良，还是萧何？这时，有人从身后夺走他手中的竹简，韩信回头一看，原来是萧何。他忙翻身站起来施礼，萧何谦恭地回了礼，两人就坐在粮库门前的台阶上叙话。

"来此还习惯么？"

韩信似乎很随意地回道："割鸡焉用牛刀？"

闻言，萧何笑道："这么说，韩信君该是牛刀了？"

韩信不置可否地一笑，反问道："丞相以为呢？"

萧何并不因韩信的傲岸而反感，反而提了一个现实的问题："依先生看，汉中可久居否？"

"丞相是要下官说真话么？"见萧何点点头，韩信继续道，"非下官以为此地不能久留，大概汉王也作此想，丞相也以为然吧？"

萧何感慨韩信见事之明，接着问道："依君观之，该如何应对呢？"

"倘若汉王用我，我则还定三秦，逐鹿中原……"

萧何要韩信陈说其详，他却转移了话题："今日天气晴朗，若是有飞鸿横空而过，当射之食其肉也。"

萧何强烈地感到韩信的不同凡响，那天一离开，就直奔大殿向刘邦举荐。可让他没有想到的是，一向对自己十分尊重的刘邦这回着实没有给他面子，甚至对他俩一再举荐韩信有了反感："一个小小的治粟都尉都不安心做，还能成什么大事？此事今后毋庸再提。"

在没有任何消息能够慰藉心灵的时候，韩信选择了离开。

可是离开了刘邦，他又该去向何处呢？他的心是迷茫的。重新去彭城投奔项羽么？根本不可能。项羽平生最恨者莫过于背叛之人，到了那里，就等于进了牢狱；回淮阴去么？那里举目无亲，更为要命的是，王屠户等人尚在，当他们看到自己落魄的模样时，将会以怎样的羞辱迎接自己呢？

一想到淮阴，他就想到了漂母，当年曾发誓要回报她的赐食恩德，难道他就这样回去让漂母伤心么？再说了，至今不名一文，拿什么回报呢？又有什么颜面再见她呢？

月亮渐渐西移，坐骑似乎感应到了主人的九曲回肠，步子逐渐慢了。回望身后，山影绰绰，山风乍起。韩信觉得腹中饥饿，看到前面山凹处有户人家，便走上前去轻轻敲门。

不一会门开了，从门里探出一老者的头来，警惕地打量着韩信，显然是把他当歹人看了。韩信暂忍被怀疑的屈辱，上前打拱道："夜间紧着赶路，误了投宿之地，现腹中饥渴，想讨些水喝，好伴着干粮充饥。"

"你等着。"老者冷冷地说了一句，转身进了里屋，不一会儿端出一碗清水说道，"喝吧，碗不要了。"转身关了门，不再露面。

韩信坐在门前的石头上，和着清水吃了临行前带的"糇粮"，看看月亮已经西沉，启明星从东方升起，刚才还洒满银灰的山道，这会儿却变得模糊不清。他解开马缰，不再鞭策，任由战马缓缓在山道上蹒跚。他忽然觉得对刚刚栖身不久的汉国，有了说不清的眷恋。他的脚步慢慢，思绪漫漫……去与还的冲突折磨着他的情感。

韩信并不知道，在他离开庄户一个时辰后，萧何也到了这里。当他打听到一高个中年男子从这里经过后，就断定是韩信。萧何不敢有任何怠慢，迎着晨曦追赶而去。

一天一夜的奔走，萧何已经很疲累了。两眼布满血丝，久坐马上，浑身酸疼。但他心头此时只有一个念头，放走了韩信等于放走了一位无双国士。这不仅对他，对汉国亦是顿失栋梁的遗憾。

心急马快，萧何只听得风声在耳边呼呼作响，月光下的树影急速向后移去。忽然，战马一声"啾啾……"前蹄腾空，萧何情急之中勒紧马缰，整个身子贴在马背上。过了一会儿，一只乌鸦从山沟里飞出，"呱儿呱儿"地向对面山头飞去。萧何擦了擦额头的汗水，策马继续向前奔去……

第二天午后，韩信来到了故道县。屈指数数，他已离开南郑一百五十多里了，及至明白这里还属于汉中郡，始知一夜奔行尚未走出汉国疆域。故道是个穷县，沿着山沟一条街拉开三四里地。韩信牵着马，找到一家名为"不醉不归"的酒店，他将马交给店小二，自己寻了一僻静处坐下，招呼店家温一小鼎米酒，切一盘牛肉来。一会儿后，酒菜上齐，韩信一人自斟自饮。这时候，就听见邻座传来两位男子的说话声——

"知道不？寒溪涨水了，往西的路被截断了。"

"偏偏这河上没有船只，你我也只有在这故道县城多滞留几日了。"

闻言，韩信心头一沉。为什么自己要过河水就涨，上天都与我作对。带着这样的心绪,这顿饭没有吃出什么味道。囫囵吞完一盘牛肉,将盅中酒喝干,韩信径直下了楼,驱马来到寒溪河边。果然,由于连日来上游多雨,寒溪河不仅涨了水,且水流甚急。从深山冲出的碗口粗的树枝顺着激流流向远方;站在河岸边,耳边涛声如雷,这条河虽名寒溪,却是一条并不算窄的河川。站在寒溪河东岸,韩信望着西岸弯弯曲曲的山道仰天叹道:"上苍!你真要陷韩信于死地么?"

他现在十分担心,如果刘邦发现他匹马逃走,定会派麾下追来。那时,他就是死路一条。他还有许多抱负未实现,这一生岂不太亏了。

"我岂能与彼等燕雀之徒同日而语?"他试着下了一次水,但很快就觉得那巨大的浪涛要吞没他和战马。战马有灵性,长啸嘶鸣声在山谷间荡起阵阵回声,就是不愿意下水。

这时,从身后忽然传来一声呼唤:"治粟都尉且留步。"

韩信回头看去,见斜阳中一骑正朝这边飞奔而来。

"治粟都尉留步!"当呼唤再度传入耳内时,韩信听清楚了,来人正是萧何。

"哦!他还是追来了。"韩信本已不安的心这时候绷得更紧。他猜不透萧何此来意味着什么?是被捉拿回去,死于酷刑;抑或是被请回去,委以重任。当他警觉地搜寻着萧何身后,直至确定他单枪匹马时,才明白萧何是前来劝自己的。他奔波了一夜的身子顿时有了一种无以名状的力量,方才因河水暴涨而引起的烦恼悄然消退,心里充满了温暖。

此刻,萧何已经驱马来到寒溪岸边,热情地打着招呼:"终于追上都尉了,我这把老骨头也值了。"

韩信忙向萧何行礼:"参见丞相!"

"此地没有丞相只有知己。"萧何上前扶住韩信的肩膀,接着不无嗔怪地说道,"都尉乃无双国士,胸怀抱负,志在千里,为何如孩童一般,不留一句话就走了?"

"在下出走,非为丞相,万勿生疑。"闻言,韩信脸上顿时发热。见萧何两眼专注地看着他,韩信接着说道,"某闻王人者上贤,下不肖,取诚信,去诈伪,禁暴乱,止奢侈。周至成王,有上贤之材,因文武之业,以周召为辅,有司各敬其事,在位莫非其人。今汉王不辨贤庸,徒有王名,信虽不才,然愿择良木而栖之。"

听了这话,萧何并不生气,而是以兄长的语气关切地问道:"但不知都尉欲往何处?"

"这……"究竟去往何处,韩信自己也说不清,又如何能回答萧何呢,便搪塞了一句,"汉王不用,自有识才者用信。"

"呵呵!不尽然吧!"萧何眼里流露出一丝狡黠的微笑,"难道都尉还想回到项羽那去么?"

"项羽不足谋。"韩信目光里立刻写满了不屑。

"那田荣呢?"

韩信毫不隐讳地说道:"田荣、张耳等人,皆鼠目之徒,何足挂齿?"

"那都尉还能到何处去呢?"面对语塞的韩信,萧何接着说道,"汉王光明磊落,一旦识人,必善用之,都尉何须在乎一朝一夕之落寞呢?诚如前日都尉所言,汉王定不会屈居汉中,当还定三秦。依我观之,鏊划经略,游刃有余,非子房而不能达之;统军布阵,捉将挟人,非君莫属也。当此用人之际,都尉却擅自出走,人不识君而君不自识,能不愚乎?"

"这……"

"舍本逐末,错失良机,能无憾乎?"

"丞相!在下……"

"忍看雀噪蝉鸣,天下纷然,能无恨乎?"

韩信无语,只是直直地望着萧何。

"无功而归故里,能无愧乎?"

萧何一连四句反问,句句戳到韩信的痛处。可他并不需要韩信的答案,只要他跟着回去,就是最好的答案。因此,在韩信悔愧的叹息中,萧何慨然道:"只要都尉回去,我定在汉王面前力荐都尉为将军,将兵强汉,经略经国大业,如何?"

话说到这个地步,韩信还能说什么呢?他原本就没有真正打算离开,他不过就是寻求一个被人重用的机会,于是上前紧紧握着萧何的手道:"在下跟丞相回去。"

萧何不无调侃地用马鞭指了指寒溪西岸。韩信会意,笑了一句:"此寒溪留我,丞相留我啊!"言罢,踏上了归途……

萧何的心境此时就像这雨后的天空,一碧如洗。追着韩信归去的马尾,鞭子在山谷间打出响脆的回声……

第十章

拜将台韩信执兵
掠秦地刘邦纵横

　　正当跟随刘邦来汉中的部属不少人因思乡心切而趁机逃走的关键时刻，萧何忽然不见了影踪。当曹窋禀报给刘邦时，时间已过去了两天，他的心一下子就乱成一团麻。
　　"别人逃走情有可原，他为何也离我而去呢？"刘邦在大殿内来回踱着步子，转身就看见刚进殿的夏侯婴，一肚子的火立时向他发泄而来，"你与丞相朝夕相处，他出走你为何不报？"
　　夏侯婴只是以宽厚的笑回应道："大王息怒，依微臣观之，丞相不像是出走。"
　　"两天了，活不见人，死不见尸，不是出走又是什么？"
　　"臣以为他必有难言之隐。"夏侯婴严守承诺，没有向刘邦吐露一个字。他相信一旦萧何带韩信归来，定能给刘邦一个惊喜。

刘邦正要继续拿夏侯婴撒气,不料从殿外传来曹窋惊喜的呼声:"哎呀!丞相您回来了,大王正着急呢!"

说话间,萧何风尘仆仆地进了大殿,宽大的衣袖带起八月的风,从夏侯婴脸上拂过,多少已带了凉意。刘邦的心顿时落了地,脸上却是分外严肃:"丞相这是怎么了,竟不辞而别?"

萧何恭谨地向刘邦施礼道:"微臣哪敢逃亡,是去追逃亡者了。"

"是谁让丞相如此上心,竟丢下国政不顾?"

"臣所追者,乃韩信也……"

闻言,刘邦有些哭笑不得:"你自来汉中后,诸将亡者数十你都不追。一个小小的治粟都尉你倒去追,我倒要问问你学没学会说谎,竟拿如此幼稚的理由骗我?"

萧何并不生气,心中的喜悦溢于言表,眉毛像两只鸟儿的翅膀悠悠颤动:"这次不一样的,诸将易得,而韩信难求。"

"哦?"刘邦不无讽刺地笑了笑,"我倒没看出他有何能耐。"

"大王!"萧何上前一步道,"自举事以来,大王见的将军多了,然如韩信者,国士无双。大王如要长留汉中,不用韩信也罢;大王若欲争天下,非韩信无可与计事者。"

这是刘邦自夏侯婴后听到萧何对韩信的评价,难道真是自己看走眼了?刘邦这两天来郁结的心火渐渐熄灭,他本来就不曾向萧何隐瞒过什么,现今更是直抒胸臆:"我当然日夜都想着东进,岂能郁郁久居于此?"

"既欲东进,那便用韩信;不能用,韩信终将亡去。"

刘邦想了想道:"就看在丞相面子上,任他做个将军吧?"

萧何连连摇头,刘邦见状便十分不解:"将军都满足不下他,难道要我把王位让与他不成?"

"区区将军,岂能留住韩信?"

刘邦一咬牙道:"那授他个大将军总可以了吧?"

萧何的脸上立时布满喜色,打躬作揖道:"大王英明,不过,属下还有一个不情之请。"

闻言,刘邦有些不耐烦,埋怨道:"丞相真是找机会得寸进尺。"

萧何并不计较这些细枝末节,一起从故乡走出来,他深知刘邦从年轻时起就浪荡成性,不重礼节的毛病。为了留住人才,他必须把话说在前头;他也明白,刘邦不是项羽,在这样的氛围中,不存在说话的障碍。因此,他不用旁敲侧击,直接道:"大王素来轻慢无礼。今日拜大将军如呼小儿,依旧无法留住韩信。大王倘是真心留韩信,必欲拜之而可。不妨择定良日,斋戒、设坛场,以礼相待,才显得大王思贤若渴之诚心。"

"好好好!"刘邦从来没有想到,萧何能为别人的前程如此费力谋划,即便心中有些许不快,也被他的古道热肠化解了。

事情已经说定,萧何正要离去,刘邦却在一旁留住了他道:"耳听是虚,眼见为实。丞相与夏侯兄皆言韩信有大将之才,我倒要看看他有何能耐,竟然让两位诚留,竞相举荐。"

萧何忙不迭回道:"韩信现在就在殿外,大王何不传来问问。"

卫士立即宣传。有了萧何的提醒,刘邦倒也没有轻慢举止,示意韩信落座后,很直接地问了一个出乎意料的问题:"依都尉观之,寡人可带多少兵呢?"

萧何十分吃惊,生怕韩信说出惹恼刘邦的话来。孰料韩信并不回避,也不迎合,坦然地说道:"大王最多可率十万之众。"

果然狂徒。刘邦心中这样想,口里却问道:"那么,都尉可率领多少士卒呢?"

"大王!信之将兵,多多益善矣!"

闻言,刘邦的脸上就很不自在了。萧何也正埋怨韩信不知进退,刘邦的声音在耳边响起来了:"照你此说,寡人只有败给你了。"

"非也!"韩信侧身向刘邦行了一礼,"大王乃御将者,非率兵者也。"

这番对话既悬念迭出又精彩绝伦,让萧何对韩信的了解又深了一层,更让刘邦心中大悦,他借着兴头脱口而出道:"寡人就授你大将军印如何?"

"谢大王!"韩信急忙俯下身子,头贴着地向刘邦行了一礼,然后告辞出殿去了。

萧何是何等聪明之人,借着这个机会对刘邦道:"昔者魏文侯拜吴起为将,致强秦不敢东顾。这设坛拜将之事……"

"此事就由丞相去办。"刘邦说完又不无玩笑地说了一句,"你那张嘴能将雀儿说下树,我真是服了。"

萧何毫不推辞地担起了筑坛任务。他对拜将会引起议论在心底做了充分估计,因此,他没有将筑坛之事交给樊哙、曹参这样的老将,而是安排岳恒去办;而且他和刘邦商定,在韩信登上拜将台之前,对于谁会任大将军,不向外透露一点消息。

可刘邦将在中秋拜将的消息还是不胫而走,而且很快成为诸将议论的话题。对此最存向往的当数曹参和樊哙,他们都是刘邦生死与共的密友。尽管现今以君臣相称,然而,当年的情分毫无淡化,彼此在对方的心里都有位置。樊哙暗自与曹参相比,便觉得曹参任大将军当之无愧。自沛县举事以来,攻胡陵、克砀县、斩李由、取开封、蹈武关,所过之处,秦军闻之丧胆。刘邦为汉王后,曹参率军排险克难,为汉王探路。如此赫赫战功不做大将军,还有谁有这个资格呢?至于曹参之后嘛?只有他樊哙当得此任。再说,他与刘邦同为吕家门婿,就这一点,他刘邦也不能不顾及。

"没承想这位连襟还真有眼光……"这会儿,樊哙在汉江边望着东去的江水憨憨地笑。他从心里由衷地感叹刘邦治国有方,不失时机拜大将军,将来争雄天下,才能文武具备。

走在身边的曹参看了一眼樊哙道:"我倒是想着如何立功,却不曾想到什么大将军。"

"何事高兴,在此偷乐呢?"从通往江岸的小道上传来周勃的声音。

"嘿嘿!"樊哙没有解释,但周勃心里明白,这几天大家都在猜测谁能被任为大将军,樊哙必是为此事而动心。周勃当然也不是对此无动于衷,但昨夜他枕着汉江的涛声,将三年来的战事前前后后梳理一遍后就清晰地知道,自己目下尚无资质。别的不说,单是运筹大局,他就缺乏经验。丰县一战,虽然雍齿最后败走魏国,可那是因为张良将一切都筹划好了,他只要领兵冲锋陷阵就可以。于是,他微澜的心池重归宁静。

"将军是想着拜将之事吧?"周勃已来到江岸边,席地坐在沙堆旁,捡了小石子打着水漂。

樊哙脸上流露出些许的不自在,一笑了之。周勃本就木讷,如今也无多少闲话,却道出了一句当下众望所归的现实:"依我观之,汉王必授曹执珪大将军无疑。"

这话说到了樊哙的心上,他立即颔首表示赞同。只是曹参反而觉得自己是盛名之下,其实难副。三人同时想起了张良,皆道论起运筹决胜,子房胜于他们无数,只可惜非武将出身。至于柴武、灌婴、郦商、雍齿等人虽骁勇善战,但任大将军还略为勉强。

三人开始往回走,忙忙碌碌筑台士卒就进入他们的视线,岳恒正带着校尉前后督促少年营士卒加快速度,大家心中就更加觉得神秘莫测。樊哙与周勃转脸再次端详曹参,他面色水波不兴,平静如常。

一转眼就是八月十五,选在月圆之日拜将,显然是萧何精心安排,一则要向韩信表明刘邦的惜才爱将;二则要向群臣诸将表明汉国上下一心,必欲问鼎天下。

一大早，拜将台上就插满了"汉""刘"的彩旗，摆了汉王、丞相、太仆和即将拜为大将军之人的座位。沿着铺了猩红色地毯的台阶下去，两边各摆八面大鼓，奶油色的鼓面与红漆的鼓身，在秋阳下显得十分耀眼；再往前走，就是各路将军率部组成的阵列，除了"汉""刘"大旗之外，还有诸将的旗帜。秋风吹过，旗幡招展，发出哗啦啦的声响，平添了军阵的威严。今日的士卒们也都换上了一新的戎装。深红色的战袍，外披银色铠甲；将军们无一例外地站在方阵最前列，或手握宝剑站在战车上，或战马昂头居于前列。

在任何时候，少年营都是最惹眼的风景。同样的戎装穿在他们身上，总是显得生机勃勃，一张张青春的脸就如这初升的朝阳，映照出金色的年华。刘肥紧贴着岳恒，勒马横刀，虽然身子有些臃肿，但看上去也不似平日的散淡了。

将军们的心情是最不平静的。时不时有人用关切的目光扫视周围，试图猜度今日是谁受拜。可眼看太阳已经爬上树梢，仍不见这人影子的出现。这时候，只见岳恒来到军阵前，向鼓手们示意。顿时，十六面战鼓齐声擂动，缀了红缨的鼓槌上下翻飞。在这震天撼地的鼓声中，萧何陪伴着刘邦走进军阵了。

车子在校场门口停下，刘邦下了车子，他头戴长冠——一种用竹皮编织的冠冕，高七寸、广三寸，以漆䙰为之；金甲下衬一袭黑色战袍；萧何今日也是第一次以丞相服饰出现在众人面前。刘邦在前，萧何随后，两人缓缓走过方阵。这时，太仆夏侯婴从一旁追上来，手捧一方大将军印信跟在萧何之后，三人登上拜将台，一一落座。岳恒即示意鼓声暂息。

这是严肃的时刻，也是刘邦平生最守规矩的一次行为。为了这一刻，早在三天前他就开始斋戒，不饮酒，不食肉。昨夜，他又沐浴更衣，仿佛只有这样，才能让人觉得他礼贤下士的一片真诚；为了这一刻，夏侯婴在七日前就吩咐准备了太牢，以祭祀天地；为了这一刻，韩信从那天见过刘邦后就进入了斋戒的时光。七天，对于日夜都在想着统兵打仗的韩信该是多么漫长。

时间已是午时三刻，夏侯婴宣布拜将开始，刘邦带领萧何向天地行三叩九拜之礼，献上太牢，然后庄严地回到座上。夏侯婴展开一道绢帛，高声宣布："汉王有旨，请大将军韩信登台受印。"

"韩信！"这个对汉国将军们十分陌生的名字从夏侯婴口中飞出，却如同一块巨石投进湖水，激起层层涟漪。人群中立即起了一阵喧哗，随之，诸将迅速将目光投向拜将台。

虽说已是中秋，但正午的阳光仍然有几分灼热，韩信就在这绚烂的阳光下一步步朝拜将台走来。秋风吹起他的白色战袍，吹拂着他头盔上的红缨，吹过他青春的眉宇，给他涂上了炫目的光环。他的脚步自信而又沉稳，他的目光坚定而又炽热。眼前猩红色地毡铺展的台阶，仿佛人生在他的面前拉开了江山万里的恢宏。此时，那些淮阴街头的胯下之辱；漂母陋室的艰难时世；项羽军营的落寞寂寥以至于月夜出走的痛苦和无奈都化作尘埃。他将从这里出发，书写人生的辉煌。当然，他不是没有注意到诸将们疑虑的目光，可这又有什么呢？这才是开始，之后，他将用自己的才华使他们心悦诚服。

韩信来到神位面前行了肃穆的礼仪，胸膛贴着台面，久久没有抬头。他控制住了自己的情感，这时候，他要以坚毅的气度出现在诸将面前。他转过身来，又跪倒在刘邦面前道："微臣拜见大王！"

夏侯婴不失时机地宣布："韩信接印。"

刘邦从夏侯婴手中接过大将军印信交给韩信。韩信双手接过印信，转身向台下的诸将示意，表明自今日起，他将执掌汉国军务。萧何上前，将一条紫色绶带佩戴在他肩头。

台下的鼓乐再起。刘邦不断挥手向将士们致意，此刻，他才深刻明白了萧何月下追韩信的良苦用心。当然，刘邦也深知，要诸将折服韩信，仅靠一次拜将是不够的，而从内心里讲，他自己也有些忐忑。因此，当众将各怀心思散去之后，两人更深的交流才刚开始。

刘邦在王宫里用上好的茶招待韩信，说出的第一句话多少带了验看的味道："丞相在寡人面前数言将军，将军何以教寡人？"

韩信听得出来，他是丞相举荐的，但究竟如何大王尚不清楚，他很快就选择了回应的方式，反问道："今东向争取天下，目标是不是项羽呢？"

刘邦点了点头："是的！这又如何呢？"

"那请大王估计，论起勇悍，大王与项羽谁更强呢？"

这话问得突兀却也现实，给刘邦强烈的震撼。对他而言，不仅是实力的估计，更是在一位将军面前怎样维护自己的自尊。他沉默了许久，还是决计如实回答："寡人不如也。"

韩信能够体味出刘邦如此陈说时所需的勇气，唯其如此，才能在他心头得到深深的敬意，他侧身打拱道："不仅仅是大王这样认为，臣也以为大王不如项羽。然则，臣久在项王之侧，不妨为大王言项王之为人。"

说到这里，韩信打量着刘邦的表情。显然，他很感兴趣。于是韩信把项羽的性格庖丁解牛般地摊开在刘邦面前："项王一声怒喝，千人会吓得胆战腿软，可是他不能放手任用贤将，这只能算是匹夫之勇；项王见人，恭敬慈爱，言之呕呕,人有疾病,涕泣分食饮,然而等到论功行赏时,却宁可官印磨去棱角,也舍不得给予人家,此所谓妇人之仁也;项王虽然独霸天下而使诸侯称臣,可是却不居关中而都彭城,又违背义帝之约,把亲信和偏爱的人封为王,诸侯对此愤愤不平,所过无不残灭,百姓不亲附,特劫于威强耳。故而……"韩信来到地图面前,指着彭城周围大片的土地接着道,"项王名虽为霸,实失天下心,很快就会由强转弱。况齐之田荣杀了田市自立为王,项王发兵伐齐,无暇西顾,此乃大王大展宏图之良机啊!"

这一席话条分缕析,洞若观火。刘邦心中暗暗叫绝,连日来被将士思乡逃离惹起的烦恼顿然远去,进而对韩信有了船骥之托的喜悦。但他还没回过神来,韩信却话锋一转,向刘邦言及天下之策了。

"大王反其道而为之,任用天下武勇之人,何愁敌人不能诛灭!把天下的土地分封给功臣,何愁他们不能臣服!率领英勇且一心想打回老家去的士兵,何愁敌人不能灭之!"韩信当然知道,刘邦当初离开咸阳,是面对强敌的不得已之举,"请允准臣再为大王说三秦之敌情。章邯、司马欣、董翳皆秦将,率领秦国子弟已有多年,战死和逃亡者不计其数,又诓骗部下和将领投降项羽,以致被坑杀二十余万人,秦人对这三人恨之入骨。即便项羽立彼等为王,也难得百姓之心。这是敌国军情之要,微臣再来解析大汉国情。"韩信从案几上端起茶盏,喝了口茶润了润嗓子,"大王入武关,废除秦苛酷刑法,又立约法三章,百姓无不希望大王称王秦地。故而,大王王关中,既合民意,又合誓约。然则,大王现在汉中做王,秦地百姓无不怨恨项王。如今大王起兵向东,三秦可传檄而定也。"

这时就听见"咚"的一声,刘邦手中的茶盏掉在地上,他完全沉浸在韩信一泻千里的叙说中去了。他的神思在韩信所描绘的情景中纵横穿越,仿佛整个天下都向他张开双臂,心中油然感叹认识韩信太晚。他情动于衷地上前握着韩信的手道:"太仆、丞相举荐足下于我,乃天赐大汉良将也。"

当晚,刘邦便在宫中设宴,萧何、夏侯婴等作陪。席间,韩信再度提出东归之道,刘邦忧心栈道烧毁,回咸阳不易。韩信借酒谈兵,如临春风:"兵者,诡道也。故能而示之不能,用而示之不用,近而示之远,远而示之近。栈道不存,正好麻痹项羽。我军可遣人拉开修复栈道之大势,借以迷惑章邯;然后西行因秦故道,出散关,夺取陈仓,直入关中。此所谓声东击西,明修栈道,暗度陈仓是也。"

萧何和夏侯婴闻言纷纷击节,以为此乃东进妙计。四人就在饮宴期间定下了还定三秦大计,商定由刘邦部署做好准备,而萧何留在汉中,为大军提供粮草保障。

　　夜阑酒散之际,正是月上中天的时光,中秋的月亮比起平日来,更大、更圆。萧何、夏侯婴离开后,刘邦却毫无睡意,一定要留韩信继续与他叙谈。韩信自离开故乡后,何曾有过被人如此礼遇的机会,自然是恭敬不如从命。刘邦叮嘱曹窋后面远远地跟着,自己则与韩信相偕,沿着汉江南岸漫步而行。举目南顾,巴山山脉在汉中平原南缘隆起一道屏障,被月色涂成一道水墨。身后就是被暂时作为汉都的城池,狭小而又寥落。不要说与咸阳相比,就是与刘邦曾经走过的彭城、南阳相比,也是相形见绌,这岂是久居之地?回眸北顾,汉江仿佛一条银带,从城外浩浩东去。当初萧何劝解他暂栖汉中时,用了"古云天汉,其称甚美"的话,然而,他毕竟不是天上的河汉。每思及此,他总是恨天不与。

　　人在静夜里最易勾起思念的就是远在天边的亲人。远方一片云彩,带着刘邦的思绪很快地回到了故乡。是的!在这个中秋之夜,父亲、岳父和吕雉一定面对明月祈福求祥;他的盈儿和蕊儿一定在想远方的父亲现在是什么模样。三年了,也许他们都不记得自己的形容了。生活演绎出各种不同的人生境遇,他曾多次在心里对自己说,一旦局势稳定下来,就接一家人团聚,可一次一次地发愿,一次一次地失望。现在,他更不能奢望把他们带在身边。由己及人,他自然问起韩信的家世:"不知将军尚有什么亲人?"

　　韩信告诉刘邦自己父母早年双亡,现今孤身一人。只是淮阴有位曾给予自己恩典的漂母,说倘是有一天衣锦还乡,定要将漂母视作亲生母亲,养老送终。

　　"一俟安定,亦可接她来住。"刘邦赞许韩信的举止。

　　"臣亦做如是想。"韩信应了一声,遂将话头转向刘邦,"听萧丞相说大王家眷俱在沛县,久日分居,终非长策。三秦定后,大王可遣人接王妃与王子、公主来咸阳相聚,以享天伦之乐。"

　　"将军所言,亦寡人所想。"刘邦觉得,韩信虽然年仅二十五岁,但处理起事情来却是老成持重。

　　日子一天一天地走到八月底,刘邦不仅欣然接受了韩信关于东进的谋略,而且几次展开军前会议,让韩信当着诸将的面将克敌决策反复陈述。无论是将军还是谋士们都纷纷叹服韩信计出预料,虑无遗算,开始用钦敬的目光看这位年轻人。

　　刘邦查情观势,不失时机地拉开了东进的战幕。

樊哙、灌婴所部西行凤县折向西南，沿故道水河谷，在靠山崖处修筑栈道。

　　两人到达故道县后，先是组织当地百姓砍伐树木和打凿崖洞。每天从山坡上扛着或抬着树木的士卒和百姓络绎不绝；凿山的工匠们先是用火在预先设计的洞口加大柴火猛烧，待温度很高时，又用冷水泼洒。冷热交融，石质酥软，然后才人工打凿。

　　从密林深处不断传出"顺山倒"的喊声，此起彼伏，在周围群山间引起阵阵回声。校尉们来来去去在人群中督促加快速度。

　　除此以外，樊哙和灌婴还让军中曹掾将修复栈道的告示誊写多件，在各个山道口广泛张贴，严禁百姓进山砍柴。灌婴对张贴的士卒叮嘱道："一定要把声势造大，知道的人越多越好，传播得越远越好。"

　　见状，樊哙便有些不耐烦："韩信出的什么鬼主意糊弄大王。不修栈道，却要做出修复的样子，这不是白费力气么？章邯又不是三岁孩童，那么容易听你韩信的。要俺说，直接攻打陈仓岂不痛快？"

　　灌婴毕竟经见多些，将手中的酒葫芦递给樊哙笑道："大将军如此布局，自有过人之处。我等就遵令而行吧！"

　　樊哙喝了一口酒，回了灌婴一个憨笑："咱也不过过过嘴劲，该怎么干还怎么干！"

　　两人正说着话，就见探哨来报，说发现对面山坡密林中树影晃动，疑有生人窥视。

　　灌婴明白那一定是章邯的探哨，眉宇间飞扬着开心和自信："不用管他，就是要让他看见。"接着，向樊哙使了个眼色。只见樊哙挥动手中的两面旗帜向抬木杠的士卒示意，人群中立刻响起号子声……而在另一边，士卒们正在崖面上打孔。

　　一连数日，樊哙和灌婴就是忙忙碌碌地修建栈道，眼看着在峭崖绝壁上，一条栈道每日都在向前延伸……

　　这情景早被隐身在密林中的章邯探马看在眼里。他将大致有多少人马，每日进度有多少丈尺记得清清楚楚，不久，就传到了废丘。这消息的确让章邯吃了一惊，他明明前不久才得到消息，说刘邦在前往汉中时将栈道焚之一炬，以示绝无东归之意。怎么，此时却又筑起栈道来，究竟意欲何为？他手按太阳穴思考了一会，就禁不住打了一个激灵，呼地站起来自言自语地说了一句："敌之意在陈仓。"

　　章邯的心顿时阴云密布。平心而论，他对项羽的跋扈蛮横、盛气凌人是义愤填膺的,被立为雍王,摆脱项羽的钳制,在废丘偏安一隅,他如获重生。他任章平为太尉,陈宇为丞相,帮他打理国政。当项羽分封罢诸侯后返回彭城后,他的头上就卸去了一座高山,这几个月来到还过得安逸。但何曾想到,刘邦竟从故道这边来了……

他立即传来陈宇和章平,商议御敌之策。

"刘邦不比项羽,他素来多谋,不可掉以轻心,二位以为如何迎敌,才能保我免遭其扰呢?"

章平倒没有觉得形势有多么严重,他来到地图前,指着自故道往西北的方向道:"终南山山高路险,加之去时烧毁栈道,若要出汉中,必得经故道、散关到达陈仓。我除命散关守将章豨加强防守外,再加派关防军伍,料定刘邦要越过散关也并非易事。兄长尽可放心,弟明日再遣王雷前往增援。"

但章邯还是不放心:"据探马飞报,刘邦遣樊哙、夏侯婴在故道抢修栈道,那里可以直达陈仓。"

"大王多虑了。从故道到陈仓五百里,沿途有江水阻隔,栈道修筑困难重重,不要说一月修成,就是三年也未必奏效。刘邦不知深浅,作此工着实徒劳无益。"

经陈宇如此一说,章邯心头的焦虑去了几分,遂对章平道:"速派王雷明日驰往散关,务必据关固守,不使刘邦攻破陈仓。倘使陈仓一破,雍国门户大开,废丘危矣。"

陈宇附和道:"不仅如此,陈仓也要加强防守。"

章平又建议道:"堂侄章直坚守陈仓,了无风险。我明日再派遣涉间将军之子涉隙前往支援,定然无妨。"

闻言,章邯十分欣慰。一场与楚军的大战下来,章平老成持重多了,他举荐的这两位将军都是将门虎子。王雷是王离的儿子,王离殒命后,他发誓要为父亲报仇;而涉间之子涉隙更是精通兵法。大家之所以汇聚在一起,皆是因为秦二世而亡的缘故。他相信,这两位将军出战,废丘定安然无恙。

陈宇则想得更远些:"臣以为不仅我军要做好迎敌准备,还应将刘邦军情送往塞王和翟王处。三秦一体,方能拒敌于外。"

"丞相所言,正合我意,此事就由丞相去办。"章邯最后道。

十天后,王雷率部来到散关,并且随身带着章邯写给章豨的手谕,要他万分警觉,绝不可以轻敌。章豨收起信札,笑道:"大王果然年高,如此多虑。即便刘邦军自故道,出散关,然则,跋山涉水,克坚历险,也早已成为疲惫之师,能奈我何?"

王雷见状劝道："末将以为大王所虑绝非虚言，刘邦身边有张子房、萧何等人，皆非平庸之辈，孰知会有什么奇计在预料之外。"

章邯看了一眼王雷，暗自窃想这个毛头少年懂什么，我在此已履职经年，亦未见汉军一兵一卒，但出口的话却平和了许多："将军言之有理。我定当夙夜不殆，枕戈戴甲，决不让敌军越过散关。"

然而，接下来的日子里，王雷却感觉章邯依然如故，每日巡关回来总是要与他对弈，并且不无炫耀道："我言说汉军不会来，结果如何呢？眼看近两月过去，至今未见一兵一卒。非彼不愿，是林深路隘，岗峰峭拔，插翅难过啊！"

王雷也觉得大王将汉军来袭看得如此严重，是有些杯弓蛇影。正思量着，章邯却在一旁急着催他走棋。王雷低头去看，章邯的"马"不知什么时候已经踩到他的象了。章邯看着王雷忧心忡忡的样子笑道："下棋就下棋，神不守舍，难免出错。纵然汉军来犯，不是还有我么？"

王雷脸上有些发烧，正要伸手举起棋子，就听见一阵急促的脚步声，守关的一位校尉来报，言说曹参率大军已经兵临散关了。

章邯哗啦一声推乱棋子，从案几旁站起来惊问道："如此突然，汉军是从天而降么？"两人相互交换了一下眼色，忙相偕着来到关城。凭高远望，从山道上直到关前都是汉军，为首的将军想来就是曹参。

曹参是第一次率部攻打散关，他站在关门外举目四眺，但见群山叠嶂，古木翁郁，两侧的山峰如卧牛，如奔马，又像密不透风的天然屏障，清姜河从关前急湍奔过。关门上书写了"关控陡绝"四个大字，黑底绿漆，远远望去，非常醒目。

曹参记得，韩信在汉中大营对即将开拔的他说过，散关乃巴蜀进入关中唯一关塞。自北而南，不经过此关，到不了梁州（汉中）和益州（四川）；自南而北，不经过此关就到不了关中。现在，勒马清江河畔，感受群峰兀立的森森气象，曹参才真正品味出韩信话语的分量，掂量出自己肩负的重任。

大军刚刚攻取下辨时，曹参就派了数名士卒隐身在密林中，探知关外益门镇山民每日要向守关将士送菜送粮食，便乔装打扮混进城去，弄清了守将乃章邯。当他得知章邯不曾有战阵经历且素有轻敌之心，他就心中有数了。

当夜，曹参召集麾下几名校尉到大帐议军，吩咐每日只派遣五百人攻城，轮番作战，使敌不能休息。又命一位校尉率领部下爬上关对面的小山包，用鸟粪燃起烽烟，每日吹进城内。

之后，往往是两军刚刚交上手，汉军就佯装不敌而退。而城内的雍王军却不敢有丝毫的懈怠，生怕稍一疏忽汉军就攻进城来；尤其是每日的鸟粪烟雾熏得雍军将士终日咳嗽不已，饭菜入口就恶心。一连五日如此折腾，守关将士疲惫不堪。章豨数次要出关寻找曹参决战，都被王雷苦苦劝住。

第六天子时一过，烟雾散去，鼓声偃息。派出刺探军情的哨兵急忙来报，说是汉军撤退了。

章豨疲倦的眼睛顿时睁得老大："何时撤退的？"

"从酉时就有南撤的迹象，汉军拆了营寨，毁了土灶，看样子是准备沿原路返回。"

章豨先还是静静地听着，及至后来禁不住拊掌大笑："曹参老儿，你以为散关是沙子垒的，那么容易攻取？"说着，他站起来对王雷道，"将军留守关隘，我自带兵前去追击。"

王雷劝章豨宁可据关自守，也不可轻易追击："散关关乎雍国安危，将军还是三思为要，万不可逞义气之勇，贸然出战。"

章豨却是完全不同的感知，他是雍国立国后第一次遭遇敌军，因此当王雷相劝时，他自信地说道："我决定出兵，若有闪失当由我一人承担，将军不必多言，守好散关就是。"

王雷见章豨出兵意决，只好道："将军一路小心，若遇不测即行退入关内，末将在此接应。"

章豨点了点头，披挂上马，率领本部人马出关去了。

启明星在东方冉冉升起，残月在山后悄悄隐没，浓密的星星映出模糊的山影；只有清姜河河水呼啦啦的水声，相伴着滴滴答答的马蹄。偶尔，有一两声鸥鹆的叫声从密林中传出来，平添了寂静和恐怖。从事中郎暗中提醒道："如此寂静有些奇怪，将军还是谨慎些好。"

章豨回道："汉军撤退，未留一兵一卒，自是寂然无声，不必担心，加速行进。"

"诺！"从事中郎应一声，打马朝前传令去了。

东方渐渐露出些许的晨曦，远近的山影大致可以看出影绰的轮廓。当章豨得知军伍的行程大约十里后，他心中就发毛了。依照行军速度他早该追上汉军了，难道汉军都长了翅膀？正踯躅间，从事中郎惊愕地看指着右边的山头道："将军您看？"

章豨朝右前方眺望，就见从密林中忽然飞起成群的鸟儿，叽叽喳喳的叫声在黎明听来十分响脆，章豨的第一个反应就是有埋伏，他的话没有来得及喊出，就从河谷和两边山林中发出了喊杀声。那一刻，他的心向万丈深渊坠去:"不好!中了埋伏。"

大军此时拥挤在山道上,成了汉军的靶标,眼看着身边的士卒成片倒地,章豨挥动手中的长枪一边拨散箭雨,一边要士卒们迅速后撤。这时,从河谷的草丛中飞出一骑,正是曹参,一把大刀横在面前厉声喝道:"你等已被包围,还不下马投降。"

章豨见状,挥枪即刺,两人在马上大战十几个回合。章豨惦记着散关,无心恋战,卖了一个破绽跳出圈外,催马朝来路奔去。曹参大吼一声,座下的赤色马顿时四蹄腾空,紧追不舍,这一追就是十里。王雷在关楼上看见章豨败归,急忙命士卒开关。孰料迎回了章豨,却无法阻挡曹参大军的蜂拥而入。王雷来不及多想,率部冲下关楼,两军就在关门内厮杀起来。不一会儿,但见尸横遍地,血肉横飞。曹参属下的几位校尉屡经战阵,明白对章豨和王雷须得聚而歼之,彼此使个眼色便一齐上前,将王雷团团围住。他们只管凝心酣战,又命长刀屯士卒专砍王雷的坐骑。其中一位身大力强的屯长一刀下去,战马的一条腿就断了,连带着王雷轰然倒地。校尉见状,大喝一声"要活的",话音刚落,就见一股热血冲天而起,喷了士卒一脸。王雷冲向汉军,一位士卒的长枪刺穿了他的腹部,王雷长啸一声,闭上了眼睛。

再说章豨一边与曹参鏖战,一边还要牵挂王雷的安危。当他用余光捕捉到王雷倒地的情景后,枪法顿时乱了,有几次差点被曹参拦腰斩断。他后悔当初没有听王雷的劝告,结果不仅丢了散关,而且失去了一员大将。散关一失,汉军下一个目标就是陈仓。一想到陈仓,他眼前立即浮现出章邯的叮嘱。他现在唯一的选择,就是迅速撤往陈仓。

散关大战整整持续了五个时辰,直到夜幕拉开,曹参才停止了进攻。章豨疲倦地靠在一棵树旁闭目独思,此时,自责、悔愧都伴随着饥渴涌上心头。但他知道,现在不是想这些的时候,他必须将残存的兵将带到陈仓。因此,当从事中郎用头盔盛了水,又递上糇粮时,他只喝了几口水润了润嗓子,就下达了撤退的命令:"大家今夜亥时撤往陈仓……"

第二天卯时,有军侯来报,说章豨残部逃往陈仓。曹参闻言便笑了,道:"我早就料到他必往陈仓,辰时二刻兵发陈仓。"

……

章豨没有想到,他在陈仓看见了章邯。原来,在派遣王雷和涉隙前往散关和陈仓后,章邯还是不放心。尤其是陈仓乃雍国门户,他必须亲临才能放心。于是,他将雍都城防交与章平和陈宇,自己直奔陈仓来了。

章豨一见章邯,就哭着拜倒在地:"臣中了曹参之计,丢了散关,罪该万死。"

章邯听章豨奏报完军情,便知刘邦一定用了高明之士主持军务,因此,他没有过多的指责,只是要他们牢记前车之鉴,力保陈仓不破。

章豨擦去眼泪,表示一定死守陈仓,绝不容汉军越过城池一步。

当夜,章邯在大帐内主持了议军会议,分析了雍军面临的情势:"所谓来者不善,刘邦此次兵出故道,欲犯我国。然则,敌一路上爬山越岭,长途奔波,鞍马劳顿,战力必弱。只要我将士严阵以待,以逸待劳,敌将不战自退。"章邯说着,引领几位将军来到地图前,指着从故道到陈仓的"山脉",胳臂在地图上画了一个圈道,"陈仓三面环山,一面敞东。南倚终南雪峰,北靠陇山余脉,气候早晚殊异,雨雪无常,敌只有从正面攻城。我只要固守,敌必不能得之。而且,我在去往废丘道上密布埋伏。"

章直附和道:"有大王主阵,我们大家便心中有底了。"

章邯回到座上呷了一口热茶,暖了暖身子,一种萧瑟秋意爬上眉头,雪白的眉毛收缩在一起,宛若芦花。章豨看着,心中就生出几分疼痛:"大王春秋已高,尚需珍重。"

"国事为大,我岂敢怠惰惜身。"章邯回看了一眼章豨,便安排了兵力部署,由章豨率领弓弩手每日在城楼值守,只要汉军敢于攻城,就以弓弩射之。之后,章邯转过脸来对涉隙道,"将军可在城中招募丁壮,每日削竹造箭,箭镞皆涂以'乌头碱',以供射敌之用;章直负责督促吏卒,节俭粮草,以备久战。"

章直毕竟年轻,不免建功心切,对伯父的安排颇有微词。那气度让章邯欣慰而担心,生怕他因为玩忽职守而误了大事,便严肃地叮嘱道:"兵法云:凡用兵之法,驰车千驷,革车千乘,带甲十万,千里馈粮。则内外之费,宾客之用,胶漆之材,车甲之奉,日费千金,然后十万之师举矣。粮草乃我军命脉,不可轻视。否则,全军覆没。记住了么?"

章邯心事重重的样子深深地感染了章直,他急忙双手打拱道:"末将记住了,大王尽可放心。"

送走将领,章邯这才感到两肩有些沁冷。屈指数来,已是十月了,望着远方山岭剪影,他自语了一句:"这真是多事之秋啊!"

章豨逃进陈仓的第二天,曹参的大军就兵临城下,在这里与周勃军会合。

周勃一如既往地话少而意赅。当曹参问为何围而不打时,他回道:"大王、大将军严令,不可擅自攻城,只要让雍军知道,我军欲攻城便是。"

曹参思忖韩信必有奇计在胸,便也不再多问,与周勃商定两人各率部围住东门和北门,每日只是做出攻城的样子,然而,一俟接战又似乎攻而不下,给章邯留下陈仓牢不可破的印象。开始,有数十位士卒被涂了毒药的箭射伤,未及回到军营便中毒而亡。曹参连夜与周勃商议,只在弓弩射程以外骂阵,而不轻易近前。连续几天下来,雍军早将情况禀报章邯得知,章邯亦觉蹊跷,却是一时理不出头绪来,只好道:"静观其变。"

章邯没有想到,此时,柴武和郦商率领的军队正从陈仓背后的山间小道向北进发。而建言抄小道而行的不是别人,而是刘邦前往汉中途中收留的一位樵夫。他就在终南山中砍樵为生,对山间的大小谷道了如指掌。九月中,郦商率领五千人马从人迹罕至的悬崖峭壁上翻越数日,终于全部到达陈仓背面。

郦商是最后一个安全落地的,回看云雾缭绕的群峰,想起在藤条上度过的危险时光,恍若梦境。清点了一下人数,在翻越悬崖中有百十名士卒因为力怯而掉进悬崖。郦商望着来路,俯下身子深深地鞠了一躬,转身令校尉们命士卒隐蔽,等待时机。

大约是酉时二刻,柴武率领的五千人马越过另一座绝壁,在陈仓南面的山林里与郦商会合了。当郦商从柴武口中得知他也险些葬身深谷后,就冒出一身冷汗,庆幸上苍保佑。

两人来到密林深处,拆开韩信分手时留给他们的锦囊。但见上面写着一行字:"兵贵神速,久战必挫。亥时攻城,曹、周协力。"

郦商看了看柴武道:"大将军这是站着说话不腰疼,将士疲惫不堪,还要攻城,能有多少胜算?"

"大将军如此安排自有道理。"郦商不再埋怨,传令戌时二刻吃饭,亥时一刻攻城。

其实,将士们虽然疲惫不堪,却不愿意待在阴冷的密林间,都希望尽快夺下陈仓,好吃一顿热乎饭以解多日疲劳。听说亥时攻城,大伙顿时勇气大增,荷枪持刀,弓弩上弦,单等总攻号令了。

亥时一刻刚过,郦商首先向陈仓城射出第一支火箭,接着,两军的弓弩手将万千箭雨射向城内,南城门楼上霎时燃起熊熊大火,不一刻就陷入烈焰之中。

几乎就在郦商和柴武阅读韩信锦囊的同时,周勃也向曹参打开了韩信交代的锦囊,言说一旦山后起号,立即从东门和北门进攻。现在,南门的大火就是号令,两人迅即发起攻城,先用火箭点燃城头的滚木和桐油,那些涂了毒药的箭镞被大火烧为灰烬,即便传令弓弩手到位也派不上用场了。

南门失守令章直大惊,他急忙奔回大帐向章邯禀报:"南门被汉军突袭,我军陷入夹攻之中,大王还是速速突围回废丘吧!"

章邯闻言蒙了,倏地一声站起来道:"怎么可能呢?南门外可是峭壁密林,汉军是如何翻越的?"

可章直的眼神告诉他这不是虚言,这时,章豨带领两名校尉冲进帐来,架起章邯奔向帐外,扶上战马,趁着黑夜朝东门方向去了。章直不敢怠慢,也迅速上马追着身影而去。

章邯一行冲到东门口,正遭遇周勃军自外向内进攻。周勃见被呵护在中间的是一位雪眉老者,断定必是雍王,催马冲了过去。

章豨一边上前迎战,一边向章直喊道:"护卫大王撤离……"

章豨与周勃马上来去三十多个回合,眼看着章直护送章邯出了东门,周勃大怒,大刀以泰山压顶之势砍下,章豨挥枪拦阻,孰料枪杆被砍断,大刀顺着肩膀而下,一只胳膊瞬间掉在地上。章豨自知难逃一死,抽出宝剑自刎而死。

周勃黑着脸望了一眼周围的士卒,冷冷地说了一个字"追",打马冲出了东门。

太阳从东山上冉冉升起的时候,陈仓城城头飘起了"汉"字大旗,两边分别是各路将军的旗帜,在秋风中映日争辉。

辰时二刻,刘邦、韩信、郦食其、卢绾等人在少年营的护卫下从北门入了陈仓。

韩信的车子紧跟在刘邦后面,他站在辕头向肃立在街道两侧的士卒们频频招手,心头腾起一层又一层浪花……

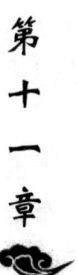

第十一章

> 迎春属刘借王陵
> 拘陵母项失人心

汉元年(公元前206年)秋冬,是刘邦扬眉吐气、重回咸阳的季节,也是韩信韬略初显的季节。

占领陈仓后,刘邦立即部署诸将分进合击。樊哙在白水击败西城县丞军队后,立刻回军雍县全歼章邯轻车骑兵,与攻取雍城的曹参会师,接着在好畤大战章平,打开了东进大门。章邯无奈,再次退回废丘。这样,关中西部除了废丘一座孤城,其余地方皆为汉军占据。

刘邦乘胜追击,遣曹参、周勃与樊哙东进,在咸阳城外与雍国内史吴保和将军赵贲激战,咸阳二次回到汉军手中。樊哙率先将"汉"字大旗插上城头,远远望去,辉光曜日,给寥落许久的"废都"徒添了与深秋殊异的生机。

凭楼远眺,满目疮痍,残墙断壁,曹参喟然长叹道:"若非项羽一炬,咸阳岂能是这般光景？"

"是啊！王气不在，还算什么帝都？"周勃闷声闷气附和。

樊哙骂了一声，换了说话的口气："咱们都是带兵打仗的将军，又不是儒生，与其叹气，不如做好迎接大王的准备。"

两人都觉得樊哙说得有理，于是布置下去，两天后在咸阳西门卤薄迎接刘邦一行。

这是九月底的日子，与去冬鸿门宴上孤心高悬有别，刘邦现在心境明朗，完全是雨过天晴的快慰。他回来了！而且是以胜利者的角色回来了。他看了看同自己坐在一辆车子上的韩信，就从心底感佩夏侯婴，特别是萧何追回了这位年轻人，于是问道："重言（韩信的字）下一步有何谋虑？"

韩信手扶车轼，眯着眼睛看远处的城池，深秋的雾霭从地面升起，缓慢而又散淡地盘绕上城头，氤氲郁郁，缥缈神秘，即便是残墙断壁，也难以掩盖它帝王之都的山川气象。他收回目光，将一路上的思考摆到刘邦面前："敢问大王，咸阳屏障是何处？"

"重言比寡人清楚，当然是函谷关。"

韩信点了点头道："大王明察。臣以为当务之急在于拿下函谷关，阻断三秦与关东联系。而且据臣所知，司马欣早年曾救过因杀人入狱的项梁，难保他不与项羽合谋，西窥咸阳。"

"将军所言甚是。子房当初亦谏言寡人在函谷关阻击项羽。一进咸阳，寡人就命灌婴攻取函谷关，另遣周勃向北攻取漆县。"

"子房先生运筹于帷幄，制胜于无形。臣仰慕已久，惜乎至今未能谋面。"

一句话出口，刘邦就沉默了。是啊！屈指算来，他离开也有数月之久了。安危如何，却是少有消息传来。近来，彭城风传韩王成被杀，这是否会牵涉张良呢？刘邦摇了摇头，叹了口气道："当初寡人得子房，犹若今之得将军也。亦不知他现在如何了？"

韩信宽慰道："臣到汉中后，闻诸君每每谈起子房先生，皆叹服其智勇，纵然遭遇逆境，定会化险为夷。"

这时，曹窋轻骑来到刘邦车辇前禀道："禀告大王，前面不远便是咸阳，樊、曹、周三位将军率仪仗在西城门口迎驾！"

"护卫车辇前行！"刘邦挥了挥手。

"诺。"曹窋回到车辇队伍左侧，刘肥在右边，两人警惕着周围。

咸阳城就在眼前，当刘邦的车辇穿越甬道进入城门之际，军中雅乐高奏，战鼓雷鸣。樊哙今天没有骑马，而是驾着战车在前面导引，在"汉王威武"

的声浪中来到城中心。曹参和周勃早等候在那里,看见刘邦的车辇,立即上前行礼齐声道:"恭迎大王。"

刘邦示意他们平身。然后,携着韩信一起下车,站在客舍前就皱起了眉头:"这是寡人暂歇之地?"

"启奏大王,正是。"

"为何不扎营寨,不设中军帐,却要征用民房?"

"大王。"曹参上前回话,"只因皇宫毁于战火,臣征用了商贾屋舍,以充王宫。"

刘邦皱了皱眉头道:"当初进咸阳时,寡人曾约法三章,你等忘记了吗?"

曹参和周勃相互看了看,忙回道:"臣等知错,这就把屋舍还给商贾,安营扎寨。"

一个时辰后,刘邦已经坐在中军帐与诸位臣下谈话了。

"诸位!"刘邦喝了一口曹窋递上来的热茶,润了润嗓子道,"目下战事顺畅,虽然章邯依旧盘踞在废丘,但我军已将其围了个水泄不通,城破指日可待。下一步如何打算,且听大将军叙说。"

韩信放下手中的茶盏,带领大家来到地图前道:"栎阳、废丘、高奴成掎角之势,一方遭攻,必求助于另二方。因此,我军应迅即攻取栎阳,继而北取高奴,断章邯双臂。如此,则废丘孤陷重围,三秦勘定有日。"

"大将军所言,正合我意。"刘邦回到座上,当即下令由灌婴率军攻打栎阳,派周勃率军北上进攻漆县,一路扫平汧县、眉县和频阳,剑指高奴,然后回军与曹参、樊哙围攻废丘,"诸位将军,定三秦乃汉军出陈仓以来最艰之役。不唯线长,且军力吃紧,望诸位将军各自作战,临机果断。前事约法三章,未可忘记。所过之处,有扰民乱性者,杀无赦。"

韩信本就是一点即通之人,听了刘邦这番话,虽然还想强调要攻打废丘,却也觉得有蛇足之嫌了。

秋阳在终南山山脊后溅落时,刘邦用过晚膳,一人在大帐内翻看兵书,卢绾带着两名女子进帐来了:"大王一路西来,鞍马劳顿,微臣觅得两位女子,来伺候大王沐浴更衣。"

刘邦看见女子一怔,放下手中的竹简询问道:"这是为何?"

"大王乃大汉之主,王者之身,岂能风尘蒙面。这两位女子乃是前秦宫女,自幼入宫,却遭遇秦亡宫毁,逃亡民间。"卢绾笑着将两位女子推到刘邦面前,生怕他误解了自己的意思,"她们就是伺候大王沐浴而已。"

两位女子急忙上前施礼道:"奴婢拜见大王。"声音莺莺燕燕,呢喃温软,显见得是在深宫大苑中调教出来的。

刘邦迅速打量了两位女子,她们眉目秀丽,肤色白皙,嫩若春笋。头上梳凌云髻,上着黑色白花夹襦,下穿朱红留仙裙。隔几步远,那淡淡的花香味就从两位宫女的宽大的衣袖中散出,沁人心脾。他悠然想起上回入咸阳时韩谈带他游览咸阳宫的情景,不知不觉间,早年在沛县时的浮浪悄悄地爬上眉头,只是碍于卢绾在面前而不得不矜持些罢了。

卢绾与刘邦自幼就是玩伴,年纪稍大些,同在一师门下读书,对这位同乡同窗的习性还是比较熟悉的。虽说不上是一位情种,见了女色却总是心动眼痴的。之所以投其所好,也是因为他来汉营后一直功绩平平。见刘邦没有拒绝的意思,卢绾很适时地施礼告辞出帐去了。

曹窋按照卢绾的叮嘱将热水烧好后,又打了掺兑的凉水,拉上幔帐,转身退了出去。两位女子先是一边给浴盆中倒热水和凉水,一边用纤纤细手试水温,看看差不多了,才过来伺候刘邦脱衣。三年来头一次被人剥光衣服,赤条条地躺进浴盆,加上两位女子举止轻盈,身骨如酥,刘邦终于心浮情浪,就在女子的脸颊上摸了一把。久在宫中,也许已经司空见惯,两个女子也不躲避,只是嘤嘤地笑。

蒸汽在浴盆周围弥漫,两位宫女此时好比云里的仙子,若远若近,触之可感而又缥缈隐约。那个不可一世的秦皇,在秋夜里也不过如此吧?刘邦这样想着,便伸出颀长的手臂去摸宫女敞开的衣襟。

大约持续了半个时辰,刘邦起身,女子帮刘邦穿上裤,扶到后帐榻上。一位女子为刘邦捧了从汉中带来的紫阳春茶浸泡的汤汁,另一位宫女则为刘邦梳了一个秦人的发髻。刘邦看了一眼宫女,问道:"你没有见过楚人的发髻么?"

"在宫中时见过楚国使者的发髻,奴婢这就为大王重束。"那女子说着就将头发散开,重新编结,梳成歪髻。又拿过铜镜让刘邦看了,觉得满意才罢。

一切收拾停当,那位年纪稍大的宫女说道:"卢大人有命,奴婢今夜就在后帐伺候大王歇息。"言罢,就开始解衣松带。刚刚露出半身玉体,就听见从帐外传来说话声,那女子顿时屏住呼吸,刘邦的心波也渐渐退潮。

刘邦听出来了,那是夏侯婴的声音。现在已是酉时三刻,他来做什么?

"大王在忙么?"夏侯婴问。

曹窋回道:"大王正在沐浴,大人有要紧事么?"

"丞相从汉中来书了,我要见大王。"

"这……"曹窋面露难色。

夏侯婴立即明白了。对刘邦性格的了解,夏侯婴并不比卢绾少。在沛县任司御那些年月,他是刘邦的酒友,知道他喝点酒就心猿意马。夏侯婴不打算在这里纠缠,他转身就朝外走。

　　就在这时,他看见两名年轻女子从刘邦的后帐出来,那身影宛若游云,很快就消失在夜色中了。夏侯婴望着女子渐渐模糊的背影问:"刚才有什么人来见过大王?"

　　曹窋刚刚说出一个"卢"字,夏侯婴就明白了。这时候,从内帐传出刘邦的声音:"外面说话的可是太仆?"

　　夏侯婴急忙回答:"是微臣!"

　　"进来说话!"

　　夏侯婴进到帐内,刘邦已穿戴整齐。夏侯婴告诉刘邦,萧丞相从汉中来书,说已将在巴蜀征得的粮草由雍齿押送,十天前登程,估计不久就可以到达咸阳。说完,他就把萧何的上书呈给刘邦。刘邦大略浏览一遍,禁不住拍案道:"丞相推计踵兵,给粮不绝,功莫大焉。三秦定后,顿纲振纪,明罚敕法,非丞相莫属。待大局初定,定然要他也来关中主事。"

　　"大王英明!"夏侯婴又把萧何给自己信中所议提了出来——当然他隐瞒了萧何对刘邦性格的担忧,"丞相还说,三秦勘定,指日可待,王业初兴,大王也该考虑将王妃与王子、公主接来,以解相思之苦。"

　　刘邦何等聪明,立即明白了夏侯婴的意思,禁不住为方才的孟浪而脸有些发热,好在是夜间。其实,这样的提议早在上回游咸阳宫时萧何就提出过。

　　"此事寡人不是没有考虑过!只是咸阳之于沛县,路途遥远,中间项羽大军阻隔,谈何容易?"夏侯婴听得出来,刘邦不是借故推诿,而是实情。

　　"微臣倒有一言,不知当不当讲?"夏侯婴看了看刘邦,见他听得很认真,便直言相告,"可命丞相从汉中遣一将军出武关,进南阳,托王陵护送王妃与公子、公主南来。臣闻秦南阳郡守吕齮自降汉后,忠贞不贰,与王将军相处甚洽,定会协力襄助。"

　　闻言,刘邦频频点头:"太仆不说,寡人都将这条路忽略了,只是请谁去见丞相呢?"

　　夏侯婴便举荐牛良:"前几次牛将军寻找刘肥公子,或迎接吕泽将军,都曾经到过泗水,人地两熟,最是合适。"

　　"好!就遣牛良去!"刘邦一拍掌,对外面的曹窋道,"传牛良进帐!"

　　夏侯婴告辞出来,回看一眼刘邦的大帐,心中难以平静。方才宫女匆匆离去的背影,卢绾捉摸不定的笑颜,总在他眼前徘徊。三秦未定,战事未息,卢绾竟引女色惑主,他究竟要干什么?现在如此,将来得了天下,又该怎样呢?"生于忧患,死于安乐,秦鉴不远,大王当慎之!"夏侯婴走下慢坡,心情依旧没有轻松下来……

牛良奉命星夜赶回南郑,奉上刘邦的诏命。萧何浏览一遍,接着又看了夏侯婴托牛良带来的书信,便明白了。他当即邀来雍齿,道明刘邦之意,并要他遣两名部将与牛良一起出武关,与王陵军合兵一处,迎接吕雉一行。雍齿看了刘邦的诏命,沉吟片刻,当即遣部将王吸、薛欧与牛良出关,前往析县去见王陵。

刘邦率领大军南下武关,将南阳郡交与吕齮、陈恢和王陵坚守。吕齮军仍旧驻宛城,而王陵军则住在西南部的析县白羽邑。

王陵看罢萧何的来书,心中生出几分感动。之前,他之所以徘徊在刘邦与项羽之间,是因为他觉得刘邦十之八九成不了气候。因此,即便在刘邦智取南阳,收服吕齮之后,他还是婉谢了过武关、进关中的请求。然而,后来形势的发展令他开始思考,自己过去可能只看到了刘邦的表象,而没有看到他善得人心的一面。因此,对牛良一行人的到来,他显得格外热情。

在接风宴上,王陵冷静地分析了当下的形势,以为刘邦此时迎接眷属,正当其时:"诸位,据探马禀报,近来项羽正忙于讨伐田荣,无暇西顾,彭城以南兵力较弱,此正是前往沛县之良机。当然,沛县亦是下官故里,自离开后就也没有回去过,我正好借此机会回去探视母亲。"

牛良是个聪明人,立即回应道:"此事应该!此等大孝之举,大王闻之,亦当褒扬。"

"南阳相距沛县一千四百余里,中经陈郡。倘不遇强敌,轻骑十日内即可到达。然则……"王陵的手收了回来,说话的语气也严肃了,"项羽一俟闻知我欲接沛公眷属离乡,必遣重兵阻止。阻之不得,必截杀之。故而,我军须分三路梯次前行。王吸将军率一部从宛城北东进,渡过汝水,一旦主军遭遇攻击,立即驰援;薛欧将军所部则从宛城南先行突进,以吸引敌人注意力,一旦有事,亦可策应。我与牛将军则于析县一直向东,如此,敌陷于迷晕茫雾,我军则趁机疾行突进,最是善策。"

牛良等人皆认为王陵对地形熟稔在胸,策划周密,一同应道:"愿听将军调遣,早日迎回王妃及公子、公主。"

众人散后,王陵留下牛良喝茶。说起迎接吕雉,牛良大赞刘邦重情重义,三年征战,不近女色,对吕雉也是魂牵梦绕,早有接他们母子之意。只是忙于战事,一只延宕至今。这一切,就刷新了王陵往日印象中的刘邦。

前些日子,项羽亦曾遣项伯前来游说,说他倘能归于项王麾下,不唯做将军,便是封王拜侯也不是没有可能。对于项伯,他并不生疏。当他问到关于鸿门宴设计杀刘邦的传闻时,尽管项伯躲闪其词,但他仍然透过一鳞半爪的描绘,对项羽特别是范增的为人和禀性有了更深地了解。他热情地款待了项伯,很谨慎地评说范增,却并没有明确表明归顺项王。

在此后的日子里,项羽不断派人运送些兵器、粮草给王陵,王陵也没有拒绝。但他知道,身旁有个吕䲨,特别是陈恢,什么事情要隐瞒也不容易。因此,每每项羽有赠,他都分一些给吕䲨和陈恢,并声言在任何时候都不会背叛沛公。

这样,他借项羽的粮草壮大自己,又与吕䲨相安无事,倒也自在。可他明白,这样的日子不会长久,随着刘项实力的增长,迟早他是要做出抉择的。他感谢牛良的到来,特别是刘邦接眷属这事使他想起自己在故乡的母亲。父亲死于秦末战乱,母亲一人在故里孤苦伶仃,何不趁此机会把母亲接到身边,也好早晚尽孝。

一想起母亲,王陵的心就撕心裂肺地痛。当他被秦末战火卷进岁月漩涡的时候,母亲守望着故乡的土地。他在南阳相对稳定的日子里,也曾遣人想将他老人家接出来,然而被拒绝了,她不愿意因为自己而耽误了儿子的大事。母亲还写信给自己,要他所到之处必须善待百姓,尤其对项羽的屠城行为表示了难以容忍的愤怒。正因为有训在耳,所以,他才始终没有答应项伯的游说。

"这一回,无论如何也要把老人家接来。"送牛良一行回军营归来的路上,王陵这样想……

残星点点,伏牛山仿佛一道黑色的城墙,在晨曦中迤逦起伏,宛若巨浪,自西北向东南奔去;鹳河在右首,滔滔奔涌远去。王陵、牛良与王吸、薛欧三支军队在析县城外分路,成"川"字形东进。

晨曦中,王陵在马上向王吸和薛欧打拱告别,说出的话凝重而暖心:"我等此去,原为迎接王妃及其眷属,沿途如遭遇楚军,万不可恋战。若有变故,迅即相告。"

王吸与薛欧久在雍齿麾下,听得最多的是主将的训诫,如此温婉的话让他们感动,不约而同地表示一定遵照叮嘱行事,绝不轻易接战。

眼看着一支队伍登上右边的山坡,而另一支队伍涉过鹳河向南而去,牛良从心底感佩王陵的善于用兵,从而对完成这次使命增添了许多信心:"将军果然运筹有度。从沛县出来的英雄皆是人杰,无论经国济世还是统兵打仗,总有过人之处。"

王陵笑了笑回道:"非沛县人聪颖过人,乃操揉磨治之故也。牛将军虽非沛县人,不也成统兵之将了么?"

牛良急忙打躬作揖道:"不敢不敢!此皆汉王栽培之功。"

虽然视线模糊,看不清牛良脸上的表情,但王陵还是强烈感受到刘邦在牛良心中的位置。就这一点,他便自愧不如。

大军东行数日,倒也没有遇到大的阻拦,只有零星的小战事。这一天大军来到距阳夏城十里之地的荷花镇,军伍一进镇,立刻封锁了四门,一律露宿街头,不许进民宅骚扰。王陵当日派出一屯士卒,潜入阳夏城中刺探军情:"我军一路虽无大战,然小战消息走漏,必然让霸王怀疑。故而,不可轻进。"

两日后,派出去的人马归来禀报,说霸王派大将龙且率部进驻阳夏。

"哦?"王陵的眉头紧皱在一起,忧虑道,"这位龙且乃项羽心腹大将,曾在巨鹿大战中战功赫赫,以善于用兵而颇得范增好评。他在这个时候进驻阳夏,显然是得到了消息。"

"能否绕过阳夏?"

"此去沛县,阳夏是必经之地,绕道几乎没有可能。"见牛良有些着急,王陵眉头一皱道,"我闻龙且素来重义气。我等不妨直接道明汉王欲接王妃离沛,别无他事,也许他念及昔日共灭暴秦之谊,会让一条东去之道。"

"倘若如此,末将愿亲往送书。"牛良道。

当下王陵修书一封,又安排一屯侍卫随同牛良前往。整整一天,王陵都心神不安地等待牛良归来,更希望他带回欣慰的消息。他派人到镇东门察看,直到太阳落山之际,才看到牛良和他的侍卫一路风尘地回来了。

当从事中郎将这一消息告诉王陵时,他顾不得正在吃饭,就朝镇门口跑去。

牛良一脸的阴沉,心境更是乱麻一团。龙且开出的条件使他无法当面回复,而此去的无功而回,更使他羞于见王陵。因此,他一看见王陵的身影,立即翻身下马,双手抱拳道:"末将无能,未能说服龙且。"

"有话回去说,将军劳累了。"王陵截住牛良的话头,转身回到大帐,命军厨上了饭菜。看牛良吃得分外贪婪,便知他在龙且那里遭到了冷遇,便问,"龙且怎么说?"

"气杀人也!"牛良放下筷子,"倒不是他不放我军过城,而是他提出只要王将军率部归顺项王,就可以网开一面。"

"哦？"王陵担心的事情还是发生了。

"不仅如此，龙且还说，老夫人被范增请到彭城去了。"

"项羽小贼，这不是要挟我么？"王陵呼地站起身，将酒卮摔在地上。

牛良想不出用什么语言来安慰王陵，只是一遍遍重复四个字："将军息怒。"

王陵出得帐去，骑上名为"雪玉"的骏马朝镇外跑去。牛良见状，忙上马追去。

九月下半月，月亮还没有升起来，只有星星影影绰绰地分布在天空。在镇口察看行人的士卒忽然看到将军从眼前驰过，来不及问话就风驰电掣般地远去，只留下呛鼻的烟尘。

战马在飞奔，王陵的心在起伏跌宕，如同狂涛，一浪高似一浪。他不知道项羽将会怎样对待年迈的母亲，让老人家遭受怎样的刑狱之苦。早年在沛县，王陵是以孝名闻乡里的。他虽是一方豪杰，可母亲从来教诲他不能以富凌人。特别是刘邦落魄住在庄院那段日子，母亲要他以兄长称之。如今，她又为刘邦而蒙难……

月亮终于迟迟爬上东方，月光下，前面显出一方草甸。王陵催动战马向草甸跑去，然后，就一骨碌翻身下马，躺在草甸上，默默无声……

如水的月光下，牛良、从事中郎和侍卫围在身边，没有作声。

回到公署，王陵毫无睡意，邀牛良来商议军情。

"既然项羽不仁，也休怪我不义。传令王吸、薛欧两路军齐集阳夏，拿下阳夏，看他项羽又能怎样。"

牛良没有说话，盯着墙上的地图许久，待他转过身来时，便以另外一种口气说话了："将军为汉王眷属两肋插刀，令末将分外感动。然则将军之母现在贼营，生死未卜。我军若是贸然进攻，激怒项羽，诚恐老夫人安危不保，还请将军慎思。"

"这……"王陵叹一口气道，"汉王将迎接亲眷大任托付于我，我却进退维艰，这如何对得起汉王信任？"

"汉王迎亲眷之想并非始自今日，皆因战乱阻隔，延宕至今。今项羽遣龙且在阳夏拦截，显然是得到了我军东行的消息。依末将之见，我军不妨后撤至陈郡内，缓图为宜。"牛良明白，王陵担心的还是汉王不能理解他的苦衷，随着提出由自己向汉王禀报实情，"汉王宽怀大度，定能深解将军心境。不仅将军，王吸与薛欧两路大军亦应后撤，做长远计。"牛良相信，王陵通过这场变故，归顺刘邦已是水到渠成之势，这样，他也算没有辜负汉王嘱托。

同样一件事情,在王陵却有着更深的思索。须知汉王父母妻子亦在沛县,随时都有被项羽掳去的可能。然则,牛良为自己母亲安危决然暂缓进军,足见刘邦麾下多仁义之士啊!从现在开始,他要想一想未来的出路了。

这一切,当然牛良尚不知道。但王陵随之遣人向左右两军传话,暂缓进军阳夏,这表明牛良的话他是听进去了。

又是一个深夜子时,王陵与牛良所部饱餐一顿,开始悄悄后撤。

……

"什么?张良逃走了?"项羽放下手中的竹简,厉声问,"彼乃韩成司徒,韩成既死,张良既不能归顺于我,就断不能生还,你们竟然让他逃之夭夭。"他一生气,抓起案头的玉砚就向郎中令虞子期甩去。虞子期顺势一躲,玉砚落地,碎成两半,研磨好的墨将地毡染黑了一大片。

虞子期是虞姬的远房堂兄,在项羽二月间大封诸侯前夕来到此地。几个月来,在同堂妹的交谈中他已对项羽的性格有了比较清楚的了解。因此对他的易怒和跋扈并无多少反感,继续按照自己的思路禀报:"不仅如此,从平阳传来消息说右尹吕清、司徒吕臣父子也相继出逃,至今不知去向。"

闻言,项羽的豹眼顷刻间睁得老大。这到底怎么了?诸侯们不是自己亲自封赏的么?为何没有几个月,就有田荣、陈余等人相继背他而去?吕清、吕臣父子难道不明白,楚军目下的强势是因为有了他项羽么?若非他出生入死,何来彼等头上的冠冕呢?不思报恩倒也罢了,反而离心而去?症结在哪里?是自己器量狭小不能容人么?他无法说服自己,他连劲敌刘邦都放过了,这还不算器量么?他盯着虞子期问道:"你说说,为何会这样?"

虞子期皱眉良久,才带着试探的口气道:"微臣有一疑虑,不知当讲不当讲?"

"你就直说吧,何须吞吞吐吐?"

虞子期撩了撩衣袖,这才压低声音道:"据彭城南门大阍禀报,说张良等人出城的文书乃左尹所赐。"

"唉!"项羽的怒气顿然转为无奈,颓然地坐在榻上道,"叔父柔肠,迟早要误大事。他为何不想想,放走一个张子房,等于放走十万人马。"他转脸对伺候在身边的中官道,"传叔父进殿。"

虞子期觉得自己在这里会有不便,便向项羽告辞。项羽也不阻拦,又问道:"刘太公一行和王陵之母如何安置?"

虞子期回道:"遵照大王旨意,微臣将之置于驿馆中。并派禁卫严密把守,决不许可疑人等接近。"

项羽点点头道:"命左徒府官员好生款待,不可疏忽。"

项伯进殿来了,近来他的心境十分烦躁——为了项羽一个个出乎意料的举止。不去游说王陵,却把人家的母亲"请"到彭城,这还是为人的风范么?他尤其不能容忍侄儿出尔反尔,先是收回了立韩成为王的成命,接着,又杀了他,还要谋害韩国司徒张良。这些,都让他十分尴尬。就是项羽不传他,他近日也要进殿谏言侄儿的。他还有一件重要的事情,就是带来了张良临行时留给项羽的信函。

不管项羽对叔父的行为有多么不理解,可他毕竟是父亲去世后将他养大成人的长辈。而且在项羽的记忆中,项梁教他更多是兵书、战法,而生活起居基本上就是由项伯夫妇照料。他看见叔父蹒跚着脚步进殿来了,没有如往常见臣僚那样正襟危坐,而是起身来到殿中央,施了晚辈的礼节:"叔父到了。"

项伯点了点头,脸上却流露出不悦:"我已多次对你说过,公私不能兼而有之。在公署,当以公礼相见,你总是置之脑后。"

项羽笑着回道:"孩儿记住了。"接着,命中官赐座。然后也不拐弯抹角,直截了当地问,"听说叔父送走了张子房?"

项伯并不回避,点了点头道:"有什么不妥么?子房乃故韩王司徒,又是叔父挚友,曾数度救我于危难之中,他来拜见韩王,天经地义;韩王遭遇不测,他辞别而去,乃在情理之中,何须大惊小怪?"

项羽长叹一声道:"叔父难道不明白,他多年在刘邦麾下供职,足智多谋,若留我营,也许于楚有益。然则放走他,乃无异于纵虎归山啊!"

项伯一改往日的平和,一脸矜持地历数近来项羽在决策上的一再失误,尤其是不该剥夺韩王成的王位,并将之带往彭城软禁,如今韩王不明不白死去,就是有一百张口也脱不开干系。如此情况下,欲图留住张子房,岂非痴人说梦?

项伯的话句句直刺项羽痛处,他的脸色一阵黑一阵白,暗暗埋怨叔父与自己心不同思,行不同路,却又无法像对他人那样随性发作,只能百无聊赖地将手中的竹简弄得哗啦啦响。

但项伯并不在乎项羽的态度,反而言说自己放走张子房,正是为了他取信于诸侯,以挽回流失的声誉。接着,就把张良临行时写给项羽的信递给中官道:"看看子房何等旷朗无尘,你如此对待韩成,他仍然书信与你,为西楚计,为大王计,如此谦谦君子,你能对他下得了手么?"

项羽从中官手中接过张良留下的书信,自右至左浏览一遍,果然言简意贱,字字犀利——

外臣张良拜见霸王殿下:
天下初封,尘埃未定。田荣弑君夺齐自立,陈余图谋与赵分土,臧荼杀韩广而谋代。大王身系天下,弹劾征伐,烽烟不息。汉王出陈仓确有不妥,然欲得关中,如约即止,不敢向东,仅此而已。反窥田荣,虎视眈眈,乃为大忧,臣为西楚计,愿大王三思而定,切勿养虎为患,切切!

项羽放下书简,脸色已不似刚才那样难看了。他将张良信中所列与近来天下大势一一对照,便觉得字字句句都切中肯綮。看来,他没有忘记与叔父的私人情谊,而他却听从了范增的谏言,派人追杀。想到这些,他不无愧疚地对坐在面前的叔父道:"孩儿错怪子房了。"

直到此时,项伯的冰冷的脸上才稍稍有了活气,他收住话头,心想侄儿与自己再亲,现在也是一国之主,得维护他的威严,于是道:"当务之急,在讨伐弑君自立之田荣。"

"叔父所言,正是孩儿所想。"项羽起身道。

"既然已将王陵母亲接到都城,就当广施仁义,不可轻动杀机。"项伯说这话是有底气的。他了解项羽的脾气,虽然暴戾,但向来大孝节义,笃信忠恕。

"定遵叔父之嘱而行。"送走项伯,项羽舒了一口气自语道,"好不容易才走了……"

这时候,在门口值守的中官进来道:"亚父有要事求见。"

项羽心里吃惊,他正要传亚父,他就来了,莫非有重要军情。

不错!范增带来一个十分重要的消息,说刘邦欲借王陵军前往沛县迎接眷属,被龙且将军在阳夏拦截了。王陵担心母亲安危,故而后撤百里。

"哈哈哈……"项羽一大早被项伯惹起的闷气顿时烟消云散,为自己派遣龙且守阳夏而很得意。但没有想到,范增接下来的话让他重新紧张起来。

"王陵遣使者前来,请求大王开释其母。"

"他不归顺,寡人如何开释?"

"此正是策反良机,可说服王陵之母修书一封劝他归楚,免得他归顺刘邦。"

"如此甚好!使者现在何处?"

"就在殿外。"

"宣！"

随着中官一声尖细嗓音落地,王陵的使者进殿来了。来人不是别人,正是当初刘邦路过南阳时吕齮的门客、食邑千户的陈恢。王陵之所以请陈恢出面,乃在于其善辩。第一次走近西楚霸王,陈恢犀利的眸子透过从殿门口投射进来的光线打量着他。他没有想到项羽竟如此年轻,而更直接的感受是,他的勃勃英气掩盖不了恃力傲物的性格。陈恢随即对如何与这位王者打交道有了比较理性的认识,他彬彬有礼地上前施礼道:"本使奉王陵将军之命前来拜见大王。"

项羽看了一眼面前的陈恢问道:"你可是来接王老夫人?"

"王将军希望大王看在往日的情分上,送老夫人离开彭城。"

"这倒不难!"范增眯着眼睛道,"此前大王已遣人劝说王将军归附,至今未见回音,不知此次王将军可有话带给大王?"

陈恢并不直接回答范增的问话,而只是一心一意,目不转睛地看着项羽道:"本使不说,想必大王也了解王将军性格。当初义军初起,汉王曾两次借重王将军克敌,还盛情邀请将军归附,均被谢绝,如今又岂是一纸文书能说动的?"见项羽点了点头,陈恢继续道,"臣闻大王素来重义诚信,恭敬爱人,孰料竟以扣押老夫人要挟王将军。若是让天下诸侯闻知,又该如何看待大王呢?"

范增这半会被陈恢冷落一旁,脸上甚觉无光,见陈恢如此辩才,趁机插话道:"好个陈恢,竟敢如此无礼,你就不怕大王烹了你么?"

闻言,陈恢哈哈大笑道:"范老将军聪明一世,糊涂一时。殊不知人不畏死,奈何以死惧之。下官何其人也?只不过南阳郡守吕大人一区区门客,赖汉王大义,赐我千户,得有今日。即便大王烹我,却是堵不住诸侯之口。"随即,陈恢转过身来用讥讽的口气问,"听范老将军之言,似乎大王身毁名裂你才快心?"

范增多谋却少言,未料在陈恢的词锋语剑面前陷入被动,只是重复着一句话:"使君怎可曲解老夫之意。"

项羽却是被陈恢的一番说辞打动了,同样的意思,他刚在张良的信中也看到了,便不能不考虑后果,忙打断范增的话道:"寡人岂敢以拘扣老夫人要挟,只是将老夫人奉若至亲,邀来彭城将息罢了。"

陈恢却不领情:"人曰'树欲静而风不止,子欲养而亲不待',大王既然如此宽怀,何不送老夫人到南阳与王将军相聚呢?"

"这……"

这一迟疑就让陈恢明白，目下要让项羽放了王陵母亲断无可能，便换了语气说话："眼下也该让本使与老夫人见一面。"

这时候范增又说话了："使君若真能说服老夫人致书王将军，功莫大焉。"

"本使倒愿一试。"陈恢心想，只要自己见了王老夫人，便好办了。

孰料范增却提出要陪同陈恢同去拜见王老夫人，项羽亦觉有理，便应允了。

两人乘车出了王宫，朝东走过一条街，再朝南拐，就到了驿馆。范增上前耳语几句，值守的驿尹立即传来两名女谒者，导引陈恢走过几处回廊，便到了一处三件厅房。门前植枇杷二株，橘树五棵；花草曲径，倒也安静。

开了门，秋日的阳光从门口投射进去，隐隐约约看见屋正中有一妇人打坐。陈恢确定那一定是王老夫人了，忙上前施礼道："老夫人在上，下官陈恢奉王将军之命前来探视老夫人。"

王老夫人定了定神，看了半会才问道："是陵儿差人来了么？"

陈恢点了点头。

王老夫人的眼睛顿然睁大了，虽然依旧浑浊，但瞳仁间的光芒却透着母性的慈祥，一连声地问："陵儿可好？陵儿可好？"言语间伸出双手，抓住陈恢，仿佛儿子就在眼前。

陈恢告诉老夫人道："王将军现在南阳，一切皆好。"

王老夫人这才放了手，口中讷讷自语道："那就好！老身就放心了。"

陈恢命跟随自己来的侍卫捧出几件衣服和一个食盒，道："王将军思母心切，夜不能寐。特遣下官送来过冬棉衣和几样南阳点心，以表孝心。"

"老身将去之人，何须费心。"王老夫人接过东西，转身递给随自己来到彭城的贴身侍女，颤颤巍巍地说，"他领着一帮弟兄，只要照顾好自己即可，无须记挂老身。"

范增趁机上前劝道："老夫人是明白人，若能早日说服王将军归附项王，大王定当车辇仪仗送老夫人赴南阳与将军团聚。"

王老夫人抬起头，眼神冰冷地看了看范增道："诚谢你的好意。若没有不方便之处，请先生回避，老身有几句话想与使者单独说。"

"悉听尊便，全在夫人。"范增言罢，退了出去，但随之却进来几名腰间带刀的侍卫，为首的郎中道，"范老将军担心夫人安危，特遣在下率人守护。"言罢，将四名楚宫侍卫分列两边安置，而将陈恢夹在了中间。

王老夫人一看这架势，便知不可能有密语带给王陵了。其实，从被押解到彭城的第一天起她就明白,除非儿子归顺项羽,否则,他们母子团聚无望。王老夫人毕竟豪族出身,历经风雨,见事甚明。秦末以来,战乱频仍,她那颗日益老去的心对纷纭世相早已司空见惯,因此,在楚军冲进庄园的那一瞬间,她就做了随时赴死的打算。

彭城三月,她几乎与世隔绝,每日由谒者送来三餐,间或在随身侍女的搀扶下,被楚宫侍卫"监护"着在院内散散步。其间,项羽曾亲自来看望过三次,却也没有多少难为的举止。倒是刚刚退出去的范增三天两头地来,向她传递一些什么人因为不归顺项王,被兴兵征伐,身败名裂;哪一路诸侯谋反,被押至彭城枭首示众;最近的,就是韩王成的死。她虽然只是掂着两只耳朵听,可每一个消息都是一块巨石,在她心中激起波澜。她断定,儿子即便归顺了项羽,也绝没有好的结局。她暗暗决计,一旦有机会见到儿子,就一定要劝说他早日归顺刘邦,结束这孤悬无助的日子。好了!儿子终于遣陈恢来了,她一定要让陈恢把自己的心思带回去。

侍女上了茶点后,看了一眼身边的年轻侍卫们,便很自觉地退到了老夫人身后。王老夫人指了指面前的茶盏示意陈恢喝茶,然后很平静地、很安详、一切似乎都是深思熟虑地说道:"老身风烛残年,去日无多,早走一天、晚走一天,都无关紧要。只是陵儿年过不惑,当择良木而栖之,早日归顺汉王,为自己讨个前程,万不可举棋不定。"

谁也没有发现,王老夫人的身子悄悄地朝带刀侍卫身边挪了挪,喘了一口气又道:"汉王乃长者,终得天下,愿陵儿善事汉王。"

说罢,王老夫人忽然起身,趁侍卫专心听话之际,"嗖"地抽出他腰间的宝剑,顺势用力一拉,但见热血喷涌,待侍卫们回应过来时,王老夫人已经气绝而亡了。

"老夫人!"陈恢扑上前去,怀抱王老夫人尚有余温的身子,焦急地呼唤着,"老夫人,为何如此?为何如此啊?"

范增听到陈恢呼唤老夫人的声音,心头"咯噔"一下,转身就向里屋跑,恰好与陈恢的目光相撞,陈恢愤怒地大吼:"是你等杀了老夫人……"

范增不顾陈恢的指斥,简要地向侍卫们询问了事情经过,不禁为老夫人的刚烈而惊诧。但他旋即便恢复了安静,甚至是冰冷。

"将王氏尸体妥为保管,老夫要奏明大王处置……"范增背对着陈恢说道。

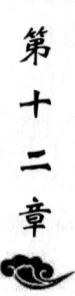

第十二章

弑义帝人心浮动
定三秦诸侯来归

汉二年(公元前205年)十月,一列车队在江北大地蹒跚而行,义帝熊心与他的朝廷正在南下途中。

整个迁徙的队伍分为两拨,一队由郎中令翟庄率领宫廷禁卫护送,除熊心外,还有中官总管、左史、右史、卜尹等人;另一队由莫敖率领,包括左司马、右司马、上柱国以及宫廷辎重。

尽管郎中令传达了熊心的旨意,两拨人马相距不得超过一里,可从彭城出发时,莫敖的人马总是落后五里以上,这使得翟庄的队伍显得有些孤单。虽然几次差人去催,他却以辎重太多为由而延宕。翟庄说不清为什么,但总觉得有什么地方不对头。

熊心寂然独坐在中间的车上,回望身后的江北大地,失落和怆然直上心头。生活有时候就像梦一样，绚烂而又虚妄。他至今忘不了被范增从民间寻回，在薛县第一次见到项梁的情景。他早已忘却了楚宫的尊贵，可项梁却尊他为正统的楚国君主。

但这样的日子何其短暂，仅仅几个月，项梁就中途殒命。那一夜，他以楚国君主的身份祭奠罢项梁，就把自己关在宫内，思虑了半宿。

熊心毕竟流着芈姓的血液，他不甘做一个傀儡君王，他做出的第一个决策就是立下"先入咸阳者王"的誓约，这样做意在牵制每一方力量。那时候，项羽尚位居次将，他是寄希望于"卿子冠军"宋义的。他怎么也想不到项羽能够杀了宋义，并且自任上将军。没有了项梁的约束，他奈何不了项羽，只有承认现实。他知道项羽一开始就对他十分不屑，从那时候起，他的情感就向着很少见面的刘邦倾斜了。

一切皆祸出于"如约"两个字。倘是他罔视刘邦先入咸阳的事实，而诏命刘邦把咸阳让给项羽，也许就不会有后来的许多事情。可他就是不能容忍项羽的跋扈，因而对项羽的追问只给了"如约"二字。从此，他的厄运就来了，项羽干脆将他抛在一边，大封诸侯。并且毫无理由地改称他为义帝，要他迁到江南的郴县去。

首先看到文书的是右尹吕清。第二天一大早，他就和司徒吕臣一起来辞行了。

"陛下待微臣恩宠有加，然则，项羽器量狭小，臣恐难久留，特请陛下恩准微臣退隐乡里。"吕清颤抖着雪白的胡须，颤颤巍巍地说道。

熊心抑郁地看着吕清道："爱卿守正持重，寡人向来每临国事当问政于卿，卿这一走，寡人……"

吕臣接着父亲的话道："陛下不必担心。项羽虽然暴戾，可毕竟居于臣位，加之诸侯众目睽之，他不能不有所顾忌。"

这些话在熊心听起来，虚幻而又无望。他也清楚，当初是自己要吕臣将兵马交于项羽的。现在，要人家留下来共赴危难，也说不过去，只好应道："好！寡人就恩准你父子退隐。"

那天，他破例地送吕臣父子到王宫外，凄然道："二位一走，这彭城寡人也待不下去了。"

从那以后，他再也没有听到吕臣父子的消息。

如今，跟随自己一起迁徙的倒是有莫敖、柱国、左右司马等人，可有哪一个能像吕臣父子那样与自己推心置腹呢？特别是曹无伤被刘邦斩首后，身边的右司马项庄本就是项羽的堂弟，自己纵有千般心事，又如何能对他直言呢？

　　从彭城到郴县，近三千里路程，他和左右臣僚的车队由王宫禁卫护送，每日行走不过四五十里。固然有辎重太多的原因，但更深的原因还在于许多人不愿意离开彭城，何况这一路不知道要遇到什么风险。

　　太阳在西边隐没的时候，郎中令翟庄前来禀奏，说已到了蕲县大泽乡。他的心就怦然动了一下，大泽乡，不正是陈胜当年举事的地方么？他随即吩咐道："今夜就在大泽乡扎营。"

　　"陛下，这地方……"

　　翟庄后面的话还没有说出口，熊心已经明白他的意思，便拦住道："寡人知道你要说什么。陈王于此举义，却不幸为人所害。正因为如此，寡人才要在此停留，凭吊英魂。"

　　"诺！"郎中令转身离去，不一会儿，车辇、侍卫纷纷被安排到各户。熊心的车驾在镇北头的一户人家门前停了下来，郎中令进去不一会儿，从门内来了一位很富态的中年人，先施了一礼，然后请熊心进到院内，安排中堂坐了。熊心一路也真是走得渴了，一连饮过三杯茶才觉乏气稍解，嗓子眼也滋润多了。他这才问起庄主的身世，这一问不得了，原来这庄主就是当初为陈胜、吴广测算命运的卜者。

　　"不瞒陛下，当初小民将那龟板放在火上烤，当龟背的纹路里显出卜语时，小民也大惊失色。结果，第二天夜间就举事了。"

　　熊心眉毛一颤问："庄主可记得当时的谶语。"

　　"当着陛下的面，小民怎敢信口乱言？"庄主面露难色。

　　熊心摆了摆手道："你上知天文，下知地理，但说无妨。"

　　庄主又推辞再三，翟庄却不高兴了，责备道："陛下既然要听，你何必推三阻四？"

　　庄主见状，只好诵来。熊心听罢，油然地来了兴趣，竟然要卜者也为他卜上一卦。

　　庄主吓坏了，"扑通"一声跪倒在地，把地砖磕得"砰砰"响，口里讷讷道："折煞小民了，小民怎敢为陛下卜筮。"

　　翟庄又在一旁道："陛下让你卜你就卜，恕你无罪就是了。"

　　庄主这才从后堂拿来龟板，点起火来烧。随着龟板升温，龟背上的纹理由模糊而越来越清晰。但听庄主口中念出词来——

　　　　江水空自流，中有几人愁。

云黑风高夜,恶浪卷孤舟。

念到最后一句时,庄主的脸色便如绢帛一样的苍白,尤其是一双眼睛充满了恐怖,似乎随时都会有大祸临头。他不敢看熊心,只是趴在地上,讷讷道:"小民该死,小民该死。"

翟庄虽然不懂卜筮,但他从庄主的惊悚判断这绝非吉卦,便急忙打断庄主的卜卦:"陛下也不过了劳累之余的消遣罢了,你还真的当一回事了,时候不早了,还是命后厨快进晚膳吧!"

庄主借机退了下去。到了后厨,厨子看见主人一脸的冷汗,忙问发生了什么事情?庄主只是摇头,出口的只有七个字:"休得多问,快上菜。"

庄主借口在后厨帮忙,再也没有出现,整个用膳过程显得十分沉闷。翟庄陪同熊心饮了几杯,却无论如何进入不到往日的情境中。至于熊心,更一字一字地思索着谶语到底意味着什么,便魂不守舍了。

好不容易吃完了饭,翟庄遣中官安排熊心休息。两人说了一会儿话,看看天色不早,翟庄起身告辞,刚刚走到门口,却听到熊心在身后说了一句:"从明日起,走水路须格外谨慎。"

翟庄心头一亮,暗惊义帝敏捷,悟出了其间的秘密。第二天登程时,翟庄下令沿途若遇水路,一定要在熊心周围部署四条禁卫乘船,以备不测。他自己则始终跟随在熊心身边,寸步不离。不仅如此,他还安排水性极好的禁卫在熊心的船上,一旦有变,即可救他离开。

然而,事情的发展似乎使得庄主的谶语变得荒诞不经。

过泗水那天,虽值初冬,然晴空万里,风平浪静,一切如常。

过淮水那天,虽然寒风凛冽,浪潮涌动,却是没有大碍。翟庄一颗揪着的心终于松开,看来,所谓的卜筮,也不过被卜人心中有事罢了。

过长江那天,站在烟波浩渺的江面上,熊心忽地就有冲破牢笼,脱去枷锁的感觉。当翟庄告诉他,过了江就是九江王英布的领地时,他在一瞬间就有了新的打算,若能游说英布与自己一起征伐项羽,也许可以扭转目下尴尬的处境。他那个当阳君的封号不还是自己给的么?这些,他还只能在内心深处秘藏,而没有也不敢轻易告诉翟庄。大泽乡一夜,让他想到陈王被庄贾杀害的悲剧,就对身边之人警惕多了。

大船在江南岸停泊,下了船,就有英布的部将钟融迎接:"九江王应衡山王吴芮、临江王共敖之邀,前往湘水祭吊屈原去了,临行之前派末将一路护送陛下前往郴县。"

"不知当阳君何时回来？"熊心不无失望地问。

钟融摇摇头道："这个大王没有说，末将不知。"

"什么不知道，分明是避见陛下。"一个洪亮的声音从门外传了进来，熊心看去，却是左司马项庄。

这一路他一直随着臣僚的车子行进，这会儿忽然出现，让翟庄有些不解："司马为何到这里来了，各位臣僚呢？"

"带着一帮残老弱少能快么？大约还有八里之遥呢！"项庄眉头一皱，说他是来看陛下有何吩咐的。

"哦！有末将在，可保陛下无恙。"翟庄回道。

项庄点点头，把脸转向钟融："方才问你为何九江王不肯见陛下，你还没有回答呢！"

"在下区区部将，怎知大王想法？"钟融脸上呈现一副为难的情绪。接着，他拉起项庄走到不远处的林子旁说话。

项庄低声问道："九江王对你讲清楚了么？究竟在何处下手？"

钟融回道："大王吩咐必须在郴县附近动手。那时候，人马到了新都，警觉自然放松，正是良机。"

"项王诏命，务必干净利落。"项庄手按太阳穴沉思片刻后，继续说道，"过耒水时，将臣僚及其辎重留在东岸。成功之后，项王必有重赏。"

项庄安排完这些，转过身朝熊心旁走去，说话的声音就提高了，带了责备的语气："见到九江王，请传霸王之命，义帝者，楚国之义帝也，沿途高接远送，不可怠慢。九江王如此，不唯对义帝不敬，更意欲置霸王何地？"他这样一番话，实际上已将项羽置于熊心之上了。

钟融频频点头："都是末将虑事不周，回去之后定当向大王禀报。"

这些话，熊心没有往深里想，倒生了宽谅之情。是的！他一个部将，英布行止凭什么要让他知道。当晚在番阳歇息一夜后，熊心即乘船南下，从庐陵进入郴县。

在耒水东岸，钟融对熊心道："过了河就是郴县，末将率部将返回六安复命。"

熊心感谢他一路辛苦："他日见了九江王，寡人定要言将军之功。"

钟融脸上依旧谦恭非常，内心却笑熊心的迂腐。眼看死到临头了，却浑然不知，岂非笑话。但他没有表现出来，随后默默地退下了。

熊心又问翟庄："莫敖一行何时过河？"

"启奏陛下，左司马言说要整理、清点辎重，今日不过河了。"翟庄虽觉得事有蹊跷,但恰好这时候渡船到了,他吩咐侍卫们上船,自己则扶熊心上了中间最大的那条船。耒水河面宽约九十丈,只是水流湍急,船在河中心打了几个漩涡,虚惊一场。熊心决定,在耒水西岸等候莫敖率领的臣僚队伍。然而,翟庄和侍卫们临河等了整整两天,仍然没有音讯,第三天,翟庄谏言说多等生变,倒不如先进郴县再做打算。

熊心看着周围的中官和禁卫们,徒增了许多的孤单。他沉默了许久,终于颓然地登上车驾,一任翟庄指挥队伍朝西南而来。

两天以后,郴县终于在望了。它就坐落在群山之中,呈西北东南走向,站在县城北头,两条街蜿蜒南去。城周围都是丘陵状的山头,一个接着一个,迤逦到远方。一干人在县城北关下车步行,不一会儿就看见北城门外有一汪清泉。虽值初冬暮色,但泉水却冒着热气,被夕阳映出五彩霓虹。熊心冰冷的心因为这一泓碧水而扫去了一路的凄清,他快步来到泉边,举起一掬清水洗脸,竟然暖烘烘的。他问身边的翟庄,却未得答案,便要郎中令去县府寻当地人问话。

"这……陛下初到此地,人地两生……"翟庄咽下后半句话。

但熊心没有把事情看得有多么严重:"这是寡人国都,想来项羽已知会当地县令。你不必担心,有这么多侍卫,贼人能奈我何?"

翟庄想想也是,但他还是留下了数十名侍卫,才满怀忐忑地进了县城。

而血案就在他离开后发生了。

熊心全神贯注地望着泉水,那里映出自己清瘦的面容。虽然方才用温泉水静了面,可还是掩盖不了映入眼帘的惆怅和忧虑。从此以后,他将伴随这眼清泉度过一个个难耐的日子。生活在和他开了一个玩笑后,又回到了原点。苦笑不无自嘲地掠过他的额头,他发现泉水里映出的是一具十分恐怖的骷髅。他下意识地打乱涟漪,待再看时,却惊异地发现泉水面上出现了两个面孔,紧接着,耳畔就传来一阵冷笑。

"熊心!你没有想到吧?"他回头去看,站在身后的正是在耒水边分手的钟融。

"你不是回六安了么?"

"哼!我根本就没有离开半步。"钟融的目光像结了两块冰,再也找不到臣下的谦卑。熊心顿时觉得大难降临,情急之中,他大喊翟庄的名字,又命身边的侍卫擒贼。

钟融提起熊心的衣领道:"郎中令再也回不来了,他刚一进城就被我的麾下杀了,你再看看周围……"

是的！周围的侍卫纷纷中箭倒在地上。他知道横竖难逃这一劫，反倒变得平静了。庄主的谶语，不正是描绘的眼前境况么？

云黑风高夜，恶浪卷孤舟。

钟融没有听懂熊心在说什么，他并不在乎熊心的心情："事到如今，我也不隐瞒你，我是奉霸王之命来取你性命的。"

"这一天还是来了。"熊心的脑际只想了这一句，脑后就一阵风，他的头颅随之落了地，接着身子轰然倒地，鲜血从脖颈处涌出，染红了穷泉周围的一片衰草。

钟融正要命属下去捡熊心的首级，眼前却呈现出一幅让他心惊肉跳、失魂落魄的景象——就在熊心首级落地处，从血污中长出一把利剑，寒光闪闪，直刺青天，不一刻，就有数尺高。隔着几步远，能感觉到它散发的丝丝冷气，从剑的闪光处看到熊心一双愤怒的眼睛。

一阵大风吹过，顷刻间鹅毛大雪从天而降。漫山遍野的雪飘，将天地间涂成银装素裹，偏偏熊心尸体躺倒的地方片雪不存，那些枯萎的衰草竟然生出一丛一丛的嫩红的叶子，在大雪天显得分外嫣红⋯⋯

钟融立时软瘫了，连连求告道："陛下息怒，此皆是霸王之命，末将不过奉命行事罢了。您若是心有冤情，请问罪于霸王。"

但让他们始料不及的灾难骤然降临了，漫天风雨从对面的山头刮来，掠过穷泉，掠过山城，钟融只觉得眼睛模糊，很快眼前就是一片漆黑，什么也看不见，想说什么却无论如何也发不出声音。再后来他冻僵了，成了一座冰雕，数十座冰雕齐刷刷地站在穷泉周围。

没有人知道刚才发生了什么。

⋯⋯

彭城王宫，张灯结彩，大红的宫灯从司马道口一直悬挂到大殿门口。

项羽与虞姬的盛大婚礼正在这里举行。从定陶城外的偶然邂逅到两颗心彼此倾慕，从健妇营的出生入死到葫芦峪中的执着寻觅，战火与烽烟伴随他们走过了三年。不管项羽因为鲁莽横暴而多少次遭到虞姬的责备，也不管项羽多少次对虞姬的劝告以规为瑱、我行我素，甚至惹起虞姬伤心落泪，但那个定陶城外夜色中的初吻永远是烙在他们生命中的印痕。

项羽盼望这一天已经很久了，特别是从莽原腹地的乡村找回患病的虞姬后，这种愿望就更加迫切。依照楚人的婚俗，他们本可以不要媒妁牵线，只要他们两情相悦就足够了。然而，他现在的位置不同了，他是拥有九郡土地，身边将军如雨、谋士如云的西楚霸王。因此，在范增看来，他二人的结合不可以草率。而且，不但要祭拜天地，更要告慰项梁在天之灵。这样，程序就变得十分复杂了。项羽很不习惯于这种仪程，但他架不住项伯以长者口气的训诫。他这才发现，贵为霸王也有不自由的时候。

虞姬盼望这一天早已秋水欲穿了。进入十月，项羽已经二十九岁，而她也二十五岁了。母亲二十五岁时已是儿女绕膝了，可她至今还是戎马倥偬，漂泊不定。

范增当仁不让地担任了主婚人，早在四天前他就命宫女和中官将大殿布置得富丽堂皇。神庙里火烛高燃，宗庙里牺牲俱全。特别是一对新人的榻床更是目量意营、无微不至。程序上也是有条不紊的，先一天到神庙去祭祀天地之神，然后到宗庙去祭奠项氏列祖列宗。

跪在项梁的神位前，耳边充满着楚地余韵的雅乐，那些深爱严教，那些谆谆教诲，都如春雨一样掠过项羽的心扉。他向先祖深深地行叩拜大礼，一丝不苟地献上太牢。

虞姬是用銮驾从健妇营接到王宫的。项羽作为新郎，早早就在中官、宫女的簇拥下站在司马道口迎候。当虞姬由虞娘和堂兄虞子期陪同走下銮驾时，项羽庄重地向虞姬行作揖礼，然后从虞子期和虞娘那里牵过虞姬的手。

到了厅堂，女卒适时将一把鹊扇交到虞姬手中，由虞姬赠予项羽。然后二人盥洗，同在一个铜盆中净过手，之后相向而坐，同食黍。虞姬捧起从健妇营带来的小碗，盛一点黄米递到项羽手中，又给自己盛上，两目相视，举案齐眉，枝枝节节中都透出新婚夫妇的温馨。

接着，就去拜高堂。在项羽的情感天平上，项伯更亲近一些，青少年时代最多的责骂和处罚来自项梁，而项伯却从来没有对他说过一句重话。他常常想，从未见到过的父亲就应该是这个模样。因此，他跪倒在地，也能够感受到项伯慈祥的目光。

项羽在范增的导引下来到大厅，朝臣和诸侯国的使者们在呈上礼单之后，按照官职大小席地而坐。当四人出现在众臣面前的时候，全场贺声阵阵。等项伯、虞子期在主宾位落座后，就听见范增一声吆喝："夫妻同饮合卺酒。"早有两名宫女捧了方盘，上面放着盛了酒的酒器。等到两人分别端起杯子时，范增又是一声吆喝："交杯！"就见项羽和虞姬，相互交换杯子，表示从此以后，两人合为一体，永不分离。

到这里，婚礼程序大体进入尾声。项羽牵着虞姬的手，送她回到宴会厅后面挂了红灯的大殿，然后再转回来与朝臣们欢宴。

这是项羽最风光的时刻，朝臣们纷纷举酒庆贺。其实，谁都清楚，婚礼不过是一个契机,更深的原因在于这是分立诸侯后第一次盛大的聚会,在很大程度上是做给诸侯们特别是刘邦看的。而刘邦也表现出对这位曾与自己有八拜结交的青年人的热情,不仅派郦食其作为使者前来朝贺,更送上五百金作为贺礼。

郦食其很清楚自己的使命,绝不仅仅是对项羽表示祝贺,更重要的还在于刺探刘氏族人在彭城的处境。现在,他小声向侧旁九江王的使者道:"临来彭城前,汉王要本使问候大王好。"

英布的使者眨了眨眼睛,就警觉是不是郦食其听到了项羽要英布密杀熊心的消息,忙支吾其词道:"大王一向甚好,也请本使向汉王致意。"言罢转脸与左侧衡山王吴芮的使者说话去了。

郦食其是什么人?此刻英布的使者闪躲其词,让他疑虑重重。恰在这时,侍者来到面前,向郦食其的酒觥中添了酒酿。郦食其趁机举酒来到项羽面前,先行了大礼,然后从容地说道:"微臣奉汉王之命前来恭贺大王新婚之喜。"

项羽也以礼相还,饮干觥中酒酿,一脸喜气地说道:"请使君代寡人向汉王致意。"

"微臣一定转致大王盛意。"郦食其忽然话题一转,单刀直入地问道,"诸侯纷纷传说,大王扣汉王家小于彭城,果真有此事么?"

项羽摇了摇头:"绝无此事。寡人乃天下霸主,岂能如此小量?"

范增急忙凑上来道:"乡野传言,使君岂能轻信?此事老夫最是清楚,汉王家小不仅在沛县,而且安然无事。"话虽这样说,可郦食其一句问话却形同一道光,范增暗自思量,真到了这一步,也许扣押刘邦家小也不失为一条妙计。

"这样最好了!"郦食其看了一眼范增,再次向项羽敬酒,更有分量的话便随着酒酿滚出了舌尖,"微臣闻听,昔者文王三分天下有其二,犹服事于殷,乃信在诸侯。微臣愿大王行好生之德,以天下为怀,以取信于诸侯。"

这话一出口,首先是范增不高兴了,责备道:"郦使君好无眼色,今日是大王大喜之日,你却满口弦外之音,殊不知大王威比庄王,岂是你小小使君奈何得了的?"

郦食其正欲词锋相对,却不意项伯笑嘻嘻地从一边过来了,一手举杯一手拉着项羽道:"既是新婚大喜,就该忘却不快,君臣恭贺,何须争口舌高低,传将出去,贻笑天下。"

这话冲淡了紧张气氛,项羽觉得数日来叔父就这句话最顺耳,便向郦食其道:"寡人素怀仁爱之心,汉王常怀容人之量,此乃我二人结拜之故,寡人岂能生出亲痛仇快之念?"

郦食其急忙以礼相还,他觉得话说到这个份上,该表达的意思都表达清楚了。想来项羽不至于自食其言,出尔反尔。他总算不辱使命,可以回关中复命了。但他没有忘记在主宾席上坐着的另外一个人,这就是接替项羽为上将军的桓楚。他早已知道桓楚与虞娘的故事,因此很热情地祝福他们终成眷属。

习惯于马上征战的桓楚不习惯于这种场面,他总是少言寡语的,轻轻举起手中的酒觥向郦食其还礼:"请先生转致汉王,末将祈愿他康寿之福。"

郦食其本来还想与他多聊些军营之事,但他很快从桓楚的目光中读出警惕和拒绝,便仅仅履行了场面上的礼仪,将所要表达的藏在心底了。

从范增身边走过的时候,郦食其的衣袖带起的风吹起范增花白的胡须,一种冷飕飕的感觉直蹿心底。范增的老眼顿时蒙上了两团冰冷的云,心中大骂郦食其伶牙俐齿,埋怨项伯不识时务,更对项羽以礼待之百般遗憾。

"哼!老夫不信,打了黑牛,黄牛置若无事。"范增蹒跚步履来到宴厅门口,对在门口值守的侍卫耳语了几句,这才怏怏回到本座,悠闲地饮起酒来。

不一会儿,一群侍者手捧一个黑漆雕花方盘,上面置一金碗,里面盛了很细腻的肉羹,小心翼翼地放在每个人面前。范增起身,用目光扫视全场的宾客,带着几分神秘道:"诸位,方才呈送到面前的是今日宴席最重要的一道菜——养颜延年肉羹。后厨禀报老夫,此羹从前日夜间开始文火熬制,内加燕窝、鲍翅等十数种肉料,食之爽滑可口,有益寿延年、滋阴补阳之效。老夫代大王盛情邀诸位一同食之。"

顿时,宴厅内一阵筷箸响动,从喉结处发出贪婪的"唏溜"声,接着又是一阵哗然,各诸侯国使节纷纷交头接耳,极言肉羹之妙。就在这时,范增又说话了:"诸位一定猜不到,此羹中会有一样绝世食材,那就是……"范增说到这里有意刹住了话头,他要看看这些各怀心事的使者对自己接下来的话怀着怎样的期待。他发现诸侯使者们纷纷身子前倾,脖子伸得老长,两只眼睛直勾勾地望着他。他特地将目光投向郦食其的座位,却没有从他脸上发现任何惊奇的情绪。他不免有些失望,继续道,"诸位,方才诸位饮下的是一位老人的身骨烹制的肉羹。"

人群里顿时一片哗然,嘈杂声从边缘渐渐向宴会中心集聚:

"果真如此么,岂非形同禽兽?"

"此时奉上人肉羹,逆天之行啊!"

范增知道,自己目的已经达到,他再度提高声音道:"此人不是别人,正是逆贼王陵之母。老妪竟敢抗拒大王旨意,拒说其子归附,老夫遵大王之命将其烹之于鼎,与诸位分食。"

　　范增说完这些,即转脸去看项羽的座位,却发现他和桓楚不知什么时候退席了。而项伯五内翻腾,趴在案上"哇哇"吐个不停。虞子期一开始还矜持着,后来终于忍不住恶心,捂着腹部向外跑去,没走几步就"哇"的一声吐了一地。

　　全场的呕吐声此起彼伏,昏天黑地。再好的佳肴美味,吐出来就是一堆污秽之物,腥臭难闻;再看看各国使节,横挺竖卧,翻肠倒肚,脸色蜡黄,歪七竖八。范增仰天大笑,转身离去……

　　项羽奔向暖阁,虞子期就从后面追来了,他生怕虞姬知道了真相承受不了。他一边搀扶深醉的项羽,一边问道:"为何会发生这样的事情?从此之后,诸侯国如何看待西楚?"

　　项羽眯着一双醉眼,嘿嘿笑道:"逆寡人旨意者,罪同王陵耳。"

　　虞姬看见虞子期扶项羽进了暖阁,道:"兄长且去歇息,妾伺候大王就是。"兄长一走,虞姬的杏眼就睁得老大,厉声问道:"今日妾身婚嫁,却用人烹制肉羹,想必有一日大王也要烹虞姬乎?"

　　项羽没有回答,虞姬回眸看去,他已呼呼大睡。虞姬独自坐在烛影里,想着这一天的经历,暗自淌下无以名状的泪水……

　　不久,义帝熊心不明不白地被杀在郴县穷泉旁,而王陵的母亲因为抗逆项羽之命而被烹肉羹这两件事情,迅速借助各国使节的利口扩散开来,一时诸侯震恐,人人自危。

　　牛良率部从析县归来,向刘邦陈奏了王陵母亲被掳的消息,自责没有完成接汉王家小来关中的任务。刘邦并不怪罪,反而夸赞他临机处置有节:"若用王将军之母换取寡人家小团聚,绝不为也!"

　　刘邦相信,随着战事的进展,他和家人总有团聚的一天。他现在需要的就是把眼前的每一件事情做好,绝不给项羽可乘之隙。

　　此时,刘邦正全神贯注地阅看灌婴从栎阳发回来的战报——

　　　　臣自奉命东进栎阳后,一路士奋将勇,径行直遂,取栎阳若阪上走丸也。我军所过之处,无扰百姓,军纪严明,仁义之师,妇孺皆知。

　　刘邦禁不住拍案叫好:"灌婴神勇,果然不负寡人所望。"

看到此处，再接下去，他就发现令人兴奋的消息一个接着一个。

郦商领军北上，战章邯将于焉氏，破周类军于旬邑，战苏驵军于泥阳，三战皆捷，平定了北地和上郡；丁复、朱轸部大破高奴，董翳弃城败走；靳歙平步下西县，平上邽，一路气决泉达，无所凝滞。

放下战报，刘邦对在外值守的曹窋喊了一声："拿酒来。"

曹窋应一声"诺"，不大一会儿，就见两名侍卫抬着一个小鼎锅进来，里面盛了米酒，军厨又上了一盘椒盐狗肉。刘邦拿起一块狗肉，边嚼边问曹窋："比之樊家狗肉如何？"

曹窋笑了笑，回道："此事大王还是请樊将军回答吧！"

刘邦觉得这曹窋真是机灵，他的答案就在这句话里，显然不认为这肉有多好吃。正要继续询问，曹窋见没有旁人，便道："大王，微臣有一句话不知当说不当说？"

刘邦口里含着狗肉，又喝了一口酒，伸着脖子咽下去，这才抬头道："有话就说，该像你爹才是。"

曹窋于是整了整身上的盔甲道："过了今年，微臣已二十一岁了……"

话还没有说完，刘邦已经明白了他的意思，立即打断道："想带兵打仗？这个寡人得问问韩大将军，还要问问你爹。不过，依寡人观之，你倒可以一试。"

这后半句话才是曹窋最爱听的，他忙单膝跪地谢过，兴冲冲地到帐外值守去了。

天空不知什么时候落起了雪花，纷纷扬扬的。曹窋接了几粒雪花，冰凉冰凉的。他正要叮嘱侍卫提高警觉，就见雪幕中两辆车子朝营寨而来，后面跟随着十数名侍卫装扮的人。他立刻手按宝剑问道："何人竟敢擅闯大营？"

侍卫们立刻跟随曹窋朝寨门口扑去。及至到得车前，曹窋借着雪色看清了来人面目，禁不住惊呼一声："呀！张先生回来了。"

侍卫们听说是张良归来，纷纷站立两旁。曹窋平日值守时，不止一次地听刘邦念叨张良的名字，知道汉王思念心切，立即转身进了大帐，连声道："大王，张先生回来了。"

"啊，子房回来了。"刘邦先是一愣，接着忙向帐外奔去，一边跑一边喊，"子房在哪里？子房在哪里？"

及至听到张良回了一声"微臣回来了"，两人的手就紧紧地握在一起。

"想煞寡人了。"刘邦拍打着张良的肩膀。

"微臣在外，没有一天不思念汉王。"

这亲如兄弟的情景,让吕清父子十分感慨。人言汉王胸纳万壑,目及四海,果然名不虚传。张良也想起同行的吕清父子,忙向刘邦介绍。

刘邦笑道:"何用子房介绍,右尹当年就曾在我军中任职。至于吕臣将军,我久闻大名,今日得之一见,果然不凡。"

张良拉过一直站在一边的儿子张不疑道:"韩王遭遇不测,微臣险些成为项羽刀下之鬼。赖太尉公子信相助,才将微臣家小送往南郑。犬子不疑多年陪伴他母亲,读书习武。这次微臣带他前来,也见见世面。"

"好呀!英雄少年,群聚大汉,此乃日升月恒之兆。"刘邦当即要樊阬领张不疑去少年营入编。回头一看,曹窑与樊阬拥抱在一起,久久没有分开。

张良指着樊阬道:"此行一路,多亏了樊校尉骁勇多谋,才得以化险为夷。"

刘邦满意地点了点头:"比他那个爹强,皆是岳将军带兵有方啊!"

听到汉王赞扬自己,樊阬倒有些不好意思,转身拉着张不疑离开了。

送走不疑,刘邦这才见大家都在雪地里说话,每个人的眉毛上都落了一层雪花,急忙招呼大家进厅说话。

故旧相逢,感慨良多,吕清父子一直没有说话机会,张良的话刚落音,吕臣上前直抒胸臆:"项羽背信弃义,不尊义帝,不承项公遗风,诸侯纷纷叛离。在下观之无望,便投汉王来了。"

刘邦牵着吕臣的衣袖道:"将军仁厚,功在诛秦,名闻遐迩。今来我汉,此天赐大人与我。今夜已深,寡人命军厨上些酒菜,为诸位驱寒取暖,明日午间,就在此处,寡人要为诸位接风洗尘,共商东进大计。"

第二天午时,新归的张良、吕清父子,早进关中的夏侯婴、韩信、郦食其、卢绾等,齐聚一厅。

韩信闻听张良归来,喜不自胜,早在巳时一刻就到了。两人坐在大厅的一角叙话,韩信盛赞张良屡出奇计,助刘邦积功建业:"子房先生谏言汉王焚栈道于途中,实属良策。连范增老儿都以为汉王从此偏安一隅,不再东顾。"

张良急忙摆摆手道:"重言兄过奖。在下不过一布衣闲士,无智名,无勇功。何如兄握百万之军,战必胜,攻必取。兄'暗度陈仓'一计,出乎意料,堪称奇绝。"

韩信伸手指了指张良,又指了指自己道:"无先焚毁栈道,即无后暗度陈仓。"

言毕,两人哈哈大笑,有了惺惺相惜的感觉。张良还告诉韩信,说在他回汉营的途中听到了一个十分惊人的消息,说项羽遣英布、吴芮在郴县暗杀了义帝。

"果有此事？"韩信十分吃惊，接着也向张良道，"郦食其先生从彭城回来后，向汉王禀报，说范增在项羽大婚之日竟然烹了王陵母亲，做成肉羹，端上酒宴。"

韩信仰头看着屋顶良久，待目光再转回到张良脸上时，就颇带先见地说道："项王有背约之名，杀义帝之负；于人之功无所记，于人之罪无所忘。依在下观之，不出五年，天下归汉矣。"

"重言兄明鉴！"张良正要说出胸中的宏略，却听见厅外传来说笑声，众位主宾相偕着进帐来了。两人遂住了叙话，融入众人之中。

时间已到午时三刻，刘邦见酒肴均已上齐，遂举起手中的酒觥高声道："诸位，正值岁首，喜子房远途归来，右尹、吕将军来归，此乃人和之兆。寡人借此薄酒，一愿诸位身体康强，美意延年；二愿我大汉君臣一心，同舟共济；三愿天下黎民受天之佑，人寿年丰。"

众人纷纷举起酒觥，齐声道："称彼兕觥，万寿无疆。"

刘邦按了按手掌，示意大家安静下来，接着道："第四，子房于汉功莫大焉，寡人要封他为诚信侯，择日授印玺。"

同僚们又是一阵掌声。张良起身，向刘邦深深施了一礼，心中许多想说的话却凝结成一句："自此以后，微臣肝脑涂地，在所不辞。"

接下来，就是众位臣下向刘邦恭贺岁首之喜。刘邦来者不拒，一觥接着一觥饮下去，随着推杯换盏，脸上泛起朵朵红云，人也一下子看上去年轻了几岁。刘邦此时的心境是多味的，论起高兴来，莫过于张子房的归来；论起惆怅，莫过亲人离散。不过比起还定三秦来，这些又算得了什么呢？

对刘邦心境知之甚深的莫过于张良，他觉得排解刘邦思亲的最好方法就是将灿烂的前景摆在面前。他起身来到刘邦面前，先恭贺新岁，然后转身向在座的臣僚们敬酒。张良豪爽地仰起脖子，将觥中的酒酿灌进口中，然后以谋臣的潇洒和俊逸道："诸位同僚，赖大土神威，我军入汉中短短几个月后就回到了关中。目下，司马欣与董翳大势已去，唯余废丘一座孤城，不用数月，京城天府，尽在我掌握之内。然则，项王放逐义帝而自立，怨王侯叛己；自矜功伐，奋其私智而不师古；更兼烹人之母，其罪天诛地灭。故而，为天下计，我军必得东进。臣愿为大王计，请大王以韩国太尉信为将，北掠韩地，以牵制项王兵马。"

"子房先生所言，乃我军初进中原之首战。臣闻项王北讨田荣，所过城池尽屠之，千村断烟，万户鬼号，民不聊生，此正我军用兵良机。臣为大王计，今春我军当以朝歌为据,南渡阴津,攻夺洛阳,与项王形成对峙。"

韩信的话音刚落,宴席上爆发出一阵掌声,臣僚们眉飞色舞,纷纷交头接耳曰:"子房、重言,兴汉之二杰也。"

"不!"刘邦挥舞着臂膀道,"尚有一杰现在南郑,供给军需,非他莫属。"

众人频频点头。是的,若是萧何在场,岂非更加精彩万端,夏侯婴暗自想。

汉二年的岁首,就这样在冬阳西斜的暖辉中从身边流过,一场新的大战在刘邦君臣的谈笑声中拉开了序幕……

十一月,河南王申阳降汉,刘邦下令置河南郡。

十二月,韩太尉公子信北掠韩地,逼降取代韩王成的韩昌,消息传来,刘邦立公子信为韩王。

春正月,郦商率军继续大战北地,俘获驰援北地的章邯弟章平。

三月,刘邦率军自临晋渡河,下河内,掠魏地,魏王魏豹与殷王司马卬先后归降。

四月,司马欣与董翳先后降汉。

刘邦很得意于身边韩信、张良两位的运筹,司马卬的归降不仅打通了东去的壑口,更为刘邦身边送来了一位被世人称为"帷幄之至妙,中权合变"的人物陈平。

平心而论,司马卬的反叛完全是项羽逼迫的结果。龙且的属下在大军路过朝歌内都城时,命人将司马卬为报母恩而刻在城内的四只石羊打碎。这四只石羊有三只都呈跪姿,取羔羊跪乳之意,司马卬孝名由此而远播四方。打碎四只石羊,与逼死他的母亲无异。尽管如此,司马卬只是用皮鞭惩罚了滋事者,孰料滋事者回到彭城后,造出一番司马卬谋叛的谗言来。陈平就是在这个时候以都尉身份奉命攻打朝歌的,但他没有想到,刘邦会乘机南渡,攻占了朝歌。

失城之罪当死,项羽盛怒之下必欲斩之而解恨。若非项伯一句"谨防逼我将领降汉"的提示,他大概早归九泉了。

如果说司马卬被自己击败后选择归降汉王,陈平还希图继续留在项羽军营时,那么,当王陵母亲被烹的消息传来后,他的最后一点希望终于破灭了。自戏下分封十八路诸侯以来,已有数名诸侯或项羽身边将领归顺刘邦。他一想起这些,眼前就会浮现出鸿门宴上刘邦智脱险境的情景。那一次,他以沉默为汉王创造了一次机会,刘邦一定记住了这件事。

这是六月之初,夜幕拉开之际,陈平终于做了最后的决断:"走!早走早平安,晚走遭凶险。"他用一块绢帛将都尉的印信妥善包裹,连同当月的俸金一起悬挂在前厅的梁上。他来到马厩牵了那匹陪伴自己数年的黑马,朝着河水(黄河)岸边飞驰而去……

此刻,项羽麾下都尉、在鸿门与刘邦有过一面之交的陈平勒马在临晋汉营外。一道晓光,清亮地洒在他的肩头。

战马对着飘扬的"汉"字大旗,扬起前蹄,"啾啾"长啸,惊动了在营门前值守的樊阮,他上前问道:"何人在此喧哗?"

陈平放松马缰,下马上前打了一拱道:"烦请少将军禀明汉王,就说阳武陈平求见。"

樊阮说一声"少待",进了营寨。不一会儿,从营寨里跑出柴武,隔着老远就喊道:"门前可是陈平兄?"

陈平一看,乃是在薛县会盟时知遇的柴武,他不禁感慨世事多变,浮云苍狗。当时他们几乎不约而同地认为,项梁乃当世英雄,兴楚砥柱。孰料几年之后,会相聚于刘邦军营。

两人寒暄一番,柴武即引陈平来见。刘邦指着陈平仰面大笑道:"足下不是又奉项王之命,寻找寡人来了?"

陈平知道他指的是鸿门宴时,刘邦如厕时久不归,项羽命自己出帐去找的事情,禁不住回应道:"大王好记性。大王呈送项王与项伯之礼品,还是在下转赠的呢!"

柴武本来是就临晋驻军用度来奏请刘邦的,未料与陈平不期而遇,看看时候不早,遂告退了。大帐里就只剩下刘邦与陈平两人。念及往事,刘邦关切地说道:"足下初到,还是歇息之后再说吧?"

陈平上前一步道:"臣为事来,所言不过今日。"

"哦?"刘邦脖颈不知不觉间向前伸了伸问道,"不知足下要说何事,如此着急?"

"不知大王可曾听说,项羽暗使英布、吴芮等杀义帝于郴县之事?"见刘邦点了点头,陈平说话的语气更加慷慨激昂,"此乃项王自焚其军之始也。臣以为大王应擎旗东进,广散檄文,极言项王逆德无道,放杀其主,乃天下之贼也。大王还应命三军素衣素服,祭奠义帝,如此则诸侯必背于项王而从大王矣。不仅如此,大王还要誓师发关中兵,从诸侯击楚,为义帝雪仇。于此之后,天下不再有大王与诸侯之争,逐鹿中原者,唯汉与楚耳!"

这一番话,虽然只是陈平一人在说,然则刘邦强烈地感受到,他的心与对面这个人的心剧烈地碰撞着,他的情感湍流与陈平的话语波流在急剧地交融。他不仅丰富了张良、韩信曾经不止一次与他谈过的方略,而且是这样具体而现实。

"君之到来,正当其时。"刘邦禁不住叫好,伸出手拍打着陈平的肩膀问道,"不知足下在楚营所任何职?"

"臣为都尉!"

"甚好!寡人依旧拜足下为都尉、典护军,如何?"

"谢大王恩典。"

陈平谢过刘邦,转身出门时,却看见有六七人簇拥着一位中年人进了刘邦军营。他避在一旁的大树后观看,等到那人越走越近时不禁大吃一惊,这不是常山王张耳么,为何成了这般模样。

"他一定是来投奔汉王的。"陈平不尽感慨。正所谓世事无常,谁能想到戏下不可一世的项羽,如今众叛亲离呢?

陈平没有看错,进到刘邦帐内的正是张耳;陈平的猜想也没有错,张耳在与陈余的大战中败北,走投无路之际来投奔汉王了……

第二天,樊哙军长史来禀奏,说樊哙、曹参、郦商等军将废丘团团围住,数日攻之不下,樊将军引渭河水淹了废丘。城中水深数尺,不少贼军死于水患。

刘邦皱了一下眉头道:"水淹贼军,岂非殃及百姓?这个樊哙,总是如此孟浪。"

长史解释道:"战事绵延数月,城中百姓纷纷逃离,所剩无几。"

"章邯呢?"

"水淹城破,章邯绝望自刎,是将士清扫战场时发现的。"

刘邦的情绪这才有了好转,对身边的陈平道:"明日前往废丘,都尉骖乘,与寡人同车前往。"

陈平有些受宠若惊,急忙谢过。

刘邦紧接着对身后的曹窋道:"知会子房、重言,与寡人同去。"

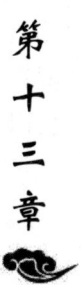

第十三章

避乱世流离颠沛
祭义帝倒海翻江

泗水镇依旧萧条，街道上人迹渺渺，仅有的几家酒肆半死不活地开着门，店小二有气无力地向过往的行人吆喝："南来北往的客官，进来吃杯酒暖暖身子啊！"

吆喝半天，好不容易才招来一名客人。店小二乐得满脸笑成一朵菊花，他又是让座，又是擦拭案几，口里还不断地问："累了吧，快坐下歇歇……"

街对口是一家茶馆，情形比酒肆好不到哪儿去。只是进去的都是些乡间人，也就是润润喉咙，解解乏气。即便如此，那茶馆跑堂的声音丝毫不比酒肆的小二低。

没办法，生意不景气，是谁都着急。

好不容易盼到暴秦灭亡，当项羽在戏下大封十八路诸侯的消息传来时，泗水镇百姓的脸上三年来第一次有了笑容。尤其是当年的亭长当了汉王，全镇人脸上有光。虽说离故里远了些,可谁又能说,有一天他不会回到泗水镇上呢?尤其是那些曾经的赌友更是盼望着汉王早日归乡,好将前些年欠下的赌债还了……

但他们很快就陷入了失望。

刚刚与秦朝结束战事,诸侯间却动起了兵戈。先是田荣在齐国的内讧中杀了田市,自立为王。这惹恼了项羽,大兵从彭城出发,浩浩荡荡北上,沿途军纪不严,抢掠不断。每攻下一城,就伴随着一场惨烈的杀戮。

泗水镇的人重新过起了提心吊胆的日子。那些豪族富户不再将刘邦看成是福星,而是祸根。说不定哪一天,项羽也会对沛县来个屠城,泗水亭就在城郊,难免遭池鱼之灾。他们对刘邦鞭长莫及,便对吕、刘两家冷落疏远,以致近来吕雉与孩子都不敢上街,许多事情都要张乙来回去跑。

"张乙,这些日子你就多辛苦些。"吕雉一边晾晒刚刚洗过的衣裳,一边对张乙说道。

"夫人放心,只要汉王一天没有召回小人,小人就一心一意地照料大家过好日子。"张乙现已习惯了与刘家人在一起,前几次牛良来时留下不少钱物,他都交给吕雉补贴家用。

吕雉还能说什么呢?她心里想等夫君富贵了,定当十倍报还。接着又道:"听说又要打仗了,百姓何时才能过上安生日子。你到镇上打听一下项羽的消息,若是兵过沛县,我等就该早日逃走。"

张乙刚刚给后院的马匹喂完草料,应了一声"诺",转身便朝外走。吕雉又唤他回来,将一串钱币塞到他的手上道:"刘太公明日生辰,你好歹买些肉食回来。"

"诺!"张乙带上院门,朝街上去了。

刘家庄距泗水镇也不过二里地,抬脚就到。当张乙进了"泗水茶馆",堂倌立时捧上一张笑脸,上前问道:"客官是要喝茶么?"

"来壶'泗水香'。"张乙拣了一方僻静的坐处。

堂倌应了一声马上来,从肩头拿下绢帛擦了擦案几,转身泡茶去了。

张乙打量了一下周围,见不远处坐着三四位客人,听口音不是本乡人,正在谈论一件看起来颇为神秘的事情。为不引人注意,张乙将脸面壁,给人一副漠不关心的样子,而所有的注意力都集中到耳朵了。他们说的是有关项羽的消息。

"听说了么?"那个留着一缕山羊胡、年约五旬的汉子呷了一口茶道,"项王把王陵的母亲抓到彭城了。"

"王陵？他不是咱沛县人么？据说在南阳称雄一方，不把项王与汉王放在眼里。"稍显矮胖的男子应声道。

话音刚落，旁边精瘦的男子说话了："那些都是旧事了，在下倒是听说，近来汉王托王陵、牛良等人要接刘、吕家小离开沛县，不料被龙且将军在阳夏拦住。项王闻信大怒，力逼王老夫人修书王陵令其归顺。你猜老夫人怎么样？"

山羊胡中年汉子不屑道："还能怎么样？项王的刀架在脖子上，她敢不从？"

"兄长此言乃常人心理也。"精瘦男子感慨道，"王老夫人自幼读书明礼，怎可屈服于项王威势，竟然自刎身亡了。"

座上顿时一片唏嘘声："可惜老夫人就这样走了……"

未料精瘦男子抢着话头又道："仅仅走了也好，免受皮肉之苦。"

一直没有说话的老者瞪了一眼精瘦男子道："有话就说完，何必吞吞吐吐的？"

精瘦男子站起来朝四面看看，这才将项羽如何将老夫人尸骨油烹后做成肉羹，如何分给参加他婚礼的客人，从头至尾细说了一遍。渐渐地，三人都瞪大了眼睛，流露出惊悚和恐怖："真的么？"

"我的一位远房亲戚就在彭城当差，还能有假？听说当场即有人吓死了。而且还有呢！"精瘦汉子的声音更低，"听说项王对汉王重回关中恼羞成怒，要抓刘太公和刘季妻儿去彭城呢，难保……"

他的一句话没有说完，就听见耳边传来"当"的一声响，转脸看去，墙角张乙的耳杯掉在地上碎成两半。张乙将几枚钱放在案几上，起身就朝外走，正与送茶的堂倌撞了个满怀，差点将滚热的茶水洒到堂倌身上，他不无歉意道："钱在案几，连同赔偿耳杯。"

堂倌惊道："客官的茶还没有吃呢。"

"在下有些急事，先走一步了。抱歉。"张乙说完，头也不回地出了门，向刘家庄方向奔去。

几位客官愣住了："这人为何如此奇怪。"

山羊胡中年汉子摆摆手道："不管他，咱只管吃茶说话。如今这世道，啥怪事没有？"

堂倌长叹一声："几位吃完茶也离去吧，现今少说话少招祸。诸位走了，惹下的祸却与本店脱不开干系，说不定项王的军队什么时候就打过来了。"

……

张乙出了镇子，脚步就加快了。腊月寒风凛冽，可是他却头上冷汗直冒。他觉得这是数日来从镇子上听到的最要紧消息。他惊惧于项羽的残忍，他怎么能够将人肉做成羹汤呢，这与禽兽何异？

路过刘家稻田时，他看到收过的稻田，只留下禾茬裸露在放干水的稻田里；田埂上有几株落叶的树在寒风中瑟瑟发抖。

刘家庄就在眼前，张乙却吃惊地张大了嘴，夫人不是要他去买肉的么，怎么忘记了？……

从后屋传来刘盈读书的声音，吕雉心里就十分欣慰。虽说这孩子只有五岁，可他读起书来却是一丝不苟，有时候，读着读着就会扬起小脑袋问她，为什么曾子要每天问自己？传不习乎？天天这样，不累吗？

吕雉望着那一双晶亮的眼睛，就想起老者的话。她已经把他看作自己的希望了。也只有这时候，她对夫君的思念才会被亲子之爱所缓解。此刻，吕雉端起刚刚洗好的衣衫到前院去晾，刚一出门，就看见张乙低头纳闷的身影。

张乙两手空空，她断定绝不是疏忽大意。她放下手中的活计，低声问道："镇上发生了什么事情？"

张乙朝堂屋望了望，小声问道："太公在么？"

"两位太公正在走棋呢。"吕雉回答着，眼睛却没有离开张乙，"到底出什么事了，你神色如此慌张。"

"夫人，大事不好了！"张乙随之将在镇上所听一一道来，末了道，"小人一路想着王老夫人的遭遇，五内翻腾，真不敢相信此禽兽之行竟会发生在项王身上。"

张乙看见吕雉听自己叙话时神情淡定，心情稍稍平定了些，随之将担忧和盘托出："小人担心项王听闻汉王借重王陵将军迎接夫人与太公，会遣兵前来袭扰。"

吕雉虽然目光行若无事，气定神凝，内心却是煎熬无比。其实，打从王老夫人被挟持到彭城的消息传来后，吕雉就料到往后的日子将会更加艰难，多次萌发带领一家人去找夫君的想法。只是困于堂前老人年迈体衰，腿脚不灵，才一再犹豫延宕，未料灾难真要降临了。吕雉不是那种柔弱怯懦的女人，她现在更多的是自责。她以为张乙的判断没有错，王老夫人的壮烈殉身，必然促使王陵归顺夫君，同时也会招致项羽会迁怒刘家。她骤然间就徒添了许多的丈夫气，既然刘邦遣军迎接家小，自己为何不能主动寻上门呢？

吕雉用围裙擦了擦湿漉漉的手，转身就与张乙进了堂屋。两位老人见她急匆匆的样子，停了对弈。吕雉遂将张乙所述一一道给两位老人听，末了道：

"依儿媳之见,久居沛县必然招祸。"她将脸转向吕太公,"女儿之意,父亲不妨暂且到阿姊吕姁家住,待找到汉王,一切安定,定当来接父亲。"

"早走早安然,免得整日提心吊胆。"吕太公以为女儿虑事周全,把棋子推向刘太公一边道,"老夫早就看出,我那快婿非同常人,项羽岂能奈何?你等尽管放心前去,不要有牵挂。"

闻言,刘太公心中生出诸多不忍,不管吕太公如何说,自己的儿子自己知道,这些年从来没有跟三儿享过一天福,倒是祸事不断。多亏了吕雉慧心巧思,长于经营,才于风雨飘摇中走过了一个个寒暑。他一想起来,就觉得欠吕雉的太多,便颤颤巍巍地说道:"这些年若非儿媳苦心经营,也许早已家破人散了。三儿只知道自己在外闯荡,怎知翁媳在家中的艰难。"

这话吕太公就不爱听了,正色道:"亲家此话好没有道理。好男儿志在四方,岂能徒守家门,无所作为?他不举事,能有汉王之位么?"

"我要的是全家老小平安。"

"你呀!老糊涂了。"

吕雉拣了暖心排忧的话打断两位老人的争论:"公父不必歉疚,尊老爱幼乃儿媳分内事,只怕没有做好,委屈了一家老小。现今战事频仍,长途跋涉,又要风餐露宿,还请公父宽谅儿媳。"刘太公闻言,便不再说什么。吕雉遂安排明日之事。

"记住!我等意在寻亲,路途不可迁延。"吕雉送张乙出堂屋时,叮嘱道。

"夫人放心,小人记住了。"

鸡叫头遍时,吕雉速速起身梳洗,当她来到堂屋时,发现吕、刘两位太公早已起床,在炉前烤火。吕雉唤来张乙生火,不一会儿就做好了早饭。吕雉特地温了米酒,为两位老人斟满一觥。吕太公此时涌动在胸中的唯有依依别情,喉头哽咽道:"老哥,请满饮此杯。今日一别,不知何时才能见面。"

刘太公长叹一声,举酒过肩,仰首将杯中的酒饮干,满腹的话都浓缩成几个字:"兄弟保重,后会有期。"

这情景,让一旁的吕雉心中很不好受,她适时地向两位老人上了麦粥,结束了喝酒。这时候,吕姁、吕媭姐妹进了家门,她们是来接吕太公的。姊妹几个寒暄了片刻,吕媭高声大嗓道:"姐夫尚知道派个人接你们出夫,我家那杀狗的父子俩早把我给忘了。他日回来,我定不让他们进门。"

吕雉也不辩解,只顾安排父亲随吕姁出门。

未料吕媭在一边埋怨道:"姐姐也是,难道父亲只是你等的父亲,我是半路捡来的不成?在我家与在大姐家有何不一样?"

吕姁拦道:"话不能这样说,不是妹夫父子都在外么？家事艰难……"

吕雉插话道:"我这次走后,不知何时才能归来,少不了烦劳二位姐妹照顾父亲。倘若父亲高兴了,你接过来住几天也未尝不可。"

"家里有我们,只是姐姐找到姐夫,早早报个信来。"吕家姐妹心里酸酸的,竟嘤嘤哭了起来。

吕雉忙为姐妹擦眼泪:"夫君做了汉王,可喜可贺,哭从何来？"大家这才破涕为笑。

这时候,张乙手拉着刘盈,身后跟着刘蕊出来了。小孩子才不管别离伤情的事呢?昨晚听说要去寻找父亲,高兴得半宿睡不着觉。今天一早起来,自己穿得整整齐齐。这会儿,满脑子都是父亲温暖的笑容。

时候不早,吕太公催促他们上车。吕雉亲扶刘太公上车,又叮嘱儿女一路上要听张乙的话。两辆车子"吱吱呀呀"地出了村,驶上了去往萧县的官道。几天以后,车子过了留县,就见到路上逃难的人越来越多,往往是扶老携幼举家迁徙。看见前面有两辆车子,难民纷纷抢着让自己的小孩坐。开始,张乙坚决拒绝,甚至不惜动了马鞭驱赶,吕雉却责备说都是出外逃难之人,不可无礼。后来,人越来越多,刘太公觉得与其为坐车费口舌,倒不如卖了车子和马,将钱分给难民,免得他们看着眼馋。

张乙迟疑道:"理倒是如此,只是苦了两个孩子。"

吕雉道:"事到如今也只能如此。再说了,难民的孩子能走,刘家的孩子也能走。"

张乙不再坚持,第二天就到留县城郊的市场上将车马卖了,按照吕雉的吩咐将所得钱币除了留自己一些盘缠外,都周济了南来的难民。然后苦笑着对吕雉道:"这下只有自己背行李了。"

吕雉也笑道:"都是受苦出身,不缺力气,背就背吧。"

午后的太阳驱散了寒意,他们坐在镇子外的庄稼场上吃着干粮。吕雉将随身带的行李分给张乙、自己和两个孩子背了。

"记着!不论遇到什么情况,身上的行李不能丢。"吕雉咽了一口麦饼,对依偎在自己怀中的刘盈道。

刘盈向吕雉身边靠了靠,吕雉本能地用衣襟裹住儿子瘦弱的躯体,希望能够给他更多的慰藉。她看得出来,与几天前出发时那种兴高采烈的情绪相比,刘盈这两天话少多了,开始耍性子,他抬起头问道:"母亲,什么时候才能找到爹爹。"

吕雉顿了顿,很肯定地告诉儿子,只要往前走,很快就可以见到爹爹。但接下来儿子问到为什么这么多逃难人时,她就无法解释了,只能说前面可能打仗了。刘盈显然不满足,接着问:"谁打仗呢?是爹爹么?不是秦国都亡了么?"

"小孩子问这些干什么?"吕雉说着,就用着急的目光搜寻刘蕊的影子。当她发现在不远处的一方石头旁,刘蕊正把半块麦饼递到刘太公手中,又端了清水给爷爷喝,这才欣慰地收回了目光。

"还是女孩子懂事。"吕雉心中这样想。

此时,从场院上传来撕心裂肺的哭声,人们纷纷把目光集中到那个衣衫褴褛的女人身上。不大一会儿,大家就弄清了,这女人的一双儿女刚才与母亲去街头讨吃时被恶狗冲散了,她只身一人回到场院,绝望地跪倒在难民面前,声嘶力竭地喊道:"众位父老乡亲,帮我找找儿女吧!给你们叩头了。"

日色西斜,那女人哭得昏天黑地,几次昏厥过去。但是,始终没有见到儿女归来。

由人及己,吕雉想到了自己的一双儿女。她迅速把张乙和儿女叫到面前,从万一被冲散后如何应对到刘邦及其同行者的形象一一嘱咐清楚,接着,就要刘盈和刘蕊把自己刚才所说的一一回答清楚。

"万一走散了,你该如何对待陌生人?"

"不说出自己和家人的名字。"

"还有呢?"

"不随便吃人东西,不随便跟人走。"

吕雉转脸看了一眼十岁的刘蕊问道:"你呢?"

"不离开弟弟,照顾好弟弟,带他寻找父亲。"

吕雉满意地点了点头,这才对张乙道:"太公年迈,举止迟缓,我须早晚照顾,两个孩子就交给你了。"

张乙拱手道:"夫人放心,就是小人豁出性命,也不让公子与小姐有一点闪失。"

十天以后,吕雉一家辗转到了萧县,一打听,这里距西楚国都彭城仅五十多里路程。沿途随时都看得见项王的兵马从大道上驰过,对灾民鞭打脚踢,求饶声、惨叫声不绝于耳。张乙走着走着,心情就沉重了。倘若不迅速离开,迟早要被楚军发现,那他就无颜面见主公了。

这天晚上,一家人歇息在黄桑峪口锁龙桥旁边的一个山洞里。张乙将自己数日来的担心和盘托出:"据目下看,我们是走错方向了,越走离彭城越近。这真是在老虎的鼻子底下睡觉呢,迟早会成为饿虎之食。"

"老夫这把老骨头,可不愿意被项羽那小人烹了做肉羹。"刘太公以为张乙所言有理。

"没有那么玄乎。"吕雉无奈地笑了笑,又问张乙有什么办法。

张乙以为往后该转而向西北方向走,不是说汉王二进关中了么?照这样下去,只会离汉王越来越近。

吕雉想想也是,与其不意间误入虎口,毋宁早日脱离险境,与亲人团聚。但她就是这样的性格,纵有泰山压顶,情绪上却从来不流露些许慌张。在给一旁睡去的刘盈和刘蕊身上加盖了一件衣裳,再回过身来的时候,吕雉喘了一口气,似乎将浑身的困乏呼了出去:"你所言有理。明日黎明起身,转向砀县方向去,万一遇见贼军,就进砀山躲避,也方便些。"

夜,静极了。为避风寒,吕雉将刘太公、刘盈和刘蕊安排在山洞里,自己靠着洞口,让张乙前夜巡查,她醒来后替换。

山风在耳边呼呼作响,偶尔从谷口深处传来一两声鸱鹑的叫声,杂有野狼的悲鸣,凄厉而又恐惧。吕雉虽然眼睛闭着,心却是没有一刻的空闲。屈指数来,她不禁暗暗惊叹,刘邦举事都四个年头了。这四年的日月,可谓天翻地覆。夫君成了率领数十万大军的汉王,而她却因此担待了多少孤守柴扉的孤寂时光。她是一个看过不少书的女人,商纣王宠妲己,周幽王宠褒姒的故事她烂熟于心,那都是些富贵男人的事。现在,她的丈夫通达了,会不会……她这样想着,心就飞到了遥远的关中。唉,男人的心,恰如天上的云,遇见点风就是雨。谁知道这会儿会不会有美女娇娘陪伴在他身边呢?他知道不知道,他的父亲、妻子和儿女正颠沛流离着呢。

吕雉的思绪被风吹到洞外,飘飘荡荡。她似乎听到有一个遥远的声音直抵自己的心里:"若有人兮山之阿,被薜荔兮带女罗……"

她就这样忽近忽远、忽人忽己地胡思乱想,不知什么时候才迷迷糊糊地睡着了。梦中,她果然看见刘邦手中牵着一个女子,在一座花园中散步。那女子脚步轻盈如燕,腰肢婀娜如柳,面如白玉,唇如丹朱。他们看上去是那样亲密,仿佛是天成佳偶的夫妻……

吕雉由沉郁而恼怒,她不顾一切地冲上前去,拔出刘邦腰间的宝剑,就向那女子刺去。这时候,张乙从一旁冲了出来,大呼一声"夫人不可",手就架住了她压下来的宝剑。

吕雉一激灵醒过来了,面前果然是张乙,正在小声喊着:"夫人醒醒。"

吕雉问:"何事?"

张乙指了指外面道:"夫人请听……"

吕雉侧耳细听，果然洞外不远处有说话声——

"大王也是，从彭城到沛县一百四十多里，不知谁走漏了风声，刘邦的家小早逃走了。"

"只有我等知道，怎么会走漏风声呢？只是大王既是认定刘邦是劲敌，何不鸿门宴时就杀了他，何必现在用他的家小要挟？"

"天寒地冻的，唉……"

"抓住吕雉，我倒是要看看，这娘们是貌若天仙，还是乡野村夫，劳刘邦那小子搬动王陵出兵迎接。"

"刘邦那厮就是一个赌徒，想吕雉也好不到哪儿去……"

脚步声，马蹄声渐行渐远，吕雉这才长长地舒了一口气。

估摸大概卯时二刻了，经刚才一惊，无论是刘太公还是刘盈与刘蕊，都毫无睡意了。吕雉干脆将一家大小招呼到一起，详细地讲了当下面临的困境，要大家分外小心行事。

"从明日起，不再走大路，以免被楚军发现。"吕雉拉过刘盈和刘蕊的手，看着他俩脏兮兮的脸庞，泪花就禁不住流淌了下来，"让你姐弟餐风饮露，是为娘失责。可砥节砺行，自幼年始。此天将降大任于人的赐予。"

闻言，刘盈就哭了，道："孩儿不要大任，孩儿就要早日见到爹爹。"

刘蕊见状，拉起刘盈的手劝道："你只有听娘的吩咐，才能早日见到爹爹。"

"真的么？"刘盈抬起泪眼问，见刘蕊可劲地点着头才破涕为笑，"我听娘的话。"

几个人正准备起身，就听见洞外一阵杂沓的脚步声和说话声。有人朝着洞内喊话，火把在洞口闪耀，有人提出进洞来看看。

"盈儿与蕊儿乃刘家之后，万望平安送达军营。"吕雉情知这一劫是躲不过去了，低声吩咐张乙带着大家冲出洞后，由他保护两个孩子逃走。

"请夫人放心，有张乙在，担保公子、小姐安然无恙。"

这时候，刘太公说话了："你们先逃命去吧，我这把老骨头，怎能拖累了你们。"

吕雉摇摇头道："公父不必担忧，儿媳自有主张。"

"请公子、小姐跟着小人，寸步不要离开。"张乙"嗖"地从腰间拔出利剑，向外冲去。他趁洞外一位楚兵不注意，一剑结果了他的性命。他如此神速，其他人都呆了。张乙接连刺倒三个楚军，众人纷纷向后退去。张乙抢了一位楚兵的战马，腋下夹着两个孩子飞速上马，朝着黎明前的暗夜冲去。

那带兵的屯长一边上马，一边对留下的士卒喊道："不可放走了老儿母女。"

刘太公自幼习武，早年也见过一些厮杀场面，现在处在生命危急关头，当年的浩气顿时涌出。他运足气力，朝着冲进来的一位年轻士卒就是一拳，那年轻人失去自持，跟跟跄跄倒在地上。吕雉一步上前夺了士卒手中的刀，用力砍去。翁媳二人相互照应，左冲右突，虽然杀了三五人，无奈楚兵人多，不一会儿，刘太公已气喘吁吁了。他被楚军擒住，推推搡搡地押到了萧县城东的楚军军营。

在这里驻军的不是别人，正是虞姬的兄长虞子期。他将刘太公和吕雉打量了半日，终于从刘太公的眉眼中看出了刘邦的影子，便问道："你可否认识刘邦？"

刘太公将头扭到一边，倔强地回答："你是何人？竟敢直呼汉王之名？老夫正是汉王之父。"

虞子期倏地从案几旁站了起来，来到刘太公面前，指着一边的吕雉问："她又是……"

吕雉轻蔑地瞪了一眼虞子期道："连汉王夫人都不认识，我乃汉王妻吕雉。"

"哎呀，原是汉王妃到了，恕末将眼拙……"

虞子期很吃惊，这一老一女怎么就能连杀楚军三五人呢？假若站在面前的真是刘太公，那可真是天遂人愿。这些日子，项王正思谋着将刘邦家小掳去彭城，逼迫刘邦退回汉中呢？这不，他们倒送上门来了。虞子期命人为刘太公与吕雉松绑，并且安排了酒食招待。

第二天天一亮，虞子期就遣了得力校尉率领百名吏卒，用车子送刘太公和吕雉去见项羽。

临行前，虞子期亲自到营门外看望，叮嘱校尉一路上小心谨慎，又转过身子向刘太公行礼道："项王与汉王乃八拜之交，视汉王之父如己父，担心兵乱年月家人安危，欲接到彭城早晚问安于堂下，替汉王尽一份孝道。"

刘太公揶揄地笑道："莫不是宾客席上少了肉羹，要老夫的老骨头去烹吧？"

闻言，虞子期脸上流露出难以遮掩的尴尬，忙借着同吕雉说话岔了过去："舍妹虞姬早闻汉王妃大名，惜乎未能谋面，此去正好叙仰慕之情。"

吕雉看了一眼虞子期道："妾身倒是听闻虞夫人贤惠通达，但愿她不要助纣为虐，贻害百姓。"

面对如此话里藏锋的女人,虞子期情知多说无益,见过礼后,但见驭手一声鞭响,车驾便朝东而去了。

三月(公元前205年),春天的脚步走过函谷关,在广袤的关中平原装点出桃红柳绿的诗意。傍着华山西行,沿途的垂柳在春风中摇曳着万条丝绦,柔软而又轻盈地舞动在天地之间。

故秦都栎阳虽然比起咸阳来略有逊色,然而,经过塞王司马欣的经营,倒也不失当年繁华。三十三条街,十二座城门,因为没有遭到项羽的火焚,依旧嵯峨崔嵬。司马欣降汉后,刘邦就将大营移到栎阳来了。

栎阳的春意,因为一个人的到来,而益发地卉木萋萋,鹍鹧喈喈。

早晨的阳光洒在清河两岸,刚刚起身不久的苇子显出淡淡的嫩绿;河水在这个季节虽然稍显凉意,可春的温暖还是被鸟儿们衔着,飞向四面八方。在绿色的映衬下,刘邦的军旗远远地瞧去,分外招眼。

河岸上走着一行人,在他们身后,是车驾和甲仗……

"丞相来得太及时了,有丞相在,关中定能安然无恙。"刘邦侧目看着走在身边的萧何。

"大王运筹有致。"萧何侧了侧身子,"臣当尽职尽责,为前方募集粮草钱币,以供军需。"

"不唯后援,丞相还当整顿乡里、除暴安良,张大汉德威。"刘邦又叮嘱道。

"微臣明白!"

"调丞相入关,乃子房谏言也。"刘邦看了一眼走在身边的张良又道。

张良撩了撩衣袖,与萧何并肩而行。还在刘邦大军刚刚平定塞王、进驻栎阳之际,张良就开始了东进中原的筹谋。尤其是从彭城回来后,他更加相信只有刘邦才足以与项羽抗衡。因此,他不失时机地谏言刘邦还定三秦后,一鼓作气冲出函谷关,向东拓疆:"眼下项羽无暇西顾,此正东进之良机。臣以为当遣灌将军南渡平阴津,攻取洛阳。关中沃野千里,得之不易,当为后援,非萧丞相莫能治之。"

这也是刘邦之意,当即遣人去往汉中,萧何就这样来了栎阳。

前日前方来报,说灌将军渡河后攻克洛阳新城,请刘邦东行。于是他选了这个风和日丽的日子出发,也是为了给未来的战事增添一缕士气。

刚刚相聚又要分手,萧何不免有些不舍:"微臣在汉中年余,未能当面聆听大王旨意,更未听子房纵论天下大势,甚感遗憾。"

"千里相送,终有一别。"刘邦抬头看了看天色,抚着萧何的肩膀对前来相送的韩信道,"等关中大局一定,大将军急速出关,寡人在洛阳等候。"

韩信看了一眼萧何道:"请大王放心,有丞相主事,臣心清气定。"

刘邦也对前来送别的吕臣道:"关中除暴安良,百姓安居乐业,还赖司徒协力萧丞相,万望尽责尽心。"接着,又问起吕清的病情。

"家父已无大碍,只是年事已高,行走不便,未能来送大王。他要微臣祝大王一路平安,进军顺利。"吕臣谢过之后,并向刘邦表示,他的麾下邓龙、张虎军悉数由萧丞相调遣,随时听命。

"如此,寡人谢过爱卿了。"在大泽乡举事的臣僚中,仅剩下吕臣了。论起资格来,他比自己老,但始终忠直尽命。仅这一点,就足以令刘邦不敢怠慢。

在甲仗侍卫的护卫下,刘邦与张良各自上了车驾,踏上了东去的征程。

三月半,刘邦一行终于到了洛阳新城。灌婴与樊哙、曹参、司马卬等将领一起到城外十里地迎候。

接风宴上,他介绍了中原战况:"项羽谋杀义帝、征伐司马卬,尤其是烹王陵母这几件事让诸侯震恐。他又自恃兵强马壮,动辄兵戈相见。近来他北上讨伐田荣,彭城兵力空虚,我军何不乘虚攻之,如此,项羽则首尾不能相顾。彭城一失,项羽便大势即去,鹿在我手。"

刘邦举杯与灌婴饮过酒,却将目光投向张良:"子房以为如何?"

"所谓'师出有名',我军当以项羽诛杀义帝为由,方能唤起诸侯共击之。"张良沉思片刻,站起来走到刘邦与灌婴面前,"所谓失民心者失天下,此时宜尊民意而行。"

话音刚落,就见曹窋进来对着刘邦耳语几句,刘邦顿时皱起眉头道:"此等乡野之人有啥高见,回他话,就说寡人正在饮宴,没空见他。"

"诺。"曹窋应了一声,转过身去,但立即就停住了。原来,那自称"新城三老"之人径直进来了,也不管座上客人情容,对刘邦施了一礼高声道:"大王可知曹刿乃乡人乎?然则,取信于民而后战,大败齐师,名垂后世。即以大王论,何曾不是乡人布衣……"

下面的话没有说出来,张良的眉头就飞上了盈盈的喜色。他越过同僚来到"老者"面前,一脸热情地问道:"请问老者尊姓大名?"

老者泰然如常地回答:"老夫免贵姓董。"

"哎呀,是董公到了,真是春风临室。"张良说着话执起了董公之手,来到刘邦面前,"'三老'者,乡贤也,来见大王,必有良谋。"

刘邦会意,顿时将方才的不悦一扫而光,热情地邀请董公入席,并且亲自斟了一觥酒奉上。董公接过酒置于案几之上，直视刘邦道："老夫听闻大王将欲东进，然不知师出何名？"

"还请贤老明示。"刘邦破例地向董公作了一揖。

此举让董公吃惊，他脱口而出道："昔闻'顺德者昌，逆德者亡'，兵出无名，事故不成，想来大王不难明白。必须'名其为贼，敌乃可服'……"

董公的话尚未说完，张良为之击节道："董公之言，民之声也。"

得了张良的褒奖，董公益发不可收，竟历数起项羽的罪状来："项羽无道，放杀其主，天下之贼也。常言说，仁不以勇，义不以力，项羽恃力恃强，不得人心。大王当率三军之众，为怀王素服，以告诸侯而伐之。如此，则四海之内莫不仰德，此三王之举也。"

这一句"三王之举"如黄钟大吕，在刘邦心头发出雄壮之音，这不是表明天下就只有他能为么？于是，刘邦对老者由容忍转而尊敬，上前躬身施了一礼，所有的感慨就浓缩成一句话："先生一言，寡人谨受教矣！"

众人见刘邦如此，纷纷将目光投向董公，齐刷刷地举觥致意。

张良没有想到，董公的突然闯入竟酿出一项大计来。他在心里默默念道："君者舟也，民者水也，水能载舟，水亦覆舟。惜乎，项羽不明其理。"

送走董公，也到了酒阑席散的时刻。众人走后，刘邦留下张良一起商定祭祀义帝的事宜，吩咐由郦食其起草讨项檄文，由夏侯婴筹备祭奠程序，由张良代刘邦发布出征令。

张良又加重语气道："檄文须送达各路诸侯，共举讨项大计，如此，义在我方，仁在我方，人心在我方。"

"就依子房。"

三日后，洛阳变成一片雪海。从东西南北的城门口一直到城中心的汉军大营都挂满了白幡、纸花，包括各个店铺的门前，都挂上祭祀的旗幡；在街上巡逻的汉军，盔甲上都着了白色的孝衣，一个个面含悲哀，如丧考妣。加之阳春三月，杏花、梨花盛开的日子，风过枝头，漫天飞花，愈添了哀伤气氛。

义帝的灵堂就设在原来的郡府大堂。由于义帝的尸骨远在郴县，故夏侯婴抽调城中名裁缝做了棕黄色的"曲裾"衮服置于棺椁之内；棺椁刷了明亮的黑漆。象征义帝国君地位的冠冕置放在灵桌上，上面缀了十一根冕旒。尽管刘邦明白项羽从一开始就没有将义帝放在眼里，但他就是要告诉诸侯，他刘邦才是楚国真正的传人。

至于太牢等祭品，也都严格按照楚国王室的标准，一应俱全。

按照楚国宫廷的礼仪，国君在入殓之后并不立即安葬，而要在宫中停殡数日，供诸侯、卿大夫前来吊唁。因此，从灵堂门口到灵前，每过一道门，都会有两名士卒持刀而立，情容肃然，俨然国葬之肃穆。

从第四天开始，灵堂接受诸侯国的祭奠。已经降汉的司马欣、董翳、司马卬等先后到灵堂祭奠，远道的诸侯如韩王信等，皆派了使者前来。

刘邦率先祭奠。一大早，他在夏侯婴的陪同下，率领张良、郦食其以及在各地驻守的将军派来的使者前来吊祭。前面有两名士卒开道，一边走一边哀声高喊着"义帝归来兮"。刘邦紧跟在招魂者后面，满面痛苦，行走的脚步也显得十分蹒跚。

在两名侍女的搀扶下，刘邦终于跌跌撞撞地来到灵前。夏侯婴依照祭祀程序，一道一道进行着，及至献牺牲后，刘邦趴在地上许久不能起来，哭声听起来很凄凉，说出的话语都噙满泪水——

　　哀哉义帝，金枝玉叶，命途多舛。暴秦肆虐，城破国亡。帝不堕其志，不屈其身，隐身乡里数载，苦其身于风霜，劳其骨于饥饿。幸哉项公举义，号令天下，迎帝荣归，尊为怀王。季虽不才，然追随左右，马首是瞻，乃此生大幸矣！

　　哀哉义帝，以仁施政，志在诛秦。项公大业未成，中道辞世，诸侯震恐。帝以天下为怀，不存私念，枉顾己身，乃盟约立誓，先入咸阳者王。季唯遵帝命，不敢懈怠；三军同心，威若摧枯，问兵咸阳。约法三章，民心大悦。此帝威所在，季不胜欣慰之至。

　　哀哉义帝，贤明遐迩，魂兮远行。季恨项籍无道，恃强恃力。弃项公遗训而不顾，置诸侯共愤于罔闻。强迁都于湖湘，暗弑君于密谋。湘水哀鸣，难释其悲；穷泉涌泪，乃哭亡灵……

刘邦声动天地。陪在他左右的张良、郦食其、灌婴、张耳等人莫不泪水潸然。

一连三日，刘邦每天都在夏侯婴的陪同下准时到灵前哭灵。这消息很快就传遍了洛阳的大街小巷，一时节，刘邦成为妇孺皆知的明君贤王，而项羽则被骂为无道昏君。

与此同时，刘邦在檄文中历数项羽罪状，遣使者送到各个诸侯国，联络大家共同起兵讨伐项羽。

檄文出自郦食其之手，将熊心奉为周天子一样的共主，而刘邦则以臣子的名义极言报仇雪恨之心切——

天下共立义帝,北面事之。今项羽方放杀义帝江南,大逆不道!寡人悉发关中兵,收三河士,南浮江汉以下,愿从诸侯共击楚之杀义帝者!

郦食其将檄文起草后,拿到张良处征求意见。张良看了良久,拿起笔来将"愿与诸侯共击楚之杀义帝者"改为"愿从诸侯"。郦食其看了,禁不住大呼:"改得好!唯取谦恭态,方能说动诸侯。"

刘邦遣使者带着檄文前往各个诸侯国游说,半个多月后,消息传来,除了参与弑君的英布、吴芮、共敖外,诸侯们或以项羽违天逆人、暴虐无道,表示响应檄文,共同起兵伐楚;或持观望犹豫的,但绝不愿再追随项羽。

首先响应的是韩王信。看到檄文后,他二话没说,发誓定要取项羽首级为韩王成雪恨。

这一天,陈平从代地归来了,一见刘邦就沮丧地说道:"微臣无能,檄文没有送到赵王歇手中,就被赵国太傅陈余给拦截了。"

"这却是为何?"

"皆因为张耳也!"

刘邦一听就明白了。事情缘由仍是项羽分立诸侯时,以张耳参加了巨鹿大战而分赵国之地给他,封常山王。而同样在大战中截杀过章邯的陈余却仅封为侯,陈余满腹愤懑。后来,田荣背叛楚国引发战争时,陈余即向田荣借兵,声称愿追随齐王伐楚。于是,他以三县之兵大败张耳,重新恢复赵国,并且以太傅身份协助赵王歇理政。

就在刘邦刚刚任命陈平为都尉之后,张耳前来投奔了。当时,汉军尚在关中围困章邯。正当用人之际,刘邦对张耳来投表示了极大的热情,隆礼厚待,奉为上宾。现在,他正协助灌婴集结伐楚大军。

"他有何要求呢?"

"大王,陈余说只有杀了张耳,他才肯出兵。"

"这个陈余,不是欲要挟寡人么?"刘邦说着,将目光投向陈平,"依都尉观之,此事如何处置为好?"

这是陈平入汉营以来,刘邦第一次严肃地向他征求意见。陈平是何等聪明之人,当初刘邦礼遇张耳的情景余温未去,他又怎么会为了一个陈余而杀了张耳呢?可不杀张耳,就少一位出兵的诸侯,实为难事。陈平眼睛转了转,却没有直接说出意见,而是讲了一个春秋故事:"昔日晋国司寇屠岸贾欲杀赵盾之孙,下令若不交出赵氏孤儿,便将全国同日所生婴儿尽行杀戮殆尽。

程婴为救赵氏孤儿,乃以亲子冒充骗过屠岸贾。此乃千秋忠义,臣每于夜阑人静之刻,思及此事,感慨系之。"

"寡人明白了,都尉且附耳来。"刘邦听到这里,双手一击掌,接着小声耳语。

但见陈平听得频频点头,施礼出门去了。

陈平出了大帐,径直奔出洛阳东门,向距城五里外的灌婴军大营而去。

此时,灌婴正同张耳在帐内一边品茶,一边谈论义帝之事。

灌婴举起茶盏,呷了一口茶,问张耳道:"大王如何看待项羽杀义帝之举?"

张耳看了一眼灌婴道:"项羽杀义帝乃自毁楚国也。不瞒将军,当初听到这个消息,小王也很是吃惊。试想,他连天下共立的义帝都敢杀,诸侯王又岂能不人人自危。即便不谋叛,亦必被玩于股掌之中,此所谓人不毁而自毁矣!"

"大王所言,乃明理也。项王明于战役而暗于大势,此其不能制胜之故。当初项公立怀王,乃因为楚国宫室能号令天下,共诛暴秦;秦灭后,亦唯义帝可居北辰而众星拱之。项王杀义帝乃胸无天下之举,以胸无天下之识而欲得天下,不亦愚乎?"灌婴分析道。

张耳接着话茬道:"项王之暗,反衬汉王之明。此次汉王大祀义帝,深得人心。据我所知,诸侯们私下里议论,皆以为伐楚非汉王莫属。"

灌婴一听,笑道:"大王所言一针见血,此乃汉王不同于项王之处。项王之愚,不仅如此,更在于拒听逆耳之言。昔日在楚营之日,在下屡次进谏,其皆置若罔闻。"

两人正说到兴奋处,从事中郎进来在灌婴耳边低声说了几句话,灌婴的脸色顿时严肃多了,不自然地朝张耳笑了笑道:"在下尚有些军务处置,改日再与大王品茗。"

张耳是明白人,虽说自己是协助灌婴集结诸侯将士,可刘邦临行时明令灌婴以将军身份处置一切。此刻听他语气,必是有不需要自己知道的事情,于是,他起身告辞。

张耳一走,陈平就进了帐,灌婴随即问道:"汉王如何说?"

"汉王要将军决定呢。杀还是留,全在将军。"陈平应道。

灌婴沉默了,他开始掂量刘邦话中的意思。若是他杀了张耳,那不是要给目下诸侯集结设置障碍么?若是他不杀张耳,那总得给陈余那边一个交代。渐渐地,他领会了刘邦的意思。他把这些费思量的事情都交给了自己,用意深远啊！

想到这里，灌婴转身传来从事中郎，照样耳语几句。从事中郎点点头，出帐去了。等他回头时，就看见陈平迷茫的目光，他诡秘地笑了笑道："都尉少待，我这就取张耳首级来。"

一个时辰以后，从事中郎手捧着一方红漆匣子进来禀报："启禀将军，卑职已将张耳头颅取回，请验明正身。"

灌婴接过红匣，看了看，又邀请陈平亲自验看。陈平低下头瞅了一眼，不禁惊呼一声："呀！将军果然……"

灌婴命从事中郎将首级盒置于案几，令其退下，这才对陈平道："我明白汉王绝不会拿张耳人头去换陈余发兵。怎么办？我只有在俘虏的楚军中寻找了一位与张耳面容相像之人代之。"

"哦……"灌婴这话更是让陈平惊异刘邦的料事如神，原来一切都在汉王掌控之中。但他把这些都隐藏在心底，他深知这既是刘邦秘不示人的驭人之术，又是灌婴处理君臣关系的秘密，是不容任何人道破的。

陈平转而以祥和的笑化解了灌婴目光中的疑虑，伸出大拇指赞道："大将军果然睿智。"说罢，陈平起身告辞，打马回汉营复命去了……

第十四章

鼓角鸣兵下彭城
军情急师回江北

陈平回到城内,将灌婴处置陈余的经过禀报给刘邦,刘邦满意地笑道:"这个贩缯的灌婴,不仅锐敏,亦多才智,寡人知道他会通达应变的。"

陈平想想当初与刘邦一起从沛县走出来的人中,不唯有贩缯者,亦有屠狗、赶车者。然而这些人都能人尽其用,于是感慨知人者智,善任者强,怎能不取天下?看来,自己来得正是时候。

刘邦立即遣使者带了"张耳"首级前往襄国去见陈余。待使者一走,陈平就把近来从楚营那里得到的重要军情告诉了刘邦:"不知大王可曾听说,齐王田荣殒命了。"

"哦?请道其详。"

"项羽耿耿于定陶大战中田荣不肯出兵,以致项梁折命,故分立诸侯时不予封王。后来,田荣驱走田都,接着又去攻胶东王,杀了田市,转而又进攻济北王田安,欲据三齐,故此惹恼了项羽,纵有伐齐之战。那田荣战败后,逃至平原县,为当地豪杰所杀。现今,田荣之弟田横收散兵数万人,正与项羽战于城阳。"

刘邦听罢,油然喟叹:"兄弟三人起自布衣,岂不贤哉?项王不封,亦见器量也。"

"等项羽灭田横后,我军再取彭城,就不容易了。"

"都尉言之有理,此事寡人当与子房商议后再定。"

刘邦很明白,汉军现在是箭在弦上,不得不发。仅在洛阳周围就集结着已经归顺的韩、西魏、塞、翟和河南王申阳的军队。站在洛阳城头望去,旌旗如林,吹角连营,一望无际。这些军队相当一部分是从项羽处倒戈过来的诸侯,并不受节制,不过是暂时的联军而已。延宕迟缓,只能使军心离散。

就在陈平禀报军情的第二天,张良在刘邦巡查军营归来的路上告诉他,说进攻彭城大军已达五十六万众,已非项羽所能比了。

刘邦闻言,皱了皱眉头道:"我军自沛县举事以来,从未有如此众多军队,粮草辎重必得保障无误。兵法云,驰车千驷,革车千乘,带甲十万,千里馈粮,则内外之费,宾客之用,胶漆之材,车甲之奉,日费千金。况五十六万人?"

"这个大王不必担心,这些日子,萧丞相派遣少年营押解粮草辎重源源不断运往洛阳,加之一俟攻下彭城,粮草自不担心。兵法亦云,食敌一钟,当吾二十钟。"

"子房所言,正合我意。此乃是取之于国,因敌之粮是也。"

谈到出兵日期,张良也觉得不宜久拖,愈早愈好,绝不可以等项羽回过神来。

汉二年(公元前205年)四月初二,大军在邙山脚下举行誓师大会,祭祀路神,誓约同心杀敌。

早在大会前一天,张良就与夏侯婴商定,受祀者中,除了路神之外,一定要有义帝与项梁的神位,以此昭告世人,只有汉王才是复兴楚国大业的承继者,而项羽虽名楚后,却系乱臣贼子,必欲诛灭而后楚方兴;不仅如此,还要邀请诸侯在盛典上历数项羽罪状,以示天下,汉王出兵,乃仁义之举,顺天意,得民心。

这一天,天高阳暖,万里无云。邙山古木森列,苍翠如云,登高远望,伊河与洛河从山下淌过。两川形胜,尽收眼底。正是暮春时节,漫山遍野的龙柏耸立,连翘洒金,杜鹃吐红,紫气缭绕,祥云漫步。

当刘邦与韩王信、塞王司马欣、翟王董翳、河南王申阳、西魏王魏豹等一起登上盟誓台时,等候在台下的将士中爆发出排山倒海的声浪。

刘邦走在最前面,不断挥手向将士们招手。诸侯们被这阵容强烈震撼,他们虽然名为一路诸侯,然国小地狭,能够参战的最多不过数万人,相比之下,刘邦的军队不仅人数上占据优势,而且个个精神抖擞,意气昂扬。特别是韩王信,当初乃为韩国太尉,若非刘邦率军攻下阳翟,哪里会有自己的今日呢?于是,他更坚定了要跟随刘邦逐鹿天下的决心。而这种钦佩也是溢于言表的,他对走在身旁的司马欣说道:"汉王果然治军有方。"

司马欣除了点头赞同,却没有说话。他之所以同意参与讨伐项羽,是因为与项羽有着灭国之恨。可曾几何时,他的塞都栎阳亦为刘邦所据。这种复杂的心境难以为人所理解,也是他绝不愿意说与人听的。

走在最后的是西魏王魏豹,更是迫于刘邦大军的压力才不得不降汉。他心里清楚,刘邦在攻占平阳后之所以保留他的王号,正是要做给项羽看的。今日盟誓也是要告诉项羽,彼已成众叛亲离的天下之贼。

"哼!刘邦说得好听,什么愿从诸侯击楚之杀义帝者,谁从谁呢?唉!此一时彼一时,走一步看一步吧!"魏豹心里想。

巳时三刻,夏侯婴宣布盟誓盛典开始,刘邦带领诸侯王先祭拜天地、路神,献牺牲;然后就是祭祀义帝、项梁。刘邦肃穆地行了三叩九拜之礼,其他诸侯依次而行。等到进行盟誓时,韩王信早已按捺不住内心的愤懑,紧跟着刘邦之后大声诉说道:"项羽军吏,形同禽兽,入我韩地,烧杀抢掠,无所不为。宫室尸横遍野,街巷血流成河。"说到这里,韩王信高声对着台下的将士喊道,"本王誓死追随汉王,共诛楚贼,以慰义帝、项公在天之灵。"

等到诸侯们盟完誓已是午时二刻,只见夏侯婴一招手,台下立时走上来一队侍卫,每人手中端着一个方盘,上面立着一只盛着酒酿的耳杯。刘邦率先举起酒觥,环顾台下将士高声道:"寡人愿从诸侯共击杀义帝者,若毁誓约,形同此杯。"言罢,将杯中酒一饮而尽,手起杯落,顿时碎为几瓣。其他的诸侯纷纷效法,一时共愤项羽的情绪,弥漫了整个现场。

刘邦走下台,张良、陈平已在车旁等候,陈平以骖乘的身份上了车驾,而张良则以联军军师的身份上了另外一辆车。刘邦扶着车轼向诸侯们作揖,但见司御甩动马鞭,浩浩荡荡的讨项大军出发了。

按照事前的部署,讨项大军分为三路向彭城进发:曹参、周勃、樊哙、灌婴与赵军,由朝歌经定陶、胡陵出萧县,剑指彭城;早先出发受阻的牛良、薛欧、王吸和一直盘桓在南阳的王陵军,从宛城经叶县、阳夏直指彭城;刘邦亲率夏侯婴、郦食其、郦商、柴武、吕泽、司马欣、董翳、司马卬、张耳、申阳、韩王信、魏王豹等为中路军,由洛阳经雍丘、濉阳袭彭城。

刘邦并不糊涂,情知自己这路军虽然看似庞大,可最是人心叵测。因此每逢战阵,他总是先同张良、郦食其、陈平等人密议决策,才邀请诸侯们商议。而在作战时,他总是让自己的心腹将军率军担任主攻,诸侯军侧援,这倒也少了许多的摩擦和障碍。

四月中,中路军进击曲迂。曲迂守将阳新乃因暗杀韩王成而擢拔的一位年轻将军。他并不知郦商底细,自己倒先出城挑战。两人就在城门外大战十数回合,阳新的部伍死伤不少,而他也明显感到吃力。在城头的长史见状,急忙鸣金收兵。从此以后,阳新坚守不出。郦商每日督促部属攻城,毫无成效。刘邦见状,暗中遣使密告郦商,此战不能久拖不决,如停滞不前,势必导致诸侯分心。

这一天,郦商正在帐中苦思破敌之策,从事中郎急匆匆地跑进来禀报,说曲迂北门被人攻破,阳新正与之展开巷战。

"你可知攻城者是哪路将军?"

"不知底细,听说是来自巨野泽。"

莫非是他?郦商心中"咯噔"一声。他记得在陈留举事时,就听人说有一位叫彭越的壮士聚众巨野泽中,令昌邑秦军闻风丧胆。郦商倏地从案头站起来,对从事中郎道:"命令我军从南门攻城。同时遣一校尉,率军前往东门埋伏,防止守敌从东门退走。"

阳新此时只顾与北门之敌作战,郦商指派一名校尉登城,城上守军先还是抵抗,后来见阻挡不住,纷纷退下城去。校尉命部下开了南门,汉军蜂拥而入。

兵败如山倒,受到两面夹击的楚军阵脚大乱,郦商好一阵痛快厮杀,没有半日,就打到城中街心了。他看见一位四十开外的将军与阳新厮杀,一把斧钺在他手上舞得风驰电掣。郦商猜想此人就是彭越了,大喝一声,手起枪出,朝阳新的后心刺进去。阳新躲避不及,枪尖从前心冒出,郦商顺势一抢,那阳新就摔在地上气绝身亡了。

这一枪看得彭越张口结舌,直到郦商收回长枪,他才横刀立马,就势作揖道:"将军好枪法,不知尊姓大名?"

郦商憨厚地笑道:"若是没有猜错,足下就是令昌邑官兵惊惧的彭越将军吧?"

"正是在下!"

郦商不等彭越询问,就自我介绍了一番。彭越闻言,叹息一声道:"在下惭愧,当初协同沛公攻打昌邑时,他也邀在下同往。在下自在惯了,婉言谢绝,不料又在此相遇,真乃天意。"

当下双方清理了战场,郦商约了彭越一同来见汉王。

郦商是个老实人,开口就向刘邦禀报了彭越率众攻城的经过。刘邦闻之大悦,上前一步握住彭越的手道:"一别三年,未料今日相见。记得在昌邑分手时,寡人就说一定会再相见,今日遂愿,真乃大喜。来人!"

曹窋应声进来,刘邦要他立即去请张良和陈平过来,并要军厨速备宴席,为彭越接风。

不一会儿,张良与陈平到了。对于张良,彭越并不生疏,在巨野泽中的日子,他就不断听说张子房运筹帷幄、决胜千里的传闻,特别是鸿门宴协助刘邦逃出虎口,令彭越十分感慨。今日一见,虽说与刘邦年纪相差无几,可看上去眉清目秀,要年轻多了;至于陈平,却是第一次见面,个头不高,但所有的精明都在那双眼睛里了。彭越与他们一一见过礼,这才落座饮茶。

不一刻,宴席备好,刘邦又邀了郦食其、卢绾等人前来。大家推杯换盏,邀约互敬。彭越没有想到,三年未见,刘邦身边竟然集聚了如此多的良将谋士,尤其是当他从张良口中得知此次诸侯军有五十六万之众后,更是瞠目结舌。现在,刘邦的功业日升月恒,还会在乎自己么?就在这时,张良举着酒杯来到他面前,谦恭地邀他同饮,接着问道:"听郦将军说,足下现已聚众三万余人,不知日后有何打算?"

彭越抿了一口酒道:"请先生指点迷津。"

"项羽暴戾,早已对将军虎视眈眈,卧榻之旁,他岂容将军安睡,一俟回过神来,势必派重兵进剿,将军三万之众,纵然人人皆能征善战,又怎敌项王数十万军马。"张良径直道破彭越现在的处境,发现他的眉毛颤动了一下,就知道他听进去了。

当着众人的面,彭越只是对张良表示了感谢,却没有明确归顺的意思。酒阑人散后,张良将之禀报给刘邦,刘邦倒是显得大度:"他能助我攻城,足见其无敌意,至于归顺之事还是顺其自然。寡人相信,千里有缘,终将相聚,不过是早晚问题。"

再说彭越一回到城外的营寨,就找来军师马申,将今天宴会上所见所闻悉数说与他听,末了问道:"军师以为当如何呢?"

马申将了将灰黄的胡须,一双小眼滴溜溜地转了几圈,便说出一番让彭越吃惊的话来:"主公目下投入刘邦营垒,正当其时。"

听了这话,彭越便有些不解:"你先前不是不赞同么?"

"此一时彼一时也,现在项羽横行跋扈,诸侯震恐。义帝尚且死于他手,遑论他人。刘邦虽然狡黠,却待人不至于必欲除之而后快。因此投靠刘邦乃我军图存之策,望主公采纳。"

彭越点了点头,两人又就眼前情势谈论了许久,马申告诉彭越:"彭城之战,刘邦必欲取之,但能否守得住,尚不敢断言。但在两强争霸之际,置身事外已无可能。"

彭越看了看窗外的夜色,终于决定答应刘邦邀请参与攻打彭城。他希望马申能够一如既往地陪伴在自己左右,这样有了事情,他也有个人商议。但马申谢绝了他的邀请:"主公归顺刘邦之日,即马申退隐之时。"

彭越疑惑道:"我观刘邦胸襟开朗,军师足智多谋,定能凤翔鹤舞,大展才能的。"

马申摇了摇头道:"属下有自知之明,在主公面前,尚能赞画一二,可比起张子房、郦食其甚至陈平,则不能望尔等项背。去了,于事无补,反而让主公难堪。"

"你我这么多年都过来了,何故现在去意甚绝?"

"主公不必再劝,属下自在惯了,受不了那么多约束。"马申言罢,起身向彭越深深施了一礼,转身离去。彭越的眼睛湿润了,忙传来校尉,要他择十数名侍卫护送马申回昌邑老家。

第二天一大早,彭越就来见刘邦,表示从此以后跟随的心愿。刘邦大喜过望,当下传来张良商议下一步进军方向。张良提出,将郦商军与彭越军合为一军,彭越为主将,不日攻取外黄,与北路樊哙军会师后,大举向萧、砀一线推进。

彭越的加入使得中路军力量大增,在进击外黄时,郦商军依然为前军,彭越军为后援。进军外黄,刘邦别有一番感触。秦二世二年八月(公元前208年)在项梁薛县会盟后,他第一次与项羽合军进击外黄,孰料时间不过三年,他们之间竟然相互攻伐起来,时焉命焉?谁又能料到,彭越竟然在这时候加入讨项队伍中来了。那一次征战的失利使他变得谨慎起来,他情知张耳在外黄任过县尹,连夜邀他来了解地理情势。

刘邦命夏侯婴李代桃僵骗过陈余,让张耳感动了多日,如今听说刘邦邀请,知道必有重要事情商议,立即丢下手头之事,赶到外黄城大营,恰巧张良、郦商与彭越都在座。刘邦以礼敬之,令两位将军对张耳十分高看,纷纷上前见礼。

上了茶点,刘邦说道:"常山王少年时即定居外黄,后又为县尹,定然对外黄地理环境了然在胸,可否陈说一二。"

张耳侧了侧身子,眉毛颤了颤道:"大王对我恩重如山,就是不问,我也要禀知的。外黄地形北高南低,县城东门外有黄沟,沟深草密,倘若我军以一部埋伏在沟内,另有一部诱敌深入,可聚而歼之。待敌明白之后,我军第三部已占了城池,如此,则大胜可据也。"

刘邦看了看郦商和彭越,两人都以为张耳所言有理,当下决定将彭越部三万人一分为二,一部分埋伏在黄沟,一部分由夏侯婴统领潜伏于城西,待敌军被诱后,立即攻城。

张良又叮嘱郦商:"将军所部且做诱敌之兵,将军既要做出真战的架势,又不可贪功恋战,要一步一步退,直到退至黄沟前,此其一;其二,在彭越将军所部发起攻击后,你立即杀回马枪,对敌形成夹击之势。"

历次战阵,郦商对张良的部署深信不疑,当即表示定当遵命,绝不贪功恋战。

第二天黎明,郦商号令部下开始攻城,他先命弓弩手从高处发出万千火箭,不一会儿,城内火光冲天,浓烟滚滚。各路校尉命军士将鼓擂得震天响,摆出必欲取之的架势。不久,他就借着城内的火光,看到外黄守将登上了城楼。

郦商催动战马上前,高声喊道:"城上可是外黄守将,报上名来,本将军不杀无名之辈。"

不错,城头上出现的正是参与了谋杀韩王成的另一位凶手,名叫路虎。他对汉军底细并不知晓,忙问站在一旁的外黄县尹:"城下将军是谁?"

县尹睁大眼睛朝下看了好大一会儿,摇头道:"卑职也不认识。"

于是,路虎对郦商喊道:"莫说你不杀无名之辈,本将军刀头更是不染鼠辈之血,若有胆,何妨报上名来?"

这句话激怒了郦商,他挥动手中的长枪道:"你家爷爷行不改名坐不改姓,乃汉王麾下大将郦商是也。有本事你出城来与本将军决一死战。"

路虎首次出战,不把郦商放在眼里,当下回答道:"谁怕你不成,看本将军出城去取你头颅。"说着就要下城。

外黄县尹从旁边扯住路虎的战袍,说此乃激将之法,不可大意。

路虎刚刚因为斩杀韩王成得到奖赏,立功心切,哪里听得进劝告,挥手拨开县尹的手道:"项王待我不薄,我若不能再次诛灭刘邦老贼,何以有颜见项王?"言罢,奔下城头,命从事中郎牵过战马,大呼一声:"随我擒拿刘邦者,赏百金;取其首级者,赏千金。"

县尹眼见得路虎率部冲出城去,自己无力阻拦,忙向城楼上值守的校尉叮嘱道:"请密切注意军情,一有意外,即鸣金收兵。"

这边郦商看见城门大开,路虎率部冲了出来,他心中一阵窃喜,暗道只要你出来就好,便挥起长枪就过去了。两人在马上你来我往地大战了三十多个回合,郦商便呼呼喘起气来。路虎见状,更是求胜心切,挥动双铜步步紧逼。郦商"拼"尽全力,架住双铜,"嘶啦"一声拉出枪柄,转身向黄沟方向跑去。

路虎见郦商拨马逃窜,益发心浮气躁,定要拿了人头方肯罢休。他挥动双铜,眼见得离开外黄城而去了。

城头上,值守的校尉记着县尹的话,见校尉跑马而去,觉得不大对头,急忙鸣金示意。可正在兴头上的路虎哪里听得进去,只是催动坐骑,瞅准郦商的背影紧追不舍。战马似乎了解主人的心境,四蹄生风,急速如电。

县尹万万没有想到,这鸣金的锣声却成为夏侯婴进击城西的号令。夏侯婴每挥动一次手中的宝剑,就有一拨士卒抬着云梯,手持盾牌,朝城墙上攀登。那前仆后继的气概,在气势上压倒了守军。大约半个时辰后,城头上传来厮杀的喊声和刀剑相撞的铿锵声;又过了半个时辰,西城门打开,夏侯婴率军冲进城内。等到将"汉"字大旗插上城头,时间刚刚过去两个时辰。

再说郦商诱敌的方式也真是特别,跑一段就回头厮杀一阵,然后瞅个机会卖个破绽,转身再跑。二十多里地,先后五次交锋,几乎每四里就是一战。这使得路虎对郦商的力怯深信不疑,必欲杀之而后快。眼看着到了黄沟口,郦商停下来,又是大战十数个回合,然后向沟内退却,大约进了沟四里地,郦商估摸着路虎进了彭越的埋伏圈,决计不再退却,回过身来对着路虎大喊:"你不要欺人太甚,不然本将军就在此取了你的人头。"

路虎听罢,仰面大笑。这一笑不要紧,但见从树丛、草丛中传出排山倒海的声浪。路虎的笑顿时僵硬在脸上,他显见地被夹在中间。他这才明白,此前与郦商的厮杀不过是为了引诱自己进沟而已。事到如今,路虎顾不得多想,挥动双铜向沟外突围。彭越哪里容得他走脱,一把斧钺横在面前,厉声道:"事到如今,你若下马投降,可饶你不死。"

但路虎很清楚,此时降了,虽然可以苟延一时,可自己刺杀过韩王成,迟早还是一死,纵然有一天项王胜了刘邦,桓楚将军又怎能饶恕自己的叛主行径。横竖都是死,何不拼死一战,持动双铜就向彭越打来。彭越挥动斧钺接招,只听"砰"的一声,路虎两臂震得发麻,心先自乱了。两人战了没有十个回合,彭越一斧下去,将路虎拦腰斩于马下。再看看周围,楚军死了一大片,与拼杀而死的汉军混在一起，一道黄沟，弥散着血腥味。

郦商驱马来到彭越面前，连道："将军真神力也。"

彭越双手作揖道："郦将军足智多谋，才可置敌于死地。"

打扫完战场出得沟来，日色西斜，四月的天空一碧如洗，两人心生不尽的快慰。来到外黄城下，见城头上换了旗帜，便知夏侯婴已经得手。

"大王应该进城了！"

正说着，就见吊桥悠悠放下，夏侯婴的声音带着十分的自豪和自信："请二位将军进城，汉王等候多时了。"

……

这些日子，刘邦沉浸在胜利的喜悦中。在中路军攻占外黄后，他就发出了向萧县、砀县进军的命令，并急催樊哙加速进军，早日会师。

中路军在外黄休整的几天中，从北路和南路发来的战报让他感奋不已。看到高兴处，甚至连连发出"好"的感喟，惊得曹窋进帐来看。刘邦看着曹窋英气勃勃的青春面容，甚至忘记了君臣之间的礼数，热情地拉过曹窋在自己对面坐下，然后捧起北路军的战报，凿凿有声地念给他听——

臣曹参、灌婴、周勃，奉命自围津渡河后，樊哙攻煮枣，击破楚将王武、程处。曹参、灌婴攻定陶，破之，遂使樊将军南下与中路会师外黄。我军一路东进，沿途百姓箪壶食浆，夹道相迎……

"嘿！你这个爹还真是能征善战啊！"刘邦瞅着曹窋，笑出了声。

曹窋在刘邦身边久了，比其他将领要随意些，遂皱着眉头道："等父亲把仗打完了，臣就剩下享乐了，真是不甘。"

刘邦手抚曹窋的肩头道："你急什么？与项羽的大战才刚刚开始，以后有你打仗的机会。"

刘邦又拿出第二份战报，在曹窋面前晃了晃道："看，这是来自南路的战报。"接着兴冲冲地念道，"臣王吸、牛良、薛欧会同南阳王陵将军，出宛城，先攻阳夏，遭遇阳夏守军诸将龙且阻击，初战不顺……"

念到这里，刘邦的目光就直了，怒道："这个龙且真是阴魂不散。"

曹窋耳尖，觉得后面还有话没有说完，忙提醒刘邦继续往下看。

"好！继续看。"刘邦的目光顺着曹窋手指自右至左地浏览，就发现了新的军情——

然则，中途不知何故，龙且军忽然留下守城副将，自己亲率大军趁夜色北上。臣等勠力同心，力克阳夏，现正奔袭彭城，与大王会师。

"哈哈哈！如此就对了。"刘邦收起战报吩咐，"快去请军师、太仆两人来。"

"诺！"

不一会儿，张良和夏侯婴到了。看过战报，张良很欣慰地点了点头："所谓'得道多助'，我军一路吊民伐罪，乃得诸侯协力之故。"

刘邦赞同张良的看法，正要说话，张良的声音又在耳边响了起来："龙且北上，必是讨齐战事吃紧，项羽调彼侧援。如此倒好，少了一块绊脚石，否则，以龙且军战力，王陵克之恐有难度。"

"子房所言，清晰明彻！"刘邦转过脸问夏侯婴，"丞相的运粮军伍到了何处？"

夏侯婴回道："前哨禀报，岳将军护送军粮辎重，自函谷关出一路疾行，现在距外黄大约只有四十里路了。"

"如此之快！"刘邦眼眉中不加掩饰地充满了对萧何的赞赏，"丞相理政，寡人放心，有劳太仆带些人马前去迎接。寡人许久没有看到肥儿了，不知这回能不能有缘见一面？"

"岳将军定能想到大王父子之情的。"夏侯婴说完，告辞出帐去了，留下张良和刘邦。

两人说起下一步打算，张良建议道："为迷惑楚军，可命彭将军北上继续袭击梁地，转移项羽视线，使其不能南下。"

"子房所言甚是，寡人这就差人知会彭将军。"

"先等一等！魏豹虽然归顺大王，然王位犹存，大王若能任彭越为魏相，则不仅解了魏豹之疑，也使得项羽多了一个敌手。"

"此等好事，寡人何乐而不为呢？"刘邦击节拍掌，立即要曹窋通知魏王豹和彭越到大帐议事。

张良又劝道："彭城虽然近在咫尺，可要取之甚为不易，还望大王万勿掉以轻心。"

"以我军目下之势，诸侯协力，将士用命，彭城指日可下。"刘邦那种喜不自胜的样子，仿佛已经进了彭城，甚至登上了项羽的大殿。

闻言，张良的心头有些沉重。以往包括进咸阳之时，刘邦都有过类似的情景，但张良都能够理解。这一次却不同，他们的敌手不是天怒人怨的秦军，而是居于十八路诸侯之首的项羽,是万马军中取人首级易如探囊的西楚霸王。他的勇猛震慑着每一个汉将,而他绝地求生的运筹往往使得大意者功亏一篑,谁又能断定,他不会再来一次破釜沉舟呢?

"项羽虽然鲁莽,却也不失狡诈,我军须谨防其出其不意。为防不测,可遣一军进驻下邑,一俟有事,也可有退路。"

"好!就遣吕泽据守下邑。"刘邦笑了笑,"昔日子房临乱不惊,泰然若定,为何今日提起项羽,倒生了恐惧之心。寡人倒要看看,他能怎样出其不意?"

张良没有将话继续下去,他明白,眼下刘邦很难听得进去谏言。告别刘邦走出大帐的时候,张良的脚步有些踯躅,忽然想起韩非子那篇著名的文章《说难》,他今天真有了这样的感觉。

夏侯婴率领数十骑,赶着两辆车子,行进在曲迂到外黄之间的路上。大战刚过,这里留着萧条的痕迹。路上行人稀少,偶尔有逃难百姓从车旁经过,贪婪的目光瞅着车上的东西。这情景,让夏侯婴很不好受。可又有什么办法呢?自古以战止战,乃不易之理。哪一次安定不是以饿殍遍野为代价的呢?谁都不愿意这样,但谁都只能顺应生活的安排。

中午来到一处叫作梨花屯的镇子,眼看日色过午,夏侯婴严令属下就在镇外歇息,只命一位伍长带五名军士到镇上购些吃食:"你等不可扰民,倘若强抢百姓,斩无赦。"

伍长向夏侯婴作了一揖,转身离去了。

大约过了半个时辰,他们从镇子的酒肆中买了麦饼、菜蔬和热酒回来。夏侯婴又再度询问了货易经过,才放心地分给大家。

夏侯婴就是这样的长者性格,他看到每个士卒手中都分到了食物,才从伍长手中接过自己的那一份。伍长特地多要了一份米酒给他,他却将酒散给了众人。他靠着树身舒了一口气,准备吃麦饼。就在这时,一双黑乎乎的手伸了过来,接着就是一个微弱的声音响在耳旁:"大爷,施舍一点吧!"

夏侯婴抬眼一看,面前站着两个孩子,女孩大约十二岁,男孩也就五岁出头。他正准备把自己手中的麦饼分一半给姐弟俩,突然发出一声惊呼:"天哪,这不是刘蕊与刘盈么?"

两个孩子这才看清,坐在面前的就是经常到他家做客的夏侯婴大伯。刘蕊的泪水骤然地就淌在了两颊:"夏侯伯伯,我们终于找到你了。"

而刘盈则干脆扑进夏侯婴怀里大哭起来。夏侯婴等两个孩子哭过了,这才仔细问问了他们的经历:"张乙呢?他不是在府上当差么?"

刘蕊告诉夏侯婴,他们在黄桑峪口遭遇了楚军,母亲要张乙带着他们朝一个方向逃走,而她与祖父朝另一个方向走了。张乙为保护他俩,在与楚军厮杀中殒命,他们姐弟因为隐藏在草丛深处的土坑内才没有被发现。这些日子,他们不辨东西,懵懂地跟着逃难百姓流落到此。说完这些,刘蕊拉着夏侯婴的手问道:"伯伯,您能帮我们找到父亲么?"

夏侯婴的内心充满了酸楚,点了点头:"今天就带你们去见父亲。"

闻言,两个孩子这才破涕笑了。

……

田荣死了,他是被平原人杀死的。

他死得很惨,身体被平原县富豪砍成肉泥。他自跟随陈胜起义,就一直在绵延的复齐之梦,到这里终于落幕,留给他兄弟田横不尽的追念和痛苦。

田横原以为项羽所怒在田荣,田荣一去,他会放过齐地百姓,罢兵回到彭城。孰料项羽心胸狭窄,杀了田荣犹不解气,不仅荡平了齐国的都城,而且部下毫无人性,在临淄大街小巷逢人便杀,逢女人便抢。在追击田横的行军途中,所过之处,皆以屠村、屠镇为快。

三齐军吏终于明白,投降没有出路,逃亡更是绝境,他们唯有奋起抗争,尚有一息图存之机。他们同仇敌忾给了田横巨大的鼓舞,那一夜,他在平原县南泰山北麓的一处密林中找见了田荣的儿子田广。蓬头垢面、战袍褴褛的田广一见田横,就伏地放声大哭:"叔父,齐国完了!齐国完了啊!"

田横强忍悲痛,没有使自己哭出声来。待田广心境稍有平和,他半是抚慰半是责备地对田广道:"你站起来说话。"

田广站起来,借着淡淡的月色,看见田横胡茬包裹的脸严峻冰冷,呈铁青色:"齐王殒薨,国之大痛。可当务之急是项羽日夜屠杀我父老百姓,三齐之地尸横遍野,你身为齐王之子,欲当如何?"

田广揉了揉发红的眼睛道:"国之不存,能够如何?"

"糊涂!"田横以长者的口气教训道,"你父亲死于战阵之中,百姓亡于屠刀之下,你岂能心灰意冷,苟且偷生?"

"孩儿当然不敢忘记国仇家恨,然则手无一兵一卒,拿什么报仇?"

"谁说无一兵一卒,你看看叔父身后?"

田广越过田横的肩头,看到他身后黑压压地站了一群人。面对田广,他们喊出发自肺腑的声音:"杀项救齐,誓雪国耻。"

那声音虽然很低,田广却能强烈地感受到他们的血液在奔涌,胸中的仇恨在喷薄,而聚集在目光中的意气让他顿然感到了一股力量。田横生怕田广再有犹豫,不待他说话便先开了口:"国不可一日无君。你当继承王位,叔父当任丞相,全力辅佐你恢复齐国。"

事已至此,田广还能说什么。于是,田横对身后军吏道:"我等拜见齐王。"

田广拭去腮边的泪水,虚扶着双手道:"诸位平身,寡人当以社稷为重,与众卿共渡艰危。"

接下来的日子,田横以丞相身份派遣心腹将领到齐国各地召集散兵三万余人,随后再度回到惨遭浩劫的临淄。映入视线的残墙断壁,催下了齐地男儿愤懑的泪水。他们明知以三万之众对抗项羽二十万人,众寡悬殊,可他们宁愿慷慨赴死,也不愿屈身为奴。

田横是一个深通兵法的将领,他知道以现有的兵力,试图夺回失地已不可能,他不在乎一城一地的丢失,而是采取骚扰、夜袭、埋伏等多种方式,从二月到四月,搅得项羽大军夜不能寝,食不甘味。

四月初,也就是刘邦在洛阳大张旗鼓祭祀义帝熊心的日子里,项羽传话给留守彭城的左尹项伯,要他遣人速押运粮草到城阳,以支前方急需。使者出了大营不久,这消息就被埋伏在城阳的细作传给田横。田横立即召集众位校尉商议,一方面将袭击改在白日,摆开一副攻城的架势;另一方面,却派遣人在城阳南埋伏,截了楚军粮草。

为了取得民心,田横将所获粮草拿出一半分给百姓。那一天,饿极了的父老乡亲捧着白花花的稻米跪倒在田横面前,久久不愿起来。当场就有不少老者把自己的儿子送到军营,不几日,齐军就扩充到了五万多人。虽然依旧不能与楚军展开大战,然而,这却给了田横巨大的精神力量。

"有齐地父老在,齐国就灭不了。"田横这样给侄子、新立的齐王田广打气。

田广回道:"有叔父在,齐国复国有望。"

一天,外出探听军情的校尉带回一个重要的消息,说刘邦统领各路诸侯总计五十六万人马,杀气腾腾地奔向彭城了。

"什么?"田横睁大了眼睛,"你再说一遍。"

"启禀丞相,刘邦率领五十六万人杀向彭城了。"

"果真有这事?"校尉再一次肯定回答后,田横仰天大笑,"此乃天助我也。刘项大战,项羽必然南撤,此正是我复国之良机。项羽,祸因恶积,遭遇刘邦,是上苍要你人头。"

"哼!刘邦想要我的人头,先得问寡人手中的长戟答应不答应。"在城阳大营中,项羽以轻蔑的口气评价刘邦进军彭城,"除了刘邦手中尚有几员可战之将外,其余皆乌合之众,人心各异,能奈我何？"

项羽要侍卫传话给范增,请他代拟王命,调远在阳夏的龙且率部北上,替他与齐军作战,而他准备回师彭城。不一会,范增脚步疾疾地进帐来了,两人一见面,他就直截了当地问道:"臣闻大王欲调龙且北上,果真如此么？"

项羽指了指案头的文书,范增拿起来浏览一番,原是项伯从彭城发来的紧急军情。范增放下文书,却没有项羽的焦虑,道:"臣这里也有一个消息。"

项羽有些不耐烦:"还有什么比国都重要呢？"

"在臣看来,与敌犯彭城可以相提并论吧！"范增捋了捋胡须,就将虞子期在萧县黄桑峪擒获刘邦父亲刘太公和夫人吕雉的经过叙述一遍。

项羽顿时豹眼圆睁,抑制不住心头的兴奋道:"哈哈哈！刘邦,此乃天赐胜券于我,如其奈何？有了你父亲妻子,寡人还怕你不退兵么？"这条消息没有让项羽改变调龙且北上的想法,反而,他更坚信自己的部署是正确的,"拟一道诏命,命龙且星夜赶往城阳,寡人欲挥师南下,与刘邦等乌合之众一战。"

范增看了一眼项羽,略带沉思地说道:"当初大王遣龙且据守阳夏,一则为了阻止王陵军去往沛县迎接刘邦家眷;二则拱卫京师安全。今刘邦大军压境,大王却要调龙且北上,此敌不毁我,我自毁矣。"

项羽却是不以为然:"亚父言重了。过去,寡人没有擒获刘季家眷时不曾怕过他,如今有他父亲和妻子在手,恐怕刘邦不能不有所顾忌吧！难道他愿意因为与寡人决战而置父亲、妻子安危于不顾,落一个为天下人所不齿的骂名么？"

范增叹了一口气道:"大王善战而未必善知刘邦也。臣闻刘邦在沛时,因不事生产,游手好闲,家人皆厌之。刘太公多有斥责,然则他一意孤行,出入于赌场之中。若是输了,就是当掉身上衣物也在所不惜。臣又闻,他自举事离开沛县后,从未回过一次家,难道他不知道在父亲膝下尽孝么？ 如此硬心肠之人,岂能因顾忌家小而舍掉王位？龙且乃善战之将,若命他北上,后方定然空虚,给刘邦可乘之隙,请大王再思。"范增没有停下来的意思,接着道,"倘若彭城失陷,则楚军无退路矣,请大王又思。"

项羽根本没有听进去范增的话,自信地说道:"龙且来了,还有桓楚,他不是驻守萧砀么？退一步说,即便桓楚不济,寡人深信当初能够破釜沉舟,一举击溃章邯,现今也能够扫平刘邦。"

范增显得无奈,当晚,他替项羽拟好了文书,第二天辰时二刻便呈送给项羽看了,盖了印玺,封了签,又讨了虎符,送使者上路后,这才心事重重地回到大营。他远远地瞧见一骑飞快地朝门口奔来,刚刚进营门就奔了项羽的大帐。范增立即意识到,一定是彭城方面出了大事。他顾不得多想,就跟着使者的脚步追了上去。

范增的猜想没有错。使者一进大帐,就扑倒在地上,带着灼痛的嗓音道:"启禀大王,彭城……彭城……"

"彭城怎么了?"

"彭城失陷了。"

"什么?"项羽一声怒吼,炸雷一样的声音惊得帐外枝头上的鸟儿惊恐地飞向蓝天。项羽一把抓住使者的衣领,将他提到了半空,"什么?你说什么?"

使者的脸色灰白如死,惊悚和恐惧使他魂飞魄散,不知道该怎样面对暴怒的项羽。在彭城时,他曾听人说过项羽震怒斩使者的往事,未曾想到,厄运就这样落到了自己头上。他浑身剧烈地战抖,冷汗淋漓,早把一路上想好的话忘得一干二净。就在命悬一线之际,范增进来了,伸出手拦住项羽:"大王息怒,此乃左尹的文书,与他无干。"

"气杀我了!"项羽把使者摔到地上。范增早已拆开文书,递到项羽手中,果然是项伯发来的消息,大意是说刘邦的三路大军从四面向彭城发起进攻,守城将领抵挡不住,桓楚率领所部前来增援,被曹参、灌婴团团包围。虞姬率健妇营护送项伯突围到留县一带,与桓楚会合,万望项羽速速回师南下,夺回国都。

看到虞姬平安,项羽的情绪稍微平静了一些。然而,他的一颗心却是无论如何也无法停留在城阳了。他放下文书对范增说道:"城阳之战就拜托亚父了,在寡人南下的日子,亚父只能据守,不可出战,等龙且到任后再做商议。"

"大王尽管放心,有微臣在,城阳无恙。"范增一口答应。

是夜子时,项羽离开城阳,率部南下。为了不惊动田横,范增部署下去,将所有马蹄都裹上了蒲草,所有军队都卷了旗帜。

更漏刚刚到子时一刻,项羽登上战车,司御正要挥鞭,不料范增从后面追了上来,站在车前道:"臣送大王一程。"

项羽拱手道:"请亚父上车。"

项羽回军彭城,范增心境复杂。从昨日接到文书那刻起,他的心就十分沉重,不时泛起深深的自责。当初项羽剥夺陈余、韩成、田荣等人的王位时,他就应该劝他胸襟开阔些,以免树敌过多。然而他没有,以致曾经与项羽一心的诸侯纷纷背离;如果项羽在三齐大地屠城之际,他能够拼力阻止,也不致引起齐地庶民的反抗,群起而攻之,让楚军自顾不暇。项羽的性格他了解,要听进去别人的话很难。因此,这一次分手,他觉得有必要提醒项羽,一定不能再重演屠齐的悲剧。

"大王!"范增以试探的口气道,"臣……"

但项羽没有等他说完,却先说话了:"亚父昨日与寡人分开后,寡人思索许久,觉得彭城之失寡人也有失察之责。"

"哦?"范增没有说话,等待项羽继续说下去。

"寡人自忖,最大之失是不该与刘邦结金兰之好,鸿门宴上,寡人若是以国事为重,他岂有今日?"

早有如此自知,则刘邦必死无疑。然而,当初项羽却是连一句话都听不进去。当然,范增想听到的绝不止这些,他还想听到项羽对失去人心的反躬自问,他以为与对刘邦的仁慈相比,失去民心才是最可怕的。这既是秦朝留下的教训,也是项羽最根本的失误。可项羽根本没有这个意思,反而突出了这样一句话:"寡人至有今日,乃在杀人太少。"

闻言,范增的喉咙顿时像塞进了一块石头,怎么都吐不出来……

耳边传来巨野泽的涛声,在静夜里,如雷吼一般拍打着范增老迈的胸膛。

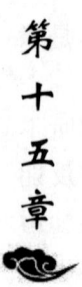

第十五章

王陵泣血谏刘邦
吕雉严词责项王

汉二年(公元前205年)四月下旬,刘邦的三路大军在萧砀一带会师,对彭城发起总攻。一时,整个萧砀大地车辚辚,马萧萧,号角震天,鼓声动地。村庄里是军队,田野里是军队,大道上也是军队,一派大战气氛。负责萧砀一带防卫的楚国大将桓楚感到了从未有过的压力,但他没有别的选择,只有奋力抵抗汉军,才能使项羽的反击能够从容一些。

然而,桓楚遇到的不是别人,而是无须上战场的张良。

张良向刘邦谏言,遣曹参、灌婴等将部署在萧砀地区的桓楚军分割包围,使其无法靠近彭城。战争打得很残酷,双方都死了许多士卒。桓楚虽然勇猛,但独木难撑,副将和麾下的校尉们根本不是汉军的对手。经过三天三夜的厮杀,桓楚部被汉军冲散后,他只带了两千五百人退到留县以南,一方面向项羽发出急报,一方面派出探哨,向留守在城内的钟离昧和项伯通报军情。

张良很清楚刘邦的目的就是要进入彭城，因此，当桓楚退出萧砀地区后，汉军就再没有展开追击，而是把作战目标转向了彭城。

张良站在地图旁凝视着楚军的部署——龙且在阳夏，桓楚在萧砀，项羽北入齐，脸上就浮现出会心的笑意。呵！范增老儿何其精明，为何有如此拙笨的布局呢？他料定这局绝非范增所布，一定是项羽断言，汉军出不了函谷关。

的确！项羽完全没有想到，曾在戏下与他合力攻秦，接受封赐的诸侯们，会在这么短的时间内倒戈；他更不曾想到，一再示弱的刘邦会在这么短的时间内集结五十六万大军，并浩浩荡荡地开进中原。因此，当初桓楚向他提出加强彭城卫戍时，他笑桓楚太高看刘邦了。他要桓楚将军伍部署在距彭城不足五十里的萧县和砀县，以防齐国军队南下，同时阻止驻扎在南阳的吕齮和王陵来犯。

"至于刘邦，远在关中，远途行军，多有不易，无须担心。"项羽让桓楚放心。

"末将还是担心……"

桓楚的话没有说完，就被项羽截住了："将军身历百战，为何现在倒畏首畏尾了？"

但桓楚还是提出将驻扎在阳夏的龙且调回彭城。项羽摇了摇头道："寡人心中有数。目前龙且正与王陵大战，万不可调回。"

项羽就这样率军北上了，而将国都的护卫留给了入关时才加入楚军的钟离眜和虞姬的健妇营，由项伯节制。

这钟离眜本是朐县豪杰，趁陈胜、吴广举义的大势在故乡举义聚兵，巨鹿之战后，他十分仰慕项羽力扫千钧的英雄气概，遂率部投奔了项羽。

临行时，项羽嘱咐项伯道："叔父性格温善忠厚，万不可以听信刘邦蛊惑。"

"请大王放心，我心中有数。"

这一切，都通过汉军细作传到了刘邦和张良的案头。因此对张良来说，彭城的一举一动都早在他的掌握之中。

这是四月二十三日傍晚，从微山湖上生成的团团乌云自北向南滚滚而来，到晚上酉时一刻，刷刷的雨雾就笼罩了整个彭城上空。从汉军军营望去，彭城城头的灯火明明灭灭，毫无生机，打更的声音也在夜色中徘徊。

"此天助我也。"张良兴冲冲地赶到刘邦大帐禀道，"今夜大雨，此乃我军进攻之良机。请大王发令，命郦商、曹参、柴武从三面进击。"

"三面进击？"刘邦有些不解。

"臣已在前几日写信刚给王陵、牛良所部，要他们一方面佯攻西门，一方面利用夜色掩护挖壕沟到西城下，这会儿大概凿通，我军只要有一门打开，敌自乱也。"

刘邦闻言，当即命陈平传令大军攻取彭城。

张良的预计没有错。亥时一刻，王陵和牛良所部终于凿通了墙洞，几名校尉率队自墙洞鱼贯而入到了城内，远远地就瞧见灯火下，一队巡逻的楚军穿街而过。校尉做了个手势，大家隐没在树丛深处。等巡逻楚军过后，一名屯长率领部下摸上前去杀了巡逻的士卒，换上楚军戎衣，列队向西门走去。

在西城门值守的校尉见一对士卒走来，立即警惕地问道："何人在此？"

说时迟，那时快，跟在后面的校尉张弓搭箭，一阵飞矢，楚军纷纷倒下。其他躲在门洞里的士卒仓皇地丢下兵器，跪地投降。汉军校尉趁势打开城门，放下吊桥，早已等待在城外的王陵、牛良等人呼啦啦地越过吊桥，向城内涌来。

王陵横刀立马，对三位将领说："我在此坚守，请薛将军前往东门、王将军前往北门，牛将军前往南门，待我大军入城后，直奔王宫。"

三位将军率领本部人马疾驰而去。王陵手持大刀，率领麾下人马直向城头奔去。他遇见楚军士卒就杀，因为母亲被害而蓄积在心头的仇恨终于获得了发泄的机会。一把大刀扫过，但见血肉横飞，人头落地。楚军将士见状，纷纷四散奔逃……王陵一直追到角楼处，杀了守城的校尉，才回头对跟在身边的侍卫道："将汉军大旗插上城楼。"

侍卫明白，从这时候起，王陵的内心归汉了……

钟离眜这些日子心一直绷得很紧，食不甘味，席不暇暖。项王把守卫彭城的重担交给他，他掂得出其间的分量和信任。他更明白，虞姬与项伯就在彭城，倘若他们有个一差二错，他就是舍掉这条命也回报不了霸王的知遇之恩。因此，他不敢有丝毫的懈怠疏忽，每日与司马一起一丝不苟地察看防务。

晚饭时下起了大雨，唰唰的雨声在耳边吟唱，他的内心纷乱而又不安。因此，晚上他只吃了一点，就与副将一起往北门来了。他之所以十分看重北门，是因为北门距桓楚军最近，关键时刻可以策应。连日来，他反复告诫驻守北门的校尉，在任何情况下都不能让汉军攻破北门，而且在兵力配置上，北门较之其他几门也强。

从雨幕中传来急促的脚步声，钟离眜借着灯火望去，发现是健妇营士卒的身影。他紧走两步问道："姑娘这是……"

屯长淮英停下脚步,向钟离眛施了一礼道:"奉虞将军之命前来巡夜,请将军吩咐。"

"夜间巡逻需严加小心,谨防汉军细作混进城来。"钟离眛心头一阵悸动,为虞姬的临事不惊而感慨。

"明白了!"淮英转身,带着队伍朝前走去。

见健妇营女卒走远,钟离眛对跟在一边的副将道:"你不必去巡城了,快去王宫照管好王妃和令尹的安全。"

之后,钟离眛一人来到北门,在此坚守的两名校尉均回答说如此雨天,汉军不可能攻城。闻言,钟离眛的脸色就阴沉了:"你等怎可如此轻敌,从现在起,命令城楼上的守军持戈披甲,有懈怠者鞭笞五十。"

话音刚落,身后就传来一阵杂乱的马蹄声。他转身下了城楼,刚刚站定,那马"啾啾"四蹄腾空,一阵长啸,他循声望去,来者不是别人,正是虞姬。他手持一对鸳鸯剑,披一身桃花软甲,紧跟在她后面的是健妇营校尉淮梅和士卒们,再后面就是项伯的车驾和侍卫队伍。

虞姬不等钟离眛询问,就直截了当地告诉他道:"汉军已从西门攻进城来,现在正奔向四门,其中一部分冲到王宫,被我尽杀于王宫门外,一个活口交代了汉军去向,我立即率军赶来了。"

两人正说着话,便听见远处传来雷吼一样的声音,隔着雨雾,可以远远瞧见滚滚浓烟和火光,显见得是东门和南门打开了。钟离眛眉头紧皱在一起,迅速向副将下令道:"趁汉军尚未来到北门,速速护送王妃和令尹出城。"

虞姬断然拒绝了钟离眛的安排,厉声道:"国都乃国脉所系,当此危急之际,我岂能离开?淮梅,传令健妇营前往东门杀敌。"

"诺!"淮梅应了一声,翻身上马。

不料钟离眛"扑通"一声跪下了:"都城安危乃末将所系,请王妃速速离开,此事不仅仅关系王妃,也是为令尹计。"

一句话提醒事中人,若是项伯殒命于乱军之中,她的心一辈子都会不安的。

"好!"虞姬拨转马头,对着身后健妇营的将士道,"此去必有一场恶战,不畏死者,随我来。"说罢,虞姬用两腿狠狠击打战马,马匹箭一样穿过雨幕,向城外奔去……

听着马蹄声渐行渐远,钟离眛这才上马,和身边的副将和几名校尉坚守北门,阻止意图冲进北门的汉军,以保证楚军的撤退之路。

"北门若失,我城内两万人马死无葬身之地,你等当用白骨垒起一道墙,死也不能让汉军夺走。"钟离眜说罢,翻身上马,向街中心奔去……

途中,他遇到汉将王吸,两人厮杀了大约一刻时间,王吸不敌钟离眜,拨转马头朝东门而去。钟离眜也不追赶,继续向街心行进。

再说,牛良径直向南门而来,此地坚守的楚军校尉压根儿没有想到汉军会进城,几乎只在一瞬间,就做了刀下之鬼。牛良打开城门,与灌婴、曹参军合为一处,转身又向城内杀来。楚军见大势已去,纷纷放下兵器投降……

灌婴、牛良和曹参一起向前冲杀而去,路遇从北门而来的钟离眜,三位汉将很快将楚军截为三节,灌婴和牛良一心一意对付钟离眜,三人走马灯般地在街头厮杀了三十多个回合,钟离眜大气不喘,从容应对。曹参在斩杀了一批楚军之后也赶上来参战,形成三对一的局面,双方又斗了二十多个回合,王吸也赶来了。面临四对一的钟离眜终于明白,敌人的目的就是缠住自己,以便其他城门汉军进城。而钟离眜此时最惦念的还是北门,于是,他瞅准机会,抡起大刀向牛良砍去。牛良见来势凶猛,急忙躲闪。孰料钟离眜反而撤回大刀,拨马朝北门而去,一边跑一边对跟在身后的楚军喊道:"不可恋战,速回北门。"

果然,汉军还没有打到北门。钟离眜明白,必是健妇营拖住了城外汉军。他下令一名校尉率军断后,其余皆从北门撤退。不一刻,灌婴率军追来,冲在最前面的汉军士卒被楚军射杀,灌婴被激怒了,催动坐骑直奔校尉而来,一刀将楚军校尉拦腰斩断。其他楚军见主将已死,纷纷缴械投降。

灌婴吩咐一名校尉率部押解俘虏到指定地点,自己则带着其他校尉登上北门城楼,将"汉"字大旗插在了城头。

凭楼远望,城外的战事也已结束。显然,汉军没有能够阻止虞姬的突围,这让灌婴不免有点遗憾。他吩咐校尉们谨防桓楚、虞姬合军再来攻城。下得城来,灌婴就看见牛良,还有樊哙三人催马而来。樊哙看见灌婴,就发牢骚道:"项羽也不过莽汉耳。如此大的彭城竟然这么不经攻打。"

灌婴笑着回道:"打仗又不是屠狗,任由你性子来。你是没有遇见钟离眜,若是遇见,谁胜谁负还不一定呢。"

牛良在一旁插话道:"据末将所知,钟离眜虽然跟随项王较晚,却颇受器重,即便被我等擒住,大抵也是以死殉职。"

樊哙却是不服:"那是因为他没有遇见老樊,看我不如屠狗般地宰了他。"

牛良觉着樊哙有些言过其实,正要说话,却被灌婴拦住:"钟离眜终究是逃出了彭城,当务之急,是迎接汉王进城。"大家以为灌婴所言有道理,这才散了……

刘邦和张良、陈平、郦食其、卢绾等是在汉军攻占彭城的第三天进城的。一番热烈庆典之后，张良并没有消闲下来。他提醒刘邦项羽必不肯善罢甘休，很快就会率军南下，务必做好大战的准备。

刘邦虽然在心底以为张良对项羽的估计过高，但还是接受了他的谏言，并且在进城的当天夜间部署了彭城的防务。一是命樊哙北攻邹鲁、瑕丘，在今山东峄县、枣庄、邹县、曲阜、滋阳一带驻守，以拱卫彭城之安全；二是命彭越以魏相身份进驻梁地，牵制项羽军南下；三是命曹参、郦商的军队据守萧县东南，策应樊哙大军；四是诸侯军队，愿意继续留下来的亦可，不愿意留下来的，可率军回封国去。

大家散去后，张良和陈平并没有走，他俩觉得有许多话当着诸侯的面不好说，却又如鲠在喉。刘邦从两人的目光中已经看出了这层意思，命曹窋给大家续了茶水，大度地说道："二位有话不妨直说，寡人洗耳恭听。"

张良将茶盏举起来又放下，望着灯影下喜形于色的刘邦道："大王不该急于遣散大军，臣以为接下来守卫彭城将更加艰难，正当用兵之际……"

刘邦含笑着打断了张良的话："子房多虑了。攻下彭城，形同于宣告楚亡，楚军人心不稳，无须惧之。再说诸侯兵将不过数万，即便遣返，我汉军尚有三十万人马，而项羽军主力不归，一时仗打不起来。"刘邦喝了些热茶，干脆将衣襟散开，"再者，尚有樊哙三万人马在邹鲁一代驻守，岂能任项羽南下？而且我军久战，寡人欲命各军休整十日如何？"

"万万不可。"陈平因为急于阻止刘邦，被茶水呛得咳嗽了许久，"强敌在前，大王岂能刀枪入库？"

"都尉言重了，寡人的意思，就是休整数日，何来刀枪入库一说？"

"大王！臣以为……"

陈平还要说，刘邦便显得有些不耐烦了："夜已深，二位还是早些回去歇息，明日寡人不催你等议事，也找个去处消闲消闲吧！"

张良看出来了，陶醉在胜利喜悦中的刘邦一时很难再听得进去这些话，继续下去只会伤了君臣的和气，两人遂起身向刘邦告辞。出得帐来，陈平拉了拉张良的衣袖问："大王今天怎么了……"

张良没有回答陈平的问话，却发了一句"蚁穴虽小，溃堤千里"的感慨。此时此刻，他非常想念萧何，如果他在彭城，一定会不顾刘邦的情面直谏的。

唉，也许人的才智就是这样在与过失的相刅相靡中不断锻造的，即使统率三军的汉王也不例外！在临近司马道口的时候，张良试图用这样的理由说服自己。

  彭城对于王陵,是一座充满了忧伤和仇恨的城池。

  说起来,王家也是沛县屈指可数的豪族,从他记事起,父亲就用严格的方式教育他。父亲曾不止一次地对他说,男子汉需顶天立地,即便匹夫,亦不可以夺其志。这样的训诫养成了他桀骜而矜持的性格。十岁那年,父亲因病溘然长逝。父亲是家中的长子,依规,他是要承袭父亲在家中的地位的。然而,他的几位叔父却以他年幼而试图取而代之。母亲是何等明白的人,取代了嫡长子地位,就等于获得了承继王氏家产的权力,她怎么可能任由他们妄为呢。母亲请来沛县的"三老",当着他们的面,承担起一族之长的角色,而要王陵一心一意地习武读书。直到他长到二十岁,举行了冠礼之后,才从母亲手中接过族权。母亲是一位深明大义的女人,当陈胜、吴广在大泽乡揭竿举义,包括刘邦、萧何等在内的沛县士人纷纷追随之际,她并没有阻拦王陵效法。那天黎明,当王陵率领麾下义军前往南阳时,母亲拄着拐杖到府门外送行,她拉着儿子的手叮嘱道:"陈胜举义乃拯救百姓于水火,你此去途中,不可骚扰百姓。否则,为娘不能饶恕你。"

  "母亲放心,孩儿绝不做逆天害民之事。"王陵跪倒在母亲面前,凄然泪下。

  也正因为如此,他才对项羽每下一城必屠之的做法深恶痛绝。当项羽的使者企图游说自己归顺时,他婉言拒绝了。项羽并不甘心,又遣人来过几次,并带来了重金,均不能动摇王陵的意志。于是,他就把王陵的母亲掠到了彭城。谁知,竟成母子永诀。

  现在,彭城终于到了汉军手中,然而他很遗憾,项羽竟然北上伐齐了。昨夜,他自己一个人在大账内喝着闷酒,面前摆着一个杯子,那是留给母亲的。他斟满一杯酒,双膝跪地,高高举过头顶,仰面望着帐外的云端道:"母亲在上,请饮下这杯酒。孩儿已率军攻进彭城,还要亲自取项羽首级,以雪杀母之仇。"

  酒喝到半醉的时候,他传来从事中郎,眯着醉眼问道:"你可知项羽王宫中尚有何人?"

  从事中郎回道:"项羽北上后,宫中留下王妃虞姬,于昨夜战乱中逃出。现在宫中就是些中官和宫女。卑职听说,项王后宫佳丽千人,个个貌若天仙,绝艺绝色。"

  "好!我就从他最痛处杀起,先将那些宫女杀完。"王陵说罢,仰天冷笑。

从事中郎听起来有些毛骨悚然,正要劝解,却听到耳边传来"呼呼"的鼾声,原来王陵和衣倒在榻旁睡着了。从事中郎给他盖上一件披风,才小心翼翼地出去了。等到他再醒来时,东方晨曦初露,五月初的朝霞映红了窗户的幔帐。王陵揉了揉眼睛,对外面喊道:"来人!"

"诺!"

从事中郎应声带着军厨进来,上了早膳,王陵匆匆吃了,就传令侍卫队伍集结,前往项羽王宫。

王陵着一身铁甲,手持大刀,骑一匹黑色骏马。而他的侍卫,并不与汉军戎衣一样颜色,而是清一色的铁锈红,外罩黑色铁甲。这样一支队伍从街头经过,自然引起过路人的注意。及至看到他们在十字街口拐了一个弯,龙摆尾似的朝王宫奔去,都以为是刘邦的卫队。其中也有眼尖的,却看出了服饰的殊异,断定是诸侯的队伍。只是大家不明白,这么一大早去王宫干什么?

王陵并不管这些,他现在心头只有一个念头,那就是尽快杀了宫女,以雪心头之恨。

王陵和侍卫队伍来到王宫前,他一眼就看到今天在王宫值守的是汉军,具体说就是汉王刘邦的侍卫。为首的校尉看见王陵,忙上前行礼道:"参见王将军,不知将军一早前来王宫,有何要事?"

这种说话的口气让王陵很不舒服,顺口就回了一句:"要事?我的要事还需给你说吗?想这彭城王宫乃项羽起居地,别人来得,为何我就来不得?"言罢,挥起马鞭将校尉拨到一边,径直上了王宫的阶陛。

校尉一看急了,上前扯住王陵的马缰道:"王将军万万不可。汉王现在宫内,惊动了王驾,卑职可吃罪不起。"

王陵勒住马头,淡淡一笑道:"呃!原来是汉王在宫中。我与汉王情同手足,他在又有何妨?"说着,催马就要进宫。

校尉死死拦住道:"汉王反复叮嘱,任何人不得进宫,违者斩无赦。"

王陵正要训斥校尉,却不意听到乐坊内传来丝竹管弦演奏的声音,估计刘邦正在欣赏乐舞,他心中就老大地不快——我正在服丧期间,他作为同乡不去吊唁也就罢了,反而在此沉醉于歌舞,是何道理?他气上心头,挥动皮鞭用力抽去,校尉的手立时撒开了,一个趔趄往后退了几步。王陵趁机朝身后的卫队一挥手,呼啦啦地就进了宫门。

不错,刘邦此时正在司宫(太监首领)陪同下观看楚宫乐舞。他一边看,一边在心底与咸阳秦舞对照,觉得楚国歌舞确实独具特色。

刘邦低声问司宫道:"寡人听说楚灵王时喜好舞女蜂腰削肩,宫中多饥饿之色,可有其事?"

司宫回道:"早几代的事情小人不大清楚,小人自担任司宫以来,凡宫中歌舞伎皆由虞姬王妃姐妹遴选调教,项王较少过问。"

刘邦"哦"了一声,想这项王遇见了虞姬,真是天缘,不仅武艺卓尔不群,而且通乐音歌舞。只怕这些,纵然吕雉将来来到身边,也不会感兴趣的。等将来有机会了,定要有一个懂得歌舞的女人在身边。

正想着,就见一队舞女飘然来到面前,只见她们一色的碧绿长裙,袅袅婷婷,宛若出水芙蓉;舞步轻盈,欲俯先仰,欲来又往,柔若霭云,似仙女飞天,青天广袖。忽而高耸起身,山乳隆起;忽而宝塔欲倾,娴婉柔美。罗衣起舞,长袖交横。看得刘邦如醉如痴,不知不觉间魂魄就跟着舞女们走了。

司宫趁着刘邦看到兴头处,轻轻地击节两次,从后台转来几名年轻宫女,每人捧着一个托盘,上面盛着果蔬和酒酿。人还未到跟前,从袖间散出淡淡的兰香味,飘进刘邦的鼻翼,眼看着便不能自持。及至喝过酒,刘邦便觉得浑身燥热难耐,对司宫道:"寡人有些困倦,想歇息片刻。"

司宫久在项王身边,此刻早已体味了刘邦的心猿意马,于是对刚才敬酒的宫女道:"好好伺候大王。"

"妾身明白。"舞女柔声答了一句,就来搀扶刘邦。刘邦益发地心浮意浪,正要拦腰抱起女子,却看见曹窋在一旁候着,才收回手去,"寡人就在宫中歇息片刻,你且退下。"

曹窋还没有来得及退下,刘邦却被一声吼惊得浑身一个激灵,定睛一看,冲上来的是王陵。王陵径直进了乐坊,指着刘邦不无揶揄地说道:"大王甚是开心吧?我倒想问问,这彭城是用多少将士的血肉换来的?不知大王想过没有?"

刘邦一惊,酒倒是醒了几分,望着眼前的王陵道:"寡人岂能不知,单是王将军麾下就有成百将士阵亡。可既是打仗,不可能不流血捐躯。唯其如此,寡人才命全军将士休整十日。今日王将军既是来了,不妨听听楚乐,观观楚舞如何?"说着就要拉王陵入席。

王陵一甩胳膊,刘邦顿时怒从心头起,指着王陵骂道:"好你个王陵,不知好歹,寡人好言与你,竟不领情。来人,将王陵拿下……"

话音刚落,王陵就"嗖"的一声,从腰间拔出宝剑,厉声道:"谁敢上前?"

曹窋知道此时贸然上前,会伤了刘邦,急忙双手打拱道:"将军息怒,有话好说。"

王陵转过身来对着刘邦,一时悲上心头,眼见得眼睛红了:"大王曾记得,我是因为要迎接大王家眷才得罪了项羽。项羽禽兽不如,竟将吾母烹之为羹,令我一想起来就夜不能寐。原想大王与我同为乡里,情脉相连,当悲王陵之所悲,痛王陵之所痛,共诛楚贼,一雪仇恨。孰料大王竟然因小胜而得意,见美女而忘形,难道就不怕寒了众位将士的心么?"

刘邦刚才被激起的怒火渐渐平复,嘴巴嚅嗫了几次,但王陵似乎并没有给他说话机会的意思。他双手抱拳,说出一番令刘邦彻底酒醒的话来:"我记得当初沛县举事时,大王曾邀请我加入,可当时我并没有答应。为什么?就因为大王早年出入赌场,胸无大志,我不愿为伍;然则,离开沛县后,大王纳贤才,引良将,令我心服之至,故而才拒绝项王游说。今虽参与彭城之战,但并未归汉军节制。今社稷未定,大王即沉湎酒色,甚失吾望,倒不如就此拜别,重回南阳过消闲无拘的日子罢了。"

刘邦的脸色越来越难看,是恼怒,是惭愧?王陵的一番话,犹如一盆冷水浇醒了他。刘邦撇下司宫和宫女,走上前去向王陵深深地行了一礼,等他再抬起头时,目光中充满了悔恨:"将军之母,便是寡人之母,岂能容项羽恣意残害。来人……"刘邦向站在面前的曹窋下令,"等太仆回来后,便在彭城外军营中搭建祭坛,为王陵之母举行衣冠葬礼。"

王陵摆了摆手道:"吾母生前和光同尘,身后也不图铺张显扬,我只是希望大王勿生让逝者痛心之举。"

闻言,刘邦的脸上青一阵,白一阵,忙使了个眼色给曹窋。曹窋会意,立即喝退了司宫和宫女们。刘邦定了定神,上前道:"将军一席话,寡人谨受教矣。将军留在汉营,定能大展宏图。"刘邦想了想,又面对上苍说出一番让王陵动心的话来,"伯母在天之灵,寡人听说伯母为刘季家小,不屈项羽淫威,壮烈殉身,不胜感动。他日情势稳定之后,寡人要亲为伯母整修墓园,勒碑永志。"

王陵见状,眼含泪水道:"大王有此心,我铭感肺腑。只是我尚有一言,诚望大王绝淫声,远小人。当务之急是不能住在城中,当移居军营,与将士们在一起。"

"好!就依将军。"刘邦说着,就上了曹窋早已备好的车驾,"寡人今日就出城,住进曹参的军营。"

回到萧县军营的第三天,夏侯婴迎接岳恒押送的军粮回来了。让刘邦没有想到的是,他还为自己带回了一双儿女。加上在岳恒军营的刘肥,三个孩子站在了他的面前。

刘邦很是吃惊,拉住夏侯婴的手问道:"太仆是在何处见到他们姐弟的？"

"在一个叫作梨花镇的地方。"夏侯婴与岳恒禀报了押送军粮和遭遇刘盈姐妹的经过后，双双退了出去。

刘邦看看刘肥，虽然人黑了，可是精神了许多，一身铠甲穿在他的身上，再也没有当初的臃肿和邋遢。

刘肥已经许久没有见到父亲，现在看到刘邦精神健旺，面色红润，知道他百事顺心，遂拉过刘盈和刘蕊的手道："快叫爹爹！"

两个孩子三年多没有看到父亲，当初那个衣着普通、行为散淡却和蔼可亲的父亲不见了，站在他面前的是一个身披盔甲、人人见了毕恭毕敬的男人。他们不免感到仓皇，直到刘邦弯下身子，用一双手摩挲着刘盈的脸颊时，他才从这抚摸中感受到了久违的父爱，他们双双怯生生地叫了一声"爹"。刘邦的眼睛就潮湿了，拉着刘蕊和刘盈到膝下忙不迭地问道："你母亲和祖父呢？"

闻言，刘盈"哇"地扑在刘邦怀里大哭起来："楚军追击，母亲让张乙叔叔带我们逃生，她与祖父为引开楚军，向另一方向逃去，如今生死不知。张乙叔叔为保护我们，已经战死了。"

刘蕊接着刘盈的话道："孩儿带着小弟随逃难人群到了梨花镇，遇见夏侯伯伯，他才带着孩儿来见父亲。"

这一番话，使刘邦一下子懂了王陵的感觉，他把一双儿女搂在怀里，安慰道："你母亲与祖父不会有事的。"刘邦又拉过刘肥，交代道，"趁着这几天在彭城停留的日子，你且照顾好盈儿和蕊儿。"

两年多没见，刘盈和刘蕊都长大了许多，刘肥看着心里就十分亲切，道一声"父亲放心"，就带着刘盈和刘蕊出去了……

三个孩子一出去，刘邦的脸色就变得十分阴沉。他十分担心吕雉和刘太公的命运，若是他们落在项羽手里，难免与王陵母亲一样的下场……

让刘邦没有想到的是，在与秦军大战中冲锋陷阵、攻无不克的樊哙军，一俟遭遇项羽率领的南下三万精骑，竟如积冰春溃，顷刻就被打散。

一切都源于樊哙的轻敌和大意。他以为连桓楚这样的善战者都未能避免退往留县的结局，项羽即便再派些不知名的将军，又能奈他何呢？大军攻占鲁瑕丘后，他就将所部分散在峄县、枣庄、邹县、曲阜、磁阳一带。他将自己的部署写成文书送往张良处，可还未等送出，项羽率领的骑兵就踏上了峄县土地。

项羽此行的目的地是彭城,他攻击驻军,是为扫清南下的障碍。因此他严令遭遇敌军,击溃即可,不许恋战;项羽更清楚,只要樊哙一败,其他各县驻军群龙无首,必然乱作一团。因此,他首先就攻打驻在鲁瑕丘的樊哙。樊哙的一双板斧哪里敌得住项羽的长戟,三十个回合后,樊哙自感气力不支,欲退入城内,孰料项羽不给他这个机会,率领大军穿城而过,将樊哙赶往曲阜方向去了……

这样一路穿越,一路征战,项羽和他的三万精骑终于在五月中到了留县,与桓楚残部和虞姬的健妇营会合了。

君臣见面,桓楚十分惭愧,一再言说没有能够保住彭城,有负于项王重托。从小一起在吴县长大,项羽对桓楚很了解,他不是怯战退缩的人。若不是刘邦攻势太猛,他绝不会率两千多人的残部退到留县。项羽在心里嘲笑张良也有失策的时候,倘若当初汉军一直咬住桓楚不放,那么,还有他项羽南下的立足之地么?

在留县县府中,项羽扶起跪在地上的桓楚宽谅道:"此事不怪你,乃寡人之过也。"

桓楚稍微好受了些,正要说话,却听见帐外传来一阵脆亮的女人声,忙站了起来。虞姬此时已经进了帐,两只杏眼盯着项羽半天,晶莹的泪珠就挂上了两腮,口中讷讷道:"你终于还是回来了。"

"回来了,寡人回来了。"项羽一步上前,手按在虞姬的两肩,依旧是那样的有力,那样的温暖,"爱妃,寡人回来了。"

桓楚见状,悄悄地退了出去,却看见虞娘在帐外站着,两人相随着向军帐而去。路上,虞娘叹道:"跟了君王、将军有什么好,分多聚少的……"

桓楚也不反驳,他忘不了撤退留县途中,面对强敌的追击,虞娘几次要引开敌军,都被他死死拦住。这份爱,这份情,他一闲下来,就反复咀嚼。

项羽忘情地抱起虞姬,在空中转了几圈才放下,口中连道:"想煞寡人了。"

虞姬软软地靠在项羽肩头,那熟悉的气息让她陶醉;当项羽再度抱起她向后帐走去时,她没有挣脱,而是紧紧地贴着项羽宽阔的胸脯,他们已经有许久没有在一起缠绵了。她知道,眼前的时光对于他分外珍贵,是战争间隙的浪漫,说不定明天就是生离死别。当她蓬松着头发坐在项羽对面的时候,看到的是一位高大、威武的将军,而方才云浓化雨中的丈夫就存入记忆中了。

"多亏了爱妃,叔父才安然无恙。"项羽盯着虞姬道。

"此乃妾身职责所系,大王叔父即虞姬之叔父矣。"虽说久别如新婚,可虞姬还是不愿意将心里话藏着掖着,直截了当地问道,"大王打算如何处置吕雉和刘太公呢?"

项羽不假思索地回答:"当然有用,寡人要用他们换回彭城。"

"此乃下下策。刀枪见血,攻城略地,怎么都行,大王不该把老人和女人作为工具。"

项羽的心头暗暗掠过一丝不悦,却是不能发作,随口问道:"那依爱妃之见呢?"

"将刘太公与吕雉放了。"

"妇人之见!"项羽不以为然地摆了摆手,"此乃你死我活之事,岂能温良恭让?寡人原本还想让你去劝说吕雉和刘太公,孰料你竟然替他们说话。"

"大王!"虞姬宁静的目光看上去水汪汪的,"妾不是替他们说话,是要帮大王追回人心。一个王陵之母已然让诸侯震恐,如再生出其他事故,岂不尽失天下人心么?"

"你放肆!"项羽的脸色骤然变得铁青,虞姬的话戳到了他的痛处。他也明白,若非王陵之母一事,刘邦定然无法纠集五十多万大军杀气腾腾地进到彭城。但他就是不愿意面对现实,而要拿吕雉和刘太公要挟刘邦,"此话从爱妃口里出来,寡人可以宽谅,若是其他人,早成刀下之鬼了。"

虞姬久别重逢的喜悦被项羽这番话冲淡了,但她依然希望项羽回心转意,便换了说话的口气:"刘邦与大王乃金兰之好,太公形同伯父……"

"哈哈哈!金兰之好?寡人从来不曾信过。既是金兰之好,又如何会有彭城之战呢?"项羽仰天大笑,对着外面喊道,"来人!"

侍卫应声进来:"大王有何吩咐?"

"传虞子期,寡人要亲自见一见刘太公与吕雉。"

"诺!"

侍卫转身离去后,虞姬绝望地望着项羽道:"大王果真要重演一场王陵之母的悲剧么?"

项羽没有回答虞姬的话,她轻轻地起身,施了一礼道:"妾这就回健妇营去。"言罢脚步踟蹰地朝外走。

项伯刚好进来,见虞姬脸色不好,便低声问道:"刘太公之事……"

虞姬摇了摇头,向项伯道别,黯然神伤地离去了。她担心照这样下去,有一天项羽会连楚地的百姓之心都会失去,成一个真正的孤家寡人……

项伯进帐时,项羽正要前往关押处。项伯抛却了平日里的矜持,直接道明来意:"倘若籍儿能够放了刘太公与吕雉,我愿说服刘邦将彭城交还大楚。"

项羽并没有给项伯留面子,一边往外走一边道:"叔父不必费心,当初若不是叔父暗送消息,鸿门宴岂能走脱刘邦;刘邦如被杀,岂有今日?"

项伯还要说话,项羽却已上了车子,驭手一声鞭响,朝虞子期营寨去了。

"唉!"项伯长叹一声,望着项羽的车驾渐行渐远,心头覆上一层浓浓的云团。

房门打开的时候,吕雉的眼睛已闭了好长时间。五月的日光刺眼,她沉静了好一会儿,才看清站在面前的楚军屯长。不过,比起往日来,他今天说话的口气很客气,先拱手行了大礼才道:"大王要见夫人,请随末将来……"

吕雉坐在那里没有动,却问道:"刘太公怎么样了?"

屯长连道:"大王吩咐,一定要好生款待刘太公与夫人。他老人家顿顿有肉有酒,岂能亏待了。"

吕雉虽然不知道近来外面发生了什么事情,但她判断项羽要亲自见她,必有大事。从踏出门的那一刻起,她就开始盘算,应该怎样面对这位传说中杀人如麻的西楚霸王。

吕雉在楚军士卒的押解下站在了虞子期的大帐外,屯长高声道:"启禀虞将军,吕雉带到。"

虞子期闻声出来,一看吕雉身上的枷锁,立时训斥道:"吕雉乃汉王夫人,岂能如此对待,还不松绑?"

面对卸了枷锁的吕雉,虞子期和颜悦色道:"都是下属目无尊长,让夫人受惊了,大王正在帐内等候呢!"

"有朝一日令妹被汉王所擒,我一定怜香惜玉,不让她披枷戴锁。"吕雉看了一眼虞子期,眉毛间露出一丝笑意。虽然是一句玩笑话,但虞子期内心却有些慌张。

吕雉终于看见坐在大帐中央的项羽了,他果然满脸的杀气,但从体魄看,比自己丈夫刘邦威武多了。只是不知道杀了那么多人,项羽在梦中遇到过索命的鬼魂没有。

这也是项羽第一次看到吕雉。尽管她身上留下了漂泊的风尘,囚禁多日的痕迹,然而项羽仍然十分惊艳她的美丽。她眉宇间透着逼人英气,浑身洋溢着凛然不可犯的骨气,举止投足见流溢出雍容华贵大气,这是一种居人之上的美。

虞子期不失时机地提醒吕雉向项羽行礼,但吕雉却站在那里没有动。倒是项羽上前道:"让嫂夫人受惊了。请坐。"

吕雉不卑不亢地看了一眼项羽道:"妾在乡间多年都是站着说话,大王有何话不妨直言。"

闻言,项羽不免有些尴尬,但还是笑了笑道:"我与刘兄义结金兰,多年情同手足,故而,对嫂夫人理应敬仰有加。"

"呵呵!"吕雉冷笑一声,轻蔑的目光掠过项羽的额头,"情同手足?你遣人追杀他的儿女,这是手足之情么?"

"这……"

"你派人擒拿他的老父亲和夫人,这算是金兰之好么?"

"这……"

"你将妾绳捆索绑,终日囚于小室,不见日光,这算是敬仰有加么?"

"唉,嫂夫人误解了……"

项羽还要辩解,却被吕雉用冰冷的目光截断了:"你今日要见妾,必不是为了说这些。还是将心思和盘托出吧,妾洗耳恭听。"

"好!嫂夫人果然快人直语。想当初兵进咸阳,寡人于戏下封刘兄为汉王,孰料他竟然趁寡人北上伐齐之际偷袭彭城,占我王宫,杀我吏民,此刘兄负我西楚国民也。"

这是一个十分重要的消息——刘邦占领彭城了。吕雉的思路在高速运转,彭城乃西楚国都,重兵卫戍,要攻克需要多少兵力?这消息让她很受鼓舞,回看了一眼项羽道:"据妾所知,当初夫君进咸阳时曾约法三章,杀人者死,伤人及盗抵罪。如此仁义之师,岂能入彭城滥杀无辜。妾倒是听说项王每下一城,必以屠城为快,可有此事?"

"你!"虞子期觉得吕雉太不把项王放在眼里了,指着她的鼻子厉声道,"你不怕杀头么?"

"妾自被将军押解到这里来后,就没有打算活着出去。"吕雉回了虞子期一个冰冷的微笑,转过脸问项羽,"大王果真记着与夫君的金兰之好,不妨现在就放我与公父出去,也赚个好名声。"

"这倒不难。"

吕雉径直朝外走去,项羽在身后道:"只要汉王退出彭城,重回汉中,寡人立即放太公与你回去。"

"这才是大王今日要见妾的心思吧?这个就不必费心了,退不退出彭城,是你们男人之间的事情,妾爱莫能助。"吕雉说着伸出两手,"给我重新戴上枷锁,押回小房去吧。"

项羽还要再说什么,无奈吕雉不再理会。项羽挥了挥手,示意将吕雉押下去,虞子期对着门外等候的屯长喊道:"将吕雉押回去。"

不一会儿,虞子期回到大帐,连道:"微臣无能,没有说服吕雉。"

项羽摇了摇手道:"与你没有关系,寡人预料,这女人将来必要染指楚汉之争。"

虞子期疑惑地问道:"那大王何不杀了她?"

"不急!留着她有用。"

虞子期愣愣地看着这位妹夫,半日思路没有回转过来。

第十六章

走险棋项羽恃勇
遭劫难父子情薄

"一个吕雉岂能挡得住寡人？"项羽对站在身后的虞子期道,"你只要遣人进城探知刘邦所在即可,其余诸事寡人自有安排。"

"目下我军大部在齐地,以三万敌五十万,胜算几何,大王谋虑过么？"虞子期仍然心中没底。

项羽看了一眼虞子期,觉得这位内兄比起虞姬来,显得优柔寡断,再一次挥手道:"此事你无须多虑,只管做好自己的事情就是。"项羽的性格向来就是这样,对于不可与谋者,连一句多余的话都不愿意说。虞子期茫然地道了一声"微臣告辞",便出帐去了。

虞子期一走,项羽立时命中官传来桓楚,商议如何夺回彭城。

"爱卿以为寡人若与刘邦交战,胜算几何？"此刻,项羽问坐在自己对面的桓楚。

桓楚浓黑的双眉皱了皱道:"目下,我虽兵力少于汉军,然专攻其一,则是以众击寡,所以胜算在我。而骄兵必败,臣闻刘邦进彭城后,下令汉军休整十日,乃轻敌骄兵之举,可击其无备,此其一;其二,贼军虽众,然其心不一。司马欣、董翳皆两意三心之徒,至于魏豹、张耳更是趋势逐利之辈,岂能铁心不二?只要我军攻破刘邦,其余自散;其三,我军到达留县时间尚短,敌未必能知我军详情,故而只要速战,敌必措手不及。"

"将军言之有理,此乃寡人决心一战之底气。"项羽命人给桓楚的杯中续上茶水,继续说道,"寡人欲将三万人马分为两部,一部由将军率领,专事攻打进驻萧县西北的曹参、灌婴部。一部由寡人亲领,专攻刘邦。"

见桓楚频频点头,项羽的思路由分进合击一下子跳到了乱敌心志上来了。他呷了一口茶,一挥手宽大的衣袖带起一阵风,眉宇间便多了诡谲的笑意:"至于刘太公与吕雉,则交由健妇营看管……"

项羽的话还没有说完,桓楚便接上话茬:"放出话去,就说刘太公与吕雉在我军手中,刘邦闻之,必自乱其神。"

"哈哈!"项羽似乎看到胜券就在眼前,踌躇满志道,"刘邦当初怎样进的彭城,如今要让他怎样交还给寡人。哼!"

刘邦那有一个张良,桓楚担心项羽想做的事张良大概也会猜出十之八九,便提醒道:"张良多谋善算,我军到达留县的消息一定不能让他知道,否则,全局皆输。"

项羽点了点头:"传令下去,留县城四门紧闭,任何人都不能出城,待虞子期派出的探哨回来后就发兵。"

桓楚这才放心告辞。出得大帐,举目望去,五月初的夜月如钩,悬挂在天际,从微山湖上吹来的夜风,热乎乎地拂过额头,不一刻就汗津津的。他远远地瞧见,虞娘站在门口,正朝这边看。

踩着月色来到虞娘面前,桓楚看出虞娘脸上挂着不高兴的神色,他轻轻牵起她的衣袖问:"你怎么站在这里,为何不高兴了?"

"还不是我那个心软的姐姐。"虞娘接着就告诉他,虞姬下午与她一起探视过刘太公与吕雉,竟然与吕雉以姐妹相称,并且答应要说服项羽放了两人。虞娘说到这里,胸脯就起伏不停,可以听见喘息的节奏,"彭城都被刘邦占了,她怎的还同情刘贼家人?"

桓楚没有忘记,虞子期那日押解刘太公与吕雉到了留县,就遭到虞姬的责备:"两军交战,与家人何干?况乎刘项乃结义兄弟,弟拘兄之家人,成何体统?"当即就要放两人归去。当时要不是他劝阻,说不定早就放吕雉回了刘邦营寨。

就在刚才，项羽还提出将刘邦家人交给健妇营看管，王妃如此慈怀，岂不要误了大事。桓楚转身就又要回项羽大帐，却被虞娘一把拦住："你这样直截了当地告诉项王，惹起他们夫妻之间龃龉，岂不让她觉得我搬弄是非？"

桓楚想想觉得虞娘的话有理，遂收回脚步道："明日我也借口探视刘氏家人，劝劝王妃。"

说话间已经到了帐前，看着虞娘沏茶倒水，桓楚在享受夫妻温馨的同时，暗暗打量烛影下的虞娘。说起来，都是从虞门走出的女子，虞姬和虞娘性格竟如此相异。虞娘是个火暴性子，别看前一时夫妻缱绻依偎，一句话说不到一块，立时会从腰间拔出宝剑相对。幸亏跟了桓楚这样的将军，若是个文弱汉子，早吓得魂魄不在了。

"目下大战在即，你须时时跟着王妃，万不可做出有损战局的事。"桓楚望着虞娘道。

"夫君放心。倘若姐姐敢私下放了刘邦家人，妾身这把雌雄剑等着她。"看看天色不早，夫妻相偕到后帐歇息，靠着桓楚的肩膀，虞娘柔柔地说道："妾身有了桓家的骨血了。"

"真的！怎么才告诉我？"桓楚伏在虞娘的腹部，细细聆听。

虞娘见状笑道："夫君如此性急，才两个月。"

桓楚内心禁不住自责，这些日子尽忙了战事，竟然从来没有问过虞娘的起居。虞娘轻轻推开桓楚，心底一声叹息，也许男子都是如此粗心的吧……

留县城门紧闭了三天，连个飞鸟都进不去。第三天傍晚，从城西驰来一队轻骑，早有校尉告诉了虞子期。他登上城楼一看，是派出去的探马回来了。他命士卒打开城门，带了探马直奔项羽大帐。

"启禀大王！卑职奉虞将军之命化装进入彭城，打听到刘邦采纳王陵谏言，已从彭城移居萧县东南大营，目前彭城由王陵和牛良据守。"

"汉军目下有何异动？"

"卑职一路所见，汉军正在休整，街上有三五成群的汉军在喝酒或做买卖。街头的百姓说，今夜要在汉军大营举行百戏，张良等陪同刘邦观看。"

"如此甚好，你且退下。"项羽忍不住高兴，"真乃天不弃我大楚，刘邦呀刘邦，人言你有萧何、韩信、张良在侧，却也有千虑一失之时。"转脸对虞子期道，"传令给桓将军，子时出兵，拂晓进击，务必一战决胜。"

"诺。"

虞子期正要转身离去，项羽在身后喊住他道："你率部为先锋，直袭萧县东南之汉军大营,擒住贼首刘邦,寡人重赏千金。"

"遵命。"

虞子期打拱告辞,未料又被项羽喊住:"你命副将带一拨人马留下协助健妇营据守留县并看管刘邦家人,走脱了唯他是问。"

"诺。"

安排完这一切,项羽回到帐中,命侍卫将战衣架上的盔甲拿来,一一披挂整齐,又命将长戟抬到帐前。但似乎这还不足以表达他的心情,未等侍卫离去,又命将乌骓马和战车拉来帐外等候。

子夜一刻刚到,楚军将士便分两拨出了留县城。为了不惊动汉军,桓楚命令骑兵摘掉马铃,蒲草裹蹄,全军偃旗息鼓,趁着夜色向萧县进发了。

在城东,桓楚与项羽分兵而行。

临别前,项羽没忘记叮嘱桓楚:"务必紧紧咬住曹参、灌婴所部,使其不能顾及大营。"

"臣明白,请大王放心。"桓楚对身后的军伍挥了挥手,夜色中,队伍如长龙一样向西北方向而去。

坐落在萧县东北方向的汉军大营,是张良坚持要在这里驻扎的刘邦行辕,以便与西北的曹参、灌婴构成掎角之势。

一场百戏演出正进入高潮。然而,越是祥和热烈,张良的心就越是不安。尤其是刘邦提出要传项王宫中的宫女们演出楚宫舞后,他的心情就更加沉重了。刘邦那贪婪的神情告诉他,当初他对王陵的谏言从内心没有接受,只是碍于王陵之母的亡灵不得已而为之;他更担心的是,刘邦这种怠于安乐的情形,会影响到全军的情绪。

是的,刘邦这会儿看得很投入,当楚宫的领舞出现在面前的时候,整个世界都淡出了他的感觉,眼里只有闭月羞花的粉脸,柔弱细柳的身段,飘飘若仙的舞姿。楚宫乐监在他的耳边说了些什么,他全然没有听见。

夏侯婴带着刘盈和刘愻来到身边,他只是木然地看了一眼。刘盈年幼,不停地喊着"父王",他竟然没有丝毫反应。这情形让夏侯婴十分尴尬,禁不住提高声音禀奏道:"王子殿下与公主来见大王。"

如此喊了三声,刘邦才从神游中清醒过来,看看一双儿女道:"你等也来了?"

刘盈回道:"儿臣来陪父王看百戏。"

"甚好!"刘邦心不在焉地回答,目光又回到舞女身上了。

举事以来,刘邦第一次如此不加掩饰地将自己的情欲暴露在臣下面前,这让陪坐的张良、陈平、郦食其等谋臣和将领十分难堪，他们又不好当面提醒。张良暗暗拉了拉陈平的手，又指了指台上。陈平会意，轻轻离座到后台去了片刻。二次回来时，就带了楚宫乐监，小心谨慎地来到刘邦面前道："大王，时交子时，夜已深沉，臣担心大王身体……"

刘邦抬头看看左右，大都昏昏欲睡的模样，而他的儿子刘盈早已在座上沉入梦乡。迟疑了片刻，他才说道："好吧，今夜到此，明晚再看。"

众位臣下看着宫女和中人搀扶着刘邦回了大帐，这才姗姗散去。张良叫住曹窋叮嘱道："今夜无月，我担心有事，你在大王身边务必小心为是，千万不可以走神。"

"遵命。"曹窋应了一声，疾疾追着刘邦的脚步而去。

看着夏侯婴协助乳母抱着刘盈向大帐旁边的侧帐走去，张良心中油然生出不尽的敬意。刘盈之于太仆，毫无亲缘，却视同亲生，诚属不易。唉，自古以来，忠奸之分总在细微之处。回想整个观看百戏期间刘邦的神情，他的心境变得十分复杂，似乎心底长出一丛茅草，乱糟糟的。

来到帐外，就看见几位值守的侍卫一个个挺立着，看见曹窋，一个个打起精神。曹窋低声交代："你等一个个警觉些，谨防楚军夜袭。"这时候，从后帐传来女人微微的喘息声，间回杂有"咪咪"的浪笑，曹窋的心便愈益地五味杂陈，不可名状的火都朝着侍卫发来，"若误了大事，唯你等是问。"

曹窋对自己今夜的状态很不满意，总是走神。从大帐往前拐一个弯，就是他曾经待过的少年营，岳将军护送粮草到彭城后就没有再回去，被安排在距汉王大营不远的地方。他记得，岳恒曾谈论过张楚王陈胜骄矜而败的往事，此刻他不由自主地朝这方面想。他狠狠地摇了摇头，在心底警示自己：你的职责就是守护好大王的安全，别的什么都不要想。他想念父亲，如果这件事情放在父亲身上，他又会怎样呢？父亲是和汉王一起从沛县走出来的近臣，他一定会不顾个人安危犯颜直谏的。

可惜他不是曹参，也不是萧何。跟随汉王以来，曹窋第一次遇到了难解的人生苦恼。

后半夜，晴了两天的彭城再次响起了唰唰的雨声。曹窋顶着雨丝沿着大帐巡逻了一圈，每隔几步就留下一名侍卫，直到在刘邦周围布满了岗哨，才放心地回到大帐门外继续值守。

黎明时分，雨更大了。曹窋到偏帐拿了一件蓑衣披上，再出来时，就听见一阵急匆匆的脚步声。他本能地从腰间抽出宝剑，冲上前去厉声问道："什么人？"

那人停住了脚步,声言自己是夜间巡逻的士卒,刚到大营东南角巡逻,遭到不明身份之人袭击,他因小解而逃过一劫。曹窋的脑际立即闪现出"楚军偷袭"几个字,转而令道:"速去禀报郦商、柴武二位将军。"

话音刚落,就看见营寨门口燃起冲天大火,临门的帐篷顿时陷入一片火海。从大火里冲出的士卒,有的身上带着火苗,没有跑几步就栽倒在地;有的被烈火灼烧,叫苦连天。火光中,一群楚军涌进寨门,追杀逃命的汉军。曹窋转身跑到大帐外,高声喊道:"大王,楚军夜袭了!"

刘邦只穿了一件内袍就出来了,木然道:"怎么可能呢?项羽不是在临淄么?"

曹窋从衣架上拿下盔甲,一边帮刘邦穿戴,一边催道:"事急矣!卑职这就护卫大王离开,这里有郦商和柴武两位将军。"

外面已是一片喊杀声。听得出来,柴武、郦商已与偷袭的楚军厮杀在了一起。借着火光,夏侯婴赶着车朝这边来了,车上坐着刘盈、刘蕊和乳娘。刘邦气就不打一处来,怒道:"都什么时候了,还顾这些?给乳娘一些钱,让她趁夜色逃命去吧。"然后,他一步跃上车子,对夏侯婴道,"快驱车从西北角出营,与曹参、灌婴部会合。"

正在这时,岳恒率领少年营到了,夏侯婴大喜道:"大汉国运系于大王一身,将军重任在肩,万不可以让楚军靠近一步。"

岳恒拨转马头,面对少年营的将士厉声道:"誓死守护大王,明白吗!"

轻骑将士齐声回答:"明白!"

岳恒很快下了命令,樊伉率一队人马护卫张良、郦食其、卢绾、陈平等人的车子;刘肥率一队人马跟在刘邦右首;他自己率大部人马在左翼;曹窋率汉王贴身侍卫作为先锋,在前面开路。夜色中,只听夏侯婴一声鞭响,少年营和汉王的侍卫队伍朝大营西北角而来。

从西北角突围并不比其他地方轻松。显然,汉军处在休整期间,根本没有想到楚军会出现在面前。曹窋刚刚到门口,迎面冲进来一队楚军,为首的是个年轻的校尉,他手执一杆长枪,高呼"取刘邦首级者赏千金",一连刺倒几名侍卫。曹窋大怒道:"匹夫敢出大言,看刀!"一个泰山压顶,自上而下。校尉用枪驾住,孰料曹窋千钧之力,校尉撼之不动。曹窋"嘶啦"一声拉过刀刃,向校尉脖颈抹去。校尉一惊,仰面闪过,却不意曹窋并不恋战,大喊一声"冲啊",护卫刘邦的车子冲出营寨,朝彭城方向而去。

楚军校尉眼看着曹窋护卫的车子出了大营,喝令一声"追",拨马向西,却不料从右边杀出一位青年校尉,大喝一声"休得造次,刘肥在此"。一对钢鞭在手,一副气昂昂的雄气。校尉一看块头有些蒙了,急忙挺枪迎敌。两人在马上大战十几个回合,刘肥趁校尉分神之际,伸手抓住其腰带用力摔在地上,跟随在左右的轻骑将之踩为肉酱。楚军其他士卒见主将殒命,纷纷后退。刘肥正要拨马追赶刘邦,未料身后一声巨吼:"竖子哪里走,虞子期在此。"

虞子期使一双铜锤,冲到刘肥面前。刘肥伸出钢鞭接住,只觉得胳臂发麻,却是无论如何也破不了招。

"刘校尉速去,且待我与他厮杀。"岳恒在一旁见了,纵马上前,一枪刺向虞子期咽喉。虞子期一惊,遂放了刘肥,全力对付岳恒。

两人大战三十回合后,岳恒决计退出厮杀。但见他一支枪雨点般地刺向虞子期的下焦,虞子期情急之中举起双锤来护,岳恒趁机抽出长枪,在马背上轻轻一拍,战马即回头朝西奔去。

虞子期意识自己中了计,忙招呼左右紧追。作为先锋,倘若刘邦逃脱,那他有何面目站在项王面前呢。

从拂晓到上午已时,郦商的军伍一直被楚军团团围住,他组织了多次突围,但都被楚军拦了回来。他开始收缩队伍,将弓弩手排在外围,尽量远距离杀伤敌人;骑兵排在第二圈,力求在速度上超越敌人;第三圈才是步军,那是万不得已的徒步厮杀。然而战事一开,他就发现来者非等闲之辈。他也许早已料到郦商会有这样的部署,早给前锋部队配备了盾牌,盾牌后面是战车,第三拨是骑兵,最后才是步军。

弓弩手们射出的箭大部分掉在了地上;而弓弩手怎抵得住战车,有的退却不及,被碾压成碎骨。郦商大惊,命令军伍迅速后撤,楚军趁势向前推进了二里多地。郦商的心有些慌乱,吩咐各路校尉分头突围,然后在萧县与曹参、灌婴所部会合,再商议反击。而让他心神不安的是,仗打到现在,竟没有刘邦任何消息。难道……若是刘邦真被项羽所俘,那楚军也就没有必要纠缠了。

队伍撤退了大约十里地,速度缓了下来,这才发现雨已停了。雨后的太阳,酷热地悬挂在天空,士卒们喉咙冒烟。未时二刻时光,队伍退到濉河边,士卒一见滔滔东去的河水,纷纷扑入河中,有的甚至让整个身子浸入水中。

郦商的脸色顿时变了,对从事中郎怒吼道:"严令快速过河,贻误者斩无赦。"

"想活命的就快过河,贻误者,斩无赦!"从事中郎一连喊了数遍,队伍才重新开始过河。

过了河,正好与柴武的军伍会合。一见郦商,柴武就叹息道:"这是自归顺汉王以来打得最窝囊的一仗,这项羽怎就神出鬼没地出现在我军面前?"

郦商虽然没有直接回答柴武的话,但他明白,一切都是刘邦轻敌骄矜所致。作为臣子,他当然不能私下议论主公,便转移了话题:"见过汉王没有?"

柴武摇摇头,表示没有。

郦商的眉头就再度紧皱了:"不见汉王,我等为臣者有罪啊!"

"也不用太焦虑。"柴武望着河对岸道,"大战至今,不也没有见到太仆、军师么?也许他们在一起,被其他军伍护送早走了。"

正说着话,郦商的从事中郎来报,说清点之后,三万人马所余不过三千。柴武说自己的人虽然多些,也不过万人。两人商议合兵一处,继续向西南转移,与曹参、灌婴军会合。

行军两个时辰后,探马禀报,说在二里外发现有军伍向这边而来。柴武与郦商顿时紧张了,忙退入两边的林子埋伏。

过了大约一刻时间,约有三五千人的队伍过来了。郦商看清了,走在前面的正是曹参,估计灌婴负责断后。战乱逢同僚,郦商的心顿时温暖了许多,隔着几步远就喊道:"建成侯,别来无恙。"

曹参一惊,及至抬头前望,就发现了郦商的身影,急忙下马朝前而来。

"我等正要西行,侯爷为何却东来了?"

曹参一抹胡须道:"别提了,我军从黎明就遭到桓楚大军的袭击,直杀到日色过午才脱了身,人马不足一万了。我与灌将军担心大营遭劫,故而转向东来。"

"桓楚大军还在身后么?"

曹参点了点头:"我到现在也没有明白,如此多的楚军,怎么这样快就到了萧县,难道他们生了双翅么?"

灌婴分析道:"根据目下情势,项羽在东边追击,桓楚在西边追击,我军尚未成功突围,下一步该如何办?"

曹参出主意道:"还有一条路,就是向彭城方向移动,与守城的王陵、牛良军会合,据城坚守。"

郦商与柴武仍然替刘邦的安危担心,曹参安慰道:"依我观之,汉王是被太仆救走了。太仆一向处事缜密,不会有大的风险。我等一路东去,也可以打探汉王去向。"

众人都以为曹参所言有理,遂将四路人马合为一处,向彭城而去。

第二天黎明时分,队伍来到彭城。抬眼一看,城头上的汉字大旗被"塞"字和"翟"字所代替,四人面面相觑,顿时如坠入五里云雾之中。曹参让从事中郎上前叫城,他催马来到城下仰头喊道:"城上可是王陵、牛良将军麾下,速传二位将军,就说曹将军、灌将军、郦将军与柴将军到了,快快打开城门。"

城头上没有回答,不一会儿,就见一位将军出现在城头,刚一开口,曹参就听出是塞王司马欣的声音,他忙截住话头道:"我等从萧县方向而来,请塞王打开城门,让我等进城。"

从城头上传来一阵冷笑,接着就听见司马欣道:"你等不自量力攻打彭城,却遭到项王痛击。我等却不愿意与项王为敌,为人所用。曹将军若是幡然悔悟,不妨就在城外驻扎,迎接项王。"

曹参转脸看看身边的三位将军,一个个瞠目结舌。曹参于是又要司马欣请王陵、牛良出来说话。董翳出面告诉他,王陵已在昨夜大战中逃出彭城。

"城下诸位听着。"董翳扯着嗓子道,"识时务者为俊杰。眼下汉军大势不再,诸位不妨投奔项王,将来也可封侯加爵的。"

话说到这儿,曹参一行明白了,加入讨项大军的诸侯阵前倒戈,等于向项羽送去数万大军。

灌婴皱了皱眉头道:"王陵将军久在南阳,退出彭城后最大可能是向西渡过泗水,辗转重回南阳。也许他已经与汉王合兵一处,我等不妨朝这个方向而去,寻找合兵机会。"

大家都以为灌婴所言有理,于是当下各自清点队伍,四路人马不过三万五千人,皆乃疲惫之师。大家公推队伍由曹参节制,曹参当即决定四位将军及其麾下校尉分为前、中、后三段,郦商为前锋,自己断后,中间由灌婴、柴武掌管。听到安排后,柴武的内心很不平静,四位将军中以曹参年龄最长,却断后。须知断后之军最为艰辛,汉王有这样的将领,虽说暂时倾舟,然将来定能绝处逢生,再击风云的。他庄重地上前拱手道:"还是末将断后,侯爷居中。"

"不争了,我自有分寸。现在追兵在后,诸侯倒戈,久拖无益。"曹参摆了摆手,驱马来到队伍面前高声道,"诸位将士,我煌煌大汉岂是项羽所能奈何的?汉王正在与敌周旋,我全军将士当协力同心,共御强敌。出发!"

五月太阳的金辉落在曹参的铠甲上,闪耀着耀眼的光点……

萧县大战后的第三天,项羽率领大军一路南下,来到了吕梁山北麓。这是自巨鹿大战以来项羽打得最痛快的一仗,连他都十分惊异,号称五十六万之众的汉军竟如此不堪一击。当黎明之光照亮浓烟滚滚的汉军军营时,他站在战车上快意地笑了。

与刘邦一战,与其说是为了一座都城,毋宁说项羽是为了争回当初被诸侯簇拥的自尊。他不能容忍一手册立的诸侯在短短不到一年间都归了刘邦,他现在真正体味到了什么叫两军相逢勇者胜。当初南下时范增的担心都在他的谈笑间化为乌有,区区三万之众,将刘邦的军伍冲得七零八落。但他不满足,他要刘邦的首级,他希望通过这一战而使天下定局。

"哼!顺我者昌,逆我者亡,岂有他途?"抬头望着嵯峨崔嵬的吕梁山,项羽油然地吟出了当初从关中北部山里接回虞姬时唱的歌谣——

　　力拔山兮气盖世
　　仗剑四方吾御势
　　……

虞子期急匆匆地走了过来,手里抓着一把柴灰,向项羽禀报道:"柴灰尚有余温,可以肯定刘邦尚未走远。"

"哦,你估计一下,大约有多长时间?"

"最多一个时辰。"

"可能逃往何处?"

"依臣观之,最有可能是逃往灵璧。"

"追!务必要生擒刘邦。"项羽没有任何的犹豫,转身就上了战车。

虞子期不敢怠慢,迅速向各路校尉下达进击命令。但见将士挥刀,战马奋蹄,哗啦啦荡起一阵烟尘。就在这蹄波声中,项羽剑指灵璧而去……

一个时辰以前,草草用了些午膳,刘邦命岳恒清点一下所剩的队伍。岳恒有些迟疑,但还是迅即到各军中走了一趟。这一走,他的心就破碎了,尤其是当樊阮和刘肥向他禀报少年营死伤近一半时,岳恒流泪了,这可是他一手带出来的队伍啊!他们哪一个不是风华正茂呢?然而转过身,岳恒就擦掉了眼角的泪水,他不能把这种心绪带给刘邦。

"大王,经过萧县大战,我军目下不足两万人。"

刘邦的眼睛顿时直了,半日没有眨一下,他无论如何也不能相信,离开萧县大营时的十万之众,经过今天的厮杀,怎么就损失了八成。那么,项羽究竟有多少军队呢?难道他有撒豆成兵之术,他不敢细想。

"楚军很快就会追上来,立即出发。"刘邦说着已经登上车子,就看见已经上车的刘盈和刘蕊。两个孩子全由太仆夏侯婴带着,脸上脏兮兮的,头发蓬乱,衣衫不整。

刘盈疲倦地偎在刘蕊的怀中,一双惊恐的眼睛痴呆地望着面前经过的队伍,问道:"阿姊,我们这是要到哪去呀?我怕。"

刘蕊毕竟长刘盈几岁,想着法儿安慰弟弟:"有父王在,什么都不用怕。"

"祖父和母亲也不知在哪里,我想娘……"刘盈伏在刘蕊的膝盖上嘤嘤哭了起来。

刘蕊伸出手,帮助弟弟擦眼泪,可她自己的眼泪却忍不住地流了出来。她也没有一刻不思念祖父和母亲,可娘现在是死是活都不知道啊!

唉!刘蕊叹息一声,悄悄抹去眼泪,却发现娘的影子出现在她的瞳仁里,再看,却是夏侯伯伯的背影。刘蕊自责地掐了一把腿上的肉,那种疼痛稍稍地分散了一下她的苦恼。

刘邦正要上车,就看见岳恒又转回来了,先是打了一拱,接着道:"请大王借一步说话。"

刘邦想,现在除了败走,还有什么神秘的呢?两人来到一棵树下,岳恒低声道:"大王,方才有校尉来报,说是昨夜他们抓住一位楚军,交代说太公与夫人被虞子期擒住,现在就押在项羽军中。"

"哦,"刘邦很吃惊地看着岳恒,"确实么?"

"听校尉说的根根节节,似乎真实无误。"

"那个俘虏呢?"

"已经杀了。"

"糊涂!有了这个活口,寡人便可知项羽意图,现在一切都只能等战后再说了。你且率军行进吧!"刘邦说完,转身登上车子。岳恒觉得主公说的是实话,目前自顾不暇,遑论家人。

只听一声鞭响,车驾动了。大概是道路上有一处坑洼,颠簸了一下,他的手臂就触到了刘盈的小脚。他看了一眼睡梦中的刘盈,顿时便生了不尽的厌烦。

"带上你等,真是累赘。"刘邦瞪了一眼刘蕊,背过身去。刘蕊的眼眶里就噙满了泪花,父王的话,让她很伤心,再度想起了母亲一路上的悉心照料。她怕父亲看见,用袖头遮住自己的口唇,硬是没有哭出声来。

夏侯婴的内心很不平静,刘邦刚才的话他全听进去了,他怎么也不能相信这话出自汉王之口。他张了张口,却将到了口边的话咽了回去。这个时候,任何不慎都会导致汉王大怒。他挥动马鞭,轻轻打了一下辕马,车子缓缓向前走去。

大约走了半个时辰,忽然发现身后在二里路处烟尘滚滚,蹄波"嘚嘚"。一定是楚军骑兵追上来了,岳恒忙对赶车的驭手们喊道:"所有车辇快速行进。"言罢,大喝一声"随我来",率先驱马朝后去了。

跟在他后面少年营将士一个个紧绷着脸，情知一场恶战就在眼前。然而，没有谁退缩。岳恒对跟上来的刘肥道："你速去护卫汉王车辇。"

刘肥先是一愣，继之明白过来，拨转马头去追刘邦的车子。岳恒命令少年营将士布成一个锋矢型阵容，他在最前面，依照官阶依次排列。将官们冲在前列，士卒安排在后面。

岳恒回看了一眼身后的校尉们，满意地点了点头："楚军冲上来时，先集中力量拦截为首的将军。不图斩杀，只图拖住队伍，给汉王赢得时间，明白吗？"

"明白。"少年们齐声回答。

但刘邦心里很清楚，少年营可以阻挡一时，却不能战胜追击队伍，因此，他催促夏侯婴加快速度。夏侯婴使劲抽打辕马，车轮飞转，颠簸震荡，刘盈顿时五内翻腾，呕吐不止。夏侯婴只好放慢速度，回头对一脸焦虑的刘邦道："公子与公主年齿尚小，怎经得如此晃荡，还是慢行为妥。"

刘邦的眉头顿时皱了起来，心想如此下去，迟早要成为楚军囚徒，那样，三年逐鹿岂非空梦。在天下与儿女之间，他做出了抉择。接着，他用力将刘盈与刘蕊推下了车子，对夏侯婴怒吼道："还不加快行进，你是要将寡人送与项羽么？"

刘盈和刘蕊被吓坏了，在落地那一刻，几乎同时放声大哭。惊恐的号啕像一把刀子，直刺夏侯婴的心头，他决然停下来，先将刘盈抱上车子，再转身去救刘蕊时，却看见刘肥策马过来一个俯身抱起刘蕊，递到他的手中，顺便说了一声："父亲岂能如此。"随即转身朝后去了。因为他发现，岳恒已经与楚军厮杀在一起。

夏侯婴望着刘肥疾疾而去的背影，十分欣慰。他来不及多想，坐上车辕，就驱动车毂直奔东北方向。车子飞驰了一里多地，后面的喊杀声越来越近，刘邦回首望去，但见岳恒的少年营边打边退，人数较之刚才又少了。

"汉军其他人都可以为楚军所俘，唯独本王不能。"夏侯婴赶车的速度令刘邦很不满意，他对着太仆的脊背吼道，"你就不能再快些？楚军眼看追上来了。"

"公子与公主在车上，微臣岂能忍心飞驰？"

刘邦哼了一声，扭过身子再度把一对儿女推下车子。几乎就在同时，夏侯婴"吁"的一声停了车子，跳下车辕朝后跑去，一边腋窝抱起一个孩子，重新放回车上，脸色愈益地难看："大王平日在群臣面前言必称孝悌，今舍子而不顾，何以教群臣乎？"

"你！"刘邦怒视夏侯婴，"你如此延宕，寡人要杀了你。"

"大王要杀微臣，也须过了这一劫。"夏侯婴见刘邦没有再回话，再次执鞭赶车，俯下身体对马道，"大汉存亡在此一举，你若是有情，就带汉王逃出生天。"

那马似乎听进去了夏侯婴的话意，撒开四蹄朝前跑去，前边几匹拉套的马在辕马催促下，蹄上生风，身下生火。刘邦只听见耳边风声呼呼，而楚军追击的声音渐行渐远……

眼看着少年营的将士一个个倒在自己的面前，岳恒的心里迸发出愤怒的烈火。从组建少年营那天起，他与他们朝夕相处，亲如兄弟。他曾答应他们，一旦天下定局，他要与他们一起去他们父母坟茔前洒酒祭奠；有多少次行军途中，他许诺为他们每人找一贤惠姑娘成家。而今，这一切还是那么遥远，而他们却躺在了濉水岸边。

"兄弟们！有朝一日，我定要替你们报仇。"岳恒擦了擦枪头的鲜血，准备去追刘邦的车子。可战马却在原地打转，从胸腔中呼出的长啸引得他的部署的战马同声"啾啾"，那声音如雷贯耳，顿时让岳恒血液奔涌如潮。不！不需要等到将来，他现在就要用楚军的血为兄弟们送行。

岳恒挥动长枪，大声怒吼"杀尽楚军，为死难兄弟报仇"，率先向虞子期冲去。一根银枪，接连刺倒围上来的五名楚军骑兵，就直接与虞子期对阵了。当虞子期从岳恒布满血丝的眼睛中读出一股仇恨之气时，他禁不住打了一个寒战。

的确！所有的力量都在瞬间凝聚在枪头，岳恒两腿击打着马腹，仿佛冲锋的号令。战马一个飞跃冲入敌阵，这压倒一切的气概，给了校尉们巨大力量，他们紧跟着岳恒奋不顾身地冲向敌军。岳恒手中的枪，如闪电，如飓风，所过之处，血肉横飞，惨叫不断。而岳恒的眼前，只有彤云遮日，只有热风动地，他刺倒在地的，似乎不是楚军，而是一个个树桩。

虞子期惊呆了，当岳恒冲到面前时，他甚至忘记了抵抗，直直地望着那根长枪刺向自己的眼睛。旁边的校尉见状，急忙喊一声"将军当心"，飞身跃上虞子期的马背，便被岳恒的枪刺穿胸部，只"哼"了一声，便跌在地上气绝身亡。

虞子期惊醒过来，抡起铜锤杀向岳恒。两人在马上厮杀三十多个回合，虞子期很惊异岳恒在疲劳奔波之后，仍然有如此猛烈的爆发力。正在这时，却听见从自己阵内传来鸣金的锣声。岳恒也不恋战，看着他退兵到一里之外。

虞子期来到项羽的门旗下，问道："微臣正要斩了敌将，大王为何鸣金？"

不等项羽说话，传达项羽收兵令的钟离眛说："大王看得清清楚楚，将军刀法有些纷乱，生怕被敌将所伤，故而收兵。"

项羽望着退去的岳恒军伍，不无欣赏地说道："刘邦起兵数年，身边大将屈指可数，偏偏这个年轻将军寡人不曾听说。刘邦能有如此英雄，可见知人也。"

虞子期不屑道："我军以三万之众而致敌于败局，皆大王运筹有方。再有几天，刘邦将成孤家寡人，一个小将又能如何？"

"可惜！如此英雄却未能为我所用。"项羽慨叹一声，说这话脸色就变了，"彼既不能为我所用，不如杀掉。下次再相遇，务除后患。"

这时红日西陲，晚霞满天。军厨送来酒食，项羽就在车前一边用膳，一边与钟离眛和虞子期分析汉军去向。

一直在为丢掉彭城而自责的钟离眛喝了一口酒道："彭城已为塞王所据，刘邦若惊弓之鸟，微臣以为他必渡潍河，寻求与樊哙等人会合。"

虞子期以为钟离眛所说有道理，说到下一步计划，他道："我军自南下以来连日征战，将士疲劳，若是继续鏖战，恐体力不支，微臣尚有一计，不知当讲不当讲？"见项羽示意，虞子期继续道，"既然刘邦父亲与夫人现在我手，何不以此为条件逼他投降，免得劳师疲追。再者，如刘邦得知我军只有区区三万，定然倾全力而搏之。"

"不可！"项羽已经吃完，用绢帛擦了擦手道，"留着他们日后有用。"项羽伸了伸腰肢，舒展一下酸困的筋骨，看了看晚霞散去的夜幕，下令道，"立即出发，连夜追击，定然要歼敌于潍河南岸，绝不给敌以喘息之机。"

"遵命！"虞子期和钟离眛几乎同时转身，传达军令去了。

项羽迈开大步，登上战车时自语道："天无二日，寡人岂能容你分土。"

……

相比于项羽，刘邦要狼狈多了。

萧何遣人从关中送来的粮草，一夜之间为项羽所掠，全军粮草一下子紧张了许多。

汉军动向没有超出虞子期的预料，当项羽和他的部下大快朵颐之机，刘邦正和夏侯婴、岳恒等吞咽着"糇粮"。

夏侯婴不顾自己饥肠辘辘，除了命曹窋悉心照料好刘邦外，他把时间都花在了两个孩子身上。刘盈从小在吕雉的呵护下长大，现在伸着脖子吞咽干燥的"糇粮"，那种煎熬的样子让他看着心疼。他急忙命身边的侍卫找些水来,将糇粮调成糊状,刘盈还是咽不下去,吃着吃着就哭了。

刘蕊安抚弟弟道:"吃了这饭就过河,过了河,就能看到母亲了。"

刘盈稚气的眼睛看着刘盈问:"真的么?"她在从姐姐的眼睛得到肯定的回答后,才闭上眼睛将"糇粮"咽了下去。

这一切,刘邦在一旁看得清清楚楚。他现在想得最多的是,待会儿过了河这两个孩子怎么办?带上他们,势必影响行军,可他毕竟是自己的亲骨肉啊!

这时候,夏侯婴过来了。他刚刚吃了一点干粮,就急忙来找岳恒,询问过河的船只可充足。

岳恒回道:"樊阮已命麾下在当地筹集五十多条船只,先期送军师、郦先生等人过河,看来无大碍。只是速度必须加快,要赶在项羽追军到来之前过河。"

夏侯婴十分看重岳恒这种临阵有条不紊的镇静,要他做好过河准备,他去向刘邦禀报。

"岳将军所言不虚,若迟滞缓慢,必将全军覆没。"刘邦听完夏侯婴的禀报后担心道。

就在刚才,张良差人送来一件文书,谏言过了河就到下邑吕泽处会合。刘邦不能不感佩张良料事如神,当初是他建议吕泽据守下邑,现在都用上了。他的目光迅速定在两个孩子身上,把夏侯婴拉到一边小声道:"带着两个小儿实在不便,寡人倒有个两全之策,将盈儿与妍儿托付濉水岸边人家抚养,有朝一日寡人得了天下,不仅要寻回二子,还要接抚养他们的人同享荣华富贵。"

说来说去,还是要丢弃刘盈和刘蕊,这哪像是从一个父亲口中说出的话?夏侯婴的脸色顿然阴沉了,"扑通"一下就跪倒在了刘邦面前,声音哽咽道:"大王岂能出此下策,他们皆是刘氏骨血,岂能说弃就弃?若是见了刘、吕两位太公,见了嫂夫人,大王将如何面对?"

"这……因为两小儿,让我将士死于楚军追击,不亦罪乎?"

两个孩子听清了,父亲这是要把自己送给乡人。他们虽然不知道此地距沛县有多远,然而明白这里绝不是自己的家乡。况且,这几天来将士的死伤他们看在眼里。灾难使他们仿佛一下子长大了,刘蕊拉着刘盈跪倒在刘邦面前,两只眼睛直勾勾地看着刘邦,那种祈求的神气,让刘邦不忍看下去,转过头擦拭泪水。

见刘邦没有说话,刘蕊道:"若父亲一定要将我们送人,就请将孩儿送人,孩儿毕竟是女儿身,弟弟是个男儿,将来要承继父业的。孩儿求您……"刘蕊伏下身子,头贴着地,久久不能抬起来。

刘盈扑上前去,紧紧抱住刘蕊哭着道:"我不和阿姊分开,父亲也不要将阿姊送人……"

夏侯婴也不管刘邦的意愿,上前将两个孩子拥到怀中,热泪纵横道:"有老臣在,你们谁都不能离开。"

这时岳恒匆匆赶来,说项羽大军追上来了。夏侯婴抱起刘盈,牵着刘蕊就向河边奔去。

"眼下事急,卑职已经备好渡船,大王速到河边上船。"

岳恒话音刚落,曹窋就牵来一匹战马,扶刘邦上马,朝江边奔去……

岳恒高举兵器,对跟在左右的少年营将士高声道:"奋力御敌,护卫大王过河。"

夜色中,追兵的火把如满天星斗,呼啦啦地朝江边涌来……

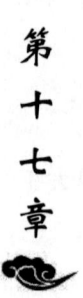

第十七章

志郁郁下邑筹谋
意切切牛良劝归

岳恒用自己的生命和少年营将士鲜血,将楚军阻挡在了滩河西岸。

岳恒是在筋疲力尽到极点后与虞子期做最后一搏的。当他率领少年营将士在距滩水一里地摆开阵势时,虞子期就看得十分清楚,岳恒要为刘邦渡河赢得时间。尽管他已经知道,项羽派遣钟离眛从另一条路追赶刘邦去了。但是,他的铜锤依然招招打向岳恒的要害处,非置他于死地不可。

当彼此都明白了对方的意图时,岳恒迅速选择了边打边退的战法。只要刘邦父子能安然过河,他的生死可以置之度外。他以疲累之躯,全力对付虞子期的攻势。双方大战四十多个回合,岳恒估计刘邦父子已经离开滩河西岸,便跳出圈外,对与楚军正在酣战的将士喊一声"过河",拖枪向滩河边奔去。

虞子期大喝一声"小孺子,哪里去",高举铜锤就追了上去。岳恒一千人到了河边，远远地瞧见刘邦和数十名侍卫过了濉河，他的心一下子落了地。只是眼前的情景惨不忍睹，整个濉河中漂满了尸体，在下游几丈远的地方筑起了一道"人坝"。岳恒很庆幸刘邦脱了险，如此，即便是自己死在西岸，也可以瞑目了。因此，面对穷追不舍的虞子期，他倒心底从容了。

没有在河心看到楚军俘虏刘邦父子，虞子期把一腔愤怒都发泄到了岳恒身上，他右手的铜锤狠狠地下去，岳恒的右肩膀就脱了，只能用左手操起长枪抵抗。虞子期再一锤，朝岳恒的胸前砸下，虽然由于左手握枪的抵挡，缓冲了力量，然而，岳恒的身体却极度失衡，落下马来。楚军蜂拥上前，乱枪刺向岳恒。他已经丧失了战力，在生命的最后时刻，他没有躲避雨点般的枪刺，只是闭上了双目。

虞子期环顾身边两军的累累尸骨，十分惊讶汉军少年营的战力，直到最后一名校尉倒在濉河西岸的草丛中，也没有一个投降。敬仰和感怀从虞子期的心底油然升起，他将铜锤插进腰间，下得马来，对站在身边的校尉道："你到附近庄户去寻找乡豪，购一副棺椁厚葬岳将军。其他牺牲将士也好生掩埋。"

"诺！"校尉转身离去。

耳边传来车毂碾过大地的轰隆声，是项羽的车辇到了，虞子期上前迎接。

项羽下了车，站在河岸边望着尸体垒起的"人坝"，闻见从濉河水浪中飘来的血腥味，再看看身后横挺顺卧的尸骨，皱着眉问道："刘邦呢？又让他逃了？钟离眜呢？不是遣他追杀么？"

"臣当时与阻挡我军的汉军少年营鏖战。"虞子期有些羞愧，接着把岳恒壮烈殉职的故事讲给项羽听。

项羽来到尸骨堆中，按照虞子期的指点找到了岳恒的尸体，凝视良久后道："刘邦有此忠臣，乃大幸也。寡人要让天下人明白，寡人亦是惜才爱将的君王。"他默许了虞子期对岳恒的厚葬，而后下令，"追过河去，不给刘邦喘息之机。"

闻言，虞子期沉吟片刻后道："臣有一言，不知当讲不当讲？"

"但说无妨。"

"刘邦之所以过河，必是有汉军接应。据臣所知，郦商、柴武皆为骁将，曹参、灌婴乃多谋者。经过午后一战，汉军必料我军追击，若是设下埋伏，我军必然失利。"

"哦？依你之见，就此罢兵不成？"

"不。我军南下,意在夺回彭城。臣闻王陵、牛良退出彭城,乃因司马欣和董翳中途倒戈。臣恐大王恋战追敌,致使彭城有变。倒不如先回彭城,整饬纲纪,安抚诸侯,然后合力灭汉,何愁天下不归?"

经虞子期如此一说,项羽亦觉当回彭城。正要下令东去,却见钟离眛率军从濉河下游过来了。一看见项羽,他就翻身下马道:"臣追击刘邦到河心,发现河对岸有汉军,臣恐中埋伏,故而率军返回。"

"今日且放过他,总有一天让他做阶下囚。"接着,项羽就楚军去向征询钟离眛的意见。钟离眛也以为回彭城乃当务之急。

"既是如此,传令下去,申时二刻造饭,酉时一刻出发,兵发彭城。"

……

刘邦率领数十骑赶到下邑城外,就瞧见张良、郦食其、吕泽在门外等候。短短的几日,恍若隔世。刘邦的眼睛骤然潮热,顾不得车上尚有一对儿女,就跳下车扑上前去,紧紧扶握住了张良的双臂,口中连声喊着:"子房,我们终于见面了。"

张良的眼角也红了,望着征尘仆仆的刘邦,从舌尖上滚出的都是热乎乎的话语:"只要大王安然无恙,大汉就有希望。"

刘邦哽咽道:"寡人最担忧的就是军师与诸位的安危。"

"若非樊哙率领侍卫拼死相战,未知我等还能否见到大王。"郦食其一句话说得满场沉默了。

过了好一会儿,刘邦又哽咽着说道:"可惜岳恒一员虎将,却因护卫寡人而殒命沙场。日后见到雍齿,真不知该如何说呢。"当他再度环顾身边的臣下时,眼里就充满了歉疚,"都是寡人忘乎所以,至有今日之祸。"

事非经过不知难,人啊,总是在犯错之后,才逐渐明白过来。张良的心头就充满了感慨,他多么希望刘邦从此幡然悔悟,不再被淫乐所惑。

"若非当初军师力主末将据守下邑,只怕汉军目下连立足之地也没有了。"吕泽的声音打破了这种难耐的压抑。

"吕将军所言不虚。"夏侯婴一手牵着刘蕊,一手牵着刘盈来到刘邦身旁。

在栖身之处看自己的两个儿女,刘邦为自己大战中的作为而心中盈满自责。要不是夏侯婴的坚持,也许膝下儿女早做了楚军俘虏。此时,他心中的夏侯婴俨然一位忠厚的兄长:"若非太仆,寡人险些铸成终生之恨。"

这话让张良、郦食其和吕泽彼此对望,猜不透刘邦的意思。但夏侯婴并不揭破,只是憨憨地笑着对刘盈和刘蕊道:"快去见过你的舅父。"

刘盈和刘蕊怯生生地走过去叫了一声"舅父",吕泽的心就化了,泪水唰唰地落下来了。郦食其在一旁看见,忙上前劝道:"劫后重逢,该高兴才是,抹什么眼泪?吕将军还不快请大王进城。"

吕泽拉着两个外甥的手,心中五味杂陈,孩子没了娘,便分外可怜。他俯下身子对刘蕊说道:"你母亲不在身边,往后你要当好阿姊,照管好盈儿。"

看着两个孩子破涕为笑,吕泽这才对刘邦等人道:"下邑虽小,但总是目下遮风避雨的栖息地,臣早已将一切备好,大王还是和诸位同僚一同进城吧!"

刘邦重新登上车子,夏侯婴安排两个孩子坐好后,扬起马鞭在空中打出一个脆响,三匹马撒开蹄子欢快地跑了起来……

日子一天天过去,在下邑的每一天对刘邦来说都度日如年。他无法忘记暗度陈仓,兵进关中时的浩浩荡荡,也忘不了勘定三秦的掣风骤雨,更不能忘记洛阳新城诸侯来朝的荣耀。这一切,来得如此快,去得也如此快,简直就是一场梦。轰轰烈烈开场,凄凄惨惨落幕。

让他焦虑的不仅仅是这些,每当夜阑人静,月亮的清辉洒满榻前时,父亲、吕雉的影子就会出现在脑际,还有南下时在定陶那难忘的几日,竟然留下一个戚姓女人……她如今也成了牵挂。他恨项羽没有人性,有能耐完全可以兵锋相对,岂可用家小做人质?他也恨自己,后悔为什么不早一点把家人接到军营,哪怕南北辗转,总是有大军呵护,也不至于落入敌手。他了解项羽的性格,他可以将王陵之母烹煮,难道……目下,他再没有力量与项羽兵甲相对。他恨那些诸侯,那个当初对项羽怀恨在心而又无可奈何的魏豹,还有阵前投降的司马欣和董翳,竟然在大战的关键时刻倒戈……真不知道有朝一日,自己击败项羽之际,他们又会做出怎样的选择。

"人而无信,不知其可也。彼等之为,皆为人所不齿。"刘邦仰面感慨。

就在这时,刘蕊牵着刘盈的手进来了。一场战争,让两个孩子经历了颠沛流离,也长不少见识,他们很谨慎地向父亲行礼请安,这让刘邦心底的痛苦暂时获得了抚慰和疗治。

"你们不在舅父处读书,来这里有何事?"

刘蕊回道:"孩儿有事要禀奏父王。"

"哦?"

"听樊伉和曹窋兄长说,他们昨日出城去祭奠岳将军去了。孩儿就想,若是没有岳将军奋力杀敌,孩儿与小弟也许就死在濉河中了,孩儿也要出城去祭奠岳将军。"

"樊阮和曹窋都是校尉,你们不一样。待日后长大,自可祭奠。"

"父王!"刘盈在一旁说话了。他的行为已中规中矩,仿照臣下们的样子上前先向刘邦作揖,然后才开始说话,"记得母亲教《论语》时说过,君使臣以礼,臣事君以忠。臣下尽忠竭命,君当宽仁以爱。孩儿想,父王日理万机,孩儿该为父王分忧。"

"哦!"刘邦没有想到刘盈会说出这一番话来,紧锁的眉头豁然展开,表示了对儿子说话的看重。

刘盈继续说道:"母亲还说,受人滴水之恩,当涌泉相报。如今岳将军舍命救了我姐弟,怎么能不祭奠呢?还有张乙叔为救我姐弟,奋力杀敌,死于乱军之中,令孩儿一想起来就难受。几次梦见他在咱家后院为马梳理毛发,醒来就哭了,孩儿希望能一并祭奠。"

自打刘盈来到这个人世,刘邦第一次听他说了这么多的话,也是第一次感受到他的聪慧和仁厚。他忽然觉得那老者的测卜并非虚妄。他更感到,没有任何理由拒绝儿女对岳恒的祭奠,何况他这些日子也每每睹物思人,需要一个表达的机会。

"好!父王与你们一起祭奠。"刘邦答应之后,便对外面喊道,"来人!"

曹窋应声进来,刘邦安排他在县府后堂摆起岳恒和少年营牺牲的士卒灵位,备好香火,并要夏侯婴前来主持祭祀。曹窋道一声"诺",出了县府二堂,不一会儿,就把一切安排妥当。夏侯婴到后将祭品一一查看了一遍,觉得井井有条,特别是听曹窋叙说了刘盈姐弟的谏言后,真是心花怒放。

但见烛火高照,香烟缭绕,少牢等牺牲摆放整齐。由于刘邦居于王位,故而由夏侯婴代他上香。随着夏侯婴一声"向岳将军灵位行三叩九拜礼",刘蕊拉着刘盈双双跪倒在灵前,他们的一举一动都庄严而肃穆。

行过大礼,献过祭品,本该是夏侯婴颂祭词,叮嘱亡灵平安远行。孰料刘盈上前一步,亲自在灵牌前点燃三炷香,接着凄然说道:"将军为我父子力抗楚军,舍身捐躯,才有今日刘家父子团聚。刘盈虽小,但当以将军为风范,修身自励,将来有所作为。"

拜过岳恒灵位,刘盈拉着刘蕊的手又拜张乙,口中讷讷道:"从离开沛县,您就早晚照顾我姐弟。若非我等年幼,您完全可以脱身的。请受刘盈一拜。"

夏侯婴清楚地看到刘盈眼眶的泪水,便知这孩子自小有心,不禁为自己不惜抗命保护下来两个孩子而欣慰。

其实,对儿子最刮目相看的还要数刘邦。儿子的这一番话很是得体,也很深情,表达了他此刻的心境。他忍不住上前,想和儿子一起为岳恒、张乙灵位上香。夏侯婴死死拦住他说:"大王万万不可,岳将军承受不了的。"

刘邦在与夏侯婴拉扯中不意回头,才发现不知什么时候,张良、郦食其、卢绾等人都站在了身后,纷纷要上前祭祀亡灵。夏侯婴见状,就站在主持祭祀的太仆位置,向岳恒等人的灵位高唱上香臣僚的姓名。每个人在听到自己的名字后,都会立即一脸的整肃,在最短的时间内整理好冠冕和朝服,似乎每一炷香,都照耀着亡灵远行的道路,都象征亡者一定会呵护生者吉祥安康。

"这就是人心。"回到二堂就座时,张良这样对刘邦道,"城池丢失,尚可夺回,若是人心一失,永远不可挽回。大王通过今日的祭祀不难看出,大汉人心尚在,据此即可以重整旗鼓,再图社稷。"

刘邦虽然赞同张良的看法,可他更明白,人心的背后乃是实力。自五月中以来,樊哙、曹参、灌婴、周勃、郦商、柴武等诸位将领未见归来,而王陵、牛良、薛欧、王吸自退出彭城后也了无消息。跟在自己左右的皆是手无缚鸡之力的谋士,纵然有奇思妙计,总该有人去作为吧?

"有谁能立功破楚,寡人就把关东平分给他。"刘邦作出了许诺。

大家以为刘邦说的是实情,就连平日里直言快语的郦食其也没有勇气回应刘邦的问话。至于卢绾更是只见口唇咄咄,就是听不见声音。刘邦打量了一下陈平,陈平却看着窗外的树枝发呆。他转而又去看张良,那目光就含了疑问的意思:臣僚不敢言政事,顾左右而言他,难道这就是你张子房说的人心?

张良不但从容地迎接刘邦投过来的目光,而且似乎这一切已了然在胸。他站起来来到刘邦面前道:"大王明察!不知大王有没有发现,彭城一战尚有许多斟酌之处。"

"哦?"这话一出口,如同投石击水,包括刘邦在内,二堂内所有人的目光都齐刷刷地投向张良。

刘邦摇了摇头道:"何须斟酌,我军失败乃成定局。"

然而,张良接下来的话却让在座的所有人睁大了眼睛:"我军受挫,尽人皆知。微臣今日不谈战局,要谈的却是一个人。"

"人?何人?"

"英布!"张良这话一出,全场喧哗,几乎从每个人口中喊出了"英布"这个久违的名字。

"不知道诸位可曾觉察,在楚汉两军大战如火如荼之际,却独独不见英布参战。"

经他这么一提，大家感到这的确是一件奇怪的事。此前他不是对暗杀熊心分外热心么？

"自入下邑以来，下官派出细作前往萧县、彭城一带刺探，获知大战前项羽曾三次遣使前往九江，邀英布共击我军，他皆以有病为由而按兵不动。项羽怀恨在心，几欲遣兵讨伐，只是由于北与田横为战，南与我军对阵，故而鞭长莫及。若是大王以分关东之地为诺而联英击项……"

"哦！"众人不约而同地身子向前倾去，紧接着就是一阵击节。

然而未及大家思路回转过来，张良的声音又在耳边响起来了："臣要说的第二个人乃是彭越。"

"哦！"众人又是一声吃喝，"他不是被遣往魏豹处为相了么？"

张良细长的眼睛中就溢出淡淡的笑意："当魏相不假，可在彭越眼中，魏豹乃俗主耳。他当年曾与田荣一起反楚，为此，项羽遣萧公角讨伐过他，彭越岂能臣服？此人与英布一样，皆是可用之人。"

众人又是一阵惊呼，都为张良之言而豁然开朗。卢绾、郦食其、陈平干脆将座位挪到了张良对面，想听听下面还有何良策。果然，张良不等声波平息，接着道："还有一人，更当大用。"

张良将脸转向刘邦，作了一揖道："此人就是大将军韩信。此次我军进击关东，韩信留在关中勘定三秦。大王已经知道，章邯自杀，三秦已定，当遣韩信担当大任。此三人用之得当，则项羽不足虑矣。"

这一番话似乎是琴声过弦，溪声出山，心生言立，恰如林籁结响，泉石激韵。然而，它在众人心头激起的回响却若惊雷贯耳，洪涛拍岸。特别是刘邦被张良一番话拨云见日，眼前油然呈现出一片澄明来。

"子房之言，道破寡人今日所思所虑，可谓对症施药，乃良医耳。"刘邦眼里布满了清朗，闪烁着奕奕光彩，他扫视了一周眼前的臣僚，问道，"不知何人愿意出使九江，说服英布？"

话音刚落，郦食其发声了："臣愿意赴六安，说服英布与我共同击西楚。"

刘邦又问："卿不知有几分把握？"

郦食其理了理散发道："许以关东之地，尔岂能不从？大王但放宽心，臣相信从之者十之八九。"

议定之后，众人散去，唯独夏侯婴留下没有走。

刘邦明白夏侯婴必是有要紧的事情禀告，遂命侍卫在茶盏里续了茶水，才道："寡人知道你是无事不开口，开口必有事，不妨讲来听听。"

闻言,夏侯婴就笑了,道:"还是大王了解微臣,此事不仅关系大王,更关乎大汉大业。大王临位已有年余,所谓王业百代,传世为要。臣夜观《春秋》,曰'立嫡以长不以贤',经过这次大战,臣观公子盈宽仁厚德,性度恢廓,故请大王早日谋虑立为王太子。"

这就是夏侯婴,他与萧何一样,总是会在关键处提醒自己——刘邦在内心这样感叹。这不仅在于他们是同乡,更因为经历过无数的风雨磨砺,彼此都了解对方的性格和心理。事实上,在被项羽大军追击之中,每当夜深人静之际,刘邦总会惊呼自己已年过知命,叹岁月如白驹过隙;对镜自顾,几年的军旅生涯,已催白了双鬓。他也不是没有想过立嗣,然而戎马倥偬,哪里有个空闲呢?再说了,当时盈儿也不在身边。明于此,刘邦就从心底感谢夏侯婴虑事周密:"爱卿之所言正合寡人之意。只是我军初败,此时立嗣恐有些急促。"

"臣所奏也是出于远虑,并非当下就要立。不过,不能久拖,久拖难安人心。"

刘邦点了点头,一说到立嗣,他的思绪的确转到了刘盈身上。掩了二堂的门,他对夏侯婴道:"此次与项羽交战,盈儿虽饱受颠沛之苦,然则正所谓砥节砺行,果然懂事多了。不过,寡人总觉得他有些怯弱,身为储君……再说了,若论嫡长,还有肥儿呢。"

"大王所虑,不无道理。"夏侯婴懂得刘邦下面话的意思,便接了话茬,"他只有五岁,已知君臣礼序,做事方寸不乱,已属不易。况大王目下膝前只有盈儿,理当立他。至于刘肥,其母逝去多年,若立,恐夫人……"

"嗯,那就依卿言。待情势稍稳,即可知会众臣,商议立嗣大计。"刘邦站起来道,"此事与丞相、子房商议之后再定,卿以为如何?"

"大王英明。"夏侯婴觉得话说到这个份上就行了,毕竟立嗣是关系王国存继的大事,马虎不得。他起身准备告辞,因为大军进驻下邑,粮草供需事急,现在正是五月,下邑周围乡村的麦子面临收割,他得与吕泽商议安排车辆下乡购粮,以供军需。但他"告辞"两个字还没有说出口,就被刘邦的目光留住了。

"大王还有何吩咐?"

"夏侯兄请坐,寡人确有些话只能对你说。"刘邦嗫嚅了几次,终于说道,"寡人有一件私事,尚需夏侯兄费心。"

现在想起来,那也许是一次上苍注定的奇遇。大军从洛阳新城出发,一路攻城略地,势如决堤。号称无敌天下的楚军捐城弃地,纷纷撤退,不久就打到了曾留下他战争足迹的定陶。这一夜,军伍歇息在城北的戚家庄。庄主的家奴生有一儿一女。儿子名叫戚鳃,自小习武,被庄主请为教头,在庄上养了百余名家丁,个个勇力过人;女儿名戚姬,自小聪慧异常,又善音律歌舞。每逢客人来,都被庄主传来演舞。

曾遭遇项羽军屠村的戚家庄百姓,见刘邦大军进村以来秋毫无犯,军伍将士还利用短暂的间歇帮助百姓播种。尤其是郦商将军发现有一名士卒吃了酒不付钱时,当着全庄百姓的面处罚四十皮鞭,并照账清了酒债后,戚庄主十分感动。当夜,在庭中摆宴以致谢意。

席间,戚鳃率领家丁为汉军表演了十八般武艺,看得刘邦热血沸腾。接着,戚姬登台献舞。当她袅袅婷婷地出现在刘邦面前时,戚庄主不失时机地介绍道:"戚姬曾跟楚宫流落到民间的宫中舞伎学过一种'翘袖折腰'舞,请大王欣赏。"

"那寡人倒要看看,怎样个翘袖,又怎样个折腰?"刘邦"哦"了一声,等他将目光投向舞台时,整个目光都直了。这哪里是舞伎,分明是仙女下凡!只见两只彩袖凌空飞旋,娇躯翻转,极具韵美。尤其是长袖甩动时,宛如云霓,若仙若幻;忽然间弱柳细腰就成一弯新月,伴以回眸媚笑,刘邦的魂魄都要飞到她的身边了。他觉得咸阳宫女比之戚姬,简直是天壤之别。他曾十分嫉妒项羽有一位能歌善舞的虞姬,而眼前的戚姬,丝毫不逊色于虞姬。

刘邦双目迷离,心猿意马,如何能瞒得过戚庄主呢?他附在刘邦耳旁问道:"大王看戚姬如何?"

刘邦没有听见,两只眼睛直勾勾地看着台上。戚庄主心里笑道,世上哪个君王不爱美人呢?若是戚姬跟了刘邦,自己的前程还用问么?他用手轻轻拉了拉刘邦的衣袖,再度问道:"大王看戚姬如何?"

刘邦终于转过神来,频频点头,吭出了几句词:

　　艳若霞兮室生光
　　飘飘若仙兮舒袖长
　　世间何有兮此女嫱

一曲舞罢,戚姬缓缓来到刘邦面前,端起酒杯向他敬酒。未知有意还是无意,却是一个趔趄,身子就前倾了。情急之间,刘邦伸出双手就扶住了戚姬的腋窝。这一扶不要紧,要紧的是她身上散发的玫瑰清香却循着衣袖,渐渐地沁入了刘邦的心脾。

戚姬显然读懂了刘邦眼中的意思,却碍着众人的面,悄悄转过身向庄主敬酒了。

这一切,让戚庄主心花怒放,他命人悄悄传来家奴夫妇道:"你们的女儿被大王看上了,今夜就让她好生伺候吧。伺候好了,本庄主不会亏待你们。"家奴夫妇正在迟疑间,戚庄主转身就走了。

再说刘邦本就心醉,加上饮了不少的酒,不能自持,被庄上家丁扶到楼上的绣阁中歇息。

那一夜,戚姬向刘邦诉说了因为欠债而全家为奴的经历。第二天,刘邦给了戚庄主一大笔钱,要求他从此不要将戚家当家奴看待。

"唉!说来都怪寡人酒后乱性……"

夏侯婴长长地叹了一口气。这个刘邦的率性为何就没有改呢?走到哪里都染指女人,如何能让吕雉安心在家?更何况,吕雉被项羽羁押,她如果知道刘邦与一个舞伎在一起,又该做何感想?"既如此,又为何不将她带上呢?"

"战事频仍,居无定所,带上不是反倒不便么?"刘邦望着外面的云彩继续自语,"现在看来,没有带在身边,无论对寡人还是对她都少了许多为难。"

"听大王口气,确是一位良家女人?"见刘邦点点头,夏侯婴又问道,"大王希望臣做什么呢?"

"若有机会,代寡人寻找戚姬一家,寡人不忍看他们漂泊。"

"好!此事就交给臣去办。"夏侯婴这才起身告辞。

刚刚走出二堂大门,就听见一阵喊声传来:"大王在何处?大王在何处?"

夏侯婴定神一看,原是樊哙回来了,这对于因将领被打散而郁郁寡欢的刘邦来说,不啻为一个大喜。

刘邦闻声出来,顾不得身份冲上前去,彼此用拳头捶打着对方的肩头,口里就只剩下两个字:"你呀你!"

两人都大笑了。

这笑声,含了太多的意味……

王陵现在想起来,仍然对刘邦邀请臣僚观看"百戏"耿耿于怀。尽管他因为要为母亲服丧而留在彭城内的军营里,可牛良、王吸和薛欧都无一例外地遵命出城去了。桓楚在击溃城外军队的同时,迅速向彭城发动进击。正在休整中的汉军在毫无准备的状态下仓促应战。正所谓兵不厌诈,桓楚军把自己装扮成从城外回来的汉军校尉。在黑夜里,城头值守的汉军无法判定真假。说来也是自己疏忽大意,总以为桓楚军在留县一带,而且是被汉军打散的残兵,根本不曾料到项羽军在击溃樊哙军后,就如此神速地与桓楚军会合了。

当在南门城楼值守的校尉向他禀报,说牛良和他的侍卫观罢"百戏"归来时,他仍然谨慎地登上城楼去察看。

"请牛将军上前说话。"王陵透过夜色,向城下喊话。

话音刚落,从马队里走出一位将军,朝着城头答话:"王将军,短短几个时辰,你连末将的声音都听不出来了吗?"

他虽然与牛良相处只有短短几个月时间,但对他说话的声音还是比较熟悉的。这声音在黑夜里听起来,沉闷中带着干脆,又带着浓郁的砀山味,尤其是听牛良说汉王担心楚军袭击,要他回来一起坚守的话语后,他对来将的身份确信了,即刻命校尉打开城门。

现在想起来,那该是一队多么神速的精骑哦!吊桥刚刚放下,装扮牛良的楚军校尉一个跃马,首先冲进城门,跟在他后面是马队,以迅雷不及掩耳之势占领了南门。等王陵从城头上冲下时,城门口的汉军步卒已经成片地倒在血泊之中了。楚军精骑的战刀仿佛割稻谷一样,一刀下去,就是头颅落地,血肉横飞。

"冲下城去!"王陵挥动宝剑,大吼一声,率先冲下城墙,与楚军精骑展开厮杀。一位楚军校尉手持长枪向他刺来,王陵一只手紧紧抓住枪杆,狠劲一拉,那校尉顺势跌下马来。未及起身,被王陵一剑取了首级。王陵拉过马缰,跃上马背。他挥动长枪,杀开一条血路,直奔彭城西南角的军营。

城西南角已经乱成一团,楚军精骑将睡梦中惊醒的汉军团团围住,刀枪可以够着的,取了首级;刀枪够不着的,马蹄踩死,夜色中惨叫声催人肠断。

王陵挥动长枪冲进马队,接连刺倒几个楚军精骑后,其他人顿时陷入恐惧,只见兵器挥动,却没有一个人上前。率队的校尉再三催促之后,仍然没有人敢于出战。校尉一怒,挥动长刀,催动战马,直取王陵。两人大战十个回合,楚军校尉被王陵一枪刺落马下。楚军见状,纷纷后退。王陵趁机冲进寨门,看见一名校尉正率领汉军奔来,开口就问:"将军,出了何事?"

王陵答道:"楚军夜袭彭城了。速遣人前往牛、薛、王将军营地禀报军情。"

"遵命!"校尉应了一声,立即命跟随在左右的两名屯长催马离去。

王陵沉思片刻,对校尉道:"看来楚军兵势甚大,彭城恐难再守。你等速速整顿队伍杀出城去,营救大王要紧。"言罢拨转马头,朝着火光处而去……

天色黎明的时候,王陵在彭城外四十里的张集镇,终于与牛良、王吸、薛欧残部相遇。

一见面,王陵就问牛良:"你何时入的城?"

"在下看不懂那些飘飘荡荡的歌舞,中途向汉王言明守城要紧,先行告退。孰料到了城前,却是敌我杀成一团。其中有一位校尉穿着与我一样,说话的声音也极像,便知我军中了计谋。我杀上去,战不到两个回合,那人被我斩于马下,随之杀进城来。"

王吸叹了一口气道:"中途遭遇司马欣,他一见末将,举刀便砍。我才知道他临阵倒戈。"

"唉,若非诸侯中途哗变,彭城也不至于丢得如此之快。"

"不知道大王现在何处?"王陵又问。

牛良回道:"大王身边有岳将军、太仆等人,估计已冲出楚军包围圈了。"

说到战事失利,诸位将领都十分惊异楚军的神速,此前竟然没有得到项羽南下的任何消息。想当初巨鹿破釜沉舟,众人都无不为项羽的出其不意而感慨。

时间过午,军厨送来午餐,四位将军便草草地用了。虽说牛良安慰大家,但他最担心的还是刘邦的安危。在他的心中,刘邦不仅仅是君主,还有着父兄的恩泽。现在,他却没有任何消息,他整个心都悬在空中,根本无法落地。

一切都是因为汉王大意轻敌。几乎与此同时,王陵心中却回旋着另外一种声音。

从小在沛县一起长大,尽管由于家世的差距,他和刘邦有着完全异样的童年。成年以后,他们先后都进入了彼此的视线。出身豪门的王陵最看不惯的就是刘邦的懒散和好色,因此,当萧何、曹参等人推举刘邦举事并邀请他参加时,他谢绝了。他觉得同为义军,借兵可以,助阵亦可以,然而,绝不与之同伍。

后来,在听到刘邦军所过之处秋毫无犯,尤其是进入咸阳后以"约法三章"而名满天下,项羽却因热衷于屠城而遭到谴责时,他的信念动摇了。他终于明白,生活可以改变一个人。尤其是重大的事变,几乎可以造就一个全新的人。他终于决定归顺刘邦,共襄义举。

可一场突如其来的袭击,让王陵的看法重新回到了原点。唉!他怎么就是改不了好色的痼疾呢?本来在彭城王宫中,他已经严词进谏过一次,刘邦当时也接受了。可刚刚过去几天,又要在大营举办什么"百戏",还传了楚宫中的领舞登台献艺……

若不是这场"百戏",汉军也不会败得如此惨绝。

王陵无法打开的心结还在于,打进彭城以后,他从楚军俘虏中打听到母亲罹难之处。他痛哭一场,然后为母亲制作了灵位,早晚祭奠。然而,在与楚军的战乱中,他却没有抢回母亲的灵位,以致被楚军连同住房一起烧毁。

这种种的事变,使王陵对刘邦很失望,早先不愿与之为伍的念想再度爬上心头。他想再度回到南阳去,过那种毫无拘束的日子。南阳郡吕齮这些年与自己相处甚恰,只要没有他人介入,他绝不会难为自己。他觉得自己已经很对得起刘邦了,只是刘邦不在身边,他该向谁表达自己的心愿呢?

嗯!牛良,牛良为人忠厚,又长期跟随刘邦,只有他能够向刘邦转达自己的意思。他决计直接去找牛良,刚刚走出门,却遇见牛良的从事中郎来向他禀报:"张集镇外五里地发现楚军,正朝这边奔来。牛将军已遣校尉前往迎敌,他建议将军您、王吸将军和薛欧将军向彭城以南的符离撤退。"

王陵听罢,就要从事中郎传令所部与牛良军一起迎战。

牛良的从事中郎劝阻道:"眼下尚不知楚军有多少,汉军经过大战,加上诸侯叛变,损失惨重,不可轻易与战。"

"牛将军,真义士也。"王陵由衷感慨,转身对自己的从事中郎道,"留下五百人马驰援牛将军,其余部伍向符离方向撤退。"

离开张集镇不远,王陵就与薛欧、王吸部相遇。彼此通报了情况,原来每人都留下一些军伍援助牛良,大家都为牛良的为人赞叹不已。

"牛将军虽农家出身,然晓得大义,为人旷达,实在难得。"王吸一边催马,一边说道。

薛欧接着王吸的话说道:"楚军攻进城时,牛将军首先想到的不是自己部伍如何,而是遣人向我等传递军情,否则,我军损失大矣。"

听着这些议论,王陵有了一种新的想法——到了符离后,若能够说服牛良、薛欧和王吸归顺,岂非又成一支新军,驰骋南阳、陈郡间,游弋于楚、汉之外,何其逍遥。

第三天傍晚时刻,聚集在符离县城南的王陵、王吸和薛欧军终于与牛良军会合。

说到与楚军的战事,牛良先拱手谢过各位将军的驰援,然后憨憨一笑道:"所遭遇者,乃楚军小股军伍,欲前往彭城,被末将杀了个七零八落。"

这种轻松的口气让王吸、薛欧再一次感到了刘邦用人有方,纷纷向牛良提出遣探马四处探听刘邦下落,定要赶去会师。

牛良接过从事中郎递过来的水,仰头大喝一口,用袍袖擦了擦口唇道:"此正是在下之意。"转脸问王陵,"将军有什么要说的吗?"

王陵没想到王吸、薛欧寻找刘邦的心情如此迫切,一路上反复盘算的心绪此时无论如何也说不出口了。面对牛良的询问,他只是淡淡一笑道:"几位所言,王陵并无异议。有些话,尚需与牛将军私下言明。"

"好!既如此,我军在符离暂歇几日,等待探马消息。一俟有了大王存身之处,即行前往。时候不早,诸位且歇息去吧。"

薛欧和王吸都没有深究王陵话中的意思,各自回自己营垒去了。

"通过这场大战,加之失母之痛,在下决计重回南阳,将军以为如何?"当大帐内只剩下两人时,王陵向牛良表达了想重回南阳的意思。

牛良顿时用不解的目光打量王陵,问道:"要紧关头,将军何出此议?"

王陵并不打算隐藏自己对刘邦的看法,而且,他也不愿意面对一个诚实的朋友说假话:"不瞒将军说,在下对汉王有几许失望。"王陵略去了刘邦早年在乡间的龌龊,只就目前战事而言,"社稷未定,即奢华安乐,岂是明主所为?项王暴戾,汉王乏志,皆非逐鹿之主,故而在下决计重回南阳。"

两人说着话,不知不觉地来到帐外。抬头看看天空,月色溶溶,银辉洒地,举目北望,远山如黛,山岭起伏。近处,一道道树影如同军伍一样站立在道旁。王陵的心绪就如这迤逦起伏的山岭,跌宕回响。大约走出一里地,王陵又开口说话了:"在下与将军相处数月,十分敬仰将军敢打善战之勇,明月入怀之胸。将军若能同我一起回南阳,必能再图大业。"

王陵此时说出这样的话,牛良并没有意外。曾经有过失亲疼痛的他完全理解王陵此刻的心境,包括对刘邦的某些失望。可在他看来,无论有着怎样的愤懑和幽怨,都不能构成脱离刘邦的理由。

道旁有两块石头,相隔不过两步,牛良邀王陵坐坐,王陵没有拒绝。牛良看了一眼王陵道:"足下若能回答在下几个问题,即可再回南阳。"

见王陵很专注地看着自己,牛良继续道:"即便在遭受大败之后,请足下自忖,与汉王相比,军力如何?"

"当然不可相比。"王陵在心底掂量了一番。

牛良接着又问:"请足下自忖,与项王相比,军力如何?"

王陵摇了摇头道:"将军何须此问,此乃不言自明之事。"

牛良点了点头,又问:"请足下自忖,当今天下,能与项王逐鹿天下者能有几人?"

王陵没有回答,但内心分明起了波澜。在短短的一刻时光,英布、栾布、魏豹、司马欣、董翳、韩王信等一个个形象从眼前飘过,他不得不承认,即便是刘邦遭遇彭城之败的情况下,能与项王分庭抗礼的,仍然非他莫属。

见王陵没有回答,牛良相信他心中一定有了定论。他并不期望获得明确的答案,只要王陵承认刘邦的实力,就为他下面的说辞做了铺垫。

月上中天,夜风拂面。牛良将最后一个尖锐的问题提到王陵面前:"请将军再自忖,项王能容许足下在南阳继续游弋么?"

"这……"王陵手捻着胡须,沉默良久,没有说话。如果说,前面几个问题他都觉得不难回答,但这个关乎自己生存的问题,却不得不感到沉重。其实事情是不言而喻的,项羽怎么可能任由他在自己身旁纵横驰骋呢?纵然自己与项羽有着不共戴天之仇,却没有力量去复仇。反之,刘邦就能够让自己逍遥于社稷之外么?与项羽相比,刘邦就是有人品上的瑕疵,也不过是修为上的歧见而已。王陵的眉宇渐次收缩,口张了几次,似乎有许多话要说。这一点,近在咫尺的牛良看得清清楚楚。

夜露正在悄悄下沉,落在道旁的草叶上,染湿了战靴的足尖。牛良起身将随身带来的战袍披在王陵肩头,说出的话就显得如夜露般地湿润了:"不错,汉王轻敌,招致彭城大败。然而汉王纳天下贤才,救百姓于水火,却是有口皆碑,有目共睹的。方才在下已将情势直陈于足下,与其被项王吞噬,不如择良木而栖,还请将军三思。"

看看月影西移,王陵起身往回走。他没有立即回答牛良的话,如此重大的抉择,他需要认真思虑。在营寨门口分手时,王陵对牛良道:"此事容思谋之后再回答将军,谢将军一番金玉良言,人生有君做知己,足矣!"

看着王陵进了营寨,牛良招了招手,也转身往回走。一路上,他的脚步是轻快的。他觉得,今夜的明月就是为了照彻他的心扉才悬挂在万里长空的,而他此时的心境也如同月色一样澄明和清澈;他更觉得今夜的时光没有虚度,如果他能够为汉王挽回一位战将,也算无愧于汉王多年的栽培了。他相信王陵不是那种朝三暮四的人,他一定听进去了自己的话,他相信明晨太阳升起的时候,王陵一定会给自己一个明确的回答。

带着踏月的快慰回到营寨,从事中郎就告诉牛良,说在他离开营寨半个时辰后,营门外来了一对男女,言说乃汉王亲戚。闻知汉王在彭城,即前来投奔。却不意听人说,刘邦打了败仗,去向不明。他从百姓口中得知汉军军营,便找过来了。

是谁远道前来投奔呢?牛良一面让侍卫卸掉铠甲,换上常服,一边问从事中郎:"他们没说是从何处来的?"

"那位叫戚鳃的男人说是从定陶而来。"

"且慢!你说他叫什么?"

"戚鳃,看样子乃武林出身,说话声音洪亮。"

"戚鳃!那女人呢?"

"自称戚姬。"

牛良"哦"了一声，脑际忽然闪过前些日子攻下定陶后樊哙曾埋怨过的一件事。他当时也没有多想，莫非找上门来的就是那对兄妹。天哪，若是王陵知道刘邦在定陶纳了一房夫人，岂不又要起离去之心？

想到这一层，牛良严肃地对从事中郎道："此事只你我知道，外人问起，就说是我的亲戚。若是走漏了风声，拿你是问。"

从事中郎虽然口中应诺，心中却嘀咕，汉王亲戚来访乃光明正大之事，何须遮遮掩掩？但转念一想，主将如此正色正容，必有道理。牛良这才放心，遂到隔壁帐中看望戚氏兄妹，一进帐就单膝跪地道："方才有些军务，让夫人久等了，还请恕罪。"

"将军请起，也是妾身来得突然。"这戚夫人显然也是经历过场面的，随后便将汉军走后之事一一道来，说戚庄主死于乱军之中，兄长戚鳃率家丁拼死力战，才得以脱身。兄妹二人一路辗转而来。戚姬说话时，眉宇微蹙，心事重重，"谁知到了这里，却听说汉王兵败，不知去向。"

在戚姬说话之际，牛良暗暗打量，窃惊这戚夫人果然绝代佳人，不唯黛眉含冶，桃腮朱唇，谈吐亦雅气若兰，口齿流香，委婉动人。单这一点，倒胜了吕雉一筹，只是少了吕雉的大气。想着想着，牛良就笑了，你这不是杞人忧天么？你眼下最要紧的就是将戚氏兄妹平安送到汉王身边。

军厨已经将饭菜备好，牛良请戚夫人兄妹用饭。戚氏兄妹一路奔波，加上时光已过酉时三刻，早饿了，只是拿起筷子，戚夫人仍然没有忘记问一句："不知何时才能见到汉王？"

牛良解释道："胜败乃兵家常事，目下虽然汉王兵败，然军心依旧，元气旺盛。尤其项羽多行不义，人心尽失。夫人不妨先在营中歇息几日，一旦有消息，即送夫人与汉王团聚。"

"如此，那多谢将军了。"戚夫人这才放心。

第十八章

骑战方显英雄气
立嗣又伤美人心

第二天一早，王陵再次来到牛良军营，一进大帐就拍着牛良的肩头道："经过一夜思索，我觉得牛将军所言甚有道理。我孤军游弋，迟早要被项羽吞噬，只有归于汉王，方能图存。"

牛良大喜过望，急忙拉王陵坐下，吩咐侍卫上了茶点，才眉飞色舞地告诉他："探马昨夜归来，禀报说汉王过了濉河，在夏侯婴、岳恒等人保护下去了下邑。"

"哦？汉王无恙，在下就放心了。"放下茶盏，王陵问牛良有何打算。

牛良表示将立即启程前往下邑，他又命从事中郎请来王吸、薛欧共同商议，以王陵军为前锋，王吸、薛欧军居中，他率军断后。王吸、薛欧听后便不同意："牛将军每逢危机总是承难历险，令我等铭感肺腑，这一回无论如何我等也要率军断后，护卫大军过河。"

牛良摆了摆手:"诸位的心意在下心领了,在下能有今日,皆赖汉王恩典。但两军为战,总需有人断后。"

王陵也在一旁劝道:"薛将军所言有理。这一路将军麾下死伤最多,眼下大敌当前,还是牛将军居中比较安全。"

王陵并不知昨夜戚夫人到来,但"安全"二字却提醒了牛良。是啊!军营里有汉王夫人,他不能不谨慎从事。想到这一层,牛良没有再坚持,双手连连打拱道:"蒙众位抬爱,在下不胜感激。"

白日,全军上下忙于筹备移军。晚间酉时,大军分为前锋、中军、后军三路从张集镇出发,前往濉河岸边。一路上遭遇过零星战事,却没有遇到大的阻拦。显然,项羽只顾追击刘邦,没想到在张集镇尚有一支军队,这让诸将十分庆幸。

两天以后,大军来到下邑城下。由于事先已遣人飞报刘邦,所以刘邦、张良、吕泽、樊哙早早地等在城外。数日分别,恍若隔世,牛良此时跪倒在刘邦面前激动道:"大王啊,臣回来了。"

刘邦拍打着牛良宽厚的肩膀,出口的只有四个字:"回来就好,回来就好。"

刘邦怎能不理解牛良此刻的心境呢?前些日子,樊哙见了自己,不也感慨万千么?这种情感让王陵很是震动,他一步上前,来到刘邦面前道:"微臣参见汉王。"其他二位将军也都齐刷刷地跪倒了。

刘邦的眼圈红了,忙一一扶起大家道:"我等幸得存活,皆上天所赐也。有此重聚,大汉焉能不重振?"

牛良对从事中郎耳语几句,不一会儿,戚夫人兄妹便过来了,牛良又上前禀报道:"项羽定陶屠城,戚庄主不幸殒命,夫人兄妹幸得逃生。微臣一路护送,有惊无险。"

戚夫人上前见礼:"一路上多亏牛将军关照,妾兄妹才得以与大王团聚。"言罢,潸然泪下,一副楚楚可怜的样子。

刘邦牵着夫人的手道:"今日重聚,乃是喜事,夫人当高兴才是。"

"夫人?"吕泽心中一动。戚姬是夫人,吕雉又该置于何地?但此刻他无法当众询问刘邦,只是担心日后免不了一场风浪。

王陵愣了愣,心中暗想这个牛良包裹得如此严实,自己一路都没有发现,禁不住长叹一声。

"皆是寡人轻敌,致使项羽得逞。"刘邦要曹窋扶夫人上车,这才转过身来挽着王陵的胳膊道,"兄于诸侯叛离之际回归汉营,此大义天日可鉴。待天下勘定,寡人定要分封。"

王陵刚刚看到戚夫人一幕时荡起的些微不快被刘邦这句暖语化解了,忙回礼道:"谢大王。"

当晚,吕泽在县府二堂设宴,迎接王陵、牛良等人,并为戚夫人兄妹压惊。夜阑人散后,看着牛良出了二堂,王陵上前拉起其手臂到道旁树下小声问道:"将军何其小心,戚夫人到了足下军营,竟瞒得滴水不漏。"

牛良笑了笑,忙作揖道歉:"在下当时听将军去心浮动,生怕你得知汉王有了新夫人又要离去,故而暂时隐瞒了。将军海量,且饶恕在下吧!"

王陵放了手,与牛良肩并肩回军营:"君子一言既出,况且我麾下有数千人,岂能出尔反尔?"

"是在下误解将军了,且容赔罪。"

"从宴会上举止得体,言语温雅看,这戚夫人倒是知书达理之人,但愿能辅佐汉王成就大业。"王陵其实也就问问,原本也没有追究的意思。

众人散后,张良并没有走。有些微醉的刘邦被戚姬搀扶着,正要向后堂,便对站在门口的张良道:"天色不早了,子房有事明日再说吧。"

张良的脚步没有动,目光直视刘邦:"此事不容拖延。"

刘邦还想说什么,却不料戚夫人在一旁说话了:"军中事大,大王还是与军师说话,妾在后堂静候就是。"

刘邦便不好再说什么,吩咐曹窋送戚夫人到后堂,又命中官送了茶点,两人这才席地而坐。

张良不等刘邦问话,直截了当道:"据探马来报,曹参、灌婴、周勃、柴武等一干将领明日也将聚集下邑,只是……"

"下邑地域狭小,一下子涌进这么多将士,粮草、住处都会紧缺。寡人正准备明日帐前议军呢,不知子房有何计划,不妨说来。"刘邦接着张良的话道。

天气有些热,加上酒气消散,张良额头上渗出点点汗珠。刘邦看了,从案几上拿起绢巾递给张良:"此时只有你我二人,不必拘礼,若是炎热难耐,就袒胸开襟也是无碍。"

张良闻言,于是解开前襟,从案几上拿起一把扇子纳凉,顿时觉得好多了:"臣以为下邑非久留之地。下一步,我军当转入砀郡,向西占据荥阳,打通关中与砀郡之路,以求敖仓补给。只要粮草充足,项羽便奈何不得。"

"子房所言,正合寡人之意。明日就下令留吕泽据守下邑,其余诸军皆往砀郡。"

一阵凉风自窗外进来,吹得张良浑身清爽,他说起话来也顺畅多了:"不仅如此。大王还应该按前几日议决,速遣韩大将军北袭赵地,拓土开疆。"

"军师此计,正与重言所谏相合。"刘邦喜不自胜,从案头拿起韩信前些日子自关中六百里快马送来的上书。

张良接过来一看,那种喜悦顿时就飞上眉头了。兴之所至,他竟然脱口赞道:"重言者,安汉之良将也。"

刘邦兴奋地说道:"寡人已命韩信出兵了……"

从城头传来打更者的声音,张良遂起身告辞。刘邦送至二堂门外,然后转身去了后堂。

戚夫人并没有睡着,两只眼睛望着后堂的屋顶发呆。刘邦来到榻前,借着灯光端详着眼前的女人,心中就荡起阵阵春波。戚夫人光洁的前额散发着淡淡的清香,刘邦的口唇贴近的时候,就从她脸上看到了莞尔一笑的妩媚和率真。

"想煞寡人了!"刘邦一边说,一边就上前解开戚姬的胸衣。

戚姬报以娇嗔的笑,用玉臂轻轻推开了刘邦:"大王不可,妾有了。"

"夫人说什么?什么有了?"

"亏大王还是已婚的男子,怎的就不晓得'有了'的意思?"

"哦!寡人明白了,夫人怀上了寡人的骨血。"刘邦一拍脑袋,一连几个"哎哟",兴奋得印堂发红,双眉飞彩。他有点惊异,人世间竟有如此的巧遇,仅仅是一夜,她就开花结籽,缔造了一个小小的生命。他抚摸着戚姬的如瀑青丝道,"寡人真不知道怎样感谢你。"

他下得榻去,喝了一杯茶,又用扇子取了一会儿凉,才使心境平静下来。这状况倒使戚姬不安,小心翼翼地问了一句:"大王不高兴了?"

刘邦二次回到榻上,搂着戚姬的脖颈道:"你怀了寡人的骨血,寡人怎能不高兴呢?夫人说得对,为了孩子……睡吧。"

但戚姬却没有了睡意,刘邦整年在外,夫妻天各一方,人非草木,孰能无情?她柔柔地依偎在他的怀中说道:"请大王给孩子起个名字吧!"

"才两个月,起名字尚早。"

"不早了!大王终日戎马倥偬,今夜你我一聚,说不定明天就又要分离。您为孩子起个名字,也算是个念想。妾纵然四处漂泊,只要想着孩儿的名字,就有了活下去的盼头。"

"夫人言之有理。"刘邦点了点头,沉默了一会儿说,"你我劫后重聚,此乃天意,往后但求事事如意,早得天下,就起个'如意'的名字吧,你看如何?"

"若是女儿家呢？"

"女儿家依旧叫'如意'，这名字吉祥。"刘邦轻抚着戚姬的肩膀。

"好！就依大王。"戚姬舒了一口气，"只是委屈了大王……"

耳边传来男人的鼾声，戚姬转去看去，刘邦已经进入了梦乡。

从下邑城的某个角落里传来雄鸡的啼晓，戚姬明白，刘邦不可能终日守着自己，他有许多事要做。

果然，刘邦一个激灵就醒过来了，在隔壁值守的侍女忙过来为刘邦洗漱更衣。辰时一刻，他已经来到县府前堂开始练剑了。他练得很投入，不一会儿就浑身是汗。

这时候天已大亮，晨曦照着县府的碧草翠树，一派盎然生机。刘邦收了势，准备进前堂处理军务，刚刚转身，就看见夏侯婴朝这边走来了。

夏侯婴向刘邦问安作揖，刘邦回他一声："太仆何时回来的？"

"微臣昨夜子时才进的城。听说戚夫人来了？"

"是牛良在符离东南之张集镇遇到的。"刘邦点了点头。

"回来就好，回来就好。"夏侯婴心头就掠过一缕欣慰，"这些日子，臣奉大王之命四下寻找，始终未有结果，如今倒是牛将军送回来了。"

"也难怪，她流落南边，你在北边，自然无法相遇。"接着，刘邦询问了最近下乡筹集粮草情况。

夏侯婴回道："臣今日到下邑乡间收粮，按市价购买，百姓甚是热情，盛赞我军军纪严明。"

刘邦伸出大拇指，对夏侯婴的做法深表赞同："下邑屡遭战乱，先是秦税严苛，又兼项羽肆虐，我军若能严守军纪，自然赢得人心。太仆所为，正合寡人之意。大军不日将移军砀郡，北上荥阳，太仆应迅速将所征粮草押往敖仓，以备大战之需。敖仓原为秦置，项羽军亦虎视眈眈，须遣军伍严加防守，可惜岳恒殉职，少年营也元气大伤，否则……"刘邦叹了一口气，进了前堂。

夏侯婴近前一步道："少年营虽死伤甚众，但锐气仍在。臣以为樊将军之子樊阮跟随岳恒经年，处事老成；倒不如以公子肥为将军，以樊阮为副将，随臣前往敖仓据守。"

"你是说肥儿。"刘邦沉吟了片刻，"寡人也曾想让他历练历练。"

"公子肥虽非夫人所生，然天下一定，亦在封王之列。现今让他历练，也是为日后做准备啊！"

"爱卿所言有理。回头寡人亲自下令，命其押解粮草北上。"

夏侯婴起身告辞，刚一转身，就见樊哙急匆匆地进来了。

"大王,大喜啊!"隔着几步远,樊哙就高喉大嗓地将曹参、灌婴、柴武诸将归来的消息述说了一遍。

"上天眷顾我矣!"刘邦一边朝外走一边对樊哙和夏侯婴说道,"速传军师并诸将,与寡人一同出城迎接。"

……

树欲静而风不止。汉军重要将领集结下邑不久,即进军到砀郡的虞地。张良邀集曹参、灌婴、周勃、柴武等一干将领召开一次议军会议,总结一下彭城大战失败的教训。此刻,探马传来的两条消息,一条说项羽南下以后,田横恢复了三齐之地。另一条是说,项羽回到彭城后,命在北地与田横作战的龙且,遣精骑万人正驰往荥阳。

"果然不出臣之所料。"张良面对着地图对刘邦说道,"敌之所图,正在敖仓,欲断我粮道。"

"这个项羽诚心不让寡人安定片刻。依子房观之,我军将如何应对?"

张良捻着胡须,在大帐内踱着步子,眉头皱了皱道:"彭城之战,项羽战胜我军固然原因很多。然而以快骑应对我步军和战车,是一个重要原因。臣以为,我军此次该以骑战对骑战,方能保敖仓无恙。"

"你也听说了,项羽此次派出的是一支由楼烦人组成的精骑,我军如之奈何?"

"咦?"闻言,张良齿缝间便像是有冷风向腹中而去。当年在韩国时,他读过关于楼烦人骑射的书,知其是匈奴人的附庸,却不料竟在项羽军中。他双手摩挲了一会儿,忽然眉头一皱,面露喜色,道,"大王可记得我军攻下高奴后,曾有一支骑兵阵前倒戈。其中有两名骑校尉,一名李必,一名骆甲。其虽秦人,但与匈奴人素有交往,必懂得骑战之术。大王何不任二人为校尉,出战楼烦骑兵?"

"子房好记性,你不说寡人倒忘了。记得当时将之编入灌婴所部,何不传来一问?"刘邦言罢,一转身对在门外值守的曹窋道,"速遣人去灌将军营中传李必、骆甲来见。"

大约半个时辰后,李必、骆甲出现在刘邦与张良面前。

"你等熟悉楼烦骑射么?"张良问。

"过去跟随蒙恬将军与匈奴作战,有所了解。"

张良又问:"何以破之?"

骆甲回道:"蒙将军当年遭遇楼烦、匈奴人精骑时,往往在所过之处多挖陷马坑,在陷马坑不远处部署弓弩手。楼烦骑兵驰骋急速,常常不慎落入坑内。"

"这就对了。"刘邦闻之大喜,对李必道,"如今楼烦之旅进犯荥阳,寡人有意拨付你二人五千人马前往迎击,如何?"

"这……"

见李必有些犹豫,刘邦问道:"有何难处不妨直言,寡人为你等排解。"

骆甲说出了担忧:"臣与李兄归顺大王以来,欲报恩典,肝脑涂地亦在所不惜。只是臣乃投降之人,只怕战时有逆令之举,难以收拾。"

"这个你二人无须所虑,寡人授你宝剑一柄,有先斩后奏之权,若有违令者,格杀勿论。"刘邦说这话时目光灿灿,李必看着心里发怵。

骆甲小李必数岁,接着刘邦的话道:"非是臣等不愿领受重任,实在是担心影响战局。臣倒有一言禀奏大王,臣二人现在灌将军麾下,灌将军多谋善断,全营将士拥戴非常。臣建议大王以灌将军统领全军,臣二人为校尉,如此则上下同心,共御强敌。"

刘邦将脸转向张良,张良立即回道:"臣以为二位所言有理,就以灌将军领军出战为宜。"

刘邦的脸色严肃起来:"李必、骆甲听令,寡人以灌婴为将军,你二人为校尉,即刻开赴荥阳御敌。"

"诺!"李必、骆甲同声回答,随后出帐去了。

出得帐来,两人互看对方,都为刚才精神的高度紧张而生愧。如今,面对刘邦的用人不疑,两人的心情无以言表。

"大王如此相待,我等若不效死力,天理不容!"李必说道。

骆甲回应道:"从今以后,我等当身先士卒,为大汉社稷不惜此命。"

两人都从彼此的目光中读出了从未有过的自信,却不料与从迎面走来的人撞了个满怀。只听"扑通"一声,来人跌倒在地。两人低头一看,天哪,这不是郦食其么?两人急忙上前,一人扶起郦食其,一人帮着拍打他肩上的尘土,口中一个劲地道歉。郦食其倒不计较,两人这才作揖告辞了。

看样子是要打仗了。郦食其看着两人的背影,转身进了大帐。他一见刘邦,大礼参拜道:"微臣向大王复命来了。"

刘邦忙命侍女奉上热茶,郦食其呷了一口道:"九江王愿归附大汉,联军抗楚了。"

张良投来欣喜的神采:"先生用了什么奇词妙语,竟然让九江王归附大汉?"

"并非在下巧舌如簧,乃汉王大誉之果。"接着,郦食其面向刘邦奏道,

"臣率二十名随从到了六安,通过九江王太宰打通关节,终于有机会见到了英布。未料英布却说,他以往以臣礼服事于项王,如今叛楚归汉,未免不便。微臣说,九江王既是以臣礼服事,为何项王伐齐,他却袖手旁观,此亦臣子所为乎?项王杀义帝,背盟约,尽失人心,虽自恃强盛,却难逃诸侯叛离,天下共伐之败局。"郦食其说到这里,情不自禁地站了起来,"臣观英布沉默不语,便知他已心动了。遂将汉王愿与诸侯盟约,能共击楚者,与之分关东之土。"

"结果如何呢?"刘邦的脖子伸向郦食其。

"微臣当着楚使者面说九江王已归汉,英布当即杀了楚使者,决计起兵。"

刘邦听到这里,禁不住击节道:"郦生有功于大汉也。只要英布在淮南牵制住项羽,则荥阳之战无忧矣!来人!拿酒来,寡人要赐酒。"

……

第一次以中大夫身份率军出兵荥阳,而且还是在彭城之战后,灌婴深知肩上的责任。一到荥阳,他就带领李必和骆甲等麾下去察看了地形。登上荥阳关头,南眺嵩山,嵯峨崔嵬,奔涌如浪;北顾黄河,九曲东去。近观俯视,广武山峰峦尖秀,峭拔丛错;西南沟深坡陡;北有枯河,汛期大水漫溢,旱期河床皲裂。如此复杂地形,难怪素来为兵家必争之地。

灌婴指着城北的枯河河滩对李必、骆甲道:"二位请看,这枯河河道北移,南半边河面虽然宽广,却是无水;近来少雨,更是干涸。东来敌军为加快行军,必自河谷经过。倘若……"灌婴的话还没有落音,李必和骆甲便明白了。

"将军是要在此处设伏?"

灌婴脸上掠过一丝自信道:"嗯!我军可在此处深挖鱼鳞状陷马坑,陷敌于陷阱,如此则敖仓无忧矣。"

"守敖仓者,乃太仆大人与刘、樊二位将军,定然无恙。"

"骆校尉所言,正是本将军所虑。"灌婴挥了挥手,转身下了关楼,对身边的从事中郎道,"立即快马去请太仆大人与刘肥将军来城内议军。"

从事中郎答应一声,转身疾行而去。

当晚,夏侯婴、灌婴与李必、骆甲、刘肥等在荥阳城相聚。这是刘肥第一次以少年营将军身份参与战前议军,他走进大堂,看见大家一个个肃然而立,心顿时就提了起来,及至刚刚在骆甲身边站定,就听见灌婴说话了。

"太仆大人,诸位将领,此役乃我军彭城受挫后的第一役,只能胜不能败。"灌婴手指地图,谈了对整个战役的思路——

第一段，在枯河河谷以陷马坑阻击敌军；第二段，若枯河河谷未能阻敌进军，即在荥阳城北与之大战；第三段，在距敖仓五里地处设伏，绝不能使敌取敖仓企图得逞。随后，灌婴把征询的目光投向夏侯婴，立即就从他眼里读出了赞许。

"将军部署严丝合缝，步步为营，乃制胜之策。"夏侯婴将手指定格在敖仓之南，"五里设伏有些太近，将军请看……"夏侯婴的手指向前移了移，"此处乃一片池沼，蒹葭丛生，浓密葱茏。我军若在此设伏，一定能收奇效。"

夏侯婴的话令刘肥眼前豁然，加之跟随岳恒良久，故而接着道："末将率少年营之一部在此阻击敌军。"

夏侯婴和灌婴暗地交换了一下眼色，都为刘肥的话感到欣喜。当初那个因为避战，受到吕雉鞭笞的刘肥终于可以自信地站在这里了。灌婴觉得少年营刚刚受到重创，兵力不够，将骆甲军之一部划给刘肥指挥。

议军结束，已是朗月初上柳梢之际，灌婴命军厨备了夜宵，然后送夏侯婴和刘肥返回敖仓。在城门口，灌婴握着夏侯婴的手道："公子肥年轻，还要大人多费心。"

"将军所嘱，下官定然记住。"夏侯婴这才上马，与刘肥出城去了。

月色溶溶，马蹄嘚嘚。刘肥追上夏侯婴问道："灌将军难道不信末将么？"

夏侯婴看了一眼身边的刘肥道："少将军不但是一军主将，更是大王公子。灌将军呵护之情，少将军须悉心体味，不可做旁虑左解。"

刘肥点了点头，但心中却暗下决心，非打好这一仗不可。

人急马快，敖山在望，夏侯婴想到虽在敖仓附近设伏，也应防敌军从侧旁偷袭，他还需提醒樊阮倍加注意……

在项羽南下之后，龙且奉命到了三齐之地，但为时已晚。田横趁项羽挥军南下之际迅速击败齐地各军，收复三齐之地。留守城阳的范增不失时机地建议暂缓讨齐，集中力量对付刘邦。

范增在任何时候都不失从容和老谋，他眯着眼睛对龙且道："依老夫观之，刘邦必不能久居下邑。据探马禀报，萧何源源不断地将关中粮草运往荥阳东北之敖仓，倘若将军挥兵西进占取敖仓，绝了刘邦粮道，天下即归楚矣！"

"亚父所言有理。"龙且从内心感佩范增深谋奇计，亦觉此时再与齐作战，非但徒劳无益，反而影响灭汉兴楚大业。只是项羽有命在先，他怕担违命之嫌。

"无妨！"范增摆了摆手，"将在外君命有所不受。若是大王追究下来，老夫担责。"

"就依亚父,下官明日就发兵西进。"

"将军须记住,定要以占据敖仓为要,不可旁骛。"范增又叮嘱了一番。

如今,范增的话还在耳边回响,龙且的大军已到了济水北岸。果然不出灌婴所料,楚军沿着枯河滩一路向西奔驰而来。

前锋是龙且最得力的校尉、楼烦人多隆,一向以彪悍善战闻名的他心中盘算的就是如何在战场上建功立业,为将来晋升积累战功。多隆还有一个密不告人的心思,就是希望项羽能给自己一个封国,好让楼烦人繁衍子孙。因此,当从事中郎梅尔建议他走大道时,他自信地笑了:"刘邦的残兵游勇逃都来不及,还顾得上什么埋伏?河川平坦,是去荥阳的近道,舍近求远,不是太蠢了吗?"

近一个月没有下雨,枯河的水显得细瘦清澈。故道更是茅草丛生,远远望去,一片没精打采的绿。多隆派出的探马走到茅草地边缘,见一切如常,回来后禀报。多隆看了一眼从事中郎,笑道:"怎么样?我就说刘邦早已惊破了胆。传令下去,迅速穿越河道,直插荥阳东北之敖山,与进攻敖仓的李益校尉会合。"

梅尔仍旧不放心,劝道:"据探马回报,河滩草丛蔫而不盛,间有黄叶。目下正是春夏之交,草长莺飞之时,草丛为何会枯蔫,莫非有人动过?"

多隆的话中带了责备的意思:"月余未雨,草木干枯,亦属常理,你何必大惊小怪。传令进兵,不得有误。"

轻骑们得了将令,一声呼啸向前奔去。刚刚进入草丛,倒还平坦,再往深处跑了半里路,但见一个个掉进覆盖着茅草的陷马坑。多隆见状,不禁大惊,欲喝令后面的轻骑止步。轻骑相继掉进坑内,互相挤压,发出"啾啾"的嘶鸣。多隆这才大声呼叫:"回马!快回马!"

然而,迟了。只听一声口哨,埋伏在深草区的汉军弓弩手射出数千支利箭,来不及回头的楚军纷纷落马。战马受了惊,在河滩上汒然奔跑。多隆好不容易才将散兵收拢在一起,却听到耳边又是一声口哨,哗啦啦地从深草去跃出一队骑兵,明晃晃的战刀在空中划出一道道亮光,为首的正是李必。他冲进楚军阵内,一连将数名楼烦轻骑砍下马来。多隆一看此人的刀法,就明白是一位精通骑战的高手,急忙拍马上前迎战。两人大战十数回合,多隆发现汉军已将掉进陷马坑的楚军俘获,顿时战心骤退,拨转马头朝东而去。

李必也不追赶,回头检索战果,发现楚军战死者近百人,俘虏有数十人。他传令收兵回营,向灌婴禀报了战况。灌婴听罢大喜,随即叮嘱李必不可松懈警惕。他了解龙且的性格,好强成性,必不会罢休。他吩咐下去,除骑兵继续在城外游弋外,步军也要严阵以待,务必将楚军挡在城外。

"所有轻骑,饱餐一顿。"灌婴说着来到地图前,指着东北方向,"你看这是广武镇,镇外有一古城堡名大师姑城。虽残垣断壁,然城内道路曲折,扑朔迷离,你等可在与楚军作战时,佯装败退,进入城内。我率领精兵两千,在城中埋伏,必给龙且以重创,断其攻取荥阳之念。"

"哼!要我放弃攻取荥阳,不过是灌婴老儿一厢情愿罢了。"在距荥阳城四十里地的楚军营寨,龙且对败归的校尉多隆道。他并没有过多指责多隆,这不仅因为枯河进兵的决策是自己定下的,更在于楼烦人有着落拓不羁的性格,惹恼了会出事。他现在考虑的是下一步如何进取荥阳,彻底断了刘邦与关中的联系。当晚,他传来军中校尉重新部署战局,除拨出两位校尉率精骑两千驰往敖山外,他要亲自率领麾下骑、步军向荥阳发起猛攻:"我就不信刚刚被大王冲击得七零八落的汉军能阻止楚军登上荥阳城头。"

第二天黎明,龙且留一名校尉据守营寨,亲率三千人马杀奔荥阳。西行约二十里,他就遭遇李必的阻击。龙且大喝一声"汉将送上头来",一杆方天画戟直刺李必咽喉。李必虽为校尉,可论起战力不在将军之下。两人在马上大战数十回合,李必渐渐喘气,给龙且留下力不能支的表象。眼见拖了将近一个时辰,李必卖了个破绽,拨马向大师姑城方向退去。见主将退却,麾下众人也纷纷退出厮杀,沿途有丢掉头盔的,有卸了甲胄的。龙且断定汉军欲逃进大师姑城做困兽抵抗,一边催马快进,一边严令麾下紧追不放:"有拿下汉军校尉首级者,赏金百斤。"

夏日的风将龙且的声音吹进楚军耳内。多隆有过中埋伏的教训,追上龙且沙哑着嗓子喊道:"将军,小心埋伏。"

"严令你部杀上前去。"龙且回头命令一句,两腿击打战马腹部,一个飞跃越过城堡的残门,却不见了汉军的踪影。龙且勒住马头,再次确定李必的逃跑方向,才策马继续前行。然而走到尽头,却是一条死胡同。他要想回头,却发现麾下拥挤在一起,遂大声吼道:"还不退出去,你等是要做汉军的箭靶么?"话刚落音,就听得耳边传来"嗖嗖"的箭鸣声,楚军骑兵纷纷落马。

龙且挥动方天画戟拨打箭雨,掉转马头沿着来路往回杀。可转来转去,大约过了半个时辰,却发现又转回来了。从四面八方传来的,是汉军和楚军厮杀的声音。龙且此时十分后悔没有听多隆的忠告,以致被汉军引入城堡。

天空忽然阴暗起来,顷刻之间暴风骤起,电闪雷鸣,不到半个时辰,倾盆大雨哗啦啦而下。暮色比往日来得早了,城堡里更加扑朔迷离。龙且心中暗祈上天保佑，为自己提供了突围之机。他穿破雨雾，披着电光，朝城堡外驰去。在城门口，他与多隆等几名校尉相遇并通报了战况，方知灌婴率部在各个暗处设了埋伏，楚军死的死，伤的伤，三千人马损失过半。

龙且只觉得眼睛发酸，说不清是雨水还是泪水，擦了一把额头道："回营，谨防汉军偷袭。"

楚军行出五里地，龙且回眸，一道闪电，大师姑城在电光下像一只黝黑的猛虎，他禁不住打了一个寒战……回到大营，龙且就接到从敖山方向传来的消息，说骑兵遭到了汉军的伏击，损失严重，一千多骑兵正在回撤中。龙且看罢，将绢帛摔在地上，仰天长叹："天不助我矣。"

接下来的日子，龙且又先后发动过数次攻击，可灌婴坚守的荥阳城岿然不动，倒是龙且徒然死伤了不少骑兵。

这一天，龙且正在帐中闷坐，从事中郎来报，说项王的使者到了，龙且忙出帐迎接。使者来不及坐定，就宣读了项羽的诏命，说九江王英布在六安起兵反叛，命龙且率军南下，围战英布。

龙且捧着诏命，似乎是在问使者，又似乎是对自己说："这是为什么？这究竟是为什么……"

站在身旁的众人面面相觑，没人能回答他的诘问。

刘邦一行，是在战后第六天从虞县移军荥阳的。

当晚，灌婴在城内设宴为刘邦接风。相比于当初攻下彭城，今晚的夜宴恰如美人洗去铅华，一切都是简单而庄严的。其中有一样大葱蘸酱，将生葱切成小段盛于盘中，佐麦饼而食，甚有滋味。刘邦与张良吃了，都觉得爽口。大战之后，君臣难得相聚，大家纷纷举酒向刘邦致意。

酒过三巡，刘邦特地给灌婴赐酒，灌婴一改往日豪饮时的粗犷，细细品味了这酒中的情感。刘邦接着又问道："李必、骆甲两位校尉战功甚伟，寡人要赐酒与他们。"灌婴忙命人传校尉进厅回话。

刘邦从侍女捧着的盘中举起酒觥，一一赐予李必和骆甲后道："此次荥阳之胜，赖中大夫运筹有度，更赖二位校尉英勇善战，寡人赐你等米酒一觥，以为犒赏。"

"谢大王。荥阳之胜皆大王神威所至，灌将军运筹有方。"二位校尉饮罢酒出厅去了。

刘邦不失时机地将话题转到战局上来："荥阳之战，只为小胜，诸位不可骄矜，且听子房为诸位解析战局。"

张良闻言十分欣慰,有道是"祸兮福之所倚",事情就是这样,若无彭城一败,刘邦绝不会如此清醒。他放下酒觥,目光轻轻掠过灌婴、周勃、樊哙、柴武、郦商、郦食其、陈平等人,才开始侃侃而谈:"依在下看来,英布在南攻伐,项羽无暇北顾,龙且挥军南下,西楚由此兵力薄弱。"

樊哙嚼着一块肉,口齿不清地说道:"既如此,我军何不趁机攻城略地,还犹豫什么?"

张良笑了笑道:"敌虽不能北顾,未必就有我军进兵天时。"

"这又是为何?"

樊哙话刚出口,就遭到身边周勃的阻止:"不要打岔,且听军师如何说。"

张良撩了撩衣袖继续道:"我军彭城一战,元气损伤,亦需恢复战力方能大举,此其一;其二,韩大将军与常山王奉命举五万之众北上击赵,我军尚无力分兵中原。故而,相持乃为必然之势。我军可借机休整、扩兵、演训,一俟有机会,即可兵进中原。"

刘邦频频颔首,以为张良所言清晰地道出了汉军今后的出路,遂接过话头道:"可项羽必不甘于两军对峙日久,因此荥阳必是交战中心,我军当以重兵守之,方能前拒劲敌,后顾关中。"

张良与刘邦这一番话犹如暗夜灯火,顿时点亮了众位臣僚的心。大家都觉得今夜这场酒宴若以汤沃雪,雪去而石清。尤其是樊哙,带着微醉走出大厅,向站在门口相送的张良竖起大拇指道:"还是你等书生厉害,什么事情经你一说,就亮堂多了。"

郦商拍着樊哙的肩膀道:"平日樊兄不总是瞧不起读书人吗,这一回倒服了?"

闻言,众人都笑了。刘邦许久没有看见大家如此开心地笑了,心便如春水淌过。回转身时,却见张良没有走,他挥了挥手,两人进了刘邦的宿处。

"子房有话要对寡人说?"

张良在刘邦对面坐下来,呷了一口茶道:"荥阳之战后,中原局势暂无大变,臣意大王不妨回关中看看。虽说三秦已定,毕竟离开数月,也该回去看看。"

"子房所言,正合我意。毕竟关中乃粮草之源,一刻也不能放松。寡人近日就回去看看,只是这里……"

"有臣在,大王尽可放心。"张良说完,换了一个话题,"还有一件事情,臣思之良久,还是觉得陈奏大王为妥。"

"哦?什么事子房不妨直言。"

"回到关中后,也请大王与丞相相商立嗣之事。臣观公子盈仁厚聪慧,故谏言大王虑之。"

"太仆也曾向寡人提过,只是战事频仍……"刘邦沉思片刻,"回去后寡人一定同丞相商议。军师与夫人相离太久,寡人命使者前往汉中,接夫人来中原与军师团聚。"

"臣感谢大王。只是荥阳战事时起,她来了反不安全。倒可以去书命犬子不疑加入少年营,也好历练历练。还有,雍齿那边也请大王多所抚慰,毕竟汉中鞭长莫及……"后面的话张良没有说,但刘邦已经明白他的意思了。

"好!此事就由寡人去办。"

张良起身告辞,刘邦的目光一直没有离开他匆匆的背影。

汉二年(公元前205年)六月,刘邦偕戚夫人带着刘盈、刘蕊回到了栎阳。

仅仅只有两个月,然而,走在栎阳的街道上,他却有一种恍若隔世的感觉。街道上商贾繁茂,百业有条不紊,巡逻的汉军军纪严明,都使他感慨萧何理政有方。

披着六月的阳光,君臣沿着渭河悠闲地散着步。陪同他散步的不只有萧何,还有陈平、吕臣。

萧何在任何时候都十分注意别人的感受,当刘邦称赞之词都给了自己的时候,他不失时机地说道:"关中之治,皆赖诸位同僚协力同心。吕将军麾下校尉邓龙、张虎,每每承担了运输粮草辎重重任,总是胜任愉快,此皆吕公教诲有方也。"

刘邦侧过身子看了吕臣一眼道:"丞相所言不虚,寡人深知吕将军为人。当初寡人兵微将寡之时,他决然离开彭城,足见胸怀矣。"

吕臣忙回道:"大王言重了,此为臣子本分。"

这样说着话,众人不知不觉已经走了五里行程。远远瞧见前面军旗招展,一顶顶帐篷向东绵延,从寨内传出训演的喊杀声。

萧何见状,拱手道:"这就是邓龙、张虎的军营,大王可是要去看看?"

"好!去看看。"刘邦说着,命曹窋驰马前往传达消息。

邓龙、张虎听闻汉王到了营前,整顿好方阵双双来到营前。刘邦一行已经到了寨门前,两位年轻校尉却不行跪拜礼,只是双手抱拳道:"微臣恭迎大王阅军,盔甲在身,依军律不行跪拜礼,请大王恕罪。"

刘邦觉得很新鲜,侧身看了看吕臣。

吕臣解释道:"大王有所不知,当初臣在陈王驾前时,陈王终日披甲戴胄,故定下规矩,将军甲胄在身,不行跪拜之礼。"

"好！寡人虽未见陈王，然此举利于战事。"刘邦回身对跟在身边的陈平道，"你替本王拟一道诏命，今后汉军将军披甲者见了本王，不必行跪拜礼。"

"诺。"陈平应了一声。

吕臣的心中就荡起一阵浪花，如此胸怀，岂能不得天下。正想着，刘邦的声音又在耳边响了起来："吕老侯爷近来可好，改天寡人登门看望他。"

吕臣的眼睛有些湿润了，扑通一声跪在刘邦面前道："臣代老父谢大王恩典。"

"吕老侯爷早年跟随本王，现今年迈，理当受到尊敬。"

趁着起身的当儿，吕臣拉过邓龙、张虎介绍道："他们一个是陈王身边将军邓说之子，其父为掩护陈王而火焚其身；一为都尉张贺之子。其父死于战阵。"

刘邦多所抚慰："你等父亲皆是当世英雄，愿你们以父为楷模，建功立业。"

接着，吕臣邀刘邦观看军演。

刘邦在萧何、吕臣和陈平的陪同下登上阅兵台，观看了邓龙、张虎的阵法演训，深为两位校尉治军有方而感喟。邓龙、张虎命军厨备了饭菜，刘邦一行午间就在军营用餐。

回城时，刘邦命萧何与自己坐在一辆车上。正是六月，麦收刚过，裸露的土地上，农夫们驱赶着牲口正在播种新一季的黍稷。牛儿的欢叫，刚刚出土的禾苗，这些织成绚烂悦目的图景，与当初离开关中时的满目疮痍形成鲜明的对照。刘邦兴之所至，由衷地脱口道："丞相功不可没。"

萧何打拱道："赖大王英明，臣留守关中后做了几件事。一是广播大王恩典，施惠百姓，安定人心；二是开放皇家园囿，供百姓耕种；三是让百姓推举有德行者任为'三老'，每乡一人，协助县令教化民众。"

刘邦频频点头："丞相此举非为关中一地，将来取了天下，寡人要推之州郡，以此治国。"

"大王深谋远虑，如此则天下安也。"车子转了一个弯，上了通往栎阳城的道路，萧何又告诉刘邦，他正考虑制定《汉律》，"治国无法则乱，守法而弗度则悖。臣近日即将法稿草成，送大王御览。"

这一切既在刘邦的意料之中，又有不少出乎预料："有丞相分忧，寡人便从容多了。"

萧何了解刘邦的性格，他让自己骖乘，绝不仅仅只说这些话的。果然，在栎阳东城门在望之际，刘邦将话题转到了正题上来："寡人此次回来，一则为了巡查关中,看望丞相;二则太仆、军师都向寡人提出立嗣,寡人想听听丞相的想法。"

萧何感于夏侯婴、张良与自己不谋而合。其实,从刘邦回到关中的第一天开始,他就有立嗣谏言的念头。只是近日刘邦一直忙于巡查,没有合适的机会。现在好了,刘邦主动将此议提到自己面前,他几乎不假思索地回道:"军师、太仆所言,亦正是臣想向大王谏言。夫人现在敌营,若是闻听大王立了公子盈,其心也稍安。"

这一层刘邦不是没有想到,却不似萧何那么细微。他不能不承认萧何说得有理,虽说身边现在有了一位戚夫人,可他没有理由冷落吕雉,便顺着萧何的话道:"寡人也是如此想。"

"大王圣明。军师和太仆都在中原,此事就交由臣来办。"萧何说话间,车子缓缓地进了东门,二人的说话暂时打住。刘邦看见,中官正陪着刘盈在街口迎接。

一连数日,刘邦除了打点日常政务外,都在忙于立嗣的事情。戚夫人除了每日督促刘盈姐弟攻书习文外,就是与自己腹中的婴儿说话。现在刘邦在一班臣僚谏言下启动了立嗣仪式,她不仅不能阻挡,还要承担本应由吕雉完成的事项。现在,她看着埋头默诵文章的刘盈,有一种说不出的感觉。她觉得他待在自己身边只能徒惹烦恼,于是说道:"你书也背了半日了,可以去阿姊那里玩耍一个时辰,等你父王回来,就进午膳。"

闻言,刘盈有了一种被释放的快慰,放下书简就朝外跑,却不料身后传来"哎哟"的声唤。他回头看去,就见戚夫人捂着腹部,眉毛郁蹙,似有千般痛苦。刘盈是个懂事的孩子,急忙转身朝回跑,就见几个侍女扶着戚夫人躺在了榻上。

刘盈小心翼翼地问道:"姨娘病了,孩儿这就向父王禀奏。"

"你不必担心,尽管去玩耍。"

戚夫人一句话未了,却看见刘邦从外面回来了,见此情景忙进了帐,着急地问道:"夫人怎么了?"

"忽觉腹部不适。"戚夫人摇摇头,看了一眼刘邦道。

刘邦立即朝外面喊道:"来人!速传御医进宫。"

不一刻,御医到了。这御医叫淳于念,祖父曾是扁鹊的入室弟子。

御医虽然年轻,却是医术精通。进宫后先向刘邦行了礼,然后坐在榻前诊脉。过了大约一刻时间,他睁开眼睛对刘邦道:"夫人脉象呈弦状,火热内盛,总是阴阳不调,臣开三剂汤药,服后当轻。"说到这里,御医转了话头,"可良药难医心病,还要夫人心境舒畅,方能奏效。"

刘邦点了点头,吩咐中官随御医前往抓药,又要左右退下。他坐在戚姬身边,托起那只纤纤细手道:"听见了么,你要心境舒畅方能体健。你现在怀着身子,怎可整日郁郁寡欢?"

戚夫人手抚日渐隆起的腹部,眼角却淌出晶莹的泪珠:"大王真不了解妾的心思么?妾千思万虑,皆在如意。"

"这个寡人当然明白。"

"大王不明白。"戚夫人先是饮泣,渐渐就出了声,"大王整日忙于诸事,倘若立了盈儿,如意出生后又该如何?"

原来戚姬的心思都在这里,刘邦心中便荡起暗暗的不悦,却不便发作。这时候,侍女已经将药煎好捧了上来。刘邦接过药盏和调羹,自己舀了药,用口吹吹,感觉不烫,才亲自喂给戚姬。戚姬喝完药,漱了口,重新躺下,刘邦这才说道:"夫人要听寡人的家事么?"

见戚姬点头,刘邦遂从早年生下刘肥,前妻产后身亡,后来吕雉一家搬到沛县,吕太公将吕雉许配自己;从夫妻间的相濡以沫到他沛县举事后吕雉又是如何理家教子,苦度时光。话末刘邦问道:"现今她又因寡人而被项羽拘禁,生死未卜。夫人不妨想想,这些事情放在你身上,又该怎样?"

"这……"

"吕雉早于夫人进入刘家,这个夫人是知道的。"刘邦抚着戚姬蓬松的长发道,"至于如意,将来不论男女,都是寡人的至亲,享王子和公主名分,你又担忧什么?"

刘邦的话句句在理,戚姬觉得再执拗下去反倒无趣,于是破涕为笑道:"妾也就是想想而已。"

刘邦看了一眼戚姬道:"不能想,多虑伤身……"

中官在外面禀奏,说萧丞相求见。刘邦转身出了内室。

萧何听见刘邦脚步声,忙转过身来禀报:"启禀大王,立嗣大典已安排就绪,大王还要检查么?"

"丞相办事一向周密详致,寡人没有不放心的。"

"好!明日乃六月初六,时交壬午,立嗣大典就在明日午时三刻。"萧何回道。

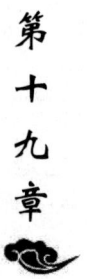

第十九章

萧何受命担大任
韩信将兵扫魏国

炎热的六月终于过去了,进入七月,栎阳的天气明显凉爽了许多。

立嗣大典完全改变了刘盈的生活,他再也不能自由地与姐姐刘蕊在一起嬉戏玩耍了。一大早起来,他就要在中人和宫女的陪同下到"育贤阁"听萧何讲书。这"育贤阁"本是当年秦孝公为太子嬴驷建的书馆,没有遭受兵燹。刘邦虽内心有不便言明的忌讳,但他架不住萧何的谏言,说在"育贤阁"读书,可察古知今,观始而思终。

刘邦想想也是。连他自己也奇怪,每每与萧何议政,总是被他说服。

辰时二刻,刚刚临位一个多月的王太子刘盈在中人和宫女的护卫和陪同下来到了"育贤阁",当他看到萧何已经俨然坐在书馆里时,就禁不住一颗小心脏突突直跳。

"殿下到了。"萧何依照君臣之礼迎接刘盈。

刘盈礼貌地还礼:"丞相早。"

两人坐下,萧何问道:"殿下昨日的功课可已温熟。"见刘盈点点头又说,"那就请殿下讲说一二。"

刘盈晃了晃小脑袋说道:"丞相昨日讲的是《大学》第一章。曰'大学之道,在明明德,在亲民,在止于至善'。我反复思忖,所谓明明德者,要在君光明正大。夫君德之旨在亲民,不亲民者,遑论明德?何谈至善?"

萧何对这番言论十分吃惊,接着问道:"殿下可否举例一二?"

"远者不征,秦可鉴矣。始皇一统天下,迄今无二,然不爱惜民力,税负严苛,终于使金瓯倾覆,江山破碎,我也饱受其害,想起与母亲逃难的日子,心里十分难过。"刘盈说着话,眼睛就湿润了。

萧何觉得刘盈不但弄懂了书中所讲,而且还说出了一番体会,足见他是用心了,便情不自禁投去赞许的目光:"殿下所言甚是,大汉兴国,务必爱民。微臣今日就为殿下讲解第二章。"说着展开竹简念道,"《康诰》曰:'克明德'。《太甲》曰:'顾諟天之明命'。《帝典》曰:'克明峻德'。皆自明也。《康诰》乃《尚书·周书》中之一篇;《太甲》亦乃《尚书·周书》中之一篇;《帝典》是《尚书》中的《尧典》《舜典》篇,其所言者,皆为商周王者之言。所谓'克明德',是说能够弘扬光明之德;所谓'顾諟天之明命',意思是说要时刻想着上天赋予的光明秉性……"

萧何的声音在"育贤阁"回旋,仿佛涓涓细流,一点点滋润了刘盈幼小的心灵。

讲完第二章,萧何又问刘盈的理解。刘盈沉思了片刻后道:"丞相!这第二章应是第一章的延伸吧!所谓'顾諟天之明命',在我看来,为君者当替天行道,方能克明峻德。若始皇帝早知道这一点,也不至于二世而亡了……"

萧何听得很专注,并没有发现刘邦此时正静静地站在门外。当中人要进堂知会时,刘邦制止了。他很满意萧何这种举一反三的方法,更欣慰于刘盈的敏悟。

萧何留出一部分时间给刘盈温课,自己则展开《秦律》继续研读。他准备在《秦律》的基础上制定一部《汉律》,为将来治国之用。萧何觉得商鞅的"禁奸本,尊爵必赏,有罪必罚,平权衡,正度量,调轻重,决裂阡陌,以静生民之业"等思想对治国十分重要,而李斯辅佐始皇"明法度,定律令"更是丞相之责。萧何举起笔时,无意中看见刘邦和陈平站在窗外,忙出来打拱道:"不知大王驾到,还请恕罪。"

刘邦看了看陈平,笑道:"寡人随便走走,丞相就不必拘礼了。"

萧何在前引路，君臣一行来到隔壁。萧何大略向刘邦陈奏了刘盈近来的情况，言语间不无夸赞之词。刘邦摆了摆手道："他是比较聪敏一些，但丞相不可谬夸。他年纪尚小，寡人担心助长了他的骄矜。"

"大王之言，微臣谨记。"萧何以为刘邦的思虑深远，遂转了话题，指着放在案几的竹简道，"近来臣一直在研判秦律，臣观秦律虽然严苛，然赏罚尚明，为何却未能如韩非所言，'法者，宪令著于官府，刑罚必于民心，赏存乎慎法，而罚加乎奸令者也。'臣思虑多日，不得要领，还请大王赐教。"

"在洛阳时，寡人与郦生也说起此事。记得孔子的学生有若当年认为十之税一，民犹存饥饿，秦法税赋甚苛，故而法虽臻完，却未必能为民拥戴。"

萧何闻言，心一下子敞亮了许多，接道："今年关中大旱，稼禾歉收，若以旧税征之，恐小民不堪重负。"

刘邦沉思片刻后道："近年关中父老为大汉破斧缺斨，尽忠竭命。若致其敝车羸马，寡人于心不安，于社稷亦无益。须知民为贵，社稷次之，君为轻。寡人觉得关中税赋今年以十五而税一，让百姓休养生息，不知二位以为如何？"

陈平听着，心中便起了浪花，忙道："大王英明。"

萧何更是心潮难平，正要说话，却让刘邦截住了话头："不止关中，天下安定后，此事要成为一项国策。这些事情，就交给丞相去办如何？"

萧何侧身打拱道："臣定不负使命，要在短期内让关中乃至汉军所辖之地富庶起来。"

刘邦起身准备离去，萧何又问："大王不去看看太子？"

刘邦摆了摆手："有丞相照料，寡人就不去看了，免得他分心。"

从"育贤阁"出来，陈平先扶刘邦上了车子，然后执起马鞭赶车。车子驶过街市，此时正是旺市时光，酒肆货店人声熙攘。刘邦便起了要到街市上看一看的念头，遂吩咐陈平将车子赶到背街处，对曹窋道："你回去换了百姓装束，再为寡人与陈大人带一件商贾与管家的衣裳来。"

曹窋便有些不解："大王要这干吗？"

"不必细问，照办就是。"

"诺。"曹窋懵懵懂懂答应一声，转身就要离去。刘邦又在身后叮嘱，侍卫只你一人即可。

看着曹窋匆匆离去的背影，刘邦望了一眼陈平，禁不住笑了。心想若是依旧做着亭长，还须费这般周折么？

上午巳时二刻，刘邦、陈平和曹窋已经换了全新的装束进了街市。但见一街两行的茶馆和酒肆里，坐着饮酒喝茶的人。陈平以管家身份问道："东家可要去吃一杯茶？"

刘邦摇摇头，继续朝前走，进了一道小巷，原是一处山货市场。大路两边，摆满了山果。刘邦上前，蹲在一卖板栗的老者面前，从篮子里抓起几颗板栗，和颜悦色地问道："请问老丈，这板栗产自何处？"

老者看了一眼刘邦，问道："先生为何问这？"

刘邦笑眯眯地说道："不瞒老丈，在下乃江淮商贾，欲从关中购些山货，去往南方售卖。"

闻言，老者的脸上就有了赧颜，道："听先生的口气要得多。小老儿年迈，采不了太多，也就是换些油盐钱。"

刘邦脸上就流露出遗憾："既是如此，在下也不勉强。你我随便说说，现今关中百姓生计如何？"

老者的心这才有些松弛："比两年前好多了。自从汉王进了关中后，爱惜民力，奖掖农桑，百姓无不拥戴。只是……"

"怎么了？"

"只是沿袭秦制，什一而税。加上乡、亭层层加税，到百姓这里最少四成了，有些重了。"

陈平"哦"了一声，问道："为何不告知官府？"

老者沉吟了半晌没有答话，心里却打鼓般上下翻腾。这两人问长道短，若是传进当地官员耳中，岂非自招其祸？他的身体不由得打了一个寒战，开始收拾板栗篮子。陈平见状，指着篮子问道："天色尚早，老丈这是为何？"

老者也不说话，转身提了篮子就走。

曹窋见状，一步上前扯着篮子，瞪眼道："我家主人好心问话，你不应答便罢了。反而要走，好生无礼。"那神色一下子惊坏了老丈，他浑身筛糠般地战抖不停。

"你干什么？"刘邦狠狠瞪了一眼曹窋，连连道歉。

陈平很快明白了刘邦的意思，从腰间拿出半串钱递给老者，笑殷殷地说道："我家主人方才尝了板栗，觉得甚是甘美，这钱您拿上，板栗归我家主人如何？我家主人不过是关心百姓，随便问问罢了，老丈若觉得不方便，我等便不问了，告辞……"

出了巷子，刘邦责备曹窋道："将心比，都一理。若是你父亲在乡间遭官家欺侮，恐怕早就刀砍上去了，怎么能如此对待百姓呢？今日念你初犯，且不计较，下不为例。"

之后，三人才朝骡马市走去。接下来，三人又连续查访了十数家店铺和摊贩,便觉得今天十分有收获。刘邦的心绪很好,不只听到了百姓的真话,更从他们的评价印证了当初选择萧何为丞相的正确。

回去后,戚夫人正在案几旁独坐做女红。她做得很仔细,也很投入,脸上浮现出难以掩藏的笑容。那是一个即将成为母亲的女人自心底流淌出的幸福,是一个新生命即将到来的关不住的愉悦。于是,内室飘来阵阵婉转的歌声——

> 凯风自南,吹彼棘心。棘心夭夭,母氏劬劳。
> 凯风自南,吹彼棘薪。母氏圣善,我无令人。
> 爰有寒泉,在浚之下。有子七人,母氏劳苦。
> 睍睆黄鸟,载好其音。有子七人,莫慰母心。
> ……

戚夫人停下飞针走线,抚摸着高高的腹部,痴呆呆地看着从窗外飘过的秋云,讷讷自语道:"儿啊,你可知道,从怀上你时起,娘就受累受苦,可娘心甘情愿。"在她的身旁,一件童衣已经做好,整整齐齐地叠在那里。这些本来该由下人去做的事情,戚姬都要亲自来做,她觉得自己是孩子的母亲,要用千针万线把自己的爱注进孩子的生命中。

这情景被刘邦尽收眼底,让他有不尽的感动。当初吕雉生刘盈时,也曾有过这样的场景,只不过那时候他在外奔忙,少有时间去体味一个女人是怎样享受腹中小儿幸福的。现在,他终于有时间了。

"夫人身怀有孕,不可太劳累了。"

戚姬抬头望了一眼刘邦道:"不累的,再有几针就完了。"

刘邦便坐在一旁,将街上所见所闻说给戚夫人听。未料戚夫人听完,长长地叹了一口气道:"大王圣明。妾在定陶时也常听百姓叫苦不绝,若能轻徭薄赋,百姓定感大王圣恩、百般拥戴,还愁天下不能归心么?"说话间,戚姬手中的针线已经走完,她轻轻喘了一口气,带着征询和祈愿问道,"大王可否在妾处用膳?今日是七月十五,依礼该是庆贺丰收,酬谢天地之社日。往年每逢这天,家父总是要舂好新米,酿美酒,宰牛羊,全庄上下上香祭祖,对月吹竽鼓笙,欢娱到深夜。如今家父已去,妾飘落异乡……"戚姬说着,眼睛就红了,晶莹的泪珠顺着腮边,将脸上的脂粉冲得一道一道的。她楚楚可怜的样子让刘邦心动,不禁暗暗埋怨自己心粗,竟没有想到这一层。

"好!寡人今日就陪夫人过一个秋社日。"刘邦伸出手,为戚姬擦去腮边的泪水,"寡人先与夫人用膳,待到月升之时便到月下祭祀祖宗天地。"这话刚说出口,刘邦心里豁然闪出一道亮光,转脸又对夫人说,"独乐乐不如众乐乐。既然是庆祝丰收,何不与栎阳百姓一起?来人!"

曹窋应声进来,刘邦吩咐道:"速去知会丞相,今夜寡人要与栎阳百姓共度社日,祭祀天地之神,让他命栎阳令速去准备。"

"诺!"曹窋转身离去。

见状,戚姬就有些抑郁了。刘邦趁着宫女上膳的空当,温言劝慰道:"自古王者与民同乐。寡人与夫人之乐,乃为家乐;与民之乐,乃为国乐。寡人爱民,民必爱之,孰轻孰重,夫人不难明白。"

戚姬默默地点了点头。有什么办法呢,自己跟了眼前这个号令千军的男人,就不能任由性子而来,她轻轻叹了一口气道:"妾遵命就是,可吃一顿饭总不为过吧?"

"那是自然。"刘邦宽和地笑了。

戚姬这才眉头展开,宫女们相互传递了一下颜色,端着食盘轻脚轻手地进来了……

晚霞渐渐散去,夜幕悄悄拉开,戌时二刻,月亮从渭河水面冉冉升起,将满轮清辉洒在栎阳城的大街小巷。在十字街口,栎阳令命卫戍的军士搭起了一座社稷坛,上面安放着社神之位。站在社稷坛朝四面望,但见沿街的店铺都用绢帛包了长长的谷穗儿插在门首,以向上天禀报丰收的喜讯。鼓乐和弦乐从各个巷闾朝街中心前进,城中百姓以二十五户为一社,来到社坛周围集中。

酉时二刻,萧何、戚姬、陈平和刘盈等在栎阳令的陪同下来到社坛前,踩着台阶登上祭坛。萧何听闻陈平曾主持过社日祭祀,便建议由他主持社祭。

时间已到酉时三刻,陈平宣布社日开始,刘邦、戚姬、刘盈、萧何等按照陈平的安排一一上前,向天地上了香火,行叩拜之礼。接着,台下鼓乐齐鸣,由栎阳令代表刘邦向社稷神献牺牲,祈祷来年五谷丰登。随着各项贡品到位,陈平展开绢帛,宣读祭词。

陈平将他的祭祀知识发挥得淋漓尽致,伴随着情感饱满,虔心至诚的宣读,那声音久久地在吏民的心头回荡,仿佛千亩稻谷,金浪翻卷;仿佛五谷飘香,醉人心扉。那种对土地的崇拜都化为福祉的憧憬,汇成此起彼伏的声浪,从百姓心头滚来——

圣帝明王,仁厚爱民。

明章之治,省刑减赋。

百姓安乐,德配天地。

　　刘邦没有想到,午间的一念之动竟收到了如此奇效。因为激动,他的面容倒有些矜持,他伸出颀长的胳臂揽过刘盈,声音有些发颤地对儿子道:"圣人无常心,以百姓之心为心。忧民之忧者,民亦忧其忧;乐民之乐者,民亦乐其乐。明白么?"

　　刘盈第一次参加如此盛大的祭祀典礼,对于父亲的感慨点了点头。

　　然而在刘邦看来,这都不是最要紧的,要紧的是他给儿子幼小的心灵做了治理江山的铺垫。他再转脸打量握着刘盈另一只手的戚姬,发现她的情绪完全被感染了。她对故乡社日的依稀挂怀完全被眼前的情景所取代,也理解了刘邦的良苦用心。

　　萧何在一边注视着刘邦的每一个细微变化。虽然关于社日与民共乐的动议仓促了些,但他从吏民的情绪中感受到了此举的价值。"民为邦本,本固邦宁",一定要将轻徭薄赋的国策提上日程,争取在刘邦返回荥阳前定下来。

　　陈平觉得今日主持祭祀与昔日不可同日而语,这是民心的见证。他的思绪还没有平复,刘邦的一个新举动来了,对陈平道:"爱卿将鼎中之酒盛给栎阳三老及亭长,也给寡人盛一份,我也要与民同饮,共祈福祉。"

　　"遵命。"

　　陈平转身吩咐参与祭祀的汉军吏卒将温热的酒酿一一分给三老和亭长们,最后一觥才给予了刘邦。

　　刘邦扬起脖颈,将觥中酒酿一饮而尽,然后将酒觥放回托盘,对着坛下的百姓高声说道:"得天下有道,得其民,斯得天下矣。其民有道,得其心,斯得民矣。寡人当与吏民共甘苦。至今日起,关中以十五税一为制,使民休养生息。"

　　月色如昼,栎阳城沉浸在不眠的狂欢中。

　　夜深人散之后,刘邦偕戚姬返回,当夜就歇息在彼处。

　　第二天一大早萧何就来谒见,一见面就道:"韩将军从前方来了上书,原以为大王尚在荥阳,未料信使到了荥阳,却从张良处得知大王回了关中。张良遣人以六百里快马送到栎阳来了。"

　　刘邦一边往外走,一边自语道:"如此说来,耽误了些时日。"两人相偕着来到前厅。

　　刘邦从萧何手中接过上书,匆忙打开,但见绢帛上写道——臣奉命北至魏,乃遣使者说魏王豹,未料豹轻慢无礼,非但不归顺,且道汉王骂詈诸侯、群臣如骂奴耳,拒不见面。臣拟发兵讨伐……

刘邦收起绢帛,脸色就阴沉了:"这个魏豹朝夕多变。彭城大战前,归顺汉营。寡人遇难时,他背信弃义,叛汉自立。现在反诬寡人轻慢,真是岂有此理?寡人欲令韩信发兵攻取平阳,丞相以为如何?"

萧何建议道:"大王可使灌婴、曹参北上,与大将军共击魏,一则以示惩戒,二则以儆诸侯。臣以为,为使韩大将军便于节制诸军,不如任他为右丞相。"

刘邦想了想道:"就依丞相。只是不知道,当下魏豹阶前掌管军务的大将是谁?"

"据韩大将军前时信中所言,其将名为柏直。"

听了这个名字,刘邦就笑了:"兵发彭城途中,他随寡人走中路,区区黄毛小儿,岂能与韩信较量?"

"不过,他还有一员骑将名冯敬。更有甚者,项羽还遣族侄项它做了魏豹的上柱国。"萧何又禀报道。

刘邦又是一笑,话语中就带了轻蔑:"这冯敬乃秦将冯无择之子,破他不难,灌婴麾下之李必、骆甲足矣;至于项它,曹参可取他项上人头。"

萧何以为刘邦所言甚是,他相信只要韩信掌兵,不单是魏,即便是赵、齐亦不过是盘中菜耳。

"就请丞相拟诏命,以韩信为右丞相,节制灌婴、曹参进军平阳,务擒魏豹。"刘邦想了想,咨询道,"可否命吕臣做韩信的长史?"

萧何一听,忙附议道:"大王明鉴。吕臣明于大局,必能与大将军协力同心,共破魏军。"

"光阴荏苒,转眼寡人回栎阳已近两月了。"刘邦换了话题,"项羽在东虎视眈眈,诸侯人心浮动,寡人决计八月初就回荥阳。既然盈儿已被立为太子,就当早日阅人历事,熟悉国政。寡人意欲将他留在关中,由丞相早晚教诲,将来也好承继大业。"

事实上,这一段时间萧何一直在为刘盈讲书,虽然他觉得太子颖悟聪慧,却不曾想让他离亲独处。因此,对刘邦的托付感到突兀:"这……"

"丞相之意寡人明白,然而诚如管仲所言,十年之计,莫如树木;百年之计,莫如树人。若不从小施以严教,恐怕将来难当大任。此间深意,丞相自是明白。"刘邦接下来的话就带了乡友的语气,"盈儿降生时,你我尚在沛县。依辈分论,他该称你为伯父。寡人视丞相为至亲,请丞相视吾子若兄子,勿负寡人之请。"

萧何闻言，眼圈就带了潮红，双手打拱道："大王托付重任，臣敢不从命？臣定当肝脑涂地，在所不辞。"

"所谓一日为师，终身为父。寡人且代小儿谢过丞相。"说着，刘邦起身就要下拜。

萧何死死拦住："大王如此，真是折杀微臣了。"

刘邦拉着萧何的手道："有丞相这句话，寡人就放心了。"

……

八月初，刘邦带着戚夫人和刘蕊准备返回荥阳。临行前，他来到"育贤阁"，先是听刘盈禀报了这一段读书情况。午间，就留在书馆与刘盈共进午餐。饭后，他特意带刘盈到隔壁萧何憩息处，吩咐道："你先拜丞相，寡人有话说。"

刘盈有些不解，自己经常与丞相在一起，为何父王今日如此严肃呢？他又不敢多问，只有认真地向丞相行了叩拜之礼。

萧何十分感动，忙上前扶起刘盈。就在此时，刘邦向儿子宣布了他将留在栎阳的消息："你留下来后将由丞相辅佐，你可明白？"

闻言，刘盈愣住了，父王是什么时候做出这个决定的？为什么要留下他？这一切他事先一无所知，他的脑际一片空白。张乙的死，母亲的离散，姐弟相偕的颠沛，现在又要孤身一人留在栎阳，他顿时陷入巨大的恐惧中。刘盈在呆愣了片刻之后，忽然放声大哭："孩儿不留在栎阳，孩儿要跟着父王。"

萧何在一旁劝道："太子不要害怕，有微臣在，太子可以安心读书。"

"我不读书，我就要跟着父王。"刘盈断断续续地哭泣，这样的情绪持续了大约一刻，见刘邦不为之所动，刘盈擦了擦眼泪，唏嘘着问，"父王是不是不要孩儿了？"

"胡说！你乃寡人骨肉，怎能丢弃？"刘邦不悦地呵斥。

"若非夏侯伯伯，父王岂不丢弃了孩儿？"

"你！"一句话噎得刘邦半日回不过神来。

然而，刘盈接下来的话更是直戳刘邦心底："父王是因为有了姨娘，才不要孩儿的。"

刘邦没有想到刘盈此时会说出这番话来，被压抑的离别之痛顿然转为一股怒火，上前就给了他一耳光："混账！谁让你如此与寡人说话？"

"大王息怒。"萧何没有想到刘邦会出手打太子，急忙将刘盈护在自己身后，"都是微臣失责，请大王念在太子年幼，且饶恕他。"

劝完刘邦,他转过身又劝刘盈:"太子可记得在沛县时,微臣常去刘家庄与大王夜谈的情景么。在微臣身边,与在你父王身边无异。太子现在读书,将来还要承继大汉基业。《易》曰:'天行健,君子以自强不息。'太子正当少年立志之时,若是贪恋父子之情,岂能自强?请太子三思。"

萧何说到这里,暗暗向刘邦使了个眼色。刘邦知会,悄然退下。萧何命人给刘盈呈上一杯热茶,喝了热茶,太子的情绪渐渐平复,开始思忖丞相话里的道理。是啊!那天群臣跪倒在自己与父王面前,不就是因为自己是太子?如今,自己哭哭闹闹,传将出去,岂不被人笑话。可他还是不能面对孤独的现实,于是他向坐在一边的萧何提出了一个请求:"请丞相禀奏父王,可不可以让阿姊留下来与我为伴?"

"这……"萧何稍事沉吟,便爽快地答应了刘盈的请求。姐弟相伴,本为常理,何况公主也需要知书达理呢!

刘盈的情绪这才平静下来,止住了抽泣,又将一个问题提到了萧何面前:"我十分思念母亲,丞相能不能恳请父王找回母亲呢?昨夜我梦见母亲与祖父回来了。"

萧何的心就被刘盈的话揪得殷殷直疼,莫非真如孟子所言,天将降大任于斯人,必要让其经历苦难方可?他小小年纪就离开了母亲,然而,战事无常,他也不知道被拘禁在项羽军中的吕雉什么时候才能回到刘邦身边。但他也不忍伤害一个孩子的情感,尽力让笑意布满两颊:"好!微臣一定禀明大王,设法早日让你母亲回来。"

"谢丞相。"刘盈这才转身出门玩去了。

"唉,真是个孩子!"萧何望着刘盈的背影感喟道……

送走韩信的使者,魏豹虽然表面上顾盼自得,可心里却七上八下,这种情绪很快透过迷茫的眼神传到项它的眼里。项它是在彭城之战中,魏豹复归楚营后才来到平阳的。他从心底瞧不起魏豹,因为他首鼠两端,临阵多变。然而范增临行前反复叮嘱他务必安抚住魏豹,不让其再叛楚归汉。此刻,他看着心神不定的魏豹问道:"大王对刚才喝退汉军使者,心里是不是有些忐忑?"

突如其来的问话使魏豹立即陷入尴尬,但他出口的话却是:"刘季乃赌徒耳,寡人岂能怕他?"

"好!大王背后是皇皇大楚,彭城一战,叔王以三万精骑破五十六万大军,岂能惧怕刘邦这强弩之末?"项它心里笑他死要面子。

魏豹正是在彭城之战时阵前倒戈,率领柏直和冯敬连夜撤回平阳的。不知项它此时提起旧事是在讽刺他还是在鼓励他,只好含糊其词道:"寡人一向倚重项王,自然心安神定。寡人听说汉将韩信、曹参和灌婴等人来袭,不知柱国可有破敌之策?"

　　"大王请看!"项它来到地图面前,指着蒲坂县道,"此地之蒲津乃秦晋要道,我军只要遣得力将军死守蒲津,既可以防止汉军渡河东来,又可以拒敌步军于蒲关。如此,则大魏无恙矣。"

　　魏豹闻言,连连点头:"就以柱国统领柏直、冯敬之军,前往蒲坂拒敌如何?"

　　项它正值盛年,日夜憧憬着自己能像叔王那样驰骋疆场。此次受命援魏,他就抱定了这个想法。听了魏豹的话,他顿时器宇轩昂道:"韩信昔日不过是叔王帐前中郎,无名小卒,竟敢大言不惭进击魏国,是活得不耐烦了?"

　　这话一出口,魏豹就有些担心:"寡人听说,刘邦在汉中设坛拜韩信为大将军,想必其绝非庸碌之辈。"

　　项它仰天大笑道:"臣正笑汉营无人,以韩信充将军呢!大王不必忧虑,且看臣如何破他。"

　　"柱国果然韬略在胸,寡人就在平阳等候佳音。"

　　魏豹话虽说得热情,但项它告辞后,他还是传来柏直,叮嘱其紧随项它大军之后,在蒲坂到盐池之间驻军,一旦事急,即发兵驰援。柏直自小跟随父亲习武,略通兵法。未料听了魏豹的命令后,与项它一样以为韩信不堪一击:"大王放心,臣一定察形观势,不负王命。"

　　柏直喜穿银甲,衬白战袍。离开魏王宫时,肩头披着八月的秋阳,愈益显得青春勃发。

　　第二天,在项它和柏直率军离开平阳后,魏豹仍然卧不安席,食不甘味,心摇摇如悬旌,而无所终薄。于是他又传来骑将冯敬,要他将骑兵部署在安邑以北,谨防汉军袭击平阳。

　　冯敬觉得魏豹此举不失为控弦之策,一旦有事,进退从容。临别时,魏豹轻抚冯敬的肩头道:"扪心自思,寡人真不该轻慢汉使。将军此行,关乎大魏之存亡,万望勿负寡人重托。"

　　是的,身为国君,不该失态谩骂来使,且不说激起兵戈,传将出去也是贻笑天下。但冯敬只能好言安慰,他向魏豹施了一礼道:"事已至此,大王也不必耿耿于怀。兵来将挡,水来土掩,只要我军勠力同心,汉军能奈我何?"

　　魏军于蒲坂拒汉军的消息,很快就通过细作传到汉营。韩信看着探马带回的情报,就笑魏豹太天真了,竟然只想到汉军必从蒲坂经过。在临晋大营中,韩信对前天才从荥阳赶来的曹参和灌婴说道:"破敌灭魏即在眼前。"

他的自信并没感染曹参,虽说刘邦在汉中拜了韩信为大将军,可还定三秦之战中他并未显山露水,凭什么他就一定能够生擒魏豹,扫灭魏国呢?曹参只是迷离着双眼笑着,看不出是反对还是赞同。不过,朝廷已任韩信为右丞相,刘邦、萧何之后就是他,故而也不能表现出任何轻视。

倒是灌婴的神色中有几分安静和谦恭,他"咳嗽"了两声后说话了:"我等刚到此地,人地两生,还请右相明示。"

韩信扬了扬手道:"我自关中而来,故而魏王以为必从蒲坂入魏。我军正好将计就计,来个虚西实北,我率部在蒲坂津口排列船只,做出必欲此渡河之势,吸引魏军注意;二位将军可率部从夏阳渡河南下,奇袭安邑至蒲坂之间敌之轻骑。如此,则胜券在握了!"

曹参有些疑虑,问道:"右相将船只集中在津口,夏阳如何渡河?"

韩信笑着说道:"这不难,夏阳百姓有木瓮过河的习惯。我已命夏阳的校尉挨家筹措木瓮,以备渡河之用,将军只管出兵就是。"

刚刚到任的大将军长史吕臣连连称道:"此乃攻魏妙计,下官回营后立即命邓龙、张虎筹人准备船只,做出佯攻之势。"

曹参看了一眼夏侯婴,见他没有疑问,遂告辞出来,路上问道:"太仆为何如此相信韩信?"

夏侯婴回看了一眼韩信的大帐道:"当初韩信逃营,是我救下的;而萧丞相当初月下追赶他,正因为他韬略过人。既受他节制,自不该节外生枝。"

曹参捶了一拳夏侯婴道:"就你和事佬。"

"人和者,天时地利之基也。"夏侯婴了解曹参,不管他内心如何想,在大事上是从来不糊涂的。

连日来,韩信督促麾下在临晋城东沿河一带排列起大小上百条船,每日都做着摆渡的演训。喊杀声、号子声搅得河水翻波卷浪,汹涌澎湃地向南而去。河对面魏军看在眼里,惊在心里,不断把消息传给平阳。项它严令属下严阵以待,不但如此,各路校尉按照部署在河岸开挖壕沟,修筑寨门,做出固守的架势。

为了给敌人以必欲从蒲坂入魏的印象,这一天,韩信披甲戴胄,在吕臣陪同下登上战船,朝着河东划去。甲板上,旌旗飘扬,兵卒林立。韩信手按宝剑,迎风而立。河风吹起他猩红色的斗篷,发出呼啦啦的声响。他目光炯炯,直视河东。这风姿,让身旁的吕臣想起了张楚大将军吴广。汉王这次任命自己为大将军长史,他自感责任重大。他暗中令邓龙部署了数条战船,在韩信驶往河心不久,即悄悄跟在后面。

眼看到了河中心,湍急的浪花和漩涡使得战船剧烈摇晃。邓龙担心韩信经受不住颠簸,上前禀报道:"风急浪大,大将军可否回去?"

韩信的头也的确有些晕,但他知道,此刻自己每一个举动都会牵动士卒的情绪。他摇了摇头,决然地说道:"划过河中心,贴近前沿。我倒要看看项它是何人,敢与我军对阵。"

吕臣被韩信镇定自若的情绪深深感染了,对邓龙下令道:"遵大将军命,破浪前行。"

于是水手一起用力,船随即冲过了河中心。对面放哨的士卒见汉军一只战船驶来,又看见甲板上站着一位银甲银盔,缀红缨的将军,急忙禀报给守河的校尉。校尉不敢怠慢,忙禀报正在大营中饮酒的项它。

"你可看清楚站在前面的将军模样?"

"隔水,又有雾,看不太清楚,只看见银甲银盔……"

项它放下酒觚,披挂整齐,急忙来到河岸的瞭望台。当他看到韩信的战船过了河心时,禁不住就张开了口:"弓弩手准备。"

就在这时,校尉手指河心道:"柱国请看。"原来跟在后面的数条战船上,弓弩手早已严阵以待。此时,韩信的战船拨转船头朝回划了,那种镇定和从容让项它愣了许久。

吕臣正感喟间,却听见从韩信口中哼出了一阵歌声——

鲲鹏扶摇兮九万里
唯展翅而搏云
猛士之志在四方兮
唯天下以为任
……

回到大帐,吕臣终于情不自禁地说道:"大将军真乃英雄,项它没有胆量与大将军对阵。"

韩信却说出了自己的真正心思:"其实我也担心魏军弓弩手,之所以要冒险过河,一是要看看想项它的胆量;二是要告诉他,汉军必从此地过河击魏,使其不敢旁骛。"

吕臣点了点头:"下官明白,想来曹将军他们已从夏阳渡河了吧!"

不错,曹参和灌婴的大军此刻正在夏阳城外集结,准备木罂渡河。

曹参和灌婴一到夏阳就走访当地船工,了解木罂渡河的可能性。所谓木罂,当然不同于水罂。功用与渡船一般无二,只不过渡船体大,士卒无须屈身,而木罂体小,人受到束缚罢了。

曹参向来做事细心周到,对木罂可否渡河还是有些担心。于是,他派出两伍分乘木罂,先试着过河,顺带侦察敌情。眼看着木罂一点点朝河心划去,渐渐地变远变小,直至目光看不到,他的心也跟着士卒们去了。整整一个时辰,他都在一座土台上来回踱步,时不时抬眼望着河心,直至那黑点再度进入视线,而且越来越清晰,他的一颗心才放了下来。

当木罂终于靠岸后,曹参迫不及待地跑向河岸。两位伍长面无倦色,向曹参齐刷刷行礼后说道:"禀将军,卑职回来了。"

"感觉如何?"

"禀将军,木罂虽然曲卡一些,然则此处水面平稳,我军乘之过河,却无大碍。"

"夜间可否过河?"

两位伍长相互看了看,接着道:"只要是月色朦胧,过河仍然不失为奇袭之计。"

接着,曹参又询问河对岸布防情况。

"卑职扮作皮货商人到了河对岸的镇子,发现货易正常,魏军士卒在酒肆里喝酒,有一屯长喝得酩酊大醉,在大骂店家。"

另一位伍长补充道:"卑职二人沿街走了一趟,没有发现多少巡查的军伍,可见敌军纪律松散。"

"如此甚好。"曹参转身上马,向夏侯婴的军营而去。一见面,就喜滋滋地向他道明了过河侦察的情况。

两人进了大帐,灌婴告诉曹参这两天他也遣人探查了魏军的骑兵情况,得知魏军骑兵部署在安邑以北,大军过河后可以避开魏军骑兵,直奔平阳。

曹参疑惑道:"步军过河可乘木罂,马匹如何过河?"

"这个你不必担心。我已从夏阳富户庄主手中筹集到数十条大船,从河水最窄处渡河。虽然水急浪湍,但只要艄公尽心,应该平安无事。"说完,灌婴命侍卫搬来鼎锅煮酒,要为即将到来的渡河祝祷。

"战前饮酒,诚恐误事。"曹参拦住他,起身要回自己营寨。

灌婴送至营寨外,双手抱拳道:"待扫灭魏贼,你我一醉方休。"

"少不了叨扰你这个车夫。"曹参已经上马飞奔而去,挥手留下一串爽朗的笑声。

三天后的戌时二刻,汉军步军和骑兵在五里长的河水西岸段开始渡河。当夜,云色黑厚,月色朦胧,近千只木瓮和数十条大船分别载着士卒和马匹,从两处渡口向对岸驶去……

守卫在河东的是项它的副将马忠。近日,他有种被冷落的憋屈。那天,当大军向蒲坂进发的时候,他曾向项它提出要率部作为前锋,与汉军正面交战。可就因为在彭城大战中他劝魏王临阵倒戈而被项它心疑,一道军令,他就到了皮氏津口。项它的理由是,尽管汉军重兵进攻蒲坂,但也要谨防汉军从皮氏渡河:"韩信曾在项王身边任中郎,屡次进谏遭到项王申斥。然则,其策项王每纳之,屡有奇效,故而不可大意。"

"末将遵命!"

马忠面对堂而皇之的理由,无法不从命,可暗地里满腹怨言。来到津口后,他终日以酒消愁,酩酊大醉。从事中郎每有军情禀报,总见他卧榻而睡,鼾声大作。

按理说,这是九月的上半月,正是月色如昼的时光。然而黄昏时,在吕梁山顶徘徊了一整天的乌云,忽然借风向津口天空铺开,到酉时二刻已是月色朦胧了。从事中郎抬头看了看天,忙来向马忠禀报:"将军,今夜月色朦胧,我军须加强防守,卑职担心汉军乘夜偷袭。"

"你又说昏话吧?汉军都在蒲坂,此处何来汉军?"

"卑职以为还是小心为好!"

"你的建议没错。"马忠睁开蒙眬醉眼道,"你辛苦一点,率一屯兵在津口瞭望,一有敌情即报。"

从事中郎来到瞭望台巡查,士卒禀报说一切如常,他的心就渐渐地落了地。想想也是,如此朦胧之夜,在水急流湍的河水中强渡,就不怕人马成了河中鱼鳖的美餐么?尽管如此,他还是叮嘱值守的屯长一有异动,立即禀报。回到大营,就听见从大帐内传来马忠如雷的鼾声。从事中郎叹了一口气,进了自己偏帐。这一睡,就过去了一个时辰。忽然,他听见耳边有呼唤声,一个激灵睁开眼睛,就听见屯长禀报道:"大人,汉军正在渡河!"

"弓弩手干什么去了,为什么不发箭?"

"天色朦胧,待到发现时,他们已登岸。"

从事中郎怒骂一声"蠢材",转身就奔了大帐。他见马忠仍然酣睡,大声呼道:"将军不好了,将军不好了。"

马忠睁开惺忪的睡眼,责备道:"何事如此惊慌?"

"汉军登岸了！"

"什么？"马忠一骨碌从榻上起来，冲了出去。

魏军守河的军伍刚刚冲出营寨，就遭遇了曹参大军，双方很快厮杀在一起。天色昏暗，分不清敌我，双方混战了两个时辰，东方渐渐露出晨曦，这才看见遍地都是尸体。受到两面夹攻的马忠已是筋疲力尽，决计放弃河防营寨，向平阳撤退。

曹参正准备追击，却看见灌婴率领骑兵赶来。两人相互看了看，曹参感叹道："这个韩信，还真会用兵。"

"将军这一回信服了？"灌婴笑着问。

曹参脸上有些发热，口里却道："我从来就没有不服啊！"

"你呀！"灌婴指着曹参的鼻子哈哈大笑。

说到追击，灌婴建议道："步军不妨留在此处，我率骑兵追击马忠，到平阳再会师。"

"好！"曹参看着灌婴上马，呼啦啦地向东北方而去……

汉军从夏阳渡河的消息，几乎同时传到韩信和项它处。在蒲坂一带严阵以待的项它这才明白上了韩信的当。他匆匆来到地图前，用最快的速度扫视了一下从皮氏到平阳间的距离，心里忽的一沉，自语道："不好，平阳危矣。"他当下召集柱国长史和几名校尉，决计由长史继续留守，自己亲率大军驰援平阳。

"平阳一失，魏国便亡了！"项它的目光扫过每一个人的额头，不无自责道，"都是我失算了。只要我大军迅速赶到平阳，即可对汉军形成合围，如此，平阳还可救。"

"遵命。"在场的每个人都感到风暴即将到来。

看着校尉们离开大帐，项它还是不能放心，对长史道："请足下快马知会冯敬将军，骑兵速向平阳方向行进。命柏直将军的步军移兵安邑据守，一定要把韩信的大军阻止在安邑。"

"哈哈！如果我没有错料，项它小儿这会正要撤出津口呢！"临晋汉军军营里，韩信自信地对吕臣道，"这一回我军不再佯攻，今日午后，千帆齐发，渡河击敌。"

吕臣应道："此时魏军上下人心惶惶，有走心，无守心，正是渡河良机，下官这就去传令。"

当日午后，汉军近千条船同时朝着河东袭来。项它一离开，魏军长史顿失方寸，仓促迎战，三个时辰后，汉军占领蒲坂，魏军长史率数十名侍卫逃往安邑。汉军在蒲坂打开魏军粮仓,稍事休整即兵进安邑。

韩信一到安邑城外,就与吕臣一起查看地形。他们登上中条山近峰,发现安邑城正处在山脚下。站在山坡密林处,他们隐约就可以看见城中来回巡逻的军伍,百姓在军人的督促下向城头搬运滚木礌石。显然,柏直是准备据守。

良久,韩信收回目光对吕臣道:"安邑必取,否则我军在此盘桓太久,恐致灭魏难以奏效。"他又望了望城中,发现在西门正有一队车子往城内运石头,顿时眉头展开,"有了,若是我军有两什人马扮成百姓混进城中,到了夜间制造恐慌。城中吏民猝不及防,必然自乱。我军趁机攻城,安邑可取矣!"

吕臣皱了皱眉头道:"此计不失为一条妙计,只是不知柏直会相信吗?"

韩信笑了笑道:"兵不厌诈,柏直黄毛小儿,未经战阵,在混乱中不由得他不信。"

在一旁的邓龙立即上前请命道:"末将愿率两什人马进城诳敌。"

韩信高兴道:"邓校尉若能进城诳敌,再好不过。灭了魏国,本官奏请汉王,擢升你为将军。"

当晚黄昏时分,邓龙等二十人换了百姓装束,将车子装满石头,兵器都藏在石头下面。他们躲在距西门不远的道旁,瞧见运石车队过来,便悄悄跟在后面,却不意被押车的魏军伍长瞧见,上前盘问道:"你等怎么如此面生?"

邓龙上前回话道:"军爷不知,我等因同伴受了脚伤,故而落在了队伍后面。"

魏军伍长正在狐疑间,邓龙从腰间拔出匕首从伍长后心刺去。身边的汉军士卒扑上前去,用双手捂住他的口。魏军伍长没吭一声,就做了刀下之鬼,他的手下也纷纷被毙。邓龙和另外几人在旁边的林子里快速换上魏军的戎衣,押解着车子来到城门口。在这里值岗的是魏军的一位军侯,见有人押着车,便上前问道:"你等为何落在后面?"

"禀将军,方才拉车的百姓脚崴了,故而延宕,卑职已经斥责了。"邓龙回过话,又回头骂道,"再敢延宕,定斩不饶。"

军侯挥了挥手,邓龙忙向身后的五辆车子呵斥道:"还不快走!"

大家会意,急忙朝城内走去。

夜色渐浓,军侯已命关闭城门。邓龙指了指旁边的小巷对属下道:"将车推进小巷,等待时机。"

汉军渡河逼退马忠的消息传到安邑北,柏直的心一下子就悬到了半空。正在这时,他接到项它的命令,急忙率军撤进安邑城据守。他虽自幼熟读兵书,却很少阵前指挥。彭城之战中,他还没有来得及战场试刀,刘邦便已大败,魏豹倒戈,率领魏军回了平阳。一进驻安邑,他就下令多备滚木礌石,据城坚守,等待援军。

一整天,柏直都在巡查守城情况,直到暮色降临才回到大帐。一进大帐,他便问跟进来的从事中郎道:"城中可有异动?"

从事中郎禀报道:"一切如常,未见可疑之人。"

柏直这才放下心来,草草用了晚饭,打了一个哈欠道:"我今日累了,就和衣歇息片刻,有情况立即禀报。"

"遵命。"从事中郎应了一声,转身出了大帐。

巡查的卒伍换了一茬,第二批巡逻的卒伍刚刚上岗,就听见夜色中传出阵阵惊呼:"汉军打进来了!汉军打进来了!"

带队的什长带领卒伍奔上街头,看到百姓在街头乱作一团,朝西门口涌去,哭喊连天。他本想出面稳定人心,可声音淹没在哭喊声中,便对身边士卒道:"你等且安抚百姓,我去禀报将军。"转身就来到偏僻处,手起刀落,杀了一位逃难的百姓,换下自己的戎衣,又跑进百姓群中。

从事中郎从梦中唤醒柏直,他一听汉军进城的消息顿时蒙了。这怎么可能呢?这些日子不是一再严令不轻易开门么?难道汉军插翅飞进安邑的?然而情况紧急,不容多想。他上了从事中郎牵来的战马,手持长枪就向外冲去。

"跟上将军!"从事中郎对着身后的侍卫喊道。

一行人马冲上街头,却被逃难的百姓挡住,施展不开手脚。柏直怒吼一声"拦道者斩",但见侍卫们挥动兵器,砍倒一片百姓,其他人纷纷闪开。柏直踩着尸骨冲到东门,却并未发现汉军。柏直思忖片刻,惊呼一声"中计",转身又朝西门奔去。

这时,邓龙已率领汉军杀了西门的城门司直,点燃放在城头的柴火。等到柏直冲到西门,正遇见杀进城来的张虎。两人在马上大战数十回合,有人在身后喊道:"柏将军小心,身后有人。"

柏直一惊,回头看去,却不料邓龙一刀砍来,身体立时一分为二,倒下马去。

楚军主将一死,守城的校尉们顿时人心离散,有的干脆就投降了。到东方欲晓,晨曦初露时,安邑城已在汉军手中了。

邓龙笑着对张虎说道:"收拾收拾战场,迎接大将军与长史进城。"

……

第二十章

韩重言奇计布兵
九江王途穷归汉

汉军攻进平阳城时,魏豹正准备从南门出逃。不料未及离宫,就被灌婴的骑兵团团围住。

"项它不是言之凿凿,必阻汉军于蒲津么,如今哪里去了?"站在宫墙上,望着旌旗林立的精骑,魏豹脸色煞白。他并不知道,项它的大军被曹参所部死死拖在平阳城外。

眼看着九月将尽,平阳城破已是迟早的事情,项它建功立业的梦想被残酷的现实击碎。楚军个个可以为项王舍身赴死,而魏军上阵后首先想到的是保命,如此乌合之众,岂能成就大事?如此国力,魏豹又为何忽而叛楚,忽而叛汉,企图在夹缝中自立,这岂非痴心妄想?韩信从蒲津渡河后,如潮水般杀来。他腹背受敌,平阳失陷已定局,情势如此,非一人可救。十月后半月一个天色阴沉的夜晚,项它放弃柱国之职,率领当初的四千人马突围南下,回楚国去了。

魏豹不知道,柏直在据守安邑的战事中已经身首异处,以身殉国了。被重重围困的他,依旧希望能听到柏直杀进平阳的消息。

魏豹更不知道,冯敬在撤回平阳途中遭到曹参伏击,做了汉军的俘虏。曹参非但没有杀他,反而劝他归降了。

但冯敬自觉魏豹待他不薄,因此,在曹参将他引荐给韩信时,他提出可以受命攻打赵国,但绝不参与攻打平阳。韩信爽快地答应了他的要求,这使他负疚的心稍稍地平静了些。

魏豹看了看身边的中官,怒道:"当初寡人待他们厚爱有加,如今寡人有难,他们一个个不见踪影,简直是猪狗不如!"

中官小心翼翼地劝慰着魏豹。

魏豹瞪了一眼中官,话里就带了恼怒:"你也在为他们开脱?难道你也要离寡人而去?"

中官急忙双手打拱道:"奴婢愿与大王同守王宫。"

魏豹清楚,整个平阳城都在汉军的掌控之中,一座王宫如何能抵得了灌婴的数千精骑。事已至此,他不免有些后悔在楚汉之间动摇不定,倘若在彭城不阵前倒戈,也不至于有今天的结局;即便如此,如果当初不驱逐韩信派来的使者,不谩骂刘邦,也许战事会来得晚些。可是,后悔又有何用呢?

魏豹转身准备回到王宫去,生死有命,是祸躲不过。中官紧紧跟在后面,刚刚踏上通往大殿的石径,就看见郎中令手持一支箭匆匆奔来,脸上现出仓皇不安的神色:"启禀大王,灌婴从宫外射进一支带着信件的箭。"

魏豹展开绢帛,大致浏览了一下,灌婴在信中声言并非汉军攻不进王宫,只是不愿宫内无辜遭受涂炭。降与不降,让他在两个时辰内做出决断。降了,汉王当宽大处置;不降,汉军杀进宫中……他将墨色清晰的信件攥在手里,手心很快就被汗浸湿。是啊,生死决断就在这两个时辰。他犹豫的是,刘邦会不会饶恕自己?

他将目光投向郎中令和中官:"你们以为寡人该怎样应对呢?"

郎中令回道:"大不了同归于尽,臣率侍卫杀出宫去……"

"不可!"郎中令的话还没有落音,就被中官截住了,"将军不以卵击石,区区王宫卫士怎敌汉军?如此,则大王命休矣。"

郎中令瞪了一眼中官道:"那依你所言,只有投降才能活?"

"投降是苟且之计,若汉王宽谅,也许日后尚有一线生机。"中官将脸转向魏豹,"奴婢听说当初刘邦攻入咸阳后,秦王子婴自缚妻女前往灞上,得到刘邦宽恕。当此生死关头,大王不可轻动,当以妻子为念。"

"天灭大魏,如之奈何?"魏豹仰天长叹一声,潸然泪下。他命宫中卫士放下兵器,不做无谓抵抗。又要中官将自己和王妃、公子缚了,打开宫门,迎接汉军进宫。

第二天辰时二刻,灌婴命士卒押解着魏豹来到韩信大帐。魏豹一进大帐,就扑通一声跪倒在地请罪:"罪臣魏豹,参见右相大人。"

韩信放下手中的兵书,看了一眼魏豹,不无揶揄道:"堂堂魏王,为何对本将军称臣?"

闻言,魏豹的脸就腾地红了:"臣罪该万死,不应该谩骂汉王,更不应驱逐汉使,以致有今日。"

"大王此言差矣。大王之错,错在暗于大势、目光短浅。楚有典曰,凤凰上击九千里,绝云霓,负苍天,翱翔乎杳冥之上,夫藩篱之鷃,岂能与之料天地之高哉?"韩信起身离开案头,来到魏豹面前,"夫汉王者,扶摇苍穹之凤鸟也,魏王者,鷃鸟矣,焉知鸿鹄之志?"

事情到了这个地步,魏豹也只能听任韩信的奚落和讽刺。只要不杀他,怎么样都可以。正当他胆战心惊时,就听到韩信一声怒吼:"来人!将这背信弃义之徒拉出去斩首。"

话音刚落,就听见一声"刀下留人"。灌婴冲了进来,看了一眼软瘫在地的魏豹道:"右相且慢,且听下官一言再做决断如何?"

韩信挥了挥手,两名刀斧手放开魏豹,灌婴拱手道:"魏王乃当初戏下项王所封,今天下未定,诸侯林立,若是阵前斩了魏豹,必致诸侯震恐,此乃项王快意之事,右相不可不慎。"

"那依将军之意呢?"

"依下官之意,不如遣人将其押往荥阳,交汉王处置。"

韩信想了想道:"将军言之有理。来人,将魏豹押下去好生看管,明日押往荥阳。"

魏豹的脸色如死灰一般,浑身软瘫着被拖了出去。

第二天,韩信在魏王宫召集众人举行军前会议,商议下一步行动。

曹参来得最早,通过平阳战役,他从心底感佩韩信的善于用兵。一见韩信,他就真诚地赞道:"在汉中时,下官见汉王设台拜将,又听说大将军与汉王议兵,言道多多益善,原以为不过夸口。此次大将军运筹帷幄,决胜平阳,令下官诚服。大将军果然胆力绝众,才略过人,虽白起、王翦不能相比。"

韩信作揖感谢道:"将军过誉了,在下区区布衣,能有今日,皆赖大王之恩。将军善战多谋，在下早有所闻，此次平阳大战，将军说服冯敬归汉，功莫大焉。在下以茶代酒，聊表敬意。"两人碰杯，待饮下第二杯时，灌婴便到了。

三人边饮茶边拉开了话题，韩信征求下一步汉军动向。曹参应道："韩赵魏三家数百年来便相互依存，灭魏岂能留赵，下官以为下一步应灭赵。"

"我军伐赵，师出有名。"灌婴附和道。

韩信"哦"了一声，将目光转向灌婴。

"当初陈余恼项王未能封他为王而投身赵国，曾率三县之军大败张耳，并献地于赵。赵歇感其拓土之功封为代王，他却不受，留在赵歇身边署理国政。赵国之事，皆决于陈余。彭城大战前，汉王遣使说服赵国共击楚国，他以杀张耳为出兵条件。汉王以罪囚代之，此事被其知道后，趁着我军兵败彭城之际复归赵地。此等无德少义之徒，如不讨伐，天理不容。"

"师出有名，这很重要。可断楚粮道，此乃我军伐赵之目的也。"韩信赞许灌婴的分析，却从另一角度看待伐赵之战，转脸又问曹参，"曹将军有何见教？"

曹参皱了皱眉头道："下官认为破陈余者，非张耳莫属。"

韩信当然明白张耳、陈余之间复杂的关系，倘若张耳能来协力攻赵，定能事半功倍，他将目光转向灌婴道："曹将军所言甚是，就请太仆拟道上书，言及我军攻赵目的，以六百里快马奏报大王。请常山王率部与我合兵一处，北可以直下赵、齐，南可以断项羽粮道，西则可与大王会于荥阳。"

"此事就由下官来办，拟好后请右相过目。"

灌婴走出王宫，月光在他心头弥漫着。心想若非项羽心胸狭隘，容不下一介布衣，如今大汉还不知道去哪里找一位如此算无遗策的大将军呢！

十月初，张耳率三万汉军与韩信在井陉会师。当晚，韩信在大帐设宴接风，作陪的有曹参和灌婴。席间，说到这次率军北上，张耳的眼睛就有些湿润了："诸位知道，项羽当初虽封我为常山王，却是处处暗防。汉王海量，视我为知己，我敢不肝脑涂地？"

韩信举杯道："常山王肺腑之言，重言感同身受。项王器量狭小，不能容人。吾等集结于汉王旗下，乃今生之幸。吾等且举杯，为汉王基业煌煌而饮。"

"当"！四只酒觥碰在一起，发出脆亮的声音。

汉军杀气腾腾奔赵国而来的消息，是在深夜传进赵王宫的。

那急促的传报声，惊得赵歇一头冷汗。他喝退舞伎，命中官连夜传成安君陈余和广武君李左车进宫议事。

时光刚交子时，陈余和李左车的车驾几乎同时停在了王宫门前。

下了车子,陈余就看到了李左车,问道:"广武君也听说汉军大举来犯的消息了?"见李左车点了点头,陈余故作深沉地说道,"此事早在预料之中。"

"哦?"李左车投来质疑的目光。

"君可知,唇亡齿寒的道理?魏亡之后,赵即为汉军唇边之食,岂能舍之?"

李左车乃赵国名将李牧子孙,自小熟读兵书。只是他向来不善夸饰,于是陈余益发洋洋得意起来:"韩信小儿,如此之举岂能瞒得过本王?"

当陈余以代王的口气说话,又如此轻视韩信时,李左车十分吃惊,正要劝解,两人却已到了大殿前。中官早在门口等着,看见两位忙上前邀道:"大王都等急了,二位快进去吧!"

事急矣!君臣之间简单问候后便进入正题。赵歇先将目光转向广武君,问道:"爱卿认为该如何应对汉军呢?"

从汉军在蒲津渡河,李左车就一直关注着战局。别人也许没看出韩信声东击西的策略,但李左车却看得清清楚楚。那时候,他就旁敲侧击地提醒过赵王,奈何他当时正在宴乐,竟然将之置于脑后。面对即将到来的战事,他的思路是冷静而又清晰的:"韩信渡西河,掳魏王,一路擒夏说,血洗阏于,锐不可当。"

他正欲继续下去,却被陈余截住了话头:"广武君此言不是长敌人志气,灭我大赵威风么?"

李左车眨了眨眼睛道:"且待下官把话说完如何?"

赵王歇也示意陈余打住。

"然则!"李左车话锋一转,眼睛就带了亮光,"臣闻敌欲下井陉,过太行而击我。可井陉路狭山陡,车不可并行,骑兵不能列队,其粮草必不能接济。因此我军应以逸待劳,请大王与臣兵三万,于此截断汉军粮道,成安君深沟高垒勿与战。彼前不得斗,退不得还,不至十日,韩信之头可致于戏下。"

这番话说得赵歇心云顿散,重负尽释,连道:"广武君之计乃胜敌良策。"

不料李左车的话刚落音,陈余却急不可待地站起来,来到地图前,指着井陉一带的地形道:"臣闻兵法十则围之,倍则战之。今韩信将兵号称数万,其实不过数千,能千里袭我已十分不易。如此避而不击,后有大者,如何应之!诸侯谓吾怯,必会纷纷来犯。故臣以为,与汉军要速战。"

赵王本就不通兵法,如今见两人相持不下,心中不禁慌乱,摆了摆手道:"大敌当前,寡人决定由代王为统帅,广武君为前锋,率军二十万前往井陉御敌,务必勠力同心,克敌制胜。"

晨曦初露时刻,御前会议终于结束,李左车与陈余一同走出大殿,一阵冷风袭来,顿觉寒意飕飕。李左车追上陈余的脚步还想说什么,未料陈余已登上了车驾,回头看了一眼灯光下的李左车,回了一个礼道:"大王既已命我节制全军,还请将军阵前立功。"

马蹄声渐行渐远,李左车呆呆地站在那里,看着陈余的车驾进了深巷,一句话也说不出来……

当细作将李左车为前锋,在井陉应对汉军的消息通报时,韩信问计于灌婴。

灌婴回道:"此人乃李牧之后,深通兵法。只是陈余向来刚愎自用,这二人出兵,必有歧见。"

韩信又问细作:"陈余如何部署与我军大战?"

细作回道:"陈余不把我军放在眼里,以我军远师劳乏为由主张速战,因而与李左车意见相左。"

"你且退下。"细作一走,韩信就拊掌大笑,"此天助我矣,我不妨从击打李左车入手。"

韩信邀张耳、曹参和灌婴来到地图前,指着距井陉西南约三十里处说道:"太仆可从李必、骆甲部挑选精骑两千,人手一面赤旗,于山道隐蔽,密切窥视赵军动向。赵军见我军进击,必以为主力倾巢而出。轻骑可趁此机会突入赵营,遍插红旗。不仅如此,二位还要告知将士,今日破赵会食。"

"这是为何?"灌婴有些不解,"会食亦战,不会食亦战,何须告之?"

"太仆且不必问,只管如此部署便是,我心中有数。"韩信转过身来,看见张耳嗫嚅着,猜到必是请战之事,笑了笑道,"常山王勿急,待会必请您出征。曹将军率一万人背靠河水摆开战阵,赵军见我军此阵进而无退路,是为绝阵,必然轻敌。"

曹参有些疑惑:"既是绝阵,又为何要布,倘若真无退路又将如何?"

韩信又轻笑道:"将军只管去做,我自有主意。"

曹参退出后,韩信这才对张耳说道:"明日一早,我即进攻井陉口之李左车部。稍事交战即佯败而退,沿途多丢戎衣、盔甲。"

张耳顿时明白了,笑指韩信道:"大将军这是诱敌之策啊!"

"大王三万人马随时待命,我另有安排。"

张耳不再说什么,心想这韩信葫芦里到底卖的是何药?

晨曦初露,李左车带着从事中郎巡查各屯备战情况。走在营寨间的道路上,聆听耳边传来阵阵喊杀声,眼前的情景迅速冲淡了行前因对战事的歧见而积累的不快。之前他没有与汉军接过战,对韩信的了解也多限于传闻。但他也知道自己面对的绝非庸常之辈,不可以掉以轻心。他转过一处校场,就听见耳边传来隐约的鼓声和马蹄声,立即警惕地问道:"你可听见鼓声与马蹄声?"

从事中郎点了点头。果然,一骑朝这边飞奔而来。及至到了面前,探马翻身下马,就把一个令李左车十分吃惊的消息带了过来:"启禀将军,汉军韩信、张耳部朝这边杀过来了。"

"再探!"李左车挥了挥手,探马转身离去。

李左车的目光顿时布满了临战前的寒光,对从事中郎说道:"传令各校尉,随我出营迎敌。"

"全军出动么?"

"韩信、张耳亲自率军前来,此乃擒敌酋之良机。此处山高路狭,汉军绝无后援。"

从事中郎还想说什么,见李左车一脸杀气,忙转身传令去了。

韩信、张耳大军一路声势浩大,进军到井陉口五里地时,就遭遇了李左车大军的阻击。韩信很吃惊,李左车能在半个时辰内集结起如此严整的队伍,就知道平日里他对阵法熟稔在胸。

两军对阵,李左车拍马上前,厉声问道:"魏王叛汉,伐之尚可,赵王并不曾获罪于汉,为何刀兵相见?"

韩信站在门旗下没有动,却侃侃道:"彭城大战,陈余临阵而逃,岂能无罪?赵王若能交出陈余……"

一句话没有说完,就听李左车打断道:"陈余乃代王,岂能轻易交出。今日相见,必是一番厮杀,何必多言?"言罢,催马挥戈杀来。

韩信阵中冲出邓龙,两人在阵前大战数十回合,张虎出阵助战,又是二十多个回合不分胜负。但见两人拨马回转,韩信也掉头逃跑。汉军将士见主帅逃走,也丢盔卸甲,一路奔走。

李左车见状,脸上就露出轻蔑之意,回身大喊一声"追",便朝东北方向而去了。

这一追就是三十里,到了曹参部署在河边的军营,早有校尉将韩信、张耳迎进营中。

李左车追到河边,看到汉军摆出的绝阵,正疑惑间,就听见长空中"嗖嗖"的声音,数千支箭朝这边飞来,自己的部下纷纷倒地。

李左车这才觉得中了韩信的诱兵之计,但他没有惊慌。他相信只要镇定应战,有序撤退,对回到大营依旧充满了自信。他驱马冲上高坡,命从事中郎挥动大旗,指挥各路校尉与汉军在河滩上展开大战。双方人马搅在一起,喊杀声激荡着河水呜咽东去……

首先看到李左车门旗的是曹参,赵军的从容应战使他觉得必须先擒敌主将。他大喊一声"李左车,纳命来",便催马冲上高坡。两人来回大战近百个回合,虽时值初冬,但脸上都汗水淋漓,热气腾腾。两人都在暗自打量对方,却没有从彼此眼中读出退却的意思。

再看看周围,赵军被汉军步军分割成几块。汉军各路校尉盯着高处的令旗,忽而穿插突入,忽而收紧口袋。赵军几次突围,都被拦了回来。此时双方拼的就是韧劲,谁能坚持到最后,谁就掌握了决胜的主动权。李左车更清楚,论起阵前厮杀,自己远非曹参对手。就在这时,就听见传来一声"将军退下,让末将取李贼头来",校尉邓龙挺枪上前接住李左车。曹参刚刚退出圈外,赵军阵中也冲出一位年轻校尉,喊一声"李将军稍歇,卑职来战这狂徒"。

两个年轻人对阵,分外眼红,都使出浑身解数力战对方。没过多久,却从汉军的门旗下传来收兵的锣声。邓龙来到韩信面前,不无遗憾地说道:"末将刚要取贼人头颅,大将军何故鸣金?"

吕臣看了看韩信,又指了指西方,残阳如血,照得河水金光闪闪,眼看着一点点溅落浪中,道:"大将军见今日天色已晚,将士均已疲劳,故而鸣金收兵,你好生休整,明日更有大战。"

张耳也附议道:"大将军如此安排定有深意,你从命就是。"

邓龙这才退下。

当夜,韩信、张耳、吕臣等在帐前议军,大家都为白日汉军殊死杀敌而感慨。张耳既感动于韩信让自己守营待命,又为没有阵前建功而觉得脸上无光,来到韩信面前施了一礼道:"我明白大将军优待之情。然则,昔日陈余要我首级,汉王秉持大义,以死囚代之。今日贼人就在面前,不杀不足以泄我心头之愤。请大将军下令,明日无论如何也要让我率部上阵杀敌。"

"常山王不是要杀陈余么,明日就是机会。"接着,韩信就将想法和盘托出,"如果不出所料,李左车今夜必然退兵回井陉口营寨。然井陉营寨已为我军攻占,敌闻营失,必然自乱。常山王可以趁此机会攻取襄国,杀了陈余,擒了赵歇,此乃大功一件,也解了常山王心头之恨。"

曹参听罢,"哦"了一声:"原来大将军昨日命太仆埋伏山坳,意在于此。"

张耳闻言,却是紧皱眉头,似乎还有心事。果然,他又道:"我尚有一事,与大将军相商。"

"常山王有话不妨直说。"

张耳嗫嚅了几次才道:"赵王与我有过君臣之缘,巨鹿之战后才分手,因此我不忍对其大动兵戈。"

大丈夫岂能如此妇人心肠?韩信闻言,心中就笑了,口中却道:"我只是给常山王杀了陈余的机会,却不曾要赵王的首级。可将之请到汉军兵营,我差人送往荥阳即可。"

张耳的眉宇这才展开,告辞出了韩信大帐。

送走张耳,韩信对曹参道:"将军明日只做一事,就是在赵军返回途中截杀之。"

"末将领命!"曹参那颗桀骜的心,已经被韩信的用兵之术征服。他深信只要按照大将军的部署去做,必是胜券在握。

事情的发展确如韩信预料的那样,当夜色拉开帷幕的时候,李左车召集麾下的校尉部署撤退。

"我等不慎,中了韩信绝地布军之计。"李左车神色抑郁地说着,"现今看来,速战是一条死路,我已决计撤回井陉口大营以逸待劳,拖垮汉军。"

"若是成安君降罪下来,怎么办?"一位校尉不无担忧。

"将在外君命有所不受。我非为私利,乃为赵之存亡考虑。如果赵王听信谗言怪罪下来,我一人承担,与你等没有干系。"李左车望着茫茫夜空,对车骑校尉下令,"你率部断后,其他各路校尉依序撤退,有贻误者,斩无赦。"

校尉们一声遵命,纷纷散去。更漏刚交子时,赵军以车骑断后,与汉军脱离接触。车骑校尉按照李左车之意点燃火把,摆出明日作战的姿态。各路赵军在掩护下,朝大营退去。

这是初冬的日子,山风冷飕飕地吹着李左车的战袍,发出嘶啦的响声,仿佛有一只无形的手撕扯着他纷乱的心。而现在他最强烈的感受是遭遇了从未有过的敌手,他有点力不从心。李左车摇了摇头,试图把心中的烦闷赶出。这时,耳畔响起了马蹄声,他立即警觉地朝前望去并问道:"有何异情?"

探哨来到面前下马禀报道:"卑职沿着来路搜索五里,没发现异情。"

"再探!"

"遵命!"探哨驰马离去。

李左车的心境忽然有了依稀的开朗,心想韩信呀韩信,你精通兵法,也有疏漏的时候,你若是提前在此埋伏,我岂能畅通无阻归营?他喊来从事中郎,传令各路赵军加快行军,务必在凌晨卯时回到大营。

卯时二刻,赵军终于撤退到距大营五里的山道。李左车禁不住就扶着车轼站了起来,向队伍挥手大喊:"加速前进。"

就在这时,探马再度返回,带来一个令他瞠目的消息:"大营遍插汉军军旗,灌婴已占领军营。"

"这怎么可能呢?"李左车顿时蒙了,他从司驭手中夺过鞭子,一声脆响,辕马放开四蹄朝前奔去。

到了大营前,李左车禁不住倒吸一口凉气,灌婴、李必和骆甲率领骑兵就在寨门前迎候。看见李左车的车子,他们禁不住仰天大笑。

"广武君不会想到,我率两千轻骑深夜偷袭营寨吧!"灌婴勒马横刀,朝身后挥了挥手,但见两名士卒押解着被绳索捆绑的留守校尉来到阵前。看见李左车,校尉低下了头。灌婴接着刚才的话尾道,"有道是识时务者为俊杰,想那赵歇昏庸无能,才致君有今日。汉王英明,君不妨弃暗投明,我可在汉王面前举荐。"

李左车只觉得脸上灼烧,自赵立国以来,他是第一次遭遇如此惨败和奚落,早已无心恋战,拨转车头又朝回走。灌婴只派一队轻骑追击,他知道韩信必然派曹参在半路上截杀。果然,李左车回行不到十里,就遇到了曹参率领的邓龙和张虎两部。腹背受敌,李左车心里惦记着襄国的安危,干脆放弃井陉口,向南奔去……

当李左车率领残部行进到襄国城郊的内丘镇时,便从襄国逃出来的中官口中得知常山王张耳攻破了防守空虚的都城。张耳进城后不扰百姓,四处寻找陈余,终于在一富豪家中发现并诛杀了他。

"大王呢?"李左车关注的是赵王的下落。

中官声音哽咽着说道:"奴婢护送大王出了襄国,原本是到楚国避难的,未料在一庄院讨水喝时遭遇了汉军,被张耳擒获了。"

李左车不再说话,他的头垂到胸前,半日才从喉咙里发出一声撕心裂肺的吼声:"赵未负天,天何以负赵?"

中官在一旁劝道:"事已至此,将军倒不如想想该如何办。"

李左车左顾右盼身边跟随的将士,不足百人。大部分在听到赵国灭亡的消息后,都悄悄地逃走了。他把剩下的人召到一起道:"赵国已亡,诸位不妨隐入民间自谋生路。"说完,他命从事中郎从车上拿出钱币分送给每个人。

"广武君将何以自处?"看着众人散去,中官小心翼翼地问。

"你也逃生去吧,李左车生为赵臣,死为赵鬼,绝无降汉之念。"李左车言罢,飞身上马,朝着井陉山深处跑去……

韩信初出关中就连克两国,不仅让汉军将士受到极大鼓舞,在诸侯间也引起强烈震动,须知这些诸侯是项羽反复征伐都未能征服的啊!当张耳、曹参、灌婴、吕臣等聚集在襄国王宫时,他们都被韩信的精于运筹、奇谋善断折服了。尤其是邓龙、张虎这些年轻将领,对韩信佩服得五体投地。

十月半的一夜,韩信在营中设宴庆贺,特地将曹参、灌婴、邓龙、张虎请到大帐。开席前,韩信命军中上计统计各军战功,以待上报为将士们请功。韩信高举酒觥,面向众位将领高声道:"诸位,此役乃我奉命出关后的第二仗,第一仗扫灭魏国,生擒魏豹;第二仗扫灭赵国,生擒赵歇,诛杀陈余。我军一路驱敌,上赖汉王英明决断,下靠众将勠力一心。我且借此薄酒,谢谢各位了。"

张耳、曹参和灌婴纷纷举觥,向韩信表示祝贺。

席间,邓龙、张虎双双斟满酒酿来到韩信面前。在接受两位校尉盛意的同时,韩信随口问道:"如今将士还有何议论?"

张虎心直口快,不掩内心的欣喜道:"不瞒大将军,大将军之前令我等背水陈兵,说破赵会食,将士们不能心服。今日三军果然会食于赵王宫,令末将感佩之至。"

韩信满面春风,面对两位校尉,出口的话显然是说给大家听的:"我所施的亦兵法所言,'陷之死地而后生,置之亡地而后存'。况且我军平日少有机会训练将士,若不于绝处布军,使人人力战,岂不为求生而临阵逃走么?巨鹿之战时,我就曾谏言项王,但遭斥责。后来这话从范增口中出来,他倒采纳了。"

这番话说得众将面面相觑,尤其是曹参一句"在下自愧不如",将他近日来的思索袒露在大家面前。韩信忙打拱道:"曹将军临阵勇武,气冠三军,我深感敬佩。"

这场庆功宴整整花去两个时辰,当曹参等将领微醉而去后,韩信留下张耳和吕臣。

借着酒意,吕臣赞道:"今日宴席上听大将军一席话,胜读十年书。"

张耳也赞叹道:"我自陈县举事以来,阅人无数,如大将军这样经文纬武,战无不胜者,凤毛麟角。"

"谢二位盛赞。信区区布衣,不过喜读兵法而已。"韩信说完,把话题转到现实中来,"我闻李左车受其祖父李牧熏陶,颇知兵法,襄国城破却不见踪影,我欲见之,烦请二位留意,一有消息及时告知。"

吕臣拱手道:"这事就交给在下,不出七日,即可擒李左车来见。"

送张耳和吕臣出帐后,韩信却是睡意全无,这是他离开淮阴后心情最为舒畅的时光。想起来，简直如梦一样……

龙且南下九江后，战局很快发生了变化。

英布的突然背叛，让正忙于应对刘邦和三齐之地的项羽有些措手不及。情急之间，他遣虞子期前往平叛。当两军对阵的时候，英布一看见虞子期就笑了，他哪里是自己的对手。英布心里明白，他与项羽的分手是必然的。从三齐之战到彭城之战，他都抱着作壁上观的态度，只出兵数千用于应付。这一点，他相信项羽看得十分明白。在杀了楚使之后，他就知道自己没有退路了。

自薛县会盟后，他先是跟随项梁，后来就一步不离地跟在项羽左右。他十分清楚项羽的性格，即便自己不反叛，迟早也会被他剿灭。因此，他必须挺身力战，才不至于亡于项羽之手。

果然，在短短半个月时间里，他如饿虎驱羊般地追得虞子期连喘气的机会都没有。在刘邦与栎阳百姓共度七夕的那个晚上，英布站在六县城头西望安丰，忽地就想假若他趁着项羽无法南顾，而一直向西，也许会与汉军在荥阳会合。

"鹏之徙于南冥也，水击三千里，抟扶摇而上者九万里。"英布望着长空的北斗星，抒发着此时心中的愉悦。

他回头看了看站在身边的军师马申，似乎并没有随着他的性子说出赞许的话来。彭城之战中，马申不愿屈居与萧何、郦食其之下，别了彭越，本是要隐居深山的。未料一个偶然机会，他被人引荐到英布帐下。他推辞再三，架不住英布礼贤，终于答应为之赞画军务。虽然他目睹主公对虞子期一胜再胜，可他预感项羽绝不会坐失东南，不久就会遣骁将重兵前来的。此刻听英布自诩大鹏，他谨慎地提醒道："项羽暴戾多变，主公不可不防。"

马申的担心很快成为现实。七月底，龙且就到了曲阳，摆开必欲剿灭英布的态势。

之前，龙且是项羽帐下最愿意与英布交好的将军。特别是巨鹿大战中，一有间隙，龙且就会到他的军营中饮酒畅叙。龙且对项羽的忠诚，英布是刻骨铭心的。记得在戏下分封的那天夜间，已经领了九江王封号的英布来到龙且大营，品茗之余，他为龙且没有封王而遗憾。孰料龙且根本就没有心存怨艾，反而以能终身事项而感到荣耀："吾自吴县举事起，就抱定终身服事项将军之志，岂有他想……"

这话给他的印象太深了，仿佛是昨天发生的事，而今，他们却成了对手。

龙且遣人给他送来了一封信札，坦言自己南下的心绪——

且与大王,比肩并起,共诛暴秦,同事项公,共历定陶烟云,同沐巨鹿烽火。然则,此为私情。九江对阵,乃为公怨,且不敢背项王之命,必当力战,切切……

英布深知龙且智勇多谋,当然不敢轻视。他把信札拿给马申看,马申也以为来者不善,但沉思之后判断道:"龙且虽然骁勇,可九江毕竟是大王辖域,人地两熟,此乃彼所不能比之。只要大王运筹得当,九江应该无恙。"

七八月间,由于英布尽占地利之优,龙且处处被动,不得不向项羽求援,希望范增能够前来赞画军务。很快,范增就来到龙且身边。从九月开始,英布强烈感受到龙且的战法变了,他不再被英布牵着鼻子走,总在英布移军途中予以伏击,然后迅速撤退;龙且每到一地,将官仓之粮广散百姓,赢得人心。英布为寻找战机,疲于奔命。几战之后,损失惨重。

马申对英布道:"若属下没有猜错,一定是范增到了龙且营中。"

英布将这几个月的战事前前后后梳理一番,豁然明白了马申的话。若范增真的来到了前方,那……英布将目光投向马申,问道:"若果真遇见范增,军师如之奈何?"

马申毫不掩饰自己与范增的差距,但他依旧有应对之策:"大王勿虑,即便范增来了,楚军依旧不占地利之优。九江几座重镇均在我军手中,只要稳扎稳打,以逸待劳,久而久之,楚军将士必然厌战。那时,我军聚而歼之,何愁不能驱敌?"

英布接受了马申的谏言,率军退进六县,龙且将六县团团围住。两军相持两月,六县的粮草开始紧张起来。英布遣校尉从北门杀出,北上寿春运粮。孰料英布军出了北门不久,就遭遇了龙且军的阻击,并被擒获了一名军中司仓啬夫。龙且得知从六县到寿春,中间要经过芍陂湖船运,于是中途截了粮草。消息传来,英布顿时跌坐在案儿后,半日没有回过神来。良久,他从牙缝中挤出一句话来:"范增,我要食了你的肉,抽了你的筋!"

"事已至此,与项王重修旧好已无可能,孤守六县更是绝境。"马申见英布听得很专注,接着道,"为今之计,就是向刘邦求援。"

"彼在荥阳,即便到了洛阳,也还是迢迢千里,远水不解近渴。"英布长叹一声,"悔不当初听信郦食其之言,才有今日。"

马申劝道:"项羽、刘邦皆当世之枭雄。就算当初不与项王分道,一旦天下勘定,迟早也为他所害;倒不如暂栖身于刘邦营中,一旦有变,重起大业也未尝不可。"

英布承认马申说得有道理，可要接受这个现实，他是何等痛苦。他不甘屈居人下，不甘刚刚立国不久的九江就这样拱手送了项羽。然而，决战的时刻就在这样的惆怅中到来了。

时序进入十月，楚军就向六县发动了进攻。已经断粮两个月的英布军再也没有力量据守，一位校尉主动开了城门，迎接楚军进城。

龙且驱马街头，盈目而来的是满街饿殍。他勒住马头，对身边的校尉道："你速率人马前往王宫，以防英布逃走。"

而英布此时早在马申的引领下丢下王妃，顺着王座下的地道逃出了六县城。

急驰三百里后，他们得以在陈留县南的一家客栈投宿。是夜，月冷霜重，寒风凛冽，英布听着外面风吼树泣，思绪连绵，不能入睡。出得门来，他看见跟随的几名侍卫瑟缩着身子在僻背处放着暗哨，便知道这是马申的安排。他心头禁不住一酸，眼泪就涌了出来。这些人中，有不少从举事时就跟着自己。他不忍惊动他们，来到隔壁轻轻敲了敲马申的门，却没有人应声。

他推门进去，不禁大吃一惊。马申躺在榻上，鲜血顺着指尖，在地上流了一大摊。榻旁的案几上放着一张绢帛，是血写的信札。英布拿起一看，方知乃是马申留下的遗书——

仆自二世元年以来，追随彭越将军，聚众巨野泽，辅主于战中阵前，赞画于帐下左右。虽不敢自比管、乐，然忠贞竭命，天日可鉴。至彭越将军归汉，仆自忖不能望张良、郦生项背，乃流落草野。得友人引荐，蒙大王垂爱，不胜感激。然则，九江国亡，大王唯归汉而别无他途。仆愿大王效曩昔越王卧薪尝胆之行，忍辱负重。仆不愿屈居于张良、郦生之下，又自知不能见容于项王，思之再三，乃别大王而去……

下面的字已经模糊，足见流血过多，不能自持。

英布俯下身子，声音哽咽道："天下之大，军师何故如此？"他抚平马申的眼睛，传来值守的侍卫，命他们天亮之后购一口棺椁，将马申好生掩埋。

之后，英布从行囊中拿出一些钱交给伍长，要他分给随身的侍卫："此去路途遥远，逆风恶浪。只你一人随我前往荥阳，其余皆散去归乡。他日若是有缘，定会重逢。"

"大王，小的们愿跟随大王左右，生死不惧。"

"散去吧！何须徒损性命，让人间多了孤儿寡母呢？"英布挥了挥手，转过身去，不再看众人。

十二月初，英布化装成商贾，经过长途跋涉，终于到了汉军驻扎的京县，有缘的是，他在这里遇见了曾经担任过汉使的郦食其。

说来也许是上苍眷顾。这一天，郦食其奉汉王之命到驻扎在京县的少年营巡查。车子在前往京县的道上缓缓行驶，马蹄在官道上敲出稳稳的节奏。郦食其望着眼前的一切，由衷感叹世事无常。几个月前，汉王尚被彭城之败的沉郁所困扰。可到了新的一年，汉王不但平魏灭赵，直下燕齐，而且将触角伸到了荥阳周围的郡县。

当初，是郦食其谏言少年营单独进驻京县的。他认为经过彭城之战的洗礼，少年营可以独当一面了。但刘邦还时不时牵挂他们，郦食其就是奉命到这里查看的。

到了京县城外，牛良、刘肥早在城外迎接。郦食其下了车子，两位将军上前见礼。因为刘肥的特殊身份，郦食其分外严肃地回了礼："两位将军好！"

"先生请！"

进了京县县城，路上，牛良告诉郦食其，昨日出城巡逻，擒获两名楚军奸细，现关押在县城大牢。

"哦？"在如此接近荥阳之地擒获楚军奸细，足见项羽用心，郦食其也十分好奇，道，"我倒要看看，这楚军奸细如何模样？"

一干人进了大帐，牛良命侍卫上茶。郦食其一连喝过三盏，舒了一口气道："好茶！入口清爽，入心舒坦。"

刘肥问道："请问先生，父王可好！"

"大王近来身心俱佳，劳公子挂念，在下回到荥阳后，定当禀报大王。"郦食其又大致通报了一些樊哙近来的境况，便将话题转到两名楚军奸细上来，"如无不便，两位将军可否将两名奸细提到帐中，让在下一观。"

牛良笑了笑道："先生秉承大王旨意阅军，末将敢不从命？"

约莫半个时辰后，两名"奸细"便被押进大帐。郦食其不等牛良介绍，就禁不住叫出声来："哎呀，这不是九江王么？"

"九江王？"牛良看了一眼刘肥，顿时愣住了。

两人还没有回转过身来，就见郦食其亲自上前为英布和随身的伍长解了绳索，一边将他让在上座，一边说道："都怪在下来迟，致大王受惊。"

说起六县知遇之事，宾主说不尽的感慨。接着，郦食其就将如何奉汉王之命，说服英布归汉等往事一一说给两位将军，末了道："九江王一世英武，名闻天下,今来归汉,乃大汉之幸也。"

牛良和刘肥听罢,立即上前向英布行礼:"末将不知详情,还请大王恕罪。"又吩咐军厨摆宴为英布压惊。

席间,刘肥向英布敬酒道:"父王盼与大王见面,若大旱之望云霓也。请大王满饮此觥,聊表敬意。"

郦食其不失时机地向英布介绍了刘肥的公子身份。他欣慰于刘肥的变化,现在竟然可以说出一番雅意之词,由此想起了彭城之战中殒命的岳恒。良将麾下无弱兵,此言是也。

趁着酒意,刘肥又道:"大王初到京县,风尘仆仆,末将与牛叔之意,大王且在京县歇息两日,也趁机指点末将麾下士卒。待快马通报父王后,再去荥阳也不迟。"

牛良也频频点头赞同:"欢迎大王指点。"

当夜,郦食其向刘邦起草上书,禀奏英布兵败归汉的消息。英布目下穷途,他觉得自己有责任向刘邦引荐。怎样说,说到什么程度,他颇费心思。时而埋头疾书,时而停笔沉思。却不意听到门外有咳嗽声,便问侍卫道:"谁在外边?"

还没有等侍卫回答,刘肥就进来了,不经意道:"夜间时长,无法入睡,想与先生叙叙话。"

郦食其何等聪慧,白日里刘肥询问刘邦身体,就猜到其必有心事。郦食其停下笔,唤来侍卫给刘肥上了茶,这才问道:"将军深夜到此,不单是为了打发长夜吧?"

郦食其猜得没有错,刘肥是有心思。想当初,他与牛良、曹窋与义军一起,从淮北打到咸阳。虽说每临战阵,自己的表现总是差强人意,可不管怎么说,总是跟随父亲久历战阵的。刘盈呢?一直过着安稳的日子,就是后来逃难,也有母亲陪伴。这些且不说,要紧的是刘盈是自己的小弟,却堂而皇之地做了王太子,他觉得父亲太不公平了。难道就因为刘盈是继母生的么?难道自己没有母亲,就没有继承王业的资格么?

可当着刘邦的面,他却没有胆量说出口。现在,郦食其来了,他就有了一吐为快的冲动,希望他能为自己在父王面前说句公道话。

一向嘴拙舌笨的刘肥挠了挠头,却不知从何说起,不一会儿,额头便憋出汗来。郦食其见状,便明白了八九分,干脆直接点破他的来意:"若是在下没有猜错,公子一定是为了大王立嗣之事吧?"

刘肥因心事被人猜透而益发不自在,口中绊绊磕磕道:"我是……长子,父王为……为何……"

"公子的意思是为什么立了刘盈为太子?"见刘肥频频点头,郦食其端起茶杯,呷了一口茶,慢条斯理道,"大王如此自有道理。太子盈知书达理,聪颖明达。加之你继母现在楚营拘押,大王如此做,也是为了安慰你母亲不是?自古立嫡不立长,太子盈毕竟是你继母所生,还请公子明于大局。再者,未来社稷当然是刘氏天下,也有公子一份,免不了要封王授邑。现时,诸侯割据,天下未定,公子不可心存旁骛,误了大事。"

刘肥还要说什么,转念一想,觉得郦食其说得不无道理。再说,自己现在出入于战阵,将来刘氏坐了天下,论功行赏,自己也该是亲王……心中疑惑消解,刘肥起身告辞。郦食其送到门外,抚着刘肥的肩膀道:"公子与牛将军带兵有方,在下定当奏明汉王,擢拔奖赏。"

回到室内,就从县城的某个角落传来雄鸡啼晓的歌唱,新的一天开始了。郦食其忙在案几前坐下来,他必须尽快写好上书,不一刻,送信的使者就要到了……

几天后,陈平作为刘邦的使者从荥阳赶来迎接英布。自薛县分手后,英布还没有与刘邦见过面。陈平一到,他就无论如何待不下去了,匆匆打点行装,登上了去荥阳的车子。

十二月初,郦食其和陈平陪同英布到了荥阳。

陈平在一边劝道:"大王一路鞍马劳顿,不如先安顿歇息,明日再见汉王不迟。"

英布看了看郦食其道:"我欲见汉王,若稼禾之盼甘霖,立即去拜望,岂不更好?"

"这个……"陈平嗫嚅其口,却说不出口。

郦食其却读懂了话中的意思。在刘邦身边待久了,就知晓他的脾性,每逢生人到来,他总会不意间流露出轻慢,但这与项羽器量狭小不可同日而语。可他更理解英布败后的心境,于是说道:"大王诚意,感人肺腑。在卜与陈中尉这就陪同大王去见汉王。"

当陈平进入居室去向刘邦复命,并道明英布急于拜见的消息时,刘邦正在两位宫女的伺候下沐足,他抬头看了一眼陈平道:"请九江王进来吧。"

陈平没有动,眼睛却盯着刘邦还没有洗完的脚。

"有何不可?"刘邦瞪了一眼陈平,"他又不是妇人,难道还怕寡人的脚么?"

陈平无奈走出居室,悄悄向郦食其使了个眼色,郦食其却看着别处。陈平只有硬着头皮上前对英布道:"汉王请大王入室叙话。"

三人进了居室。刘邦已经洗好,正被一侍女捧着脚用绢帛擦拭。他似乎没发现英布进来,直到陈平上前禀告,他才穿上麻履站起来,示意英布入座。

这做派彻底打碎了英布一路上的憧憬和遐想。哼!不用仪仗也就罢了,没有亲自出帐迎接也可以忍受,你竟然光足接见本王。当初分封时,一为九江王,一为汉中王,并无尊卑之分,你为何如此盛气凌人?既如此,毋宁死!

英布一转身,面对刘邦站着,满腔的愤懑喷发而出:"若非本王在九江拖住龙且,大王岂能如此安然无忧地洗足消遣?人言汉王性度恢廓,礼贤下士。如今观之,皆虚言耳。告辞!"言罢,转身就向外奔去。

"大王留步!大王留步!"郦食其二话没说,就追了出去。

刘邦看了看陈平,却笑了:"寡人想试一试他的度量,果然斤斤计较,难怪总不能成事。寡人昨日已要中官为他安排好居处,一切皆与寡人相同。"

"哎呀,大王,哪有如此试人的?"陈平跟着郦食其的脚步跑出去,远远瞧见英布手持宝剑,要往自己脖颈处抹。

陈平上前抱住英布的腰,郦食其趁机夺下宝剑道:"大王这又何必呢?"

"二位休要拦阻,受此羞辱,本王有何脸面苟活于人世。"

"大王久历战阵,秦军闻之丧胆,岂可因小屈而舍大义。在下刚听汉王言道,不过玩笑,何必认真?"陈平见英布的情绪渐渐平静下来,继续说道,"汉王言道,昨日已为大王觅好居处,不妨随在下看看,再做定夺如何?"

郦食其在一旁跟上话茬:"中尉所言甚是,我等这就陪同大王走一趟。"

三人上了车子,往东行约一里处有一庭院,大门紧闭,从墙头伸出几枝修竹,平添了雅静。听见有说话声,看守门户者在内应声,大门"吱"一声开了,原来正是与英布同来的那位伍长。

伍长看见英布,上前大礼参拜道:"卑职在此恭候大王多时了,请大王入内,卑职已在厅内煮好茶点,请大王品茗。"

众人来到院内,但见花木扶疏,修竹掩映。侍女分立两旁,个个芳菲妩媚。及至进入厅内,才发现一切陈设皆与刘邦居处相同。英布刚刚平静的心又掀起了波澜,转脸不好意思地对郦食其道:"本王错怪汉王了,奈何?"

郦食其和陈平相视而笑,忙道:"大王勿虑,汉王明日在居处设宴,为大王接风。"

英布望着窗前的小竹林,一时倒无话了……

第二十一章

张子房拨云散雾
陈中尉献计赂敌

　　韩信的行辕移到信都城内,尽管还有大片土地有待于他率军去扫平,然而,随着赵歇被擒,当初陈余扶持的赵国已不存在了。在节节胜利的喜悦中,他唯一遗憾的是没有能够与李左车对阵。

　　"李左车乃名将之后,我日夜都想着与他促膝议兵,听听他对下一步战事的思虑。"坐在行辕的案几旁,韩信望着从窗外飘过的冬云,对常山王张耳道。

　　"大将军不是已经通缉悬赏,有擒住李左车者赏千金么?重赏之下,必有勇夫,不久就会有消息的。"张耳倒很乐观,他担心的不是李左车不肯投降,而是惹恼了韩信,取了他的首级。

　　闻言,韩信笑道:"在我看来,凡桀骜不驯者,非能人异士,便是骁勇战将。死于刀下者,大致皆是无用之徒。"

张耳对此不置可否。过去也听说韩信夸口自己用兵多多益善,只是不甚了了。现在机会来了,他倒要看看韩信怎样对待这个李左车。

"大将军果然能令李左车臣服,则是汉王之大幸矣。"张耳一半是带有激将,一半也是带着某种忧虑。

恰在这时,曹参的从事中郎奉命来见韩信,一进大帐就兴冲冲地禀报道:"今晨有人押了李左车到曹将军营中,曹将军命卑职将此人押送到行辕,听候大将军发落。"

韩信大喜,转身就冲出帐外。果然,几名士卒正押着李左车在帐外等候。韩信瞪了一眼曹参的从事中郎,责备道:"你们怎能如此对待广武君呢?还不松绑?"

不是悬赏捉拿么,怎么又不让捆绑呢?从事中郎正迟疑间,就见韩信上前一边为李左车解开绳索一边道:"让广武君受苦了,都是属下办事不周。"

原本做了赴死准备的李左车面对如此殊遇,顿时如坠五里云雾之中。还没有等他回过神来,就听见耳边传来一声:"恩师在上,请受韩信一拜。"

眼见得韩信跪在面前,李左车顿时慌了神,一边后退一边道:"吾乃败军之将,如何受得了将军如此厚礼?"但他没有料到,自己每后退一步,韩信就向前挪动一步,一直退到大帐的一角,李左车只好就范,"将军快快请起,你我有话就明说。"

韩信向李左车叩了一首才起身,他拂去膝盖上的尘土,亲自扶李左车坐到上宾席位,然后才对着外面喊道:"来人,速传吕长史、常山王、曹将军与太仆大人前来,我要宴请恩师。"

不一会儿,诸位就都到了,听说李左车归汉,纷纷打拱道贺,依序入座。军厨上了襄国知名的菜肴,韩信举起酒杯,面朝李左车道:"久闻恩师大名,今日终于得见师颜,不胜荣幸,请恩师饮下这杯,且做压惊。"

李左车想不出任何词语来表达心境,只有默默举杯同饮。接着,是张耳、曹参、灌婴依次敬酒。张耳与李左车并不生疏,举杯上前道:"赵有广武君,是朝野之福;而有了陈余,乃祸乱之源也。今将军归汉,殊堪庆贺,请饮下这杯。"

如此饮过三巡,在场的人都有些心潮耳热了。这时,军厨送上一种面食,李左车一看,正是井陉锅盔。韩信顺口说道:"此乃赵国名吃,知道恩师喜欢当地菜肴,特地做了这个请您品尝。"

李左车捧起锅盔,顿时麦香扑鼻而来,情不自禁道:"想不到吾祖当年的无意之举,竟造出一种美食来。"

"哦？"韩信转过头来，对李左车的话表示出浓厚的兴趣，"恩师可否陈述其详？"

在众人的邀约下，李左车将当年李牧如何率众与匈奴激战，如何遇雨后将面散给将士，用头盔作锅，烙饼充饥，从此便有了井陉锅盔的来龙去脉一一道来。说着说着，他两眼就潮湿了："听家父说，赵王迁听信谗言，杀了祖父。而今，赵王歇不听忠言，被陈余蛊惑，以致有今日下场。"

在场每个人的笑容都顿然消退了，宴厅出现难耐的沉默。过了许久，还是韩信打破了沉默："时过境迁，恩师不必过于伤情。有道是，良禽择木而栖。重言不才，如何攻取燕国，还请恩师赐教。"

李左车的情绪这才平静过来，饮下一觥酒道："败军之将，不可言勇，亡国之大夫，不可以图存。如今我乃败亡之虏，何足以商讨大事？"

韩信的双目写满了真诚："百里奚居虞而虞亡，在秦而秦霸，非愚于虞而智于秦也，用与不用，听与不听也。若成安君听恩师计，重言早已被擒矣。重言委心归计，愿恩师勿辞。"

李左车听得出韩信话里的真诚，他再也没有回避的理由。他撩了撩衣袖，向韩信作揖道："吾闻智者千虑，必有一失；愚者千虑，必有一得。故曰'狂夫之言，圣人择焉'。吾计未必足用，原效愚忠。"

韩信慷慨地说道："恩师知无不言，言无不尽，学生先谢过恩师。"

曹参、灌婴和张耳也纷纷表示洗耳恭听。

"今将军涉西河，虏魏王，擒夏说阏与，一举而下井陉，仅仅一天就破赵二十万众，诛成安君，名闻海内，威震天下，农夫莫不辍耕释耒，褕衣甘食，倾耳以待命者。此将军之所长也。"李左车说到这里，干脆起身站着说话，"然则，众劳卒疲，实难用也。今将军率倦怠之师，顿之燕坚城下，欲战恐久力不能拔，情见势屈，旷日持久，而弱燕不服，起必据境以自强也，燕、齐相持不下，则刘项之势未有所分也。若此者，将军所短也。吾虽愚钝，也以为不可取。"

这话一出口，仿佛一块巨石投进平湖，霎时溅起层层浪花。首先是曹参表示了不同意见，觉得李左车有些太看重燕、齐的实力而轻视了汉军的战力。接着是灌婴说话，他也以为李左车夸大了困难，认为汉军精锐之师，对付燕齐绰绰有余。之后，大家把目光投向韩信，却从韩信眼中读出了一种少有的平静，他道："恩师不必忌讳，尽可将所虑和盘托出。"

"好！故善用兵者，不以短击长，而以长击短。"

"请恩师明言。"

"依我之意,方今之计,莫如按甲休兵,镇赵抚其孤。百里之内,牛酒日至,以飨士大夫醳兵。而后遣辩士奉咫尺之书,言其所长于言,燕必不敢不从;一旦燕国归从,再使喧言者东告齐,齐必从风而服,虽有智者,亦不知为齐计矣。如是,则天下事皆可图也。"

李左车一番话鞭辟入里,说得在场诸位颔首点头,暗道李左车无愧名将之后,谈起用兵,果然应付裕如。韩信更是击节称善道:"就依恩师,只是这辩士该谁去好呢?"

灌婴在一旁说道:"这有何难,上书给汉王,遣郦食其前往,必能说服燕、齐归汉。"

这场酒喝到日色西斜才告收尾。安顿李左车歇息后,韩信却没有丝毫的松弛,一回到大帐就叮嘱从事中郎,如有人拜会,一律由长史接待:"我要起草上书,无事不可相扰……"

一旦持起笔,韩信的心一下子就飞到了荥阳……

与韩信灭赵吞魏,直指燕、齐不同,身在荥阳的刘邦日子却不好过。策反英布,加深了刘项之间的怨恨,项羽趁英布败退之际,以钟离眛为前锋,龙且为后援,亲率十万大军兵发荥阳,并且屡次截断汉军粮道。到了十月下旬,军中粮草就开始捉襟见肘了。勉强维持到十二月,荥阳城内的军伍由过去的一天三顿改为两顿,每人每次的食量也大大减少。

粮荒初现时,负责管理军需的兄长刘喜还试图掩盖,每次都不忘叮嘱后厨为刘邦多做几样菜蔬。渐渐地,由四菜而三菜,三菜而二菜,刘邦就看出端倪了。这天,当侍女端上来二菜一粥时,刘邦放下筷子,对站在门外的曹窋喊道:"传刘喜来见。"

不一刻,刘喜带着两名曹仓到了刘邦大帐。

刘邦指着案几上的饭菜问道:"寡人所食递减,将士又该如何?"

刘喜眉头皱了皱,没有说话。他从曹仓手中接过计簿,递到刘邦手上。刘邦顺着所指看了看,粮草的紧缺超乎他的预料,抬起头时,目光都显得有些呆滞:"敖仓存粮呢?"

刘喜回道:"大王知道,我军运粮队伍几次被项羽拦截,损失惨重。为维持荥阳城守,故而减少每顿食量。"

刘邦"哦"了一声,对刘喜道:"王兄通晓农事,应知民以食为天的道理,寡人这就安排得力校尉前往敖仓调集粮草。自今日起,寡人每顿减为一菜,与将士共艰危。"

刘喜看着刘邦消瘦的面容,内心很不好受。但他也知道,现在想这些也没用,忙摆手道:"这可使不得,你日理万机,怎能忍饥挨饿呢?"

刘邦严肃地回道:"三军将士能忍,寡人自然能忍,此事毋庸多言。"

刘喜瞪了一眼两位曹仓,施了一礼,退出帐外。

刘邦又在帐内喊道:"曹窋进来!"

曹窋应声进来,刘邦下令道:"速传樊将军到帐中听命。"

"诺!"

曹窋出了大帐,迅速赶到樊哙处,恰逢他巡城回来。曹窋道明汉王旨意,樊哙转身就朝刘邦大帐而来。路上他问到刘邦近日状况,曹窋将方才发生的一幕大略陈述一遍。闻言,樊哙内心十分自责,叹道:"筹粮谋款乃将军之责,如今却要大王为难。大王能节食,我亦当效之。"他侧脸对身边的从事中郎道,"自今日起,我每餐麦饼减少一个。城防将士不能减,轮休将士酌减,直到粮草接济上为止。"

进得帐来,樊哙见刘邦案头的饭菜还没有动,上前劝道:"大王健康关乎全军,还是快吃吧。何况,我军虽然粮草紧缺,可尚未到并日而食的地步,大王无须忧心。"

"你无须担心,安排好筹粮事宜,寡人就吃饭。你立即遣两名善战校尉前往敖仓,命驻守在那里的樊阮速调粮草接济荥阳;另一路前往下邑调粮,务必解除城中粮荒。记住,城防将士食量不减,违者军法从事。"

"臣这就遣人去办,大王还是先吃饭吧!"

"好!"刘邦这才在案几后坐下来,忽然他又想起一件事情,抬头问道,"郦生前往韩大将军处,出发几日了?"

"五天了,大王放心。"樊哙准备出帐的脚步就停住了。

刘邦咽下一口粥道:"郦生临行前向寡人谏言复立六国之后以抗项羽,你以为如何?"

这事情樊哙知道,是郦食其前些日子当着君臣的面提出来的。当时,刘邦向群臣询问如何扭转当前楚强汉弱的被动局面,郦食其便站出来说话了:"臣以为昔日商汤伐夏桀,封其后于杞;武王伐纣,封其后于宋。秦王失德弃义,侵伐诸侯,灭其社稷,使之无立锥之地。于是,大泽乡揭竿,山东六国沸腾。陛下诚能复立六国之后,六国君臣、百姓必皆感戴陛下之德,莫不向风慕义,愿为臣妾。"郦食其口若悬河,甚至当着柴武、樊哙和郦商等将军的面夸下海口,断言如此一来,连项羽都会"敛衽而朝",说得众人瞠目结舌。

樊哙是个直性子,对此类大话兴味索然,事后也没有细想。现在刘邦问起,他也无法说出个子丑寅卯来。不过他有个直觉,在荥阳被围的境况下,郦生所言多少有些不切实际,遂直言回道:"臣以为眼下刘项对峙,说此话为时尚早。"

刘邦倒对此事持乐观态度:"王道者,封土建邦,享国长久。汤武可行,寡人亦可行。寡人已命工官处赶制诸侯印玺,不日即送往六国后裔处。到时四方响应,项羽能奈我何?"

樊哙不知道刘邦这样做是不是有些操之过急,便委婉劝道:"印玺既已制好,迟早也不在乎这一两天。臣以为此事还是待张先生归来询问一番为好。"

"是呀!若子房在就好了。"刘邦自语道,"子房奉命到汉中察看,走了快两个月了,要说也该回来了。"

话虽这样说,面对楚汉实力悬殊的实际,刘邦并没有放弃郦食其的谏言,在之后的日子里,他时不时到工官处察看印玺刻制的情况,并督促其加快进度。

好在半个月后,樊哙派出的两支筹粮队伍冲破楚军封锁,暂时解决了粮草紧缺的艰危。

汉三年(公元前204年)二月初,张良从汉中回来了。

与冯慧作别时的凄清仍在心头徘徊,他忘不了短暂相聚的温存,忘不了南郑城外长亭的敬酒,忘不了冯慧目光中的泪珠。可刚洗掉一路风尘,他便顾不得歇息片刻,就匆匆来向刘邦复命了。

"子房,你回来了。"当刘邦获知消息后,忙放下筷子,兴冲冲地出了大门,隔着老远就喊出了张良的字,"一路风尘,瘦了,黑了!"

"臣走的这些日子,荥阳不断吃紧,大王辛苦了。臣一回到荥阳就听说大王将每顿菜肴减为一样,全军将士闻之,发誓要跟随大王,兴汉灭楚,一统天下。"

"唉,也是时乖运舛,不得已而为之。其身正,不令而行;其身不正,虽令不行。寡人也是要率全军上下共渡艰危。"

"大王如此,不愁天下不归。"张良说着,就将话题转到了汉中之行上来,"臣奉大王之命到了汉中,将大将军出关灭魏扫赵,生擒魏王豹和赵王歇的消息通报给雍齿将军。他震动甚大,当着臣的面大骂魏豹多行不义,他要大王放心,他一定据守汉中,决不让楚军图谋得逞。臣听其言,观其行,便知雍将军归汉之心已定,汉中无忧。臣临归来前叮嘱雍将军,要他将防线延伸到武关以东。一旦有事,我军进可以到达南阳,退可以重回汉中。"

"子房果然韬略在胸。"刘邦呷了一口茶,由衷地感叹张良虑事周密,"子房家人可好?"

张良感谢刘邦的牵念,道:"臣家人一切皆好。犬子不疑编入少年营,现在敖仓驻守,南郑只留夫人一人,有雍齿关照,臣也放心。臣所担心者乃荥阳安危,故而在家中停留几日,就匆匆赶回复命了。"说话间,张良提起进城经过后工官处,看到那里忙忙碌碌,好像是在制作什么。

刘邦闻言,就解释道:"那是在为六国后裔制作印玺。"

张良一听便十分吃惊,睁大眼睛道:"天下未定,荥阳尚在楚军重重包围之中,大王此时制作六国印玺,意欲何为?"

刘邦便将郦食其行前所奏一一道来,末了道:"郦生之意,在为我结友,为楚树敌,使项羽不能西顾。"

"书生之见!"张良按捺不住心头的激动,从座席上站了起来。

刘邦完全没想到张良对此举反应如此强烈,干脆也起身站着说话。因为严肃,脸上呈现出几分矜持:"子房,此策汤武可行,寡人为何就不能行?你是以为寡人乏汤之威,少周武之德么?"

张良毫不客气,直言道:"若是如此,大王一统大业休矣。"

"这是为何?"

刘邦的肃然令张良意识到自己如此语气的确有些唐突,他喝了一口热茶,平息了一下心境,待重新说话时,语气多了几分温婉:"请问大王,往昔商汤、周武王伐夏桀、殷纣后封其后代,是基于完全可以控制局面,必要时还可以置其于死地的考虑,如今大王能控制项羽并于必要时置其于死地吗?"

刘邦摇摇头道:"不能!"

"此其不可一也。"张良说着,又问道,"请大王自度,昔日周武王克殷后,得到了纣王的头颅,如今陛下能得到项羽的头颅吗?"

"不能!"

"此其不可二也。臣再问大王,表商容之闾,封比干之墓,释箕子之囚,是在奖掖鞭策本朝臣民。大王能封圣人之墓,表贤者之闾,式智者之门乎?"

"不能!"

"此其不可以三也。周武王散钱发粟是用敌国之积蓄,现在大王军需无着,有力量扶贫济弱么?把兵车改为乘车,倒置兵器以示不用,大王能做到么?天下鏖战甚急,大王能够马放南山,牛息桃林,乐享太平吗?"

这一连串的诘问,个个击中刘邦目下的艰难,如惊雷轰顶,又如夏日透雨,刘邦摇着头对这些问题做了否定的回答后,张良说话的语速明显地缓慢下来。他在案几上画了一个圈,将分析进一步引向深入。

"既然大王面前横亘着诸多不可能,就当思虑,如果将土地分封给六国后裔,天下游士各归事其主,从其亲戚,反其故旧坟墓,陛下与谁取天下呢?"

"这……"刘邦沉重地低下了头,从宽阔的胸臆间发出浊重的呼吸。

"请大王再想一想,楚军强大,六国软弱必然屈服,怎么可能向陛下称臣呢?"

"子房,你不用再说了,寡人明白了。"当刘邦抬起头时,那忧郁的目光已注入了明朗和清澈,"郦食其这个迂腐的呆子,差点坏了寡人的大事。"

"然郦生所言,并非无可取之处。"见刘邦再一次瞪大眼睛,张良却表现出格外的冷静,"臣之意,与其封土赐爵于六国之后,毋宁用来奖掖将士,赏赐功臣。如此则将士用命,士卒勉力,岂不美哉?"

闻言,刘邦从内心感谢张良,几年来,每次都是在自己进退维谷之际提出良谋,他的目光总是比其他人高出一等。他忽然就有了饥饿之感,佯怒道:"好你个子房,存心不让寡人吃饭怎么的?"言罢,就埋头狼吞虎咽起来。

这时,从门外传来曹窋的声音:"大王,中官求见。"

刘邦口里含着饭菜,说话有些不清楚:"不见!寡人正在吃饭。"

"大王,夫人生了……"中官隔着门奏道。

这消息让刘邦立即放下筷子,本能地重复了一句:"什么生了?"

直到中官再度报戚夫人生下一个男儿的消息后,刘邦立即丢下筷子,对张良说了一句"请军师传令将六国印玺销毁",便转身出了前厅。中官不敢怠慢,忙追了上去。

张良看着刘邦急匆匆的背影,笑了。是的,自己也该抽空去一趟京县,看看少年营的儿子了……

戚姬静静地躺在榻上,她脸色有些苍白,额头渗出细密的汗珠。贴身侍女秋菊抱着刚刚落地的如意道:"看这眉眼,真像大王;看这口唇,多像夫人。将来又是个小大王。"

戚姬从秋菊手中接过如意,细细地端详着,千头万绪涌上心头,眉眼中飞扬着幸福的笑意,眼角却溢出晶莹的泪珠。秋菊忙劝道:"月子里不可以流泪的,生下小王子,该是高兴的事……"

"嘿!"戚姬笑出了声,"你不懂,这是高兴。"

儿子睡着了,梦中露出憨憨的笑,仿佛三月的春风。扑满胸怀的,都是灿烂的阳光。十个月前那个难忘的夜晚,每一个画面,每一个细节,都刻骨铭心;半年前那个疯狂的夜晚,每一个情节,每一滴痛苦,都痛彻心扉。当楚军烧毁戚家庄的时候,她甚至想到了死,因为心中装着一个男人,她才有活下去的力量;两个月前,她同刘邦因为立太子发生的风波,每一个场景,每一句话,现在想起来犹在昨日。然而,这一切都不重要了。要紧的是,她为刘家生下了一个男子汉。她现在的希望就是让刘邦尽快看到儿子,便问秋菊道:"禀奏大王了么?"

"中官已前往禀报了。"

话音刚落,就听见从门外传来刘邦的声音:"意儿在哪?意儿在哪?"

是大王!戚姬挪了挪身子,靠在榻边坐起来时,就看见刘邦的身影出现在门口。刘邦已顾不得礼仪了,只是一个劲地喊着"意儿,意儿",径直朝内走。女御医淳于馥上前施礼道:"请大王少待片刻,在暖过之后,再探看夫人母子。"刘邦想想也是,自己带进一股寒风进来,无论是婴儿还是母亲都受不了。

好在室内生了炭火,不一会儿就驱走了刘邦带进来的寒意,中官向左右使了个眼色,大家都悄悄退到偏室等候。刘邦在戚姬面前坐下来,眼神热辣辣地说道:"夫人受苦了。"

戚姬莞尔一笑,被一头青丝衬托得绚烂娇媚,却又不似当初为姑娘时的青涩,分明潜入了娴静和成熟。刘邦见状有些心猿意马,俯下身子吻了吻戚姬的额头,又轻轻地抱起她身边的婴儿,贪婪地看着,不无享受地说道:"你一来,寡人膝下就有三子了,一为将军,一为太子,如意将来会成为什么呢?"

"他还长不盈尺,大王干吗想那么远?他能够健壮成长,妾心愿足矣。"戚姬也学聪明了,她发现那些无端的争论,只能惹起刘邦的厌烦。

刘邦俯下身子要亲如意,戚姬阻止道:"你那胡须扎人,还是让他睡吧!"

刘邦把孩子放回戚姬身边,侍女送来热茶,刘邦呷了一口,眼睛却是盯着窗外阴沉的云层发呆。戚姬叫了两声,他都没有回过神来。戚姬明白了,如意的诞生一定撞动了刘邦的心弦,也许此刻他的心回到了刘盈和刘肥那去了。唉,人心都是肉长的,一个个都在他眼前长大,怎么会不想呢?何况,眼下战事甚急,他的担心比平日更重。

戚姬那颗柔软的心便随着刘邦的眼神蜿蜒荡漾,从他的几个儿子想到了吕雉,是呀!她被楚营掠去已经年余了,他们毕竟夫妻一场,又有两个孩子在那儿牵系着,他怎能不思念呢?也许,他更思念在楚营的吕雉。她至今没有见过吕雉,无法在脑际勾画出她的模样。吕雉这个名字,让她一想起来就有些怕?为什么?她说不清楚。

"大王!"戚姬在耳边温柔的呼唤,刘邦还是没有听见。

是的！眼前的戚姬牵起了刘邦思念的游丝,从面前一直到数百里外的大梁,楚军的大营就设在那里。他听楚营回来的使者说,项羽将父亲和吕雉随军也带到了大梁,作为与汉军周旋的筹码。他一想起这些,就忧愤交加……

"大王！"

戚姬轻轻呼唤,刘邦一激灵就回到了现实。戚姬并不点破刘邦的心思,刘邦便自我解嘲道:"刚才寡人走神了。"

这时候,中官进来禀报,说陈平回来了。

刘邦的思绪一下子就集中到战事上来。他本来是要陈平送一封信给项伯的,他希望项伯能够设法关顾父亲和吕雉;更重要的是,目下楚军强盛,他有讲和的想法。这事是他在张良归来前做出的,可陈平怎么刚刚走了两日又回来了?

刘邦回到前厅,陈平已经等候在那。一见刘邦,他上前施礼道:"臣中途返回,请大王恕罪。"

"为何中途返回?"刘邦脸上流露出一丝不悦。

陈平脸上掠过依稀的笑意道:"请大王容禀之后,再发落微臣不迟。"

刘邦示意陈平坐下来说话。陈平会意,接着就将出了荥阳,却遭逢了一群从楚营中逃出来的士卒,他们因不能忍受钟离昧的严酷,准备逃回会稽的情形大致说了一遍,末了道:"臣从逃兵口中得到一个消息。"

这句话让刘邦来了兴趣,他立时睁大眼睛问:"什么消息?"

"钟离昧乃项羽心腹,孰料项王大封各路诸侯,却没有给他封王拜侯,因此与项王心存芥蒂,常常在愤懑之际拿士卒出气。"陈平侧了侧身体,眼里闪烁光彩,"臣于是想,倘若我军重金贿赂钟离昧,荥阳之围必解。何必屈膝求和,看人眼色呢?"

"钟离昧性情憨直,能奏效么?"

"倘若大王恩准,臣情愿前往游说。"陈平又补充了一句,"即便其不阵前倒戈,但也绝不会如从前那样竭忠用命。"

刘邦话到口边,却缓了一步道:"此事容寡人与军师商议后再行定夺。"

闻言,陈平的脸上立时就兴奋起来:"军师回来了?那真是春逢好雨啊!"他起身告辞,走出大门的步子轻快而又迅捷……

钟离昧凭借强大军力,自十月以来屡屡攻击荥阳,都被周勃击退。他也知道,汉王现在调集曹参、灌婴和张耳在燕齐开战,无力与他展开决战。只要他继续围城,终有城破之日。他将这个想法告诉了龙且,得到他的大力支持。

而周勃也明白,除了曹参、灌婴和张耳北上,柴武、吕泽军尚在成皋、下邑据守。现在荥阳城内外,只有自己与郦商军,不足以打败楚军。他严令校尉不要轻易出战,一切等韩信灭了燕齐,回过头来会师荥阳城下再说。

这样,汉军与楚军就进入了一段相持的时光。

周勃等得,但项羽等不得。范增很快就判断出汉军的意图,谏言项羽督促龙且与钟离眛攻城,务必赶在韩信南下前拿下荥阳。如此,楚军则可趁势攻进关中,天下可定。

项羽立即起草诏命,并拜托范增亲往荥阳督战。

范增收起诏命,眯着眼睛问道:"大王可否想让老夫犒劳前线将士呢?"

项羽皱了皱眉头道:"久攻荥阳不下,寡人不斩已属宽怀,何来犒赏?"

"钟离眛骁勇善战,忠贞不贰,当赏则赏。兵法云,赏罚之道,在于正义,明法,彰功,标罪也。法之不明,则军不知所以;义之不正,则法必褊狭;功之不彰,则军不知所趋,望大王明察。"

未料项羽却接着范增的话道:"兵法亦云,罪之不标,则军不知所避。请亚父告知钟离眛,只要他攻下荥阳,寡人将亲往前方犒赏三军。"

范增觉得再说也无结果,只好带着诏命前往钟离眛军营。

钟离眛对范增向来是尊重的,这不仅因为他身份贵重,更因为范增总是料事如神,让他深感敬佩。在接风宴后,他送范增去歇息时留了下来,将荥阳的战事说给他听。范增听完,捋着银色胡须,沉吟良久后道:"目前汉军兵力分散,正是出击良机。将军如攻取荥阳,老夫当禀明项王,为将军请功。"

钟离眛从诏命和范增的话中猜出项羽对自己的不满意,便当面应承了,他闷闷不乐回到帐内,就见几名校尉在帐中等候。钟离眛问道:"夜已深沉,众位不去巡营,到此作甚?"

校尉们一个个眉毛紧皱,相互看看,欲言又止。钟离眛见状,气就不打一处来:"一个个都哑巴了,看着我干什么?"

大家推推搡搡,最后都把目光聚在屈校尉身上。这屈校尉乃屈原的族孙辈,在军中以敢于直言而著称。现在见大家如此,他推脱不过,上前抱拳施礼道:"今日听罢大王的诏命,吾等为将军不平,也为将士不平。从去岁八月至今,我军一路西来,血溅荥阳东,鏖战汜水畔,好不容易将荥阳包围,大王不犒劳倒也罢了,反而在诏命中多所指责。难道我等的血不是为楚国流的么?"

经屈校尉这么一说,其他校尉都愤愤不平起来。宋校尉乃宋义将军的世侄,借着这个机会道:"人言项王多仁,可在卑职看来,项王实乃寡情少义。"

接着宋校尉的话,龙校尉附和道:"将军南北征战,在楚营中可谓功高劳勋,项王今日封这个为王,明日拜那个为侯,却是不曾想到将军,真是……"

"你等私下议论大王,就不怕隔墙有耳么?"龙校尉的话还没有说完,就被钟离眜厉声制止了,"战场杀敌,乃为军人之职;出生入死,乃使命所系。至于封王拜侯,我却是不曾想过。你等早早回去,明日卯时造饭,黎明攻城,贻误者斩无赦。"

众人散去后,钟离眜的心却被刚才校尉们的一席话激起阵阵波澜。倒不是他对项羽有多少仇恨,而是落寞纠结在心头,久久挥之不去。他走出营帐,三月的月光照着大地,远处的嵩山浓浓淡淡地耸立在大地上,汜水自北向南奔汉水怀抱而去。几个月来,汉军与楚军在这块土地上展开了拉锯战,留下近千具将士尸骨,他一想起来就惊心动魄。在迢迢千里之外,就是他的家乡朐县,那是一方面朝大海的所在。说起来,他与项羽同年同月而生,长到二十岁时,娘在故乡为他定了一门亲事。那姑娘长得水灵毓秀,本来说好过了二十岁就操办婚事。然而,项梁的举义打破了钟离眜平静的心池,他邀集起一群青年加入了义军,却因为势单力薄而无法立足。当他听说项羽巨鹿大战的皇皇战绩后,遂率部投奔而来。从军侯做起,直做到将军。战事太残酷,居无定所,他也就断了给家中去信的念头。四年多岁月一晃而过,如果在家乡,也该是儿女绕膝了。

如今他仍是孤身一人,那渔家姑娘的面容想来都有些模糊了。他早已打消了完婚的期盼,他觉得不能耽误了人家姑娘。

钟离眜属于那种冲锋在前,而很少把事情想复杂的人,只要有仗打,他就觉得畅快,从来不曾想封王拜侯。可现在这个问题被校尉们提起,容不得他不想。他这才发现以往自己忽视了许多细节,譬如说,项羽对待桓楚就和自己不一样,不但关注他战场上的功勋,每有赏赐总是排在前面;并且十分关心他的婚姻,让虞姬将自己的妹妹许给了他;对龙且也是多所关照,而对自己……

一阵风来,吹散了钟离眜的思绪,他使劲摇了摇头,决计将这些不快驱除出头脑。

从帐篷里传来士卒们的鼾声,偶尔看见巡夜的士卒从眼前经过,钟离眜向他们点头回礼。这些士卒都是十七八岁的年轻人,他叫不上来他们的名字。今夜他们还在巡查,说不定明天就会横尸战场。

忽然,一个身影在不远处闪了一下,钟离眜立即警觉地问道:"何人在此?"

在钟离眜问第二声时,那人现身了,钟离眜近前一看,却是范增。

钟离眜收起兵器,上前问道:"老将军还未歇息?"

"哦,睡了一会儿,如厕,却不承想遇见将军。"

"夜间风凉,老将军还是早点回帐中歇息,若是让那些巡夜的哨兵误认是奸细,就太危险了。"

"多谢将军提醒。"

范增离去了,钟离眛也没有多想,转身朝营帐走去……这又是一个不眠之夜。

卯时二刻,楚军饱餐一顿,分两路向荥阳发动攻击,一路奔了城北,一路越过檀山,从东门发起进攻。

周勃事先得到探马禀报,早在子夜就先一步到达檀山,将汉军隐藏在半坡的密林中,靠近大路的外围都布置了弓弩手。周勃命令弓弩手在箭用尽之后举旗为号,迅速后撤,由步军掀下滚木礌石,待楚军乱了阵脚后,隐藏在沟壑深处的轻骑从旁杀出。

晨曦中的檀山十分寂静,密林深处偶尔传来几声鸟叫。这让钟离眛有些不安,他勒住马头,要屈校尉派出探哨向前搜索。过了半个时辰,探马回来报说前面一切如常,钟离眛这才挥军前行。等部分军队走过山口后,忽然从密林中射出千百支利箭,行进中的队伍顿时陷入慌乱,呼啦啦倒下一片。

钟离眛明白中了汉军的埋伏,但他更惊异自己攻城的消息如此快就被周勃知道了。他挥动手中的画戟大声呼喊"撤退",言未了,但见滚木礌石从半坡上滚滚而下。钟离眛命从事中郎冲上旁边的一座小土丘挥动楚字大旗,最先冲到前面的校尉看见撤退的信号,拨转马头朝沟口奔来。这时从旁边的沟道里奔出一队骑兵,为首的正是声名赫赫的汉将周勃。

楚军对周勃并不生疏。当年刘项联军攻打胡陵时,周勃身先士卒,借着敌军伸过来的一杆枪登上城头,将"楚"和"项"字大旗插到城楼上。时过三年,在此遭遇,他们先自怯了,仓皇地朝沟外逃跑。

钟离眛正拨转马头,瞧见一道黑影从空中越过,霎时间,周勃的坐骑已经落蹄在他的面前,大声喝道:"钟离眛哪里走?献上头来。"

两人在沟中大战四十多个回合,周勃愈战愈勇,而钟离眛因惦记着麾下士兵,却是连连中招。忽然从东南刮起一阵狂风,卷着飞沙走石铺天盖地而来。檀山顿时天昏地暗,两军对阵,彼此看不见对方。周勃心中暗暗埋怨天公不作美,硬是搅乱了一场将胜的战阵。

而钟离眛此时却在心底感谢上苍有眼,关键时刻救了楚军,他忙传令向东南方向撤退。这一撤就是十里地,等到摆脱周勃军后,清点军伍,死伤五百余人。

回到营寨安排好诸事,钟离眛这才拖着疲倦的身体回到大帐,却发现范增早已在此等候。他不无怨气地瞪了一眼范增道:"都是老将军一个劲地催促攻城,结果才大败而归。"

范增看着钟离眛,嘴角掠过一丝笑意道:"我军攻城,只有你我知道,为何汉军却严阵以待,设下埋伏?"

"难道老将军还怀疑末将走漏消息不成?"这话钟离眛就不爱听了。

范增摇了摇头道:"将军忠勇善战,天日可鉴,老夫怎么会怀疑将军呢?"

钟离眛冷冷地回了一句:"那您是什么意思?"

范增在钟离眛对面坐下来道:"也不能排除我军混入奸细,不过……"

"请老将军明言。"后半截话还没有出口,倒引得钟离眛转过身来。

范增侧了侧身,那双细眼就藏了不尽的幽深:"记得前几日老夫刚到营中,将军曾言探马得知张良不在汉军营中,楚军稳操胜券。如今却是如此结果……"

"难道说……"

"老夫析解此战,从布军到战事都显得有条不紊。据此可知,张子房已回来了。"

钟离眛将信将疑地望着范增道:"何以见得呢?"

"从周勃战而不追即可见端倪。虽然此役汉军暂时取胜,然在整个荥阳、成皋战场,我楚军兵力远远大于汉军。倘若急于追击,敌必军力不济。故而,只要达到却敌于荥阳远郊之目的即可,一切还得等韩信南下后才能定夺。"

"老将军所言,令末将豁然开朗。请问老将军下一步如何应对?"

两人正说着话,就见龙校尉进得帐来。他有些垂头丧气地禀报,说他率军从北门攻城,遭遇了郦商军桐油和滚木礌石袭击,死伤了不少弟兄。

范增问道:"我军撤退时,郦商可曾追击?"

龙校尉回道:"追出不到半里,城头上即鸣金收兵。"

范增便有些得意地眨了眨眼睛,捋了捋胡须道:"这又是张子房的主意,老夫没有猜错。知己知彼,百战不殆。敌欲拖,我不能拖。老夫将上书项王,集中桓楚、龙且两军,力求短期内拿下荥阳和成皋,如此,则刘邦于中原无立足之地,只有退回关中。我军乘胜追击,再入关中,平定天下,指日可待。"

"范增老儿账算得倒是精。可惜,进退在我而不在彼。"在刘邦议事前厅,张良带着揶揄的口气道。

"下一步如何还请子房筹谋。"显然,刘邦希望张良能进一步扩大战果。

张良看了一眼陈平道:"现在该陈中尉出面了。请大王命府库速备四万金,陈中尉不只要贿动钟离眛,更要施贿于校尉以下官佐。"

刘邦还是有些疑惑:"寡人素闻钟离将军忠直率快,岂能轻易收受钱财?"

张良站起来在地上踱了一圈步子,悠闲地拂了拂衣袖道:"收不收都无关紧要,臣是要让项王早日知道此事。真是天助我也,恰恰范增到了楚营,他岂能对此装聋作哑。一回到大梁,他就会告知项羽的。"

听罢,刘邦抚掌道:"子房多谋,此所谓离间之计也。"

张良和陈平都开怀大笑,惊动了梁上的燕子,扑棱扑棱地飞到门外的竹林间去了。

三天后的傍晚,钟离眛正闷闷不乐地在帐中饮酒,从事中郎进来禀报道:"将军,汉军使者陈平求见。"

钟离眛问道:"可是鸿门宴上传递信息的陈平?"

"正是。"

钟离眛的脸色顿时就阴沉下来:"当初项王待他不薄,他离心背主投了刘邦,现在有何颜面来见我?"

"这个……此一时,彼一时。不管他过去做了什么,可现在他是汉军使者。两军交战,不斩来使。将军若是不见,传将出去,会被人嘲笑无礼的。"从事中郎劝道。

钟离眛想想也是,堂堂楚军大将还怕你汉军中尉不成。我倒要看看,你会干些什么,心意一定,他便说道:"好!带他来见。"

"汉军中尉陈平拜见大楚钟离将军。"陈平已站在钟离眛面前,不失风度地行了礼。

钟离眛脸上掠过一丝轻蔑:"当初项王待你不薄,你却离他而去,似这等背信弃义之徒,有何面目来见我?"

陈平并不生气,反而笑道:"将军骁勇,可惜明珠暗投,却自以为建功立业。汉王每每谈起将军,总是遗憾。下官欲问几个问题,倘若将军能回答上来,下官愿自缚其身,任将军处置。"

见钟离眛没有拒绝的意思,陈平便问:"同为义军,项王每下一城,屠城数日,百姓逃之不及,即为孤魂野鬼,可是事实?"

钟离眛表情木然地看着陈平,没有说话。

"汉王每下一城,严令麾下将士,杀人者死,伤人及盗者抵罪。请问,将军在楚营可曾听说过?"

钟离眛没有回答,转脸看着帐外从东山升起的月色。

"汉王每到一地，百姓箪食壶浆，迎出十里。请问将军，可曾看见楚军有过如此情景？"

钟离昧承认陈平说得有理，却也不愿意正视，只好用沉默来对待。可陈平并不罢休，跟着就把话题转到钟离昧自身上："将军为项王出生入死，没有封王且不去说，至今连侯爵也没有，此岂非项王寡恩少义之举？"

这一句话戳到了钟离昧的痛处，他不再用敌意的目光注视陈平。

"将军轻看下官，皆因将军认为下官离心背主。岂不闻良禽择木而栖，良臣择主而行。下官不才，然得遇汉王，乃禾苗之逢三春雨露矣！"

"足下既奉汉王诏命而来，我自当作客人看待。"钟离昧为自己寻找台阶，要侍卫送上茶点。他刚要举杯，却见陈平拍了两声巴掌，向外挥了挥手，就见八名汉军士卒抬着几个大箱子进来。

钟离昧放下茶盏，疑惑地问道："这是……"

陈平打开其中一个箱子，就见烛火下闪出一道光芒，原来是一整箱金子："汉王不忍将军麾下将士终日辛劳，风餐露宿，特差下官送来四万金，以供将军犒赏之用。"

钟离昧急忙摆手道："使不得，若是让项王知道，我怎么交代？"

陈平笑了笑道："将军在荥阳前线，只要将军和麾下不说，何人得知？拿这些钱安抚死伤士卒家眷，也显得将军心怀。临行之前汉王叮嘱，此举完全是因为仰慕将军忠勇，聊表敬仰之情。时候不早了，下官就此告辞。"

陈平言罢，转身出了营帐。钟离昧送到帐外，一时心境五味杂陈，却说不出一句话来。待他一转身，却发现从树影下走过一个人来，正是范增。

范增眉眼中流出几分诡秘："何方客人，深夜来访？"

"这……"钟离昧随口说了一句，"此乃附近乡绅，乃私人交往……"

"哦……是么？"范增没有再问什么，转身离去。

第二十二章

陈平再设连环套
项羽中计逐范增

回到大帐，范增方才那种莫名其妙的笑意总是在眼前环绕，莫非他真的看出什么了？若是他报给项王……钟离昧不敢往下想，忙传来屈校尉、龙校尉和宋校尉等人，一面吩咐将赠金分给军侯以上官佐；另一面把自己的担心告诉他们。

"陈平在这个时候来定有图谋，属下以为这四万金恐怕是一祸端。"屈校尉这样分析道。

但他的话一出口，就遭到龙校尉的反驳："项王只是催促我等攻城，却是赏罚不明。汉王赠金，并未要我军撤退，足见其念旧，犹记当年联军之谊，将军不必担心。"

"二位所言都不无道理，要紧的是这四万金已留在军营内，纵然奉还汉王，仍然无法消除范增的疑心。而且将士苦战，亦需补偿，倒不如一不做二不休，"宋校尉说着，做了个杀头的手势，"杀了范增，以绝后患。"

龙校尉吃惊地看了一眼宋校尉道："足下为何出此下策，这不是要陷将军于不义么？若是项王追究起来，怎么办？"

宋校尉冷笑道："欲加之罪，何患无辞？项王若是追究下来，便说其欲背楚投汉，故而杀之。"

钟离昧见状，心里更乱，挥手止住几位的争论道："宋校尉之言差矣，范增乃项王亚父，是为心腹，绝不可杀。"

宋校尉反问道："那请将军自忖，放了范增，吾等安危若何？"

钟离昧想了想，觉得应该遣一校尉去探探虚实。宋校尉显然不合适，屈校尉又有泄密之嫌，便转脸对龙校尉道："天明以后，你不妨去范增处以侧语探之，看他如何回答。"言罢，脸上就带了凛凛杀气，"我接受赠金，原为解决将士无米之炊，并无私心。你等务必告知军侯以上官将，有泄密者，斩无赦。"

几位校尉同声道："请将军放心，属下定要他们守口如瓶。"

话虽这样说，但校尉们退出后，钟离昧一夜都没有睡好。第二天天刚亮，未等龙校尉前往探看，范增倒先来钟离昧帐中辞行了。钟离昧忙命人上了茶点，招呼范增入座，并带着试探的口气问道："是否要校尉们陪同老将军？"

范增摇了摇头："荥阳未下，项王震怒。老夫此次奉命前来，亲见将士用命，披坚执锐，慷慨赴死，深为感动。老夫定当禀报项王，为将士请功。"

钟离昧忙放下筷子回道："末将不才，久攻荥阳不下，甚是惭愧。请老将军回去后转呈项王，末将定不负所托，克尽厥职，在所不辞。"

范增边吃菜边微笑着颔首，这表情让钟离昧益发捉摸不透，却又不便明说。用过早膳，司御已备好车驾，侍卫也早已列队在营门外等候。钟离昧送范增来到车前，执手相望道："愿老将军一路平安！"

"战场瞬息万变，愿将军好自为之。"范增轻轻摇着钟离昧的手，言罢登上车驾，缓缓地东去了。

钟离昧看着车子渐行渐远，目光没有丝毫转移，直到眼里只剩下铺满尘埃的道路……

范增一回到大梁，就将所见一一陈说给项羽，并且再度提出要对前方将士多所抚恤，方能使其安于战事："《吴子》兵法中有专章曰《励士》，大王不可以不察。"

"寡人还是不能相信钟离昧会背寡人而去。"项羽摇摇头道，"他自归顺大楚后，每每阵前建功，未有二心。此次攻打荥阳，也是他主动请缨，岂能背弃而去？"

"防人之心不可无。"

"钟离眛非陈平之流,他忠直憨厚,绝少私心。亚父若说其他人寡人也许信之,若说钟离眛,寡人却是不信……"

范增见项羽依然故我,禁不住长长叹了一口气,便将那夜在营中无意中听到陈平与钟离眛的谈话一字不落地说了出来。项羽听着,眼睛越睁越大,及至听到"臣之所言,句句为实"时,他的目光就呆滞了,口中讷讷道:"果真如此么?"

当范增再度严肃地点了点头时,项羽胸中的怒火已冲到头顶,呼地从座上站起来吼道:"好你个钟离眛,寡人待你不薄,你却暗怀异心。寡人要将你押解彭城,枭首示众。"

范增急忙起身,上前制止了项羽:"大王息怒,且听微臣详说。"

项羽这才重新落座,范增继续道:"目下正当用人之际,轻易杀将,乃圣君所不为;其次,汉楚两军犬牙交错,两相对峙,近在咫尺。倘若走漏消息,逼得钟离眛阵前倒戈,于我得不偿失,那时,恐怕重蹈彭城之失覆辙。大王不可不察。依臣之见,不如遣龙且为前锋,将钟离眛换调回大梁卫戍,遣项声为后卫,必可竭忠效力。于此,钟离眛每日出入在大王眼皮底下,若再有异动,再除之不晚,如此,大王无忧矣!"

"项声寡人倒是放心,就是论起冲锋陷阵,不及钟离眛……"

"他押运粮草无碍。龙且威震楚汉,比钟离眛有过之而无不及。"

"好!就依亚父。"当下项羽下令,将钟离眛撤往大梁,急命龙且前往荥阳前线担任攻城重任。

这是四月的一天,在武强城西的阳关道上,龙且与钟离眛在交接完兵务之后,马上相别。

钟离眛心里清楚,自己之所以被换下来,与范增不无关系。但项羽如此轻信范增,让他有些寒心,可当着龙且的面又不便说破。而龙且接到换防的诏命,却不知晓项王的真意,也只能奉命而为。

"龙且兄此来,任重而时艰。种种迹象表明,张良已回到汉军中,此人多谋善断,再加上一个陈平,殊难对付,龙且兄切不可掉以轻心。"钟离眛别前叮嘱。

"感谢钟离兄提醒。"龙且作揖还礼,指着东方道,"由此往东北方向,就是当年张良刺杀始皇的博浪沙,足见此人胆识,我当谨慎对待。"

此去大梁,福焉祸焉,前路茫茫。钟离眛平时最见不得人流泪,竟然眼睛不知不觉地湿润了。他狠了狠心,作揖道:"千里送行,终有一别。龙且兄好自为之,弟就此拜别了。"

龙且耳边只留马蹄声碎,尘烟滚滚。

……

"哈哈!项羽小儿,果然中计。"在荥阳城中,刘邦听说项羽阵前换将,从内心称道着陈平的离间计。

看着刘邦如此兴奋,张良却无论如何高兴不起来。走了钟离眛,来了龙且,是一位更难对付的将领。他的情绪很快被刘邦看出,收了笑声问:"敌中计换将,子房为何愁眉不展?"

张良看了一眼身旁的陈平道:"中尉离间项王与钟离眛,虽然奏效,可龙且此人不仅骁勇,运筹亦是裕如,更不好对付。"

刘邦的笑容顿时收敛了。是啊!对于龙且,他虽然不如张良知之甚多,可却是素闻大名的:"子房所言有理,如此则荥阳危矣。"

张良建议道:"为今之计,莫如大王遣使前往大梁提罢战言和之议,以为缓兵之策。"

刘邦正要说话,陈平却从旁奏道:"若使者前往大梁,臣倒有一计,可陷项羽与范增于不和。"

闻言,刘邦就按捺不住了:"快说,是何良策。"

"若项王应了大王之请,定然遣使回访,如此,大王在招待楚使时先礼而后轻。使者若问其故,即言以为范增使者,故而重礼以待。及至知是项王使者,乃与之狗彘食。项王闻之,必疑范增前次来与我汉营密交,从此疑窦在胸,成芥蒂耳。"

张良听罢,拊掌连道:"妙计!臣以为此事当遣卢绾前往。他来汉营后并不曾多出面,项王未知其人,不至于轻看。"

刘邦赞同道:"如此甚好!有关事宜,子房可与他言明。"

十天以后,卢绾到了大梁,他这次是抱定立功信念到大梁的。自随刘邦进入关中以来,郦食其屡屡奉诏出使诸侯国,多有建树,而自己却无所作为。这一回,他无论如何也不能输给郦食其。临行前,他到刘邦住处领命,刘邦交代他两件事情:一是促成和谈,最好说服项羽撤回大军,他也承诺不过荥阳以东;二是希望项王能够允准探视刘太公与吕雉。对于前一条,刘邦并不抱多大希望。可战争就是这样,打打谈谈,谈谈打打,双方拼的就是实力和耐力,最坏的结局就是退回关中。这一点,卢绾也很清楚,作为同乡,又是同庚挚友,他在心底打定主意,即便谈判不成,也要探视刘邦亲人。

此刻站在行宫大殿内,望着器宇轩昂、年龄上和气势上都远非汉王所比的项羽,他的精神不由自主地紧张了。为了平息心境,以示使者的庄重,卢绾自上而下地整了整衣冠。项羽也暗暗收敛了往日的狂傲,表现出王者应有的矜持:"使君平身。赐座。"

卢绾在项羽对面入座时,就看见范增在左首打坐,他让卢绾感到此行的不易。正在思忖间,项羽说话了:"不知使君此行,汉王带何话给寡人?"

卢绾回道:"外臣正是带着汉王的诚心来拜见大王的。大王与汉王原本金兰之交,囊昔同诛暴秦,并进咸阳。汉王从未忘记项公恩典,实不愿兵戎相见。外臣此来,便是传递弭兵罢战之意,还望大王能体恤天下苍生,止戈息武,则乃天下幸事,楚汉幸事也。"

这话一出口,项羽的脸就拉得老长,看了一眼身边的范增道:"听使君之意,便是寡人不体恤天下苍生了?寡人倒要问一问,是何人暗越武关,早进关中的?又是何人趁楚齐交战之际,唆动诸侯攻取彭城的?"

这些问题原本在张良预料之中,曾叮嘱卢绾可置之不理,只言和谈。因此等项羽的话落音后,卢绾不温不火地回道:"所谓时也,境也!大王力敌万军,胸纳四海,还请不计前嫌,促成和谈。如此楚汉两利之事,大王定会欣然同意的。"说着,向他外挥了挥手,就见两名士卒抬进一个箱子。

卢绾起身,近前亲自打开箱子,但见是一对玉璧,晶莹剔透,温润凝脂。中间一道墨绿色,尤其凝重可人。卢绾又继续介绍道:"此乃蓝田所产之玉,汉王吩咐呈奉大王作为晋见之礼。不知大王可曾听过伯雍种玉的故事?"

"哦?"

项羽的话音让卢绾确定项王很有兴趣,他回头看了一眼身边的范增,只见其也直愣愣地盯着玉璧,顿时来了说话的情绪:"相传伯雍乃上古大孝,父母逝世后,坟园茅庐,守孝三载。其举动感动上天,传种玉之术曰:'胥渚是吾家,炼石补天瑕;留此五彩石,布下万世华。'伯雍依法播撒玉籽,辛勤浇灌,经年不辍,苍天不负有心之人。有一天,伯雍晨起上山,远远瞧见五彩绚烂,近前一看,果然美玉争辉。或曰此玉坚硬无比,务得金石镂之,方能成器。汉王赠玉,乃取精诚所至,金石为开之意,望大王笑纳。"

卢绾在那边说着,范增的心思却一刻也没有停止,他暗暗感佩刘邦和张良对项羽的熟稔。项羽虽然暴戾,却有着"恭敬爱人"的一面。他生怕项羽被卢绾蛊惑,动摇了攻打荥阳的决心,忙出来说话:"使君言之凿凿,令老夫眼界大开。使君所言之精诚,乃交互耳。若只要楚精诚,而汉不精诚,岂能言和罢战?"

"老将军所言乃和之真谛。故而,汉王才送上大礼。"卢绾再次向项羽施礼,"外臣相信,大王定能以吏民为怀,做出决断的。"

卢绾的目光一直注视着项羽,发现他现在的神色温和了许多,说话也活了:"使君一路东来,风尘仆仆。且请驿馆歇息,容寡人与亚父商议之后再答复如何?"

"外臣静候佳音。"卢绾拱手,将另一个请求提到了项羽面前,"听说刘老太公与吕夫人尚在楚营拘押,外臣能否探看一二,也好向汉王复命。"

"这有何难?只不过使君所言拘押,不免听信谣言。寡人与汉王乃金兰之交,彼父即寡人父,彼夫人乃寡人嫂,岂有拘押之举?寡人是担心沛县战乱,祸及无辜,所以才接到楚营妥善安顿的。"项羽说完,传来中官吩咐道,"陪同卢使君去探看刘太公和夫人。"

卢绾也不辩解,心想只要能见到太公和夫人,怎么都好说。

卢绾刚一离开,范增就直勾勾地看着项羽问道:"大王果真要与刘邦议和么?"

"寡人方才已对卢使君言过,要与亚父商议之后再答复。"

范增站起身来,他觉得在这个关头一定不能犹豫:"大王,兵法虽有不战而屈人之兵之语,可那是在我军必胜前提下才可行。我军兵力虽胜于刘邦,但不足以成鲸吞之势,此时敌之言和,乃在缓兵。两军相持勇者胜,大王万不可为山九仞,功亏一篑啊!"

"亚父所言,不无道理。可眼下楚军为战久矣,寡人北击田齐、南击英布,离开彭城久矣。倘能议和,得荥阳以东之土于楚,岂非事半功倍之为,百姓拥戴之举?"

这话让范增的心如居室入水,一个劲地往下沉:"刘邦之心,昭然若揭。一旦缓过气来,必伺机反攻,蠢蠢东来。鸿门放过,已属大失,倘再放纵,无异放虎归山。"

"那依亚父之意呢?"

"为今之计,大王可命龙且加紧攻城。汉军坚守数月,已属疲师,必败无疑。"

项羽手按腮边,沉默了许久,眼神显得迷离而又犹豫:"汉王提出议和,意在争取诸侯同情,倘若寡人拒之,岂非授诸侯以口实?致其重与诸侯联军,陷楚于孤立无援,前车之鉴,岂可轻忘?"

这一层范增倒没有想到,他把项羽所言前后梳理一番,心境渐渐平复了,分析道:"彼乃一手言和,一手攻伐。我何不也明里言和,暗中进攻?如此,则胜券在我矣。"

项羽轻轻摩挲着双手道:"亚父如此说,正合我意。"

"楚使非为言和,乃在刺探军情,必当慎重周详之人莫能为之。臣保举项它,定能担此重任。"

"他乃败军之将,有何颜面为使汉之臣?"项羽摇了摇头。

"项它之败,不在己而在人。魏军不力,即使孙膑在世亦无可奈何。他乃大王族侄,有大王之风,臣观其处事机敏,必能见机行事。"

项羽没回答范增的话,但心思却是动了。细细数来,自己当初瞧不上眼的韩信,到刘邦那里拜了大将军,一路锐不可当;自己视为能臣的陈平也投奔了汉营。论起将军,可与汉军对阵尚多;若说谋士,能当大任者凤毛麟角。相较之下,项它勉力为之。

"好!就依亚父。"项羽最终还是答应了。

不管此行会有什么结果,项羽总算没有放弃攻打荥阳。范增决计今夜要与项它做一次长谈——为自己,也为楚国的大业……

当太阳升上大梁城头的时候,负责看管刘太公与吕雉的健妇营校尉冬梅将值守诸事交代给前来接手的妹妹春梅,转身便去向副将虞娘禀报。

虞娘看了一眼冬梅问道:"今日值守的是谁?"

"春梅。"

虞娘点了点头:"你等务必恪尽职守,绝不能让陌生人接近后室。"

"诺!"冬梅出了虞娘营帐,才姗姗离开。

她不能理解,两军交战,为何要羁押刘邦家眷当人质。她这样低头想着、走着,却不料一头撞进迎面而来的人怀里。她正要责备,却在抬头的一瞬间发现是虞姬,冬梅的脸就腾地红了,忙退到一边道:"王妃好!"

"说过多少回了,军中只有将军,没有王妃,你就是不听。"虞姬瞪了一眼冬梅,人却笑了,问道,"吕夫人情绪如何?"

"不瞒将军,吕夫人心大心宽,每日吃得睡得。闲暇无事,还要看看书,做做女红。"

"唉!她被羁押,若没有这些,人还不疯了?"虞姬抬脚就往里走,"有些日子没有看夫人了,今日有空,找她叙叙话。"

春梅看见虞姬,忙迎出去见礼。虞姬挥了挥手,春梅明白她又是来看吕雉,便悄悄退下。

"夫人万福。"虞姬先向吕雉打招呼。

"感谢王妃看望。"吕雉放下手中的针线活,回了虞姬一笑。她现在看虞姬的目光不再有当初的怨恨和敌意了。刚刚被押到楚营时,她是怎样解恨就怎样说，怎样能给予对方难堪和伤害就怎样说。沛县乡间所有讥讽、挖苦和顶撞的话都用过了，甚至有一次，说着说着，竟然操起面前的碗就朝虞姬砸去。亏得虞姬武功过人，一个侧身，碗便摔在地上。没过多少日子她便发现，虞姬其实有着一颗善良柔软的心。她用了整整一个通宵，谈了自己的无奈，谈了刘项之间曾经的情谊，谈了只有女人之间才有的心语。在之后的日子里，每隔一段时间，虞姬就会来找吕雉闲聊，消解她的寂寞和孤独。吕雉从心底感谢虞姬，但她知道，虞姬毕竟是项羽的王妃，而他是刘邦的夫人，所以不该说的，她还是紧锁心扉，有所回避。

"汉营来使者了。"虞姬开口便道。

吕雉的眼里闪过一道光，问："真的么？不知是哪家臣僚？"

当虞姬告诉她来者姓卢名绾时，吕雉说那是汉王的家乡人，不知他此来负何使命？

虞姬轻声道："汉王提出议和，姐姐也许不久就可以回汉王身边了。"

闻言，吕雉的目光变得十分温柔，多情的波流在眸子里荡漾。自沛县举事后，他们夫妻就天各一方了。一千五百多个日日夜夜，她凭借"好男儿志在四方"的信念支撑着自己度过一个个纷乱的日子，用教子成人去编织两人之间的情感基线。可就是这点可怜的抚慰，也被项羽剥夺了。正这样心猿意马地想着，虞姬的声音又传来了："姐姐有没有想过，汉王身边有了另外的女人？"

"这……"吕雉迟疑了一下，坦然道，"都是女人，怎能不想？可你也知道，我现今身陷囹圄，想有何用？"

"男人见了美人都挪不动步子。"虞姬低下头一边拨弄腰间的剑穗，一边嘟囔。

"怎么？项王身边有新的女人了？"

虞姬摇摇头道："眼下还没有，可谁又能断定将来就没有呢？"

吕雉就喜欢虞姬这一点，总是拣女人之间的话说。吕雉起身为虞姬沏茶，却被拦住了："姐姐不必忙了，待会儿说不定卢绾还要来看姐姐，有什么话都对他说吧。"

虞姬的话刚落音，就看见春梅进来了，说汉使前来探望夫人了。虞姬站起来告辞。

中官进来先向吕雉施了一礼，然后介绍道："此乃汉使卢绾大人，奉汉王之命来探望夫人。"言罢虚掩了门，到春梅值守的偏阁等待。

卢绾一进门就拜倒在地："微臣拜见夫人。"

"想当初在沛县你与夫君交谊甚深,总以弟妹称呼,如今'夫人夫人'的,倒别扭了。快快起来,否则妾反而不好说话了。"

卢绾起身在吕雉对面坐下道:"此一时,彼一时。今日之汉王,自是昔日之亭长所不能比。汉王担心项王暴戾,对夫人和太公施刑。今见夫人气色尚好,臣至为欣慰。"

"多亏虞姬在旁斡旋,才免受皮肉之苦。"吕雉告诉卢绾原因,转头又问,"汉王可平安?"

"汉王倒是平安,只是荥阳大战数月不见分晓,汉王才命臣前来议和。臣见过项王,他已答应明日答复。臣趁机前来看望夫人,若议和功成,臣便可回去了。"

"但愿如此!"吕雉示意卢绾喝茶,"妾身安危都在其次,要紧的是太公年迈,怎经得起风霜。"

卢绾明白,吕雉有些情思不好当着他的面说,他想着安慰吕雉最好的方法就是把好消息带给她,便道:"汉王立太子了。"

"哦?"吕雉顿时睁大了眼睛,直直地看着卢绾。

"盈公子已被群臣拥立为太子。大王在栎阳举行了立嗣大典,臣下都参加了。"

"哦!"吕雉暗地掐了一下自己的手背,生疼,这一切都是真的。渐渐地,她觉得有股热流自内向外涌动,双目被泪花模糊。几个月来,她多少次梦见刘盈姐弟被追杀,或者被大水冲走,醒来后,常常一人独坐到天明。现在,儿子不仅回到了丈夫身边,而且做了太子。她忽然觉得满腹的委屈向着喉咙涌来,直到撕心裂肺地哭出声来。

一声声凄婉的哭声引得卢绾的泪水在眼里打转儿,他搜肠刮肚地寻找词句安慰这位饱受磨难的女人:"夫人,盈公子立为太子,您应该高兴才是。汉王若是知道夫人安然无恙,不定有多高兴呢!"

哭过了,笑过了,吕雉的心忽然地就匀出一片湛蓝的天,她掏出绢帛擦了擦泪水道:"心里好受多了。盈儿立了太子,这一回我就放心了。请卢大哥回禀大王,宁可我在楚营多留些时日,也要救太公出去……"

"夫人放心,臣回荥阳就向大王禀奏。"卢绾知道现在身在大梁,门外都是项羽的耳目,多说只能给夫人和太公带来麻烦。

卢绾起身告辞,说还要去隔壁看望刘太公。吕雉擦干眼泪送到门口,被春梅拦住了:"请夫人安歇,春梅送使君去见刘太公。"

卢绾出了门,回看吕雉,她站在门内没有动。而她的身旁,多了两位健妇营的女卒。

……

卢绾回来了,也带来了楚国使者项它。

张良一听这个名字,就想起楚汉之间诸多的事情来。当初,他到彭城探看韩王成时,就在项羽的王宫里见过他;他逃出彭城时,追击的人中就有他;后来担任了魏豹柱国的也是他。这必然是范增的主意。

听完卢绾的话,张良望了望坐在上首的刘邦道:"臣以为此乃范增明里言和,暗中备战之术,大王不可轻信。"

刘邦听了有些奇怪:"子房怎知此必出于范增之口呢?"

"臣多次与项王往来,知其脾性,虽喜怒无常,然则是个吃软不吃硬的性格。每见别人示弱,必心生犹豫。鸿门宴上,若非其犹豫,范增早将大王置于死地了。"

刘邦以为张良说得很有道理,又问道:"项它等待回音,如之奈何?"

张良诡秘地笑了笑,但见陈平撩了撩宽大的衣袖,上前说道:"明日由臣为项它接风,以尽礼仪。"

"果真能行么?"刘邦的眉头却皱起来了,侧目看着张良。

张良侧身向刘邦作了一揖,坚定地说道:"大王,所谓兵不厌诈。在钟离昧身上能奏效,在项它这里,也必试不爽。"

项它一个人站在驿馆门前,望着五月的天空,一朵朵云彩,石头一样地从眼前飘过,心里生出不尽的烦躁。依礼,当日汉王应该在前厅见他的,可他却被中官安排到驿馆歇息。午膳时,卢绾陪他用了膳。虽然简单,却不失使者待遇。饭后,卢绾又陪他在荥阳城中转了转。虽然两军对阵数月,但城内秩序井然,百姓照旧安居,店铺依旧热气腾腾,尤其是来往巡逻的汉军精神抖擞,这给前不久从魏国败回的项它以强烈的震撼。

卢绾早从项它的惊异中读出了不解,便道:"下官之所以要带使君观瞻街市,就是想让使君回禀项王,汉军粮草充裕,将士齐心,再战数月,荥阳依然不动。诚如汉王要下官转告使君的,和则两利,战则两伤。"

项它讪讪地笑道:"本使定将汉王美意转达给项王。"

卢绾也转了话题,继续向前走。

晚膳时多了一个陈平,三人在一起用膳。初始,因为陈平从楚营出走的缘故,项它不免矜持。但说开了,也便轻松了许多。席间,陈平说明日由他代为设宴,以汉王的名义为项它接风,他大度地双手打拱道:"昔日在楚营,你我同事一主,现今各为其主,还望使君深明大义,促成言和。"

项它再一次陷入被动。事实上,行前范增已向他言明,此举不过为调集大军赢得时间,虚与委蛇而已,故而只好哼哼哈哈,顾左右而言他。这一切,都被陈平看在眼里,如何应付便更加心中有数。

眼看辰时三刻已过,仍然没有人来,刘邦到底是怎么想的呢?正想着,陈平的从事中郎来了,说奉命来请使君赴宴。

项它舒了一口气,来到驿馆外,早有车子在那里等着。项它上了车子,从事中郎亲自驾车,穿过一条街道,就到了宴会厅。

这是怎样一幅情景呢?案几上摆的都是楚地的名贵菜肴——一盘清炖牛筋,一盆清蒸甲鱼,一盆黄焖露鸡,外配几样绿色青菜。再看看一旁的鼎锅中,正煮着米酒。刚一进宴厅,阵阵浓香入鼻,色香频频盈眼。陈平指着这些菜肴道:"战事频仍,倦尾赤色之际,尚备如此盛宴,足见汉王言和诚意,望使君体味之。"

比起久经风雨的陈平来,项它不过年轻少壮,受此礼遇,自觉脸上有光,忙转身向陈平作揖道:"在下代项王谢汉王盛意。"

"使君说什么?"陈平睁大眼睛,脸上露出不解和茫然,"使君是奉项王之命来的?"

项它忽然就陷入无言的尴尬,不知该怎样回答陈平看似唐突的疑问。未及说话,陈平忽然就变了脸色:"下官以为使君是奉范老将军之命而来,未料你却声言项王而不提及范老将军,须知此宴乃为范老将军使者所备。至于项王,暴戾无道,滥杀无辜,彼之使何配如此盛宴?我汉营只知范增而不闻项羽。来人!"

侍女们应声进来,陈平正色道:"撤下菜肴,另置宴席。"

"诺!"侍女们很快撤了菜肴,换上来的皆是粗鄙之食。

陈平一脸不屑地说道:"请使君用膳,下官尚有公务处置,恕不奉陪了。"言罢,甩袖而去了。

项它脸上红一阵白一阵,他从小在项门长大,何曾受过如此侮辱?他痛悔不该听了范增的举荐,自招其辱;他不解,为何范增的使者礼遇就一定高过项王的呢?难道……他不敢多想,转身出了宴厅,却看见卢绾在厅外站着。

"使君安好!汉王正在前厅等候,请使君随下官来。"

一想到自己身负使命,项它是有苦说不出。若是拒绝去见,岂非让人耻笑楚国无礼,踯躅片刻后,他终于跟着卢绾走了……

春梅将卢绾与吕雉所谈一一禀报给虞姬后,虞姬的心就不平静了。她呆呆地坐在窗前,思绪被刘盈这个名字牵引到很远的地方。说起来,她与项羽结婚也有年余了。虽然战事连绵,然而夫妻之间也不乏床笫之欢,她不止一次地期待能够珠胎早结,好为项门生下一个男儿。

有时候,她也暗地里埋怨项羽,整天只知道攻城略地,对身后之事一点也不挂心,似乎他天生就是为打仗而生的。攻打荥阳时,她率领健妇营,羁押着吕雉翁媳到了大梁。一天,她带着冬梅在大梁街头散步。虽说已是十二月深冬,但那天的阳光真是明媚,暖暖照着街上,也照在虞姬的心头。在十字街头东北角,她们遇见一位卜者,正在摆弄手中的龟板,口中念念有词道:"卜测前程,占卜吉凶,愿者留步……"

"我们也去占一卦如何?"虞姬停住脚步,心头生了要占一卦的念头。

"将军要占什么?"

虞姬的脸腾地就红了,冬梅明白她一定是要卜生子之事,便不再问,只是说道:"此种事情信则有,不信则无,将军何必在意?再说军中就有卜者,何必舍内求外?"

"这事只能你我姐妹知道,军中卜者泄密怎么办?"

冬梅想想也是,便跟着虞姬来到卜卦摊前。只见那卜者正在给一老者卜卦,先是问了老者的生辰,又问了所卜何事。接着,就在火上烘烤龟板,待那龟背上的纹路渐渐清晰时,卜者脸上顿时呈现出惊悚之色,他又将老者看了又看,只说了一句:"老丈家中有血光之灾。"

闻言,老者的脸色顿时十分苍白:"先生何以知晓?"

"卦象显示,岂能看不出来?"

老者信了,说他的儿子前些日子因与人斗殴,失手打死邻居,出逃在外,忙问破解之法。

卜者附耳如此这般一番,老者频频点头,给了卜者一些钱币,便匆匆离开了。

卜者收拾完,抬头见两位着了盔甲的女子,知是官府中人,便笑道:"小姐要卜何事?"

虞姬忽然就为难了,绯红的云霞铺上两颊,更是艳丽娇媚。卜者顿时明白了,便道:"若不好意思,就由小老儿说。说对了,您就点点头。"

虞姬眨了眨眼睛。

"娇娘是要卜筮生子之事么?"

虞姬急忙点了点头。

卜者要了生辰,从一旁拿出一块龟板,放在火上烤,待纹路渐渐清晰时,他抬头看看虞姬,却把话咽回腹中,又看了看站在一旁的冬梅。虞姬会意,遂要冬梅退下,卜者这才小声地说道:"小老儿说出来,小姐不必惊慌。"

"先生但说无妨。"

卜者仰面看了看天空,话语中就带了神秘:"小姐玉身不孕,乃夫君杀人过多也。"

闻言,虞姬心里咯噔一下,眼见得冷汗渗出额头:"敢问先生破解之法。"

"同则不继,和实相生。"卜者一边收拾卦摊一边又道,"天机不可泄露,小老儿为小姐占卜此卦已属有罪,就此告辞。"言罢,便匆匆去了。

虞姬望着老者的背影,半天说不出一句话来,只把剑穗在手上反复缠绕。冬梅从旁赶回来问道:"方才卜者对将军说了些什么?他失魂落魄地走了,你一人在此发呆。"

虞姬摇了摇头,只说了一句:"回营去。"

这事已经过去了许多日子,今天,却因卢绾的到来再度泛上心头。是啊!同则不继,和实相生。夫君总希望别人都跟着他走,一味征战杀伐,何日才能断了这杀伐的念头呢?现在卢绾来了,这是言和的绝好机会。今夜,她一定要说服项羽。若楚使带回刘邦言和的合约,他就该及时回应,从此两军和睦相处,也留些日子给他们夫妻。

一整天,虞姬的心中来回盘桓的就是两个字——和谈。

更漏过了酉时三刻,虞姬回到大梁的行宫。项羽一看见虞姬,脸上立时换上温暖的喜色,对坐在一旁的范增道:"今日就到此,再大的事情也得等项它回来再说。"

"为何等项它呢?和谈原本就是作戏,大王何必认真?"范增有些遗憾。

"和谈既是两国之事,就该依照国礼而作,即便作戏,也要作足。未谈而出兵,倒让刘邦笑寡人少礼寡义了。"

范增还要说话,却被项羽拦住了……临到门口,范增又回头提醒道:"请大王三思。"

虞姬看明白了,他两人一定是围绕出兵还是言和发生了争论,便嘟囔道:"这个老头,倒是多事。"

未料项羽却道:"他是亚父,你不可如此无礼。"

虞姬见状,便莞尔一笑道:"天色不早了,大王还是早些歇息吧。"

项羽就喜欢虞姬这一点,凡是与对方不能苟同,宁可搁置一旁,也不愿意给夫妻情感涂上阴影。他更明白虞姬话中的意思,忙唤来侍女为虞姬宽衣沐浴。

试好水温的浴盆冒着热气，把虞姬窈窕柔美的胴体蒸得白皙粉嫩，浸了水的青丝瀑布一样地在浴盆周围散开，时不时滴下晶亮的水珠。五月的月光从窗口悄悄进来，洒在美人的双肩。戌时一刻，就听见侍女莺莺燕燕的声音："大王安歇。"

　　两个年轻的躯体如绢帛一样缠绕在一起。依偎在项羽的怀抱里，虞姬眯起眼睛看他。项羽侧过身子问道："天天见，还没有看够？"

　　"妾要看看，如此与女人温存的男人，为何杀起人来连眼睛都不眨。"虞姬给了项羽一个娇俏的笑意。

　　项羽没有直接回答，却反问道："依爱妃之意，寡人该当如何呢？"

　　虞姬用头拱了拱项羽的胸脯道："不能罢战言和么？妾却是盼望着过相夫教子的日子呢。"

　　项羽捋着虞姬的垂到胸前的青丝道："刘邦真的愿意言和么？寡人封他为汉王，他却趁火打劫夺了彭城。若非三万健儿，今天寡人尚不知在何处飘摇呢！"

　　虞姬幽幽地说道："卢绾今天在看望吕雉时，说刘邦已册封刘盈为王太子了。大王就不想要一个王太子么？"

　　项羽那颗骚动的心被虞姬的温言软语融化了，这时他才想到结婚一年多了，虞姬的腹部扁平，丝毫没有怀孕的迹象。他听太医说过，受孕须得环境安定、人心安静、情绪稳定，而他却没有给虞姬这样一个氛围。

　　"为了后人……"项羽本能地搂紧了虞姬，自言自语道，"等项它归来，若是刘邦果有诚意，寡人就休兵罢战。"

　　"大王！"虞姬给了项羽一个长长的吻，吹熄了烛火……

　　虞姬做梦了，她在梦中为项羽生了一个胖乎乎的儿子。他体格雄健，哭声就像黄钟大吕，分外响亮。然而一阵大风吹来，刘邦的军队打进了大梁。她在慌乱中抱着婴儿朝宫门跑去，可是一条河挡住了她的去路，她奋力高喊："夫君救我，救救孩子。"

　　一个激灵，她醒了，却发现项羽不在身边。

　　伺候在一旁的侍女回道："大王已上朝了。昨夜，项使君从荥阳回来了。"

　　"同则不继，和实相生。"她多期待项它能带回让他高兴的消息。

　　项它怀着被冷落、被侮辱的愤怨回到大梁，顾不得车马劳顿，刚刚卯时三刻，就起身进了行宫。哼！没看出来范增老儿竟如此阴险，明里谏言大王出兵，暗地却与刘邦同恶相济，秋波频送。此刻面对项羽，他一肚子的怒气、怨气和伤心都涌上心头："大王待范增情同父子，尊为亚父，他不施报恩，却暗里与叛贼陈平来往,岂不要毁我社稷？"

项羽先是眉头一皱,但旋即情绪转换过来,对项它的禀报表示出疑虑："你该不是中了陈平的反间计吧？"

"侄儿虽不才,毕竟也担任过魏国上柱国,岂能看不出这等计谋？即便陈平有心,难道汉王的话也有假？侄儿去见汉王,他也声称只有范增的使者才有资格谈和,显然他是将大王置于范增之下的。"

不提刘邦尚可,一提刘邦,项羽便不由得不信了,霎时脸色铁青,一只手狠狠地击打在案几上："好你个刘邦,竟敢目无寡人。来人,宣范增进宫。"

半个时辰后,范增颤颤巍巍地出现在行宫,看见项它一脸气咻咻的,便问道："项将军一路辛苦,汉王答应言和了么？"

项羽接过范增的话问道："刘邦答应不答应,难道老将军不知道么？"

范增一愣,往日项羽是不称亚父不开口,今日是怎么了？但他还是平缓了一下心情道："究竟发生了何事,让大王如此愤怒。汉王愿不愿意和谈,臣如何知道？"

"哼！"项羽从牙缝里挤出几声冷笑,"汉王声言不见你的使者绝不和谈,你却推说不知,岂非欺寡人愚笨么？"

"此乃汉王信口胡说,包藏祸心,大王岂能轻信？"

项羽不听,转过脸对项它道："你对他说说,让他也听听。"

"遵命。"项它将遭遇陈平冷遇的事当着范增的面重述一次,然后不无讥讽道,"大王使者与你的使者,礼仪两重天,你还有何话可说？"

"哈哈哈！"范增听罢,仰天大笑。

项羽和项它几乎同时问道："你为何发笑,这可笑么？"

"如此离间之计,小儿亦能识得,大王却深信不疑,怎不可笑？"

"你！"项羽怒视范增,"人证皆在,寡人怎能冤枉你？念你往日诛秦有功,寡人不予追究,你回居巢去吧。"

"大王,如今楚汉大战正酣,大王怎能偏信一词,冤枉老臣。臣若想与刘邦暗地勾结,鸿门岂能出杀人策,若非大王优柔寡断,刘邦能有今日？请大王再思,若是老臣与刘邦有染,怎会多次谏言大王攻克荥阳,陷敌于灭顶之灾呢？请大王又思,老臣若是与汉王同谋,为什么要举荐项它为使,而不举荐亲近之人？这些都昭然若揭,大王岂能中刘邦离间之计,陷臣于不忠不义？"

项它在一旁鄙夷地说道："自己都做出来了,谈何构陷？哼！"

项羽随着项它的话意挥了挥手："你回去吧,颐养天年。"

范增知道局面难以挽回,与其在此遭受奚落,倒不如慨然离去,少了诸多烦恼。

虽说如此,但对范增来说,楚国的一草一木都镌刻下他的情感。将要离去时,那种眷恋是难以言表的。他浑浊的目光扫过眼前的一切,向项羽施了一礼,然后决然地出了行宫大门。

这情景映入匆匆赶到行宫前殿的虞姬眼帘,她上前问道:"先生这是要到何处去?"

范增停住了脚步,望着虞姬道:"老臣去矣。"

"先生要去何处?"

"回居巢!"范增仰天长叹,"上天啊!你何故如此待范增啊!"

"先生稍等,妾去去就来。"虞姬意识到方才一定发生了什么,言罢直奔行宫前殿,径直问道,"先生为何回居巢,是大王要他离开的么?"

项羽看了一眼虞姬,没有说话。

"你为什么不说话?"

项羽还是没有回答。

"楚汉大战之计,大王却要遣返先生,此乃亲者痛仇者快之举,妾请大王收回成命。"

"朝廷大事,你不明白。"

"什么不明白?"虞姬咽了一口唾沫道,"妾今日就是要问个明白。"

项它见虞姬一个劲地逼问,上前解释道:"他勾结汉王,认贼为友,要架空大王。"

"证据呢?"虞姬近前一步,犀利的目光直指项它,"既无证据,随意驱逐良臣,这是要遭天谴的。"

"你!"项羽面对虞姬的责备,举起了拳头,犹豫片刻后,终于挥了挥手,"你且退下,让寡人静一静。"

"你这要断送楚国。"虞姬一跺脚出了前殿,四处搜寻,早已不见了范增的影子。

起风了,带来大河水面的雷声,轰隆隆……咣……一道闪电,划过长空。

第二十三章

哀兮兮范增哭楚
乱纷纷刘邦出城

来时雄心勃勃,薛县留下他经略天下的身影;去时形单影只,大梁留下他怅然的叹息。本来项羽要遣侍卫送他,但范增拒绝了。既然不能同道,无法实现一统天下的宏愿,纵然前呼后拥又有何意义呢?他坐着来时的车驾,心境黯然地踏上了归途。

这是汉三年(公元前204年)五月的后半月,中原的夏收早已结束,一片昏黄的土地被新生的菽稷织成一望无垠的绿色,农夫们正在田里埋头耘草和间苗,他们收获了一季的沉实,又播下一季的希望。秦灭之后,诸侯间攻伐不断,百姓流离失所,留在村里的都是些老弱病残。可不管怎样艰难,日子总要过。也许是路边的青草吸引了马匹,也许是眼前的忙碌让范增生了不绝的眷恋,车子明显地慢下来。

"唉,连你也不愿意离开么?"范增嘟哝着拉起贪吃的辕马,驱赶到前面的一棵大柳树下。一俟走进树荫处,顿时便有凉风吹来,身上的燥热瞬间散去了。树下有农夫解渴的水罐,范增看了看,那是晾凉的麦仁汤。那淡淡的清香唤醒了腹中的饥饿,他手搭凉棚,朝着远处喊道:"老丈,天气大热,不歇会儿么?"

农夫抬起头,眯着眼睛向田头望了望,高声问道:"是过路的客官么?等着,小老儿这就过来。"

站在地头,农夫打量着满脸皱纹的范增说道:"看样子,你是渴坏了吧,快喝一口解渴,我去替你喂喂马。"

范增心头泛起一阵欣慰和感激,及至那清凉的汁液流进腹中时,他觉得眼前这麦仁汤才是世间最美的膳食。早知如此,不如当初也做个田舍翁,何必遭人冷眼呢?

思虑间,农夫已经饮好马,两人便在田头开始了漫无边际的闲谈。

"请问老丈,此处是何地?"

"你是问这是什么地方吧?这地方叫户牖,属阳武县管。"

"哦?"范增心中粗略计算,这里离大梁已有一百七十多里了,但他的眼前仍然晃着项羽满脸恼怒的影子。

"不知老丈家中尚有何人?"

"不瞒先生说,小老儿本有两儿一女的。大儿被楚军征召,随项梁公定陶大战时战死了;二儿随柴武将军进关后就再无消息。"老者说到这里,端起汤罐喝了一口麦仁汤,"可怜小女在楚军攻城时被糟践,自缢身亡,至此,家中只剩小老儿一人,聊度残年。"

自从项羽被任为上将军那日起,范增就不止一次地谏言,要他严肃军纪,取信于民。可时至今日,军纪仍无多大改观,这是他最痛心的。

眼见时候不早,范增起身告辞。老者帮他套上辕马送到路口,双手打拱道:"天气炎热,先生保重。"

上了官道,范增抬头看天,正是巳时二刻左右。他摇了摇头,有道是不在其位不谋其政,现在已成闲云野鹤,想也徒劳无益。

离开户牖乡五里地时,他忽然听见后面传来"嗒嗒"的马蹄声,回头看去,见有数骑正朝这边飞奔而来,隐隐约约可以听见呼唤:"亚父慢行……"

莫非项羽后悔了?范增心头闪过依稀希望,但他旋即否定了。他了解项羽的性格,他不可能这么快就后悔,可不是他又会是谁呢?

尽管如此,他的车子还是慢了下来,直到后面的骑兵映入眼帘,他终于看清楚那是虞姬,跟在她身后的,是淮梅和健妇营的侍卫。

隔着几丈远,虞姬便翻身下马,缓缓走来,以示尊敬。及至到了跟前,她上前行了一礼才道:"先生走得匆忙,晚辈未能相送,深以为憾。"

范增的心颤抖了一下,留在记忆深处的细节顷刻间泛上心头:为阻止项羽焚烧咸阳宫而发生争论;为阻止项羽坑杀二十万秦卒时的苦苦相劝;韩王成被杀后夫妻之间的交锋;大婚宴上烹王陵母为肉羹而洒下的娇娥泪痕。他断定,虞姬一定因为自己与项羽发生了争执。大敌当前,他不愿意项王夫妻反目。毕竟,楚国的朝夕都浸渍着他的心血。

"多谢王妃。只是区区小老,何劳王妃相送?"

虞姬拉着范增到道旁的长亭内,又命侍卫摆上几样酒菜后才道:"来时匆匆,晚辈只在附近镇上买了几样小菜,一壶浊酒,聊表对先生的敬意。"

范增忙举酒回应:"老夫何德何能?请王妃满饮此杯,老夫有话说。"

"先生且慢,晚辈一路上反复思忖,有满腹话语对先生说。不妨先请先生静听,若有不妥之处还请指正。"虞姬将酒饮入腹内,脸上就泛起团团红云,额头也渗出点点汗津。淮梅见状,忙递上绢帛。虞姬擦了擦汗,美丽的眸子内写满了真诚,"大楚有今日,先生功莫大焉。今天下未定,兵戈未息,楚汉大军尚在鏖战,此时先生离开,晚辈以为非先生所愿也!晚辈知道,大王性格暴躁,多有得罪之处。然请先生念及昔日之情,且宽恕他的孟浪之举。"

"王妃的意思是要老夫随您回去?"

"晚辈不惜疾行二百里追上先生,正是这意思。若先生捐弃前嫌,随晚辈回大梁,晚辈可说服项王,先生父子重归于好,于公于私都不啻为一件好事。"

范增低头陷入沉思。是啊,他又何尝不想重归于好呢?可一想到项羽一次又一次失去良机,一次又一次驳回谏言,他就心灰意冷了。仅仅只是决策上的分歧并不可怕,他从来没希图自己的每一次谏言都被采纳,何况项羽本就是特立独行的人。最可怕的是君臣之间用风雨凝铸的信任忽然有一天坍塌,而这遭际现在就落在了他的头上。

人与人之间的情感仿佛一张绢帛,在完好的时候,看上去是多么洁净。可一旦被揉出皱褶,或撕开一道口子,要重新弥合,须经过漫长岁月的打磨。即便这样,那裂缝处总是疙疙瘩瘩。何况现在新伤未愈,他回去又有什么意思呢?与其被项羽防着,倒不如早早离开的好。

范增望着虞姬真诚的目光说道:"感谢王妃一片诚心,可破镜难圆,勉强回去也是貌合神离,人心各异。老夫去意已决,还望王妃体谅。"

"纵然如此,先生也该为楚国想想。先生最担心的不就是汉王与项王争战么？难道先生能眼睁睁地看着天下归于刘氏么？"虞姬不愿意就这样转头回去。

"老夫即便走到天涯海角，也会时刻关注楚国的。不过，老夫不想整日生活在被怀疑的阴云中，王妃还是回去吧。"

虞姬情知劝不了，转身对淮梅道："将带来的盘缠送与先生。"

"王妃这是……叫老夫如何是好。"

淮梅在一旁道："先生为我大楚建立的功勋，虽万金也不可比。何况区区百金，不过是将军的一片心意，还望先生笑纳，愿先生一路珍重。"

看着范增的车子启动，虞姬才转身上马。她的心境分外复杂，但有一点她明白，从此项羽身边少了一位能人异士。虞姬一路上心事重重，这让淮梅心里很不好受，她催马上前劝慰道："将军但放宽心，说不定明天就会有人来投奔大王。"

"你不懂。范增与项王乃义父子，传将出去，外人会以为大王连义父都赶走了，遑论普通臣下。"虞姬叹了一口气，忽然驻马问道，"我记得陈平就是户牖人。"

见淮梅点了点头，虞姬又道："先是走了陈平，现今又走了范增，楚国这是怎么了？"

淮梅无法回答，只能陪着她叹气。

陈平就是此地人。几乎在虞姬想到的同时，范增也想到了陈平。根据使者回来所禀，一切图谋都是出自陈平之手，范增毫不怀疑，是陈平离间了钟离眛、他与项王的关系。想到这一点，范增禁不住打了一个寒战。若是陈平得到刘邦重用，那楚国命运堪忧。

楚国这是怎么了？范增赶着马车一边走，一边在心里问自己。想想薛县会盟时，各路人马汇集在项梁的旗帜下，而项梁却从乡间请回了熊心。一时，诸侯将项梁比作管仲、乐毅。然而，他扶立的怀王，就死在了自己侄儿的刀下，项公若是九泉有知，该怎样顿足垂泪。当初，项梁在吴县举事时，一位叫南公的老者断言"楚虽三户，亡秦必楚"。而今秦亡楚立，若项羽一意孤行，那么亡楚者又该是谁呢……

六月初，范增来到位于济水之阳的宛朐县。

残阳如血，在济水洒下胭脂红之际，范增的车子停在了宛朐县城西关的悦来客栈。店家见是银发老者，忙笑脸相迎。

范增上前施礼问道："请问店家，可有干净的客房？"

"有。"店家转身就喊小二，"给客官准备干净的房间。"

"好哩！"小二快步来到范增面前，领着他上了二楼，来到中间的一间客舍道，"这地方居中，上下楼方便，您就住在这里吧，待会儿到楼下用餐。"言罢憨憨一笑，下楼去了。

范增推开后窗，看见后面是河滩。六月正是芦苇葱葱的季节，夜色中看去黑魆魆的一片，就觉得这悦来客栈也不安全。若是在这芦苇丛中藏下数十个强盗，旅人还有性命么？但他旋即就笑自己多虑，是福不是祸，是祸躲不过。天下恩仇素来有缘，无故杀人者毕竟是少数。

过了一会，范增便下楼了。饭菜当然也不能与过去相比，但他有些饿了，倒也吃得香甜。范增刚刚放下耳杯，就见从殿门外走进两位大汉，高声喊着店家。

店家忙出来应酬道："来了来了！不知二位是要住店还是打尖？"

其中一位胖大汉瓮声瓮气道："打尖还用来你处，满街都是吃饭的地方。我且问你，可有宽敞的房间？"

店家忙回答："有。二楼最东边有两间客舍，干净清静，二位且随小人去看如何？"

瘦大汉摆了摆手道："不看了，径直住下就是。待会儿拣上好的酒菜送到房间。"

"好嘞！"店家忙领着两人上楼去了。

范增一边吃饭，一边用眼睛的余光扫视了一下两人的背影，就发现他们皆是楚人装束，腰间配着短刀，先自有了警觉。吃过晚饭，范增回到房间，由于心中有事，加之路上喝了些凉水，他半夜里便起身如厕。蹲在茅坑，范增心思却围着那两个大汉转。看那一脸横肉的样子，绝非善辈。

正想着，就听见从自己的房间内传来声响，范增顿时吓出一身冷汗，急忙提起裤子，悄悄溜到茅厕后面的芦苇丛中隐藏起来。接着就听见拉门的声音，显然两人下楼来了。果然，在楼下后墙处传来说话声，声音虽然很低，却正是两位大汉。

"老东西呢？"

"莫非不在此处？"

"怎么可能呢？老东西孤身一人，我们一路跟踪到此。"

"真是倒霉，杀不了范增，如何向大王交代？"

范增明白了，来人是奉项羽的差遣追杀自己而来。他的心顿时五味杂陈，是怒、是恨，还是恐惧，他说不清。出于本能，他向芦苇深处移动。不一会儿，就听见脚步声朝芦苇荡走来，先是在芦苇荡边搜寻，窸窸窣窣的拨草声就在不远处。范增觉得今生就到此了结了,他紧闭双目,屏住呼吸,做了赴死的准备。

耳边传来瘦大汉的声音:"几百里外,只要你我不说,谁知道?找个替死鬼将面目凿个模糊,回去向大王交差。"

"看来也只有这样了。"

窸窣声渐渐远去,范增长长地舒了一口气。他真担心再盘桓一会儿,不被杀死,也会憋死在这芦苇荡中。

夏日里,芦苇荡里蚊虫成群,叮得他浑身瘙痒,脸上起了许多疙瘩。而脚却泡在水里,初始尚觉凉爽,泡得久了,脚底发麻发胀。好不容易挨到黎明,他悄悄到后院牵了马,抄小路朝东走了一里地,才上了官道。

蹲在济水河边洗脸时,范增禁不住流泪了。早知今日,何必当初。若不是被伐秦大势所惑,不追随项梁,何致有今日呢?走在晨间的官道上,他忽然改变了主意,他不急于回居巢,而是要到定陶去祭奠项梁。

范增一路跋涉,终于在六月初来到定陶城外。抬眼望去,司吾山横亘在平原上,虽不算高,但也重峦叠嶂,蕴幽藏丽。峰山、斗山、奶奶山和黄花菜岭摩肩接踵,形同姊妹。项梁墓就坐落在司吾山北麓一方十分幽静的地方。当初举行盛大葬礼的情景犹在昨日,"楚梁公墓"这几个字还是自己写的。

拾级而上,放眼墓葬周围,当初栽下的松柏呈现出郁郁葱葱的景象。阳光亮丽地洒在每一片叶子上,巨大的坟茔远远望去,就是一座小山。

项公戎马一生,又殒命于疆场,当初大葬时,用宝剑、护心镜、陶器、玉器等做了陪葬品。范增清楚地记得,按照楚人丧葬风俗,逝者的尸体上是要以玉覆盖的。而他怀着深厚的报恩情怀,选了当地最好的玉,指派手艺最好的大匠制作了合体的葬玉。他在将葬玉覆盖上项公遗体时,在心底祝祷他早日复生;愿他在天之灵,护佑项羽早成大业。

而今,这一切都化为乌有。当他在项梁墓前点燃香烛、献上贡品和酒酿时,透过袅袅的香烟,他似乎看见项梁那张丰满而自信的脸。

范增禁不住五内翻腾,心痛如绞。多日来的委屈、愤懑都在此时涌上心头。他扑倒在项梁墓前,揪着坟头的青草,捶胸痛哭——

> 哀哀项公,功业昊昊,纬地经天。奈何上天薄义,不惠我楚,公别臣民而长逝。项王负薪构堂,承嬗离合。然则,裂冠毁冕,去顺效逆。弑义帝而自立,烹陵母以为羹,攻城所过,生灵涂炭。增屡有规劝,彼孤行一意,我行我素,增甚痛之。

哀哀项公,纳士招贤,天下来仪。增乃乡居之人,岩穴自闭。公不惜蒲车远迎,置之左右,每有大事,谦谦咨问。增铭感肺腑,事公夙兴夜寐,事项王恪尽职守。巨鹿诛秦,鸿门诛刘,百密不疏,毫发无遗。奈何忠而遭谤,信而见疑。增百口莫辩,既不能见容于项王,何如告老而归乡。辞去之日,且恋恋、且怅怅,泪潸潸而心痛矣。

哀哀项公,抛却我楚,魂兮远行。然则当今天下,风雨迷离。虽诛一秦,诸侯蜂起。三齐震荡,三晋沸腾。刘季枭雄,乃取争锋逐鹿之姿,素怀鲸吞天下之志。结诸侯合兵以反楚,施离间计以弱楚。项王勇而寡断,仁而多疑。英布叛离,陈平降汉,吕臣归刘。臣每思及此,忧心忡忡。如此以迁,楚亡有日。今次公陵,哭拜恩公,遥呼公归来兮,挽狂澜以救楚,醒项王以强楚。臣纵然老死故里,亦可瞑目矣⋯⋯

泪水没有释放范增的忧虑,酒酿没有浇散心中的块垒,反而,对楚国命运的担忧使得他心头的阴云越积越厚,竟至昏倒在烈日照耀下的墓前⋯⋯

第二天早上,守陵的两名士卒前来扫墓了。当他们发现一位老者死在墓前时,顿时面面相觑,一脸的恐惧。其中年岁稍大的一位嘟囔道:"寻死也不找个地方,这里也是可以随意死的地么?"及至他壮着胆上前翻过僵尸时,惊悚地喊出了声,"这不是范增老先生么?他为何会到这里?"

年轻的士卒上前瞅了一眼问:"您怎么知道他就是范增呢?"

"你爱信不信?当初我在项伯左右,亲眼看见项公命人将范增蒲轮安车请到薛县的。"老卒再仔细查看,才发现死者背部长了一个硕大的硬疮,寻思定是此疮作祟⋯⋯只是老先生为何会来到这里,成了一个谜。

"唉,人死如灯灭!"老卒感叹着,招呼年轻士卒去不远处的埂堆村找一张芦席来裹尸掩埋。

"请大王自忖,为何陈平偏偏要拿亚父做文章呢?"虞姬长叹了一口气,"那是因为亚父每出奇计,皆使刘邦攻楚之谋不能得逞,彼视亚父为伐楚之障碍,必欲除之而后快。"

"你也责备起寡人来了?"

"非妾要责备大王,实乃错在大王。"

"寡人对错,心里自是明白。"

这样争论持续了一个多时辰,眼看午时已到。项羽并不承认自己铸成大错,道:"当是范增多行不轨,才有陈平趁机离间,寡人有何错?"

"大王!"虞姬与项羽面对面站着,一双忧郁的眼睛盯着他,里面带着幽怨、遗憾、纠结和疼痛,更充满了对楚国的担心。

项羽最怕面对的就是这双眼睛,它是火,可以融化心中的坚冰;它是水,可以濯洗躁动的头脑,他慢慢转过身去。

虞姬明白,其实项羽内心已知道自己错了,苍白的坚守不过是为了维持男儿的一点自尊而已。她懂得进退,伸出手搂着项羽的腰,说出的话却是清清如水,丝毫不含糊的:"范增有没有图谋,大王唤他回来详细问清楚不就行了。他既为亚父,就该给他辩解的机会,若是他确为汉营之贼,再杀也不迟。"

这话像三月的风吹进项羽的胸膛,他开始冷静下来。扪心自问,他不得不承认自己在对待范增的问题上有些草率,只听信使者一面之词,就断定范增有叛离之心,难道就因为项它是侄子么?为什么不与虞姬在一起分析事情的来龙去脉呢?如果说,当初得知虞姬追赶范增他满腹恼怒,那现在他逐渐明白,虞姬所做的一切,都是为了他。他俯下身子,捧起虞姬的双手道:"你说得对,若擒住刘邦、陈平,果真证明范增无错,寡人将亲往居巢负荆请罪。"

虞姬没有再说什么,她了解项羽的性格,他已经在范增的事上退了一步,若再言休战,只能引起夫妻间的不快。她更清楚,刘项之间迟早要决战,定天下者,非汉即楚。

第三天,项羽派左司马项庄前往前线监军,督促龙且和项声攻占荥阳。

对项羽不听范增谏言,导致刘邦在鸿门宴上走脱,项庄一直耿耿于怀。因此面对项羽时,他表示一定要用刘邦的头来祭奠项梁:"臣弟定不负大王重托。"

论起来,项庄比项羽小两岁。他血气方刚,以剑术精湛而闻名全军。项羽丝毫不怀疑项庄的决心,在辕门外,项羽握着他的手道:"不仅仅是刘邦,还有那个英布,也一并斩之。"

"臣弟记住了。"项庄登上车子,回身向项羽告别。

在距荥阳城四十里地的楚军行辕,项庄与龙且和项声三人席地而坐,龙且首先道:"司马此来,定是带了项王诏命。"

项庄点了点头:"大王以为前次钟离昧与汉军作战时偏于分兵,颇受周勃牵制,以致荥阳久攻不下。眼下倒不如暂缓进攻荥阳,全力攻打周勃,逼他退走。然后再攻打荥阳,擒获刘邦乃如探囊取物耳。"

龙且击掌道:"大王一言点醒梦中人,我明日就率军攻打周勃。"

项声摩拳擦掌道:"何须龙将军出兵,末将一人便可取周勃首级。"

龙且摇了摇头道:"将军不可轻敌,吾闻周勃忠勇多谋,弓马娴熟。随刘邦起事以来,屡立战功。此次刘邦将之置于荥阳城外,乃知人善任。明日,你我一同出兵,两面夹击,共诛周贼。"

项庄以为龙且所言不虚,赞道:"若是二位将军取了周勃首级,必为攻取荥阳去一障碍,下官定为二位将军请功。"

当晚,项庄留下项声说话。谈起项羽驱逐范增,项声道:"侄儿来到前线后,听说钟离将军与汉军交战,骁勇果断。他被从前方撤回,也是陈平施了反间计。据此,侄儿也怀疑大王是中了陈平的连环计,冤枉了范先生。"

项庄应声道:"攻克荥阳后,定要擒住陈平,甄别事情真伪,还范老将军一个清白。"

夜色渐深,项声告辞回营。项庄一人在卧,却久久不能入睡。细思几个月来荥阳城下的过往,他不禁感慨道:"流言杀人,于此可见一斑。欲止流言,赖智者之慧也。大王,你该明白,大楚不能没有范老将军啊!"

……

楚军临阵换将,以龙且取代钟离眜,又驱逐了范增的消息传到荥阳城内,陈平心中大悦。他兴冲冲地奔往前厅,就看到英布、张良正在与刘邦说话。

陈平近前一步,对在座的各位道:"钟离眜被调回大梁,范增与项羽翻脸,一气之下回了居巢。荥阳暂无危机,大王无忧矣。"

刘邦赞道:"中尉一石二鸟,功莫大焉。"

陈平忙辞谢道:"一切赖大王与军师运筹帷幄,微臣薄力,不足挂齿。"

英布不无自责地说道:"此次荥阳被围,皆因我战之不力,甚是惭愧。"

张良摆了摆手,问:"九江王与龙且刚刚经历大战,对此人知之若何?"

闻言,英布脸上泛起一阵红热:"此人年长项羽几岁,然则勇武善谋。六县一战,我损失惨重,未料他又追到了这里,这是要置我于死地啊!"

张良看了看刘邦和陈平道:"走了一个钟离眜,来了一个龙且,并不代表荥阳之围可缓,大家不可掉以轻心。"

英布自知麾下无一兵一卒,说话底气不足,但他还是表明了态度:"项羽之所以围攻荥阳,皆因挟嫌报复。我倒有一解围之方,还请汉王采纳!"

闻言,刘邦的眼睛就睁大了:"九江王有何妙计?若是退了楚军,寡人……"一句话未了,却觉得自己被张良暗暗踩了一脚,忙改口道,"寡人急欲闻之。"

可当英布提出将自己缚了交给项王时,刘邦的双目发直了,他没有想到英布会出此主意,这不是陷自己于不义么?传将出去,岂不为天下所笑?想到这一层,刘邦的脸色突变,大声道:"九江王此言与折寡人颜面何异?寡人实在做不出此等背信弃友之事。"

前厅顿时陷入难耐的寂静，英布心中生出不尽的感动，他上前作了一揖后道："汉王，在下……"

"九江王无复多言，你与寡人一荣俱荣，一损俱损。若是我军战败，城破之日，寡人与九江王同赴危难。"

张良读懂了刘邦言行的深意，他与陈平交换了一下眼色后说道："汉王一番话倒让臣有了新想法，既然敌之所求在两位大王，臣觉得两位大王不宜留在荥阳，倒不如趁机出城前往成皋。"

这番话让陈平眉头一皱，正要说话，却听见前厅门外一阵急促的脚步声，接着传来一声急促的声音："报……"

张良朝门前看去，却见牛良朝大门口跑来了。

一进大门，牛良顾不上君臣之礼，就向刘邦禀报道："大王，出事了。"

张良记得前两天差人出城到少年营驻扎的京县，要牛良押运粮草进城，便问道："莫非我军粮草被劫了？"

"粮草确被楚军所劫，可更严重的是龙且集中兵力合攻周将军，周将军终因寡不敌众，率军撤到京县了。半路上周将军遇见末将，叮嘱速报大王。末将一路杀来，中途擒获了一个楚军，他言项王遣了项庄监军，督促龙且、项声围攻荥阳。不出今夜，荥阳将被围个水泄不通，请大王与军师速定解围之策。"

闻言，张良的眉头顿时凝在一起。他没想到龙且会围点打援，周勃撤离，虽为汉军保存了实力，却事实上打开了荥阳的门户。一座吊桥挡不住楚军，而韩信的兵力也来不及南下，刘邦和英布应该立即出城。只是现在龙且已将四门围住，如何出城，他一时想不出良策。他抬头望着周围的人，忽然将目光定在牛良身上。牛良见状，顿时便明白了。早在芒砀山聚义时，就有人说他像刘邦，只是他自己从来没有朝这方面想罢了，他征询道："军师之意是要末将假扮大王以迷惑楚军，为大王出城助力？"

"是的。"张良很感动，"若能如此，我军再寻机声东击西，牵制敌军，大王与九江王便可趁机出城，前往成皋。"

"此乃生死关头，寡人岂能让牛将军作诱饵而求己安。寡人哪也不去，就在这荥阳城中与将士共存亡。"刘邦听罢，连连摇头。

牛良闻言，上前就跪下了。

刘邦忙阻止道："你这是为何？快起来。"

牛良仰面看着刘邦，两行眼泪盈眶而出："若非大王当初一念之动，释放刑徒,臣早就骸骨抛于荒野,成孤魂野鬼了。大王安危,牵系国运。汉军可以没有牛良,但不能没有大王。莫说假扮大王诱敌,就是让臣粉身碎骨,亦在所不辞。"

刘邦还要劝阻,却被张良拦住道:"牛将军所言不虚,大王出城非为自己,乃为大汉。"

英布看到这情景,思绪万千,感慨有了这样的臣下,大汉岂能不兴?当下也劝刘邦采纳谏言。

议事完毕,出得前厅,张良问陈平道:"足下平日多言善谋,何故此时缄口沉默?"

陈平加快脚步与张良并肩而行,低声道:"下官倒是想出一计,可乱楚军。依下官对楚军的了解,若能放两千妇人出城,楚军必竟相追逐。此时大王趁乱出城,牛将军前往诳敌。如此,则大王可安然无恙。只是大王素来以百姓为怀,恐难答应。"

张良没有回答,两人沉默地向前走了一段路,眼看快到了街头,陈平不免着急,问:"军师为何不说话呢?"

张良停住脚步,话语中就带了沉重:"此举也是情非得已,只是两千妇人从何而来?"

"这个军师勿虑,下官这就去找韩王信,他管荥阳城防,有的是办法。"

两人正说着话,就看见韩王信从东边过来了,他显然也发现了张良和陈平。说到楚军围城,韩王信保证道:"我与项羽有不共戴天之仇,就是粉身碎骨也不让楚军进城池一步。"

当陈平把自己所虑和盘托出后,韩王信又道:"汉王一人系于国脉,我等当肝脑涂地,不辞生死,此事就由我去办。"

"若非生死关头,中尉岂能出此下策?"分手时,张良特别叮嘱此事绝不能让刘邦知道。

韩王信转身离去,张良望着他渐行渐远的背影,一时语塞。岁月的风雨,时势的造化使得这两位韩国后人如今聚在汉王麾下,当此危急关头,他们都把汉王的安危置于首位,这是什么情结?

韩王信一回到营寨,就召集将军周苛和枞公,将路遇张良、陈平所谈一一相告,要他们半日内找到两千名妇人。两人虽觉得有些为难,但也顾不得许多,只有奉命而行。

周苛本是刘邦同乡,沛县举义时随刘邦一路东征西讨,毕竟年岁大些,虑事周密,他对韩王信道:"此事要行,必先清除耳目。"

"哦？说说看！"

"大将军俘获魏豹后送到荥阳，楚军围城的消息很快就会被他知道。若是他趁乱逃出城去，将这里的一切告知龙且，不仅此计难行，就是汉王平安也难以保证。"周苛说到这里，做了个杀头的手势，"不如趁早将之斩首，以除后患。"

"他是阶下囚，怎能逃出城去？"韩王信表示不解。

"时艰之时，不怕一万，单怕万一。"

韩王信沉吟了片刻道："他毕竟是一路诸侯，要斩也须禀奏汉王。"

周苛挤了挤眼睛道："乱军之中，死一半个人已属常事，何况彼有罪于大汉呢？大王知道也不过责备而已。"

闻言，韩王信顿时明白。

傍晚时分，从嵩山飘来团团乌云，伴随着一阵阵雷声，只一会儿工夫，就蔓延到荥阳城头；雷声之后，起了大风，吹得城头的大旗呼啦啦响。韩王信明白，这样的天气，是楚军夜袭的机会，也是刘邦趁乱出城的大好机会。当各路军侯把妇人集中在东城门口时，韩王信已将守城兵力部署停当。

枞公奉命来到关押魏豹的骡马巷，问值守的伍长道："老东西在么？"

伍长回道："在！"

枞公命打开房门，魏豹看见他手按剑柄，不禁有些慌神，坐起来问："天色已晚，将军要解寡人去往何处？"

"你现在无一兵一卒，可不真成了寡人了。"

魏豹听出枞公说话的口气不对，顿时慌了神，浑身筛糠似的战抖不停，哆哆嗦嗦道："寡人乃陈王、项王封的诸侯，纵然要杀，也得禀明汉王才是。"

枞公提起魏豹的衣领一边向外拖，一边骂道："像你这等朝三暮四之徒，若不杀之，迟早又要出卖汉王。"言罢，一剑下去，魏豹脖子上喷出一股鲜血，霎时倒地身亡。

枞公吩咐士卒在囚所外挖了坑就地掩埋，看看天色，估摸是酉时时分。他驰马来到韩王信帐下，禀报了斩杀魏豹的经过。韩王信点了点头道："祸患已除，我等可一心送汉王出城了。"他转过脸来，扫视了一番站在面前的校尉道，"两千女子可都集齐？"

"禀大王，她们均在各营中，由屯长看管。"

韩王信道："送彼等出城，实乃不得已之举。对其家人要多加抚恤，每人发钱一千，用作补偿。若是荥阳危解，还要重赏，此事我已与军师商议过。"

校尉们齐声回答："遵命。"

"好！你等少待，我这就去请汉王。"

韩王信出去不一会儿，就听见帐外喊道："大王驾到。"

但见"刘邦"从烛火下走进帐来，戴一顶竹编冠，着一件黑色镶褐色边袍服。目光炯炯，器宇轩昂，站在校尉们中间，显得王气绕身。

韩王信见校尉们并没有认出牛良，遂放心了。自己身边的校尉认不出，楚军当然也认不出来。只是想到牛良此番一去，万死而无一生。他心中不免悲恸，上前施礼道："时候不早了，请大王早点出发。"

牛良捋了捋粘上去的美髯，站起来朝大家点了点头出帐去了。

周苛有些纳闷，问道："大王为何不说话就走了？"

韩王信笑了笑道："天机不可泄露，我等只管奉命行事就是。"

周苛看了看枞公，不再说话。

时间刚交子时，韩王信命周苛率人来到东门，两千女子都在这里等着。子时一刻刚过，周苛喊一声开门，但见东门大开，女子们纷纷朝城外跑去，夜色中传来"呜呜"的哭声。

当最后一名女子跑过吊桥后，周苛命屯长迅速关了东门，自己转身上了城楼。城外一里的地方人声嘈杂，有哭声，有笑声，他情知楚军已经上钩，脸上露出诡谲的笑意。

不错！夜色朦胧中，一楚军校尉正率军巡营，他瞧见从荥阳城中涌出黑压压的人群，以为是汉军前来偷袭。他一边遣人回营报信，一边对身后的士卒喊道："冲上前去，迎敌。"

女人们看见楚军一个个战刀闪闪，顿时吓破了胆，四散奔逃。校尉顿时挥动战刀喊道："抓住她们，送回营中。"

这时候，楚营大门开了，从中奔出近千名楚军。这些楚军士卒大都是青春年岁，常年征战，哪有时间去闻女人的味道。现在，两千多名女人在面前，他们一个个如饿虎遇见鹿群，早把迎敌的事忘得一干二净，抓住女人就往林子深处跑。没有得手的竟相互争抢起来，一时陷入混乱。

奉命率军迎击的校尉见状，心想一定是上了汉军的当，挥动手中宝剑大喊，意图制止哄抢。在人心躁动中，他的声音显得那么渺小。情急之中，他对扛着女人的士卒刺去，顿时鲜血喷了女子一脸。那女子跌倒在地，捣蒜般地磕头求饶。校尉也不说话，又一剑结果了女子性命，骚乱的人群才渐渐平息下来。

校尉横刀立马，站在队伍前怒吼道："你等食君之禄，却不思解君之忧。追逐女人，成何体统？谁为首抢的，站出来！"连喊数声，无人应答，校尉怒道，

"好啊！既然无人应答，本校尉就将巡夜队尽皆斩首，然后禀报龙且将军得知。"

一位伍长经不住威吓，战战兢兢出来应道："是卑职糊涂，不该见色起意。"

校尉骂道："狗彘不如，来人，押到密林深处斩了，首级带回营去报信。"

丑时一刻，龙且被人从睡梦中唤醒，听校尉将事情原委禀报后，脸色顿时变得铁青。他既悔自己大意，又恨刘邦竟出此下策，蛊惑自己麾下。然而，恨过悔过，他的头脑顿时清醒了，大声道："速传项将军议事。"

不一会儿，项声急匆匆地赶来，一进帐就问道："发生了什么事？"

龙且将校尉所言复述一遍，眉毛紧皱道："刘邦出此下策，乃在分我心耳！彼遣女子们从东门出，定是要从西门逃走。"

"没那么容易！末将这就率领麾下人马赶往西门，生擒了刘邦，以解大王鸿门之恨，就请将军静候消息吧！"项声说完，转身离去。龙且一下子跌坐在案几后，额头顿时渗出点点冷汗，灯光下，脸色一片灰白……

再说韩王信见周苛放了女子们出城，自己则驰马直奔西门，刘邦、英布、张良、卢绾、陈平等，还有戚姬乘坐的车辇，在曹窋率领的数十名侍卫的簇拥下都在等候。刘邦身着将军盔甲，看见韩王信过来，便问道："为何选在此时出城？"

戚姬抱着出生不久的刘如意，心里一阵阵紧缩，暗暗祈祷上苍，护佑刘邦父子君臣平安到达成皋。

韩王信回道："在下已遣周苛率军夜袭楚营，加之风高云厚，正是出城之时。"

"没有骚扰百姓吧？"

"大王体恤百姓，在下深知。"韩王信说完，又来到曹窋面前叮嘱道，"大王安危系于将军一身，万望谨慎，不可恋战。"

曹窋作揖道："末将记住了。"

英布有感于刘邦的不离不弃，挥动手中的斧钺道："大王尽管放心，若是遇见楚军，我这把斧钺相信龙且也是见过的。"

"好，出发。"西门准时开了，刘邦在侍卫簇拥下出了城，飞驰而去。

"护卫好大王和夫人！"韩王信低沉的声音在曹窋耳边回旋，他明白这是彭城之战后又一次遭遇危险，他比谁都知道自己肩头的责任。

刘邦刚走，牛良乘着汉王的车驾到了。韩王信一看，黄绸车盖、车衡左边的装饰物等一应俱全。牛良下车问道："大王的人马离开了？"

"估计楚军一旦明白,定会朝西门而来。下面就看将军的了。"韩王信点了点头,紧紧地握着牛良的手,不知该说些什么。

"韩王不必伤心,末将了无亲人,毫无牵挂。能为大王赢得时间,虽死无憾。"

这时,在西门城楼上瞭望的枞公跑下来禀报道:"楚军正向西门奔来。"

牛良放开韩王信的手,转身对侍卫道:"各位弟兄,吾等献身之时已到,随我出城去。"

"且慢!"韩王信从侍卫手中接过一觥热酒,喉头哽咽道,"请将军饮下这觥酒再走。"

牛良已登上车子,他仰起脖子将酒灌入腹中,顿时生了十分胆气,挥了挥手:"出城!"

车毂在夜色中碾出轰隆的沉闷,韩王信的眼睛模糊了。

项声的轻骑狂奔到西门口,正好看见一辆黄罗伞盖的车子朝这边飞驰而来,想必是刘邦的车辇。项声挥动大刀,大吼一声"刘邦哪里逃",上前就砍。孰料车内传来声音:"将军息怒,汉军粮草殆尽,寡人前来乞降。"说着,牛良跳下车子,手捧貌似地图的东西,口称将荥阳以东献给项王,以求宽恕。

事情来得太突然,楚军顿时一片寂静,项声怀着疑惑命校尉接过牛良手中的地图,转脸问道:"你果真是汉王?"

"当初项王所封,唯季一人,岂能有假?"牛良一脸的恭顺。

项声听罢,仰天大笑道:"刘邦,你终于俯首就擒了。哈哈哈……"

楚军似乎明白了,从人群中爆发出一阵声浪——

"项王威武!"

"项王威武!"

几天以后,牛良被龙且押解到大梁。

当前锋禀报说在荥阳城外生擒了刘邦时,项羽愣了,事情怎么会如此顺利?当报信的军侯按照项声的交代,将牛良乞降时所言复述一遍后,项羽相信了:"你等确认果真是汉王?"

"大王,汉贼刘邦说,当初大王所封唯季一人,岂能有第二个汉王?"

"你等见过汉王么?"

军侯摇摇头道:"项将军断言,必是刘邦无疑。"

"寡人要当面问问,刘邦果真服输了么?"项羽来到行宫外,远远就瞧见殿前一辆车子上坐着一个人,手脚已经锁了镣铐。瞧背影,的确像刘邦,及至近前一看,是有些像,却没有刘邦高高的额头,就连那美髯也极不自然。

项羽走上前去用力一扯，那胡须便掉了下来。项羽立刻变了脸色，厉声问道："你到底是谁？"

"汉王乃英主，料事如神，岂是项王所能擒的？我乃汉王驾前将军牛良，今日落在项王手中，要杀要剐，任由处置。"

牛良说这话时，暗中打量着项羽的表情，先是苍白，继之铁青，最后涨得发紫。项羽两片厚嘴唇抖抖颤动，终于从牙缝里挤出几个字："将这汉贼处以火刑。"

虽然时在六月，可那声音在楚军将士听来，仿佛三冬的寒风，脊梁发冷……

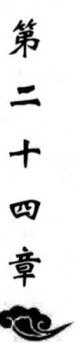

第二十四章

汉王南下走武关
项羽分兵战南阳

萧何接到刘邦的诏命,立即邀请刚回到关中的吕臣商议留守事宜,然后星夜赶往成皋。城阳被攻克后,萧何担心项羽趁机再进关中,向韩信去信,希望调吕臣及其麾下回来镇守关中,郦商则一心一意地坚守函谷关。

其实,萧何也明白,有成皋和荥阳做屏障,加上在南线与彭越周旋,项羽一时还无法分兵入关;其二,当初戏下封王后,萧何就发现项羽对建都关中没有兴趣,他的心在恢复楚国旧地,成一方霸业。素来凡事预则立,不预则废,他不得不顾及项羽身边还有一位足智多谋的范增。何况,汉王将太子父与自己,若是有个闪失,他是百死莫赎啊!

当他向刘盈禀明要前往成皋商议国是时,刘盈便提出要跟他一起去拜见父王。萧何很为难,此时楚汉正在酣战,路途艰险,他怎么能让太子冒险前往成皋呢?再说,戚姬陪在刘邦身边,太子此去多有不便。那天,萧何有意识地选了《触詟说赵太后》这篇文章。当他读到"人主之子也,骨肉之亲也,犹不能恃无功之尊,无劳之奉,以守金玉之重也,而况人臣乎"时,刘盈明白了丞相的意思,当天没有再说什么。可就在他离开的前一天,刘盈再度召见他,求道:"学生思之再三,还是想与丞相一起去成皋。"

萧何沉默了片刻后道:"大王诏命说得明白,只召微臣前往。若殿下一意行之,大王怪罪下来……"

"父王若是怪罪下来,就说学生执意前往。"

"不,臣绝不能抗旨。"

闻言,刘盈流泪了,诉说自己十分牵挂父亲。现如今想看父王一眼都不能,这太子当得还有什么意思呢?

看着他凄凄切切的样子,萧何心头掠过一丝阴云。好在吕臣回来了,两人围着刘盈劝说了半日,他终于答应不去,萧何的心才稍稍放了下来。

吕臣十分看重汉王和萧何的这份信任,他送萧何到灞上,两人话别:"丞相尽管放心去,太子有下官照顾。"

萧何回道:"长史虑事周密,稳健多思,下官见过汉王,即刻返回。"

车子走出一截,吕臣仍站在阳关路口挥手致意。萧何的心油然起了微澜,当年大泽乡揭竿者中,自立为国有之,战死疆场有之,死于项羽之手者十之八九,留下来的只有吕臣父子。世事因变,浮云苍狗,时间最见人心。

萧何心急马快,第三天傍晚时就到了函谷关前。郦商接到禀报,早早地在关前迎候。在关门前,郦商双手打拱道:"末将恭迎丞相。"

"将军辛劳!我奉汉王之命前往成皋,特来犒赏守关将士,这些肉酒聊表心意。"萧何说完,向后挥了挥手。就见丞相府侍卫抬着整猪、整羊,还有数十坛关中盛产的柳林酒过来了。

郦商又拱手道:"谢大王恩典,谢丞相盛意。请丞相到关驿歇息,待明日拂晓再走。"

萧何笑道:"既是到了关上,定是要登关楼的。"

"就依丞相。"郦商遂在前面引导,一干人上了关楼。

萧何放眼望去,但见天开函关,万谷惊尘,秦岭双峰高耸于南,河水金涛咆哮于北;身后,莽原逶迤;前方绝涧天垂。几年来,就是凭借这一雄关,大汉得以经营关中,为中原大战提供了充足的粮草。此刻站在这里,萧何心事便多了些凝重,转脸看了一眼郦商道:"函谷牵系关中,更关乎大汉国运,望将军尽心竭诚,恪尽职守。"

郦商信誓旦旦道:"请丞相放心,三年前退守灞上的情景绝不会重现。若是楚军来犯,定让其兵阻关前。"

"将军不必挂怀,当年项羽大军压境,汉王让出函谷也是权宜之计,并非将军之过。"萧何知道自己的话触动了郦商敏感的神经,便将思路拉回现实,"当下坚守此关,主要是护卫关中通往荥阳的粮道,此乃我军制胜之保障。"

"末将记住了。"郦商频频点头。

当夜,郦商要在关城为萧何设宴,被他婉谢了:"天下未定,民苦时艰,我当同朝野共渡艰危,与将士同甘共苦。"于是,郦商陪同萧何将犒赏的肉酒一屯一屯地分给将士。

当弓弩屯屯长接过酒觚时,闻了闻,惊喜道:"故乡的酒,真香。"

萧何听出其乃关中口音,顿时来了兴趣,问道:"你是关中人?"

屯长回道:"启禀丞相,卑职乃雍城柳林镇人,这酒就产自故里。"

"你何时入汉军的?"

"启禀丞相,卑职原是秦军伍长,在汉王定三秦之战中加入汉军,被擢拔为弓弩屯长。"

"哦?"萧何点了点头,"你为何要加入汉军?"

"自汉王进入关中后,十五税一,家人无不盛赞汉王恩典,老父亲便命卑职追随汉王。"

这番话来自底层的官佐,让萧何感到十分亲切。他进一步坚定了在一统天下后推行新税制的决心,转脸对陪伴在身边的郦商道:"此乃民心,得民心者得天下!"

第二天卯时起身,辰时二刻萧何就带领数十名随员出了函谷关,沿着狭长的谷道东去了。萧何完全没有想到,当八天后他来到成皋时,一件意想不到的事正等着他。

令张良一直纠结而又不得不行的释放两千女子出城一事还是被刘邦知道了,成皋由此掀起了一场轩然大波。

那完全是一次偶然的泄露。那一夜,陈平因刘邦安然到达成皋,自己的计谋得逞而有些喜形于色,遂邀了张良、卢绾饮酒庆贺。月明星稀,夜风徐徐,酒饮了几巡之后,大家一个个脸红耳热起来。陈平已沉入醉乡,踉踉跄跄地来到厅中央,迷离着眼睛,话语中就带了自鸣得意的意思:"项羽者,莽汉也。下官略施小计,他就撤回了钟离眜,驱逐了范增……没有了范增,他哪里还是汉王的对手?"

陈平一转身,宽大的衣袖就在卢绾的脸上掠过一阵凉风:"卢大人,下官又动了动小指,就让龙且军见色性迷,为汉王撤走赢得了机会。卢大人,你能想出如此妙计么……"

张良知道陈平是喝醉了,思绪开始混乱,于是劝道:"中尉大人,时候不早了,我等且歇息吧。"

"不……不……军师小看陈平了,下官岂能轻易就醉了?这酒刚喝到好处,怎能散了?"陈平又转身对卢绾道,"卢大人能想出此妙计了么?是下官要韩王信放两千妇人出城迷惑楚军,龙且怎么也不会想到,我等就在这样的夜色中到了成皋。哈哈哈……"

张良不禁暗暗叫苦:"这个陈平,岂能如此口无遮拦,这事若让汉王知道,如何了得……"

陈平的得意和狂放让卢绾心中极不痛快,第二天一大早,他就到刘邦的住处将昨夜所闻一一禀告。刘邦听着听着,脸色就变了,不等卢绾说完,就拍案怒吼道:"如此草菅人命,岂是我军所为?来人,传陈平回话。"

卢绾自知在场尴尬,起身告辞,未料刘邦却道:"你且留下,看陈平如何回答?"

曹窋急急来传,陈平有些莫名其妙,遂问道:"大王有急事么?"

"卑职也不清楚,大人去了就知道了。"

陈平一到刘邦住处,就看见他一副气咻咻的模样,又见卢绾在一旁低头闷坐,心中便明白了几分。他平静了一下心绪,上前行礼道:"参见大王……"

一言未了,就听见案几上"啪"的一声,刘邦忽地站了起来,手指着陈平大声道:"陈平,你知罪吗?"

陈平低头看着足尖,回道:"臣不知所犯何罪,还请大王明示。"

刘邦怒道:"你背着寡人放两千妇人出城迷惑楚军,须知彼等乃夫之妻,子之母,父之女?你送彼等入虎口狼群,此人臣所不为,更陷寡人于不义,你该当何罪?"

一定是卢绾将这一切告诉了刘邦,陈平狠狠瞪了他一眼,却是不敢当着刘邦的面动怒,只有低声道:"大王息怒,臣出此下策,乃万不得已之举。楚兵围城,大王危在旦夕,臣于是……"

"罢了!"刘邦阴沉着脸道,"政之所兴,在顺民心;政之所废,在逆民心。而今你之所为,拂逆民意,致子之失母,夫之离妻,父之丧女,出此下策,与禽兽何异?若是有人将你妻女放出城去,任人蹂躏,可乎?"

"这……"

"若是荥阳城中百姓知你为救寡人出城而做出此事,又该怎样议论寡人?"刘邦越说越气,"曩者楚庄王逢郢都大雪,怜民之疾苦,命臣下雪中送炭,以解民忧。今天下未定,你竟然干出如此不得人心之事,寡人若是不惩治你,传将出去,必遭人谤议。来人!"

"卑职在!"曹窋进来,惊恐地看着刘邦。

"将陈平打入死牢,待勘问后枭首示众。"

"大王……"

曹窋站在那里没有动,刘邦几乎声嘶力竭地吼道:"你也要以身试法么?"

刘邦要杀陈平,这令卢绾十分吃惊,他原只是想借刘邦之手杀杀陈平的傲气而已,却不承想酿出如此后果,遂战战兢兢上前道:"请大王息雷霆之怒。陈平此举,固然失人心,但也是为了大王。"

"哼!你也助纣为虐?"刘邦讥讽的目光略过卢绾,"你不要待在这里了,寡人心烦,你退下思过去吧!"

"微臣告退。"卢绾退了出来,用手摸了摸额头,大汗淋漓。

身后传来脚步声,卢绾回眸看去,陈平已经披了枷锁,被侍卫押解着向外走去。经过卢绾身边时,陈平用力顿了顿足骂道:"如此小人,搬弄是非,我羞于与你为伍。"

卢绾没有回话,转身就朝军师处奔去,将事情原委告知张良。张良放下手中的兵书,不无埋怨道:"卢大人,你铸下大错了。陈平,国之良才,斩之可惜。"起身就朝刘邦住处奔去。

"听说大王要杀中尉?"张良一进门就径直问道。

"军师是要为陈平说情么?"刘邦脸上的阴云还没有散去,不等张良继续,就把矛头指向了他,"陈平生出此举,必与军师脱不开干系。如此举措竟然瞒着寡人,你等不怕犯欺君之罪么?"

"大王,陈平放两千妇人出城以诳楚军,臣是知道的。可大敌兵临城下,大王安危牵系大汉存亡,臣等如此,皆不得已而为之。若大王要治罪,当先治臣之罪。"

"你!"刘邦看了一眼张良,气就不打一处来,"你们一个瞒着寡人,一个以死要挟寡人,究竟要干什么?"

张良忙打拱道:"臣怎敢要挟大王?此事中尉确与臣商议过,臣虽亦觉不妥,可为解燃眉之急,不得已而为之。"

"寡人念及你非始作俑者,宽恕一次,但须面壁思过三日,寡人自即日起也将斋戒五日,面壁思过。"刘邦一甩袍袖,不再言语。

"臣……"

"不要让寡人再动杀念,退下……"

"微臣告退。"张良是怎么退出的,刘邦都没有回头看一眼。

一连五日,刘邦忍着夏日的酷热,面壁思过,只凭喝几口凉茶度日,以求上苍宽恕。每天,张良都来向曹窋打听大王的起居,心头的阴云却是越积越重。

好了!萧何来了,张良的心一下子豁亮了许多,一大早就来到西门等候。萧何一看见张良,喜悦非常。他跳下车子,两人抱着臂膀彼此相看良久:"军师日夜操劳,人瘦多了。"

"若无丞相坐镇关中,驰援粮草辎重,下官真不知道这场战事能打多久。"张良发自内心地感佩,透过他的眼睛将真诚传给萧何。

"吾等皆为汉臣,责任使然。"萧何说着就上了张良的车子,朝军师住处而来。

军师行辕大帐内,萧何喝下张良亲手送上的茗茶,一路上的酷热渐渐散去,便询问起前方的战事来。张良一一道来:"楚汉在荥阳、成皋一线相持许久,彼此皆有胜负。可总的来说,楚军兵力胜过我军。前次,中尉陈平献连环离间计,使项羽撤回钟离眛,驱逐范增。孰料英布战败,项羽调龙且、项声过来围攻,局势愈烈。下官不得已随汉王撤到成皋,荥阳交由韩王信与周苛、枞公坚守。"

萧何捋了捋胡须,由衷地赞叹道:"陈中尉在楚不被重用,因失下殷而险些被杀,投在我汉营之下,却是屡有战功,真良才矣!"

闻言,张良放下茶盏,长叹一声道:"如此良才,可惜将不久于人世。"

"这却是为何?"萧何顿时双眉紧皱。

"说来话长。"

"愿闻其详。"

"就是丞相不问,下官也急于让丞相知道原委。"张良遂将陈平如何放出两千妇人出城以惑楚军,趁机将刘邦等人安然护送到成皋前后经过,以及刘邦如何要斩陈平,自己斋戒五日等事一一说给萧何听。

"糊涂!中尉糊涂,军师糊涂。大王向来视民若子,中尉岂能出此下策?军师更不该恣意放纵,任其所为。"萧何严肃地批评道。

张良忙打拱道:"下官已知道错了,只是中尉……"

"现在正当用人之际,中尉虽有错,可不宜杀。彼当自受其罚,方能求大王赦免。"萧何话锋一转又问,"大王还在斋戒么?"

"今日是最后一天,下官去探看了几次,均闭门不见。"

"如此酷夏,大王单凭饮水岂能抗过暑热?请足下即刻与下官去见大王。"萧何一听就急了。

张良忙站起来做了个请的手势,两人一同来到刘邦的住处。曹窋一眼就看到了丞相,上前见礼。

"大王呢?"

"还在面壁呢?夫人为此以泪洗面,日夜焦虑。"

曹窋说完,就进了前厅向刘邦禀报,不一会儿就出来请二位进去。

五日未食粒米,刘邦眼见瘦了,两眼周围一圈黑影。萧何见状,心里很不好受,上前叩拜道:"微臣萧何拜见大王。"

刘邦声音微弱地回道:"丞相到了,平身赐座。"

萧何见刘邦精神萎靡,担心饥饿虚脱,忙要曹窋弄些米粥送来。他亲自用调羹舀上一勺,又用口吹了吹,觉得不烫,才送到刘邦嘴边:"大王身系国运,岂能如此折磨自己?"

刘邦咽下了一口粥,方才五内发烧的感觉被滋润所替代,长叹一声道:"寡人以复兴天下为己任,孰料现今却铸成如此大错,能不痛心?"

萧何将第二羹米粥送到刘邦口边道:"大王反躬自省,上苍有知,当宽恕我大汉君臣。大王已斋戒五日,今日就开始进食吧。"

见刘邦点了点头,张良在一旁尤其动容,为萧何的谦恭,也为汉王的责己,更为这种经历风雨磨砺的君臣情感。刘邦用过米粥,精神好了许多,张良再次请求宽恕。五天的斋戒,刘邦的心境渐渐平复下来,说话也显得活泛多了:"寡人明白,你等出此下策,乃为寡人安危考虑。"

张良忙接上刘邦的话道:"谢大王,只是陈平……"

"寡人可没有说要饶恕他!"

其实萧何已窥见了刘邦的心思,原本就是要严责,也不想落个与项羽一样杀戮成性的坏名声。何况陈平自归汉以来,屡建功劳,又正当盛年,杀了岂不可惜。只是他毕竟是君王,有自己的威严,需要一个台阶下罢了。于是,萧何乘机劝道:"大王责己斋戒,将士闻之纷纷自思自检,陈平更是为自己的过失痛不欲生,夜不能寐。"

"哼!他倒是醒悟得快!"

听话听音,萧何循着刘邦的意思道:"眼下楚汉大战正烈,正当用人之际,岂可轻易杀掉忠贞之士。臣以为陈平应当着朝臣的面负荆请罪,以儆效尤如何?"

刘邦看了看张良,点头道:"就依丞相。"

当晚，萧何又与张良一起来到大狱，对陈平表示抚慰，又将刘邦的旨意传达给他。陈平感谢丞相与军师斡旋，更感戴刘邦不杀之恩，道："古人云，君子之过，如日月之食，人皆见之。当着众人的面认错又有何妨？"说着，拿起萧何带来的一块狗肉大嚼起来。

第二天，陈平脱掉外衣，身背荆条，来到汉王住处，当着萧何、张良的面向刘邦请罪："臣闻大王为思过而斋戒五日，五内俱焚，一切皆因臣而起，臣罪该万死。大王宽恩，不杀微臣，然臣不可以原谅自己，故而负荆请罪，恳请大王发落。"

事情到了这里，刘邦心中的块垒被陈平的诚意驱散了，他示意曹窋上前扶起陈平并亲自上前为其解去背上的荆条，训诫道："自古民为贵，社稷次之，君为轻。卿须谨记在心，在任何时候都不可伤民。"

"臣记住了。"

刘邦又率群臣来到摆放在前厅的牛良神位前道："牛将军以刑徒之身跟随寡人，自芒砀山起不离左右，此次又因为寡人而殒命。寡人立神位早晚祭奠，方能心安。"

众人都为刘邦念旧情怀所感动，纷纷向牛良神位上香、行礼。

一场风雨终于过去，萧何和张良相互看了一眼，心中的石头终于落了地。

这时候，刘邦才想起萧何来成皋已两天了，他忙吩咐御厨准备酒菜为萧何接风，并请九江王英布赴宴。席间，萧何坐在刘邦身边。

刘邦觉得萧何治国有方，遂举杯赐酒。萧何饮过赐酒，又向刘邦敬酒，随着酒酿在五内燃烧，话便自然滚出了舌尖："大王急传臣前来，定是有事相商吧？"

刘邦正要回答，却见曹窋急匆匆进来将一封信札交于他。刘邦放下酒觚，翻开信札一看，便急眼了："哼！项羽欺我兵弱，果然要下荥阳。"接着，他将信札交于萧何。

萧何将信浏览一遍，原来是韩王信的告急文书，言说龙且、项声两军两日来大举攻城，有两次东门险些失陷，赖将士同心用命，才度过一险。

刘邦看了一眼在座的张良、陈平后道："韩王信札所报军情，亦寡人连日之所虑。自彭城大战以来，我军师困中原，久战不利。荥阳、成皋相持数月，消耗粮草甚众。如此下去，于我不利。寡人欲集中人马，自成皋和荥阳与楚军决战，不知丞相以为如何？"

还没有等萧何回话，张良先发声了："兵法云：'夫未战而庙算胜者，得算多也;未战而庙算不胜者,得算少也'。彭城之战后,我军虽与楚军之战屡有小胜,却不足以致敌于败势。其一,先是项王北伐魏齐,我军趁其分兵之机攻占彭城。可如今我军在北线攻伐魏齐,楚军得以南下,此时决战,不利我也。其二,郦生说服九江王反楚,致敌东顾而不能西,我军方有休整之机。孰料龙且南下后,九江王战败,其挥军西来,战于荥阳。敌我兵力众寡悬殊,此不宜与战也。其三,项羽中我连环计,恼羞成怒,必欲战之而后快,此时与战,敌一鼓作气,我军疲师,此亦不能战也!"

刘邦吃惊地看着张良,许久没有说话。心想身为军师,岂能如此畏首畏尾,便道:"子房为何灭我威风,长敌志气,是怯战吗?"

张良解释道:"非臣惧敌,实乃当前军情如此,请大王明察。"

不等刘邦再问,萧何的声音在耳边响起来了:"臣以为军师所言,切中肯綮。兵法云,'故善战者,立于不败之地,而不失敌之败也。是故胜兵先胜而后求战,败兵先战而后求胜。善用兵者,修道而保法,故能为胜败之政。'眼下,我方尚无十分把握,不可轻言决战。"

"那依丞相之意呢?"

"微臣倒有一计,只是……"

"丞相有话不妨直言。"

"好!臣就将愚见陈于大家面前。"萧何起身来到地图前,指着从大梁到荥阳一线的空间道,"敌之所以咬住荥阳、成皋不放,盖因大王在城中,项羽因范增离去,必欲寻机报复,今日进攻荥阳就是明证。"萧何说到这里停住了,目光轻轻扫过张良和陈平的肩头,见大家听得专注,遂鼓起勇气继续,"若大王能率一军南下,摆出从武关出兵的架势……"

"敌军闻大王南去,必然分兵追之。大王任敌挑战,可坚壁不出。如此则荥阳、成皋可得休整之机。"张良接着萧何的话道。

"丞相妙算!"陈平来到三人身边,指着北方的空间道,"与此同时,郦生正奉大王之命出使齐、赵,说服其归汉,项羽担心我军南下攻其后路,必然在北面布军。如此,则敌军一分为三,荥阳之围可解矣。"

刘邦立即明白了几位大臣的意思,迅即将话题延伸:"南阳吕齮早已归顺大汉,我军可在宛城和叶县之间与楚军周旋。待韩信南下后,合兵攻楚,必能稳操胜券。还有,可调驻扎在阳武的樊哙南下。丢失一座阳武,保住荥阳、成皋,就把中原与关中连为一体,楚军能奈我何?"

"好!"张良禁不住为刘邦的谋划而叫好。

大家都为刘邦的所虑深远而赞叹,帐外却传来说话声,抬眼看去,却是英布进来了,第一句就是盛赞:"汉王深谋远虑,分敌而聚己。若汉王不弃,我欲同时南下收拾残部,共同御敌。"

他的话立即得到了张良的回应:"若能如此,不仅荥阳之围可解,九江王失国之仇亦可得报。"

刘邦一时兴起,又对英布道:"寡人予九江王三千兵马,以作奠基。"

闻言,英布的眉毛顿时展开了,拱手道:"若是如此,在下谢过汉王了。"

萧何虽然跟着大家举杯,但心思却围着英布刚才的话而打转。早在英布为出兵赵、齐而与项羽迁延稽留时,他就听说英布其人善以诈力成功,又精于权变。至于归汉,乃因事穷势迫,其提出招徕残部,岂知没有私心?但他也明白,此时此刻不是挑明的时候。

月上中天,萧何言说汉王斋戒初过,身子虚弱,不宜久坐,就此歇息。

众人纷纷起身向刘邦告辞,萧何一一送出前厅,却没有与大家一起离去,而是折转回来。此时刘邦席地坐着,戚夫人命侍女持了蒲扇伺候,自己则陪着刘邦说话。

刘邦从乳娘手中接过小如意,黑苍苍的胡须就亲了上去,逗得他笑个不停。见状,萧何心中掠过一股热流。心想若无战争,这是多么美好的天伦之乐哦!

萧何先以礼拜见了戚夫人:"大王辛苦,有劳夫人了。"

戚夫人沉静地还了礼,回应道:"大王虽是大汉国君,亦是妾身夫君,照料起居,是分内之事。丞相返回,定是有要事,妾身暂且回避。"言罢,她向侍女使了个眼色,转身退了出去。

"丞相有话要说?"

"臣有一事,如鲠在喉,不吐不快。"

"现今前厅只有你我二人,不必顾忌。"

萧何给刘邦的茶盏续了茶,这才说道:"大王以为英布其人如何?"

"素闻布为天下猛将,善用兵。"

萧何点了点头,把自己在栎阳听到的消息原原本本地奏给刘邦,道:"以此推彼,当初项王待他不错,封为九江王,并信任有加,将杀义帝重任委于彼。孰料项王用兵之时,他却作壁上观,岂知彼不能如此待我?"

"哦?"刘邦长吟一声,看样子是听进去了。

萧何又把垫子朝前挪了挪道:"臣思之再三,觉得该奏明大王,对其不可放纵,以防养虎为患。"

"这个寡人明白。彼乃势穷之际来投我,实怀复国之心。寡人如此待他,乃在于他是为我大汉而得罪了项王。因此处置诸事时,定会有分寸的。"

萧何没有料到,他想到的,刘邦也想到了,便起身准备告辞。刘邦看了他一眼又问道:"丞相还有事没有向寡人禀奏吧?"

萧何一拍脑袋笑道:"哎呀!臣罪该万死,还没有向大王禀奏太子的境况呢!"

"你呀!"刘邦会心地笑了。

"太子果然长进不少,此皆因丞相教诲有方。"听完萧何的禀奏,刘邦满意地点了点头。

萧何忙辞谢道:"太子关乎国脉延续,臣自当尽心竭力,不敢懈怠。然则,化性起为,后天之力;灵心慧性,先天之本。主要还是太子颖悟绝伦,天资过人。"

这就是萧何的明白处,从不贪功扬己。这也是刘邦最看中的,因此总是愿意将家事托付于他。

"寡人即将率军南下,想请夫人随丞相一起回栎阳。整日颠簸漂流,亦非长策,如意已近一岁,也需要安定的环境。"

这大概也是刘邦传自己前来的原因之一。

于是,萧何很爽快地回道:"请大王放心,臣一定护卫夫人安抵栎阳。"

……

"怎么会呢?"项羽瞪着钟离眜,无论如何也不能相信刘邦会率军南下宛、叶,忽然出现在南阳郡,"我军在荥阳和成皋大军压境,难道他会插翅从空中飞过?必是刘邦以虚势诳我,以便维持相持局面。"

可当钟离眜将探马带回的消息一一禀奏,特别强调刘邦从武关出兵后,项羽颓然地跌坐在公案后呆住了。

"是何人出了如此奇计呢?"项羽似乎是在问自己,又似乎是在问钟离眜,"陈平还是张良?"

钟离眜小心谨慎地回道:"微臣听说六月下旬,萧何到了成皋。"

"一定是他,他经营关中数年,兵精粮足,故而才有武关出兵之策。"项羽倏然起身,用拳头击打着公案,"萧何,有朝一日寡人擒住你,定要烹之方解心头之恨。"

"亚父何在?"项羽本能地朝外面喊道。唉,若是亚父还在,早就有了应敌之策,何须寡人徒生烦恼——与虞姬发生争论后,他终于后悔,派人去往居巢打探,却没有范增的任何消息。他多么希望,此时范增飘飘若仙地出现在他的眼前。

"刘贼南逃,你有何良策……"项羽看了一眼钟离昧,后面的话没有说出口。何况大敌当前,也不容许他泄愤。

当双方都意识到中了汉军离间计之后,各自心照不宣地消除了私人怨恨,毕竟国事为大。钟离昧眼珠转了转道:"打蛇先打七寸,擒贼先擒王。既然刘邦南逃,就该重兵击之。只要擒住刘贼,汉军自然溃散。"

"如此,我军兵围荥阳、成皋数月,岂非徒劳?"

"大王明鉴,依臣看来,擒人失地,地终归我;失人得地,人地两去。"

"寡人就命桓楚南下宛、叶,定要取刘邦首级。"项羽将钟离昧所言梳理一遍,觉得不无道理。

"不可!大王命桓楚守卫京师,可以钳制彭城近郊之司马欣、董翳部,防其生变。若桓楚西征,彭城空虚,一则刘邦突袭,如之奈何?二则,若司马欣、董翳叛楚,又将如之奈何?"钟离昧摇了摇头。

"咦,这倒真是。"项羽摩挲双手,思绪伴着踱步迅速翻飞,时而荥、皋战场,时而彭城安危,时而宛、叶擒刘,时而北上齐赵。当初正是一怒之下,用兵田齐,才致有彭城之失。如今若因一步差池,而致彭城再陷敌手,岂非贻笑天下?他跺了跺脚下决心道,"好!就依将军,暂缓攻打荥阳、成皋,遣龙且南下,务求擒拿刘邦小儿。"

王命到达荥阳前线时,正为军纪失严,致使刘邦逃走而恼火的龙且和项声怎么也不相信刘邦会兵出武关。

捧着王命,龙且愣愣地看着项庄,试图从他的脸上得到答案。可项庄也是一头雾水,猜不透这军情是从何处而来。但他相信项羽,绝不会无故做出如此重大的布局调整,于是说道:"大王满腹韬略,绝不会贸然挥兵南下。吾等只有遵从王命,挥戈宛、叶。"

项庄对项声道:"大王将荥阳军务托付贤侄,万望勿负重望。"

项声打拱道:"叔父放心,侄儿定会蓄势以待龙将军归来,扫平汉营,以成大楚称霸天下大业。"

三天后,楚军减弱了攻势;四天后,楚军停止了攻城;第五天黎明,龙且率大军悄悄撤离了战场。为了不给汉军追击之机,楚军步军卷了旗帜,战车和骑兵用蒲草裹了马蹄和车毂。龙且勒马回头,望着剪影般的荥阳城头道:"我会回来的。"

队伍向前行走了五里地,项庄命司御停了车,叮嘱送别的项声:"你回去吧,军务大事,不可轻视。"

"侄儿记住了,叔父放心。"

话虽是这样说,但龙且一走,他的心就空荡荡的。有龙且,他的心会安定许多。拨马回营的时候,项声吩咐从事中郎道:"知会各路校尉严守营寨,谨防汉军袭击,不可轻易出战。"

……

吕齮接到樊哙送来的消息,十分惊异刘邦的神速,他竟从武关重回了宛城。

是因为得知项羽曾使人说降自己了么?还是对自己久据南阳存有戒心?否则他为什么丢开荥阳、成皋而来宛城呢?跟他前来的也不是别人,而是勇冠三军的樊哙,显然是做了大战之备的。他的心有些隐隐的不安,毕竟自己是以秦朝郡守的身份归顺的。刘邦受封汉王后,他虽派遣使者前往致贺,却至今没有叩过一次汉都的城门。

更让他感到棘手的是,当刘邦接受他的使者朝拜之际,项羽遣范增登门来了。范增凭借三寸不烂之舌向吕齮析解天下大势:"巨鹿一战,项王威震诸侯,未来天下必是楚人的。将军若改弦易辙,项王将封将军为南阳王。"

面对诱惑,吕齮不动声色道:"老先生不闻章邯封王,死于废丘;司马欣封王,险些丧命。"

"将军糊涂。"范增连连摆手道,"将军不想想,章邯并非死于项王之手,而是死于刘邦、张良之手啊!"

这话一出口,吕齮不禁打了一个寒战,仔细一想,范增也说得有道理。这情景如何能够逃得过范增的眼睛,他不失时机地拿出敕诏,站在了吕齮面前。就在这时,陈恢出现了。

"汉王来书,因将军安抚宛、叶百姓有功,封将军为贞国公,不日将送来印章紫绶。"陈恢手捧文书,转过脸面对范增继续道,"项王好意,主公感念不已,无奈当初归汉在先,若是中途背主,难免为天下所耻。"

吕齮在最后关头醒悟,礼送范增回去后,问陈恢道:"依足下看,天下终归何人?"

陈恢不假思索道:"天下当归大汉。"

"彭城之战,项王以三万精骑击溃汉王五十六万之众,这又如何说?"吕齮不以为然。

"项王者,亦当今英雄也,然非天下英主矣!"

"愿闻其详。"

"属下跟随将军多年,皆为秦人。可汉王不以我等事秦为意,而将南阳十数县交予我等管治,从未增加赋税,反而通令十五税一。项王却违逆人道,将二十万秦军坑杀。两相对比,自然可见分晓。"

这件事情汉王知不知道,吕齮无法判断,但刘邦提过此事,也没有派一位心腹过来取吕齮而代之。放下樊哙发来的文书,他首先想到的还是这位当年的门客,忙命主簿传陈恢前来。

不一刻陈恢就来了,他并不似吕齮那样悲观。先向吕齮讨杯茶喝,才在对面坐下来说话。

吕齮把茶盏一推道:"我心急火燎,你还有心思品茶?"

陈恢吹了吹茶水上漂浮的茶梗,呷了一口才道:"依属下观之,将军应大开城门,迎接汉王到来。"

"哦?这是为何?"

"将军不妨想想,刘项在荥阳、成皋鏖战日久,相持不下,但就兵力而言,刘稍弱之。汉王出武关至宛、叶,正是要出其不意,分项王之兵以南顾。保住荥阳、成皋,关中、中原即可连成一片,汉王此计,非萧何、张良莫能出。"见吕齮听得很专注,陈恢身子向前挪了挪道,"汉王亲率大军南下,以宛、叶为根本,足见其对将军毫无戒备,视为知己。而王陵将军就在阳城驻扎,彼与项王有杀母之仇,属下认为汉王一定告知他了,故请将军勿再犹豫。"

吕齮双掌合击,发出啪啪的声响:"长史一席话,让我豁然开朗。传令下去,洒扫庭除,宰牛备酒,迎接汉王到来。"

且说刘邦、张良一行出武关,过析县,一路浩浩荡荡,直奔宛城而来。旧路重走,沿途的一草一木都勾起他不尽的念想。一侧是悬崖峭壁,一侧是万丈深渊,谷水奔流的涛声不绝于耳。挥别守关校尉,回看关城,浮云烘托,愈益挺拔。两次经过,感觉是多么不一样。那时候,他一心想着早一步进咸阳,而现在所做的一切,都是为着天下。

也曾有谋士劝他不要走这步险棋,他也明白会遇到意想不到的风险。可他更知道,只有这样才能拖住楚军,为最终胜利创造条件。

刘邦出武关的决定虽出自萧何之口,但张良不但满心赞同,而且为刘邦在危境中的镇定从容所感佩:"大王凛然大义,臣感念之至。不过此乃分敌之策,待大将军南下,大王仍要回荥阳、成皋的。"

"南阳地僻,非逐鹿之地。"刘邦点了点头。

他这次回到南郑,看到雍齿将汉都治理得井井有条,十分欣慰,分手时许诺道:"卿有功于汉,来日寡人将重赏于众臣之前。"

闻言,雍齿心中便起了微澜,表示定不负众望。

十天以后,汉军进了南阳境域。刘邦举目四望,又是另一番景象。碧树葱茏,嘉禾鞠茂,正在拔节的稻菽被风卷起,层层碧浪,一直漫延到天边。前年的战尘虽然依稀可见,但百姓已不再流离失所。看来,吕齮治理宛城还是颇有成效的。可一想到楚军不久就会兵临城下,这里将烽火连天,他的目光便凝重了。

当初,若非张良力主攻宛,便不会有陈恢献策之举。不知陈恢现在怎么样了?他的见事敏捷、应变通达,曾让宛城避免了一场战火。就这一点,就让刘邦记住了他。

"现在看来,任其为长史,实乃良策。"刘邦对走在身边的樊哙道。

樊哙摇了摇马缰问:"大王说的是谁呀?"

"若非陈恢,寡人岂能再回宛城?"

樊哙闻言,便不以为然:"将士用命,不顾生死,也没见大王赏赐多少。倒是一介书生,却让大王念念不忘,不知大王何时变得如此偏爱儒生了?"

闻言,刘邦就笑他孤陋寡闻,神色凝重道:"寡人轻慢书生早已成昨日旧事。自与郦生见面后,寡人就觉得定国安邦,需得文武相协,只凭打打杀杀,也许能一时得逞,却不能长久。"

樊哙不置可否地摇了摇头:"大王所言,俺不大明白,也懒得深究。还是打仗痛快,杀他个片甲不留。"

刘邦也不责备,觉得这正是樊哙的忠直之处。有话就说,有牢骚也不藏着掖着。倒是走在右边的陈平接上了话茬:"此次进驻宛城,主要在坚守,而不在进击。"

樊哙闻言,十分失望,心想不能打仗,那还有啥意思?正要说话,前锋探马来报,说是距宛城不足五里,吕齮率领郡中官员在长亭前迎候。

刘邦凭车望去,只见五里长的大道旁,每隔几步就有一名着汉军戎装的士卒荷刀挺立,每两丈就有一面汉字大旗迎风招展,每隔三丈就有一辆战车排列。站在最前面的正是王陵、吕齮与陈恢。当刘邦、樊哙和陈平的身影映入眼帘时,三人便同声呼道:"微臣拜见大王。"

"三位爱卿快快平身。"从声音中流出的情感波流,让刘邦强烈地感受到,这里已是大汉的疆土。

"谢大王!"王陵、吕齮与陈恢起身,陪同刘邦一行向城里走去。

从南门口到街中心,道路两边站满了百姓,有的手中提着米粥罐,有的手中拎着鸡蛋篮,口呼:"汉王圣明……"声声入耳,翻波卷浪,刘邦的眼睛便湿润了。他并不知道,这一切都是因为去年陈恢推行了十五税一的政策,得到百姓拥戴的结果。

当日，吕齮在郡府为刘邦接风，并将郡府作为汉王的行宫。酒阑席散后，王陵先行告辞，刘邦留下吕齮与陈恢说话。

陈恢毫不隐讳地禀奏范增说降的经历，并特别强调了吕齮的严词拒绝。吕齮倒有些不好意思，忙在一旁插话道："长史所言，乃臣之心迹也。自臣听说大王召集关中父老约法三章后，就断定安天下者，非大王莫属。项王虽为雄杰，然不足以御天下。跟着大王，乃人心所向。臣虽愚钝，愿追随大王，安民除暴，广播大汉恩泽。"

"南阳归汉，卿功莫大焉！"刘邦以为吕齮说的是心里话，由衷地赞叹。

吕齮忙辞谢道："谢大王恩典。臣愚钝，每遇大事，总是多问长史，方心目皆明。"

刘邦呵呵一笑，心想难得郡守、长史之间如此默契，也为他将来治理朝堂提供了参照。他又把两次到宛城的前前后后思索一番，益发觉得陈恢实堪大用。这念头一出，便以征询的口气问道："若是寡人想任命陈恢为郡御史大夫，不知将军以为如何呢？"

"微臣求之不得。"吕齮言罢，拉着陈恢就跪下了。

陈恢也连忙辞让道："谢大王。只是微臣才浅学疏，恐难当大任……"

刘邦摆了摆手，截住陈恢话头："寡人是想让你与樊将军一起领叶县防务，与楚军周旋。"

陈恢拱手道："微臣定不遗余力，协助樊将军。"

接下来的日子，刘邦、陈恢又应王陵之邀到阳城巡查。自母亲被害后，王陵亦觉独木难撑，便归了大汉，并且效仿吕齮在辖内推行十五税一制，深得百姓拥戴。

这一天，王陵陪刘邦到阳城陈胜的故宅去吊唁。回来的路上，刘邦邀王陵骖乘。

刚回到宛城，就有探马报说龙且率领大军距宛城不足二百里，明日即可兵临城下。

"如此之快？"刘邦心里一阵欣喜，暗想又是龙且，他一来，荥阳、成皋便无恙了。丞相此计，真良策矣。他回头看了一眼张良、樊哙等人，转身上了车子，踏上了回城之路。

议事在郡府大堂举行。刘邦首先任命陈恢为南阳郡御史大夫，虽然当面没有人提出异议，但他看得出来，樊哙脸上流露出轻视和不屑。接着，张良代表刘邦下令，由刘邦与张良坐镇宛城，吕齮镇守；樊哙与陈恢前往叶县；王陵依旧镇守阳城，牵制楚军。

刘邦的目光扫过在座的每一个人,话语冷峻而又清晰地在大家心头喧响:"诸位,我军分敌之意图已成功。下一步我军重在坚守,慎勿轻战。诸将有何话,不妨直说。"

话刚落音,樊哙便站了起来,刘邦知道他要说什么,便挥了挥手道:"如无话说,就下去备战吧。"

樊哙站在原地没有走,大家刚刚出了前厅,他就急不可耐地问刘邦道:"方才为何不让咱说话?"

"你要说的话寡人心里一清二楚,无非不愿与陈恢共事。"

"知道还如此安排?"樊哙撇了撇嘴,"陈恢算什么,他不过是吕齮府上的门客,竟然与俺平起平坐,这算咋回事?"

这话一出口,刘邦就拊掌大笑,笑声惊得檐下的雀儿扑棱棱地飞进门外的竹丛。樊哙的脸就有些挂不住了,黑着脸问道:"这有啥好笑的?难道咱说错了么?"

"哈哈哈!寡人笑你忘了出身。想当初你也不过是沛县街头的一个杀狗的,若非大泽乡举事,岂有今日之樊将军?"

"这能是一回事么?"

"为什么不能是一回事?或起于草莽,或起于布衣,只不过你早几年而已。况且,子房有言,说陈恢韬略满胸,出奇谋巧计绝不在陈平之下。你还不愿意要,吕齮还不愿意放呢!寡人此次要陈恢协助于你,正是要杀杀你的躁气,你切不可做出鲁莽之事来。"

经刘邦这么一说,樊哙虽然尚未完全心服,可因为是张良的评价,便也不再固执己见,找了个台阶下:"好!看在军师的面子上,俺暂且与他同往叶县。"

刘邦也不揭穿,顺了他的性格送到门外。望着樊哙的背影越来越远,他心中荡起素日来从未有过的快意。不过,他的心没有一刻闲着,想起了一同南下的英布。记得进入南阳地界后,英布提出分兵,率刘邦拨给的三千兵马自阳城东去。马上作别时,英布双手作揖道:"在下不才,致九江亡国。今日汉王不以在下势穷而援以兵马,令布铭感肺腑。他日若能觅得旧部、再度复国,将与大汉修睦善好,永不起战事。"

"嗯,不知他现在进兵到何处了?"刘邦默默地想。

第二十五章

巧游击彭越扰楚
好说辞郦生下齐

"大人知道么,魏王被韩王杀了。"一大早,国相左史栾封就急匆匆来到魏国国相彭越的大帐,带来了一个惊人的消息。

"何时的事?"彭越大惊站起。

"听说是在汉王夜遁成皋时,枞公担心魏王泄密,故谏言韩王秘杀之。"

彭越重新落座,说话的口气明显淡然了:"魏王有今日,实乃自招其祸。"

闻言,栾封愣了愣神,不知说什么好。

彭越起身来到帐外,登上插着"魏"字大旗的高坡北望,滔滔东去的黄河就在眼前展开它千里奔腾的雄姿。太阳刚刚升起,将千层波浪染成金色,汹涌澎湃,一往无前。那震耳欲聋的吼声,惊雷般地回响在耳际。

彭越眯起眼睛,久久地注视这波澜壮阔的情景,觉得生活就如大浪淘沙,沉浮悲欢往往就在一瞬间。

他虽然生于魏地,但他早已习惯了湖河港汊的打鱼生涯。直到汉二年他被刘邦安排到魏豹身边任国相时为止,魏王在他的印象中一直是个轮廓。及至在行辕拜见魏豹,他觉得此人有些猥琐。

　　第一次见面,两人并没有多深的交谈,说到汉楚决战,虽然都是冠冕堂皇的话语,但他觉得魏王似乎对攻打彭城持观望的态度。

　　"国相乃魏国之国相也,彭城大战,望国相量力而行,见机处事。"

　　"这……既是合力攻楚,就当勠力同心。而且汉王有恩于臣,此时更当奋翅鼓翼,并驱争先,岂可怀私揣异?"彭越有些不解。

　　听了这话,魏豹就笑了,尾音很轻而且带着沙哑:"国相在山野待得太久了,今日就到此为止吧。"

　　第二天在联军议军会议上,诸侯们各怀心思,使他对刘邦的满目自信产生了暗暗的担忧。

　　果然不久,项羽率领三万精兵突然闯入联军防线,诸侯们以邻为壑,自保实力的面目暴露无遗。彭城决战的那一天深夜,当司马欣和董翳临阵倒戈时,魏豹立即躁动起来,他命人传彭越到车前直截了当地问道:"汉军溃退,寡人当何以自处?"

　　"我等既与汉王盟约在先,当然该同舟共济,共担艰危。"彭越毫不含糊地回答。

　　"糊涂!"魏豹断然打断了彭越的话,"项王是什么人?是破釜沉舟的主将,是睥睨天下的枭雄,我等与他对抗,岂非以卵击石,以指绕沸?"

　　彭越忍着心中的愤懑问:"那依大王之见呢?"

　　"今夜就随寡人撤出战场,回平阳。"

　　闻言,彭越十分吃惊:"大王乃一国之君,岂能言而无信,不守盟约?"

　　"国之不存,盟约何用?"魏豹不再多说,起身对中官喊道,"备车,回平阳。"

　　彭越明白,魏豹是决计要与刘邦分手了。他不免有些痛心,却又无可奈何。依着他过去的性子,早取了魏豹首级。可他现在是魏国国相,而且是受刘邦之请到魏王身边的。他忍着一腔愤懑,上前向魏豹施了一礼道:"臣请大王三思。"

　　"寡人去意已决。"

　　"一定要走?"

　　"何须多言。"

　　"好!大王要走,臣自然无法拦挡。可臣深受汉王之恩,绝不可临阵背叛,遭世人唾骂。"

尽管知道彭越与汉王有风雨之谊,可彭越做出这样的抉择,还是让魏豹感到突然。沉默片刻后,他说道:"人各有志,不可强勉。你可以留下,但军伍寡人得带走。"说完,魏豹看了一眼身边的太尉。

太尉喉结动了动道:"大王所言极是,若不撤走军伍,则无法证明魏国中立。"

这原本在预料之中,彭越并不打算带走魏军。他看了一眼魏豹道:"魏军本由太尉掌控,并无留下一说,只是臣的三万人马要留下。当初昌邑城下分手时,汉王曾赠三千人马。当此之际也该奉还才是。"

魏豹轻蔑地看了一眼彭越道:"联军五十六万之众,一俟遭遇楚军,顿然溃不成军,国相三万人马……"

"这就不劳大王担心了。"

他们就这样分手了,后来魏豹不仅背叛了汉王,而且还加入了倒戈阵营。他带着项它的队伍,反过来攻打彭越,使他辛辛苦苦攻下的二十几座城邑很快沦入楚军之手。现在,彭越顶着空头魏国国相的名号,与在巨野泽中为义军首领毫无二致。

他也曾想过再归汉营,可每每巡视军营,他就有种无言的惭愧。城池丢了,魏王走了,你好意思去见汉王么?又有什么资格与张良、韩信等人在一起谈论国事呢?

他带领着跟随自己多年的军伍盘桓在黄河沿岸,就像当初一样,过着天涯孤鸿式的漂泊生活。三万之众,要军粮,要辎重,要兵器,他只能从项羽军中掠取。楚汉在荥阳、成皋间相持日久,项羽常常从彭城和大梁两地输送粮草到前线,彭越多次中途伏击,既解决了本营的军需,又策应了刘邦的战局。龙且、项声曾数次派兵剿杀,却对这支来无影去无踪的队伍无可奈何。

但这种小打小闹,又如何能化解二十余座城池被楚军掠去之恨呢?如果不是魏豹反叛,他何至于无颜去见汉王呢?魏豹被杀的消息,重新勾起他缕缕心事。

栾封轻手轻脚来到彭越身边问道:"主公对魏豹被杀惋惜么?"

"不!"彭越摇了摇头,"自大泽乡举事以来,短短半年间,张楚军四分五散,终为章邯剿灭。随后诸侯蜂起,可依我看来,彼等皆有复国之志,而无复国之怀,更无复国方略,无非藩篱之鹩,无法与之料天地之高。如魏豹之辈,借混乱之机南面而称孤,然得摄尺寸之柄,其云蒸龙变,欲有所会其度。凡有理智者,且羞其行,况王者乎?及败,身死于刑戮,何足惜哉?"

栾封点了点头又问:"依主公之见,当今天下何人能得之?"

"当今枭雄者,唯楚汉二王者,再无他人。"

栾封深以为然,但话锋一转道:"不过,依卑职看来,主公满腹韬略,亦当能逐鹿天下。"

彭越回头看了一眼栾封,有些自嘲地笑道:"将来尚属未知,至少当下我无此野心。二十城池顷刻冰消,有何颜面逐鹿?"

彭越顺着营寨前的沙路朝前走,前面是一望无际的河水滩。六月天,芦苇结起的青纱帐被风卷起层层碧浪,一直奔涌到天际处,与河水黄色的浪涛连接在一起,他禁不住感叹道:"河水草滩不过比巨野泽大一些罢了。"

站在芦苇荡边,听着河水的怒吼,彭越油然想到了汉王,彭城之战虽然失利,但关中在萧何的经营下稳如南山,此便是项羽所不能比的。触事生思,他随口问道:"最近有汉王的消息么?"

栾封一拍脑袋,"哎哟"一声道:"主公不问,属下差点忘了。听说汉王到了成皋,与英布一起出武关,到了南阳郡。项王闻信,留下项声攻打荥阳、成皋,遣龙且南下了。"

"哦,这么说楚军南调了?若是我没有猜错,此乃汉王调虎离山、声东击西之策,在于解荥阳、成皋之急。"彭越目光专注,显然对这个消息很感兴趣,当他再度抬头时,那种饿虎逢食的兴奋便全都写上了眉头,"看来,我军在此待得太久,也该移动移动了。"

彭越说完便往回走,栾封急忙跟上他的脚步。

彭城大战前,马申离开自己,听说后来又被英布邀去。失去了军师,彭越每临大事,总有种举棋不定的感觉。就在这时,栾封来到了身边。他是友人栾布的胞弟,彭越聚葆巨野泽举义时,栾布被人出卖卖到了燕地为奴。后来,他跟随着燕王臧荼拉起了一支义军,现在已做到了将军。听说彭越人众马强,就把栾封送了过来。汉王举荐他为魏国国相时,他即向魏豹荐才,为栾封讨了个国相左史的官职。

栾封虽然年不过而立,却处事稳健,足智多谋。尤其可贵的是,少了马申的诡谲。他们之间说话从来不藏着掖着:"主公的意思是南下,来个乘虚而入。"

彭越点点头道:"正是。龙且南下后,楚汉两军必然陷入对峙。项声虽是项王族弟,可向来处事谨慎,没有龙且,必然阈于坚守而不轻战。趁他全力应对汉军之际,我来个奇袭,一则解我军粮草之需,二则也策应了汉军。日后见到汉王,也好有个说辞。"

"主公所言，精于大势。属下明日就遣人去探知楚军军情。"

渐渐升高的太阳炙烤着大地，有些热，两人都袒开胸襟，露出赤红色的胸膛。路上，彭越问到栾布的近况。栾封告诉他，说前些日子有人从蓟都捎了信，汉右相韩信正率军一路扫荡魏国、赵国、代国，燕王忧心忡忡，家兄以大将军身份统率三军，陈兵边境，以防不测。

彭越沉默了片刻道："我虽从未与韩重言谋面，但素闻此人战必胜，攻必取，若与之战，殊难取胜。"

"嗯，此正是属下忧虑的。"栾封点了点头。

"若布兄能说服燕王归汉，不仅士卒少了征战之苦，燕国百姓也免遭生灵涂炭。"

栾封叹了口气道："属下也是如此想，无奈家兄重君臣之礼，恐怕……"

"我与布兄从小在一起，知其脾性。"彭越不无遗憾地说道，"若如此，他定会受委屈。待有一天见了他，定要好言相劝。"

就这样边走边聊，营寨大门的旗帜已然在目。营门口拥着一堆人，吵闹声自远及近地传了过来。

"待我去看看。"栾封加快脚步朝人群奔去。

等到了营门前，原来是三五个百姓正与一群士卒争吵，只见为首的老者大声道："彭将军不是常说大兴义道，诛秦安民么？为何如今抢起百姓的粮食来了？"

站在老者旁边的年轻人更是气冲斗牛，大声道："若今日不还粮食，我们就死在营门前。"

这样一说，那带队的伍长就不答应了，道："你吓唬谁呢？难道你没听过彭将军的声名么？他诛灭暴秦，一路风雨；力抗项楚，声名赫赫。若惹恼了他，一把火烧了你们村子。"说着，他举起拳头，装出一副威胁的样子。

孰料举在空中的手被架住了，他定神一看，却是左史大人，忙收敛了狂劲，满目驯服地迎候道："见过栾大人。"

老者听说来人姓栾，情知是比伍长更大的官，便"扑通"一声跪在了栾封面前，口中连道："栾大人为小民做主。"

栾封忙扶着老者的双臂道："老丈有话站起来慢慢说，千万跪不得。"

老者战战兢兢地站起来，眼眶就涌出了泪水："大人有所不知，今春天旱，田禾干死了大半。入夏以来，又逢多雨，所打粮食甚少。今日这位军爷带了手下到我村硬是要抢走我村的口粮。小民千求万求，终是无效，这才追到军营来……"

"大胆！"栾布正要说话，却听见耳边传来一声怒吼，回头看去，彭越已经到了面前。他指着伍长的鼻子怒道，"我平日是如何说的？民者，我等衣食父母也。"

伍长早被彭越的吼声吓得跪倒在地。彭越手提马鞭，来到伍长前厉声问道："说！谁让你糟害百姓的？"

伍长口中嗫嚅了一下，却是说不出话来。彭越举起马鞭狠抽下去，伍长的肩头立时爆出一道血痕。彭越也不说话，一边抽打一边骂。

不一会儿，伍长已是血肉模糊。老者和一同来的村中青年开始尚觉得解恨，可看着看着，就仿佛那鞭子打在自己身上，每一鞭下去，他们脸上的肌肉就抽搐一下，到后来他们都跪倒在地上了，求道："请将军息怒，请将军息怒，绕过军爷吧。"

孰料彭越一转身，就跪倒在了老者面前，又对站在面前的栾封道："都是我管教不严，致麾下糟害百姓，请左史代为行刑。"

"这……"栾封有些迟疑，但在彭越严厉的目光下，他举起了鞭子。

这时，村中来的几个年轻后生也扑到彭越身边齐声道："要打，就打小民吧。"

栾封看去，在他身后也跪倒了一大片士卒，心中不由得一阵悸动，他来到彭越身边劝道："百姓向大人求情，士卒代将军受过。知错必改，乃君子也，请大人起身安抚百姓吧。"

"谢父老乡亲。"彭越的头紧紧地贴着地面，然后起身对栾封道，"如数偿还所抢粮食。"

"遵命！"栾封没有丝毫的犹豫。

这件事过了半日，彭越的心还是没有平复下来。晚上只吃了一点麦饼，喝了几口热茶。傍晚，当他就白日发生的事征询栾封的看法时，栾封告诉他，军粮日趋紧张，若有别的办法，伍长也不会做出如此令人寒心的事。这话让他很震惊，河水泛滥区历来贫瘠，加上春寒夏汛，年馑民贫，岂能容得数万兵马？思前想后，他离去的念头愈益迫切。

三天后，栾封派出去的探马回来了，率队的军侯一进帐，就喜形于色地禀报道："项声将部下集中在荥阳和成皋间，只遣了麾下将军薛公坚守粮草囤积地下邳。"

"好！我就打他个出其不意。"彭越说着，传令南下击敌。

栾封应一声"诺"，转身就要离去，彭越又叫住他道："正值六月天热，假如白日行军，容易被楚军发现。严令各路校尉晓宿夜行，避敌锋芒，直奔下邳,五日后在濉水边集结渡河。若遇敌军,有恋战者,斩。"

第二天卯时,彭越军分前锋、主力、后卫三队踩着夏日夜露,趁着月色朦胧悄悄地离开了河水沿岸,一路晓宿夜行,进入砀郡。随后转而向东,来到符离。此地为楚国武塞,栾封的前锋到达后,命令各路校尉将军队隐藏在距此四十里地的大泽乡密林深处,来往人等只能进,不能出。因此,彭越的主力在第二天夜间子时到达时,没有泄露任何消息。

说来也巧,当他们敲开镇北头的大门时,出来一位老者,问是借宿还是卜筮。彭越一听就知道此乃四年前为陈胜、吴广卜卦的老者,当即问道:"先生可曾记得,四年前……"

老者脸上立时变了色。

栾封上前解释道:"老丈不必惊慌,我等乃陈王当年义军,路过此地,想在这镇上歇息一晚。听说老丈善于卜筮,特来拜访,此乃我家主公彭越将军。"

一听彭越的名字,老丈的眼睛顿时亮了:"可是游击将军彭越?"见彭越点点头,老者兴奋了,一边吩咐书童烧茶一边道,"将军行踪不定,出没无常,被传为神军。未料今日倒让小老儿见了真身。"

给彭越一行沏上茶水,老者在对面席地而坐,打拱问道:"请问将军前来有何事?"

栾封接上话茬道:"不瞒老丈,我军欲从此处渡河,前来卜问时机,还请成全。"

"这……"

彭越宽心道:"老丈不必犹豫,所谓谋事在人,成事在天。我等卜卦,也是求个心安,成败皆与老丈无关。"

老丈脸上的神色这才松弛了下来,他转身到了后堂,拿来龟板,先是念念有词,然后就放在烛火上烧烤。不一刻,就见龟背上呈现出曲曲折折的花纹。老丈看着看着,就禁不住呼出了声:"好卦!"

彭越和栾封都屏住呼吸,全神贯注地看着眼前的一切,老者口中的词就出来了——

久旱逢甘霖,嘉禾当再生。
彼地一为别,此时蛟龙兴。
偶然云中现,转身入水中。

老者念罢,紧闭双目,从胸腔中吐出一口气,说了一句话:"行可通,通则达。"

彭越向老者身边挪了挪身体道:"请老丈明言其详。"

"将军这就是多求了,天机不可泄露,只管往前走就是。"老者诡谲地笑了笑,两眼泛着黄光。

从老者家中出来,彭越的脸色忽然变得凝重起来,问道:"栾左史,老丈的话是否可信?"

栾封言道:"世间事,信则有,不信则无。依属下看来,卜者所言不虚。前两句说的是我军进军的时机,第三四句是说我军僵则死,挪则活;末两句是说我军的行踪诡秘不定,令楚军无法捉摸。"

栾封的话还没有落音,就被彭越截住了:"果真是这样么?"

栾布点了点头:"若是属下没有猜错,该是这个意思。"

彭越"哦"了一声,脸上渐渐地涌上阴云。他站在大门外沉默良久,转而就进了卜者的大门,喊道:"老丈,在下还有几句话要问。"一连喊了数声,却是没有人应答。

彭越"嗖"地从腰间抽出宝剑,就进了后堂。屋内无人,忽然看见墙角的板柜被人挪动了。他近前一看,后面有个暗道口。彭越倒吸一口冷气,回转身见栾封愣愣地站在那里,就出门去了。

尽管心机被卜者道破,但彭越并未改初衷。在探知楚军粮仓并不在下邳城,而是在距城三十里的清风圩时,他就召集麾下校尉议军,令前锋校尉马忠遣一小股人马从寨子背面袭击,只要楚军追击,立即撤退;待敌回转时,再予以袭扰。遣中军校尉孟达,率领人马从圩子东边袭击:"你等只管袭扰,敌来我撤,敌退我进,令其不得安宁,待敌人疲惫至极时,一举夺了粮草。"

栾封赞道:"将军此计甚妙,以我师疲敌师,后发制人。"

"我率中军攻打下邳,使敌不能援清风圩。"彭越转身对中军四名校尉道,"此役重在粮草,我军不必恋战。若薛公追击,便于途中伏击。"

众人散去后,彭越毫无睡意,站在地图前,一会儿注目荥阳、成皋,一会儿移向大梁,一会儿又盯住下邳方向不停。他在想,要不要将这消息告知刘邦……

项声奉命西进荥阳、成皋前线,留下坚守下邳的薛公顿时就觉得孤掌难鸣。他想留住项声,楚军粮仓若被汉军掠取,后果不堪设想。项声也很无奈,道:"我岂能不知其间利害,可军令如山,岂能不从?"

两人在距城三十里的清风圩告别。临别时,项声望着圩子里成堆的粮仓道:"公身系我军存亡,望勿大意。"

这话言犹在耳,时序已到了六月中,下邳城就像被汉军忘了,一切都显得十分平静。驻守清风圩的堂弟薛录也不断报告,说粮仓安然无恙,要他不要杯弓蛇影。看到报告,薛公心想也是。楚汉两军正在荥阳、成皋相持,哪有时间关注下邳啊!因此在六月收割完夏粮后,他整个人就放松了。要么就是饮闲酒,要么就是邀将军左史弈棋。左史多次提醒他,说越是安静,就越是不可掉以轻心。薛公眯着醉眼道:"左史是被刘邦吓破了胆吧?眼下汉军哪有机会东来?"

他的话音刚落,就听见从行辕外传来一声悠长的"报"声,薛公刚刚举起的棋子"砰"地就落了地。报信的伍长来到面前,说话时还喘着气:"小的奉裨将军之命前来报急,近日有小股贼军在清风圩周围袭扰不断。"

"何时的事情?"薛公的心一下子就提到了嗓子眼。

"大概六七天了?"

"有多少人?"

"每次大概不到百人,总是夜间来袭,又匆匆而去。"

"看清旗帜了么?"

"启禀将军,这些散兵没有旗帜,衣着参差不齐。"

薛公刚刚绷紧的心顿时松弛了,狠狠瞪了一眼伍长道:"几个山泽蟊贼,你等就如此惊慌,若是汉军来攻,你等岂不丢盔卸甲?你速速回去禀报薛录,此乃蟊贼试图抢劫粮仓,不必惊慌,守住粮仓,慎勿出战便是。"

话虽这样说,但伍长一走,薛公的心思却无法驰骋在棋局中了,他狐疑的目光看着左史,讷讷自语道:"若果真是汉军攻来……"

左史接上话茬:"依理而论,汉军眼下无暇顾及下邳。然则,兵者诡道也,也说不定真有一股汉军来袭,我等还是小心为妙。"他当下传来从事中郎,吩咐命各守城校尉加强戒备,严防汉军来袭。

当日,薛公与左史一起到东西南北四个城门巡查了一遍。校尉们奉命率领麾下人马,一面加强巡逻,一面将守城的滚木礌石、弓弩箭羽等搬到方便作战的位置。士卒们一个个汗流浃背,脸上布满道道汗渍。

下城的时候,薛公想到了粮仓。粮仓乃楚军咽喉,若有半点闪失,他将无法承担后果。等到走到城门口时,他对左史道:"尽管骚扰可能来自地方贼寇,可粮仓不能有任何闪失。我意左史今日就出城前往清风圩,一心一意看守粮仓,千万不要因小股贼寇纷扰分心走神。"

"将军所虑甚是,属下这就前往清风圩。若有情况,属下当及时禀报将军。"言罢,左史向身后的卫士招了招手,带领一干人出城去了。

左史走后,吊桥慢慢拉起,城门缓缓关闭,薛公的目光久久定格在城门口,心里祈祷上苍护佑。

一连数日没有见到汉军的影子,从薛公到守城将士的心弦又渐渐松弛下来,薛公甚至以为不过是虚惊一场。这天傍晚,河水故道上聚集起成片的乌云,不一刻雷声大作,眼瞅着滂沱大雨冲天而降,使得大帐内人的说话声骤然变小。

借着大帐外的灯火看去,白色的雨雾笼罩了整个下邳城。薛公紧绷的肌肉渐渐松开,暗想即便有汉军,也不敢在这样的夜晚前来攻城。他卸下穿了一整天的盔甲,对跟在左右的从事中郎道:"拿酒来,老夫今夜要饮个痛快。"

从事中郎有些犹豫:"今夜有雨,诚恐汉军……"

薛公冷哼一声:"此时攻城,就不怕大水将彼等冲到河中喂了鱼鳖?快去。"

从事中郎不好再辩,去了不一会儿,就见两名卫士抬了一个小鼎,里面盛了酒,又端上来一盘鸡。薛公撕下一块鸡肉,端起酒觥,径自大嚼大咽起来。

不知过了多久,一阵炸雷在头顶震响,薛公手上的酒觥掉落地上,从事中郎上前捡了起来,待再去斟酒,却发现鼎锅里只剩下些残滴;再看薛公,已经沉入醉乡,呼呼大睡了。从事中郎在他耳边轻轻呼唤:"将军,该巡城了。"

薛公睁开迷醉的睡眼,看了一眼从事中郎,什么话也没有说,转身又去了。从事中郎暗想如此酩酊大醉,这是要误事的。他拉了一件披风给薛公盖上,转身出帐巡城去了。

街道两旁的阳沟里,雨水哗哗地淌过眼前。等到了东城门口,他肩头已经湿了。问过城门大阍,看看更漏,已是丑时二刻。刚要上城,却见守城的军侯疾疾冲下城来,看见从事中郎,紧张地问道:"将军呢?汉军攻城了。"

"待我看过,再去禀告将军。"从事中郎说着,直奔了城楼。

举目四看,但见雨夜中,城下布满了火把,却看不清是汉军还是楚军。从事中郎将头伸出城垛,喊道:"何方军伍深夜来此,报上名号!"

城下彭越闻声,命校尉用匕首顶着楚军左史的腰部,小声说道:"按彭将军的吩咐回话,否则杀了你。"

左史抬起头高声道:"城上说话的可是从事中郎,请速禀薛将军,就说左史击溃孟贼,押运粮草回城来了。"

原来马忠、孟达连日都是倏忽即来,倏忽即去,楚军疲于应付,渐渐地就放松了警惕。孰料左史到清风圩的第二天夜间,马忠与孟达一则在东,一则在西,两面夹攻,杀了仓促迎战的薛录,擒了左史。将粮草辎重可以带走的悉数带走,不能带走的,一把火烧成灰烬,跟着彭越前来攻打下邳了。

从事中郎朝下看,果然隐隐约约地看到左史身后的车上装着粮草,说一声少待,便去禀告了。

左史很遗憾薛公没有听他的劝告,大意轻敌,如今,那冰凉的匕首就在身后,随时都有可能刺进他的心脏,他不得不按彭越的要求回话。他正这样胡思乱想着,就听见从城头转来薛公醉醺醺的声音:"城下……可是……左史大人。"

匕首立即朝他腰部顶过来了,隐隐约约地疼,他忙定了定神回答:"正是属下。"

薛公问道:"你不在……清……风清风圩,回来干吗?"

左史打一个冷战道:"属下与薛录击败乡野蟊贼,押运粮草回城来了。"

"叫薛录上前回话。"

"将军,粮草要地,须臾不可无将。故而属下押运粮草回来,薛将军仍留在清风圩。"

薛公迟疑了片刻,从身边军侯手中接过火把,试图看清城下情景。无奈雨中一切朦朦胧胧,便转脸问从事中郎:"果然是左史?"

从事中郎迟疑了片刻回道:"听声音,看人影,确是左史大人无疑。"

"既然如此,那就开城放粮草队伍进来。"

且说彭越在马上看到吊桥缓缓地放了下来,便低声命校尉押解着左史登上吊桥,朝城门口走来。待走上吊桥,他向身后一挥手,麾下将士便呼啦啦地上了桥。校尉一匕首割断左史的喉管,大军便如潮水般地涌进了下邳城。

薛公在城头上看见,急忙高喊:"有诈!快速关城门。"但那么多士卒在桥上,任守城将士如何用力,吊桥都纹丝不动。

薛公的心就乱了,提起大刀朝城下冲来。由于彭越军身着楚军戎衣,分不清敌我,他只管挥动大刀,一路砍杀。及至到了城门口,正好与彭越相遇。两人一个在地上,一个在马上。一个使大刀,一个使牛头月铛,双方大战五十个回合。彭越大叫一声"薛录来也",薛公一分神,被彭越一铛斩首,血喷到城门洞的墙上。

彭越提了薛公首级,催动坐骑朝街心口奔去,迎面碰见马忠,他说已尽诛西门之敌。彭越遂要他前往南门驰援其他校尉,自己则朝北门而来。攻打北门的孟达已将守卫北门的校尉拿下,正押解着朝这边走。他看见彭越,下得马来,上前禀报情况。彭越吩咐将战俘押向楚军行辕关押,待城内稳定后再做处置。

雨停了,晨曦不知什么时候在东方撕开一道口子,金色的朝霞从云层里斜射在下邳城头,染红了飘扬在城头的"彭"字大旗。不一会儿,六月的旭阳爬上城头,灿烂的光芒给花草树木涂下一片金色。大约辰时二刻,彭越已坐在薛公的将军大帐了。

栾封从外面进来,身后跟着两个店小二模样的人,一人手中一个托盘。栾封边走边道:"大战一夜,将军定然饿了,快快吃饭。"

彭越看了一眼盘中食品,夹一筷子放进口内,果然色味俱佳,遂道:"此处距大梁和彭城都不远。项羽若是听闻我军夺了他的粮仓,占了城池,必然发兵前来。因此我军在此只休整数日,之后立即撤离。"

"还是主公虑事周密。"

栾封正要再说下去,却听彭越继续道:"我军虽人众三万,但无力与项羽抗衡,必得依赖汉王方能解除危机。"

栾封点了点头,献计道:"汉王不是到南阳了么?主公何不遣使前往,请他二次发兵荥阳。项羽闻之,必不能东进。"

"左史此计甚妙。请即刻修书,我遣马忠前往宛城报信。"彭越回道。

……

郦食其的使团在临淄西门外停留,等待城门司直禀报大司行府。

有了燕国之行,郦食其对这次出使齐国充满了信心。此刻,他高坐在车上,目光顺着城门口朝内望,情不自禁地为它昔日车毂击,人肩摩,连衽成帷,举袂成幕,挥汗如雨的盛况而感喟。虽然经过八百多年的沧桑,古城铅华落去,早已不似当年的木衣绨绣,土被朱紫,可比起战乱中的平阳城来,仍不失为一座繁华的都市。一大早,大街上就人声鼎沸,熙来攘往。难怪从田儋到田荣,从田横到田广,不管怎样的你争我夺,都没有脱离临淄这方厚土。

人在得意时最容易忆往追来,当郦食其将长发轻轻拢向身后时,在蓟都受到燕王臧荼盛情款待,而他凭借着一口流利的说辞说服燕王归顺的情景,此时就浮现在眼前。让他尤为感奋的是,臧荼还遣相国栾布为使者,与他共赴平阳,与大汉右相、大将军韩信共商归顺大计。这些足以支撑起他心头的自信——一张利口可抵数万劲旅。想着樊哙平日见他说话时那种高喉大嗓的模样,就觉得浅陋了些。他这张利口,可避免多少将士流血。

不仅仅是樊哙,记得在他奉使前往燕国时,韩信不也是信疑并存么?虽然话语中多有抚慰,可一笑一语中仍流露出骄矜:"臧荼出身将门,又有栾布为相,估计他不会轻易被说动。先生前行,汉军紧随其后。彼若服膺且罢,否则,我十万大军将血洗燕地。"

结果怎么样？他带着燕相栾布满载而归——这是韩信北征以来第一次兵不血刃而得其地。他感觉得出来,当他与栾布出现在大将军营帐时,韩信看他目光变了,眼中多了些钦敬。

他十分感激刘邦的知遇之恩。在接到韩信的奏报后,刘邦传他到驻地觐见,并就北征大势征询他的见解。郦食其自信天下在胸,话一出口就让刘邦眼前一亮:"今田广据千里之齐,田间将二十万之众,军于历城,诸田宗彊,负海阻河济,人多变诈。大汉虽遣数十万师,未可以岁月破也。"

刘邦的眼睛顿时睁大了,问:"如之奈何？"

郦食其一步上前说道:"臣请出使游说齐王,使之成为汉之东藩。"

刘邦的身子缩回去了,虽然没有说话,但意思都在眼里了:"以三寸舌敌万乘之车,行么？"

郦食其慷慨陈词道:"若不能说齐王臣服,臣愿领罪于王前。"

刘邦闻言就笑了,他说话从来都是留有余地的,上前抚着郦食其的肩膀到:"且不说臣服,爱卿若能说服齐王不追随项王,也是大功一件。"

他就这样辞别了刘邦,像一只踌躇满志的鸟儿,翩然北上了。

与他一同赴齐的副使不是别人,正是曹参招降的魏国骑将冯敬。韩信之所以让他为副使,除了帮助处置议和过程中的事务,同时也兼有护卫的责任。临行时,冯敬向韩信提出要亲自为郦食其驾车,这是他没有想到的。可郦食其心里明白,一场燕国之行,让这些马上打天下的将军们与他亲近了许多。这不仅仅是对自己的尊重,更是文臣武将和衷共济的征象。

"先生在想什么呢？"冯敬毕恭毕敬地问道。

郦食其从思绪中回转过来,看了一眼冯敬道:"吾方才在想与汉王临行前的话别情景。汉王者,天下之主也。恢廓大度,社稷在胸,即使项王也不能望其项背。"

冯敬"哦"了一声,接着问道:"那依先生观之,汉王之于项王,有何过人之处呢？"

"这……"郦食其略思了片刻后道,"汉王知人善任,海纳百川。别的不论,就以大将军论,当初他在项王帐下只是区区执戟郎,可汉王设坛拜其为大将军。更有魏豹,彭城大战中临阵倒戈,汉王不以为仇,反而宽恕他,留在汉营……"

冯敬的目光被郦食其绘声绘色的话语注入了光彩,感叹道:"何时能见汉王一面,足矣。"

"这有何难?"郦食其正要说下去,就见大司行带着一干人从城内出来了。他适时打住话头,带着冯敬朝大司行走去。

大司行以礼见过郦食其,道:"让使君久等了。齐王正在宫中等候,下官这就陪使君去见大王。"

大司行府的随员和使团向齐王宫浩浩荡荡而来。一路上,郦食其都在为临淄的繁华锦绣暗中感喟。

大司行告诉郦食其,他们穿越的城门叫稷门。郦食其顺着大司行的手指去看,见在稷门的左首有一座门楼,上书"稷下学宫"四字,心想这就是当年百家争鸣之处了。流年似水,物是人非。遥想齐国强盛之刻,这里学者云集,名士毕至。那时候,儒、墨、法、名、阴阳、纵横、兵等诸子百家纷纷在这里宣讲自己的主张。它是一处众说纷纭的舞台,终日竞长论短,争论不已。每个人都以为自己是知世的奇才,每个学派都指斥对方为误国之道。一场辩论过后,又是举酒言欢。郦食其的曾祖曾到这里求学,听他后来说,那时候的学宫祭酒就是闻名诸国的荀卿子。以至于郦食其长到晓事的年龄,常常坐在自己的家门口憧憬那种"不任职而论国事""无官守,无言责"的岁月。

郦食其吩咐冯敬缓行,目光定格在那座陈旧的门楼,仿佛要找回当年的痕迹。这时,从门楼的暗处飞起一群雀鸟,扑棱棱的翅膀荡起一阵灰尘,呛鼻的尘土味立刻弥散开来。郦食其终于明白,那个辉煌的日子永远不可能回来,留给齐国后裔的只有惆怅的沧桑。

"走吧!"

在冯敬驱动车毂的那一瞬间,郦食其看见前面车子上大司行有些佝偻的身子,那种今非昔比的感慨就愈益浓厚了。借乱世得以复辟的齐国又怎能与桓公、威王时代相比呢?这让他想起一句话——"人之云亡,邦国殄瘁"。他倒要看看,这个即将见到的田广,将会怎样对待汉军的压境。

车队在齐王宫前停了下来,大司行来到郦食其的车前礼貌地请道:"请使君下车。"

郦食其抬头望去,但见王宫禁卫从司马道前一直排到殿前。郦食其招呼冯敬紧随自己,在大司行的引导下缓缓走过一个个肃然挺立的禁卫。及至进了大殿,就看见王位上坐着一位年约四十的中年人,想来就是齐王田广了。而在他的左侧,坐着一位器宇轩昂、身着相国冠冕的人,想来就是闻名遐迩的田横了。

大司行上前禀报道:"汉王使君郦食其、副使冯敬拜见大王。"

田广有些目光不定地看了看身边的田横,才抬起头说道:"使君一路风尘,多有辛劳。"

郦食其行了大礼,又将冯敬介绍给田广后道:"外使奉汉王之命,特送上蓝田玉璧一双、南郑酱肉百斤、丝绸百匹,请大王笑纳。"言罢,朝后挥了挥手。但见使团成员抬了礼物鱼贯而入。早有中官上前解了礼物,一一呈现在田广面前。

齐地靠海,素有鱼盐之地美称,唯独没有美玉。田广手抚玉璧,眼睛顿时就亮了。那蓝田玉呈浅黄绿色,色彩斑斓,光泽温润,纹理细密,捧在手上有一种清凉的感觉。再看看绸缎,五光十色,他久久不愿放下。

那贪婪和艳羡的眼神让田横十分不舒服,从奉上礼品到田广心醉神迷,他目不斜视,肃然冷峻,似乎这一切与他毫无干系。的确,他十分鄙夷田广在汉使面前的失态,他的恼怒瞬间冲上印堂,"咳嗽"了两声。田广这才刹住情绪,转过脸来望着郦食其问道:"不知使君此来,有何贵干?"

郦食其施了一礼道:"外使此来,是受汉王之命来为齐国谋安定之策!"

"哦?"田广看了一眼田横道,"我三齐之地,地广人稠,物产丰富,带甲二十万,何危之有?"

郦食其拢了拢散发道:"请问大王,可知天下人心之所归乎?"

田广迟疑了片刻道:"愿闻其详。"

这话一出口,郦食其立刻找到了切口:"大王知天下之所归,则齐国可得而有也;若不知天下之所归,则齐国未可得宝也。"

闻言,田广一愣道:"请问使君,天下何所归?"

"当今天下,人心归汉矣!"郦食其不假思索地回道。此话一出,不仅仅是齐王田广,丞相田横尤其动容,一双眼睛唰地就转向了他。只是因为身份,最后忍住没有说话。

郦食其要的就是这个结果,因此当田广进一步问"先生何以如此言之"时,他几乎不做准备就把一路上在心底来回思虑了多少遍的腹稿陈说在齐王君臣面前。

郦食其伸开双臂,仿佛扶摇直上的鲲鹏。他的节奏时而舒缓,时而湍急;他的额头时而发亮,时而赤红;他的声音时而低沉,时而高昂。齐国朝堂上,每个人的心都跟随着郦食其的话语在起伏。

"汉王与项王勠力西面击秦,约先入咸阳者王之。汉王先入咸阳,项王负约不与而王之汉中。项王迁杀义帝,汉王闻之,起蜀汉之兵击三秦,出关而收天下之兵,立诸侯之后。降城即以侯其将,得赂即以分其士,与天下同其利,豪英贤才皆乐为之用。此大义之举,得天下之心。才有五十六万诸侯军彭城集聚而讨伐项王,大王可闻之否?"见田广和田横点了点头,郦食其接着道,"夫项王有背约之名,杀义帝之负;于人之功无所记,于人之罪无所忘;战胜而不得其赏,拔城而不得其封,非项氏莫得用事;攻城得赂,积而不能赏:天下畔之,贤才怨之,而莫为之用。大王可闻之否?"

没等田广回答,倒是田横先说话了:"先生所言,正是诸侯之议也。项王孤寡无情,齐国深受其害,百姓怨声载道,朝野沸腾久矣。"

郦食其点了点头道:"相国大人明鉴。自定陶大战以来,项王屡次讨伐齐国,百姓涂炭,民生苦悲。两相比较,故天下之士归于汉王,可坐而论策也。夫汉王发蜀汉,定三秦;涉西河之外,援上党之兵;下井陉,诛成安君;破北魏,举三十二城;此蚩尤之兵也,非人之力也,天之福也。"

在郦食其口若悬河、气贯若虹之际,冯敬聚精会神地关注着朝堂上每一个人的变化。此刻,他看见朝臣中有不少人频频点头,就从心里叹服郦食其的利舌。正激动间,又听见郦食其高声道:"今大汉已得敖仓之粟,据成皋之险,守白马之津,杜大行之阪,距蜚狐之口,天下后服者先亡矣。王疾先下汉王,齐国社稷可得而保也;不下汉王,危亡可立而待也。"

如果前面所言都是铺垫的话,那话说到这个份上,田广就有种飞瀑跌岩的感觉。接下来就发生了让冯敬吃惊的情景。先是田广到殿中央,向郦食其深深地施了一礼道:"先生一言,拨云见日,寡人谨受教矣。"

这一说不要紧,眼见得大司行带领齐国朝臣齐刷刷地跪在了大殿里,让这个六月的齐国王宫成为郦食其显学的舞台。

郦食其看了看冯敬,从他的眼角看到了几许湿润……可就在这时,从人群中传出一声怒吼:"好你个郦食其,竟敢如此狂狷。"

众臣僚的眼睛"唰"地集中到田横身上,只见他手握笏板,从座上下来指着郦食其道:"我三齐之地,岂容你小视?一张巧舌,岂能瞒得过本相的眼睛?说!你等今日来此,是何目的?"

冯敬毕竟骑将出身,上前挡住郦食其问道:"两国交战,尚不斩来使。相国今日以礼相待尚可,若动刀戈,外臣拼死也要保护使君。"

郦食其并没有怯场,轻轻将冯敬拦住,平了平气息道:"齐国者,大王之齐国;国政者,丞相之国政。何去何从,外使并不勉强。只是外使担心,如此一来,项王兵临城下矣!"

"这……"田横被噎了一口,没有说话。

郦食其明白戳到了他的痛处,遂向田广作揖道:"汉王诚意,外使已转达清楚。外使担心不久临淄将面临血光之灾,不想抛命于此,就此告辞。"

一听说郦食其就要离去,田广急了,不停地向田横使脸色。果然,田横的怒气消失,换上了一副和颜悦色,说出的话也带了清爽:"难得使君远道来谕汉王诚意。然则议和归顺,毕竟事关国运,请使君且在传舍住下,容我君臣商议之后再做决断,如何?"

"嗯……"郦食其看了看冯敬,"既如此,恭敬不如从命,外使也看看临淄的风物。"

出了大殿,大司行紧走几步追上郦食其,一个劲地替齐王道歉:"让使君受惊了。"

郦食其笑着道:"无碍!外使相信齐王会做出决断的。"

连汉王朝中一位谋士都如此不惧生死,可见汉王知人。大司行路上一直在想。

用过晚饭,安排使团其他人歇息了,冯敬送郦食其到内室。两人沏一壶临淄槐茶,冯敬给郦食其呈了一杯,然后才坐下说话:"先生大义凛然,令属下钦敬。不瞒先生说,属下的确替先生捏了一把汗。"

郦食其呷了一口茶,觉得槐茶有些味苦,实乃消暑佳物,笑道:"有汉王神威在前,大将军劲师在后,料他田横也不敢怎样。"

只是郦食其不会想到,前有厄运正在等着他……

汉高祖

③ 天下归一

杨焕亭 著

长江出版传媒　长江文艺出版社

目录

第 一 章　风云变郦生罹难　义气涌吕雉斥项…………001

第 二 章　钟离巧施苦肉计　周苛严词斥项王…………018

第 三 章　项羽挥兵取成皋　汉王夜遁走信营…………033

第 四 章　偏师又借彭越勇　挥兵终死曹咎身…………048

第 五 章　真作假处显识胆　疏作亲时见真情…………065

第 六 章　楚霸王援齐失利　韩重言求假得真…………081

第 七 章　楚霸王说信遭拒　李左车灰心请辞…………097

第 八 章　老项伯鸿沟议和　吕王后翁媳归来…………115

第 九 章　刘萧张再定新策　武左史又逢智辩…………131

第 十 章　陈下烽烟动天地　女英壮怀泣鬼神…………148

第十一章 烈女正颜责吕雉	刘邦大义赦项伯……164
第十二章 夜沉沉虞姬玉殒	马喑喑钟离夜逃……181
第十三章 气凛凛英雄饮剑	意尊尊礼仪退兵……197
第十四章 临帝位指点江山	归故里回报桑梓……214
第十五章 词朗朗娄敬进谏	智明明张良谏封……230
第十六章 假巡狩以除异己	巧周旋而灭奸小……246
第十七章 眼睁睁谈笑释权	心悚悚降匈异动……262
第十八章 刘太公临位教子	吕皇后枕边请封……277
第十九章 马腾腾铁骑南下	意惶惶韩王北降……294
第二十章 怒冲冲斥囚刘敬	泪巴巴戚姬训儿……310
第二十一章 雪皑皑兵困白登	思敏敏陈平献策……327
第二十二章 心计攻心终解围	痛定思痛谋长策……343
第二十三章 废立险在一念间	生杀岂止男儿为……359
尾　声 卸甲抱病归故里	振臂畅怀歌大风……374

故国神游，多情当如我……
　　——长篇历史小说《汉高祖》后记……388

第一章

风云变郦生罹难
义气涌吕雉斥项

郦食其说服齐国归附汉王,在临淄受到国宾待遇,高车巨辇,肆筵设席,纵酒终日。汉齐结盟,共同抗击楚国的消息通过六百里快马送到襄国时,韩信与张耳正并辔齐驾行走在城外的黄土道上。

为说话方便,两人都命侍卫远远地跟着。侍卫们只能看到两人时而对视而语,时而指点山水,却无法知道他们究竟谈了什么。

张耳借助刘邦的力量,再次踏上曾属于自己的故土。

坐骑的速度并不快,甚至有些散淡,偶尔从马蹄间荡起些许灰尘,很快就平息如常,留下的只有"嘚嘚"的节奏。张耳的心伴随着节奏而浮动湟漾,就如身边这条汾河一样。

这是一方多么熟悉的土地!西望太行山,挺拔耸秀,高峨入云,仿佛一座屏障,屹立南缘;西顾五明山,五嶙巉巉,宛若一座香炉,福荫着脚下的众生;

黄榆岭绝壁群峰,地险关狭,流泉飞瀑,气势雄伟;云梦山赤壁翠崖,壶天仙境。当初项羽分封诸侯,将赵地一分为二,一份给了赵歇,建都代县;一份给了张耳,建都襄国。可是不久,他就被陈余的三县军马击败,仓皇地逃到了汉营。

这些年他在汉营依然头顶王者之名,却已是名存实亡。每每被刘邦身边之人称为常山王时,他的心都禁不住一阵阵绞痛。他感激刘邦拒绝陈余以其头作为出兵彭城的要挟,更感慨这一次刘邦将三万人马拨给自己,和韩信一起打回故都。此刻走在留下战尘的襄国城外,一切对他来说,都如梦如幻。

"信都,我回来了!"张耳在心底呼唤,他习惯用当初封地时的名字——尽管现在它叫襄国。从路旁伸出一枝槐树枝,那个造字的仓颉说,槐,从木,从鬼,有魂归故里之意。看着被八月秋阳照得透亮的叶子,张耳心中忽然就腾起一种意念:"只有我才是这土地上的王者。"

当他发现这意念爬上心头时,就吃了一惊,忙转脸去看身边的韩信。韩信正全神贯注地欣赏眼前的山水景物,似乎并没有发现张耳的神色变化,他这才稍稍地安定了一些,问道:"大将军在想什么呢?"

韩信从沉醉的山水中醒了过来,定神一看,已出城七八里了。正是初秋的天气,耳边河水的清幽、欢快让他流连。偶尔从浪花中飞起几许清鲦,让他的心一下子就回到了淮阴城外漂母浣纱的那条河。

"哦?"韩信回过头,顺势回道,"在想这条河叫什么?"

"这条河名叫七里河,因在出城七里之外。不过,它又叫百泉河。"张耳详细解说道。

"既是七里河,为何又叫百泉河?"

"我也是当年听当地主簿说的。"张耳催动坐骑,赶上韩信,"在七里河上游九十里开外有一座关,名黑龙口。前朝有一位将军率军追击敌军,来到此地,饥渴难忍。但见身下战马呼啸着奋蹄前刨,就涌出清清泉水。将士纷纷饮之,其味甘甜,焦渴顿解。将军于是将此泉命名为马蹄泉。马蹄泉自西向东,长流不息,每逢雨季,沿途径流汇入以成七里河。河行四十五里而转入地下,再行四十五里,又涌出水面,如此这般,一路不断有泉水涌出,故名百泉河。大将军若是继续前行,就会到百泉村,村中女子因饮泉水,个个艳若桃花;男子因饮泉水,人人皆玉面。"

"有这等奇事?"

闻言,张耳便笑道:"民间传闻而已,听听罢了。不过,这地方土厚物丰倒是实情,百泉村周围乃鱼米之乡,不亚于将军故里,谓之天府,亦不为过。"

听话听音，韩信从张耳话语中捕捉到故国重游之感，里面有五味杂陈的回忆，有撕扯不断的眷恋，有几许的人世沧桑。这感觉，他从第一次与张耳会师就觉察到了，只不过那时候还不够清晰罢了："常山王故地重游，一定十分感慨吧？"

张耳没有直接回答，指着身边的七里河道："就说这河吧，有百泉汇入，才永不枯竭。诗云，命于下国，封建厥福。昔周公吊二叔之不咸，故封建亲戚，以蕃屏周。夫众封建，非以私贤也，所以便势全威，所以博义也。"

这番话让韩信十分吃惊："没想到常山王对于封土建邦知之甚深，令下官大开眼界。"

张耳笑了笑道："我不过喜欢读书而已。这些事，《国语》《吕览》皆有记述，足为后鉴。"

韩信眉头皱了皱道："下官还有一事不明，项王封土建邦，效三王之制，为何叛者甚众？"

"这？"张耳觉察韩信对这件事很有兴趣，忙接话道，"王者之制禄爵，公、侯、伯、子、男凡五等……天子之田方千里，公、侯田方百里，伯七十里，子、男五十里。然则，周之德，其可谓至德已。项王虽封建，然其无德，岂能服人？"

这一回韩信真听明白了，张耳对故国有着浓浓的情怀，对复国有着持久的夙愿。是的！汉王目前忙于平定天下，是该有旁支辅助才行。效秦政裂都会而为郡邑，废侯卫而为守宰，最终仍免不了天下如沸，因此问道："若把代与赵之地重归常山王，怎么样？"

听了这话，张耳的头上立刻冒出一层冷汗，他连忙左顾右盼，然后严肃地对韩信说道："大将军，今日你我出游，原是为散心。所谈所议，也不过话到口边罢了，切不可当真。传将出去，岂不害了我？今日之事到此为止，请大将军万勿记在心上，更不必告诉别人。"说完，张耳下了马，向韩信作揖。

韩信跟着下马，一手牵着马缰一手挽起张耳的臂膀道："此时此地，只有你我二人，常山王不必惊慌。"

向前又走了一段时间，就到了百泉村外的凉亭边。有一老者在此卖茶，韩信进得亭中，对摆摊的老者道："请上一壶茶，再来些点心。"

老者答应一声就进了亭后的小屋，不一刻就端上了茶点。他刚要转身离去，却听见从张耳口中呼出一声"好茶"。他忙停住脚步，惊喜地问道："官爷也识得此茶？"

张耳闻言，淡淡一笑道："若是没有猜错，这茶是用百泉河水泡的，是么？"

"官爷好眼力。也只有在这里久住的人才能尝来,想来官爷就在此地做事的。"

老者这话一落音,韩信却在一旁应声了:"老丈只管卖茶,我等只管付钱用茶,何来这多的闲话?"

老者打量了一眼韩信,见其眉目中英气腾腾,话语过于冷峻,知其非常人,忙回一个笑脸,知趣地退了下去。接着,韩信呷了一口茶道:"看来,常山王对襄国情感甚深。下官能体会阁下的心境。不瞒大王说,下官亦以为封建甚好,比之郡县,多了许多的拱卫。"

张耳看了一眼韩信,并没有回应,只是说道:"这好茶须得慢饮,才能品出味道。"

韩信情知他是顾左右而言他,显然对自己存了戒心。其实,韩信自己眼下所想的一切,也不全是为了张耳,更是为自己将来。因此,他也不计较张耳的举止,干脆直截了当道:"国不可一日无君,今代地已克,赵地复得,若长期君位空缺,于国不利,于民不利。因此在下欲上书汉王,封常山王为赵王。如此一来,北地无忧。"

张耳看了一眼韩信,端起茶杯,慢慢放到嘴边道:"这茶喝到第二遍才真的有滋味了。"

"常山王不要旁顾左右,言不及义,您就说愿不愿意吧?"

"大将军……"

这回韩信从张耳的目光中读出了真实,接着张耳呼地从座上起来道:"若果真如此,我在这里先谢大将军了。"

"常山王先不要言谢,此乃下官一厢情愿,还没有上奏呢。"韩信摆了摆手,见天色不早,从拴马桩上解了马缰,翻身上马。侍卫们这时才纷纷围了上来,簇拥着张耳和韩信朝襄国奔去……

韩信与张耳一回到襄国,冯敬早已在此等候,他上前行礼道:"参见常山王、大将军。"

"副使一路辛劳,如此快就回来了?"张耳问候道。

韩信做了个请进的手势,先行进了府邸,张耳与冯敬相继跟了进来。

众人坐定后,韩信接过从事中郎转来的信札,就看见了郦食其拙朴而又潇洒的笔迹——

汉使郦食其拜见右相、大将军:
奉汉王之命,受将军差遣,下官与副使冯敬同赴临淄,说于齐王田广与丞相田横，相谈甚洽。其有感于大汉赫赫之光，汉王取威定霸，大将军韬铃大略，怒于项王寡恩少义，君臣朝野欣欣然归附大汉，共举大义……

韩信把信札递到张耳手中，虽然眉宇间水波不兴，可内心却"咯噔"了一下。他也说不清楚，不知道为什么这次看到信札后与第一次看到燕国归附的消息有不同的感觉。他用眼神余光暗暗打量了一下张耳，见他皱着眉头，嘴角流露出极不易觉察的轻蔑。及至从张耳手中收回信札，韩信对冯敬说道："副使一路辛苦，先下去歇息，待我上奏汉王后再回信。"

闻言，冯敬不禁一愣："郦先生还在等消息呢。"

"我自有安排……"

话说到这个分上，冯敬自不便再说下去。走出将军府邸，他总觉得怪怪的……

府邸只剩下韩信和张耳，他们自然将在凉亭的话题继续，张耳带着试探的口气问道："我有一句话，不知当讲不当讲？"

"常山王有话直说。"

"据我知道，郦食其追随汉王，比大将军早。"

"这又如何呢？"

张耳说话的声音明显地压低了："不知大将军想过没有，汉王若闻郦食其凭三寸不烂之舌而说服燕王、齐王归附，不知会不会看轻大将军？郦食其已数次出使诸侯国，颇得汉王看重。"

"这……"韩信有些语塞，"在下倒不曾想过。"

"我等皆实诚之人，笃信上兵伐谋。可此一时，彼一时也，尤其大将军首次北征，若无大功，靠别人一张嘴取胜，传将出去，岂不被人笑话？将来天下大定后，封王拜侯，何以为据呢？"

闻言，韩信狐疑地问："那依常山王之意呢？"

张耳犹豫了片刻，将所想和盘托出："此次将军何不以田广无诚意为由，发兵伐齐。若能攻克临淄，功在大汉，利在将军。"

韩信顿了顿道："这个恐怕……当初是下官向汉王谏言派遣使者的。"

"这有何难？就说郦食其私相接受田广贿赂，齐国也拒绝归顺。"

"常山王以为此策可行？"

"万无一失。"

"嗯……好！"

当夜无话，第二天辰时二刻刚过，韩信就传曹参、灌婴等将领前来议军。

当着两位将军的面,韩信历数田广如何不守信誉,以为齐国疆域辽阔,物阜民丰而拒绝归附;郦食其受贿于齐相田横,非但不为大汉着想,反而助纣为虐,为齐王出谋划策,末了振振有词道:"本将军奉大王之命,举兵北征,岂能容田广小儿狂狷无礼?本将军决计发兵讨齐,二位将军以为如何?"

曹参虽然戎马倥偬,却做事细密周详,前次听说韩信向汉王上书,请求遣能言善辩的使者前来,为何现在变卦了,因此疑惑地问道:"末将记得,伐谋之策乃大将军向汉王谏言,为何中途变了?传将出去,大汉言而无信,岂不贻笑天下?"

韩信分辩道:"怎么是大汉言而无信,分明是田广小儿趋炎附势,怕得罪项王,不守信用,伐之有名,何言贻笑大方?"

"大将军平心静气听末将一言如何?"见韩信没有阻拦的意思,灌婴继续道,"末将以为曹将军所言不无道理。末将听副使冯敬说郦先生舌战齐国君臣,终于说服齐王归附,怎么忽然就变卦了?况且,郦先生现在临淄,若是我军对齐用兵,是否会危及先生安全,不知大将军可曾想过?"

"这……"韩信有些语塞,"郦食其见利忘义,咎在自己。本将军倒要问一句,是大汉江山重要,还是一介书生重要?"

闻言,曹参的脸色顿时就铁青了,大声道:"大将军此言差矣!什么一介书生?汉王有言,文武之道,国之两翼。何况,郦先生有大功于汉,大将军岂能妄动猜忌,置先生于不顾呢?"

曹参的话立即得到了灌婴的附议:"大将军当听曹将军之言,就算要出兵,也要先上奏汉王,岂可擅动兵戈?"

韩信一脸的阴云,道:"汉王钦命本将军统领北征大军,临阵决断军中事宜。就是汉王到此,也会恩准本将军率军攻齐的。"

曹参与灌婴几乎同时喊出了声:"此事关乎大汉信誉,还请大将军三思。"

议事厅内出现难耐的寂静,只有蝉鸣在窗外聒噪。韩信明白,曹参和灌婴不仅是刘邦的同乡,且他们屡建奇功。若是陷入僵局,将来见了汉王……想到这里,他向外喊了一声:"来人。"

从事中郎进来,韩信吩咐道:"天热气躁,给二位将军续茶。"

借着倒茶的机会,韩信将思绪整理了一番,等到凉茶顺着喉咙慢慢滋润心扉时,他的话语就传了过来:"二位将军所说乃金玉良言也。我即刻起草文书命冯敬带回,不过……"韩信话锋一转,"当初郦先生离开襄国时,我曾说过,先生在前言和,本将军率军紧随其后,以防事变。齐人向来狡诈多变,有备方能无患。"

敢战方能言和,这个理由无论何时都是无可辩驳的。曹参和灌婴相互看了看,没有说话。韩信借着他们沉默的机会,大声道:"二位将军听令,留常山王守襄国,其余各军即日兵发临淄,有贻误军机者,军法从事。"

出了将军府邸,曹参轻轻拉了一下灌婴的衣袖问道:"方才为何不见将军说话?"

灌婴瞪了一眼曹参道:"他说敢战方能言和,这有什么错?不过,郦先生在临淄,我对妄动兵戈总是心有忧虑。若是危及先生,你我罪莫大焉。"

"当务之急是要让郦先生知道这件事。"灌婴道。

"冯敬!"曹参脱口呼出,"只有副使冯敬能做此事。"

灌婴点了点头:"我等这就去找冯敬,请他快马前往临淄报信,尽早与郦食其商议应对之策。"

回看沉沉暮色,晚霞扯丝拉絮般地分布在西天。从城内街巷中飘出的炊烟,牵动灌婴的思绪。北上已两个多月了。荥阳前线战况如何?让他十分担心。前些日子,从荥阳前线来的信使告诉他,说刘邦与张良出了武关,一路到了南阳。汉王为何做出这样的决策他尚无所知,倒是韩信一语道破汉王欲缓解荥阳危机的心思,他摇摇头感叹道:"若是汉王在此,断不会让韩信如此妄为。"

"谁说不是呢?"曹参的心被灌婴一番话说动了……

苍茫暮色搅动的,不只是曹参和灌婴的心绪,更让韩信的心久久不能平静。从淮阴走出那天起,他虽然抱着鸿鹄之志,一心要在这个纷乱的世间找到自己的位置,却从来没有发现,封王拜侯像今天这样离自己如此近。那些对这个世界不公的诅咒,那些暗暗怀揣着的从不示人的心语,如今随着战事的推进每日都扑打着心怀。

如果说当初在寒溪河边被萧何追回时,他心中升腾起的是被人知遇的感动;在拜将台上接受刘邦所赐印信时,他心中涌动的是要为汉王建功立业的雄心;在暗度陈仓时心中激荡的是被人重用的荣耀。那么,现在看着曹参、灌婴离去的身影,他忽然觉得世间所能给予个人的只是机遇,而他完全是靠自己才走到今天的。

他很吃惊,为什么在凉亭就那么慷慨地许诺要上书汉王封张耳为王。这一刻,望着夕阳在太行山后下沉,他渐渐清楚,这一切其实都牵连着自己的未来。是的,张耳算什么?他有何功于汉,值得自己为之鼓呼?不!前车之辙,后车之鉴,他是为了自己的将来才做这些看起来很大度的事情。

韩信双手摩挲着在案几前坐下来,翻开面前的竹简,拿起笔写道——

右相、大将军,臣韩信昧死上疏汉王陛下:
　　臣奉王命,出关中,过蒲坂,一路负戈戴甲,铁骑竞奋,魏豹就擒,陈余枭首,赵歇战亡。此皆赖大王神威,将士用命,不惧生死之故也。犹以常山王张耳功高勋卓。诗云,命于下国,封建厥福。我大汉事在中央,然则要在四方,四方不治,境无宁日。代、赵不可以一日无君,故臣请大王封张耳为赵王,治故代、赵,以应世变,以安民心……

封好书信,韩信对着帐外喊道:"来人,传骆甲来见。"
从事中郎应一声"诺",转身离去了。
不一会儿,骆甲来了,韩信问道:"本将军欲命你前往宛城觐见汉王,你可愿前往?"
骆甲忙道:"卑职遵命。"
韩信把书信封签,打了火印,递到骆甲手中道:"此书关乎我大汉安危,你一路务必小心。若遇见小股楚军,避开即是。此事也不要告知两位将军,若平安归来,本将军自有重赏。"
"若是夏侯将军问起,又该如何?"
"你就说自从吕长史率军回关中后,我军兵员锐减,欲请汉王遣得力将军前来助战。"
"卑职何时出发?"
"今日就走。"
"遵命!"
骆甲退出大帐,寻思这是一封怎样的书信,竟让大将军如此谨慎,还不让两位将军知道。但信中究竟写了什么,他也不知。他在秦军跟随涉间多年,深知规矩,该问的问,不该问的便遵命行事。不过他更知道,自己的行动绕不开灌婴。果然一回到营寨,灌婴就问道:"方才传校尉议军,为何不见踪影?"
"启禀将军,卑职被大将军传去问话。"
"哦?"
"大将军命卑职即刻启程去见汉王,请善战将军前来助战,一举扫灭齐国。"
灌婴很纳闷,这个韩信究竟要做什么?我们两员大将在其左右,他还要再调将军来,难道真要打大仗么?他忽然想起在南郑的日子,韩信与刘邦议兵时曾说过,自己用兵多多益善,也许这真的是大将军的过人之处。既然不便过问,他只能叮嘱骆甲一路小心。

"请将军放心,卑职当快马疾步,早去早回。"

……

郦食其这些日子的心境,就如这秋高气爽的八月,清朗而又快意。他感谢韩信从汉王身边把自己调到北方前线,并担任使者前往燕、齐游说。如此,则兵不血刃而得天下之功。眼下,他在临淄被奉为上宾,在等待冯敬的日子里,每日由大司行陪同,要么受邀陪齐王田广饮酒对弈,或者被丞相田横邀去纵论天下大势。等回到传舍,往往是月上三竿,疲倦袭身,一倒下就呼呼入睡了。

此刻,郦食其睁开惺忪的眼睛,就看见秋阳暖暖地照着榻前,那一方地砖就显得分外明亮。透过幔帐,影影绰绰地看见传舍的侍女们已在门口等候。他伸开双臂,放松一下筋骨,侍女们袅袅婷婷的身影便缓缓向榻前走来。

为首的侍女不仅人长得秀眉花眼,淡含笑靥,说出的话都透着玫瑰芳香:"大人醒了。"随手递过放在榻前机凳上的深衣,伺候郦食其穿好衣裳,接着,另外几位侍女奉上洗漱的用具,等他洗脸完毕,一位高挑个子的侍女上前,要为郦食其梳头结髻。他拦住道:"不用束发,我散发惯了。"

这时候,从楼梯传来脚步声,不一会儿,大司行出现在门口,毕恭毕敬道:"大人昨夜可睡得好?"

"睡好了,比在荥阳还睡得踏实。"郦食其赶忙回答。他这话一半是出自内心,另一半也是说给大司行听的,言外之意就是他现在以国宾的身份留在临淄,给齐国带来的是福祉。

"那就好。"大司行怎么可能听不出郦食其话语中暗含的信息呢?大王以国宾之礼待之,他岂敢怠慢。

早餐主食是小米熬成的粥,每个人的面前都摆着几样菜肴,其中有两样郦食其是第一次见到。他用筷子挑了挑,却不知其名。大司行见状,在一旁解释道:"使君不知,此菜名叫博山豆腐箱,做法十分讲究。请大人品尝,其味妙不可言。"

郦食其拿起筷子,夹了一块金黄色的豆腐块,原来中间的嫩豆腐已被挖去,填充了猪肉、海米等馅,放入口中,鲜嫩爽滑,清香四溢,连道:"此等佳肴,只应仙家有之,未料却在齐国食之,此地真乃宝地也。"

第一道菜尚在口中回味,侍女们就端上了第二道菜。但见猪排骨垫底,然后豆腐、藕节、海带、葱、姜依次叠加。刚刚上了案几,就浓香扑鼻。大司行邀请道:"请使君先喝一口汤,再食之。"

郦食其眯起眼睛问:"这却是为何?"

"不瞒使君,这临淄菜肴烹制之法各异,其味自然不同。使君刚刚食过豆腐箱,若不漱口,恐混味也。"

郦食其照做了,果然别有一番情趣。

席间,郦食其问道:"冯敬向韩大将军送信,回来了么?"

大司行摇摇头。见状,郦食其有些不悦道:"临行前,我一再叮嘱他速去速回,以彰大汉信用,为何如此迟滞?"

大司行笑道:"既是两国有约,永为睦邦,亦不在一两日。使君且安心住下,冯副使一回来便一切就绪,此所谓渠成水到是也。"

郦食其想想也是,想是自己过于性急了。

早餐后,郦食其问大司行今日有何安排。大司行回道:"大王之意,使君看惯了中原山水,今日不妨到城南鼎足山一游,那里是桓公陵寝所在。"

郦食其一听顿时来了兴致:"早有拜谒桓公夙愿,真是天赐良机。"

大司行见状,便安排了车辆。众人浩浩荡荡出了南门,向鼎足山去了。

出了城,缘目而视,鼎足山站在秋阳下,岚气缭绕,呈现出黛色的峭拔。秋云散淡而又自由地从山头漫步而过,舒缓且又缠绵。大司行在一旁介绍道:"使君请看,眼前这三座山鼎足而立,故名鼎足山。其北面曰紫荆山,南为菟头山,东南为牛首山。二王冢就坐落在三山中间。"

郦食其抬头远眺,果然王气森森,祥云缭绕。想那齐桓公任用管仲推行变法,结之以信,示之以武,天下诸侯莫之敢背,也算是叱咤风云一生了。惜乎晚岁昏庸……由桓公他又想到当今两个风云人物——刘邦与项羽。

大司行正要向郦食其介绍桓公与景公陵墓来龙去脉,却看到身后不远处尘烟滚滚,似有人追来,他忙命司御放缓了行车速度。果然不一刻,马队就跟了上来,跑在最前面的不是别人,正是丞相长史田高,他一到大司行和郦食其的车前,就大喝一声:"拿下!"

大司行忙问:"这是为何?"

"大司行还是去问丞相吧。"田高命麾下士卒三两下就将郦食其绳捆索绑,扔上马背,回城去了。

大司行愣了,这一切发生得如此突然,直到田高把人带走了半晌,他才对司御吼道:"回城!"

郦食其再也没有回到传舍,当他被押到监牢时,就在那里看到了从襄国返回的冯敬。他被剥掉了衣服绑在柱子上,遍体鳞伤。他一看见郦食其,就声音微弱地说了一声"使君救我"。

田横铁青着脸坐在案几后面，面对刚刚被绑上柱子的郦食其道："郦食其，你可知罪？"

郦食其倒没有丝毫惊慌，坦然道："本使奉汉王之命前来议和，何罪之有？"

"罢了！"田横提高声音斥责道，"什么使者？分明是韩信小儿的奸细。"

郦食其仰天大笑，声音在刑室内荡起阵阵回声："本使坦荡而来，却被相国指为奸细，岂非笑话。不知相国有何依据，指责本使为奸细？"

田横冷冷地看了一眼郦食其道："还要什么证据？韩信的大军都打到齐国边境了，华无伤、田解两位将军因你疏于战备，遭韩信小儿突袭，一死一伤，汉军不日将兵临临淄城下。"田横说完，向后挥了挥手。

田解从偏门走了进来，他一看见郦食其就奔上前去，左右开弓一连几个耳光，打得他眼冒金星，口鼻流血。但他还不解恨，又朝郦食其的腹部猛击几拳后道："若非你花言巧语蛊惑我朝野，韩信岂能如愿以偿。今日不杀你，何以面对死去的将士？"

郦食其听明白了，在他逗留临淄的日子里，襄国发生了重大变故。他不禁埋怨韩信，身为大汉右相、大将军，岂能言而无信，出尔反尔？既如此，何必又要遣他前来游说呢？是谁在大将军耳边胡言乱语了呢？曹参、灌婴两位将军绝不会出此下策，那是张耳么？一想到张耳，郦食其心里"咯噔"一下……

这时，在刑室中央支起一口鼎锅，四五个士卒点起柴火，呛鼻的烟尘之后，便是熊熊的大火从鼎锅底部蹿了出来。火焰像毒蛇的芯子，吻舐着鼎锅底部，隔着几步远，都可以感到皮肤被烤的灼热。

田横离开案几来到郦食其面前，厉声问道："你是如何欺骗我朝君臣，为韩信小儿出兵赢得时机的？速速从实招来，免得皮肉受苦。"

郦食其抬起头，看了看田横道："本使奉汉王之命前来议和，心无鬼魅，苍天可鉴，无须招供。"

"既是心无鬼魅，何来韩信进兵？"

"此事相国当问韩大将军，本使如何知道？"

"事到如今，你还巧言辩解，真是不知死活。来人，将郦食其投入鼎锅烹之。"

几名刀斧手应声上前，架起郦食其便朝鼎锅走去。

冯敬从昏迷中醒来，见此情景急道："请相国明察，此事确与使君无关……"

郦食其竭尽全力地喊道："放开本使。"

田横以为郦食其有话要说，令刀斧手将其放下。郦食其缓步来到冯敬面前，安慰道："事已至此，不必求人。我等乃堂堂汉使，岂能屈膝？听着，若有朝一日见到汉王，你一定要当面禀奏，就说郦生不辱使命，无愧于大王。"

冯敬闻言，凄然泪下道："大人放心，属下记住了……"

郦食其脸上掠过欣慰的笑意，一个转身扑进沸腾的鼎锅，只见水面上一股蒸汽冲着监狱屋顶而去……

"使君！使君！"冯敬挣扎地喊着，旋即再度昏了过去。

田横呆了，只觉得眼前一片雪白，隐隐约约透出一串脚印，接着又转为一片殷红，深深浅浅地从眼前延伸到监狱外……

汉三年（公元前204年）七月，项羽率军赶到下邳时，彭越的大军早已押送着粮草撤到了河水以北，隐蔽在芦苇荡深处。

钟离眛奉项王之命将城内外搜了个遍，结果，除了一些老弱病残的百姓外，少壮青年都被彭越裹挟去了河北。几名校尉怕承担搜寻不力的罪名，当即取了几名老者的首级，前来禀报。

钟离眛拨开几颗首级，散乱的头发隐约可见银丝缕缕，便知部下说了谎，厉声道："你等所斩，果真是彭越军士卒么？"

"启禀将军，卑职所斩确实是彭越军老兵。"

钟离眛从牙缝中挤出几声冷笑道："你等竟然将谎话说到了本将军面前，难道彭越军中有如此耄耋老者么？"

校尉不敢再辩解，只好如实说满城中找不到彭越军的影子，又怕项王怪罪，就杀了几位老者充数。钟离眛责备道："你等跟随项王多年，难道不知道项王乃当世英雄？如此小儿伎俩，岂能瞒过项王眼睛。你等速回军营整备军务，待本将军奏明项王，再做定夺。"

校尉指着几颗首级问道："这些头颅如何处置？"

"就地掩埋了事。"钟离眛气不打一处来，转身出了营帐。

项羽现在正为彭越军撤离得无影无踪而生闷气，听了钟离眛的禀报后更是怒不可遏，一挥剑就将大帐内的桌案一角斩下，狂吼声让大营里的每一个士卒都胆战心惊。

钟离眛小心翼翼地上前劝道："大王息怒，彭越乃草莽之人，听闻大王军至，逃之夭夭，足见大王威势。"

"且让他多活几日，迟早有一天，要让他死在寡人手上。"

见项羽情绪渐趋平复，钟离眛心境松泛了许多。此刻，他最棘手的是抓了那么多无辜百姓，该如何处置？他思忖良久，最后还是决定将这个问题报给项羽："校尉们在清查城内外彭越军时,抓了不少百姓,请问大王该如何处置？"

"依你之见呢？"项羽豹眼迷离,猜不透的波纹在里面闪烁。

钟离昧选择了回避："臣唯大王之命是从。"

"哼！彼乃楚国臣民,却与彭越同流合污,亦为楚贼也。下令将士,屠城三日,以为警示。"

"遵命。"钟离昧最担心的事情还是来了,他纠结地退出帐外,天空不知什么时候已是乌云密布了。走在回营的路上,他觉得很累,脚步显得沉重,及至到了营寨前,天空已经滴下了浓密的雨珠。

大雨下了三天三夜,下邳城的血水流了三天三夜,沂水的浪涛发出悲鸣和呜咽。

钟离昧煎熬了三天三夜,每有校尉前来禀告时,他的心都跟着战栗,然后将自己灌得大醉不醒。第四天早晨,当他从噩梦中醒来时,只觉得十分眩晕,抬头看见从事中郎站在身边,问道："有事禀报么？"

"启禀将军,大王宣将军觐见。"

钟离昧抻了抻战袍,接过从事中郎递过来的浸了水的绢帛擦了擦脸,就出了帐。

项羽对下邳城表示出极度的厌倦,一见到钟离昧就直接道："寡人一天也不愿意在这里待下去了,决计明日就回彭城。"

"大王不回荥阳、成皋前线了么？"

"刘邦南下后,荥阳、成皋汉军不是被我军赶出去了么？有终公与曹咎在那里坚守,寡人料定汉军不敢轻动。"

"这……"钟离昧皱着眉头,一副欲言又止的样子。

项羽近来最看不惯这样的举止,他没有心思细究钟离昧为什么会如此,有些不高兴道："有话直说,何必吞吞吐吐？"

钟离昧舔了舔干裂的嘴唇道："微臣担心,刘邦在宛、叶一带听说我军东讨彭越,会不会乘虚再度夺取荥阳。须知荥阳之敖仓乃汉军粮草囤积之处,他岂肯轻易弃之？"

"寡人离开彭城太久了。"

"彭城有桓将军守卫,大王尽可放心。倒是夫人看守刘太公翁媳现在大梁,大王不可以忽视。"

"咦？将军一席话点醒寡人。哼！刘邦若再敢北上,寡人定要生擒他。哦！还有那个张子房、陈平,一并拿下！"项羽从案几后站起来长吁一声,终于决计明日兵发荥、皋。

事情的发展果然不出钟离眛所料,七月初,刘邦采纳了张良的谏言,借着宛地雨天、楚军松懈之际,选择了一个大雨滂沱的夜间,命吕齮和陈恢袭击楚营,牵制龙且,自己则率大军沿沂水北上,到达了荥阳前线,会合从荥阳撤出来的韩王、枞公,从成皋撤出的柴武、灌婴、周勃,重新夺回荥阳和成皋。楚将军终公在大战中阵亡,从成皋撤退出来的将军曹咎建议虞姬将刘太公翁媳送往彭城监护,以免节外生枝。

说起来,曹咎乃是项氏恩人。当年项梁触犯秦律,曾托曹咎给其好友、时任栎阳令的司马欣写信说情。项羽在杀了义帝,自封西楚霸王后,任用曹咎为大司马。可恩泽与信任抵不了丢失城池的过失,曹咎惭愧地站在项羽面前禀道:"成皋之失,咎在末将,情愿领罪。"

项羽看着曹咎蜡黄的脸色,长叹一声道:"记得寡人东征彭越,临行时反复叮嘱,荥阳、成皋乃东西咽喉,好不容易为我军占据,若汉军来攻,慎勿与战。你呀……"

曹咎低着头回道:"都是微臣经不起挑衅。大王引军东去,刘邦小儿北上攻来,每日遣将士城下骂阵。单是骂微臣倒也罢了,要紧的是口口声声要扫平大楚,生擒大王。微臣一怒之下出城迎战,孰料刘邦令柴武、灌婴抄了后路。微臣措手不及,只得撤出。"

"你越说寡人越生气。"项羽豹眼圆睁,对着外面喊道,"刘邦小儿,寡人若夺回成皋,定要将你枭首示众。"

看着曹咎退下,项羽长叹一声:"若是亚父还在,岂能容忍如此鲁莽之止。唉……"

"大王知道范老先生的消息了?"项羽一言未了,虞姬从帐外进来截住了他的话头。

项羽抓住虞姬的手,急切地问道:"有亚父的消息了?"

虞姬垂着黛眉,声音哽咽道:"有人在梁公墓前看见亚父时,他背疮迸裂身亡,惨不忍睹。"

闻言,项羽没有再问。一年来的经历让他从内心感到误解了范增。现在范增走了,更损失了一位足以与张良抗衡的谋士,留给他的只有遗憾。不过,他宁愿将这些搁置在心里,也不愿承认错了。

但虞姬已经读懂了项羽的心思,也不去戳破它。当务之急,是如何应对旷日持久的战事。她轻轻地来到项羽身后,伸出纤纤细指,慢慢地摩挲。他太累了,这样的摩挲会使他身心放松。项羽闭着眼睛,享受着这从指间流出的爱。

"大王想过没有,楚汉相持已久,双方耗费甚多,继续下去又将如何?"虞姬将话题转到现实上来。

项羽不假思索地回答:"寡人要率军重新夺回荥、皋。"

"若是不动兵戈就可以让刘邦退出成皋呢?"

一听这话,项羽就笑了:"刘邦何人?岂能主动退出?再说……"

虞姬接上话道:"大王忘记了,我们还关押着太公与刘夫人。如果大王以归还亲人为条件,也许能促成言和。"

"刘邦寡情少恩,岂能为亲人而舍土?"项羽摇了摇头。

"大王不试试怎么知道?妾观吕雉聪明过人,听说她的一对儿女到了刘邦军营。经年未见,她思儿心切,多次要妾转奏大王,放她回去与儿女团聚。大王可让她修书一封,遣使送与刘邦,逼其退出荥阳和成皋。"

项羽满眼狐疑地说道:"与其费口舌,不如杀个痛快。"

虞姬将手指挪动到肩后,一边按摩一边道:"战事持续越久,生灵越受煎熬。为天下苍生,为麾下将士,大王何不试一试呢?"

项羽沉默了,这话若是由钟离眛、曹咎等人说出来,他也许会嗤之以鼻。可偏偏规劝的是自己心爱的女人,他不忍拒绝:"好!就见见这位刘夫人。"

"妾谢过大王。"虞姬深深地吻着项羽的额头……

日子如流水一样从身边流过,是那样的悄无声息。吕雉咬断给刘盈新鞋子的线头,心想一转眼与儿女都分开三年了。三年来,她除了从虞姬那里得到一些关于刘盈姐弟零碎的消息外,最直接的就是从卢绾那里得知刘盈被立为王太子。此刻手捧着新鞋,她尽其所能地想象儿子现在的模样,新鞋子会不会太小了;他本来是个喜欢读书的孩子,如今当读了不少新书吧?

七月的太阳从窗外投进来,室内有些闷热,吕雉擦了擦额头的汗水,拿起蒲扇边扇凉边想心事。虞姬又有几天没有来了,她一定遇到了什么事吧?虞姬是一个心地善良的女人。尽管双方的夫君打个不可开交,但她总是要看守的淮梅姐妹对自己多加关顾……难得!她常常这样想,项羽有了虞姬,真是他的福分。

大门上的锁"咣当"响了几下,有人来了。果然,从外面传来淮梅与虞姬的说话声。

"刘夫人近来可好?"这是虞姬的声音。

"刘夫人心境不错,正为王太子做鞋呢。"

"你等没有难为她吧?"

"怎么会呢？王妃早就叮嘱过，大王与汉王有金兰之交，即便现在动了刀枪，也不关家人的事，属下记着呢！"

接着，传来一个男人的声音："寡人要见刘夫人，你打开房门。"

闻言，吕雉的心头就"咯噔"了一下，猜想这说话的男人一定是项羽了。三年了，她只在刚刚被拘捕时见过一面。吕雉迅速定了定神，端然打坐。

项羽在虞姬陪同下进来了，瓮声瓮气地问道："嫂夫人一向可好？"

吕雉沉着脸道："承蒙大王关照，没死罢了！"

项羽看了一眼虞姬，有些尴尬。虞姬忙上前劝道："姐姐不必动怒，大王想来看看姐姐，没有别的意思。"

吕雉没有打断虞姬的话，回给她一个淡淡的笑。虞姬冰雪聪明，立即回道："谢谢姐姐，大王也有许多话要对姐姐说。"言罢，她向项羽使了个眼色，唤着淮梅在一旁伺候，自己退了出去。

小屋内只剩下三人的时候，项羽看了一眼一脸冰冷的吕雉，几次话到口边却又咽了回去。吕雉暗暗打量项羽，猜度他会说些什么？在淮梅换了新一轮的茶水后，吕雉打破沉寂道："大王不是有话要与妾身说吗？为何又缄口不言呢？"

"寡人来探望嫂夫人，就是想与夫人叙叙旧事。"见吕雉还比较平静，项羽缓缓展开了对往事的回忆，从隔空相闻说到薛县盟会；从联军攻打外黄、陈留到相偕攻打定陶；从义帝面前誓约先进咸阳者为王说到鸿门饮宴；从戏下分封说到了当前，项羽也很动情，"往事历历在目，昔日刘项合力诛秦，今日又为何要刀兵相见呢？"

吕雉闻言笑道："大王是在问妾身么？妾身又怎么知道？"

"戏下分封后，寡人本意是回到彭城重振大楚。孰料刘兄不念旧情，亲率五十六万诸侯大军攻取彭城，寡人不得已而战之，还请嫂夫人明察！"

"如此说来，错在汉王了？"吕雉看了一眼项羽，端起茶水喝了一口，嗓子听上去清爽多了，"那妾身倒是有几个疑虑想向大王讨教一二。"

"嫂夫人有话尽管说，寡人洗耳恭听。"

"难得大王如此痛快。"吕雉子挪了挪身，眼睛直视着项羽道，"其一，妾身要问问，既是盟约先入咸阳者为王，为何大王听说汉王进了关中，竟然大兵压境，必欲夺之而后快呢？"

项羽回道："盟约虽然相约先入者为王。但彼时寡人正在赵地全力围歼章邯，刘兄趁机抄近路入咸阳，如此投机取巧，何有功于大楚？"

"笑话！盟约只言先入，并未指明必须大肆杀伐。汉王不重刀兵，乃为天下苍生计,何罪之有?"吕雉顿了顿又道,"倒是大王攻城略地,必以屠城为快,此乃功乎罪乎?"

项羽没有回答,吕雉接着问道:"妾身记得,大王曾不止一次让虞姬妹妹带话给妾身,声言与汉王情同手足,视刘太公为大王之父。既如此,为何遣人到沛县捉拿了手无寸铁的汉王家小,囚之囹圄,至今将近三载,大王又该作何解释?"

"嫂夫人误解了。此非囚禁,乃为太公与嫂夫人安危计。"

项羽的话音刚落,吕雉就笑了:"哼!有这样为兄嫂安危计的么?既然如此,那就请大王开恩,现在就放妾和太公回刘邦身边如何?"

项羽一拍巴掌道:"嫂夫人说得好,寡人今日就是为此事来的。"

"如此,妾身先谢过大王。"吕雉眼睛直视项羽,就像两把冰冷的剑。

"不过……"项羽站起来在小屋里踱了一圈步子,然后在屋中央站定道,"嫂夫人也明白,眼下楚汉两军在荥阳、成皋相持数月,战火连绵,百姓遭难。请嫂夫人修书一封,劝刘兄撤出荥阳、成皋,退回关内,寡人不但高车巨辇送嫂夫人回去,还要与汉王盟约,各不……"

"罢了!"吕雉听到这里,完全明白了项羽来意,毅然打断了他的话,"果然不出妾身所料,大王来此就是要妾劝汉王将荥阳、成皋交给楚国。那妾倒要再问问,荥阳、成皋本汉王出关所据,大王又有何理由要夺之而后快呢?"

见吕雉脸色严肃起来,项羽的话中也带了胁迫的意思:"即便嫂夫人不愿去信劝诫,寡人一旦发兵,荥阳、成皋唾手可得。只不过为嫂夫人着想才来劝慰,孰料你竟不识好歹。"

"那又怎么样?"

"王陵之母,你不会不知道吧?"

"哼!你也要把妾烹为肉羹么?大王若欲据天下,当修政强兵。拿女人开刀,算什么好汉?"吕雉从牙缝中挤出几声冷笑,"妾知道大王杀人成性,自被拘以来,就没有打算全身而退,要杀要剐,悉听尊便。"

"你!"项羽狂怒地挥动着宽大的衣袖,带起的风呼啦啦地吹过淮梅的脸。淮梅惊恐地望着项王和吕雉,心一个劲地往下沉……

这时,屋门的辅首响了两下,项羽转脸看去,是虞姬进来了……

第二章

钟离巧施苦肉计
周苛严词斥项王

"大王这是干什么？"

"寡人要杀了这狂妄固执的女人。"

虞姬绵软的手轻轻压了压项羽的剑柄，那力量都在一双看似平静，却波澜翻卷的眼里："大王以为杀了汉王夫人，就可以迫使汉王撤出荥阳么？"

项羽没有说话，虞姬的目光让他有种说不出的惭愧。他收起宝剑，气咻咻地转身出了门。

虞姬看了看吕雉，叹了口气道："姐姐也是，不就是一封信么？"她知道，这时吕雉是谁的话也听不进去，便吩咐站在一旁的淮梅照顾好汉王夫人，自己追着项羽的身影离去了。

项羽一回到驻地，立即命中官传钟离昧和曹咎前来议事。

"寡人决计重新夺回荥阳、成皋，绝不许汉军东行一步。"项羽指着地图大声道。

因大意而致成皋得而复失的曹咎没有说话,他了解汉军的实力,别的不说,单是灌婴、周勃就是攻守兼备的将军。他吃过苦头,现在一想起周勃那张铁青的黑脸,尚心有余悸。但面对愤怒中的项羽,他不敢说半个"不"字,只是唯唯诺诺。

项羽转过脸怒道:"身为大将,如此扭捏成何体统?"

闻言,曹咎的脸腾地就红了:"大王息怒,臣只是以为现在汉军新胜,士气正旺,加之周勃、灌婴骁勇,恐怕一时……"他的话还没有说完,就被项羽打断了。

"恐怕是大司马心有余悸吧?巨鹿大战中,秦军强不强?然则我军能破釜沉舟,同仇敌忾,一举克敌。"

"这……"曹咎低下了头,"臣倒没有想到这一层……"

"彭城之战中,刘邦率诸侯军五十六万,兵力强不强?然寡人率三万轻骑南下,如驱羊般将汉军冲得七零八落,诸侯纷纷逃散,刘邦惶惶若丧家之犬。"项羽脸上掠过一丝轻蔑的笑意,"至于周勃、灌婴,乃吹箫、贩缯之徒耳,竟令你闻风丧胆,岂非可笑?"

曹咎不能不承认项羽说的都是实情,惭愧地低下了头。项羽随之将目光转向钟离眛,问道:"钟离将军该不会也怯战吧?"

自陈平一计让项王生疑后,钟离眛一直谨言慎行。他不怨项王多疑,而恨陈平狡诈,一直想找机会复仇。只不过那时候项王不放心,一直将他置于后方罢了。现在机会来了,他几乎没有丝毫犹豫,慷慨陈词道:"只要大王一声令下,臣将率部冲进成皋,生擒刘邦,以壮大楚军威。"

曹咎紧跟着说道:"臣亦愿跟随大王,万死不辞。"

"好!"项羽收回目光道,"钟离眛听令,命你率部攻打荥阳,务必全胜。"

"遵命!"

"曹咎听令,命你为前锋,随寡人攻打成皋,务必擒住刘邦小儿。"

钟离眛明白了,由陈平巧舌架起的隔阂之墙依旧存在,要彻底推倒尚需时间。只要有仗打,他就有机会证明清白。出了营帐,他抬头看了看天,快步离去。

"钟离将军慢行。"

身后转来曹咎的声音,钟离眛停住脚步问道:"大司马有事么?"

曹咎看了看左右,问道:"依将军之见,我军胜算如何?"

钟离眛以肯定的语气回道:"有大王亲征,汉军必败无疑。"

"将军如此自信？"

"大司马想想，若是此战大败，你我项上的人头还会在么？"

钟离昧一句话噎得曹咎说不出话来，直到走到司马道尽头，才应了一句："将军所言有理。"随后匆匆上了自己的车子，作别了。

此时，在成皋城中，刘邦与张良正对韩信发来的上疏商议对策。

"项王不是封张耳为常山王了么？为何大将军又上书求封？"刘邦皱着眉头问坐在一旁的张良，"莫非彼等要自立不成？少有战绩，就求册封，岂非待价而沽？何况，张耳三万之军乃寡人所赐，他靠什么建功立业？军师以为该如何回他？"

张良从刘邦手中接过韩信的上疏，字斟句酌地读了一遍，就从中读出了韩信的心思。不过，张良毕竟韩国相门出身，对秦设郡县向来贬斥，加上在荥阳城中就有一位将来也要求封邑的韩王信，他反倒对韩信有了几分理解。卷起绢帛，张良的脸上写满了真诚，道："依臣之见，不妨将赵地封与张耳。"

闻言，刘邦十分吃惊，问道："子房何出此言？"

张良合上信札，若有所思地顿了顿道："项王虽封张耳为常山王，但此后他归顺大王旗下，有名无实，有封无邑。今赵地既克，陈余毙命，而大王又被项王纠缠于荥阳，鞭长莫及。不如封张耳为赵王，令其守土安民，以防项王觊觎，未尝不是良谋。"

刘邦眉头皱了片刻，换了说话的口气道："只怕此例一开，莫之能遏！"

"大王所言甚是。可当此之际，大敌当在项王。项王若败，天下定矣。彼时诸侯慑于大王之威，岂敢不从？况乎封一个赵王，诸侯必效而仿之，望大王若禾苗之盼甘霖，沛然莫之能御，岂非安天下良策？"

闻言，刘邦从内心接受了张良的谏言。遂要中官传来陈平，将与张良所议说与陈平。

陈平听了之后连连赞道："军师之言，胜过雄兵十万。若是大将军听闻大王如此宽怀，定然北面而拜，盛赞大王圣明，如此则克齐有日矣！"

"既如此，就请中尉代寡人草拟诏命，册封张耳为赵王，都襄国。"

"遵命。"陈平当即铺开绢帛，写道——

大将军所言，乃于国虑安之策。常山王耳，世所称贤，有声梁魏，俯思旧恩，仰察五纬，其大智也，大勇也。今赵贼既灭，陈余卒亡，赵歇引剑，国不可一日无主，着即封张耳为赵王，都襄国……

刘邦捧着墨迹未干的诏命,觉得该说的话都在里面了,遂要中官传来骆甲,先是口头同意封张耳为赵王,随后将封签的诏命递给他,带着牵挂的口气问道:"灌将军近来可好?"

骆甲回道:"灌将军正遵大将军之命发兵讨齐,现在该在行军途中了。"

刘邦继续问道:"他没有什么话带给寡人么?"

骆甲摇摇头道:"没有。灌将军只是在分手时说了一句话,似乎是说大将军要上书大王增派将军北上讨齐云云。臣以为是大将军信中所言,便没有多问。"

闻言,刘邦心中便生了疑惑,他并没有看到韩信上疏中有求援的意思,转而一想也许是骆甲听错了,但话到口边却道:"转告大将军,荥阳、成皋战急,寡人难以分兵北上,让他好自为之。攻克临淄,寡人有赏。"

骆甲退下后,刘邦对张良和陈平说道:"如此看来,大将军上书言封赵王之事,两位将军并不知情。"

"既然大王已决定册封,知与不知情都无关紧要。"张良眉头皱了一下,但旋即释然。他觉得此时倒是要提醒刘邦,荥阳、成皋复得不易,须警惕项羽再次攻城。

他刚刚张开口,就听见门外一声长长地"报"声自远及近而来,还没有等他合上嘴,探马已在前厅门外了:"启禀大王,项王率军西来,大军已过武强,不日即可兵临城下。"

"怎么可能呢?"这消息让刘邦顿时睁大了眼睛,"他不是东去下邳了么?"他明白问也没用,挥手说了一句"再探",待探马走后便问,"敌人来得太突然了,怎么办呢?"

张良回道:"荥阳、成皋乃关中锁钥,二城一失,门户大开,我军将无立足之地,务必守住。"

"子房言之有理。"刘邦转身对陈平道,"请中尉即刻赶赴荥阳,协力韩王坚守。"

"诺。"陈平出了门骑上马,飞奔出城去了。

虽是志在必守,但在张良看来,凡事预则立,不预则废。毕竟楚兵来势汹汹,汉军难以聚力,不可不早做打算。看着陈平离去,张良心有旁骛,对刘邦说道:"我军守成皋者,唯周勃、柴武二位将军。若项羽亲率大军攻城,恐寡不敌众。大王须尽早撤出成皋,北上借师重言,臣这就去找二位将军商议守城事宜。"言罢,也匆匆离去。

刚刚回到成皋,还没有松弛一下,复又战云密布,刘邦的心境顿时波澜起伏。他想到长子刘肥率军坚守敖仓数月,父子竟然一直没有见面,所幸上次楚军还没有来得及攻打敖仓,荥、皋就又回到汉军手中,可这一次看来在劫难逃。一想到这些,他立即对外面喊道:"来人!"

"大王有事么?"曹窋进来问。

"你速遣军侯前往京县,命樊阮率军速往敖仓,协助长公子拒敌。"

曹窋应一声"诺",转身安排去了。

吩咐完这些,刘邦颓然坐在榻上,闭了双目,眼前就浮现出项羽挥军西来的情景……

是的!抱着复仇雪恨之心的钟离眛一到荥阳,就与在这里作战的项声会合,第二天就发动了进攻。可韩王信与枞公已从陈平那里接到了军令,只需坚守。楚军一连攻打五日,除了在城下留下数百具尸体外,战事毫无进展。

第一次反击就受挫,钟离眛有些闷闷不乐。这天天色将晚,鸣金收兵后,他一人坐在帐中喝闷酒,项声从外面进来了,看着钟离眛倦怠的神色道:"将军气馁了么?"

钟离眛立即起身见礼,吩咐侍卫上酒:"没想到韩王坚不出战,我军出师不利,实无颜面见大王。"

项声举起酒觥,向钟离眛致意道:"我倒是有一破敌之策,只是……"

"将军就径直说吧,只要能攻克荥阳,即便赴汤蹈火,末将也在所不辞。"

项声起身来到钟离眛身边,附耳低语几句。钟离眛眉头一皱,道:"末将已被误解一次,这一回……"

"此一时,彼一时也,此次乃破敌之需,岂能与陈平之计相提并论?"

"要得?"钟离眛手举酒觥。

见项声点了点头,钟离眛与项声酒觥相撞,发出沉闷的"咣当"声,一切尽在不言中了。紧接着,就听见他大声骂道:"大王偏听偏信,陷我于不忠,这口气不出,枉为人也。"

"钟离眛!"这是项声大声怒斥的声音,"你好大胆!竟敢诽谤大王,该当何罪?"

"是他不义,反诬我不忠。我何罪之有?"钟离眛大喊道,"惹恼了本将军,也效仿陈平投奔汉营,看你等能奈我何?"

"好啊!你竟敢生出背主降汉之念,本将军今日若不治你,如何向大王交代。"项声说完,就朝外喊道,"来人!将钟离眛拿了……"

孰料这是在钟离眛的帐下,侍卫面面相觑,就是没有人敢上前。

项声对着侍卫们喊道:"敢违令者,斩。"

侍卫们这才上前。

钟离眜骂道:"我平时待你等不薄,今日却落井下石……"一句话没有说完,他的手脚已被捆得结结实实。

钟离眜转而怒骂项声,项声也不搭话,只管对侍卫喊道:"好你个钟离眜,大王将你视为心腹,你却暗存异心,本将军今日就先除后患。"

项声似乎越说越气,从侍卫手中夺过马鞭狠狠打去,眼看钟离眜的肩头就淌出血来。

大约过了半个时辰,钟离眜的战袍已被皮鞭抽得褴褛不堪。项声估计这样的伤口若是传到汉营中,定会有不小震动,遂住了手:"哼!看是你的嘴硬,还是我的鞭子硬。明日辰时,将钟离眜捆上寨门前的高杆示众三日。"

当夜,项声遣人驰往大营,将事情的原委俱奏明项羽。项羽趁夜来到钟离眜营中,看见他趴在榻上,医官正在给他上药。想想前几个月君臣之间发生的种种误会和猜忌,项羽上前从医官手中接过白药,轻轻洒向伤口处,出口的话就带了温暖:"爱卿受苦了。大楚有将军,岂能不勘定天下?"

钟离眜见项羽亲自为自己敷药,忙推辞道:"折杀微臣了,大王快快住手。"

"你能为国受屈,寡人敷药有何不可?"

一句话未了,钟离眜已是热泪盈眶。他知道,横亘在君臣之间的隔膜已经散去。

"为剿灭刘邦,微臣肝脑涂地,在所不辞。"

"等攻克荥阳,寡人要重重赏赐爱卿。"

项声也上前拱手道:"白日多有得罪,还请将军恕罪。"

钟离眜苦笑道:"彼此心知,又何必计较。"

钟离眜被项声捆绑鞭打的消息,很快就被汉军探哨获知,传到了荥阳城内。韩王信立即召集陈平、周苛和枞公和王吸、薛欧商议,分析缘由:"诸位说说,这究竟是怎么一回事?"

御史大夫周苛猜测道:"可能是因为项声翻旧账,才起了冲撞。"

"周大人言之有理。不过依功力论,钟离骁勇过人,又是在他帐内,为何反而被项声责打呢?依下官之见,其中必然有诈。"枞公说着,将目光转向陈平,"不知中尉以为如何?"

陈平感佩枞公见事敏锐,加之前次离间计出自己手,便对忽然发生了内讧也保持了一份警惕。他捻了捻黄茸茸的胡须道:"枞公高见,眼下楚汉之战正在当紧处,还是谨慎为好。在下以为且不用理他,只管部署校尉坚守城池为要。"

王吸赞同道："陈中尉所言甚是。眼下敌我胶着，为防奸细毁我城池，至为紧要。"

薛欧自与王吸受命迎接刘邦家小未果后，两人常常自责，现在更不愿意看到荥阳失守，遂道："末将与王将军所见略同。"

韩王信觉得大家说得都很在理，指着面前的楚汉形势图道："汉王有言，切勿轻易出战。我等岿然不动，麾下将士自然心宁气定，荥阳自然固若金汤。扛过三个月，楚军粮草不济，自会撤退。"

可他话音刚落，就见守城的校尉在门外喊道："卑职有紧急军情禀报。"

大家一下子愣住了，韩王信忙传校尉进帐问话。校尉一路跑来，气虽然还没有喘匀，可脸上却是抑制不住的兴奋："报，钟离眜被赤身绑在楚军营寨门口的高杆上了。"

这话一出口，陈平一步上前抓住了校尉的胳膊，连声问道："你可看清了？"

校尉回道："卑职看得清清楚楚，而且还从楚营前传来钟离眜的骂声。"

陈平死死地盯着校尉问："他骂些什么，可曾听清？"

"相距较远，听不太清楚，好像是什么忠而见疑，降汉云云。"

陈平松开校尉的胳膊，陷入沉思。同出于项羽帐下，陈平了解钟离眜的性格，憨直而少思，且素来看不惯项声对营中将领颐指气使。为此，两人曾有过惺惺相惜之情。刘邦取下殷，陈平被项羽追责，钟离眜曾劝谏过。后来，听说项声常以此指斥钟离眜。一想到这点，陈平禁不住"咦"了一声，自语道："难道真的……"

韩王信见状问道："中尉是想到了什么吗？"

陈平却因吃不准而刹住了话头："眼下两军胶着，还是谨慎为好，且不用理他，看看再说。"

第二天，韩王信带着周苛、陈平和枞公登上东城楼。举目眺望，远远就瞧见一人被绑在高杆上，垂着头。韩王信采纳陈平的谏言，要麾下只管坚守不出。周苛有些不耐烦，道："何不趁敌内讧，杀出城去，一举捣毁楚营。项羽必前来相救，那时，我成皋守军出城追击，两面夹击，岂不完胜？"

陈平看了一眼周苛道："韩王所虑，周密详致，且再看一天无妨。"

第三天，探哨来报，说项羽听闻陈平在荥阳城中，要钟离眜攻城取陈平首级。钟离眜不愿伤昔日友情，又被项羽鞭笞，现正在营中养伤，闷闷不乐。

这话让周苛再度兴奋起来，他再度谏言韩王信出兵，得到枞公的支持。

但韩王信归顺汉王后,已屡次见证了陈平的谋略,关键时刻,他还是想听听陈平的意见。

"中尉以为战还是不战?"

陈平摩挲着双手在帐内踱着步子,来来回回,口中却半日没有一句完整的话。

周苛有些不以为然道:"下官素日闻中尉多智,今日观之,呵呵……"

闻言,陈平脸上露出不自在。他并不计较周苛的讽刺,而是不能忘记临行前刘邦的叮嘱:"卿智有余,此次往荥阳,凡事多呈奇谋嘉虑,勿负寡人之望。"这话虽说得概括,但分明是稳健的意思。陈平住了脚步,肯定地对韩王信说道:"且等等看。"

"好!就依中尉。"韩王信宣布结束议军,众将相跟而出。

枞公追上周苛悄声问道:"韩王这是怎么了,处处听陈平的。彼来自楚营,难保没有二心。"

周苛回头看了一眼枞公,严肃道:"此类无根据之言,慎勿出口。下官只是以为韩王毕竟是小国之君,毫无主见,难当大任。"

陈平没有跟周苛和枞公一起,他有些踯躅不前,对当前的形势变化大感不解。心想即便有自己的离间计作为前因,也不至于反目到被捆绑在高杆的地步,难道钟离眛真生了归汉之心么?可这种意念刚一出头,他就先自笑了。钟离眛是什么人,他是项羽的左膀右臂,岂能说叛就叛了?到了道边,车子就在那里停着,司御正朝这边张望。陈平心道:既然说等等看,何必又要多想呢?

隔了两天的一个傍晚,陈平正陪着韩王信在城楼上巡视,刚刚走到角楼边,就听见从城下射来一箭,不偏不倚,正好射在楼柱上,上面带着一张绢帛。他拔出箭镞,展开绢帛,就见上面写着——在下乃钟离将军使者,奉命求见陈大人。

陈平朝城下看,只见一猎人打扮的人正朝城上张望,想来就是他了。陈平将绢帛递给韩王信,以征询的口气问道:"见么?"

韩王信看完绢帛,略思片刻后道:"即便不是真心归汉,亦可从言谈中窥视军情。你就见见吧,一切谨慎行事即可。"

陈平点了点头,来到城下,命城门司直开了门。

为着说话方便,韩王信、枞公等一干人暂避,军帐内只留下陈平与使者。陈平命侍卫给使者上了茶点,看着他问道:"既是钟离将军使者,为何不带亲笔信来?"

"中尉明察！"使者看了看周围，才小心翼翼道，"楚营耳目甚多，若是被人搜了去，岂不坏了大事？"

这个合情合理的解释，倒使陈平放松了心弦，择其概要地询问了钟离眛近况。使者绘声绘色地描述了项声殴打钟离眛的经过。

陈平又问起项羽的态度。

"项王早对钟离将军疑心，屡屡于众臣面前羞辱有加。此次项声又诬告钟离将军与汉营勾结，因此两人言语冲撞。项声仗着身份喝令麾下将钟离将军打得皮开肉绽，钟离将军痛定思痛，决计弃暗投明。因此，遣卑职前来与中尉接洽。"

陈平问道："请问足下在军中担任何职？为何以往在楚营中不曾见过？"

"中尉果然滴水不漏。卑职现为钟离将军麾下轻骑右领，姓董名和。中尉在楚营时，卑职只是小小军侯，岂能见着大人？"

陈平觉得这个解释也合情合理，于是进一步将话题引向深入："那么，钟离将军有何打算，使君不妨详细道来。"

使者欠了欠身子，顿时脸上严肃起来，说话的声音更低："五日后子夜，钟离将军以举火为号，在东南营中举事，一举剿灭项声所部，然后攻打项羽军营，作为归汉之礼。"使者说着，从腰间解下一面白色绢帛交于陈平，"为与楚军区别，到时钟离将军麾下将士皆在左臂系上绢帛，请中尉大人务必告知汉营将士，以免误伤。"使者说完，便起身告辞。

陈平亲自将使者送出城，他回营的心境是愉悦的。他觉得当初汉王的赠金没有白送，现在就收到了效果。若真能说服钟离眛归顺，那自己就在汉王面前又立一大功。前些日子，因私放两千女子之事，他曾被责罚了一番。现在好了，他要向汉王证明自己担得了大任。他来到韩王信的大帐，飞舞的眉宇传递着喜悦的情绪。

"中尉如此快意，是有可喜的消息吧？"周苛望着脚步轻快的陈平问道。

见韩王信与周苛投过来关切的目光，陈平反而不急了，慢慢端起案头的茶水喝了一口，才慢条斯理地说道："我军大胜的良机来了。"接着，就将使者带来的消息一一说给在座的各位，"若能一举扫平楚营，擒获项羽，则楚汉之战可定局矣！"

"果真如此，那当然好。"韩王信淡然地回应着陈平，"只是我担心其中有诈。"

"这怎么可能呢？钟离眛以右臂戴白色绢帛为号，就是怕我军伤了他的部属。他既有二心，何必如此呢？"陈平有些不信。

三人正说着话,就见枞公从帐外进来道:"我军派出去的探哨获知,钟离昧以粮草紧缺为由发兵迟缓,又在修武议军会上顶撞项羽,被降为军中右领,受项声节制了。"

这消息让陈平充满了信心:"枞公将军所言,正说明钟离昧在楚军中地位每况愈下,他此时不背楚归汉,更待何时?"

不仅仅是陈平,韩王信与周苛对钟离昧的归降也深信不疑了。韩王信当即决定五日后子夜,若是楚营中有举火信号,即由他和周苛率军突袭楚军营寨,陈平与枞公坚守荥阳。他还命探哨化装成运粮楚军,趁机混进楚军军营,向钟离昧传递消息。

钟离昧早已从使者口中掌握了陈平急于招降的意愿,因此,汉军探哨几乎没费多少力就进了营寨。当他将韩王信所议和盘托出时,钟离昧心中暗喜道,陈平啊陈平,你聪明一世,也有上当的时候,我这回定当一雪前耻。

"秘密"送走汉军探哨,钟离昧当即请来项声,商定由项声在营寨中拒敌,他率所部埋伏在荥阳城下,单等韩王信和枞公一出城,就一举拿下城池。

"胜败在此一举。"钟离昧印堂发红,高举酒觥道。

"荥阳城中见!"项声似乎已成竹在胸。

接下来的日子,项声命所部将士在营中各个要紧处挖了陷马坑;钟离昧则命所部分成小股军伍,分别由屈右领等官佐率领,着了青草覆盖的戎衣,潜伏到荥阳城下二里路处的密林深处,等待攻城时机到来。

五日的时光转瞬即到。眼看着晚晖在西天渐渐散去,八月的秋风从远处缓缓吹来,营寨门口的"项"字旗帜被吹得哗啦啦响,吹得坐在帐中等候时机的项声心波浪翻。这是他第一次守株待兔,只觉得天黑得太慢。

在荥阳城里,整装待发的韩王信与周苛摩挲着双拳,心中似插着万千引弓待发的箭,叮嘱道:"进了楚营,看见右臂有绢帛者即为归降将士,可放之。"

"明白。"严阵以待的士卒回答的声音虽小,但仍然不难听出其紧张的心境。

申时三刻,钟离昧几乎是爬着来到已在这里潜伏了几日的屈右领身边,指了指头顶的树枝问:"没有惊动归巢的鸟儿吧?"屈右领点了点头。钟离昧满意地又向前爬去,依次询问了士卒,确认没有破绽,才在龙右领身边待下来……

戌时三刻,项声又检查了陷马坑周围埋伏的士兵。

亥时三刻,韩王信和周苛登上城头,问值守的校尉可看见从楚营传来举火信号。见校尉摇摇了头,韩王信不免有些焦躁,自语道:"钟离眛不会失约吧?"

正在这时,枞公惊喜地指着暗夜中的几里外火光:"韩王请看,火……"

"出发!"韩王信在枞公话音刚落就冲下城去,汉军将士早已在城门口集结等候,"擒拿楚贼,即在此时,杀!"

城门打开,紧接着吊桥放了下来。

"将军请看,汉军冲出城了……"密林深处,龙右领指着潮水般涌出城的汉军道,"可否冲上前去截杀?"

钟离眛摇了摇头道:"我军目的在攻城,且放过他们,项将军早在营中等候呢!"

送走韩王信与周苛,枞公与陈平分头吩咐守城汉军关闭四门,坚守城池,等待韩王信归来。枞公刚刚从北城楼下来,就见迎面冲来一位将军,借着城门口的灯火,他看清是钟离眛,忙拍马上前道:"钟离将军为何如此快就进城来了?韩王和周苛将军出城迎接将军去了。"

钟离眛仰天大笑道:"陈平小儿,害我君臣生疑,今日不取此贼头颅,誓不为人。"

枞公心头一惊,情知钟离眛并无叛楚之心,不过利用陈平达其复仇目的罢了,忙挥动兵器迎战。两人马上大战数十回合,忽从耳边传来一声"陈平休走",枞公的心顿时乱了,拨转马头欲朝西门而去,却被迎面而来的龙右领和屈右领截住。三人将他围住,枞公奋力应战,终因身孤力单而被钟离眛刺在地上,龙右领挥动大刀割了首级。

钟离眛擦了擦额头的汗,最关注的还是陈平的去向,问:"这半日大战,为何不见陈平呢?"

龙右领和屈右领双双摇摇头,钟离眛立即下令道:"一定要生擒陈平,押到大王驾前,还我一个清白。"

且说陈平来到西城楼,见守城的校尉严阵以待,就放了心。他转身准备下城,刚刚走了三个台阶,就见一位伍长朝城上奔来。他忙拦住问道:"发生了何事,你如此惊慌?"

伍长惊慌地回道:"钟离眛率军打进城来了,枞公将军战死了。"

陈平愣了,一时回不过神来,站在台阶上讷讷自语道:"这怎么可能呢?不是以火光为号么?钟离眛不是在楚营迎接我军么?怎么会打进城来?"

这种念头在他心头倏忽即逝,他明白自己中了钟离眛之计,立即抽出腰间的宝剑朝下冲去。刚到西城门口,他就与将军王吸相遇。当着陈平的面,王吸大骂钟离眛出尔反尔,言而无信。陈平闻言,一脸的惭愧:"都是我急功近利,轻信钟离眛之言。"

"现在不是大人自责之时,薛将军正在南门与敌酣战。荥阳失守在所难免,下一步敌人必定大军围困成皋,大人不可在此盘桓,应该回到汉王身边,协力军师共谋拒敌大计。"

陈平摇了摇头道:"此事皆因我轻敌所致,此时离开,如何面对汉王?"

"大人岂能做如此想?"王吸说罢,不由分说便对身边的校尉道,"护卫陈大人出城。"

陈平还没有来得及说话,就被士卒们架上了车子,城门司直早已打开城门,校尉在前面开路,一干人向成皋方向飞奔而去……

王吸见陈平安全离开,才喝令麾下朝南门杀去。他迎面遭遇了钟离眛麾下宋右领,两人厮杀数十回合,王吸不禁暗暗惊叹钟离眛治军有方,右领们个个骁勇善战。他趁机卖了一个破绽,便朝南门飞奔而来。路上遇见薛欧,得知南门尚无大股楚军,两人都觉得韩王信要回城几无可能,不如撤出城外,朝成皋方向集结。

薛欧点了点头,朝身后的将士大吼道:"杀出城去……"

韩王信与周苛迎着火光冲进楚军营寨,却发现除了正在燃烧的一堆大火外,竟然看不见一个人,一个可怕的字眼跃上心头:"楚军有埋伏!"

他看了看身旁的周苛,几乎同时说出了几个字:"速速撤退。"

大家忽然听说要撤退,队形顿时陷入混乱。周苛大吼道:"镇定!镇定!"

四周爆发出震天动地的吼声,仿佛惊雷一样掠过头顶。退路已被围上来的楚军封住,韩王信已不见踪影,周苛心头一沉。记得当初刘邦移兵南阳时曾私下对他说过,韩王信归顺以来虽无多少建树,却牵涉与项王争夺诸侯之心。他若降楚,于大汉不利。因此,即便荥阳陷落,也不能让他落入敌手,可现在……

周苛迅速命令从事中郎挥动手中大旗,指挥各路校尉集结兵力,转而朝楚营方向攻打。周苛一杆长枪风驰电掣,涌上来的楚军霎时倒地毙命。不一会儿,他全身都被血染成了红色,他甚至隐隐觉得,枪头似乎发软变钝,不那么锋锐了。

显然,楚军是严阵以待的。周苛屡次想直捣中军,都未能奏效,而麾下却被截成数段,不能相接。

终于,在突进到楚营中央时,他远远瞧见韩王信正与一位楚将厮杀在一起,他猜想这个人一定就是项羽的侄子项声了。周苛大喝一声,拍马就朝两个身影奔去。就在这时,周苛惊异地张开大口,却无论如何喊不出声来——韩王信就在距他不远的地方落入陷马坑内,被十数名楚军用网拉了上来,消失在夜色之中。

这情景让周苛的坐骑受惊,任其击打,就是不愿再进一步。只听项声大喊一声"周苛下马就擒",转眼冲到了面前。周苛持枪向项声刺去,项声身子一斜,拨马转身朝营外奔去,一边跑一边喊道:"拿住贼将。"

未及周苛反应过来,他也掉进了楚军的陷马坑。几位楚军右领上前,绳捆索绑,将他拉到了营门前。项声已经转身奔来,看着做了俘虏的周苛,言语挪揄道:"将军一定以为陈平之计万无一失吧?可他妄自尊大,错估了钟离将军的忠心,被钟离将军将计就计,这也是陈平作茧自缚吧。将军英武,何必明珠暗投,若能归顺大楚,则……"

"罢了!"周苛用冰冷的目光直视项声,"项将军一定很得意吧?我深受汉王之恩,任为御史大夫,岂能临阵变节?今日落入你手,便不存生还奢望,杀剐听便。"

这气势让项声很震撼,情知像这样的人物须得项王见过之后才能定夺,于是对身边的右领道:"将周苛押往荥阳城好生看管,待本将军奏明大王后再行处置。"

短短几个月,荥阳城几度易主,如今再度落入楚军手中。当八月的秋阳懒洋洋地照着城头的时候,钟离眛已经骑着马巡视在荥阳街头了。钟离眛不似项声,即便在已操胜券之际,仍然保持着高度警觉。他深知荥阳的重要,无论刘邦还是张良,都不会轻易放弃,必以数倍兵力重新夺之。因此,昨夜他几乎没有合眼,在大帐内与宋、屈、龙几位右领商议荥阳防守之策,要求所有将士务必百倍警觉,绝不能让荥阳得而复失。

此刻,在左史陪同下,钟离眛走在荥阳街头,目睹着龙右领率部清理战场,心头掠过一丝遗憾——没有擒住陈平。

钟离眛继续往前走,就发现前面簇拥了一队人马,拍马上前问道:"你等不清扫战场,聚集在这里却是为何?"

宋右领转身过来禀报:"这里发现一汉军将军尸体。"

"哦?"钟离眛下马拨开人群一看,这不是被自己刺下马的枞公么,身子在一旁,头颅在一旁,只是眉宇间仍然凝固着仇恨和愤怒,两只眼睛圆睁着。他慢慢地抚过枞公的额头,一切的仇恨顿然不见,仿佛安详地睡去。

钟离眛站起来,对宋右领道:"找一军中医官,将他的头颅与身子缝合在一起,好生掩埋。"

第二天,项羽在仪仗和侍卫的簇拥下,由项声陪同进了荥阳城。钟离昧率领左史和右领在东城门口迎接,说话时声音有些发颤:"恭迎大王。"

"爱卿平身!"项羽挥了挥手。

在拜谢起身的一瞬间,钟离昧感觉项羽目光中多了许多信任和温暖。他伸出手做了个"请"的姿态,车队继续向前行进。

项羽的行宫就选在韩王信原来在荥阳的行辕,只不过物是人非罢了。一切都是按照王宫中的陈设布置的,前厅为处理军国大事,召见臣下的地方;案几前面,依照尊卑职位安排好了座次;后面的屏风上镶上了一个巨大的楚字。案几后面左侧,有一挂甲的衣架;右侧是一剑架,旁边矗立着兵器架,上面插着项羽惯用的长戟;案头上则摆着笔墨、文书和印信。项羽一看,就会心地笑了,随口说道:"知我者,钟离也。"

当晚,项羽举行宴会庆祝荥阳大捷。席间,项声与钟离昧等将军以及左史、右领们纷纷敬酒礼赞项王掌兵有方,力挫刘邦。项羽含笑向众臣赐酒,其间,宋右领提出要舞剑助兴,被钟离昧拦住了。他想起龙右领今夜值守,还没来得及向项羽敬酒,便拉着宋右领到一边道:"宋右领辛劳一趟,换龙右领回来向项王敬酒。"

"为国履职,理所当然。"宋右领迟疑了片刻,转身出帐去了。

待钟离昧转身回到大帐时,项羽高举酒觚,正在慷慨激昂地陈词:"诸位将军,攻占荥阳只是小胜。接着,还要攻陷成皋,断了刘邦小儿的东进之路。这样,寡人就可以安然回彭城,与吏民共享太平了。请诸位举杯,为我大楚祝祷。"

话音刚落,众臣就爆发出一阵欢呼:"大王圣明!大楚必胜!"

众人的酒觚齐刷刷地举在空中,这情景强烈地感染了钟离昧。他迅速端起酒觚,加入庆贺的人群中。

酒过三巡,项羽环视周围问道:"攻取成皋,诸位有何妙策,不妨讲来。"

左史起身来到项羽面前,将酒觚高高举过头顶道:"微臣敬大王一觚,先干为敬。"随着酒酿入腹,话也飞出了喉咙,"臣以为成皋已成我口边之食,无须大动兵戈,若能说服韩王信或者周苛归降,定然事半功倍。"

项羽连连摇头道:"寡人对韩王不存奢望,况乎他原本韩国太尉,刘邦小儿私相授受,封其为韩王,寡人岂能见他?"

钟离昧接上项羽的话茬道:"倒是周苛,原为刘邦同乡,若能归顺,自是能撼动刘贼身边之夏侯婴、周勃等将领。"

项声却不同意钟离昧的看法:"周苛固执,未必肯降,我在刚刚擒获他时已试过了。不如就地诛杀,以绝后患。"

"哦?"项羽向来对忠贞不贰之人敬重有加,反而瞧不起那些奴颜卑骨者。听了二位将军的话,便产生了要一见周苛的想法,放下酒觥道,"席散之后,即刻带他来见。"

在酒阑人散,众臣散去一个时辰后,周苛就被带到了前厅。当他第一眼看到周苛被绳捆索绑时,项羽脸色大变,怒斥押解的龙右领道:"周将军乃御史大夫,股肱之臣,怎可如此轻慢,还不松绑。"

龙右领亲自为周苛解开绳索,项羽上前轻抚其肩膀道:"都是属下疏忽,致周将军遭受皮肉之苦。寡人今日请将军来,就是想叙叙旧。寡人记得,当初刘兄与寡人合军攻打外黄、陈留时,周将军就是汉王宾客。"项羽说着,又命人赐座。

周苛冷笑了一下道:"两军交战,各为其主。今日我落入大王之手,不求宽免,但求速死。该怎样发落,大王不妨直言,何须曲曲折折,闪烁其词呢?"

项羽忍着心中的愤怒道:"识时务者为俊杰,通机变者为英豪。今刘邦败落,若惶惶丧家之犬,不日成皋即为我军所取,将军何必孤守一树而不自知呢?若将军归附我大楚,寡人即以将军为上将军,食邑三万户,这不比屈居于汉王麾下强么?"

周苛摇摇头道:"大王乃以力役于人者,永远不会明白何谓君臣生死相随。"

项羽耐着性子道:"只要你从了寡人,怎么都好说。"

"是要我跟随大王屠城杀人么?连孟子都知道不嗜杀人者能一之,大王竟然以为刀剑可以得天下人心,笑话……"周苛擦了擦嘴角的血迹继续道,"依我看来,汉王胸有四海,人心咸归。虽有小挫,然胜局在握。大王当悬崖勒马,否则必为汉王虏也。"

"放肆!"项羽被周苛的讽刺笑骂激怒了,"嗖"地从剑架上拔出宝剑,立时架在周苛脖颈上道,"寡人一剑杀了你!"

"谢大王成全!"周苛并不躲避,反而将脖子伸了过来。

"哼!想这么快就死,寡人岂能让你如愿。"项羽收回了宝剑,对外面喊道,"来人,将周苛烹之,将士人手一杯……"

"哈哈哈……人不畏死,奈何以死惧之?"周苛仰天大笑,惊得从帐外冲进来的侍卫住了脚步。

第三章

项羽挥兵取成皋
汉王夜遁走信营

烹煮周苛的大火尚在楚军心中燃烧，项羽已率军将成皋围得水泄不通了。

早在攻取荥阳时，他就刻意命曹咎去往成皋先行备战。曹咎十分感动，甚至将参加攻克荥阳的庆功宴都婉辞了，一门心思扑在战事准备上。项羽闻之，特意送了酒酿犒劳。曹咎将酒酿倒进鼎锅，与麾下将士同饮。

这是汉三年的七月下旬，项羽、钟离眜和曹咎一行出了坐落在汜水西岸的行辕，一路向西，到成皋周围的山上察看地形。虽然楚汉两军在此已有过多次较量，但项羽是第一次如此近距离地观察这座关城的雄姿。登上一座高坡，成皋城头冉冉飘动的汉旗就映入眼帘。

成皋坐落在汜水镇东南的一座山峰上，南连嵩山，北临河水，关城四周峻岭交错，素来为兵家必争的要地，又有一夫当关，万夫莫开之称。无论是刘邦还是项羽,都十分明白成皋的重要。汉军占据成皋,等于给关中后方设了一道屏障;而项羽夺取成皋,也相当于扼住了汉军的咽喉。

"确是一人守关,万夫莫开。"项羽收回目光,对站在左侧的曹咎道,"当初将军若是不为汉军所惑,汉军还真是奈何不得。"

曹咎闻言,忙回道:"都是臣性情急躁,造成大错。不过请大王放心,臣不会再犯第二次。"

项羽叹了一声道:"今非昔比,如今汉军在城内,我军在城外,当务之急是如何攻下城池。"

钟离眛抬头朝南眺望,但见嵩山北麓呈现一片金黄,秋风掠过山头,一片片金叶漫天飞舞。除了挺拔峻峭的青松尚保持着终年绿色之外,周围的树木叶子都日渐发黄。再看看脚下,蓑草密郁,人站在草中只露出个头。钟离眛的眼中就闪烁着光彩,转过身来指着眼前的山势道:"臣观成皋城周围树木丛生,杂草鞠茂,若我军烧山放火,可攻破成皋守军。"

"此乃地利,尚需天时之助。现时正是七月,若风向不对,非但不能攻敌,反而自毁。"项羽言罢,转身朝山下走去,一干人跟了上来。

下到半山坡,众人遇见一老者,正赶着几只羊在山道上行走。项羽使了个眼色,贴身的郎中上前拱手问道:"请问老丈,可是在这山里住的?"

老者抬头一看,见是一干商贾打扮之人,随口回道:"不瞒几位,老汉一家在这山中居住有年了。"

郎中忙将项羽介绍给老者:"这是我们东家,来此地贩贾,有些事情想向老丈打听。"

老者将项羽上下打量一番,果然气度不凡,施礼道:"老汉从晓事起就在山中居住,先生有什么话就问。"

"敢问老丈,这山中秋日风向如何?"

老者扬了扬手中的鞭子,将头羊赶上山道,边走边道:"山北秋日多刮西北风,但也有时刮东南风。先生不是商贾么,问这有什么用?"

项羽笑了笑道:"多谢老丈,出门在外之人,怎能不知冷暖?在下还想叨扰一句,若是东南风,多在何时刮呢?"

"多在八月初,是何原因,乡人无法知晓。"

"再问老丈,这城中军士可经常上山?"

"战乱年月,城中驻军多变。但因关城建在山上,城中军士为用水方便,在城西南开挖沟渠,引洛水入城,以解人畜用水之难。"老丈说着说着就打住了,用警惕的神色看着项羽。

项羽明白,话说到这里就不能再深入了,问得太多,容易令人生疑。他向老丈打了一拱,要扮作家役的中官拿出钱币一串赠予老者。老者不免有些惶恐,但也不敢多问,战战兢兢地接了钱币,道一声"多谢",转身头也不回地下坡去了。

　　一直看着老者消失在山道的一蓬荆棘背后,项羽转过头来对钟离眛道:"遣人杀了这人。"

　　"不过问路而已,为何要杀他?"钟离眛不解地问。

　　"他既知我问话之意,怎知不报汉军得知。看他刚才警觉的模样,显然非木讷之人。如不杀他,定然招祸。"

　　钟离眛虽不愿意随意杀人,却也不得不承认项羽说得有理。他对跟在身后的侍卫做了个杀头的示意,侍卫便箭步跟了上去。不一会儿,就提着老者的首级来见。项羽验看之后,即命将老者好生埋葬,羊只牵回军营。随后,径直下山去了。

　　当日午后,项羽召集众将在行辕议军,吩咐曹咎遣麾下率一支人马悄悄潜入城西旋门之外约一里处的沟洫闸口,诛杀守渠汉军,然后换上汉军戎衣,混淆真假;由钟离眛的右史祭天卜筮,观风向之变;其他驻军分头埋伏在城西南和东北,等待风向转为东南,即开始火攻。

　　项羽从案几后面呼地起身,脸上立时就布满了战云:"诸位,攻占成皋,胜败在此一举,有敢于违令者,斩!"

　　这气氛强烈地感染了曹咎和钟离眛,心头顿时生起大战的紧迫感。

　　而此时,刘邦、张良和陈平正在成皋城头巡视战备。他们都很清楚,成皋与荥阳唇齿相依,如今荥阳一失,成皋就暴露在项羽大军面前。而成皋一旦被攻破,汉军将被截断西退之路,与关中断了联系。

　　"寡人原以为楚军尚在下邳与彭越周旋,孰料竟如此快就挥师西来。"

　　张良眉头紧皱,似乎是远方嵩山上凝结的云团。他从来没有像今天这样一筹莫展,那谈笑间摧敌折旗的乐观怎么也找不回来了。自荥阳失陷后,枞公阵亡,周苛遭烹,韩王信被俘,接连雪霜并至,汉军元气受挫。要守住成皋,谈何容易?可不守住成皋,后果更是不堪设想。作为军师,他心头的重压丝毫不比刘邦轻。

　　想得太深入、太凝神,张良竟没有听见刘邦的说话声。直到刘邦再说了一遍,他才从沉思中回过神来,问:"大王在说什么?"

　　"寡人在问破敌之策呢。"

　　"微臣方才也在想此事,竟然没有听见大王说话。"张良报以不自然的笑意,顺着刘邦的问话将担忧说了出来,"臣担忧稍有不慎,就会重蹈彭城覆辙。以我军眼下兵力,不足以力抗强楚。"

陈平建议道:"不得已,可以将驻守敖仓的少年营调回增援。"

"不可!"张良在城楼门前停了下来,"敖仓一失,我军粮草无援,不战自败。"

刘邦叹了口气问道:"守不行,援不行,如之奈何?"

张良若有所思,脑中忽然闪过一个人影,忙道:"眼下代赵已克,何不调灌婴轻骑南下驰援呢?"

这话一出,刘邦的眼睛顿时亮了,迅速点了点头道:"就依军师,今日就遣人北上命灌婴南下。"

"虽然成皋距离代赵较远,但大将军在北线越是捷报累累,则南边我军就会更加从容。依臣观之,不久田广必会求救于楚,那时候,成皋之围可解矣。兵法云,我得则利,彼得亦利者,为争地。我可以往,彼可以来者,为交地。成皋眼下就是这种处境。因此,我军不仅要有坚守的勇气,还应有随时撤退的准备。这些,当然只能在大王心中秘藏。如此,则应对自如,进退从容。不争一城一池,而争天下矣。"

刘邦虽没有明确表示赞同张良的谏言,但他从内心觉得张良所言是进退臧否,保存实力的大谋略。两人正说着话,就见周勃迎面走来了,身后跟着军正和几位侍卫。看见刘邦和张良,周勃上前见过后禀奏道:"因坚守旷日持久,士卒中不少人不知危险将至,有松懈情绪。臣带军正一路巡查,已处罚了几名伍长。"

张良盛赞周勃治军有方:"眼下既要留心懈怠情绪,更要警觉弃逃情绪。"

周勃点点头道:"军师所言甚是。汉军中有不少人是汉中和关中征召的士卒,许多人恋家思乡。前日有一步军士卒竟因害怕楚军攻破城池而涕泣不已,当时我看着十分气愤,真想一刀结果了他的性命。"

"此风一定不可长。"刘邦随之就转换说话的语气,"但身体发肤,受之父母。思乡者,人之常情。责之可矣,杀之则易寒人心。将帅素来爱士卒者,士卒可与之赴深溪。"

周勃立即拱手道:"大王明训,臣记住了。"

这正是刘邦与项羽的不同之处,他因为出身亭长,总能设身处地为下层士卒着想,难怪楚军士卒成群结队地前来投奔。

这话在陈平心头激起了浪花,他对刘邦道:"微臣回去立即将大王谕意传至柴武、王吸、薛欧将军处,使各位'恤士为本','三军一心',共御强敌。"

说到城中粮草供需,周勃禀奏,说公子肥、樊阬率领的少年营将士守在敖仓,并将萧丞相运来的粮草源源不断地送进城中,军需不成问题。

刘邦听后,满意地笑了。张良更是不失时机地提出:"大王既已立太子,就该择机晋封公子肥为藩王,以安其心。"

"如今众将正在勠力对敌,不可轻率封王,过些日子再说吧。"刘邦说罢,上了车子,张良等也都各自上车,朝驻地而去。

七月底的一天傍晚,约是酉时二刻左右——下弦月的日子,前半夜天空是一片漆黑,钟离眛正与右史一起到军伍中巡营,沿途所见,楚军正利用夜色掩护,将柴火和桐油运往最靠近成皋城墙的荆棘林。一位伍长带着属下一边扛着桐油篓一边小声议论,其中一个年轻的士卒道:"成皋城墙夯土筑成,我等试图火攻,只怕是枉费心力。"

伍长听了,就闷声训斥道:"将军如此安排,自有道理,我等只要遵命而行就是了。"

年长的士卒很不以为然:"也不过说说,有何不可?"

伍长的声音就带了严厉:"你若是不想要命的话,就如此放肆,待钟离将军听见了,不杀头,也打你个皮开肉绽。"

钟离眛听着,正要命右史传伍长前来,忽然看见从东南方飞来一颗大星,向西北方流动。此星光芒四射,周围有雾气弥漫,照得整座山坡如同白昼。

正在带领麾下搬运柴火的屈右领立即命令所有士卒俯身静卧在蓑草丛中,以防被汉军发现。刚才还骚动的军伍霎时纹丝不动,一双双警惕的眼睛盯着星光下的成皋城。

钟离眛直愣愣地看着星光洒过天空,不无惊恐地问道:"这是什么?"

右史回道:"此乃彗星,其现之夜空,轨迹为大角,近期必有大事发生。"

"你我速报项王得知。"

彗星渐渐消失在西北方向,两人急忙起身,速速回到行辕,恰恰项羽也正在与军中望气者谈论此事,只听他侃侃而言道:"彗星芒气四出曰孛,长约三尺,乃星内非常恶气之所生。依微臣观之,今日不有大乱,必有大兵。"

项羽显然对这个话题很感兴趣,正要望气者继续说,却看见钟离眛与右史双双进来,便示意他们坐下一起听。望气者转了转眼珠,身子挪了挪,起身道:"请大王随微臣到行辕前观看。"说着,众人来到行辕门外,他指着项羽的中军帐说道,"以大王行辕为准,南空众星曰骑官,乃社稷山川有序之谓;右角曰将,为星宿对应人间之将位;今彗星与行辕呈大角之势,乃天帝坐廷之谓也。"

项羽闻言,眼睛顿时睁得老大:"请言其详。"

"这……"望气者迟疑了一下,话未出口,却听见右史在一旁说话了。

他打拱上前,向项羽施了一礼道:"启奏大王,臣在故里时也曾操持过望气生涯,不妨略陈愚见。"

项羽将脸转了过来,右史指着已经恢复如常的天空道:"诚如望气者所言,大角乃天帝坐廷之兆,故大王便是天王帝也。刘邦乃将之宿也,将角孛大角,此所谓有大兵之征。微臣料定,八月初定有东南风襄助,那时我军一举攻克成皋,则大局定矣!"

这一番话说得项羽眉宇展翅,眼睛放光,连道:"二位所言,令寡人受教矣!寡人就命二位在行辕中设坛观天象,若有好风,即报寡人得知。"

钟离昧在一旁听得云山雾罩,心中有些不安,欲婉言进谏项羽重人事而轻天时,却屡屡被项羽制止。直到右史与望气双双退下,钟离昧才急不可耐地问道:"大王真相信天地有灵么?"

项羽回道:"世间诸事,信则有,不信则无,全在本心。两位所言,正合我意,若果如我心愿,又为何不信呢?"

"臣闻昔日荀卿子曰,星坠木鸣,国人皆恐,是天地之变,阴阳之化。彗星出没,乃天地之变,大王不可……"

"爱卿无须再言。"项羽打断了钟离昧的话,"爱卿只需尽职做好攻城准备即可,寡人自有分寸。"

钟离昧不禁在心底埋怨右史哗众取宠,何况这人就在自己麾下,将来若攻不下成皋,责任依旧要由自己来负。退出帐外,他与前来奏事的曹咎撞了个满怀,两人相互瞧瞧,都笑彼此想事太过上心。曹咎问道:"大王在大帐么?"

"正在帐中。"接着,钟离昧将方才帐中所论大要述说了一遍。

曹咎听罢,权当听了笑谈,只是出口的话却很严肃:"只要有利于战事,不妨相信确有其事,须知将士有时也须天意激励其志的。否则,吴广又何必深夜扮野狐鸣唱呢?"

钟离昧望着曹咎走进大帐的背影,忽然有些许的愧意,自怨缺乏随机应变的本事。

曹咎一进帐就兴冲冲地向项羽奏道:"臣已将看守沟洫的汉军擒拿,属下已扮作汉军沿沟巡逻,每天减少入城水量,直到攻城时完全断水。"

项羽给曹咎赐酒,以褒扬他扼住汉军命脉:"现在我军是万事俱备,只待良机。刘邦小儿,看你这回往哪里逃?"

可进入八月初,风向却与往年走向无异,望气者心中就暗暗不安起来。常言道,秋后西风雨。他当着项羽的面夸下海口,料定会有东南风。倘若食言,岂非自招其祸。久在军中,他深知项羽的性格,误了军机,那是死罪!

其实,右史的心境丝毫不比望气者轻松。高出地面数尺的风坛并不好坐,稍有不慎,就要搭上全家老小的性命。他之所以敢当着项羽的面断言八月初会有东南风,完全是因为故乡在海边,每年八月就会遭"滔风"袭击,那风便呈东南方向。他据此推测,这风到了内地该是转为秋风的。可天地之变,瞬息之间,现在八月已过去了几天,却不见风的影子,他心中也打起鼓来。但当着望气者的面,他却表现得十分镇静:"你不必惊慌,过于不安会令人生虚假之念。"

望气者缺乏底气,问道:"右史大人真以为会有东南风么?"

右史自信地说道:"到时候便可见分晓,我不会拿家小做赌注。"

八月初十傍晚,钟离眜刚刚用过晚膳,准备出帐,就见龙右匆匆进来禀道:"右史果然料事如神,东南风来了。"

"是么?"钟离眜转身来到帐外,见"楚"字大旗被东南风吹得哗啦啦响。他没有丝毫的怠慢,就直接上马向项羽行辕奔去。等他进了帐,看见曹咎、右史和望气者都在那里。

项羽很兴奋,豹眼如火烛般的光彩灼灼:"诸位!上天予我强风。击溃刘邦,即在此刻。钟离眜听令,命你部在成皋城周围放火烧山,将之变为一座火炉;命弓弩手将火箭射入城中,以火攻城。曹咎听令,命你部速断洛水,使敌不能救火。一俟敌陷入混乱,你二部即可攻进城内,务必擒拿刘邦。"

"遵命!"两位将军不约而同地回了一声,当即告辞离去。

戌时二刻,柴武带着从事中郎登上城楼,察看军情。望着城南黑魆魆的嵩山剪影,感觉风向从东南方向而来,吹到额头冷森森的,他心头忽然生出莫名的警觉——这样的夜晚敌最易袭击。因此,当值守的朱校尉向他禀奏一切如常时,他严肃地说道:"楚军近在咫尺,岂可掉以轻心?误了军机,那是要命的事,汉王就在成皋。"

离开朱校尉,他沿着城墙走到了角楼边,亲自察看了守城急需的滚木礌石、弓弩箭镞和正在烧得沸腾的桐油。当他得知在这里值守的是跟随自己从沛县打到这里的一位军侯时,满意地点了点头:"若守住成皋,本将军要在汉王面前为你请功。"

走下城楼，借着灯影，他看见骑着马在街头巡查的周勃。两人相互问过平安，一同朝旋门走去。路上，周勃有些担心道："往年这时候刮的都是西北风，今晚却是东南风；而且前些日子有彗星过于空，想来心头总是有些不安。"

"末将也有同感。尤其是荥阳失陷后，这种感觉尤其强烈。"柴武回道。

耳边传来急促的脚步声，周勃立刻举起手中的兵器，朝前跑去。柴武不敢怠慢，驱马并肩而行。果然，来者正是朱校尉。一看见两位将军，他就喘着粗气道："启禀将军，楚军在城南放火烧山，火借东南风势，已燃着了护城河边的树木，危及吊桥和城门，南城门口已是一片火海。楚军又放火箭于城楼，烧着了城头的桐油，风助火威，殃及民房。现在，满街到处都是火，百姓乱作一团。"

柴武抬头一看，南门口果然浓烟滚滚，火光映红了半边天，厉声问道："为何不从沟洫取水灭火？"

"禀将军，卑职命士卒取水，不料沟洫不知何时断了水。"

"定是楚军杀了我巡渠士卒，断了洛水。如此，不要说救火，单是这十数万将士，不饿死也得渴死。"周勃闻言自语，"军情紧急，请将军速去奏明汉王，我去王吸、薛欧将军处商议对策。"

"只能如此了。"柴武言罢，朝夜色中奔去。

这时候，西门和北门也是火光冲天，喊杀声如暴风雨般地在身后回响。柴武担心刘邦的安危，心都快到嗓子眼了。来到刘邦驻地，他顾不得让人通禀，径直驰马进了大门，就看见刘邦、张良、陈平的车子停在了院内，还有一辆空车，却没有看到司御。看来，他们已得知楚军攻城的消息，柴武不再重复，一进门就直截了当道："事急矣！请大王、军师快快离开。"

这时候，夏侯婴也赶回来了，道："大王车辇最易引人注意，若被楚军发现，安危不保。我为司御，大王乘坐我的车子出城后北上赵地，去韩大将军处暂栖，商议善后之事。"

张良点了点头，带着几丝愧意道："都是臣疏忽大意，忽视了八月也会有东南风的天象，以致被项羽利用。"

刘邦打断张良的话道："大战在即，非子房自责之时，且说如何应对。"

张良眉头皱了一下道："楚军来势凶猛，且城中断水，大军坚守甚难。臣有一言，大王明鉴。"

刘邦接上话茬问道："听子房话音，欲弃城出走？"

张良感喟刘邦的敏感，点了点头道："所谓存人失地，人地皆存；存地失人,人地皆失。我军退出成皋,可与楚军周旋。只是如此一来,大王与臣要分开一段时间。成皋可舍,然敖仓不可丢。臣以为王吸与薛欧将军出城后,可在敖仓一带布军,坚决守住。他日我军归来,粮草军需不愁。"

"好,就依子房!"刘邦一边往外走一边道,"请陈平、柴武两位爱卿会合王吸、薛欧两位将军,速往敖仓一带布军。成皋我已失一局,万不可以再有敖仓之失。"

转眼就到了门外,陈平和柴武双双向刘邦告别,跃上战马飞驰而去。刘邦也向张良等人告别,带着曹窋等朝城门口奔去……

张良追了几步进谏道:"臣以为大王一路需有人关顾,不如命公子肥随大王北上。"

"吾子更当勇赴国难。"刘邦在车上回了一句,就听见夏侯婴在空中打出一声脆响,辕马撒开四蹄奔跑起来。

张良随即转身,心一下就变得空荡荡的。自来到汉营后,如今日这样的分离有过不少,可这一次却是因为自己疏忽大意所致,他的心尤其不是滋味。

"不管情况如何,请军师听末将安排,紧随身后。"周勃在护卫好张良的同时,命麾下将士全力杀敌,尽量拖住楚军,为刘邦北上和陈平、柴武、王吸、薛欧等奔往敖仓赢得时间。周勃一路奋力杀敌,在西街口遇到了曹咎。两将相逢,分外眼红,曹咎大骂道:"周勃小儿,拿头来见。"

两人厮杀数十回合,曹咎见周勃面无倦色,且越战越勇,心中更是焦急,不免枪法有些凌乱。周勃暗想,你如此心浮气躁,岂能取胜?遂转身拍马,拖刀朝城门口而去。

曹咎以为周勃要逃走,大喝一声,冲上去就是一枪。周勃贴着马背躲过,曹咎一枪刺空,身子失衡。周勃回身就是一刀,曹咎大惊,拨马转身回到自己阵营。周勃横刀立马,对冲上来的楚军右领们怒吼道:"不要命的就上来。"

楚军右领们顿时怯了,纷纷停在那里,眼睁睁地看着周勃拨转马头朝北而去。曹咎心中五味杂陈,庆幸的是没有死于周勃之手;遗憾的是眼睁睁地看着周勃从眼前撤离。

辰时二刻,楚军终于占领了成皋,钟离昧率领麾下将士在城门口迎接项羽。君臣见面,他第一句话就是:"臣有罪,又一次让刘邦逃跑了。"

项羽眉头略皱,但随即恢复如常,安慰道:"不用自责,迟早要擒住刘贼。"

"谢大王。"

钟离眛话音刚落,就听项羽问道:"大司马呢?"

曹咎从一旁出来,满脸内疚地说道:"臣无能……"

处在胜利氛围中的项羽倒没有多少指责,只说了一句:"回行辕。"

……

喊杀声渐渐远去,后半夜的月光藏在云里,一切朦朦胧胧,只有从东南方向吹来的秋风和着河水浪涛的吼声在耳际喧响。刘邦在曹窋等侍卫的护卫下,行走在北上的路上。

这是成皋失陷后的第二天凌晨,刘邦一干人渡过河水,踏上了北上的征程。抬头远眺,太行山黑魆魆地横亘在平原的北沿。奔波一日一夜,刘邦君臣不仅饥肠辘辘,且身子骨疲惫不堪,车子也渐渐地慢了下来。

车毂不知被什么东西颠了一下,刘邦从睡梦中醒来,惊问道:"为何行得如此慢?"

夏侯婴轻轻摇了摇马鞭,并不舍得打在马背上。长期的司御生涯,养成了他爱牲畜的习惯。回看了一眼两眼发红的刘邦,夏侯婴语意轻松道:"大王放心,此乃赵地,大将军军伍所过之地,没有楚军。"

闻言,刘邦的心才稍微活泛了一些:"大将军行辕现在何处?"

"上次战报说,在修武东南约四十里的一个叫小修武的地方。"

"他为何不在前线?"

"这个微臣便不知道了。"

"哦!"刘邦不再问下去,他独自坐在车上想事情,长时间以来的疑问再度爬上心头……

从远方的村落里传来一声雄鸡啼叫,这时就听夏侯婴"吁"的一声,车子停在了道旁,曹窋从后面赶了上来问:"车驾为何停了?"

夏侯婴看了一眼曹窋,对刘邦道:"大王,前面就是小修武。"

刘邦迫不及待地对曹窋道:"速去禀报右相,就说寡人到了。"

"且慢。"未料夏侯婴上前阻止道。

"这是为何?"刘邦有些不解。

夏侯婴将鞭子插上车辕,回身向刘邦施了一礼道:"臣以为大将军离开汉营已有些日子了,大王还是先找一地方住下,然后再随机应变。"

刘邦不以为然道:"何必如此谨慎,大将军乃寡人所拜,难道还会……"

"谨慎无大错,毕竟在战时。"夏侯婴忙用眼色截断刘邦的话。

"就依滕公。"刘邦想想也是。

夏侯婴又道:"请大王换下冠冕,以使者身份进镇。"

"这又是为何？"

夏侯婴压低声音道："以使者身份进传舍，舍丁不敢怠慢，也防歹人图谋。"

刘邦觉得夏侯婴想得不免太多，可经验告诉他，凡夏侯婴关注之事，都藏着许多出乎预料的因素，于是他便换了使者的冠冕。

在夏侯婴的陪同下，刘邦来到赵国传舍，道："此乃汉王使者，前往襄国，路过此地欲暂歇一日。"

舍丁闻言道："请使君少待，小人立即禀报舍令。"

不一会儿，从楼上下来一位四十左右的男人，看了看坐在一旁的刘邦问："阁下就是汉国刘使君？"

刘邦点了点头，指着夏侯婴道："此乃本官副使，欲往襄国，还请方便一二。"

舍令看了看曹窋等侍卫，一个个英气勃勃，又察看了车辆，果然王家气度，立即谦恭地作揖道："使君驾到，卑职未能远迎，还请见谅。"

刘邦大度地挥了挥手："好说！好说！待本使见了你家大王，一定美言。"

舍令更是喜出望外，在前面引导来到二楼，指着靠中间的房舍道："此乃使君歇宿之地。左边客舍为副使大人居住，右边为侍卫校尉所居。使君洗漱之后，卑职在一楼略备薄酒，为使君大人接风。"

当夜，夏侯婴暗使曹窋封锁了传舍，命舍中人只许进，不许出。待到夜深人静之际，他轻轻敲击刘邦居室之门。其时刘邦已经卧榻而眠，声言有事明日再说。夏侯婴道："事关大王安危，今夜务必拜见。"

闻言，刘邦有些不耐烦，起身开了门。

夏侯婴一进来就跪倒在地，连道："臣有话要说，还请大王开恩。"

刘邦懒散地斜卧在榻道："就你我二人，有话就说，何必繁文缛节？"

夏侯婴这才站起来道："人心叵测，昔日大王军力正盛之际，拜韩信为大将军。今大王先败彭城，继之失陷荥阳，现今成皋又不复存在，阶前诸将四散，不知大将军会如何看待此事？"

"韩重言不至于如魏豹叛我而去，滕公不免杞人忧天。"刘邦眯着眼睛听着，半是调侃，半是认真地问，"那依你之见，寡人该如何处置？"

夏侯婴近前一步谏言道："害人之心固不可有，防人之心亦不可无。为大王安危计，明日晨起，大王以汉使身份直驰小修武大将军行辕，夺其印信，命其出兵，彼敢不从命？"

夏侯婴说这番话时一脸的严肃，让刘邦不得不思忖他的每一句话。是啊！自关中与韩信一别后，再未见面。难保他不会重演一出武臣弃陈王而自立，或者待价而沽，以求封王的闹剧？就在这一瞬间，他不能不承认夏侯婴的担心处处体现出心腹之臣的忠诚。再联系到眼下的情景，就益发掂量出夏侯婴之言的重量。刘邦呼地从榻上起身，握着夏侯婴的手道："兄长此言，忠贞可鉴。"

第二天清晨，太阳刚刚在地面露出脸庞的时刻，夏侯婴已经陪同刘邦进了韩信在小修武的行辕。来到大帐，就遇见值守的从事中郎，忙上前搭话："夏侯大人来了？"

夏侯婴道："汉王使节到了，速报大将军来见。"

从事中郎只见过夏侯婴，却不曾见过刘邦。他将夏侯婴拉到一边道："大将军昨夜与常山王饮酒至夜深，尚未起身。"

闻言，夏侯婴脸上顿时就严肃起来："汉王使者前来宣示诏命，大将军竟卧榻不醒，误了朝廷大事，你等罪不可赦。"

从事中郎见状，忙命侍卫上了茶点，转身去后帐禀报。

"不必了！我陪汉使直接去后帐见大将军。"夏侯婴说着，顺手从案几上拿起大将军印信，捧在手中。

从事中郎见状，不解地问道："大人为何收了大将军印信？"

"此乃汉王之意，岂是你等所应该知道的？还不退下。"

从事中郎见夏侯婴话语刚硬，不再说话。

韩信的确睡得很沉，昨夜，他与张耳先是对弈，后来饮酒直至夜阑。

近来，两人的心境都不错。他们都没有想到，刘邦竟如此痛快就恩准了封王的上疏。这消息延缓了韩信将行辕东移的时间，他要静观南部战场的情势，若是战事顺畅，他就请封自己为齐王；若是战事不利，刘邦必有求于自己，那时候即便自己不提，刘邦也会送他一顶王冠的。他没有将内心的话告诉张耳，只是借酒不断地向他表示祝贺："秦废封建而制都邑，乃逆人心、背天理之举，才有陈胜、吴广揭竿，天下沸腾，封土建邦，乃享国长久之策，汉王不可能不明白。"

张耳何等聪明，怎能听不出韩信的话音呢？他顺着韩信的意思道："大将军所言极是。依我观之，汉王身边虽然猛将云集，然如大将军这样胆力绝众，才略过人者，再无第二人。就是将来封王，亦当首封大将军。"

韩信没有正面回应张耳的话，却举起酒觥道："为汉王早定天下，干！"

见状，张耳暗自笑了，原来大将军也有言不由衷的时候。他也不点破，回了一觥酒，却问道："郦食其被烹，大将军旌麾东指，却不移动行辕，不免……"

韩信的印堂发红,双目迷离,显系入了醉乡。张耳适时地起身告辞,他担心醉中口无遮拦,招来祸事。

韩信真醉了,醉得很深,多日的倦怠都在这一刻上了身,眼皮不停地打架。从事中郎要上前为他解下盔甲,却被他挥手挡开。他和衣卧榻入梦,不一会儿就鼾声大作。他在梦中看见了血流满面的郦食其,他愤怒地指着自己的鼻子大叫:"还我性命……还我性命……"

韩信一激灵醒了过来,只觉得浑身冷汗淋漓,湿透了衣衫。睁开惺忪睡眼,他吃惊了,站在面前的不是从事中郎,而是披甲戴胄的刘邦与夏侯婴。

韩信一骨碌爬起来,就发现大将军印信捧在夏侯婴手中,而门外站着的是曹窋率领的汉王侍卫。他知道自己处境不妙,忙神色慌张地跪倒在地道:"不知大王驾到,臣未能远迎,请大王恕罪。"

还没有等刘邦说话,张耳也从外面进来了,口中连连道:"在下未能远迎汉王,请恕罪。"

的确!他们很吃惊,刘邦进小修武竟然没有任何消息。更为可怕的是,现在大将军印信在夏侯婴手中,没有了印信,他这个大将军一文不值。

韩信平生第一次有了恐惧,他甚至没有勇气抬头看刘邦。

刘邦十分镇定,仿佛一切都在掌握之内。他用目光瞄了一下张耳与韩信的情态,先是上前扶起张耳,半带祝贺半带慰藉地说道:"赵王北上平定魏、代,卓劳重勋,寡人深谢。"然后,他转脸才问韩信,"前方战事如何?"

"启禀大王,我军一路摧枯拉朽,敌闻汉军至而丧胆,不日即可攻克临淄。"

刘邦看了一眼身边的夏侯婴,接着问道:"寡人听说郦生以善言说齐,相约共击项楚。寡人进得行辕,却不见郦生来见,这是怎么回事?"

"这……"韩信有些语塞,暗暗打量坐在刘邦身旁的张耳。

张耳正要说话,却听见门外传来喧闹声:"我要见大王!我要见大王!"

"何人在此喧哗?"刘邦问道。

张耳和韩信面面相觑。不一会儿,曹窋进来禀报道:"门外来了一位将军,声言自己是赴齐议和的副使,叫冯敬,有事要禀奏大王。"

刘邦挥手道:"传他进来。"

"这……"韩信与张耳几乎同时发出惊叹。

刘邦狐疑地看了看二人,问道:"有何不妥吗?"

韩信忙不迭回道:"无妨,无妨。"

说话间,冯敬已进了内室旁厅,一看见坐在中间的黑脸汉子,就猜到一定是刘邦了,他顿时满腹委屈都涌上心头。

刘邦示意夏侯婴上前扶起冯敬,然后才问起出使齐国之事。

冯敬将郦食其如何奉命前往议和,自己如何奉大将军之命跟随前往,齐王田广和丞相田横如何仰慕大王,全力促成议和的前后经过详述一遍,末了道:"臣就是不能明白为何中途突变,大将军挥师东进。齐王称我言而无信,郦先生诓骗齐国吏民。唉!可怜郦先生一世英名,却遭被烹之刑,惨不忍睹。"

冯敬在那边说着,这边刘邦的脸色越来越苍白,就听见他口中发出一声长啸,发红的眼睛死死地盯着韩信道:"你为何中途失信,致郦生被烹,你该当何罪?"

韩信满面通红,说不出任何理由,只是一个劲地赔罪。

"郦生之死,你难辞其咎。"刘邦满面愤怒地看着韩信,眼前却掠过一件件旧事。

是郦食其改变了他对书生的看法,懂得了社稷之固,赖于文武。是郦食其在他进退维谷之时挺身游说,攻下了一个个兵戈不能奏效的难关。可现在却是阴阳两隔,永不再见。刘邦心痛,痛在这事情发生在他亲拜的大将军身上;他怒,怒在田广、田横目无礼法,竟然对使臣动刑;他遗憾,遗憾大将军韩信刚刚掌兵,就犯下如此大错;他无奈,汉军新败,正当用人之际,他不能因为郦生……他的心有些乱,疲倦地挥了挥手道:"你等退下,寡人想静一静。"

韩信走出旁厅的脚步有些踉跄,他暗暗打量着闭目独思的刘邦,不知他是否看出了自己的心机?他又将会怎样处置这件事情?假定他要动手,自己要不要先下手?可他很快就意识到,这是多么见识浅薄而又幼稚可笑的想法。虽然自己官拜大将军,可跟随他北上的尽都是刘邦从沛县带出来的心腹将领。没有了他们,自己就是一方空印。韩信的步子越来越慢,思绪却越来越乱,脖颈上似乎有刀剑飞来的冷风。他回头望了一眼来路,思绪渐渐地明晰了。他不能生出少恩寡义的举止,那样,他将成为众矢之的,为千夫所骂。关于郦生,与其由别人谏奏刘邦祭祀,倒不如自己提出,也许这样可以稀释汉王心中的块垒。想到这里,他折转身回来,一进门就直截了当地说道:"大王,郦先生之死,微臣铸成大错。臣请大王下令为郦先生举行祭祀大典,将着素衣、兵戴白孝,营插白旗,树缀白花。祭祀大典上,大王誓师东进、南下,横扫齐、楚,为郦先生报仇。"

这些都在刘邦预料之中。

方才韩信一离开,夏侯婴就说他一定会回来的,他是何等聪明的俊杰,岂能在羽翼未丰之际生出疯魔的举止?他对刘邦道:"大将军固然有错,然如此无双国士,绝不可以轻易言杀。杀了,就等于将大汉拱手送给了项羽。假若丞相在此,也不会答应大王杀大将军的。"

果然,韩信回来了,而且他的谏言与刘邦所想不谋而合。

刘邦看了一眼韩信道:"大将军听令。"

韩信立即跪倒在地道:"臣在。"

"寡人命你即日率师东进,直下临淄。"

"微臣遵命。"韩信口里回答着,心头却波澜又起,他再一次见证了刘邦的度量和襟怀。

五天以后,在小修武镇街道中心的场上搭起了高八尺的祭坛,上面陈列着周苛、枞公和郦食其的灵位,四面插满了黑字白绢做成的旗帜。香烟从祭坛飘起,袅袅婷婷地消失在天空,全镇每个角落都弥散着檀香味;祭坛上,八名侍卫全副武装,日夜守卫着灵位。

前两天,在小修武驻扎的张耳所部、韩信所部将士纷纷列队前来吊唁。到了第七天,从成皋撤出来的张良、周勃、柴武、陈平等相继在这里集结,小镇一下子涌进了十多万人马,劫后重逢,每个人都感慨万千。

陈平一到小修武,就被传到刘邦那里,奉命起草祭文。

这一夜,陈平把自己关在一间小房内。想起与周苛在一起坚守荥阳的日子,忆起与郦食其多次在汉王面前出谋划策的时光,他就禁不住泪流满面,几度搁笔伏案。这时,屋外传来了敲门声,拉开门一看,却是张良。相互寒暄落座后,陈平把撰写的祭文草稿拿给张良看。张良读着读着,就发出由衷的赞叹。放下绢帛,他呷了一口热茶道:"中尉如何看待郦生之死?"

陈平一来到小修武,就听说刘邦因为郦生被烹而怒责韩信。现在当着张良的面,他也明白即便自己不说,张良也会猜到自己的内心,于是毫不掩饰道:"郦生之死,足见韩重言心理阴暗,欲借刀杀人。"

张良闻言,点了点头:"下官担心的正是,大将军迟早也会死在同样的理由上。"

听了这话,陈平吃惊地看着张良,想问又不知从何问起。

第四章

偏师又借彭越勇
挥兵终死曹咎身

荥阳、成皋之失成为刘邦心头的痛。项羽不仅扼住了汉军的咽喉,更因为两场战役下来,他接连损失了几位重臣、将军和心腹谋士。他只要一闭上眼睛,就会看见御史大夫周苛愤怒的眼神,郦食其散发的风流和枞公拼杀的身影。还有就是韩王信做了项羽的战俘,据说与父亲关押在一起。

失臣、失亲的折磨使刘邦心有不甘。当周勃、灌婴、柴武等一干将军相继聚集到小修武,张耳从赵地征集数万人马交给汉营时,他那颗复仇的心迅速燃烧起燎原大火。

半个多月时间,每日太阳一落,他做的第一件事就是去吊唁三位亡灵。这举止不但让守灵的校尉们一看见他就惴惴不安,更让张良、韩信和夏侯婴等人心弦紧绷,命侍卫时刻关注刘邦的行踪,一俟出营,立即告知。过了几天,刘邦专门将韩信传到住处,一句也没有提他妄动兵戈导致郦食其罹难之事,而是明确要他加紧进军临淄,扫灭田齐,以慰英灵。

韩信猜不透刘邦为什么发生了变化,但他的心因此而松泛了许多,至少眼下没有什么风险了。他当即表示道:"臣当肝脑涂地,率部攻克守固,张我军威。"

第二天,韩信除留下一部人马护卫刘邦外,将行辕东移到与齐国大战的前沿。

现在,小修武镇内外是一片"雪"的世界。从镇外一直到镇内,街道两旁的树枝上都挂了花,树旁经幡飘荡,全军将士都着了白色的战袍和银甲。守灵的队伍从场外一直排到灵堂前,整个镇子弥散着凛冽肃杀之气。

这一天用过晚饭,西天的晚霞散去不久,刘邦就传曹窋率侍卫前往祭坛吊唁。曹窋一边集结队伍,一边遣人告知张良和夏侯婴。因此,刘邦刚一出门,就看见两位心腹重臣追到了车子旁。情知乃曹窋所为,刘邦也不责备,微微点头示意他们各自上了车子。

祭祀的程序如往常一样一丝不苟,刘邦在张良和夏侯婴的陪同下来到周苛、郦食其和枞公的灵位前,夏侯婴一步抢了先,道:"还是微臣代大王上香吧。"

夏侯婴点燃手中的香烛,行过拜礼,将香插进香炉,口中道:"大王今日前来探视,诸位若是在天有灵,当护佑我汉军早日扫灭群雄,一统天下。"

酉时一刻,刘邦下了祭坛,他要司御将马鞭交给夏侯婴,也邀了张良骖乘。在回程之后,刘邦便问张良道:"不知是何人谏言重言不顾郦先生安危,执意出兵的?"

"听说是赵王所为。"张良回道,"赵王听信一位叫蒯通的谋士谏言,才有说服重言之举。"

"蒯通是何人?"

"蒯通乃赵国谋士。当初武臣背陈王而自立,就是他进了一言,使武臣不动刀兵而获七十城池的。"

"有机会抓住蒯通,寡人倒要看看,是啥能人异士能置郦生于死地。"刘邦说完,又对身边的两位重臣道,"这些日子寡人反复思忖,荥阳、成皋不能丢,寡人决计率部渡河,与楚军决一死战。"

张良只是静静地听着,直到刘邦将心中所思和盘托出,他才开口说话:"臣以为眼下尚不是与楚军决战之机。"

"是么?"刘邦侧过身子问,"为什么?"

"请大王细想。"张良撩了撩衣袖道,"大将军正在攻打齐地,我军从成皋撤出来的军伍损失较多,虽有赵地士卒补充,可未经演训,仓促上阵,岂能不败?"

"照子房所言,我军就任由项羽屠城烧杀而坐视不管?"

"韩王信现在楚营,臣岂能不急?但知其不可而为之,乃臣所不取也。"

夏侯婴甩了一鞭子也回头附和道:"臣也以为军师所言有理,眼下不宜决战。"

刘邦脸上流露出短暂的不悦:"项羽扣我家小,折我重臣,寡人若再不战,枉为人君。"

张良没有想到刘邦对此事反应如此强烈,便收住话头。沉闷的气氛让每个人都感到很不自在,夏侯婴放慢了车速,试图打破这种沉寂:"大王所虑,必是全军意志,但先不妨让军师把话说完。"

刘邦想了想也是,便点点头道:"好,为何不宜战,子房不妨直言。"

张良心头感慨夏侯婴处事圆和,他抬头看了一眼刘邦道:"韩王信乃臣生死至交,如今被项羽掳去,臣恨不得立即率兵杀向项羽。可兵者,诡道也,不可以不慎。眼下我军新败,若与之战,于我不利;其次,就兵力而言,楚军数倍于我,战之亦不利。故而……"

"你就说该如何处置吧!"刘邦打断了张良的话。

这话一出口,张良便明白刘邦的怨气退了,身子向前倾了一下道:"臣闻项羽西来后,彭越趁机攻克楚地十数城,依项羽的性格必不能容忍,当再度挥师东去。那时候,我军再战荥阳、成皋,唾手可得。"

夏侯婴听了,禁不住高扬马鞭道:"子房言之有理。"

张良摆了摆手道:"眼下还需在项羽身后加一把火,使其早日东去。"

"快说说,如何加火?"刘邦的神色完全平静了,脖子伸得老长。

"我军一方面应据高垒深壑不出,另一方面遣两支军伍深入楚地,助彭越攻城略地,项羽闻之,必不会罢休。"

"妙计!"随着夏侯婴一声鞭响,刘邦拊掌称快道,"让项羽首尾不能相顾,东西不能同领。子房一言,胜过千军。"

当刘邦问该派谁去担当此任时,张良报上了两个人的名字:"卢绾、冯敬最为合适。"

"愿闻其详。"

"冯敬原为魏将,曾被大将军任为副使,这次若非大王保护,只怕……"下面的话张良没有说出口,有意留下悬念,"他铭感大王恩典,定会竭力尽命的。至于卢绾,跟随大王已有数年,一直没有机会建功立业,若闻大王点将,定会请战。"

"好！就依子房。"随着夏侯婴一声"吁"，车子停在了刘邦的大帐前。

进得前厅，刚刚坐定，还没有来得及喝口热茶，曹窋就进来禀报，说陈中尉从敖仓来书了。刘邦立即放下茶杯，从中官手上接过书札，迫不及待地打开，就见一行令他开颜的字映入眼帘——敖仓岿然，楚军败退。

陈平在上书中写道，自汉军退出成皋后，项羽遣曹咎北上欲图占据敖仓。然则，王吸、薛欧二军奉大王旨意先期到达，与驻守的少年营设下埋伏，大败曹咎之吴右领部，杀了吴右领，其余士卒逃回成皋。敖仓一带，北倚河水天险，三皇山群峻兀立，桃花峪更是道路崎岖，易守难攻。加之先前樊阮、刘肥两位少将军与校尉张不疑合力在谷中开挖暗道，使敌一俟进入谷中便找不到出谷之路。因此楚军虽败，却没有弄明白缘由。陈平在上书中还说他将在敖仓停留一段时间，协力几位少将军加固粮仓守卫。

刘邦看罢，将上书交给张良。他大致浏览了一遍，便由衷地感到欣慰，尤其是自己的儿子张不疑有出息，这是他最感欣慰的。他已经许久没有看到儿子了，战争让一家人四散，妻子在汉中，儿子在敖仓，而他却时时跟在刘邦身边。合上绢帛，张良心中油然升起祈愿，待天下太平了，他一定要为家人寻找一方安逸之处，消消停停地过日子。

刘邦看得出一封战报在张良心头掀起的浪花，作为父亲，他又何尝不是如此呢？还有樊哙，随自己回军成皋后，就驻军广武。他北撤后，樊哙在广武接应自己，送他渡过河水。记得在河水南岸分手时，樊哙以长辈的语气道："现在肥儿和阮儿同在少年营，总是让俺放心不下，也不知敖仓守备如何？"

刘邦告诉他已派陈平、王吸、薛欧前往，樊哙闻言，脸上掠过一丝欣慰，说出的话也带了些许温柔："唉！虽说每次见面多有训斥，可日子多了不见，反而有些思念……"

从早年结识到当下，刘邦第一次发现樊哙也有柔肠的一面。

这是结束祭祀的第五天，卢绾、冯敬奉命率领的两万人马在白马津渡过河水，进入楚地。

说起来，卢绾与刘邦算是世交。在父亲那一辈，刘、卢两家多有往来。到了刘邦这一辈，因两人都有出入赌场的习好，而刘邦每遇困难时，卢绾总是慷慨相助，两人的友情倒比父辈热了许多。刘邦封为汉王后，卢绾追随到汉中。刘邦对这位昔日玩伴分外关照，不管臣下们如何议论，他还是给了卢绾将军的头衔。只是卢绾出战的机会不多，常在侍中，但每逢大事，刘邦总会私下里征询他的意见。卢绾深知刘邦的性格，所以在许多情况下，说出的话也能对刘邦的心思。

可卢绾与刘喜一样,也有自己的苦恼。他明白自己虽有将军之名,却少临战阵,许多将领私下里多有议论。尤其是樊哙,有几次甚至不客气地当面与他比功劳。也许是出于这种原因,刘邦这次亲自点将要他率军深入楚地,而他也十分看重这次任务。

卢绾很清楚自己的短处。虽然从小学过剑术,但那也只能防身,上阵杀敌,他根本不能望樊哙等人项背。因此,从白马津渡河南下的那一刻起,他就思谋着智胜之策。大军到达济水北岸之煮枣后,卢绾打破惯例,主动到冯敬帐中来了。

冯敬也是第一次与卢绾合兵出战,加之对方比自己年龄大,举止间就多了许多尊敬。他先是命侍卫上了茶点,接着自己坐在下首,双手打拱道:"末将年轻,还请大人赐教。"

卢绾也不谦让,直陈所思。

未料冯敬听罢,竟然立即应和:"大人所思,亦末将所虑。"

一看话很投机,卢绾心境十分畅快,呷了一口热茶道:"当务之急是遣人将我军行踪告知彭越将军。"

"听说彭越将军率部新下外黄,末将愿前往会会这位声名远扬的游击将军。"

"将军愿往,真是再好不过。"卢绾说着,从怀内拿出一封信札,"此乃汉王写给彭将军的亲笔信。"

且说彭越率军攻下外黄后,采纳右史栾封的谏言,下令部伍在此休整数日,再行南下。

这一日,彭越正在帐中与栾封商议如何攻打睢阳,忽然侍卫进来禀报,说汉使冯敬前来拜谒。

"冯敬?"彭越看了一眼栾封道,"此人名字听起来熟悉,却不曾见过。"

栾封建议道:"汉使前来,必有要事,请将军速传。"

彭越点了点头:"请使君在前厅稍候,我即刻就来。"

此刻,彭越已卸去盔甲,换了一身常服,从门外走到前厅来了。映入眼帘的是一个年轻的背影,正在聚精会神地看墙上的砖雕《春耕图》。彭越轻轻呼了一声:"来者可是汉使冯将军?"

冯敬转过身子的那一刻,目光就放射出惊异的光芒。原来传说中游击江南江北,纵横齐楚大地的彭越并不是想象中那样豹头环眼,五大三粗,倒带着几分文雅。冯敬上前依礼见过，接着从怀中拿出信札道："汉王有书给将军。"

"请坐！"彭越接过书札，待冯敬落座后，才认真地打开信札，看将起来——

彭将军钧鉴：

别来无恙！喜闻将军纵横江淮，驰骋南北，屡战皆捷，至为欣慰。项羽多行不义，人神共愤，诸侯叛离，失道寡助。寡人欲与天下诸侯，共诛楚贼，救民倒悬。今遣卢绾、冯敬两位将军率两万步军、轻骑数百，佐将军击楚。一俟接洽，即归将军节制。切切！

彭越默不作声，将"即归将军节制"几个字来回看了数遍，心跳有些加快，血液也有些沸腾。回想起当初攻打昌邑时刘邦以兵马相赠的旧事，他一时倒不知道说什么好。放下信札，彭越问道："汉军现在何处？"

冯敬回道："卢将军现在宛朐东北方向的煮枣。"

"好，改日我去拜访卢将军。"彭越说完，转过脸问栾封，"可有楚军动向？"

栾封回道："据探马禀报，近日楚军要从济水运输粮草辎重到荥阳、成皋前线，属下正要与将军商议对策。"

彭越低头沉思了片刻后道："水战乃我军之长，却是汉军之短，如之奈何？"

栾封来到地图前，指着阳武方向说道："据属下所知，楚军为防汉军袭击，粮草大都屯在阳武。"

"阳武不是曾由樊哙驻军么？"

栾封解释道："当初汉王南出武关时放弃了阳武，楚军见其距荥阳、成皋不远，遂做了粮仓。每有粮草，皆要先在阳武靠岸。不过阳武楚军防守甚严，只能中途图之。"

闻言，彭越转脸对冯敬道："我军将继续打探军情，一俟有报，当首先知会卢将军。请卢将军也遣细作入敌营探听，及时知会我，两军好协力破敌。"

冯敬拱手道："那是自然。"

回到煮枣后，冯敬将面见彭越的情况一一告知卢绾。

卢绾问道："彭将军对节制如何看？"

"彭将军倒是看了数遍，却只字未提，只说两军协力破敌。"

"彭将军尚知时务！"闻言，卢绾脸上就现出轻松的快慰。虽然他第一眼看到刘邦要彭越节制卢、冯两军时，嘴里没有说什么，心里却是暗存芥蒂。彭越算什么？他不过是空头的魏国相国，至今也没有归汉，汉王却如此看重他，这一回又要他节制汉军，难道自己只是摆设？孰料彭越却不看重这些，这使得他的自尊获得了些许满足。

冯敬听出了卢绾话中的意思，论起年龄，他比卢绾小了十多岁，可看事情却要豁朗得多："汉王所谓节制，也不过是为战时方便，并无置君我于彭越麾下之意。两军联动，总该有主力才对。"

卢绾没有再说话，眯起眼睛看着刚过而立之年的冯敬，心想你年纪轻轻，倒学得圆滑模棱，但嘴上却说出另外一番话："还是冯将军对汉王之意理解透彻，明日我就遣细作进宛朐城打探消息。"卢绾忽然想起一件往事，油然拊掌道，"怎将他忘记了？"

"将军说的是……"

"范增不是宛朐人么。"

"那又怎样？"

"我听说陈平施离间计后，项羽驱逐范增回乡，孰料他在吊祭项公墓时，背部毒疮发作而亡。家人闻之，悲怒交加。若能选一人装成楚人暗访范宅，不知能否探得消息？"

"这……可行么？"

"世间之痛，何如丧亲？何况来者乃范增贴身侍卫呢？"

"好，此事就由末将在轻骑中选一精通楚语的军侯前往，两日之后见分晓。"冯敬言罢，起身告辞。

卢绾目光紧紧追着他的背影，暗自感叹刘邦知人，这冯敬确是见事敏捷。

事情果然不出卢绾所料，两天后，扮作楚军的军侯回来了，将他如何以贴身侍卫的身份将范增见疑于项王，死无葬身之地之事详述一遍。为了取信于范宅家小，他对着范增的灵位痛哭流涕，其家人一边陪着流泪，一边斥责项羽无情，并设宴感谢。席间范家透露近两天有数十船粮草要从宛朐运往阳武，船队在济阳以西之临济要做大约两个时辰的停留。因为临济处在阳武与济阳之间，故而防守比较松懈。

军侯告退后，卢绾面露喜色："这倒是击敌良机、良地。"当即遣人告知彭越。

恰好彭越也得到了相同的情报。两军相商，在临济码头动手。

栾封从彭越军挑出百名水手,化装成纤夫散落在济水北岸,每日寻找走近楚军运粮船的机会;其余水军则由马忠、孟达两位校尉率领,连同船只隐藏在临济城外芦苇荡中。

汉军这边按照与彭越的约定,由卢绾、冯敬所部的程淼、鲁健两名校尉率领,悄悄移军到临济城北,隐蔽在密林间。临行前,卢绾与冯敬专门召见两名校尉,叮嘱必得见彭越军烽烟才能出击。

程淼和鲁健各自从所部中抽出一些人,装作打鱼之人,身披蓑衣,每日就在济水岸边瞭望。可整整等了两天,也没有见到半只船通过。负责瞭望的什长不免有些着急,借机来到程淼面前悄声问道:"两天都不见任何动静,我们怎么办?"

程淼看了看周围,低声斥责道:"急什么,该来的时候自然会来。你速速离去,免得楚军发觉。"

又过了两天,约莫上午巳时时光,从东逆水而来的四十多条船成一字长蛇形缓缓驶进了程淼的视线,隔着老远,就可以听见拉纤的号子声。

程淼轻轻撞了撞什长的胳膊,什长会意,转身猫着腰朝北进了密林。

但程淼知道,一切都要等待彭越军的烽烟。因此,他的眼睛死死盯着自远及近的货船,一刻也不离开。过了大约一刻钟,从北岸的小路上过来一队着楚国戎衣的轻骑,为首的显然是一位什长。他手提着马鞭,来到程淼面前厉声问道:"你等为何在此盘桓?"

程淼起身拢了拢蓑衣,低声下气地回道:"禀军爷,小民等是城北乡村的渔人,在此打鱼为生。这不,网下了,还没有拉起来。"

什长扬起手中的鞭子威胁道:"没看见么?官船要从这里经过,你等快快离开,否则,军爷的鞭子可不认人。"

程淼一副惊悚的表情,带着哀求的语气道:"小民不知官船从此经过,军爷息怒,小民这就走。"说罢,他瞪着身边的下属大声呵斥,"没有听见么?官船要经过,快走。"

士卒们会意,纷纷转身朝通往密林的小路上而去。边走边说可惜了,这半日算是白过了。大家钻入草丛回看身后,发现无人跟着,这才转向密林方向。

"来了!"程淼一进密林就对鲁健道,"单等彭越军烽烟一起,我们就冲出去夺船。"

且说马忠遣出的百名水手探知楚军四十只官船第二天要从临济经过,前一夜子时即隐蔽在济水北岸。待到第二天巳时,获知楚船靠近的消息,每个士卒都含着芦苇潜入水中,待到官船经过时,暗暗跟随前进,割断了纤绳。正在埋头拉纤的纤夫哗啦啦地倒了一地,押船的右领见势不妙,情知有人埋伏,大喝一声"水里有贼人",声音未落,就中箭跌进河里。接着,但见箭雨下,楚军纷纷落水。

藏在船下的百名汉子趁机跃上首船,先砍倒了船上的"楚"字大旗,又一连刺倒押运船只的楚军,顺势点燃了船帆,顷刻之间就浓烟滚滚。埋伏在密林里的程淼和鲁健看见烽烟,率部冲到岸边,早有马忠和孟达两位校尉在岸边接应。不到一个时辰,四十只官船上的楚军或死于大战,或成为战俘。长长的船队停泊在临济城北的码头,看上去十分壮观。

在尾船断后的是项它麾下的另一名右领,他见大势已去,对跟在左右的士卒们说道:"今日之难乃天意,非人力所能为。我等降汉,或许还有生机。"于是,士卒们纷纷放下武器,在右领的带领下,在船上跪倒了一片。马忠偕程淼来到船上,见楚军皆降,吩咐他们徒手上岸集结。

程淼的目光掠过面前的战俘,说话的声音骤然高了:"谁是右领?"

见大家把目光投向一人,程淼随即道:"本校尉问你话,你要如实回答,否则杀无赦。"

"卑职定当如实回话。"

"你等归属楚军何部?"

"回禀大人,卑职乃将军项它麾下右领申正。"

程淼发现申正回话时两只腿不停地打战,就从心底笑了。按照卢绾和冯敬的交代,他对站在面前的楚军士卒说道:"本校尉决计放你等回去,可愿意否?"

申正朝左右看了看,见士卒们一脸茫然,看不出是高兴还是恐惧。终于,一位楚军哭出了声,扑通一声跪倒在程淼和马忠面前,说家中有八十老母和十岁小儿,望军爷千万留他一条性命。他这一哭,周围的楚军也都号啕起来,申正的心更加慌乱,带着试探的口气问道:"将军果真要放我等回去?"

"我乃堂堂校尉,岂能口出戏言。不过,你等要带一句话给项它将军。"

申正身子一挺道:"卑职定当效力。"

程淼大声道:"告诉项它将军,就说汉将军卢绾、冯敬率部来到济水沿线。他若是英雄,就来接战。"

申正猜不透程淼话中的真意,狐疑着打量面前的校尉连声道:"卑职不敢。"

程淼厉声道:"让你说你就说,若隐瞒半句,下次定取你性命。"

望着申正带着楚军仓皇离去，马忠不解地问道："程校尉为何不一刀结果了这厮性命，反而要放他回去传话。"

程淼笑了笑道："此乃卢绾、冯敬两位将军的疲敌之策。依末将观之，项它得知汉军已到楚地，必欲寻找机会决战。彼时我坚守不出，久而久之，敌必疲惫，我军则趁机一举歼之。"

马忠闻言，擦了擦额头的汗水道："还是卢将军多谋善断。"

程淼的眼睛眯成一条线，凝望着忙于搬运粮食、辎重的汉军和彭越军。他没有告诉马忠的是，汉军之所以要放出深入楚地的信息，就是要借项它之口调项羽大军东归，从而为收复成皋、荥阳创造战机。他远远瞧见孟达和鲁健一前一后朝这边走来，便上前打拱道："此次截敌粮船，皆赖彭将军运筹有方。末将代卢、冯两位将军谢过彭将军。"

孟达回礼道："若是言谢，彭将军定然要谢汉王。我军在济水两岸袭敌久矣，若无汉军襄助，则伏击粮草甚难。卢、冯二位将军真乃及时雨，彭将军已令末将将粮草分一大半给汉军。"

"彭将军胸度恢廓，令人敬仰。"

鲁健伸出双臂，做了个合抱的姿势："吾主每每提及昌邑城下汉王赠兵往事，不尽感慨。今日能与两位将军协力击敌，实乃我军之荣幸。"

程淼听后大喜道："将军如此旷达，何愁楚军不灭，天下不定？"

再说申正带着数十名士卒回到宛朐，将一路所见以及程淼所言——禀告给项它。

"这怎么可能呢？大王不是说汉军逃出成皋，向北而去了么，怎会出现在临济附近？"闻言，项它大吃一惊。更让他不可思议的是，彭越军竟与汉军联手攻击，一出手就斩了他的两名右领，便问右史，"汉军勾结彭越劫我粮草，杀我士卒，是可忍孰不可忍。如此情势，该当如何？"

"目今之计，一则，要速将敌情禀奏大王得知。"右史眼珠转了转说道，"二则么，与其分兵各击，毋宁主攻一军。汉军初到此，人地两生，只要我军取快击之势，敌必茫然失措。"

"好！"项它立即下令给右领郑兴、莫伦和蔡渊，令其率军北上，攻打煮枣。然而，一连数日，汉军坚守不出，而彭越军却几乎没有停止对宛朐行辕的袭扰。那倏忽即来，倏忽即去的行踪不定；那敌来坚守不出，敌去追击袭扰的不可捉摸；那重在拦截军需辎重，而不在意一城一池得失的操兵之术，让驻扎在定陶城中的项它顾此失彼，首尾难顾。

项它十分疲惫和恼怒，把一股怒气都发在右史身上："你不是说攻其主力,不及其余么?如今却是煮枣未破,宛朐不宁,如之奈何?"

右史理解项它的心境,毕竟对敌之策乃谋士之职,何况汉军与彭越军如此战法,令他也一筹莫展。在吩咐侍卫给项它上茶的空隙,他把近日战况在心里梳理了一番,随后道:"将军少安。兵法云,胜可知,而不可为。不可胜者,守也;可胜者,攻也。依在下观之,用兵之术,无非动静而已。既然我军一时无法胜敌,何不以静制动,守而不战。待大王回师,对敌聚而歼之,如此则敌扰可破矣。"

闻言,项它无奈地皱了皱眉头:"事到如今,只好先如此了。请右史修好上书,六百里快马发往成皋,请大王出兵御敌。"

汉三年九月,项羽进驻成皋不久,就接到齐王田广的求援,言韩信率军一路疾风骤雨,临淄告急。项羽快马发令从南阳战场调龙且北上援齐,如今,君臣在成皋见面了。出席宴会的还有一同归来的塞王司马欣,大司马项庄,荥阳守将钟离眛、项声,成皋守将曹咎等一干将领。

"卿在南阳多有辛劳,寡人深知。"项羽举起手中的酒觥,"调卿南下,原本想擒获刘季小儿,未料又一次让他逃脱。"

"刘邦奸诈多变,臣是领教过了。"龙且将觥中之酒饮尽,立即就有中人上来给添满,热气腾腾的鼎锅将酒香弥散到各个角落,也弥散在众人心头。平心而论,离开南阳,与其说奉调北上,毋宁说对龙且是一种解脱。

说来,他麾下可谓兵精将勇,可怎奈王陵、吕䘵和陈恢的轮番交战。叶县、阳城和宛城若棋盘上的三颗棋子,成品字形摆设。他与吕䘵在宛城拉开战局时,王陵立即率部在身后夹击,而等他回身时,王陵又退回南阳城。至于叶县,中间隔着阳城,他自然鞭长莫及。

当初刘邦从武关出兵后,他断定必是进入宛城,于是将主要兵力用来攻打宛城。可当他接到项羽从荥阳发来的战报,说刘邦击败曹咎,重据成皋时,他愣住了,许久没有回过神来。

既然刘邦已离开南阳,那他留在这里已没了任何意义。就在这时,项羽的诏命来了,要他北上援齐。接到文书那一刻,龙且舒了一口气,仿佛肩头卸下了一座大山。

"龙将军此去必能旗开得胜。韩信闻之,亦当知趣而退。"在南阳几个月,项庄对龙且的忠于职守有深刻体验,"若大王恩准,臣弟愿与龙将军一起赴齐。"

龙且脸上泛起几许感动:"臣定不负大王之命,当猛击汉军,拯救齐国。"

项羽拊掌开怀道:"庄弟愿往,真是再好不过。吾等举酒,为两位将军壮行。"

几只酒觚"当"地碰在了一起。

第二天凌晨卯时,龙且的大军开始了北上的征程。成皋城外,君臣话别,项羽握着龙且的手道:"等援齐归来,寡人要为卿物色一位佳人,早日完婚。"

闻言,龙且便有些不好意思,口中讷讷道:"谢大王恩典。"

钟离眜、项声已于昨夜回了荥阳。曹咎上前,双手打拱道:"将军此行,万望珍重。"

龙且纵身上马,向项羽作了一揖,也是对曹咎的回答:"后会有期。"

项庄也依依不舍道:"大王珍重!"

"走吧,关照好龙将军。"项羽拍了拍项庄的肩膀。项庄感觉得出,项羽拍打自己肩膀时的手显得有些沉重涩滞,不像以往那样有力和畅快。

东方渐渐发白,一缕曙光透过云层,洒在成皋城头。夜间模模糊糊的东西开始渐渐明朗起来,秋风凉飕飕地从城头刮过,旗幡的哗啦声拨动着送行人的心弦。是的!新的一天拉开了序幕。

司马欣轻轻地来到项羽身边道:"大王,龙将军走远了。秋深天凉,大王还是回城去吧。"

在彭城大战中,项羽以三万轻骑击溃刘邦五十六万人马的奇迹令司马欣十分震撼。在追随章邯的日子里,他虽与楚军有过多次交锋,但真正见识到项羽的勇猛这还是第一次。因此,在刘邦退出彭城那一刻,他选择再度回到项羽身边。

可他很快发现,项羽目光中那种轻视的神色。他真正体味到了什么叫作苟安,那是一种比死了更难受的生存。但他只能忍气吞声,不可能再做出新的选择。

项羽扶着车轼直视前方,晨曦洒在他的肩头,宛如一尊塑像,对于司马欣的呼唤,他毫无反应。

冥冥中一种神秘的感觉掠过项羽的心头,他看着龙且远去的身影,马蹄声在耳边渐行渐远,忽然就生出莫名的孤独和悲凉。从晓事起就不知道何为悲伤的项羽觉得眼睛潮湿了,也许是为着龙且和项庄的离去,也许是为着面前的战事。他很懊丧,在心底埋怨自己怎么变得如此多愁善感了,竟然睹秋云而落泪。

"大王,天气转凉了,还是回城去吧!"曹咎再一次提醒。

项羽道一声"回城",司御调转车头,踏上归程。

项羽的心思仍然在战事上。看见曹咎,另一件事油然爬上心头——昨夜,他接到项它发自宛朐的上书,说东线战事吃紧。他向曹咎招了招手,要他弃马登车,有事要说。

什么事如此神秘,还要骖乘?司马欣心头略有不快,可他也只能装作看不见,打马朝前去了。

曹咎上了车,项羽直截了当地说道:"寡人在这两日也将回军宛朐。"

"有新的战况么?"曹咎问道。

"项它发来战报,说刘邦遣卢绾、冯敬率两万人马与彭越军合流,接连袭击我军。可恨的是前些日子,竟然劫了我运往成皋、荥阳的四十多船粮草。若不征伐,则成皋、荥阳难守。寡人决计亲率大军挥戈东去,誓将卢、冯二贼斩于宛朐城下。"

久在项羽麾下,曹咎已习惯项王的颐指气使,他只要遵命而行就不会有大过失。于是,他用乐观的语气来回答:"请大王放心,臣定然坚守成皋,不给刘邦可乘之隙。有前次失城的教训,臣定当谨慎。"

项羽握着曹咎的手,看他的目光却严肃又凝重,说出的话更是语重心长:"大司马骁勇,寡人深知。然则战者,智也,非徒赖力可为。寡人离开后,大司马谨守成皋,即便刘邦挑战,勿令出战,我十五日必定梁地。"

"臣当谨记大王旨意,绝不使成皋丢失。否则,以项上人头谢罪。"

但项羽仍然不放心:"寡人担心大司马一人守城力单,遂将司马欣留下协助大司马。"

"谢大王!"曹咎话虽这样说,但内心却有片刻失衡——他能干什么?不过秦降将耳!大王难道忘记他有过跟随汉王的经历了么?

……

樊哙带着项羽率军东移的消息,渡过河水到小修武来了。

回到荥阳、成皋前线,刘邦就让他驻军广武,以备后援。这位平日里喜欢揶揄自己连襟的将军这回不得不承认刘邦的英明,广武驻军在刘邦北逃路上发挥了重要作用。项羽在重据成皋后,没有再向广武进兵。

现在,项羽将成皋和荥阳交给项声、曹咎和司马欣之后东撤了,樊哙立刻意识到收复成皋的时机到了。他亲自过河来向刘邦通报这一消息,并主动请缨,要在收复成皋之战中担任前锋。

"这一路窝囊极了,从未打过一个快心仗,这一回若不让俺打先锋,那就要憋死了。"樊哙在任何时候都改不了屠夫的脾气,"俺喜欢直来直去,不像儒生们弯弯绕。"

周勃、灌婴、柴武等将领听说樊哙到了,情知一定有重要军情,一个个摩拳擦掌,声言要与楚军大打一场,出出闷气。这种气氛让刘邦对重夺成皋、荥阳的信心大增,但他没有轻易表态。听听张良的看法,已成为他决策的习惯。

张良没有直接把话题转到战争上,却问樊哙道:"敖仓那边有新消息么?"

樊哙回道:"樊伉来书说,自王吸、薛欧二位将军与彼等一起守敖仓后,在二十多里的距离内设置了三道防线,加上陈中尉多谋,敖仓安然无恙。"

"敖仓无事,我军便可放手一搏了。"张良挽着刘邦的胳膊,与众将一起来到地图前,指着成皋的方向道,"微臣之意,还是先从攻打成皋开始,计策依旧,引曹咎出城。"

闻言,刘邦笑道:"曹咎曾因此而丢掉成皋,岂能一错再错?"

张良也笑了笑道:"兵不厌诈。曹咎性格急躁,此计在他身上可屡试不爽。但项声则不同,他处事稳健,未必轻易出城。"张良说着,将手指移到城南一带,"诱敌成功后,我军可且战且退,引曹咎至汜水,然后伏而歼之。"

一番话说得刘邦频频点头,他对樊哙道:"你不是一心想打个痛快仗么?就命你去诱敌。"

樊哙一听,连连摇头:"俺是要做前锋,与曹咎厮杀的,诱什么敌?还是让别人去吧,俺还是在汜水岸边埋伏好些。"

见状,刘邦看了一眼张良问道:"军师看如何办好?"

两人相视一笑,张良上前抚着樊哙的肩膀道:"大王命将军诱敌,实乃看重你也。"

"看重俺什么?你们就会糊弄人。"樊哙一瞪眼睛。

张良又笑道:"数数诸位将军,有哪个比你更会骂人呢?要骂到痛处,激敌愤怒,非将军莫属啊!"

樊哙一听,就不再争辩,挠着头说道:"你们就会欺负老实人。好,俺就再窝囊一回吧。"

"只要将军能把曹咎、司马欣引出城,就是大功一件。"张良点头道。

接下来,刘邦安排柴武在樊哙引敌出城后立即攻取成皋,又吩咐周勃道:"将军就在汜水岸边埋伏,待曹咎兵至后,围而歼之。"

众将散去之时,下弦月如一把吴钩悬在天际,远近的山水看上去都朦朦胧胧的。秋风夹带着凉意迎面拂来,刘邦才油然意识到太子刘盈在栎阳已经年余了,而戚夫人与如意回到栎阳也有十个多月了。他定了定神,问道:"依子房看,我军收复成皋、荥阳后,战局将会如何?"

这样的问话,张良并不感到突然,这也是他作为军师的职责所在,他望了一眼古铜色的月钩回道:"如果臣没有猜错,收复荥阳和成皋不久,楚汉之间当有一次议和之机。"

"寡人也是如此想,只是不知项羽将如何对待老父及夫人?"

张良自信地回道:"大王放心。项羽其人虽然性格暴戾,却重义气。他毕竟与大王有金兰之义,不会虐待太公与王妃的。"

"一旦局势安定下来,定要让项羽放老父与吕雉回来。"

人同此心,心同此理。即使在大战前夕,张良对亲人的思念一如刘邦一样,心如潮水。他与冯慧的短暂相会还是在彭城大战前,自那以后,两人从来没有见过面。他想,她此时也一定在月下思念着他和不疑吧!

……

事情的发展果如张良所料,樊哙每日在成皋城下骂阵,甚至连在沛县狗肉店中用过的污秽之词都用上了。开始的两三天,曹咎都要到城头上察看军情,严令属下坚守不出,违令者斩。可继续下去,到第五天的时候,他先自沉不住气了。

"樊哙小儿,欺人太甚。竟骂及我等三代祖宗。"曹咎在大帐内来回走着步子,对站在对面的司马欣道,"真恨不得杀出城去,取了那小儿的首级,以泄心头之恨。"

其实,司马欣心中的憋闷丝毫不比曹咎差。樊哙骂他的话更难听,什么项王走狗,什么朝秦暮楚等等,放在之前,他早就请缨杀出城去了。可今非昔比,他现在只是一位空头塞王,便忍着内心的愤怒劝解道:"樊哙者,屠夫矣!不识礼义,与禽兽无异,大司马何必与之计较。"

"他就是欺我不敢出城与他接战,如此下去,不战死也得气死。"

就这样,在郁闷中又过了两天。到了第八天前半日,樊哙骂阵的士卒更多了,声音更洪亮了,成皋城中的吏民都能听见。到了巳时时分,曹咎终于不能再忍,要出城与樊哙决战。司马欣先是好言拦阻,可当他登上城楼,听到汉军声言要用他的首级当夜壶时,他脆弱的心理防线也溃塌了:"本王愿同将军一起出城,杀他个片甲不留。"

对于临阵厮杀,司马欣有这个自信。当初若非赵高逼迫,他是绝不会投降项羽的。但他提醒曹咎,一定要留够守城军力。曹咎留两名右领率所部守城,自己与司马欣披挂上马,朝南门奔去。

成皋城的吊桥在纹丝不动多日后,终于放了下来,随之城门也开了。樊哙见此情景,禁不住开怀大笑道:"曹咎老儿,终于忍不住了,哈哈哈……"

当樊哙发现冲出城外的还有司马欣时，他就明白了对方试图速战速决的意图，心中暗道，哼！做梦婚嫁——想得倒美。既然出了城，岂能让你等回去？他催动胯下战马，挥动板斧大吼一声："曹咎老儿，拿头来！"

三人走马灯般地在城外厮杀了数十个会合，樊哙心中暗暗吃惊曹咎和司马欣的臂力，渐觉力怯，拨转马头朝南而去，他边跑边招呼身后的部属撤退。汉军看见旗帜，纷纷抛下盔甲，转身向南逃去。

曹咎第一次与樊哙对阵，不禁冷笑道："人言樊哙骁勇，看来也不过如此。"大吼一声，率先追了过去。

司马欣本想劝曹咎回兵，无奈他杀得兴起，根本听不见呼唤。司马欣叹息一声，来不及多想，也催马跟了上去。

未时二刻，曹咎和司马欣率部追到了汜水岸边，却看见樊哙的军队已经过了河，在对面布阵了。

司马欣上前劝曹咎道："敌在对岸布阵，有诱兵之嫌。大司马不如鸣金收兵，退回城去。项王临行反复叮嘱不可轻易出战，还是等半月后项王归来再战吧！"

曹咎从侍卫手中接过水囊，润了润嗓子道："荥阳与成皋隔河而据，荥阳城中的项声将军若见我军与汉军交战，必出城驰援。若此战一举擒获樊哙，岂不快哉？"

闻言，司马欣皱了皱眉头道："还请大司马三思。"

"如此战机，不攻何待？大王若是追究下来，由我担承。"曹咎挥了挥手，要司马欣负责断后，自己则率领所部先行渡河，他还召集各路右领宣布，"有擒拿住樊哙者，赏五百金；取首级者，赏三百金。"

士卒们听说有赏，争先抢船渡河，队伍顿时陷入混乱。曹咎见状，斩了所部的一位伍长才遏止住了骚动。随后他抬头望去，大约有一半的队伍已到了河心。曹咎舒了一口气，暗自祈愿队伍早点过河，与樊哙接战。

但就在这时，一幅可怕的情景映入他的眼帘——从河两岸射来密集的箭雨，行进在河心的楚军纷纷中箭落水。曹咎意识到自己中埋伏了，汉军截断了他的退路。

是的！周勃在汜水西岸的芦苇丛中看见楚军为争夺渡船而大打出手时，便以为进击的时机到了。他对弓弩手一声令下，万千箭矢顿时齐发。

霎时，并不算太宽阔的汜水两岸，涌满了汉楚两军。

曹咎痛悔自己没有听项羽的谆谆告诫，中了敌人的诱兵之计。他现在唯一的希望是能听到钟离眜和项声驰援的消息，可对面汉军阵容整齐，旗帜猎猎，只有骤雨般的箭镞向河心飞来，而他的士卒却毫无还手之力。

曹咎站在船头，挥动手中的兵器拨落飞矢，命艄公加快划船，试图向司马欣靠拢。话刚出口，艄公咽喉中箭，一股热血喷在他脸上。透过血雾，他看见司马欣将剑架在了脖颈上，他拼着力气喊道："塞王不可……"

"完了，一切都完了！"在左臂被箭射伤后，一个悲凉的意念顿时布满了曹咎的脑际，他最终也将宝剑刺向自己的脖颈，喊了一声："大王，臣错了！"

随着手起剑落，他沉重地倒进汜水，溅起血红色的浪花……

第五章

真作假处显识胆
疏作亲时见真情

项羽是在连下大梁等十余城后获知成皋丢失的，他怒恼曹咎和司马欣的无能，更担心荥阳不保。

在接到钟离眛、项声快马奏报的那一刻，他似乎明白了刘邦遣卢绾、冯敬二人东来的意图。放下文书，项羽大骂刘邦狡黠奸诈，问来使道："既知汉军攻城，钟离、项声为何不出兵相救？"

来使是钟离眛麾下的宋右领，面对项羽豹眼怒睁的讯问，他的回答却是清晰的："大王明察，听说大司马与塞王出城接战被汉军包围，钟离将军即刻率部出城救援，无奈被汉军夏侯婴部拦截在荥阳以东……"

匆匆向项它交代之后，项羽没有丝毫的犹豫，连夜回军西来了。

大军抵达荥阳东，屈指数来刚刚半个月。可严酷的现实就在面前，他不但丢掉了数月争夺的成皋，而且损失了两名将军。在车子停在广武山下的那一刻,他仰天望从山头飘来的秋云,长啸一声:"天既有项籍,又何有刘季乎?"

钟离眜在广武涧东岸迎接项羽。君臣进得大帐,刚刚坐下,项羽便问道:"你为何驻军广武涧东岸?"

钟离眜为项羽奉上热茶,打拱回道:"大王,臣出城驰援受阻,与夏侯婴大战一天一夜。听说刘邦已移军广武,虎视荥阳,因此臣在前沿驻军,以图伺机夺回成皋。"

项羽沉思片刻,点了点头。

第二天,项羽就约上刚刚从彭城到前方劳军的项伯、钟离眜和项声,隔着鸿沟来察看汉军营寨。

站在广武涧东岸,举目西望,广武山自西向东迤逦而去,峰峦尖秀,岚浮翠绕,滚滚河水从山脚下滔滔东流,昼夜不息。西南方向,万山丛错,气象峥嵘。透过广武涧对面的秀木碧树,可以眺见汉军营寨旗帜飘扬,军容齐整。也许刘邦也在某一个瞭望台上,朝这方窥视呢!一想到刘邦,项羽就禁不住怒气上涌。当初在戏下分封的诸侯中,从田齐到英布,一个个成了手下败将,唯一抵抗到现在的就是刘邦。更令他纠结的是,这个人曾是自己的金兰之交。

项羽的目光久久地定格在涧对面的旗帜上,心底就生出不尽的后悔。若不是鸿门宴会上举棋不定,哪会有今日呢?若非项伯深夜向张良传递消息,刘邦又如何能金蝉脱壳呢?他在鸿门多停留两天,就是自己不杀他,范增也绝不会放过他的。

而现在,项伯就在身边站着。作为长期在彭城管理朝政的令尹,项梁死后,他就成了项门唯一能够影响项羽行为和决策的父辈。获知成皋再度陷入汉军之手的消息后,他无论如何在彭城也待不下去了,就在项羽启程西来之际,他将朝中诸事委托给大司马桓楚,自己到前方劳军来了。

"真恨不得率军杀过涧去,活捉了刘季小儿。"项羽看了一眼身边的钟离眜和项伯道。

钟离眜挺了挺胸膛附和:"只要大王一声令下,臣立即挥兵过涧,取了刘邦首级。"

"将军勿躁!"项伯将了将胡须道,"兵法云,不战而屈人之兵,乃为上谋。你为何总是相信力战胜于谋战呢?"

"这……"钟离眜顾忌项伯的地位,否则,早以冷言顶了回去。当着项羽的面,他只能保持沉默。

可项羽就不同了,当年为上将军时,他就多次委婉地批评过叔父的优柔寡断,而且后来的事实证明,他也是正确的。而今作为君王,他更不能顾忌情面:"叔父之言,情有可原而不可行也。刘季者,狡黠奸诈之徒,又有张良、陈平在其左右,岂能为一言所动?"

项伯分析道:"眼下我军忽而东去,忽而西来,已成疲师,皆因刘邦与彭越相互策应。依我观之,成皋、荥阳数次大战,汉军亦疲,急需休整,若能说服其退兵休战,于我大楚有百利而无一害。"

"叔父所言有理。可刘季野心勃勃,鲸吞天下之心久矣,岂会随意罢兵?"

闻言,项伯的眉头掠过一丝不悦,继续自己的思绪道:"若能休战,则百姓免遭兵燹之祸,国有养息之机,何乐而不为呢?"

项羽不得不承认项伯说的都是事实,虽说两军交战,各有损伤,可刘邦军心腹俱在。而楚军却一连折损几员大将,自己也被刘邦牵着往来奔波,都有些疲惫不堪了。然则即便议和,又有谁能担得了此任,说动刘邦退兵呢?他正这样想着,就听见项伯在一边自言自语道:"我与刘邦乃姻亲,想那公主也长大了不少。"

钟离昧暗暗打量项伯,就在心里嘲笑令尹迂腐,这种许诺也能算数?不过,令尹一句"长大了不少"倒提醒了他,为什么不能借刘太公之口去劝他的儿子呢?于是,钟离昧半是认真半是玩笑地说道:"刘太公现就在我军营中,令尹去问问不就知道了?若令尹能说动刘太公出面,也许刘邦念在父子之情,会议和的。"

项羽收回目光,撩了撩猩红色的斗篷道:"恐怕只有叔父能走这一趟了。"

一句话提醒梦中人,项伯觉得作为长辈,只有自己出面才能解开楚汉之间的恩怨。同时他也很吃惊,几年了,项羽竟还没有释放刘老太公翁媳:"大王只要能放了刘老太公,我可以说服他劝刘邦退兵。"

事情本是由钟离昧提出的,且项羽根本就不存什么幻想,可项伯的热心却让他无法收回之前的话。事情到了这个地步,他也只能顺势而为了:"好,叔父明日就可以与刘太公翁媳见面。"项羽说完,转身向山下走去。

两年多了,刘太公被项羽大军裹挟着辗转各地,虽然其间项羽来看过几次,可每一次都遭到他的责备和申斥。可项羽终究也没有杀他与吕雉,至于是什么原因,他也想不明白。他并不知道,虞姬为阻止项羽滥杀,夫妻之间有过多次争论。而项羽之所以至今仍留着他们,除了范增当年提出以此可以要挟刘邦外,很大程度上是出于对虞姬的爱。

此刻大约是上午巳时,刘太公一如往日地练完拳脚,坐在室中闭目养神。这两年来,他从看守士卒的谈话中间得到一些刘邦的消息,知道他一直在荥阳、成皋与楚军周旋。他有个基本判断,自己之所以活着,大概与儿子有关。项羽留着自己,总还有什么用处。

"唉!活一天是一天,这些事情你想不明白,想也没用。"他这样安慰着自己,就听见锁着的门被打开了。抬眼望去,一位什长陪着一位雍容华贵的老者进来了。哦!还有儿媳吕雉。自黄桑峪那一夜一家人失散,他与吕雉被楚军抓捕后,就一直没有见过面。两年多了,他看得出,虽然吕雉脸色尚显红润,却掩饰不了眉头间的惆怅。那老者倒也看重礼义,对吕雉说道:"快见过你家公父。都是籍儿少礼,致翁媳不能见面。"

此情此景,吕雉的眼圈有些发红,但她忍住了,她就是这样的性格。依照礼节,她向刘太公施了一礼:"儿媳见过公父。"

刘太公挥了挥手:"好好好!你一向可好?"

"托公父的福,儿媳尚好。只是公父年迈,被楚军裹挟颠沛流离,让儿媳无法尽孝……"

刘太公打断吕雉的话道:"项籍不仁,不关你事。只是不知道盈儿、蕊儿他们如今怎么样了?"

吕雉告诉他刘盈与刘蕊在流浪途中被滕公救起,现今都回到刘邦身边。

"滕公是谁?"

"就是当年为县令司御的夏侯大哥,人很和善呢!"

听说夏侯婴被刘邦封为滕公了,刘太公嘿嘿地笑出了声音:"想不到他一个亭长,也行起封赏之事来了。有一天他若是见了我,该是什么样子?"

"他到什么时候,都是公父的儿子。"吕雉莞尔一笑,她还告诉刘太公,卢绾作为使者曾来过楚营,说二哥刘喜也到了汉营,主管军需……

看着时间不早,老者向什长使了个眼色,什长上前打断了二人的对话:"二位今天就说到这吧,以后还有机会。令尹项伯大人有些话想单独与太公说,还请谅解。"

"你为刀俎,我为鱼肉,不谅解又能如何?"吕雉冷冷地回了一句,向刘太公拜别,然后就被两名女卒带走了。

看到大门闭上,项伯这才上前打了一拱道:"老太公受苦了!"

刘太公抬眼看了看项伯,问道:"大人就是项王叔父项伯?"见项伯点点头,刘太公又道,"那老朽明白了,令尹大人也是奉项王之命来说项的吧?"

项伯听得出来刘太公话里的愤懑,但他并不计较,他是为议和而来,定然要耐心说服面前这位倔强的老人:"太公误解了,太公大概还不知道,我与汉王乃儿女亲家呢！"

"哦！有这等事情？"刘太公想不通，儿子怎么能和敌手的叔父结成亲家。

这时候，门又"吱"一声被推开了，原来是什长带着士卒送上了酒菜。什长将鼎锅点燃，项伯便吩咐道："我与太公说话，你等不经传唤，不能进来。"

"诺。"什长旋即退下。

鼎锅的酒热了，项伯亲自上前为刘太公斟满酒，随后他将鸿门宴前前后后的经过述说一遍。当然，他隐去了项籍的言行，将一切推给了已不在人世的范增身上。

刘太公开始还有着戒备，及至听完故事，他对项伯的印象完全变了，顺手端起面前的酒觥道："如此说来，大人不仅是季儿的儿女亲家，更是他的救命恩人。老朽不敬别的，就敬你大义在胸。"

两人就这样一边说话，一边饮酒。大部分时间都是项伯斟酒，他每每举起酒觥，都不忘言及刘项当年携手共诛暴秦的枝节："若今日刘项再度结盟，天下早已海清河晏，百姓再无流离之苦。如此，则天下大幸矣。"

刘太公饮下面前的酒，心里自忖这是你我能定的事么？但开口却说道："项公好意，老朽同感。"

放下酒觥，项伯就将话题转到现实上来："我今日来还有一件事情，眼下楚汉两军在荥阳、成皋相持年余，百姓饱受兵燹之苦，想必太公也不愿意看到吧？"见刘太公点了点头，项伯继续说道，"项王不忍见百姓流离失所，将士疲惫不堪，故托我来与太公商议。"

话说到这里，项伯再度打量着刘太公，却是水波不兴的感觉。

刘太公举起酒觥，开口说道："听大人的语气，项王是有心议和。这是两国君主之间的事情，老朽又能作甚？"

闻言，项伯就笑道："太公是明白人，怎么这事都看不透呢？霸王担心汉王心生芥蒂，不肯议和。若老太公能修书一封劝解汉王，则议和早成矣！"

到这时，刘太公终于明白项伯来此的真正目的。他猜想着幕后的项羽此刻的心境，显然，他将自己当成要挟儿子的工具。那么，他又能够给儿子什么呢？

果然，项伯说话了："若太公能说服汉王议和，则太公翁媳与家人团聚有望矣。"

项伯的话刚一落音，就招来刘太公的哈哈大笑："老朽明白了，大人来此就是为了一封家书。"项伯正要说话，刘太公抢在前面发声了，"这个不妨请大人转告项王，要老朽修书不难，但要先放了吕雉……"

"这……"项伯捻了捻胡须道,"只要汉王退兵,太公、吕夫人自然要回到汉王身边。"

"扣押老朽翁媳,本就违背礼义。既然刘项结为金兰,岂能要挟强逼退兵?你等先放了吕雉,老朽再修家书也不迟。"刘太公言罢,不再说话。

项伯不免有些尴尬:"既是议和,就该都有诚意……"

话还没有说完,刘太公接道:"放了吕雉就是表明项王议和诚意。"

闻言,项伯就沉默了。

过了一会儿,刘太公的思绪转过弯来,脸上现出活泛的神色:"老朽知道大人是臣下,做不得项王之主,就请大人将老朽之意转给项王定夺……"

话说到这里,刘太公这是给自己一个体面的台阶,项伯于是站起来道:"太公之意,我一定转达。"言罢告辞,出门去了……

"什么,要寡人先放了吕雉?"项羽两眼圆睁,瞪着项伯,"刘老太公是糊涂了么?难道他不知道自己在什么地方。"

项伯眨了眨眼睛道:"他希望放了吕雉,以示大王诚意,也在情理之中。"

"照叔父看来,只有放了吕雉,才能言和?"项羽并不需要得到项伯的回复,他将目光转向钟离眜和项声,"你等也以为必须放了吕雉么?"

"万不能放。我军眼下在兵力上大大超于汉军,动兵之日,即是收复成皋之时。"钟离眜因陈平的离间,至今仍然心有余悸,每遇重大关头,都最先表示支持。

项声当然也不甘人后,摩拳擦掌道:"何必多费口舌,干脆杀了刘太公翁媳,夺回成皋。"

"糊涂!"项伯指着项声申斥道,"亏你还是项氏之后,动辄杀伐当头,岂知人不畏死,奈何以死惧之?若杀了刘太公就能屈汉王之兵,大王早就动了刀枪,还需要等到现在吗?"

见状,项羽明白项伯是绝不赞成杀人的,遂转了说话的语气:"叔父所言有理,过两天就遣使者前往汉营议和。此刻已是午膳时间,寡人要宴请叔父,去传虞夫人过来。"

"诺。"中官下去准备了。

这场宴席持续了整整两个时辰。席间,项羽和两位将军轮流向项伯敬酒。杯来盏去,到酒阑席散时,项伯已经进入醉乡了。

"改日我要亲自拜谒我那亲家,商议公主与睢儿的婚礼。"当项羽吩咐中官扶项伯到传舍歇息时,他仍然眯着醉眼道,"籍儿不可对老太公……"一句话没有说完,靠在中官肩头便睡着了。

对这一切看得最清楚的莫过于虞姬,所以当项羽转过身来时,虞姬就面露不悦道:"大王如此对待令尹,有失尊长之礼。"

"不就是让他多喝了些酒么?醒来后寡人亲自上门谢罪。"项羽不以为然地笑了笑。

虞姬喝了些酒,两腮艳若桃花,但说出的话却是清晰明朗的:"令尹远道而来,不单是为了劳军。论起来,项睢是大王堂弟,他既已与汉王结为姻亲,大王就不能不顾忌这些。再说,杀了她翁媳,传将出去,还有哪家诸侯敢与我大楚结盟?没有诸侯协力,大王安能取得天下?"

"难道就任由刘季占着荥阳、成皋,又遣卢绾、冯敬伙同彭越掠我城池么?"

"令尹不是已经说过要议和么?一年来两军相持,足以说明单靠力战,不能奏效。若能通过议和劝其退兵,岂非良策?"虞姬又将淮梅和淮英看守刘太公翁媳所知一一说给在场的君臣听,极言刘太公与吕雉并无罪,"王陵之母前车可鉴,请大王一定谨慎。"

在虞姬说话的当儿,钟离昧与项羽、项声暗暗交换了眼色,几个人都明白,虞姬绝不赞同杀了刘老太公。钟离昧与项声更清楚项羽之爱虞姬之深,也不可能为一个刘老太公而伤了虞姬的心。钟离昧拧着眉毛沉思片刻,忽地脑际闪过一道光亮,抬头面对大家说道:"方才夫人一席话,宽慈感人。末将也以为,决不能因两军战事而杀了刘老太公。"

项声却是雾里看花,犹疑不定道:"依将军之意,既不能杀,也不能放,那就只一条路,再开战事了?"

"大王刚从梁地西来,征尘未洗,此事且待大王与夫人商议之后再做定夺。"钟离昧笑着说罢,向项羽眨了眨眼。

项羽会意,起身道:"钟离将军所言,甚合吾意,此事今日且到此吧。"他转身看了一眼虞姬又道,"有劳夫人向刘老太公转达寡人之意,彼乃刘季之父,亦寡人之父也,寡人不会妄起杀机的。"

闻言,虞姬的眼里充满了温暖和喜悦。离开大帐时,她为项羽整了整战袍,不无眷恋地说道:"大王也早些回来。"

虞姬离开的脚步婀娜轻盈,久久定格在项羽的眸子里。直到钟离昧在耳边提醒,他才回过神挥了挥手道:"你们也散了吧。项声今日就回荥阳,以防刘贼偷袭。"

"诺。"项声答应一声,告辞出帐去了。

见钟离昧没有走的意思,项羽疑惑道:"你怎么还不走?"

"臣有话要说。"说完,钟离眛附耳小声嘀咕了一阵。

但见项羽频频低头,口中连道:"如此甚好!如此甚好!"

钟离眛回到营中,即刻传来龙右领,将写给刘邦的信札交给他道:"速用箭射往刘邦军营。"

且说樊哙正带着从事中郎巡营,有一伍长匆匆追来禀报,说在营寨内的大树上看到一支箭羽上带着一封信札,请他验看。

"深山老林,何来书信?莫非是鬼写的。"樊哙不耐烦地接过书信,看了一眼,只见锦囊上写着"汉王刘邦亲启"。他举目朝广武涧对面眺望,只见有人影晃动,顿时明白了八九分。他不敢怠慢,忙来到刘邦大帐,见张良也在,遂道明情由,递上书札。刘邦打开一看,但见上面写着——

西楚霸王拜汉王吾兄:

天下匈匈数岁者,徒以吾两人耳。愿与汉王挑战,决雌雄,毋徒苦天下之民父子为也。倘为天下计,且有胆识,不妨一会如何。

"这不是欺我不擅力战么?"刘邦从项羽的字里行间读出奚落和讽刺。当年攻打外黄和定陶时,项羽曾向他谈起过少年举鼎的故事,给他留下深刻的印象。刘邦从心底暗笑项羽是个莽汉,转手将信札交给张良。张良看了一眼,也笑道:"莽者岂能得天下?"

"子房以为如何应对?"

"礼尚往来。既然项羽有约,大王不妨一见,且看他说些什么?只要我军严阵以待,料他也不敢轻易过涧。"

"好!"刘邦传曹窋进来,"传令给周勃、夏侯婴,分别埋伏在广武涧两侧密林中。子房、樊哙随寡人会会这个不可一世的霸王。"

樊哙看着刘邦与张良商议会面,就从心底笑他们迂腐,笑道:"仇人见面,分外眼红。见什么面,杀过去擒了项羽,天下归一,岂不快哉?"

刘邦也不生气,反而讽喻他道:"你也该多看些兵书了。总这样,将来如何应对强敌?"

"读什么书?"樊哙一边往外走一边摇头,"哪有卖狗肉痛快,俺一读书就头疼。"

刘邦也不责怪,虽说樊哙时不时会说些不着边际的怪话,可一旦上了战场,却是不顾生死的。用其所长,遏其所短,是刘邦一贯的用人之策。

第二天,刘邦应约与项羽会面。三通鼓响之后,但见"汉"字大旗下,刘邦身披斗篷,腰挎宝剑,骑一匹雪青马,立在阵中间。他的左边,依次是张良、樊哙;右边是夏侯婴、周勃。曹窋作为侍卫,紧跟在刘邦身后。

刘邦抬眼向对方阵营望去。阵中间还是那熟悉的人,熟悉的长戟,熟悉的乌骓马,只是已非昨日兄弟。在项羽左边,是声名赫赫的钟离眛,右边是项声。楚军队伍严整,一副临战气氛。果然,看到刘邦的身影后,项羽说话了,一开口依旧是声若洪钟:"刘季吾兄,久违了。昨日差人送书,欲你我二人对阵,不知足下意下如何?"

刘邦轻轻挥了挥马鞭,脸上掠过一丝轻蔑,眉宇间却含着笑意道:"我宁斗智,不能斗力。匹夫之勇,谈何对阵?"

闻言,项羽脸上一阵发热,明白刘邦这话暗含了对他两次中陈平离间计的讽刺。他不由得气涌三焦,对跟在身后的三名右领道:"谁愿意为寡人擒获刘季,赏百金。"

话音刚落,就看见阵中冲出一名年轻壮士,催马上前,直奔刘邦而来。

张良见此情景,向樊哙点了点头。但见樊哙对身后一名楼烦校尉使了个眼色,那校尉张弓搭箭,"嗖"地一箭飞向楚军右领,不偏不倚,正中咽喉。

放言要擒获刘邦的楚军右领是楼烦人,一看见自己兄弟落马,第二位无法冷静了,不等项羽发令,立即出阵挑战,必欲取刘邦首级,为自家兄弟报仇。可刚刚奔出几步,又被汉军楼烦校尉射杀。如此再三,楚军右领们个个失色,再也没有勇气出阵挑战了。

钟离眛见两军对阵刚刚开始,楚军就失三位右领,不免怒火上冲,向后摆了摆手。只见龙右领手下士卒抬着一张案板上来,上面躺着刘老太公,被绳索紧紧地捆绑,口中塞着绢帛。

项羽就在旗下发话道:"想必汉王已经看清了,你父现在俎上。你若不退兵,我将烹了你父。"

刘邦没有想到两军对阵,项羽却拿老父亲要挟,心中就不免彷徨了,暗暗地打量张良。

张良小声道:"此乃诈术,项贼绝不敢冒天下之大不韪,做如此禽兽之举。"

刘邦的心绪稍稍安定了些,重新面对项羽,话语却多了底气和决然:"好你个项羽,我与你俱北面受命怀王,约为兄弟,我父即你父,烹我父即烹你父,那就请分我一杯羹。"

这话传到刘太公耳里,他心中便如刀绞,忍不住老泪纵横,在心底骂道:"三儿禽兽不如,老朽必死矣。"

再说项羽听了刘邦的一番话,也是暗骂刘季寡廉鲜耻,置老父安危于不顾。眼看着威吓不成,便持戟出阵,欲向刘邦挑战。秋风吹起项羽络腮胡须,那脸就益发显得铁黑;配上一身铁色盔甲,褐色战袍,平添了几分杀气。刚才那一连射杀三名楚军右领的汉军楼烦校尉,完全被项羽的气势吓住了。

项羽催动坐骑,横戟立马,一双豹眼瞪着楼烦校尉,和着马蹄磕在地上的"嘚嘚"声,浑身散发出一股气浪,直逼汉营将士。汉军楼烦校尉内心一阵阵收缩,方才能拉三百石硬功的双臂禁不住瑟瑟发抖,及至怯怯地望了一眼项羽后,竟然五内翻腾,翻身落马不省人事了……

这情景也让张良大吃一惊,他担心继续下去刘邦会不保,急忙命鸣金收兵。

项羽勒住马头,仰天大笑道:"刘季小儿,如此鼠胆,哈哈哈……"

刘邦一边回马,一边回道:"若有胆识,明日隔涧会话,寡人倒要看看,项王有无雅量听寡人历数你弥天之罪。"

项羽也不甘示弱:"寡人明日巳时二刻,在涧东恭候!"

刘邦没有回答,已被樊哙等将军簇拥回营了。樊哙一回到大帐就埋怨刘邦,不如出阵杀个痛快。

刘邦正要责备樊哙鲁莽,未料张良说话了:"不是下官轻视将军,今日若真动起刀枪,不要说将军,我汉营诸将都不是项羽对手。若非鸣金收兵,汉王危矣!"

哼!樊哙满腹的话被张良噎了回去,闷闷不乐地回自己营寨去了。

大帐内只剩张良时,刘邦这才流露出一丝担忧,问道:"明日隔涧对阵,如之奈何?"

张良从怀中拿出一张绢帛,递到刘邦手中道:"大王只需如此这般,料他项羽不气死,也得发狂。"

"有子房在,我心定矣!"

广武就是这地形,隔着涧可以与对岸说话,要走起来,则需半日路程。正是辰时二刻,汉楚两军都准时擂过三通战鼓,各自的阵容就针锋相对地出现在对方的视野中。一开始,项羽就严令钟离眜等将领守好阵脚,自己先出马,隔着涧向对面喊话:"好你个刘季!寡人原以为你久临战阵,孰料你乃鼠胆,寡人方欲战,你却仓皇收兵。寡人今日正告你,你若是真英雄,就请下涧单独对阵,你我一决胜负如何?"

"寡人昨日已经说过,从不逞匹夫之勇。"刘邦挥了挥手中的马鞭道,"你果有雅量,可有勇气听我历数你罪乎?"

项羽仰天大笑道："寡人率军诛秦，替天行道，诸侯拥戴，有何罪可数？"

"既然你不介意，寡人就将你之罪一一道来。其罪一，你不遵誓约，王我于蜀；其罪二，矫命杀卿子冠军；其罪三，救赵不还报，而擅自动诸侯入关。其罪四，你烧秦宫室，掘始皇帝冢，收其私财……"刘邦说到这里，故意停了一会儿。虽然看不清项羽的表情，但他相信项羽一定被激怒了。

樊哙正听得痛快，却发现刘邦没了声音，急得跺脚道："继续骂啊，怎么没声音了？骂呀！快骂呀！"

在涧对面，项声早已怒不可遏，冲到项羽面前道："如此小人，口出狂言，请大王发令，臣射杀了这贼。"

项羽铁青着脸正要下令，未料对面声音又传了过来："项王为何沉默，是理亏还是心虚？"刘邦接着继续数落项羽的罪状，"其罪六，诈阬秦子弟新安二十万；其罪七，你将善地分给诸位将领，而迁徙放逐原来的诸侯王；其罪八，出逐义帝彭城，自己据为国都，夺韩王土地，并王梁、楚；其罪九，使人阴杀义帝；其罪十，为政不平，主约不信，天下所不容。"

刘邦说罢，仰天大笑，笑声在广武涧周围的群山间激起阵阵回声。他这一笑不要紧，身后的将士都带着戏谑大笑起来，声浪一阵高过一阵，仿佛飓风掠过涧去，直抵项羽大阵。

钟离眜、项声和项羽都被刘邦的嘲笑激怒了。从诸将到右领们，纷纷要求与刘邦决战。项羽更是瞋目切齿，对埋伏在灌木丛中的楼烦人弓弩手挥了挥手，低声道："一箭射死这小儿。"声音刚落，就听见"嗖"的一声，一支箭射向涧对面。诸将屏住呼吸，望着箭飞速飞过涧去，不偏不倚，正中刘邦右胸。

汉营众将大惊，一边鸣金收兵，一边冲上前去，樊哙、周勃、夏侯婴等也都围了上来，声声呼唤："大王……大王……"

冷汗从刘邦的额头淌下，他的脸色苍白，双目眩晕，但心里却十分清楚，此时此刻，自己若是倒下，正中了项羽下怀。他一咬牙拔下箭镞，扔在脚下，对张良道："可笑射手技差一等，伤我足也。"

这时候，就听见从涧对面传来项羽的大笑声："刘季小儿，你命休矣。"

众将扶刘邦回到营中，张良忙传军医前来验看伤口。军医轻轻掀开刘邦内衣，瞅了瞅，禁不住欣慰地说道："谢过上苍，多亏涧沟尚宽，箭支浅入，未伤脏腑。微臣开几服药，加上外敷，不几日就可康复。"

周勃、夏侯婴和樊哙诸将闻言，心这才落了地，纷纷告辞退出。

张良没有离开，刘邦就知道他还有话说，便问道："子房有事么？"

张良欠了欠身子道："要不要让萧公送戚夫人和小王爷来？"

"不用！"刘邦靠着被服说话，"本来伤就不重，夫人一来，反倒引起诸将疑虑。"

"大王圣明！"张良站起来，一副欲言又止的样子。

"看子房一副心事重重的样子，这又何苦呢？不妨直说。"

张良又道："为稳定军心，微臣尚有一个不敬之情。"

"说！"

"请大王乘车劳军。"张良补充道，"我军见大王安然无恙，必定军心大振。尤其是项羽闻之，必遣使者议和……"

"子房言之有理。传令下去，明日巳时寡人就在营前劳军。"刘邦顿了顿，因伤口的疼痛吸了一口冷气，"寡人忽然想起一事。太仆离开所部已有数日，现在李必、骆甲两位校尉率兵随大将军征齐。主将离营，非长久之计。寡人之意，命太仆明日出发赶往齐地。"

闻言，张良更是感佩："大王负伤，尚能镇定自若，运筹帷幄，真天子也。微臣这就去传命，命夏侯大人即刻前往齐地。不过，李必、骆甲自投我大汉以来，屡立战功。今又冲锋陷阵，何不擢拔为将军？诸将闻之，必感大王圣明，愈益竭忠用命，何愁天下不定。"

"好！就依子房所谏，擢拔李必、骆甲为骑将军。"

且说项羽命弓弩手射杀刘邦后，见汉军鸣金，自己也收兵回了营寨。项伯就在行辕等着，一看见项羽，就急切地问道："大王与刘季隔涧会话，刘季答应议和了么？"

项羽脸上拂过一丝笑意道："恐怕不死，也得躺数月，我军何愁成皋不能收复。"

一听这话，项伯就急了："你把他怎么样了？"

"贼人口出不逊，被我弓弩手射杀。"

"暗器伤人，王者所不为也。"项伯顿足捶胸，仰天长叹，"上苍何故如此，让兄弟阋于墙！"

项羽劝慰道："叔父不必悲痛，想睢弟堂堂男儿，相门之子，何愁没有良缘佳偶……"

"罢了……"项伯走到项羽面前斥道，"君子一言，岂可出尔反尔？"言罢，拂袖而去。

第二天辰时，项羽命中官在帐中摆酒，邀了项声、钟离昧和项伯一起庆贺射杀刘邦，项伯推说自己身体不适不来。项羽知道项伯的心病在哪里，亲自登门许诺，若是汉营中传来刘邦殒命消息，定要托项伯过涧吊祭，项伯这才极不情愿地出面。

席间,钟离眛、项声等人除了大骂刘邦外,都纷纷举酒庆贺射杀了一位强敌之酋。

钟离眛举起酒觚道:"刘邦一死,无人可与大王争锋。天下归楚,指日可待。"

项声也举起酒觚附和:"倒不如趁吊祭之际,发兵一举攻克广武城,继之收复成皋。"

项伯开始尚忍着,继之听说要偷袭汉营,再也无法平静了,他怒道:"项门怎会有你这等逆子,汉王乃大王所封,今逢大殇,本应遣使吊祭,未料你竟然欲乘人之危,传将出去,天下岂不笑楚人无信么?"

项羽见状,正准备赶过来劝慰,不料从帐外传来急促的声音,接着,就见钟离眛麾下的一位伍长单膝跪倒在帐外:"启奏大王,刘邦正在广武城外劳军……"

"什么,他没有死?"项羽愣了,疾步来到帐外,恶狠狠地瞪着伍长,"你可看清楚了?"

"卑职一直潜伏在汉营周围,看得清清楚楚。"

"刘季这个逆贼……"项羽大吼一声,将酒觚摔在地上,怒吼道,"来人!将刘太公、吕雉烹为肉羹,送刘季小儿品尝。"

"籍儿!你要干什么?"项伯冲到项羽面前,牵着他的衣袖,"你不可一错再错,做出有失天下人心的蠢事来。"

"叔父……"项羽只觉胸闷血涌,大吼一声,仰面向后倒去……

"大王!大王……"戚夫人从噩梦中醒来,浑身都是冷汗。她看看周围,几名宫女在身边站着。

"夫人刚做噩梦了吗?"女御长秋菊轻轻撩开幔帐,从榻床头拿起一方绢巾,为戚夫人擦了擦额头的汗水。

戚姬赧颜地笑了笑道:"方才我在梦中看到大王被人追杀,一惊就醒来了。现在何时了?"

秋菊回道:"约丑时二刻。"

戚姬轻喘了一口气道:"时间尚早,你就与我说说话吧!"

"诺。"秋菊应了一声,转过身对其他宫女道,"你们退下吧。"

戚姬又问道:"如意睡得好么?"

秋菊笑道:"有乳母看着,睡得很香。时间过得真快,一转眼夫人回栎阳已近一年了,小王爷开始牙牙学语了。"

经秋菊这么一说,戚姬梦中的情景渐渐淡去:"是呀,如意越来越像汉王了。"

"嗯。"秋菊点了点头。

平口乳母给孩子喂过奶后,都会抱到戚姬身边来玩一会儿,他就在秋菊眼前一天一天地长大,从学步到学语,每个细节想起来都是那么清晰动人。

戚姬告诉秋菊,自己近来总是做噩梦,梦见汉王不是被人追杀,就是孤身一人走在山道上。戚姬说着说着,眼睛就湿润了。

"日有所思,夜有所梦,夫人是因为牵挂大王才做梦的。"秋菊从心底同情戚姬。虽说嫁给了一个美髯男人,却离多聚少,还要经常牵肠挂肚。想想自己,父母皆耕夫出身,虽说日子不那么穷苦,可也不富裕。当初萧丞相招宫中女官时,一眼就看中了她。想来自己也有十八九了,将来也要找丈夫,也要为他魂牵梦绕,真是……倒不如单身的好。这念头一冒出心底,她自己都笑了,哪有女人不嫁人的?

不过,她现在的日子倒很快活。戚姬虽然是王者之妻,却丝毫没有架子,对待身边的人就像姐妹一样,只要与夫人在一起,那些离家的寂寞便烟消云散了。

秋菊变着法儿为夫人解忧,直到从夫人脸上看到笑意。窗外已有了阳光的金线,她唤了侍女为夫人洗漱,自己到后厨去催早膳。

用过早膳,淳于馥来看望夫人了。

"夫人昨夜睡眠不怎么好,如果微臣没有看错,还做了噩梦。"淳于馥看了戚夫人的脸色后说道。

戚姬十分吃惊,遂将近来境况一一道出。淳于馥又为夫人诊了脉,然后撩起裙摆在对面坐下来说话:"夫人之脉象乃为御脉。从意而论,乃不畅之意;从形而论,乃脉形稍粗;以症状论,多为倦怠、少眠、多梦;从病因论,乃思虑过度所为也。臣如果没有猜错,夫人是牵挂大王,郁结成疾。臣给夫人开一安神补心之方,连服三剂,定能见效。不过……"

"有话但说无妨。"

"医家向来认为,心主神明,为君之位,夫人还要心气平和才能最终身心双健。大王乃一代英主,夫人尽可宽心。"

戚姬内心十分感谢,便要侍女奉茶,未料淳于馥还要到太子处去看看,戚姬便命秋菊送到宫门外。孰料这一去,淳于馥却是半日没有回来,戚姬等得着急,正要遣人去找,就见秋菊进来禀道:"夫人,出事了!"

戚姬皱了皱眉头："什么事让你如此着急。"

"夫人，太子殿下清晨在'思齐阁'听吕大人讲书，因思念大王而心神不宁，又对吕大人大发脾气，丞相闻讯已前去看了。"

戚姬刚刚稍放宽的心顿时又悬在了半空，忙让中官备了车子，匆匆赶往"思齐阁"了。

进了阁，走过一段砖铺的小道，再转过一道九曲回廊，就听见讲书堂内人声嘈杂，那些陪伴刘盈的中官见夫人到了，忙向两边退去。戚姬进得跟前，就听见萧何正与太子说话。萧何说一句，刘盈就顶一句。戚姬听了一会儿，终于明白太子不安心读书，是想到成皋拜见父王。

"大王将殿下托付给微臣，微臣自当效命。没有大王之命，微臣怎能送殿下去成皋？"

刘盈瞪着眼睛道："你不让我见父王，我就不读书不吃饭，看你们如何交代。"

闻言，萧何就有些不悦："殿下此举有违礼义，更非王者所为，恕微臣不能从命。"

"好！从今日起我不再吃饭，何时准我去成皋，何时再开口吃饭。"

萧何正要说话，回头一看是戚姬到了，上前见礼道："惊动夫人，臣甚是惭愧。"

戚姬看了看吕臣，他脸上有些微伤痕，立时变了脸色道："谁出手打长史大人的？"问了几遍，没有人回应，戚姬对禁卫下令道，"皆不承认，那好，每人四十鞭。"

那些中官中有胆小的，见禁卫们举起了鞭子，纷纷跪倒在地求饶。

戚姬阴沉着脸，要禁卫们将中官们每人打二十鞭。不一会儿，那些中官脸上都带了伤，戚姬又要他们向吕臣谢罪。

吕臣撩了撩衣袖，叹息道："殿下身系国脉，还请夫人宽恕。"

伴随着心境趋于平和，戚姬脸上渐渐泛起红晕，笑道："丞相、长史忙了一早上，不妨回去歇息，这里就由我处置。"

"夫人，你……"萧何有些迟疑。

吕臣猜到了戚姬的用意，拉了拉萧何道："夫人贤淑，定会处置得当。"

萧何会意，两人起身告退，出阁去了。

送走两位大臣，戚姬转身进了讲书堂，看见刘盈独自一人坐在那里发愣，她在上首坐了。侍女送上茶水，她抿了一口后轻轻放下，这才开口说话："殿下思父心切，我感同身受。"

刘盈方才筑起的敌意之墙顷刻间坍塌了，抬起头看着戚姬道："姨娘也思念父王么？"见戚姬认真地点了点头，刘盈忽然起身来到她面前求道，"请姨娘带我和弟弟去见父王。"

戚姬笑着抚了抚刘盈的头道："你若能回答姨娘几个问题，姨娘便带你去见父王。"

刘盈晃着脑袋，自信地说道："姨娘请问，盈儿一定回答。"

"从栎阳到成皋山高路远，若中途遇见楚军，该如何应对？"

"让丞相多遣禁卫便可。"

"若寡不敌众，落入敌手，又该如何？"

"这……盈儿不怕死。"

戚姬截住刘盈的话头道："如果死于乱军之中，你又怎能见到父王呢？"

"这……"

戚姬跟着话头道："据我知道，殿下祖父与母亲现在楚军中拘押，即便见了父王，你能上阵救出祖父和母亲么？"

"能！我一定能……"

"殿下羸弱之躯，莫说救母，自保亦难。不能救母，又在父王身边徒分他心，忠孝乎？"戚姬接连反问，"既不能尽忠，亦不能尽孝，那殿下去成皋干什么？"

"这……姨娘问得太复杂，我无法回答。"

闻言，戚姬笑道："如此说来，殿下不能回答，是要放弃见父王了？"

"这……我就是想见父亲。"

戚姬向前挪了挪身子，放缓了语速，语气更加温柔："不瞒殿下，我近日夜夜也梦见你父王。可我不能图一时之快，而分了你父王的心。我只有待在栎阳，做好分内之事，才能让大王安心……"

"姨娘，盈儿明白了。"刘盈的心火渐渐熄灭，不再用眼瞪着戚姬。

这时候，秋菊手中端着一个托盘来了，上面盛了午饭。戚姬接过托盘，对刘盈说道："听说殿下喜食热粱和炙，姨娘特地让膳食坊做了，你吃过饭，姨娘还要问你功课呢……"

"姨娘！"刘盈接过托盘，讷讷道，"盈儿明白了，盈儿午后就去向丞相、长史两位大人道歉。"

九月的太阳很亮，讲书堂因戚姬的到来更加充满暖意。

他们并不知道，刘邦正在回栎阳的路上……

第六章

<h3 style="text-align:center">楚霸王援齐失利
韩重言求假得真</h3>

汉四年(公元前203年)十月,龙且率部到达高密城时,从临淄逃出的齐王田广依然惊魂未定。当高密令禀报有大军兵临城下时,他竟然以为是韩信大军追击而来,一下子瘫倒在县府。直到听说是项王救援的大军时,才战战兢兢起身对中官道:"请丞相代寡人出城迎接。"

"丞相在城破那夜迁往博阳了。"中官脸上有些为难,羞于用"逃"字来表示这场空前的浩劫。

"田光呢?"田广问的是代理署政的守相。

中官告诉他,守相在城破之夜也迁往城阳了。

"唉!"田广油然觉得自己十分孤单,望着县府门前高大的桧树,他长叹道,"哼!平日里个个信誓旦旦,国难当头之际,逃得比谁都快。"

现在回想起汉军攻破临淄时的情景,田广仍然不寒而栗。曹参率领大军从东门进来,直奔王宫。守宫的将士在郎中令的带领下,抵抗了两个时辰。无奈汉军攻势凌厉,如秋风扫落叶一般。在郎中令被曹参斩于宫门之后,齐宫禁卫顿时陷入一片混乱。消息传到内宫,田广从剑架上拔出宝剑,就要自尽。中官总管从身后死死抱住他,老泪纵横道:"大王倘若自裁,如何面对列祖列宗。只要大王在,楚国就一定会来驰援。有楚国助力,齐国就不会亡。"

"现在汉军已攻进宫内,寡人就是长了翅膀也难以逃脱。都是田横错谏,不该杀了郦食其,激怒刘邦。"田广虽不无自责,但连他自己也觉得这埋怨何等苍白无力,解不了眼前的危机。

正当这时,宫中禁卫带着中尉田既进来了,不由分说,他们架起田广就来到后宫。田既掀开屏风后的榻床,就有暗道口露了出来。田广心想,情急之中,怎么将这一逃生之处忘了。

田既急切道:"事急矣,大王快快进去,出了暗道直往东南,臣已命高密县令做好准备。"

田广不知道,就在他刚刚下了暗道,田既将榻床放回原处后不久,曹参就带领汉军占领了王宫。

事情过去了半个多月,田广惊惧的心仍然无法安定下来,常常半夜三更大叫而醒。中官和宫女们一个个胆战心惊,生怕惹恼了王上丢了性命。

"田既呢?"田广一边问,一边四下里寻找。

当田既身披盔甲出现在他面前时,田广的眼睛顿时亮了,讷讷自语道:"田将军一到,寡人心中安定多了。"

田既从宫中撤出后,心知高密兵力不济,于是转向西南,直奔高密而来。这些日子,他督促原驻守在高密的士卒与自己所部一起日夜训练,加固城池。但他更清楚韩信深知兵法,加上曹参和灌婴,个个都是勇武过人的军中骁将。要是齐国没有外力支援,城破只在早晚间。于是,在进驻高密的当晚,他就向田广提出遣使前往西楚求援。

上苍眷顾,项王不但答应了齐王的请求,而且遣最得力的大将龙且率二十万大军疾驰而来。此刻楚军就在城外,田既心中沉落的希望再度升起,他希望楚军能帮助齐王打回临淄去,重现昔日辉煌。

"启禀大王,楚军到了。"田既站在前厅中央,向正襟危坐的田广说道,"大王当遣使出城迎接。"

闻言,田广的眼睛转了一圈后道:"依礼寡人当出城迎接,但最好还是让龙且大军驻扎城外。"

"这是为何?"

田广耸起肩膀,以便显得严肃:"刘邦若是一只虎,项羽便是一只狼。被虎追击,未得喘息,又引狼入室,如此,则齐之不存矣。"

田既"哦"了一声,便明白田广是被吓怕了,生怕龙且进城后非但没有救齐,反而趁机控制齐国王室。正暗自唏嘘间,就听见田广又道:"丞相现在博阳,守相又在城阳。寡人就命爱卿为使臣,去城外慰劳龙且将军,共商大计。"

"微臣遵命。"田既没有丝毫的犹豫便答应了。不是他妄自尊大,而是历数齐王周围臣下,非老即残,食禄息劳者多,也只有他尚能为国家争得一丝颜面。

田广脸上的愁云渐渐稀薄,他立即传来高密令,要他速备车辆、金银、玉器等,随田既出城劳军。

田既暗自庆幸,一向爱财如命的田广居然懂了破财免灾的道理,这该是何等的不易。出了县府,他追上脚步匆匆的高密令道:"大王今日倒撒得开手。"

高密令却没有任何喜悦:"高密虽在平原,然则连年战事,民生凋敝。大王一句话,又不知该有多少百姓穷困潦倒啊!"

第二天,田既由高密令陪同,带着所部的两名旅帅(相当于汉军的校尉,楚军的右领)到龙且行辕劳军了。

潍水自北向南流过高密城西,十月,正是河两岸蒹葭吐穗的日子,远远望去,白茫茫一片,倒影映在水中,仿佛雪落碧水,平添了萧瑟之气。田既的队伍赶着十多辆车子,上面装满了犒劳楚军的什物,由一卒(200人)人马押送着出了南门。沿着潍河岸南行五里,朝西一拐,前面不远就到了龙且扎营的井沟镇。

田既扶着车轼,手搭凉棚朝远处眺望,就看见旌旗如林,帐篷连绵,拉了数里路长,不说二十万之众,十多万是有的。及至渐渐走近,就发现高高的寨门上悬挂着"龙虎之师"四个大字。两边各有一面大旗,左边的旗面上写着"楚"字,右边的旗面上写着"龙"字,风展旗卷,那字便若隐若现,更加显出几分威武。门口站着四名士卒,挺身肃立。从哨位上向内看,巡逻的楚军个个精神抖擞。

田既看着身边的高密令,他脸色蜡黄,额头冒汗,显然是被这森杀的气氛震住了。

田既毕竟是从刀枪血泊中过来的人,笑了笑道:"你我乃大王使者,当秉持正气,不能让龙且小看了我齐国。"

高密令机械地点点头,挺直了身子。田既一看,又笑道:"你就随和些、放松些,龙且将军没那么可怕。"

高密令一脸的尴尬,惭愧地低下了头。

田既见状,也不再强求。

龙且已接到屈右领禀报,正与监军项庄站在大帐外迎接。

田既眼观龙且,果然器宇轩昂,虎气生生,眉宇间时不时会不自觉流露出骄矜。但这并不影响他依礼接待两位齐国使者:"使君到了,未能远迎,尚乞海涵。"他谨慎地选择了"海涵"而不用"恕罪"二字,既显示了客方的高风,又表明了援助者的身份。

田既忙热情回道:"将军到来,必能救我齐于危难之际,本使代表大王深表感谢。"言罢,他挥了挥手,便有齐国士卒抬着犒劳的物品鱼贯而入。

龙且将项庄介绍后便邀请田既和高密令进了大帐。

田既听说项庄不仅是楚国左司马,更是项王之弟,顿生敬意,忙拉着高密令行了大礼:"司马到此,如同项王到此。"

项庄虽然口中连道"多谢",但眉宇间掩饰不住的轻视。这些都被高密令看进眼里,他心想,人言骄兵必败,不知这两位楚军大将能给齐国带来什么?

四人分宾主而坐,田既呷了一口热茶润了润嗓子,也平静一下情绪才道:"大王听闻将军率大军兵临高密,深感项王大义。只是不知将军会以何策攻破汉军,还请不吝赐教,本使也好回奏。"

龙且看了一眼项庄道:"本将军既是奉项王之命而来,定当不辱使命。必将搴旗取将,力挽狂澜,送齐王重返临淄。"

项庄接着龙且的话道:"我等想先听听齐军战况,以便布兵排阵,克敌制胜。"

田既摘其要者大体述说一遍,有意识地夸大了齐国现存军伍的数量,末了,以强调的语气说道:"汉军锋不可挡,齐楚在本土作战,容易轻敌,将军不可不慎。"

龙且对此没做出反应,项庄便问道:"依使君之意,当如何破敌?"

高密令此时心境才稍稍松动了些,带着试探的语气道:"依下官之意,倒不如一面深沟高垒,以守为攻;一面招抚沦陷城邑,使其知齐王尚在,楚军来救。亡城将领闻之,必四方响应,内外夹击,如此,则胜局定矣。"

龙且脸上依然水波不兴,却转过脸来问项庄道:"司马以为如何呢?"

项庄回道:"兵贵神速。我军新到,锐气正盛,必当速战。"

"司马所言甚是。"龙且的印堂闪过一道光亮,他带着大家来到地图前,"齐国诸将对韩信知之太少,未免心怯。本将军在项王帐下时,韩信不过是一执戟郎耳。且他早年寄食于漂母,无资身之策;又受胯下之辱,无兼人之勇,能知多少兵法?不足畏耳!"

田既有过与韩信作战的经验,听了龙且的话不免性急,上前打拱道:"龙将军……"

话尚未出口,却被龙且挥手打断了:"本将军知道使君要说什么,无非是汉军北抚幽燕,南下赵代等。其实如此种种,并非韩信之功,乃在诸将之愚,不知变故耳。"

"将军!"田既心中有些不悦,龙且的口气显然是把自己也包括在了"诸将"之列。正要辩解,却听到龙且气势磅礴的声音又响了起来:"本将军既奉命前来救齐,据而不战,何功之有?若一举战而胜之,可得其半土回归。"

这番话如江河湍流,涛声盈耳,田既和高密令耳膜被震得嗡嗡作响。项庄也正为龙且的话而吃惊,口张得很大却没有出声。田既的心头忽地升起一种责任,既然自己掌握着仅存的齐国军伍,就应该将心中所想陈于楚将面前。他长长地舒了一口气,为的是平静一下自己的情绪:"龙将军血战巨鹿,兵问九江。本使虽孤陋寡闻,然将军战绩,如雷贯耳。不过,此一时彼一时也。而今面对强敌,还是请将军慎思为上。"

田既的这种姿态,深深震撼了胆小殷勤的高密令,他也在一旁帮腔道:"田使君所言,下官深表赞同,还请……"

未料这话却招来龙且的哈哈大笑,继之投来的是轻视的目光:"二位是被韩信吓破胆了吧!"龙且觉得不可与这些败军之将言勇,随之从怀中拿出一张绢帛道,"此乃齐王致项王书信,明言楚军到达之后两军归本将军节制,就请使君依照部署听令出兵吧!"说完,他转身命令伺候在帐外的屈右领道,"时候不早,送使君回城。"

田既顿时陷入无言的尴尬,觉得脸上无光,继之似乎有芒刺在背,一刻也不愿意在此待下去了。但他仍然竭力遏制内心的愤懑,保持使者应有的礼仪和风度,先是向龙且和项庄行了告辞礼,然后,身子有些佝偻地离开了大帐。高密令跟着田既亦步亦趋,也匆匆出了大帐。

此刻,田既心头飘起悲凉的寒风,没有一丝喜悦。在他的感觉里,似乎正走在亡国的绝道上。对于楚军能否战胜汉军,他没有丝毫的信心。眼看着城门越来越近,田既忽然说了一声"停车",随即跳下了车子。高密令以为发生了什么事情,也跟着下车问道:"将军何故不走了?"

"本以为楚军可助我驱逐汉军,收复临淄。可龙且今日之轻敌,让我颇为忐忑。我担心高密不保,欲拨两什侍卫护送大人去博阳禀报丞相,让他早早做好迎接大王之备。"田既握着高密令的手继续道,"大王安危,系于君身。万望大人恪职历艰,以国事为重。若齐国有救,大人则为第一功臣。"

高密令分明看见田既眼里的泪水,忙拍着胸脯道:"请将军放心,下官一定面见丞相,陈说利害。"

田既随即唤过跟随自己多年的侍卫,吩咐道:"你带领今日随来侍卫悉数跟随高大人,护送他前往博阳,不得有误。"接着又叮嘱了一番,才返身上车回高密城去了。

夜寒人不静。当太阳在峡山背后跌落时,韩信的营帐里,曹参、夏侯婴、灌婴、李必、骆甲等几位将军参加的议军会渐次进入高潮。被胜利之火激荡的韩信对龙且的到来表示出了浓厚的兴趣:"项羽遣龙且前来救齐,倒有些出乎意料,我原以为他会遣桓楚前来。"

对于龙且,韩信并不生疏。当年在楚营任执戟郎时,他曾多次听过龙且与项羽之间的议兵。给他留下的印象是年轻气盛,十分关注于功名,每逢战阵,总是率先请缨。尤其是巨鹿大战中,他骁勇善战,逼死王离,令诸侯刮目相看。那时,他作为旁观者,也曾试图通过龙且将自己关于战事的思考转给项王,但每次都遭到奚落。这种讽刺和挖苦对龙且是说过就忘,而在韩信这却是刻骨铭心。他曾不止一次暗地发誓,若是有一天两人对阵,他一定要让龙且拜倒在自己膝下。

现在这个机会来了,韩信放下探马送来的情报,说出的话也带着兴奋的色彩:"诸位将军,项王遣龙且前来救齐,现驻扎在潍水东岸,紧靠高密城。如何一举破敌,还请诸位知无不言,言无不尽。"

夏侯婴听人议论过龙且,遂先开口说话道:"听说龙且其人年纪与项王相当,且贪功好战。此次受命东来,显呈骄兵之姿。故我军当坚壁不与战,疲其师也。"

话音刚落,曹参就接上茬:"龙且以救人者自居,倨傲自大,必轻我军。我军何不趁其立足未稳,一举歼之,彻底断了田广复国之念。"

韩信将目光投向灌婴,他素知灌婴不仅善战,而且多谋,在定策之前,总希望听听他的见解:"灌将军以为如何?"

灌婴沉思片刻,目光中就灼灼有光:"兵法云:天时、地利、人和,三者不得,虽胜有殃。我军滨水驻扎,敌若与我军交战,势必要渡过潍水,何不因地利而布兵,如此,则事半功倍也。"

李必、骆甲两人都是第一次参加议兵,说话不免谨慎了些。李必看了看骆甲,鼓起勇气说道:"灌将军所言实乃妙计。末将也以为我军与楚军接战,应做佯败之势,使敌益骄。"

"然后以水战击之!"骆甲禁不住出了声。

"诸位所言,亦我心中所思也!"韩信心中充满必胜的自信。可早年那遭遇冷眼,人生多有坎坷的经历,使他养成了不喜形于色的习惯。面对大家如此不约而同,他只是淡淡地笑了一下,便迅速收敛了笑容下令道,"曹参听令,命你率所部与龙且接战,可佯败将敌引至潍水。"

"遵命。"曹参应了一声,出帐去了。

韩信接着对灌婴道:"将军可率弓弩手在潍水西岸埋伏,待敌半渡之际,即可用箭射之。"

在灌婴遵命离开大帐后,韩信对夏侯婴、李必和骆甲下了最后一道命令——他要夏侯婴率部在潍水上游筑坝截水,待敌陷入流矢重围后即毁坝水淹楚军。

"水淹龙且之后,骆将军率轻骑立即攻打高密,务擒齐王田广。"韩信最后道。

汉军频繁调动,田既都及时地传报给龙且,项庄也提醒他不可轻视韩信。可这些似乎都无法改变龙且急于与韩信决战的心理。这天,田既将项庄悄悄约到帐外二里地,如实谈了自己的担忧,并希望项庄能将之告知项羽。项庄回营后,连夜写了书信,派心腹星夜南下,希望能在开战前获得项羽的诏命。

项庄不知道,楚军南下要经过卢绾、冯敬和彭越的防区,其间阻隔重重,怎么可能短期内得到项羽的指示呢?他每天都到营门前瞭望,却一直没有看到使者的影子。

十一月初,楚汉两军在潍水展开大战。出乎龙且预料的是,这战事的攻方不是楚军,而是先发制人的汉军。

"韩信果真胸有雄兵么?"龙且在心中问自己。

当曹参向楚军发起攻击时,龙且甚至有些措手不及。好在他毕竟久历战阵,立即率军出战。曹参先命麾下的李校尉出战,龙且见状,便遣所部谭右领应对。两人大战数十回合,李校尉一个转身,催马向自己阵内奔去。谭右领第一次与曹参所部交战,不免贪功,疾疾追来。眼看马头已贴着李校尉的马尾,却未料对方忽然转身,贴着马背一枪刺来。谭右领只顾追击,却不防被回马枪刺中咽喉,气绝身亡。

龙且此时就站在军阵门旗下,他见此情景,挥动手中兵器大喝一声:"有取曹贼首级者,赏五百金。"随后便冲了过去。

曹参见状，也从容应战。

主将对阵，双方士卒自然分外紧张，各自擂鼓，两人就在河滩上刀来枪往，连战数十回合。曹参渐渐做出体力不支状，有些上气不接下气。他拨转马头，向北而去。龙且哪里容他逃走，双腿猛夹坐骑，追了上去。

这时，却听见身后传来收兵的锣声。

战马闻听锣声，四蹄腾空，仰头"啾啾"长啸。龙且勒马回头，只见项庄正向自己招手，他不无遗憾地对麾下将士说一声"回营"，转身朝楚军营寨奔去。等到了阵前，他再回头去看，曹参的队伍正纷纷登船，向对面划去……

"我正要取曹参首级，监军为何鸣金收兵。"

项庄抱拳道："将军有所不知，曹参不仅骁勇善战，而且多虑善思，我怕他有埋伏。"

"那又怎么样呢？难道我怯阵不成？"龙且不无遗憾，且带着些微的怨气，"照样将他斩于马下。"

"我曾与曹参打过交道，以他的战力绝不会如此快地就力怯惧战。他之所以败退，显然是诱兵之术，将军不可不防。"项庄并不计较龙且的态度，他就记着北上前夜，酒阑席散后项羽私下对自己的叮嘱——龙将军乃大楚砥柱，不可有失，望弟小心谨慎。何况鸿门宴上，他也见过曹参的智慧。

"彼能渡河为战，我亦能舟楫渡河。"在当晚的议军会上，龙且做出一项冒险的决定，"两天后渡河直捣汉军大营，生擒贼酋韩信。"

也许是担心被阻，龙且根本没有征求项庄的意见。议军结束后，项庄没有走，他来做监军就是要约束龙且的鲁莽行为，便劝道："将军渡河，乃孤军深入。若中了韩信的埋伏，悔之晚矣。"

龙且不以为然地看了一眼项庄道："我十分不解，为什么这个昔日乞食者韩信，竟然让我大楚上下谈之色变。"

项庄闻言，苦笑了一下道："将军安危，举国牵挂，我不能不尽责。"

龙且回道："现进军令已发，若再收回，岂非儿戏？我意已决，监军无复多言。大王降罪下来，我一人承担。"

项庄长叹一声，出帐去了。刚回到大帐，等了几天的信使回来了，说是带回了项王的诏命。项庄急忙打开一看，心就一个劲地往下沉。原来不仅龙且无视韩信，项羽在诏命中对韩信也是十分蔑视，并且相信龙且一定能挽狂澜于既倒。

项庄收起诏命，他决定在双方大战之前不让龙且看到此信。

一连两天，龙且遣了两名右领，协同齐军的校尉到附近渔村征集了数百条舟船。不断传来楚军骚扰百姓的消息,十里八乡,哭声动天。到了第二天傍晚,终于将船只征齐。酉时一刻,项庄觉得船只大部分已经到位,匆忙赶到龙且的大帐谏言道:"既是舟楫已经到位,不妨今夜子时趁机暗渡潍水,一举歼敌。"

龙且觉得项庄过于谨慎,笑了笑道:"我军势大,何必偷袭?"

项庄不解地问道:"这又是为何?"

"我就是要让狂妄的韩信知道,我能以战胜之而非诡计。"

"将军此言下官不敢苟同。所谓兵者,诡道也,诡者,欺诈也,从来真真假假,能用谋战,何必用力战?"

龙且摇了摇头,仍然以将令已出,不易更改为由婉拒了项庄。

第三天清晨竟飘起了雪花,冷风夹带着缕缕寒意,吹得楚军旗帜呼啦啦响。龙且来到潍水东岸,抬眼望去,数百条船只齐刷刷地停留在码头,旌旗如林,刀光闪闪。龙且眉宇间流露出必胜的神色,他似乎看到韩信已举起降书,在等待着他。

龙且"嗖"地从腰间拔出宝剑,大吼一声:"杀向对岸。有擒获韩信者,赏千金;取其首级者,赏八百金。"

这些楚军将士是匆匆调往齐国的,不少士卒还没有来得及换上绵甲。他们听说有赏金,顿时来了精神。一时节桨动浪涌,马嘶人唤,大队人马气势磅礴地向对岸驶去。为了争先,他们相互抢夺水道,引起纷争。龙且见状,命裨将周昊一连斩了两位什长,才使渡河的秩序渐趋稳定。

大军必须尽快渡河,否则被汉军发现,只需在对面部署弓弩手,就可以将楚军压制在河心无法移动。这个意念一闪上心头,龙且本能地抖动了一下肩膀,对身边的靳右领道:"传令下去,加快速度过河。"

靳右领命艄公将船只划到前头,大声喝道:"不想成为汉军箭靶者,加速前进。"

楚军大部终于过了河心,朝西岸前进,龙且这才松了一口气,对靳右领道:"只要我军占领滩涂,就是给汉军胸口插了一把刀。"

靳右领正要回话,就听见"嗖"的一声,一支箭从河对岸飞过来,眼看就要射中龙且。靳右领冲上前去,那箭就将他穿心而过。靳右领喷出一股鲜血,落进河里。

龙且心头一沉,未及多想,对岸的箭雨已经密集地朝着河心飞来。龙且挥动宝剑,大声吼道:"快下水,快躲到船下去。"

呈现在龙且面前的是怎样一幅恐怖的场景哦!从西岸飞来的箭矢遮天

蔽日,楚军士卒纷纷落水,不一会儿,尸体就漂满了河心。将士们惊魂未定地下到水中,试图依靠船体躲避箭锋,却听见上游传来沉闷的"吼声"。周昊从船体后面露出头,顿时惊得目瞪口呆。数尺高的浪头自南向北涌来,滚滚潮头很快就到了面前。那些刚刚躲到船下的楚军士卒甚至连惊叫的机会都没有,就被浪头卷走了。

龙且的船被大浪托着,时而被推上波峰,时而被抛进浪谷。一个浪头打来,他落入水中,一连呛了几口水。亏得他从小生在海边,很快就顺着浪花稳住了自己。他抹了一把被河水迷住的眼睛,就看见对面游过来一个人,头发散在水面,那是周昊。龙且直着嗓子问道:"到底发生了什么事情?"

周昊仰着头,尽量不使自己呛水,口中却骂道:"韩信竟筑坝截水,等我军渡河时毁坝放水。可怜我吴中健儿转战南北,未料却在这里做了冤魂。"

龙且惭愧地扭过头,不敢看周昊悲愤的眼睛:"都是我低估了韩信,才有今日。"

周昊劝道:"事已至此,将军自怨无益。为今之计是迅速返回东岸,那里距我大营很近,尚有反转之机。"

龙且认为此言有理,他奋力划开水浪,朝东岸游去。周昊紧紧跟在身后,拨开拥挤不堪的尸体。两人刚刚游上岸,就听见从滩涂上传来一位汉将的声音:"前面可是龙且将军,灌婴在此等候多时了!"

龙且四处打量,见周围都是汉军,灌婴持刀立马,面容冷峻,便知道自己走投无路了。他转身对周昊说道:"我等深受大王之恩,岂可降贼?随我杀过去,即便玉碎,也不枉为楚将。"

"愿随将军赴死。"

两人直奔灌婴而来,灌婴挥刀下去,周昊的兵器就落在地上,很快就被汉军擒住。这时候,灌婴又说话了:"汉王乃当世明主,素来仰慕将军骁勇。将军若能弃暗投明,我定当保荐将军。"

"哈哈哈……"龙且伸手抹了一下脸颊的水渍,从牙齿缝间发出一阵冷笑,"灌将军错了,我非陈平,岂可投降毁一世英名。今日狭路相逢,宁死也不愿为阶下囚。"言罢,挥动宝剑向自己的脖颈抹去,一股鲜血喷上天空,将雪白的芦花染得通红。

见状,灌婴长叹一声:"可惜一代名将,就此殒身了。"

韩信在侍卫的簇拥下进了战场,灌婴下马来到车前道:"末将恭迎右相。"

韩信下得车来，双手打拱道："将军辛劳。"在他的身后，跟着曹参、夏侯婴、李必和骆甲。

灌婴向韩信禀报，说龙且被围后自刎身亡。

"他在何处？带我去看看。"

龙且好像经过一场艰苦的跋涉，四肢无力地躺在沙滩上，只是那双不甘的眼神含着太多的意味。韩信见状，心头忽然掠过一丝酸楚。心想像龙且这样的将军，为项羽出生入死，到头来却是如此结局，他长叹一声道："龙将军一世英雄，就失在轻敌自信上。"他伸出手，轻轻滑过龙且的眼帘，那双眼睛便合上了。

韩信站起来，看了看夏侯婴又问："高密城如何？"

骆甲立即上前禀报道："末将率部攻进高密城，发现田广早就逃往城阳了。末将未能擒获田广，请将军降罪。"

韩信挥了挥手道："此事在预料之中，由此观之，田广对楚军能否操胜也是疑虑的。"

经过与龙且的较量，诸将再一次见证了韩信的运筹帷幄，心中的诚服又增添了不少。这一点，韩信有着强烈的感受，回想这些年的经历，心底平添了对刘邦的感激。当然，他心底最感谢的还是萧何与夏侯婴。

"将龙且尸骨入殓送往楚营，他毕竟是一代名将，项王心腹，当入土为安。"

韩信继续沿潍水北行，沿途所见，被射死或淹死的楚军尸体阻塞了河道。龙且之死对项羽的打击必然是巨大的，但眼前的情景没让他觉得有丝毫的轻松。

"穷寇当追。"韩信对跟在左右巡看战场的诸位将军道，"灌将军即日起率部攻打城阳，务必生擒田广；曹将军进击田既；太仆与李、骆两位将军随我进攻博阳，务必擒获田光。如此，则三齐之地定矣。"

当晚，韩信在高密城中大宴诸将，酒至夜深，方兴尽人散。当大帐内只留下他一人时，所有的心事便渐渐浮上心头。从蒲坂渡河一路东来，燕赵收于囊中，定齐指日可待。屈指算来，离开襄国已有两个月了。记得在他奉诏离开襄国东行的前夜，张耳趁着夜色到访。茶过三巡，张耳几乎是贴着韩信的耳朵说道："万分感激足下说服汉王封我于赵。诗云，投我以木桃，报之以琼瑶。汉王众臣中，萧何善政，却不能决胜千里；张良善谋，却不能挥动千军。唯足下进可以旌麾奋指，退可以游刃有余。我想问一句，定三齐后，足下有何打算？"

"这……"韩信明白张耳的意思,但他还是谨慎地说道,"我归汉不久,如何……"

"足下之言差矣。齐乃海域鱼盐之地,物阜民丰,疆域辽阔,岂能一日无君?况乎齐之距汉中,迢迢千里。足下若治齐,于公,乃为汉王分忧;于私,乃足下兴业之地。还请足下早做筹谋。"

他不得不承认张耳所言正对自己的心思,可当时他除了留下感谢的言辞外,并没有任何赞同的表示。而第二天黎明,刘邦就闯入军营夺了他的印信。他在心底庆幸自己亏得谨慎,否则……

但现在情况不一样了,伴随着帐外的寒风,就着帐内红红的炭火,他搁置心头的思绪重新活跃起来。张耳封了,韩王信封了,为什么自己就不能呢?这三齐之地是自己身披战尘打下来的,封王也是当之无愧;何况大泽乡揭竿以来,诸侯蜂起,自己不过是顺势而为罢了。

韩信呷了一口热茶,暖了暖腹,重新坐在木炭盆旁想心事。哦!他想起来了,就在前几日即将与楚军展开大战前夕,他接到了张耳送来的信札。由于战事,他竟然忘记了。韩信起身急忙在案上寻找,终于找出一张薄薄的绢帛。信不长,但意思很明确,就是提醒他不要忘记了临行前的谈话。

韩信决计接受张耳的建议,向刘邦上书请封。他来到案几前,缓缓铺开绢帛,拿起笔,思绪却踯躅了。他清楚自己的战绩,也清楚自己的来路,更警觉汉王身边的张良、陈平等人。是的!上书既要让刘邦明白自己的请求,又不至于给人留下口实。半个时辰过去,韩信终于将反复斟酌之后的词语落在绢帛上——

右相、大将军臣韩信昧死上书汉王陛下:
自奉命入齐以来,臣击齐楚军于潍水之上,楚将龙且伏诛;取城阳、克博阳且在旦夕之间。三齐地定,天意民心。然则,齐伪诈多变,反复之国也。楚在其南,虎视眈眈。故臣欲借假王而镇之……

写完书札,封好信件,韩信望了望帐外渐渐透明的晨曦,心想不知汉王会如何看待这事呢?

"嗯!应当遣一位可靠的使者去广武。"韩信手扶案头,讷讷自语。

"李左车。"忽然这个人的形象浮现在脑际,韩信在兵临齐国的日子中,他左右参谋,屡立战功。他去见刘邦,定然不负嘱托……

广武前线两军对峙，剑拔弩张，刘邦在栎阳仅仅停留了四天。但他利用这四天时间，却干了几件必办的事情。

他首先关心的是太子刘盈。刚一回栎阳，来不及与夫人温存，他就把萧何、吕臣和刘盈传到面前，详细询问了情况。刘盈聪慧，不但对答如流，且有所思虑，这让刘邦十分高兴。当晚，他留萧何、吕臣在宫中小宴。席间，刘盈彬彬有礼，谈吐不凡。刘邦兴之所至，欲多饮几觥，却被戚夫人劝住。萧何、吕臣也是乘兴而归。

刘邦做的第二件事情，就是命工官处做了一颗司马欣的假头，用鸡血涂了，悬挂在栎阳城楼三日。萧何有些不解，问道："司马欣已死在汜水之上，为何于此悬挂头颅？"

"丞相难道忘了，栎阳乃塞国之都，寡人就是要告知栎阳臣民，从此塞国不复在矣！"

萧何笑了笑道："大王此意在于告知项羽，关中属大汉也。"

刘邦不置可否地点了点头。

头颅在挂出的当日，吸引了不少人来看。那些识文断字的，看着旁边的王榜，情知塞王先是归汉，彭城大战中复又降楚，便骂其朝三暮四，盛赞汉王乃天下英主。这些并不值钱也不解决现实问题的赞语传到刘邦耳内，他笑了笑，要的就是这个效果。

在即将离开栎阳的前一天，萧何特地请关中名医来为刘邦诊脉，察看伤情。那医家解开刘邦的衣襟，看到伤口基本痊愈，只留下铜钱大的伤疤，不禁惊呼道："大王真天子矣。"

"先生何出此言？"刘邦淡淡一笑。

"小人曾到广武涧采药，东西两岸正一箭之隔，可楚军箭矢却偏了许多，未及心扉，此非天意乎？"

萧何在一旁听了，忙命中官取了百金送与医家。

第四天，刘邦无论如何不能再停留了。他将刘盈叫到面前，言明此次要带戚夫人和如意回广武，要他安心留在栎阳读书习政，不可心有旁骛。

刘盈闻言，眼睛里噙着泪花，却又不敢任性。他将一肚子的话咽回去，怯怯地说道："儿臣尚有个不敬之请，请父王帮儿臣接回母亲。"

刘邦将刘盈搂在膝下，许久没有说话。是啊！几年了，他也无缘见到吕雉。上一次卢绾从楚营回来，说虞姬对吕雉很宽厚，他到现在也难以置信。他默默地抚摸着刘盈的长发道："你放心，父王记下了。"

萧何依依不舍地送了一程又一程，直到函谷关前。

刘邦留步道："千里相送，终有一别。丞相身负治理关中，保障前方辎重之任，还望珍重。"

萧何闻言，干脆下车与刘邦步行朝关前走去。路上，萧何说了自己的估计和担忧："两军对峙，恐难分胜负。项羽一时要调动大兵，似有些力不从心，很可能遣使前来议和。到那时，大王就该把视线转向南面，毕竟您离开南郑很久了，而雍齿一人镇守，久了恐怕……"

萧何没有说完，刘邦已猜到下面的意思，平静地说道："丞相不必担心，雍齿穷途末路才来归汉。他很清楚，像他那样的性格绝不可能见容于项羽。他只有跟随寡人，才不致成为项羽口中之食。不过，丞相的担忧也不无道理，等大势渐趋平稳，寡人便遣子房南行，一则接夫人出关，二则也好察看情势。"

到得关前，郦商早率守关将士出门迎接。

看见郦商，刘邦心中就充满了内疚。郦氏兄弟两人一文一武，为大汉立下了累累战功，可郦食其却惨死于田广之手。他一想到这些，就从心底埋怨韩信不该出尔反尔。尽管小修武夺兵暗示过韩信，但他至今仍没有明白韩信的心思。既然大举攻齐，行辕却不前移，他究竟要干什么？

刘邦一步上前，抚着郦商的肩膀道："令兄乃为国捐躯，寡人铭记在心，定要拿田广首级祭祀。"

郦商闻言，言语中就充满感激之情，道一声"大王请"！径自在前面引导，守关将士排成长长的甬道，刘邦、萧何穿过甬道，朝关城署而来。

进了关城署，刘邦第一眼就看见案几上摆着郦食其的灵位。萧何眼快，抢先上前向灵位行了大礼："郦先生，大王来看望足下了。"随之代刘邦上了三炷香。

伴随着香烟袅袅，郦商双膝跪倒，头抵着地，很久没有抬起。

见状，刘邦的心再度悠悠颤动，暗暗决定回广武后要诏令韩信加快进军，务必扫灭田齐，给亡灵一个交代。

第二天，萧何和郦商在函谷关向刘邦告别。

刘邦握着郦商的手叮嘱道："关中安危系于将军，定当佩弦自急，勿负我望。"

"请大王放心，除非臣殒身，否则，项贼休想进关一步。"

带着戚姬回到广武军营，刘邦向张良、樊哙、周勃等人说起函谷关祭祀郦生的情景，仍然抑制不住心头的激动，他在迎接的臣僚中发现了陈平，便问道："爱卿何时到广武的？"

陈平忙上前见礼："臣在敖仓击败项声、曹咎军后，便将防务交给刘公子、樊公子和王吸、薛欧几位将军，疾疾赶回广武复命，却不料大王回了栎阳。"

刘邦点了点头："敖仓安危关乎我军生死，务必严防死守。"

张良不失时机地奏道："大将军遣使到了广武，我军已攻破临淄，连克高密、博阳、城阳等城。齐王田广逃亡，中途为身边禁卫所杀。齐相田横闻田广死，乃自立为齐王，率部攻灌婴部，为灌将军所败，其率五百骑奔往彭越军中。"

刘邦截住张良的话头令道："诏令卢绾、冯敬前往彭越军中索要田横等人，押回广武。"

张良看了看几位同僚，摇摇头道："大王待彭将军不薄，可彭将军至今左右彷徨。若他接纳了田横，我军则无可奈何。为不使彭越归楚，不如暂忍一时，待击败项羽，一切皆迎刃而解。"

陈平接上张良的话道："军师所言，虑远而谋深。臣也以为不可因田横而坏了大局。"

刘邦低头沉默了一会儿才道："好，此事就先这样！传令给大将军，命他加速清剿齐国残军，不可犹豫。"

张良又提醒道："大将军使者现在传舍，正等待大王召见。"

"哦？令他来见。"

大约一刻后，韩信的使者李左车双手捧着封了签的上书来到刘邦面前。在行过礼后，刘邦命中官呈上上书，从头到尾浏览起来。他先是眉目掩藏不住的兴奋，继之眉毛渐渐收拢，及至读到最后几句时，嘴角就挂上了恼怒。放下上书，刘邦看着仍跪在面前的李左车，终于忍不住愤懑道："寡人被困于此，日夜盼望右相前来佐我退项楚之兵，彼反欲自立为王，此与昔日武臣何异？"

这话一出口，刘邦就觉得脚被人踩了一下，及至顾盼左右时，才发现正是心腹近臣张良和陈平。趁李左车没有抬头，张良迅速附耳道："我军还没有摆脱不利局面，此时又如何能禁止韩信为王呢？不如就此立他为王，大王以诚信待他，他必不能叛汉，否则必生变。"

刘邦顿时明白此言之意，转而以不无嗔怪的语气道："这个重言，为何对寡人也吞吞吐吐的。大丈夫平定了诸侯，就该做个真王。陈中尉，寡人命你即刻起草诏命，封韩信为齐王。你等亦当以齐王为楷模，勤力同心，光我大汉基业。"说完，他又走到李左车面前，扶起他道，"使君一路劳顿，改日寡人在行辕设宴招待。"

　　这一切都发生在一瞬间,从真怒到假怒,从埋怨到嗔怪,不仅李左车没有反应过来,就连张良和陈平都为刘邦的敏锐而暗中叫好。以致李左车在起身的那一刻都情不自禁地赞道:"臣曾事于赵王歇,也曾奉命出使西楚拜见过项王。然人王胸襟阔朗,令臣铭感肺腑。回到临淄,臣定将大王恩典禀报右相。"

　　送走李左车,散了诸将,刘邦只留下张良说话。在厅内只有两人时,张良情之所至地赞扬了刘邦。刘邦却不无狡黠地眨了眨眼道:"寡人听说李左车善谋,他不会看破其中玄机吧?"

　　张良朝外瞅了一眼道:"听其言,观其行,李左车当不会节外生枝。"

　　刘邦点了点头:"不过从今以后,对韩重言须多所提防。寡人欲遣你为使者前往临淄宣达诏命,此意卿明白么?"

　　"臣明白。"张良向刘邦施了一礼,告辞出门去了……

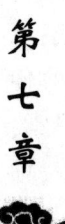

第七章

楚霸王说信遭拒
李左车灰心请辞

"你等还不退下，不要打扰了龙将军。"项羽大声呵斥着几名右领，大家战战兢兢地退出灵堂，只留下项庄、钟离眛和龙且的族侄龙右领。

项羽望着躺在棺椁里的龙且，讷讷自语道："刘季尚未剿灭，将军怎能安卧呢？"

项羽的话一声声直抵项庄的心扉。他小心翼翼地上前挽起项羽的右臂，轻轻说道："大王节哀，龙将军在天有灵，会感激大王的。"．

龙右领也上前劝慰道："族叔在天有灵，一定会感激大王的。"

"有你来祭祀龙将军，寡人至为欣慰。你要像他一样，忠于大楚。"

"臣记下了。"

项羽又回看了一眼项庄道："唉！作为一国之君，连麾下都不能护卫周全，寡人有何颜面对大家？"

钟离眜也是第一次看到项羽如此伤情，作为与龙且一同出生入死的挚友，他更是有着断肠之痛。可他明白，楚军没有自乱阵脚的本钱，便上前向项羽禀道："请大王节哀。眼下楚汉两军对峙，不可不防汉军趁机偷袭，臣这就下去部署防御。"

钟离眜是什么时候走的，项羽并不知道，此刻他脑子里全是龙且的影子。他怎能忘记，吴县起事不久的一天，龙且率手下弟兄前来投奔的情景。龙且被项羽的英雄气概所折服，发誓要跟着他打天下。而那时候，项羽只是裨将，这份情怀足以让他记一辈子；他又怎能忘记，从巨鹿之战到彭城之战；从成皋、荥阳之战到北上援齐，每一个紧要关头，龙且总是主动请缨，不辱使命。是的！他有些急躁，可这与他的忠贞相比又算得了什么呢？他不善思索，可这与他的骁勇相比又有多少可以指责的呢？他还年轻，不过二十八岁，项羽曾许诺要为他觅一姑娘为夫人，谁料……

项庄怎能不理解项羽的心思呢？在西楚的诸将中，他最倚重的就是桓楚和龙且。现在大敌当前，阵前损将，大王又怎能不心痛呢？但项庄更知道，龙且战死的真正原因在于刚愎自用。他上前为项羽奉了一盏热茶，才开口说话："大王可愿听听此战失利的原因么？"

项羽意识到灵堂非议论之地，挥了挥手道："回大帐再说。"

在项羽行辕大帐内，项庄坐正身子，将潍水之战中龙且如何轻敌，如何不听劝诫，以致被韩信利用等详细说了一遍。项羽听着听着，眉头就紧皱在一起，过了好一会才长叹："剽疾轻悍，虽勇而必败矣！也该天不予我。"

说到善后诸事，项羽把损兵折将的愤怨都集中到了刘邦身上："若非刘季遣韩信北上灭齐，龙且也不会死于非命。寡人定要报这切肤之仇，要让刘季背不孝之命，引天下人共愤。杀了刘太公，才解寡人心头之恨。"

"不可！"项庄情急之间，差点将手中热茶倾泼，"大王不可犯螳螂捕蝉黄雀在后之误啊！"

"难道就此罢休不成？"

项庄又道："据探马禀报，刘邦已下令韩信挥军南下，于广武与我军决战。本来成皋局势乃我众敌寡，若如此，则敌众我寡，腹背受敌，反为敌所累。即便杀了刘太公，非但于事无补，反而令敌因恨而士气大增，恐于我不利。"

"小小执戟郎，竟然成了寡人劲敌。"项羽不无追悔，又换了询问的口气问道，"庄弟以为如何？"

"亡羊补牢，未为晚也。"

"此话怎讲？"

"当初韩重言在大王麾下时,虽从未纳其一言一计,然则,亦未加害于他。若能……"

项羽问道:"若能怎样……"

这神色映入眼帘,项庄心中就有了底,道:"若能遣一辩士前往许以重金高爵,游说其叛汉归楚,则损刘贼一臂,岂非良策?"

项羽双手下意识地握在一起,犹豫地说道:"寡人过去不但轻看于他,而且多以恶言辱之,他岂能……"

"香饵之下,必有悬鱼,重赏之下,必有死士。韩重言亦是常人,岂能不言利?刘贼许其大将军,我则可许之以王,必能使其叛汉归楚。"见项羽目光很专注,项庄继续道,"臣弟府中有一舍人名武涉,能言善辩,堪为策士。若大王允准,臣弟可保他必能说服韩信。"

项羽又问:"比之郦食其如何?寡人听说刘贼遣郦食其一言定燕,一言说齐,难道他……"

"只在其之上,不在其之下。"

"好!他从彭城一来,寡人就委他以使者身份赴临淄说降。若能奏效,寡人就任他为右史,听命于左右。"

"大王英明!臣弟这就遣人催他前来。"

出得大帐,十一月的冷月悬挂在西天,项庄一边告辞,一边劝项羽早点歇息。项羽却说要再去灵堂与龙将军说说话。

楚人风俗,祭奠多在夜间举行,是为呼唤亡灵归来。项羽这个时候去灵堂也许正是思念心切,于是,项庄在告辞时又劝慰道:"人死不能复生,大王要节哀自珍,万不可悲伤过度。"

项羽挥了挥手道:"寡人想再去看看。"

踩着冰冷的月光来到灵堂前,远远地瞧见,守灵的禁卫正在换班。大家见项王到来,纷纷行以军礼,齐刷刷地喊道:"参见大王。"

"寡人来看看龙将军,你等先退下。"项羽说完,又对侍卫右领道,"你也在外边等候。"

短短几个时辰,龙且已经成殓,现在,项羽只能面对置放在案上的灵位。灵堂外面传来悠长的呼唤声:"龙将军归来兮!归来!"跟在呼声后面的是打更的声音,益发显得广武之夜的冰冷。

龙右领跪在灵前迎接,项羽挥了挥手道:"你去煮一鼎酒来,寡人要与龙将军对饮。"

"大王,这……"龙右领迷茫地看着项羽,"族叔他……"

"难道你没有听清楚么？"项羽的话语中分明潜入了恼怒。

"臣遵命。"

不一会儿，灵堂里就飘起了酒香，项羽这才道："你退下吧，寡人有话要对龙将军说。"

此时，烛火摇曳之下，只留下项羽一人，他的身影被投在幔帐上，高大而又孤独。方才他希望静一静，可在众人退出后，寂寞的恐惧立即向他袭来。他痴痴地望着龙且的灵位，往日驰骋疆场的情景就一幕幕地从脑际流过。但令他印象最深的还是从南阳归来那夜宴后的一番话，尽管对北上援齐龙且恪守不渝，可就在离去时他还是留下了一句话："若臣殒身战场，还请大王关顾父母……"

"未料一言，却成永诀。"项羽自语着举起酒觥道，"将军一世，战尘未洗。今日得闲，请饮下这杯酒，且为你洗尘。"

项羽将酒洒在地上，只听见一阵"咝咝"声，酒渗入地下。

项羽长舒了一口气，接着举起酒杯道："这一觥酒，且为你家人饮。你自离开故乡后，就从未回头看一眼二老。如今你溘然长逝，寡人要代你孝敬二老。"

项羽将第二杯酒倒入地下，那酒在地上翻了个小漩涡，才渗入地下。

没有一丝停歇，项羽就举起第三杯酒对龙且的灵位道："这第三杯酒是为爱卿壮行。你若在天有灵，就护佑我大楚早日剿灭刘贼，一统天下。"

他刚将酒洒在地上，便入地无声，迅速而又快捷。

窗外吹进一丝微风，揭起幔帐，泪眼模糊中，项羽望见龙且影影绰绰地从灵堂后面走来了。他试图睁大眼睛去打量龙且，却眼皮沉沉；他想握着龙且的手，无论如何也抓不住。

"请大王就在原处与微臣说话，千万不可靠近。"龙且脸上很洁净，仿佛大梦方醒，看上去很精神。

该说什么呢？千言万语涌上心头，项羽把最烦恼的思绪说给龙且听："敌我相持太久，爱卿告诉我，该怎么办？"

"大王离开彭城太久了！"

"爱卿的意思是说，寡人该与汉军议和，回到彭城去？"

"马去马归，焉知非福。大王珍重……"龙且声音拉得很长，但每一个字都很清晰。天地间绵延不绝的几个字，仿佛石块压在项羽心头，他忽然觉得心口堵得慌，上气不接下气。他一个激灵睁开眼睛，发现自己躺在虞姬怀里，周围站满了侍卫。

"寡人这是怎么了？"项羽望着虞姬问。

虞姬的泪珠像断了线的珠子："大王昏睡过去，多亏叔父发现……"

"寡人看见龙且了。"

……

韩信这些日子的心境分外清爽，虽然是十一月岁初的冬日，却有一种春风得意的兴奋。从前方飞来的战报使他的眉宇悠悠颤动，每一条消息都是鼓舞人心的。

灌婴攻下临淄后，将田横率领的残兵追到博阳，斩杀齐国骑将一人，俘获骑将四人；接着又相继攻克嬴、博两邑。一向骄横的田横，仓皇向东南逃往彭越之处……曹参在历下一举击溃齐军，接连攻下七十余县，擒获守相田光和将军田既。

他现在关心的就是刘邦对他上书请封的态度。他之所以要遣李左车前往，一个重要的原因就是他与冯敬一样，不是刘邦的旧臣，他可以客观地转述前方的战事，而不受旧有关系的左右。他相信李左车绝不会隐瞒任何消息，哪怕是一个细节。

在闲暇之际，他也会自然而然地想到当年给予自己温暖的漂母。自从离开淮阴后，就没有一点关于她的消息。等一切安定下来，他一定要将她接来。这种思念常常会让他走神，一旦回过神来，他又会笑自己想得太多。一切才刚刚开始，许多未知还在等待自己，何必又添许多的闲愁呢？

当然，这一切只是在自己心底激荡，他绝不会告诉身边的人，一如他现在与夏侯婴走在临淄城头，只说些与战争有关的话题一样。他不是那种喜怒形于色的人，即便在纵马得意之时，也很难听到他开怀大笑。

"探马报说，田横已自立为齐王。"夏侯婴登上城楼时，对韩信说道。

而韩信的目光却瞅着城外汤汤北去的淄水回道："齐归于我，恰如这淄水汇于海一样，势不可挡。田横以区区数百骑欲救亡国，岂非自不量力？"

夏侯婴也以为韩信说得有理，不过，他在进军途中不断听到县令们对田横的评价，言其有志节，必非凡俗之士，遂道："齐虽号称千里之地，拥百万之众，与诸侯并南面称孤，名为田广，实赖田横治理矣。"

"我也曾听说过。"韩信沿着夏侯婴的思路，"以田横之贤而不能解齐于倒悬，岂非天意？"

夏侯婴笑了笑道："右相此言下官不敢苟同。若无汉王英明，将士同心，徒天意岂能置齐于绝境？"

"我所说之天意，乃运命也，民心也。"

韩信这话一出口,夏侯婴顿时眼前一亮道:"右相所言,振聋发聩,下官谨受教矣!"

继续朝前走,就看见前面拢着一堆火,几名守城的士卒围火取暖,蓝色的烟雾顺着风向飘往城外。韩信的眉头皱了皱,三步并做两步上前问道:"谁是什长?"

一位中年男子抬头望了一眼韩信,大咧咧地回道:"你问这作甚?"

韩信怒斥道:"值守期间不能玩忽职守,违令者斩,你不知道吗?"

"你又不是大将军,管得倒宽。"中年汉子斜睨了一眼韩信。

韩信忍住愤怒问:"你见过大将军?"

中年汉子笑道:"俺哪有那福分。"

夏侯婴跟了上来,指着中年汉子道:"你好大胆,竟对大将军无礼?就不怕掉头么?"

中年汉子顿时慌了,纳头便拜道:"俺有眼无珠,请大将军恕罪。"

韩信盯着他道:"作为什长,不遵军纪,今日若不鞭笞,不能正军纪。来人,将他鞭笞四十。"

跟在韩信和夏侯婴身边的侍卫立即上前把中年汉子按倒在地,狠狠抽打起来。其余守城的士卒纷纷跪倒在地,表示再也不敢违反军法。

"打完之后,将他送到医官处疗伤。"韩信转身向城下走,没有忘记叮嘱领队的伍长。

在来到城墙根时,韩信刚刚平息的怒火又被再度点燃。一位伍长正在用拳脚殴打躺在地上的老者,而其他的士卒则围着叫骂不休——

"没眼力!吃你一条鱼还要钱?看看这是谁?"

"吾等是韩大将军的将士,来这里是为解救你等免遭楚军骚扰,吃你一条鱼,喝你一杯酒还不应该么?"

"韩大将军你听说过么?把你们那个荒唐的齐王如驱赶牛羊一般,哼!"

韩信越听越气,拨开人群架住伍长的鞭子厉声道:"听口气,你是见过韩信了?"

伍长觉得来人说话语气不对头,又看看他身上的衣服,忙摇摇头表示没有见过。

"我就是韩信,你看看清楚。"韩信回头对身后的侍卫喊道,"给我押下去打!看他今后还敢欺压良善?"

又是四十大鞭。行刑完毕,韩信又问士卒:"汉王当年进咸阳时约法三章可还记得?"

"记得!"士卒们战战兢兢地回道。

"往后有再犯者,斩无赦。"

夏侯婴晚走一步,申斥道:"毁大汉名声,要我处置,你等死一百回了。"

路上,韩信忽然对自己匆匆上书有了莫名的彷徨。这两件事让他似乎明白,打天下与治天下完全不同,治天下要复杂得多。自己能否……他狠狠地摇了摇头,心想李左车也该回来了。

两人一回到行辕,李左车就迎上前来。韩信刚要问话,却被李左车抢在前头:"军师到了。"

韩信心中"咯噔"一声,他是为了上书请封的事么?韩信一时理不清头绪,只有先尽迎客之道,上前施了一礼道:"不知军师驾到,有失远迎,见谅见谅。"

"右相负任蒙劳,不胜辛苦。大王深为感悯,差下官劳军营中,请右相接旨。"张良闻声转过身子,赶忙还礼。说完,他又从案几上捧起汉王的诏命,随之宣读道——

> 敕令:右相、大将军韩信战胜攻取,拔魏赵,定燕齐,卓劳高功。着即封齐王,都临淄。

"谢大王恩典。"韩信以及在场的诸将一起回应。

宣罢诏命,两人说话就随便多了。张良看了一眼李左车道:"听说殿下(他已经改了称呼)拔魏灭赵,直下弱齐,一路断幡以覆军,拔旗以流血,其以取胜。三齐百姓,箪壶食浆,倾城相迎,可谓奇哉。下官不胜钦佩之至。大王知齐不可一日无君,乃罢假王之请,而直封齐王,足见大王胸襟阔朗,海川有容。"

韩信明白张良的意思,而且通过这件事也真正体味到刘邦的高目宽怀,说出的话由衷而真诚:"我深感汉王拢天下于一怀的王者之风,非项王可比。"

当日午间,韩信在临淄王宫中举行盛宴,为张良接风。席间免不了推杯换盏,相激畅怀,一顿饭吃了三个时辰,等到酒阑席散时,已是夕晖如霞了。趁着酒兴,张良与韩信秉烛夜谈。

张良借机表达了汉王希望韩信在勘定齐国诸事后,率军南下同力击楚。韩信当即表示绝不负汉王嘱托,不久就可会师于广武。

接下来的日子,韩信与夏侯婴、李左车一起陪同张良到各军营中犒赏将士,观看演训校场。转眼五天过去,张良挂心广武战场,起身南归复命,韩信一行送至十里外才依依惜别。

张良一走,韩信就急匆匆传李左车询问广武之行的具体情况,特别关注刘邦看到自己的上书之后的反应,说了哪些话:"有些话我不便直接问子房,足下要如实相告,不必隐瞒。"

李左车回道:"汉王看了上书后倒没有不悦,只是言道,'大丈夫定诸侯,即为真王耳,何以假为?'"

"果真如此说?"

"臣怎敢对大王隐瞒实情呢?"李左车以十分肯定的口气应道。是的!刘邦发怒时,他正低着头,眼睛瞅着地,心神不定,并没有听见他说了什么。

"足下功莫大焉!"韩信一颗忐忑的心这才放下了,"自今日起,足下即为本王守相,在身边协力国政。待我南下拜会汉王后,请封足下为相国。"

李左车急忙拜谢道:"臣虽平庸无奇,却愿为齐之安定肝脑涂地,万死不辞。"

之后,韩信令李左车根据齐国之实际拿出治国之策,与此同时,他亲自做了两件事情:一件是命曹参、灌婴继续追击辖域内的齐军残余,并遣使者前往与彭越一起游击楚军的卢绾、冯敬处,要他们说服彭越拒收田横;第二件事情,是命夏侯婴积极筹集粮草辎重,准备渡河南下,与刘邦会合。

李左车在内心深处从来没有把自己与项楚或者刘汉联系在一起,他是因为韩信的救命之恩和信任而行事的,其他的不愿多想。因此,他对在齐国推行轻徭薄赋很看重,认为这是韩信笼络人心的重要手段。而且,他还预见随着韩信被封为齐王,项羽极有可能遣人前来游说。

这一天一大早,韩信召见李左车,询问对沿海渔民减轻徭役之策。君臣相向而坐,相谈甚洽。李左车告诉韩信,他近日到沿海各县巡查,并向乡中耆老询问后,已有一个粗略的思路:"乡老们纷纷言道,渔季短促,机不可失,不知能否将渔季徭役折成税赋代之?"

"未尝不可。"韩信沉思了片刻回道。

"不仅如此,臣以为还要减少天数,将秦和田齐时二十天减为十五日,然后以税赋折之。"

韩信觉得李左车思虑缜密,当即表示可行之沿海各县,还强调:"与此同时,严加巡查,若县里有私加税赋者,当严惩不贷。"

"齐国税赋该有多少上交给大汉?依照汉律,诸侯国每年当以上计之名义上报税赋收支。"最后,李左车还是将这个问题提到了韩信面前。

这的确是一个新问题,韩信还没有详细思虑过,但他随即就将此事交给李左车:"还请守相拿出良策,供本王参考。"

李左车正要说话,侍卫右领进来在韩信耳边低声几句,韩信的表情顿然严肃起来:"且让他在前厅少待,本王即刻就来。"待侍卫右领退出后,韩信又道,"最担忧什么,什么偏叩门而入,楚国使者武涉来了。"

"哦,那大王决定如何应对?"李左车问道。

"不见不妥,见之不利,奈何?"

"依臣之见,大王还是要见,且看他说些什么再做决定。"

"依守相意思,见得?"

"见得。"

"好!"韩信说着,进到内室换了冠冕,才转身向前厅而来。路上,他叮嘱李左车暂时回避,随时听召。

当韩信出现在前厅,武涉立即跪倒在韩信面前,谦恭地说道:"大楚使者武涉拜见齐王殿下。"

韩信一改往日的气度,和颜悦色地说道:"使君请起,为使君看座。"

"启奏殿下,项王听闻大王得封,特略备薄礼,还请笑纳。"武涉起身后双手击掌,他的随从抬着几个礼盒进来。武涉揭开其中一个礼盒盖,捧起一方玉璧介绍,"此乃当年秦二世宫中宝物,曰和氏璧。"

"可是'完璧归赵'之和氏璧?"

"正是。只因蔺相如完璧回赵,秦皇记恨在心,灭赵后夺了这宝物归己。"

"当初本王在楚营时,项王甚为轻视,为何今日以奇物相赠?"韩信话虽如此说,却也没有拒绝的意思。

果然过了一会儿,韩信命中官总管收下了礼物。武涉心中就有数了,忙道:"其实项王在诸将面前,无一日不盛赞大王治军有方。"

韩信不置可否地笑了笑道:"使君初到齐国,且歇息两日,本王命人陪使君四处走走。"

所谓响鼓不用重槌,武涉明白韩信必是心存芥蒂,自己若是直言,定然弄巧成拙。倒不如客随主便,相机行事。他当下起身告辞,到传舍歇息。

虽然他人在传舍,心却没有闲着。当晚酉时一刻,他带着随行的右史叩开了守相李左车的府门。一见面,武涉就以久闻大名的口气盛赞道:"西楚营中,没有人不知守相大人的。收复燕齐,固赖齐王才略过人,然则若无大人赞画,恐怕也难如此速胜。"

李左车邀武涉坐下,命侍女上了茶点,不无谦恭地说道:"李某区区小臣,也就是赞画而已,使君过奖了。"

武涉饮下一口茶道:"项王每每谈起,常惋惜如此人才,如何却屈居于刘汉。"

李左车摆摆手道:"我只为报齐王知遇之恩,并不在乎别的。"

闻言,武涉从这看似平常的话中捕捉了李左车的心思,立即唤人抬着箱子进来:"项王久慕守相才情,命本使薄礼相赠,还请笑纳。"

李左车见状,不免有些仓皇,他打开箱子验看,却是五百金,当下脸上有了难色:"这是为何?"

"无他,只是项王的一点心意。"说着,武涉命随从将箱子留下,再次施礼道,"此时夜深,先生不必担心。"直到看见李左车脸色恢复正常,武涉才放心地坐下。

"不知使君深夜到此有何见教?"李左车亲自给武涉的茶盏斟满水。

"本使仰慕先生多智,故而冒昧造访。方才见先生快人快语,本使也不打算隐瞒。想来先生也很清楚,当今天下,匈匈而战者,唯刘汉与项楚耳。如今齐王称雄一方,若先生能说服齐王归楚,则项王必与齐王南北分治,岂不善哉?"

"这……"李左车眯着眼睛打量武涉,微笑着邀他喝茶。

武涉带着试探的口气问:"先生有难处么?"

"使君应当清楚,齐王当年在项王帐下……"

李左车放下茶盏,话还没有出口,武涉立即作揖道:"明白明白,项王每思于此,悔之不已。"

"汉王于汉中高台拜将之事,想来使君也不会生疏吧?两相对比……"

武涉沉默了,这的确是涉及自尊的大事,一下子让韩信转身事楚,实属不易。武涉立即转换了说话的语气道:"本使明白。不过,今齐王、汉王、项王三足而立,若先生说服齐王独处一方,亦乃大功一件。本使回广武后,定当禀明项王,必有重谢。"

李左车沉思片刻,再度起身给武涉的茶盏续水,但话意显得活泛了:"作为臣下,我传话不难。可足下情知齐王乃当今英雄,非他人所能左右……"

"这个本使明白,只要先生尽力即可。"武涉知道,话说到这个程度,他此行的目的已经达到。武涉礼貌地起身告辞,行至府门外,不知什么时候起风了,他瑟缩了一下身骨,登上车子,消失在漆黑的夜色中……

一夜无梦,醒来时已是冬阳临窗,齐国大司行已经上门来与他共进早膳了。席间,大司行告诉武涉,说齐王将在王宫中召见他。闻言,武涉脸上流露出喜悦的神色："齐王果真当世英杰，大度恢廓。"

用罢早饭，大司行邀武涉同乘一辆车子，他们没有直接去王宫，却绕行到汉军演训校场。但见旌旗招展，杀声震天，好一派临战气氛。

大司行按照韩信密令，绘声绘色地向武涉介绍韩信从蒲坂渡河，一路济河夷魏，登山灭赵的风云经历，听得武涉眼睛发直，频频点头，心中自是又多了几分钦敬。

说话间，两人已到了王宫前。大司行在前面引导，武涉紧紧相随，一路所见，皆是昔日齐国风景。韩信因袭旧宫，便知其心不仅在齐，倒是对自己此行的信心增加了几分。

现在，武涉站在齐王宫前殿中央了，他行楚人面君之礼道："外臣西楚霸王使者武涉拜见齐王。"

韩信挥手让他平身，随口问道："使君昨夜可歇息得好？"

"回大王，外臣在临淄，有宜室宜家之感。"

韩信笑着点了点头，便开始了正题："不知使君此来，身负什么使命？"

武涉看了看左右，韩信顿然明白，他让左右退下，又对大司行道："你也退下，在偏殿听召。"等众人退下后，韩信又道，"现在殿内就君我二人，使君有话不妨直说。"

"想必殿下也很清楚，天下苦秦久矣，才有诸侯勠力诛秦。今大秦已破，项王计功分地，分土而王之，此顺天意合民心之举……"

韩信摆了摆手道："这些本王了然在胸，使君就直达主事吧。"

"齐王果然慷慨快语。"武涉神色肃然严厉起来，一脸正气，"今汉王不思报恩，反而兴兵东进，侵人之分，夺人之地，已破三秦，引兵出关……收诸侯之兵击楚，其意昭然，乃非尽吞天下者不休。如此逆天之举，是可忍，孰不可忍。"

韩信眯着的眼睛顿然大睁，武涉词语凛冽，言若悬河，让他惊异言语木讷的项羽身边竟有如此辩士。正要问话，孰料武涉接下来的言辞更加犀利。

"刘邦乃昔日一赌徒耳，今竟然不知厌足甚矣。殊不知其已身居项王掌握之中久矣，只不过项王怜与其有金兰之交，乃不忍诛之，才使得他于鸿门逃脱。然则，其背誓约，反而复击项王，刘邦不可亲信如此，可见一斑。"武涉目光中流露出轻蔑和傲视，说到这里，他忽然转过身来，将话题引到韩信身上，"今大王虽自以为汉王为厚交，为之尽力用兵，然终将为之所擒！依外臣观之，是因为有项王存在，刘邦无暇顾齐矣。"

韩信"哦"了一声，不得不承认武涉看事透彻，也说到了自己心底的担忧。

"今二王之事,权在足下。足下右投汉王,则汉王胜;左投项王,则项王胜。项王若亡,则次趋足下;足下与项王乃故交,何不反汉而与楚联合,三分天下而王之。"武涉的目光直直地望着韩信,用如下的话语结束了他的游说,"今大王放弃大好时机,而自随汉以击楚,这难道是智者所为么?"

这一番话意味良多,有惋惜,更有激将之心。武涉自信韩信不是个糊涂人,他的话不可能不激起其心潮翻滚。

前殿出现了令人压抑的沉默,大司行在偏殿开始还能听到武涉的慷慨陈词,待静寂无声时,他的心就悬在了半空。他几次要起身进去,都被侍卫右领拦住。

是的!韩信此刻的确心潮翻滚,波澜迭起。那些在项王帐下被漠视的屈辱,被夏侯婴拯救,被萧何月下追回,与刘邦将台议兵的往事,与今日武涉到访、今后与刘汉的关系等一起涌上心头,使他自渡河以来遭逢了从未有过的复杂局面。归项乎,留汉乎?他在殿内踱着步子,一遍又一遍地在心里问自己。

过了许久,韩信终于握拳止步,目光平静地面对武涉了:"谢使君不吝赐教,然抚今追昔,当初我事项王,官不过郎中,位不过执戟,言不听,计不用,故背楚归汉,殊非得已。后来汉王授我大将军印,予我以数万众,解衣衣我,推食食我。更有要者,汉王言听计用,故而我才有了今天。夫人深信我,我背之不祥。请使君替我谢过项王,今日之事,永不再提。"

"齐王重信,外臣甚为感动。此乃存亡之机,失而不可再来,请齐王三思。"武涉对此并不感到意外,来之前,他对韩信的为人做了深入了解,并不希图一次说动他。

"本王有言,此事到此为止,休再提起。"

"大王……"

"念及当初曾在项王麾下用命,本王不难为使君,退下吧!"韩信背过身去。

……

第二天卯时三刻武涉就起身了。第一次奉命出使不顺,他觉得很没有颜面,也难以面对项庄的厚待,更不愿意在齐国君臣众目睽睽下丧失自尊,决计与随员一起悄悄离去。

司御对武涉的举止很不理解,在一旁一边收拾车子一边说道:"大人乃堂堂使君,为何要悄然离去?天明齐人知道了,又会怎样看霸王?就是回到广武,又如何面见霸王？请大人慎思。"

"你无须多言,只管车辆伺候便是。"武涉虽然这样说,但内心却充满了矛盾。司御所言正是他的痛处。显然,不告而别,有失礼仪乃使者所不为也。可前往守相府告辞,他的脸又拉不下。

此刻,武涉正站在传舍二楼凭栏远眺,黎明前的临淄城在眼前拉开朦胧的风景。他在彭城时,常听人议论临淄之途,车毂击,人肩摩,连衽成帷,举袂成幕,挥汗如雨,家敦而富,趾高气扬。果然,刚刚过了卯时,街道上已人头攒动,熙来攘往了。他不能想象,车子从人流中穿过时会招来多少讥笑的目光。这样想着,连他自己都觉得好笑了,偌大的齐国都城,又有谁认识他武涉呢？只是他很惋惜,前日一到,就只在大司行的陪同下看了汉军演训,却不曾到市井巷间去转转,现在看来是没机会了。武涉长叹一声,收回目光,就听见楼下有说话的声音。

"武使君还没有醒吧？"

"启禀大人,早醒来了,在楼上凭栏看街景呢！"那是侍女的声音。

接着就听见脚步声,转眼李左车与大司行就出现在面前。武涉情知无论如何也不能不辞而别了,忙调整了心绪,上前见礼。双方道过问候,大司行说道:"齐王希望使君在此多留几日,看看齐国山水,也可以到泰山游一游。"

武涉尴尬地摇了摇头:"本使去意已定,便一刻也待不下去了。"

李左车理解武涉此刻的心境,他又何尝不是如此呢？他原打算今日一起去说服韩信的,即便不能归楚,起码可以在楚汉之间不偏不倚,以待时机。但他没有想到,韩信直接拒绝了武涉的游说。他明白,至少眼下自己不能开口了。李左车寻找恰当的词安慰武涉:"使君来去匆匆,足见执事敬,居处恭,与人忠,足为吾等楷模。待下一次来时,下官一定亲自陪使君观赏临淄的蹴鞠,那可真是开眼界的赛事啊！"

武涉微笑着回应李左车,手却暗暗用力握了一下他的臂膀,他相信李左车一定明白了其中的意思。果然,晨曦中他看见李左车向自己点了点头,这让他的心境好了许多,转过脸对大司行道:"本使来齐,幸有大司行陪同,不胜感激,请代本使向齐王致意。吃罢早饭,本使就回楚国了。"

大约辰时二刻,昨夜的雪停了,从东海升起的太阳懒洋洋地挂在天空,三辆车子和近百名轻骑出了临淄城,向南而去。坐在车上,武涉最后一次回望临淄,心想,看来只有寄希望于守相大人了。

送罢楚使回来,一连数日,李左车就是陪伴韩信视察军营和府库辎重,为南下击楚做准备。他没有忘记武涉临行前那用力的一握,他一直在寻找机会试图说服韩信自立。

　　机会终于来了。这是十二月的一天午后，李左车的车子在临淄街头行走，路过稷门时，看见前面簇拥着一堆人。他出于好奇，让司御将车停在一小巷背处，然后上前观看。这一看不要紧，站在人群中间的老者让他顿时张大了口："哦！这不是消失很久的蒯通么？"

　　李左车对司御耳语几句，司御挤进人群，附着蒯通耳朵低语了几句，他顿时脸色庄重，对围观的人众道："在下有要事，今日就到此为止了。"

　　蒯通收拾完东西，跟着司御来到背巷，发现是李左车，转身就要走，却被侍卫死死按住，动弹不得。

　　李左车上前，不无揶揄地说道："先生一句话就让大汉一代谋士粉身碎骨，你却逃了个干净。"

　　蒯通对李左车并不生疏，抬起头道："今日落在守相手上，任凭发落。不过，杀一个蒯通，也消除不了守相的灾祸。"

　　李左车觉得他话里有话，对侍卫道："不可无礼，请先生回府说话。"随即让蒯通上了自己的车子。

　　方才热热闹闹的稷门因蒯通的离去而很快冷清了，有几位没有离开的富豪看着车子渐行渐远，好生奇怪，在那里议论：

　　"这是哪家大人，几句密语就让先生上了车子。"

　　"看气度，非常人也。"

　　就在大家议论的当儿，车子已停靠在守相府前了。侍卫见守相大人如此看重卜者，也不敢怠慢，忙上前搀扶送到客厅。李左车命人摆酒款待，席间，他举起酒觥道："先生可还记得昔日为武臣献策之往事么？"

　　蒯通饮下一觥酒，不无得意地说道："岂能不记得，在下一言而令赵王不战即得七十余城。赵王曾说在下一言可抵百万大军。只可惜为齐王一言，却险些丧了性命。若非趁雨夜出逃，恐早为汉王刀下之鬼了。"

　　"假若本官引荐先生，可还愿意于齐王面前进言么？"

　　"谋士以事主为己任。况且，在下也听说楚使近日到了临淄。如果在下没有猜错，使君乃为齐王归楚而来。"

　　"先生既然知道，本官不妨明告。"接着，李左车就将武涉来齐的前后经过述说一遍。

　　话音刚落，蒯通便道："若是在下没有猜错，武涉是无功而返了。"见李左车不置可否，蒯通放下酒觥又道："听大人之言，也是赞同武涉之行的。在下夜观天象，有将星欺主之兆，此事若被汉王知道，齐王危矣。"

李左车一击掌道:"先生之虑,乃本官之忧也。我本故赵旧臣,蒙齐王不杀之恩,无以回报,故而欲借重先生劝说齐王在楚汉之争中归楚。"

　　蒯通闻言便沉默了,开始慢斟慢饮,口中赞语不断,极言海鱼肥美。李左车看着看着就急了,道:"先生有何为难不妨道来,如此旁骛,真是辜负了本官的一片心意。"

　　蒯通抬起头,似乎想从李左车的表情中判断这话究竟有多大的可信性。在看到了李左车的真诚后,他表示愿意将武涉没有完成的游说继续下去:"大人如此看重蒯通,在下若是再推辞于理不通。明日在下就与大人一起谒见齐王殿下。"他喝完觥中最后一滴酒,那慷慨便都写上眉宇了。

　　第二天卯时三刻,李左车与蒯通早早洗漱完毕,乘了车子来到齐王宫。

　　韩信刚刚练完晨剑,听到中官通禀说守相来见,并带了曾经在张耳麾下的蒯通,心头便是一震,心想他不是因为郦食其之死而逃出襄国了么,为何忽然出现在临淄?可不管怎么说他的出逃都是因为自己。韩信心中这样认为,遂对中官道:"传他二人来见。"

　　见过礼后,不等李左车引荐,蒯通倒先开口问道:"大王还记得在下么?"

　　韩信虽然不置可否地笑了笑,但他投过去的目光却给了蒯通强烈的感受——他没有忘记,并且由此判断韩信丝毫没有责怪自己,于是接着道:"承蒙守相大人垂爱,通今日不揣浅陋再度谒见大王,是因为当初有许多话言而未尽,今日想再对大王说。"

　　韩信转过脸,看了看李左车道:"这是怎么回事?"

　　李左车双手作揖道:"启禀大王,昨日臣回府途中遇见蒯先生,言当初曾给大王相面,颇多体味,只是由于汉王追究郦食其被杀一案未及详说,如鲠在喉。又感念大王知遇之恩,欲尽言之。"

　　韩信"哦"了一声,屏退左右后才对蒯通道:"先生既已到来,说说无妨,只是不可以外传。"

　　李左车在一旁补充道:"这个,路上臣已向先生反复叮嘱了。"

　　蒯通这才起身,先是围着韩信转了一圈,又面对他端详片刻,口中就发出一声惊呼。未待韩信回应,即脱口说道:"在下相大王之面,不过封侯,且危不安;然则,观之大王之背,贵不可言矣!"

　　闻言,韩信的心就微微动了一下,问:"先生为何如此说呢?"

　　"大王稍安,且听在下说来。夫天下之初发难也,忧在亡秦而已。今楚汉纷争,使天下百姓涂炭,父子骸骨埋于荒野。"蒯通摇头晃脑来到地图面前,指着荥阳、成皋方向,"大王请看,楚人走彭城,转斗逐北,乘利席卷,威震天下。然则,却困于京城与索城(即荥阳)之间,至今已有三年。汉王将十万之众,据巩、洛,阻山河之险,虽一日数战,却无尺寸之功,甚而败逃而自顾不暇,此所谓智勇俱困者也。百姓疲累,陷入绝望。依在下观之,其势非天下贤士不能息天下之祸。"说到这里,蒯通手指离开地图,与韩信、李左车对面而立,目光灿灿射人,说话底气十足,"当今楚汉之命,皆悬于大王之手。"

"哦!这又如何说?"韩信这样问,不过是为着掩饰自己的惊异。其实这话前些日子武涉已经对他说过了,让他惊异的是,蒯通竟也这样认为,莫非上天果然要降大任于自己么?

李左车插话道:"大王且听先生解析便知。"

"在下的意思是,大王与楚则楚胜,与汉则汉胜。"蒯通说到这里,顿了顿,有意延缓了说话的节奏,"在下感念当初大王放通一命,无以回报,故而今日披肝沥胆,直言禀告。"

韩信笑着挥了挥手道:"此处只就三人,但说无妨。"

"有大王这句话,在下就心安了。大王诚能听在下之言,莫若两利而俱存之。"

"哦?愿闻其详。"

"三分天下,鼎足而立,互相牵制的形势使任何一方都不敢轻举妄动。以大王之贤圣,有甲兵之众,据强齐,从楚汉双方的空隙地出兵牵制他们,顺从百姓的心愿,向西去制止楚汉的争斗,为黎民请命,那天下诸侯就会闻风响应,孰敢不听?大王据此可以割大、弱强,分封诸侯,如此,则天下臣服而归于齐。大齐据有胶水、泗水流域地区,大王用恩德安抚诸侯,那么天下诸侯都会来朝拜齐国了。这就是在下心腹之言,还请大王明鉴。"

蒯通这一番说辞,在李左车听来,犹如泗水洪涛,浪涌浪卷;犹如空谷林泉,笙磬有声;犹如云中朗月,清辉澄明。他似乎比韩信还要心急,不断用目光打量他。在得不到韩信的回应后,他终于无法忍耐,上前一步道:"大王,蒯先生字字珠玑,臣闻'天予弗取,反受其咎;时至不行,反受其殃。'望大王明察。"

他们俩说话时,韩信一直在殿内踱着步子。等他们说完话,韩信回到原地时,终于决定以应对武涉的话来回应蒯通:"感谢先生盛意。然则,汉王遇我甚厚,我又岂能逐利而背义呢?"

这回答在李左车看来,不免有些懊丧;然而在蒯通看来,却是常理,毕竟这关乎韩信与刘邦分道扬镳的大事。他将前前后后的对话梳理了一遍,就断定韩信一定是暗中心动了,只要自己加一把火,难保他不会采纳他的谏言。

蒯通拿出辩士的犀利和敏锐，继续游说道："在下请再为大王分析，所谓'殷鉴不远'，想必大王不会忘记，当初常山王张耳和成安君陈馀两人结为生死之交，后来因利益发生了冲突便反目成仇，以致常山王杀成安君于泜水之上。"蒯通的宽袖自空中划了一个弧形，"大王，患生于多欲而人心难测也。大王以为汉王不会危及自己，这是一种误解。昔日文种助越王勾践伐吴，然功成而身亡。谚曰，野兽尽而猎狗烹。今大王欲行忠义于汉王，恕我直言，以交谊论，大王与汉王必不能比于张、陈也；以忠信言，则不能比之勾践、文种。望大王三思。"

李左车接过蒯通的话道："臣闻'勇略震主者危，功高天下者不赏'……"

"大人所言极是。"蒯通不等李左车继续，就把话接了过去，"今大王戴震主之威，挟不赏之功。归楚，楚人不信；归汉，则汉人震恐。如此，大王又如何能不危机时至呢？"

韩信觉得蒯通所讲比之前武涉所言更为深刻和犀利，尤其是出自一位曾因为自己而差点丢掉性命的辩士之口，更见其重义。可一想到在身边的曹参、灌婴和夏侯婴，他自问没有一人会跟着自己走，就不得不犹豫了："此事容本王思虑之后再议，二位可以退下了。"

从王宫出来，蒯通的脸色显得十分苍白，额头冷汗淋漓，直到上了李左车的车子，都没有说一句话，这让李左车感到很压抑。及至回到府上，蒯通将一路上在心中盘算好的话说到李左车耳边了。

"大人！"蒯通谢绝了李左车命人送上的热茶，也不落座，直截了当道，"在下决计今日就离开临淄，还请大人通融，送我出城。"

"大王尚在考虑之中，先生又何必太急呢？"

蒯通有些失望道："不是在下多心，实在是因为你我今日与大王所言皆存亡之道。若齐王不能纳之，那必然回身绑了在下去向汉王献功。不仅是我，就是大人也在劫难逃，倒不如早日离开……"

李左车沉吟了一会儿，觉得蒯通说得在理，当下唤来府令，命他持门籍护送蒯通出城。

"先生不必走正门，请从后门出去。有一人迹罕至的小巷，从那儿可到城门口。"

蒯通握了握李左车的手，道一声"后会有期"，便匆匆离去了。

蒯通来去匆匆，令李左车心中很是不安，他甚至怀疑自己不该引蒯通到韩信面前。午饭的时候，他没有和家里人说一句话……

三天后，韩信趁早朝之际留下李左车，再度屏退左右后问道："蒯先生可还在临淄？"

"大王，蒯先生不辞而别，做闲云野鹤去了。"

"走了好！"韩信舒了一口气道。

这话让李左车很吃惊，韩信竟没有丝毫的挽留之情。正纳闷间，他又听韩信说道："本王反复思虑，还是不能背汉。再说以我对大汉之功，以汉王昔日待我之厚，绝不至于飞鸟尽，走狗烹吧。"

闻言，李左车的心就一个劲地往下沉。

计者，事之机也，机失而能久安者鲜矣；智者，决之断也，疑者，事之害也。审毫厘之小计，遗天下之大数，志诚知之，绝弗敢行也；猛虎迟疑不决，还不如马蜂、蝎子敢放刺；骏马徘徊不前，远比不上劣马的慢步行进……他想说的太多，然而权衡再三，他将一切都咽回腹中。他觉得自己若是继续待在韩信身边，难保有一日不会被烹，被杀。

他原本就是一只天地间放飞的鸟儿，是韩信将他召到身边谋事。现在，是倦鸟归林的时候了。他回转身，向韩信行了一礼后道："故赵亡后，臣本游于天地之间，蒙大王不弃，得在身边赞画军务，待若至交，臣没齿不忘。只是臣已消闲惯了，今齐已立国，臣自今日当告归乡野……"

"爱卿是因为三足鼎立之事么？"韩信没有想到，走了一个蒯通，还带走了李左车的心。

"非尽如此，臣只想做天地间一只游鹤，任由性情罢了。守相印信，臣随后命府令送来，就此向大王告辞。"李左车说完，面对韩信退出前殿，这才转身下了阶陛。

韩信没有拦阻李左车，他明白自己已伤了两位辩士的心。一整天，他的心都空落落的。

只是韩信决然不会想到，蒯通所言，在以后的几年中竟然残酷地成为现实……

第八章

老项伯鸿沟议和
吕王后翁媳归来

"涉无能,没能说服韩信归楚,真是对不起大人。"武涉一回到广武行辕,就来到项庄营中,一脸歉意地说道。

项庄记得,武涉作为舍人进入自己府中还是四年前,那时正是大泽乡举事的前夕。一天深夜,项庄在外面饮酒回来,发现道旁躺着一个人,便踉跄着身子上前去查看,却是一个饿昏在路边的汉子。他命人抬回家中,又请来郎中为其诊脉开药。后来,汉子渐渐康复,告诉他名叫武涉,是东海郡盱眙人,因为逃避徭役,流落到会稽。

项庄在与武涉的交谈中发现他是一位饱学善辩之士,就经过项伯的同意,留在府上做了舍人。虽是门客,但项庄每逢大事都会先与之商议,然后才提到项梁、项伯面前,而且每一次都得到了长辈的赞许。以致项梁都有些惊异,以往莽撞的项庄竟越来越有智谋了。每逢这样的时刻,项庄便从心底感到自豪。这一次,在项王面前举荐他出使齐国,项庄也是满怀自信的。可他没有想到,武涉竟会空手而归。他脸上虽然没有流露丝毫失望,但遗憾却是写在心里的。

当武涉将事情的前后经过讲明后,他就有了充分的谅解。武涉提到的李左车这个人他是听过的,对韩信而言,李左车的重要不亚于当年范增在项王心中的位置。他都不能说服韩信,武涉又能有何作为呢?他释然地对武涉道:"韩信乃心机深重之人,连李左车都不能易其心志,何况他人,先生尽力了。先生一路劳顿,且先休息几日。"

"谢主公。"武涉转身退下,他一边走一边在心里问自己,是否还准备在此待下去。

武涉有些沉重的脚步声渐渐在耳边消失,项庄的心事却是才下眉头,又上心头,不知该如何向项羽禀报。他思忖了半夜,最后一横心决定还是要实话实说。

第二天,冬阳将淡淡的白光洒在广武涧群山、沟壑的时节,项庄蹒跚着脚步来到项王行辕。此时,虞姬正在榻前陪项羽说话。看着榻上的项羽眼眶塌陷,目光沉郁,脸色因此更加黑,她的眼里就禁不住泪光盈盈。

"龙将军在天有灵,定会感念大王的。"虞姬声音有些发颤地劝慰着,她捧起绢帛,为项羽擦了擦额头。

项羽闭着眼睛,享受着这份爱和幸福。那手指是如此光滑,掌心是如此柔软,从那里淌出爱的涓涓细流,滑过他的肌肤,暖融融地舒坦。也只有在这样的日子里,他才有时间享受这份情感。也只有在两人独处的时光里,他才能意识到世间不只有刀枪剑戟,还有刻骨铭心的爱。他想起身把虞姬紧紧抱在怀里,就这样无言地对视,一任时光从身边悄悄流逝。可动了一下,筋骨就分外地疼痛。

龙且的离去,对他打击甚大。可敌军就在对面,隔了一道涧而陈重兵对峙,他又怎么能心安理得地躺在榻上,沉醉于爱河而不愿醒呢?那种刚刚体味到的温馨很快就被涌上脑际的战事所排斥。他不知武涉是否说服韩信归楚,就算他不愿归楚,只要脱离刘邦也好。

想到这,项羽抬起眼睛问道:"武涉走了有半个月了吧?"

闻言,虞姬心中就掠过一阵酸楚,劝道:"大王尚在病中,这些事情多想无益。"

"大敌当前,岂有不虑之理?"项羽长叹了一声。

虞姬眨了眨眼睛道:"楚与汉原为一体,自秦灭后才分道扬镳。如今龙将军新逝,三军士气低落。依妾之见,倒不如遣使休兵罢战,以图他日。"

项羽摇了摇头道:"爱妃所言怕是一厢情愿,刘季正想趁机击楚呢!"

虞姬摩挲着项羽的掌心,有种麻麻的舒坦:"妾看也未必。我损一将,大王痛断肝肠,刘邦先是损了韩王信、周苛、枞公,接着郦食其又被田广杀死,比我损失更重,其未必没有议和之心。"

其实,这些都在项羽心中过了不知多少遍,只是他不愿承认罢了。现在这些话从虞姬口中说出来,他的意念有些松动,转过脸来道:"还是等武涉回来后再议吧。"

两人正说着话,中官来报,说项伯来了。

项羽要出去迎接,虞姬只好扶着他起身端坐。项羽要下榻,却被虞姬拦住:"还是让妾代大王去迎令尹吧。"

虞姬来到帐外,看见项伯就上前施了一礼道:"大王大病初愈,不便下榻,妾代大王在此恭迎叔父。"

"不必多礼,快引我去看籍儿。"

进得大帐,项伯本要先行臣子之礼,也被项羽拦住道:"叔父远道劳军,寡人本应以礼相迎,未料龙将军为国尽忠,寡人悲痛不已……"

项伯忙摆手道:"大王有病在身,应多想些高兴之事,至于克敌制胜,来日方长。"

项羽下得榻来,又命中官上了茶点。他举起茶盏,向项伯和虞姬示意道:"今日寡人精神尚好,就以茶代酒敬叔父。"

茶过三盏后,项伯终于忍不住开口说话了:"目今敌我对峙,战之,两败俱伤;不战,空耗粮草,不知籍儿有何计策?"

"这……"项羽无意识地把玩手中的茶盏,"寡人正想……"

"还犹豫什么?"项伯把茶盏放在案头,"依我之见,倒不如先行议和,以待来日。"

项羽并不感到意外,早在戏下时,项伯就不主张兴兵,且在鸿门宴前一日跑到张良那里报信。现在这种情势,他当然力主议和。因刚才与虞姬交谈,他对项伯的话便不那么反感,觉得也有些道理。未及说话,项伯的声音又在耳边响起来了:"刘邦乃胸襟开阔之人,若是大王主动议和,他必欣然应答。一旦天下息战,百姓从此免遭涂炭,必然拥戴大王。大王久离彭城,早该回去了。项氏一门,皆国之梁栋。到了你这一辈,便只有你与项庄两人,香火不旺啊!"这一说,虞姬的脸色就泛起了绯红,项伯就此打住话头,"若大王有意,我愿充当使者,与汉王议和。"

项羽对叔父的慷慨生出几分感动，但究竟怎样谈，他尚需思索。议和不是议降，楚国不是田齐，必以自尊为前提。想到这一层，项羽便道："就依叔父之言，只是如何谈，尚需等武涉回来后集群臣之智而定。"

项伯还要说下去，却见中官进来在项羽耳边小声嘀咕了几句，项羽脸色便严肃了，说快请他进来。中官应诺一声，出去不一会儿，项庄就进来了。项羽一看见他，就直截了当地问道："是武涉从齐国回来了么？"

项庄点了点头，在项伯身边坐下，向叔父和项羽打拱道："武涉已于昨夜回到广武。"

"快说说，韩信怎么说？"项羽"哦"了一声，脖子就伸长了。

项庄的表情显得有些沉重，将武涉如何善辩，论事说理，韩信如何拒绝详说了一遍，末了不无惋惜地奏道："韩信最终拒绝了武涉的说降，武涉自觉有负于大王之望，不敢前来面君。"

项羽方才热辣辣的目光渐次冰冷了，及至听完项庄的叙述之后，眉宇就紧紧地凝在一起了："寡人早该料到是这个结局。"停了一会儿，项羽才想起武涉来，"此事不关武涉，他也是尽了力的。寡人就任他为左史，在钟离眜军中赞画军务吧！"

"如此，臣弟代武涉谢过大王。"项庄听了，内心涌起一阵感动。

项羽喝了一口茶，平静了一下心境后又道："寡人决计与刘季议和，就请叔父为楚使。一则，叔父与刘季有姻亲之故；二则，叔父对刘季有相救之恩；三则也是尤其重要的是，叔父与张子房乃早年好友，行事比较方便。"

项庄听了却很不以为然，言道："即便韩信不归楚，他远在齐地，刘邦也鞭长莫及。单就荥阳、成皋军力，汉军稍弱，若言议和，恐被刘邦、张良等人轻看，以为大王怯战。"

虞姬起身，给三人茶盏中续上水，两只杏眼就灼灼发光了："三位不仅是我大楚君臣，更是项门砥柱，且听妾说几句。妾自主持健妇营后，略涉兵法，情知议和并非权宜之策，而是富民强国之略。君不见'凡兴师十万，出征千里，百姓之费，公家之奉，日费千金；内外骚动，怠于道路，不得操事者，七十万家。'二世末年，天下沸腾，皆因苦秦久矣。大王、刘邦兴兵伐秦，乃为救民于水火之中。然则，自戏下以来，战事频仍，百姓不堪其苦。饿殍千里，尸塞于道。大王仁君，岂能漠然置之。妾以为大王议和之计，实属顺天爱民之举。"

"王妃……"项庄正要说话，却被项伯用眼色拦住，"王妃所言，实为至理。韩信此人少仁寡情，若刘项再战，难免不会给其可乘之隙。所谓鹬蚌相争渔翁得利，大王不可不察。"

话说到这里,项羽握了握拳头道:"寡人之意已决,就请叔父为楚使,前往汉营议和。"

"好,大王早该如此。不过……"

项伯的话没有说出口,就被虞姬接了过去:"为显大楚诚意,当先放了刘太公和吕雉。"

"既是议和,扣之无理,此事就由王妃去办好了。"项羽关心的是疆土划分,强调道,"既然楚汉在广武涧对峙数年,寡人以为当以鸿沟为界,楚居东,汉居西,永不相犯。"

项庄看到局面难以挽回,站起来准备告辞,仍提醒道:"大王宽仁,才屡次让刘邦得逞。此次议和,定不能心慈……"

广武涧两岸忽然平静下来了,连续几日没有骂阵的声音。无论是刘太公还是吕雉,都觉得奇怪。依照项羽的性格,岂能这样隔岸观望?当新一天开始的时候,吕雉洗漱已毕,就坐下来做借以排解寂寞的女红。

她先从针囊里拿出一根针,然后从包袱内拿出没有绣完的绢帛,用竹弓撑好,才开始缊针。从帐篷外投进来冬日的阳光,看起来很亮,却没有一丝暖气。她的手指冻得生疼,便到帐中间的炭盆前烤了烤,等有了知觉才回到座上。长期在这样的环境中生活,她的视力大不如以前了。连续穿了几次针都失败了,而胳膊也因此而酸疼起来。

吕雉放下针线,眼睛就蒙上一层阴影。唉!相依为命十几年的夫妻就这样隔着一条鸿沟,却是咫尺天涯。一想到这些,她就从内心深处怨恨项羽。你们男人刀对刀,枪对枪地厮杀,拿老人和女人做人质,算什么本事?

前些日子,她听淮梅说项羽为了要挟刘邦,将刘太公缚在俎上,扬言要烹了做羹。孰料刘邦不认这一套,放话过来说也分他一杯羹。初始,她将刘邦恨得咬牙切齿,在心底大骂他无赖,连基本的孝道都不讲了。但如同一阵细雨,她这种情绪很快就过去了,倒打心眼里感佩刘邦的刚强。是啊!他不是普通的男人,他是率领着数十万大军的汉王,若他在项羽面前低头,还能号令诸侯么?一瞬间,她的眉眼就清朗了,她一边做针线一边对淮梅道:"那是男人之间的事。项羽要敢真杀了太公,他必为天下人所指而不得安生。"

淮梅十分吃惊,一切都如吕雉所料,项羽果然没有冒天下之大不韪而杀了太公。淮梅口上不说,但内心却对吕雉十分钦敬。只要两人独处,她们就不着边际地谈些女人间的事情。

"夫人为何总是乐呵呵的,没有惆怅?"淮梅带着试探的口气问。

吕雉就笑这姑娘煞是可爱和坦率:"世间哪有不发愁的事情呢?就说眼前吧,男人们打仗,却把女人拘起来做人质。妾身也是有子女的人,深处囹圄,能不思念儿女吗?可空想有何用?还不是徒伤自己的身子。倒不如该吃就吃,该睡就睡。大不了是个死,你说是不是?"

淮梅闻言不置可否,但内心觉得吕雉说得有道理,由衷地称赞她心大,能装得住世间所有的烦恼事。

吕雉闻言又笑道:"一人不知另一人的难,有一句话叫苦中作乐。把这事情放在姑娘身上,不也一样要忍着受着么?"

淮梅也笑了!就这样,两人心灵有了无言的相通。渐渐地,淮梅也觉得项王扣押吕雉翁媳没有道理,只是不敢说出口罢了。

吕雉抬起头看了看窗外,过去了大约一个时辰,往常这个时候,淮英会来换值。可今天不知怎么了,到现在也没有见到淮英进来,门外值守的女兵也没有交班。

又发生了什么事?吕雉的第一个反应就是气氛不寻常,是福不是祸,是祸躲不过。她长叹一声,重新拿起手中的针线,怪了,这一回稍稍用了些心,就穿过去了。她低下头看,昨天绣的一片花叶还差一些,刚要落针,就听见门外传来了说话声:"夫人今晨吃得好么?"

是虞姬的声音,通常她来,就预示着有大事发生。吕雉停下手中的活儿,竖着耳朵听。

"启禀王妃,夫人今晨早饭吃得好。"这是淮梅的声音。

"让淮英在此当值,闲杂人等一律不可靠近,我去看看夫人。"随着淮英和淮梅的应声,虞姬窈窕的身影出现在帐篷门口,"嫂夫人早!"

吕雉莞尔一笑道:"在乡间早起惯了,到时候就得起身。"

虞姬在吕雉对面坐了下来,伸手拿过绣品,翻来覆去地看着,就夸吕雉心灵手巧。吕雉打趣道:"妹妹是笑我粗针大线吧?项王兄弟将我扣在这里,杀也不杀,放又不放,不做这些针线,那还不憋死了?"

虞姬试着绣了两针,才转过脸来小声道:"这日子就要出头了。"

"你说什么?"吕雉顿时睁大了眼睛,但旋即目光冰冷了,"妹妹是来送我上路的吧?"

"姐姐说哪里话?姐姐也把大王想得太坏了。"虞姬喘了一口气道,"大王已决定遣项伯与汉王议和,并下令随带太公与嫂夫人回汉营。"

"哦?"吕雉一双眼睛只是直直地看着虞姬,半日说不出话。

虞姬有些吃惊,双手摇着吕雉的肩膀问道:"姐姐听见了么,你可以与汉王团聚,可以与儿女见面了。"

吕雉还是没有出声。虞姬便有些着急了,她轻轻地抚着吕雉的肩膀心想:这消息来得太突然了,吕雉一下子难以反应过来,她要耐心地等待。大约一刻钟后,从吕雉的喉咙里发出一声撕心裂肺的声音,接着,她起身到帐篷的一角,放声大哭起来,边哭边道:"老天啊,你终于怜悯吕雉了,你何其不公?你让我母子两年多天各一方,生死不知。"吕雉捧着包裹,那里有她为刘盈做的鞋袜,"盈儿,你听见了么?娘要回来看你了。蕊儿啊,你可要好好照顾弟弟,娘明白,你是个懂事的孩子。"

虞姬虽然没有孩子,可这两年来,她是亲眼看到了一位母亲对儿女的深情。她没有打扰吕雉,一任她的泪水直流,绽出一朵朵泪花。

泪洒过了,吕雉的心渐渐平伏,捧起绢帛擦了擦眼角,不好意思地笑道:"我今日有些失态,让妹妹见笑了。"

虞姬拉着吕雉的手安慰道:"虞姬也是女人,岂能不理解嫂夫人之心?几年时光,虞姬亲眼看见嫂夫人豁达大度,心如明月,钦佩之至。今日回归汉营,不知何时才能再逢。可毕竟嫂夫人家人团聚,乃是人伦之喜,虞姬与嫂夫人是一样的心情。"

"多谢王妃一路照顾,才使得我能有今日。"吕雉说的是真心话,没有丝毫的矫饰,"此番回到汉营,不管双方怎样议谈,我是不会忘记王妃的。"

虞姬闻言十分感动,在心里掂量要不要把刘邦已纳戚夫人的消息告诉她。说了,她担心吕雉没有任何准备,接受不了那样的现实。不说吧,又觉得对不住嫂夫人对自己的一片信任。可虞姬是个心细的女人,在经过反复思忖之后,她还是决定不告诉吕雉,只是话里带了规劝的意思:"楚汉四年相争,嫂夫人与汉王天各一方,不知道汉营那边发生了多少变化。不过虞姬相信,经过这场风雨,嫂夫人将许多事情都看开了。午后项伯就要过涧去,请嫂夫人打点行装,到时淮英会禀报的。"

虞姬言罢起身告辞,吕雉送到帐篷门口,知趣地退回来了。

帐内只留下吕雉一人,看了看周围,除了给盈儿和蕊儿做的几件衣物外,也没有什么可以收拾的。倒是虞姬临别时的一番话引起了她诸多心事,她说的变化指的是什么?是盈儿出事了么?不像。卢绾前次来时,说盈儿已被立为王太子了。是刘邦有了新室么?好像也不是。若是如此,卢绾为何一言不提呢?吕雉摇了摇头,笑自己胡思乱想些什么。有什么事情,过了涧不就一清二楚了么?

项伯率领的使团到汉营来了,陪同他前来的还有副使项庄。刘邦遣陈平早早在营门口等候。

不管楚汉之间如何刀兵相见,项伯在两军将校眼中,都是比较待见的好人。尤其在汉营中,他深夜传信张良,又在鸿门宴上救汉王的举止,无人不知。而陈平作为当初范增安排在鸿门宴上监视刘邦的谋士之一,却做了迎接项伯的使者,真是山不转水转。

"陈中尉是在等老夫么?"项伯下得车来,隔着几步远就与陈平打招呼。

陈平应声上前,向项伯施了一礼道:"下官奉汉王之命,在此恭迎令尹。"

"多谢汉王。"项伯说着回转身,对坐在车上的刘太公和吕雉道,"汉营到了,请太公和夫人下车。"

刘太公一脸的不快:"老朽回来,他竟然不见人影,真是忤逆不孝。"

吕雉上前一步搀扶着刘太公道:"公父息怒。汉王定是有要事在身,否则,他定会高接远迎的。"

"有什么事能比老朽要紧呢?"刘太公仍然满脸阴云。

这时候,樊哙从营寨内匆匆赶来,老远就喊道:"伯父与嫂夫人回来了!"看见项伯,才忙施了一礼,"恭迎令尹。俺要安顿刘伯父,就不奉陪了。"

刘太公看见樊哙,心中的气才消了几分。

"伯父和嫂夫人的居处已清扫干净,被褥陈设都是新的,请伯父和嫂夫人跟俺走。"樊哙一边说,一边扶着刘太公向营寨深处走去。

随后,刘邦在张良和夏侯婴的陪同下,将项伯一干人迎进了大帐,以中间的地毡为界,分两边坐了。上了茶点、果蔬,项伯关切地问道:"听说汉王不久前受伤,不知怎么样了?"

刘邦示意项伯用茶,一脸轻松地说道:"不妨事。也是弓弩手技差一筹,本欲射我胸,却射到脚趾,些许小伤而已。"

这开局一句话就让张良暗暗叫好。刘邦真是一箭双雕,既讽刺了楚军,又掩盖了重伤。

刘邦接着又问道:"项王顺天意民心,托令尹前来议和,不知有何要求?"

项伯本来还想问问刘邦伤口的恢复情况,却不料他如此直截了当,于是接上话道:"霸王怜悯天下苍生,遣我与项庄将军前来议和。为表诚意,特送刘太公与吕夫人回来。"

"还有何事,令尹不妨一并说来。我君臣在此,亦可斟酌。"刘邦拱手谢过,说这话时,眼里充满了真诚。

"难得汉王如此痛快。"项伯也拱手道,"霸王以为楚汉对峙良久,决计将荥阳送还汉国,此其一;其二,双方以鸿沟为界,以西为汉,以东为楚,永不再战。我以为霸王之论,敢布腹心。还请大王以天下为重,予以回应。"

"令尹之意,寡人明白了。"刘邦说着,看了看张良、陈平和夏侯婴。

张良明白,接上刘邦的话道:"大王体恤百姓,无时不期盼休战。何况,太公与吕夫人被拘近三年,更是望眼欲穿。下官听了令尹之言,项王其意甚好。可诸侯之间立约,要在诚信。若墨迹未干,即出尔反尔,还不如少费口舌。"

副使项庄被张良这番话惹起些微烦恼,隔着项伯的肩膀递过话来:"军师此言差矣。霸王若无诚意,岂能遣令尹与末将前来议和?"

这话刚刚落音,陈平便开口说话了:"若说议和,则大汉在前,西楚在后。君不记得此前汉王曾遣卢绾前往楚营议和,并探视太公、吕夫人,孰料遭项王拒绝。若无此前因,军师又怎会有此议呢?"

项伯见状,忙出来调和道:"旧事休提,此次霸王遣我前来,诚意天日可鉴。还请汉王回应倡和,以安天下。"

刘邦抬眼望了望帐外道:"天色不早了,寡人之意,今日到此为止。寡人早已吩咐为令尹设宴接风,酒后歇息一晚,明日再议如何?"

张良明白刘邦是要就项羽所提条件与自己商议,忙应道:"汉王之言,乃明君待客之礼,两位使君就请另帐入席吧。"

"谢汉王。"项伯和项庄交换了一下眼色,没有理由反对。

话虽是这样说,但项庄的心一路上还提在空中,担心会不会又是一场"鸿门宴"。未及细想,宴会厅到了,他忙跟了上去。项庄的担心很快被证明完全没有必要。整个宴席期间,刘邦君臣与楚使团客人推杯换盏,直到戌时二刻方宴罢席散。

刘邦送项伯叔侄出来,项伯趁着酒意,扯了扯刘邦的衣衽小声问道:"亲家,公主可好?"

刘邦虽有些微醉,头脑却十分清楚,回看了一眼面红耳赤的项伯道:"蕊儿尚好,粗通礼义。"

"太好了。"项伯说着,又向刘邦身边靠了靠,"眼下楚汉议和若成,天下太平,我意让雎儿……"

刘邦明白,项伯并没有忘记鸿门宴前夜双方随口而出的姻亲之诺。但刘邦过后,并没有认真思考这个问题,何况,楚汉兵戈相对,谈何姻亲?唉!这个项伯,就是太老实了。但现在刘邦无法回绝他的请求,他握起项伯的手,声音中就带了宽厚:"能与令尹结缘,乃季大幸之事,季何尝不想早日为儿女完婚呢?只是眼下诸事未定,人心不稳,须待良机而已。还请令尹宽谅。再说,蕊儿离开母亲已整整三年,总还得有母女相商的时间。此乃人同此心的道理,令尹不难理解。"

刘邦这样说,等于是把事情推到了西楚一边,言外之意就是项睢与刘蕊婚事推迟的责任在项羽。这一点,项伯听得很明白,反倒无话可说了,沉吟良久,直到分手时才留下一句话:"只要汉王记着这件事,我就放心了。"

刘邦摇头晃脑地回道:"君无戏言。季乃一国诸侯,岂能自食其言?令尹但放宽心。"

送走项氏叔侄,刘邦邀张良和夏侯婴到大帐议事,一见面就问道:"子房以为议和之事可行否?"

"如今楚汉之战久拖无益,议和不失为上策。"

"太仆以为呢?"

"军师所言,正合当前情势。与其久拖无益,倒不如休养生息。当下正值深冬,战之不便。"

接着,张良又分析了以鸿沟为界对大汉其实有利:"以鸿沟为界,背后有萧丞相署理关中,我军退可以入关,进可以东去。可于楚军而言,从荥阳到彭城之间,城池林立,兼之彭越、卢绾、冯敬袭扰不断,项羽撤回彭城途中必然战事不断。彼时,我以敖仓为依托,以关中为后续,进退两易。"

"好!就依二卿。"

张良却还意犹未尽,道:"大王明日当着项伯的面,尚有一事必须言明。"

"何事需要寡人亲自提起,子房直说无妨。"

"大王当知,在楚营羁押的不止太公与夫人,还有韩王,应当一并送回。"

闻言,刘邦心头"咯噔"一声,不禁暗地埋怨自己竟如此粗疏,忽视了韩王信也该在释放之列。在诸侯中,恰是韩王信一直追随自己,并不曾有任何离异之心,更为重要的是,韩王信乃故韩国公子,与张良有同僚之情。因此,他的思绪很快转过弯来,吩咐夏侯婴道:"请太仆立即知会楚国令尹,明日一早送韩王过涧。否则,一切免谈。"

"遵命。"夏侯婴转身,向项伯下榻处奔去……

刘邦目送夏侯婴出了营帐,这才回过头来与张良相谈到深夜方才歇息。

第二天早饭后,夏侯婴陪同项伯来到刘邦大帐,一边品茗叙话,一边等待消息。只见项庄出了营寨,从侍卫手中拿过弓箭,系上信札射将过去。然后,就是就地等候。大约半个时辰后,东岸押了一个人过涧来了,项庄急忙告知张良。

张良二话没说,便辞了刘邦和项伯,带了侍卫下到涧底。在中间地带,双方都止步了,楚军为韩王信解开身上的绳索,又将一封信札交给张良,转身回了涧东。韩王信迈着沉重的步子走到张良面前,两人凝视良久,张良出口的第一句话就是:"大王受苦了!"

韩王信回道:"没能够守住荥阳城,愧对汉王。"

"一切都过去了,大王不必自责,来日方长。"张良言罢,拥着韩王信向汉营而来。

刚刚来到营门前,就听见从营寨内传出刘邦的呼唤:"韩王在哪里?韩王在哪里?"

韩王信一步上前,就单膝跪在了刘邦面前道:"罪人参见汉王。"

刘邦忙上前安慰道:"韩王为守荥阳,血战楚军,何罪之有?寡人要为韩王摆宴压惊。"

只这一句,韩王信的喉头便哽咽了。项伯满脸笑容,上前插话道:"韩王回归汉营,议和即成,可喜可贺。"

当日在大帐内,刘邦由张良出面,项羽由项伯出面,签了文书,盖了大印,宣告从此罢战,划疆而治。

午后,项伯告辞,刘邦携张良、夏侯婴、樊哙、柴武等送至营外。

这是休战后第五天的清晨,刘邦刚刚在大帐坐定,就见樊哙匆匆进来,说楚军撤兵了。

"是么?"刘邦忙出了营寨,来到涧边,见对面楚军营寨偃旗息鼓,正有秩序地南去。走在最中间的,是一队打着招魂幡的仪仗,情知那是护送龙且灵柩的队伍。刘邦的心头便泛起一阵说不清道不明的思潮,他暗暗问自己,项羽这会儿在哪里呢?

项羽没有乘车,也没有骑马,而是扶着龙且的灵车缓缓行走在仪仗最前面。

项庄来到项羽身边劝解道:"龙将军已奠祀多日,他一定深谙大王厚恩。此去彭城,路途遥远,大王还是上车吧!"

"你不必劝寡人,你让寡人再陪他走过五里行程,寡人的心境才能平伏。"

项庄跟在项羽身后,不由自主地扶着灵柩,多年来,他第一次看到项羽如此痛心……

吕雉睁开惺忪的眼睛,第一眼就看见初春的阳光爬上窗棂,将门前的竹影投射在幔帐上。她伸了伸有些酸困的胳膊,转脸看去,才发现身边刘邦睡过的枕头空荡荡的,只留下淡淡的味道。多年了,吕雉第一次亲近这味道,甚至昨夜的所有梦境都弥漫着这种味道。然而,一俟发现期盼了数年的男人不在身边,她的脸上登时浮过一片阴云。哼!他准是又到那个贱人身边去了。吕雉在心头生出无言的愤怨,朝外面喊道:"春兰!"

"奴婢在。"女御长春兰答一声,迅速出现在榻前,"夫人醒了?"

吕雉没有回答春兰的话,却问道:"大王呢?"

"大王到前殿议事去了。"春兰怯怯地回道。她所说的前殿,是用荥阳守将官邸改成的行宫前厅。

"我是问你大王昨夜何时离开的?"吕雉皱了皱眉头,不满意春兰的回答。

春兰嗫嚅了几下,最终没有发出声来。

吕雉见状,更加烦恼,怒道:"你耳朵聋了么?没有听见我在问话么?"

闻言,春兰的肩头就抖个不停。虽然她来到吕雉的身边时间不长,可经历的一桩一件事情都让她对吕雉的脾性有了比较真切的体验。她处事大气、干练,特别是高兴的时候,常把自己喜爱的东西送给身边的下人;她目光犀利,看事情很透,总是会在刘邦最需要的时候拿出令人惊奇的主意。可是她发起脾气来,也会让左右的人不寒而栗。

记得有一次,在戚夫人身边做事的秋菊抱着如意来找她了。如意长得高鼻秀目,越来越像刘邦,已经可与人流利地说话了。

初春的太阳照着后院的花草,到处弥散着馨香。春兰一边为刘盈绣一件夹衣一边与秋菊说话。秋菊问春兰道:"你看小公子是不是越长越像大王了?"

春兰抬眼看一看如意,顺着话回应道:"你还真别说,真是越长越像大王了。"

"这孩子两耳垂肩,地阁方圆,保不准将来就是王爷呢。"秋菊就这个习惯,说着说着就远了,"你说咱们这起早睡晚地将王爷拉扯大,他将来坐上王位,还记得我们这些下人吗?"接着又自顾自地回答,"我想他应该记得的。那时候,我等都是座上宾了⋯⋯"

谁也没有发现,吕雉忽然就出现在距她们不远的地方。她的脸色十分难看,呼唤春兰的声音显得冰冷。春兰就禁不住心头打鼓,急忙与秋菊分了手。那是她第一次遭到了吕雉的严厉申斥:"如意怎能和盈太子相比呢?你看他哪点长得像大王?你明知道大王已立了刘盈为太子,却还要夸如意将来如何如何,这不是成心气我么?"

春兰吓蒙了,急忙跪在地上叩头求饶。吕雉冷笑道:"念你初犯,且饶了你。往后若再发现你嚼舌，决不轻饶。"

现在，面对吕雉的问话，春兰的心头上下打鼓，不知该怎样回答。她知道，刘邦是在吕雉睡着后去了戚夫人房间的，但这话她敢说么？她这样犹犹豫豫，吕雉的气就不打一处来。不过，她也觉得此事怪不到春兰，便不再说下去，要她伺候梳洗，等一切完毕，就有御厨送来了早餐。

也许是因为吕雉受了太多苦难，刘邦吩咐御厨为她调剂饮食，每天都有新的菜肴上桌。因为有了刘邦夜间离去的阴影，吕雉这顿饭吃得没滋没味。饭后，吕雉换了深衣，对着外面喊道："来人！"

春兰不敢怠慢，很快出现在吕雉面前，小心翼翼地站在那里。

"陪我出去走走。"

春兰应一声"诺"，上前挽了吕雉的胳膊，朝外走去。

这是早春二月的日子，虽然荥阳依旧弥漫着料峭的春寒，可节令就像号令，眼看着草木都随着惊蛰的到来苏醒了。路旁萌发了淡淡的鹅黄，枝头最先挂上绿色的是柳树，远远望去，就像一张在天地家拉开的幔帐。前面有一条小路，上了小路就可以看见一座四合小院，从墙头上伸出一枝杏花，看上去粉嫩嫩的，远远地就闻见一股清香。

那就是戚夫人的居处，看上去虽然比吕雉的居处小一些，却也显出小巧玲珑来。吕雉瞅着这个院落，眉头就紧锁了。昨夜后半夜，刘邦就是在这里与那个贱妇亲热吧？吕雉摇了摇头，在内心深处告诫自己不可以退却——你是明媒正娶嫁到刘邦身边的，尤其是想起父亲当初对刘邦的相面，就越发增添了勇气。

"进去看看！"吕雉指着四合院对春兰道。

"这，夫人？"春兰有些迟疑。

"你没有听见么？"吕雉的声音就提高了。

春兰见状，忙上前叩门，开门的是秋菊。

秋菊越过春兰的肩膀，就看见站在外面的吕雉，忙转身进了内室禀报。戚夫人一听吕雉的名字，就有些慌神，她将如意交到乳娘手中，自己三步并作两步地来到门首，脸上立时换了谦卑和温暖的笑容，深深地施了一礼道："不知姐姐驾到，有失远迎，请恕罪。"

吕雉挥了挥手道："哟！这真是跟什么人学什么样，才几天，就学会官腔了。"

戚夫人不计较，仍然笑盈盈道："请姐姐到前厅用茶。"

吕雉也不客气，来到前厅，坐在主宾席上，戚夫人命下人送上热茶，亲自端到吕雉面前,小心翼翼道:"请姐姐用茶。"

吕雉接过茶盏,轻轻呷了一口,放在案几上,看了一眼戚夫人问道:"你是何时来到大王身边的?"

戚夫人谨慎地回道:"快三年了。"

"想你年纪轻轻,为何就跟了大王?"

闻言,戚夫人脸上就泛起了红云。迟疑片刻,她鼓着勇气,将刘邦怎样率军夜宿戚家庄,怎样救了他的父亲;后来,楚军定陶屠城时又是如何杀了戚庄主,她背井离乡,又是如何路遇牛良,护送她们兄妹到军营等一一道明。吕雉听着听着,心中倒也酸酸的。只是她内心深处有个底线,就是绝不容许别人夺爱。她今天来这里,就是要警示戚夫人,要她懂得轻重。

"看你年纪轻轻,生得美眉秀目,出于感恩,委身大王,其情可原。"吕雉话锋一转,目光中就嵌了严厉,"可你得明白,大王志在天下,你不可以色惑主,否则……"后面的话不用说,相信戚夫人已明白是怎么一回事。

"妾明白了。"果然,戚夫人怯生生地回道。她两颊益发地红,像落了云霞。她很惶恐,吕雉的话让她想起与刘邦在一起的日日夜夜;她很担忧,今后的日子,两人将如何相处。短短一个时辰,她已明显感到吕雉不是那种平常只知道相夫教子的女人;她的心很乱,手不知道放在那里才合适,这一切,当然逃不过吕雉的眼睛,而她要的正是这样的效果。

"还有!"吕雉严肃地提起了刘邦的两个儿子,"想必你已清楚,大王已经立了刘盈为太子。你不要想入非非,知道自己儿子该是什么身份。"

"妾明白。"话说到这里,戚夫人完全清楚了吕雉的来意,"请夫人放心,妾懂得尊卑有别、长幼有序的道理。"

"明白就好!"吕雉说着起身,春兰忙上前搀扶。

吕雉望了一眼戚夫人身边的秋菊,又道:"不单你母子,还要告诉你身边的人,恪守规矩,不要乱嚼舌头,说是道非。若是让我发现,定不轻饶,明白么?"

秋菊身子一哆嗦,忙回道:"奴婢明白!"

吕雉的脚已经踏出前厅门,却又回过头来叮嘱:"大王近来国事繁忙,你不可以叨扰他。"

这最后一句话犹如一把剑,刺得戚姬心口疼。这不是告诉自己,今后不许与汉王独处么?不是预示着自己要独守空房么?这个女人,究竟要干什么?吕雉离开了半个时辰,戚姬就那样站在门口没有动,整个的心绪都飞到了刘邦身边。她不敢想象,刘邦听到这个消息将是怎样的心情。可是,谁敢将今天发生的一切都告诉刘邦呢？

"夫人！"秋菊在一旁提醒道，"时间不早了，夫人还是回去吧！"

戚夫人长叹一声，转身进了院内。

再说吕雉一回到居处，就看见兄长吕泽来看自己了。

彭城之战后，吕泽一直在下邑驻守，以为策应。下邑，南有南阳郡王陵、吕齮、陈恢，北有成皋、荥阳，互为犄角。所以，尽管楚汉战争如火如荼，吕泽镇守的下邑从未有过大的战事。成皋之战中，刘邦每遇粮危机，都会遣人要吕泽押送粮草救济。现在好了，楚汉终于议和，他也好不容易有机会到荥阳面君。

给兄长上了茶点，吕雉不无嗔怪地说道："妹妹回汉营两个月了，兄长也不来看看。"

吕泽解释道："非是兄长不念兄妹之情，实在是王命在身，情非得已啊！"

兄妹相见，乡情盈胸，说不完的感慨，说不尽的叹息。尤其是吕雉，对自己目前的处境深为懊恼："兄长说说，妹妹回到汉王身边，与那个戚姬都被称为夫人，这成何体统？"

"是的，汉王得给妹妹一个名分。"吕泽想了想，也觉得没有尊卑甚为不妥，"这话兄长去找太仆说。"

两人正说着话，就听见传来中官的声音："大王驾到。"

吕雉与吕泽收住话头，来到门前迎接。

刘邦还没有习惯宫廷的繁文缛节，挥了挥手道："这是在家中，何必如此拘束。寡人忙了一上午，饿了，速上午饭。"接着，又对吕泽道，"一同入席，寡人有话要与你说。"

吕雉听说刘邦要同他兄妹共进午餐，立即笑逐颜开。忙吩咐煮酒，上菜。

吕泽问道："老太公近日可好？"

刘邦无奈地摇了摇头："还在为那次被项羽绑在俎上差点被烹而生气呢，埋怨寡人竟然说出那样让他寒心的话。可你说说，两军对阵，面对要挟，寡人又能说些什么？"

"大王不必挂心，过些日子，太公定然明白其中的道理。"

"爱卿所言甚是。"刘邦点了点头又道，"爱卿在荥阳停留几日后仍回下邑坚守，以备急需。"

"谨遵大王旨意。"

说话间，菜肴上来了，两人随之收住话头。

每人面前都有一盆烧乳猪，刘邦的确有些饿了，待吕泽和吕雉一一敬过酒后,自己挑起一大块乳猪肉大嚼大咽起来,直到咽下腹中,才端起酒觥喝了一大口酒,随之又开口说话了:"眼下楚汉议和,荥阳无战事,寡人意欲近日撤回栎阳。"

"大王回栎阳是有事么？"吕雉放下酒觥,问道。

刘邦回道:"寡人长期忙于战事,未能有空闲。现战事平息,当有个休整空隙,一则看盈儿学问上如何？二则就是送太公入关颐养天年。三则,夫人回来已有两月,尚无名分,长此以往,多有不便。所谓母贵而子荣,盈儿既为太子,她母亲自然不能总是这样。只是立后大事,尚需与群臣议后才能定下来。"

吕泽看了一眼吕雉,忙作揖道:"谢大王恩典。"

可吕雉却没有急于道谢,反而问道:"大王果真要回关内么？"见刘邦肯定地点了点头,吕雉急了,顾不得礼仪,起身来到刘邦面前道,"妾有一言,不知当讲不当讲？"

"夫人有话尽管说,寡人洗耳恭听。"

吕雉欠了欠身子道:"妾在楚营时,曾听虞姬与淮梅说过一段往事。言当年吴王夫差率军在夫椒大败越王勾践,越王勾践曾向吴王求和。伍子胥奏谏,定当'树德务滋,除恶务尽',吴王未能从谏,以致养痈为患,二十年后为勾践所灭。妾以为当年吴越之战与今日楚汉之争相似,眼下项羽东撤,此正是我军进军良机,请大王慎思。"

这一番话说得吕泽眼睛发直,忘了吃饭,只是呆呆地看着吕雉,暗自庆幸自己刚才没有顺着刘邦的意思赞同回关内,否则,就在妹妹面前丢了大丑。他悄悄地打量刘邦,才发现他比自己更要吃惊,直愣愣地看着吕雉,仿佛是在看一个陌生人。

的确,这一番话大大出乎刘邦的预料。就在昨夜后半夜,他同戚夫人相拥而卧时,听到的却是要急于回关内的莺莺喃语。两相对比,他觉得以往真是轻看了这位厮守了十数年的女人。如果她留在身边,的确需要一个名分。刘邦心想。

午后的阳光从窗外投进来,亮亮地洒在吕雉的脸颊,似有红霞展开。刘邦好像第一次发现,她竟是这样一位胸有天下的美妇人。

吕泽很知趣地退出去了,吕雉忘情地扑向刘邦,在他的额头落下了一个深吻……

第九章

刘萧张再定新策
武左史又逢智辩

  平静的日子，总是最容易过的。
  转眼到了六月，关中的麦子已经收过，萧何不失时机地征集了大批的新麦和草料，将栎阳诸事委托吕臣署理，亲自率邓龙所部押送粮草到荥阳来了。当然，他此行还有一件重要的事情——将撰写的《汉律九章》草稿呈给刘邦。上一次来荥阳，他曾向刘邦提出借鉴秦律起草汉律的谏言，刘邦十分赞同。临行前夜，他又从头至尾将文稿梳理了一遍，文字上做了润色。
  当刘邦遣人将议和的消息六百里快马送到栎阳时，他便觉得这正是汉军借以休整，谋定建国方略的大好时机。当初进咸阳时的"约法三章"已奉行数年，虽然百姓拥戴，可毕竟太简略了，而制定律法是丞相的责任。于是他每日处理完政事，给刘盈授完课，就把所有的时间投入到阅读《秦律》和《法经》上。删除苛刑，留其要者。又依据当下情势，细分为盗律、贼律、囚律、捕律、杂律、具律、户律、兴律、厩律九章,当他郑重地在卷首写下"汉律九章"四个字时,便欣慰地笑了。

凡事预则立,不预则废。大汉取得天下,只是时间问题,一切都要早做准备才是。

刘邦和张良对萧何的到来十分高兴。连日来,他们几乎形影不离,不是分析汉楚形势,就是讨论《汉律九章》。

这是六月底的一天,刘邦约了萧何、张良一同到鸿沟来观山景。朝东望去,废弃的楚军营寨仍然矗立在那里,只是再也看不到飘扬的旗帜了;留下的锅灶,时不时被风吹起一阵尘灰。刘邦挥动马鞭,指着对面的灌木丛道:"当初,项羽就是在那用烹刑要挟寡人的。"

"大王度量如海,当时若不那样说,就中了项羽的激将之计了。"张良回顾了当时的形势,接着将一个重要的消息禀奏给刘邦,"昨夜探马来报,项羽东撤并不顺利,沿途不断遭到彭越军与卢绾、冯敬所部的袭扰。卢绾、冯敬知道我军与西楚有约,因此换成彭越军衣,令楚军无法找到口实。"

刘邦的目光顺着鸿沟对面东去的道路,似乎看到了楚军被围的情景,不无感慨地说道:"当初寡人亦欲退回栎阳,亏了王后、子房谏言才作罢。现在看来,我军东进的时机到了。"

"王后谋断,不让须眉。"张良又对萧何简要描述了立后大典那天的热烈情景,"大王本要接太子来荥阳参加大典的,可现在正是战时,诚恐路险,加之当时关中夏收,故而免了旅程劳顿。"

"这个下官知道,大王已文书知会了。"

刘邦转过身来,朝涧下走去,萧何、张良连忙跟上。

"丞相与军师认为何时为东征良机呢?"

萧何跳下一个小坎,站在刘邦身旁道:"臣以为要出兵东征,有一事需要安排妥当。"

"丞相说的是英布吧?"张良立即明白了萧何的意思。

萧何点了点头道:"下官以为,安排好诸侯实为项羽树敌也。当初英布能从项羽处得到九江王名号,大汉为何不能再予他封号呢?"

经两位重臣一提醒,刘邦想起当初他与英布一起南下,两人在南阳分手,英布去了淮南。若是赐封淮南予他,岂不等于从项羽手中又夺一方土地么。于是他立即回应了两位大臣的议论:"寡人就封其为淮南王如何?"

"大王英明。"萧何和张良几乎同时应道。

张良又提起了一件事:"楚汉连年征战,当初从沛县跟随大王出来的将士死伤甚众。现在我军士卒大部分来自汉中、关中。臣以为对死伤士卒当衣衾棺殓,多加抚恤,这样才能稳定军心。"

刘邦几乎不假思索地回道:"此议甚好,今日回去就由太仆办理。"

三人远远瞧见半坡上有农人正在播种菽和黍,萧何便道:"眼下大汉正在起草律令,不如先听听百姓的声音如何?"

刘邦想了想,欣然同意,只是提出相互以兄弟相称,以免吓着百姓。

几位农人也发现了刘邦等人,抬起头擦汗,憨憨一笑,算是打了招呼,然后继续低头撒种。萧何上前施了一礼道:"借问老丈,这种的什么?"

老者一边叮嘱儿子赶牛继续前行,一边转头回道:"垄下种黍,垄间套菽。"

萧何与刘邦都曾在乡间待过,虽然泗水一带种植稻谷,可农事节令并无殊异,于是顺着老丈的话道:"老丈真会算计,一季两收。"

这话拉近了他们的距离,老丈惊喜地问道:"几位种过庄稼?"

见萧何与刘邦点了点头,老丈的话也多了,脸色也活泛了,并邀请三人到树下乘凉喝水。

四人面对面坐着,话题自然地转到了国家安定上。老丈感慨道:"连年战事,许多地都荒了。好在今秋楚军撤了,小老儿这才敢下地种庄稼。而且听说汉王严令驻军不可到乡下骚扰百姓,真是顺应民心。其实老百姓图什么?不就图个安安稳稳过日子么。"

萧何看了一眼刘邦和张良,见他们听得很投入,随口问道:"亭长们给老丈说过赋税的事么?"

"哦?原来先生是问这。前些日子,乡间三老召集村人,说从今年秋天起,十五税一,百姓都高兴得称赞遇见明君了。"

"百姓都这么说?"刘邦问道。

闻言,老丈就认真起来了:"小老儿今年五十有八,还能诓骗先生不成?"

刘邦忙道:"在下绝无此意,只是想多听听百姓是如何说的。"

老丈的兴头就越发地浓了,只是刘邦抬头见太阳已近午时,忙起身告辞。老丈热情地送到地头,生出恋恋不舍的神色。

这就是百姓,这就是人心。萧何不失时机地说道:"就冲老丈这些话,臣都应将《汉律九章》写好,不使豪强兼并百姓之地。"

"不仅如此。百姓盼安定,大王就该顺应民心,早日一统天下才是。"张良也道。

"这样说来,这仗还要打?"刘邦惊奇地问。

"从眼下形势看,关中、南阳、齐地皆为我大汉所据,天下大半归我所有,且诸侯皆附,战之大利于我也。反观项楚,疲师粮尽,诸侯叛离,已成孤寡无助之兵。这是天意亡楚,此时不战,更待何时?"张良一口气说了不少。

萧何趁张良喘气的当儿跟上道:"现在不打,那就是养虎为患。若要击楚,有一件事当下就必须做。"

"丞相说的是据守汉中的雍齿吧?虽说当初偏居汉中,乃不得已之举,可毕竟那里是我大汉兴业之地。自暗度陈仓后,此地一直由雍齿坚守,久而久之……"张良也赞同道。

"子房之意,寡人明白。眼下距东征尚有一段时间,子房何不回南郑看看,顺路将夫人接到荥阳或栎阳,岂不两全其美么?"刘邦建议道。

"微臣正有此意。"张良说完,有些不好意思地笑了。

萧何指着张良笑道:"好你个子房,早有此想,却藏在心头,要下官去说。"

张良也笑道:"下官不敢假公济私。"

刘邦也趁机插话:"干脆从敖仓调不疑回来,率侍卫护卫子房去南郑,也顺便看看他母亲。少年营守敖仓时间很长了,可将之移交给王吸、薛欧二位将军。"

张良觉得,刘邦总是想得长远。是啊!他们才是大汉的将来。

在荥阳的日子,萧何向刘邦详细禀奏了留守关中的事情。刘邦听后十分高兴,由衷地赞道:"丞相理政有方,他日天下一统,当属头功。"

"臣只想着为大王分忧,并不曾想高爵厚禄。若大王对《汉律九章》没有异议,臣决计先在关中试行,为天下统一后治理国家积累经验。"

"寡人看了丞相的文稿,觉得较之秦法宽松了许多,试行无妨。即便有不周之处,随时改正即可。"

萧何特别向刘邦提到,由于咸阳已成一片废墟,他打算重修宫苑,以供他日居住。

刘邦闻言便很不以为然:"寡人乃沛人,即便将来天下安定,也当回乡建都,岂能在暴秦故地安居?"

萧何劝道:"诗曰:'普天之下,莫非王土;率土之滨,莫非王臣。'王者当以四海为家,岂独乡邑乎?"

"此事等子房回来,寡人与诸臣商议后再定。丞相当全力为东进筹集粮草、兵源为宜。"刘邦不想在此事上纠缠。

"谨遵大王之命,臣明日即启程回栎阳。"萧何也不争辩,他相信刘邦迟早会赞同自己的做法。

"寡人还有一事相托丞相。太公自回来后,对寡人一直耿耿于怀,加之战局即将重开,他在军营多有不便,寡人想托丞相接太公回栎阳。"

萧何忙打拱道:"大王何言相托,此事乃臣子本分。请大王放心,太公在栎阳定会心安理得,颐养天年。"

第二天一早,萧何向刘邦辞别,与刘太公一起回栎阳。刘邦与陈平、夏侯婴一起到荥阳城外送行。

邓龙早早地在城外等候,看见刘邦车辇,忙率麾下上前参拜。

"起来吧。"刘邦又端详了一番这位年轻的校尉,"寡人听说你与张虎跟随吕长史据守关中,劳卓身苦。待寡人东进回来,定当重赏。"

"谢大王!"邓龙忙回道。

刘太公在侍女的搀扶下到了车前,经过萧何昨夜的劝说,今日情绪好多了,坐上车辇,他回看了一眼在一旁守候的刘邦道:"你在荥阳,也需小心谨慎才是。"

只这一句话,刘邦的内心就暖烘烘的,他知道,父子间的隔膜正在悄悄溶解。

"臣这就回栎阳了,期望大王早日凯旋。"当着众人的面,萧何郑重地向刘邦行了臣子之礼⋯⋯

张良在张不疑的护卫下,沿着汉水一路逆流而上,向南郑来了。

站在甲板上向岸边望,纤夫们冒着烈日匍匐在岸滩上,头几乎挨着了地。太阳将酷热的光投射到他们的脊梁,被汗水浸渍的皮肤黑亮亮的。从纤夫口中传出的号子,显得沉闷有力。回眸望去,江水被船体划开清凌凌的波浪。远处,群山向身后滑去,渐渐变成模糊的黛色。张良的心顺着江流,向东飞到了淮南。其实他此次出发南行,肩负着两项王命,一是要代表刘邦宣达册封英布为淮南王的诏命;二是去新郑察看雍齿军的情势。

汉四年(公元前203年)六月底,他从荥阳出发,于七月中到了六县,宣达了刘邦封英布为淮南王的诏命。在六县的日子里,他惊异于刘邦在南阳郡分手后,英布军力的迅速壮大,不仅到处都是兵营,而且他在辖域内效法刘邦,轻徭薄赋,深得民心。

在陪同张良巡查军营时,英布还坦诚地告诉他,留守彭城的桓楚曾受命遣人来劝他再度归楚,被他拒绝。英布还说,当初若非汉王在危急关头迎他到汉营,又借兵与他,他岂有今日?

张良离开六县，在城外分手时，英布又道："请军师转告汉王，从今以后，布与大汉同舟共济，绝无异心。"

"下官定将大王心意禀奏汉王。"张良虽然嘴上这样说，可他却注意到英布话中的一个细微之处，那就是他只说与汉同舟，而不提归汉。回想起淮南境内百姓的呼声，他的心弦就绷紧了。对这些自诩诸侯之人现在只能安抚待之，可即便是睡觉，也该睁一只眼睛盯着。

张良收回目光，问撑船的艄公距离南郑还有多少路程。

艄公回道："快了，再有半个时辰，赶日落西山之际，就可以到南郑城下。"

张良"哦"了一声，却没有挪动身子，他此刻又想起了镇守南郑的雍齿。这位早年起事就不服刘邦的沛县人，曾出尔反尔。因此，萧何来荥阳拜见刘邦时，谏言让张良借议和之后空隙到汉中巡查一番。

张良又问艄公："老丈可知驻守南郑的将军雍齿么？"

"先生问这干什么？"艄公怔了一下，目光中就多了警惕的神色。

张良看了一眼身边的儿子张不疑，淡淡一笑道："在下乃一商贾，听说南郑物产甚丰，因此想着货易到他处，赚个利钱。故而打听一下当地官吏，以图进出方便。"

"那个年轻人，也是随先生的？"

"不瞒船家，此乃本店伙计，随在下出来采货。"

"老汉就在这江上往复来去，为人载货。只听说这位雍将军声望甚高，百姓呼之为'郑王'。"船家心中的警觉渐渐淡去。

"哦，有这等事？那百姓可知这里是汉国国都么？"

船家长叹一声道："开始的时候，百姓倒是听过汉王之名。可近来，郑王之名便传开了。"

张良没有再问下去，他的心境愈益复杂了。雍齿是否自封郑王尚待细查，可他不宣示汉王之恩威却是不虚的。这样想着，太阳已落在了西山山头，橘红色的光芒照得江水呈现出酱紫的细浪。艄公提醒道："客官，南郑到了。上了岸，朝南走就是南郑城。"

张良谢过船家，付了船费，上岸后低声对张不疑道："召集人众到南郑城外密林中集结。"

一干人踏着沉沉暮色，到了南郑北门外的一处小树林边，张良吩咐侍卫们道："我此行是奉汉王之命探视雍将军，你等皆听命于不疑，明白么？"

"明白！"大家齐声回答。

张良把儿子拉到一边道:"你虽思母心切,可王命在身,你当与侍卫们一同住传舍之中,随时听命。"

张不疑还想说什么,但看到父亲严厉的目光,立时从喉咙里蹦出了两个字:"遵命!"

张良一行乘船从汉水逆流而上的消息,早在前两日就由沿江巡查的校尉禀报雍齿了。听闻这个消息,他那颗逍遥了几年的心骤然变得纷乱了。他至今仍清楚地记得,刘邦离开南郑时将国都安危托付给自己的情景。几年来,刘邦忙于与项羽争锋中原,很少回南郑。汉三年,为调动龙且军南下,刘邦因出武关而回过一次南郑,但也只是过路而已。雍齿出城十里,为刘邦送行。没有拘束和战事纷扰,他乐得其职。

刘邦这次也令他在境内推行十五税一,与民休息。雍齿虽然口头答应了,但内心却不以为然。出身豪族的他觉得百姓缴纳税赋,乃天经地义之举。刘邦一走,他就故态复萌,要求各县依然沿袭秦制。

"天高皇帝远,这深山大涧,有几人知道外面的情景?"看着县府上报的算计图册,雍齿很是得意,"汉王远在中原,岂能顾及此等事情。"

他用这些钱,修建了富丽堂皇的将军府,养了数名女妾在后院,俨然一方诸侯。

还有另一件要紧的事,前不久,从山外来了一位叫武涉的谋士,带着项羽的诏命来见他了。

这是武涉第二次奉命出使。他主动请缨来南郑,就是要回报项氏的知遇之恩。当他以左史之职作为使者,走进雍齿的将军府时,便为这府邸的廊腰缦回、檐牙高啄、曲径通幽、茂林修竹,以及侍女成群而吃惊。

武涉带来了项羽的诏命,封雍齿为郑王,武涉十分了解雍齿的过去,言辞直抵他心底的软处:"刘季是什么人,不过赌场无赖耳。将军又是何人?沛县豪族,凭什么刘季称汉王,而将军要屈居于其麾下呢?霸王素闻将军大名,钦佩有加,愿将军三思。"

这些话刚从武涉口中说出时,雍齿还本能地有所警惕,但也没有多少反感。武涉是下定决心要说服雍齿归项的,他见状也并不急于逼雍齿做出选择,而是每日向他讲述项羽如何宽待臣下、如何修好诸侯的故事。这些,有些雍齿早有所闻,有些则是第一次听到。尤其是听了项羽亲为龙且扶灵之后,他感动了:"毕竟弃汉归楚,不是一件小事,容我思虑之后再做抉择。"

就这样,武涉在南郑城中住下来了。他不但每日陪着雍齿饮酒对弈,而且向他谏言在境内各县轻徭薄赋,获取民心。前些日子,雍齿向各县发去文书,从当年秋季开始,推行十五税一。消息传出,百姓纷纷称道雍齿开明,郑王之名就这样传开了。

就在武涉滞留南郑的日子里,张良到了。雍齿第一个想到的就是把武涉从传舍搬出来,搬到一个很少有人知道的宅院里。并且告诉他,张良在南郑期间,千万不要走动。但这只是他的一厢情愿,武涉怎么可能隐而不现呢?

月亮从东山上冉冉升起的时候,张良一行来到雍齿的将军府前。在门口值守的校尉看了张良的门籍之后,忙进去禀报。不一刻,雍齿便率领麾下几名校尉出来迎接了。隔着老远,雍齿便热情地打招呼:"不知军师驾到,有失远迎,恕罪恕罪。"

张良不卑不亢道:"是下官未能及时通报,将军何罪之有?"

雍齿看着张良身后的年轻校尉问道:"这位少年……"

"此乃犬子张不疑,奉汉王之命护卫下官一路来此。"接着,张良向后招招手,但见侍卫从车子上抬下几个箱子,"汉王念及将军镇守国都,功勋劳卓,特赐金千斤,绢帛百匹,以为犒军之用。后面的车子上,还有酒酿。"

"哎!"雍齿不无感慨地说道,"大战不断,汉王犹记着末将,不胜感激。"

张良毫不含糊地纠正道:"此地乃汉都,将军乃汉臣,大王岂能不牵挂?"

雍齿顿觉自己口失,连忙回道:"军师所言有理,是末将措辞不当。"

"汉王不仅对国都魂牵梦萦,且有谕意给予将军。"张良趁机递上刘邦的谕意文书。

雍齿收好文书后道:"军师远道而来,末将已略备薄酒,还是到府邸说话方便些。"

张良拱手道:"下官前来,就是先知会将军,我已到南郑。今日已晚,便不相扰,回思沛巷府中歇息。明日一早即过来,与将军一起去营中劳军。"

"末将忘记了,思沛巷尚有嫂夫人呢?"雍齿一拍脑袋,立时做出醒悟的表情,想想又觉不妥,忙改口道,"每逢节令,末将都遣人前往问候,今日一忙……"

"谢将军关心,下官告辞了。"张良也不纠正,言罢便上了车子,在一帮侍卫的簇拥下向思沛巷而去。

雍齿看着张良的车影好久没有说话,心里显得有些纷乱。张子房为何这个时候来,究竟有什么用意,他一时也理不清楚。可横在面前的倒是这个武涉该怎么办?他在心中暗想,这个武左史千万不要在这时候出来添乱。他转身回到署中,迅速传来军中主簿,要他立即到武涉居处再度叮嘱他,在张良逗留南郑的日子里,一定不要出来。

主簿觉得军令不可不从,但对武涉会不会遵雍齿所嘱,心中实在没底。这武涉是什么人,他是项羽使者,岂能偷偷摸摸地不见天日呢?

车驾在思沛巷的街道上行走,张良的心颤悠悠的。他回头看了一眼张不疑,便觉得时间过得太快了。一转眼,儿子都成了汉军的校尉了,而他和冯慧就这样在聚少离多的生活中送走了年复一年的日月。当初将冯慧安排在思沛巷居住,也是冲着这巷名的。

刘邦曾告诉他,定都南郑后,他曾将县城的各个街道转了个遍。这巷子呈南北走向,街上店铺林立,看上去与樊哙卖狗肉的巷子十分相像。此巷原名郑西巷,是刘邦将其改为思沛巷,以寄托思念。当冯慧到来的时候,这巷子里已住进了不少从沛县来的商贾。

毕竟这里曾是汉都,虽然暮色沉沉,但街道两边的店铺依然灯火依旧。借着灯火看去,街道延伸到十字路口,向南一拐,就是自己的家了。曾陪伴母亲在这里度过一段难忘岁月的张不疑抑制不住心头的激动,自语道:"说不定娘就在门前看着咱们呢?"

张良没有回儿子的话,只是悄悄擦拭了一下潮湿的眼角。心想没有事先知会,她又怎么会倚门而盼呢?旋即,他又自怨自己的心被连绵不绝的战事麻木了,怎么不能体会孤守门户的妻子那一颗柔软的心呢?也许,她天天这个时候就在门首眺望,期盼他们父子忽然双双出现在她的面前。张良忽然觉得车子走得太慢,对司御道:"天黑了,快点走。"

其实,境由心造,路并不长,只是因为心急罢了。刚刚南拐行走了数十步,一座并不显眼的府邸出现在面前,门首挂着两盏灯笼。哦!知娘莫如子,不疑说得没错,站在门口朝远处张望的不正是冯慧么?

司御"吁"的一声,车子在门口停了下来。但冯惠的目光仍然在搜寻远方,似乎并没有觉察到面前停着一辆车子,还跟着一队人马。唉,无数次失望的期盼使她的目光总是向着远方,这情景,让张不疑心中很不好受。他忙翻身下马,来到母亲面前,叫了一声"娘",就双膝跪倒在冯慧面前了。张良也迅速下车了。

冯慧弯下身子,捧着不疑的脸,两行热泪溢了出来:"疑儿!真的是你?"

"娘!是儿子回来看您了。"张不疑将头依偎在冯慧怀中,淌着热泪。

冯慧希望能找见早年那个活泼可爱的不疑。可现在,跪在她面前的,却是身着盔甲的校尉,连唇间都长出了毛茸茸的胡须了。冯慧的心境是复杂的,悲喜交加。儿子大了,就无法永远依偎在自己的怀中了。良久,她才抬起头,就见张良站在一边。她的目光从儿子身上转到张良身上,他瘦多了,也黑了。

张不疑将队伍交给两个屯长带回传舍歇息,只留下四名士卒值更。然后,他簇拥着父母回到了屋内。

"你父子且坐片刻,我这就去准备饭菜。"冯慧言罢,转身进了厨房,与丫鬟们一起为张良父子温酒、烧菜。不一刻,满满的一桌菜肴就摆在张良面前了。

冯慧脱下围裙,坐到张良对面,指着中间的一盘菜肴道:"此乃本地名吃褒河鱼,刺少味美。"说着,她分别给张良和不疑的碗里夹了菜。

这时,张不疑端着耳杯站了起来敬道:"二老在上,儿子敬二老一杯酒,感谢二老养育之恩。"说罢,他将杯中酒饮干,这才坐下。

冯慧也要站起来敬酒,却被张良拦住道:"此时最应该接受敬酒的是夫人,请饮下此杯。"

冯慧忙端起手中的杯子,两人举到齐眉地方,才用衣袖掩了口饮了。

可这难得的温馨,随着晚餐的结束而又遭到分离的缺憾。饭罢,张良对张不疑说道:"你身为校尉,当以王命为先,今晚就住到传舍去。"

冯慧闻言便不依了:"夫君这是为什么?孩子在外面打打杀杀,好不容易回来,你却不准他住在家中,你想过妾的感受么?即便不能多住,一夜总是可以的吧?"

张良坚决地摇了摇头:"一夜也不行,他住在家中,那几十名侍卫谁来管?"

"唉!你这是……"冯慧背过身子抹眼泪。

张不疑毕竟不再是小孩子,明白自己肩头的使命,上前扶住母亲的胳臂劝慰道:"娘,儿子知道娘身体康健,比什么都高兴。王命在身,儿子身不由己。"说完,他向母亲施了一礼,交代了四名侍卫,就出了大门,打马往传舍方向去了。

张良对儿子如此成熟很是欣慰,虽然自他编入少年营后很少教他什么,可他发现,儿子有着与自己完全不同的成长道路,军营给了他许多。

秋月融融,从窗口投进温柔的银辉。当内室只剩下夫妇二人时,张良将冯慧紧紧拥入怀中。而冯慧绵软地依偎在丈夫的怀抱,什么话也没有说。连她自己都很奇怪,那每日倚门巴望积攒的千言万语都到什么地方去了呢?

唉,此时此刻,所有的语言都在彼此的感觉中了。她读得懂张良拥抱时的热情和温度,他们就那么无言地享受着月光的爱抚。

良久,冯慧从张良怀抱中脱出来,亲自为夫君宽衣解带,伺候他到小房间沐浴。暖融融的水滴通过冯慧手中绢帛,一点一点地流向张良的头发、脊梁和胸前,仿佛冯慧的手缓缓地划过他的肌肤。多年了,他很少有过这样的时光。于是,那些初遇时的浪漫,相濡以沫的枝节和分离时的重重思念,都一起涌上心头。张良伸出水津津的胳膊,轻轻抓住冯慧的手道:"这些年,苦了夫人了。"

冯慧没有回答,没有怨言,只是用淋水和擦拭传递着自己对夫君的爱。自从那年在下邳遇见黄石公之后,冯慧就知道,自己拴不住张良那颗志在四方的心了。他是男人,有自己的前程,自己所能够做到的,就是默默地承受着生活的苦乐。

伺候丈夫上了榻,冯慧又到小房间自己沐浴。她把自己洗得透亮,又坐在梳妆台前绾发髻。当铜镜里映出她圆润的脸庞时,她忽然有了新鲜的陌生感,似乎第一次发现自己也是这样的美丽。是的,在与夫君天各一方的日子里,她很少坐在梳妆台前如此打量自己,她的心顿然就回到了青春的年月。

爱,永远不会随着岁月老去。当两个分别许久,却又彼此渴望的人重逢时,他们的激情就像新婚一样热烈。幔帐外的虫鸣渐渐远去,天空的月亮不知什么时候隐入云层,夜色掩盖了羞涩……

此刻,两人已复归平静,却没有丝毫的睡意,面对面躺着说话。

张良问道:"在南郑这些日子,雍齿有没有难为你?"

冯慧闻言就笑了:"夫君这是想什么呢?夫君堂堂汉军军师,雍齿岂敢无礼?不仅如此,他时不时还遣主簿来家中嘘寒问暖。妾除了感谢外,总是回答什么也不需要。"

张良闻言很感动,所谓家有贤妻,丈夫不遭祸事,冯慧就是这样能处处为他设想的女人。

张良告诉冯慧,他这一次来南郑,就是要接她走。但冯慧的反应却是平静的:"妾这样的女人跟随夫君,既不能提枪上马,也不能赞画军务,只能成为累赘,还是在南郑守着吧!"

"楚汉已经议和,项羽东归彭城。但依我观之,项羽此去再无法西顾。不久,天下当归大汉。夫人留在南郑,有所不便。我接夫人是去栎阳后方,萧丞相为人宽厚,我才能放心为社稷谋划。"

冯慧沉默了一会儿才道:"那此事就依夫君。只是疑儿带兵打仗,我总是……"

没有回应,却传来鼾声,冯慧叹息了一声,侧过身子去了……

当冯慧于榻上辗转难眠之际,在南郑一处冷僻的宅院里,武涉盯着外面的秋月,也是一点睡意也没有。

之前传舍里来了一队汉军侍卫,雍齿提醒他不要主动去接触这些汉军,但武涉已经明白他的心理。来南郑的不是别人,乃是汉军军师、大名赫赫的张良。若是他知道楚国使者就在南郑,该作何想?但对于武涉来说,迁到这冷落的小院,如同软禁。

他对这次出使南郑的使命忽地就有了难以言状的失望,不管怎么说,自己都是项王使者,这样不敢出现在人前,算怎么回事?难道自己是夜间入户的盗贼么?

在夜深人静的时候,项庄奉命遣他出使南郑的情景再度回到脑际。当时,项庄郑重地对他说道:"此次非上一回可比,大王已任命足下为左史,身份与以前不一样了。这次是我在项王面前保举足下出使的,请足下务必竭尽全力,勿负我望。"

是的,他不能让项庄在项羽面前再度失信。没有项庄,他也许早就成为孤魂野鬼了。

可自打张良到了南郑后,他的心就一个劲往下沉。张良这个时候来,目的是什么?是否掌握了他游说的消息。但他很快打消了这种猜测,自己是化装成商贾来的,又怎么可能如此迅速地传到汉营呢?他发现平时口气很大的雍齿见了张良却有几分畏惧,竟要自己回避,就是心中怯弱的表现。

"哼!"武涉换了个姿势,头朝外躺着,继续想心事。楼台外徘徊的秋月,淡淡的冷辉洒在他的脸上,有些清凉的感觉!不,那是一种秋寒的侵入。武涉对现状很不满意,既然负命在身,为何知难而退?他使劲摇了摇头,一心一意寻思着明天的对策,"你不让我出面,我就不出面了?堂堂楚使,有何见不得人的。明天就和那个张良照面又有何不可?两国交战,还不斩来使呢,何况当下无战事可言。"武涉做出了选择,明日一早就去将军府,看雍齿究竟怎样选择。

更漏过了丑时二刻,武涉才强迫自己闭眼。心中有事,几个时辰都是似睡非睡的状态,雄鸡在某个角落第一声啼叫时,武涉就起身梳洗了,然后在后院练起剑术来。随来的副使见武涉早早起来,知道他昨夜没有睡好,上前问候道:"大人怎么这么早就起来了?"

武涉向副使使了个眼色,两人从后门出去,前面就是一个山坡。正是秋林染醉的时候,满山的红叶被晨光照得透亮。两人在山坡上停住脚步,武涉问道:"副使对张良到来作何想?"

副使回道:"下官最担心的是雍齿左右摇摆。这些天看他说话,似有心动迹象,张良一来,恐怕……"

"吾等深受霸王恩典,当肝脑涂地,在所不辞。我决计今日去见雍齿,当着张良的面将事情说透,看他如何?"

"这……"

武涉摆了摆手道:"副使不必犹豫,记得左司马大人曾讲过何隋说英布的往事,我等为何就对张子房胆怯呢?"

心同此情,自打张良出现在将军府前,雍齿的心就没有平静过。整个晚上,他的心都是忐忑不安的。真是见鬼了,张子房迟不来早不来,偏偏就在楚国使者来时相撞了,这事若是被刘邦知道,会不会成为治罪的口实呢?他在榻上翻来覆去,直到黎明才昏昏沉沉入了梦乡。还没有睡实,雄鸡就啼叫了。

洗漱的时候,他看身边的侍女个个都不顺眼,稍有迟缓,就开口大骂,弄得府上大小老少如坠五里云雾之中,夫人吓得不敢吱声,躲在一边朝这边看。

辰时一刻,雍齿来到署中。刚刚进了门,张良就到了。也许是心里有阴影,他看张良时的目光有些不自在,似笑非笑地问道:"军师可歇息得好?"

"托将军的福,一切皆好。"

当雍齿要侍卫上茶时,被张良拦住了:"你我同事一主,彼此就不要那么多客套了,还是前往军营劳军吧!"

"好!就依军师。"雍齿唤来军中主簿在前面引导,先从将军署看起。

出了前厅门,向左拐,有一道回廊,廊下是砖铺的小径,打扫得干干净净;廊外的条形花圃中,秋菊开得正盛,各种紫色的、红色的、白色的、金黄的菊花含露绽放,仪态绰约,芬芳四溢。过了花圃,是一簇青竹,郁郁葱葱,秋阳透过竹叶的缝隙,投射在阴影处,斑斑点点,煞是好看。回廊的尽头,有一座亭子,上书"怡心亭"三字,正有几个抚琴的女子在亭中演奏,乐曲中透出一种伤秋的情绪。而在不远处,则是侍卫的岗哨。

这一切让张良心中顿时起了波澜,眉头就皱起来了。前方的将士在流血,雍齿在这山城中却高楼阁榭,醉于声色:"将军这日子,可是逍遥自在啊!"

雍齿明白张良话里的意思,忙道:"末将在城中修了楼宇,这都是为朝廷着想。汉王经过褒中时又焚毁了栈道,这里就是国都。将来与诸侯往来,破败情景总有失国体吧?"

张良嘿嘿地笑了笑道:"下官倒是没有见王宫有多高峨。"

"这……"

雍齿看了一眼主簿,主簿立即回道:"回军师的话,雍将军在金鸡岭下为汉王修建了王宫,虽不敢言富丽堂皇,可也是雕梁画栋。"

众人出了官署大门,几辆车子在路边排列着,张良的车子周围已站了随身侍卫,张不疑着一身金色盔甲,红缨在秋阳下显得分外耀眼。那马看张良在一干人陪同下出现在面前,一时兴奋,仰头发出"啾啾"长啸,四蹄在地上磕出火星,愈发显得少年校尉的威武。

雍齿先是被马嘶声一惊,及至看到张不疑时,禁不住赞道:"少将军英武雄姿,将来必有大作为。"

"雍将军不可谬夸,他就是一个少年营校尉而已。"

雍齿在与他说话时,目光游离,似乎在寻找什么?时而环顾身边,时而张望远方。张良见状也不点破,只是静静地看着。思忖间,车子到了城西北角的骑射营。守营校尉早早地率部在寨门外等着。看见张良、雍齿等人的车子,立时挺立行注目礼,高声喊道:"大汉威武!"

张良扶着车轼,面军而立,高声道:"本军师奉汉王之命前来劳军,众将披坚执锐,守土功高,汉王赐酒五坛,以资犒劳。"

将士中又爆发出齐声的呼唤:"汉王英明!"

张良挥了挥手,等声浪平息下来,才下车来到军伍面前,拉了拉年轻校尉的战袍,问道:"将军大名?"

校尉忙行军礼回答:"禀军师,卑职乃将军岳恒之弟岳升。兄长阵亡后,祖父将卑职送到南郑,投在雍将军帐下。"

"哦,是岳恒将军胞弟,怪不得看着眼熟。"张良不无怀念地说道,"彭城大战中,你兄长为救汉王,壮烈殉国。我望你如你兄长,尽忠报国。"

"卑职记住了。"岳升挺起胸膛继续道,"接雍将军令,卑职为军师演训骑射,请军师登台观看。"

进了营寨,来到后校场,登上阅兵台坐定,岳升骑马来到阵前,禀报演训开始。

但听一阵"嘚嘚"的马蹄声,从场外冲进一批骑射营士卒,一律是清一色的白马白盔,驰过台前时,齐刷刷地举起手中的弓箭,拉成满月,"嗖嗖"作响,远处的人头靶子一个个倒地。接着,岳升带领骑兵们来一个镫里藏身,斜插过校场,风驰电掣般地翻身上马,回身一阵弓箭,西南角的箭靶也纷纷倒地。

张良此时的心境才变好了一点,虽然雍齿有些奢侈铺张,却没有耽误军务。他正想着,忽然看见前面横起一道横线,上面挂着用红丝线穿起的铜钱。

一位传令兵飞过校场,在东北角勒住马头,挥了挥黄色的旗帜。岳升率领部下迅速冲进校场,侧身回首向铜钱射去,顷刻间,铜钱纷纷落地。在以往,张良总是听说善射者可百步穿杨,现在眼见为实,便情不自禁地打量起雍齿,他一副自鸣得意的样子。张良心想,雍齿之所以数度摇摆,大概正与城府尚浅有关。就在这时,只听见雍齿发出"啊哟"一声惊呼,张良急忙收回思绪。这一收不要紧,连他自己也吃惊得张开了口。

啊,张不疑与岳升两马并排从校场口飞驰过来了。他们一个金甲,一个银甲,在阳光下显得十分耀眼。伴随着战马的奔驰,两人一路厮杀,棋逢对手。待跑过一圈后,岳升收起宝剑,从箭壶中抽出一箭,拉弓朝远方飞来的大雁射去。大家还没回过神来,张不疑的箭也上了弦,几乎同时射向大雁。

大雁在挣扎了片刻后,坠落在校场外的草丛中。不一会儿,一士卒便提着中箭的大雁来到阅兵台前,呈给张良和雍齿看。张良定神望去,心中就荡起一阵喜悦,两支箭几乎是从一个地方射进的。当两位少年校尉双双站在台下向张良和雍齿拱手行礼时,张良的眼睛模糊了。儿子在血与火的战阵中成长为一位英武的汉军校尉,他那曾任过韩国丞相的祖父的在天之灵,将会有多欣慰。

"军师之子,汉军之虎也。"雍齿合掌发出由衷的赞叹。

雍齿从内心感谢岳升,这场演训消除了张良心头的阴云。而他也因这一场演训而心情轻松了许多,现在唯一希望的就是武涉听从他的劝阻,不要出现在让他尴尬的场合。

但张良心中有数,回到将军公署之后,他向雍齿通报了近来刘项之间议和、项羽东归的消息。他还特别强调,汉王已封英布为淮南王、韩信为齐王。相比之下,项羽每况愈下,天下归汉,只是时间问题。

听着张良的叙说,雍齿暗自庆幸没有听从武涉的游说,差点惹出一场风波来。

"听军师一言,胜读十年书。末将早就看出,天下归汉乃人心所向。请军师回荥阳后转奏汉王,末将定不负王命,镇守南郑,以策应天下一统大业。"雍齿当着张良的面,提出准备水运一批粮草到关中交于萧丞相。

张良称赞道:"天下大定,将军必得大赏。"

午间,雍齿就在署中为张良设宴接风。宾主推杯换盏,相谈甚洽,气氛也分外热烈。雍齿几次起身来到张良面前敬酒,张良也不失时机地回敬;特别是岳升和张不疑双双舞剑助兴,为宴席添彩不少。

正所谓怕什么就来什么,正当两位校尉向张良和雍齿敬酒之时,就从门外传来一阵笑声,接着,武涉的身影出现在众人目光中:"哈哈!雍将军这酒喝得畅心,只是不知塞不塞牙?"

"你!"雍齿的脸色立时变得苍白,"你怎么来了?"

"将军这话问得怪,本使奉项王之命来此数日,将军为何装作吃惊?"

"有何话过了今日再说。"情急之中,雍齿吩咐岳升,"快请使君回去。"

可没有等岳升近前,张良站起来说话了:"听足下话音,乃是从项王处来?"

武涉转过身来,面对张良说道:"在下正是霸王使者,西楚左史武涉,敢问阁下……"

张良回道:"吾乃大汉军师张良。"

只这一句话,武涉就惊呆了。他虽然从未见过张良,却没有听项羽和项庄少说他。站在面前的,原是一位温文尔雅的书生。正踯躅间,张良的声音又在耳边响起来了:"眼下楚汉已经议和,请问使君此时前来游说雍将军,岂非坏了和约?"

武涉整了整衣冠,心境平静多了,回道:"暴秦已灭两年,正值群雄逐鹿之际,强者主霸。霸王久仰雍将军骁勇善战,欲招其入楚,有何不可?"

闻言,张良的脸色立时变得十分严肃:"使君此言差矣。项王乃一国之君,带甲数十万,一方面与大汉议和,一方面又遣使私下游说汉将,岂非口是心非?"

"这……"武涉两颊充血,印堂发红,"若说鐢邻,也是汉王先之。陈平本是我大楚都尉,却被汉王用计归汉,先生怎么说?"

"陈平归汉,乃慕我汉王宽仁尚德,胸有天下。非但陈平,韩信在项王麾下,郁郁而不得志,我夏侯将军荐之汉王驾前,拜为大将军,授右丞相;司徒吕臣,被逼归汉,任为丞相长史,助萧何署理朝政;当阳君英布,归汉之后授为淮南王。可谓汉势彰彰,人心所向。这一桩一件,哪一件不是因项王心胸狭窄,刚愎自用,既不识人,又不善任所致呢?项王既无惜才之情,又无容人之量。众叛亲离,势所必然。"张良又拉过在一旁尴尬,而又插不上话的雍齿道,"下官断言,即如雍将军,即便为足下说动,不仅在项王处得不到重用,亦必如钟离将军一样见疑于谗言。而他于我大汉功劳甚重,汉王遣下官前来劳军,其倚重之情势足下也已看见。"张良放开雍齿,又将锋芒转向武涉,"即如足下这样多谋善断者,在楚充其量不过左史,若先生弃暗投明,定能大用。"

张良这一番词锋语箭,时而如雷暴惊耳,时而如和风拂心,说得雍齿悔愧在心,说得武涉理屈词穷,一时不知道如何回应。这也是雍齿第一次直面张良的善辩，他的心就在这善辩中归于平静。雍齿看了看张良，转而对武涉道："使君既然在齐未能说动韩将军，就不该再来扰动末将。末将念先生远途跋涉，不予加罪，可今日必须离开南郑。岳升，送客！"

武涉觉得蒙受了前所未有的耻辱，却不知满腔的怒火发向何处，只有黑着脸离开了。

就在这时，张良追上来了。见状，武涉气咻咻问道："你要如何？要杀要剐，本使任凭发落。"

张良闻言笑道："下官要送使君一句话，使君归楚后，若有一日想归汉，下官必在汉营等候。"

第十章

> 陈下烽烟动天地
> 女英壮怀泣鬼神

汉五年十月，穿越战争烽烟的人们还来不及感受新岁的脚步声，便满眼都是战火和鲜血。对东归途中的项羽来说，新岁给了他太多的吃惊、不解和迷茫。他不能理解，诸侯之间的诚信竟如此不堪一击，叔父曾那么肯定地以为，刘项从此各领鸿沟东西的土地，休战和睦。可墨迹未干，刘邦的军队就尾追而来了。他有时候想，假若当初自己早一步撕毁议和文书，现在是不是已打进关中了呢？

刘季，你真是无赖。他不止一次地在内心诅咒，油然想起范增生前多次的提醒。

在固陵，他凭借广武的余威，一度给刘邦大军以重创。他当时甚至对刘邦有自不量力的嘲笑，断言他继续追下去，只能自取其辱，贻笑天下。

可就在他陶醉于小胜的第二天，只率领数十骑侍卫逃到固陵的郎中令虞子期禀奏,去年底从齐地出发,横扫淮河南北的汉将灌婴一路南下,于近日攻破彭城。他最得力的将军桓楚和夫人虞娘在大战中阵亡,连完整的尸骨都没有留下,而他派往支援的项它也成了灌婴的俘虏。那一刻,项羽的精神瞬间就垮塌了。

而最伤心的莫过于虞姬。自项羽四处征战以来,她和虞娘就再也没有见过面,孰料竟成了永诀。尤其是听到堂兄说城破之时,虞娘先是率宫廷侍卫抵抗,后来只剩下孤身一人,便投井自杀。虞姬听到这里,就昏过去了。

当夜,项羽在固陵城中摆起桓楚和虞娘的灵位。虞子期还告诉项羽,攻入彭城的不仅有灌婴,还有卢绾等汉军。项羽沉重地低下了头,情知彭城回不去了,而他再也没有时间如祭奠龙且那样抚慰桓楚的亡灵了。

项羽陷入自离开会稽以来从未有过的迷茫。是什么力量让楚军战力丧失得如此迅速?就在他东撤途中,卢绾、冯敬率军攻破寿春,镇守寿春的楚将周殷投降。卢绾、冯敬在接到刘邦封英布为淮南王的消息后,将寿春移交给英布,迅速挥军北上,楚地十数县令闻风献城,卢绾、冯敬部迅速向陈县集结。

而在固陵之战中作壁上观的彭越、韩信军也迅速南下,向刘邦靠拢。当项羽的大军撤到陈县东南方向的陈下时,事实上他已陷入汉军的重重包围了。

项羽不知道的是,当彭越、韩信踯躅不前的时候,张良回到了汉营。他不失时机地向刘邦提出,明确将齐地作为韩信的封地;封彭越为梁王,以梁地为封邑。

战争的形势迅速转换,固陵的短暂胜利非但没有长楚军志气,反而面临新的危机。更要命的是,彭越对刘邦投桃报李,将攻克昌邑附近二十多座县城后缴获的谷物十多万斛送到刘邦军营,汉军因此粮草充足,楚军却因为要不断应对四面来的战事而没有时间筹集粮草。进入十月,各军纷纷报说粮草难以为继。

"怎么会这样呢?难道是寡人错了,不该与刘贼签那分文不值的约定?"项羽不断地问自己。

时序进入十月半,冬日的脚步疾疾地走进了陈县大地。一夜北风,土地变得冷硬。当暮色再一次降临时,白日残酷的厮杀终于暂停了。项羽披着沾满泥尘和血迹的战袍,手按剑柄,缓缓地行走在鸿沟东岸的小径上。借着夕阳的余晖,他大致看了一下,死者中楚军多于汉军,这让他的眉毛骤然地跳动了一下。

在通往陈县城的桥头上,他站住了。油然想起吕臣曾向他叙说过陈胜罹难的往事,那也是一个冰冷的冬夜,陈胜被他的司御庄贾在渡过颍河时取了首级。这情景,让项羽本能地打了一个冷战,情不自禁地回身看了一眼跟在身旁,为自己扛着长戟的两名侍卫和右领。然而,他旋即就惨淡地笑了。

　　陈胜是什么人?他是佣耕于垄上的草莽。而他项羽又是谁呢?他是项燕的后人,是曾经勇冠三军的上将军,是号令诸侯的西楚霸王。自己的左右,还没有人敢如庄贾那样生出邪念。

　　桥头旁边有一棵树,项羽拖着疲倦的身体在树旁坐了下来,长长地舒了一口气,似乎要把大战带来的疲倦全都由这口气散去。他吩咐侍卫右领道:"你们也坐下歇息歇息吧,说不定夜间汉军还会偷袭呢。"

　　右领道一声遵命,迅速从腰间解下水囊,捧出一袋糇粮道:"请大王用餐!"

　　项羽艰难地吞咽了一口有些燎味的糇粮,仰起脖子灌了一口水,又是一声粗气,顺着身边的鸿沟抬眼远望,一堆又一堆的篝火明明灭灭,忽忽闪闪,在夜风中摇曳,风送来一阵阵烤肉的香味。嗯,在视线所能及的远方,汉军正在用餐。透过肉香味,他似乎看到周勃和柴武嘲笑的眼神。

　　在最艰危之刻,人总是会寻找各种理由坚守心底那一份自尊。它最软,也最硬。项羽现在靠着大树半躺时,就为自己白日力敌两将而生出短暂的自豪。周勃、柴武以骁勇能战闻名,特别是钟离眜,每每谈起荥阳、成皋之战,总会由衷感喟周勃和柴武勇武过人。但这又怎样呢?他们围着项羽从日色过午战到夕阳西下,终不能取胜而鸣金收兵。

　　"寡人一杆长戟,令彼等不敢近前。"项羽自语着起身,翻身上了侍卫牵来的乌骓马,接过长戟,打马南去。右领不敢怠慢,忙策马急追。

　　营寨就在二里外的马营村,楚军到达前两天,百姓已经闻风四散了,整条街都是楚军的营帐。大帐就在村北头的富豪府上,富豪为躲避战乱,携全家逃进陈县城中。项羽在门前一下马,就瞧见项伯、项庄、钟离眜、项声和虞姬和虞子期以及淮梅、淮英在厅前等候。

　　"都吃过了?"见众人点点头,项羽又道,"那到前厅议事。"转身便进了大门。

　　刚刚坐定,虞姬就送上一只陈县烧鸡,呈给项羽道:"白日大战,大王辛苦了,先吃了这鸡再议事。"

　　"你……"项羽看了一眼坐在对面的项伯。虞姬立时明白了他的意思,解释道:"叔父已吃过,大王未归,因此留着。"

项羽确是饿了,风卷残云,顷刻之间,那鸡肉就伴着茶水进了腹中,项庄这才上前禀道:"有一个很不好的消息,不知大王知否?"

"什么事?"

"据探马来报,说楚右尹灵常已率部降汉,现在刘邦帐前献策,并请缨出战。"

"这个贼人,老夫待他不薄,竟然背主降汉,是可忍,孰不可忍!"项伯闻言,倒吸了一口凉气。

"要命的是,彼作为右尹,深知我军军情,必对我不利。"项庄停了停又道,"他麾下的将军,正是彭城大战中降汉的周殷。这两人合谋攻我,防不胜防。"

上月在固陵大战中遭汉军重创的钟离昧一想起楚将反叛,就满腔义愤:"若彼助纣为虐,末将愿率部取其首级。"

"若是亚父在,定会有破敌之策。既然彭城回不去,陈县又不能守,寡人以为东往城父,寻求战机,不失为图存之策。然则……"项羽理了理战袍,平静一下心情安排道,"大敌当前,叔父和王妃俱在营中,势必行军迟缓。不如叔父与王妃一起随健妇营,由郎中令虞子期率领,先行撤往城父。钟离将军迎战灵常、周殷军;项庄、项声率部迎战周勃、柴武;寡人亲率一部与韩信、彭越军周旋。健妇营到达城父后坚守不出,等待寡人率部归来。"

"撤往城父?"项庄眉头皱了一下。

项羽立即问道:"有何不妥么?"

项庄解释道:"请大王三思。下城父乃当年陈胜罹难之地,沾上城父二字,恐为不祥。"

项羽摇了摇头道:"城父与下城父,一在北,一在南,相距百里,岂能是一回事?寡人意决,勿再相扰。"

项庄看了看项伯,不再说话。他希望项伯能出来劝阻项羽,但项伯脸上的无奈告诉他,项羽同样不会因为他是长辈就接受他的谏言。

项羽沉郁的目光掠过每个人的额头,时不时地闪耀着悲壮的神色:"今日之战,乃存亡之战,诸卿当奋巨鹿之勇,抱定破釜沉舟之心,杀回江东,重聚子弟,再讨刘贼。"

众人发现,一向刚强的项羽眼睛里布满红丝,有泪花在闪烁。虞姬的心如同被一根丝线揪扯着,隐隐生疼。若非议和,楚军岂能放松警觉;楚军不放松警觉,岂能有今日之惨局。在这命悬一线的时刻,她如何能离开夫君呢?她上前作了一揖,决然道:"由健妇营护送左尹离去,妾留下来与大王一起拒敌。"虞姬说着,从腰间拔出雌雄鸳鸯剑,在空中挥出道道寒光,"妾要用这剑问问刘季贼子,这世间究竟还有没有信义二字。"

"不!王妃不可沾染血光,随叔父先行撤走。"项羽坚决地挥了挥手。

之后,不管虞姬拿出什么理由,他只是低头不语。情急之中,虞姬趁项羽转脸看项伯之际,举起剑刃搁在脖颈上,一双凤眼灼灼射人:"妾心意已定,必与大王共生死,大王若是不答应,妾当以自刎了结此生。"说着,就要拉动剑刃。

"寡人答应就是。"项羽长叹一声,不忍看眼前的情景。

前厅静极了,气氛几乎让人窒息,是一阵杂沓的脚步声打破了寂静,接着,钟离昧派出去探听军情的龙右领出现在大门外:"大王,一部汉军在叛将灵常、周殷率领下,正向马营而来。"

"众位爱卿!"项羽从腰间拔出宝剑,高举在手怒吼道,"灵常叛楚,罪不容诛。汉军来攻,必非一路,随寡人出征杀敌。"言罢,他从侍卫手中接过长戟,向门外奔去。

虞姬吩咐一直待命的淮梅和淮英姐妹道:"我将令尹交与你等,速速护卫东去,不可延误。"

"遵命。"淮梅转身来到厅内对项伯道,"事不宜迟,危在旦夕,车驾已在门外等候,请令尹大人随末将来。"

两名女卒扶了项伯出门上车,淮英已经上马,就在车前等着,看看一干人上了车子,她便对着健妇营的轻骑们尖声喊道:"出发!"霎时间,车毂伴着马蹄声,向城父方向而去。

疾驰大约三里路后,淮梅回眸,但见马营方向火光冲天,一场血溅沙场的厮杀开始了⋯⋯

钟离昧率领所部冲出马营村五里地后,就与汉军遭遇了。为首的不是别人,正是叛将周殷。冲在左边的龙右领一见此情此景,霎时龙且之死的悲痛涌上心头,他大吼一声"让末将取其首级",便催动坐骑冲了出去,手中的大刀以泰山压顶之势砍向周殷。周殷挺起长枪拦截,只听"砰"的一声,手腕震得发麻,便不敢掉以轻心,招招谨慎,生怕一个破绽被龙右领要了性命。

两人在马上大战百十回合,未分胜负。龙右领心生一计,拖刀拨马离去。周殷立功心切,催马猛追。大约半里路后,龙右领忽然勒住马头,战马"啾啾"一声嘶鸣转过身来,周殷躲闪不及,被战马摔在地上,未及起身,就被龙右领取了首级。他抬头环顾左右,不远处钟离昧、屈右领和宋右领被汉军分割几处,不能相顾。

钟离昧十分吃惊,心想为何有这么多的汉军?他借着火光,看见前面将楚军刺倒一片的将军像是灵常,心中怒火顿起,催马上前,一边骂道"奸贼,纳命来",一边挥动长枪直刺灵常咽喉。灵常一边出招架住,一边道:"项羽刚愎自用,将军屡次见疑,还是随我投了汉王吧?"

闻言,钟离昧心里"咯噔"了一下,但也只是那么一瞬间,他的右肩中了灵常一枪,顿时鲜血直流。钟离昧拨转马头,朝南驰去。灵常跟在后面追赶,钟离昧一咬牙,从箭壶中抽出一支箭奋力射去,灵常的盔缨被射掉,战马受惊,将灵常掀下马来。这时候,屈右领杀出一条血路,冲到钟离昧面前道:"将军快走,待末将取这贼子首级。"钟离昧撕下一块战袍,简单包扎了,迅速向东南方向撤去。

屈右领被冲上来的一帮汉军团团围住,待他杀开血路,灵常已经上马,对着身边的校尉喊道:"拿下楚军右领,赏百金。"

汉军校尉和士卒纷纷上前,在奋力拼杀了半个时辰后,屈右领被灵常挑下马来,数十名汉军一起上前,屈右领拼尽最后一口气,气绝身亡了。

灵常迅速将队伍集结在一起,发出了追击钟离昧的将令,大军呼啦啦地朝东北方向滚去……

战事在陈下周围方圆五十多里的境域内展开。项庄、项声率领所部离开大营后,沿着鸿沟西岸直驰北上。项声就有些不解,追上项庄问道:"叔父这是要往何处,不是说在城父集结吗,为何北上?"

项庄勒住马头道:"所谓兵不厌诈,汉军料定我军在此情势下只会东撤而不会北上,因而,陈县必为敌兵薄弱之地。若我军突然出现在陈县城下,就可以缓解大王这边的重压。"

项声心头一团阴云。他不能理解,叔父劝项王忌讳城父二字,却不忌讳陈县乃正是陈王落魄之处:"叔父难道忘记了,当年陈王建都陈县,不过数月。"

"此乃为战之需,又非在这里建都,怕什么?"项庄言罢,先行出发了,项声只有跟在后面。夜色中回看来路,火光冲天,浓烟滚滚,他知道钟离昧军已与灵常军接战了。

北上的楚军,几乎没有遇到汉军的阻拦,到第二天黎明,陈县城就在眼前。

项庄勒住马头,对项声道:"敌果然没有料到我军此时还敢北上,一路没有设防。"

太顺利了,项声反倒很不安,望着东方渐渐露出的鱼肚白道:"叔父难道没有觉得,南边战事如火如荼,这里却如此安静,正常么?"

项庄的心"咚"的一声,被项声的话敲得生疼,那种自负乐观迅速被撕开了一道口子,眉毛立时就凝结在了一起:"莫非……"

"侄儿疑乃敌诱兵之策。"项声迅速接上项庄的话。

项庄没有表示同意,但顷刻间心情就沉重了。他抬头看看周围的环境,鸿沟在低处,东面有一座山,并不高,却是密林葱郁,绵延数里后逐渐贴近地平。几里后,又是一座丘陵,同样是密林。

"这是什么山?"

"曾听吕臣说过,这山名张八岭和凤阳山。"项声手搭凉棚道,"若是敌在此设伏,我军危矣。"

"敌要设伏,为何现在还不进击?"项庄口上为自己寻找理由,其实已经理亏了。刚要发回军令,就听见"嗖"的一声,从对面的密林中飞出一支箭,不偏不倚,就落在项声的马前。紧接着,西边的芦苇丛中万箭齐发。楚军眼见得处在两面夹击的境地,成片成片倒下。

项庄奋力拨落箭雨,对身边士卒大声吼道:"回军陈下。"

可处在箭雨下的楚军,如何能转过头去?正在混乱间,汉将周勃从对面的密林中杀出,柴武从芦苇丛中杀出,汉军如同潮水般地从四面八方涌来。周勃认识项庄,冲到阵前大声道:"司马若是识时务,倒不如降了大汉,共图大业。"

事已至此,追悔无益,项庄也不搭话,上前迎战,两人在马上大战五十多个回合,周勃力大,伸手一推,项庄被拉下马来。但他迅速一跃,站了起来,凭借腰间的宝剑左冲右刺,围上来的汉军纷纷后退。周勃见状,心中感喟,项庄无愧于三楚剑客。稍一分神,项庄趁机刺倒一名汉军轻骑,夺过战马,转身朝南奔去。不远处,他碰见龙且旧部、现在项声麾下的李右领。待他冲进李右领的阵内,回看来路,汉军轻骑,战刀闪闪,正朝这边追来。

"快!回援大王!"项庄让李右领收拢队伍朝南而去。

南去的楚军很快就被汉军拦了回来。校尉对右领,士卒对士卒,将军对将军,楚军被分割成几段,首尾不能相顾。这些来自楚地的士卒,有的就地投降,有的逃往鸿沟滩涂,试图蹚水过河,有的则拼死厮杀。李右领护卫项庄奋力杀出重围,向南奔去。

从会稽起事就一直跟着项羽东征西讨的项声心绪烦乱,面对向他杀来的周勃,他连烦恼的机会都没有了。当耳边传来"项声小儿,纳命来"的吼声时,他忙催马上前迎战。他的心头此时只有一个念头,就是项庄迅速摆脱汉军围堵,回到项羽身边去。

项声抵挡了一阵,正欲寻找机会回军,却不料从一侧杀出了柴武。两人将项声围在中间,项声稍一分心,被柴武一枪刺中咽喉,跌在马下,死在铁蹄之下。

周勃擦擦额头的汗水,看着血肉模糊的项声尸骨,不无遗憾地说道:"可惜一代战将,就这样……"

"如此逆贼,有何遗憾。"柴武转身一望,发现刘邦和张良朝这边过来了。

周勃又叹了一口气道:"当初在外黄与秦军大战时,他还是个年轻右领,骁勇善战。"

柴武为周勃的重情义所感动,对从事中郎道:"找一口棺材,将项声将军厚葬,立碑标志,以供后人寻找。"

能够撤退的都撤退了,没有撤退的,都做了战俘或冤魂。周勃和柴武越过一具具尸体,来到蹲在地上的战俘面前,对一位什长道:"站起来!"

楚军什长战战兢兢地站起来,其他战俘也都瑟缩着身子跟着什长排成一行。周勃大声道:"你们不要怕。汉王乃天下明主,绝不会滥杀无辜。你们愿意回去,我立即放行。"

"待会儿,我命军厨送些饭食来。"柴武言罢,回身吩咐从事中郎,"把他们押到附近村庄。"

周勃与柴武分别向刘邦和张良禀报了伏击战况。刘邦与张良沿着战场走了一段,回来后道:"无论是汉军还是楚军,皆以入土为安。子房以为,项羽会奔往何处?"

张良略思片刻后道:"如果微臣没有猜错,他必往城父集结。不过据报,英布所部会同灌将军正前往城父,彼若退至那里必遭攻击。"

周勃建议道:"陈县已为我军所据,大王与军师不妨在城中歇息几日,等待各地战报,再做部署。"

张良点了点头道:"将军此言甚好,大王也正要有个地方议军呢!"

当下由柴武继续率军在陈县周围布防,周勃所部除一部分留在城外,另一部分护卫刘邦、张良和陈平进了陈县城。当夜,就歇息在陈县县府内。

……

项庄在李右领的护卫下,狂奔了三十多里,直到后面的马蹄声渐渐远去,才放慢了速度。他勒住马头,问李右领道:"项声呢,怎么不见他来。"

李右领黯然低下头道:"项将军为掩护司马撤离,已经为国捐躯了。"

项庄听罢,禁不住凄然流泪道:"都是我轻敌才致侄儿遭此惨局。当此之际,我还有何颜面去见大王。"说着,他从腰间拔出宝剑,就要自刎。

李右领死死拦住道:"现在大王正在危急之中,将军岂能……"

一句话没有说完,就听见马蹄声自南而来。他们抬眼远望,但见冲在前面的是一匹乌骓马,情知是项羽过来了。两人且按住心头悲伤,准备迎接项羽。

"啾啾……"乌骓马前蹄腾空,发出一阵嘶鸣,停在了项庄和李右领面前,在他左右的是龙右领、虞姬和几名裨将。

项羽一看项庄和李右领的状态,就知道战事不利,便打消了询问战况的想法,只是问道:"项声呢?"

项庄张了张口,没有说话。李右领见状回道:"楚军在遭遇周勃、柴武军伏击后,项声将军为掩护司马撤退,已壮烈殉国。"

项羽闻言沉默了,他的心一阵阵绞痛,在荥阳、成皋大战的日子里,他不止一次呵斥项声少谋。而现在,他连责备的机会都没有了。虞姬分明看出,项羽的眼睛红了。

"当此家国危难之际,还请大王节哀。"虞姬轻声劝道。

项羽没有回答,抬起头时,心思就全部集中到了战事上:"你还有多少兵马?"

李右领答道:"两万有余。"

项羽听罢,仰天冷笑,笑声有些瘆人:"刘季小儿,寡人破釜沉舟之时,你尚在投机进军关中途中,今日竟又唆动诸侯围攻寡人,真是不知死活。"

现在回想起来,那真是一场血映冬日的厮杀。项羽率领麾下人马越过鸿沟,欲往城父与项伯会合,可刚刚进入苦县颐乡就遭遇了韩信、彭越的双面夹攻。彭越并不直接与项羽厮杀,而是在经过几次周旋后,就消失得无影无踪,待楚军继续行进时,又尾追其后。不久,奉韩信之命南下的灌婴就与彭越军在苦县之南会合了。项羽虽有取上将首级如探囊取物,出入战阵如入无人之境的骁勇,奈何却找不到可以发泄的目标。彭越的目的十分明显,就是要拖垮楚军,而灌婴却长于马战。两军在颐乡展开长达五日的厮杀,项羽已忘记了死在长戟之下的汉军有多少,只记得战袍、长戟上沾满了鲜血,才杀出一条前往陈县的血路。当他知道项庄和项声的军伍在陈县一带时,就带着余部朝这个方向来了。他大体估算了一下,跟着自己冲出来的人马尚有五万,加上项庄的两万和钟离眛军、护卫项伯的健妇营等不下十万。他的心稍稍安定了一些,他相信,抱定破釜沉舟的狠心,绝不会轻易输给刘邦。

傍晚时分,项羽率军来到一处叫作虎岗的地方。人去村空,一片萧条。将士们埋锅造饭之时,项羽把项庄、李右领、龙右领和虞姬等召到村头商议去向。

项羽指着地图道:"此处距城父不足三百里。我军只要不遭遇汉军围堵,三日即可到达。现在大军疲惫,依寡人之见,应速向城父集结。"

这也是当初预定的计策,项庄等人没有异议。

项羽抬头看了看李右领和龙右领道:"两位右领追随寡人多年,屡立战功。寡人现在就任命李右领为左司马,率部为前锋,为我军开出一条路。任命龙右领为右司马,率部断后。"项羽转过脸,郑重地对项庄道,"寡人任你为大司马,统领全军,务必准时到城父集结,不可延误。"

三人几乎同声答道:"微臣遵命。"

项羽还任命钟离眛为上将军,与项庄一起主持军务,他相信钟离眛的军队没有被打散。

三位臣僚散去,偌大的宅院就只剩下项羽和虞姬。虞姬遣人搜寻到豪右躲避战乱时没有带走的酒酿和酒具,亲自濯洗了酒具,才给项羽和自己斟满酒。

虞姬端起酒觥,目光中溢出如水柔情:"请大王饮下这觥酒,消消疲劳。"

项羽在接过酒觥的那一刻,却紧紧攥住虞姬的手,眼眶有些湿润:"爱妃,寡人……"

虞姬用目光止住了项羽:"大战在即,大王不可多想,饮了这酒,早点歇息吧。"

项羽没有再说话,扬起脖子将酒饮尽。饮过数杯,又斟满一觥,他来到室外,洒向夜色中的长天:"项声、项它,寡人送你们一程了……"

回到内室,项羽也不卸甲,双目闭着,眼前就总是浮现出白日的厮杀场面,直到子时才昏昏睡去。

虞姬却毫无睡意,先到外面查哨,后回到项羽身边,就那么静静地坐着。自荷山相识以来,他们之间没少发生龃龉,可丝毫没有动摇项羽在她心中的位置。即便是眼下这样败走城父,他依然是英雄。守着这样的男人,她无怨无悔。

项羽翻了一个身,浊重的呼吸,散发着淡淡的酒味。当窗外刮起冷风时,虞姬起身将身上的毛斗篷解下盖在项羽身上,自己挪身到木炭盆旁边坐下。

红红的木炭映在她的额头,亮亮的,那郁蹙的眉毛就与心事一起颤颤悠悠。陪伴着心爱的男人,她油然想到另外一对男女——刘邦与吕雉。在这个不安静的冬夜,他们也如她和项羽这样一个睡去,一个守护么?

外面传来"咚"的一声响,虞姬立即警觉地到外面察看,一出门,就发现值更的哨兵跌倒在地,原来他太疲倦了,站着站着就睡着了。虞姬没有责备他,只是提醒他值更时要提高警觉,否则敌军来袭,命都保不住。

她正打算回到室内,却听见一阵急促的敲门声。虞姬从腰间拔出雌雄鸳鸯剑,轻步向门口走去,隔着门低声问道:"何人大胆,竟敢夜闯大王安宿之地?"

"我是虞子期,快快开门。"门外传来一个男人的声音。

虞姬忙拉开门,虞子期转身便进了门。虞姬见状问道:"兄长不是护送项伯去城父了么,为何到这里来了?"

虞子期叹道:"一言难尽,大王呢?"

虞姬领着族兄来到内室,项羽已经起身,见是虞姬兄妹俩,遂收了兵器问道:"你不护卫令尹去城父,来此作甚?"

虞子期"扑通"一声跪倒在地,大声道:"大王,末将有罪,令尹他……"

项羽近前一步,抓住虞子期的胳膊厉声问道:"快说,叔父怎么样了?"

虞姬看了一眼项羽劝道:"大王不要急,且让他慢慢道来。"

项羽这才放了手,重新坐回榻边。

"大王,臣……"

那是一场多么惨烈的屠杀,让虞子期一想起来就不寒而栗。

与项羽大军分手以后,虞子期和淮梅、淮英姐妹护送着项伯从漳河(今安徽漳河)和涡水间的狭长地带穿过,前往城父。一路上淮梅为前锋,虞子期率部断后,淮英则不离左右,护卫项伯及其随行幕僚。

虽值深冬,但项伯还是主张夜间行军。为了不引起汉军注意,白日在涡水北岸的一村里宿营时,淮英特地到滩涂割了蒲草,将轮毂用蒲草包了。她是个细心的姑娘,赶着车子走了两圈,确认没有声音时才放下心。

夜幕渐渐拉开,军伍开始东行。摘掉了马铃的队伍一路了无声息,沉闷而又寂寥。虞子期每行一段路,就要遣一名军侯率部往后回查,直到确认没有追兵时,他才命令军队赶上队伍;而淮梅也是一样,不断遣探哨将前面路边、密林搜查一遍。

夜风夹带着漳河的凉气,一阵阵扑打着将士们。过了大约一个时辰,就从军伍中传来低沉的咳嗽声。淮英见状,立即命士卒们挨个传递命令,忍住咳嗽,否则重罚。

虞子期在接到士卒依次传递来的命令后,不禁感慨。在和平的日子里,这些姑娘大概正在为自己的嫁妆做准备吧,可战争却让她们品尝了世间的冷暖。他不假思索,立即要士卒将淮英的命令传递下去。在这个特殊的时刻,任何疏忽都会给军伍带来不可估量的损失。

第二天黎明,他们来到一座叫作清风岭的丘陵旁边,漳河在这里变成南北走向,山丘就处在漳河东岸。淮梅站在河西岸望去,对面的山丘虽然不高,但林草丰茂,即便在衰草萧萧的冬日,也被密密层层的灌木和参天古松覆盖。她与来到身边的虞子期和淮英商议,就在对面的山林间隐藏,到傍晚再继续行军。

深冬的漳河结了厚厚的冰,楚军将士踩着冰到了河对岸,迅速进入松林中。淮梅严令不能有些许烟火出现,将士一律食自带的"糇粮",喝在丘陵背后的山泉中汲来的凉水。

在虞子期和淮英分头招呼军伍宿营之际,淮梅一直盯着山丘前的小路,希望看到撒出去的探哨身影。大约上午巳时一刻,先是从往东的大道尽头出现了几个黑点,渐渐地可以清晰地看到,三位探哨牵着马上山来了。

为首的什长看到守望的淮梅,把马缰交给身后的士卒,紧步上前道:"禀右领大人,从清风岭到城父不过二十里路程,如果没有汉军阻截,今夜就可进城。"

淮梅的眉宇间现出难得的微笑,对什长道:"你等且去歇息。用过午饭,继续打探,务必保障我军安全进城。"

第一次离开虞姬,淮梅忽地有了女儿离开母亲的孤单。论起来,虞姬也不过比她大五岁。可在淮梅眼里,她既是姐姐,也是母亲,总是无微不至地关照她们姐妹。淮梅清楚地记得,一次淮英外出巡逻,不料路过一片草地时被蛇咬伤,立时浑身麻木,跌倒在军营外。淮梅发现后,一边哭一边背着淮英回到军帐。虞姬把淮英放到榻上,硬是从伤口吸出了蛇毒。到最后,虞姬的双唇近乎青紫了。淮梅还记得,队伍临行前,虞姬来到她们帐前,从行军的警惕说到起居的细节;从往日的尽职尽责说到护送令尹的责任重大。她柔和的目光抚着淮梅和淮英的脸,话音中就带了慈祥的母性:"我们情同姐妹,命运相连。此次分手,实属情非得已,还望你们好自为之。"

三人相拥良久,淮梅感觉得到,虞姬的热泪洒在自己的肩头,酸涩而又温暖。

淮梅哭毕,又建议道:"还是让我们姐妹留下,跟随大王东撤,姐姐护送令尹到城父吧!"

虞姬破涕为笑道:"真是孩子话,我既以身许楚,就该时刻跟着大王,岂能分开?"

她们就这样怀着眷恋，各自完成使命去了。

她忽然非常想家，想在远方的父母。她不知道，今生还能不能见到他们。

贴身侍卫来到她的身边说道："姐姐还是歇息去吧，有我在这儿看着。"

淮梅摇了摇头："当此之际，任何疏忽都会给我军带来灭顶之灾。"

话音刚落，就听见从山下传来战马的嘶鸣，士卒的呐喊。淮梅忙朝前看，果然旌旗猎猎，车毂轰隆，便低声对侍卫道："快去传令，人马不能有任何声息。"

汉军浩浩荡荡地从山下朝东驰去，走在最前面的正是樊哙、卢绾和冯敬三位将军。大军到得山前时，冯敬勒住马头，手搭凉棚朝山上望，果然松柏森森，立即传令弓弩手朝山上发箭，看看是否有人。

樊哙见状笑道："何必试探，直接杀上山去一了百了。"

"彼在暗处，我在明处。若我军茫然进攻，必将暴于敌万箭之下。"樊哙想想也是，当即夸赞冯敬思虑周到。

不一刻，五十多名弓弩手齐集阵前，连续射出五拨飞矢，却没有任何的回击，什长回禀道："山上无人。"

卢绾见状，挥了挥手："继续前进。"

这支数千的军伍在山前过了大约近一个时辰，脚步声才渐行渐远。淮梅长长地舒了一口气，一转脸才发现左臂中了一箭。淮梅一咬牙，狠劲拔出箭镞。恰逢淮英巡逻到了这里，见此情形，立即传来军中医官。

包扎完毕，淮梅已是冷汗淋漓了。医官交代道："此药乃金疮白药，伤口不用两日就可痊愈，右领大人尽可放心。"

淮英在一边急道："姐姐怎么这样不小心。"

淮梅强颜欢笑道："流矢又不长眼睛，你巡逻去吧，告诉将士们务必小心。"

淮梅说着，就向项伯身边走去，远远地瞧见虞子期在和项伯说话。发现淮梅过来，项伯起身道："都是老夫连累了姑娘。"

淮梅淡然一笑道："些许小伤，大人不必挂怀。只要进了城父，一切就好说了。"

虞子期、淮梅、项伯和淮英并不知道，在城父城东边的铚县，淮南王英布麾下的鲁将军正率军向城父进发。

当夜色再度降临到清风岭时，虞子期、淮梅和淮英率领楚军下了山，朝城父而来。虽然是夜行，可他们的一举一动，却陷入了鲁将军与汉军的陷阱。一路上，他们除遭遇零星的抵抗外，几乎没有多大障碍就进了城父城。

在城门口迎接的是城父县尹，他谦恭地迎道："听说令尹要来城父，下官早就为大人备好了住处，请大人与各位将军到县署用膳。"

但淮梅还是多了一个心眼，手按剑柄上前问道："今日可有汉军攻城？"

县尹眨了眨眼回道："姑娘问的是樊哙、卢绾军吧？白日他们只是从城下经过，下官闭门坚守，他们并不曾进城。"

淮梅接着又问："诸侯有兵马来过么？"

"不曾见过，也不曾听说。"县尹摇了摇头，还特别强调自从接到项王要来城父的文书后，就十分警惕汉军的动向，坚持紧闭门户待援，"诸位将军一到，下官的心也就安定了。"

晚饭很简单，却都是热菜热汤。吃完饭，疲倦袭上项伯的眉宇。虞子期提出与项伯住在一起，晚上有事也好应对。淮英姐妹住在一起，轮流值守。

"将军与我初到此地，街巷道路陌生，还是请县尹引路吧？"淮梅要淮英先歇息，自己与虞子期一同走上街头巡逻。

虞子期以为淮梅说得有道理，要从事中郎去传。可过了不到一刻时间，从事中郎便神色慌张地跑来报道："大人，县尹不见了！"

"什么？"虞子期腾地跃起身来，几乎是喊道，"你再说一遍。"

"县尹不见了。"从事中郎又补充道，"卑职找遍了县府内外，不见他的踪影。"

"不好，莫非县尹投敌了。"虞子期这话一出口，连同项伯在内的所有人都陷入了惊慌。若是县尹投敌，那就意味着他们进的是陷阱。

虞子期来不及多想，立即吩咐淮梅和淮英："淮英护卫令尹左右，我率部到县府外布军，淮梅率一队轻骑速去占据城父北门，为我军留一条退路。"

"遵命！"淮梅说罢，又回过身来拉着淮英的手交代，"若是我殒命沙场，请妹妹见到王妃后，就说我没有给她丢脸。"

"姐姐一定要活着见王妃。"淮英闻言就哭了，可她眼前已不见了淮梅的影子。

淮梅记着虞子期的话，要为楚军杀出一条退路。当她率领健妇营轻骑来到北门时，发现情况比预料的还要糟糕。北门早在他们从西门进城时就被鲁将军占据，他见楚军驰来一队女兵，禁不住哈哈大笑道："项羽小儿，果然兵尽粮绝，竟然让一群女子出战，可笑至极。"又不无戏谑地说道，"为首的小女子也是个右领吧，只要你下马投降，本将军怜香惜玉，纳你为妾如何？"

"老匹夫，看枪！"淮梅催动战马，一枪就刺了过去。鲁将军用大刀去架，却暗暗吃惊这姑娘的臂力如此沉实，他数次想挑开，都很吃力。

两人在马上大战约一刻时间，淮梅用余光扫视了一下周围，发现姐妹们被围在中间，砍倒一批士卒，一批又围了上来。眼看众寡悬殊，淮梅猛刺一枪过去，鲁将军情急之中躲开，她趁机向女兵们喊道："不可恋战，向东门冲。"

　　众姐妹一听，顿时使了心劲，趁着淮南军惊惧之际，哗啦啦跟着淮梅冲向东门。一路上不断有汉军前来阻截，她要女兵们稍作抵抗，以到达东门为要。好不容易杀到东门，却在这里遭遇了把守东门的汉将樊哙，心情立时沉重了。鸿门宴时，她亲眼看见过樊哙的骁勇。既然夺取东门无望，倒不如再回县府，与项伯在一起。这个念头一出，淮梅立即拨转马头，哗啦啦地向县府撤退。

　　"哪里走？看斧！"樊哙大吼一声，紧紧追了上去。

　　淮梅奔走间，忽觉身后冷风劲吹，一个年轻的声音传到耳边："父亲，就让孩儿对付这女子。"

　　淮梅回头一看，只见一少年校尉挥动大刀追赶而来，原来是从少年营调来参战的公子樊阮。淮梅忙挺枪应战，两人就在街头且走且战，没多久，淮梅便觉力不从心，受伤的左臂一点也不给力，她等于是独臂作战。而樊阮大刀招招致命，显然杀得眼红了。

　　淮梅惦记着项伯，强撑着边战边退，眼看不远处的县府火光冲天，心中一乱，樊阮的大刀迎头劈下来了。淮梅来不及躲闪，左臂被砍下掉在地上，瞬间倒下马去。一直不离淮梅左右的女什长见状，回身要来抢淮梅鲜血淋淋的身骨，却被樊哙斩于马下。樊哙大吼一声："取楚军首级者，赏十金。"汉军士气大振，可怜一群女兵，被枪挑、刀砍，尸骨满地。

　　樊哙见状，挥动大斧吼道："杀向县府……"

　　樊阮有些惋惜道："可惜了一群姑娘，就这样死于战阵。"

　　樊哙看了一眼儿子笑道："你就那点出息，见了姑娘家，心生怜悯了。"

　　樊阮也不反驳，跟着父亲朝前走去。

　　走了一截，见前面来了一位县尹装束的人，拦住马头道："城父县尹在此迎候将军。"

　　樊哙见状，淡淡一笑道："你就是县尹？"

　　县尹谄媚地笑道："正是下官。"

　　樊哙立时变了脸色，骂道："似你这样背主叛国之人，岂知明日不能叛汉？"

　　县尹听话不对味，又被樊哙豹眼惊悚，知道多说无益，转身要走。樊阮追上去一刀下去，县尹的头颅就落了地。

樊哙向儿子伸出大拇指夸赞："这才像俺的儿子。"

再说卢绾和冯敬分别占了西门和南门，两人商定在县府前会合。一路上卢绾反复叮嘱，对待投降者不要斩杀，以体现汉王仁义。他尤其强调，若遇见项伯，一定要护卫到汉营。因此，他的几位校尉杀到县府前都遵命而行，不曾滥杀。

冯敬先一步冲到县府，就遭到了虞子期的抵抗，两军混战在一起。两人都使大刀，相战数十回合不相上下。虞子期使个破绽，跳出圈外，就瞧见项伯与淮英被双手缚了，坐在马上，朝北门而去。虞子期情知再战无益，就向南门而去。在一个巷口，他袭击了一名汉军士卒，换了戎衣才到得南门口。守门的士卒询问，虞子期回道："我乃卢将军麾下什长，奉命向汉王禀报军情。"这才逃出城外。

一路上，虞子期不敢走大道，专拣偏僻小道而行。路遇从城父逃难出来的百姓，言说英布为了报当初龙且进击九江国之仇，命鲁将军将楚降卒尽行斩首；樊哙也以杀人为快，城父血流成河，三日不绝。

"末将无能！"虞子期跪在地上痛哭不止。

项羽大怒，上前飞起一脚，虞子期应声而倒，骂道："他们都殉国了，你还回来干什么？"

虞姬本想劝解项羽暂息雷霆之怒，却碍于虞子期乃自己族兄，只有在一旁垂泪。项庄见状，上前劝道："大王息怒，依臣看来，叔父应无大碍。"

"怎么说？"

项庄分析道："大王应该记得，当初若没有叔父，依范增之意，鸿门宴早取了刘贼性命，岂有今日楚汉之争，此其一；其二，刘贼当初许下要将公主嫁与项雎，言犹在耳，他岂能杀了亲家？其三，有张子房在刘贼身边，叔父定会安然无恙。"

闻言，项羽的心境渐渐平复下来："待我军缓过劲来，定要救回叔父。"

"城父既然不能再去，我军下一步何去何从，还请大王明示。"

"依你之见呢？"

项庄沉思片刻后道："眼下刘贼联络韩信、英布等会师陈县，西进已无可能，臣弟之意，不如直下东南，再图复起如何？"

"也只有这一条路可走了。"项羽望着门外虎岗村的林园、房舍，仰天长叹，"虎岗啊虎岗！你难道是寡人跌落平阳之地吗？"

这声音让虞姬心碎，让项庄垂首不语……

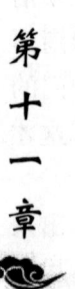

第十一章

烈女正颜责吕雉
刘邦大义赦项伯

住在广武西城的戚姬,虽然人就着炭火在窗前做着女红,可一颗心却飞到前方,陪伴在战尘满肩的刘邦左右。她目光显得有些分散,针线的飞动也是时紧时慢,有时候做着做着就停下来,痴呆地想心事,半日没有话语,只是两只眼睛水汪汪的。直到秋菊来到身边接连唤了几次,才回过神来,不好意思地笑道:"我走神了,没听见。"

戚姬就是这个性格,在侍女面前,任何时候都是温和的,从来没有横眉冷眼的时候。因此,侍女忘记了尊卑之分,时不时说几句笑话逗乐。这一会儿,秋菊从外面进来,手中也拿着一件绣品,看着戚姬痴呆呆的样子道:"姐姐一定想大王了。"

戚姬也不反驳,悄悄擦了擦眼角道:"也不知道战事打成什么样了。"

"天冷了,夫人快暖暖身子。"秋菊给戚姬沏了一杯热茶,说着话就在对面坐了下来,"夫人您看,这是怎么了,花叶这几针怎么也绣不好。"

戚姬接过绣品,看了看,拿起针线在上面走了几针道:"绣花叶,心中得先有叶子的模样。针线要跟着叶子的演变而走,才能随了花叶的性子。这就如同教子一样,得先摸清孩子的脾气。"

秋菊从戚姬手中接过绣品,照着指点重新绣织,果然得心应手。

戚姬又问道:"乳娘和如意这会儿在哪?"

秋菊回道:"乳娘在室内和他玩骑马呢!"

"哦?偌大的房间,他怎的就能骑马?"戚姬笑道。

"夫人这就不明白了,奴婢在乡间时就玩过。每个孩子胯下骑一竹竿,言曰竹马。一边跑,一边鞭子在身后击打,结果跑的是自己的双腿,打的是自己的双股。"

秋菊一边说,一边站起来在院子里表演。那绘声绘色的样子,惹得戚姬"扑哧"笑出了声:"如意是男孩子,将来也要像大王一样上马打仗的。玩这个正好练练他的性子,这孩子自小胆怯。"

"谁说不是呢?小王爷聪颖过人,看过的东西立时就会,真是奇才。"秋菊赞道。

"小声点!"戚姬连忙摆手,又指了指外边。

秋菊会意,吐了吐舌头,收敛了刚才的活泼,重新坐下来做针线。

可戚姬的心事却因秋菊的一番话而不能平静了,许多往事再度回到心头。

她不能忘记吕雉立为王后时的情景。虽说是在战时,但工关署还是用上好的绢帛为吕雉做了一身锦面棉袍,上面绣了看似飞凤的"文章"。此衣通身紧窄、长可曳地,下摆呈喇叭状,行不露足。那铁锈红的色彩,墨绿色的镶边,看上去雍容华贵。加上吕雉身材高挑,一出现在大典上,就引起朝臣的瞩目。吕家是大族,兄弟姐妹多,仅在刘邦军营中的就有吕泽、吕释之、妹夫樊哙父子,他们都赶来为她捧场。在楚营受了几年拘押之苦的吕雉,眉眼间看不出一息惆怅。伴随着雅乐的节奏,她迈着坚实的步子,却不失婀娜地行走在红地毯上。来到刘邦面前,她先行了大礼,然后由太仆夏侯婴宣布册封诏命。吕雉依照规矩谢恩,并在宫女的伺候下由夏侯婴亲自将印信戴在身上。

吕雉端庄地在刘邦身旁坐下,接受大臣们的朝贺。戚姬作为夫人,理所当然地要向王后行礼。她仍记得当时战战兢兢,如履薄冰的步履和说话时的怯懦和惶恐。其实,她的心里是有着不平的。同样都是女人,为何吕雉就有如此风仪严峻、衣冠楚楚、嘉会有章的盛典呢?但她没有也不敢将这些愤懑溢于言表。且不说她本就是循规蹈矩的女人，更让她说不清的是，吕雉身上有种力量，让她一接近就觉得一股杀气在周围萦绕。她多次私下里骂自己没出息，一遍又一遍地下定决心，下一回见面时一定要神定胆正。可事到临头，先前的决心立时坍塌成仓皇和无措。

当刘邦决计要对项羽发起追击而离开广武时，她流泪了，希图用自己的温柔使刘邦留在后方。她依偎在刘邦怀抱中，用粉嫩的脸颊摩挲着他浓密的美髯，手抚着他宽阔的胸膛，说出的每一句话都是小鸟依人般的温柔："妾离不开大王，如意离不开父亲。再说打仗是臣下们的事情，大王何必冒险呢？"

刘邦先还是耐心地听着，并尽量寻找理由试图说服面前这个女人，毕竟在与吕雉天各一方的日子里，她给了自己一个家，并生下了一个儿子。他听人说过，这孩子天庭饱满，地阁方圆，手掌肥大，将来注定掌控天下，他从心底就对立刘盈为太子有了些许的追悔。萧何不止一次地说过，刘盈性格懦弱。当然，天下一统虽已经看得见，但要据有它，还需马上见分晓。但这些道理，戚姬不大听得进去。

几番劝慰，刘邦就些生气了："寡人苦口婆心半日，你为何就不愿意听呢？寡人乃一国之君，朝臣睽目之下，诸侯争锋之间，岂可弃大志而贪恋小欢。王后与寡人分离三年，可面对鸿沟议和，力主寡人东进。夫人与之相比，相形见绌，不免让寡人失望。"

闻言，戚姬就歪在刘邦身边哭了。但她没有唤来抚慰，反而遭了他冰冷的脊背。

刘邦离开那天，吕雉到城外送行，而戚姬只是默默垂泪。孰料她的泪水还是被吕雉看见了，顿时恼怒就写上了额头，冷冷地说道："大王一统天下，你为何流泪？真是不祥。"言罢，一甩袖，登车走了。好长时间，她被衣袖刷过的脸颊还生疼。

"这是个怎样的女人呢？"她一想起这些日子的事情，这话又禁不住出了口。

秋菊停住手中的针线活，问道："夫人在说谁呢？"

闻言，戚姬的脸就红了，仿佛内心的秘密都被秋菊看穿了一样，忙找话搪塞道："我是想起了那个秦昭王的母亲宣太后。"

秋菊就来了兴趣，求夫人说说这个宣太后的故事。戚姬为自己的口是心非而尴尬，当着秋菊的面又不好说破，只好将当年宣太后的故事粗笔大线地讲说一遍。

"哎！夫人懂得的真多。"秋菊用钦羡的目光看着戚姬。

戚姬在心底叹息，真是个没心没肺的姑娘，哪里知道我的苦愁呢？戚夫人不能明言的是自从吕雉回到刘邦身边，继之封了王后之后，自己的处境便日益艰难了。吕雉当着臣僚的面看似公允大度，可一背过人，马上就看她横也不是竖也不是，稍有不慎，立即就遭来呵斥。这才是个开头，往后的日子长着呢，何时是出头之日呢？但这些才下眉头，又上心头的烦心事，又怎么能够在下人面前说呢？

从回廊那头传来孩子"咯咯"的笑声，戚姬抬头看去，就见乳娘牵着如意朝这边走来了。如意穿一身冬衣，胖乎乎的，腿脚却是分外灵活。到得回廊转弯的地方，忽然从树枝上飘下几片银杏的落叶，黄灿灿的。如意顿时来了兴趣，紧跑几步上前，弯下身子拾起枯叶，回头问道："这叶子为什么落了，在树上不好么？"

乳娘觉得这个问题不好回答，如意对什么事情都充满兴趣，看见天上飘过云彩就会问，云没有脚，怎么会走路；看见下雨就会问，为什么天会下雨，是不是也要哭呀？每逢此时，乳娘总是尽其所能地满足他的好奇心。此刻，面对如意的提问，乳娘微微笑了一下道："叶子长大了，要飞了，不能总在树妈妈身边呀。"

如意手捧叶子，马上又问："如意长大后，也要离开母亲么？"

"这……"乳娘没有回答，却小声道，"这个问题公子要去问夫人。"

"夫人？夫人是谁呀？"

"就是公子的娘啊！"

"如意知道了，谢谢乳娘。"如意转身就朝戚姬跑来。

戚夫人看见，放下手中的活儿迎接儿子。她刚刚起身，却发现如意因为跑得太急，"扑通"一声跌倒在地上。秋菊眼快，三步并作两步跑在夫人前头去扶如意。孰料刚刚到他面前，如意已从地上爬起来了。乳娘吓坏了，一把抱起如意道："都怪奴婢疏忽，请夫人恕罪。"

戚夫人本要安慰乳娘，没有想到如意倒先开口说话了："不怪乳娘，是如意自己跌倒的。男子汉跌倒怕什么？自己跌倒了再爬起来。"

"如意长大了，懂事了。"戚夫人的心头涌起一丝温暖，说着就从乳娘怀中接过如意。他真是越长越像刘邦了，前庭是这样饱满，也是一双丹凤眼，只是小嘴巴像自己。她禁不住俯下身子在儿子的额头上吻了一下，意想不到的是，如意竟来回摇头道："男子汉不能这样。"

一句话引得乳娘和秋菊笑得前仰后合，戚姬也笑了，想这小人儿还有这么多心思，这都是哪跟哪啊！正待要问，却听见如意又说话了："请母亲告诉孩儿,叶子为何要离开树飘落呢?乳娘说,叶子长大了,要飞呢,对不对?"

戚夫人沉吟了片刻后道:"乳娘说得对,叶子长大了,就要独行了。"

"那如意长大以后,也要离开母亲么?"

"这?"戚夫人觉得这问题还太遥远,他还是一个孩子,便回道,"等你长大了,就知道了。"

如意显然对母亲的回答不满足,追着问道:"如意听太仆说,父母在,不远游,游必有方。是不是说,有娘的孩子都不能远行呢?"

这个小人精,戚夫人暗地感叹。乳娘见状,忙在一旁解释道:"前些日子,太仆在大门前见过如意。当时天空正好有一只孤雁飞过,公子问太仆:'大雁怎么独自飞呢?它是要离开父母亲么?'太仆当时就回答'父母在,不远游'的话,却被公子记住了。"

闻言,戚夫人脸上就充满了笑意,为儿子的博闻强记而欣慰。不过,她倒是觉得男儿未必要父母在,不远游,不是还有句好男儿志在四方的话么?她在心中决计,改日找太仆来,让他给如意找个先生,不能总这样黏着乳娘。

太阳正好,戚夫人、秋菊还有乳娘围着如意说话。

戚夫人对如意道:"你应该懂得些礼义之道。见了父王要施晋见之礼,见了王后,要口称母后,行作揖礼。"

如意眯着一双丹凤眼,听得很认真,并且随口问道:"母后是什么意思?"

"母后的意思,就是把王后当作母亲尊敬!"戚夫人回道。

如意的眼珠转了转问道:"孩儿不是有母亲么,怎么还要尊王后为母亲?"

"这……"戚夫人不知道该怎样回答,脸上反而泛起一团红晕。

秋菊和乳娘都知道这是涉及吕雉的问题,让戚夫人很为难,于是从旁打岔道:"公子看,那边花坛里飞来一只小鸟,奴婢为公子捉鸟去。"

可如意的神情很专注,继续问道:"母亲还没有回答孩儿的话呢?"

戚夫人看了一眼如意,叹了一口气道:"这孩子,什么事都要刨根问底。你现在还小,许多事情要等大了就明白了。娘要告诉你,见了王后必须称母后,记住了么?"

如意打量着母亲的目光,从来没有如此严肃,虽然说不清缘由,但情知很重要,于是认真地点了点头:"孩儿记下了。"

秋菊和乳娘心里都明白,如意的一句话,勾起了戚夫人许多伤心事。她们慑于现在的身份,更不敢明言相劝,只能拣些不痛不痒的话来说。戚姬从来不愿意因为自己而牵累别人,对乳娘道:"起风了,带他回去吧。"

乳娘应了一声，上前邀道："请公子随奴婢回室内去。"

如意觉得与娘在一起的时间太短了，但也知母命不可违，只有一步一回头地离开了。戚姬望着如意的背影，直到儿子转过回廊，才转过脸来自语道："唉，还不如百姓家母子自由啊！"

她的话音刚落，就看见春兰袅袅婷婷地走过来了。她这个时候来会有什么事情呢？自从上次在这个小院中遭吕雉的呵斥后，她一看见吕雉身边的人就生怕有什么不测落在头上。她自己倒无所谓了，要是连累了儿子……

思绪还没断，春兰已来到面前，施了一礼道："夫人，王后传您过去呢。"

"不知王后有何训示？"

春兰摇了摇头道："具体何事，奴婢也不晓得，王后只是要奴婢请夫人过去。"

戚夫人回道："好，我知道了，我随后就过去。"

……

淮英怎么也不会想到，她和项伯会被押往陈县汉军大营，更不会想到，她会落在吕雉手里。她独自一人被关在一间阴暗的小屋中，风从窗外呼呼吹进室内，整个人就如同一块冰，自内向外散发着冷气。她挣扎起身，在屋子里踱步，以驱除寒冷的侵袭。

思绪如白云一样从心窝里升起，在记忆的幔帐上绵绵弥散，每一个细节都是那样惊心动魄。当淮梅发现楚军已陷入陷阱时，第一个反应就是要淮英负责护卫左尹，她郑重地交代道："令尹乃大王叔父，西楚砥柱，万不可有失。妹妹应寸步不离，万不可让他落入敌手。"

自跟随虞姬到健妇营后，淮英第一次遭遇到如此险境，也是第一次承担如此重大的责任。她几乎不假思索回道："请姐姐放心，我纵然粉身碎骨，也要护卫令尹撤出城父。"

分手之际，姐妹相拥而泣。淮梅自知前去凶多吉少，伏在淮英肩头道："你我姐妹，无论谁活着出去，都不能忘记在死者坟前祭奠。"

淮英立时伸出手捂住了她的口道："姐姐万不可说这些，你我都得活着去见王妃。"

但淮梅的话不幸言中，自她离开后，就再也没有回来。而淮英面临的情势却是，坚守县府的虞子期和她率领的健妇营一部很快被汉军分割包围。

"虞将军，你么？"淮英对着县府门外大声喊，但回荡在耳边的只有喊杀声和兵器的碰撞声。汉军已放火烧了县府大门，浓烟滚滚。她想，虞将军一定被汉军缠住了。于是，她立即对项伯道，"情势紧急，请大人紧随末将身后，一步不可离开。"

"老夫自幼习武,当与姑娘一起奋力杀敌。"项伯愤怒地埋怨刘邦背信弃义,撕毁文书,擅动兵戈,"老夫若是见了刘季,一定要问个究竟。他为何言而无信?"

淮英苦笑了一下,心想都什么时候了,您竟还会相信那些纸上的诺言。

未及再言,就听见县府门口一阵马嘶,火光中冲进来一员黑脸将军。项伯越过淮英肩头,看清那是樊哙,一刹那所有的怒火喷薄而出:"樊哙!你好生无礼,为何夜袭楚营?"

樊哙见是项伯,禁不住仰天大笑:"俺奉汉王之命,追击残兵败将,谈何无礼?"

樊阬率领所部追击虞子期去了,跟在樊哙后面的少年将军乃少年营领军刘肥,他大声喊道:"姨夫退后,让孩儿来对付这老贼。"

"也是,杀鸡焉用牛刀?"樊哙从牙齿间蹦出一声冷笑,让过刘肥的战马。此刻,他想起刘邦临行前的反复叮嘱,若是在战场上遇到项伯,一定不可以伤他,于是又追上刘肥交代道,"不可伤了项伯。"

"明白!"刘肥催马上前,却见迎面而来的是一位身着桃色铠甲、粉面桃腮的女子,使一柄长枪。如此美貌女子,杀了岂不可惜。他正寻思间,未料那女子倒先出了枪。刘肥忙挥刀接招,一个是凤凰展翅,一个是猛虎跳渊;一个是云水翻飞,一个是浪里起伏。两人在马上大战三十多个回合,刘肥拨转马头,朝县府外奔去。淮英大喝一声追了出去,不想刚刚出了县府门,两边甩过一条长绳,将战马绊倒。淮英跌下马来,被汉军俘获。接下来,就是被刘肥押着送到陈县来了。

路上,刘肥感叹道:"姑娘整日打打杀杀,可惜了青春年华。"

淮英狠狠瞪了一眼刘肥,露出鄙夷的神色:"既然落在你等手中,要杀要剐,任凭发落。"

刘肥并不生气,反而安慰道:"我一定禀明父王,赦免姑娘。"

淮英并不回答,沉默本身就是一种轻蔑和抗拒。

一到陈县,刘肥就向张良暗中表示要娶淮英为妻,张良就暗笑有其父必有其子。吕雉不在身边的日子,刘邦纳了戚姬。现在,风华正茂的刘肥看上了淮英。他曾听从楚营回来的卢绾说,淮英曾负责看管吕雉,便将这意思转达给了吕雉。

吕雉听了笑道:"要说肥儿也到了谈婚论嫁的年纪,淮英这姑娘若是跟了刘肥,也算是造化。"

门上的铜锁"咣当"响了一声,春兰在一位汉军伍长陪同下进了小屋,对淮英说道:"王后传你问话,随奴婢来吧。"

淮英回道:"我自落入汉军之手,就抱定赴死的念头。要送我上路,不妨直说。"

春兰笑道:"奴婢只是奉命行事,等见了王后,你就知道了。"

淮英想,现在是人为刀俎,且看她如何发落,便在汉军押解下来到原陈郡郡府的后堂。进了门,吕雉端坐在堂上,脸上水波不兴,吩咐押解的士卒道:"为她打开枷锁。"

一旦卸去沉重的枷锁,淮英顿时觉得轻松多了。坐在面前的这个女人,对她来说并不陌生。近三年的朝夕相处,她太了解吕雉的性格了。因此,从走进室内的那一刻起,她就做了最坏的打算。然而,传到耳内的却是一声平静的招呼:"给淮英姑娘看座。"

侍女们呈上来座团,淮英并不落座,站着对吕雉道:"夫人要杀我,用不着拐弯抹角。我自来到这里,就没有打算活着回去。"

"是王后。"春兰在一旁纠正。

淮英鄙夷地望了她一眼,没有说话。

如同淮英了解吕雉一样,三年相处,吕雉对她的性格也是了然在胸。她明白,直截了当地说服其嫁给刘肥,定会碰钉子。她只有先从劝降入手:"项王暴戾,动辄屠城,姑娘跟着他又有何前程?若是降了大汉,我担保你前程似锦。"

淮英没有回答,一双眼睛直勾勾地看着吕雉。

吕雉思量,她只要认真听,就不怕她不动心,于是晓以大势道:"如今汉军节节胜利,天下归汉是迟早的事情。姑娘聪慧,定当早日弃暗投明。"

淮英还是没有反应,吕雉的心中就泛起微微的不悦:"姑娘有何话不妨直言,我洗耳恭听。"

淮英转过身子面对吕雉道:"恭贺夫人晋升王后。我这里有几个问题,若是王后能回答,我甘愿降汉。"

"姑娘问什么都行。"吕雉很自信,她什么风雨没有见过,还怕一个楚军右领么?她的目光专注地看着淮英,一副认真的样子。

当淮英与之对视时,不由感喟世事无常,这一双眼睛多么熟悉啊!在彭城的日子,她们有过多少次这样的对视。那时,她们之间也不乏说说女人间的话。可今日她已成阶下囚,这对视就带了别的意味。淮英迅速清理了一下思路问道:"请问王后,在彭城的日子,虞王妃待您如何?"

"情同姐妹,多方关照。"

"淮英再问王后,我姐妹待王后如何?"

"无微不至。"

"王后只说对了一半。"淮英冷冷笑了一下,"当初若非虞王妃在霸王面前力谏,并提出要霸王放回王后翁媳,为此不惜与霸王争执,若非霸王对王妃爱之有加,王后大概早已成了冤魂,哪还有机会坐在这里审问我呢?"

吕雉也回以淮英冰冷的笑:"姑娘所言不假。然则,楚汉乃诸侯之争,公也;虞姬与我情深,私也。我岂能以私废公,置大汉利益于不顾?"

"王后所言差矣。王后被拘,乃楚汉战事所致,虞王妃善待,乃见楚人襟怀如水,何论公私?"淮英并不等吕雉回答,紧接着又问,"敢问王后,楚汉议和,可有文书?"

吕雉皱了皱眉头道:"当然有!你问这话什么意思?"

"只要王后承认就好。霸王持诚守义,一诺千金,率军东归彭城。可议和之声未息,文书墨迹未干,汉王即与诸侯大兵围歼,这不是口是心非么?一国之君,出尔反尔,还希望取信于诸侯么?"淮英看吕雉听着听着,脸色就变了,先是苍白,及至两颊涌血,继之双目冒火,似乎随时都可能爆发,但已做了赴死打算的她此时却没有了丝毫的胆怯,反而反客为主,"王后若是深明大义,就该劝谏汉王罢兵,重修和睦,东西而治。如此则天下太平,王后名传后世,岂非一件好事?若继续打下去,鹿死谁手尚无定局,说不定王后再度沦为囚徒也说不定呢!"

仿佛春潮,淮英说完这些,把一切都置之度外,就等待着暴风雨的降临。可吕雉随之就转入平静,她起身来到淮英身边,轻抚她被绳索勒过的伤口,目光就换上了温和与平静,柔声道:"那都是男人的事情,姑娘年纪轻轻,何必把大好年华丢在战场上呢?只要姑娘降了大汉,我就留你在身边。"

"这个王后就不必想了,淮英深受虞王妃恩德,今生跟定她了。王后若念及虞王妃当初之恩,就该让淮英回到她身边。"

"你还能回到虞姬身边么?现在各路诸侯齐集,项败楚灭,大汉一统天下只是时间问题。所谓识时务者明,不识时务者暗,你还是想想自己吧!"

"那又怎样?大不了一死。"淮英言罢,转过身去。

"我想救你,你却不领情,如此少礼,岂能善终?"吕雉忍着一肚子的火。

淮英没有回答。

恰在这时,春兰从外面进来,附耳道:"戚夫人到了。"

吕雉的脸立时就变得凶煞煞的,高声道:"来人,将淮英绑在梁柱上用刑。我要看看,是你的骨头硬,还是侍卫们的皮鞭硬。"

"参见王后。"戚姬进来了,低眉顺眼地向吕雉行礼。

吕雉用余光扫了一下戚姬道:"且在一旁坐了,看我如何审这女子。"

戚夫人这才定了定神,看清了眼前的情景,四名汉军士卒将淮英绳捆索绑在前面的梁柱上。戚姬并不知道淮英是一个战俘,更不知道吕雉为什么要对一个姑娘动刑,还要自己陪着看。只是士卒们用力捆绑时,戚姬似乎觉得那绳索就如同绑在自己身上,士卒一用力,她的肩膀就抽动一下。她这种情态,当然都尽收吕雉眼底。

现在,淮英已被紧紧地绑上了梁柱,吕雉冷眼直视道:"我再给你一次机会,降还是不降?"

淮英侧过脸去,吕雉心头的怒火都被这倔强的身影点燃,大喊一声:"给我打!"立时就有两名士卒手执皮鞭,一人一下轮流抽打。眼见得淮英的战袍被抽打出一道道破绽,继之渗出殷红的血;每一鞭下去,淮英脸上的肉都剧烈地战栗,从喉腔中发出沉闷的"哼哼"声。

淮英昏厥过去,吕雉又对士卒道:"用冷水泼醒她。"

十一月深冬,冰冷的水泼到淮英身上,如同刀剑一样刺骨疼痛。

吕雉再问:"降还是不降?"

淮英再也没有力量与吕雉对视,只是从喉腔中发出两个字,虽然微弱,却很清晰:"不降!"头就软塌塌地垂了下去。

前后不到一个时辰,可对坐在一旁的戚姬来说,恍若度年。她感觉得出,吕雉那双眼睛时不时就要打量一下自己,从细长的眼角溢出揶揄的笑。戚姬终于明白,吕雉对自己的话语都在抽向淮英的皮鞭中,那是一种警示,今后若是惹恼了她,自己就是这下场。戚姬只觉得天旋地转,尝试着起身告辞:"妾身子不适,特向王后告辞。"

"坐下!"吕雉一声严厉的呵斥,戚姬的肩头便不由自主地抖动了一下,小心翼翼地坐回自己的座位。

这时,行刑的士卒前来禀报,说淮英咬舌自尽而死。

"这样不经打!"吕雉起身来到淮英面前,用手在她鼻子前试了试,确认已经气绝,遂要士卒解开绳索,"拉到野外,掩埋了事。"

在士卒们退下后,房间里就剩下戚姬和吕雉。戚姬已经昏厥过去,吕雉哼了一声,心想日后若和我过不去,就是这下场。可当春兰和秋菊被传进来后,吕雉早已换上了另一副面孔,话里不无怜香惜玉的意思:"她出身大户人家,何时见过这样的场面,快扶夫人回去。"

秋菊出门走了一截路,从身后传来吕雉的声音:"传御医看看!"
……

因为与刘邦和张良的关系,项伯在来陈县的路上,得到了樊哙的关照。樊哙一路上都在想,这老儿莫非有先见之明,早早就种下了善缘,现在都用上了。

"嘿!你老儿命大,得遇汉王和子房,这是天意啊!"樊哙对坐在车子里的项伯道。

项伯回道:"谢将军不杀之恩!"

樊哙大笑道:"谢俺作甚?俺就一个屠夫,要不是汉王与子房反复叮嘱,俺早取了你的首级领赏去了。"

项伯也不争辩,面对一个莽夫,他没有多少道理可讲,只是在心里希望汉王高抬贵手,让他早日回西楚去。

樊哙一行到陈县时,张良早早就在门前等着。下得马来,樊哙先与张良见了个礼:"人给你平安送回来了,是杀是放全在军师与汉王,俺找狗肉店喝酒去了。"

张良拱了拱手,上前致歉道:"令尹受惊了。"

"淮英呢?"项伯一见面就问。

"请令尹放心,淮英姑娘已送到王后处了,她们不是早就认识么?"张良接着告诉项伯,"汉王时刻记挂着令尹安危,要下官反复叮嘱将士,无论何人遇到项伯,都不可伤害。"

项伯向张良打了一拱,却是什么话也没有说,只是默默地走着。他现在的心境很复杂,作为西楚令尹,竟眼睁睁地入了汉军和诸侯布下的陷阱。更何况他是项王的叔父,侄儿尚在与汉军作战,自己却被奉为上宾,岂能安之若素?再说,他对刘邦擅动兵戈,也是耿耿于怀的。

运筹帷幄的张良怎么会猜不出项伯此时的心境呢?他也不多问,只是告诉他汉王正在行辕等候……

刘邦此时正与韩信在郡府前厅说话。这是自出关中东进后,两人第一次在一起谈话。刘邦赞扬着韩信的卓劳丰勋:"丞相曾对寡人说,齐王乃无双国士,果然妙计平定四国。"

韩信忙侧身回道:"此皆赖大王龙行虎变,宽明之略。"

刘邦不置可否地笑了笑,然后话题转到了田横身上:"寡人听说齐王率军所到之处,郡县争相投降。唯田横负隅顽抗,逃至彭越军中,可有此事?"

闻言,韩信打了一个激灵,暗惊刘邦获知消息之快,便顺着他的话道:

"自大王册封彭越为梁王后,田横自知再难栖身,乃率五百部下逃往即墨,自立齐王,居岛中。"

"哦?"刘邦捋了捋美髯道,"寡人以为田横乃齐国贤者,今在海中不收,又恐为乱。"

"大王明鉴。待臣追随大王平定项楚后,即可遣军前往岛中剿之。"

刘邦摆了摆手道:"寡人素闻田横之志,力战恐不能奏效,拟遣使前往招降,不知齐王意下如何?"

韩信心头又是一惊,这刘邦果然善于收拢人心。难怪萧何、曹参等人为之效力,在所不辞。回想这一段与曹参、灌婴的相处,他们虽然对自己十分尊崇,却极少推心置腹。再如夏侯婴,当他听说荥阳战事不利时,就请缨回军助刘邦扭转战局。甚至不惜将李必、骆甲轻骑交于自己节制。这种君臣之间的心知,他在项羽那里很少看到,自己更是少有这样的经历。

韩信暗地庆幸自己没有接受武涉的劝降,更没有接纳李左车的谏言,否则,后果将不堪设想。现在面对刘邦的决定,韩信忙不迭地表示赞同:"大王此举,乃仁义之君所为,此事陈中尉可担大任。"

刘邦点头道:"寡人正有此意,待与项氏有个分晓,即可遣陈平前往。"

说到楚汉战争,韩信以为现在楚军已陷入汉军、英布军和彭越军的三重包围中,已成强弩之末,此战宜速不宜迟。只要将项羽逼过江东,那天下就是大汉的了。

韩信说这话时,其实内心很清楚,这也只是场面上的话。他据三齐之地,彭越据梁地十数郡县,张耳据赵地,臧荼据燕地,英布据淮南,留给刘邦的能有多少呢?

"齐王所论,亦寡人所思也。今夜为项伯压惊宴后,即到帐前议军。"刘邦又怎么能猜不透韩信的心思呢?从要求封假王到实封齐王,韩信的心理变化都在他的掌握之中,那被要挟的愤怒永远留在刘邦的内心深处。可现在他只能将这一切按捺住,他知道此时最重要的是集中力量打败项羽。

两人正说着话,却见张良从门外进来了,禀道:"项伯到了。"

"哦?项伯到了。"刘邦忙起身向外奔去,韩信、张良紧紧相随。

时过境迁,今非昔比。尽管鸿门宴的风雨历历在日,可世事却发生翻天覆地的变化。那时候,刘邦处于弱势,只能忍气吞声,巧于周旋。而项伯作为调解人,出入于楚营和汉营之间,刘邦对他敬重有加。而现在呢?当项羽处于劣势时,他还能一如往日地将自己待为上宾么?当刘邦、韩信、张良出现在面前时,他的神情变得十分严肃,甚至有些冰冷。他不说话,等待着刘邦的发落。

"啊！令尹到了。"刘邦竹编冠上的红缨忽闪忽闪地跃动，映照得他一脸春色，而说出的每一个字都充满温暖，"寡人有失远迎，还请恕罪。"

项伯面无表情地说道："败军之将，任凭发落。"

"令尹何出此言，公乃子房挚友，寡人知己，哪来的胜败？请到前厅。"刘邦说着，挽起项伯朝内走去。

大殿上，张良有意坐在项伯身边，以便及时关照。韩信则坐在刘邦对面，可以看见坐在对面的项伯。对于项伯，韩信是再熟悉不过。当年在项羽麾下时，他经常看到项伯与项羽为作战秉烛夜谈，有时候，也会为项羽的鲁莽而发出一阵阵叹息。在刘邦向项伯敬茶之后，韩信举起茶盏来到项伯面前道："昔日在上将军帐下有数次几于被杀，多亏项公从中斡旋，息项王雷霆之怒，信才有今日。请受信一拜。"躬身举盏罢，将茶一饮而尽。

项伯机械地举起茶盏作为回应，而内心却掠过一阵酸楚。如此良将大才，不能为项王所用，实为可悲。正尴尬中，却见张良起身来到项伯面前，语意中带了分外的真诚和亲切："良能有今日，皆公之恩。良以茶代酒敬大人。"

项伯忙举杯回应。看见张良，他的心安定多了。他相信，张良必不会加害他。

这时候，曹窋进来对刘邦耳语了几句，刘邦的眉头就皱起来了："王后怎能如此？"

张良一听，就知道是吕雉审讯淮英出了事，忙暗地向刘邦眨了眨眼睛，煞有介事地问道："何事惊动大王？"

刘邦会意，忙掩饰道："与战事无关，乃寡人家事耳！"

当晚，刘邦为项伯置酒，作陪的不仅有张良和韩信，还有樊哙、周勃、柴武、夏侯婴等将军。酒阑席散时，张良邀项伯道："大人若不嫌弃，今夜你我做竟夜之谈如何？"

项伯身在汉营，一切只能客随主便。

张良的居处就在郡府旁边的巷子里，两人弃车，踩着夜霜漫步前行，不一会儿就到了居处门前。张良拉过项伯交代道："这就是我的恩公项伯，来见过令尹大人。"

侍卫上前见礼后，纷纷站立两边，看着张良偕项伯进了门。

酒是好酒，菜皆佳肴。然则，从来酒随人心。项伯虽然被奉为上宾，却是带着俘虏的身份，这酒喝起来就显得涩滞。尽管当着刘邦君臣的面推杯换盏，可入口的酒却似苦药，时不时地有浊泪滴入杯中，仅因为灯火明明灭灭，才得以掩饰。他完全没有想到,自固陵之后,项羽会败得如此快。他更不会想到,城父县尹竟在他们进城之前就投降了汉军。可让他最感心痛的不是这些,而是刘邦的出尔反尔。他连两国之间的议和都可以置之不顾,遑论自己酒席间与他定的姻亲呢?所有心中的块垒,不仅没有借酒浇散,反而在腹中发酵而愈加憋闷。刚一进内室,项伯就"哇"的一声吐了。顿时,酒气弥漫在各个角落。张良一边为项伯拍打脊背,一边传值更的侍卫进来清扫。

吐出的不是秽物,而是折磨心灵的郁结。项伯伏在张良肩头,后悔道:"籍儿,我对不起你啊!都是我优柔寡断,才致有今日。想我一世真诚待人,孰料却落个阶下囚的下场。"

窗外不知什么时候飘起了雪花,纷纷扬扬,不一刻已是天地皆白,琼玉皑皑了。项伯在倾诉了心中的痛苦后,好多了。张良命侍卫打来一盆热水,看着项伯梳洗清爽,才对他说道:"天降瑞雪,兄与我不妨同榻而卧,子房也有许多心里话要对恩公说。"

项伯闻言,有些不好意思:"方才言行失态,还望子房谅解。"

张良笑着脱去外衣上了榻床,靠外面躺着,项伯靠里。这样,他就有了遮风挡雨的意味。这细节让项伯很感动,心中顿起微澜。此刻,他们彼此都能感觉到对方的心跳,还是项伯先开口说话:"子房对眼下的战局有何见教?"

张良看了一眼窗棂上的雪花道:"恩公是想听真话,还是想听假话?"

"子房这是何意。我今陷汉营,还听那些虚假之词有何用?"

张良侧过身子,为项伯掖了掖被角道:"依子房看来,眼下英布、彭越、韩信归汉,对项王成围剿之势。加之汉王深得人心,天下从之,项王恐难再有回天之力。"

"那依子房看,霸王该如何才能挽回危局?"

"项王若乃识时务之杰俊,不妨效仿当阳君率部归汉。汉王念及当年义结金兰,必行封王裂土之赏。"张良并不等项伯回答,便自言自语对这种设想作了否定,"项王号令诸侯,诛灭强秦,乃当世英雄。要他臣服汉王,几乎无望。因此,这仗恐还须打下去。"

项伯闻言,微微点了点头。他觉得张良所言,乃对侄儿知之甚深而论。别的不说,单是彭城之战中,他率三万轻骑一路南下,半日时间就冲破刘邦五十六万大军的经历,恐怕刘邦现在想起来,还会余恐未消吧?要曾亲封汉王的项羽归汉,无异于梦语。

项伯转过身来,与张良面对面说话:"老夫也以为要籍儿归汉难乎其难。时至今日,老夫对楚胜几无希望。倒是有一不情之请,请子房代为转达汉王。"

"恩公有话尽管说。"

"若真有那么一天，还请汉王念及当年情谊，赦免籍儿，放归会稽。"

"汉王与天下同其利，豪英贤才皆乐为之用，当会宽仁处之。"

更漏过了子时三刻，张良觉得困乏渐次地上了身，推了推身边的项伯，没有回应，心想这些日子的战事和奔波，他也一定累了，于是转身面朝外睡了。

其实，心事重重的项伯如何能安寝呢？张良刚才的一番分析，让他本已失望的心愈益向着绝望沉没。他很懊悔，若不是当初自己太相信刘邦，又怎么会酿出今日楚军败北的结局呢？他很自责，项梁曾托付他照顾好侄儿，而他都做了什么？若是当初自己不劝阻项羽杀刘太公翁媳，也许就不会有后来的鸿沟议和；他嘲笑自己太实诚，到了轻信别人的程度。此刻他清醒了，他预计明日张良必然要说降自己归附汉王。虽然他从内心感激张良，但他们毕竟属于两个阵营。

项伯悄悄地爬起来，看了看身边的张良，他又推了推，张良转了一个身又睡去了。他这才穿衣下了榻床，轻步轻脚向外走去。值守的侍卫问他欲往何处，他应了一声"更衣"就出去了。

此刻，项伯一人独自站在溷轩（厕所）的台阶前，似乎一切都风平浪静。他从容地解下腰带系到旁边的梁柱上，然后将脖子套进去。他双脚一蹬，顿时觉得气短胸闷。冥冥间，他似乎看到项梁在向自己招手，刚要喊一声兄长，只觉得眼前闪过一道寒光，身子就向后仰去。

项伯睁开眼睛，就看见张良那张清秀的脸急切地关心询问："恩公这是要干什么？"

"子房，你为何要救我？我生为楚人，死亦楚鬼。赴死殉国不能，屈节苟安亦不能，我有什么用啊！"项伯的眼角淌过两行泪水，说着又要挣扎。

张良死死按住他道："恩公糊涂，如此让项公在天之灵何安？项睢公子何安？项王闻之何安？汉王闻之何安？良怎么能看着大人轻生呢？"

"唉！"项伯长叹一声，安静下来。

张良遂命侍卫扶他回了内室，烧红木炭火盆，项伯冰冷的身体渐渐有了知觉，脸上不无惭愧地说道："让子房见笑了。"

"大人无事就好。"张良说着，递来一杯热茶。他已在心底打算，明天见了刘邦一定谏言，从此在项伯面前不再提及归顺之事，一切都等战后再说……

是的！刘邦从曹窋口中获得的，就是吕雉将淮英姑娘鞭笞而死的消息。

在张良陪着项伯离去之后，刘邦望着窗外的飞雪，自语道："她就一个健妇营的右领，当初看押你时一点也没有为难你，何必如此呢？"

当晚回到郡府后堂，刘邦也是这样说的。

"死一个右领，大王为何如此记挂，难道是子房谈到肥儿看上了淮英姑娘么？天下之大，哪一家公主不能配肥儿呢？到时天下太平了，妾亲自选一王侯人家的姑娘为肥儿之媳还不成？"吕雉将这件事看得很轻，并隐瞒了她用淮英之死警示戚姬的细节。

经她如此一说，刘邦便不好再说什么，当晚就宿在吕雉处。他了解戚姬，她纵然希望与自己朝夕相处，形影不离，但是面对吕雉，也是很有分寸的。

吕雉为刘邦的主动留宿而十分高兴，她一个字也没有提起戚姬，生怕刘邦心猿意马。她很自信，通过白日的审讯，戚姬一定明白了该怎样处理三人的关系……

然而淮英的死却让刘肥十分吃惊，当曹窋将这个消息告诉他的时候，他的眼睛睁得老大，甚至以为曹窋是在开玩笑。自己虽说非吕雉亲生，可也是她养大的，难道军师没有将自己的意思转达给她么？

刘肥长这么大，第一次吃惊于母亲的残忍。昨夜，他独自一人喝了许多的酒，一边喝一边问她为什么要这样无情。随着刘盈一天天长大，他不仅觉得父亲很少过问自己，尤其是吕雉回汉营后，越来越感到自己被忽视了。现在，她又杀了自己心爱的姑娘，她究竟是一个怎样的女人。

他觉得憋得慌，有许多话想对人说，便想到了樊阬。记得在父王刚刚立刘盈为太子的时候，樊阬就曾说过："姨夫这是要干什么？自古长子继承父业。刘盈小小年纪，生性懦弱，岂能当得国事。"现在看来，樊阬的话是对的。

一大早，踩着一夜的积雪，刘肥到樊阬的帐前来了。樊阬正在帐外练剑，刘肥粗重的脚步踩在雪地上，发出"咴咴"的声响。

樊阬见状便收了势，隔着老远就打招呼："兄长一早不练剑，来此作甚？"

刘肥回道："心中憋闷，想说说话。"

"那我命军厨煮酒。"

刘肥摆了摆手："算了！昨夜喝得太多，还是到营房外走走吧！"

樊阬点了点头，回身对营房门前值守的校尉道："军师若传，你就到鸿沟桥找我。"言罢，两人相跟着出了门。

经过一夜大雪，鸿沟的水面已结了冰。出了营房，马蹄踩着厚厚的积雪，荡起一阵白色烟尘。没有侍卫跟随，他们任由战马一口气跑到鸿沟桥，才勒住马头翻身下鞍。

"兄长闷闷不乐,这是为何?"

"你没听说吗,母后杀了淮英。"

樊阮听罢就笑了:"一个楚囚,与你毫无干系,你烦闷什么?该不是看上人家了吧?"

"正是。"刘肥把自己在城父之战中如何活捉淮英和项伯说给樊阮听。所谓不打不相识,他心中暗生了爱慕之情。

樊阮听得心旌摇荡,双目炯炯:"哎!没有看出,表兄生得五大三粗,倒有如此心智。"

刘肥打断樊阮的话道:"我将一路所想告诉了军师,军师托母后劝慰淮英姑娘归汉,她怎么就把淮英给杀了呢?"

樊阮没有回答,审问淮英的不是别人,是自己的姨母。他不相信她会有意杀死淮英,一定还有别的原因。当他将这些说给刘肥听时,刘肥却连连摇头道:"就是她蓄意杀死了淮英,她就是不愿意看到我与淮英结姻缘。"

"怎么会呢?"

"怎么就不会呢?我非她亲生,她就是看我不顺眼。"刘肥气道。

"也许是事出意外。"樊阮对姨母性格是了解的,她虽然性格刚烈,但绝不滥杀无辜。再说,军师已叮嘱过了。樊阮觉得刘肥钻了牛角尖,上前分析道,"淮英武艺精强,岂肯轻易降汉?她自己寻机自尽也是可能的。"

"怎么会呢?"

"怎么就不会呢?三军可以夺帅,匹夫不可以夺志。况乎淮英乃楚军右领。"樊阮又强调道。

"这?"刘肥觉得有些口塞。也许是这样吧!可他从此心中就留下了难以抹去的阴影,他认定这件事绝对与吕雉脱不开干系,他迟早要问个一清二楚。

第十二章

夜沉沉虞姬玉殒
马喑喑钟离夜逃

冲破刘邦、韩信、彭越、英布诸军的重重围堵,楚军不断向东南退却。

军伍疲惫到了极点,每到一地,还来不及休整,诸侯军就尾追而来。将士饿极了,就拿生食塞进口里。行军途中,不断有人倒下。饥饿和疲累,不断地摧残着军心,每一次宿营,都会发生士卒逃走的事件。到十一月底,军伍撤到大泽乡时,只剩下不足五千人,而且大部分都是钟离昧的部下。而陪伴在项羽身边的将领也只剩虞子期、钟离昧和项庄。

当虞子期告诉项羽到了大泽乡时,他浓浓的眉宇本能地颤动了一下,讷讷道:"世间竟有如此巧合,当年陈胜从这里举事,如今寡人倒东撤到这里,天意乎?"

他一刻也不愿在这里停留,下令连夜行军,尽快离开。

钟离昧面露难色:"连续两日急行军,军伍疲惫不堪,若再相逼,诚恐军心……"

"让汉军将我等诛杀在大泽乡,连命都没有了,谈何军心呢?"项羽皱着眉头咽了一口唾沫,说话的声音有些沙哑。

钟离眜还要说什么,却被帐外进来的项庄岔开了,他惋惜地禀报道:"又有十儿名士卒出逃,被右领抓回,现绑在营寨前的一排大树上,等候大王发落。"

"杀了他们,然后即刻开拔。"

虞姬从后帐出来,看了一眼几位将领,走到项羽身边低声劝道:"当此之际,大王还是宽容为怀。杀了他们,于事无补。"

"一路上寡人宽容得还少么?可结果又怎样呢?若非宽容,刘季不会有今日;若非宽容,寡人也不会有今日;若非宽容,叔父岂能至今不归?"

"请大王三思,勿再滥开杀戒。"虞姬说着,上前牵起项羽的战袍目不转睛地望着,试图从他铁青的脸色间看到一缕希望。几位将领也顺着虞姬的目光,将眼光投向项羽。

大帐里静极了,只有风卷着雪花在帐外怒吼,时有雪片从幔帐的缝隙飘进来,落在项羽君臣的肩头,空气凝重得令人窒息。

良久,项羽决然挥了挥手:"虞子期监刑,钟离眜集结军伍,准备出发。"

那个雪夜,大军继续向东南方向而去。十三颗人头落地无声,可行刑者的耳际却充满了撕心裂肺的喊声。十三具尸体堆积在一起,等楚军开拔时,完全成了一座血丘。

虞姬几乎是一步三回首地望着血丘渐行渐远,直到什么也看不见时,才转过头用战袍擦拭红肿的眼睛。其实她也明白,她的泪水不仅为十三位士卒而流,更多的是为项羽而流,为西楚的未来而流。

此刻,她的心已从死者身上飞到远方去了。她从虞子期的叙述中判断,淮梅一定不在人世了,她又担心淮英的遭际,不知道吕雉会不会谏言刘邦赦免她。但这样的思绪只是忽闪即过,她的忧虑立即就转回到项羽身上。让他百思不得其解的是,越是形势不利,项羽就越是固执己见,不仅不听钟离眜等将领的谏言,甚至连她的话也置若罔闻。她看得出,因为杀了十三名士卒,项羽心头积下了浓重的乌云,一路上沉默不语。

这是一个不眠之夜,钟离眜没有安排人掩埋尸骨,草草收拾了现场之后,就打马去追赶队伍去了。项羽已命他负责断后,但十三位逃亡者临死前的眼神总是在他的眼前晃动。这些人中,有三人就是屈右领的属下。经历了自固陵以后的战阵,屈右领能调动的人马,不过区区百十人了。夜色中,他来到钟离眛身边,小声道:"大王如此固执,一意孤行,大楚危矣!"

钟离眛转过头来,看了看屈右领道:"当此之际,右领万不可生此杂念,你我皆为楚人,当为国而战。"

"依将军看,国还是国么?"

"亡国也要战!"钟离眛答了一句,催动坐骑朝前去了。

屈右领深为钟离眛的忠贞而感动,他不敢怠慢,忙追了上去。

这是一个心随风动的雪夜。望着钟离眛的背影,项庄长长地叹了一口气。冷风卷着他的鬓发,清冷清冷。他觉得血液都似乎凝固了,每动一下,筋骨就分外疼痛。但项庄更知道,与皮肉之痛相比,心痛更折磨人。前路茫茫,他不知道这样的局面还能支撑多久。撤出陈下时,大军尚有十万之众。可短短二十多天,剩下不足万人了。这其中,逃亡者将近大半。哗啦啦地,一支曾所向披靡的大军转瞬就变得如此羸弱。听到项羽信誓旦旦地声言要与刘邦决战,项庄总是在心头为大楚流泪。

这也是一个危机急至的夜。项庄刚刚奔出一丈多远,就听见四面有马蹄的涛声,汉军趁着雪夜向楚军包抄而来。他来不及多想,举起手中的大刀声嘶力竭地喊道:"准备应战!"

钟离眛拨转马头,一边跑一边喊着:"准备应战!"

在乌骓马的嘶鸣中,项羽挥动长戟怒吼:"准备应战!"

虞姬迅速调整方向,向跟随自己的一部分健妇营将士喊道:"准备应战。"

夜色中,抽刀的"嘶啦"声,战马的长啸声混杂在一起。每一个为活着而奔走的楚军士卒都明白,生死抉择就在面前。

钟离眛自知寡不敌众,只要能给项羽和虞姬创造突围的机会,就是胜利。他吩咐跟在身后的几位右领分战汉将,自己先冲了上去……很快与汉军缠绕在一起。

项庄第一个冲到楚军后尾,与前来追击的樊哙狭路相逢。

项庄从容地破解樊哙板斧下的每一个招式,却并不主动出击,他就是要为项羽和虞姬突围赢得时间……这两个昔日鸿门宴上相遇的将军今日终于有机会正面交锋了。数十回合后,粗中有细的樊哙看出了项庄的用意,拨马朝后奔去。项庄急急追来,却不料樊哙伏在马背借力打力,一双板斧顺着项庄的下身扫来。项庄的右腿被砍断,跌下马来。樊哙大喊一声"擒了",将士们纷纷上前,项庄忍痛从腰间拔出宝剑,自刎而亡。

钟离眛正与周勃厮杀在一起,忽听樊哙大叫,情知危急,忙跳出战圈来到后面,看见李右领正与樊哙厮杀在一起。他冲了上去,刚刚杀了一个回合,周勃就从旁边上来了,两人将钟离眜夹在中间,必欲杀之而后快。钟离眜也猜出了两人的用意,战了十几个回合后,来了一个镫里藏身,双股一夹马腹,战马有灵性,"嗖"地一阵风从樊哙和周勃的两马中间蹿了出去。等二将收回招式,钟离眜已跑出二丈远。周勃沉闷地喊一声"追",两马并排飞奔而去……

钟离眜朝另一个方向奔跑,为的是引开汉军。孰料中途与虞姬相逢,原来她为了掩护项羽撤退,自己率健妇营的姐妹朝东北方向而来。一路上楚字大旗十分耀眼,汉军将士果然中计,哗啦啦追了过来。虞姬挥动一双雌雄鸳鸯剑,左冲右突,汉军近者丧命,远者后退。估摸项羽向东南方向走远,虞姬才绕了一圈,重新踏上南下征程。

这时候,雪停了,东方露出胭脂色的曙光。钟离眜在马上作揖道:"王妃受惊了。"

虞姬擦了擦额头的汗水道:"只要大王无恙,我等纵然玉碎,亦在所不辞。"

两人合兵一处,去追赶项羽。

十二月初,项羽、虞姬和钟离眜辗转到了垓下,而诸侯也追击而至。双方又发生过多次激战,楚军终因寡不敌众、粮尽神疲而退入垓下坚守。

垓下城坐北向南,临洨水而建。秦始皇一统天下后,考虑通衢与战事需要,将护城河与洨水连在一起,并且在城门设置了水门和陆门。

营帐刚刚扎定,还没有来得及悬挂上军阵图,钟离眜就进帐来了。

"禀大王,据探马来报,刘邦以韩信三十万大军与彭越、英布军围我军于垓下。"

项羽沉默片刻后问道:"我军尚有多少人马?"

"八百轻骑!"

"哼!当年寡人以三万对五十六万尚能反败为胜。有八百轻骑,岂知不能取刘贼人头?"项羽忽然想到了项庄,忙在四下里寻找,"项庄呢?怎么不见他来。"

虞姬伤心地回道:"项司马为掩护大王撤退,战死于乱军之中,被将士葬于大泽乡外的高岗上了。"

闻言,项羽只觉得眼前一黑,向后仰去。虞姬眼快,忙从身后抱住项羽。过了一会儿,从项羽喉咙里发出一声长啸。

虞姬一边流泪一边婉言劝慰道:"大敌当前,请大王节哀,他日若是回到彭城,定为司马举行祭祀大典。"

项羽挣扎着起来,挥去伤亲的哀痛,对站在面前的钟离昧和虞子期道:"只要天不亡我大楚,当勠力同心,驱敌复土。"

虞子期告诉项羽道:"进城以后,臣率领军中司库对城中粮草做了巡查,只能维持两日。因此,垓下也非久留之地。"

"可眼下重兵相围,奈何?"项羽的眉头就更加郁蹙。看看周围,且不说诸侯叛离,就是当初跟随在左右的将军,一个个殒命沙场,留下的只有虞子期、钟离昧和虞姬了。大兵重围,他顾不得想更多,抬起布满血丝的眼睛对钟离昧和与虞子期道,"难得二卿忠贞。请传令下去,命士卒以河为障,堆土为营垒,深堑拒敌。趁敌不备,再寻机突围。"

钟离昧和虞子期相互看了一眼,项羽就从他们的眼色中读出了疑虑,说话的声音便加重了:"二位须知,不守而出战,只有死路一条。坚守而待机,也许还有破局希望。"

两人仍然迟疑,虞姬便上前对虞子期道:"国难当头,请兄长依大王旨意布兵筑垒,同心拒敌。"

钟离昧和虞子期从虞姬的眸子里看到了触动心灵的圣洁。是的,自己是堂堂楚国重臣,却要一个女人来劝自己,一时便生出不尽的惭愧,双双同声道:"遵命,微臣这就去督战。"

转身走出大帐,钟离昧忧郁地瞪着虞子期问道:"将军以为垓下守得住么?"

虞子期决然地摇摇头,但口中却道:"子期不才,然誓与大王共存亡。"

闻言,钟离昧只觉得胸口堵得慌。自荥阳大战以来,他从来没有像现在这样对前途充满了忧虑。他只在心底祈愿,高墙深堑,河障壁垒能为楚军赢得一线生机……

"哼!想凭险据守,做梦去吧!"在汉军大营,樊哙、周勃、夏侯婴、李必和骆甲等说起项羽退入垓下,纷纷作为笑谈。樊哙干脆上前主动向韩信请缨,"请齐王允准俺杀进垓下,取了项羽人头给大王做夜壶。"

那摩拳擦掌的气势煞是可爱,也强烈地感染了刚刚晋升将军的李必和骆甲,他们也纷纷向韩信请战。韩信没有马上表态,却把询问的目光转向夏侯婴:"太仆以为呢?"

夏侯婴何等聪明之人?他早从韩信的问话中猜出韩信必有了破敌之策,于是从容地理了理胡须道:"想必齐王已韬略在胸了。"

韩信炯然的目光扫视一下面前的将领道:"诸位说得对,垓下高墙深堑,易守难攻。我以为与其战破之,毋宁心破之。"

樊哙不解地问道:"什么叫心破之,曲曲折折的,俺不懂,哪有杀他个片甲不留痛快?"

"你能不能听齐王把话说完?"夏侯婴笑樊哙鲁莽,他这才嘟哝着退到一边。

韩信轻松地笑道:"我听说楚人有思乡歌一首,不知军中有能歌者。"

夏侯婴回道:"记得当初项楚联军攻打外黄和陈留时,出师不利,欲图北上,楚地军士难离故土,曾有《思乡》曲在军中暗暗流传。"

"哦!"韩信一击掌,站起身来对将领们道,"传令下去,以屯长为首,教唱《思乡》楚歌,两日后全军皆要熟稔。违者重罚!"

"有见过因后退不进者被罚的,还没听说因不会唱歌而被杀,嘿嘿……"樊哙努着嘴言罢,极不情愿地出帐去了。

周勃紧紧追上樊哙的脚步也疑虑满腹:"齐王这葫芦里卖的什么药?"

夏侯婴拍了拍两人的肩膀道:"二位如此聪明,为何此时糊涂了?齐王这是攻心之术啊!"

"就你聪明?麻烦!"樊哙瞪一眼夏侯婴,加快脚步走了。

周勃向夏侯婴伸出大拇指道:"下官现在明白了,当初汉王为何要设台拜将。"

刚刚乘马走了约半里路,却听见从樊哙的营区传出楚歌。周勃与夏侯婴相互看一眼,禁不住哈哈大笑:"这个樊哙……反而先唱了。"

这是十二月半的时光,冬一步步走进深处。风夹带着雪花,从凌晨子时起就漫天飞舞,银羽纷纷,把垓下周围的山川涂成白色。白日里,钟离眛和虞子期带着楚军将士冒着鹅毛大雪,加固壁垒,深挖战壕。午间,虞姬陪着项羽在垓下城走了一圈,看到将士们饮冰茹雪,铁衣被寒,分外感慨。士卒们看见王妃与众人一样踏雪巡营,顿时士气大涨。项羽又命侍卫抬来热腾腾的酒酿,为士卒们驱寒暖身,这让虞子期分外感动,备战的气氛更加浓烈。

这情景让项羽灰暗的心境豁亮了许多,回到大帐已是黄昏,他亲自为虞姬解下斗篷,扶着她来到木炭盆前取暖。虞姬的脸颊经过风吹雪染,这会儿被木炭火一烤,红扑扑的,恰似雪地里亭亭玉立的寒梅。加之手托香腮,陷入沉思,越发楚楚动人。

许久了,连绵不断的战事禁锢了项羽的情感,几乎没有闲暇欣赏这个终日陪伴自己的女人。而此时,她若仙若幻,若梅若竹,通体散发着淡淡的芬芳。隔着冬衣,他似乎听得见她的心跳。越是这个时候,他越是愿意就这样静静地守着她。项羽很清楚,面对诸侯大军,他的八百骑兵纵然以一当百,也抵不住汉军凛冽的进攻,城破是迟早的事情,可虞姬怎么办?

他伸了伸手,试图从背后搂住虞姬纤细的腰,可那双手很快就收回来了。他张了几次口,临了却觉得语塞,不知该说些什么。他在心底埋怨自己,作为一国之主,不能救国于危难之中;作为夫君,不能给自己的女人带来安定。项羽举起拳头,击打着自己的胸脯。就在这时,虞姬一转身抱住他高大的身躯。

"夫君!"虞姬没有称项羽为"大王","夫君不可以这样,将士们都看着呢!"

项羽叹道:"都是寡人无能,连累爱妃遭此苦难。"

虞姬伸出手捂住项羽的嘴道:"千万不要这样说。妾自荷山就打定主意,与夫君生死相伴。"

"可眼下……"

"眼下又怎样呢?若大王再回江东,必能重整旗鼓。"

项羽咬了咬牙道:"若兵败城破,寡人做了刘贼的刀下之鬼呢?"

"那妾就与夫君一起慷慨赴死。"

项羽将虞姬抱得更紧,似乎生离死别就在眼前。当他紧紧贴着虞姬时,他再也忍不住,好像要把这些年欠下的情债都在这时偿还给爱妻。他俯下身子,在虞姬的脖颈、眼帘和两颊烙下狂吻的印记:"爱妃,我……"

虞姬擦拭着泪水,从项羽怀抱中起身道:"妾为夫君舞一通剑吧!"

项羽哽咽着点了点头,用斗篷裹了裹战袍,立即如临战一样地端然正坐,目光灼灼地看着虞姬的身影伴随着剑舞在他的眼前时而凤翅高展,时而龙首高翘;时而雷霆收震怒,时而江海凝清光;时而彩云追月,时而犀牛望月。这峭拔婀娜的舞姿,他在荷山客栈里看过,在彭城王宫里看过。可唯有今夜的舞姿,如梦如幻,亦真亦幻。项羽扬起脖子,将一大觥酒灌入腹中,与虞姬对舞起来。

就在他们舞得龙腾凤跃之时,虞姬戛然而止了:"大王,你听。"

项羽侧耳听了片刻,脸色立时变了。汉军并没有如虞子期所预料的那样,趁着风雪之夜来攻。从朦胧的夜色中传来此起彼伏的《思乡》歌吟,如怨如慕,如泣如诉——

  九月深秋兮四野飞霜,天高水涸兮寒雁悲伤。
  十月冬至兮草木黄,苦我持戟兮战他乡。

父母不见兮雪鬓霜,娇妻何堪兮倚门望。
　　长夜深沉兮白雪茫,铁衣覆冰兮守高岗。
　　枕戈待死兮何悲伤,魂魄寥寥兮断肝肠。
　　何如归乡兮种黍粱,劝君当悟兮莫彷徨。
　　我歌岂诞兮天遣告汝,劝君醒悟兮莫迷茫。
　　……

　　这歌声先从北边响起,紧接着城东、城北、城西接踵而来。先是在排箫的伴奏下极尽倾诉离乡时的眷恋,继之是思乡的缠绵悱恻,再下来就是归乡的急切。循环往复,此起彼伏。
　　项羽先还能耐着性子听,可当四面都响起凄婉、哀伤、催人泪下、乱人心绪的歌声时,他的肩膀禁不住战抖不已,他试图抓住虞姬的胳膊,却是无论如何也抓不住,直到虞姬上前扶住他的肩膀问道:"夫君,你这是怎么了?"
　　项羽的牙齿咯咯打战道:"爱妃,这四面都是楚地之音,难道大楚尽归汉军了么?"
　　"我大楚土地辽阔,岂是一朝一夕可以尽取的?"虞姬试图释解项羽的重压。可当项羽说到四面楚歌时,她也迷茫了。
　　"此天亡我大楚乎?"项羽推开虞姬,眼里就布满了血丝。面对四面楚歌,他不仅有着不尽的追悔,更有着从未有过的恐惧。也许不用多久,那跟随自己叱咤风云的乌骓马就会喋血垓下;也许就在此地,相伴朝夕的虞姬就会香消玉殒;也许就在今夜,他也将追随着叔父的灵魂而去。他有许多的不甘,不甘于就这样死于刘邦刀下,更不甘就这样王冠落地,可现在……这又如何能放得下呢?想到这一切,他饮干觥中酒酿,沉吟唱道——

　　力拔山兮气盖世。
　　时不利兮骓不逝。
　　骓不逝兮可奈何!
　　虞兮虞兮奈若何?

　　但是他的吼声,远远抵不住从四面传来的楚歌。这还不是最可怕的,可怕的是这歌中夹带着楚军的哭声,仿佛一把把利剑刺向项羽。
　　"大王……大王……"在四面楚歌声中,虞姬拥着项羽泪如雨下,凄然唱道——

　　　　汉兵已略地，
　　　　四方楚歌声。
　　　　大王意气尽，
　　　　贱妾何聊生！

　　虞姬唱罢，擦干眼泪冷静地看着项羽道："大楚既为汉军所据，垓下弹丸之地岂能苟延？不久贼军即会攻入，与其被擒，毋宁就死。"说完，她从腰间拔出雌雄鸳鸯剑，朝脖颈抹去。

　　"爱妃不可！"项羽急切地向虞姬扑来。

　　只听"噗"的一声，一股热血喷到空中，项羽的眼前立时一片殷红。从远处传来深冬的雷声，夹带着闪电，送进楚歌的凄哀。

　　"爱妃！"项羽抱着虞姬，一任她身上淌下的热血湿透了战袍。

　　"夫君，妾先走了。"虞姬挣扎着说了一句，头软耷耷地偏向一边，留在嘴角的，是笑与哭交织的复杂表情。

　　"爱妃！"项羽看窗外的大雪，每一片都是红色的，惊得让他毛骨悚然，"爱妃啊！你为什么要这样，寡人正要带你突围啊！爱妃……"

　　虞子期是被项羽的哭声唤进大帐的，当他看到虞姬满身血迹地躺在项羽怀抱时，一切都明白了，怒目直视道："是你杀了他？"

　　项羽没有回答，他俯下身子在虞姬额头落下了一个吻，然后抬起头讷讷自语道："她是不愿意拖累寡人啊！"

　　项羽抱起虞姬朝帐外走去，不断呼唤着魂兮归来。她死得何其壮烈，有隆隆的冬雷为她壮行，灼灼的闪电为她照路，有八百楚国轻骑为她送行……

　　不是么，楚歌勾起楚军不尽的乡情，竟然和着城外的歌声，洒泪唱起了《思乡》曲——

　　　　枕戈待死兮何悲伤，魂魄寥寥兮断肝肠。
　　　　何如归乡兮种黍粱，劝君当悟兮莫彷徨。
　　　　我歌岂诞兮天遣告汝，劝君醒悟兮莫迷茫。

　　项羽抱着虞姬渐渐冰冷的身躯，来到垓下城北门的水门。虞子期已赶到那里，上前问道："大王欲将虞姬带到何处？"

　　项羽沙哑着嗓子回道："凿开河冰，寡人要送爱妃回楚国去。"

虞子期不敢怠慢,忙传来坚守水门的士卒,要他们凿开冰层,清凌凌的水冒着热气。项羽走到岸边,轻轻将虞姬的身体放进水中:"爱妃,你回楚地去吧。"

虞姬的身体跟着河水的流向渐渐隐没在冰层下面,项羽忍将不住,最后一次抚摸了那双走过战尘的战靴……

这一切让虞子期心碎,他掩面而泣道:"大王节哀,让妹妹安心走吧。"

天气奇冷,不一刻,那凿开的地方又结上了薄薄的冰层。

项羽转身朝回走,就听见士卒们的哀歌,一时悲愤、盛怒气涌而上,他从腰间拔出宝剑,大吼一声:"有歌《思乡》者,斩无赦。"他忽然发现,这半日怎么不见了钟离昧,忙问虞子期,"钟离将军呢?"

虞子期口张了张,没有说话。

项羽见状就急了,厉声问道:"钟离将军呢?"

"他率麾下四百人走了。"

"何时走的?"

"就在王妃自刎之际。"

"他还是走了,当初寡人对他生疑时,他没有走;固陵之战后,寡人遭遇危机时,他没有走。在这个时候他却走了,这才是釜底抽薪啊!"项羽回看了虞子期一眼又问,"他没有留下什么话给寡人么?"

虞子期回道:"微臣挽留他,他说,与其坐以待毙,毋宁自寻生路。若有机缘,将来一定与大王相会。"

"都走了,寡人真成了孤家寡人了。"项羽言罢,从胸腔深处发出一阵冷笑。这冷笑虞子期听起来十分恐怖,不由得打了个寒战。

"集结队伍,寡人要说话。"

虞子期道一声"遵命",转身离去。不一会儿,剩余的将士在项羽的大帐前集合。他的贴身中郎,牵来了乌骓马。

项羽看着心爱的战马,心中一阵绞痛。他上前紧了紧马嚼和笼头,然后翻身上马,挥动手中长戟高声道:"现在正逢子时,寡人决计突围。寡人冲杀在前,尔等紧随其后,狭路相逢勇者胜。尔等要回到楚国去与家人团圆,就只有随寡人奋勇杀敌,明白吗?"

"明白!"从军伍中传出参差不齐的回答。

项羽很不满意,再度厉声问道:"明白吗?"

士卒们这才齐声回答:"明白!"

"由你断后,切不可恋战。"项羽又交代了一番虞子期,拨转马头向城外冲去。

……

晚间,灌婴与樊哙、周勃喝了一顿热酒,一回到帐中就和衣而卧了。半夜起来,他口渴难耐,要侍卫弄些水来。未料值守的从事中郎却应声进来道:"将军请听。"

"怎么了?"灌婴一边问,一边来到帐外,果然有马蹄声自远及近地传来。他第一个反应就是项羽要趁夜突围,二话没说就从剑架上抽出宝剑,令道:"传令各位校尉率麾下人马到营门外集结,我要追击楚军。"

留下来的四百士卒中尚有一半是健妇营的女兵。在生与死的抉择面前,她们比任何时候都清楚,此时此刻,畏缩等来的只有死亡,冒死朝前冲,也许还有一线生机。

他们首先迎来的是周勃的拦截,在刘项联军的岁月,项羽目睹过他的骁勇善战,而且固陵之战后,他也是与樊哙追击楚军最激烈的。仇人相见,分外眼红。项羽把所有的愤怒都集中在周勃身上,手中的长戟风轮般地扫了过去,带起的风夹着雪扑到汉军脸上,生辣辣地疼。紧接着,周勃觉得双臂发麻,忙挥动大刀迎战。

这两人一个试图阻止敌军逃窜,一个急于冲破重围。与其说是力战,毋宁说是心力的对峙。项羽豹眼圆睁,牙齿发出"咯咯"的声响,几乎招招都在要命处。周勃虽然感到力量上稍怯,却是见招拆招,倒也缠得项羽脱不了身。

再看看项羽的士卒,被数倍于自己的汉军围住,在垓下城外、洨水岸边展开厮杀。每个楚军都记着项羽的话,杀出去才能有活路,个个做了必死的决心。尤其是跟着虞姬南征北战的健妇营女卒,将满腔的仇恨凝结在枪尖刀刃。紧跟在项羽后面的女屯长使一杆银枪,看见汉军就刺,只听见"噗噗"的倒地声,冲上来的汉军就像割倒的青草,唰啦啦倒下一片。至于楚军的男卒,更是每前进一步,都会有不少人倒下。

周勃渐渐有些气力不支,自知项羽乃死中求生,恋战下去只能给属下带来更大伤亡,所以他开始边战边退。

项羽见汉军向后退去,忙招呼身后的士卒,呼啦啦地朝前奔去了。他不知道,在南行的路上,夏侯婴所部正在等着他。到了凌晨卯时,项羽终于冲出十多里地,清点人数,只剩下百骑。

且说灌婴出了营寨,率领部下一路追来,在追出四里地时,与断后的虞子期遭遇。

虞子期不由吃了一惊,心想真是冤家路窄。前不久,就是这位灌婴攻打城父,擒了项伯与淮英。他已经领教了灌婴的厉害,但他更清楚,断后的重任,自己没有别的选择,只有拖住敌军,才能为项羽突围争取时间。

虞子期抬头远望,灌婴身后的汉军黑压压一片,少说也有三五千。而自己身后最多也就是百十名军士,当意识到结局难逃的时候,心里反而坦然了。如果说在此以前,他还有虞姬这丝牵挂,那昨日的水葬,让他断了最后一丝系念。他可以一门心思去完成人生最后的使命了。

"你们怕了么?"虞子期回看身后的军士,没有人回答,他干脆自问自答,"我知道大兵压境,岂有不怕之理?可汉军不会因你们害怕就停止厮杀。如今我军乃为图存而战,是汉军不义。即便玉碎,楚国也不会忘记你们。"

一位已失去麾下只剩一人的右领应声道:"吾等既然跟定大王,就决计与敌血战到底,绝无降汉之理。"

虞子期将麾下人马列为横阵,他出列横刀立马,看见灌婴出现在对面,便高声吼道:"大楚不曾食言毁约,你们为何苦苦相逼?"

灌婴勒住马缰,上前答道:"两国交战,各为其主。休得多言,早早下马投降,可保将军安然无恙。"

虞子期怒道:"我堂堂楚将,宁可碎首糜躯,岂有降汉之理?"

灌婴挥动大刀,对身后的校尉喊道:"何人与我拿下这狂徒,赏百金。"

话音刚落,就听见阵中有人答道:"看末将拿了这贼首级。"一位银甲校尉冲出军阵,直奔虞子期而来。虞子期横着大刀,勒住马头闪过,那校尉扑了一个空,准备调转马头时,虞子期一刀下去,将校尉拦腰斩于马下。

这迅疾如风的一招,让灌婴大吃一惊。城父之战中,他与虞子期在府门前遭遇时,几乎没有几个回合,虞子期就率军朝东门而去,他只管擒拿淮英和项伯,今日才觉出虞子期并非庸将。

灌婴大吼一声,直接冲向敌阵。虞子期知道灌婴的骁勇,自是不敢轻敌,不过他心中有数,他不图取胜,只图能够拖住灌婴,好给项羽赢得时间。他定了定神,迎上前去。两人刀来刀去,战了数十回合。虞子期在心底惊呼灌婴刀法多变,有几次直逼命门,都被他迅疾化解。大约半个时辰后,他就感到力不从心了,而灌婴却是方寸不乱,从容不迫。

虞子期咬咬牙,在心里提醒自己:"千万不可就此倒下,多一分牵制,大王就多一分撤离的机会。"

两人战过一个时辰后,灌婴便看出虞子期的用意了。眼看黎明将至,他心生一计,拨转马头朝后退去。虞子期见状,也不追赶,忙清数麾下兵马,发现经过半夜厮杀,跟随在身边的不足五十骑。

虞子期吸了一口冷气,要仅剩的五十骑迅速拿出"糇粮"充饥,然后追赶项羽的队伍。就在他刚刚放出探哨的那一刻,汉军如潮水般地从两侧杀过来了。虞子期情知中计,惊慌中喊了一声"上马",自己先登上坐骑,挥动大刀迎敌。

汉军很快将虞子期的队伍分割包围,不大一会儿,五十名轻骑有的被乱刀砍死,有的被战马踩死,有的干脆下马投降。灌婴一把大刀拦住虞子期道:"将军麾下已无人马,还是下马投降吧!"

虞子期也不搭话,一连砍倒数名汉军后,将手中的大刀向灌婴投去。灌婴头一偏,大刀落了地,虞子期自知孤命难逃一劫,正要从腰间拔出宝剑自刎,却被灌婴一刀砍掉了右臂,随之翻身落马。

"哼!灌婴汉贼,我知你意在擒我大王,故而有意在此拖延。现在大王已经远去,你图谋败矣!"虞子期忍痛言罢,挣扎起身朝一位汉军军士冲去。那汉军军士大惊失色,本能地执刀拦截。虞子期趁势一冲,抱住汉军军士,那刀便从前胸插进,从后胸出来。虞子期口中喷出一股热血,随之倒地气绝。

这一切都发生在一瞬间。灌婴翻身下马,来到虞子期面前,只见他眼睛圆睁,似乎有许多话要说,但带血的嘴角却含着笑意。灌婴心中生出惋惜,为他的忠诚和气概,便交代道:"此人乃忠臣良将,就近找一口上好棺木,依礼下葬……"

带着耳际楚歌的余音,带着思乡的泪水,钟离昧率领四百多轻骑,于夜色中悄悄渡过洨水,踏上了北去的征程。到处都是汉军,他不知道离开项羽后去往何处。

所谓百密一疏,精明的韩信没有想到,钟离昧的四百人一色的白袍,连战马也披上了白色的伪装,从樊哙和周勃两部之间的空隙钻了出去。

此刻站在洨水北岸,回看重兵包围下的垓下,钟离昧洒下两行浊泪。若非四面楚歌,他也许还存有一线希望。但那歌声动摇了他的信念,他终于强烈地感觉到,楚国完了。

钟离昧转过身来,举目远眺,凤凰山在西边西伸东敛,跃跃欲飞。现时,山头上白云厚积,山上白雪皑皑,凤鸟正处在冬眠之中,看上去很宁静,似乎战火从来就没有与它有过任何的交织。

钟离昧收回目光,问身边的宋右领道:"前路茫茫,我等将往何处去?"

"末将知晓,往西有一去处……"宋右领眯着眼睛朝西望了望,指了指西边的凤凰山道,"将军请看,远处的山峰叫凤凰山,距这里不过一日路程。走过几座村落，有一道高坂，恰似一座屏障。过了高坂，就是一条山涧，涧深二丈余，路窄仅可容人，往来行人，若不留意，随时都有坠涧危险。从南涧北行约半里路，就是北涧。越北涧登二百步就是一洞，名金马洞。若是我军暂时隐没此处，料韩信一时难以觉察，等风声过后再做打算。"

钟离昧看了看宋右领问道："足下怎知此山有此隐秘之处？"

宋右领皱着眉沉思了一会儿，抬起头回道："这话说起来就长了。当年秦人攻破郢都后，叔父宋义作为楚国令尹，被秦朝通缉，四处逃窜。一天，当我们贫病交加地来到谷阳县时，与泗水郡郡尉率领的秦军遭遇。叔父带着仅仅只有五岁的我闯入凤凰山，靠着采野果度过了最艰难的日子。后来，我们两人就在这里隐居下来，刀耕火种，稼穑度日。直到有一天叔父到谷阳县卖自编的草鞋，才知道时势大变，项梁在会稽起兵反秦，叔父连夜赶回凤凰山，拉上我投了项公。两位楚国的重臣风雨中相逢，那真是百感交集。项公任叔父为上将军，讨秦伐罪，孰料……"

下面的话宋右领没有说，但钟离昧已经明白下面的意思。也正是这个因素，使得他在昨夜四面楚歌时，力主钟离昧离开项羽，另谋他途。

他的建议当时就遭到了屈右领的强烈反对。

"当年秦军攻破郢都时，吾祖屈原当时就在秦楚交界处行吟，他只要一伸脚，过了江，就可以到达秦国，想必秦王一定不会慢待于他，可他决然投江殉国。我乃楚人之后，岂能在项王为难之际叛离而去？"屈右领慷慨陈词，随口就吟起了屈原的《橘颂》——

    后皇嘉树，橘徕服兮。
    受命不迁，生南国兮。
    深固难徙，更一志兮。
    ……

屈右领吟着吟着，就禁不住浊泪长流道："楚国啊！你为何成了今日之势？吾祖若有灵，就请救救楚国吧？"

屈右领的话，宋右领就不以为然，怒目相视道："请问屈右领，楚有今日，是谁之罪？若非大王一意孤行，怎会有今日之败局？若非大王忠而见疑，信而遭谤，钟离将军又如何受了那么多的委屈，今日吾等若再犹豫，将死无葬身之地。"

钟离昧听着两人的争论，十分心痛，叹息道："龙右领为国殒身，我身边只有两位右领了。汉未灭我而我自灭，不亦悲乎？大王待我不薄，至于生疑，乃因陈平小儿离间。此事大王已向我言明，二位今后休要再提？"见两人心境渐渐平伏下来，钟离眜进一步表明自己的心迹，"我之所以选择离开，并非要叛楚降汉，实在是因为眼下兵微将寡，难敌汉军。滞于垓下，非但于事无补，必然成为刘邦刀下之鬼。若我军分一部分出去，也许可以牵制汉军，为大王突围创造良机。"

"钟离将军深明大义，末将愿随将军。"宋右领嘴上这样说，心里却暗暗讥笑钟离眜的愚忠，他日果真能与大王见面，岂能容一叛将在身边么？可现在他不便再说什么，只要钟离眜此时能够离开，降汉之事再做打算。

屈右领觉得钟离将军所言不无道理，遂不再强辩："经将军这样一说，属下明白了几分，就请将军下令吧！"

凌晨丑时，钟离眜率领四百轻骑，冒着大雪向凤凰山悄悄进发了。

风息了，雪却越下越大。虽说到达凤凰山南麓只有一天的行程，可在这样的天气里行军，每走一步都显得十分艰难。第二天巳时，军伍来到山下，远远瞧见，在漫天皆白、天地一体的视野中，竟有一处清幽的泉水，仿佛大地上镶嵌的一面铜镜，清澈而幽静。让钟离眜感到新奇的是，在寒冬腊月，这泉水竟没有结冰，反而从地下喷出一朵朵的浪花。

军伍又冷又饿，忽然发现这一处水域，忧郁的心境瞬间闪开一道亮光。钟离眜对走在身边的宋右领道："前去看看！"

"此水名曰凤凰泉。据说九天王母有一日晨起对镜梳妆，正惬意间，不意从云彩间飞来一鸟，扑棱棱地在她面前翩翩起舞。翅膀挥动间，打掉了王母案头的铜镜，掉到人间，就成了这一汪清泉。这泉水周年静影沉璧，涌流不断，既不增多，也不减少。即便冬日，也随时可以舀来解渴。"宋右领一边前行一边解释道。

钟离眜闻言大喜，对宋右领道："命军士在此歇息片刻，天黑前一定要进山。"

众军士又饥又饿，听说有水喝，纷纷扔下马匹，朝泉边奔去。掬起泉水入口，果然温而不寒，喝入腹中，尚有暖意。从事中郎用头盔舀了泉水来到钟离眜身边道："请将军饮水用餐。"

钟离眜从绢袋中捏出一把"糇粮"，和着泉水吞入腹中，又吩咐从事中郎道："清点军伍，看有无落伍者。"

"诺。"从事中郎转身离去，不一会儿就回来了，口张了张，却没有说话。

钟离眜情知形势不容乐观，直截了当地问道："还有多少人？"

"大约二百。"

钟离眛吸了一口凉气,沉默了。一场行军,竟失去一半士卒,这是带的什么兵?曾有人说,楚虽三户,亡秦必楚。可看看今日,复楚还有望么?但这些话,他只能藏进腹中。他明白眼下自己任何一点懊丧,都会导致这支队伍散去。良久,他抬起布满血丝的眼睛道:"召集众将士,我有话要说。"

因为人不多,大家很快就聚集到钟离眛周围,期待地看着主将。

钟离眛的目光掠过大家的额头,声音沉闷而有力:"不瞒大家说,从垓下出走时尚有四百轻骑,几个时辰之后,只剩下二百余人。有冻饿而死中途者,亦有不愿跟随的。我现在就问大家一句,是愿走还是愿留。愿走者,我概不问罪;愿留者,我要告诉诸位,此去凤凰山穴居隐没。只要有出头之日,我定给诸位高爵厚禄。"

宋右领也不失时机地接着钟离眛的话道:"我也要告诉诸位,眼下四围皆是汉军,即便回去也难逃汉军杀戮。孰轻孰重,不难权衡。"

屈右领很赞同宋右领的话,只是他更强调气节:"当年伯夷叔齐不食周粟,况乎吾等七尺男儿,岂能屈膝投敌?跟着钟离将军,可图未来复国……"

经他们三位一说,轻骑们想想也是这个道理。于是纷纷表示不散队伍,不归故里,愿意跟随钟离眛隐入凤凰山待机。

钟离眛心头顿时轻松了许多。是的,今日能留二百人,将来就是二百位将军。他的胳臂在空中挥舞,带起了一阵风:"屈右领率百名轻骑为先锋,宋右领率百骑断后,兵发凤凰山。"

第十三章

气凛凛英雄饮剑
意尊尊礼仪退兵

　　天渐渐放亮，晨曦中，项羽终于渡过淮河，暂时摆脱了汉军的追击。
　　虞子期以壮烈的牺牲为项羽赢得了时间，当最后一名轻骑在淮水南岸登陆时，项羽回眸冰天雪地的淮河北岸，不见任何事物的踪影。他知道，虞子期再也不会追来了。
　　项羽清点了一下人数，不过区区百骑，心中充满了无以言表的悲怆。短短几年间，他的数十万大军荡然无存；短短二十多天，他的十万大军就土崩瓦解。他不知道，身边这百名轻骑到底能跟自己多久。淮河已结冰，汉军很快就会追上来，他连凭吊逝者的时间都没有。他的目光转而向南，淮南亦是白茫茫一片，分不清哪是田野，哪是道路。
　　平原袤袤，天地苍苍，项羽眯着眼问贴身中郎怎么走。
　　中郎茫然地摇了摇头，没有回答。待他的目光移向远方时，眼睛忽然亮了,不无欣喜地指着远处道:"大王您看,那边有人过来了。"

项羽顺着中郎的手指望去,晨光中,一个黑点正向这边移动。他就像黑夜里的烛火,又像是雨天忽然跃出云层的太阳,给这群疲于奔命的流亡者以希望。项羽立即将满脑子的心事驱除出去,望着黑影一步一步地向自己走近。

终于,他看清楚了。来者是一位田夫,身后牵着一头牛,边走边哼唱着乡间的歌谣——

    人世从来不太平,
    杀尽不平方太平。
    若要太平迎汉王,
    汉王来了有太平。

他唱得很投入,没有发现前面有一群军伍之人在等着他。中郎听着歌颂汉王的歌谣,心中十分不快,对项羽道:"这老儿定是活得不耐烦了,竟为刘邦贼子张目,待属下去杀了他。"

项羽摆了摆手:"此处不可迁延,待他指过路之后再说。"

田夫终于发现了对面的队伍,稍稍打量之后,他就断定这是一支逃亡的楚军。半年前,就是这样装束的一群人冲进他居住的村庄,杀了他的儿子,抢了他的粮食。若非他当时藏进柴草堆里,早已没命了。真是冤家路窄,不料在这腊月的早晨却遭遇了。

田夫本欲转身朝回走,未料站在黑脸将军身边的年轻人上前问话了:"敢问前方是何处?"

"军爷是在问小老儿么?"田夫谨慎地回应,见项羽的中郎点了点头,便接着道,"往西南去,乃是阴陵。"

"相距此地多少路程?"

"不足百里。"

中郎眉头一展,又问走哪条路近。田夫思忖片刻,用手指着一边回道:"左道近。"

"果真?"

"小老儿怎敢欺骗军爷。"田夫看了一眼中郎,就要转身朝右而去。

就在这时,中郎拔出腰间的短刀,朝着田夫后心刺去。田夫完全没有想到,指了路径,却招来横祸,艰难地回过头说了一个"你"字,就倒地身亡了。

中郎在田夫身上擦了擦腰刀上的血迹，回身来到项羽面前道："请大王拨马上左道。"

项羽见状，叹了一口气道："你为何杀了他？"

中郎在马上作揖回道："若不杀他，岂知他不会告知汉军我军去向。"

项羽不再责备，中郎向身后招了招手，百名轻骑呼啦啦地跟着项羽上了左道。

雪住了，太阳懒洋洋地从云层里透出苍白的脸，用久违的目光看着地上这群盔甲不整的军伍蹒跚移动。尽管有了田夫的指路，可项羽还是让一位屯长带着四名轻骑在前面探路。不一会儿，屯长回来禀报，说农夫所言不假，左道果然好走。项羽这才命百骑放心上路。

大约走出半里路程后，走在最前面的屯长就觉得身下的战马在下沉，紧接着，自己的半个身子也陷了下去。那淤泥仿佛有不可估量的引力，他越是向上拔就越陷得深，及至战马最后嘶鸣后，永远埋进了淤泥里。屯长觉得胸口憋闷，呼吸越来越困难。他终于意识到已无生还希望，拼尽最后一息力气喊道："大王，我军陷入泽中。"

泥水淹没屯长，水面上起了一阵漩涡，这一切就发生在项羽面前。他眼睁睁地看着自己的属下一个个做了冤魂，大骂田夫诓骗了自己。

就在这时，站在沼泽边缘的乌骓马腾空而起，向右边跃去，仿佛一条腾空的巨龙。跟在项羽身后的二十八名轻骑看着乌骓马的样子，奋力逃离沼泽边缘。

项羽又一次感受到乌骓马真乃灵性之马。顾不得它一身的泥水，深情地依偎在它的脸颊。二十八名泥水、雪水模糊的轻骑簇拥在项羽身旁，每个人都庆幸自己躲过了一劫，而七十多名同伴却永远埋在了沼泽之中。

现实依然是残酷的，他们还来不及凭吊牺牲的士卒，在天地连接处，汉军的大队骑兵就如潮水般地追过来了。来者不是别人，正是夏侯婴的两名将军李必和骆甲率领的五千骑兵。

按照韩信的部署，他们今天的目的只有一个，就是要给项羽最后一击。

项羽圆睁豹眼，朝蹄潮来的方向张望。乌骓马更加敏锐地觉察到临战的气氛，它的头颅高扬，向着远方长啸，四只硕大的马蹄磕在雪地上，荡起阵阵雪尘。

近了！项羽看得见敌军的旌旗猎猎！

近了！项羽看见了那浩浩荡荡的轻骑队伍。

乌骓马在原地转了两圈，项羽拖着长戟，勒紧马嚼，怒吼一声"撤往东城"，拨马向东飞驰而去。其实项羽明白，撤往东城乃不得已之举。因为与英布的龃龉，龙且曾血洗过九江诸县。因此，他没有在东城停留的打算，目的就是为了摆脱汉军。

事情的发展不出项羽所料，东城早已在楚汉大战中重归英布。

项羽仰头看城，就听见东城守将在城头上喊道："来者可是西楚霸王项羽？"

自诛杀宋义并任上将军以来，从来没有一人直呼他的名字。现在一个小小的东城守将竟然以讽刺的口气直呼名讳，真是此一时彼一时啊。项羽正要回骂，城头上的声音又传过来了："项羽，当初龙且进攻九江时，烧杀抢掠，血流成河。你若不死，天理难容。"

这骂声如同滚雷一样掠过项羽的心头，方才盛怒之际欲箭射城头将军的意念顿时跌落心尘，他长叹一声，对中郎道："不与这厮纠缠，继续东撤。"随即离开护城河，匆匆而去。

从城头上传来守城将士的笑声，接着就是讽刺的歌谣——

项羽小儿，百恶之首。
霸业未成，人心尽失。
惶惶流落，窘迫穷途。
跌落平阳，分食于狗。
……

项羽连回骂的机会都没有了，因为汉军已紧咬不放，马蹄声让跟随项羽的二十八名军士心惊肉跳，似乎时刻都有死于混战之中的危险。

项羽走在队伍前面，军伍跟着他一直跑了六十里，才到了一个地处半山坡的村落前。村子因连绵的战事已经荒芜了，隔着数十丈远，可以看见一片枯黄的蒿草。

"这是何处？"

中郎催马上前，看了看矗立在路边的界石，禀报说这村名叫下马铺。

"遣人进去看看！"

中郎带了三五轻骑在村中转了一圈，回来禀报，说村里已无多少百姓，只有几位老弱病残的耄耋之人。

项羽挥了挥手道："进村休息一下，将哨位布置在蒿草丛中。一有风吹草动，立即启程。"

项羽一行刚刚在村中间坐定,嚼着麦饼,探哨就来禀报,说汉军已将下马铺包围。

"最近者多少?"

"最近者约一里。"

"呵呵!"项羽喝了一口热水,笑了。

中郎见状问道:"大敌当前,大王为何发笑?"

"我笑夏侯婴欲仿效韩信,围而不打,想乱我军心。诸位且借这个机会歇息用餐,待天黑后冲出重围。"

中郎小心翼翼劝道:"此地乃昔日九江国旧地,民风刁悍。大王还是早些撤走为好。"

项羽抑郁地问道:"汉军大兵重围,你觉得我军可以突出重围么?"

中郎猜不透项羽要表达什么,生怕一句话说错,招来杀身之祸,忙道:"我大楚经天纬地,德配长久,岂能覆亡?"

"你不信天意?"项羽说着站起来,望着帐外阴沉沉的天又道,"你不信,但寡人信。我从起兵至今已经八年,大小七十余战,未尝败北,遂称霸天下。今困于此,非我不会打仗,而是天要亡我!"

中郎闻言,并不辩解。他是在韩信离开后才来到项羽身边的,朝夕跟随,他十分清楚项羽的性格。他从来不承认自己的过错,又怎么可能希图他对败北的原因作出反思呢?他也曾想过要离开项羽,可祖父当年遗训,忠臣不事二主,他下不了在大王最困难时离开的决心。

项羽在沉默良久后又说话了:"既然天要亡楚,寡人就要痛快一战,为诸君击溃包围,斩将折旗,以见证非是我不善战也。"

中郎十分吃惊,在如此情势下,项羽依旧英雄气概不减,战锋甚锐,让他生出瞬间的感动。

"大王!"

他欲上前拦住,却被项羽那一双冰一样的眼睛吓退了:"不用片刻,寡人就能取汉将首级。"

项羽当即将随行二十八人分为四批,向四个方向冲击。他擎起手中的长戟,沙哑着嗓子手指着东方道:"看见了吗?由下马铺往东有一座山峰。你等突出重围后,在山东会合。"

年轻的骑随们抬眼望去,战尘被肩的项羽一脸杀气,似乎不是突围,而是迎接一场即将到来的胜利。轻骑们被深深地感染了,似乎恐惧和寂寞一下子都无影无踪,泛起在他们心头的只有一个信念:"杀尽汉军。"

"出发！"项羽用双脚一夹乌骓马，"嗖"的一声窜出蒿草，腾龙般地冲进了汉军军阵。仿佛一阵飓风，倏地就掠过汉军将士头顶；仿佛一只猛虎，每一声长啸都会带出一阵狂飙；仿佛一阵惊雷，每一声怒吼之后都是暴雨如注。寒光闪处，人头落地；长戟所指，血肉横飞。半个时辰后，项羽就杀出一片空地。他策动乌骓马，在尸横遍野的空间飞驰一圈，仰天大笑道："不怕死的上来。"

汉军将士们惊呆了，远远地吆喝，但没有一人敢出战。

可年轻的骑士们退回来了，他们奋力拼杀，却不敌蜂拥而上的汉军。他们望着站在空间中心的项羽，只是喘着粗气，一句话也说不出来。

项羽厉声问道："你等惧怕了么？"

没有人回答。

"看寡人取一汉将人头来。"项羽冷眼望着跃跃欲试，却没有人出头的汉军，催动乌骓马纵身一跃。几乎就在汉军眨眼之间，他已冲进阵中，一只长戟风驰电掣，但见寒光闪过，一名汉军校尉的头颅就被挑在了长戟顶尖。

那速度之快，让站在高处的夏侯婴大惊道："谁可敌得项羽？"

"末将愿取项羽首级。"话音刚落，骆甲挺枪出马，直奔项羽而来。

"哼，又来一个送命的！"项羽咬着牙冷笑，大吼一声，"你是要来献人头么？"

项羽横戟立马，瞪着骆甲，一只手将马缰抖得直响。骆甲见状，心一个劲地收缩。当年在巨鹿跟随王离与诸侯大战时，只听说项羽骁勇非常，却不曾直接对阵。今日一见，便先自怯阵了，拨转马头朝后退去。

夏侯婴见状，忙令鸣金收兵。

刚刚安定营寨，骆甲就来请罪了，一脸惭愧地说道："末将无能，请太仆治罪。"

"此事不怪将军，战场情势我看得很清楚。项羽勇猛，殊难取胜，还需从长计议。"夏侯婴摆了摆手……

四支队伍在山东会合，项羽清点人数，又少了三骑。简单地吃了些干粮之后，一行不敢有丝毫的松弛与懈怠。

"方才一番厮杀，只是惊退敌军，并未冲出重围。寡人料定夏侯老儿定会重新布军，阻拦我军南下。"项羽咽了一口"糇粮"，转身对中郎道，"二十五骑分为三拨，向三面突围，明白吗？"

"明白！"中郎点点头，三支队伍迅速向三个方向冲去。

果然，夏侯婴也命李必和骆甲将属下分成三拨，对楚军分割包围，并交代道："敌以三向迷惑于我，未知项羽在何处。你等可命军士，无论何方遭遇项羽，都以举旗为号，我当派军协力围歼。"

"遵命！"李必和骆甲拱拱手，率领人马匆匆而去。

雪虽然停了，可天空阴沉沉的。李必提醒麾下一旦发现项羽踪迹，立即禀报。果然，队伍在奔驰到东山脚下二里地时，就瞧见项羽率队冲杀过来了。李必刚刚喊了一声"擒住项羽"，就看见两名校尉跃马冲上前去。年轻的校尉立功心切，很快就越过年长的校尉，挥动板斧砍将下去。项羽并不慌神，挥动长戟奋力一拨，校尉的板斧跌落在地。项羽上前，用长戟将之挑向空中，跌落在山前的树上气绝而亡。年长的校尉大惊，不敢再战，拨马回到阵中。

项羽乘机冲进汉军阵中，如入无人之境。没一个时辰，已有近百人葬身戟下。这下轮到李必吃惊了，经历这么多战阵，还没有见到如项羽这样一马击众，无所畏惧的。李必杀上前去，大战十数回合，自知不敌，忙跳出圈外。他记着夏侯婴"项羽骁勇，非一人可敌，我军围歼，意在耗敌力量，故不可恋战"的叮嘱，料定项羽不会追击。

项羽见李必退去，也不追赶，转身向东与其余两队轻骑会合。中郎清点了跟随项王这一队，只少了两骑。

项羽环视一下周围的骑士道："寡人说此天亡我大楚，非我不能战，如何？"

"诚如大王所言。"中郎满怀感佩，但他明白这样下去并不能给楚军带来任何转机，只能在连续作战中将这支队伍消耗殆尽。能给楚国希望的就是回到江东去，也许有一天尚可与汉军一搏。因此，当项羽向他征询去向时，他毫不犹豫地谏言道："臣以为大王应该渡过乌江，回江东去。"

"东去不是乌江亭渡口么？"项羽抬头向东望了望。

"大王英明！"

项羽没有说话，从胸中吐出一股冷气，这究竟是巧合还是天意。当年他跟随叔父从乌江浦渡江西击嬴秦，是何等的雄姿英发。江水浩渺，一望无际，楚军旌旗漫卷，气势磅礴。如今一晃八年过去，他不再年少。而那情景现在想起来，依旧历历在目……世事沧桑，今非昔比。他的眼睛渐渐潮湿，眼圈有些发红。他生怕自己此时犹豫动摇了随骑的军心，决然地挥手道："兵发乌江亭。"

随骑们听说大王要过江，眉宇间的愁绪很快散去。他们早已厌倦了这种没有希望的战事。他们中有不少人的父母就在江东，回到江东，回到家人身边去，成为他们跟随项羽的唯一精神支撑。

冲破汉军追击,第二天巳时,项羽率领残部到了历阳县乌江亭。隔着老远,就能听见江水的涛声,隐隐约约可望江上晨雾缭绕。这一切,都唤起项羽对故乡的怀念,让他心潮难平。只是他担心,亭虽旧亭,然人事翻新,谁知道亭长会不会已经降汉,若如此,那今天乌江亭就该是葬身之地了。

隐藏在性格深处的虚荣和自尊这时又悄悄爬上心头,那句"彼可取而代也"的誓言此时再度回到胸臆。他的脚步蹒跚缓慢了,似乎有两个声音在脑海里激烈地辩论:一个说,只有回到江东去,就有希望再渡河重来;一个说,此时回到江东,父老乡亲该如何看你,项氏一族又岂能容一个败军之将?一个说,尺蠖之屈,以求伸也。能忍得了委屈,才能成得了大事;一个说,你忘记了"富贵不归故乡,如衣锦夜行"的铮铮誓言了么?

他只觉得头脑胀闷,万千头绪如一团乱麻,怎么也理不清。就在犹豫不决的时候,中郎引着乌江亭长来见他了。

"你是……"项羽看着站在面前的亭长道。

亭长作了一揖道:"大王忘记了,秦二世元年……"

"啊!"项羽想起来了,他就是当年渡江时为自己撑过船的艄公。几年不见,竟然做到了亭长。

"臣清楚地记得,大王站在船头,身披黑色铁甲,牵一匹乌骓马。一手按着宝剑柄,目光直视前方。船行到江心时,忽然起了大风,卷起几尺高的浪头,眼看着有樯倾楫摧的危险。大王手挥宝剑,面向长空声言,我等替天行道,诛灭暴秦,上苍有知,当护我等过江。怪了,过了片刻,风平浪静。"

"哦,这些你都记得?"项羽回答着,思绪完全被亭长的叙述带回到当年。

"如何能不记得?臣记得大王过了江,手持长戟,敌见之丧胆。大王勇冠三军,楚人翘首相望……"

亭长还要说下去,却被项羽断然拦住:"往昔旧事,不提也罢。"

亭长这才注意到,跟随项羽的轻骑们个个身上溅满了血迹。再看看队伍,总共只剩下十数骑,亭长就什么都明白了。前些日子,逃难渡船的人纷纷传说,刘邦将项羽打得大败。今日一见,果真如此。也许用不了多久,脚下的这片土地就归大汉所有了。作为楚国臣民,他怎么能眼见着楚王在自己眼前成为汉军战俘呢?

亭长的脸色顿时严肃起来,劝道:"大王,江东土地方圆千里,民众几十万人,足以成王霸之业,望大王火速渡江!"

那焦虑的目光让项羽的心悠悠颤动,仿佛看见江东父老扶老携幼在迎接他。那真诚的目光,让项羽的惭愧顿时铺满胸怀。是啊!现在过江,他对父老说些什么呢？项羽沉默了，脚板踩在雪地上发出沉闷的声音。当他重新抬起头，就看见簇拥在周围的轻骑们，经过昨夜的奔波，现在只剩下十几人了。中郎一步上前，急切地劝道："追兵将至，情势危急，请大王快过江。"

亭长几乎是哭着哀求："大王在，楚国就在，请大王快过江。"

项羽忧郁的目光环视了一下周围，问道："你们呢？不准备过江么？"

中郎回道："亭长说船只能容一人一马，我等就在江岸抵挡汉军，确保大王顺利渡江。"

"若是寡人一人过江，毋宁在此与诸位同生共死。"项羽决然地摇了摇头。

"大王！"中郎与亭长一起跪下了，接着轻骑们也跪下了，"请大王过江。"

不远处，汉军骑兵的蹄声在耳，一场厮杀就在面前。项羽决计即便战死，也不过江："你们不必再言，天丧大楚，如之奈何？"

项羽拉起亭长，出口的话竟然十分平静。他让中郎牵过乌骓马，顺手将马缰递给亭长道："当年亭长于此渡寡人与乌骓马过江。八年来，它跟随寡人南征北战，与寡人共患难。寡人不忍它落入汉军之手，且将它赠予亭长，今后好生待它，寡人也就了无牵挂了。"

"大王……"亭长喉头哽咽，说不出话来，"大王放心，有小臣在，马就在。"

乌骓马似乎明白了这一切，仰天长啸，就是不肯走。项羽上前，搂着战马的脖子道："乌骓啊，大难当头，寡人要放你走。他日若是有缘，定当再见。"

汉军的追击声越来越近，战马似乎听懂了项羽的嘱托，跟着亭长一步三回头地朝江边走去。

亭长刚刚将船撑到距西岸不远的水域，汉军的追兵就到了。

项羽手持长戟，高声对十几名轻骑道："今日我等被汉军逼入绝境，非战不能报江东父老，你们怕了么？"

"战亦死，不战亦死，何惧之有？"

"弃马步战！"随着项羽一声令下，轻骑们纷纷松开马缰，拿起兵器，面对越来越近的汉军，摆开决死的阵势。

汉军终于出现在乌江西岸，率部前来的不是别人，而是中尉陈平与少年营两位将军刘肥和樊伉。双方厮杀了一会儿，项羽麾下十几名疲惫不堪的轻骑都死在了刘肥和樊伉的刀下。

项羽在斩杀了数十名汉军之后，腹部、背后多处受伤。当看到中郎不愿被俘而拔剑自刎后，他也随之扔下了手中长戟。尽管如此，他的气概和骁勇仍让刘肥和樊阮十分吃惊。

仇人相见,分外眼红,项羽死死盯着陈平道:"当年都尉弃我而去,是早就料到寡人会有今日吧?"

陈平指着项羽对刘肥说道:"对面就是与汉王有着金兰之交的西楚霸王。"

刘肥这才敢正视项羽,他怎么也想不通,既是义结金兰,为何又妄动刀兵呢?倒是樊阮想起父亲曾向他介绍过项羽,感慨道:"英雄末路,如之奈何?"

陈平挥了挥手中的马鞭道:"我有一言,不知大王可愿听否?"

项羽冷笑道:"时至今日,你还有何话可说?"

"天下苦战久矣,汉王顺天之意,体民之苦,最终一统天下,此乃大势。大王若为天下百姓想,不如降汉,汉王念及当年金兰之好,定会善待大王的。"

项羽听完仰天大笑道:"寡人有今日,乃天不与我,非刘汉善战。我闻汉王诏告天下,能得项羽首级者予千金,邑万户。我今日就成全你等,且拿我的头求赏去吧。"

项羽说完这些,从腰间拔出宝剑,自刎而死。

"从今之后,天下归汉矣!"陈平长叹一声,对刘肥和樊阮道,"请二位将军将项王尸骨、首级妥为殓棺,报与汉王得知。"

……

在陈平等追击项羽到乌江之际,刘邦也把行营移到了历阳。

历阳当江淮水陆之冲,左挟长江,右控昭关。此刻在历阳城中汇聚的,不仅有军师张良,还有奉命南下的齐王韩信,淮南王英布。这些昔日聚集在项羽周围的雄杰,如今都跟在刘邦左右了。

在楚汉战争进入尾声的时候,无论是刘邦还是韩信,抑或是英布,都在想一个十分敏感的问题,这就是西楚灭亡后,天下又会是怎样的格局。每一次宴会时,韩信、英布和彭越都频频举杯,可每个人心中所想,都被掩盖在这觥筹交错之下。

这一点刘邦很清楚,他不会忘记在讨齐战事关键时刻,韩信上书求封假王的事;他更不会忘记,固陵之战中,当项羽一举击败汉军时,韩信和英布竟置他生死于不顾,按兵不动,若非张良谏言裂土于彼,韩信又怎么能南下,英布又怎么会西进呢?他更明白,随着西楚的灭亡,这些人的野心将会更大。当务之急就是如何避免新的战事,给百姓休养生息的机会。八年了,百姓早就盼着过太平日子了。再说农桑不振,大汉又怎么能使天下安定呢?

他在想这些事情，比他想得更早的是张良。

　　腊月二十三一早，张良就来拜见刘邦，言说立春在即，想到城外祭祀一番为天下安定而身亡的郦食其、岳恒等人。刘邦会意，遂命曹窋率数十名侍卫，又传太仆寺主祀的官员跟随，向郊外而来。

　　连日的天晴，天气回暖了许多。展眼望去，土地就像流油一样在太阳下闪着光亮，只留下些许残雪，鳞甲一样铺在大地的边缘。尽管风中还带着料峭的寒意，但透在阳光中的暖气告诉人们，冬天即将过去，春天已经不远。

　　张良以骖乘身份与刘邦坐在一辆车上，当车驾在平原上缓缓行驶的时候，那上冠巨石，状如莲花，连绵起伏的鸡笼山就渐次地进入视线了。在一马平川的江北平原，忽然隆起这样一座山峰，倒显得分外挺拔峻峭了。

　　这里距乌江浦并不远，而由陈平率领的少年营就在那里截击项羽的残部。这也是张良的安排，本来刘邦是将追击项羽的任务交给韩信的，因此才有了灌婴、夏侯婴的分段阻截。就在大军出发的前夜，张良来见刘邦，提出将最后的拦截交于少年营，他强调道："肥公子现在少年营主军，当此之际，该给他一个建功立业的机会。这样，待天下安定封赏之时，臣下也无话可说。"

　　"还是子房思虑周全。"刘邦思忖片刻，旋即又犹豫了，"项羽乃天下枭雄，肥儿他……"

　　张良微笑着建议道："大王可遣陈平相助。凡大事皆决于他，担保万无一失。"

　　"有陈平在，项羽项上人头不保了。"刘邦闻言，眉宇大展。

　　望着冬阳下的鸡笼山，张良的思绪就飞到乌江浦去了，他想此刻刘肥和樊阬当拿下项羽的人头了。他现在考虑的是另外一个问题，便问："大王想过给肥公子一个名分吗？"

　　刘邦转脸来看张良，只见他脸上水波不兴，便知他考虑这个问题已非一时了。长期与子房在一起，他了解他的性格，只要他说话，必是思虑妥当了。刘邦也就不拐弯，直接道："此事寡人在立刘盈为太子时就想到了，只是那时他尚显稚嫩，故而搁浅。"

　　"现在是时候了，自从岳将军过世后，他率领少年营屡有卓功，尤其是在坚守敖仓时甚有定力。否则，荥阳、城皋之战无粮草保障，也不能持久。"

　　"子房所言甚是，只是如何安排，尚未思虑周全。"刘邦点了点头。

　　"依微臣之见，不如就封他为齐王，岂不更好？"

　　刘邦心里一怔，心想子房如此谏言，定然不仅是为了安顿刘肥，定有远虑。正想着，张良的声音又在耳边响起来了："大王一定不会忘了韩信当初求封假王的事吧？臣当时之所以主张封他为齐王,实乃殊非得已。现在天下即将安定,楚地尽归大汉,齐王也该挪挪地方了。毕竟齐地较远,大汉鞭长莫及。"

刘邦的心"嗵"的一声,似乎被什么东西顶了一下。是的,自固陵之战中韩信待价而沽开始,他就开始思虑这件事了,现在张良的话正对了自己的心愿。他刚点了点头,张良就又说话了:"而且齐地富庶,若是肥公子主政,定能丰盈大汉府库。"

张良的聪明之处就在于他始终不提韩信的野心,他相信刘邦已明白了他的意思。

果然,在车驾转弯时,刘邦说话了:"重言乃淮阴人,封为楚王名副其实。"

"大王圣明！"

司御一声"吁",车驾停在了渔邱渡。曹窋在渡口周围撒下岗哨,不许闲杂人等靠近。

刘邦定神看去,但见冬日的水面上舟帆稀少,他想起当年伍子胥就是在这里得到浣纱女的救助而过江的。相传伍子胥过江后,曾要渔夫保守秘密。渔夫为践行诺言,翻船沉江。伍子胥感其忠贞,在此建了渔夫亭,以作纪念。世事沧桑,汉三年,范增被封于此,故而此地又叫范增城。地方尚在,人已作古,这些一时涌上心头,刘邦不禁感慨。

太仆寺官员已在渔夫亭中摆好祭祀牺牲和酒酿。案头有三座神位:一为郦食其,二为岳恒,三为牛良。他们三位都是在大汉要紧关头殒命的。

太仆寺官员要代刘邦上香,被他阻止了。刘邦亲自举着香烛来到神位前,庄严地插在香炉中。他仿佛看见,郦食其挣脱田齐宫禁的羁押,从容跃向鼎锅的身影;他似乎听见,岳恒在中枪倒地的一瞬间发出的呼唤;他不能忘记荥阳那个难忘的深夜,若非牛良假扮自己,他又怎么能够冲出重围。假如他们与樊哙、周勃、夏侯婴等人一样活到今天,会是什么样子？

刘邦定了定神,面对三座神位道:"寡人今日来此,就是要告诉诸位爱卿天下一统在即,你等在天之灵,也当欣慰之至。"

"诸君当护佑我大汉社稷永固,万世不竭。"张良举起酒酿洒在地上,一阵"呲呲"声,酒水渗进地面,融化了亭边的残雪。

日色过午时分,刘邦与张良回到了历阳城中,韩信、英布都在行辕等候。

韩信给刘邦带来一个十分欣喜的消息:"陈中尉协助少年营刘肥、樊阮两位将军在乌江渡阻截楚军,大获全胜,现押送项羽尸首来向大王复命了。"

刘邦斜睨了一眼韩信,有些不相信:"齐王说肥儿杀了项羽?项羽力敌万军,岂是两个少年能奈何的?"

话音刚落,陈平就进帐来了,先参见过刘邦,然后将前后经过一一道来。刘邦听罢,却是沉默了。不仅是刘邦,大帐内的诸臣一时都无话可说,谁也没想到会是如此结果。一个强悍的对手主动献出首级,与其说承认失败,毋宁说是历史翻开了新的一页。刘邦的心里忽然变得空落落的,他转眼去看韩信、英布和张良,似乎都若有所思。

项羽的失败,让韩信多少有些遗憾。他本来势要亲率大军与这个昔日瞧不起自己的枭雄一决上下的,可尚未拉开战幕,战争就这样结束了。看看眼前的刘邦,他忽然有种莫名的忧虑,想起了"飞鸟尽,良弓藏;狡兔死,走狗烹"的俚语。他侧目去看英布,见他也蹙郁着眉毛。最强大的对手消灭了,刘邦该怎样对待跟随他的诸侯和群臣,他一定也拭目以待。

好在灌婴进来冲淡了这种气氛,他向刘邦禀报道:"乌江浦一战后,楚地皆属汉,唯鲁县不降。"

"哼!"刘邦的目光立时转到灌婴身上来,"小小鲁县,岂敢抗我大军?寡人命你率重兵攻打,城破之际,屠戮三日。"

"大王且慢!"刘邦的话音刚落,张良就出列劝道。

刘邦不以为然道:"寡人就不相信,小小鲁县能负隅顽抗多久。"

张良并不着急,撩了撩衣袖道:"请大王想想这鲁县之名的来历。"

"子房究竟要说什么,何必拐弯抹角?"

张良上前一步道:"如果大王没有记错,当初薛县会盟,楚怀王封项羽为鲁公,封大王为武安侯,可有此事?"

"那又怎么样?"

张良看了看韩信和英布道:"臣闻项羽为鲁公后,对鲁县父老多有恩惠,颇得拥戴。如今大王杀了项羽,鲁县父老闻之,愤懑亦在情理之中。"

话说到这里,刘邦大体明白了他的意思,干脆直截点破道:"依子房之意,对鲁县当以安抚为主。"

张良见状,忙不迭地点了点头道:"微臣正是这个意思。"

"两位王爷以为呢?"刘邦转过脸来问韩信和英布。

韩信与英布听了张良的介绍,也为鲁县父老怀念旧情而感动,都以为安抚乃良策。刘邦立时就想到了陈平,下令道:"乌江浦已归我军,陈平即刻前往鲁县安抚域中父老。"

张良一听,连连摇头道:"不妥!不妥!"

"这又有何不妥？"刘邦又很不理解。

张良谦恭地上前施了一礼才道："大王少安，且听臣慢慢道来。臣敢问大王，当初汉王是否项羽所封？臣再问大王，当初项羽是否为诸侯之首？大王既是项王所封，当初讨秦时彼又乃诸侯之首，今虽殒命于楚汉之争，虽死犹在。大王如何对待此事，关乎天下人心，请大王三思。"

"依子房之意，寡人当亲往安抚才足以得天下人心？"

未等张良回答，韩信和英布等人纷纷以为张良所陈正乃王者当行之举。

英布道："当初项王之所以失去人心，正在于弑杀义帝。军师所言，切中肯綮，请汉王从之。"

韩信附议道："何谓社稷，社稷即人心。"

"好！就依诸位，寡人率樊哙、周勃前往。"他想了想又道，"传陈平同往。"

几天后，刘邦兵临城下。城头上传来晨钟，伴随着城内的拨弦唱诵之音，若哀鸿失群，期期艾艾；若秋风落地，凄清非常；若丧重亲，悲雨淋漓。刘邦听着听着，禁不住心酸眼潮。樊哙在一边看了，暗中窃笑，想此等哀音就使你流下泪水，还算什么当世英雄？放在俺手中，早攻进城去杀他个鸡犬不留，看他降不降？

樊哙有些不耐烦，悄悄看了看一旁的周勃，却是一脸肃然，问道："你也和主公一样心软了吧？"

"小小鲁县，竟然对项王遵从如此，遑论江东子弟？只是项王黯于大势，故而自裁，使大汉得了其疆土。樊将军只图痛快，岂知真正的痛快乃是得到天下百姓拥戴。"周勃闷声闷气回道。

樊哙揶揄地眨了眨眼道："周大人何时也学会这些……"

周勃的话虽然不多，却字字敲在刘邦心上。垂鞭沉思，他忽然在心底问自己，假若败北的不是项羽，而是自己，沛县父老能如此追念么？假如沛县父老因为追思自己而遭到屠城，岂非违逆天理？鲁县父老敢冒着被屠城的危险去祭祀、追念项羽，足见其忠；兵临城下而岿然不动，足见其义；视君王之丧如考妣，足见其礼。如此百姓，又岂是刀枪所能服之？想到这些，刘邦转脸对陈平道："请中尉进城代寡人宣慰城中父老。"

"遵命！"陈平应道。

樊哙担心城中军民愤怒之下，作出非礼举止，提出要派一屯士卒护卫，陈平谢绝了："下官于项王帐下供职时，就听说鲁县县令乃孟氏后人，深通礼仪，想来不会加害下官。"

他向刘邦作了一揖，催马来到城门前，对着城楼高声道："请守城县尉禀报县令,下官乃汉王使者陈平,奉命进城转递汉王谕意。"

城上寂静了片刻,随即传下声音:"你少待,待我秉明大人。"

县尉下了城头,来到宗庙。孟县尹正奔波祭祀事宜,听了县尉的禀报,略思片刻后道:"这个陈平本县见过,能言善辩,既是宣示汉王谕意,且放他进来。"

县丞在一旁劝道:"汉王今乃乘大势而来,若彼趁机攻城,岂非百姓遭殃?"

孟县尹慨然道:"如今天下归汉者十之八九,唯我鲁县不降,何也?我承继先祖浩然之气也。他刘季不呆,若敢冒天下之大不韪而动刀兵,则天下人心尽失。"

县丞皱着眉头道:"大人还是小心为妙。"

"他能遣使者前来,足见不愿以刀兵相见,开城无妨。若彼言而无信,本县就以死殉城。"孟县尹挥了挥手对县尉道,"去吧!"

此刻,陈平已来到坐落在鲁县城东北角的宗庙。过了石牌楼,但闻钟磬悠悠,歌弦盈耳。牌楼前,站着两名穿着丧服的中年人,望见县尉陪同陈平缓步而来,其中一位作了引导,来到庙院。进了献殿,抬头望去,神位上供奉着项羽和虞姬的灵位,一行篆书十分显眼——

西楚霸王项羽之神位
西楚王妃虞姬之神位

祭祀的案头是太牢,整牛整猪整羊,其他贡品皆以王者规格,一应俱全。城中的父老和豪杰在灵位前跪倒了一片,伴随着歌弦的拨动,吟唱着呼唤魂灵的颂词。父老们一个个面含悲郁,热泪盈眶,其中一位长者手捧祭文,哽咽着颂念——

尊尊鲁公,非有尺寸乘埶,起陇亩之中,三年,遂将五诸侯灭秦,分裂天下,而封王侯,政由羽出,号为霸王,其神其勇,千古无二。

昊昊鲁公,恭敬爱人,气力盖世,明能合变。纵横驰骋于江淮之间,驱数百万甲兵,如大风卷箨。巨鹿之役,破釜沉舟,力克秦军,诸侯震恐;入于咸阳,册封诸侯,以令天下。

哀哀鲁公,灵璧大振,成皋久拒。战非无功,天实不与。乌江殒身,青山含悲。呜呼哀哉。

陈平听着听着，往事涌上心头，尤其是在楚营时的枝节此时都历历在目。祭文刚刚宣读完毕，陈平一头扑倒在灵前，霎时间涕泪交流。

"霸王啊，想您具并吞八荒之心，叱咤风云之气；战无不胜，攻无不取；一世英豪，名闻天下；想您与汉王义结金兰，情同手足，共诛暴秦，风云际会。惜哉！英年早去，唯留汉王一人，犹远鸿折翅，令人不亦悲乎？昔日平于帐下多蒙关照，未了一梦而醒，大王已去，平不胜哀伤……"

陈平高一声低一声的呼唤，引得鲁县父老侧目观看。孟县尹不能容忍，上前质问道："公于此哀声连绵，如泣如诉。本县倒要问一句，既有今日，何必当初？若非汉王步步相逼，鲁公岂能自刎乌江？"

陈平起身向孟县尹施了一礼，回道："平为使者，代汉王祭奠霸王，本乃仁义之举，奈何君却亡人面前问罪，岂非对逝者不尊乎？"

"这……"

"既是说到当初，不免要问几句。若当初霸王能听亚父一句话，岂有今日？若非当初战胜而不得其赏，拔城而不得其封，何来天下叛之，诸侯离之？"

这些话问得孟县尹目瞪口呆，一时回答不上来。

陈平话锋一转又道："今天下归汉，已成定局。汉王念在昔日之情，又体恤父老之忠，乃遣下官前来……"

"使君不必说了，本县知道错在何处了。"还没有等陈平说完话，孟县尹忙截住话头道，"本县这就命人开门，迎接汉王入城。"

"大人此举，流芳千古。"

随后，陈平与鲁县县令、县丞一起来到南城门内肃立，迎接刘邦一行入城。

伴随着吊桥落下，在一片哀乐声中，刘邦率领周勃进城了。他担心樊哙性子急，闹出麻烦，因此让他率军留在城外。刘邦捧着项羽的头颅朝城内走来，那脸色庄严肃穆中含着哀意，那脚步亦步亦趋中透着沉重。孟县尹看见项羽的首级被清理得干干净净，刚刚平静的心里又复起悲鸣，大呼一声"大王"，就跪倒在刘邦面前了。

刘邦弯下腰，扶起孟县尹道："鲁县乃礼仪之乡，为君王致哀守丧，乃忠义之举，寡人岂能以兵刃服之？项王一世英杰，寡人深知，寡人决计以鲁公之礼葬项王于谷阳，亲为发丧。"

当孟县尹从刘邦手中接过盛放项羽首级的托盘后，刘邦率将士跪倒在地，向项羽的首级行了三叩九拜之礼。起身后，当着鲁县父老之面宣布了几

项决定:

其一,即日起,在谷阳城筑项王墓,厚葬之。

其二,项氏诸属皆不罪,封项伯等四人为列侯,赐姓刘氏。

其三,释放所有楚军战俘,令其归家,与亲人团聚。

刘邦的话音刚落,就听见身后传来一阵"大王圣明"的欢呼。他回身看去,原来是在宗庙的父老听说刘邦亲自捧着项羽的首级进城,纷纷前来观看,目睹了刚才的一切。

这一声"大王圣明",彻底击碎了孟县尹心中那堵无形的墙。

"臣与鲁县父老迎接大王……"他以这样的句子,表示鲁县从此归汉。

第十四章

临帝位指点江山
归故里回报桑梓

世事如云，朝晖夕阴，无论是站在墓前的刘邦还是长眠在墓室中的项羽，大概都不会想到形势在公元前202年正月会这样急剧变化，而伴随着一代枭雄项羽的入土为安，历史将掀开新的一页。

孟县尹并没有看到这一点。在刘邦要宣布对他封赏时，他却断然拔剑自刎于项羽墓前，留给世间的最后一句话是："生当人杰，死亦鬼雄。下官既不能随霸王而战，毋宁以身殉楚。"

刘邦除了惋惜，更为他的气节所感动，遂在项王墓旁新开一墓室，作为陪葬。

曾在楚怀王身边做过上柱国的共敖也没有看到这一点。项羽于戏下封他为临江王，他永远记在心里，当楚地归汉之际，他不肯投降，刘邦遣卢绾和冯敬击之，在十二月底攻破江陵，共敖殒命沙场。消息传来，刘邦当即下令以临江为南郡。至此,天下大战暂告一段落。

刘邦不失时机发布号令——兵不得休八年,万民与苦甚。今天下事毕,其赦天下殊死以下。也就是说,除了罪大恶极者,皆在赦免之列。这是一个信号,标志着如何治天下在汉五年春正月被提上了日程。

英布、韩信、彭越等诸侯以及大汉的朝臣们都强烈感受到了这种紧迫性。而就在此时,刘邦也采纳了张良的谏言,封刘肥为齐王,都临淄;改封韩信为楚王,都下邳。诏命是在刘邦入住定陶城时宣布的。让英布不解的是,朝会上韩信没有提出异议,欣然与刘肥一起接受了印信。

从九江王到淮南王,英布经历了从叛楚到归汉的转折,他内心没有多少波动。毕竟是刘邦在危难之际借兵给他一起从武关出击,终于在淮南打出了一片天地。但韩信就不同了,齐国是什么地方?是海域鱼盐之地,自古富庶。如今一句王命就给了刘肥,韩信能没有想法么?

正月初四,暖融融的春阳照着定陶城的街巷闾里。因没了战事,英布决计这几天就向刘邦辞行,回淮南国去。走之前,他打算找韩信谈谈,他很想知道韩信对当今天下大势的看法。

他们的名义是前往梁王墓吊祭项梁,为了不引起刘邦怀疑,两人都没有带过多的侍卫,只有司御和近身的侍卫跟着。两人分别乘车一前一后出了城,向东北而去二里多地,就到了项梁墓园。远远望去,墓园内松柏森森,郁郁葱葱,周围的垣墙完好无损,显然保护得很好。这不仅因为他是项羽的叔父,更因为凡参加过薛县会盟的诸侯,无论双方怎样大打出手,几进定陶,只要从项梁墓前经过,都无一例外地严令部下绕道而行,绝不能损坏墓园一草一木。

在墓园前下了车,英布伫立良久,感喟不已。

自项羽殒命后,刘邦返回定陶后的第一个命令就是更换了这里的军队,五百士卒由一名校尉率领,每日除了看护庄园外,也操练兵马。

校尉看见英布的车驾,忙上前迎道:"参见大王,今日天气晴好,大王这是……"

英布回道:"我不日将回淮南,趁今日天气晴好来看看梁王,吊祭英灵。"

校尉拱手道:"大王有何吩咐,末将随时恭候。"

英布摇摇头道:"我还要等楚王来一同进园,你先去忙,有事情我会叫你的。"

正说着话,就听见"吁"的一声,韩信的车停在了墓园外。校尉见状,转身又到了韩信面前参见道:"拜见楚王殿下。"

韩信笑道:"免了。我就是来看看梁王墓园,淮南王倒先到了。"

英布上前见礼,校尉早命人打开园门,在门口等着。

"我与淮南王就是来看看梁王,你该做什么就做什么,不必跟着。"韩信吩咐完校尉,又转脸看了一眼英布道,"记得薛县会盟时,淮南王正和吕臣一起与秦军为战,一转眼七八年过去了。"

"流年似水啊!那时我是一心思谋跟着项氏一族诛灭暴秦,孰料后来霸王……"英布点了点头,咽下了后面的话,"后面的事,重言兄曾在他帐下供职,都知道的。"

韩信叹道:"霸王明于小仁而黯于大义,因此有人不能善用,用人不能善终,此西楚穷途末路之故也。"

说话间就到了项梁墓前,英布和韩信要侍卫献上水酒、少牢,又点燃香烛,随之在墓前跪下,行三叩九拜之礼。望着香烟袅袅升上空中,英布庄严地说道:"我等今日拜见梁王,是感谢大人当年之恩。"

在应有的祭祀程序完结后,英布对侍卫和司御道:"你等也随便转转,不必伺候左右。"

司御和侍卫迟疑片刻,还是与英布和韩信拉开了距离,顺着墓园旁边的小径逍遥去了。

下了小坡,有一条路通向墓园深处。两旁的衰草黄叶漫径,看上去有些萧条。韩信蹲下翻看草丛,竟从泥土中看到了拱出的嫩芽。韩信抬起头,看了看英布道:"冬天就要过去,春天就在眼前了。"他小心地重新覆上泥土,掩饰不住心头的欣喜,"吾等正好各自回到封地,为百姓做一些事情,为朝廷尽一份心力!"

英布见韩信好像毫不在意,心中有些迷茫,谁不知道齐地乃富庶之乡,刘邦就这样轻易地给了儿子,却将韩信改封楚王,为何韩信竟欣然接受,难道韩信不知道齐国是一刀一枪打下来的么?英布自忖韩信还没有软弱到这个地步。英布定要弄个明白,这也是他邀韩信出游的原因。

"我有一句话,不知当问不当问?"英布停住脚步,看了看韩信道。

韩信目光扫视了一下周围,见侍卫在后面远远跟着,左右也没有发现可疑的人影,才回道:"此处僻静,说话方便,王爷有什么话尽管问。"

"我不明白,王爷为何那么爽快就将齐国让给了刘肥。我等归附汉王,乃因其恢廓开朗,海纳百川。可刘肥就不一样了,我听说他在少年营时胆小如鼠,常常痛哭流涕,如此懦弱之人,岂能治理得了齐国?"

韩信理了理风吹到前面的长发,似乎是在整理自己纷纭的思绪,待走到项公亭前时,便邀请英布进亭坐坐。两人来到亭内,发现这亭建在墓园后面的土丘上,站在亭子朝四面望,整个墓园就尽收眼底。凭栏而立,韩信没有回答英布的问话,却提出了一个问题:"王爷说说,当初项公完全可以自己竖旗招兵,讨伐暴秦;况乎在诸侯中,彼军力最盛,为何要遣范增遍访民间,找回熊心来尊为怀王呢?为何还要出任张楚的上柱国呢?"

"这?"英布沉默了一会儿回道,"彼祖先项燕乃楚臣,项公怕担僭越之名,故而要怀王出面,自己居臣子之位。如此,楚人仰其高风,纷纷从之。后来,果然号令天下。"

"此乃项公明白之处。霸王不明此理,杀了义帝,尽失人心,才有乌江自刎。前车之覆,后车之鉴,不可不察。"

英布暗暗称道韩信虑事周密,正要说话,韩信又开口了:"王爷应知,信昔日在霸王帐下空有其志,汉王采纳萧何、夏侯婴之言,拜信为大将军,此知遇之恩,不可忘记。因此要紧时候礼让,乃德之必然。其次……"韩信向英布身边靠了靠,说话愈益地小声了,"信当初入汉营时,孤身一人,形影相吊。汉王为东讨赵、齐,将曹参、灌婴、夏侯婴交我节制,彼等皆汉王心腹,唯汉王之命而是从。离开他们,信手无兵卒,奈何?"

闻言,英布长叹一声:"阁下的意思我明白了。说起汉王,确实比霸王度量大,当初郦生来说我归汉。此事惹怒霸王,他遣龙且进击九江,危难之际,若非汉王,我几无容身之地。"

韩信点了点头道:"王爷所言极是,今天下初定,我等当明哲保身为上策。"

英布沉默了,两人就在亭子的栏杆前站了许久。韩信的话说到自己心里去了,他忽然就有了立即返回淮南的冲动:"听王爷这番话,我觉得应立即回到淮南去。"

"不可!"韩信摇了摇头,见英布投来询问的目光,又解释道,"匆匆离去,反致汉王生疑。若是我没有猜错,萧何、张子房,还有刘肥等,现在正酝酿尊汉王为帝之事呢!"

"哦?"

"吾等当先彼而行,方能打消汉王疑虑,平安回去。"

英布承认韩信比自己思谋得更远更深。见时间不早,两人遂决定回城。

出了墓园,韩信望着英布的背影,长长吁了一口气。他检点自己的行为,似乎没有给汉王留下可以治罪的依据或口实,他在内心警示自己,于今以后,更需处处谨慎。

韩信收回目光，对司御说一声"回城"，便上了车。刚刚进了城门，就看到前面有一辆车，上面坐着的人看上去很像萧何。韩信忙命司御加鞭快赶，眼看距离不远，便喊了一声："前面可是萧丞相？"

前面的车子慢了下来，车上的人回过头来，果然是萧何。韩信忙跳下车子，三步并作两步赶过去，拉住萧何的手问道："自离开关中后，就再也没有见过萧兄，你一向可好？"

萧何清楚韩信对自己的情义，忙回礼道："大王一向可好？"

韩信点了点头，吩咐车子前面行走，他与萧何步行说话。路上萧何告诉韩信，说他奉汉王诏命来定陶一起商议立朝建国事宜，已经有不少诸侯和臣下上书劝汉王称帝了。

闻言，韩信的心头就"咯噔"了一下，感喟这些人倒是快捷，竟走在了自己前面，忙对萧何道："我正要亲自起草上书，劝汉王称帝。天下初定，诸侯分立，国不可一日无君。况乎汉王奋剑而取天下，率从风云，征乱伐暴。八载之间，海内克定，非雄俊之才、宽明之略、历数所授、神祇所相、安能致功如此？汉王称帝，上顺天意，下顺民心。朝野拥戴，时所必然。"

这番话说得非常及时，也很得体。就在昨夜萧何刚到定陶时，刘邦就与他做竟夜谈，毫不掩饰对韩信和英布的担心。现在，韩信的一席话让萧何心云散去，他兴奋地说道："有大王这句话，真不枉下官戴月追赶一回了。"

话长路短，不觉就到了十字路口，两人分手时约定，晚间萧何到韩信处饮酒，喝个一醉方休。

二月初三，惊蛰第二天，汉王在汜水北岸举行了盛大的登基大典。

先一日，忽地天空就响起了几声春雷，紧接着飘了一阵雨丝。不过午后，就云开日出了。夏侯婴兴冲冲地前来禀报："春雷阵阵，阳气升腾，此乃吉兆。看来，原定二月初三举行即位大典乃上天所赐。"

汜水本是济水的一条支流，从定陶城南流过。连日来，夏侯婴命太仆寺官员来往勘察，从典籍上得知，汜水在济阴界，河水丰沛，沿岸灌溉良田，百姓得其福祉。因此于汜水之阳筑台举行即位大典，便含了泛爱宏达而润下的意思，预示着刘邦登上帝位后，将为天下百姓带来康福安宁。

在萧何到来之前，夏侯婴就命太仆寺官员抽调城中百姓与军伍一起，在汜水北岸壅土筑台。现在，一座雄伟的高台矗立在汜水岸边，远远望去，彩旗招展，龙盘虎踞，气势非常。从高台前一直延伸到定陶城南门城门口，三步一岗，五步一哨，组成两道人墙。人墙中间，是猩红色的地毯。高台宽阔的广场上，依照步军、弓弩军和车战军、侍卫军，划出不同的方阵。方阵前面，摆上了几排座位,供诸侯王与功臣入座。

这是第一次举行如此大规模的盛典,自然分外引人注目。特别是刘邦的近臣中,许多人都起自布衣或州郡小吏,从未经历过皇帝即位这样事关社稷的大事,自是俨乎其然,敛容屏气,生怕破坏了这庄严的气氛。

再看看台下,一个个由将军们率领的方阵,威武肃杀,一面面旌旗飘舞,一匹匹战马昂首。然细心人端详之后,就发现所有在场上集结的军伍都是跟随刘邦从沛县出来的将士。

上午巳时三刻,伴着典雅庄严的中和韶乐,刘邦在萧何、张良、卢绾、周昌的陪同下登上高坛。

坐在诸侯王席位上的韩信最先关注的是卢绾,就在进驻定陶后的前几天,卢绾就被册封为长安侯,昨日早朝上又被任为太尉,这让韩信很不解。卢绾是在刘邦经过武关,先入咸阳时追到关中的,与曹参、周勃、樊哙等人相比,不免逊色。他凭什么为太尉,跻身三公呢?他一转脸,就看见了在方阵中撇嘴的樊哙。

是的!樊哙一看见卢绾气就不打一处来。这个与刘喜一起追到汉营的沛县人有什么能耐,不就是协助彭越袭击了项羽么?论功劳,他比曹参那是天差地别,凭什么人模狗样地登坛呢?

哦!那是谁?那不是周柯的兄弟周昌么。论年纪,也不过三十;论战功,无足挂齿,他有什么资格为御史大夫,不过是承袭了周柯的御史大夫之位罢了。樊哙郁闷极了,但他没有地方发泄,在这个日子里,任何僭越举止都会招来杀身之祸,只能在心里埋怨:"哼!你不看吕媭之面,也该看看吕雉的面子。俺怎么了,就不能做御史大夫?"

樊哙瞪着眼睛,侧目看周勃,脸色一如往日地呈铁青色,眼神却是水波不兴。但樊哙也为他打抱不平,诸将中,只有周勃少言寡语,却阵阵建功,他怎就不如卢绾了呢?

想到生气处,樊哙将马缰抖落得哗啦啦直响,惹得校尉们直朝他这边看。周勃见了,不断投来眼色。樊哙会意,才有所收敛……

午时二刻,一通鼓乐,长安侯、太尉卢绾出列,宣读了根据诸侯王和群臣谏言写就的皇帝即位策文——

诸侯及群臣昧死再拜:
先时秦为无道,天下诛之。大王先得秦王,定关中,于天下功最多。存亡定危,救败续绝以安万民,功盛德厚,又加惠于诸侯王有功者,使得立社稷,地分已定,而位号比拟,无上下之分,大王功德之著,于后世不宣。昧死再拜上皇帝尊号。

读完诸侯王的上疏,没有任何的停歇,卢绾接着读刘邦的制文——

寡人闻帝者贤者有也,虚言无实之名,非所取也,今诸侯王皆推高寡人,幸以为方便天下之民,寡人诚受,不胜惶恐。然则,不敢以区区之身,负天下之民,冷诸侯之王。自今日上帝号。国号汉,都洛阳。

卢绾念完,已是汗津津了。他顾不得擦汗,就从太仆寺丞手中接过传国玉玺,高声唱道:"请陛下受玺。"

刘邦肃穆地从卢绾手中接过玉玺,心底油然升起无言的尊严和威仪。从带人赴咸阳服徭役到丰泽西释放囚徒;从武安侯到砀郡长;从汉王到大汉皇帝;从第一眼看到秦始皇赫赫甲仗,萌生"大丈夫当如是也"的感慨,到今日终于成为九五之尊,这一路走来,就是八年。平心而论,当初被萧何等人推为义军首领时,他没有想到万里江山有一日会成为刘氏天下。

此时,他从心底感谢岳父吕太公,他当年的一席相面,带给他多少希望和信心。他从心底感谢那位不知名的老者,若非他卜了刘盈有贵人相,他又如何能够忍受骨肉分离之苦,一直坚守到今天呢?他想起芒砀山落草的日子,那关于赤帝子斩白蛇的传说,让他成为天的儿子。无边日月一片新,他今天倒真做起皇帝来了。

当然,此时此刻,他也非常感念那些在战火中殒命的将士。

刘邦就是怀着这样的心境将玉玺接到手中,停留了一会儿,才转身交到萧何手中。这时,早已伺候在台下的符节令丞迅速前来接了玉玺,很快就由禁卫看管起来。

卢绾依照程序,高唱道:"请陛下临位。"

刘邦转过身,在卢绾的引导下来到事先准备好的皇帝座位上落座。

卢绾接着唱道:"请丞相宣示诏书。"

一向冠带随意的萧何,今天着了一身朝服,严肃地来到前台展开手中的绢帛,一连宣读了三道诏书。第一道诏书,便是册封吕雉为皇后。众人立即将目光投向高台的右侧,只见在《永安》雅乐旋律中,吕雉在春兰和两名宫女搀扶下一步步登上高台了。

皇后的服饰,早在诸侯第一次上疏时就暗地里准备。她的上身着一件黑红色短袖衫配黑色深衣，蚕青束腰，淡青长裙，梳一瑶台髻。这几个月陪伴刘邦，她的心境很好，脸色也显得丰润和年轻了。

此刻，吕雉在台中心站定，她向刘邦行了大礼，然后就听萧何高声唱道——

> 制曰：朕已受帝号，册封王后吕雉为皇后，掌管后宫诸事。

"谢陛下隆恩。"吕雉再度施礼。

夏侯婴上前，向皇后授了皇后之玺，吕雉才在刘邦身边就座。

第二道诏书是册封刘盈为皇太子，尊母为昭灵夫人、父为太上皇帝。

刚刚跟随萧何来到定陶的刘盈，从进城后就一直没有机会看到父亲。昨夜，他终于在四年后与吕雉团聚。母子喜极而泣，春兰为之动容。可当他缠着母亲要去见父亲时，却遭到了吕雉的申斥："你父王正忙于大典，哪有时间与你闲话。你马上就要做皇太子了，也该学会独立了。"

此刻，刘盈在中官的陪同下上台受封来了。他暗暗打量坐在龙位里的父亲，忽地就有了陌生感和畏惧感，脚步顿时迟滞了。这情景，让坐在刘邦身旁的吕雉十分不满，眼见得脸色就冷下来了。萧何见状，忙在一旁解释道："太子第一次经历这样的大典，心中不安也属常情。"

可越是走近刘邦，刘盈的心就越是慌乱。及至到了刘邦面前，竟不知所措。在中官的提醒下，才战战兢兢行了大礼讷讷道："儿臣拜见父皇和母后。"

刘邦皱了皱眉头道："平身听封。"

夏侯婴不失时机地高声道："请太子接受印信。"

这时候，太仆寺丞上前将印信递给刘盈，刘盈转身交给身边的中官，这才在吕雉旁边坐了下来。但他的心仍然十分忐忑，甚至觉得远不如在栎阳单独与丞相和长史在一起自由。就在他六神无主时，第三道诏书下来了。

第三道诏书是改封衡山王吴芮为长沙王，据长沙、豫章、南海、桂林、象郡五郡。封越王无诸为闽越王。

至此，登基大典大致走完，接下来，就是到宗庙祭祀。刘邦借此机会，向天下宣告汉朝正式立国。

一连几天，萧何与卢绾、夏侯婴等人把所有的精力都投入到制定典章的事宜中去了。

这天一大早，萧何就来向刘邦禀奏了三件事：一件事是将军们反映，进入定陶的汉军士卒发生了强抢店铺或者吃饭不付钱的情况，有的甚至夜闯民宅骚扰良家妇女。希望能尽快颁布《九章律》，安定天下。

刘邦不假思索回道："约法三章不足以御奸，今天下初定，丞相可起草诏书将《九章律》颁布郡国，以安吏民。"

接着，萧何又奏道："自大泽乡举事以来，连年战火，百姓流离失所，有的逃到深山老林。现今天下一统，请陛下诏命民归其家，各乐其业。"

刘邦听着听着就龙颜大展，心想这萧何处理起国政来，真是有条不紊，便立即允准了："民前或相聚葆山泽，不书名数。今天下已定，令各归其县，复故爵田宅，吏以文法训辩告，勿笞辱。民以饥饿自卖为人奴婢者，皆为庶人，军吏卒会赦，其无罪而无爵及不满大夫者，皆赐爵为大夫。故大夫以上赐爵各一级，其七大夫以上，皆令食邑，非七大夫以下，皆复其身及户，勿事。"

萧何忙不迭地称道："陛下圣明！"

刘邦摆摆手道："你我皆小吏出身，岂能不知民之疾苦？"

萧何却不这样认为，分析道："臣算了一笔账，仅是免除赋税、颁赐食邑、免除徭役等项，府库每年要少收多少赋税，可陛下赢得的却是民心。管仲说，民为邦本，本固邦宁，陛下如此爱民，大汉江山岂有不稳固的道理？臣还以为定陶地瘠城小，不宜久留。请陛下早做打算，移驾洛阳。"

"这个朕也想过，只是时间太紧，诚恐……"

萧何闻言就笑了："此事不劳陛下费心，早在项羽东归时，臣已命邓龙、张虎二位将军入住洛邑，整修宫观，现在一应具备，就等陛下入住。"

刘邦闻言，就睁大了一双丹凤眼，直直地看着萧何，发出"恪居尔位，勤不告劳"的感叹："丞相什么都替朕想到了。汉有丞相、子房与重言，吏民之福。自今日起，朕准丞相佩剑上朝奏事。"

萧何纳头就要下拜，却被刘邦拦住，话语中就带了深情："朕犹记得，当初沛县起事时，众人本是推举萧兄为首的，若非兄坚辞而又推我，朕岂有今日？若非公月下追回重言，朕岂有今日？若非公据守关中，外济六师，内抚三秦，拔奇夷难，迈德振民，朕岂有今日？这些，朕都记着呢。"

"这些都是为臣子的本分。陛下抬爱，臣不胜惶恐。唯有肝脑涂地，在所不辞……"萧何眼睛有些湿润。

不几天，朝廷的诏命就被送往各地了。这让萧何很振奋，欣慰当年在关中试行的"十五税一"终于全国通行了。

五月中，朝廷君臣悉数迁往洛阳，邓龙、张虎在城门大排仪仗欢迎。洛阳百姓听说皇帝驾临，纷纷走出家门，要一睹这位帝王的尊容。一时万人空巷，人潮涌动。

进入洛阳的第五天,刘邦在宫中举行庆功宴。

洛阳,曾是秦丞相吕不韦的封地,当初秦始皇感其仲父之身,封邑十万户。吕氏恃权弄威,大兴土木,扩建城池,修建了富丽堂皇的南宫。据说当年吕不韦被罢相后,这里依旧车辆相望于道,门生故吏终日不绝,终于让吕不韦万劫不复。现在,旧宫经萧何修葺一新,在这里置酒,自然含了庆贺开国的意蕴。

此刻,坐在宴席上的人,无论是当初刘邦出于无奈封邦裂土的诸侯,还是一直跟随刘邦鞍前马后,屡立战功的臣僚,都迅速调整心态,将所有的盛赞送给刘邦。

先是承袭张耳为赵王的张敖出列向刘邦敬酒。张耳等不到大汉立国,就溘然而去。他的儿子张敖承袭了赵王,自然是对刘邦感恩戴德。加之他年轻,是在座者的晚辈,就分外引人注目。

让张敖完全没有想到的是,在他毕恭毕敬举酒的那一刻,刘邦的目光就直瞪瞪地看着他了。他不免有些仓皇,不知道自己是否有违了君臣之礼。直到刘邦满意地点了点头,并且举酒作为回应,他才回到座位。

接下来英布、韩信、彭越、韩王信等一一向刘邦献词敬酒,每个人都有自己的说辞,每个人都一脸的笑意,宴会的气氛渐渐进入高潮,及至萧何、张良、曹参、樊哙等一干大臣敬过酒后,刘邦的酒觥在空中划了一个弧线,再回到唇边时轻轻抿了一口,便起身说话了:"诸位,请俱以实情告朕,不可隐瞒。"

大家的目光便集中到刘邦身上,心中暗忖高高兴兴的,皇上忽然要大家据实说什么?未等众人回过神来,刘邦的声音又在耳边回荡了:"朕所以有天下者何?项氏之所以失天下者何?"

座席上发出"哦"的一声,王陵便不失时机地侧身回道:"陛下使人攻城略地,因以与之,与天下同其利;项羽则不然,有功者害之,贤者疑之,所以失天下也。"

王陵说的是心里话,也说的是实情,他的话立即在宴席上引起共鸣。

刘邦只是微笑着听着王侯大臣们的话,待声音渐渐平静下来时,他一双丹凤眼扫视全场,接着道:"公知其一,未知其二。"

座席上又发出"哦"的一声,一个个侧过身子看着刘邦,等待下文。

刘邦饮下一觥酒,润了润嗓子,接着说出一番出乎人们意料的宏论——

夫运筹帷幄之中,决胜千里之外,吾不如子房;镇国家,抚百姓,给饷馈,不绝粮道,吾不如萧何;连百万之众,战必胜,攻必取,吾不如韩信。三者皆人杰,吾能用之,此吾所以取天下者也。项羽有一范增而不用,此所以为我所擒也。

座席上静极了,刘邦一席话,字无空言,让在场的每个人心中都很不平静。难得皇上如此清醒,如此坦荡。他不仅将自己置于知人善任者的位置,而且让每一个人看到了自己在这场战争中的价值。在一片寂静中,大家交换眼色,彼此频频点头,传递的是认同,凝聚的是共识,形成的是向心力。张良打破了这种寂静:"陛下一言,发人深省,陛下圣明。"

"陛下圣明!"在座的众人齐刷刷地举起了酒觥……

五月下旬,王侯们纷纷启程回到封地,将军们也都奉诏奔赴郡国驻守。

曹参被任为齐相,协理刘肥处理国政。虽然他心中有些许不快,可辞行时刘邦的一番话驱散了他心头的阴云:"天下初定,良臣是用。朕之所以命你为齐相,乃因爱卿好尚淳质,载其清静,唯贤知贤也。此去临淄,路途遥远,朕望爱卿珍重。"

曹参闻言,两行浊泪滚出眼眶:"陛下待臣如此,臣纵肝脑涂地,万死不辞。"

而就在这时,刘肥也进殿来了,他向刘邦行了跪拜之礼:"儿臣不日将赴临淄,特来辞行,并聆教于父皇。"刘肥抬起头望着刘邦,禁不住热泪盈眶。毕竟,他是第一次独当一面地去一个遥远的地方,他的心忐忑不安,希望父皇能给自己一些力量。

随后,曹参上前参拜道:"微臣见过齐王殿下。"

这时候,就听见刘邦说道:"肥儿拜见恩师!"

刘肥迟疑了一下,转身与曹参面对面拱手道:"恩师在上,请受学生一拜。"

曹参忙回道:"万万不敢,折煞微臣了。"

刘邦以父亲的口吻交代刘肥道:"此去关山万里,你当时时请教曹相,不可擅自做主。"

"儿臣记住了。"

五月的风从窗口吹进来,吹散了刘肥的长发,也牵扯着刘邦和曹参纷纭的思绪。

一大清早,漂母挎着一篮子绵纱到河边来洗。

八年岁月,她眼见地老了,不仅鬓上添了许多的新霜,背也驼了。要命的是,当年那双让韩信一看见就惭愧不已的眼睛,现在也老花得厉害,浆洗后的绵纱因此不均匀,往往要濯洗很长时间。

她在湖边蹲下来,将一团绵纱放进水里反复漂洗,浆水渐渐地融进湖水,也在她的心头匀出一片清澄。就像眼前这湖水,蓝湛湛的,白云落进湖中,一团一团。一丝风来,绵簇般的云团摇曳飘摇,拉成绵纱一样的曲线。

身后就是淮阴的莲花街,那里有她孤守了数十年的老屋和柴扉。自从那一年申斥了韩信之后,八年来,没有人叩响她家的柴门,她的心也如止水一样宁静。以浣纱为生的她对外面的世界知道得很少,她所知道的,大概淮阴城的人都知道了。

近来,每逢她来到湖边干活时,总会听到关于韩信的消息。就在昨天,几名与她一起浣纱的邻居还告诉她,韩信在外面做了大王,听说前呼后拥,一大堆的侍卫,威风着呢!

漂母抬起头一笑道:"不图他高官厚禄,能养活自己就行。"

那位比她大几岁的老妪就不以为然:"你这样是小看他了,听说他指挥着千军万马,打到了海边。"

漂母虽然没有回应,但内心却很欣慰,韩信没有让她失望。但她旋即想,当年他有求于自己,是在困窘之刻,现今不一样了,他做了大官,还能认自己这个老婆子么?她尽力让自己的心水波不兴。事情过去了这么多年,人家高升不高升,与自己没有任何关系。想到这儿,她的心安静多了,继续埋头漂洗绵纱。

从身后的小道上过来一位县役模样的男人,他径直来到漂母身边,打了一拱问道:"请问您是漂母么?"

漂母没有停下手中的活儿,随口回道:"是的,不知官爷找老身何事?"

县役听说她就是漂母,不禁大喜道:"下官一早就到淮阴城中访问,终于在这里找到了您老人家了。走!快随下官走……"说着就去提装满绵纱的竹篮。

漂母不解地看了一眼县役道:"老身平日奉公守法,不知官爷要带老身去何处?"

县役谦恭地说道:"喜事临门了,请您老跟下官走,车子就在岸边。"

漂母循声去看,果然湖岸停着一辆车。她心想,是福不是祸,是祸躲不过。事到如今,只好听天由命了。她被县役扶着登上车,穿过莲花街,又过了临淮巷,终于到了县府门前。

县令早已在门前等候,眼睛直勾勾地望着前方,直到司御"吁"的一声,他才转过头来,发现漂母愁眉苦脸地坐在车上,便狠狠地瞪了一眼县役道:"为什么不早禀报?"然后转过脸面对漂母时,已是满面笑容了。一步上前,亲自搀扶漂母下车。

这样一来,漂母更是如坠五里云雾中。平时看惯了衙役们高声训斥百姓,何时对普通百姓如此恭敬了?再说自己也不曾做过什么惊天动地的事,竟然逢此殊遇,莫非是在梦中?她悄悄地掐了掐右手背,疼得"嘶"了一声。这声音惊动了县令,他忙转身问道:"老夫人何处不适,本县可传郎中诊治。"

漂母摇摇头,尴尬地笑道:"没事,是老身不小心碰了一下。"

说话间,就进了县府大门。先到二堂旁边的一间侧室,在里边等候的县府丫鬟捧了一身镶了白边的青色深衣出来,其中一位笑着道:"请老人家更衣。"

漂母越是不解,看看身上的衣裳,虽说有两块补丁,却是洗得干干净净,要见什么贵人,还需换衣裳?但到了这个地方,横竖由不得自己,便关起门换了衣裳。丫鬟又捧了铜镜,前后映照。铜镜里映出漂母的容颜,果然眉宇生辉,年轻了不少。这时,丫鬟才上前拉开门,原来县令并没有走,在外面静候。他上前扶了漂母,向后堂而来。

漂母一脚踏进门,就看见一个高大熟悉的身影正背身看着屏风上雕镂的画。这不是韩信么?漂母禁不住"啊"了一声,惊动了韩信,他转身就跪倒在漂母面前:"母亲在上,孩儿韩信回来了。"

啊!原来那些传言都是真的,只是韩信这一声"母亲"重如千钧,漂母有些承受不了,只觉眼前昏晕,差点跌倒。她是韩信的什么母亲呢?她一没有生他,二没有养他,不过是在他困顿之际施舍了些饭食而已。但凡行善之人,谁都会如此,岂敢妄受母亲之称。一想到这些,她本能地向后退去,口中却连连道:"大人,这使不得,万万使不得。"

她每向后退一步,韩信跪在地上就向前挪一步,一退一进,就到了墙根,再也没有退路,漂母干脆也跪倒在地道:"老身当年所为,皆出自恻隐。大人如此大礼,老身承受不起。"

韩信起身扶起漂母,到客厅中央就座,说出的话就带了恭敬:"常言道,受人滴水之恩,当涌泉相报。当初,若不是母亲慷慨施救,岂有韩信今日?若不是母亲严厉训诫,哪有韩信发奋之举?孩儿自幼失去双亲,做梦都盼望有母亲。今日得见母亲,此乃天意。"言罢,又跪倒在地,深深叩首。

漂母还要拦阻，县令上前按住她的肩膀劝道："老夫人，王爷已被封为楚王，回乡省亲来了，老夫人就不要推辞了。"说着，他也拉起袍裾，跟在韩信后面跪倒了。漂母何时见过如此场面，更加惊慌失措。韩信见状，要县令起身，说不要惊吓了母亲。

事情发展到这个地步，漂母始信韩信拜母乃真情，那种仓皇渐渐退去，对韩信道："自你离开淮阴后，我日思暮想，盼望你心随宏愿，早成大器。"

那是一段仓皇的日子。秦军到处追捕韩信，听说漂母曾向他供食，便缉拿到县府拷问再三，她一口咬定从未见过韩信。县令在漂母老屋周围布满了暗探，最终也没有见到韩信的影子。风雨八年，当年的羸弱书生，今日竟然峨冠博带，仪仗赫赫地回来了，于是，那些不堪回首的往事似乎都微不足道了……

当日中午，县令在县府摆宴设席。主宾当然是漂母和韩信，作陪的有骑将军、楚太尉冯敬、县令和县丞。

县令依照官阶请韩信坐上席，他推辞了，硬是扶着漂母坐到了主席上，而他坐在漂母身边。席间，从县令到县丞都纷纷向韩信母子敬酒。

"今天下大定，国有新主，大王与母亲团圆，此乃三喜临门。下官向大王和老夫人敬酒，愿大王享国长久，祝老夫人鹤龄松寿。"县令说完，朝外面挥了挥手，立即有两名县役抬了箱子进来。县丞上前打开，却是一箱金子。

县令又道："淮阴乃大王故里，今日归乡，为表下官恭迎之情，特备百金……"

"慢着！"县令话音没落，就听见韩信高声打断道，"寡人回乡拜母，当尽为子之孝，岂能由县令馈赠？"

县令闻言，有些尴尬道："大王何必如此，都进来了，怎么能……"

这时候，冯敬插话道："县令不必多言，照大王吩咐就行。"

看着县役们将箱子抬了出去，冯敬也向外面拍了两巴掌，但见侍卫从外面抬进四只箱子。韩信起身，来到漂母身边道："孩儿不孝，致母亲多年来沐雨经霜，饥寒交至。今日衣锦还乡，特备千金，请母亲笑纳。"

"请老夫人验看。"冯敬上前来邀漂母。

漂母来到箱子前，就被那闪闪的金子照得两眼发花，过了很长时间才睁开眼睛。不要说她这一辈子，就是自上祖起，何时见过这么多的金子呢？过惯了恬淡生活的漂母真不知这么多金子往后该怎么花。围着箱子转了一圈回到原地时，漂母说话了："我有一句话，不知当讲不当讲？"

韩信赶忙施礼道："母亲有何训示，孩儿洗耳恭听。"

半日的喧闹,漂母的心终于平静下来,道:"人生在世,无非一日三餐,冬衣夏裳,要如此多金子何用?除了拿一些用来整修庭院外,不如就存入府库,用以周济城中鳏寡如何?"

韩信沉思片刻,觉得漂母所言乃人情大理。心想钱既然给了她,她愿意给谁都不违理,便作揖道:"就依母亲。"

漂母这一番话让在场的冯敬、县令等一干人为之动容,特别是县令平日里或多或少地收了贿赂,面对一位乡间民妇的善举,脸上就不免发热,心生惭愧,却又不能直言,忙道:"老夫人一席话,让下官受益匪浅。请大王和老夫人放心,下官一定将金子保管好,一切按老夫人意愿支用。"

"我还有一事。"漂母说着朝外面喊道,"你进来。"

从外面进来一个年轻人,瘦瘦的,但看上去却十分利索。漂母对韩信道:"他叫周三,早年离开父母,无依无靠,我常常周济于他。你既为大王,何不给他找个差使。"

韩信当即应道:"看他年纪轻轻,就在儿子身边做个侍卫如何?"

"他从小就学了些功夫,正好派上用场。"漂母闻之大喜,又对周三道,"快来见过大王……"

这场酒宴直到戌时三刻才告终结,韩信亲自陪漂母回到家中,前前后后转了一圈,物是旧物,人是旧人,只是今夕殊异。他来到屋旁的一间厢房,对陪同的冯敬道:"当年在淮阴,寡人就是在这里栖身的。"

冯敬上前翻了翻,见粗糙的案头有一卷《孙子兵法》,都蒙了尘土,轻轻拿起来,吹去上面的浮尘,隐约可见韩信当年留在竹简空隙的心得,不由心生敬意。正想着,又听见韩信道:"今夜寡人就在家中陪母亲,请太尉回传舍去住。"

冯敬回道:"下官今夜就陪大王说说话。"

"寡人求之不得,只是这草舍委屈了太尉。"

"这里有老母亲,有烟火味,哪里委屈?"

两人说着,就在榻上躺下了。两个汉子,身宽体胖,床显见得有些挤了,但两人并不计较。

月光从窗口投进来洒在榻前,安静而又清澈。从不远处的草丛中传来夏虫的啾啾鸣叫,此起彼伏,仿佛雅乐一样舒心。隔壁就躺着漂母,细碎的鼾声听起来很是熨帖。

韩信望着窗外天上的星星道:"此次回来,是寡人特地向陛下提出任足下为太尉的。"

"下官知道。"冯敬十分感怀韩信的知遇之恩。当初若不是韩信惜才,他早就引刀殒命了。从那以后,他就跟着韩信,从来没有想过离开。即便是在刘邦册封韩信之际,就想过要跟随他到下邳去。让他没有想到的是,韩信竟先向刘邦举荐了自己。

而韩信之所以要冯敬任楚国太尉,也是觉得刘邦身边的将军或者谋士自己指挥起来多有不便,而冯敬是他从魏豹手下救出来的。韩信油然想起一个人来,推了推冯敬道:"足下睡了么?"

"没有,睡不着。"

"明日足下到淮阴街十字东北角肉铺,寻找一位王屠户。"

"大王乃一方诸侯,寻他作甚?"冯敬有些不解。

韩信转过身来对冯敬道:"当初若非他对寡人极尽胯下之辱,寡人必不能奋发图强。寡人不但要感谢他,还要任他为中尉,专事下邳城防。"

"大王胸襟,阔如海矣!大王其心休休,其如有容,前程……"

冯敬情不自禁地正要说下去,却被韩信拦住:"到此为止,千万不可妄说。"

冯敬顿了顿,立时明白了韩信的意思。聆听着远方传来的鸡鸣,他起身道:"下官这就到街上去找王屠户,想那王屠户断然不会想到,大王竟如此待他。"

东方的晨曦悄悄地爬上窗棂,新的一天开始了……

第十五章

词朗朗娄敬进谏
智明明张良谏封

卯时三刻，刘邦已起身准备上朝。结束了战争年月的奔波辗转，一切都按部就班，他还有些不习惯了。戚夫人一骨碌就抱住了刘邦的脖子，撒娇道："陛下这就要上朝？妾懒慵发困，还是再睡会儿吧。"

刘邦捧着戚夫人的脸道："大汉初立，百事待举，朕岂能贪恋帷帐而置朝事于不顾呢？"

"陛下偏心。"戚夫人摇着刘邦的肩膀道，"自搬到洛阳以来，陛下夜夜与皇后共枕同眠，相聚甚欢，妾夜夜孤守，冷冷清清，好不容易有个团聚的日子，榻床尚未暖热，陛下就又要离去。妾心中的心酸孤寂，岂是一句两句话所能尽言的。"

戚夫人说着话，泪花儿就开始在眼眶里打转儿，肩膀轻轻抽动，一头乌发瀑布般悠悠颤动。那可怜楚楚的样子，让刘邦心软了，低下头给了一个吻：

"好好一个美人儿,哭成了小花脸,朕还如何爱你呢?"

戚夫人仰起头,依旧是泪光莹莹。因为她知道,自吕雉回到刘邦身边后,皇上难得与她在一起,他不知怎样说动了皇后,自己才有了这短暂的欢愉。可今晨过后,不知什么时候才能相见。一想起吕雉那双犀利刁钻的眼睛,她就禁不住浑身打战。

刘邦见状,关切地问道:"你怎么了,冷吗?"

戚夫人伸手拢了一下头发,隐忍着摇摇头。

"是皇后不待见你了么?"

戚夫人搂着刘邦的脖颈道:"不,皇后待妾很好。"

"那又是为何?"

戚夫人说:"如意已经三岁了,盈儿做了太子,刘肥做了齐王,妾……"

闻言,刘邦就笑道:"你都在想些什么呀?他也是朕的儿子,朕岂能亏待他?他现今不是还小么?再过几年,朕也是要封他为王的。"

戚夫人终于破涕为笑,刘邦这才起身对着帷帐外喊道:"来人!"

秋菊应声带着几名宫女站到了帷帐外面。

"伺候朕洗漱、更衣。"

"诺。"秋菊答应一声,很快就进入程序性的准备中去了。

离开南宫宜春殿,正要登上车辇,却听见在一边的花坛旁边传来小孩子的喘息声,间回还有"哼、哈"的喊声。刘邦听得出,那是如意的声音。他的脚步就挪不动了,对身边的黄门总管春熙道:"过去看看。"

春熙答应一声,就在前面引路。借着晨曦,三岁的如意手持一把短木剑,正跟在一位禁卫后面学步。禁卫每做一个招式,都要讲解为什么要如此出剑。如意虽然举止稚嫩,却十分认真,等分解完一套招式后,禁卫又要如意连起来做,他竟能够牢记在心。刘邦看着,禁不住在心头赞叹这孩子聪明。春熙要上前通禀,刘邦拦住了,直到如意舞完才喊出了一个"好"字。禁卫听见皇上的声音,忙单膝跪倒在地:"参见陛下。"

如意也在禁卫身旁跪倒了,童声童气地说道:"参见父皇。"

刘邦心头又是一阵欣喜。常说三岁看老,这孩子小小年纪就这样明礼仪,知进取,将来定是大汉骄子。但他没有表现在脸上,只说了一声平身。禁卫等如意起身后,才站了起来。刘邦亲昵地上前抚摸着如意的头问道:"你为何如此早就起来练剑?"

如意抬起头,没有怯场:"儿臣从小练武,长大了要保护父皇。"

春熙听了道:"小王爷从小有志气,将来定有大作为。"

刘邦又问:"你不想多睡一会儿么?"

如意转了转眼睛道:"娘说夙兴夜寐,靡有朝矣。儿臣从小要养成早起的习惯。"

刘邦不再问,他的心一大早被如意的话说得舒服极了。他吩咐禁卫好生带如意练剑后,就转过身去上朝。

"恭送父皇!"如意在身后大声喊道。

刘邦真有点不忍离开,可一大堆事等着他去处理。春熙跟在后面,他看得出刘邦十分高兴,脚步都带了风。

的确,今晨看罢小儿子,他的心境很不平静,尤其是如意答话的决脆,让他想起刘盈每每见到他时的胆怯,看来该让两个孩子在一起玩玩了,让他们相互学习对方的长处。

辰时一刻刚过,刘邦已坐在洛阳南宫前殿批阅奏章了。打开一卷竹简,几行熟悉的字迹映入眼帘,那是卢绾的笔迹。卢绾说他和别将靳歙奉诏继续讨伐不肯降汉的临江王之子共尉,于六月中擒了共尉,现正押解回洛阳途中。

"好!"刘邦眉宇间掠过掩饰不住的喜悦。他又拿起另外一件文书,是陈平从彭越处发来的,上书中说:"彭越被封梁王后,田横担心彭越会受到牵连,遂率五百壮士逃入海岛。臣奉诏前往招抚,宣达了陛下的谕意,传递了'田横来,大者王,小者侯,不来且举兵加诛也'的旨意。初,田横感戴陛下宽怀,遣散壮士,乃与门客二人赴洛阳。一路上,臣屡言陛下圣明,威加海内。可有一日,行走在偃师城西一间马厩旁,田横说即将朝见天子,当在厩中沐浴。臣信以为真,故而应允停留。不想他对门客说自己当年与陛下俱南面称孤。结果汉王为天子,自己为亡虏,这已经是很大的耻辱了,加之他又烹了郦食其,纵然陛下与郦商不追究,他自己心中却是充满惭愧的。言罢,便自刎而死,门客奉田横首级于臣。臣与二位门客正前往洛阳,不日即抵。"

刘邦低着头许久没有说话,待再度抬起头时,对伺候在旁的春熙道:"起自布衣,兄弟三人皆王,岂不贤哉。传朕旨意,请丞相布置,待门客到达洛阳后,任为骑都尉。发卒二千,以王者之礼厚葬田横。"

"诺。只是陛下厚葬拒降者,微臣有些不解。"春熙又问。

"三军可夺帅,匹夫不可以夺志,此之谓也。"

"臣明白了。"春熙转身出了前殿,迎面却遇见夏侯婴带着一黑脸汉子登上了阶陛。

夏侯婴看见春熙,便问道:"陛下可在?"

春熙回道:"陛下正在批阅奏章,太仆有事面奏?"

夏侯婴点了点头,转身上了台阶。在大殿门外,夏侯婴对黄门道:"请通禀陛下,就说臣有事要奏。"

"大人少待。"黄门进去不一会儿,就传话道,"夏侯婴觐见。"

"请到垫门等待召见。"夏侯婴转身带着黑脸汉子来到专供臣下等待召见的廊庑"垫门",又让黄门上了茶,将佩剑放进剑架,才进了前殿。

刘邦正要喝口茶解解乏,见夏侯婴进来了,便问道:"你一大早来见,不知有何事?"

夏侯婴回道:"陛下忘了,前几日臣已向陛下禀奏过季布来朝见陛下之事的。"

"嗯,是有这事。"刘邦一拍脑袋。

原来这季布乃项羽属将,曾屡次与汉军为战。项羽败亡后,刘邦曾经命发出通缉许诺有擒拿住季布者,予千金。敢有藏匿者,罪三族。季布为了逃脱缉捕,自污其面,卖身到一朱姓人家为奴。这朱姓庄主知是季布,感其忠贞。于是变卖了田产暗中来洛阳,见了夏侯婴说道:"两国交战,各为其主,季布何罪之有?况乎项氏之臣甚多,岂可尽杀?今皇上刚刚得了天下,却要杀季布这样的贤者,这不是向天下人宣示自己气量狭小么?陛下若逼得急,季布无奈,当北走匈奴,南走诸越,这与当年楚平王逼走伍子胥有何两样呢?小人虽身在民间,然滕公何不从容为上言之?"

夏侯婴觉得朱庄主说得有理,于是就留他在府中等待,自己到宫中向刘邦说明赦免季布的益处。多年同道,刘邦了解夏侯婴,相信他不会错,于是谕意赦免季布,并要封赏。夏侯婴回到府中,将刘邦所言据实相告。朱庄主大喜过望,立即邀请季布到夏侯府中。

因此,夏侯婴带着季布来了。

"好!快请季将军来见。"刘邦说着,就站了起来。

"谢陛下。"夏侯婴忙转身就朝外疾走而去,却不料与进来的春熙碰了个满怀。夏侯婴来不及打招呼,就直奔垫门,拉起季布的手朝前殿而来。

"罪臣季布参见陛下。"一进大殿,季布跪倒在地。

"平身,赐座。"刘邦看了看季布,虽然皮肤黝黑,却是目光炯炯,便先自有了几分喜欢,"卿的事太仆已奏明朕,朕就拜将军为中郎,受郎中令王恬启节制如何?"

季布忙道:"微臣定不负陛下厚望,当恪尽职守。"

三人又就一路来洛阳都城沿途所见谈论了一番,季布极言刘邦圣明,一路上处处可见百姓拥戴。三人相谈甚欢，出得前殿，季布问夏侯婴道："这王恬启何许人，怎么没有听说过。"

夏侯婴回道："王大人深通文、法，精研律令，曾助萧丞相修订《九章律》，至为中直，将军必能胜任愉快。"

"多谢太仆，来日舍下摆酒，务请光临。"季布的话是热情有加，但心中不免失落，无论如何，他也曾经驰骋疆场，战尘披肩，如今却屈居于无名之辈之下……但他的情绪在走完司马道时就平复了，伟丈夫，屈伸皆在从容中，总有出头之日。

在司马门外作别时，季布再一次邀请夏侯婴道："届时下官在门首恭候大人。"

……

就在夏侯婴与季布分手之际，将军薛欧却与他的恩公、齐人娄敬为怎样面见刘邦而发生了争执。薛欧看着娄敬倔强地翘着胡须，头扭到一边，不禁长叹了一口气。心想早知他如此迂腐，就不该答应他面见皇上的请求。

人们常说"遭遇"，世间果真有此机缘。薛欧奉刘邦诏命从齐地征发一批戍卒前往陇西戍边，他没有想到这支队伍里竟然有娄敬。娄敬是什么人，是于他有恩的人。那还是始皇三十年的事情，那时年轻的薛欧因父亲受人欺负而深夜潜入富豪之宅，杀了恶霸，并且连夜逃到齐地。当他因无处乞食而饿昏在路旁之际，恰巧娄敬从这条路上经过，不但给了他食物，而且介绍他到富豪家佣耕，从此隐姓埋名数年。直到刘邦在沛县起事后，他才于一天深夜辞别娄敬，加入了反秦的队伍。

见到恩人，薛欧自然喜出望外。娄敬虽被征发为戍卒，仍然不失书生意气。当他听说刘邦已在洛阳称帝时，就要薛欧引荐自己去见刘邦，自言有治国良策呈现。薛欧当然求之不得，他把娄敬自上而下打量一番，就觉得这身羊皮衣太寒酸，他担心恩公还没有陈说见解，就会遭刘邦冷落。于是，薛欧拿出自己一件很鲜亮的绸绢深衣，要他换上。

娄敬瞪着眼睛问道："足下这是为什么？"

"让恩公换，自然有换的道理。"

"说说看，若你说得有理，我就换。"

"恩公，你是去见当今皇帝，这身打扮，让皇帝怎样见你呢？"

闻言，娄敬就笑了："皇上是听我谏言，又不是看我衣着。我穿帛衣就帛衣见，穿褐衣就褐衣见，这样才真实。若是换了衣裳，那岂不虚伪了么？"

薛欧摇摇头道："看来恩公是不换了？"

"不换了。"

"那就请恩公随我来。"薛欧无奈地叹了口气,吩咐属下安排好戎卒,就与娄敬乘着车到洛阳南宫来了。

登上阶陛,薛欧让娄敬先到塾门等候,自己进去向刘邦禀奏。不一刻,就听见殿门口的黄门高声唱道:"陛下有旨,娄敬觐见。"

一向拓落不羁的娄敬这会儿反而有些忐忑不安了,当初刘邦会见郦食其时的傲慢他早有所闻。他下意识看了看殿门口的黄门,见他们一个个形容肃然,便收敛了几分往日的散漫。

"参见陛下。"一进殿,娄敬就拜倒在刘邦面前。

"赐座。"刘邦挥了挥手。

早有黄门拿来座席,娄敬与薛欧对面坐了。

刘邦问道:"朕听薛爱卿言,你有良策陈奏于朕,不知是何良策?"

娄敬看了一眼刘邦,觉得不像传说中的那样轻慢,便打拱道:"陛下建都洛阳,是要和周朝比兴隆么?"

"嗯。"刘邦点了点头。

"陛下取天下与周朝殊异。周之先,自后稷封邰,积德累世,十有余世。到了公刘徙豳,太王居岐,鸣凤在树,诸侯尽来。文王以德服人,四夷来服,遂灭殷以取天下。至成王即位,周公辅之,乃营洛邑,以为此天下之中也。诸侯四方纳贡,倒立均矣!有德者王之,无德者亡之。故周之盛时,天下和洽,诸侯四夷莫不宾服。然则,等到它衰落之际,天下没谁再来朝拜,周室已不能控制天下。不是它的恩德太少,而是形势太弱了。"

在娄敬讲述前朝历史时,薛欧的目光一刻也没有离开刘邦。他发现刘邦刚开始还听得比较专注,渐渐就显得不太耐烦了。薛欧长期跟随刘邦,了解他的性格,总是喜欢直接陈明利害,张良、萧何和陈平正是了解了这一点,才多有默契。果然,刘邦说话了:"先生不妨择其要者,言简意赅才好,如此曲曲折折,朕都听得糊涂了。"

薛欧就有些担心,忙在一旁附和道:"恩公摘要陈奏陛下即可。"

"陛下就不同了。"娄敬撩了撩衣袖,立即将论说转移到现实中来了。

"哦?"这句话提起了刘邦倾听的兴趣,"你说说,怎么个不同?"

"陛下!"娄敬起身来到刘邦面前,作了一揖,"陛下起于丰沛,席卷蜀汉,兵定三秦,与项羽战于荥阳、城皋,大战七十,小战四十,使天下生民涂炭,父子暴骨于野,哭泣之声未绝,伤夷者未起。如此疮痍满目,陛下却自比成康,臣以为不可也。"

"哦！"刘邦也起身，与娄敬面对面站着。薛欧见状，忙起身来到两人身边，只见刘邦目光炯炯，显然，娄敬的话语引起了他浓厚的兴趣："请先生继续说。"

娄敬感到已到了关键时刻，他清了清嗓子，把一路所思直陈于前："不知陛下想过没有，秦地被山带河，四塞以为固。卒然有急，百万之众可立具也。陛下因秦之故，依靠丰裕肥美之地，这就是所谓的天府呀！陛下进入关中把都城建在那里，山东地区即使有祸乱，秦国原有的地方是可以保全并占有的。与别人搏斗，不掐住他的咽喉，击打他的后背，是不能完全获胜的。如果陛下进入关中建都，控制着秦国原有的地区，这也就是掐住了天下的咽喉啊。"

"慢着！"娄敬正说到兴头上，不料刘邦做了个打住的手势，"先生言之凿凿半日，朕算是听出来了，先生以为洛阳不能为国都，是这个意思么？"

"陛下圣明。"娄敬咽了一口唾沫，点了点头。

"迁都乃国之大事，岂能形同儿戏？"刘邦的脸色立时就严肃了，接着对春熙道，"速传丞相、军师、太仆来见。"

"诺！"春熙答应一声，转身离去了。大约半个时辰后，萧何、张良和夏侯婴来了。刘邦将娄敬所言粗笔大线述说一遍，然后问大家意见。他首先把目光投向萧何问道："丞相以为如何？"

萧何早已料到会有这样的事情发生，见被刘邦点了名，随即回道："臣以为周在洛阳经营数百年，而秦建都咸阳，百年而亡，可见洛阳之重。况乎东有成皋、西有崤山、渑水，其险峻和坚固足以为屏障。故微臣以为，不宜迁都。"

夏侯婴接着萧何的话道："丞相所言极是。现天下初定，人心思安。忽而迁都，容易引起民心不稳，请陛下慎思。"

两位心腹大臣都不赞同迁都，让薛欧的心一下子悬到了半空。看着对面的娄敬，华发霜鬓，他实不愿看到恩人抛骨陇西。但在这样的场合，他知道自己不能多言，只有暗地打量一直没有说话的张良。而且他也知道，每逢群臣议事，刘邦最看重的还是张良的意见。

果然，刘邦对张良说话了："爱卿以为如何呢？"

"二位大人所言不虚。"张良这话一出口，无论是娄敬还是薛欧，都在心底觉得完了，可接着却听见张良说了一番另外意思，"洛阳虽有此固，但其中不过数百里。田地薄，四面受敌，此非用武之地也。"

这一回轮到萧何与夏侯婴惊异了，他们都担心刘邦最后会采纳张良的谏言，而薛欧和娄敬的心也丝毫没有放松。四个人都有一个共同的期待，希望张良说出下文。

"至于关中……"张良见五双眼睛都集中到自己的身上,反而放缓了语速,"关中左有崤山、函谷关,右有陇西,沃野千里;南有巴蜀之饶,北有胡苑之利。关中地势,阻三面而守,独以一面而制诸侯。"说着,张良来到地图前,指着上面的城池、山脉,将手指停留在河水和渭水交汇处,"河渭漕挽天下,西给京师。诸侯有变,顺流而下,足以委输,此所谓金城千里,天府之国也。"

薛欧再也无法保持沉默,竟然忘了这是在皇上的大殿,由衷地喊了一声:"好!"

这一个"好"字如同重锤,震得在场的人心鼓鸣响,经久不绝。首先是萧何陷入了沉思,他就是这种性格,当别人在道理上说服自己时,他从不固执己见。张良的一番说辞,使他联想起刘邦率部东进以来自己坚守关中的许多事情。若不是关中粮草充足,刘邦就不可能与项羽展开长期的战争;若不是关中,刘邦的家小又怎么会有一个安定的后方呢?刘邦又凭什么最终战胜了项羽,建立了汉朝呢?萧何调整了自己的思路,道:"经子房如此一说,臣豁然开朗,臣也以为建都关中乃为兴国上策。只要陛下诏命,臣愿为新都殚精竭虑,不遗余力。"

这两人都说得有理有据,夏侯婴自然没有话说。

"所谓英雄所见略同。卿等所言,甚合朕意。"刘邦拊掌笑道,将脸转向娄敬,"卿言有功。朕就拜卿为郎中,号奉春君。即日起随朕车驾,去往咸阳。"

这个结果倒是娄敬没有想到的,他立即拜倒在地,口称谢恩。

"朕还要赐你刘姓。"未料刘邦接着又一道口谕下来了。

众人十分吃惊,赐姓乃是特殊恩典。然而惊波未定,刘邦接着的话更让娄敬感动自己:"午间,朕要为卿备酒设宴。"

娄敬还能说什么呢?此前听到的关于刘邦轻视士者、粗莽少礼的传闻被眼前的事实击得粉碎,他的眼睛有些发潮,所有的感喟凝结成一句话:"臣当以身许国,虽死无憾。"

出得前殿,娄敬一摸额头,尽是汗水,他看了看身边的薛欧笑道:"这六月天,不胜其热。"

薛欧闻言就笑道:"这恐怕还是恩公心情的缘故吧。恩公能留在皇上身边,从此不再遭风霜之苦,真乃大幸,望恩公好自为之。在下即日启程,押送戎卒继续西行,后会有期。"

看着萧何、夏侯婴相继离去,张良却迟迟没有动身,刘邦猜想他一定有话要说,便吩咐黄门上了茶点,接着才问:"子房还有话要对朕私奏么?"

张良作了一揖才道:"此事在臣心中盘桓许久,只是不知道该如何说。"

"子房今日是怎么了?你一向快人快语,何事让你如此为难?不妨说说,也许朕可以解卿之忧呢。"

张良沉思了一会儿,抬起头来时目光中就充满了歉疚:"臣随陛下经年征战,体羸多病,今天下已定,故欲白请告归。"

"子房岂能生出此想?"闻言,刘邦有些吃惊。

张良嗫嚅着口唇道:"臣好清静……"

还没等他说完,刘邦就挥手止住了:"建都未果,国事未定,子房此时告归,岂不让朕不安?爱卿身心疲惫,朕甚悯之。即便告归,也不在此时,一切待进了咸阳再说。"

张良还能说什么呢?他掂量得来刘邦话语的真诚,何况这大汉江山也有他的心血。在思虑之后,他决定暂时留在朝中,待刘邦将诸事理出头绪后再做打算。想到这里,张良躬身道:"臣唯陛下之命是从。"

"子房还是子房,总能体味朕的用心。"刘邦立时眉宇大展。

"陛下方才说要建都咸阳?"

"子房如何想?说来朕听听。"

"往事犹新,咸阳几成废墟。若再建都,颇费周折,况乎秦之都咸阳,百年而亡,臣以为应于关中另觅紫土,别建宫观。"张良说着,再度来到地图前,指着渭河以南的空间道,"臣闻此地乃秦皇之弟长安君封地,项王幸未殃及,陛下可遣萧丞相于此建都,国都名为长安,取长治久安,万世享国之意,不知陛下以为如何?"

"好!"刘邦的丹凤眼笑成一条线,瞅着眼前的张良连连点头,"子房所言,亦朕之所虑,朕明日就遣萧丞相回关中营建新都。"

这时,春熙进来禀奏,说已是午时,后厨请陛下用膳。

张良就要起身告辞,却被刘邦拦住道:"朕为刘敬设宴,岂能无人作陪?"说着,牵起张良的衣袂就向外走。张良明白,一切都因刚才那个请求,现在只能恭敬不如从命了。

转眼到了十月,刘邦没有想到一项决策引起震荡,朝野众说纷纭。

事情是因卢绾而起的。七月,从北方传来消息,燕王臧荼谋反,刘邦闻之大怒,亲率大将军、左丞相樊哙、将军周勃一举击败臧荼,掳臧荼与燕相栾布。樊哙与周勃本没有封王拜侯的祈愿,可当他们在朝堂上听到刘邦册封卢绾为燕王的诏命后,心便不平静了。樊哙当朝就质问卢绾凭什么封王?论起署理国政,他不能比萧何;论起运筹,他不能比军师;论起征战,他不能比韩信。仅仅就因为与陛下同庚么？仅仅就因为卢、刘两家乃世交么？若是这样论下来，他樊哙与陛下还是连襟呢？

樊哙说到激动处，豹眼布满了血丝，沉闷的声音在大殿里引起"嗡嗡"回声："虽说这江山姓刘，可也是将士们血汗换来的，岂容陛下私相授受……"

下半截的话没有说完，但见周勃一步冲上前去，一手搂住樊哙的肩膀，一把捂住了他的嘴，闷声闷气道："将军慎言。"

"你放开俺！"樊哙一使劲便挣开周勃的臂膀，"路不平，有人铲，事不平，有人管。为什么就不能说？"

周勃又冲上前去，抱住樊哙的腰，欲拉他出殿。谁知樊哙一上劲，竟将后半截话喊出了口："若惹恼了俺，就率军掀了你这大殿。"

这一回轮到刘邦不依了，起身正色道："你要干什么？这是大汉朝堂，岂容你如此撒泼？来人，将樊哙推出去斩首，头颅悬挂城头三日，以儆效尤。"

立时，整个朝堂震惊了。首先是张良。樊哙大闹朝堂，他没有想到；刘邦动了杀机，他更没有想到。新都刚起，斩杀功臣，牵涉的却是方方面面，他最担心的还是吕雉，毕竟她是吕媭的姐姐。

其次是陈平，他想得更深一些。刘邦虽然杀的是一个樊哙，但等于向众多汉将举起了屠刀，会让他们寒心。他们不约而同地跪在了大殿中央。

"卿等这是为什么？"刘邦见状吃惊了，忙问。

张良道："樊哙虽性情鲁莽，但对陛下忠贞不贰。杀了樊哙，恐寒了众将的心。"

陈平立即接道："军师所言甚是！陛下若赦免樊将军，他当感激不尽。"

"若饶了他，这还是大汉的朝堂么？"刘邦生气地扭过头去。

"陛下！"从班列中走出一位中年人，刘邦抬头看去，却是御史大夫周昌，"樊将军虽然因气生莽，然则乃一时糊涂所致。自沛县至今，将军忠心，天日可鉴，若因此殒命，传将出去，恐怕诸王不安。"

这话一出口，刘邦坐了下去。是啊！诸王刚刚就国，朝廷又开杀戒，尔等会作何想呢？但刘邦就是刘邦，他要将这个人情留给卢绾，于是问道："燕王以为此事该怎么处置？"

卢绾何等聪敏，方才他还强烈希望刘邦杀了樊哙，可朝堂上几乎一边倒为樊哙求情的情势使他很快就领会了刘邦的意思，他出列与陈平、张良并肩跪着道："蓟都乃樊将军与周将军随陛下平定，因此樊将军此举当可宽谅。"

刘邦这才松了口："看在众卿的面上，朕就赦免了这莽汉。死罪虽免，惩罚必须，郎中令何在？"

王恬启出列道:"臣在。"

"将樊哙押到偏殿鞭笞四十。"

王恬启看了看众臣,没有动。刘邦见状大声道:"你没有听见朕的命么?"

"诺。"王恬启忙答道,转身下殿去了。

……

这件事情过去多日,而且卢绾早已到封国去了,但刘邦的心却并没有平静下来。每当闲暇之际,那一场连襟之间翻脸的情景时不时就会浮上心头。不错,在樊哙被打之后的当天夜间,他就亲自前往探视,并且亲为之敷药。可他问自己,能抚平其身上的创伤,能抚平他心底的创伤么?他想找萧何说话,可萧何正忙于修建宫殿之事。回到后宫,吕雉不止一次问他樊哙犯了什么罪,要当朝鞭笞。他没有回答,心头油然生出不尽的惆怅和孤寂。

就在这时,张良来了,他是向刘邦呈送如何警惕异姓诸侯王谋反的上疏的。刘邦拉开竹简,就看到几行清晰的话语——

周之衰微不在气数,乃在礼坏乐崩,夫文王初有天下,裂土田而瓜分之。降于夷王,伤礼害尊。周之衰久矣,在徒建空名于公侯之上尔。今陛下立国,分土封王,殊非得已。然则,周训在耳,不可不惊策也。

刘邦合上上疏道:"子房来得及时,朕也正为此事而心中烦闷,子房不妨陪朕走走。"

出了殿门朝右拐,就上了甬道。自进驻南宫以后,这甬道刘邦不止一次走过。当初先入咸阳时,他曾惊叹秦始皇斥天下民脂民膏,大兴土木,建成楼观盘郁,甬道连属。谁料作为吕不韦封邑的洛阳,其雕梁画栋,广厦炼玉丝毫不逊色于咸阳。触景生情,他发觉自己现在焦虑的问题与秦皇当年惊奇的一致。尤其是樊哙大闹朝堂后,盘桓在他心头的总是两个身影,一种的是分散在各地的异姓王侯,一种是像樊哙这样桀骜不驯的近臣……

甬道处站着三五个黄门,远远瞧去,似乎在低声说着话。刘邦转了方向,直朝着黄门们走去,他想听听他们说什么。可还没有等他到得面前,几个年轻的黄门都肃然而立,低眉垂目了。他和张良从中穿过时,他们竟连大气都不敢有一口。

刘邦等张良跟上自己的脚步,便问道:"彼等都说些什么?朕来了,反倒缄口不言。"

张良笑道:"陛下龙威震天,彼等岂敢当着陛下的面大声喧哗?"

这就是皇帝的不自由处,刘邦这样想。打仗的时候,哪来这么多讲究?

"不过,陛下封卢绾为燕王,朝野确是有些议论。樊哙那日虽然举止鲁莽了些,可对此事不平的不止樊哙一人。只不过大家慑于天威,不敢言罢了。"张良趁机将自己所听到的传到刘邦耳内。

"哦?有这等事?"刘邦放慢脚步,"子房快说说,他们都在议论什么?"

张良侧了侧身子道:"且不说众位臣僚,微臣也觉得陛下册封卢绾有些不妥。"

"哦!"刘邦睁大了眼睛,"朕有何不妥?"

张良并不着急,慢慢道:"臣夜读《吕氏春秋·去私》,曰晋中军尉祁奚年老告退,晋平公念其功高,允准引荐一人来继任中军尉一职,祁奚当即说'解狐'二字。晋平公大为不解,曰解狐不是卿的仇人么?祁奚说,大王问的是可不可,并没有涉及恩仇。过了不久,平公又要他推荐人才,他又推荐了自己的儿子祁午。平公不解地问,他不是你的儿子么?祁奚答道,大王问的是可不可,并没有问到他是谁的儿子。平公于是又接受了他的举荐,任用了祁午。据说孔子在删春秋时,读到这个故事,禁不住拍案称快,说内举不避亲,外举不避仇,祁奚可算是一心为公啊!"

"子房的意思是……"

"臣以为陛下任用卢绾为太尉,又接着封他为燕王,此亦内举不避亲矣!然卢绾之才,不及萧何,之德,不及滕公,之功,不及樊哙,故而群臣议论也是自然。"

刘邦吃惊于张良也会如此看待卢绾册封之事,并且说得如此直接,好在他对张良知之甚深,否则又要动怒。他虽心中不快,可仍然笑着与张良说话。

"其实大王以往任人,多有不避私仇佳话。"张良说完,又向前挪动脚步了。

刘邦闻言,情绪这才有了转换:"年深日久,朕都不记得了。"

张良挥了挥衣袖道:"想当年雍齿背离陛下而降魏,后来穷途末路又复归来,陛下不记旧仇,任其为将军,并将南郑托付于他,遐迩闻之,无不称颂陛下海纳百川,有容乃大。"

"子房好记性,若非爱卿提起,朕早忘记了。"刘邦眯着丹凤眼沉入对往昔的回忆。

张良紧跟着刘邦的话道:"平息群臣议论,正在于此。"

"朕即刻诏命,册封雍齿为什邡侯。"话说到这个分上,刘邦完全明白了张良的意思。

张良欣喜于刘邦的明智,忙双手打拱道:"陛下圣明。群臣见雍齿得封,则人人自坚也。"

第二天,刘邦就遣陈平前往南郑诏雍齿赴洛阳听封……

当陈平当着雍齿的麾下宣读完刘邦的诏书后,雍齿竟然发呆地跪在地上,久久没有回应,直到陈平连续提醒,才语不成句地回道:"微臣……谢……陛下隆恩。"

老实说,当大汉宣布在洛阳立国后,雍齿的心也死如止水。他自己做的事自己知道,当初回归汉营时,若非萧何进言,刘邦是决然不会收留自己的。他唯一的希望就是偏安于南郑,只要刘邦不追究罪责就谢天谢地了。

在刘邦和群臣庆贺的日子里,雍齿或在府内喝闷酒,或带上几位心腹到南山深处狩猎。正所谓心远地自偏,他想起洛阳,就觉得那是一个遥远的所在。但这样的念想他只能藏在心底,他生怕担上一个叛离的罪名。

而现在刘邦一纸诏书,那些灰暗的日子就瞬间远去,什邡侯的桂冠就神奇地落在了自己的头上。当夜,他在将军府设宴,与陈平开怀畅饮,对刘邦的感戴之语溢于言表。

雍齿举起手中的酒觥对陈平说道:"臣何德何能,皇上竟封侯拜将?皇上待臣恩重如山,臣纵然粉身碎骨,也难报其一。"

"将军坚守南郑,使大汉无后顾之忧;将军不听武涉游说,陛下……"陈平一连说了十数个理由,眼看着雍齿的眼睛就湿润了。

"使君,我最不该的就是……"雍齿已沉入深思,那些往事潮水一般地朝心头涌来。

半个月后,陈平与雍齿回到了洛阳。刘邦见到雍齿后的第一句话就是:"卿镇守南郑数年,坚不可摧,才有前方胜局,卿功高劳卓。"

雍齿心潮激荡,所有的话都化为几个字:"谢陛下隆恩。"

当晚,刘邦在南宫设宴,将什邡侯引见给群臣。萧何、夏侯婴、周勃等人与雍齿同起事于沛县,彼此并不生疏,心想皇上为何如此铺排张扬呢?这时,张良袍袖翩翩地从外面进来了。看他眉飞色舞的样子,萧何顿时明白,皇上册封雍齿的主意肯定出自张良之口。

因为是为雍齿接风,故而他的座次自然最靠近刘邦。

群臣均已到齐,春熙低声在刘邦耳边低语几句,但见他起身道:"诸位爱卿,今日朕在此设宴为什邡侯接风,皆因楚汉大战期间,雍爱卿坚守汉都,劳苦功高。请诸位举酒,为大汉祈福。"

众人纷纷举起酒觥,浅浅地喝了一口,然后静听刘邦说话。

刘邦呷了一口酒后继续道:"册封雍将军,只不过是一个开始。朕今日要当着众位爱卿的面对萧丞相、周大夫下令,即行定功行封。"

刘邦的话音刚落,席上就爆发出"陛下圣明"的呼声,声浪和着酒香在大厅内弥漫。

萧何暗地里赞叹张良的明于大局,拉着周昌来到刘邦面前,表示今日宴后就与有司令丞遴选行赏清单,勘定评功规制,力求早日举行开国大赏。

萧何与周昌的情绪深深感染了在场的各位,大家都强烈地感到,雍齿的册封,预示着大汉君臣空前一心。

就在众人沉浸在欢悦的氛围中时,一个人影出现在殿门口。他不是别人,正是负责宫闱守卫的郎中令王恬启。他手中拿着一封信札,匆匆忙忙地来到刘邦身边,附耳说了几句。

刘邦的脸色立时严肃了,问道:"何时的事?"

"据来人说,大概两个月前。"

刘邦"哦"了一声,示意王恬启入席,转而和颜悦色地对群臣们道:"众位爱卿,请举觞畅饮……"

山中日出日落何其短暂,在钟离昧的心中,仿佛暖洋洋的太阳刚刚从东方山头爬上来没有多长时间,就落在了西边的山头,只把橘黄色的余晖投射在山峦之间。

一道高坂,隔开了钟离昧及其麾下与外界的联系,而一道山涧,隐藏了两百多名楚国的将士。从那以后,没有人知道他们究竟去了哪里?也没有人知道,他们经历过生死的磨砺,一个个心变得既坚硬,又脆弱。

山中没有历日,他们只能凭借山川景物的变化判断时序的更迭。钟离昧不会忘记,四面楚歌的那个晚上,天空飘着雪,他们是踩着积雪的呻吟走近深山的。山里的花开了,又谢了;山涧的青草绿了,又黄了;树上的果子青了,又落了。此刻,钟离昧站在山坡上,望着坡下的山溪,水面上漂着殷红的枫叶,就像一叶小舟,被带向远方;风顺着山谷吹到脸上,冷飕飕的。又一个冬天即将到来,他和他的将士不知道该怎样度过这漫长的冬季。

钟离昧的目光从溪水上移开,移向溪旁的山道上,那是通往山外的唯一道路。在那些大雪纷飞的日子里,又有数十名兄弟因冻饿而死在凤凰山深处。如今,他们的坟茔就排列在对面的阴坡,那里有郁郁葱葱的松柏。每当钟离昧从墓园前经过,都会有一种冰冷的感觉。若今冬再有数十名士卒死去,那么……钟离昧终于决定不再滞留凤凰山,要在冬天到来之前撤到一个少寒冷、多饮食的地方。于是一个月前,他遣屈右领带了五名精干的士卒,化装成商贾出山去了。

如果不出意外,他也该回来了!钟离眜觉得眼睛有些酸困,眨了眨,但立即又睁得老大。果然,在远远的山口,出现了几个黑点,在冬阳下晃晃悠悠。钟离眜的心就扑腾扑腾地跳,他迅速下了坡,沿着沟道朝前走。转过一块山崖,那几个黑点就渐渐清晰地进了他的视线,不错!就是屈右领,他大略数了一下,带走的人一个不少地回来了。

钟离眜与屈右领面对面地站住了,他细细打量着面前这位中等个子、说话不紧不慢的汉子,发现仅仅一个月时间,他整个人却黑瘦了一圈。顾不上军中礼节,他上前搂住屈右领的肩膀道:"足下辛苦了。"

"谢将军挂怀!"屈右领打了一拱,钟离眜又一一查看带走的五个人,脸上就流露出欣慰的笑意。

当每个人从衣襟里掏出一小包食盐时,钟离眜的眼睛湿润了:"难得诸位如此细心,弟兄们很久没有吃盐了⋯⋯这回好了⋯⋯"

一干人回到山涧,坐在火堆旁,就着橘黄色的火苗,屈右领告诉钟离眜项羽战死的经过,说着说着就流泪了。

钟离眜听罢,许久没有说话。拨开当年君臣之间的猜疑,钟离眜仍然感受得到项羽的大义凛然。与此同时,他心中的阴云又加重了一层,项羽的死,宣告了楚国的寿终正寝,意味着他更是无国无家的漂泊之人了。

但接下来屈右领把一个带着希望的消息告诉了他:"不过属下听说韩信已被封为楚王,也许⋯⋯"

"足下是说韩信被封为楚王了?"钟离眜立即接上屈右领的话茬,不无激动地问。

"确是如此。属下还听说韩信回乡省亲,拜见了当年资助过他的漂母,而且把当初致他受胯下之辱的王屠户任为中尉。"

屈右领的话音刚落,宋右领不知从哪个角落跑了出来道:"韩信容得了王屠户,自然也容得我等,倒不如去投奔楚王。"

钟离眜在火堆前踱着步子,整理着思绪。他记起来了,当年韩信在楚营时,有一次因斗胆谏言而惹恼了项羽,下令将之斩首。钟离眜慨然陈词,言韩信乃大器,日后必得大用,韩信这才捡回一条命。这恩德⋯⋯

钟离眜停住脚步,以征询的口气问道:"你们觉得投奔韩信可以?"

屈、宋两位几乎同声道:"可以!"

"好!"钟离眜的拳头击打在岩壁上,"收拾行装,化装出山,投奔韩信。"

屈右领建议道:"虽然说我军冻饿死伤兄弟不少,但依旧有两百多人,一起行走,容易引人注目。属下之意,每十人一批,屯长扮成商贾,其余人扮成伙计。分开走,在下邳城外集合。"

宋右领附和道:"此计甚好,躲过汉军盘查,就是生路。"

"好。两位右领下去传达将令,两日后出发……"

事情就这样定下来了。临行之际,钟离眛却生出诸多的不舍。他怎么会忘记,在陷入绝境的日子里,是凤凰山以博大的情怀接纳了他们,这难道不是天意?他忽然想起屈右领背诵过的《山鬼》,那"杳冥冥兮羌昼晦,东风飘兮神灵雨。留灵修兮憺忘归,岁既晏兮孰华予"的诗句,让他对凤凰山有了不尽的感激。

他觉得,最应该祭奠的是对面阴坡松林中长眠的几十位弟兄。可这山涧,除了泉水,还有什么呢?他吩咐贴身侍卫汲了一水囊山泉,一人来到松林中。面对蓑草发黄的坟茔,他将水倾倒在地上道:"我且以泉水当酒,与诸位痛饮,为了活着的将士,我当离开此地。他年若有转机,我当领你等回家。"

山风呼呼,将钟离眛的声音带得很远很远。

……

韩信正在读《兵法》,王中尉进来禀报,说宫门外来了一位富豪商贾,言说是大王故交,特来拜望。

韩信放下竹简,看了一眼王中尉,他早已没了当年的傲岸和蛮横,心中就有种无言的满足。谁能笑到最后,谁就是胜者。只是他无论如何也想不来曾有过什么富豪商贾的故交。

"来人什么长相?"

王中尉大略描述了一下来人的长相,韩信渐渐明白,大概是项王麾下将领钟离眛。他虽然没动声色,心中却自问道:"项王不是早已败亡了么,他为何……"

不管怎么说,钟离眛当年救过他一命,这个人情早晚要还。想到这里,他对王中尉道:"请他来见。"

不一会儿,王中尉引着钟离眛进来了。屏退左右,韩信看了一脸络腮胡子的钟离眛道:"果然是足下。"

"亡国之将钟离眛拜见楚王。"

"好说!"韩信本能地吩咐黄门掩了宫门。

第十六章

假巡狩以除异己
巧周旋而灭奸小

这场为雍齿举行的饮宴持续了两个时辰,刘邦不露声色地目送张良等臣僚离开,这才回到前殿打开王恬启送来的信札。刚刚看了几行字,就禁不住叫出声来:"奸贼,竟敢与楚残将同流合污。"他一抬头,就看见身边站着的不仅仅有春熙,还有陈平,便知陈平听到了自己的骂声,便问,"爱卿何故没有离去?"

陈平作了一揖道:"如果臣没有猜错,此书札定是来自楚国。"

刘邦很吃惊,放下书札问道:"爱卿何以知道?"

陈平很平静地回道:"前些日子,臣去洛阳城郊巡查军营,听人议论说楚军败将钟离眛暗自潜往下邳了。臣据此猜想,此信札当是从彼处来的。"

刘邦再度埋头看信札,就不由得念出声来:"你看看,钟离眛在下邳,不仅随韩信巡查县邑,而且出入都有侍卫护着。这楚国究竟还是不是刘氏的天下？"

"陛下圣明。韩信自恃功高，藐视朝廷。"

"正是。"刘邦借着酒劲，说起话更是带了帝王的威严，"这个韩信，朕早就料到他存有反心。前年他向朕上书求封，其异心图穷匕见。如今到了下邳，自觉朕鞭长莫及，故而与残军眉来眼去，朕岂能容他。朕明日早朝，就点将亲自出征，定要将韩贼擒至京城。"刘邦说着话，手在案几上击打得咚咚响，"朕至今想起他待价而沽的往事，犹愤懑难平。他敢如此，岂知其他异姓王不敢如此？"

在刘邦发泄心中愤怒的时候，陈平一直专注地倾听着皇上的每一句话。因此，当刘邦再度责备他为什么还不离开时，他的思绪就整理得井井有条了："臣担心陛下因气伤身，故而不忍离去。陛下真的要发兵讨伐楚王么？"

"难道朕还戏言不成？"

陈平近前一步道："如此，臣有几个问题想问陛下。"

刘邦没好气道："这里只有你我二人，有话你就直说。"

"敢问陛下，有人言韩信反，韩信知道吗？"

"朕料定韩信不知。"

"那臣请陛下自忖，陛下精兵能与楚军匹敌么？"

刘邦迟疑了片刻，照直回道："不能。"

陈平点了点头又问："臣请陛下再自忖，我朝中诸将，有用兵能过韩信者乎？"

"没有。"

"兵不能与楚较量，将不能及韩信，陛下举兵攻楚，乃是仓促出战，臣以为十分危险。"

经陈平这一番问话，刘邦的头脑渐渐冷静下来了，他从心底觉得陈平的提醒非常及时。可难道就这样任凭他胡作非为么？他将征询的眼神转向陈平问道："那依爱卿看，如之奈何？"

陈平又作了一揖，反问道："陛下可记得秦皇当年巡狩会稽时的盛景么？"

刘邦点点头道："那怎能不记得。朕当时还说过'大丈夫当如是也'，而当时项羽也说'彼可取而代也'的话。"

陈平拊掌道："陛下圣明，自古天子有巡狩、会诸侯的习惯。若陛下假名巡狩云梦，要在陈县大会诸侯。陈县是楚国西界，韩信听闻陛下巡狩到此，岂能不见？陛下趁机将其擒获，这样便无须大兴兵戈，武士可擒矣。"

刘邦听了,不免有些狐疑,问道:"这样行么?"

"陛下每临大事,胸有丘壑。鸿门脱险,武关却敌,与之相比,南行乃小丘矣。"陈平甚至断定,刘邦南下,韩信断不敢恣意妄为。

初冬太阳淡淡的余晖将竹叶投射在窗户幔帐的时候,刘邦下定了南巡的决心,他从案几后站起来道:"就依中尉,朕明日早朝后就启程南下。"

走在通往后宫的甬道上,冬日洛阳城的萧瑟和冰冷就一一映入眼帘。一片片金色的叶子随着冷风飘扬在天空,有几片落在刘邦的肩头,春熙看见了,便上前为他拂掉。暮色刚刚拉开帷幕,店铺已早早地关了门,只有卖柴的瑟缩声穿过寒林,在耳边回旋。这情景让刘邦的心境变得沉重起来,在以往的日子里,无论是前往鸿门赴宴,还是出关牵制龙且,他都思出即行,没有多少牵挂。可这一次不同了,除了老父在栎阳,家人都在身边,他即将出行的心就扯出千丝万缕的情丝。他踯躅的脚步引起了春熙的注意,紧走几步问道:"陛下有何吩咐?"

刘邦摆了摆手,继续朝前走去。眼看吕雉居住的殿宇已进入视线,他的眉头紧皱起来了,他不知道怎样将此事告诉吕雉。他们夫妻毕竟分别三年刚刚团聚不久,而他又要冒险南巡,她知道了又会作何想?他又想到了另一个女人。自从进驻洛阳后,他强烈地感到吕雉对戚夫人那种明里暗里的厌恶。他最担心的是,在他离开洛阳后,两人能否相处好。

即将走到甬道尽头,下了阶陛,就是吕雉的殿宇。刘邦的脚步终于停住了,回身对春熙道:"去传夫人前来皇后处用膳。"

春熙迟疑了一下,问道:"陛下是要传夫人到皇后处么?"

"你没有听见朕的话么?"刘邦就有些不高兴。

春熙不敢再问,回头就招来一个年轻的小黄门,打发他去戚夫人处传皇上的口谕。待他再转身时,刘邦已下了阶陛。春熙不敢怠慢,忙跟了上去。

其实,在皇后殿宇值守的黄门在刘邦刚走下台阶的那一刻,就将消息传给了吕雉。此刻她已率众人出来,呼啦啦跪倒一片,迎接皇上的到来:"恭迎陛下。"

"平身。"刘邦从队列中穿过,来到殿宇中央入坐。吕雉挥退宫女和黄门,只留女御长春兰在身边。待殿廷安静下来后,春兰已将茶水沏好,吕雉接过来亲手捧给刘邦道:"陛下处理国政一个下午,定是口干舌燥,请先喝了这杯热茶,妾这就命后厨准备酒菜。"

刘邦呷了一口热茶,果然香气宜人。他的确有些渴了,一杯茶入口,喉咙清爽多了,随即问起刘盈近来的学业。

吕雉回禀道："盈儿近来在习读《左氏春秋》，吕少傅每天向他讲授历朝历代治政的经验，盈儿听得津津有味。只是他有些不理解，为何先朝会发生那么多弑父弑君之事。他说如果儿子为了夺得王位而杀了父亲，臣下为了王位而杀了君主，这天下还是天下、国家还是国家吗？"吕雉说到这里，脸上流露出不悦来，"有时，盈儿听着听着就哭了。陛下说说，这孩子怎么就没有随妾一点呢？"

"传太子来共进晚膳。"刘邦的心情也随之沉重起来，他在心里埋怨吕臣，为什么要给刘盈讲授这些。他决计回头传吕臣当面问问情况，万一不行，就新任一名少傅来教他。

春兰转身出去，不一会儿，刘盈就来了，拜过父皇和母后，便规矩地坐在吕雉身旁。刘邦顺着刚才的思路，问了问刘盈的学业。刘盈虽然胆怯，但还是一一回答。刘邦点了点头道："可见盈儿还是认真听了讲书的。"

"谢父皇。"

眼见时间不早，刘邦又问春熙："怎么还不见夫人与如意来呢？"

闻言，春熙忙到门口张望，就看见戚夫人引着如意，在秋菊和几名宫女的陪同下下了甬道，正朝殿门走来。春熙忙上前相迎："夫人到了，陛下正在殿中等候呢。请夫人快随老臣来。"

进了殿宇，戚夫人面对正襟危坐的刘邦和吕雉，上前施了大礼，柔声细气道："妾参见陛下、皇后。"

如意效法母亲，先是跪地道："儿臣拜见父皇、母后。"待刘邦口谕平身后，又转过身来到刘盈面前行了大礼。那认真的一丝不苟的样子，惹得刘邦笑颜掠过眉头。

刘盈忙还了礼，拉着刘如意在身边坐了。

见状，吕雉便不满意了，道："这孩子怎就不懂尊卑呢？盈儿乃储君，你为臣下，岂能并肩而坐？"随即将脸转向戚夫人，"陛下传你，你却迟迟不到，难道要陛下亲自请你不成？如意不晓君臣之礼，你是如何教子的？"

戚夫人用眼睛的余光悄悄打量一下刘邦，倒是和颜悦色，忙欠了欠身子回道："都是妾的错，请陛下、皇后恕罪。"

戚夫人一抬头，发现如意已经自觉地坐在最下首了，心头就泛起一阵欣慰，正要说话，吕雉却发了声："陛下看看，妾还没有说上几句，她就一大堆理由，这后宫还有尊卑没有？"

刘邦看了一眼吕雉，本想训斥几句，但话到口边又收回去了，他不愿意因为些许枝节破坏了临别前的这顿晚饭，他挥了挥手道："平身。"

待戚夫人在下首坐了,刘邦又道:"小儿不晓事,可以宽谅,往后多加训诫就是。"

吕雉没有再责备,她要的就是这个效果。

酒菜上齐,刘邦举起手中的酒觚道:"朕今日召你们共进晚餐,是有事要告诉你们。先饮这一杯,朕再说话。"

"谢陛下。"吕雉与刘邦并排坐着,侧过身子道。戚夫人、太子和如意也依序谢皇上。

刘邦接着道:"现今天下初定,朕不日将南下巡狩,出宫将近月余,故而家人相聚,一则有些话要叮嘱,二则也是作别。"

刘邦这话一落音,饭局就沉寂了下来。

过了一会儿,吕雉举起酒觚向刘邦致意:"陛下恩泽四海,威震九域。陛下所到之处,必是诸侯敬畏,万民咸仰。妾祝陛下一路顺风,龙体康健。至于后宫之事,请陛下放心,妾定然处理得有条不紊。待陛下南巡归来,妾还在此地置酒为陛下接风。"

饮罢酒,吕雉对坐在左边的刘盈道:"你父皇就要远行,你就没有什么话要说么?"

"遵命。"刘盈说着站起身来到刘邦面前,将酒觚高高聚过头顶,"父皇乃天下之主,此去南巡,正值初冬,饮冰餐风,儿臣甚为不安,乞父皇遣丞相代为巡狩。"

刘盈将酒觚放在唇边轻轻饮了一口,刘邦分明看见他的双目湿漉漉的,心中就有些不痛快,但在这个告别的时刻,他不想因自己的责备而致吕雉母子不快,便顺势举起酒觚道:"难得盈儿一片孝心,朕十分高兴。"

刘邦用眼睛的余光打量吕雉,发现她的脸色很阴沉,猜想她一定是为了儿子的懦弱而生气。好在她接下来的话,并没有将心中斥责说出口:"你父皇威及海内,定于一尊。你当如父皇,天下为怀才是。"

刘盈已回到自己的座上,忙作揖道:"儿臣明白了。"

孰料刘盈的话却引起了戚夫人的共鸣,轮到她敬酒时,就说出一番附和的话来:"妾觉得太子所言,乃大孝之举。所谓天子不视而见,不听而聪,不虑而知,不动而功,慨然独坐而天下从之如一体。大汉谋臣如云,武将如雨,陛下何须劳动大驾南下,妾甚为不安。"

戚夫人举酒齐眉,满眼温顺,这让刘邦心中很不好受。他明白,戚夫人之所以阻止自己南下,固然担心他的安危,同时也担忧吕雉会处处为难她,只是这样的缘由却无论如何也说不出口。如同对待吕雉一样,刘邦也打算婉言安慰戚夫人几句,同时也打算在酒阑席散后单独叮嘱吕雉,要善待戚姬。但在场的所有人都没有料到,就在这时,刘如意来到母亲身边,举起酒觥,说出一番让刘邦和吕雉吃惊的话来:"吕长史为儿臣讲书时,曾说过舜帝南巡的往事,儿臣虽然年幼,然愿随父皇巡狩,一路护卫。"

如意奶声奶气的话音刚落,刘邦的笑意就堆满额头,回想起那日早朝时如意练剑的身影,益发觉得这孩子可爱。他起身来到殿中央,拉起如意道:"难得意儿一番孝心,朕南下巡狩,自有禁卫相随。你待将来长大……"

"儿臣长大后要带兵打仗,为国建功。"

刘邦终于忍不住开怀笑了,随身就抱起如意亲了一口。如意躲着刘邦的胡须,一个劲地嚷着"痒痒"。这可吓坏了在一旁的戚夫人,她上前接过如意,责备道:"这孩子没大没小……"

眼前的这一切,让坐在一边的吕雉心里五味杂陈,是对儿子期期艾艾的不满,是对如意的嫉妒,是对刘邦偏爱如意的醋意。她忽然觉得,今天这顿饭吃得寡淡无味。她在心里问自己,这还是在自己殿宇举行的饮宴么?

"好啊!"吕雉突然甩出一串冰冷的话来,"今日是为陛下南下饯行,你戚姬不祝祷祈福,反而千方百计阻止。我倒要问问,你还是陛下的亲人么?莫非你在心底诅咒陛下不成。"

戚夫人战战兢兢地看了一眼吕雉,那刀子一样犀利、寒雪一样冰冷的目光,让她的肩膀不由得抖动了一下。她暗自埋怨如意不懂事,偏偏在这个时候在父皇面前撒娇。戚夫人迅速调整了思路,立即跪倒在刘邦和吕雉面前道:"妾不该劝阻陛下……妾怎敢诅咒陛下……"

可吕雉并不打算放过她,反而加重了语气:"像你这等人,胸无大志,岂可懂得陛下的宏图大略。为人妾者,当恪守妇道,若心怀旁骛,我定然……"

"好了!"吕雉后面的话没有说完,就被刘邦浊重的声音拦住了,"你们究竟要干什么?连一顿饭都不让朕吃得安生。"

再看看两个孩子,从来没见过父皇、母后、姨娘如此局面。刘盈一转身紧紧抱住如意,哭着道:"弟弟不要害怕。"

春熙在一旁伺候,看见这种局面很是不安,但说什么都不合分寸。好在刘邦厉声截住了吕雉的申斥,他借着这个机会忙吩咐黄门宫女重新温酒,好使刘邦吃完这顿饯行饭。

……

刘邦要巡狩的诏命由丞相府迅速发往各地。但发给楚王韩信的,不仅有巡狩的文书,还附上了一份要求他拘捕钟离昧的诏命。

韩信反复揣摩着文书的意思，问身边的冯敬："钟离将军以商贾身份入下邳，究竟是何人走漏了风声？"

"臣也奇怪，陛下为何这么快就知道了消息。此人必在大王身边，才知道得如此详细。"冯敬把韩信身边的人一个个数了一遍，忽然一个身影闪现在他的脑际，"会不会是他？"

"你寻见人了？"韩信停住脚步问。

冯敬望着滔滔向南的沂水河，若有所思道："如果臣没有猜错，这告密者必是王中尉。"

"王屠户？"

冯敬待韩信在岸边站住脚步，便道："臣记得钟离将军那日来到下邳城时，就是王中尉第一个看见的。后来，每次钟离将军出入下邳都有侍卫护送，难免不引起他的怀疑。"

"这不大可能。"韩信摆了摆手，紧接着又肯定地说道，"怎么可能呢？他当年让本王受胯下之辱，本王不予计较，以德报怨，任他为中尉。他不回报也就罢了，又怎么能去向天子告密呢？"

冯敬叹了一口气道："恕臣直言，大王对人太过善良。害人之心固不可有，然防人之心断不可无，愿大王慎思。"

韩信没有立刻回答冯敬的话，但他的心却被冯敬的话激起了层层浪花。平心而论，从富庶的齐国转到楚国，他对刘邦有些心灰意冷，也做了偏安一隅的打算。他深知风雨骤变，沧海桑田，自己既然上了这条船，那福与祸随时都可能降临到自己头上。于是，便有了回报桑梓的心绪。因此，他不但原谅了王屠户，而且将他安排在身边，难道他真的……

韩信想了想，随即打消了这种疑虑，自从王屠户到了麾下后，处事小心谨慎。别的不说，单就漂母来说，王屠户每次回淮阴都不忘给她送些生活物品。漂母在来书中叮嘱韩信要善待王屠户，对往事不必计较。这样一个改邪归正的人，怎么会……

他一遍又一遍地问自己，不知不觉就来到了沂水码头，远远看见一只渡船正朝远方划去。

冯敬指着站在船头的人影道："那不是王中尉么？这一大早，他到哪里去呢？"

韩信抬头一看，的确像王屠户。是呀！他执掌王宫禁卫，不禀奏，究竟要干什么去呢？待他再抬头望向远处时，那船就成了一个黑点，渐渐淡出了视野。可王中尉的身影，却像一团黑云在韩信的心头越来越低。

有马蹄声自远而来,韩信和冯敬回头看去,只见一骑匆匆向沂水岸边飞驰而来,似乎手中还持着符节。韩信与冯敬交换一下眼色,转身离开码头。

显然,轻骑也看见了韩信,纵身跃下马来,疾步跑到韩信面前,行了一个军礼:"启禀大王,卑职乃陛下身边禁卫。陛下巡狩已到陈县,诏命大王带钟离眜首级去见。"

韩信回道:"请使君回奏天子,本王不日即到。"

看着使节打马离去,身后卷起一团团烟尘,韩信的心里雾蒙蒙的。这回他相信冯敬的话了,定是有人走漏了消息,否则,刘邦为何这么快就知道了呢?对!一定是王屠户告的密,这个恩将仇报的小人。

"回宫!"韩信一甩长袖。

两人同乘一辆车,路上韩信问道:"太尉以为,当务之急该如何应对?"

冯敬不假思索道:"杀了钟离眜,方能消除陛下疑心。否则,楚国危矣。"

韩信长叹一声:"世事如此,可他毕竟有恩于我,如何下得去手啊?"

"大王三思,此事也是情非得已。大王不杀他,如何面对陛下?钟离之恩与陛下之恩相比孰大,想来也不难明白。"冯敬顿了顿又道,"臣知大王为难,不如这事就由臣来做。"

韩信点点头道:"看来也只能如此了,我实在无法面对他……"

说话间已到了下邳城东门,世间许多事就是这样,越不想见,偏偏上苍就安排了这难堪的遭际。韩信与冯敬刚刚到了东门吊桥下,就看见钟离眜与他的楚国侍卫正在叫城。守城的将领看见是韩信尊贵的客人,很快就放下了吊桥。钟离眜的战马前蹄刚刚踏上吊桥,就听见后面有人喊:"钟离将军,钟离将军……"

钟离眜转脸看去,原来是韩信与冯敬,忙勒转马身见礼道:"大王、太尉这是从何处来?"

冯敬忙上前搭话:"今日稍有闲暇,我就陪了大王出城转了转,将军这是?"

"不瞒大王、太尉,末将整日憋在城里,人都要生霉了。今日带侍卫外出狩猎,也就是散散心而已。"钟离眜说着,从身后的车子上拿下一只鹿,"这只鹿就献给大王。末将自来到楚国后,处处受大王关照,不胜感激……"

韩信闻言,笑得很勉强。好在钟离眜说到高兴处,并没有过多注意,因此,听韩信说"一定一定"的时候,就觉得十分舒心。

冯敬热情地接上了钟离眜的话道:"将军一言,倒提醒了我。楚国初立,兵备乃当务之急,如何训演阵法,我正要请教将军呢!"

"大王待末将恩同再造,粉身碎骨也难报一二。莫说演训,即便上阵杀敌也无二话。"

冯敬作揖道:"将军快人快语。待会儿进城后,请将军到太尉府一叙如何?"

"一言为定。"钟离眛在冯敬的掌心有力地击打了一下。

城门开了,守城的将领带领麾下在城门口站立,迎接韩信入城。一路上韩信紧绷着脸,一句话也没有说。及至到了王宫门前,早有黄门总管韩拓在那里等着。韩信下了车,躲闪着钟离眛热辣辣的目光道:"本王今日身子略有不适,将军有何事可与太尉讲。"

钟离眛忙打拱道:"大王早点安歇,末将这就随太尉进府。"

天空不知什么时候又复转阴,灰蒙蒙的。大约巳时,冯敬与钟离眛进了太尉府,转过一个花坛,走完一段回廊,就到了太尉虎堂。钟离眛刚进了虎堂大门,就听见冯敬大喝一声:"来人,将钟离眛拿下。"

霎时间,太尉府侍卫一拥而上,三两下捆了钟离眛。

钟离眛愣住了,不知发生了什么事情,一双眼睛惊恐地看着冯敬问道:"太尉这是为何?末将在楚国犯了何罪,竟然要如此待我?大王知道么?"

冯敬笑道:"将军真是粗心,没看见大王一路上愁肠百结,面若冰霜么?"

钟离眛打断冯敬的话道:"到底怎么回事?末将就是死也要死个明白。"

冯敬看了一眼钟离眛道:"事到如今,我不妨直说,不是大王要害你,实在是因为有人把将军的行踪密告到汉帝那里,他下诏要将军的首级。"

闻言,钟离眛的脸色陡然变了,如死灰一般。他先是沉默了良久,紧接着大骂刘邦小儿出尔反尔,撕毁盟约。冯敬并不阻止,一任钟离眛发泄心中的怨恨,直到他筋疲力尽之际,才下了斩首的命令。

刀斧手刚刚举起屠刀,就听钟离眛大吼一声,绝望地看着冯敬道:"天亡项楚,如之奈何。既然刘邦小儿要我首级,何劳诸位动手,我就此自裁,以谢天下。"

这话让冯敬敬佩,他遂命士卒为之松绑。

钟离眛舒展了一下筋骨,面对窗外悲愤地说道:"楚王,刘邦要我首级,你为难什么?我这就将首级献给你,只是希望善待我麾下士卒。我还有一句话请你带给楚王,我今日之死,即楚王明日之亡也。"言罢,钟离眛夺过刀顺着脖颈抹去,一股热血喷薄而出。

冯敬惊呆了,好久没有回过神来……

十二月,刘邦在樊哙、陈平陪同下,由曹窋护卫到了陈县,应召前来朝觐的诸侯有梁王彭越、淮南王英布、楚王韩信等。刘邦在陈县府举行了盛大的朝会,除赞扬诸王有功外,重点是要诸侯王们忠于汉室,守土安民。诸侯王纷纷奏报国内的民情军务,表示要明尊卑、行礼义,按时向朝廷上贡。

接下来的几天时间,刘邦带着陈平,与诸王一一密谈。到了第六天,梁王、淮南王相继拜别踏上归程,刘邦这才传韩信在行宫单独会面。

皇上与诸王密谈说了什么?诸王又向朝廷承诺了什么?韩信一无所知。而且,他发现樊哙在自己传舍周围部署的侍卫比别人都多,心里也就忐忑不安起来。更让他奇怪的是,彭越和英布自被刘邦单独召见后,看见他犹恐避之不及。觐见过刘邦后,就匆匆离开了。

第二天一大早,陈平来到传舍,谦恭地询问起他来陈县这些日子一切可好,并验看了钟离眜的首级,这才与韩信一起上车前往县府。一路上,陈平热情地向韩信介绍洛阳的风物和历史。

陈平的津津乐道,韩信却一句也没有听进去。他望望身后,贴身侍卫周三抱着钟离眜的首级,就想象着刘邦见了首级将会作何想。

车子在县府门前"吁"的一声停下了,陈平跳下车邀道:"请大王下车,陛下正在等候呢。"

韩信点了点头,严肃地从周三手中接过钟离眜的首级,然后向县府前堂走来。在前堂门外值守的是他熟悉的曹窋,当他发现韩信的侍卫跟在后面时,立即上前伸手挡住了:"请足下在外等候,陛下只传楚王觐见。"

从道口到前堂门口,也不过数十步远,可在韩信的感觉里,却是十分漫长。好不容易一脚踏进大厅,他举目四顾,发现在这里等着他的,不仅有坐在案后的刘邦,还有披甲戴胄、一脸肃然的樊哙。这气氛,让他的心一下子提到了嗓子眼。但韩信毕竟是历经过战阵的,他迅速平静了呼吸,双手捧着钟离眜的首级就拜在了刘邦面前:"微臣拜见陛下,钟离眜首级在此,请陛下验看。"

刘邦只是抬头看了看,并没有走出大案。他向一边的樊哙摆了摆头,就听见樊哙大喝一声:"来人,将韩信拿下。"

殿外的曹窋随即率领士卒进来夺了钟离眜首级,将韩信用绳索捆了。

"陛下这是为何?臣身犯何罪,陛下要如此待臣?"韩信挣扎着在四下里寻找陈平,却不见他的影子。

刘邦这才走出大案,看着韩信道:"非是朕要拘你,是有人举报你谋反。"

韩信看了看冬日的天空,浅灰色的云层越积越重,情不自禁地说道:"果如人言:狡兔死,良狗烹;高鸟尽,良弓藏;敌国破,谋臣亡。'天下已定,臣固当烹。"

"回到洛阳由御史大夫审理,自然还你一个清白。"刘邦眼中流露出几许狡黠,挥了挥手。

樊哙闷声闷气道:"将韩信押下去,明日押往洛阳。"

韩信被押出后,周三看见后,不顾禁卫拦阻冲上前去,哭着道:"大王,这是为何呀?"

他本是个孤儿,是漂母收留了他。他虽称韩信为大王,但在他心中,他们都是漂母的儿子。韩信安慰他道:"朝廷有些误解,不久就会大白于天下的。你速回淮阴伺候母亲,记住,往后一定不要出来做事,就在乡间帮母亲浣纱。"

周三流着泪点了点头,就在他要退下的当儿,发现韩信向他眨了眨眼,就头也不回地转身走了。

"大王放心,我一定还你清白……"周三在心里道。

韩信走后,陈平出现了。他一进县府前堂,刘邦就以赞许的口气道:"若非爱卿请朕南下巡狩,韩信岂能就范。爱卿果然足智多谋。"

陈平忙施礼回道:"此皆赖陛下天威,臣只是奉命而已。不过臣还有一个想法,不知当不当讲?"

"哦?说说看。"

"陛下因得韩信,又治蜀中,据此险要地势来驾驭诸侯,犹居高屋之上建瓴也;臣又知,齐国东有即墨、琅琊之饶,南有泰山之固,西有浊河之限,北有渤海之利,地方两千里,持戟百万,此地非嫡亲子弟莫可王者。"陈平说这些话的时候,语气平静,没有丝毫激动和渲染,仿佛一切都是随意而出。

但刘邦却从中听出了话外的意思,心中笑道:"好你个陈平,三秦之定,根本在于暗度陈仓;三齐之定,赖于韩信运筹,你这不是为韩信评功摆好么?不就是韩信杀不得么?"

刘邦也不避讳,直言道:"卿的意思朕明白。朕曾言朝中三杰,其一就是韩信,朕自有分寸。"

其实,陈平之所以谏言赦免韩信,很大程度上是为了那些剿灭项楚立下汗马功劳的诸侯王考虑,若是他们听说韩信被杀,由此生出"唇亡齿寒"之感,于国何利?这一点,刘邦当然也是心领神会,他也不过是借着惩治韩信震慑一下异姓王而已。

"陛下圣明!"陈平说完,起身告辞。

周三并没有如韩信嘱托那样回淮阴去,而是直接奔了下邳。

韩信临别时那一眨眼让他满腹狐疑。战马一路东去,在谷水南岸的时候,他终于想明白了,大王是要他回到下邳去,为他辩冤寻找证据。

这一天傍晚时光,周三进了下邳,直奔太尉府而来。

自韩信离开下邳后,冯敬的心一直处于不安中。皇上对韩信容留钟离眜十分不满,如果将此事与谋反联系起来,分量就非同一般了。因此,在送别韩信的那一刻,他忽地生出了悲壮,担心楚王此去凶多吉少。

去了许多日了,按说也该回来了。今天从一大早,冯敬就在心里念叨着这句话。

早晨,王中尉来向他禀报下邳城防情况,有意无意地问起韩信。他说这些话的时候,眉眼间就溢出莫名的笑意,这让冯敬很不舒服。他也说不上来,自打从韩信口中得知他曾受过这王屠户的胯下之辱后,他一看到王中尉就很不舒服。他在想什么呢?是在幸灾乐祸么?他就这样独自一人在书房里踱步,时而望着窗外阴沉的天空,时而又坐在案头翻阅送来的战报。

太尉家令出现在书房门外,说护卫韩信的侍卫周三从陈县回来了。

冯敬腾地就从案几上蹦了起来,对家令喊道:"速传他到客厅。"

周三一进客厅,就哭着拜在冯敬面前:"太尉,大事不好了,大王他……"

"大王怎么了……"

"大王一到陈县,就被陛下扣押了。"

"为什么?"

"卑职听值守的禁卫说,有人向陛下告密,说大王图谋反叛朝廷自立。"

闻言,冯敬沉默了,一切都在预料之中。他上前扶起周三道:"你坐下详细说。"

周三站了起来,将韩信陈县之行前前后后说了一遍。冯敬听完,算是明白了。在这个下邳城,在韩信身边,什么人才能发如此狠心,暗奏韩信谋反呢?除了王中尉,他找不出第二个人。可证据呢?他不能靠猜测去治王中尉的罪。

冯敬陷入了沉思,双手不停地摩挲,看得周三心急:"太尉快想办法救大王,只有太尉才能救大王啊!"

冯敬忽然站住了,看了一眼周三道:"待会儿你饱餐一顿,随后去见王中尉。"接着附耳低语了几句,周三频频点头。

"来人!上酒菜……"

周三的确饿了,风卷残云,先喂饱了肚子,然后消失在夜色之中。

憋了多日的雪,终于在亥时一刻飘了下来,纷飞的雪片落地无声,只有一串深深浅浅的脚印向中尉府延伸。

王中尉刚刚查岗回来,抖了抖身上的雪,跺了跺脚,双手就伸到木炭盆前,暖烘烘的炭火立即驱散了满身的寒意。

"这鬼天气。"王中尉骂了一句,拉过一个坐团坐下来,朝外面喊道,"来人!"

"老爷有何吩咐?"一个丫鬟应声进来。

"温一鼎酒来暖暖身子。"

"诺。"

丫鬟出去不一会儿,就和一位府役抬着一只小鼎进来,放在木炭盆上,后面紧跟着的一个丫鬟捧着一个托盘,上面放了几盘菜蔬和酒觚。一切布置停当,王中尉一边自斟自饮,一边想心事。

事到如今,王中尉都没有想通当年给了韩信那么大的耻辱,他竟然不计前嫌,招他做了守卫国都的中尉。他每日高头大马,出入楚宫内外,行走在巷间之间,在众人艳羡的目光中度过一个个日子。

在淮阴城,王屠户是靠一帮兄弟耀武扬威的。每日太阳一出来,就挨家挨户地向店铺主家收所谓的平安钱。稍有抵触,就会招来拳脚。后来,他就成了淮阴城人人见之侧目的恶少。那时候,他觉得老子就是天下第一,淮阴城就是他的天下,所以根本没有把韩信放在眼里。

三十年河东,三十年河西,有谁会想到韩信竟成了楚王,而且衣锦还乡,侍卫前呼后拥,旌旗催动车辇。昔日不把韩信当一回事的人纷纷上街,要看看这个当年衣衫褴褛的浪子现今是一副怎样的做派。王屠户没有去,他知道自己得罪了韩信,迟早要得报应的。

害怕什么,偏偏就遇见什么。第二天一大早,自己门前就簇拥了许多人。尤其是三步一岗,五步一哨,从街口一直排到他的门前。那一刻,王屠户吓坏了,他本能地钻进后院的一堆柴火中,他断定韩信回来报复自己了。

韩信在堂屋里站了一会儿,没有见到王屠户人影,遂大声喊道:"王大哥,你出来吧,我不想难为你,若无当年大哥所逼,我岂有今日?"

闻言,王屠户的心就"咯噔"动了一下,肩膀不由自主地耸了耸,心里骂道:"你诳谁呢?世间还有不报仇的男人?"

这一耸不得了,柴火发出沙沙的响声,惊动了韩信的侍卫,他就这样被从柴火堆里揪了出来。

王屠户面如土色,扑通一声跪倒在地,头在地上磕得嘣嘣响,连连求饶道:"大王饶过小人吧?是小人有眼不识泰山,得罪了大王,罪该万死。大王大人大量,就饶了小人吧。"

眼看着王屠户的额头磕出了血,韩信无奈地挥了挥手道:"我已声言今日是来感谢你的,你何故如此惊慌?"

"真的?"王屠户抬起头问。

"我乃一方诸侯,岂可戏言?自今日起,你就任中尉如何?"

就这样,他来到韩信身边。最初的日子,他的心倒也平静,可渐渐地就起了波澜,不能平伏了。他常常暗问自己比之韩信少了什么?他倒做了诸侯王,而你王屠户反而要听命于他,这公平吗?假若是他当初见了汉王呢,那他韩信不仅没有资格命令他,大概还在街头流浪呢!若抓住韩信的把柄,在皇帝面前举报他的罪行,那……他没敢往下细想。

从那以后,他就处处窥探韩信的举止。机会终于来了,当钟离眛带着他的麾下进了下邳城,他就从心底笑出了声,哼!韩信,你的死期到了。

王中尉一刻也没有停,就写了上书,送到了刘邦的案头。

果然,刘邦南下了,并且要韩信带钟离眛的首级去见。当夜,他兴奋地在榻上翻来覆去,不能入眠。仿佛皇帝在向他招手,招他进京封赏。这些天,他最关注的就是韩信的消息。

王中尉给觥中斟满酒,有滋有味地饮了一口,忽然地就有了一种消遣的欲望,朝外喊道:"来人!"

一位府役应声进来,却被他劈头盖脸地骂了一顿:"你来干什么?传丫鬟进来。"

府役退下不一刻,一个面若桃花的丫鬟进来了。王中尉立时眯起了眼,看她柳眉桃腮,杨柳细腰,浑身散发着香气,顿时色眯眯地说道:"到老爷跟前来。"见丫鬟有些迟疑,又道,"老爷又不会吃了你,就陪老爷喝喝酒,怕什么?"

丫鬟抵不住王中尉的淫威,战战兢兢往前挪了几步,就被王屠户揽入怀中。

王中尉正要低头亲吻,就听见门外传来家令的声音:"大人,有人求见。"

"我有事,不见……"

"是从陈县来的。"

"哦?"王屠户放开丫鬟,对外面道,"让他进来。"

"诺。"家令应了一声,接着叮嘱来人,"大人叫你进去,你小心回话。"

"那是自然,那是自然。"周三频频点头,转身就进了后堂。

一股暖气扑面而来,周三一路上的风寒顿然退去,脸上热乎乎的,躬身打拱道:"卑职周三,拜见大人。"

"周三?"王中尉腾地站起来,"你不是大王的贴身侍卫么,不在陈县护卫大王,却深夜赶回,就不怕本官治你的罪么?"

周三故意看看左右,见没有人,随后压低声音道:"卑职特来向大人禀报,大王被汉帝押回洛阳了。"

"是么?"王中尉顿时睁大了眼睛,但他旋即脸色就黑了下来,斥责道,"大王遭汉帝擒拿,你不去禀报太尉,却来本官这里,是何道理?来人……"

"卑职来见大人,就是想说一句话,大王被擒,大人与卑职都可以轻松了。"周三并不惊慌,见王中尉不动声色,又道,"在别人眼里,卑职跟随楚王左右,风光非常,岂不知卑职自到了大王身边,饱受欺凌。大王脾气乖戾,动辄处罚卑职。卑职满腹委屈,早就想向大人倾诉,无奈慑于大王淫威,敢怒而不敢言。卑职还听说……"

这话一出口,王中尉的脖子就伸长了。周三咽了一口唾沫道:"卑职还听大王说,之所以要招大人在麾下,一则为显他恢廓大度,二则是为了将大人拘在身边,颐指气使,出出当年恶气。"

"这么说,大王真被汉帝拿回洛阳了?"这一说,王中尉信了。

周三点点头道:"卑职亲眼所见,怎能有假?"

王中尉再次坐下,从鼎锅里舀出两觥酒,一杯递给周三,一杯举在手中,忽然哈哈大笑:"韩信,你也有今天。你天生就是乞食的命,还想当什么楚王?你招我到身边,就是要看我笑话。我是什么人,岂能容你羞辱?哼……"

周三举起酒觥道:"大人远见,早料到楚王会成阶下囚?"

王中尉与周三碰杯,随着"当"的一声,他大声道:"韩信岂能逃过我的眼睛?你也是淮阴人,也该知道王某是什么人?往后你就跟着我干,前程无量。"

周三装作犹豫道:"卑职早就想伺候大人左右,只是万一楚王回来……"

"他回不来了!"王中尉又是一阵大笑。

"为何?"

"一个'反'字,就是夷族之罪,汉帝岂能容他?即便不死,也被贬为庶民,你怕他做什么?"

周三向前走了一步,小声问:"密告楚王谋反者是……"

王中尉并不回答,只是笑了笑。周三明白了,告密者不是别人,正是这位以怨报德的王屠户。他的牙齿恨得生疼,却没有流露在面上,他给王中尉斟满酒道:"蒙大人不弃,卑职今生跟定大人了……"

王中尉终于憋不住心头的兴奋道:"我动一动指头,他就入了牢狱。"

这话刚刚出口,周三脸色骤变,将酒觥摔在地上,立时从后堂门外冲进太尉府侍卫,一个个全副武装,将王中尉团团围住。他顿时陷入惊慌,指着周三的鼻子道:"你……"

这时,冯敬掀开门帘,将一股寒风带进后堂。他今日一身褐色盔甲,手持清风剑,一步步走到王中尉面前道:"奸贼,本官若不设此计,料你也不说实情,告密者果然是你。大王不念旧仇,任你为中尉,你不思感恩,反而谣诼诬谤,欺君罔上。今日若不除掉你,世间多一恶人,朝廷多一祸害。"言罢,冯敬一声令下,侍卫们将王中尉绑了。

太尉府丞拿出刚才在外笔录的口供念了一遍,王中尉供认不讳,连连哀求道:"都是小人一时糊涂,利欲熏心,才做下如此蠢事。请太尉念在小人有八十岁老母的分上,饶了小人。"

"你觉得还有来日么?"冯敬冷冷一笑,遂要身边的太尉府侍卫将王屠户打入死牢。

侍卫将王屠户押出后堂,冯敬转身对周三道:"本官命你以六百里快马,将王屠户口供送往洛阳,为大王辩冤。"

周三作了一揖,接过书札,道一声"大人放心",转身离去……

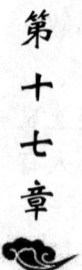

第十七章

眼睁睁谈笑释权
心悚悚降匈异动

夏侯婴卯时三刻就在塾门等候了，虽值正月，洛阳城仍然十分寒冷，但他身上却有些发热，埋怨时间过得太慢。他希望春熙此时就宣布上朝，好让他立即见到刘邦。

早在刘邦南巡之前，他就觉得皇上此次出行多少有些神秘，只是说要到东南巡狩，却不向臣下告知缘由。而且只让陈平与樊哙随行，甚至离开洛阳时也没有惊动朝臣送行。究竟是什么事惊动了皇上，以致他行踪如此诡谲？

直到半个月前，皇上回到洛阳，群臣到城外去迎接时，他才惊异地发现，韩信被缚了手脚，坐在刘邦的副车上。他问身边的张良，张良摇摇头道："下官确实不知陛下此行的详情。"

张良说的是实话，自从项羽败亡，诸侯拥戴刘邦称帝后，他发觉皇上不像过去那样，事事都要先征询他和萧何的意见。如此次出行，为什么要去，去看了什么,他不甚了了。不过,张良很快就猜到,皇上是对韩信不放心,只是他没有想到,皇上竟然把韩信绳捆索绑带回了洛阳。

夏侯婴不禁有些失望。萧何去了关中,为建立新都奔忙。他不愿意看到刚刚开国,就拿功臣开刀。半个多月来,他到周昌处也打听过几次,但得到的回答都是自从韩信被投入监狱后,还没有审问过。只是诏命他反省自己,写出狱词,可他一个字也没有写……

昨夜,韩信的贴身侍卫周三带着王中尉的供词找到太仆府上。夏侯婴看完口供,大吃一惊,原来举报者就是当年羞辱过韩信的王屠户,他不禁在心中埋怨韩信识人不明。有了这个口供,他就可以救韩信了。

辰时一刻,大臣们纷纷在塾门聚集了。他远远地瞧见,张良正和陈平在一旁低语。他们说些什么呢?他本来想凑过去,将口供的消息告诉他们。但他旋即改了主意,他要当面呈送给刘邦,为韩信辩冤。

辰时三刻刚到,春熙站在殿门前高声宣布上朝,朝臣们立即振作精神,鱼贯而入,按照文左武右的序列分成两排。不一会儿,刘邦从殿后的侧门进来,目光扫视了一下道:"诸位爱卿,有需要陈奏的可以出列直接奏来。"

张良听得出,皇上的声音有些沙哑,透出些许疲倦。

是的,刘邦昨日在吕雉处过夜。吕雉近来精力很健旺,也十分注意装扮了。只要是刘邦在她居处,她都会使出浑身的解数来满足他。虽然她没有戚夫人年轻,但仍不失早年的活力与激情。直到凌晨寅时,才双双拥颈睡去。

周昌出列奏道:"前次皇上下诏勘定封赏,臣与萧丞相拟定了一个名单,请陛下过目。"

"呈上来。"

春熙上前接过周昌手中的竹简,递给刘邦,然后招了招手,就见有几个年轻小黄门端着托盘进来。每一个托盘内都放着几组公符,待在一旁。

刘邦将名单浏览一遍,发现所封侯爵中,唯萧何、张良封邑最多。他还注意到,在中尉职上徘徊多年的陈平这次被定为户牖侯,他满意地点了点头,觉得丞相府和御史大夫府这次办事公道,便把竹简递给春熙道:"宣读吧!"

春熙将名单仔细看了两遍,又环视了一下丹墀内的朝臣,才清了清嗓音念道:"丞相萧何,封酇侯,食邑八千户。"

春熙正要继续念,未料朝臣中倏地爆发出一片喧哗。刘邦见状,高声道:"诸位爱卿毋躁,有事可奏来朕听。"

樊哙、灌婴、周勃等几位功臣脸上明显不满。樊哙用笏板挡住自己的怒容喊道:"臣等披坚执锐,大者百余战,小者数十合。萧何只不过写写文章,论论朝政，反而居于臣等之上，这是什么道理？"

灌婴随声附和道："樊将军所言甚是，陛下如此论功行赏，岂非让功臣寒心？"

周勃虽然没有说话，但他频频点头，表明与他们站在一起了。

刘邦将目光扫向文官班列，却没有骚动迹象，他心中就有数了。文官们心中也有一把尺子，大概除了张子房，没有人能与萧何相比。于是，他收回目光，笑了笑问站在面前的几位将军："诸卿见过打猎吗？"

大家相互看了看，不知道皇上为什么这么问。

其实，刘邦并不要将军们回答，他接着道："诸位注意到没有，打猎时，追杀野兽者是狗，而指出野兽所在者是人。诸君就是那追杀猎物的狗，而萧何就是指出野兽之所在的人。若没有人指示，狗岂不是瞽者，遑论捕猎？诸位想想是否是这个道理。"

这一番话说得众将哑口无言，刘邦见大家没有新意见，遂要春熙接着往下念。

春熙接着道："张良，封留侯，食邑三万户。"

刘邦这回倒真重视起将军的声音了，可将军们对张良食邑三万户却没有任何意见。这让刘邦很满意，正要吩咐继续往下进行，张良却出列说话了。

他缓缓走出班列，先向刘邦施了一礼，旋即转过身来对诸位同僚道了一声谢，这才开口说话："反秦初始，臣起下邳，在陈留与陛下相遇，此天以臣授陛下。幸而陛下用臣之计必中，此臣之幸也。臣愿封留足矣，不敢当三万户。请陛下收回成命。"

此言大大出乎刘邦预料。在他的心中，张良毫无疑问当得起所封食邑。他甚至想，如果当初不在陈留遇见张良，今天坐在龙位里的也许就是项羽了。可张良却不居功，他忽然想起老子的一句话——"为而不恃，功成而弗居"，子房就是有如此品格的人。他本来是要劝慰的，但一想到还有二十多位功臣未封，便决计将话留在朝后说。他用柔和的目光示意张良退下："就依子房。"

之后，春熙又高声念道："陈平，封户牖侯。"

陈平出列道："谢陛下恩典，此非臣之功劳也。"

"朕用先生谋，战胜克敌，怎么能说没有功劳呢？"

陈平平静地说道："臣本在楚营，若非贤人引荐，又如何得见陛下？"

刘邦闻言，目光掠过面前的文武朝臣道："众位爱卿听见了没有，陈爱卿以德报德，可为风范。若诸位爱卿再斤斤计较，又如何成得了大事？"

"陛下所言,振聋发聩。令吾等惭愧。自秦二世元年以来,多少将士捐躯疆场,吾等能活到今日,乃天赐万幸,若再争功不休,岂非让英烈们九泉不安。"夏侯婴素来有长者之风,他的话在大臣们中间引起强烈共鸣,将军们也为刚才的孟浪而垂下了头。

接下来,封赏就顺利多了,每封赏一位,就发给一半公符,另一半存于丞相府署。

封赐完毕,刘邦又问朝臣还有何事。

"启奏陛下,臣尚有事陈奏。"夏侯婴见刘邦作了个允准的手势,从衣袖间拿出书札,撩了撩袍袖道,"有人举报楚王韩信谋反,乃诬陷之举。臣这里有从下邳送来的举报者口供,请陛下圣览。"

春熙将书札呈给刘邦,朝堂上顿时安静下来。刘邦迅速浏览了一遍书札,意识到问题不是当朝就能定夺那么简单,便抬头看了看殿外道:"时候不早了,今日早朝到此为止。太仆、军师、陈中尉留下,诸位爱卿都散了吧。"

众臣僚走出大殿,喧哗的脚步渐渐远去,刘邦示意张良、夏侯婴和陈平落座说话,并要春熙把书札拿给张良看。张良认真地看了一遍,觉得这个口供措辞严密,毫无雕饰,显然是出自人犯之口,便合上书札道:"这个王屠户臣知道,早年曾羞辱重言。重言受封楚王后,不计前嫌,招他为中尉,专事下邳城坊。"

夏侯婴接着道:"据重言说,此人乃淮阴一霸,他之所以任其为中尉,也是要将他置于约束之下。其人恃权弄威,受重言责备,怀恨在心,故而诬告重言谋反。臣以为既然真相大白,就该平反……"

张良点点头道:"太仆所言甚是,如此方能显陛下瀚海之量。重言闻之,亦当谢陛下之恩。"

"爱卿以为呢?"刘邦将目光转向陈平。

在张良与夏侯婴说话的时候,陈平分析着每一个人的陈奏。现在看来,判定韩信谋反,证据显然不足。可在他看来,韩信私下容留钟离眛的举止也是不可原谅的。更有甚者,异姓王尾大不掉,当初册封也是情非得已,现在有了机会,又怎么能够放虎归山呢?

见皇上征询自己的意见,陈平就直言道:"两位大人所言,臣深以为是。说楚王谋反,证据不足,应由御史大夫甄别。不过,臣以为楚王既已被陛下带回洛阳,若再回下邳,必然遭人非议。且楚王策出无方,思入神契,不如就留在陛下身边早晚赞画军务,也是人尽其才。"

陈平说完,看了看在座的三人,似乎都陷入了沉思,大殿里静极了。

其实，对陈平所奏最为共鸣的要算张良。他目睹了韩信当年要挟封王的经历，而且始终认为由齐王改封楚王，亦非刘邦所愿。现在趁机削权，正当其时。不过张良想得更远一些。他起身来到刘邦面前道："户牖侯所言，甚为有理。臣也以为楚地千里，物产富庶，当以刘氏宗亲王之。臣觉得以淮东五十三县立陛下从兄刘贾为荆王，以薛郡、东海、彭城三十六县立陛下弟刘交为楚王。如此，楚地一分为二，有益于朝廷，请陛下圣裁。"

闻言，夏侯婴顿时睁大了眼睛，惊叹张良和陈平看事总是比别人远一步。这些麻烦事他也不是没有想过，可总是如雾里看花。如今，经张良一点拨，一切都清清楚楚了。他立即合掌击节道："二位说到下官心里去了。臣建议以云中、雁门、代郡五十三县，立陛下二兄刘喜为代王。"

"如此，在南北东西皆有刘氏镇守，何愁大汉不能永固？"张良大赞道。

国政就是这样，许多难题就在君臣叙话中迎刃而解了。张良在任何时候都会缜密考虑刘邦为难或忽视的环节，在提出将楚国一分为二后，他顺理成章就把如何处置韩信的问题提了出来："既然是王屠户诬陷韩信，那么就得给他一个交代。"

对此，陈平似乎早有谋略在胸，上前一步道："臣方才已谏言陛下，重言既然功不世出，略不再见，何不让他留在陛下身边早晚赞画军务，正乃用其所长也。"

刘邦就喜欢张良和陈平相互补正，立即回应道："二位爱卿所言有道理，重言功高劳卓，也该成家立业了。留在京城，这一切都不难解决。只是……"

"解铃尚需系铃人，此事还请陛下当面对重言将军说。一则有平反之意，二则以示陛下宽怀之量。"张良接道。

"言之有理，此事就由朕谕意重言。"刘邦想了想，又对夏侯婴道，"太仆与重言素来交好，不妨随朕见见。"

"臣定不负陛下所望。"夏侯婴心想这刘邦也真是聪明，此事若是陈平在场，定是尴尬。韩信是什么人？是刘邦亲论的三杰之一，岂能猜不透这事出自陈平之口。而他夏侯婴就不同了，他是韩信的救命恩人。收拾残局，只能由他上了。因此，当刘邦点将的时候，他几乎不假思索地就答应了。

几天以后，岁次进入正月的一天，刘邦在洛阳南宫召见了韩信。自然，人是夏侯婴到监狱去请的。

走出监狱那一刻，韩信抬头望了望初春的太阳，本能地闭上了眼。夏侯婴紧走两步，上前握着韩信的手道："大王受苦了。"

韩信没有回答，只是回了夏侯婴一个笑。平心而论，他在狱中并没有受到任何虐待,可短短数十天过去,他明显地瘦了,眉目间露出些许疲惫。夏侯婴之所以称韩信为大王,一是因为刘邦还没有宣布削藩;二是这话实在说不出口,他唯一能给予抚慰就是:"陛下在南宫等候多时了。"

在前往大殿的途中,夏侯婴告诉韩信,是冯敬审得王屠户的口供才使得他得以昭雪。韩信感于冯敬的中直和真诚,感喟自己当初没有看错人:"回到下邳,我定要重赏太尉,并请陛下封赐。如此忠贞之士,乃大汉福祉。"

夏侯婴没有接韩信的话,只是报以微笑。

不一会儿,车驾已停在南宫司马门外。下车后,夏侯婴用胳膊碰了碰韩信小声交代:"毕竟有误解,待会儿见了陛下,大王言语谨慎些。"

韩信当然明白夏侯婴的用心。虽说自己是楚王,可仍处于臣下之位,举止一定要有分寸。特别是这次风波,他和刘邦之间已有了难以言表的裂痕。在韩信的记忆中,被刘邦副车载回洛阳,对他的伤害远非胯下之辱所能相比。然而,从屈辱走向人生巅峰的韩信已将之视作人生旅程上的一次浪花。他放慢脚步,调整心态,希望能以平静的心情接受。但他毕竟是一个有血有肉的男儿,越接近大殿,他的心就越是纠结。从进殿的那一刻起,他一直低着头,没有看刘邦。

"臣韩信拜见陛下。"韩信大礼参拜。

"重言平身,赐座。"刘邦写在脸上、贯穿在话里、表现在手势上的都是亲切和温暖,他没有用"楚王"这个字眼,而选择他的"字"开启谈话。

韩信来不及多想,黄门已将坐团送到面前。他施了一礼,在夏侯婴对面坐了下来。

"现在看来是有人诬告,朕误解重言了。不过也是你举止不慎,怎可容留钟离眜呢?私情大于国法,公之过也,致授人柄实。"刘邦以这样的话开场。

韩信拱手道:"臣蒙陛下恩宠,先拜大将军,继之封为齐王。臣每思及此,铭感肺腑,唯有忠于汉室,何敢生谋叛之心。"

"这个朕知道。"刘邦说着,把话题转到削藩上,"大汉初立,内需安定,外需御敌。朕欲留重言在身边赞画军务,早晚请教一二,爱卿勿多虑。"

韩信双目痴呆地看着刘邦,没有想到会是这样的结果。他原以为皇上充其量是削地减郡,或是安排一位心腹为相,谁知刘邦竟然连楚王的封赐也收了回去。在沉默了片刻后,他终于忍不住问道:"陛下这是为什么?"

"爱卿何须再问,卿比朕清楚。"

韩信转脸去看夏侯婴,多希望他能在刘邦面前谏言放自己归去,可他得到的却是苦口婆心的劝慰。夏侯婴任何时候都不失长者的从容,他撩了撩衣袖道:"我记得在沛县时,常与丞相有人臣之论。丞相引荀卿的话说,从命而利君谓之顺,从命而不利君谓之谄;逆命而利君谓之忠,逆命而不利君谓之篡。大将军一世英明,就不用我提了。方今天下,人心思定。既然朝廷已决定留你在陛下身边,你何妨顺命而为之,将来必是名垂青史,流芳百世。"

"滕公……"

"大将军……"夏侯婴一边说,一边向外指了指。

韩信朝外看去,就见曹窋率领禁卫严阵以待,只要刘邦一声令下,立即就会冲进来。韩信终于读懂了刘邦的用心,虽说和颜悦色,可从他的瞳仁中散发出来却是刀光剑影。福与祸,生与死,只是一念之间的事。

"臣谨遵圣命,愿伺候在陛下左右。"韩信起身来到刘邦面前跪下,头深深地伏地。

"重言果然深谙大局,来人。"刘邦满意地点了点头。

春熙不失时机地站在了刘邦面前,尖着嗓子念道:"诏曰:兹封大将军韩信为淮阴侯。"

韩信再次伏地道:"谢陛下隆恩。"

刘邦适时地起身扶起韩信,抚着他的肩膀道:"卿戎马数年,正好借此机会休整一下。"

"臣……"韩信长叹一声,向刘邦告辞,然后迈着沉重的脚步出了前殿。

曹窋率领禁卫上前道:"末将奉命送侯爷回府。"

夏侯婴疾步赶到车边,只是重重地握了握他的手,一切便都在其间了。

韩信没有说话,一任曹窋等簇拥着自己上车,向洛阳城西南角而去。

夏侯婴也自言自语地上了车,追着韩信而去。

皇宫禁卫在前面引导,车驾来到城西的一座府邸,据说此地是吕不韦当年建造的传舍,专供前来拜访的门生故吏居住,如今便做了韩信的府邸。抬眼看去,房子虽还留着几成新,可由于战乱不断,久无人住,门上偶尔可以看见蛛网在风中摇曳。

韩信刚一下车,立即就有少年营的校尉上前见礼:"卑职叫张远,原是少年营的一名校尉,现奉陛下之命护卫侯爷府,往后侯爷有事尽管吩咐。"

张远名义上是护卫侯爷府,实际上是刘邦派来监视他的。唉!心与心的鸿沟比之楚汉的鸿沟不知要深多少。从此以后,他再也没有机会驰骋疆场了,他将终日形影相吊,在这些士卒的眼皮下打发日子。

一声"吁",夏侯婴的车停在了府前,他来到韩信身边,打量了一番府邸问道:"这房舍你还满意吧?"

韩信回道:"重言自幼家徒四壁,绳枢瓮牖,随遇而安,有何不满意的?何况此地乃先朝吕丞相待客之所呢!谢滕公相送,请到客厅用茶。"

两人相偕着进了大门,早有丫鬟捧了茶盏在厅中等着。两人席地而坐,三杯茶下腹,韩信终于忍不住将胸中块垒说出:"重言至今记得,是滕公将我从囚犯中救出,此恩当终其一生报还。滕公可否告诉我,这究竟是怎么回事,陛下怎就削了我的王爵呢?"

夏侯婴能说什么?他干咳了两声,端起手中的茶盏润了润嗓音,等到与韩信的目光相撞之时,终于让在舌尖上滚动了无数次的话流出来:"重言,老夫有一句话送你,请勿要见怪。老夫近日读《庄子》,说有一棵树因为不为人注意,才长得粗大且美,假若当初人人都关注它,说不定早就被砍了。庄子从这件事引发议论,说此为予大用也。老夫以为,庄子意在告诉世人,敛起锋芒才能有出头之日,不知侯爷听后有何感想?"

这话一出口,韩信的心就"咯噔"一声,倏然想起当年与刘邦议兵的往事来。也许,从那时候起就种下了祸根。抚今追昔,他不仅在内心深处感谢夏侯婴每逢人生关键处,总是给他提携和警示,更为自己的孟浪而自责。不过,这一切都被掩盖在他一贯隐忍的性格之下,他向夏侯婴施了一礼道:"滕公一席话,重言终生难忘。"

"在楚有在楚的好处,在陛下身边则别有益处,早晚可聆听陛下教诲,君臣自会同心协力,共固社稷。此于重言而论,岂非快事一件?"夏侯婴寻找适当的词语淡化韩信心头的阴云。

"重言明白了!"韩信将夏侯婴送出府门,直到他的车子驶出巷口,才回转身来。

马邑的春天,虽然步履蹒跚,可过了二月二惊蛰,衰草下的嫩芽仍然不可遏制地冲出地面,摇曳着嫩弱的身躯打量这个神奇的世界。站在马邑城头远远望去,治水岸边已撒上了星星点点的绿色,解冻后的治水从城东滔滔东去,夜间可以清晰地听得见涛声的怒吼……举目北眺,黑坨山峰峦耸秀,岚浮叠嶂,横亘在古长城以南。这里,自古以来就是兵家必争之地,雄关崇山造就了它俯瞰大战的高峨。

还是在汉五年秋天,楚汉战争即将进入尾声之际,刘邦出于全局考虑,将太原郡三十一县封给韩王信。这一谏言是由张良提出来的,那一夜,张良与韩王信在府中喝酒直到深夜。

韩王信对刘邦的感激溢于言表,他希望张良能向刘邦提出再任韩国司徒,与他一起赴都城晋阳。可张良却婉拒了他的要求:"良深解大王美意,可良若同大王一起北上,陛下必然生疑。如此,则复韩无望矣。良在朝廷一天,韩国就平安一天,大王明白么?"

韩王信没有再提要求,他没有想到,在晋阳却遇见了一位能人异士。他不是别人,就是曾游说过韩信、雍齿的楚国谋士武涉。他穿着一身披满风尘的褐衣来见韩王信,自言能协助他将韩国变为北陲的强盛之国。

韩王信虽然与武涉从未谋面,但关于他的传闻却是听过不少。况乎他复国不久,正当用人之际。武涉虽不能与张良、韩信相比,也非平庸之辈。就这样,武涉做了韩王信的阶前谋士。

去年十二月的一天,武涉陪韩王信在晋阳巡狩了一圈,就将一个重要的问题提了出来。他挥动着手中的马鞭道:"大王发现没有,晋阳距边境较远,一旦有事,措手不及,反为敌制。若大王能将都城迁到据此四百三十里外的马邑,就等于将外寇置于我视野之下,彼稍有异动,我即可发兵,此图存之策也。而北移四百里,则汉帝鞭长不及矣。"

韩王信立即明白了此议的深意,频频点头称武涉虑事周详。

恰在这时,各路诸侯云集洛阳,上书拥戴刘邦称帝。有感于刘邦将自己从项羽营中救回,韩王信当然是最用力的推动者之一。趁着与刘邦单独会面的机会,他提出了迁都马邑的请求。刘邦经过一番思虑,答应了他的请求。

但张良却看破了韩王信迁都的深意。那天,送韩王信离开洛阳时,张良留下了一句"普天之下莫非王土,率土之滨莫非王臣"的话给他。

"请司徒放心,我心中有数。"登上车驾的那一刻,韩王信这样回应。

在二月的艳阳下,韩王信立马北望,就觉得武涉当初的谏言既有远虑,又有近忧。马邑实在是一座最适于监视外寇的城池。

关于马邑,他听过不少传说。据说在秦时曾在塞内筑城,用来防备匈奴的侵略。城快筑成时,却崩塌了好几处。这时有匹马来回不断地奔跑着,那些管事的人觉得很奇怪,就按照马跑的脚印来筑城,城墙终于筑成,从此就把这城命名为马邑。

如今,城池依然,却换了新天。

从远处传来一阵牧歌——

    山那边的长城长又长,
    河这边的草地见牛羊。
    放羊的哥哥你慢些走,

听妹妹对你诉衷肠。

听妹妹对你诉衷肠,
哥哥可愿做奴家情郎。
黑坨山高呀沱水汪汪,
咱两人携手走四方。

一群群的羊儿像珍珠一样撒在草原上,在遥远的天际与白云融合在一起,分不清楚……

韩王信扬起马鞭,在空中甩出一个响脆:"看看去!"

"遵命。"武涉向后挥了挥手,侍卫们一催坐骑,呼啦啦地跟了上去。

随着马蹄飞驰,他们终于看清了,对唱的是一对青年男女。男子身上披一件翻毛羊皮袄,显然有些年月了,女子倒打扮得利索干净。

韩王信心想,这女子是吃了什么迷魂药,竟看上了这个脏兮兮的汉子。他来到放羊男子身边,问道:"请问小哥住在哪个村庄?"

那男子抬头看了看韩王信,觉得是一位贵人,回话道:"回大人的话,小人家住十里外的杨各庄。羊儿逐水草而行,小人就到这儿来了。"

武涉正要介绍韩王信,却被他拦住道:"你们在此放牧可安全?"

那男子又打量了一番韩王信才回道:"不瞒大人说,早年蒙将军驻守这里时,匈奴人不敢南下,老百姓倒也可以安心放牧。自从秦亡以后,没有人关心边城,匈奴人常常抢百姓的牛羊和女人,小人的父母就是被匈奴人杀的。"

韩王信的思绪跟着他的叙述,在远方的天际徘徊。现在他明白了,刘邦之所以要让他在这里立国,正是要阻止匈奴侵边害民。韩王信又进一步问道:"匈奴的单于可是头曼?"

"这个小人就不知道了。不过,小人倒是遇见过匈奴太子稽粥。"

"那是何时的事?"

"去年夏天吧!"那男子谈起那次遭遇,目光中仍然充满惊悚,"匈奴人冲到村里将男人杀光,把女人和牛羊都抢走了,小人兄妹因在远地放牧才逃过一劫。回到村里时,遍地尸首,血流成河,小妹至今一想起那天情景就噩梦不断。"

"一群畜生。"韩王信忍不住骂道。

忽然,有涛声自远传来,那男子脸色一下子变得蜡黄:"大人,听声音是匈奴军队来了。小人这就把羊赶到峡谷间藏身,您也躲躲吧。"

"你带着你妹妹撤到侍卫队伍后面去。"韩王信手指南方道。

那男子感激地点了点头,将手指伸进口中打了一个尖利的口哨,只见羝羊顺着呼唤率领群羊奔了过来,朝南涌去。

"出刀!"韩王信向身边的侍卫大吼一声,只见齐刷刷的刀林顿时照得人眼花缭乱。

武涉举目向远处张望,只见天际连接处涌出一道黑线,渐渐地,黑线越来越宽,似乎是一道洪水从天边滚来。嗯,已经听得见马嘶声、人喊声了。看样子大约有一百多人,与韩王信的卫队相当。武涉担心不敌,声音有些发颤道:"大王,还是撤回马邑城坚守为好!"

"你害怕了?"韩王信看了一眼武涉,目光中流露出不屑。

"不,臣只是担心大王安危。"

"当年荥阳大战,本王坚守数月,不曾惧怕过项羽,如今会惧怕区区匈奴人么?"韩王信说完,一抖马缰朝前冲去,侍卫长立即跟了上去。

两军在大约十丈的距离形成对峙,韩王信拍马上前厉声问道:"我韩国将士不曾犯匈奴边界,你为何要犯我疆土?"

从匈奴阵中冲出一位裨将,挥动着狼牙棒道:"若是本将军没有看错,来者定是汉朝诸侯王信吧!"他指着身旁一位中年将军道,"此乃我大匈奴稽粥太子,今日出来只是转转,有何凭据说这是你国疆土。明日太子一声令下,将其纳入匈奴有何不可?"

接着,就是稽粥太子的笑声。韩王信自觉受到了挑战,挥动手中宝剑大吼一声:"杀尽这些狂徒。"

两军很快就厮杀在一起。侍卫长使一杆长枪,上下翻飞,不一会儿,匈奴裨将就有些力不从心了,拨转马头朝本阵飞驰而去。侍卫长也不追赶,怕被匈奴兵包围,向韩王信身边靠拢。

韩王信正与稽粥太子酣战,稽粥使一对日月刀,在春日下寒光闪闪,时而双刺,时而下劈,时而一水二分,时而双峰并立,化解了韩王信的招数。韩王信暗暗吃惊稽粥的臂力和功夫,不过,他毕竟身经百战,一招一招从容不迫。两人刀来枪去大约五十回合,稽粥见不能取胜,不免有些急躁,分神之际被韩王信挥刀向脑门砍来,稽粥一低头,刀从脖子上滑过,隐约感到刀锋的凉意,不由吃了一惊,忙拨马回撤。韩王信第一次与匈奴交战,见其逃走,催动坐骑紧追不放。稽粥跑出一箭之地后,忽然回身拉开强弓,"嗖"地一箭射出,霎时间韩王信头上的盔缨掉了。

韩王信大惊,忙吩咐收兵,向马邑城飞驰而去。

稽粥挥动着双刀,匈奴军伍如暴风骤雨朝南而来,一口气追了数十里,眼见得韩王信进了城,拉起了吊桥。

"都怪这战马,否则今日擒了这韩王信,也好让刘邦小儿瞧瞧本太子的厉害。"稽粥拍打着胸膛发泄自己的遗憾,他并不愿意就这样回去见自己的父亲头曼单于。可韩王信闭门不出,他也无可奈何。

稽粥抬头看着马邑城头迎风飘扬的汉字大旗和"韩"字大旗,手起箭发,两面旗帜同时落到城头,他高声喊道:"城上的人听着,我乃大匈奴太子,转告你家主人,若是真男儿,三日之后在马邑谷口摆开战场比试。否则就早日降了匈奴,少不了封个亲王。"言罢,哈哈大笑,引得他身后的将士也跟着大笑不止。

韩王信回到王府,还没有来得及喘口气,朝廷的使者到了。

来者是奉春君刘敬,他不但带来了朝廷同意把韩国都城迁到马邑的制诰,同时带来韩信被削的消息:"韩将军已被封为淮阴侯,每日在陛下身边赞画军务。"

"那楚国由谁来管理呢?"韩王信吃惊地问。

"陛下早已了然在胸。他已将楚国一分为二,一为楚,大王乃文信君刘交;一为荆,大王乃刘贾。"

韩王信"哦"了一声,心中就上下打起鼓来,刘邦这是拿处置韩信给异姓王看啊!尤其是当他听说,削藩的理由是因为韩信容留了钟离眛,更是双目发直。这真是欲加之罪,何患无辞,谁知道会不会有一天厄运也降临在他头上?因为他也容留了项楚的谋臣武涉啊。

刘敬是什么人?他立即看出了韩王信的心思,便道:"陛下威及四海,却时时挂念韩王,并要本使转致问候。"说着,他向外面招了招手,随从捧着一个托盘进来,上面放着一方锦盒。刘敬庄重地打开锦盒,里面放着一只玉雕的雄鸡。韩王信见状便明白了,皇上送他这礼物的意思就是"杀鸡儆猴",只可惜一世英名的韩信,竟做了儆猴的鸡。

"谢陛下隆恩。"韩王信接过锦盒,交给身边的黄门。

当日,韩王信在王府设宴款待刘使君,但他提前知会了武涉,让他千万不要露面,免得被他报奏了朝廷招来横祸。

一连数日,韩王信亲自陪刘敬,将马邑以北的草原和山谷巡视了一遍。刘敬观这马邑谷山高沟深,的确是伏兵的最佳境地,便道:"大王向朝廷谏言将都城建于马邑,真乃长虑远略。只要在马邑谷驻一支军队,料敌也不敢南下。"

闻言，韩王信觉得这刘敬虽是一介书生，却于兵法甚为精通，难怪刘邦要赐姓于他，忙接上话道："使君所言甚是，不日本王即驻军马邑谷。"

刘敬当然不忘叮嘱韩王信："陛下要本使转告大王，匈奴虎视眈眈，欲南下蚕食我大汉疆土。大王使命重大，当鹿伏鹤行，履霜之戒。"

韩王信当即表示道："请陛下放心，臣绝不让匈奴南下一步。"

刘敬离开了好些日子，韩王信的心都没有定下来，刘敬来马邑的枝枝节节不断在眼前浮现，生怕有一天祸事落在头上。

转眼到了五月。这天，武涉率校尉和将士巡视马邑谷回来，便急匆匆地来到王府，一进门就道："大王，出事了。"

韩王信放下手中的兵书问道："先生这样火急火燎，到底发生了什么事？"

"听说匈奴新单于即位了。"

"可知新单于何人？"

"就是与大王对阵过的稽粥，号冒顿单于。"

"我不犯他，他能奈何？"

闻言，武涉就提高了嗓音道："听说冒顿单于击败东胡、大月氏之后，正准备南下呢！"

"确实？"

"千真万确。敌若南下，我韩国必首当其冲。"

"先生可否详说？"韩王信"咦"了一声。

武涉便将冒顿如何用鸣镝射杀头曼单于，夺取王位。又如何打败东胡，进而将大月氏赶到西方沩水一带的经过陈述一遍，还特别强调："这冒顿却有过人之处，当初，东胡强大时，向冒顿索要千里马，群臣皆以为不可，他却说：'奈何与人邻国而爱一马乎？'遂慷慨赠予。后来，东胡得寸进尺，又索要冒顿的阏氏，群臣以为乃奇耻大辱，而冒顿却说：'奈何与人邻国而爱一女子乎？'又将自己心爱的女子送往东胡。东胡欲壑难填，又提出要将匈奴与东胡之间的土地占取。群臣皆以为乃一块废地，赠之无妨，冒顿闻之大怒，说："地者，国之本也，奈何予之？"于是，亲率大军袭击东胡，进而灭之。"讲完这段往事，武涉也没有忘记提醒韩王信，"秦时，彼畏惧蒙骜父子，不敢生南下之念。楚汉相争五年，彼趁机扩军买马，眼下控弦三十万，已成大汉心腹之患。"

韩王信沉默了许久，他相信武涉说的是实情。他当初把都城迁往马邑的本意是离朝廷远远的，却未料远了猛虎而近了狼群，他抬起头望了一眼武涉问道："依先生来看，我军若与匈奴对阵，胜算几何？"

"几无胜算。"

武涉这肯定的口气让韩王信有些懊丧："未曾接战，先灭我志气，先生这是何意？"

武涉并不回避韩王信的目光，语调冷静地分析两军的优劣："匈奴人乃逐水草而居的部族，孩子从懂事起就演训骑马、厮杀，其士卒个个都是精骑，可以连续奔驰数日而不知疲倦；其次，匈奴的坐骑都是优选出来的良马，言其日行千里不无溢美，其长于奔走的速度和耐力却是我军所望尘莫及的；再者，匈奴人现在士气正盛，必欲扩张而满足其私欲，岂能置眼皮之下的韩国于不顾。此其三者，请大王明察。"

武涉的话，韩王信是一字不落地听了进去，起始尚心中愤懑难平，随着言谈的深入，他觉得武涉的话切中肯綮。暗地就埋怨刘邦，不该将他迁徙到北地。

韩王信在大厅来回踱着步子，耳际似乎听到匈奴人攻城的喊杀声，待他再度站定的时候，终于开口说话了："本王之意，边陲百姓苦匈奴久矣，我于此立国，必先安百姓。可匈奴正盛，打也不能打，降亦不能降，奈何？"

听话听音，武涉从韩王信的语调中听出他的彷徨，便知道时机来了。哼！张子房，当初在南郑你安定雍齿，今日你在千里之外，我却要说动韩王信了。他缓缓上前，带着试探的口气道："臣有一言，不知大王可愿听否？"

"你有何话快快说来，不必踯躅。"

"依臣之见，倒不如……"武涉向左右看了看，见黄门和宫女都远远地站在门口，遂压低声音道，"臣愿为使者前往匈奴，游说冒顿与大王定约互不侵犯，不知大王意下如何？"

韩王信想了想道："若密约可给韩国带来安宁，不妨一行。只是本王乃汉帝所封，虽是诸侯，可仍为汉臣。因此必须讲明，密约不是投降。"

闻言，武涉就笑道："大王这是一厢情愿。冒顿是什么人，无利可图，他岂能与我签约？臣意就是密约降敌，内为匈奴臣下，外为大汉诸侯，岂不两利？若是将来大汉日益强盛，对匈用兵，我亦可为前锋，汉帝必有重赏。若匈奴强盛，汉廷无可奈何，我亦可易帜为匈奴王国。请大王思忖，在匈奴为王国与在汉朝为诸侯，有何两样？不都是大王主事么？"

韩王信听罢，连连摇头："本王乃韩国公子，先祖乃周成王弟叔虞。想当初韩为强秦所亡，我韩国君臣无一日不思复国。张子房博浪沙拼死一击，所为者何？乃救亡图存也。我周人之后，岂能对匈奴屈膝称臣？这如何面对先祖在天之灵？不能，万万不能！先生勿再言，免得伤了和气。"

眼看着韩王信的目光迅疾冰冷下来,武涉知趣地刹住了话头,连道:"微臣失言,请大王恕罪。"

韩王信无奈道:"你这是干什么?本王岂能不理解先生的良苦用心。匈奴在侧,虎视眈眈,先生尚需辅佐本王守好国土。"

"大王放心,臣当尽股肱之力。"武涉小心翼翼地起身,几乎是倒退着出了王府前厅。

回到府邸,武涉换了衣服,草草用了晚饭,就把自己关在书房。

月亮爬上天空,缕缕银辉洒在窗外,把几株竹影投射在幔帐上,伴随着夜风的吹拂摇曳,时而浓,时而淡,就如武涉的思绪一样纷乱。他很吃惊于当时的不慎,差点丢掉性命。此刻,他望着窗外柔柔的月光,心就飞到了故乡那一簇房舍去了。妻子现在在干什么呢?也是在对着月亮思念自己么?抑或是在灯下教子读书,或者在二老榻前送药奉茶。当初离开故乡的时候,父母和妻子都不大愿意。他立下誓愿,生不成名不还家。可从陈王举事到楚汉相争,整整八年过去了,他仍然在外徘徊。每每被放逐或被拒之门外的时候,他品尝的是流落天涯的孤独和寂寞,过的是形同乞丐的生活。

"苍天啊,你为何如此待我?"多少个深夜,他叫喊着从梦中惊醒。

跟随韩王信,是他人生的最后一搏,他再也经不起折磨,必须为自己寻求一方可以驰骋的空间。可韩王信竟拒绝了他的谏言,而且比雍齿更坚决。

不!他一定要把命运牢牢握在手中。哼!既然口舌不能说动你,那就让战火来说服。武涉从案几下拿出一张羊皮,蘸好墨汁,沉思片刻,那些反复酝酿的话语就落在羊皮上——

大匈奴冒顿单于阁下:
　　边陲草肥马壮,嘉禾丰盈,阁下何不控弦南下……

月光从窗口悄悄投进来,把灯火映得橘黄如豆,他顿时变得烦躁不堪,用力关了窗户,继续自己的书写。

而此刻,远处传来狼嗥的沉闷声。

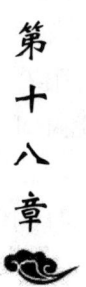

第十八章

刘太公临位教子
吕皇后枕边请封

在刘敬赴北陲向韩王信宣达朝廷谕意的日子里,刘邦回到了栎阳。

栎阳,是刘邦暗度陈仓、勘定三秦后入驻的第一座城池。他从这里走出函谷关,开始了长达五年的楚汉战争;他在这里与萧何商定了《汉律九章》;他在这里安置了老父亲、戚夫人母子。从某种意义上说,栎阳才是他心中的国都。

每一次回到栎阳,他都有种回家的亲切感。而此次又与以往有很大不同,他采纳萧何的谏言,要在这里尊父亲为太上皇,并举行临位盛典。为此,除了戍边的将领和张良坐镇朝政外,在洛阳的文臣武将都跟随皇上来了。

车辇和仪仗驶过函谷关,从华山脚下经过的时候,刘邦望见高耸入云的华山西峰,苍松翠柏,郁郁葱葱;向右看去,渭河如玉带一样束着关中平原的婀娜腰肢,河面上生成的岚霭,烘托出渭北高原的迤逦起伏,看上去莽莽苍苍,王气氤氲。偶尔有太阳光从云层中射出,聚焦在岚霭上,油然一条巨龙腾空而起。随着车辇的移动,刘邦贪婪地欣赏着眼前的风光。

"贤哉刘敬,关中果然帝业之所也。"刘邦满怀感慨地自语道。

也正因为如此,刘邦才把宣达谕意的重任交给了刘敬。因为刘敬有着敏锐的眼光,异姓王哪怕丁点的异动他都会看得清清楚楚。

刘邦在心中算着,如果顺利,刘敬也该在返回洛阳的途中了。他希望刘敬不仅能带回韩王信的动向,更要对匈奴情势有所陈奏。随着社稷的安定,一度忽视的匈奴已成为他的重点关注。

一阵战马嘶鸣,王恬启来到车辇面前奏道:"陛下,前面就是郑县,眼看天色已晚,陛下可否在郑县下榻?"话音未了,又一骑来到面前,禀报说萧何已在郑县东门外五里迎接。

闻言,刘邦的心头就起了一层浪花,萧何总能把事情处置得如此周详。他抬起头对王恬启道:"传令下去,今夜就在郑县歇息,明日前往栎阳。"

"诺!"王恬启应了一声,转脸对前来禀报的年轻骑士道,"速禀丞相得知,陛下今夜在郑县安歇。"

"遵命!"年轻骑士拨转马头,向西飞驰而去。

太阳在华山背后溅起万缕夕晖的时候,刘邦终于到达郑县城外。在距城五里地的长亭旁,萧何率领留驻关中的将领郦商、邓龙、张虎、郑县县令以及县内三老迎接刘邦。远远望去,旌旗如林,人头攒动。最惹刘邦关注的还是那用牛拉的大鼓,每面鼓足有三尺大,由犄角上缀了红色绢帛的牛拉着,上面站着一个身着汉军铠甲的彪形大汉,手中握一对鼓槌,上下翻飞;而围在车子周围的铙手钹手中的铙钹同样缀了红色绢帛。伴随着鼓声的雷动,铙钹手们挥动双臂,红色绢帛立时泛起波浪,仿佛晚霞落在了长亭旁。

令刘邦感到震惊的是,像这样的车不只一辆,而是四十多辆在大道两边排开,看上去就是一道鼓乐的长城。

萧何让官员们在长亭旁等候,他只身来到刘邦的车驾前迎接,不失时机地介绍道:"这鼓叫秦战鼓,当年秦军兼并六国时,每次出征都用这种鼓乐鼓舞士气。"

"是这样啊!朕自起事起,与章邯打了数十余战,从未见过如此阵势。"刘邦"哦"了一声。

"陛下有所不知。"萧何向刘邦倾斜了一下身子道,"始皇驾崩后,二世声言这鼓声如雷,太不吉利,遂下令军中罢了此鼓。到章邯出征时,只用了小鼓。臣管理关中事务后,觉得此鼓气势恢宏,鼓舞人心,便请当年在秦军中敲鼓的乐师加以梳理,现名为大汉战鼓。等陛下恩准,为汉军每支军伍都配一支鼓乐队。"

因为鼓声太大,萧何的声音断断续续,刘邦总算听了个大概,点了点头:"朕也觉得此乃凝心聚志的鼓乐,可以推及全军。"

车辇和仪仗即将穿越人群夹道时,鼓乐骤然停了下来,掌旗官跳下牛车,来到刘邦面前大礼参拜:"恭迎陛下!"

刘邦凭车望去,见这掌旗官约莫四十岁的样子,长得很是威武,手执一面绣了赤龙的大旗,方才鼓乐队就是看着他的旗帜挥动而演奏的。刘邦明白此意必出自萧何,唯有他了解赤帝子斩白帝子的故事。国安思逝臣,霎时,刘邦的心就带了酸酸的味道。他俯视车前,问道:"为何鼓乐停了?"

掌旗官回道:"为陛下安然通过夹道,故停了鼓乐。"

"平身归位。"

"谢陛下。"掌旗官站起来转身回到指挥车上。

刘邦看着这掌旗官,对萧何说道:"这中年汉子倒是举止有节。"

萧何忙回道:"此人曾在秦军中掌旗,家就在咸阳以东,村中多人等都懂得战鼓敲击。臣考虑军中需要,就命他训演鼓手。"

"既如此,可于军中任为武乐都尉,专事训演军鼓手。"

"陛下圣明,《周礼》中就有'鼓人掌教六鼓四金之音声,以节声乐,以和军旅,以正田役'之说。大汉立国,必循礼而为之,方能固社稷,聚民心,强军旅。"

说话间就到了郑县城下,萧何陪同刘邦来到众臣面前,郦商、邓龙、张虎以及郑县县令等人齐声跪迎道:"恭迎陛下。"

刘邦挥了挥手,大家依次缓缓向城内而来。身后的鼓乐重新震天动地地响了起来,直到刘邦的车辇在县府门前停住,鼓乐才平静下来。

县令早将县府的后堂改做刘邦的行宫,县府大堂便做了皇上接见朝臣的地方。

按照萧何的吩咐,县丞分别将吕雉、戚夫人安排在县府后院的两间厢房里。刘盈紧挨着吕雉居住,如意与乳娘紧挨着戚夫人住。

刘邦在大堂落座,立即有人送上茶点。刘邦走了一路,的确有些渴了,呷了一口热茶,润了润嗓子,才对寸步不离的萧何说道:"朕只是在郑县逗留一夜,你何必如此铺张?"

萧何作了一揖道:"臣明白陛下之心。可大汉初立,若无君臣礼数,仍如战时那样随意,那国家制度何在?"

刘邦想想也是，于是点头道："丞相所言甚是，只是往后当以节俭为要。"

萧何正要向刘邦陈奏太公近来的情绪，却看见郑县县令进来禀奏，说宴席已经准备好。两人遂打住话题，在县令陪同下进了宴席厅。

这是刘邦击败项羽后第一次在没有战事纷扰的情况下在栎阳周围用膳，自然心绪很好。君臣把酒言欢，但刘邦最快意的是吃上了关中平原新麦做的饭食。萧何说关中这两年风调雨顺，百姓安居乐业。加上十五税一之制深得民心，故而粮食充足。新麦一收，就主动交了课税。

夜深酒阑，刘邦却毫无睡意，留下萧何叙话。春熙看到刘邦心情甚佳，忙为皇上准备了茶点。

夏风徐徐吹来，刘邦有些热，干脆敞开了衣襟。萧何作为臣下，当然不如皇上随意，只是微微解开衣襟。刘邦端起茶盏，话就涌了出来，问："太公近来心绪如何？"

萧何沉吟了片刻回道："至今仍耿耿于怀，每每说起那事，总是不忘陛下当时之言。"

刘邦望着窗外淡淡的月色，沉默了。他自幼在父亲身边长大，在弟兄几人中，自己是最不入父亲青眼的。还在他少年时，父亲就常常骂他不事生产，不理家业，总是拿二哥与自己相比；即便自己后来做了亭长，他还是看不顺眼。当年吕太公为自己相面后，断定他将来大有作为，并将女儿嫁给自己时，父亲仍不以为然，尤其不能容忍他出入赌场，屡屡为赌债所逼时的狼狈相。直到他杀了王县令，被推举为沛公时，才对他稍稍另眼相看了。即便如此，每次父子在一起时，他都不能心平气和地与自己说话。

这些记忆丝毫不影响他对父亲的尊敬，也理解父亲对自己的积怨。如果不是他在沛县起事，刘家庄本可以平安无事。正是因为他的原因，老父不仅要担心自己的安危，还要躲避秦军的搜查和追击。鸿沟那场对话，是对父亲最大的伤害，但他无法选择后退。尽管父亲后来回到汉营，他已反复做了解释，可那句话在父亲心中搁着，又岂是一两场父子相谈能消除得了的？

"朕明白，太公是不原谅朕的了。丞相说说，朕如何才能平息太公心中的怨气呢？"刘邦放下杯子，目光中就流露出自责。

作为与刘邦风雨同舟的臣下，于私又是知心的朋友，萧何深深理解刘邦此时的心境。他似乎早就料到刘邦会这样问话，顿了顿道："陛下若是册封太公，或许可弥合父子裂痕。"

闻言，刘邦尴尬地笑了笑道："丞相真会说笑，世间只有子向父称臣，哪有父亲向子称臣的道理？"

"臣当然不是要太公向陛下称臣。臣闻当年始皇登基后,曾尊父庄襄王为太上皇。始皇可以封得,陛下自然也能封得。"

　　刘邦一听,连连摆手:"不可不可。始皇登基时庄襄王已经驾崩,乃是追封。若如此,岂非诅咒太公?"

　　闻言,萧何并不以为然:"臣又闻赵武灵王禅位给赵惠文王后,自称'主父',彼自封得,陛下为何就封不得?"

　　这一回,刘邦是听进去了,举起茶盏邀道:"如此说来,封得?"

　　"当然!唯有如此,陛下才能与太公重归于好。不过,此事向来由太常寺处理,我朝尚无太常之设。"萧何又道。

　　"丞相说了半日,却又举出障碍,岂非与没说无异?"刘邦的眉宇又皱起来了。

　　"陛下少安,臣为陛下推举一人,此人名叫叔孙通……"

　　"丞相且慢,待朕想想。"萧何一句话没有说完,刘邦"啊哟"一声截住话头,就在屋里来回踱起步来,过了一会儿,他一拍脑袋道,"想起来了,如果朕没有记错,此人乃薛县人。当年薛县会盟时,他就在项公身边做谋士,后来又到了项羽帐下。"

　　萧何在刘邦面前立定脚步建议道:"不仅如此,此人还在秦时做过博士,熟悉周礼,博古通今。臣不但谏言他任太常,主持上太公尊号,还可以揽天下儒生,为我朝修订礼仪。"

　　刘邦双手一击道:"前几年朕还任过他为博士呢!只是战时博士们闲居罢了。就任命其为太常卿,为太公上尊号一应诸事,皆由他来主持。"

　　"不仅如此,夏侯太仆也需配合才能百密而无一疏。"

　　刘邦频频点头,随之就停在萧何面前久久地打量,时而微笑,时而点头,看得萧何有点不好意思,问道:"陛下为何如此看臣?"

　　"现在朕想明白了,当初爱卿为何拒绝众人推举,而要让朕来率领沛县子弟举事,原来是上苍要将爱卿赐予朕啊!"

　　萧何笑了笑,随后又道:"明日前往栎阳,陛下旅途劳顿,还是早点安歇吧!"

　　这时,从城里传来一声雄鸡的啼晓,眼望着月影西移,映在幔帐上的竹影都倾斜了,刘邦摆摆手道:"眼看卯时了,还睡什么?倒不如做竟夜之谈,等回了栎阳再睡也不迟。"

　　"遵陛下之命。"萧何打了一个哈欠,伸了伸酸困的胳膊道。

　　"朕就不习惯丞相的客套。譬如你我,过去以兄弟相称,何等随和,如今倒有了距离。"刘邦耸了耸肩,一副无奈的表情。

……

天刚刚麻麻亮,刘太公就起来了,先在院子里练了一阵拳脚,然后就坐在前厅喝茶。

来到栎阳年余,他的日子过得十分惬意。看看这房子,听说是塞王司马欣住过的殿宇,比刘家庄不知要宽敞多少。府役和丫鬟一群一群的,他做梦也没有想到能过上如此安逸的生活。他什么都不用操心,想要什么只要言语一声,家令就会操持得妥妥当当,这倒让他有些不习惯了。

他想找人说话,包括萧何在内,所有人见了他都是毕恭毕敬的,特别是那些府役和丫鬟,一个个低眉顺眼,左一个"遵命",右一个"明白",他就是有话也说不出口了。

之前,他想到栎阳街头看看店铺,家令立时就命司御在门前等候。等到了店铺,好家伙,从店小二到掌柜,都站在门前迎候。更有甚者,有些店家竟要他为店铺题字。他只从父亲那学过一些字,却不曾给人写过,十分尴尬。但家令却有应对的方法,回到府上,他立即请了缮写,写出一幅幅秦小篆的吉祥文字,又造了印玺,只要盖上章就是刘太公的题字。这不是弄虚作假么,从庄稼院走出的刘太公发脾气了,从此不再上街了。此事后来被萧何知道了,把家令好一顿申斥,不久,又换了一位家令来。

他很怀念刘家庄的生活,不管刘邦怎样在外折腾,他始终守着田地和庄稼。二儿子刘喜倒是理解太公的心思,跟了刘邦不久,就又回到了庄园,帮他打理庄稼。他十分喜欢刘喜的踏实和木讷,那时候,他最大的乐趣就是给马和牛梳理鬃毛。牲口们舒服了,会仰起脖子发出"啾啾""哞儿"的欢叫,那是何等惬意的时光哦。

前些日子,他要家令为自己找一头牛来。可这些日子过去了,连个回音都没有。刘太公越坐越寂寥,起身来到门口喊道:"家令何在?"

家令闻声,匆匆地跑来问道:"太公有何吩咐?"

刘太公有些不高兴道:"你怎么如此健忘?前些日子,老夫要你找一头牛来,为何至今仍然没有结果?"

家令吭哧了一会儿回道:"此事小人已禀报给丞相,丞相说城里除了牛肉店,其他地方都无牛可寻。丞相要小人转告,请太公颐养天年,闷了,就由小人陪太公走走棋。"

一听是丞相的意思,刘太公将训斥的话咽回腹中。也许是早年与刘邦交往的原因,萧何在刘太公的印象中一直是忠厚老成的模样。想想也是,栎阳乃秦故都，十三条街三道城门，商贸繁华，要找一头牛确实不易，自己的想法未免有些天真了。

刘太公失望地转过身，准备朝里屋走，却听见家令在身后禀报说刘盈和刘如意要来，他方才一肚子的气顿时烟消云散，脸上也带了难得的笑容。的确，自从在广武营中看了一眼刘盈和刘如意后，他就被送往栎阳了。

"盈儿在哪里？"刘太公急切地奔出门外，就看见春兰和秋菊分别带了刘盈和刘如意前来。

"拜见祖父。"两人齐刷刷地跪在了太公面前，不约而同道。

春兰秋菊也随在两位皇子后面道："奴婢参见太公。"

刘太公一步上前扶起两个孙儿，左看看，右看看："一年多没见，都长高了。"

刘盈牵着太公的左手，说起话来不紧不慢，文质彬彬："母后要孩儿代她问祖父好，说将后宫诸事处置完了，就来看望您老人家。"

闻言，太公捋着胡须"呵呵"地笑出了声。当初在楚营被囚时，孙儿是支撑他活下去的力量。

"你们都进里屋说话好不？"

"谨遵祖父之命。"刘盈立即回应，并已开步向里走。

不想刘如意上前向太公施了一礼道："去里屋作甚？孙儿要为祖父演武。"

"哈哈！"刘太公仰天一笑，"你会什么武艺啊？"

"祖父，孙儿要为您演练剑术。"

闻言，刘太公就益发高兴了，问道："你这剑术是跟谁学的？"

"孙儿是随宫廷禁卫学的。"

"好，老夫就先看看如意的剑术。"说着，太公拉着刘盈坐在自己身边，向如意点了点头。但见刘如意从腰间"嗖"地拔出一把短剑，就在院子里舞将起来。

刘太公早年学过一些兵器，刘如意刚一出招，他就看出这是工剑。形健骨遒，端庄势整，一招一式，端端式式。刺时如猛虎下山，砍时如泰山压顶，防身最管用。最为入眼的还是他那股子认真劲，并没有随他父亲。一通舞罢，刘如意深呼一口气收了势，双手抱拳，童声童气道："请祖父指教。"

刘太公一把将刘如意揽进怀中，问道："告诉祖父，你为何要习武？"

刘如意摇晃着脑袋回道："母亲说，孩儿小时习武，大了可以带兵打仗，护卫父皇。"

刘太公闻言很是欣慰,对伺候在身旁的家令道:"天气热,为如意拿一觥柘浆。"

家令进去不一会儿,就有丫鬟端着一个托盘出来,上面放了一觥柘浆。刘如意接过柘浆,饮了一口,连道好喝。这情景让春兰心中有些不快,心想如意公子舞了一通剑,就赏柘浆,岂不知太子懂得更多。她正要暗中示意,却不意太公说话了:"盈儿,你学业如何?"

刘盈欠了欠身子,施礼道:"孙儿近来在听吕长史讲《春秋》。"

"哦?"刘太公眼前一亮,放开如意道,"跟祖父说说。"

"孙儿就说一段郑武公之事吧。《春秋》记载,郑武公娶了申国的武姜为妻子,生了两个儿子,一个是后来的郑庄公,一个是公子段。姜氏不喜欢庄公,屡次向武公建议立公子段为太子,却遭到武公拒绝。后来郑庄公即位后,姜氏作为太后又屡次为公子段请封。武公问政于祭仲,祭仲说,都会的城墙超过百雉,就是国家的祸害,现在太后为公子请封的城墙超过了国都,违背了先王之制,大王不应该答应。武公为难地说,可是太后要求,我怎样应对呢?祭仲说,那就为公子段安排个地方,不要让他发展起来,免得将来养虎伤身。武公说,多行不义,必自毙。子姑待之。后来,公子段果然叛乱,被剿灭了。"

刘盈讲完这段往事,刘太公就惊异他的记忆力,问道:"你为何讲这段往事?"

"孙儿听吕长史之意是,做母亲的不能娇惯孩子,为人子不能太贪欲。不然的话,必然招来祸患。"

这一番话娓娓道来,把刘太公说得心花怒放,随口就道:"盈儿比你爹强,你爹这么大的时候,还……"

未料一句话未出口,刘盈就跪倒在地道:"父皇乃赤帝子,威及四海,孩儿怎敢冒犯,请祖父恕罪。"

这番话更让刘太公始料不及,他上前拉起刘盈揽进怀里,对家令喊道:"盛柘浆上来。"

看着刘盈高高兴兴地喝了柘浆,春兰的一颗心终于落了地。心想若太子不说话,让皇后知道了,她还不知道要受多少责备。她正这样想着,却见刘如意腾腾腾地跑到他们面前道:"皇兄放心,杀不义之人有弟弟呢!"

这两个小后人连连出彩,让刘太公目不暇接:"你弟兄一文一武,真乃刘家之福。"

爷孙仨正玩得高兴,家令却看见了门外一人,正是丞相萧何,忙到门口恭问:"丞相有事么？"

萧何问道:"太公情绪如何？"

"见了两个孙子,高兴得眉开眼笑。"

"这就好！这就好！"萧何连连称快。

家令弄糊涂了,问道:"丞相这是何意？"

"你不必知晓,带我去见太公。"萧何笑了笑,进了门。

刘太公瞧见萧何进来,便知有事,吩咐春兰、秋菊带孩子回去,转过身高兴地问道:"丞相来老夫处有何贵干？"

太公哪里知道,这一切都是萧何操持的。所谓隔辈亲,萧何就是要太子和如意逗他高兴。

"太公看到孙子,高兴吧？"萧何接过茶盏问道。

刘太公满意地点了点头:"刘家出了两个有出息的后人,不像三儿,就知道进赌场。"

"臣今日来是向太公贺喜来了。"萧何忙用话岔开。

"老夫何喜之有？"刘太公刚才还放松的神色,顿时严肃起来。

萧何呷了一口茶道:"陛下要尊太公为太上皇了。"

"什么太上皇,老夫越听越糊涂。"

"太上皇嘛……"萧何拖长音调,不急着说出。

刘太公见状着急,斥道:"你这个县吏出身的丞相怎么如此拖沓,是要急死老夫啊？"

萧何这才笑道:"太上者,极尊之称也。皇,君也。太公乃天子之父,故号太上皇。"

"此前可有称父亲为太上皇的？"

"怎么没有呢？始皇就称秦庄襄王为太上皇。"

"跟他一样坐朝问政？"

萧何闻言就笑了,道:"有陛下操持,哪里敢劳动太公呢？在群臣眼中,太公就是皇上尊父。"

这一说不要紧,太公立时变了脸色,灰白的胡须撅得老高:"老夫是他的尊父,当初被项羽掳去,他何曾想到有这个尊父。别人把老夫绑在砧板上扬言要烹煮,他竟说要分一杯羹,他还是老夫的儿子么？"刘太公越说越气,起身摆手道,"不要！老夫不要这个虚头,你让他送老夫回刘家庄去。"

"您老少安毋躁,且听晚辈跟您说说。"萧何忙上前扶着刘太公重新落座,又亲手将茶水递到他手中,看着太公心火渐渐弱下去,才开口说话,"太公定是误解陛下了。所谓此一时彼一时,皇上也是情非得已。再说皇上了解项羽性格,知道他经不住激将,才故意放话。您老是明白人,想想是不是这个道理?"

刘太公沉默了,萧何的话让他回想起那天项羽曾不冷不热地对他说道:"太公养了个好儿子,竟然要和寡人分父亲的肉羹,这真是大逆不孝。哼!他想让寡人落个不仁不义之名,寡人偏不上他这个当,看他如何?"

现在经萧何一点拨,刘太公似乎明白了,但他心中的块垒依旧没有消散,气道:"就算那是激将法,别人把老夫放回来后,他就送到栎阳交给丞相了之,年余不见,世间哪有这样的儿子?"

萧何闻言又笑道:"太公这话可不在理上。楚汉之争是何等的战事,皇上率军逐鹿中原,加之项羽乃当世枭雄,殊难对付,哪有时间回栎阳呢?尽管如此,可陛下没有一日不思念太公,至今一提起鸿沟对峙,还为那句情非得已的话常常自责。不瞒太公说,还是晚辈谏言陛下尊太公为太上皇的。"

"真的么?"到这个时候,刘太公的情绪才平和多了,"既是丞相美意,老夫自然不便再说什么。只是老夫既被尊为太上皇,就得顾忌被人指着脊梁说养了个嬴政一样的暴君。烦劳丞相转告三儿,就说明日还在这个地方,老夫要叮嘱他几句话。"

萧何迟疑了一下道:"这个,陛下日理万机……"

"那也行,这个太上皇老夫也不做了。"刘太公说完,不再说话。

见状,萧何就在心中笑这一对父子,前世是冤家怎么的?刘邦也没有随这倔强的性格,于是答应道:"好!就依太公。明日晚辈陪皇上同来。"

"不劳丞相再跑一趟,让他来即可。"

"好,晚辈明日不来了。"

刘太公这才转过身来,送萧何出门。

萧何没有想到,刘邦答应得倒很痛快,想第二天率吕雉和戚夫人一同拜望太公。萧何闻言,便不同意:"当着皇后与夫人的面,太公若是说些不好听的话来,陛下……"

"这有何妨,父责子,天经地义。朕虽为九五之尊,依然是太公之子矣!"

当晚,刘邦将此事说与吕雉。吕雉倒是豁达,以为皇上此行乃大孝之举。毕竟刘邦在外闯荡的年月,是她与刘太公守着庄院的;被掳之后,她与太公在楚营中度过了近三年艰难的日子。一回到栎阳,她就打算前去看望。不过,做了皇后就由不得自己,什么时候去看,要听皇上的。此刻依偎在刘邦怀里,吕雉深情地说道:"妾真是感念太公。在楚营时,他处处护着妾。"

一夜情话，转眼过去。巳时一刻，刘邦、吕雉和戚夫人的车辇就向太公府邸浩浩荡荡而来。而此时，刘太公正在更衣（上厕所），家令心急火燎地在涸藩（厕所）外禀报："郎中令王大人差人来报，说皇上立马就到，请太公……"

一言未了，就被刘太公厉声打断了："皇上怎么样？皇上还能不让人处置水火？"

过了一会儿，刘太公收拾好自己出了涸藩，果然看到王恬启在外面等着。他看见太公出来，忙上前施礼道："太公，陛下来拜望您了。"

"昨日丞相早就说好的，还用你说？"刘太公翻了一眼王恬启，一转身进了前厅。

王恬启轻轻叹了一口气，就看见刘邦、吕雉和戚夫人进了庭院，忙上前迎接。

刘邦让他在外面等候，自己领着皇后和戚夫人进了前厅。三人跪在刘太公面前，刘邦叩首道："拜见父亲大人。"

"你等起来。"刘太公正襟危坐。

三人再次叩首，起身后，家令已备好坐团，刘邦在刘太公身边坐了，两个女人分别坐在下首。

不一会儿，宫女就送上来茶点，刘邦见太公没有喝的意思，自己也就接过来放在案几上，随口问道："父亲一向可好？儿子来栎阳后，有几件要紧事等着办，来晚了，还请父亲宽谅。"

有了昨日萧何的劝慰，刘太公今天情绪平静多了，又兼身边有儿媳，不能不顾忌刘邦的面子，于是回道："你乃当今皇上，日理万机，老夫不怨你就是了。只是不要再分老夫的肉羹与人食我就万幸了。"

吕雉听出来了，太公心中的块垒还没有消散。正要说话，刘邦起身再度跪在老父面前，眼见得双眼就含了泪水："父亲息怒，儿子至今痛悔莫及。父亲若不原谅儿子，儿子就跪在这里……"

吕雉急了，忙起身跪在刘邦身旁。戚夫人一看，哪里还敢安坐，也慌忙跟着跪下。刘太公的心早就被刘邦的眼泪泡软了，自己是受了些委屈，但有哪一个干大事的，家人能脱开干系。萧丞相说得对，他也是情非得已。刘太公站起来扶起刘邦，挥了挥手道："事情过去了，老夫以后也不再提，你们起来吧。"三人这才再度坐了。

看着刘邦和两个女人轻轻饮茶，刘太公心中的旧事次第散去，亲情的慰藉在心野上弥漫成温馨和幸福。在这样的氛围中，他做父亲的责任感油然而生，叮嘱道："做皇上不比在泗水亭当亭长，你需把老百姓放在心上，不能只图自己痛快。"

刘邦忙答道:"儿子记下了。"

"你不要急着回话。老夫且问你,这皇上是如何来的?"刘太公并不要刘邦回答,自顾自地说道,"如果当初沛县百姓拥戴了萧何,那你今天又会是什么样子?这皇上还有你的份吗?现在天下安定了,萧何又为你鞍前马后。不光是他,萧家兄弟十多人皆随你打天下,你不能亏待了他们。"

经太公这么一提,刘邦还真觉得是这么回事,立马回道:"儿子明日就封赏萧氏兄弟,加封萧何两千户。"

"不要着急,老夫还有话呢。"刘太公按了按手,刘邦就刹住自己的话,悉心听老父亲的训教,"饮水思源,你今日能坐天下,有多少人的尸骨铺平了你的路。张乙你还记得么?牛良你还记得么?先说张乙吧,自从你离开故里后,他辛辛苦苦帮着打理家务。那次遭遇楚兵,若非他拼死厮杀,哪里有盈儿和蕊儿呢?他死了,他父母还不知道得到消息没有。老夫一想起这件事,就心痛无比。还有牛良,一次次奉命来家中送钱。那一次肥儿与曹窋、樊阬中途回家,若不是牛良遇见,说不定就死在楚军手中了。老夫听说他是替你死的,你不能忘了他们,你得遣人按时按节地送些钱粮接济他们的亲人。你说说,是这个理么?"

刘邦连连点头道:"父亲说得对,儿子记下了。"

刘太公不客气地打断刘邦的话,指着吕雉道:"还有我这儿媳,你在外的年月里,她担了多少惊,受了多少怕,经历了多少艰难,仅是在楚营就被囚禁了近三年。如今你做了皇上,若是亏待她,老夫饶不了你。你还要将吕太公接到京城,让他与老夫一样乐享天福。"

刘太公这段话就像一阵春风,吹得吕雉心里暖乎乎的。她由衷感慨公父是个明事理的老者,一向刚强的她,眼角也有了几许潮湿,鼻子酸酸的。

这时,刘太公的声音又响起来了:"人家戚庄主在你落难时救了你,还把女儿送到你的身边,你不可以冷落了戚家。戚鳃在汉营多年,你也须安置才是。"

一句话说得戚夫人饮泣洒泪,吕雉在一旁看了,眉头紧皱,小声道:"公父不过尽父亲之责,你却期期艾艾,成何体统?似乎皇上亏待了你似的。"

果然,刘太公见戚夫人流泪,立即追问刘邦是否委屈了她。

戚夫人见状,提起衣裙就跪倒在了太公面前道:"妾是听了公父一番话,万分感动而洒泪,陛下和皇后对妾兄妹百般关顾,妾衔环结草,难报其一。"

闻言,刘太公的心才落了地。其实他心里也明白,刘邦已年过知命,凡事早已成熟,他不过尽尽做父亲的责任罢了,自己也该见好就收。于是,他便将话题转到太上皇这件事上来:"丞相已告诉老夫,你要尊老夫为太上皇。依老夫之意,从晓事起就长在农门,要什么虚名?可丞相一席话让老夫明白,此乃大孝之举,老夫也就答应了……"

闻言,刘邦眉宇顿时展开,十分欣慰,自楚汉逐鹿以来横亘在父子之间的恩怨已解开,忙道:"儿子已要丞相、太常寺、太仆寺为父亲举行上尊号大典。"

刘太公摆了摆手道:"没有那么多讲究,一切从简才是。"

刘邦忙表示道:"不会铺张,礼数到了即可。"

这时候,家令进来禀报说酒宴已经备好,刘太公起身道:"不知你等平日喜欢吃什么,在老夫这里就吃吃沛县的饭菜吧。"

……

吕雉从大典上回来,已是申时一刻了。

尽管刘太公事前叮嘱不要铺张,但太常寺和太仆寺还是依照礼仪走完了程序,从此,皇帝的上边还有一个太上皇。虽说不干政,但他的分量也是不言而喻的。

太常卿叔孙通在宣读完上制文后,特别礼赞道:"刘太公是春秋以来被皇帝尊为太上皇的第一人,是赵武灵王和秦庄襄王所不能比的。而事之以礼,孝之至上,莫大乎尊亲,陛下此举将为万世之表。"

刘邦也是第一次听到叔孙通如此词采便利,博闻强记,于是以皇帝的名义向他和夏侯婴赐酒。

礼仪完毕就是宴席,文臣武将都参加了。大家轮番敬酒,祝太上皇福禄长寿。刘太公年事已高,只是略表心意而已。即便如此,一番敬下来,老人家也微微醉了。

在宴席进程中,吕雉一直陪伴着刘邦在太公左右忙碌。平心而论,吕雉从心底感谢太公的百般照顾,如此盈儿和蕊儿才得以免祸得福,父子重聚。她以儿媳的身份敬刘太公,刘太公一饮而尽,吕雉的心就十分舒坦。虽然太上皇只是一个名号,可他毕竟是刘邦的父亲、自己的公父,从这层上讲,刘盈的事,他是可以说话的。

宴会结束回宫时,她问春兰道:"我今日无越礼之举吧?"

春兰回道:"皇后今日光彩灼灼,举止为人之范。"

吕雉微微笑了笑道:"就你这张嘴会说,回到宫中,我赏你一件宝物。"

车驾在栎阳街头缓缓行走,这一对主仆的心,就像这五月天,热辣辣的。

她的确有些累了,加上宴席上饮了些酒,便觉得浑身软绵绵的,一进门就上了榻床,倒头睡去,很快就进入了梦乡……

她梦见自己与刘邦骑着马,在彩云间飞行。而且,那坐骑也非一般的马,每次跃动,四蹄上都散发出道道金光。再看看周围的云团,五彩缤纷。他们俯视身下,便是故乡穿境而过的泗水。泗水河边的稻田已经脱去金黄,新插的秧苗绿油油的,看上去很舒服。吕雉见状便道:"夫君还记得么?就是在那块稻田地头,妾遇见了那位老者,他说盈儿面相贵不可言……那时妾就相信,夫君一定前程远大。"

吕雉说罢就笑了,笑声在云彩间激起阵阵浪花。这时候,就听见刘邦唱道:

江山万里兮锦绣无疆
壮志凌云兮运于我掌
要在中央兮事在四方
德配天地兮国寿长享
……

正陶醉间,就听见在正前方传来一声吼:"刘季,偿我命来。"

吕雉一抬头,就看见在前面云头上站着两个人,一个着白色战袍,一个着黑色盔甲。他们不是白帝子和项羽么?她禁不住浑身战抖,本能地抱紧了刘邦。

耳际传来一阵自信的大笑,那是从刘邦胸腔中发出的声音:"白帝子、项羽,你等已成孤魂野鬼,还阴魂不散,看朕擒你等去阴界伏法。"言罢,他从袖中拿出一把短剑,但见那剑"嗖"地就变成长剑,寒光闪闪,十分锋利。

霎时,万里长空乌云滚滚,浊浪翻腾。刘邦与白帝子和项羽时而跃于云层之上,在五月的太阳下厮杀;时而俯冲而下,就在大地上空搏击。忽然,白帝子和项羽同时发力,刘邦措手不及,一个趔趄摔下云层。吕雉伏在马上,对着万里长空,放声哭喊道:"夫君……"

"夫君……"吕雉这样喊着,就听见耳边传来呼唤,一个激灵便醒过来了,满头大汗,"我这是怎么了?"

"娘娘刚才只是一个劲地喊陛下。"春兰说着,递上浸热的绢帛。

"我方才做了个梦。"吕雉擦了擦汗,没有说梦中的情景,却问道,"陛下来过么?"

"陛下没来,倒是舅老爷来了。"

"哦,兄长来了?"吕雉起身,春兰立即唤来宫女为皇后梳妆。镜子里映出她饱满的面容和一双思忖的眼睛。为太上皇上尊号这样大的场面,邀请的人中竟然没有吕泽,这让吕雉有些不解。她曾小声问过刘邦,得到的回答是刘喜、刘贾兄弟因为太远也没有参加。现在,兄长竟然来了,他当然不是为了一个出席大典的名分而来。

吕雉一想起刘邦一口气封赏了十八位功臣为列侯,唯独没有吕泽这件事,心中就很不快。刚一梳洗整齐,她就匆匆地向客厅来了。

吕泽先行了臣子之礼,兄妹才坐下说话。吕雉告诉吕泽,这几天皇上就安排人将吕太公一家接到栎阳,等长安殿宇修葺一新,再行安置。

吕泽口中虽说着谢陛下之恩,但他目光迷离,让吕雉觉得他并没有认真听,便问:"看兄长心事重重的样子,有什么话就说。"

"当初若非我驻军下邑,多备粮草,陛下能有今天么?之后屡历战阵,我肝脑涂地,生死相随,不曾有过犹豫。再看看陛下的几位兄弟,当初举事时彷徨不定,打仗时也是畏首畏尾。特别是那个刘喜,几度归乡,直到陛下进了关中,才又寻到汉营。可陛下呢?天下刚刚安定,就削了韩信的王爵,裂土给他的两个兄长,你说这公平么?"吕泽扬起脖子,将一杯茶饮进腹中,说话的语气也重了,"前些日子,我在洛阳遇见了韩信。"

闻言,吕雉的眼睛顿时睁大了:"韩信都说什么了?"

"是樊哙邀韩信到府上饮酒,也邀了我作陪。"

吕雉盯住吕泽,眼睛眨都不眨地问:"韩信说什么了?"

"他倒没说什么,就一句'飞鸟尽,良弓藏;狡兔死,走狗烹'。"

"那兄长如何看这事?"

"我和樊哙都觉得韩信所言不是没有道理,现实不正是这样么?"

"糊涂!"吕雉的眼睛立时变得犀利如剑,"兄长怎能与韩信这样的人为伍呢?皇上削他的王爵,正是为了遏制他的野心。不想兄长竟然与之沉瀣一气,愤愤不平。此事若是让皇上知道,不仅兄长,恐怕吕氏都要受到牵连。"

经吕雉这样一说,吕泽的心顿时缩紧了,为自己一时的激愤而后悔:"那皇后说怎么办?"

"好在此事只有你我兄妹知道,兄长来的目的我已明白。你今夜就到客栈住宿,千万不能让皇上知道你来了栎阳,否则,问你个擅离职守的罪名,不要说封赏,命能不能保住都难料。"吕雉言罢,对外喊了一声,"春兰进来。"

等待春兰站在两人面前时,吕雉的脸色顿时阴沉得如大雨将临:"今日之事,你什么也没有看见,舅老爷根本就没有来过栎阳,明白么?"

春兰心里打着鼓道:"奴婢明白。"

"明白就好。叮嘱后厨上几样酒菜,我要和舅老爷共进晚餐。"

话音刚落,就听见春熙在外面喊道:"陛下驾到!"

吕雉顿时慌了,对吕泽道:"兄长快从后花园的小门出去,再穿一道小巷就有客栈。明日一早速速离开!"说着,她进了内室拿出门籍,塞在吕泽手中,自己转身迎接刘邦去了。

"妾恭迎陛下。"吕雉率领众人呼啦啦地跪倒在院中。

"平身!"刘邦说着,就朝里走。吕雉起身,紧紧跟在后边。

进了云华殿,夫妻双双坐下,刘邦就道:"朕今日多饮了几觥,一睡就到了傍晚。"

"陛下一定饿了,妾这就吩咐后厨上菜。"

刘邦点了点头。不一会儿,菜蔬主食上齐,吕雉又要命人煮酒,刘邦拦住道:"酒乱其神,喝多了误事,晚饭就以茶代酒吧!"

晚饭后,刘邦说今夜就在云华殿过夜,吕雉心里就分外熨帖,忙招呼宫女准备沐浴。大约亥时一刻,刘邦和吕雉双双沐浴完毕。

经过热水浸泡和宫女们细细搓洗,吕雉浑身透亮滑腻,精神也有了懒洋洋的感觉,有点不能自持。不一会儿,两名宫女扶着刘邦来到榻前,他轻轻掀开幔帐,就看见吕雉柔弱无骨的胴体。伴随着呻吟,他们的情感之舟渐渐驶向波峰,回荡在耳边的是龙吟凤鸣,是弦歌丝竹。

女人的聪明之处在于适时地将心中的盘算变为现实。在刘邦疲倦地躺着时,吕雉梳理着他有些蓬乱的头发,声音柔柔地道:"妾有一事,不知当讲不当讲?"但她随之主动否定了,"还是算了,陛下也该歇息了。"

"有什么话就直说,这可不是皇后的性格。"她越是这样,刘邦就越想知道。

"妾说了,陛下不能生气。"

"朕不生气,你快说吧。"刘邦扳过吕雉滑腻的肩膀,眼睛直视着她。

"妾索性就说了。"吕雉一扭腰肢,紧紧地与刘邦贴在一起,芬芳的气息直扑刘邦鼻翼,"妾接到兄长吕泽的信件了,他关切皇上呢。"

"你替朕谢谢他。当初若不是他坚守下邑,朕何有今日?"

"陛下能记得这些,妾真是欣慰之至。"吕雉磨蹭着刘邦的脸颊道,"可是皇上以元功封赏十八功臣,却忘了兄长。"

"他不已经是将军了么?"

"陛下！"吕雉用双手搂着刘邦的脖子,嘴唇就贴上了,"他虽是将军,可未能封侯,就在人前矮了一等啊！往后回了京城,怎么与众位同僚列于朝班呢？莫非是陛下厌恶妾,才……"

"别……"刘邦伸出手捂住了吕雉的嘴,"这也是朕的疏忽,朕就封他为周吕侯如何？"

"妾替兄长谢陛下。"吕雉一翻身就趴在刘邦的身上。

月亮不知什么时候,又藏进了云层……

第十九章

马腾腾铁骑南下
意惶惶韩王北降

汉六年（公元前201年）六月，刘敬回到栎阳，顾不得休息，第二天卯时三刻就赶到塾门等待上朝。启明星尚在东方闪烁，空气中弥漫着燥热。大家看到多日不见的奉春君，都纷纷询问。刘敬一一拱手作答，官员们对匈奴缺乏了解让他心生几缕隐忧。

他在同僚中看到了陈平，显然陈平也发现了他。两人隔着几步远就相互打招呼，然后相偕着到塾门南头僻静处说话。

陈平问道："奉春君一路辛苦，此去马邑所见如何？"

刘敬扬了扬手中的笏板道："不瞒大人，依下官之见，陛下准韩王信将都城迁往马邑，未必是一件好事。"

"哦？"陈平很吃惊，没想到刘敬说话会如此直接，便伸长脖子压低声音问，"究竟是怎么回事？"

"韩王听到楚王被削去王爵、降为淮阴侯的消息后十分震惊,下官看他目光迷离,神色有些慌张。"

"这也是陛下派足下前往谕意的用意。"陈平道。

"然则,"刘敬话锋一转道,"毕竟马邑距匈奴太近,下官担心……"

陈平截住刘敬的话头道:"足下担心不无道理,吾等当谏言陛下,对北陲尚需多一点防备,《书》曰:唯事事,乃其有备,有备无患,此安社稷之大略也。"

"谁说不是呢?"刘敬说着,朝四下里看,却没有发现张良的身影,"为何不见留侯?"

陈平解释道:"陛下暂居栎阳,以待新都落成。洛阳那边也不能没有人,因此军师暂时留驻洛阳。"

这时候,就听见众人纷纷向一个人问好,看身影是萧何到了。两人收住话头,上前跟萧何打招呼。萧何从刘敬的脸上看到了些许的倦容,便道:"奉春君一路劳顿,也该歇息一日才是。"

刘敬忙回道:"为国效力,臣之职份。倒是丞相为新都奔波,不胜辛苦,该珍重才是。"

萧何笑了笑道:"彼此彼此。"

这时天已微微放亮,只听春熙在栎阳宫前殿门口高声宣布上朝,大臣们纷纷依照次序走进大殿,分文武两班站了。卢绾赴任燕王后,太尉一职空缺,周勃站在武将首列,文官自然是萧何站在最前。

辰时二刻,刘邦出现在朝堂上,春熙宣布早朝开始。萧何首先出列,说长乐宫施工顺畅,请皇上前往察看。刘邦当场褒扬萧何勤勉多思,答应找个机会去看看。

接着是太常卿叔孙通出列,说秉承旨意从鲁地征召三十名儒生,又召五百名弟子,在朝为学者,在野研习礼仪,现已月余,请刘邦择机察看。若可行,即在群臣中推广。

刘邦十分满意叔孙通的办事效率,面对着众位大臣道:"众位爱卿,礼者,以财物为用,以贵贱为文,以多少为异,以隆杀为要。故厚者,礼之积也;大者,礼之广也;高者,礼之隆也;明者,礼之尽也。大汉立国,当降礼而尚法。故而,礼仪之序,一日不可无。否则,何谓国乎?今日早朝之后,众位即与朕一同去看。"

大臣们十分惊异,一向粗俗的皇上今日一大早竟文绉绉地讲出了一番礼仪之论,真是让人大开眼界。正惊诧间,就听见樊哙小声嘟囔道:"都说的是些什么呀，咿咿呀呀，俺听不懂。哼！皇上是越做越糊涂了。"

这话刚一出，就被身后的郦商拉了一把，小声叮嘱道："这是朝堂，将军谨慎些。"

樊哙才收住话头，左右看了看，没发现韩信，就用手戳了戳郦商问："怎么不见淮阴侯？"

郦商告诉他，早上在塾门等候时，听人说淮阴侯病了，特向皇上请告。樊哙就在心中暗自发笑，昨日在府上饮酒时尚言语激昂，为自己的遭遇愤愤不平，怎么一夜就病了？分明是不愿见皇上。

昨日午后，樊哙正在家中磨斧，家令忽然来报，说淮阴侯来访。樊哙放下手中的活儿出门迎接，直到把韩信接到客厅，仍心中纳闷，他不是一向瞧不起自己这些只会冲锋陷阵的将军么，怎么忽地就登门来了。不管怎么说，来者是客，樊哙将腹中的疑虑暂时搁置一边，吩咐上茶。韩信却道要喝酒，这一喝，果然心中的郁闷都吐出来了。虽然自始至终没提到刘邦，但樊哙听得出来，他是在为自己的遭遇而不满。奇怪的是，听着听着，樊哙倒同情起韩信来。是啊！皇上怎么能相信那个王屠户的妄言呢？况且韩信功高也是事实，由人及己，他对刘邦轻视自己也是满腹牢骚。正心猿意马地想着，就听见有人说有要紧军情奏报，越过一个个肩头望去，原来是刘敬在说话。

樊哙就是这样的性格，不管内心多么不平衡，只要一听见打仗，整个人就兴奋起来了，忙收回心思，认真听起来。

刘敬并没有谈及韩王心存异动，主要禀奏的是匈奴情况。他强调自从冒顿登基后，先灭东胡，后驱大月氏，现控弦三十万之士虎视眈眈，时刻都有南下的可能。他说到这里，一脸的忧郁："依微臣观之，匈奴乃虎狼之师，迟早与我一战，请陛下早有所备。"

闻言，刘邦的眉头就凝在了一起："朕不是准韩王将都城迁往马邑了么？"

"陛下！"刘敬的脚步不由自主地向前挪了挪，举起手中的笏板道，"此陛下圣明也。可臣以为只是这样还不够，还需朝廷以重兵屯之边陲，若有事随时都可出战。匈奴闻之，也当有所顾忌。"

首先响应刘敬这个奏请的是萧何，他盛赞刘敬看事敏锐，见微知著，力主朝廷在韩国驻军："臣闻陛下常论要在中央，事在四方。韩王信虽是王侯，然则其乃事也，而非要也。唯有朝廷出兵，韩王才能心安神定。"

刘邦把头转向武将班列，就看见樊哙出列意气盎然道："俺愿率军前往北陲，绝不让匈奴南下一步。"

刘邦点了点头,却是没有准许的意思,他想多听听将军们的想法,特别是周勃的见解,问道:"绛侯怎么不说话?"

周勃见皇上点了将,便出列道:"奉春君所言切中肯綮。虽有韩王据守北陲,朝廷却不能无将。需遣一文武兼备的将军前往,即便有事,亦可就便处置。臣以为周吕侯吕泽可担此任,彭城大战时,他屡立战功,挽狂澜于既倒,必能胜任。"

"绛侯所言,正合朕意。"前些日子,吕雉还为吕泽请封,现在就有人举荐他赴北陲,刘邦便觉得遣吕泽去也好堵住臣僚中一些人近水楼台而得宠的议论。要知与匈奴接战,并非人人都能胜任的。

周勃又道:"仅吕将军一人北上尚显不够,臣以为还需一人任长史之职,参谋军务。"

这时候,陈平说话了:"臣以为吕臣老成,每临大事神清气定,可担此任。"

"哦!你说的是他?"萧何也频频点头,"此人的确宜于任长史,只是他现在每日为太子讲书……"

"吕卿多谋,他佐吕泽前往,朕也放心。至于太子这边,朕已有考虑。"刘邦话锋一转道,"传朕旨意,以吕泽为将军,吕臣为长史,不日率军北上,戍边保境,不得有误。"

散朝以后,刘敬却没有走。刘邦关心地说道:"爱卿一路风尘,也回府歇息吧。"

"臣还有未尽之言,奏与陛下。"于是,刘敬将韩王信心有异动的分析说了一遍。

刘邦听了,心中不免又加了一层阴云,半日沉默不语,但他随之就坦然了。韩王信是他从楚营中救出来的,也是他采纳张良的谏言封为诸侯王的,韩王信不会那么容易就忘记了。更为重要的是,他独身南下擒了韩信,这不能不让韩王信有所顾忌。想到这里,他对刘敬道:"爱卿所言,朕已记下了。"

"臣告退。"刘敬走出大殿时,心中如雾里看花,猜不透刘邦此时的心思。

他登上车子,茫然地摇了摇头,对司御道:"回府。"

……

太阳刚刚从草原上升起,冒顿单于已坐在穹庐中品尝奶酒和牛肉了。这奶酒很香,牛肉很嫩,可一旦进入他的口中,就会发出"吧嗒吧嗒"的咂嘴声,犹如一头狼在享受猎物一样。身边站着几位女奴,手捧银做的茶壶和绢帛。

他贪婪地啃完一只羊腿,扔在一边,却渐渐放慢了咀嚼的速度,直到最后有块肉停在口中,而目光却痴痴地望着从穹庐气孔中投射进来的阳光。女奴们相互看了看,都明白单于走神了,不敢发出任何声响。这样过了很长时间,单于终于有些不耐烦地咽下最后一口肉,仰起脖子喝了一口酒问道:"左右骨都侯怎么到现在还没来?"

话音刚落,在外边值守的郝宿王巴尔图喊道:"左右骨都侯大人到。"

冒顿脸上的燥气这才退去,等左骨都侯巴彦热河和右骨都侯突突木罕进到穹庐里,并行了礼后,三人席地而坐,单于挥手示意他们喝酒,两人端起银碗先敬天地,然后才开始自饮。

"眼看九月祭祀就要到了,两位给本单于带来什么好消息呢?"

左骨都侯巴彦热河放下酒碗道:"臣听说刘邦做了汉朝的皇帝。"

"哦?本单于对其不了解,你知道多少?"

巴彦热河回道:"据洛阳的探子说,此人善于周旋,颇多心机。"

"哦?"冒顿睁大了眼睛。

"不过据臣所知,汉朝现在民生凋敝,府库空虚。"

"何以见得?"

"从栎阳回来的商贾说,他看见汉朝的丞相上朝时乘坐的都是牛车,国库充盈,能如此么?"

"哦,是这样啊!"冒顿闻言,笑着展开了眉宇。

突突木罕插话道:"臣撒出去的探哨回来禀报,说汉朝皇帝派了一支军队进驻晋阳了。"

"哦?"冒顿顿时伸长脖子问道,"有这等事,这可是自秦以后七八年没有的事,快说说。"

突突木罕撩了撩袍袖,抓起一块牛肉边吃边道:"来将名叫吕泽,听说乃皇室外戚,倒是懂些兵法。要紧的是长史吕臣,听说是一位老谋深算的将军,只怕……"

"你就说他意欲何为?"

突突木罕道:"依臣观之,汉廷遣二吕前来,不单是防我大匈奴,更在于防韩王。"

"哦?"这话让单于很感兴趣,"这是怎么回事?"

"单于不知,汉朝皇帝前些日子将楚王韩信削为淮阴侯,我猜,二吕到来也是为了防家贼。以汉军之力,眼下还无力与我大匈奴开战。只是前些日子,我军在雁门县西北三十里地与韩王信的巡逻军遭遇,发生了小小冲撞,随之就各自撤退了。"左骨都侯补充道。

"哦！有这等事？"冒顿的身子向前挪了挪，野狼一样的眼神盯着巴彦热河，及至从他口中得知只是韩王信的军伍，身子就向后仰去。

可接着突突木罕的一番话让他眼前一亮："其后，韩王信遣使者武涉几次前来讲和，都因为彼不愿献出土地而作罢。经单于点拨，臣倒是有个一石二鸟之策。"

巴彦热河就有些不耐烦："有话就说，卖什么关子？"

突突木罕看了他一眼，接着道："既然发生过冲突，也就成了我军进攻韩国的理由。现时秋高气爽，臣建议遣左屠耆王攻之。前有我军虎狼之师逼近，后有汉军监视，韩王信万不得已必然降我，如此，则晋阳以北疆土皆归于我，这不是给天神的厚礼么？"突突木罕说着，从怀里拿出一张羊皮信件，呈给单于，"这是韩王信身边谋士武涉送来的密信。"

单于打开大略看了一遍，一拍大腿道："真是天助我也。有了这条内线，不信他韩王还能独自撑起一片天地。你遣人暗中与武涉接触，传本单于的话，若能游说韩王投降，本单于封他一个右校王。秦人的兵法讲求不战而屈人之兵，我看这才真的不战而胜。拿酒来，为天神厚礼干了！"

"单于圣明！"巴彦热河与突突木罕同时举起了马奶酒。

议事结束，三人走出穹庐。今日天气意外的好，从天地接连处到头顶，竟没有一丝云彩。冒顿望着雄鹰消失在山梁背后，对两位骨都侯道："本单于今日有心打猎，不知二位可愿同往。"

"臣等愿意追随。"两位骨都侯忙回道。不一会儿，郝宿王集结起侍卫，呼啦啦地向草原深处而去。

八月十五是汉人赏月的日子，可匈奴左屠耆王并没有让韩王过这个良宵美辰，右大将沃尔霍率领一万铁骑，秋风扫落叶般地杀奔马邑来了。当探哨叫开城门，直奔韩王府之际，王府家令正忙于赏月的准备呢。这消息让韩王信情急之间竟掀翻了果蔬案几，从墙上取下宝剑迅速向城墙走去。刚刚出门，武涉便赶来了，两人登上城楼，举目眺望，不由得"呀"了一声，匈奴的铁骑已将马邑城围了个水泄不通。

"怎么如此突然？"韩王信看了看身边的将军王喜和武涉问。

王喜曾是韩王成的一名中郎将，韩王成被项羽杀后，他逃到民间，隐姓埋名。韩王信前赴晋阳途中遇到他，便任他为中尉掌管马邑城防。虽然军情突然，但他倒不怎么仓皇："大王放心，臣以为水来土掩，兵来将挡。只要我马邑军民同仇敌忾，匈奴军也奈何不了。只要坚守半月，到了九月匈奴人要到单于庭祭祀天地，必然撤退。那时我军乘机追杀敌人，危机自然解除。"

韩王信正欲问武涉,却听见沃尔霍在城下喊道:"城头上可是韩王?本大将奉左屠耆王之命前来攻城。韩王若是识时务,不如早日投降,我大单于定当厚待。"

这话落音,就是一阵狂猾不羁的笑声。

王喜闻言,从壶中抽出利箭拉满强弓,却被身后伸过来的手拦住了。王喜看了一眼韩王信问道:"大王这是为何?当年李牧将军镇守北陲,匈奴不敢南进一步;蒙骜将军镇守北地,匈奴闻风而北逃。难道我堂堂大汉诸侯王,还怕他不成?"

韩王信叹道:"敌之目的意欲挑衅,我若轻动,正中下怀。"

王喜闻言,遂收了弓箭。

"先生以为呢?"韩王信将脸转向武涉。

武涉只是淡淡一笑道:"既然王将军说可以拒敌,自然当有良方妙策,且行且看。"

见状,韩王信便不好再问。

其实,武涉早将形势看得清清楚楚。表面上看来,匈奴似乎是围攻马邑,实际却是剑指汉军。若韩国与朝廷大军共同御敌,那胜券在哪一方就很难说了。但他不愿点破,主要是出于两点考虑:一则韩王若借重朝廷,那战后韩王信能否保住国名就在两可之间;二则如果点破,就会使韩王对匈奴产生疑虑,动摇投降信念,那他报仇的机会就永远失去了。

下了城楼,来到王府门前,武涉来到韩王信面前安慰道:"城防有王将军,大王且安心吧。"言罢,他依礼告辞。

韩王信回到王府内室,挥了挥手对家令道:"煮点酒来,寡人想静一静。"

家令应了一声"诺",转身出去了。不一会儿,就有两位黄门抬着一只小鼎轻轻地放在厅中央,调治好木炭盆,又蹑手蹑脚退了出去。鼎锅里的酒酿发出"咕嘟咕嘟"的声响,酒香便在屋里弥散开来,犹如韩王信漫漫的思绪,纷繁而又无序。

前几天,他接到晋阳令发来的书信,说为北拒匈奴,朝廷派遣吕泽为将军,吕臣为长史进驻晋阳。接着就是吕泽遣人发来的文书,那是以刘邦的语气写的,就是要告诉他警惕匈奴南犯。这文书看似充满了信任,可韩王信却透过这些文字看到了一双冰冷的眼睛。

这是发生在刘敬回栎阳后的事,那刘敬究竟向朝廷禀奏了什么?他对与匈奴近距离接触的事如何看?若是他相信自己对朝廷的忠诚,或是对自己抵抗匈奴充满了信心,朝廷就不会派二吕北上。

韩王信从翻滚的鼎锅里舀起一觥酒，望着滚烫的酒酿和几盘菜蔬发呆。忽然，他的心战抖了一下，禁不住向后仰去，脸上顿时渗出点点汗津。是呀！他能削去韩信的楚王，难保不会将刀子举向自己。韩王信在厅里来回踱着步子，很快就否定了自己的猜测。韩信曾在战事要紧关头驻足不进，要挟刘邦封他为王，而他没有；韩信在汉营中曾数度离开，而他没有。荥阳之战中自己拼死厮杀，而且牺牲了周柯将军；被囚楚营期间，自己也是抵死不屈，他刘邦不会忘记吧？难道二吕北上真是为了协助自己戍边么？若如此，就应该将军队摆在马邑以北，为什么却偏偏屯兵晋阳呢？他百思不得其解。

月影渐渐西去，雄鸡叫出了第一声报晓，这又是一个不眠之夜。

天色刚刚放亮，韩王信就将武涉传到了王宫。

其实，这一切都在武涉预料之中，但他走进王府时却是急切的神情："大王怎么了？王将军不是已将城防布置妥当了么？"

韩王信略去君臣间繁文缛节，直截了当地说道："寡人欲请爱卿前往晋阳一趟，就说改日寡人要亲往劳军。"

武涉眨了眨眼睛问道："大王差微臣走一趟，不仅仅是为了这个吧？"

"什么事都瞒不过你。"韩王信两颊微微泛红，在案几后坐下来道，"寡人昨夜想了许久，总觉得朝廷这次遣二吕北上有些蹊跷。皇帝似乎因韩信一事对寡人不大放心，寡人的意思你明白没有。"

"臣定不负使命，将朝廷实情探个水清见底。"武涉微微笑了……

五天后，武涉已坐在了晋阳守将吕泽的行辕了，他还带了两车草原的皮毛和两车奶酒。吕泽收下了韩王的盛意，并与吕臣在行辕宴请了他。吕泽最关心的还是匈奴的情势，席间不断询问其兵马、粮草和战力。武涉一一做了回答，特别强调前些日子还发生过小冲突。

吕臣举起酒觥，向武涉致意道："听马邑过来的客商言道，匈奴右大将沃尔霍率军围住了马邑，不知可有其事？"

武涉轻松地喝了一口酒，就笑道："长史大人怎么可以相信那些道听途说呢？若马邑被围得水泄不通，下官岂能浩浩荡荡出城奔往汉军行辕么？"

吕臣还之以微笑道："使君所言也许不虚，但两军交战，不斩来使，却是古今通理，沃尔霍也该知道这个道理。"

"这……"闻言，武涉愣了一下。临行前一天夜里，他到城中一家客栈向潜入城中的匈奴探哨送去自己将赴晋阳的消息，并要西门网开一面。匈奴裨将将此事禀报沃尔霍，第二天黎明他们出城时，匈奴军只是形式上追了一程就回去了。他还要人转告沃尔霍，在他返回前不要攻城，以免惊动汉军前来救援。武涉很快就镇定了脸上的表情,笑道,"长史大人说笑了,不斩来使是不斩交战双方的来使,怎么会容许下官前来汉营呢?世界上哪有如此愚蠢的将军?将这事放在长史身上,会如此做么?"

吕臣忙回道:"下官也是随便问问。所谓兵者,国之大事,死生之地,存亡之道,不可不察也。请使君见谅。"

武涉作揖道:"好说好说,下官也体味得来长史大人所虑。"

宴会后一连两天,吕泽陪着武涉到各个营区走了一趟。这一走让武涉大吃一惊,原来汉军粮草、军备十分充足。所到之处,喊杀连天,始知项羽之刎颈乌江,乃天意也。可这种感觉越强烈,他的复仇之念也就愈坚定。第三天,武涉辞别,踏上归程。

车走了很长时间,早已消失在大道尽头,可吕臣仍望着大路痴痴地走神。吕泽用手在眼前晃动了几次,又用胳膊顶了一下他,吕臣才回过神来。

"不就是区区韩王使者么,大人为何如此入神?"

吕臣却没有笑,一脸肃然道:"将军难道不觉得这个武涉很可疑么?"

吕泽笑道:"大人身处前方,看谁都可疑,本无可厚非。可他是韩王使君,又能有什么假?大人有些杯弓蛇影吧?"

"下官不是说他的人假,而是说他的举止有许多可疑之处。"

"哦?大人有何发现,说来听听。"这一回吕泽也认真起来了。

吕臣跟着吕泽的脚步往城里走,边走边道:"将军想想,依照武涉说法,马邑没有战事,那这些逃难者从何而来?为什么百姓皆言匈奴大举南下,这不可疑么?依他说,假若匈奴围了马邑,他断然不会顺利来到汉营。那我们可否再做另外一种设想,是什么原因使匈奴人打开了西来的路?"

吕泽想了想道:"大人前一个推想不无道理,至于后一个么,无根无据,不可妄言。"

吕臣没有再深说,却提出了一个请求:"为防万一,请将军拨给下官五千人马,在汾阳以北屯兵,一旦有事也好策应。"

"大人所言,不无道理。只是驻军汾阳以北,需时刻将军情报知下官得知,一旦匈奴进击,下官就便处置。"

第二天,吕臣率五千人马沿汾河一直向北而去。在晋阳城外,他与吕泽约定,一旦有事,他将以六百里快马送信前来,由吕泽飞报朝廷。

汾河自北向南缓缓流去,流过了千年青史,也流过吕臣的记忆。这回,汉帝点将他为长史,出兵晋阳,他内心十分愉快。能够重上战场,是自己的幸运。只是连日来的疑虑,一如天空的云彩,越积越重。也许是自己多虑了。吕泽曾与韩王信一起作过战,了解他的忠厚,但愿韩王身边的人都是忠于朝廷的……

战马一声嘶鸣,打断了吕臣的思路。他决计将这一切暂且放下,一心一意地在汾阳布军。敢战方能言和,这是他从刘项二人身上获得的经验。

……

可吕臣没有想到,他率军北上的消息很快就被归途中的武涉知道了。

原来武涉一行也是沿着汾河北上的。汾阳乃是韩国辖域,汾阳县令当然把武涉当上宾款待。但武涉的头脑是清醒的,他担心自己的行踪被二吕看出破绽,因此一进汾阳县城,他就要县令派人沿汾河南下,只为获取汉军踪迹。

果然,在武涉即将离开汾阳之际,派出去的人说他们发现一位汉军将军正率军北上。

"有多少人马？"

"前前后后足有几里,大概有三四千人马！"

"这就对了。"武涉起身准备上马,对汾阳县令道,"探马所言之将军,乃北上讨伐匈奴的吕将军。若是本使没有猜错,多半是那位叫吕臣的将军。汉帝遣大批人马到来,乃为韩国安危计。请县令大人在本使离开后前往城外迎接汉军,最好留驻一夜,方显大王诚意。"

县令想想也是,抗击匈奴乃保境安民,也是他的本分,于是作了一揖道:"使君尽管放心,这里一切皆有下官,一定不会慢待了吕将军。"

"好！本使回到马邑,定当在韩王面前为县令请功。"武涉将车驾留在汾阳,自己和侍卫都换了马匹。他向县令挥了挥手,一勒马嚼,战马"啾啾"一声嘶鸣,撒开四蹄向北而去。

一口气跑出十里地,武涉才慢慢缓下步伐,一摸额头,汗水湿了两鬓,再看看身边的侍卫,也都是汗水淋漓,遂对大家道:"你等先行,本使昨夜受凉,腹中有些不适,出恭一会儿。"

侍卫屯长道:"使君安危事大,我等就在道边等候。"

"留下一人为本使看马,其余人继续前行。"武涉的严肃使得屯长无话可说,于是留下一人在道边看马。

待侍卫队伍离开,武涉对留下来的年轻侍卫道:"本使去去就来,你在此看好马匹,不可离开。"

"卑职明白。"

武涉这才轻脚轻手地向芦苇丛深处走去。连年战火,汾河湾早已荒芜,草长到一人多高。开始侍卫还能看见武涉的头露出草丛,渐渐地就什么也看不见了。武涉回头见侍卫确实没有跟在身后,这才蹲下来学了两声鹧鸪叫,紧接着就从不远处传来同样的叫声。他循声而去,终于在一方空地间看到了匈奴埋伏在这里的探马。

来者是一名匈奴千夫长,一见面就低声道:"怎么现在才来,我在这里已经埋伏三天了。怎么样,有情况么?"

武涉回道:"汉廷派来两位将军,一万多人马。"

千夫长问:"那依使君看,是为匈奴而来,还是为韩王而来?"

"二者皆有。"武涉眼睛转了转,贴近千夫长耳边轻轻嘀咕了几句,但见千夫长频频点头,"侍卫还在道边等候,就此作别。请千夫长务必禀告沃尔霍,贵军攻城愈烈,才能促使韩王投降。"

不久,武涉就回到了马邑。时值上午巳时,他没有回府邸,就直奔了王府,却没有看到韩王信。他转身出门,刚刚下了阶陛,就看见一身盔甲的韩王信回来了。武涉眼尖,三步并作两步上前行了大礼道:"大王,微臣回来了。"

韩王信见状,皱着眉头道:"你为何才回来?匈奴军从前日再度攻城,他们的弓弩煞是厉害,只要我军在城墙上一露头,就必成箭靶。加之城中粮草紧缺,百姓心中不安,有许多人闹着要出城避难。若匈奴人乘机攻进来,我军危矣。"

武涉扶着韩王信道:"大王先回宫,听微臣细奏汉营之行。"

站在王宫前厅,武涉将自己前往晋阳一路所见所闻大略述说了一遍。韩王信听着听着,脸色就阴暗苍白起来,及至武涉刹住话头,他就颓然跌坐在案几后,自言自语道:"我非韩信,从来忠于朝廷,为何如此待我?"

武涉不失时机道:"臣在晋阳街头听到小儿们传唱一首歌谣,好像是韩信作的。"

"什么歌谣?与马邑安危有何干系?"

"那歌谣唱'狡兔死,走狗烹;飞鸟尽,良弓藏'。意思是说,功业告成了,忠臣良将的厄运就来了……"武涉有意识地拉长了声音,"臣还听吕泽将军说,大王与韩信一般无二,迟早都会反叛。因此朝廷才派兵进驻晋阳,就是要钳制大王。"

"唉!皇上何必杯弓蛇影,本王何时有过投降念头。若想投降,早在刚刚北上时就降了,何必等到今日?"

"可汉帝却不这样想,他是被韩信吓坏了啊!"

"你没有向二吕将军表明本王的意思,要他们北上增援么?"

"说了呀,可吕泽将军说,没有接到朝廷的军令,不便出兵。"武涉看着韩王信脸色变化，适时地补充在他看来能够打动韩王信的情况，"而且微臣已经知道,吕臣将军率军进驻汾阳县城,时刻准备平叛呢。"

韩王信彻底绝望了："求援不能,战亦不胜,难道寡人就只剩下投降一条路么？"

"大王不要急躁,先想想怎么做。需要微臣的时候,随时传命。"武涉并不着急要韩王信做出决定,他知道一位诸侯王做出如此决定,等于出卖祖宗,何其难哉。

一连数日,沃尔霍调集近千名弓弩手不断向城头发箭,然后就是号令步军轮番进攻。王喜率领韩军奋力抵抗,到了第十天,城内粮食难以为继,韩军将士每日只能吃两顿稀饭,百姓更是苦不堪言,不断出现争粮械斗事件。

要命的是,城中百饥饿难耐,从北门涌出城外寻找粮食。守城的士兵试图拦截,被饿疯了的百姓踩倒在地。百姓们以为打开城门,就可以解脱,孰料匈奴军从城外涌进来,见百姓就杀。王喜见此情景,迅速组织将士抵抗。一位匈奴裨将直冲王喜而来,他忙上前迎战,两人厮杀没有几个回合,王喜转身就向城中心跑去,因为他惦记着韩王的安危。

武涉在这个关头出现了。他急急来到王宫,给韩王带来一个很不好的消息,说不仅城池被攻破,而且王喜也被乱马踩成肉酱。

韩王信"嗖"地从腰间拔出宝剑道："本王这就杀出宫去,拼死也要解救百姓。"

他的手立即被赶来救援的校尉和武涉从两边按住了："大王岂能轻易捐躯。大王一去,韩国就亡了。"

"与其如此为难,不如自裁了却余生。"韩王信奋力想挣脱校尉和武涉的胳膊,可武涉一句话就让他的手再也抬不起来。

"大王！"武涉"扑通"一声跪倒在地,仰面看着韩王信道,"大王一去,落得个烟消云散,可您让留在洛阳的王妃怎么办?汉帝当初就是要用家小牵制大王,大王竟置王妃生死于不顾……"

闻言,韩王信长叹一声："杀不得,死不得,唉……"

"臣倒有一权宜之计,还请大王静听。"武涉站起来道,"大王若要救韩国百姓,与王妃重逢,倒不如先降了匈奴,再做打算。"

这时,守卫宫廷的中郎跑进来禀报,说匈奴军距王宫很近了,到处火光冲天。

"大王,现在不降,更待何时？"武涉喊道。

韩王信看了一眼武涉,无力地说道："寡人以你为使与匈奴人议降。其一,只降匈奴,不易国名;其二,国内行汉礼,不行匈奴礼。其三,自我投降之日起,匈奴军不再留在马邑城。否则,本王唯有一死。"

武涉跑出王宫,正看见匈奴一位裨将率领人马向王宫冲来。他忙从怀中掏出一件白色绢帛,使劲摇晃道:"勿动刀枪,我乃韩王使者。"

匈奴裨将喝住人马,武涉和中郎来到马前道:"带我去见沃尔霍,商谈投降事宜。"

"他在说什么?有懂中原语者么?"匈奴裨将转过头问身后的军士。

一位千夫长上前道:"他的意思是要见大将军,商议投降事宜。"

匈奴裨将拨转马头,一干人簇拥着武涉来到城外沃尔霍大营。裨将将来龙去脉述说一遍,沃尔霍指了指旁边的地毡道:"使君请坐,有什么话尽管说。"旁边就有一位译令,将他的话翻给武涉。

武涉表示了谢意,接着就转达了韩王信的意思。沃尔霍沉思片刻,竟答应了全部条件。他明白这样的大事他做不了主,上面还有左屠耆王,他一定会报给单于的。

当日,匈奴军便撤出马邑城。

王喜见状,第一个跑进宫来问道:"匈奴军为何退了?"

韩王信听见声音大吃一惊,问道:"你是人是鬼?"

王喜不解地问道:"大王为何连臣都不认识了,臣一直在与匈奴军厮杀啊!"

韩王信闻言,一下子瘫了,仰天流泪道:"我是千古罪人啊,如何去见列祖列宗?"

王喜见状明白了,他没有再问,悄悄退了出去。

第三天,沃尔霍率一万精骑直扑汾阳城而来。早有探马报知吕臣,他立即召集麾下姜、刘、沈、孙四位校尉商议对策。

姜校尉熟稔兵法,首先说话:"末将听说匈奴军屠城胜于项羽,烧杀抢掠无所不为,因此一定不能让其进入汾阳城,免得百姓遭灾。"

其他三位校尉都以为姜校尉所言有理。

孙校尉接着姜校尉的话道:"现在正是八月,我军可在汾河芦苇荡深处设下伏兵,待匈奴军到来之际,出其不意,一鼓击之,至少可以阻止匈奴军继续南下。"

"诸位所言甚是,汾阳一战,乃大汉与匈奴首战,定然不可掉以轻心。"吕臣当下命刘校尉和孙校尉率部坚守汾阳,他则与姜、沈二位校尉率两千人马在汾阳以北芦苇荡设伏。

八月底,汾阳天气已经变冷,夜间落了霜,后半夜更是冷沁无比。吕臣怕将士睡去或染病,命后厨备了辣椒,困了就嚼一口。

太阳终于从遥远的天际跃出,吕臣的眉宇也展开了。

大约辰时三刻,从北边过来了一支队伍,吕臣借着芦苇缝隙望去,是清一色的骑兵,刚刚轻松的心境又复紧张起来。他在洛阳时就听人说过,匈奴马乃草原肥草喂养起来的良马,不仅耐力强,而且速度快。再回头看看自己的部下,除了少量轻骑外,大部分都是步军和弓弩手。若是厮杀起来,明显不占优势。但他明白,箭已上弦,不能不发。他迅速调整布局,将步军朝后撤,而将弓弩手排在最靠近道路的芦苇丛中。

匈奴人的马蹄声越来越清晰,吕臣很快发现,匈奴军充其量也就五千,那五千匈奴军一定前往攻城了,他在心底暗骂沃尔霍狡猾。

眼看匈奴军进入射程,吕臣做了个发箭的手势,就听姜校尉一声沉闷的喊声。顿时,一支支利箭向匈奴骑兵射去,一批走在前面的匈奴骑士纷纷倒地。姜校尉迅速将第二批弓弩手拉到前面,连连发射,不到一刻钟,匈奴军数十具尸体躺在了芦苇荡外。

突如其来的袭击,让沃尔霍瞬间陷入了从未有过的惊悚,他立即意识到自己遭遇了一位懂得战法的将军。但他毕竟是经过风雨的,很快撤退到箭矢射程以外。他叫过裨将巴鲁图,耳语了几句。但见巴鲁图对身后的骑兵大吼一声,便迅速集结在一起。巴鲁图从腰间拿出一个火镰狠劲击打,火星点燃了手中的草絮。巴鲁图搭弓发箭,一支火箭射进芦苇荡,接着,他身后的士卒都张起强弓,把一支支火箭射进汉军埋伏地,顿时火光冲天。

匈奴人这一手是吕臣事先没有想到的,他忙挥舞宝剑大喊一声"冲出去",自己率先冲出芦苇丛。姜校尉寸步不离吕臣,两人背靠背迎接着杀来的沃尔霍和巴图鲁。大战三十多个回合后,吕臣真正体味到匈奴骑兵的厉害。他们的战刀扫过汉军步军时,简直就像割草一样。姜校尉清楚地看到,沈校尉被砍成几块,身首异处。

很快,汉军就只有招架之功而无还手之力。沃尔霍看到汉军渐渐败退,命旗手迅速将汉军分割包围,十人对一人。汉军被围在中间,不一会儿就晕头转向,或做了俘虏,或被砍掉了头颅。

吕臣首先想到的是汾阳城,隔着老远对姜校尉喊道:"撤进城内。"转身率领余众向汾阳城冲去。没走多远,遇见从城里撤出来的孙校尉,就知道汾阳城丢了。

"刘校尉呢?"

"刘校尉在城头指挥弓弩手,不幸中箭掉入护城河中。"

吕臣长叹一声:"首战就连失两名校尉,我如何面对皇帝陛下。"

匈奴人在占领汾阳城当日没有再发起进攻,当晚,汉军撤到距汾阳城四十里的石庄。

吕臣率军一进镇,就下令封锁了镇子,吕臣的大营就驻扎在村北头的庄主家中。石庄庄主早听说过匈奴人的虎狼之性,他带着全镇的"豪杰",拉着宰杀好的猪羊,犒劳大军。他们愈是热情,吕臣的心就愈是不安。因为很快匈奴人也会从这里经过,而他下一步就是继续向南撤退。

申时三刻,姜校尉、孙校尉安排好庄子的岗哨,先后来到村子北头,进门第一句就问:"将军用过晚饭了?"

侍卫回道:"庄主准备了热汤热菜,专等二位将军。"

吕臣示意他们坐下,然后道:"从马邑方向回来的探马说,匈奴人围攻马邑城半个多月,韩王信在等不到驰援的情况下,已经投降匈奴。"

闻言,姜校尉鄙夷道:"这个软骨头,哪一日见了,非要他的首级不可。"

孙校尉惊道:"武涉到晋阳时不是说匈奴人不曾进攻马邑么,怎么竟围城长达半月,我军全然不知?"

吕臣脸上就掠过难以忍受的遗憾:"当初在晋阳,我就发现这个武涉形迹可疑。我怀疑是他从中作祟,与匈奴人勾结,诱使韩王信投降的。只可惜当时无根无据,以致酿成我军惨败……"吕臣站起来,手指着太原方向道,"马邑得手,汾阳失守,匈奴一定不会就此止步,肯定还要发大军南下。如果我没有猜错,他们下一步要取的一定是太原。太原失守,晋阳就完全暴露在匈奴铁蹄之下。"

姜校尉点点头道:"将军之意就是趁夜向太原撤退,一方面在那里布防,一方面请吕泽将军飞报朝廷,请求驰援。"

孙校尉也道:"最好能由军师率部前来,三军合为一处,由军师节制,定有破敌之策。"

吕臣点了点头,两名校尉与他见识不谋而合。的确,现在他最期待的就是张子房能来主持这场战事。在他的印象中,除非韩信或张良来到前方,否则,就很难击退攻势凌厉的匈奴。即便如此,吕臣认为最好能让匈奴退回到草原去。刚刚立国的汉朝与匈奴对垒,毫无胜算。他抬起头望着身边的两位校尉道:"两位虽然是第一次随我出战,可足智多谋,体恤下属,此乃为将之根本。今夜亥时用饭,子时出兵。百姓随我军一直向南,能撤多远就撤多远,绝不让匈奴人抢掠。"

闻言,两位校尉面露难色:"人地两生,百姓如何肯听我等的?"
　　"这个不用二位操心,我去和庄主说。你等只需安排好断后,消除形迹,让匈奴难以知晓我军去向即可。"
　　送走姜校尉与孙校尉,就看见庄主出现在门口。吕臣忙迎接道:"下官正要去拜访庄主。"
　　庄主作了一揖道:"几位的话小人已经听见,难得将军处处想着百姓。此事不劳将军费心,就由小人前去劝说乡亲。"
　　看着庄主的身影消失在夜色中,吕臣转过身对侍卫道:"收拾好地图,随我去查哨。"
　　"诺。"侍卫卷起地图,为吕臣披上斗篷。两人出了门,朝村南头走去。
　　这是秋风扫落叶的日子,窸窸窣窣的落叶在地上打着旋涡,风从衣领处吹进身体,冰凉冰凉的。吕臣裹了裹斗篷,加快了脚步……

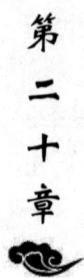

第二十章

怒冲冲斥囚刘敬
泪巴巴戚姬训儿

韩王信投降匈奴的消息传到栎阳时,已是十月初了。刘邦大怒,不顾张良的劝阻,亲率三十万大军浩浩荡荡北上了。汉军是在十一月初到达北陲的,韩王信本就心虚,听说刘邦率领三十万大军前来,一路上百姓箪食壶浆,迎声塞道,先自怯了。

刘邦的心被愤怒的火焰燃烧得炽热而又焦灼,他不能容忍在长乐宫落成的盛大典礼上,韩王信竟以投降匈奴的劣迹给他泼了一盆冷水。

那是怎样的感觉啊!当萧何兴冲冲地将长乐宫落成的消息禀奏时,他正与奉常卿叔孙通在栎阳宫中谈论教习臣下礼仪的事。这些过去在刘邦眼里无足轻重的细枝末节,如今都成了他心中的大事。叔孙通当着萧何的面向他谏言,利用新宫落成之际,办一场诸侯群臣朝贺之礼。刘邦欣然恩准,他想体验被天下人拥戴的味道。

那一天天还没有亮,只有东方露出一线鱼肚白。谒者依照礼仪,引导文武官员进入殿门,陈东西向,侍卫或手执长戟,或高举旗帜,或夹陛而立,或厅中静守。在中官高呼声中,皇上乘坐车辇来到大殿。

在奉常寺官员引导下,诸侯王以下至六百石臣僚依次朝拜。那恢恢然、肃肃然的姿态,那庄严静穆的氛围,让每个人无不震撼。

随在朝贺后面的是置酒设宴,此时此刻,每个臣下心中唯有皇上的威严,他们俯伏垂首,一一向皇上敬酒,经过九巡,谒者才宣告饮宴结束。而那些违反了礼仪的官员立刻就会被奉常寺的官员引出大殿,失去了向皇上敬酒的资格。刘邦完全沉浸在九五之尊的光环里,谁违反了礼仪而被"请"出大殿,他还顾不得清点。他的心头滚过的只有一句话:"吾今日乃知皇帝之贵也。"

他当然对叔孙通给予了褒奖,当即赐金五百。

可就在他举酒面向群臣抒发感慨之际,郎中令带着姜校尉匆匆进来了。姜校尉顾不得眼前热烈喧哗的场面,一见刘邦就跪倒在地道:"启奏陛下,韩王信投降匈奴,匈奴左屠耆王率领大军一路南下,马邑、太原失守,晋阳危在旦夕。"

刘邦十分恼怒姜校尉在此时冲进来坏了自己的兴致,对王恬启大吼道:"将这狂徒推出去斩首。"

萧何眼尖,忙上前小声附耳道:"边关报急,职责所在,斩之不妥。"

"带他到传舍歇息。"刘邦挥了挥手,他不能容忍韩王信背主降敌之举,似乎手里握着的不是酒觚,而是韩王信的头颅。他几乎用了全身的气力,将酒觚摔在地上,"好你个信贼,你本一亡韩太尉,是朕接纳你,又恢复了你被项羽剥夺的诸侯国。你不思图报,反而甘做匈奴帮凶,朕若不剿灭你,何以号令天下?"他愤怒的目光扫过群臣的额头,从牙缝里挤出带着恨意的字眼,"传朕口谕,发兵三十万,北上讨逆。将其家小囚之廷尉诏狱,待朕擒住信贼一并处决。"

"陛下圣明!"群臣们几乎同时说出这四个平日就在口边的字眼,他的情绪一霎时将臣僚们的情绪由庆典转到战事上。周勃、郦商、樊哙、灌婴、柴武等将纷纷请战,仿佛一瞬间又回到了立国两年前的氛围中。

当晚,刘邦破例没有到吕雉或戚夫人处过夜,而是传张良到长乐宫前殿东厢觐见。按照萧何的设想,这里既是皇上歇息的寝殿,又是会见臣下的场所。张良在白日朝贺之后,就向刘邦请告回府了。他近来身体一直不爽,刘邦时不时遣御医过府开药,精心调理。他希望张良能尽快恢复健康,这样他每临大事,就心清神定了。但是今天他没这种心情了,他对张良当初力主册封韩王信的谏言充满了追悔:"韩王信叛汉,朕欲发兵讨逆,仍以子房为军师,可乎?"

张良理解刘邦的心境,满怀愧疚地说道:"都是微臣的错,以致酿成今日之事。"

刘邦并不计较张良的过失,进一步强调:"卿就随朕北上讨逆,两日后启程。"

"陛下!"张良脸色蜡黄,说话的声音有些苍白,"恕臣直言,臣不能随陛下讨逆。"

刘邦冷着脸道:"卿对朕讨伐韩王信心怀异议?"

"臣与诸位同僚一样,恨不能生啖其肉。臣不能胜任军师缘由者三:其一,臣久病在榻,此去千里迢迢,臣恐因病误事;其二,臣曾任韩国司徒,信时任太尉,同朝侍君,且情感甚笃。臣担心自己临阵优柔寡断,放走韩贼,获罪于陛下;其三,此去北陲,必与匈奴接战,军中参谋,须得熟悉匈奴和精于运筹之人。臣推荐两人,必能胜任。"

"哪两人?子房不妨直说。"刘邦的脸上出现了活泛的神色。

"一乃陈平,彼当初出奇计而囚楚王韩信,自然也能出奇计剿灭韩王;一乃刘敬,此人去过马邑,也了解过汉匈边境情势,定能助陛下克敌。"

两人的话谈到深夜,子房才冒着冷风离去。分手时,张良再度向刘邦表达了欲隐居莽林的心愿,被刘邦婉言拒绝了。

张良出了东厢,发现刘邦并没有进去,而是站在门前。一刹那,他心头滚过一阵热流,忙转回身来道:"陛下,臣还有一句话要对陛下说。"

"子房今夜这是怎么了?"

张良喘了一口气道:"陛下平叛可以,可与匈奴开战,我朝尚无胜算。"

"为什么?"

"非不为也,是不能也。"张良言罢,告辞去了。

刘邦是了解张良的,他从未相信张良谏言立韩王信别有所图。而且以目前的境况让他去前方,多少有些尴尬,加上他的确体虚多病,需要休息,而且有陈平和刘敬在,一定能辅佐他大胜的。就这样,刘邦率领大军开始了天下初定后的第一次远征。

战争的进展似乎超出了张良的预想,第一战就在铜鞮。

铜鞮山虽不高峨,却因为当年晋君在这里筑宫长达数里,繁华一时而驰誉天下。韩王信之所以在这里拒敌,一则是沃尔霍的谋划;二是这里距马邑较远，即使败北，也好有个依靠。

刚刚大胜吕臣和吕泽的沃尔霍根本没有把刘邦放在眼里，夸下海口说无须他亲自出马，只要他麾下裨将巴图鲁与王喜迎战即可。

韩王信用狐疑的目光打量着狂傲不羁的沃尔霍道："右大将轻看刘邦了，此人胸有韬略，樊哙、夏侯婴、周勃诸将皆骁勇善战，将军还是谨慎为上。"

沃尔霍闻言，放声大笑道："本大将不曾听说这些人。匈奴铁骑十万就在身后，我为何怕他？右校王就在大营等候消息，看我如何取了彼等头颅。"

所谓骄兵必败。大战第一天，周勃马上斩了王喜，韩军立时大乱。王喜的两名校尉曼丘臣、王黄率部向铜鞮以北逃去，巴图鲁见状，忙命手下骑兵接应。未料夏侯婴的轻骑战力丝毫不让匈奴，巴图鲁见无取胜可能，连忙收兵。

但这并没有引起沃尔霍的警惕，他决计第二天在山林中伏击追击韩王信的汉军。陈平早已料到韩军与匈奴军会有这一招，先是谏言刘邦率军从山后小道绕过伏击之地，同时，令樊哙率军从西边山头发箭，乘着西北风的势头，以火攻打乱了敌人的埋伏。樊哙趁乱追杀了韩军与匈奴军二十多里，沃尔霍这才从醉梦中惊醒，他趁着夜色，放弃晋阳北上了。

两天后，刘邦率领大军进入晋阳城。

一梦醒来，窗外风雪交加，守城的吕泽来报，说韩军校尉曼丘臣和王黄带领匈奴人复至晋阳城下，先袭击了驻扎在城外的周勃军。刘邦闻讯大怒，立即令樊哙、夏侯婴、灌婴出城驰援，他则亲自登上晋阳城头观战。

两军在晋阳城外展开大战。周勃、夏侯婴和樊哙将巴图鲁、曼丘臣和王黄的联军截为三节，远远地只瞧见风雪弥漫的战场上人影穿梭，根本分不清敌我。尽管天气冷得手握大刀都显得僵硬，但吕臣的心头却燃烧着大火，交战没一会儿，就取了敌将首级。敌军士卒见主将已死，纷纷丢下兵器，向后逃去。

灌婴看了看周围的将士，个个不顾寒冷，英勇奋战，禁不住眼热心潮。在厮杀的人丛中，他遇到了樊哙，两人相互勉励一番，一同向夏侯婴、周勃的方向奔去。

战事从旦明进行到傍晚，匈奴军虽号称一万，实则五千，与三十万汉军相比，众寡悬殊，不得不转头北撤。

第三天巳时，灌婴从前方带回消息，说四路大军一路披靡，将巴图鲁和韩王信的部下追至离石。只是天寒地冻，将士脚趾冻坏者十之二三。刘邦合上战报，口中念念道："边关风雪紧，将士正铁衣。"

声音传到值守的曹窋耳中,牵起他对父亲的系念,不知临淄冬日,是否也如此寒气逼人。

刘邦看了一眼一身寒霜的灌婴道:"既是我取胜,将军何不乘胜追击,为何率部归来?"

灌婴施了一礼解释道:"臣等担心大军北上,匈奴乘机袭击晋阳,陛下安危攸关社稷。"

刘邦想想也是,对灌婴道:"卿且去歇息,待朕思虑之后再与诸卿商议下一步对策。"

初战即胜,刘邦心头油然闪过叛贼不堪一击,匈奴也不过如此的意念。当晚,他召集陈平、刘敬、吕臣、灌婴、樊哙、吕泽议军,声言乘胜追击,将匈奴与韩王信赶出雁门关,以消心头之恨。可他的话并没有得到回应,众人都以沉默应对。刘邦见状,奇怪地问道:"你等这是怎么了,难道朕的话有错么?"

刘敬见状,建议道:"依臣观之,匈奴此次失利,不输在战力上,而输在骄矜上。我军宜在汾阳休整几日,待探清匈奴军情后,再行布军。"

"刘先生所言,微臣以为乃稳妥之策。臣与匈奴有过一战,知其非轻易可胜。"吕臣接着刘敬的话道。

这话让刘邦不悦,他看了一眼刘敬和吕臣道:"你等是被匈奴吓破了胆吧?如此畏敌,岂是汉军大将所为?"

话音刚落,吕泽就在一旁劝道:"长史所言,亦臣之所虑。匈奴人凶猛如狼,狡黠如狐,还是谨慎为好。"

"你一说话朕就生气。作为主将,丢了城池不说,还导致匈奴人长驱直入,还有何话可说?"刘邦说完,转脸看陈平道,"卿不会也给朕泼一盆冷水吧?"

听到申斥,吕泽的脸涨得通红,低下头不再言语。陈平则起身回道:"陛下欲逐匈奴出雁门关,此乃长治久安之策。然则……"

"今日怎么了,一个个都怯战了?有何话不妨直说。"刘邦的神色不无揶揄。

陈平并不慌张,继续语气平静地说道:"陛下从谏如流,胸纳百川,乃得一统天下。然则兵法云:知己知彼者,百战不殆。臣不忧我军志气,唯忧不知敌情。故善为战者,莫不慎审敌强弱利害之势。"

这时,刘敬又附和道:"中尉一言,洞若观火。臣愿率一队人马,前往北地探清敌情。"

"嗯,那朕就依诸位之言。奉春君明日即前往北地,探明情势。"刘邦的脸色又复如常。

几位将军和谋士走出大营之时,但见北风怒号,天气奇冷。刘敬的心渐次不安起来,这样的季节,连早已习惯的匈奴人都谨慎出战,何况是来自中原的汉军呢?

……

十一月中,刘敬回来了。他一进大营,就匆匆来到刘邦大帐。进得大帐,一股暖气扑面而来,看着营帐中心那盆炭火,蒙在脸上、眉毛上的寒霜顷刻化为晶亮的水珠。

"你是何人,竟敢私闯朕的大帐。"刘邦根本没有认出眼前这个裹着风帽、披着一件黑色斗篷的人。

"陛下……臣……刘敬参见陛下。"

"啊?你是刘敬?"

"是臣!臣回来了!"

刘邦看着眼前的刘敬,心头骤然一热,忙起身为他扑打肩头的风雪。这举止,让一起议兵的陈平脸上生出些许愧意,也跟着皇上热情地打招呼:"奉春君一路风尘,辛苦了。"

刘邦一边示意刘敬在木炭盆前入座,一边问:"边情如何,快快奏来。"

刘敬接过黄门递过来的热茶,喝了一口,身子暖和多了。他带给刘邦的第一个消息就是韩王信与武涉已经逃往匈奴单于庭。刘邦听罢,气得牙齿咬得"咯噔"响:"哼!就是逃到天边,朕也要将他擒获枭首,以儆效尤。"

"臣还得知,冒顿单于自从得了韩王信之后,野心勃勃,扬言要将晋阳以北地区吞于腹中。彼现驻扎在句注以北之代谷,秣马厉兵,伺机难进。"

刘邦面带讽刺地笑了笑道:"朕不找他,他倒找上门来了。朕就率三十万虎贲之师擒他与信贼一起回长安。"

陈平在一旁插话问道:"匈奴军力如何?"

"陈爱卿说得对,快说说匈奴军力。"

刘敬放下茶盏,喘了一口气,看了看刘邦和陈平道:"匈奴军力,密而莫测。据传单于拥兵四十万,欲饮马渭水。"

闻言,刘邦投来疑惑的目光,讥讽地笑道:"哼!如此大的胃口,只怕未讨晋阳,已成败师。"

刘敬接着道:"我军与沃尔霍在铜鞮、晋阳间展开大战,冒顿不可能不知道。然则,臣以商贾身份深入代谷,却绝少看到匈奴大股军伍,倒是有妇女和老人每日赶着牛羊……"

现在想起来，那是多么危险的一幕。

离开晋阳，刘敬扮作商贾，而少年营将军樊阬、校尉张远则做了他的伙计。三人赶着载有丝绸、银器的车子一直向北。越过句注，眼前是一望无际的草原，如今已被韩王信献给匈奴。

"不要走得太快，我要察看边情。"刘敬吩咐完赶车的司御，又回过头对骑马跟在身后的樊阬和张远道，"此行不是出战，而是获取军情。你俩年轻，若遇到匈奴巡逻士卒，得看我脸色行事，不可莽撞。"

"大人放心，末将明白。"樊阬和张远齐声回答。

冬日的草原空旷而又萧瑟，抬眼望去，一色的枯黄，一直到遥远的天际。西北风刀子一样地从脸上吹过，冷冰冰的疼。走几十里路都看不见一个人，偶尔有一只苍鹰从天空飞过。远方，一棵树孤零零地站在草原中心，似乎在诉说着冬日凄凉。偶尔从远处传来几声牛羊的叫声，几位赶着牛羊的老者，懒散地在草原上徘徊。

樊阬有些不解道："也不知道匈奴人为什么要在这雁过都不拉屎的地方建国？"

"将军这就……"张远忽然意识到是在匈奴的境内，忙改了口，"大哥不知，匈奴乃逐水草而居之族，自然要居在草原。"

樊阬瞪了一眼张远道："多嘴！难道我连这都不知道么？我是说匈奴对我中原虎视眈眈，大概也是看上了那里的膏腴之地吧。"

张远笑道："这话还真是有道理。"

刘敬坐在车上，身上一阵阵发冷，头缩到毛氅内，听见两位年轻人的话，嘿嘿地笑出了声："匈奴在秦时就伺机南下，只是慑于蒙骜将军，始终没敢南进。若非韩王信认贼作父，我等岂能有今日之行？"

天阴沉沉的，看不到太阳，刘敬估摸大约早已过了午时，却看不见一户人家，腹中饥肠辘辘，于是对樊阬和张远道："二位辛苦一下，去附近找些柴火，生火烤些牛肉充饥。"

樊阬和张远将马拴在车辕，两人分头去拾柴火。走了一通，根本不见枯枝败叶，倒是干牛粪不少。樊阬拿起来闻了闻，只有微微的草腥味，遂捡拾了一堆，用袍裾裹了，准备回去烧烧看。这时候，从远方传来一阵少女的歌声。虽然被风吹荡得断断续续的，可在这荒无人烟的旷野里，听起来是那么悦耳——

　　天上的白云啊！请你停一停

远飞的大雁啊！请你留一留
　　捎个信儿　给远方的哥哥
　　就说妹妹在草原等他归来

　　远方的哥哥啊！请你留意着
　　要是有大雁飞过　不要射落
　　它带着妹妹的信儿啊！
　　我想哥哥……

　　不知怎的，樊阮的心一下子就湿漉漉的，仿佛从身边吹过的不是西北风，而是二月的春风。哦！他看见了，从天边飘来一朵红霞，红得耀眼热辣，她驱散了樊阮身上的寒意。他就那样痴呆呆地站着，直到姑娘的坐骑一声"啾啾"，停在他的面前。

　　樊阮没有见过匈奴女人，但他凭直觉判断,这姑娘的祖籍一定在中原。

　　"你是谁呀？来这儿干什么？"姑娘问。

　　樊阮一抬头，就在心底惊呼这姑娘的漂亮。天哪，四季的西北风怎么没在她脸上留下烙印,反而越吹越白皙,简直就是一块凝脂润玉。她一双大眼睛热辣辣地瞪着自己,胯下的马儿也围着他打转儿。

　　樊阮定了定神道："我是个伙计,随着我家主人到北地贩些皮货回去。南边的人就喜欢穿北地的毛氅过冬。"

　　"你是中原来的？"姑娘的马住了脚步。

　　樊阮忽觉自己失口,忙纠正道："不！就在南边不远的晋阳。"

　　"天哪！你从晋阳来,那里可在打仗呢！"

　　"你怎么知道？"

　　"呵呵！草原人都是顺风耳。前几天,有位叫巴图鲁的将军被打败了,带着将士从这里经过。"

　　这时,刘敬的声音传了过来,樊阮就要告辞,姑娘下马来到他的面前道："这地方一到冬天,走几十里地都不见个人影儿。你好在遇见了本姑娘,不远处就是我家的穹庐,你和你家掌柜若是不嫌弃,就到帐篷里暖暖身子。"

　　樊阮迟疑了片刻回道："这要我家掌柜同意才行。"

　　"那咱们给他说说。"不是什么时候,张远出现在一边。

　　姑娘牵着马,三人一起来到车子旁边。姑娘道明来意,刘敬心想正要从当地人口中探听军情,但口头上却还道："我等虽不问国事,可毕竟从南边来,恐给令尊带来不便。"

"家父也是南边人,若非战乱,怎会漂泊到此。"姑娘脱口说出让几个人吃惊的实情。

"原来如此!"刘敬上前施了一礼,"如此,则恭敬不如从命了。"

这一去不要紧,主人不但用草原的马奶酒和油酥招待他们,而且在敬酒期间道出了缠绵不绝的思乡之苦。原来主人姓宋名思南,匈奴名叫道尔吉。姑娘本名心蕊,匈奴名娜仁花。思南老人早年曾是蒙骜将军麾下的一位屯长,蒙家遇害后,他的妻子因生儿子时难产去世,他自知回不去了,就在这放牧为生,与女儿相依为命。

这一番故事,听得刘敬、樊阮和张远几人唏嘘不止。

人生大幸之一乃他乡遇故知。对思南老人来说,任何来自中原的人,都是他的亲人。

刘敬向思南老人敬了一杯酒道:"在下来北边做些皮货生意,却不意走了数日,人烟稀少,有货也卖不出去,真是心焦。"

思南老人压低了声音道:"掌柜来得不是时候,这里快打仗了。"

"啊?这怎么说?"刘敬装作很吃惊。

"匈奴朝廷要我等每日出去放牧,这是给中原人看的。单于把军队隐蔽在暗处,单等中原军队到来,聚而歼之。"

娜仁花也插话道:"前日我到远处一座穹庐找邻居姑娘玩,听在她家喝酒的千夫长说,单于率领四十万大军正在等待汉军到来呢!"

"哦,有这等事?"刘敬叹了一口气,"朝廷打仗,百姓遭殃,这一回来得真是不巧了。"

穹庐外传来一阵犬吠。

"来人了,我去看看。"娜仁花掀开穹庐皮帘,禁不住倒吸一口冷气,暗想真是不巧,他们怎么来了?但还是上前施礼道,"千夫长到了,一路辛苦,请到家里喝杯奶茶。"

千夫长问道:"听里边传来说话声,都是些什么人?"

娜仁花回道:"是个商贾,拉了些南边的丝绸、银器,想换些皮货回去。可见不上人家,恐怕是要亏大了。"

"商贾?"千夫长的眼睛顿时睁大了,"该不会是探子吧?"

"怎么会呢?阿爸怎么会接纳汉军的探子呢?"娜仁花"咯咯"地笑了。

"进去看看!"千夫长命两名士卒在外面守着,他进了帐篷,喊道,"道尔吉老人,好兴致啊!"

"门外有狗叫,定有尊贵的客人来。千夫长驾临,是我父女的荣幸,请接受道尔吉的敬意。"思南老人忙以匈奴礼回应,说完便把一杯马奶酒递到千夫长手中。

千夫长接过酒,却没有喝,眼睛死死地盯着刘敬等三人,过了一会才终于问道:"看三位的样子,是从南边来的?"

那双猎犬一样的眼睛让樊阮极不舒服,他暗地将手伸向袍袖,却被刘敬用眼色挡住了。刘敬起身向千夫长敬酒:"将军好眼力,小民乃晋阳城中商贾。带了些银器和丝绸,想换些皮货回去。"

千夫长也不搭话,围着刘敬转了一圈又问:"该不是奸细吧?"

刘敬镇定自若地笑道:"将军说笑了,小民只知道赚钱,打仗的事从不关心。"

正说话间,但见娜仁花从外面拿进来一匹丝绸对千夫长说道:"大人家里也有夫人吧?看看这丝绸,光滑柔韧,拿回去给嫂夫人做一件衣裳多好。"

刘敬立即接上话茬道:"娜仁花说得对,权当小民送给将军了,还请笑纳。"

"这个不好吧?"千夫长推辞了一会儿,还是架不住刘敬和娜仁花相劝,接了丝绸。

接着就是喝酒,思南老人、刘敬、樊阮、张远和娜仁花轮番给他敬酒,到暮色沉沉时,千夫长已醉意朦胧,眯着眼睛问刘敬道:"你等真是商贾?"

刘敬回道:"将军说笑了,小民行不更名,坐不改姓,就是王掌柜。"

闻言,千夫长嘿嘿笑了:"看你也不像汉军的奸细,你要是奸细,咱就不说了。知道么?单于发了令,让大军隐匿起来,只让年老羸弱者放牧。嘿嘿……"

刘敬叙述完这段经历后道:"看来匈奴早有所备,我军不可不谨慎待之。"

刘邦看了看身边的陈平,又问道:"卿一路所见,皆言匈奴不可击么?"

"不!臣所见之匈奴羸弱百姓,皆言匈奴可击。唯其如此,臣才以为匈奴不可击。两国相击,此宜夸矜,见所长,今悉见皆老弱羸弱之辈,此乃以短示我,其用心险恶,是伏奇兵以争利也,故而臣以为匈奴断不可击。"

刘敬这一说,陈平便有些急了,道:"奉春君言之晚矣,我三十万大军已出征北上,定要与单于决战,奈何?"

"请陛下遣使者快马追回我军。"刘敬稍微思虑片刻,干脆主动请缨,"微臣愿为使者,前往中途请回我军。"

"三军动静,岂是儿戏?你是否深入匈奴之地,所见是否属实?朕还有些疑虑。莫非你要动摇我军心，为信贼开脱？"刘邦怒道。

"臣不敢，可臣要为三十万汉军着想。"

"难道朕不想么？"刘邦盯着刘敬道，"分明是你畏敌如虎，才想出如此离奇经历。"

"陛下纵然将臣千刀万剐，也改变不了事实。"刘敬却丝毫没有退却的意思。

这一下彻底激怒了刘邦，正要斥责，却听见帐外传来急报声，接着，曹窋引进来一位校尉向刘邦禀报，说汉军前锋已过句注山。刘邦闻言，就益发地生气，校尉一走，他就骂道："人言齐虏以口舌得官，你就是如此之人，竟敢阻挡我军前行，与奸细何异？来人……"

陈平见君臣失和，忙上前劝道："陛下且息雷霆之怒，奉春君顶撞陛下固然有罪，可他也是为大军着想，还请陛下宽恕。"

刘邦沉默了一会儿，脸上的怒气并没有全部消退，对曹窋道："将刘敬囚之，待朕凯旋再做处置。"

刘敬被押出门时，仍回头大声喊道："匈奴狡诈，陛下要谨慎啊！"

"朕识人不明，怎么将这个书生留在身边，险些误了军机。"刘邦颓然地跌坐在案几后，当他发现陈平还站在身边时，又来了气，"你为何还在此处，是要为刘敬说情么？传令下去，兵发平城，寻机围剿匈奴大军，擒获信贼。"

"诺。"陈平应了一声，转身退去。

出得帐来，天空阴沉沉的，又开始飘起了雪花。汉军在北方寒冷的天气面前，弱点尽显，这让他连日来的忧心忡忡，又复沉重了。平心而论，他是赞同刘敬的，可皇上在盛怒之下，他再去进言，岂非自寻获罪？少了一个刘敬，不能再少一个他。他决计跟随皇上北上，相机向他进言。

第二天，刘敬被押在车上送往后营。陈平早早地前来送行，看着昨日还在向皇上奏事的刘敬已披枷戴锁，他内心很不好受，上前安慰道："奉春君珍重……"下面的话却因为哽咽而说不出来了。

刘敬淡然一笑道："中尉责任重大，有您在，我放心了……"

"下官定要在陛下面前鸣冤……"

刘敬摇了摇头道："只要皇上以社稷为重，最终会赦免下官的。倒是中尉要倍加珍重，汉军不能没有足下。"

第三天，刘邦与夏侯婴一起离开晋阳，吕泽到城外相送。

即将登上车辇的那一刻，刘邦忽地转过身来对吕泽道："你已丢失过一次晋阳，此次千万谨慎。否则，朕对臣下也不好交代。"

"请陛下放心,微臣在晋阳恭候陛下凯旋。"吕泽行了军礼,刘邦才登上车辇,浩浩荡荡地向北而去。

雪!不知什么时候又大了,鹅毛般的雪片落在黄罗伞盖上,一会儿就是一层白……

一连数日的落雪,将新落成的长乐宫装点成一座银宫琼阁。

清晨,站在连接殿宇之间的甬道上远眺近观,但见一座座宫观鳞次栉比,联属相望,十分壮观。甬道下和甬道上,来来往往都是扫雪的小黄门,"嘶啦嘶啦"的扫帚声汇成冬日的晨曲,在宫内的各个角落久久回旋……

这些日子,叔孙通的身影总是最早出现在长乐宫东厢。

刘邦率领大军北上后,以太子监国,丞相主事。为刘盈讲书的地方暂时搬到东厢,为的是方便太子听留京的臣僚奏事。

尽管长安晨间的气候滴水成冰,但叔孙通的心是热的。一场入宫礼仪,使他誉满长安,宫中大小人等没有不认识他的。这不,他从刚刚清扫过雪的司马道上走过,黄门们停下手中扫帚,主动向他打招呼:"大人早!"

叔孙通微笑着点头,忙回道:"公公辛苦了。"

对于皇家宫殿,他并不生疏。早年,他曾做过秦朝的待诏博士,在咸阳宫中也走过几回。那时,他曾为皇家殿宇的富丽堂皇而感慨。如今入了长乐宫,记忆中的旧宫顿时有了相形见绌的感觉。至于个人境遇,更是秦时所不能比。吕臣随皇上出征后,为太子讲书的职责就落在他头上。虽然头上还没有"太傅"的名分,但他清楚,这是迟早的事情。不仅如此,皇上还让如意跟着陪读,他顿感自己责任重大,不敢有丝毫懈怠。他每天总是早早起身,到"思贤苑"讲书。刘盈搬到东厢后,路途稍微远了些,他就卯时起身,天不亮就出发,生怕误了太子和如意的早课。

此刻,叔孙通已走上了通往东厢的回廊,耳边传来阵阵清脆的读书声——

> 君子曰:信不由中,质无益也。明恕而行,要之以礼,虽无有质,谁能间之?苟有明信,涧溪沼沚之毛,蘋蘩蕰藻之菜,筐筥锜釜之器,潢污行潦之水,可荐于鬼神,可羞于王宫,而况君子结二国之质。行之以礼,又焉用质。

那是刘盈的声音,接着就听到刘如意问道:"皇兄,两国结盟,为何要互质其子?"

"唉!为了彼此之间信任啊!"

"这就不对了。书上明明说,诚信不发自内心,即使交换人质也没有用,何必做这些虚假的事情,反而让自己的儿子到外国去受苦呢?"

室内静了一会儿,就听刘盈又解释道:"弟弟所言,亦合于君子之道。兄长也觉得连诚信都没有了,还谈什么互质?不过,兄长又以为,既然成了一种礼仪,总该有约束力量。再说了,国与国之间已成惯例,总该有道理的。"

刘如意对这样的回答显然不满足,接着刘盈的话又道:"依弟弟看来,若无诚信,互质反而有害,倒不如见之兵戈更痛快。"

刘盈无法将事情解答得太清楚,只有搪塞道:"这些问题还是问奉常大人,咱们继续往下读。"

未料刘如意竟将后面的文字一字不漏地背诵下来,并且发了一堆议论:"那个穆公也是,既然宣公将大位传给他而没有传给儿子与夷,就是因为他有德行。他却因为这个要在病危时将社稷还给与夷,这不是把社稷不当一回事么?"

刘盈感慨刘如意的敏锐多思,却不同意他的看法:"穆公如此,乃因知感恩,乃礼也。人而不知礼,与禽兽何异?"

刘如意并不退让,问道:"礼与社稷,哪个更重要?"

两人你一言,我一语,渐渐声高起来。叔孙通紧走两步,掀开门帘,两人见奉常大人到了,都煞住了话头。叔孙通一脸严肃,先向太子问过安,然后在两个孩子对面坐下来道:"请公子向太子殿下道歉。"

刘如意闻言,圆睁两眼,诧异地问道:"这是为何?"

"太子殿下乃为君,公子乃为臣,臣只可以谏言,怎能向殿下屡屡发难。君不君,臣不臣,是何道理?"

刘如意扭着头道:"这又不是在朝堂。"

叔孙通经过这一段相处,了解刘如意的性格,便道:"公子若是道歉就罢了,若固执己见,微臣只有禀奏皇后和娘娘得知。"

刘如意想了想,为此事而让母亲受气,自己就不孝了,便起身向皇兄道:"适才都是弟弟莽撞,望皇兄海涵。"

刘盈忙起身扶住刘如意的肩膀,对叔孙通道:"大人何必小题大做,我兄弟不过议论往事罢了。如此认真,我反倒不好意思。"

刘如意握着刘盈的手坚决地说道:"不!是弟弟错了。"

叔孙通适时地结束了这场争论,开始讲书。今天讲授的是《左传·隐公四年》,说的是鲁隐公四年春,隐公准备和新即位的宋殇公见面,结果,因为有人报告说卫国发生了内乱,使得会见搁浅。内乱的发动者乃州吁,他杀了卫桓公而自立。

叔孙通放下手中的竹简道："臣只听说用德行可以安定百姓，没有听说用祸乱。若以为靠祸乱就能成功，譬如治丝而棼之也，是乱上加乱啊！"

"老师所言，是为至理，我谨受教矣。"

刘如意方才受了叔孙通的批评，这会儿竖个耳朵只是听。叔孙通很满意，感到这才像个学生样儿，当即道："公子听讲聚精会神，微臣当奏明陛下。"

叔孙通正要继续往下讲，却看见萧何沿着回廊进来了，便暂时放下书，出门迎接。两人耳语几句，一同进了东厢，萧何上前行了臣子之礼，对太子说道："微臣有事向殿下禀奏，请到前殿。"

刘盈来到前殿，问道："不知丞相要奏什么事？"

"臣听巡街的邓龙、张虎将军说，街头出现冻、饿尸骨。今冬天气奇冷，穷苦人家无钱取暖，日子难熬。"萧何哈了一口气驱寒。

刘盈听着听着，眼睛就潮湿了："如此天气，我怎忍见百姓冻饿而死。这样吧，将宫内的木炭拿出三成，命卫尉郦商分发到贫苦人家，丞相以为如何？"

"微臣待会儿就将殿下旨意传给郦将军，命他立即去办。"萧何连连点头，太子这一番话让他感到十分欣慰，若陛下知道太子如此署理朝政，该有多高兴，"臣还有一事，皇上率大军北征，其兵卒内史辖内居多，有不少人家中断炊，臣欲将府库存粮拨出一部分以作抚恤，不知殿下以为如何？"

"欲安其国，先安其民；欲安其民，先安其心。丞相如此良谏，我自然不会拦挡。"刘盈停了停又道，"我思谋开春以后，定要督促内史将十五税一之策坐实。大汉初立，国力维艰，不仅要节流，须得开源方能府库充盈。开源之本，在于兴农桑。"

"殿下所言极是。"这半日君臣交谈，太子仁厚尚德，体恤百姓，此为君者之上品。时间不早，萧何起身告辞。

两人分手后，刘盈沿着来时的路回东厢。刚一走上台阶，就听见刘如意喊叫的声音，定神一看，原来他正和一帮黄门在打雪仗。黄门们却是被动应付，只有挨打的份儿。刘如意对这种玩法显然不满足，不断地喊道："打呀！你们为什么不动手呢？"

黄门一个个尴尬地看着，却始终不敢反击。刘如意觉得没意思，正准备回东厢去，一回头就看见刘盈从一边过来了，刚沮丧的情绪立时再度兴奋起来。

"皇兄回来了。"刘如意高声喊道,"皇兄,你我玩打雪仗吧?"

"天气如此寒冷,打什么雪仗?回东厢读书去。"刘盈说着就要转身。

刘如意拦住他道:"奉常大人有事离开了,打雪仗多有意思,等长大了就真刀真枪地打仗,为朝廷效力。谁要敢欺负皇兄,弟弟就砍了他的头。"

这话让刘盈感动,他自己虽然素爱雅静,却十分喜欢刘如意这种风风火火的性格:"好吧,点到为止,不可以真打!"

刘如意一听这话,顿时兴奋得跳了起来,拿起一团雪就向刘盈扔去。刘盈也弯下身子,拿起一团雪向刘如意扔去。黄门们都惊呆了,生怕刘如意没个轻重,伤了太子,口里不断提醒"太子小心",却没有人向前挪动一步。

起始,两人尚能相互进击,慢慢地刘盈就有些招架不住,而刘如意却是越玩越起劲。刘盈眯着眼睛一边躲避,一边道:"弟弟,今日就到此为止,还是到房内读书吧!"

刘如意正玩到高兴处,根本不理会。这情景让黄门们十分着急,其中一位年龄大的黄门悄悄离开了东厢,朝椒房殿跑去……

刘如意正为自己屡屡进击,将皇兄逼到墙角而高兴,却不想身后传来一声怒吼:"住手!"

刘如意回头一看,顿时呆了,站在不远处,满面怒容的不是别人,正是皇后吕雉。他一慌神,连问安都忘了,就那么痴痴地望着。

"还不跪下认罪?"春兰上前低声道。

"参见母后。"刘如意这才醒悟过来,慌忙在雪地上跪下。

吕雉一脸冰霜,出口的话像三九的寒风,刀子般的犀利:"哼!你目无尊长,竟敢用雪击打太子,眼中还有陛下,还有我吗?从小就这样,长大了还不成了乱臣贼子?"

骂过刘如意,吕雉转过身来,又骂跪满了一地的黄门:"你等一个个尸位素餐,看着人家击打太子而无动于衷,莫非皇家养了一群木头?相互掌嘴,直到认错为止。"

黄门们迟疑了片刻,狠着心向对方的脸打去,东厢院响起一片"噼噼啪啪"的声音。这时就听见刘如意在旁边叫着不要打了,都是他一个人的错,要罚就罚他一人。

这话一出口,刘盈就在心中暗暗叫苦,生怕母亲真对兄弟动刑罚。果然,吕雉说话了:"好呀!你还挺仗义的。"吕雉要黄门停止掌脸,"你既然愿意代人受过,就打自己四十嘴巴,我就饶了你。"

小孩子玩耍,值得这样动真么?刘盈觉得母后有点过分,战战兢兢上前道:"是儿臣要与弟弟打雪仗的,不怪弟弟,母后就饶了他吧。"

见儿子这一副神情,吕雉的气就涌上胸口,责备道:"亏你还是当朝太子,没出息的样子,还不站起来。"

刘盈的眼泪就涌出了眼眶,站在一旁不说话了。

"不许哭。"吕雉瞪了一眼刘盈,转过脸,见刘如意没有动手,更是火上加火,一咬牙道,"来人,给我掌嘴。"

春兰一摆头,就有两名宫女走上前去。

尽管宫女们省了气力,可四十掌下来,刘如意的脸已经红肿了。令她们吃惊的是,虽然她们不断提醒刘如意认个错,就过去了。但从头至尾,这孩子却一声都没有吭。

这时候,春兰在吕雉耳边悄声道:"娘娘,此事就这样吧?真出了事情,陛下那里也不好交代。"

吕雉想想也是,抬起头对着刘如意道:"罚你跪在这里,半个时辰后才能起来。"

吕雉走了,黄门们才纷纷上前扶起刘如意,发觉他的膝盖已经湿透了。那个年龄大的老黄门很后悔,本意是想解脱太子,却不料为小王爷招来一场责罚。于是他背起刘如意,就向月室殿跑去。

……

刘邦走了,戚夫人的心就空落落的,似乎魂也被带走了,干什么事都无法集中精神。这不,面前这幅绣品,多少日子了,仍停留在那片叶子上。

大军出行前一夜,刘邦没有驾临月室殿,而是去了椒房殿。他理解皇上的苦衷,他一定是为了自己才这样做的。吕雉高兴了,自己的日子才好过。

虽说皇上身边的嫔妃多达八个,那个也为皇上生了一个儿子刘恒的薄姬,人长得眉清目秀,端庄温雅,可在她的感觉里,皇上还是与自己贴得近。

皇上究竟和吕雉说了些什么?他没有告诉她,她也不好深问。可在皇上离开长安的这些日子,生活倒是比较平静。她听说匈奴住的地方周年都是风沙,比长安更冷。她担心皇上的身子骨,每日晚饭后到后花园燃一炷香,祈祷上苍保佑皇上一路平安,早日凯旋。今天一早起来,大雪下个不停,她的心便又飞到塞外去了……

此刻,戚夫人抬头看了看天,就感喟时间过得太快,一眨眼都过午时了,也不知道如意回来了没有。她正这样想着,就看见秋菊慌慌张张进来,说如意公子被老黄门背回来了。

"怎么回事?是病了么?"戚夫人说着就起身出了殿门,瞧见老黄门背着刘如意向月室殿奔来。

看着黄门将刘如意放在榻上,她才问道:"这是怎么了?"

"您还是问公子吧!"老黄门口张了张,转身告辞出去了。

戚夫人摸了摸,发现刘如意身上的衣服已经湿了,忙命秋菊拿了干爽的换上,这才顾得上问话:"儿啊!你早晨还好好的,怎的就成了这般模样?"

刘如意笑了笑道:"没事。"

闻言,戚夫人的脸色就严肃起来:"你不告诉娘,那我去问黄门,若是你有错,娘可饶不了你。"

戚夫人俯下身子,发现儿子的脸肿得厉害,轻轻一摸,刘如意就惊叫一声"疼"。只这一句,戚夫人的泪水就哗啦啦地流了下来,抱住他的肩膀问:"儿啊!到底是怎么回事啊?"

刘如意见母亲着急,就轻松地把自己如何与皇兄打雪仗,皇兄如何地招架不住,后来被皇后看见,罚他掌嘴等事大概说了一遍,未及说完,戚夫人已泣不成声了。

刘如意安慰道:"孩儿没事,母亲不必难过。"

"快去传太医来,就说公子病了。"戚夫人转身吩咐秋菊。

秋菊应了一声,就出了殿门。

戚夫人擦了擦眼泪道:"你以为娘是为你受了责罚而流泪么?错了,儿啊!娘是为你不懂事而难过。你皇兄是什么人?他是太子。皇上离京时委托他监国,你和他是君臣关系,怎么能与他打雪仗呢?你皇兄生性文雅,哪像你,整日就知道打打杀杀。"

刘如意解释道:"孩儿就是想让皇兄威严起来,才向他身上扔雪球的。"

"糊涂!"戚夫人提高了说话的声音,"有你这样的么?君不君,臣不臣,成何体统?即便不说君臣,他也是你的兄长,尊兄乃悌,为人之本,你懂吗?"

"孩儿懂。"

"你不懂!记住了,你皇兄是君,你是臣。尊卑有序,才是正理。"戚夫人说着,忽然面北而跪道,"陛下,都是妾教子不严,妾有罪啊。"

刘如意的心被母亲的眼泪泡软了,生出阵阵自责。他挣扎着起身,中规中矩对戚夫人说道:"母亲,孩儿知错了。"

戚夫人一转身,抱住了刘如意稚嫩的肩膀,却是一句话也说不出来了。

第二十一章

雪皑皑兵困白登
思敏敏陈平献策

代谷是句注山以北、冶水南岸的一条峡谷,森林茂密,蘘草繁盛。从谷口进去,绵延十多里都是树木参天,人行其间,抬头只能看到巴掌大一块天空。即使冬天埋伏数万人,也是如泥牛入海。冒顿自入塞以后,在这峡谷中已隐蔽了数十天了。在峡谷不远处,他的四十万大军偃旗息鼓,隐踪没迹,使得这一片辽阔的土地看起来十分平静。

清晨,太阳刚刚露出半个脸,冒顿就命人摆好香案和祭品,虔诚地跪在穹庐外的草地上,由国师诵读颂词——

神圣的太阳神啊!赐福给匈奴人健康,保佑匈奴牛羊肥壮。
神圣的太阳神啊!请赐给匈奴人力量,保佑匈奴常打胜仗。

在单于的带领下,众人朝着东方叩首礼拜,他们的头贴着冰冷的大地,心中依然保持着那份世代迁延的敬畏。

冒顿把自己看作是太阳的儿子,一心只想着扩张。大月氏走了,东胡臣服了。那这个初生的汉朝呢?他仿佛看见,匈奴大军早已踏破长城,向长安挺进。

在一切完结之后,单于扶起阏氏,向穹庐内走去。

阏氏年轻美丽,头发像云朵,眼睛像星星,身材像红柳。当年,呼衍氏酋长将女儿嫁给了他,并且协助他射杀了老单于,从此获得了右骨都侯的高位。他给她起名叫阿古乐,说她的眼睛像天上的云朵一样灵动。

几年过去,阿古乐为他生了小王子,却依旧美丽如初。冒顿很奇怪,草原的太阳总给匈奴女人的脸颊涂上两团红晕,可阏氏的脸却周年洁白如玉。现在,她竟随自己南下了。

冒顿不是那有了女人就忘了进取的单于,他是雄鹰,天空才是他的故乡;他是头狼,草原才是他的疆场。这会儿,他满脑子都是打仗。

他一转身,就看见刚刚册封不久的右校王信(韩王信)正向自己行礼,旁边站着的是左骨都侯巴彦热河。

"进穹庐说话!"冒顿打了一声招呼,又侧面对阏氏道,"寡人有事,阏氏还是先到旁边的穹庐歇息吧!"立即就有两位女奴,搀扶阏氏向一边走去。

在穹庐的地毯上坐下,冒顿眯起眼睛,打量面前的韩王信,想通过他了解一下刘邦究竟是怎样一位人物。冒顿从烤羊身上撕下一大块肉,蘸了盐巴,一边嚼着一边问:"阁下在刘邦麾下多年,对其知道多少?"

"这……其人虽然聪颖,可好大喜功。尤其在大胜之余,很难静心纳谏。据我所知,他此行只带了陈平和刘敬。二位虽胸中不乏韬略,然皆为小谋。依目前情势看,似呈骄兵之势,就更不愿听谋士忠言。"韩王信回道。

冒顿"哦"了一声,停止了咀嚼,重新打量韩王信。他从骨子里瞧不起投降者,认为他们天生就不可靠,今天能够背叛汉朝皇帝,明天也会背叛自己。

韩王信见状,有些不自在地低下了头,陷入了无言的迷茫。

冒顿挥了挥手道:"左屠耆王那里有战报么?"

巴彦热河回道:"沃尔霍在晋阳、太原和马邑相继失利,现在汉军骑兵已过句注山,正朝着代谷方向而来。刘邦听说单于安营代谷,发誓要……"巴彦热河看一眼韩王信,打住了。

"快说,他要怎样?"

"他扬言要亲自擒住大单于。"

"哈哈哈！拙笨的牛怎么能胜过矫健的狼呢。"冒顿发出仰天大笑，喝了一口马奶酒继续道，"左骨都侯说说，该如何破敌才是。"

"依臣之见，既然刘邦胃口很大，我军何不来个诱敌深入呢？"巴彦热河咽下一块肥囊囊的羊肉，满嘴流油，"单于可撤到平城东北之白登山附近处设伏，定能大胜汉军。至于诱饵么，还是右校王来当。"

"这个……"韩王信吃惊地看着巴彦热河，舌头在口中绕来绕去，就这两个字。

冒顿见状，放下手中的羊腿骨问道："右校王不愿担当这个大任么？其实，你也不必为难，寡人可以送你和武涉先生回汉营嘛，只是这样一来……"后面的话没说出口，但他相信韩王信已经清楚他的意思了。

"不！臣绝无异心。"韩王信焦虑地望着冒顿，一咬牙道，"臣愿意担任诱兵之军，只是经过这一段战事，兵微将寡，还需……"

"这个你不必担心。传令左屠耆王，不仅沃尔霍要与汉军交战，乌图也要协助右校王诱敌深入。"单于对巴彦热河下达完命令，转而来到地图前，指着代谷又道，"你军可与汉军在句注山周旋一番后，朝平城撤退。"

巴彦热河一旁交代道："沿途可将辎重丢下，给刘邦留下溃不成军的印象。"

"臣明白。"韩王信起身告辞。走出穹庐，天灰蒙蒙的，而他此刻的心就如这天一样浑浊不清。他怎能看不透冒顿的用意呢？他这是一箭双雕啊！他后悔不该听武涉的谏言，走了一条不归路。而冒顿没有告诉他的是，在他回到贾屋山营寨不久，匈奴大军就悄悄撤往平城了，只留下一条空荡荡的峡谷。不过，飘扬在山头上的匈奴旗帜仍在，一顶顶白色的穹庐仍在，用狼粪燃烧的烟火，随着北风不断向南飘来。

十一月后半月，沃尔霍已撤到平城东北的白登山以南，在那里待敌。与韩王信一起担任诱敌的是匈奴左屠耆王麾下乌图。

与沃尔霍相比，乌图长得很壮实，看上去很凶，他压根儿就没有把韩王信放在眼里。这让韩王信心里很不舒服，寄人篱下的悲凉油然而生。就在刚才，乌图以命令的口气对韩王信道："汉军轻骑已过了句注山，你先率军御敌作战，不可恋战，明白吗？"

闻言，韩王信嘟囔了一句："本王岂能不明白，单于亲自下过命令。"

"你说什么？本将军说话不管用吗？"

"蛮夷之族，不可理喻。"韩王信在心底为自己寻求了抚慰，转身就回了贾屋山军营。

山坡上鳞次栉比的帐篷已映入眼帘，营门除了"韩"字大旗外，还有匈奴的旗帜，上面绣着一只狼头。守门的韩军士卒瑟缩着身子来回走动，而就在他们旁边，武涉袖着双手正朝这边看。刚刚走到营门前，武涉就上前禀道："探马从句注山回来了。"

"有话帐内说。"韩王信先行进了营门，武涉紧紧追了进来，身后跟着探听敌情的屯长。韩王信刚刚坐下，探马就上前禀报，说刘邦与夏侯婴率领轻骑兵先过了句注山，明天就会向我军发起进攻。

韩王信长叹一声，且将屈辱咽进腹中："单于已知会左屠耆王，命其麾下乌图在贾屋山以东接应我军。"

武涉闷头想了一会儿才道："事已至此，大王只有遵照单于旨意，暂且忍辱负重，以图来日。"……

"来日？他（韩王信）还有来日么？"在句注山东的大营里，刘邦对率领精骑三万与自己同时到达的夏侯婴道。

夏侯婴点了点头："经过追击，贼军已成疲累之师。因为有匈奴军后援，我军切不可掉以轻心。"

"经过晋阳、太原、楼烦之战，朕看匈奴也不过如此，一群乌合之众。朕不明白，为何始皇如此惧怕匈奴，竟让蒙骜长期驻守北陲。"刘邦对夏侯婴的话很不以为然。

夏侯婴没有接话，他对刘邦的轻敌情绪有了担忧，回想起刘敬当初从匈奴回来时所描述的情景。

他的状态引起刘邦的注意，问道："你这是怎么了？当年彭城大战，太仆驾车镇定自若，为何如今反倒小心翼翼了？"

话音刚落，陈平进来了，见众人脸上有些矜持，知道又为战事发生了争论。陈平从来不站在哪边，却用自己的言语冲淡了沉闷的气氛："臣现在猜想，单于会不会还在代谷呢？"

"他既然率部来攻我，岂能无功而返，不在代谷又会在何处？"

"我军一路所向披靡，他却仍停留在代谷，这意味着什么？是不是诱我孤军深入，最后聚而歼之呢？"

刘邦决然地摇了摇头："中尉此言，不仅灭我汉军威风，且最易动摇军心，慎勿再言。"

陈平还要说话，却被刘邦拦住道："天寒地冻，我军只宜速战。传令下去，明日攻取贾屋山，务必擒住韩贼。"

事情到了这个地步，无论是夏侯婴还是陈平，都觉得多说无益。

这时,一直沉默不言的灌婴说话了:"既然如此,臣明日就率一部轻骑深入代谷打探军情,陛下与众位将军随后跟来也不迟。"

刘邦赞同道:"颍阴侯所言正合朕意,你明日进谷打探,朕随后就到。"

三人相偕出了营帐,眼见得风一阵阵大了。他们都担心这样的天气,汉军能否抗得住严寒。在岔路口分手时,夏侯婴不无担忧地说道:"我三万大军孤军深入,而数十万步军却迟迟不能到达。若此时敌军发起进攻,我必腹背受敌。"

陈平回道:"太仆大人所言甚是,下官立即遣人督促步军加快速度。"

灌婴见两人忧心忡忡,抚慰道:"成不成,明日一探不就明了,空担忧也无用。"

第二天子时刚过,夏侯婴留吕臣守护大营,便点齐人马顶着寒风,向贾屋山韩军发动进攻。韩军主将王黄冲在最前面,夏侯婴大喝一声"谁取贼将首级",只听耳边一声"末将愿往",但见李必拍马上前。两人在马上大战二十多个回合,双方抢夺对方兵器,被一起拉下马来,在平地上又大战三十多个回合。这时天已大亮,王黄明白撤退的机会来了。他边与李必周旋边打了一个口哨,坐下的战马狂奔到面前,王黄一个鲤鱼打挺上了战马,跟着韩王信朝东而去。

按照事前议定,韩军士卒们将身上所带的干粮和物品通通扔掉。汉军士卒见状,有的镫里藏身,弯腰去拾;有的干脆下马,埋头抢物。李必见状,横枪立马怒吼道:"有见财起意者,杀无赦。"

这时骆甲冲了过来,疑惑道:"韩军与我交战不过半日,即丢盔卸甲,将军不觉得颇有蹊跷?"

经骆甲提醒,李必也觉得不对劲,转身向夏侯婴奔去。三人彼此通禀了情况后,夏侯婴道:"为谨慎起见,我军将敌军逐出贾屋山谷底即可,待向皇上禀奏后再做定夺。"

"遵命!"两位将军马上作揖,随后进入谷地清扫战场。

沿着河谷缓慢而行,两人察看双方伤亡,李必的脚步就凝滞了,原来韩军并没有死伤多少:"看来敌军确是故意逃走,亏将军英明,否则我军几中埋伏。"

夏侯婴走了没有多远,就看见刘邦与陈平的车过来了,他忙上前迎接:"陛下怎么来了?"

刘邦回道:"朕亲率大军讨贼,岂能畏缩不前?前军到什么地方,朕的车辇就到什么地方。"

夏侯婴又问:"樊哙、周勃的步军还没有跟上来么?"

"已经遣人去催了。"陈平摇了摇头。

刘邦皱了皱眉头,旋即充满自信道:"只要我轻骑穷追不舍,韩贼定无喘息之机。擒了韩贼,就算我军胜了一半。"

正在这时,灌婴回来了。大家一看他眉毛、胡须、盔缨上都是雪,便知夜间受了苦。灌婴呼出一股白气,手刚伸到木炭盆边,就听见刘邦催促道:"代谷情形如何,快奏与朕听。"

灌婴从侍卫手中接过茶水,喝了一口,觉得筋骨活了才回道:"陛下,冒顿确实在代谷屯驻。臣从后山用绳索下到谷底,就看见谷中穹庐连绵,约有十里之长。再看看两边的坡上旗帜飘飘,狼烟滚滚,偶尔还传来几声号角。"

"好啊!朕正要寻他决战,他倒等着献头。趁着贾屋山大捷,兵发代谷,生擒冒顿,朕赏千金。"

夏侯婴和陈平还是觉得贸然进攻危险太大,刘邦便不耐烦道:"又来了!颍阴侯难道会说假话?此事不容再议。"

几天之后,当大军来到代谷时,他们呆了。除了一座空营,哪里还有冒顿的影子?夏侯婴和灌婴沿着营房走了一圈,终于在大营中央看到了一堆还没有燃尽的狼粪。夏侯婴捡起一块灰炭,感到尚有余温,便看着灌婴道:"这就是将军闻到的狼烟,匈奴人真是像狐狸一样狡猾。"

"都是末将粗心,误了大事。"灌婴愣了,直直地看了狼粪半日。

"将军请看。"夏侯婴的眉头又皱起来了。

两人仔细观察,发现狼粪堆得十分规整,便判定敌人是从容地撤走的。

在代谷谷口,两人这样向刘邦禀奏,陈平也趁机劝道:"微臣也以为冒顿不是仓皇撤退。请陛下谨慎,还是与樊哙、周勃二位将军会合后再行决定。"

"你们这是为什么?"刘邦的话里分明带了责备,"子房向朕举荐你与刘敬,现刘敬已获罪,卿要步其后尘么?冒顿分明是听说我军将沃尔霍与信贼打得毫无还手之力才撤退的,你等却畏敌如虎,是何道理?"

夏侯婴分辩道:"非臣等畏敌如虎,实在是因为我骑兵与步军相去甚远,前后不能照应,很容易被各个击破。"

刘邦不再理会夏侯婴,把目光转向陈平:"依中尉看,单于会逃往何处呢?"

"根据目前态势,单于很可能撤往平城。"陈平在刘邦车辇上铺开地图。

"那就兵发平城。"刘邦毫不犹豫地下令道。

"这……是不是等樊、周二将军……"

"敌军会容许我等么？"刘邦固执地说道，"传朕旨意，以颍阴侯所部为前锋，兵发平城。就是追到天边，也要将信贼擒回长安。"

"陛下！"陈平还要说话，刘邦阴着脸看了看他又看了看夏侯婴，对王恬启道，"传令吧！"

陈平看着正要登车的刘邦又建言道："陛下东行亦无不可，依臣之见，不如让吕长史率部留下，等待樊哙、周勃两位将军。"

"好，吕臣留下。"刘邦言罢，登上车子，挥剑东指，大军向东北方向而去。

"长史珍重，接到樊、周二将军，速速前来会师。"陈平拱手道别，打马追赶队伍去了。

……

"该死的天气，怎么专与我军作对呢？"樊哙看着阴沉沉的天空，忍不住埋怨道，"督促军伍加快行军。"

从事中郎应一声"诺"，转头向后奔去。

同是从沛县出来的，夏侯婴似乎比自己高明许多，刘邦将三万精骑交于他带领，而却让自己带着步军跟在后面。遇上这样的鬼天气，行军速度能快么？樊哙越想心中就越郁闷，恰在这时一位老卒从身边经过，一瘸一拐的，与队伍拉了好大一截距离。他心中压抑着的怒火顿时腾地被眼前的情景点燃了，上前就是一马鞭，骂道："你这样走路，何时能赶上队伍？"

老卒看了一眼樊哙道："将军，小人的脚趾冻坏了，每走一步都钻心疼。"

"哼！你的脚趾冻坏了？你问问，谁的脚趾没有冻坏？你分明是对徒步行军心怀怨气。"樊哙更是怒上加怒，皮鞭雨点般落了下来。本已疲惫不堪的老卒，哪经得起这样抽打，不一会儿就连声音也没有了。

"将军，他死了。"什长上前在老卒的鼻翼间试了试，禁不住一激灵。

"死了？如此不经打？"樊哙转身离去，"催促军伍加速行进，贻误者斩。"

队伍继续向前行进五里地，就与前来寻找他们的使者相遇。

使者翻身下马，来到樊哙面前，递过陈平的信札，等樊哙大体浏览一遍后又道："陛下命将军与周将军加快行军，尽早与骑军会师，共击匈奴。"

"陛下现在何处？"樊哙将信札递给身边的从事中郎。

"卑职出发时，陛下尚在贾屋山。卑职已在路上走了三天，就说不定了，估计大概向代谷方向去了。听说匈奴大单于在代谷扎营，陛下欲寻其决战。"

"我等步军尚未会师，就要与匈奴决战，有胜算吗？"樊哙禁不住大叫一声。

使者没有回答，却问周勃的军队在哪？

樊哙扬起马鞭,向南指了指道:"据此大约还有四十里地,不远。"

"请将军转告周将军,陛下等着大军会师呢。"言罢,使者翻身上马,拨转马头准备回去。

樊哙在马上高声道:"请使君转奏陛下,一定要等到三军会师再发起进击。"

风吹来使君的声音,有些模糊,但樊哙听清了两个字:"一定……"

樊哙正要从事中郎将陈平的亲笔信札遣人送给后面的周勃,就听见远处传来马蹄声,不一刻,那骑士来到樊哙面前拱手道:"启禀将军,周将军在后面与匈奴军接战了。"

樊哙一拍额头道:"匈奴与信贼的队伍朝东去了,他是和哪家匈奴接上战了?"

骑士回道:"周将军说,陛下一路追击的是匈奴左屠耆王的军队,而我军遭遇的却是右屠耆王所部大将包尔吉,其麾下的裨将就有十多员。"

"什么左王右王的,把俺弄糊涂了。"樊哙立时大骂匈奴人狡刁,转脸对从事中郎喊道,"调转队伍,向南疾驰。"

四十里的路程,樊哙的步军跑步前进,等赶到时,周勃的军队与包尔吉的军队在楼烦以东十里的黄河岸边咬在了一起。远远望去,只见人头攒动,喊杀连天。樊哙挥动双斧,大吼一声,率先冲进军阵,一斧子下去,就是一颗人头落地。但他很快发现,匈奴骑兵占了很大的便宜,步军上前就等于送死。他立即要从事中郎挥动褐色旗帜,刚刚排好阵脚的汉军弓弩手分为四排,齐刷刷地单膝跪地,数百张强弓直指厮杀的军阵。

正与匈奴杀在一起的周勃看见东北方向敌军有些慌乱,便知道是樊哙到了。及至看见弓弩手整齐的军阵时,就命从事中郎挥动旗帜。汉军见状,迅速与匈奴军脱离接触。

弓弩校尉一声喊,就见箭矢齐刷刷地射向匈奴骑兵。接着,第一排后撤,第二排上前,如法炮制。匈奴骑兵没有想到樊哙会来这一手,纷纷向北退去。率部的匈奴裨将挥动长枪,欲拦住队伍。汉军校尉眼快,拉开弓箭一箭射去,裨将中箭落马。

匈奴军失去了指挥,顿时乱了。樊哙命令汉军冲上前去,专砍匈奴骑兵的马腿,此法果然有效。

周勃横刀拱手道:"多亏将军到来,否则,我军要吃大亏。"

樊哙也感慨道:"今日之势若不是我众敌寡,真是难逃一劫,匈奴骑兵岂是我步军所能奈何得了的。"

这时候,周勃的从事中郎前来禀报,说匈奴人在受到重创后,一部分退入楼烦城,一部分向北而去。

樊哙和周勃一听匈奴军退了,才翻身下鞍,步行前去查看战场。一路看下来,周勃铁青的脸就愈益铁黑。这究竟打的什么仗啊!在匈奴骑兵面前,汉军步军被动挨打。虽然樊哙及时赶来,可这满地的尸骨,与匈奴死伤之比为十之七八。一路上,周勃时不时蹲下身子抚摸那些临死仍怒目双睁的眼睛,或理顺他们的戎衣。樊哙看了一下周勃,心中暗生几分感动。看起来如此粗壮的男子,也有柔肠九曲的时候。

天色渐渐暗了下来,抬头望去,楼烦城上的灯火在寒风中明明灭灭,风送来匈奴营寨烤羊的香味。汉军也开始在冶水岸边搭建帐篷,生火取暖。周勃和樊哙一个个帐篷走了一圈,又部署了岗哨,这才拖着疲累的身子回到大帐。侍卫已生好炭火,上面挂着一块羊肉,这会儿,肥囊囊的油,把阵阵香味传到帐篷的各个角落。

围着炭盆坐下,樊哙从腰间解下酒囊,扬起脖子喝了一口,顿时觉得暖和多了,接着又拔出匕首,割下一块羊肉,在面前的盐盏里蘸了蘸,递给周勃道:"饿坏了吧?吃一口。"

周勃却没有动手,忽然想起一件事,站起来朝外走。

樊哙跟上去问道:"刚刚回来又要走?将军真是……"

"这个天气不看看士卒,我没有食欲。"周勃脸上没有一丝笑容,说着又要从事中郎传军中医官随他同往。樊哙脸上有些发热,转头也要从事中郎传医官来。

后半夜又飘起了雪花,天气变得更加寒冷。六个人穿梭在营区,时不时有巡逻的队伍从眼前经过,周勃与樊哙都不忘叮嘱他们。此刻,两位将军来到营寨边的一座帐篷里,士卒们正围着炭盆取暖。周勃上前问道:"有冻伤的没有?"

伍长见两位将军来了,忙招呼大家起身,唯有最里边的一位老卒打了几个趔趄,却没能站起来。周勃做了个坐下的手势,上前搬起老卒的脚一看,禁不住叹出了声,原来他的脚已发紫,稍微一用力,就钻心地疼。

小心翼翼地放下脚,周勃问道:"这样的冻疮可治否?"

"北上以来,卑职见将士中多有冻伤,就到太原城中购了些蛇床子、地肤子、芍药、通草、炙甘草等药物。"医官说着打开包裹,取出一陶瓶,倒出已经熬好的药汁。

周勃随手从旁边拿起一只头盔,热了汤药,捧起老卒的脚,轻轻擦拭,过了一会儿,那紫色开始淡去。周勃见状,对医官道:"将军中所存药物用鼎锅煮了,分配给每个士卒,用来治疗冻伤。"

士卒们见周勃亲自为老卒疗伤,心中涌起热流,齐声道:"将军爱兵如子,吾等就是肝脑涂地,也在所不辞。"

出得帐来,樊哙疑惑道:"你爱兵没有错,可这些事情只要吩咐下去就行了,何必亲自来做?"

周勃闷声闷气回道:"此时人心至关重要,这也是为将者的德行。"

"俺没时间去管那些小事,俺已让医官如法炮制了,军中每人一袋,随时擦拭,这样就不耽误行军了。"

周勃点点头,心想不能要求樊哙像他一样亲自为部下疗伤。

这一趟走下来,人心稳定多了。当两人再度回到大帐时,才真觉得饿了,两人将羊肉一分为二,就着酒大嚼起来。

周勃用短剑割下一块羊肉,蘸了蘸椒盐,放进口中,嚼着嚼着又停住了。樊哙见状就烦道:"你这是怎么了,干什么都是神不守舍的。"

周勃抬起头问道:"咱们本来是向东与左屠耆王的军伍为战,为何在楼烦城中又出来了右屠耆王的军队?"

樊哙咽下一块羊肉道:"管他左屠耆王还是右屠耆王,杀就是了!"

"不对!这里边一定有文章。"周勃肯定地说道。

"你的意思……"经周勃一提醒,樊哙也认真起来了。

"敌如此这般,就是要阻止我等与轻骑会师,好各个击破。"周勃分析道。

"俺怎么就没有想到这一层呢?"樊哙倒吸了一口冷气,觉得牙根疼。

"所以,我等当务之急就是摆脱右屠耆王的纠缠,尽快与骑军会师。否则,陛下危矣。"

一提起刘邦,樊哙就是一肚子气:"都是他不听刘敬谏言,还把人家囚禁起来。现在,我军遭此厄运,还要为他担心。"

"现时不是埋怨的时候,我以为该连夜出发向东而去。"周勃摆了摆手,割下一块肉放进口里,"为了摆脱匈奴军,由我部断后,将军可率十万人马先行。"

闻言,樊哙就不依了:"为什么就你断后,俺这双板斧砍过多少头颅,将军又不是不知道。"

周勃断然道:"你我勿再争论,记得分手时,陛下曾当着你我叮嘱,要紧关头由我主事。何况眼见得大雪封路,东去也不是坦途,可能更艰难,只有将军才能把他们带到。"

樊哙心头一热，伸过胳膊就握住了周勃的手，酸涩的喉结挤出一句话："将军保重，切勿恋战，你我在平城相会。"

红红的炭火将两个男人额头映成赤红色……

"怎么可能呢？难道四十万匈奴军是从天而降么？"直到白登山被围第四天，刘邦仍不能理解为什么一下子涌出数十万匈奴人。没有经过多少厮杀，这座山峰就被匈奴人团团围住。

冒着大雪站在通往山下的唯一道路旁，刘邦双目迷离，望着雪雾中隐约可见的匈奴大旗，目光许久没有移开，而满腹心事都如眼前的雪雾一样纷乱无序。

为什么当初不进驻平城呢？刘邦在心底问自己。在代谷没有与冒顿遭遇，使得刘邦充满了遗憾。刘邦拒绝了陈平和夏侯婴的劝阻，抱着必胜的自信一口气追到平城。灌婴所部为前锋，一路上虽然遭到小股匈奴军的拦截，却直到平城，都没有大的战事，他早早地率领属下校尉，在平城外迎接刘邦一行。

当晚，刘邦再度召集身边的臣下，商议进军大计。

夏侯婴鉴于深入北地太远，步军又迟迟不能会师，谏言刘邦据守平城。可一路凌风利箭似的进军以及匈奴与韩军的节节败退，使刘邦产生了一个错觉，似乎擒拿冒顿单于唾手可得。当得知韩王信与乌图继续向平城东北撤退时，他以为匈奴一定是惧怕汉军，图谋夺路越过长城，回草原去。

陈平也劝道："常言道，穷寇莫追。匈奴军如此迅疾退却，绝非正常败退。"

其中，言辞恳切地要数灌婴："臣此前虽未与匈奴有过战阵，然听说匈奴铁骑行速远快于我军，现在却打打停停，的确有诱我之嫌。请陛下三思而行。"

刘邦闻言，再度遗憾张良没有能随自己前来："你等如此怯战，又如何能平叛驱贼。若是子房在，何来如此优柔寡断？爱卿虽善谋，然暗于大局，无大作为矣。"

闻言，陈平的脸就腾地红了。关于皇上对自己的看法，曾隐约听说有"陈平智有余，然难当大任"的评价，未料今日当面得到了证实。但汉军命系一发之际，他暂将这些委屈搁在心头，还是试图说服刘邦："陛下怎样责备臣都不要紧，要紧的是匈奴的意图。请陛下三思。"

陈平忧郁的目光给夏侯婴强烈的震撼，眼看刘邦进意已决，他提出了一个折中之策:"臣深谙陛下擒贼之志。可陈中尉之言不无道理。既是要与匈奴决战,不妨先派出一部骑兵出城探探虚实。若敌力寡,再战不迟。"

"好,就依太仆。朕就在城楼上观阵。"

灌婴上前请战:"臣愿往。"

闻言,刘邦拦住了:"卿一路前锋,厮杀不断,就由太仆麾下人马去吧。"

"遵旨!"

夏侯婴一回到营寨,就传来李必和骆甲,宣达了旨意,并对李必道:"将军屡经战阵,应该明白此战意在探明匈奴意图,务必把握好时机。"他又转身对骆甲道,"将军镇守平城,须明白陛下在此,事关大汉国运,不可轻敌。"

"末将明白,请大人放心。"两位将军几乎同时答道。

当日,李必率一万名精骑出城与匈奴接战,这一次与他对阵的不只是王黄,也不只是巴图鲁,而是韩王信。

韩王信知道他是秦朝降将,挥动马鞭笑了笑道:"李将军本乃秦朝校尉,奈何做了汉将。若是将军能降匈奴,本王可保你为王。"

闻言,李必的自尊心受到了强烈挑战,他拉开弓箭,"嗖"的一声就射掉了韩王信的盔缨。接着,挥动长枪催动坐骑风驰电掣般地冲进敌阵。韩王信见状,拨转马头回到阵中。巴图鲁出马迎战,两人在马上大战五十多个回合。巴图鲁故意卖出破绽,李必的枪尖差点刺中了他的咽喉。巴图鲁面露惊慌,就在这时,王黄挥动大旗,韩王信转头就向白登方向而去。

巴图鲁朝着韩军退兵的方向骂了一句:"韩贼!跑得比兔子还快,看我怎样禀报单于。"

李必记着夏侯婴的嘱托,也不追赶,转头向平城而来。刘邦、陈平和夏侯婴正在城头观战,见李必返回来,气咻咻地问道:"李将军为何不追败敌,反而回来了?"

夏侯婴清楚自己嘱托,便道:"此乃微臣安排,目的是要探清匈奴军是真败还是佯败。"

刘邦长叹一声道:"唉!多少事就误在你们的优柔寡断上。"

陈平暗地向值守的骆甲使了个眼色,他忙放下吊桥,不一会儿李必来到大营。一见面,还没顾上喘一口气,刘邦便急不可待地问道:"怎么样?虚实如何?"

李必接过夏侯婴递过来的热酒,喝了一口回道:"韩贼心虚怯战,末将正与匈奴军杀到痛快处,他倒先逃往白登山了,那匈奴将军大骂韩贼。依末将观之,匈奴也无多少能征善战之将。"

"哦！果真如此？"

"至少从汾阳至今，与我为战者除了韩王信就是巴图鲁。沃尔霍至今没有出面，就是乌图也不曾出战。"

闻言，刘邦的眉宇就展开了："怎么样？朕没有说错吧？"

"臣还是觉得不对。"陈平仍没有放下连日来的疑窦。

"那你说说有何不对。"刘邦将讽刺的目光投向陈平。

陈平并不在意这些，从容的话语中却透着几分沉重："臣不能理解的是，探马不断报沃尔霍率部与我军接战，可至今却只有裨将巴图鲁出战，并未见沃尔霍之面，他是否在别处张网以待我军呢？"

"中尉为何越来越胆小。"刘邦环顾一下李必、骆甲和夏侯婴道，"诸位大概都忘记了，当年项羽以三万轻骑大败我五十六万诸侯联军的往事了？即便我军未能如期会师，不还有三万轻骑么？诸将听令！"刘邦没有再征求几位臣下的意见，"明日子时兵发白登山，朕要让白登山成为单于与韩贼的葬身之地。"

战事从十二月初急转直下，让刘邦吃惊的是，不但他没能直接与冒顿对阵，而且他的三万轻骑进入数十万匈奴军阵中，犹如秋水落入北海，随时都有被淹没的可能。

撤往白登山深处的最后一战是在娘子村西北方向展开的，骆甲负责断后，遭遇了匈奴左屠耆王麾下乌图而殉国。消息传来时，刘邦的大营就设在娘子村西头。

"骆将军自归汉以来，大小战阵数十次，战功赫赫，真乃忠贞节烈之将也。"夏侯婴老泪纵横，"直到气绝之前，还惦念陛下……"

"爱卿所言，朕记下了。等朕回到长安，定要追封骆将军。"从沛县走出后，刘邦从来没有见夏侯婴如此痛哭过。他正要劝夏侯婴节哀，却听见大帐外一声报，知道是灌婴回来了。

灌婴进得帐来，满头满脸都是雪，眼里布满了血丝，声音哽咽道："臣把骆将军的尸骨抢回来了。"灌婴告诉刘邦，乌图准备悬尸三天，以示匈奴大胜。他奋力厮杀，大战四十回合，终于抢回了尸体。

"谢将军。"李必"扑通"一声跪倒在地。

陈平此时觉得刘邦的处境比任何时候都危险，他上前劝慰夏侯婴和李必，并提出将少年营全部将士补充到夏侯婴所部，由樊阮替代骆甲任骑将军，还建议道："山下敌军重重包围，我军只有退到山上，等待樊哙、周勃将军来援。"

刘邦看了一眼陈平问道:"依卿观之,匈奴有多少人马?"

陈平不假思索回道:"臣略计在四十万左右。即便我军会师,取胜亦难。"

刘邦闻言,颓然跌坐在榻上:"是朕误中了匈奴诱兵之计,致有今日。就依户牖侯,兵撤白登山,两个时辰后发兵。"

"遵旨!"夏侯婴和灌婴、李必起身告辞而去。只有陈平悄悄绕到刘邦身后,从墙上拿走了一张画。

刘邦不解地摇了摇头,多日来的困倦一齐袭上身来,打了个哈欠,靠着榻枕入了梦乡。

汉军退入白登上第三天之后,粮草开始告急⋯⋯

而在大雪封山的日子里,匈奴军也停止进攻。冒顿每日与大臣们饮酒食肉,断定汉军不久就会饿冻死在山上⋯⋯

这是粮食危机后的第四天,刘邦站在刻有"白登山"巨石下已半个多时辰了。曹窋和侍卫们在不远处巡逻,不敢近前打扰皇上的心绪。刘邦转过身来到巨石旁,抚摸着那风骨斑驳的题字,讷讷自语道:"白登山,难道朕要葬身于此么?"

陈平悄悄来到曹窋身边问道:"陛下在这儿多长时间了?"

"快一个时辰了。"曹窋皱着眉头回道。

陈平心头一惊:"一个时辰?如此天气,冻坏了陛下如何了得,你为何不劝他回去?"

曹窋摇摇头道:"陛下正烦呢,看谁都不顺眼。"

陈平不再问下去,轻轻向刘邦走来,并且解下斗篷披在他肩头。刘邦一回头见是陈平,便直截了当地问道:"粮食还能吃几日?"

"大约四五日吧。"

"粮食一断,军心必然浮动,奈何?"刘邦的眉毛紧紧拧在一起。

"外面寒冷,陛下还是回营去吧!"

陈平说着就要来搀扶刘邦,被他拦住道:"朕还没有到垂垂老矣的时候。"但他显然接受了陈平的谏言,转身朝回走。

大帐里比之外面暖和多了,曹窋又捧上来一觥热汤,刘邦饮了,身子渐渐恢复了活力。他示意陈平坐到火盆前说话:"敌军围困,步军失期,朕最担心的是军心离散,那样,不仅战事失败,我大汉恐怕也不保。一切皆因朕好战喜功,轻敌所致。"

陈平宽慰道:"陛下不要过于自责,说到底,是臣没有尽到职责。"

"朕就想问问爱卿,可有退敌之策。"

"微臣想让陛下看一样东西。"陈平说着,就将美人图画卷拿出来,在案几上摊开。

"卿要靠它退敌?"刘邦不无揶揄地笑了笑,"这不是白日说梦话?"

陈平并不着急,对着画卷说道:"臣听说阏氏懂得中原文化,臣遣人化装成匈奴人到阏氏穹庐拿出这张画,就说冒顿单于照画上的人物寻找新阏氏,而此人就在汉军营中,阏氏若能说服冒顿退兵,陛下就将这女子带回长安。阏氏出于自身考虑,必然愿意说服冒顿退兵。"

刘邦很吃惊,一张画像就可以退匈奴四十万兵么?他很不解,陈平怎么就断定冒顿会听从阏氏的谏言呢?

这疑虑当然逃不脱陈平的眼睛,他缓缓地在刘邦面前坐下,娓娓陈述着匈奴的风俗:"据臣所知,阏氏在匈奴得到所有人尊重,单于十分看重阏氏的谏言。"

"哦!有这等事?"

"陛下一定还记得孟尝君的往事吧。那孟尝君被秦昭王扣在咸阳,脱身不了。正是赖于门客中的盗者盗取宫中狐白裘,又转而献给王后,王后说服昭王放他出境。臣为陛下计,不妨一试。"

刘邦沉思片刻,又问道:"纵然阏氏可以说动,可奉春君被囚后方,又有谁前往游说呢?"

陈平似乎早已了然在胸,随口道:"臣举荐一人,他就是在轻骑军任职的樊伉。他虽然年轻,可处事机敏,又有跟着刘先生前往匈奴的经历,定能胜任。为了相互照应,臣还要举荐校尉张远同往。"

"哦!朕记起来了,上一次就是他二人陪同刘敬去匈奴刺探军情的。他们此去,定能齐力同心。"刘邦说着,对外面喊道,"来人,传朕口谕,命樊伉、张远速来大帐。"

曹窋应一声"诺",转身离去。借着这个空隙,陈平又将此去怎么运作大略向刘邦述说一遍。刘邦转忧为喜道:"卿此计甚妙,但愿能为我军赢得机会。"

"凡事预则立。臣以为樊伉、张远出发的同时,我军须早做准备,以防冒顿发起进击。"

不一会儿,樊伉和张远到了。两位年轻人见陈平也在场,情知一定有重要战事,上前施了一礼道:"陛下传微臣到来,不知有何圣命?"

一刹那,刘邦的眼前就闪过樊哙的影子。的确,这孩子长得太像他了。论辈分,他应该称刘邦为姨父的,可现在只能以君臣相称。他大体询问了上次去匈奴刺探军情的经过,便对樊阮和张远道:"朕命你等再走一趟匈奴,可愿前往?"

"臣等愿为大汉赴汤蹈火。"

"请两位跟我来。"陈平拉着两位年轻人,来到地图面前,将刚才在大帐内与刘邦商议的内容详详细细地说了一遍,然后从案几上展开画卷,指着上面年轻女子道,"请二位记住,此女是晋阳城中豪杰女,沃尔霍见其美貌,欲献与单于,被汉营樊阮少将军救下。托阏氏能为汉帝解围,则此女即随军前往长安,永不再见。听明白了么?"

樊阮是个直性子,问这女子现在何处,张远拉了他一把道:"将军说什么呢,这不是诳敌之计么?"

樊阮一摸脑袋便笑了:"臣定不负圣命,说动阏氏劝告单于退兵。"

"好!若能退去匈奴军,朕回到长安,定要重重赏赐。"

樊阮转身往外走,但脚刚踏出大帐,又缩回来了。陈平见状,问道:"将军想起什么来了?"

樊阮向刘邦施了一礼道:"临行之前,臣尚有一个不敬之请,请陛下恩准。"

"有何要求都可以提出来,朕洗耳恭听。"

樊阮拱了拱手道:"希望陛下赦免恩师的罪名。"

"哦?阮儿有恩师了?谁呀?"刘邦换了称呼,以姨父的口气与他说话。

樊阮的话一出口,陈平就猜到了,忙在一旁附和道:"少将军的恩师就是奉春君呀,看来那一趟草原没有白去。"

听陈平这么一说,刘邦沉默了,过了一会儿才道:"看来是朕错怪刘爱卿了。阮儿放心,匈奴军一退,朕就开释刘爱卿。不仅如此,朕还要当面向他致歉呢。"

"陛下此言当真?"

"君无戏言。"

"臣代恩师谢陛下。"樊阮拉着张远就跪倒在了刘邦面前,然后起身告辞,出帐去了。

第二十二章

心计攻心终解围
痛定思痛谋长策

战事激烈的日子里，阿古乐就显得百无聊赖，觉得这冬天实在太漫长了，埋怨单于只知道开疆拓土，和她在一起的机会都少多了。其实，她的穹庐距匈奴前线也不过十数里远，就在卜娘村——一个秦人与匈奴人杂居的村庄。

她不明白，自从生下小王子后，单于就把孩子交给乳娘去养，很少让她与孩子待在一起。单于说，匈奴人是狼，不能让女人的奶喂出一只羊来，母子每半个月可在一起待半日。刚刚祭拜过太阳神，她就迫不及待去传乳娘抱着儿子来见。她倚着门，一双眼睛直勾勾地看着远处那顶白色而又豪华的穹庐。那是儿子和乳娘住的地方，四周不但布满了岗哨，还有几只凶猛的牧羊犬。

其实，她也能强烈地感觉到单于那种烈火般的爱。可是昨夜，阏氏第一次有了逆反和拒绝。她奋力将单于推到一边,用一双泪眼看着他。

"我的小羊羔,你怎么了?"

"你说怎么了?我不是小羊羔,我是小羊羔的母亲。你不让母羊和羊羔待在一起,狠心不狠心?"

单于翻身躺在一边,脸色顿时冰冷下来:"那不可能。寡人不是允许每半个月你有半天时间和儿子在一起么?"

阏氏流着泪道:"他是我心头掉下来的一块肉,半天够么?"

"寡人就是这样长大的。"单于不再理会。

阏氏的睡意被这句毫无体温的话驱赶到九霄云外,西北风在穹庐外呼啸,大雪随风飘洒。

儿子怎么样了,乳娘会让他冻着么?我的小古日布德!阏氏一遍遍在心里呼唤着儿子的名字。这名字是单于请巫师为儿子起的,意思是雄鹰。

天色放亮,单于已经到穹庐议事去了。今天是与儿子相见的日子,阏氏的眉宇间铺满喜色,起身梳妆打扮。她先缓缓洗过脸,然后对着镜子一任女奴们为自己打扮。她头上插上银子做的锦鸡花,袍子上洒下香料,两颊涂上用秘方研制的胭脂。听郝宿王巴尔图说,这胭脂是用河西焉支山上的红蓝花沉淀而成的。每年八九月间,爱美的匈奴女人们都会到焉支山上采回美丽的红蓝花,用水洗过十几遍后,将沉淀的粉挂在门前风干,加上香料,就制成了胭脂。胭脂虽美,但涂在每个人脸上的效果是不一样的。阿古乐皮肤白皙,一旦涂上淡淡的胭脂粉,顿时就像白云染上了红霞,让伺候她的女奴们惊叹不已。

此刻,一个年轻的女奴拿起铜镜对着她鹅蛋般的脸庞,那光彩照人,那妩媚婉丽,都在镜子里映照出来。

"阏氏真美啊!"女奴说道。

阿古乐只是浅浅地笑了笑,用手轻轻地按了按贴上云鬓的锦鸡花道:"你们都到隔壁穹庐里待着去,我想静一静。"

女奴们小心翼翼地退出后,她按捺不住心头的焦急,就倚门朝不远处的那座白色的穹庐看。

终于,那边传来几声牧羊犬的吼叫,这表明儿子已经出门了。果然,乳娘抱着古日布德过来了。雪比昨夜小多了,偶尔有几片落在她的额头,清凉而又舒坦。阿古乐走出穹庐,立时就有一只牧羊犬上来吼叫。她回身拿出一块带着肉丝的羊骨头,扔给牧羊犬,又用手摸了摸它的头道:"不要叫,吓着了小王爷,你就活不成了。"

牧羊犬似乎听懂了阏氏的话，"呜呜"地叫了两声，到一边去了。

阿古乐手搭凉棚朝远处看，见乳娘婀娜的身子在雪地上移动。她是经过单于反复遴选才确定的女人，不仅人长得好看，心也非常柔软。尽管从卯时起牧奴们就在清理积雪，为王子与母亲见面扫清障碍，但乳娘依然亦步亦趋，生怕不小心而摔坏了小王爷。刚刚八个月的小王爷长得小牛犊一样壮实，在乳娘的怀中腾腾闹个不停，时不时发出稚嫩的笑声。

隔着几十步远，阏氏已经等不及了，匆匆地迎着乳娘去了。

乳娘抱着孩子，并没有忘记尊卑，欠了欠身子道："奴婢参见阏氏。"

阿古乐顾不上繁文缛节，就要从乳娘怀中接过儿子。可儿子却不似她那样热情，反而一拧身子，将头藏在乳娘怀里了。

"古日布德，我是娘啊！"阏氏深情地呼唤。儿子偷偷地看了她一眼，又埋下头去了。她的心头掠过一丝伤感，儿子与自己生分了……

回到穹庐就暖和多了，儿子玩过的玩具小木马、小木猪、小弓箭等都在。他一见这些，脸上顿时有了笑容，拿起这个看看，又拿起那个看看，不一会儿就不生疏了。阏氏拿出一种叫"蓬饵"的饼子给儿子吃，儿子捧到手上先看看，才塞进嘴里。显然，他很喜欢吃这种饼子。阏氏见状，心里如同春雨润泽，满腹的舒坦。

据说这种叫"蓬饵"的食品是秦时的宫廷食品，以蓬蒿为料制成，据说食之可以驱邪。前些日子，一位南边的商贾带着"蓬饵"到了草原，她就命女奴买了一包，藏给儿子吃。可乳娘却警惕地盯着古日布德手中的"蓬饵"问道："阏氏这饼是从何而来的？单于知道么？"

"怎么了？"阏氏不解地问。

乳娘严肃地回道："单于反复交代，不让小王爷吃南边的东西，这东西肯定不是匈奴人吃的。"

乳娘这话让阏氏很不舒服，立即正色道："我且问你，这小王爷是我的儿子，还是你的儿子？"

乳娘没有想到一向温柔的阏氏忽地会正色与自己说话，打了一个愣怔道："当然是阏氏的儿子。"

"我会毒自己的儿子么？这些东西都是汉人作为礼物送来的，单于早已知道，还用你操心？"

从阏氏犀利的眼神中，乳娘感到了一种震慑。她顿时觉得刚才的问话太不知深浅，于是低眉垂首道："请阏氏原谅，奴婢只是担心王子……"

"好了，我不与你计较。"

相依相偎的时光总是过得太快,吃过午饭,乳娘带着古日布德就告辞了,阿古乐恋恋不舍地送到门口。看着乳娘抱着儿子越走越远,直到最后成为一个红色的点,才收回目光。她的眼神再度回归忧郁,百无聊赖地搓了一个雪球,朝远处扔去。

"哎哟！好冷啊……"那长调听起来是多么清脆,在午间的雪地上久久回荡。

接着,一个姑娘出现在她面前。那鲜红的头巾,那蓝色的皮袍,被雪映衬得十分鲜艳,阿古乐禁不住喊出了声:"娜仁花？"

娜仁花已雀跃着来到阏氏面前,单膝跪地道:"拜见阏氏。"

"你从什么地方来,怎么一走就多日不见影儿了？"阏氏用手指戳了戳娜仁花的额头。

前些日子,就是娜仁花把从晋阳来的商贾介绍给了阏氏,并留下了"蓬饵"。娜仁花虽然祖籍晋阳,但早已成了地道的匈奴姑娘,她的聪慧和热情使阿古乐很快就喜欢上了她。此刻,阏氏将对儿子的眷念暂且放在一边,坐在地毯上与娜仁花说话。

"阏氏一向可好？"娜仁花问道。

"你来了,我自然就好了。"阏氏命女奴给娜仁花斟了一杯奶茶。

娜仁花闻言就笑了,笑容就如草原上的锦鸡花。她喝一口奶茶,觉得身子也暖和了:"我给阏氏带来一样东西。"娜仁花说着,就从褡裢里取出一块绿莹莹的玉麒麟,上面穿了一条红色丝线。

"这是什么呀？龙不像龙,虎不像虎,牛又不像牛的。"阏氏捧在手上,看了半天,都没有看懂。

"阏氏算是说对了,它的土名就叫'四不像',汉人叫它麒麟。中原人生了儿子,都要戴上这个,取吉祥如意之意。"娜仁花的眼神像湖水一样地涟漪涣涣,"我感念阏氏恩德,特地带了这个来为小王爷讨个吉祥。戴上这个,驱邪祛病,小王爷一定成龙成虎,将来又是一个大单于。"

阿古乐看着玉麒麟,惊异这玉佩绿得透明,绿得温润。再看这麒麟,龙的眼睛、老虎的头,而四蹄却像草原上的牛,先自从心里喜欢上了,瞅了一眼娜仁花问道:"花了多少钱？"

"阏氏见外了,我……"娜仁花话到口边,就看了一眼在旁边伺候的女奴。

阏氏立时明白了,立时挥退了女奴。

望着女奴出了穹庐的背影,娜仁花身子朝阏氏身边挪了挪,低声道:"不瞒阏氏,这是上次来的商贾孝敬的。说是虽然同阏氏只见了一面,就觉得您高贵、典雅。他们这回带来了一些丝绸和玉器,想先让阏氏挑挑。"

"这……"阿古乐的笑容顿时就收敛了,话语中表示了犹豫之情。

"莫非阏氏有为难之处……"

阿古乐点了点头。上一次单于听说后,责备她太不警觉,说匈奴与秦朝通商很久,要买南边的物件自有王室筹办,她怎么能私下随意买呢?

"我明白了,阏氏珍重。"娜仁花明白了,起身准备告辞。就在不远处的一道沟道里,樊阮与张远还在等着她的消息呢。

"你就这样走了?"娜仁花的衣袖被阏氏从身后拽住了,她掂了掂手中的玉麒麟道,"那就请那两位商贾来吧。"

"单于若是追究……"

"单于忙于战事,一时半会回不来。"阿古乐接着叮嘱道,"让他们换上匈奴装束再来。"

"明白了。"娜仁花深深施了一礼,"阏氏等着,我明日一早再回来。"

其实,当樊阮他们以匈奴人装束下得山来时,恰恰遇见一路匈奴兵夜间巡逻。借着雪色,他们远远地跟在后面,到了山下,就潜伏在一个牧羊人挖的躲雨洞中,直到傍晚才出来去寻找娜仁花父女。也该事成,樊阮刚刚走出洞口,就看见暮色中那缕耀眼的红,在银色雪景的映衬下分外惹眼。

樊阮打了个呼哨,引起了娜仁花注意,三个人于是在躲雨洞相遇了。当娜仁花听说单于将汉帝围在白登山时,趁着夜色,她引他们来见父亲道尔吉。四个人一起商定,他们暂时藏在道尔吉家,先由娜仁花去探探情况。

娜仁花回归的马蹄是欢快的,站在三个男人面前,她按捺不住心头的兴奋道:"阏氏答应明日见两位。"

樊阮和张远看着一头雪水的娜仁花,几乎同时喊道:"谢姑娘大恩。"

"谢什么?都是南边人啊!"

思南老人打量了一下两个年轻人,从身后的包裹里翻出两件旧皮袍道:"换上这个。"见樊阮、张远不解地看着他,思南老人又道,"你们穿着如此新,一看就是从外地来的。这两件皮袍虽然旧了些,却适合去见阏氏。"两位年轻人闻言,十分感谢老人思虑周密详致。

一夜无话,第二天一早,雪小多了,思南老人早早地烧了奶茶,热了羊肉,招呼两人吃了,就要女儿陪同他们前往:"他们不懂匈奴语,若是遇见军爷露出破绽,连应对的机会都没有。"

张远十分感动,看老人一脸皱纹,由衷地谢道:"他日若有机会,定要重谢老爹。"

牧羊犬的狂吠惊动了自娜仁花走后就一直忐忑不安的阿古乐，她忙拉开门，伴随着一股冷风，娜仁花引进两个人来。阿古拉一眼就认出是上次来卖丝绸和银器的年轻商贾。示意三人坐下，她对着外面喊道："来人！"立时就有四位女奴出现在面前，阏氏说话的口气就严肃了，"此是从呼衍氏领地来的尊贵客人，你们不经传唤，不可进来。传话给值守侍卫，就说我有事，不见外人。"

"奴婢明白！"女奴们面向阏氏和客人，小心翼翼地退出了穹庐。

"二位辛苦了！"阏氏示意娜仁花给樊阮与张远斟上奶茶，以主人的身份问道，"不知二位此行给王子带来什么好东西？怎的不见老东家呢？"

樊阮看了看张远道："老东家偶感风寒，未能同来。我二人就是奉东家之命，来向阏氏送一件要紧之物。"

"哦！什么要紧之物？"

"阏氏看看就明白了。"张远顺手就打开了画轴，将美人图一点一点展现在阏氏面前。

阏氏的眼神就顺着画卷的展开一点一点朝前挪动，及至最后，目光中就流露出惊奇，自语道："好一个绝色女子，只可惜是画上的。"

樊阮立即接上了阏氏的话茬："她可不是画上的人，而是活生生的绝代美女。"

"那这美人现在何处？"阏氏的眼里就布上了疑云。

樊阮却不看画，语锋直抵阏氏心底的软处："阏氏可知，单于为何调四十万人马与汉军决战？"

阏氏没有说话，两眼直勾勾地看着面前的三个年轻人。女人对美丑有着分外的敏感，阏氏也不能例外。这一点，樊阮从她的眼神立马就看得清清楚楚，于是直截了当道："就为了这个女人。"

"你说什么？"阏氏的眼睛顿时睁得老大，"单于不是说要饮马渭水么？"

"阏氏有所不知，这女子本是我汉家一位富豪的女儿，生得翩若惊鸿。一日，这女子乘车到太原城郊踏青，不料被前来袭扰的匈奴将军发现，当即擒了回来献给单于。未料被我太原守军发现，双方经过一场厮杀，终于将女子救回。单于闻之大怒，于是点起大军四十万决心要夺回女子，欲纳为新阏氏。这女子就在汉营中，单于扬言汉帝必须在七日内交出女子，否则就要杀上山去，抢回女子。汉帝现在正思谋着用女子换得两家和睦呢。"樊阮解释道。

"你等不是商贾么，怎么知道这个事情？"

"我等是商贾不假,可也是汉朝的臣民啊!听说皇上要用女人换撤军,就担心她进了单于庭,阏氏又该如何,小王子又该如何?就悄悄地拿了这画来见阏氏,讨个主意。何况阏氏待我主仆不薄,故而才冒死前来拜见。"张远回道。

闻言,阏氏沉默了,眼见得眸子湿润了。她没想到樊阮会带来如此伤情的消息,更没有想到单于信誓旦旦要开疆拓土的背后,却隐藏着这样龌龊的心理。那么,她阿古乐算什么呢?她不是平常的女人,她是呼衍氏家族的鲜花,岂能让一个汉家女子占了自己的位置。可自己又能做什么呢?当她将忧郁的目光投向娜仁花时,樊阮就敏锐地意识到该是将陈平之计搬出来的时候了,他眨了眨眼睛道:"小人倒是有一言,不知阏氏可愿意听?"

"事情到了这个地步,还有什么不能说的?"

"阏氏若能说服单于退兵,则汉朝与匈奴从此平息干戈。那这汉家女子自然也就随汉帝回了长安,阏氏与单于恩爱如初,岂不两全?"

"只是不知道单于会不会……"

张远忙在一旁打气道:"小人两次到此,见阏氏心地良善,明于大局,定能说动单于,退兵修好。"

娜仁花将两人的话翻译给阏氏后,一双澄澈的眸子看着她道:"事关阏氏和小王子,还请阏氏当断则断,免得将来后悔。"

"为了小王子,我就舍下这张脸劝说单于一回,但愿他能回心转意,撤兵罢战,于汉朝与匈奴都不啻为一件幸事。"

闻言,娜仁花脸上立时铺满春光,用胳膊肘顶了顶樊阮道:"还不快谢阏氏。"

樊阮拉着张远同时行了大礼,随后就从行囊中拿出一对金马献给阿古乐道:"请阏氏笑纳,待两家和睦之际,我等再登门拜谢阏氏。"言罢,他们起身告辞,走进了茫茫雪原……

阿古乐斥退所有女奴,将自己关在穹庐里苦思冥想。从两位商贾口中得知的消息犹如一块石头投进心池,激起层层浪花。记得出嫁前一天夜间,母亲和自己说了半宿话,反复叮嘱自己一定要守住单于那颗野狼一样的心,不可让其他女人占了阏氏的位子。而她当时正沉浸在那次游猎的回忆中,母亲的话根本就没有进到她的耳朵,她深信他们会像单于庭旁边那棵缠绕在一起的大树一样厮守终生。特别是在小王子出生后,她几乎忘记母亲的告诫。

可今天,母亲的声音再度回到耳际,是那样悠长,而又那样清晰。他一个匈奴大单于,竟为了一个汉家女人与汉帝兵戈相见,足见那女子比自己更能让她动心。假如那女人真的进来,自己的处境将会是怎样的尴尬。

不!绝不允许这样的事情发生。阿古乐是草原上的小鹿,温存而又聪慧;可把她逼急了,也会变成一头母狼。在穹庐里独坐了半日,阏氏决计说服单于退兵,绝不能让汉帝将那个从未谋面的姑娘送到单于庭,她要守护自己的爱。上一次单于走时曾对他说过,战事平静时,他就回来看儿子。哼!他心中只有儿子了。

阏氏对外面喊道:"来人!"

女奴们应声进来,规规矩矩地站在面前。

"为我梳妆!"

女奴领班用诧异的目光打量了一下阏氏问道:"阏氏清晨不是刚刚梳妆过么?"

"啰唆什么,让你干什么就干什么。"

领班回身就招呼女奴们动手为阏氏洗头,那洗发的水是浸了草原锦鸡花的,热腾腾的水汽中夹带着芬芳,弥散在穹庐各个角落。她们细细地梳理,慢慢地搓洗,让每一丝头发都浸润花香,接着就是躺在火炉边烘干。阏氏平躺在榻上,两个女奴手捧头发,等待晾干后,扶起阏氏重新坐定,开始编发辫。那头发黑光油亮,仿佛瀑布流在阏氏肩头。女奴们先拿起一件头饰给阏氏看,她不满意就另换一件,好不容易插好了头饰,最后就是给脸颊打胭脂。这样下来,用了足足三个时辰,眼看暮色渐沉,镜子里映出阏氏花一样的脸庞时,她们才拖着疲累的身子退出帐篷。

可刚刚出去,就听见阏氏传唤:"来人!"

女奴领班忙转身再度进了穹庐问道:"阏氏有何吩咐。"

"单于要回来了,速备烤羊肉和马奶酒来。"

一切准备妥帖,看着整整齐齐摆在面前的吃食和酒酿,阏氏笑了。她就那么静静地坐在炉子旁,等待男人归来。

战马的嘶鸣打破了夜幕下的宁静,听着那熟悉的马蹄声,她断定是冒顿回来了。她迅速站起来调整好自己,将对男人的艾怨隐藏起来,去实现思谋了一整天的计策。

冒顿的脚踩在雪上,发出吭哧吭哧的声音,紧接着就是带着草原沙腥的呼唤:"阏氏呢?阏氏在哪里?"他的马鞭刚刚撩开穹庐的羊皮门帘,那玉璧一样的双手就钩在了脖子上,那锦鸡花的香味从发梢沁入他的心脾;那带着红蓝花胭脂味的脸颊贴在他的胸前,紧接着,喇叭花般的红唇吻上他的阔唇。

冒顿抱起阏氏轻盈的身子放在榻上,口里嘟哝着"想煞寡人了"。阏氏迷离着双眼,传递着女人特别的神采和魅力。

女人的聪明,往往是男人始料不及的。处在兴奋中的冒顿被阏氏掀到一边,紧接着,泪水却毫无顾忌地淌向她情感最软处。

冒顿愣了,揉搓着她的肩膀问道:"阏氏这是怎么了?"

阏氏渐渐就哭出了声:"单于只知道江山,什么时候有过真情呢?"

"太阳神在上,寡人若是有……"

阏氏怕他说出毒誓来,忙伸出手捂住了他的口:"谁要你说这个,你真爱我么?"

"天地良心!"

"那我有一句话,不知当讲不当讲?"

冒顿捧起阏氏的脸庞道:"小心肝,你有话不能快些说么?"

"若是我没有猜错,与汉人打仗的事,是右屠耆王说动的吧?"

"阏氏这是什么意思?"

"这个你还不明白么?单于登基,他们作为单于的兄弟,怎么可能甘心俯首称臣呢?"

"那又怎样,他们见了寡人不是同样要以臣子身份说话么?"

"单于!"阿古乐说着话,头就偎进了冒顿的怀抱,"可你知道他们的心思吗?他们现在说动你与汉帝决战,就是想乘后方空虚夺取土地,最后将你赶下台。"

"不会吧?"单于瞪着阏氏,"再怎么说,都是兄弟呀!"

"不是兄弟,还没有这样的想法呢!我还有一事,一直不好告诉单于。"

"什么事?"

"我说了,单于可不要生气。一天右屠耆王来单于庭拜见,恰逢单于外出,王爷看我的眼神就有些异样。还说什么匈奴习惯,单于驾崩后,阏氏或从弟或从子……"阿古乐说着,一副楚楚可怜的样子。

单于的怒火一下子就被点燃了,"呼"地起身就去摸挂在墙壁上的腰刀,阏氏忙抱住他问:"单于这是要干什么?"

冒顿喊道:"寡人要杀了这贼。"

"单于还是冷静听我把话说完。"阿古乐见单于重新坐下,说话的节奏也放慢了,"右屠耆王远在西边,若是要杀他,难免内讧,反让汉军乘隙。况且,右屠耆王也不是那么容易制服的,此事只宜缓图。"

冒顿叹了一口气道:"杀不能杀,战不能战,你说该怎么办?"

"与汉人罢战。"

冒顿一听直摇头:"寡人集结四十万大军就是要夺取雁门一带,擒住刘邦小儿,你却要寡人罢战,这万万不可!"

阏氏并不着急,身子向冒顿靠了靠,温柔地说道:"汉匈不该互相逼迫得太厉害,退一步说,即便单于大胜,此地也非久居之地。一则有人在后方谋位,二则将士水土不服。可万一不胜,内外夹攻,非但你我无平安可言,若屠耆王们趁机要单于交出大位,又该如何?"

冒顿捻着胡须沉默了,这个表情阏氏看在眼里,便知道自己的话进了单于的心,趁机又道:"汉帝已被围七日,军中尚未大乱,足见其有神灵相助。单于又何必违背天命,非得将他赶尽杀绝呢?不如放他一条生路,以免以后有什么灾难降临到咱们头上。"

"咦!"单于长呼一声,"寡人想起来了,寡人曾约赵利会师共击汉军,可至今不见他的音讯,难道他降汉了?"

赵利本赵国后裔,韩王信降了匈奴后,韩国将军王黄找到赵利,商定一起在白登山以东与单于会师,共击汉军。可不知何故,至今未能谋面。

"是呀!他们没有骨气,可以背汉降我,难道就不可以背我降汉么?既如此,倒不如我先解围,他日汉帝定不会忘记此事,两国修睦,岂不两好?"

"此事容寡人再想想……"冒顿说这话的时候,正是白登山被围的第六天。

"陛下,我军已断粮两天了。"陈平一大早,就匆匆来向刘邦禀奏。

"军心如何?"刘邦拧着眉毛问。

陈平掂量了片刻,裹了裹身上的布袍道:"军心开始不稳,有一什兵想下山去觅食,被同伍人举报,现正捆绑在军营雪地里准备处斩呢。"

"哦!有这等事?"刘邦的心事顿时沉重了,尽管他已经主动将口粮减了一半,却不曾想饥饿已危及汉军的生存了,"樊哙、周勃还没有消息么?"

陈平摇摇头道:"使者回报说,两位将军遭到右屠耆王袭击,一时难以脱身。不过,彼等都表示尽快赶来会师。"

"现今最要紧的就是我军脱离危境,击敌已在其次了。"

正在这时,军中库曹来报,说又有两什士卒试图逃下山去,被李必将军发现,正要问斩。

"走!随朕看看去。"刘邦说着就要起身,忽觉一阵头晕,差点摔倒。

"陛下就在大营歇息,此事交给微臣去办就行了。"陈平上前扶住,又交代前来报讯的军中库曹,"快禀报李将军,刀下留人。"

刘邦摆了摆手："不妨事！此时朕不出面，更待何时？"

刘邦来到屯兵的高坡前，就见一排木桩上捆了十几名士卒，一个个遍体鳞伤。个别倔强的士卒望着李必手中的鞭子喊道："打吧，总比饿死强。"

"哼！你还嘴硬。"李必就要举鞭，却被人从空中架住了。李必正要怒骂，一转脸却看见刘邦，忙双手打拱道："不知陛下驾到，臣有罪。"

刘邦问："彼等所犯何罪？"

李必回道："贼子们试图结伙逃跑，臣正在实行军法。"

刘邦没有生气，却把话题转到李必身上："你如实告诉朕，饿不饿？"

"这……"

"朕恕你无罪，直说吧！"

"陛下，臣也有整整两天没有吃饭了，只靠嚼枯草充饥。非臣无情，实在是不敢放纵他们逃走，否则，这兵就不好带了。再说匈奴人就在山下，即便是下了山，也是凶多吉少。"李必说着话，眼里就溢出了泪水。

刘邦走到被绑的逃兵前面，一一抚摸他们的伤口，并亲自给松了绑，开口道："朕与众位一样，已经一天多没有见到粒米了。"

"谢陛下不杀之恩。"士卒们呼啦啦就跪倒在刘邦面前。

刘邦看了一眼身旁的陈平道："传朕旨意，将军中战马杀掉以度饥荒。"

话音刚落，就听见一声"万万不可"的呼喊，转脸一看，是夏侯婴匆匆赶来了，他一到刘邦面前就道："记得当初陛下攻打荥阳，是微臣奉命组建轻骑军，若是杀了战马，匈奴军攻来，又如何迎敌？"

刘邦咽了一口唾沫道："情势危机，朕岂能不知？可此中道理，卿等难道不明白么？"

"这……"夏侯婴直觉得语塞。

刘邦见两个近臣没有异议，又说出一番令在场众人吃惊的话来："曹窋听命，拉朕的坐骑来，先从它开刀。"

这一回，轮到陈平与夏侯婴、李必不依了，三人不约而同道："此事万万不可，没有坐骑，陛下……"

"没了坐骑，朕与诸位一起步行回长安……"

"陛下……"曹窋哭道，"这马从沛县起事时起就跟随陛下，南征北战，历尽艰险。今日陛下要对它动手，微臣……"

刘邦拍打着曹窋的肩膀道："人同此心。难道朕对它没有情感么？可形势所迫，情非得已，去吧……"

曹窋一步三回头地去了，不一会儿，他拉着马来到高坡前。刘邦接过马缰,蜡黄的脸紧紧贴着战马的面庞,目光湿润地说道:"人非草木,孰能无情。你跟朕自丰沛起,不曾离开。大汉有今日,你战功赫赫。若你若听得懂朕的话,就请为大汉再建一次功吧。"言罢对曹窋喊道,"动手!"

曹窋呆了,他看见战马那一双泪汪汪的眼睛,就明白它听懂了皇上的话。可他怎么狠得了心向它开刀呢。他手举匕首,几次走向战马,几次又退了回来……

刘邦冲上前去,从曹窋手中夺过匕首,正要冲向战马,就被眼前的一幕惊呆了。战马放开四蹄,朝木桩撞去,说时迟,那时快,但见高坡上飞下一人,上前一把抓住缰绳,奋力一拉,那马就四蹄腾空,发出一阵"啾啾"长啸。大家这才定睛看去,发现正是灌婴。再看看他身后,从事中郎正牵着他的坐骑。

灌婴来到刘邦面前,打了一拱道:"就是将全军的马杀掉,陛下的马也不能杀。"言罢,他从腰间拔出匕首,照着自己坐骑的脖子狠劲刺去,剧烈的疼痛使战马挣扎腾空了两次,终于倒下了。

见状,刘邦的脸色都变了:"卿是车骑将军,没有马还怎么打仗?"

曹窋飞也似的跑到刘邦坐骑前,抱住马脖子喊着:"你该谢谢灌将军。"

刘邦铁青着脸,对陈平道:"杀马救军。"

"遵旨!"

正午,全军上下有三分之一的战马做了将士的午餐。军厨将散发着香味的马肉呈给灌婴,他只看了一眼,顿觉五内翻腾,扭过头去:"我不饿,端下去吧。"

陈平和夏侯婴在一边看着心中难受,要军中后厨将仅剩的粝米煮了粥饭呈给灌婴。灌婴的确饿极了,看是晶亮的粥饭,匆匆就接了过来。可还没有等他吹凉,就听见山下传来隐隐约约的喊声:"报……报……"

刘邦闻声从大帐里出来,对一直陪伴在身边的陈平道:"集结队伍,准备迎敌。"

"中尉在此陪伴陛下,我先去看看。"

夏侯婴来到山口,李必已集结了弓弩手在那里埋伏,便上前问道:"山下情况如何?"

"禀太仆,听声音不像是敌袭。"

两人屏住呼吸,全神贯注地朝山下看。不一会儿,就见沿着山道跑来两个人。及至身影渐渐清晰,李必发现来者乃骑将军樊阮与校尉张远,心境一下子放松了许多。

樊阮与张远喘着气站在李必面前,来不及见礼,口中来回只有五个字:

"匈奴军退了！"

大家一时都愣了,没有人对他的话作出回应,樊阮扑通一声跪倒在地,仰天高喊:"退了！匈奴军退了！"

这一回,李必听清楚了,夏侯婴听清楚了,在场的弓弩手都听清楚了。夏侯婴一把抱住樊阮问:"真的？"

"真的！"

夏侯婴放开樊阮,转身就朝山上跑,隔着老远就向刘邦喊道:"陛下,匈奴军退了。"

刘邦这时候却表现出意外的冷静,转身对陈平说道:"察看军情,以防其中有诈。"

樊阮在李必等人的簇拥下来到刘邦面前,向他禀奏了一路的经过:"微臣上山之时,看到西北角山口的兵卒撤走了。"

"敌在暗处,我军在明处;敌处盛势,我军处衰势。故撤军关乎我军存亡,万不可粗心大意。"刘邦陷入了沉思。

陈平登上一方巨石朝山下看,心境顿时喜忧参半。这是被围第七天的早晨,断断续续下了几天的大雪终于停了,从山脚下腾起的晨雾,如乳白色的轻纱沿着山谷,自下而上地蒸腾蔓延。近处的树木影影绰绰,远处的峰峦若隐若现。然而,这也是敌军最易用迷魂阵的时刻。假如冒顿趁着晨雾在山口埋伏一支军队,那么皇上的处境不堪设想。

陈平收回目光,对夏侯婴道:"为防匈奴埋伏,请太仆遣二百名弓弩手,每五十人为一拨,分为四层,满张弓,齐上箭,护卫陛下下山。其余被困士卒,由将军和校尉率领各部,依序下山。"

三个时辰后,汉军近三万将士在刘邦率领下,朝山下撤退。被困了七天七夜,虽然腹中空空,精疲力竭,可生的希望使他们忘却了饥饿。

这一切,沃尔霍和乌图以及王黄等都在山下的密林中看得清清楚楚。他们很惊异七天七夜的冻饿,竟丝毫没有销蚀掉汉军的意志,看着他们就在自己眼皮下离开,心中就积下无以名状的遗憾和怨气。他们的确不能理解,不知单于是出于怎样的考虑,竟特开一道口子,放汉军下山。

"今日不将汉军剿灭在山上,将来必定后患无穷。"沃尔霍用力捶打着一棵老树,转身对一直密切关注汉军的巴鲁图道,"张满弓,射杀前面开路的汉军弓弩手。"

"遵命。"

巴鲁图正要离去,却被乌图一把拉住:"千万不可。若是违背了单于旨意,吾等均要领罪。"

"唉,气煞我了。"沃尔霍捶打胸口,仰天长叹。

雪住了,太阳重新悬挂在白登山上空,大雾被西北风吹散的正午,汉军最后一面旗帜渐行渐远,终于离开了沃尔霍和乌图的视线,远了,远了……沃尔霍无奈地摇了摇头。

未时二刻,刘邦和他的轻骑撤到了平城。车辇刚刚停在城下,就有探马来报,说有一支队伍正朝这边奔来。陈平刚刚松弛的心境又复紧张,对探哨说了一句"再探",自己则来到刘邦的车辇前禀奏。

刘邦倒表现出少有的冷静和从容:"若是匈奴军,等不到我军撤回平城,早在山下就动手了,也许是樊哙抑或是周勃两位将军……"

刘邦的推想没有错,半个时辰后,他终于听见远处传来的沉闷呼唤:"陛下,微臣来了。陛下,微臣接您来了。"

隔着老远,樊哙滚鞍下马,一头扑倒在刘邦面前,放声道:"陛下,臣来迟了!陛下,臣真的担心见不着陛下了……"

樊伉在一旁听到父亲说出如此不吉祥的话来,吓出一身冷汗。他扑上前去,一把拉过樊哙道:"父亲伤心过度,话语失范。陛下乃赤帝之子,区区匈奴能奈何……"

樊哙这才意识到自己方才失态,好在周勃紧随其后到了,君臣叙说起步军被匈奴军中途拦截之事,感慨万千。

……

雪后的广武城(雁门广武,非荥阳广武),天高气清,寒意袭人。站在城头北望,山峦起伏,皑皑银色,好一派北国风光。

薛欧很早就起来了,踩着积雪在后院练了一通剑法,浑身就热气腾腾。他简单地用过早饭,就急忙到城东南角府库旁的独屋来了。跟在后面的侍卫手中捧着一个托盘,上面放着一个铜钵,他一边走一边吩咐侍卫小心点。

雄鸡第一声啼晓的时候,薛欧就令后厨炖了一块羊肉,给刘敬当早餐。刘敬明于大局的目光,出口不凡的谈吐,高远明晰的见识,都使他常常想起郦食其。可相比之下,刘敬显得更加沉静和豁达,每每说起被皇上斥责乃至被囚的遭遇,他从来不说不公,反而却十分牵挂皇上安危。

薛欧将自己的感觉说给王吸,未料王吸竟也十分赞同。两人遂商议,不管将来怎样,至少在这段时间不能冷落了刘敬。他们为刘敬准备了一个单独的小院,并且去掉了脚镣和手铐。只要他不走出院子,干什么都行。

刘敬见状,十分感动。

前几天夜间，巡查府库和城防回来，两人在一起饮酒驱寒。酒至半酣，王吸告诉薛欧，说奉春君的日子恐怕不会太长了。薛欧很吃惊，放下酒觥问道："王兄何出此言？"

王吸长叹一声道："听说陛下在白登山被困，这是何等的大事？若有意外，丞相岂能轻饶他；陛下归来，必将恼羞成怒，更不能宽恕他。"

薛欧觉得王吸分析得有道理，从此就生了心结，即便是走上断头台，他也要让刘敬最后的日子过得舒心。

果然，昨天从平城飞驰而来的使者传话，说匈奴撤军，汉军得以解围，皇上在平城停留几日后已移驾广武，明日到达，要他和王吸率部迎接。送走使者，薛欧的心就不安了。皇上要来广武干什么？是要问罪于刘大人么？一整夜薛欧都没有睡好，噩梦不断。是城中一声鸡叫打断了他的梦境，天刚放亮就到小院来了。

刘敬已洗漱完毕，正坐在正屋看书。看见薛欧进来，忙招呼道："将军早！"

薛欧回了礼，又特地察看了放在屋中央的木炭盆，才在对面坐下。他吩咐从事中郎与后厨搬来一个鼎锅，放在木炭盆上热酒，接着，就把炖羊肉端上来。薛欧亲自从鼎锅里舀起热腾腾的酒酿，斟满两个酒觥，一杯给刘敬，一杯举过头顶道："请大人饮了这觥酒，恐怕就要戴上刑枷了。"

刘敬仰起脖子将酒灌入腹中，然后说道："戴上吧。若是没有猜错，陛下到广武来了。"

"大人如何知晓？"薛欧惊异的目光掠过刘敬的额头。

刘敬也不多做解释，只是微微笑了笑："假若陛下不来，将军又何必为下官重戴刑枷呢？陛下归来之日，即刘敬断头之时。可下官死而无憾，一则，如我这样的布衣，本该在徭役之列，因将军之故才得以见到陛下，此幸运一也；其二，陛下不但赐封奉春君，且赐姓刘，此幸运二也。人生如刘敬者，庶几几人？有此幸运，死而无憾。"

"末将从陇西应召北上，也是大人举荐之劳。来！你我既为知己，就再饮一觥。"薛欧的目光湿漉漉的。

这酒饮了大约一个时辰，两人都有些微醉了，这时候，就听见从门外传来悠长的呼声："陛下驾到！"

刘敬眉头一皱，冷笑道："陛下来要下官的人头了。"

薛欧忙起身迎接，却听见一阵急切的呼唤自远及近地传了进来："奉春君在何处？奉春君在何处？"

这是陛下的声音,在一刹那,薛欧心头的阴云被这温暖的呼唤驱散了。没错,陛下称刘敬为奉春君,这完全不像兴师问罪的口气。他不敢多想,就跪倒在庭院的门口:"陛下驾到,微臣未能远迎,请陛下恕罪。"

"奉春君在何处,为何不出来见朕?"刘邦的目光穿过薛欧,搜寻刘敬的影子。

一阵脚镣的"咣当"声,刘敬出现在门口,艰难地俯下身子道:"罪臣刘敬拜见陛下。"

"谁让你等给他戴刑枷了?"刘邦将目光转到王吸和薛欧身上。两人既有些茫然,同时又生出不尽的欣慰,忙吩咐人为刘敬除去刑枷。

随着最后一声响,那刑枷终于松散地躺在一边。刘邦发现并无磨伤之处,心中便明白王吸、薛欧并不曾虐待刘敬,脸上这才松泛了。接下来,刘邦当着众将的面对刘敬道:"朕不用公言,因此被困平城,朕一定要将那些鼓动进击匈奴的误国之臣斩首。"

这是大家所不曾料到的,可还没有等大家反应过来,皇上的第三句话出口了:"诸位爱卿!刘敬明于大局,远于思虑,朕要封他为建信侯,食邑两千户。"

刘敬本打算谏言皇上不必追究主战者,没有想到刘邦的封赐说到就到了,只有将话压下,忙不迭地跪在地上道:"谢陛下隆恩。"

这时候,周围的将军、谋士们也都纷纷跪下了齐声高呼:"陛下圣明。"

王吸和薛欧相互看了看,庆幸刘敬劫后余生……

第二十三章

废立险在一念间
生杀岂止男儿为

汉十年（公元前197年）七月，长安正是一年中最热的时候。站在城头远眺终南山，在炎阳的炙烤下似乎生了蓝烟，春日里岚浮崔绕的重峦现在看上去蓝烟空蒙，宛如焦渴的老人，疲惫地站在蓝天之下；就连城头上的旗帜，也焦灼得人一走近，就有种热乎乎的感觉。

新建的未央宫不仅碧树夹道，殿宇嵯峨，而且萧何从督建开始，就考虑到消暑取凉，在未央宫前殿不远处打了井，每日用水斗车水送到屋顶，顺着琉璃瓦流下，回到檐前的水渠中，流向宫外。不仅如此，在进入暑期以后，每日还有宫女轮流为皇上把扇送凉。

尽管如此，刘邦仍然每日心烦气躁，动不动就对春熙大发脾气，责备他没有眼色，腿脚不灵。

春熙一句话也不说，只能忍受皇上接二连三的责备。他比谁都明白，让刘邦车怠马乏的不只是这暑天,更因为这一年来朝事多有不顺。

先是白登之役后,他就一直寻求对付匈奴的良策。可还没有等朝廷议出结果,代王刘喜却因惧怕匈奴而丢下封地逃回长安,这让他在群臣面前大折面子,一怒之下将其降为郃阳侯,另立刘如意为代王。之后,刘敬谏言以长公主嫁给冒顿单于为阏氏,将来匈奴之主就是汉朝的外甥,必然不能为敌。且不说鲁元公主已许与张敖,即便尚在闺中,将亲骨肉送到迢迢千里之外,他也于心不忍。更让他为难的是,吕雉闻之,日夜涕泣不止。无奈,他只有在公卿子女中觅一美貌女子册封为长公主,遣刘敬送往匈奴。另一件事是有人举报张敖谋反。尽管张敖的臣下贯高等人进言此事是彼等所为,那裂痕还是在他的心头留下抹不去的阴影,虽然赦免了张敖,却也削了他的王位,改封刘如意为赵王,以阳夏侯陈豨为赵相,统领赵、代边军。

经过这两次风波,刘邦一下子觉得自己老了,常常感到莫名的寂寥和疲倦。更不用说,那些异姓王一个个虎视眈眈。

进入汉十年以来,诸事更是烦心。太上皇在五月麦熟季节驾崩于栎阳宫,刘邦葬他于长安近郊万年县北原。万年令兼任陵邑令,遣五百士卒作为陵邑的护卫。让刘邦耿耿于怀的是,在太上皇丧礼之际,赵相陈豨、梁王彭越竟借口身体不适不来吊唁,这说明什么呢?他就此与萧何密谈过,萧何提醒刘邦多加警觉:"陈豨一区区赵相,竟敢违背陛下旨意,不来吊唁,足见其狂傲不羁,不可不防。"

七月初,他带着戚夫人前往栎阳宫住了几天。透过宫女、黄门们的卑躬屈膝,他还是体味到了老人家一人独居的寂寞和孤独。

七月七日那天午饭后,戚夫人服侍刘邦午休后,就与宫女们一起穿七孔针,准备夜间乞巧的瓜果,并且特地让黄门捉了一种冠以"喜子"之名的小蜘蛛,网在瓜上。

晚饭后,戚夫人说道:"今夜七夕,妾请陛下与宫女们一起乞巧。"

刘邦捋了捋胡须道:"此乃女儿家之事,朕就不去了吧!"

戚姬又好说歹说求了好一会儿,眼见得泪珠儿就流到了腮边,期期艾艾道:"平日在长安,妾处处让着皇后,宁可自己孤守,也不愿给陛下添麻烦。今日好不容易在一起了,陛下却让妾伤心。早知今日,当初要是不到下邑追寻陛下,也许就不会让陛下为难了。"

刘邦最怕的就是戚姬流泪,她那楚楚可怜的样子,一下子就泡软了他的心。想想难得与她独处,却让她伤心落泪……刘邦捧着戚姬的脸庞,说出的话就充满了爱:"不要哭了,朕与你同去就是。"

基本上一直是刘邦在看，戚夫人和宫女们将一个个精彩的节目呈现在他的面前。到今天，刘邦才发现，原来七夕有这么多讲究。

　　月牙儿悬挂在西天，一切都是朦胧的，夜色渐深之际，戚夫人带着宫女在井台边听织女牛郎的情话。有的说听见牛叫唤了，有的说听见鹊儿欢呼了，有的说听见牛郎织女的说话了。不一会儿，宫女们就悄悄地都退了。

　　戚夫人从果盘里捏起一颗葡萄，轻轻送进刘邦口中。见皇上高兴，她便将许久埋藏在心中的思绪捧在刘邦面前："妾有一句话，不知当讲不当讲？"

　　"此时只你我二人，有话就说。"

　　"陛下看盈儿与如意两个谁更像你？"

　　"哦？"刘邦并没有留心这话背后的意思。但平心而论，他觉得如意更像自己，而盈儿总是显得太柔弱，遇事瞻前顾后，缺乏主见。因此，口言心想地说道，"要论性格么，如意倒更像朕些。"

　　这是刘邦最真切的感觉，这些年围在他周围的女人不再只有吕雉和戚姬了。继戚姬之后，揽入怀抱的还有薄姬，她为自己生的儿子刘恒已有六岁了；而赵姬的儿子刘恢仅比刘恒小一岁；往后去还有石美人等等。也许是因为与戚姬相识在彭城大败中，也许是因为这女人身上有其她女人所不具备的魅力，他对她的宠爱超越了包括吕雉在内的所有宫中粉黛。此刻，沉浸在溶溶夜色中的刘邦，丝毫不掩饰对如意的偏爱。

　　戚姬闻言就笑了，灯火下，那双眼睛秋水涟漪，闪闪发光，接着就把打了多次腹稿的话说出了口："那依陛下观之，两个孩子谁更适合做太子呢？"

　　这一回刘邦认真了，他觉得戚夫人绝不是随口而言，问道："夫人为何此时说起这事？"

　　"也没什么。妾只是觉得社稷乃千秋大业，若是选不好储君，就……"

　　刘邦起身看了一眼戚夫人道："时间不早了，朕回殿歇息去了。春熙，起驾。"

　　春熙应一声"诺"，转脸传话："皇上起驾回宫……"

　　戚夫人猜不透刘邦的心思，觉得自己说话唐突，此话只能到此为止了。她忙吩咐宫女准备为皇上洗漱，自己则望着刘邦的身影跟了上去。

　　可就从这一天起，刘邦的内心便不安宁了。每当处理完国政之后，两个儿子的身影就总在眼前晃动。从栎阳归来后，他便在未央宫前殿就此征询臣下的谏言。

　　皇上忽然有了改换太子的念头，这事如同一块巨石投进平湖，引起巨大风浪。昨天早朝后，他留下了太尉周勃，征询他对太子的印象。周勃沉默了半曰才道:"此本陛下家事,臣不该多言。既然陛下问臣,臣就直言,不当之处还请宽恕。"周勃本不善言辞,遇见这样的事说起话来就显得零乱,但意思却很明白——现今天下初定,此时议废立,容易引起朝野猜忌。

刘邦的心中掠过些许不悦,但脸上却没有表露出来,只是淡淡地一笑道:"卿之言朕明白了,你可以下去了。"

等周勃出去后,刘邦又传来萧何。没有任何的犹豫和遮掩,萧何据《礼》言辩,义正词严:"太子乃嫡长子,皇后所生,岂能一言即废?如此轻率,国之隐患,请陛下三思而后行。"

"话虽如此,然赵王亦朕亲生,且性格颇类于我,立之于国有利。"

"陛下此言差矣,昔日秦皇若不废扶苏,岂能有百川沸腾,天下共诛之难?"萧何一句话噎得刘邦半天说不出话来。

他决计今日再召御史大夫周昌问话,孰料散朝许久,就是不见周昌前来。他心情烦闷,窝了一肚子的气,看眼前的宫女极不顺眼:"你等是要热死朕么?"

春熙这会儿心里就上下打鼓,生怕皇上骂到自己头上。果然,刘邦看了一眼他,不满地说道:"就知道站在那里,不知道把这些奏章抬下去?"

春熙忙传来两名黄门将刘邦批阅过的奏章抬下去,刚走到门口,却与匆匆进来的樊哙撞了个满怀。

虽躲过了刘邦的责骂,却招来樊哙的训斥:"你等长些眼睛行不,怎就往俺怀里撞呢?"

"都是奴婢不小心,还请将军恕罪。"春熙见状,忙表示歉意。趁着他进殿的机会,春熙眼睛的余光朝东厢扫视了一下,心头忽然"咯噔"一下,他看到了皇后的背影。正要回殿伺候皇上,却听见前殿里吵了起来,他急忙加快脚步。

刘邦十分清楚樊家与宗室的关系,断定他们不会同意废掉刘盈,于是,在征询大臣意见时故意绕开了樊哙。可越是想躲,事情就越往怀里钻。这不,樊哙不请自到了。刘邦心中有些发怵,却故意冷着脸道:"卿有何事?"

"微臣为什么来,陛下能不明白?"樊哙忍着性子行过君臣之礼,直截了当地说道,"太子临位以来勤勉好学,吕长史屡屡夸赞太子天性纯善,处事宽厚,朝野都以为是将来的英主,为何就不能入陛下的眼?"

"朕这不是听取众卿的谏言么?"

"是这样么?陛下问过太上皇在天之灵了么?问过皇后了么?问过微臣了么?这样大的事,吕氏竟只能道听途说,真是可悲。"樊哙黑青的脸上掠过一丝揶揄，转身接着道，"若无皇后含辛茹苦，陛下父子岂能相聚？若无皇后统理后宫，陛下岂能亲临战阵而无后顾之忧？陛下如此，岂不冷了皇后的一片心？又该如何面对太上皇？臣明人不做暗事，陛下若能收回心思还则罢了，若固执己见，休怪……

樊哙将最后几个字咽回腹中，却被刘邦厉声接住："休怪怎样？你想造反么？"

樊哙面向刘邦，岔开双腿站着道："那是陛下的猜疑，臣绝无反心。臣要带上皇后姐妹回到沛县去重开狗肉店。俺就不信，离开京城还没有活路了。"

闻言，刘邦紧绷的心有了松泛："朕料定你没有这个胆量……"

孰料这句话激怒了樊哙，他倏地一下向前冲了几步，从牙齿中挤出几句话："陛下不要逼臣，臣那一双板斧不止屠狗，也杀过不少人。"

刘邦一听，忽地起身指着樊哙的鼻子道："大胆樊哙，竟然目无君长。来人，将樊哙拿下……"

霎时，禁卫们手持兵器冲了进来，将樊哙团团围住。

这声响传到东厢，藏在那里观看动静的吕雉的心顿时悬在了半空，就要冲出去，却被春兰死死拦住："娘娘万万不可出去，偷听君臣说话，有失礼仪，加之陛下此时正在盛怒之下，诚恐对娘娘不利。"

吕雉闻言，仰天长叹，跺着脚道："早知今日，何必当初。死在楚营也免得今日受气……"

再说樊哙见刘邦要拿下自己，反而仰天大笑道："难怪韩重言如此……"

一句话引起刘邦警觉，脖子伸得老长问道："淮阴侯说了什么？"

樊哙不看刘邦，只是自语着："飞鸟尽，良弓藏；狡兔死，走狗烹。"

这话一出口，刘邦的心就像滚过一阵惊雷，耳边嗡嗡作响。半日，才颓然挥了挥手。侍卫们退出后，刘邦瞪了一眼樊哙厉声道："还不走，要逼朕杀了你么？"

春熙听得清皇上胸中的风暴，忙上前向樊哙使了眼色。樊哙明白，向刘邦施了一礼，转身出殿去了。

离开前殿，他就看见了站在东厢门后的吕雉，却不想耳边传来"咚"的一声，忙定神一看，只见地上坐着一个人，乃是御史大夫周昌。他忙上前扶起道："俺分神了，撞了大人。"

周昌倒不计较，只是他说话口吃，张着口却说不出连贯的句子："不……妨事。将军这……这……这是……"

樊哙截住道："俺这是见了陛下出来，气杀人了。"

"下官也……是……去去……"

"大人好好劝劝陛下,让他回心转意。"樊哙明白周昌也是去见刘邦,再次截住话头。

"是是……是。"周昌告辞,向未央宫前殿疾步而去。

刚刚登上阶陛,就听见春熙站在殿门口喊道:"陛下有旨,御史大夫周昌觐见。"他不由自主地就加快了脚步,及至到了殿门口,已是气喘吁吁了。

春熙伸手请道:"大人快进去,陛下等急了。"

刘邦看见周昌进来,一脸的不高兴:"朕宣你来见,为何迟迟不到?"

"启启禀……陛陛……下,微臣与……相国……"

"朕知道了。"刘邦抢在前头替周昌结束了陈奏,问道,"朕传你来,就是询问改立太子之事。卿不必忌讳,可直言之。"

周昌清楚自己的短处,在回答刘邦问话时就打定主意舍去丞相和太尉说过的理由。尽管如此,到他说话时,仍然磕磕绊绊:"启启奏陛……陛下,臣口不能言,然臣……臣期期知其不可。若……陛陛下废废……太子,臣期期不奉诏。"

周昌说完,就"扑通"一声跪下了,口张了几张,却说不出话来。只是他忠厚的面容,真诚的表情,以及为自己不能完整表达意思的急切,在刘邦脑际中组成一幅完整的画面,让他心生微澜。刘邦挥手让他平身,笑着道:"卿不必多言,卿的意思朕明白了。"

周昌向刘邦施了一礼,这才起身:"谢陛……陛下。"

"朕素闻卿坚韧质直。诗曰:岂弟君子,求福不回,朝野仰之。故朕欲使卿为赵相,辅佐赵王,不知卿意下如何?"刘邦上前抚着周昌的肩膀,不等他回答立即补充道,"朕实在爱赵王,故此任非公莫属,还请卿深解。"

刘邦对戚姬的情感,对如意的偏爱,在以往的日子里,周昌也曾经听闻过。今日这一番话,皇上将自己的私爱和盘托出,这份信任让他感动。他没有犹豫,就表示愿意前往赵国任相,绝不负皇上厚爱。

"赵尧虽年华茂,却是奇才,愿陛下委以重任。"口吃的周昌在谈到御史大夫继任人选时,几乎没有任何磕绊,一口气提出由符玺御史赵尧接任。

对于赵尧,刘邦还是比较了解的。他感动周昌不拘一格荐才的胸怀,当即回道:"卿之请朕甚解之,待与萧相国、周太尉商议后即任之。"

告辞出殿,走上通往宫外的司马道,出了北阙,就发现皇后的銮驾停在司马道旁,看见周昌来了,黄门总管忙上前小声道:"皇后传大人到椒房殿。"

周昌是个木讷人,并没有发现在他与刘邦说话的当儿,吕雉就在东厢听着。既然皇后有旨,他也不好拒绝,遂跟随銮驾到了椒房殿。一进门,刚刚见礼,吕皇后就忙道:"多谢大人。"

周昌愣了一下,吕雉又笑道:"方才大人与陛下说的话,我都听见了。若无相国、太尉和大人力争,太子就废了。"

话音刚落,就见从屏风背后走出一人来道:"御史大夫为人刚直,从无私心,朝野皆知。夫君多次对妾说过。"

周昌抬头看了一眼说话的女人,却与吕雉长相十分相近。

吕雉介绍道:"这是樊将军夫人吕媭,也是我的妹妹。今日进宫来探视我,不想在这里遇见大人,真是有幸。"

吕媭禀报说酒菜已经备好,吕雉便道:"周大人不日将前往赵国任相,那就权当为大人饯行吧。"

周昌见状,也不好再推脱了。

吕雉又道:"今日我特地请了一位作陪,片刻大人就知道了。"

一干人来到餐室,原是周昌侯吕泽在那里等候。一看见周昌,吕泽忙不迭地上前拱手道:"大人真乃大汉栋梁砥柱也。"

日色西斜,酒阑席散,吕泽却没有走。他告诉吕雉,说眼下皇上暂时放弃了改立太子,但事情绝不会如此简单。他之前奉皇后口谕前往张良处求助,留侯要皇后速往商山去请"四皓",彼虽年迈,皆大汉高人,定能说服皇上传位给太子。

吕雉沉思片刻后道:"我明日就要太子亲自致书,由兄长持书前往商山,安车蒲轮,请'四皓'下山。"

"好!"吕泽回道。

转眼周昌赴邯郸任相已有两月。

九月初的一天,早朝一开,周勃就出列禀奏道:"原阳夏侯、赵相陈豨率赵、代之兵谋反,自立为代王。他率军连陷常山二十城,郡守、县令闻陈豨兵至,弃城而逃,臣请斩守、尉以正军心。"

新任御史大夫赵尧跟着周勃之后出列奏道:"前时周昌大人上书,言陈豨卸任丞相告归时,路过邯郸,宾客随之,把邯郸的客舍都住满了。周大人恳请朝廷警惕,他还曾奉旨暗查陈豨居代时诸不法事,大概引起陈贼惊恐,故而叛变。"

周勃又接着说道:"不仅如此,据边关报知,陈贼之乱,与信贼游说有关,其麾下大将王黄亲往勾连,其罪可诛。"

两人的禀奏在群臣间引起一阵喧哗，萧何出列力主派军讨伐："陈豨本无多少战功，只是凭借赡养宾客，凭一副忠诚和谦恭的外表赢得了皇上和群臣的好感而得以封侯。如今他不思报恩，反而谋盼自立。若不征伐，必不能让诸侯服膺，也不能保社稷安定。"

棘蒲侯柴武、舞阳侯樊哙等纷纷慷慨请缨，愿率军北上讨逆。

刘邦貌似平静地坐在朝堂上听大家议论，可他心中的波澜却是风卷浪涌，极不平静。因为陈豨当初是拥戴他称帝的强力推手之一，并且每每觐见时都非常谦恭。现在种种迹象表明，他所有的行为都是在欺骗自己。更为要紧的是，他是继韩王信后又一个敢于张旗自立的叛臣。若是与韩王信相互勾结，则从此国无宁日。他倏地从龙案后面站起来，一双威严的眼睛扫视着站在丹墀内的群臣，慨然宣布道："朕要亲讨陈贼。棘蒲侯柴武、颍阴侯灌婴、汝阴侯夏侯婴、将军李必、樊阮随朕出征。"

"遵旨！"众将齐声回答。

"太尉周勃、舞阳侯樊哙率部北上，陈兵当城，策应燕王卢绾，共击陈贼。"

两位武臣刚刚领受了旨意，刘邦又出人预料地说道："淮阴侯韩信随朕出征，赞画军务，定能荡平狼烟，擒贼定边。"

萧何何其聪明，闻言立即明白了刘邦这两项任命的用意，前者在于牵制卢绾，使其不敢轻动。后者在于拨草瞻风，察言观色，便立即拱手道："陛下圣明，臣愿前往淮阴侯府宣达旨意。"

刘邦欣然允准。

散朝以后，樊哙兴冲冲地追上萧何与周勃道："这一回，陛下没有机会改立太子了。"

那喜形于色的模样让萧何忍俊不禁，却是没有说话。周勃的铁青脸上也有了光彩，樊哙的话说出了他同样的心境。

……

韩信正在后院里浇花——这是他打发无聊时光的办法。他浇得很仔细，舀一勺水，满满地顺着花根倾倒下去，直到渗入土内，才舀第二勺，仿佛在布阵排兵一样一丝不苟。

第一桶水还没有浇完，家令来到院内禀道："老爷，萧相国到了。"

"哦！"韩信意外地抬起头，暗想他可是许久没有登门了。

不管怎么说，萧何的到来，使韩信孤寂的心得到了些许慰藉。在他的印象中，除了樊哙隔三岔五来到府上，很少再有人登门了。

进了客厅，韩信施了一礼道："相国到了，下官有失远迎，还乞见谅。"

萧何忙上前牵起韩信的衣袖道："将军客气了，你我之间，太客气了反而生分。"

两人席地而坐，家令上了茶点，韩信问道："相国身系社稷，日理万机，怎么有空来了？"

萧何呷了一口茶润了润嗓子道："虽是公务繁忙，却是时常记挂将军。大汉若无将军，岂有今日。陛下与我每每说起，感念不已。"

韩信邀请萧何饮茶，对他的话却不置可否。说萧何萦萦牵挂他相信，可若说刘邦感念，他宁可理解为对自己不放心，于是他也不绕弯子，直截了当地问道："相国今日登门必是有事，请不妨直说。"

萧何忙道："下官今日来，是请将军出山来了。"

"哦！"韩信眯着眼睛看萧何，等待他下面的话。萧何便将陈豨反叛一事前后经过略述一遍，末了道："陛下遣下官来，就是请将军随军赞画军务。"

韩信又"哦"了一声，端起茶盏只是喝茶。这本是韩信预料中的事情，当年他被降为淮阴侯后，一时门前车马稀疏，门可罗雀。但有一天，陈豨来觐见皇上了，竟然风一样地飘到他当时在洛阳的府邸。屏退左右，韩信问道："我可以与君直言么？"

陈豨回道："昔日在将军麾下，将军待下官不薄。如今依旧唯将军之命而从。"

那一夜，他们喝了许多酒，韩信借着酒意向陈豨倾诉自己的痛苦，他沙哑着嗓子说道："公之所居，天下精兵之处也。而公，陛下之信臣也。如果有人说公反叛，陛下必不信；再至，陛下则生疑也。再下去，就该公自立了，到那时候，我可以作为公之内应，如此，则天下可图矣！"

这些事如今想起，依然历历在目，而陈豨竟按照那夜所约来了，他要留在京都策应陈豨。一旦随军出征，手无寸兵，自己岂不形同囚徒。

这沉默足足经历了一刻时间，当他抬起头时，就看见萧何焦急等待的眼神："将军有何想法不妨直言，下官可奏明陛下。"

韩信放下茶盏，双手打拱道："下官可能要让陛下失望了。"

"将军不愿出山？"

"非下官不愿，实在无能为力也。入夏以来，下官身子每况愈下，一饭三矢，疲惫不堪。若随陛下出征，只能是累赘。"韩信说着就"哎哟"一声，起身朝后跑去。这一去将近半个时辰，回来后，他脸色蜡黄，满头冷汗，似乎真病得不轻。

萧何忙起身扶住道:"这是怎么回事,竟虚弱如此?下官定要禀明陛下,遣太医前来诊治。"

"多谢相国。"韩信喘着气言罢,捂着肚子又向后跑去。如此两番,萧何便不好再说出山之事了,只有叮嘱韩信好生将息,告辞出府去了。

萧何走了半个时辰后,韩信传来侯府撰椽,草拟一封信,遣了可靠之人连夜出城,前往赵地了。那一夜,韩信把自己关在书房,祈祷上苍护佑陈豨大军早日攻下长安。

因刘邦要出征,早朝暂罢,第二天天刚放亮,萧何就起身洗漱,乘了牛车朝未央宫而来。路上,他不断催促司御加快速度,司御赶牛快跑了几步,紧接着又慢了下来。见状,萧何感叹朝廷府库空虚如此,将相上朝连马车都没有,可战争却迟迟不能结束。更令他忧虑的是,韩王信、阳夏侯陈豨只是个开头,后面说不定还要发生怎样的暴风骤雨。

过了北阙,萧何直奔未央宫前殿,进了东厢门,刘邦已在那里等候。君臣见过礼后,刘邦问韩信可愿随军,萧何便将在淮阴侯府看到的一切从头至尾陈奏一遍。刘邦听着听着,神色就凝重了,及至萧何结束陈奏,刘邦便说了一句:"此乃预料之中的事。"待两人交流目光时,萧何就读出了诸多意味,果然,刘邦接下来的话就是:"如此一来,相国任重矣。"

萧何忙接上刘邦的话茬:"微臣明白。请陛下放心,朝野诸事,有太子监国,微臣鼎力辅佐。皇后柔韧不拔,后宫定晏然修睦,上下整肃。"

"朕的意思你明白?"

萧何郑重地点了点头,并未多说什么。薄姬不用担心,赵姬更不在吕雉的视线内,只有戚姬是皇上最牵挂的。萧何站起来准备告辞:"明日于长安北门外举行出征誓师,微臣已将一切备好。"

刘邦觉得面对这样一位善解人意、体味上情的相国,任何叮嘱都显得多余,他唯一的表达方式就是当年走出沛县后惯常的举止——情不自禁地握住了萧何的手。

……

吕雉站在椒房殿的甬道上,看着长安城入冬以后第一场雪飘飘洒洒地落在宫苑的各个角落,仿佛给殿宇宫廷涂上了一层银色。雪不大,似乎只是冬的使者。

汉七年(公元前200年)长安落第一场大雪的日子,刘邦亲率大军进击反叛的韩王信与匈奴,经历了白登之围的风险;三年以后的这个初冬,刘邦又亲率大军北上讨逆,吕雉却觉得生活有时候简直有着神奇的相似。而陪伴皇上走过风雨年岁的她,一颗心总会盘桓在皇上周围,神魂相伴。

吕雉在心底诅咒那些反叛诸侯王,发誓若有一日落在自己手中,定要将之千刀万剐。她扬起手,轻轻拂掉落在肩头的几朵雪花,问春兰道:"夫人们都到了么?"

"启奏皇后,夫人们都到了,殿中听唤呢!"春兰很聪明,选择了"听唤"这个词。

"好,扶我去殿中。"此言吕雉听起来顺耳多了,眉宇间浮现出身为皇后的庄穆和威严。她故意放慢了脚步,轻轻地踩雪,悠悠地晃动着长发,无论从哪个角度看,都没有了当年在刘家庄的痕迹,从头到脚都透着皇家的雍容华贵。

在春兰扶持下,吕雉进了椒房殿的殿庭,夫人们立时站了起来,低眉垂首地迎候皇后。

"参拜皇后。"随着一声呼唤,戚姬带头跪倒在地上。

吕雉端坐之后,才扫视了一遍跪在地上的夫人们道:"平身,赐座。"

夫人们依次分两排坐了,椒房殿宫女们上了茶点,夫人们没有人动手端起茶盏,直到吕雉轻轻抿了一口之后,才小心翼翼地去触摸那精致的什物。

这时候,戚姬出列再度跪在吕雉面前,言语温柔地说道:"妾给皇后请安。"

吕雉方才还挂在脸上的随和,随着戚姬的跪倒而骤然消失,一双冰冷的眼神刺向她:"我听说,你在陛下面前言及改立储君之事?"

戚姬心头"咯噔"一声,顿时慌了神,忙低下头道:"废立事关国运,妾怎敢轻言?"

吕雉冷冷一笑道:"即便口中不说,保不定心中不想。"

"妾不敢想。"

"我说话你插什么嘴?"吕雉提高了说话的声调,"姐妹之中,就你妖媚,娇惯竖子。陛下将后宫之事交于我,我岂能任你等乱了纲序。你听着,陛下已立了刘如意为赵王,你应该知进退。明春陛下凯旋,我要谏言陛下,亲王们该到封国去,为朝廷担责。"

戚姬一直低头听着,正心绪烦乱间,忽然听到吕雉大吼一声:"听见了么?"

戚姬急忙低头道:"妾明白了。"

"哼!你且退下。"

紧接着是薄姬向吕雉请安,吕雉以同样严厉的口气要她管束刘恒:"你要恒儿明白,他和太子乃君臣关系,不可举止随意,不守规矩。若是让我看见,定要打他个皮开肉绽。"

薄姬只是听训,末了回一句"妾明白了",再没有续话。其实她心里是清楚的,离京前皇上宠幸过一次,当面许诺从赵国回来后就要封刘恒为王。她不像戚姬,总想将儿子留在身边,她已暗暗打定主意,一旦册封,就命儿子离开京城,免得招来祸患。

吕雉正要对其他几位夫人训话,却见春兰上来在她耳边密语几句,吕雉的眉宇间忽地闪过吃惊的神色。夫人们相互看了看,不知道发生了什么,而心中却盼着眼前的情景快快结束。

果然,吕雉开口说话了:"今日本是请姐妹们赏雪的,却不料中途有事。今日到此为止,各自回去管好自己的儿子,勿生是非。"

"谢皇后。"夫人们依礼履行完程序之后,才出了椒房殿。雪住了,太阳从云层里露出懒洋洋的脸。

薄姬紧走几步,赶上戚姬问道:"姐姐,宫里发生了什么事,让皇后急忙地散了大家?"

戚姬战战兢兢地回看了椒房殿,只是摇摇头,加快脚步离开了。薄姬很失落,望着戚姬的背影,轻蔑地说了一句:"如此胆小,还能成什么大事?"

吕雉早已顾不上在夫人们面前行使皇后威严了,突如其来的变故让她在春兰的陪同下迅速地朝椒房后殿而来。事急心急,她的脚步快了几倍,几次差点滑倒。现在,她终于看见站在殿门外朝远方眺望的郎中令王恬启,当他发现皇后娘娘匆匆赶来时,忙跑上前去参拜道:"微臣参见皇后。"

吕雉抹了一把额头的汗水,做了一个免礼的示意:"发生了什么事?"

"天冷,请皇后回殿中后再行禀奏。"王恬启一进殿门,就拉过一个文质彬彬的人道,"此乃淮阴侯府上王舍人之弟,有紧急之事向皇后禀奏。"

吕雉奇怪地问道:"你有何事要报?"

"启奏皇后,淮阴侯勾连陈豨图谋反叛,被臣兄王舍人发现,苦苦劝阻。无奈他非但不听,还将臣兄囚之后院密室。臣恳请皇后发天恩,救臣兄出难。"

吕雉闻言很吃惊,厉声问道:"这是何时发生的事?"

"萧相国那日一走,他就遣人送密信给陈豨了。"

吕雉明白了,原来韩信企图借陈豨报削藩之仇。报信者刚出殿门,吕雉就变了脸色,狠狠地骂道:"好个韩重言,竟敢勾结叛贼,你是死定了。"她转脸对王恬启道,"速请相国到宫中议事。"

半个时辰后,萧何已站在椒房殿里。

其实,就是吕雉不宣,萧何也是要进宫的。前方使者送来战报,汉军一进赵地,刘邦就采纳了陈平的谏言,宣布四位赵人壮士为将军,各封千户。当得知陈豨部属皆有商贾履历后,又以金贿之。消息传开,陈豨麾下将领多降。十月,汉军与叛军在聊城展开大战,李必率领轻骑一举击败陈豨麾下将领侯敞,并擒了韩王信部将王黄;樊阮击败张春;周勃率军攻入代地,将马邑之敌打散;刘邦亲率夏侯婴、柴武等将拔取东垣,并将此地更名为真定。陈豨见大势已去,欲逃往匈奴,行至灵丘时为樊哙取了首级。不仅如此,燕王卢绾在讨伐陈豨途中,受人蛊惑而叛变,欲图与陈豨联合。这突如其来的叛变并没有让刘邦乱了方寸,他命周勃、樊哙回军合击燕军。卢绾兵败,在惊慌之中带着家小逃往匈奴。

萧何陈奏完战场情势后,由衷地感叹刘邦挥军进若狂飙,一举平定北地叛变,一没有张良运筹帷幄,二没有韩信赞画襄助,却荡平狼烟。他撩了撩袍袖,眉目中充满了崇敬:"陛下龙行虎变,率从风云。征乱伐暴。廓清帝宇。八载之间,海内克定。遂何天之衢,登建皇极。上古已来,书籍所载,未尝有也;陛下煌煌基业,乃历数所授,神祇所相,汉承尧运,德祚已盛,断蛇著符,旗帜上赤,协于火德,自然之应,得天统矣;陛下继五帝、三皇之业,统理中国,地方万里,万物殷富;政由一家,自天地剖判未始有也。"

闻言,吕雉十分诧异。从沛县到长安一路走来,萧何从来没有像今天这样说起话来行云流水。可一说起眼下应对韩信谋反之事,萧何的眉头却皱起来了,觉得十分棘手:"陛下当年在册封韩重言为齐王时,曾许诺五不死:即见天不死、见地不死、见君不死。绳不能困,刀不能伤。现今陛下远在北地倒好说,只是其他几条……"

"哦?"吕雉不等萧何说完就笑了,"相国只需以庆贺大捷的名义诳韩信进宫,其他的事就不要管了。我就不信,离了这五条还不能除国贼?"

吕雉说着,眉宇间掠过一丝难以捉摸的笑意。这表情,让萧何脊梁上顿时起了一层鸡皮疙瘩。那笑容太过于冷酷,更带着狡黠。他虽然猜不透吕雉将会怎样置韩信于死地,但心中却生出莫名的恐惧。

"微臣明白了。"萧何走出椒房殿,他的心神有些恍惚,直到司御一声鞭响,他才惊醒过来,对守在殿门外的王恬启道,"陛下平叛大胜,请大人知会臣僚们,明日一早在长乐宫庆贺。"

在王恬启的回应中,他挥了挥手,要司御驱赶犍牛起步。

也许是因为之前的因缘,多年来,他和韩信之间的友情一直是朝野的话题。萧何自觉没有私心自用,故而也从不计较别人怎么说。可事发突然,他这个追过韩信的相国如今又要奉皇后之命置他于死地,他的心分外难受。

走完长安的主街道,车子一拐弯,便朝相国府邸所在的街道而来。萧何的眉毛凝在一起,他在心头埋怨韩重言,怎么可以作出如此授人以柄的蠢事呢?

回到府上,他屏退左右,把自己关在书房里。席地而坐,望着窗外雪后的冷月,他的眼前时而浮现出刘邦自信的身影,时而闪过韩信桀骜的面容,最后定格在吕雉那笑意上……那笑容看上去很自信,目光中满含杀机。

他就这样围在木炭盆前坐了一夜,当城中传来雄鸡啼晓的高唱时,萧何终于决定依照皇后的意思,去韩信府上请他进宫。

"休怪我无情,皇命不可违,国事为大。"萧何伸了伸酸困的臂膀,草草用过早饭,就直奔淮阴侯府去了。

韩信根本不相信刘邦会在短短的一个多月间就平定陈豨和卢绾的叛乱,更不相信一向兵力雄厚的陈豨会死在樊哙的板斧下。他不无轻蔑地看了一眼萧何道:"陛下是为鼓舞士气而虚张声势吧?陈豨岂能如此不堪一击?"

然而,当从萧何口中得知刘邦重金贿赂"代王"将士时,他就暗暗吃惊了,他难以置信刘邦会想出如此以毒攻毒之策。但这些只是在腹中翻滚的心事,等到他回应萧何的邀请时,每一个字都是谨慎和警觉的:"陛下尚在赵地,朝野庆贺未免太早了。"

"我等身为臣子,当尽臣子之责。况乎庆典出于皇后旨意,将军若是借故谢绝,未免让朝中同僚嗤笑。"

韩信想想也是,堂堂淮阴侯,岂能胆小如鼠?况乎光天化日之下,刘邦尚在千里之外,有谁敢对他下手呢?再说,以自己与萧何的情谊,尚不至于有加害的理由。于是,韩信双手打拱道:"下官就听相国的,到宫中走一趟。"

闻言,萧何上前挽住韩信的胳膊,亲昵地说道:"我的车子就在府外,你我同乘一车,路上也好讨教一二。算一算,你我可是有一段日子没有说说话了。"

这种轻松的气氛,冲淡了韩信内心的紧张。抬头看看,雪后的天空湛蓝如大海一样平静敞亮;低头看看长安的街道,雪后的一切都纯洁如白玉,他忽然为自己无端的恐惧而脸上发热,千方百计地寻找恰当的话语来表达自己的坦然:"许久没有上战场了,真想重新体味挥戈进击的痛快。陛下一举破两贼,令下官感佩交并。"

萧何有一搭没一搭地回应着,说话间,长乐宫到了。

"到了。皇后与众臣都在里边等着,你我一同进去吧。"萧何一边说,一边挽起韩信,迈开了踏上司马道的步子。

走过北阙,走过站立在司马道两旁的松树丛,远远地瞧见王恬启在前面迎接,萧何便对韩信说道:"将军前面先走一步,我想起一件事,要去署中问问,即刻就来。"言罢,他向韩信深深施了一礼,转身离去。

王恬启见状,上前向韩信见礼:"娘娘在长乐钟室等候侯爷,请侯爷随下官来。"

韩信问道:"不是说要庆贺朝廷大捷么?"

"皇后旨意,臣下先在长乐钟室撞钟鸣庆,然后再到前殿集结。其他大人都敲过了,侯爷晚来一步,撞过钟后再进不迟。"王恬启半是搀扶,半是推拉地就送韩信进了长乐钟室。

这一切,吕雉隔着窗户看得清清楚楚。她暗使眼色命埋伏在钟室两边的禁卫做好准备,等韩信一踏进来,就纷纷上前,不由分说缚了手脚,将头系在大钟下面,双脚悬空。

"你们这是要干什么?"韩信大喊着,及至与站在面前的吕雉目光对峙时,就什么都明白了,"皇后意欲何为?"

"哼!"吕雉不无讽刺地说道,"难道你还没有看明白么?我今日就要取你之命。"

在生与死面前,韩信想起刘邦当年的承诺,带着一线希望道:"皇后要杀韩信吗?须知韩信五不能死,此乃陛下当年许诺的。"

"我岂能不知,只不过……"吕雉拉长声调,将一切说明,"你不是见天不能死么?看看你现在在什么地方,离天有多么远?你不是见地不能死么?你看看双脚离地有多么远?你不是见君王不能死么?想想陛下距你何止千里?你不是见兵刃不能死么?请你睁开眼睛看看,禁卫们手持何种兵器?"

韩信绝望的目光掠过眼前的一切,情知在劫难逃。昔日的承诺都被排除在外,他对吕雉有了新的认识,可一切都晚了。面对逼近的竹刀、桃木剑和棒槌,他叹息了一句"悔不该拒听李左车、武涉之言,至有今日",闭上了双目……

汉十一年(前196年)冬十月雪后初晴的一个清晨,韩信的尸骨被抬出长乐宫钟室,吕雉随之向王恬启发出了诛韩信三族的口谕。

咣……新岁的晨钟从长安城头响起,被风带到很远的地方。

尾声

卸甲抱病归故里
振臂畅怀歌大风

刘邦在梦中又一次看见了英布。

那是在庸城两军对阵时的情景,他登上城楼,遥遥地看见英布手持铁铛,勒马而立。那气势,那阵法,乃至旗帜的颜色,都不输当年项羽的铜围铁马。他不禁黑血上涌,怒斥道:"项羽灭你九江国,朕借你精兵,还你一个淮南国,你为何要反?"

"就是想尝尝当皇帝的滋味。"英布的回答简单而又直接,"看看你刘季的周围,韩信死了,彭越死了,韩王信、燕王卢绾被逼降了匈奴,我再不反,难免落得兔死狗烹的下场。"

英布所言,俱为事实。就说彭越,一年前刘邦平定陈豨、卢绾回到洛阳后,便以彭越称病不随他平叛而问罪。后来虽然在陈平的谏言下赦免,却不料中途遇见从长安前来探望刘邦的吕雉,她力主杀了彭越,以绝后患。从此,异姓诸侯王便只剩下英布了。

哦！兔死狗烹？这话听起来十分熟悉。如此忘恩负义之徒，不讨若何？刘邦对早已在城下布阵的汉军将领喊道："谁为朕取布贼首级？"

就在这时，城上射来一支流矢，从他左腋下穿过，疼得他从牙缝中龇出一声"哑"，陈平见皇上受伤，忙传来军中医官包扎。刘邦摇了摇头，严令不可声张，以免动摇军心。随后，眼见得灌婴催马冲出军阵，直扑英布而去，于此拉开平定英布叛乱的战事。

汉军阵营中樊哙、周勃、柴武等都纷纷投入战阵。战场从庸城逐渐扩大到二十里外的溪河两岸，两天两夜大战后，溪河上尸骨壅塞，河水滞而不流，英布军终因难抵在数量上占绝对优势的汉军而败走。

刘邦正为击败最后一位异性王而陶醉，却不料英布迎面杀了过来。他满脸是血，还是那一身铁色盔甲，还是那一柄铁铩，还是那沙哑的喊声："刘邦，还我命来。"

环顾左右，竟没有一位汉将，陪伴在他身边的只有吕雉。眼见得英布挥舞兵器杀了过来，刘邦本能地将吕雉推到身后，举起宝剑迎敌。当英布的铁铩泰山压顶般地击来时，他顿时觉得天旋地转……

刘邦一个激灵醒了过来，就见陈平坐在身边，不禁有些赧颜："朕刚才做了一个噩梦。"

春熙俯下身子，用绢帛为刘邦拭去额头的冷汗，眼角溢出盈盈的泪水："陛下为社稷操劳，心神俱疲，该好好歇息才是。"

"英布怎么样了？颍阴侯可否将其擒获？"

"英布被我军痛击之后，仅率百人逃走，灌将军已遣别将追往江南了。陛下放心，英布难逃一死。"

闻言，刘邦淡淡地笑了："颍阴侯办事朕放心，朕方才梦见英布追赶朕呢。"

春熙不屑道："英布鼠胆，岂敢追赶皇上？"

"请太医为陛下察看伤口。"陈平向外招了招手，就见曹窋引着太医淳于鹤进来了。

刘邦脸上流露出些许的不悦："区区箭疮，将息数日即可，何必如此大惊小怪，反而乱了军心。"

陈平也不辩驳，只是笑了笑："太医随陛下出征，察看病伤，乃职责所在。若是康复，岂非朝野喜事，军心必然大振。"

闻言，刘邦也不好再拒绝。

"请陛下暂忍疼痛,臣很快就好。"刘邦面朝内里,闭上双目。

淳于鹤轻轻解开绢帛,又揭去盖在创药上面的丝绵,不禁心头一惊。凭感觉,皇上是中了毒矢,创口处已经腐烂。他不知道毒性有多大,但要治好却非刮骨不可,而他……

淳于鹤拿出特制的疮药敷在创口上,依常理,药一旦敷上,就会有疼痛感,但他没有从刘邦的脸上看出些许变化,便知他腋下骨肉有坏死的可能。包扎好伤口,为皇上拉好衣袖,淳于鹤施了一礼道:"创口见好,请陛下勿再操劳,静心养息。"说着,他又在绢帛上写了一个处方,"按此处方服药,可以安神养心,利于养病,臣告退了。"

尽管淳于鹤不露声色,却没有逃过陈平那双机敏的眼睛。他从淳于鹤手中接过绢帛,跟着出了门,将其拉到侍卫值守的偏房问道:"请太医实言相告,陛下到底如何了?"

"这……"

"太医不必忌讳!此处只有你我二人,但说无妨。"

但淳于鹤还是朝左右看了看,这才压低声音道:"不瞒曲逆侯,陛下中的乃是毒箭,现在毒已深入骨髓。方才下官揭创,陛下竟无疼痛感,恐怕要治疗很难……"

"下官明白了。此事只你我知道,万不可外传。"

陈平送走太医,将安神养心药方交于曹窋去抓药,这才转了回来。刘邦见状问道:"为何去了如此长时间才回?"

陈平解释道:"臣巡查了近处的军营,不一刻药就会买回。服了药,陛下的伤就会好得快些。"

刘邦没有再问,其实这些日子,他多少也对自己的箭创有所了解。此刻,他将一个现实的问题提到陈平面前:"英布败走,淮南国无君。朕欲立少子刘长为淮南王,爱卿以为如何?"

"陛下圣明。"陈平顿了顿又道,"依臣愚见,往后若立诸侯王,必立刘姓。"

这话在刘邦心底引起了强烈的共鸣,从被英布射伤的那一刻起,非刘氏莫王这件事就在他脑际里翻腾了多次。现在,除了逃往匈奴的卢绾和韩王信,异姓王相继剪除,他考虑更多的是自己的身后。刘盈懦弱性善,使他对江山社稷生出重重忧虑。陈平如此谏言,他相信不少臣僚一定也抱有同样的想法。他欣慰地看了一眼陈平道:"爱卿之言正合朕意,一俟回到长安,朕便与众爱卿商议此事。"

"现今战事大略平静,有汝阴、颍阴两位侯爷经营,料无大碍。陛下可以回长安了。"陈平建言道。

刘邦欠了欠身子,却唱出一段歌来——

> 大风起兮云飞扬
> 威加海内兮归故乡
> 安得猛士兮守四方
> ……

刘邦唱得很投入,目光望着窗外十月的流云,铅色的云团载着他的漫漫乡思而去。一刹那,那熟悉的泗水亭、沛县城,刘家庄的父老乡亲,甚至昔日曾面红耳赤过的赌友面孔,如画般的在他的记忆中飘过。去年,沛县县令上书,言说在故乡为他兴建了沛宫,希望他有机会回去住住。他听萧何说过,韩信在为楚王后,曾亲往淮阴拜见过漂母,自己身为皇帝,难道都不应该回故乡看看么?

一群大雁阵从天空飞过,头雁一声声深情的传唤,让刘邦的眼睛湿润了。的确,自己离开故乡太久了。当年在咸阳,曾仰慕秦皇而发出"大丈夫当如是也"的感慨,如今一切成为现实,他该回乡看看父老乡亲了。

一旁的陈平心中酸酸的,待刘邦的歌声一停,他立即上前道:"陛下一定是怀念故里乡亲了,臣这就差人去办,在回长安途中转道丰、沛。"

"此事就交与夏侯婴和樊哙去办,卿就待在朕身边。"刘邦摆了摆手,就要曹窋传夏侯婴和樊哙来见。

夏侯婴和樊哙一进宫,就先询问刘邦的伤情。刘邦轻松地笑了笑道:"不碍事,太医说不久就可以恢复。"

但夏侯婴却敏锐地从刘邦印堂灰暗、脸色苍白判断皇上一定病得不轻,只是皇上如此说,他不便再言。两人听说皇上要回故乡,都十分高兴,表示立即前往沛、丰两县知会县令,做好恭迎皇上的准备。

刘邦想挣扎着起身,不意拉动了伤口,疼得龇牙咧嘴。夏侯婴忙上前去扶,樊哙见了,心头却暗自埋怨,不就是一点小小的箭伤么,至于如此?

刘邦只顾安排事情,并不曾觉察樊哙表情的变化,等到坐正后才道:"朕此次回乡,要办两件事。一件是祭祀跟随朕从沛县举事后阵亡的将士;一件是要设宴款待父老、诸母、子弟等。"

陈平、樊哙和夏侯婴都以为皇上考虑非常周全。出得行宫,樊哙笑着夏侯婴道:"俺这连襟这几日倒活出人味了,哈哈哈……"

"你这张嘴啊……"夏侯婴也忍俊不禁地笑了。

对沛县县令兴土木、起宫殿一事,樊哙并不知情。此刻在县令的陪同下游览一番后,不禁啧啧咂舌。虽然不能与长安的未央宫和长乐宫相比,但雕梁画栋,檐牙高啄,修竹葱郁,松柏苍苍,也算得上富丽堂皇了。

其实,夏侯婴又何尝不是情由境生呢?想当年,刘邦每每负了赌债,总是找到他这里,或借钱还债,或喝酒解闷。他不止一次劝过刘邦戒掉赌瘾,好好与吕雉过日子,可刘邦相信他总有一天会出人头地。现在,果然如了愿。世事沧桑,浮云苍狗,他感慨自己眼拙,当初怎么就没有看到刘邦会有今天的气象呢?

汉十二年(前195年)十一月初,刘邦拖着病体回到了阔别十一年的故乡沛县。

这一天,逢了入冬以来最好的天气,天空蓝得像大海。沛县百姓纷纷出城,要看看这位做了大汉皇帝的乡党是怎样的气派?尽管衙役们不断来回奔忙,将百姓喝退到驰道以外,但大家还是时不时涌到驰道边沿,巴望着能第一眼看到刘邦的风采。

眼前的一切让樊哙有些不耐烦,几次想申斥县令,都被夏侯婴拦住,说民心不可伤。

樊哙忍住性子低声道:"难怪百姓对秦皇巡狩怨声载道,如此劳动民力,百姓如何拥戴?"

夏侯婴装作没有听见,一心一意等待皇上的车辇出现。

这时,只见县府的一位差役骑着快马从南向北而来,到了县令车前高声报道:"皇帝陛下距此尚有五里路程。"

县令闻言,对身边的县丞道:"快命各亭鼓队擂起鼓来。"顿时,鼓声震天,此起彼伏,如雷如涛。远远望去,彩绸翻飞,遮天蔽日,好不热闹。

安排在最南边的是泗水亭现任亭长带的鼓队,亭长亲自掌握鼓槌,一番一番地变换着打鼓的花样。尤其是看到汉军马队前后奔波,不断将消息传给仪仗后面的刘邦,就更起劲了。这情景让曹窋十分吃惊,自从跟随刘邦以来,他从未见过如此庞大的鼓队,如此热情的乡亲。

"陛下,距泗水亭只有二里路程,沛县父老鼓乐恭迎陛下。"

刘邦挣扎着站起来,手扶车轼朝前展望,长达二里的鼓乐阵容让他的心顷刻间贴近了。这熟悉的节奏,让他的眼睛湿润了:"朕要下车走走!"

曹窋立即命禁卫布好岗哨,又命仪仗在道上等待,自己率队随皇上朝稻田走去。

冬日的稻田早已干了，露出皲裂的土地，褐色的稻根裸露在田地里，那是刘家的田产。后来，父亲和吕雉为躲战乱离开了故乡，这土地就被别人种了。他很想知道，新的土地耕作者是否享受到了"十五税一"的国策。可放眼看去，除了田埂上孤零零地站着几棵桑树外，一切都是那么寂寥。

刘邦站在地头没有说话，陈平上前小声请示道："陛下，咱们走吧，父老乡亲都在等着呢。"

接下来的日子，刘邦在沛宫接见泗水郡内的大小官员，遣陈平详细向彼等讲解了《汉律九章》，并且听取了"十五税一"在县、乡、亭的情况。趁着这个空当，夏侯婴与樊哙各自回到家中探视了家人。

吕媭随着樊哙进了长安，狗肉店早已转给同族的兄弟经营。虽非同胞，然战后相见，也免不了相拥而泣。酒至深醉，樊哙踉踉跄跄在街口与兄弟作别。回到军帐，恰逢夏侯婴从家中归来，拉着樊哙到帐中饮茶。三杯过后，樊哙的酒有些醒了。

夏侯婴向樊哙谈起回家的遭际——在他南北征战的日子里，老妻病亡，儿子夏侯灶一直守护着母亲墓园，经营着几亩薄田。好在当年他在县府任司御时教儿子读过一些书。这回他想恳请陛下恩准带儿子离开沛县，到长安读书，以求日后有个前程。

樊哙却不这样看，喝了一口热茶道："京城有什么好？做官未必就是好前程，你看看淮阴侯，官至大将军，终了还不是兔死狗烹？就像我这样的粗人，与他刘季怎么说也是连襟，现在倒要小心翼翼地伺候。灶儿在家种几亩薄田，娶妻生子，何等逍遥，何必看别人脸色？"

亏得夜深人静，否则，这话传到陛下耳内，岂不成了韩重言的同党？夏侯婴眉目间流露出惊恐的神色，忙道："夜深天冷，你我还是睡了吧！"

"你就是胆小。俺就不信，刘季与吕雉会杀了俺不成？"

樊哙跌跌撞撞的脚步声越来越远，夏侯婴的心却被这纷乱的脚步声搅得难以入眠了。固然，樊哙生性耿直，口无遮拦，容易招祸。但皇上以鲁莽为由而屡屡轻视于他，这也是他心中的块垒。随着战争的结束，这种性子往往会祸从口出，他打算寻找个适当的机会劝劝樊哙。

这是刘邦回到故乡的第五天，一大早，沛县县令就来禀报，说依照旨意，从昨日起，县域内各亭推举的父老、诸母和子弟已到县城，酒宴也已备好。

刘邦闻言，转身对陈平道："朕宴请父老，所有花费从宫中府库支出。"

上午巳时三刻，夏侯婴与樊哙安排好护卫事宜，也赶到了沛宫正殿。举目望去,宽阔的大殿里人头攒动,黑压压一片,少说也有数百人。每个案几前,都摆了沛县时兴的果蔬和菜肴。再看看座位,父老、诸母为两排,子弟作陪为两排,剩下的一排,安排在最前面,乃是皇上和朝廷官员的座位。樊哙带着除营中值守的校尉以外的官佐进来,就在这一排依次坐下。皇上的位子在排首,紧靠着是夏侯婴、樊哙和陈平,最末一位是县令。樊哙见夏侯婴的位子空着,知道他一定是陪皇上去了。

时光刚交午时一刻,刘邦在夏侯婴和陈平的陪同下来到宴会厅。刚才还笑语喧哗的父老们唰地站了起来,大厅里顿时一派寂静,数百双眼睛直朝着前方,似乎前几日皇上乘着车辇回归故里时,还没有看够。特别是从泗水镇上来的王五和贾六,早年都是刘邦的赌友,现在尤其看得仔细。

在"皇上圣明"的声浪中,刘邦高举酒觥,登上高台,目光环视台下乡亲高声道:"朕起于布衣之中,奋剑而取天下。或曰'游子悲故乡',我虽居关中,万岁之后我魂魄犹思沛。今日归来,当与众位同叙别情。"言罢,示意大家举杯共饮。

夏侯婴知道刘邦身负箭伤,待饮过一杯后,忙上前提醒皇上入座。未料刘邦似乎没有听见,径直走到席间,频频举觥,邀年老者开怀畅饮,与青壮者相谈甚欢,叮嘱彼等孝顺父母,为益乡里。

王五和贾六当初因为讨赌债,与刘邦有过节,故而自从进入宴会厅后,总是低着头,生怕被刘邦发现。没想到刘邦竟然到了面前,两人一慌神,酒就洒到了胸前,惹得众人哈哈大笑。此时,他们已没有心境理论是非高低了。面对刘邦的邀请,他俩含混其词道:"小民年轻时不懂事,还请皇上海涵。"

未料刘邦却闻言哈哈大笑道:"你等年轻时不懂事,难道朕年轻时就懂事了?往事如烟,不过,朕还是要提醒二位,早日归农方是正道。"

王五和贾六频频点头。

这一场走下来,刘邦就有些微醉了。夏侯婴与陈平交换了一下眼色,上前劝刘邦入座,刘邦面带微笑,却是眼含热泪,喉头发热,将酒觥递给夏侯婴,趁着酒兴且歌且舞起来——

　　大风起兮云飞扬
　　威加海内兮归故乡
　　安得猛士兮守四方
　　……

沛县县令本打算以东道主身份首先向皇上敬酒的,孰料皇上头脑一热,却放怀唱起歌了。再看看周围,父老乡亲和臣僚们被皇上的歌声深深吸引了。就连平日里对乐音漠然置之的樊哙,也被这强烈的氛围感染了,先是跟着节奏摇头晃脑,继之竟放声号啕大哭起来⋯⋯

他这一哭不要紧,一群老者回想起当初的颠沛流离,也跟着哭起来。渐渐地,哭声笼罩了整个宴会厅。夏侯婴一转身,热泪两行,连声道:"喜极而泣,喜极而泣啊!"

沛县县令大惊,不曾想会是这样的结果,暗地里担心自己作为不周,正要上前请罪,却不料刘邦的声音在耳边响起来了:"诸位父老,朕自沛地以诛暴逆,遂有天下。凡在沛之民,皆免其赋税,世世无有所与。"

这深入故乡人心的承诺,将宴会推向高潮。举座高呼"陛下圣明",声波一浪高似一浪。

沛县县令终于明白,皇上更关注的是人心。待到宴会暂时平静的空隙,他小心翼翼地上前陈奏道:"臣闻陛下之歌荡气回肠,撼动人心。欲使县内小儿广为传唱,还请陛下恩准。"

刘邦乘着酒兴道:"准。"

这场酒宴从午时一直进行到傍晚申时二刻方罢。送刘邦回寝殿歇息回来的路上,陈平、夏侯婴和樊哙感慨万千,纷纷言过去只听过项羽有《垓下歌》,却不曾想到陛下今日之歌如此感心动耳,回肠荡气。

樊哙本不懂音乐,但这会儿也由衷地赞道:"项羽怎能与陛下相比?他哀败局不可挽回,伤西楚分崩离析。而陛下的却是我大汉威加海内,长治久安,两者不可同日而语。"

闻言,陈平用诧异的目光打量着樊哙,不相信这话是从樊哙口中说出来的。

樊哙有些不好意思,尴尬道:"吃什么惊,跟着杀猪的,学会翻肠子。难道俺一辈子做个莽汉不成?"他这一句话说得陈平和夏侯婴拊掌大笑,在冬夜里,显得十分响脆。

转眼十天过去,这一天,刘邦怀着恋恋不舍的心境起驾回长安。沛县县令率城中父老十里远送,特地演唱了《大风歌》。原本一人唱的歌经乐师排练,如今成为百人合唱,更加气壮山河。仪仗和车辇走出几里远,《大风歌》的旋律依然在耳边回荡。

刘邦吩咐仪仗和车辇停下来,转身朝着来路久久地凝视,泪水涌出眼眶,直到陈平前来禀报,说灌婴所遣别将在洮水边大败英布军,英布逃至番地,为番阳君杀于民间田舍。

这消息将刘邦的思绪拉了回来,问陈平道:"消息可属实?"

陈平递过灌婴亲笔书写的战报,刘邦浏览一番,仰天大笑。

怀乡的莼鲈之思依旧在心头萦绕,而回到长安握发吐脯式的朝事却在等着他。

荆王刘贾为英布所杀,荆楚之地一时无君,他改荆为吴,立兄长刘仲之子刘濞为吴王。

代地无君,他立少子刘恒为代王。

彭越死后,梁地君位空缺,他立皇子刘恢为梁王。

至此,异性诸侯王全为刘氏取代。接着,他要做的一件事就是与群臣共定白马之盟。

三月的一天,他召集群臣到太庙上了太牢,亲率刘氏宗族诸王和群臣行三跪九叩之礼。郎中令王恬启手刃一匹白马,春熙命黄门将滚烫的马血倾倒进酒坛,然后给每位大臣的酒觚里盛满了血酒。

刘邦强撑着病体,面对刘氏列祖列宗,盎然盟誓:"我等君臣,就此盟誓,非刘氏莫王,非功者莫侯。如违此约,天下共击之。"

"如违此约,天下共击之。"从臣僚阵列中传出沉闷的声响。

吕泽暗地拉了一下吕雉的衣袖,低声道:"这誓词皇后听清了么?"

吕雉甩开吕泽的手道:"我耳朵没聋。"

从盟誓仪式上回来,刘邦就病倒了,从此再也没有走出长乐宫大殿。吕雉每日都伺候在身边,并且安排太医住在西厢,随时听候召唤。

刘邦浮肿的双脚已穿不进靴子,吕雉的心就一阵阵疼痛。这一会儿,她趁刘邦睡着的机会悄悄来到西厢,待在那里的太医看见皇后来了,忙起身迎接。吕雉是个直性子人,示意太医坐下说话,问道:"陛下浮肿的厉害,这是何征兆,请卿告我。"

"这……"太医迟疑了片刻说道,"陛下连年征战,身体损耗太大。"

"生死有命,你不必忌讳,我就要一句实话。"

太医闻言,顿了顿道:"民间有'男怕穿靴'一说,此乃心肾衰竭,肾水阻滞之故。臣已开过数剂汤药,却是不见起色,臣觉得皇后当……"

吕雉听着,眼中的光芒就有些离散:"我明白了,卿认真司药,若陛下康复,当有重赏。"言罢,起身朝殿中而去。

春熙在殿门口站着,吕雉小声问道:"陛下醒来了么?"

春熙低声回道:"醒来了,正在与萧相国说话呢。"

"君臣叙话,我在旁边不方便,还是到东厢避一避吧。"

说起来是十一月半的事情,刘邦刚刚进了长安城门,就听有人举报说萧何想将上林苑中的空地租给农人耕种,粮食归耕者,柴秸归苑中,充作饲草。他不禁大怒,当即将萧何下了廷尉诏狱,上了刑枷。可就在昨天,王恬启来见他,先是禀奏了宫廷禁卫诸事,接着问道:"相国犯了何罪,被陛下下廷尉诏狱,刑枷披身。"

"朕闻相国接受商人们的金钱,却来为百姓求取朕的苑林,想以此讨好百姓。此等奸邪,不治何为?"

王恬启分析道:"当初陛下与楚军相持不下,陈豨、英布反叛时,陛下率军外出平叛,当是时,丞相守关中,恪尽职守,毫无自立之心。为何现今身为大汉相国,却贪小利而污其身?请陛下明察。"

王恬启退下后,刘邦躺在榻上,而心却飞到了廷尉诏狱。是的,自己怎么可以凭一时一事就判定忠奸呢?今天一早,他就召王恬启进宫道:"朕想了一夜,此事乃朕处置不妥,请爱卿速去廷尉诏狱开赦相国。"

"谨遵陛下圣意,臣即刻去接相国。"王恬启走出殿门的脚步是轻快的。

此刻,萧何跪在刘邦的病榻前。他衣衫污脏,蓬头垢面,早已没有了平时站在朝堂上潇洒的样子。

"相国平身,坐下来说说话。"刘邦看着就心痛。

萧何在刘邦的病榻前坐下,暗暗打量刘邦,他两颊黄亮,明光光的像涂了一层蜡,心中就一阵阵绞痛。想当初沛县举事时,他是怎样的器宇轩昂,怎样的意气风发……萧何禁不住热泪盈眶,哽咽着说不出话了。

刘邦示意萧何坐近些,他拉过萧何的手轻轻说道:"这双手粗糙而青筋外露,留下多少为朝廷殚精竭虑的纹痕。相国为民请愿,朕不允许。朕不过是夏桀、商纣那样的无道天子罢了,而你却是个贤德的丞相。"

萧何怎么能读不懂刘邦话里的意思呢?两位从沛县走过来的老友都自觉地将不愉快的昨天翻了过去。借着这个机会,刘邦又问道:"丞相以为赵王能负社稷之重么?"

萧何没有回答,却问道:"此事陛下问过留侯么?"

"问过了,子房以为不可。"

"留侯见事远,他以为不可,必不可矣。臣也以为当此诸侯灭国之际改易太子,非有益于社稷。况乎太子仁孝,易之不妥,请陛下明察。"

刘邦闻言,没有再说话,默默地挥了挥手。

萧何见状,起身告辞。出得殿门,抬头远眺,却见叔孙通从北阙阙门下走过来了,隔着老远就打招呼:"相国幸甚!"

萧何知道他说的何事,忙上前问话:"大人这是……"

"陛下牵挂太子读书之事,传下官前往奏事呢。"

萧何闻言疑惑道:"恐怕不单是为了读书之事。不瞒阁下,陛下方才还同下官议论易立太子一事。易立太子,事关国运,请大人力谏陛下不可轻动。"

"那是自然,何况太子乃一代清明储君,为何要废?"

萧何闻言,感激地握了握叔孙通的手。

进了大殿,叔孙通见皇上竟成了这般模样,想起君臣之间的知遇之恩,喉头哽咽道:"微臣拜见陛下!"

"朕传太傅来,是想问问太子的近况。"刘邦微微睁开眼睛。

因为与萧何在道上相逢,叔孙通言语就谨慎多了,极言太子因为陛下患病而忧心如焚,食不甘味,寝不安席。

"为君者当以社稷为重,岂能因私废公?"刘邦反而不高兴了。

"陛下以孝立国,太子尽孝,乃社稷之幸。"

刘邦却不以为然:"孝有大小之分,似他这样遇事就哭哭啼啼,哪像个太子的样子?还不如赵王。"

叔孙通暗自感叹皇上从来就没有放弃过改立太子的念头,他一边说赵王聪明灵慧,一边思忖着如何劝解皇上,因此期期艾艾,语焉不详。

"卿今日心不在焉,是何道理?"刘邦有些不耐烦了。

"臣是想起了一件往事。"叔孙通心底"咯噔"一下,忙讪笑道,"昔者晋献公因骊姬之故,废太子,立奚齐,晋国大乱数十年,为天下笑。秦不早定扶苏,令赵高得以诈立胡亥,自使灭祀,此陛下所亲见。方今太子仁孝,天下皆闻之,且皇后与陛下共苦食啖,陛下怎么忍心背弃她呢?陛下必欲废长而立少,臣愿先死在陛下面前,以鉴臣之忠。"

话说到这个地步,刘邦深知叔孙通所代表的绝不是自己一个人,而是一大批从沛县跟着自己打天下的老臣,情知硬来只会导致朝野人心颠倒,难保自己百年之后不会发起事变,便道:"算了!算了!朕不过开个玩笑而已。"

"陛下戏言,臣不敢。"叔孙通并不以刘邦收回意念而罢休,"太子,天下之本。本一摇,天下摇动,陛下怎么能拿天下大事为戏言耳?"

事情到这里,刘邦更知众心难违,大势不逆。叔孙通适时谏言皇上安心养病,然后起身告辞。只是刘邦的心并没有些许的平静,他最担心自己身后戚姬母子的安危,他了解吕雉的性格。他欲起身召戚姬进殿问话,刚一挪动身子,便觉得头晕目眩,霎时昏了过去。

春熙送叔孙通回来,见刘邦昏倒在皇榻,一步冲上去抱起刘邦,喊道:"速传太医。"

在东厢守候的淳于鹤听见春熙的喊声,三步并作两步跑进殿来。他坐在榻前,轻轻拉过刘邦的手腕,刚一诊脉,就禁不住"哦"了一声。皇上的脉搏急促而无力,时有间歇,此乃脏器损坏之症。可眼下之急,是要唤醒皇上。他当下开了一剂汤药,转身对春熙道:"陛下病重,速报皇后得知。"

不一刻,皇后带着太子匆匆赶来了。吕雉知道刘邦病情有了变化,心中纷乱如麻。她来到东厢稍稍坐下,就直截了当问道:"陛下病情如何,太医尽可实言相告。"

淳于鹤回道:"陛下所中箭毒已入膏肓,臣医道浅薄,难以回春。"

"依太医看,尚有多少时日?"

"从脉象看,也就七八天的时间。"

吕雉只觉得心绞痛了一下,眼眶就涌出了泪水,再看看刘盈,身子摇晃,六神无主,痛哭流涕,口中只是喊着父皇。吕雉明白,此时不是哭的时候,立时将一肚子的悲哀咽下,双目冰冷地要淳于鹤退下,然后责备道:"身为储君,哭哭啼啼,成何体统。"她环顾一下身边,对跟来的黄门和宫女道,"自今日起,我居西厢,太子居东厢,陛下病症之变,立即奏我与太子得知,明白了没有?"

"明白了。"黄门和宫女们战战兢兢地回答。

吕雉又高声道:"春熙何在?"

"奴婢在。"春熙听到召唤,忙来到东厢。

吕雉看了一眼春熙道:"自今日起,除了相国、留侯、陈平诸臣,任何人不得见陛下,尤其是后宫夫人们。违者重处。"

"奴婢明白。"春熙回完,转身回大殿去了。

服了淳于鹤开的还魂汤,刘邦的气息逐渐平稳,额头上渗出点点汗珠。到傍晚时,终于醒来,第一句话就是:"戚夫人来么?"

"皇后有旨,自今日起,她住西厢,太子居东厢,陪伴陛下。"春熙看了看左右,却不直接回答刘邦的话。

刘邦不再询问,他知道吕雉已经封死了夫人们与自己见面的道路,除了叹息,却没有办法。这时,御厨做好了粥,春熙命宫女伺候他喝了一点。

喝了粥,刘邦精神见好,转脸又对春熙道:"传太子进来,朕有话要说。"

春熙出殿去不一会儿,就听见太子哭着进殿来了。他跪倒在榻前泣道:"父皇,苍天有眼,何不让儿臣代替父皇患病,儿臣愿以稚弱之躯求得父皇康健。"

这一声声呼唤,直抵刘邦心底最软处。可他们毕竟不是普通的父子关系,他要交给儿子的是万里江山,容不得他柔肠温情:"你且住了哭声,听朕与你说话。"

刘盈挪动膝盖,几乎是趴着到了刘邦膝下。到这时候,他才有机会看清刘邦那张浮肿而又蜡黄的脸。他不敢相信,这就是那个曾叱咤风云,置项羽于死地的父皇,那个让藩王们闻风丧胆的父皇。

刘邦伸出肿胀的手,轻轻抚摸着刘盈的肩膀道:"朕自知不久于人世,大汉家邦将交与你主掌,国政有相国、太尉、御史大夫和诸臣辅佐。朕要说的是,你弟兄六人,皆刘氏血脉。你要善待他们,不可妄动杀机。你可记住了?"

刘盈饮泣道:"儿臣记住了。"

"朕累了,你退下吧。"刘邦又问了一句,在确认刘盈肯定的回答后,闭上了双眼。

刘盈刚要告辞,又被刘邦唤住道:"四皓者,皆国中高士,你母后安车蒲轮请到京城,你定要多听彼等高见。"

刘邦没有听见刘盈走出大殿的脚步声,他再度浑昏睡过去。

四月的一天,天空忽然响过一阵惊雷,那雷声十分奇怪,先是在终南山头徘徊,接着就惊天动地般滚向长安城头。守城的军士清楚地看到一团火球朝着长乐宫飞去,落在一片桧树林中,却没有引起火灾。接着,就是铺天盖地的冰雹落了下来,在未央宫苑积了厚厚的一层。两个时辰以后,雷声渐远,直到深夜才慢慢地平息下来。

已经酷热的天气,忽地就变得十分阴冷。一直守在刘邦身边的吕雉在惊恐中度过了两个多时辰。刘邦没有因为雷声而苏醒,他一直在昏睡。雷声刚住,她就传来淳于鹤,要他为皇上诊脉施药。淳于鹤明知皇上的病已无药可治,却慑于皇后的威严而遵旨开了还魂汤。

"上天擂鼓催朕回去了。"刘邦从昏迷中醒来后第一句话就是这样,接着他又对吕雉道,"朕看见了项羽,他邀朕去对弈呢。自今日起,朕不再见臣下,所有大事委与太子、相国和御史大夫。"

吕雉扶刘邦躺下,轻轻掖了掖被角,发现他目光离散,情知没有多少时日了。吕雉强忍心中的悲痛,问刘邦道:"陛下百岁之后,萧相国去世,谁可接替相国一职?"

"曹参可。"刘邦不假思索地回答。

吕雉又问:"谁能辅佐太子成就大业呢?"

刘邦喘息了片刻，声音虽然微弱，却是很清晰："王陵可，然少憨；陈平可以辅助，然难独任；周勃厚重少文，然安刘氏者必勃也，可任为太尉。至于以后么……"一句话没有说完，又昏睡过去了。

吕雉见状，起身对伺候在一旁的春熙道："陛下若醒来，速报我知。"然后，她来到东厢，见刘盈闷闷不乐地坐在那里发呆，"四晧"则陪在身旁，一个个正襟危坐。

大家见吕雉进来，纷纷起身。吕雉抬手要大家坐下，道："陛下命在旦夕，速传王恬启，自今日起，宫门紧闭，任何人不能前来探视。"

"四晧"皆以为皇后所言甚是，东园公唐秉道："有臣等陪伴太子，皇后只管一心一意地处理朝政即可。"

刘盈只是在一旁流泪，却一句话也没有说。

吕雉见状十分失望，可当此之际又不能深说，只好道："你父皇病重，朝廷大事悉决于你，你当打起精神方可。"

午后未时，春兰从宫外回来了，直奔西厢向吕雉禀报，说萧丞相与周太尉已将京城诸事安排妥当。吕雉闻言，身子不由自主地跌坐在榻上。但她旋即坐正了身子，在心中警告自己不能倒下。

过了一会儿，春熙来报，说皇上醒过来了。吕雉得报，急忙来到殿内，见刘邦缓缓地摇着手，知道他有话说。

刘邦强睁浑浊的眼睛道："朕去日无多，朕要听着《大风歌》离开。"

"妾谨遵陛下旨意。"吕雉擦了一把泪水，转身吩咐春熙道，"速去禀报相国，命鼓乐署乐师、歌姬们进宫，为皇上演奏《大风歌》。"

大约一个时辰后，鼓乐署令带着乐师们进来了。歌者男子着银色盔甲，女子着桃色软甲，阵容也充满着出征的气氛。顷刻间，大殿外响起荡气回肠的歌声。吕雉转身回刘邦身旁，他很安静地倾听着，脸上浮现出欣慰的笑意，喉咙里传出含混不清的声音。

刘邦的灵魂离开肉体，高歌着走出大殿，踩着一团乳白色的云团，冉冉升上天空。在那里，云集着他昔日旧部，曾经血战沙场的岳恒、曾经替自己化解危机的牛良、曾经慷慨赴死的郦食其……在那里，云集着昔日的敌人项羽、范增，还有钟离眛、项庄……

刘邦回头望了一眼身下的长乐宫大殿，深情地留下一句话："别了，皇后。别了，朕的大汉江山……"

汉十二年（公元前195年）甲辰，刘邦崩于长乐宫。丁未发丧，大赦天下……

故国神游，多情当如我……
——长篇历史小说《汉高祖》后记

当第三部长篇历史小说《汉高祖》付梓之际，岁月的激流已经把我推向"白头搔更短"的"从心"届年，而与长江文艺出版社结缘也整整十年了。抚今追昔，心潮逐浪，油然生出"子在川上曰：'逝者如斯夫，不舍昼夜'"的喟叹。感谢生活给了我三千多个日日夜夜的赐予，感谢出版社"共惜此日相提携"的殷殷关爱，感谢广大读者"明月入怀"的相依相伴。

走进历史叙事领域，完全是因为我对脚下这方土地绿叶对根一样的情结和对陕西文学格局理性认知碰撞的结果。我长期生活的陕西，曾经是十三个封建王朝的兴业立国之地，周王朝"封土建邦"的煌煌业绩，秦王超建立统一的多民族国家的猎猎雄风，汉王朝构建"大一统"意识形态的雍容大气，唐王朝"汉家海内承平久，万国戎王皆稽首"的绚烂气象——它的深厚和博远，使得生于斯长于斯的我每每站在咸阳桥头，遥望"摩挲高冢卧麒麟"的五陵莽原上当年曾经的风云际会，金戈铁马，王朝兴废，心头油然耸立起"磨乾轧坤"的敬畏。因此，无论是从历史的逻辑还是从艺术的发展说，历史叙事都应当在陕西籍作家的审美视野中占有重要地位。然而，纵观中国当代文学史，陕西文学大省却是通过争奇斗艳的乡村叙事铺垫起来的。理性地把握这种格局特征，从差异中寻求突破，成为我题材选择的内在动因。

2004年，在我的第一部长篇小说《往事如歌》出版后，就把审美表达的重点转到对历史风云的关注上。从《汉武大帝》到《武则天》到《汉高祖》，一部一部作品从构思到赋笔，从修改到出版，在历史古道上策马扬鞭地驰骋，在时间波流中披星戴月地远征，在艺术芳园中耕云播雨地碌劳，在与作品中人物共历悲欢的亦泪亦笑中走过中年，走进人生的夕阳晚景。当给《汉高祖》画上最后一个句号的那一刻，我走出小区大门，来到渭河边，望着浩浩荡荡东去的渭水,回眸来路,留下风风雨雨,深深浅浅的足迹,终于因为对故乡土地奉献了一份赤子之爱而灵魂获得了一种"此心安处是吾乡"的释然和安妥。忽然想起当年《汉武大帝》出版的消息在媒体披露后,有朋友在后面点评时用了"大器晚成"四个字。自知非"大器",也不敢妄言"晚成",然而,我问自己,假定对自己的写作定位早清醒15年,那时候也不过刚过四十,该有多少事情可以做啊!当然,生活从来不接受假定,诚如海德格尔所说:"时间性是人的存在方式",把握好自己在时间流程中的"存在"与"思",才是一种自知者明的人生态度。

得以在历史叙事领域春养桑蚕,秋收冰丝,还要感谢出版社多年来的大力扶持。在十年的漫长岁月中,从结构布局的不断完善到叙事风格的切磋商定;从情节起伏的节奏调整到小说语境的润色丰盈,每一步都浸渍着编辑的心血和汗水。

著名历史小说家姚雪垠先生曾经说:"虚构应该扎根于历史的身后土壤,而不是扎根于脱离历史的空想。"这也是我与出版社的共识。多少个月色溶溶的静夜,为订正重大历史事件的具体时间,战争战役的具体地理环境,责任编辑与我在QQ空间隔空夜话,而彼此讨论更多的还是如何正确处理历史真实与艺术真实的关系。责编对出版事业崇高的使命感、对作者严肃的责任感和对作品严谨的治学精神,都统一于编者与作者相互理解、相互观照的实践中。一同"疑义相与析",又一同分享达成共识的快慰。在某种意义上,它是一种导引,使得我不断校正自己的价值取向。

记得是在2013年2月,《汉武大帝》出版不久,他就转达了出版社的意见,希望在《汉武大帝》之后,能够再写一部有关帝王的长篇小说。正是在这样的背景下,我开启了长篇历史小说《武则天》的创作旅程;它是一种创新。在双方不断深入交流,敲定作品框架结构的基础上,我每写完五章,就发给责编,责编编辑完后,再返发给我。这种基于信息时代背景的互动机制,不但为作品的进一步完善开辟了从容的空间,也加快了创作的速度。2015年10月,《武则天》比约定时间提前两个月杀青;它是一种力量,使我在人生最困难时期鼓起理想的风帆。2017年初,《武则天》出版不久,责编就转达出版社意见,希望能够继续创作同类题材,然而,五月份刚刚签约不久,我就因为突发心脏病而住院。那一刻,我万念俱灰,担心能不能完成创作。责编闻讯后,不断询问病情,激励我鼓起生活的勇气。特别是在武汉成为抗击新冠肺炎疫情前沿的日子里,每每与责编通过电脑一起分享编辑愉悦之际,心中总是充满了感激。正是这种默契,终于使得《汉高祖》得以有一个完满的结局。"此情可待成追忆""今朝都到眼前来",它的意义已经远远超出了作品打磨的本体,而升华为一种生命诗学,丰沛而又酣畅淋漓。

别林斯基说:"进行批评,这就意味着要在局部现象中探寻和揭露现象所据以显现的普遍的理性原则,并断定局部现象与理想典范之间的生动的、有机的关系的程度",他同时认为,"确定一部作品的美学优点的程度,应该是批评的第一要务。"在第三部历史题材作品即将付梓之际,我还要深切地感谢陕西乃至全国批评界的三位大家李星、畅广元和常智奇先生。他们缜密的理论思维,对作品纤悉不苟的解读,特别是对作品不足和问题的坦率指点,使得我的每一步推进减少了许多盲目性而增强了艺术自觉性。

2015年《武则天》即将出版时,我曾邀请李星老师写序,孰料他身体欠佳,但他希望书出版后,尽快送给他阅读。后来,常智奇先生撰写了七千多字的序言。2016年4月,李星老师在读了《武则天》之后,写了数百字的短信,表达他的欣悦之情。短信中对《武则天》从主题到结构,从人物塑造到话语系统,给予了充分的肯定。特别指出:"这种不跟风,忠于史实的态度,我很赞同。"我后来在散文《幸我枝叶蒙泉溉》中写道:"从某种意义上说,创作与评论的关系,有似于航舟与塔灯。要紧处一句点拨,就如同塔灯的一缕光芒,会使你受益无穷。至少在我,是一种切肤之深的体会。"

以上三点,是我十年历史题材创作旅程中不可或缺的主体和客体要素,由此而凝结为贯穿在三部作品中一些稳定的、一以贯之的观点。

坚持历史真实与艺术真实的统一,是一个历史题材写作者必须坚守的文学思维。一定要有一种敬畏历史的庄严,从历史真实出发,经过艺术审美经验历程,或主体呈现,或客观再现地抵达艺术真实。任何虚构,都不能成为离开历史真实的任意戏说,从而导致读者对历史的误读甚至扭曲历史,或将宏大的历史"碎片化""媚俗化"。明于此,我力求在作品中"客观公正地评价历史人物,再现历史的真实氛围,把人们带到更接近事实与可能的历史现场,给人以尽可能真实的历史。"(李星语)这就需要一种对民族的责任心和使命感,需要一种人格自觉。

坚持史诗性与抒情性的统一,是历史题材写作者应有的艺术视角。即使在文化多元的时代,宏大叙事仍然是拓展历史题材写作的首要选择,借把复杂的历史动因"个人化"去解构宏大叙事,或者借抒情性否定写作的史诗性选择,至少是一种不够科学、不够全面的观点。基于此,我在三部作品中,都力求体现史诗性作品要素的有机凝结,用黑格尔的话来说,就是"一种民族精神的全部世界和客观存在,经由它本身对象化成具体形象。"换言之,也就是小说的史诗性只有通过艺术形象的群体命运才能起伏跌宕地得以展示。而依照海德格尔的观点,人都是"诗意地栖居"。正是这种沉与浮、悲与欢、离与合的生命诗学,才构成了史诗性作品的抒情性,使得史诗性作品在"总体性"(卢卡奇语)上成为一部民族精神的交响。

坚持人物性格特征与生成环境的统一,是历史题材写作者的基本立足点。如果说,从人物出发,是长篇小说的必由之路,那么,对于历史题材写作就显得尤为重要。无论是刘邦、汉武帝还是武则天,他们都曾经是特定时代的杰出人物,是当时一切社会关系的总和。他们性格的形成、发展以至嬗变,都与当时时代的矛盾冲突有着密切的关系。在作品中,一方面,他们是感性的、具体的、既在的人,另一方面,又要承担特定时代的社会矛盾,"从他们身上可以现出一般心灵的各个方面,特别是全民族已发展出来的思想和行动的方式。"因此,性格与环境的统一,就成为我写作的一个执着的追求。也正是在这一点上,李星老师认为:作品"让人觉得太切合情境及人物性格了","有了以往历史小说不可比拟的书卷气"。

坚持美与崇高的统一,是历史题材写作者必须秉持的美学品格。在这三部作品中,无论是感性书写硝烟弥漫的战争风云,还是铺叙民族之间的纷争与融合,无论是书写杰出人物的政治生涯还是情感历程,无论是写统治集团内部的矛盾冲突,还是写普通百姓的悲欢疾苦,我都十分重视通过彰显人性的丰美,精神的崇高,去实现对历史的理想审美表达,从而带给读者一种"力量的美"和人的美学存在的美。

当然,确定努力目标是一回事,能否完全抵达理想彼岸是另一回事。我的努力是否达到了史诗作品的美学要求,还要经受读者的检验。正如毛姆所说:"只有读者获得乐趣和教益,才是一部作品成为经典的关键。"走笔至此,深切地感谢十年来不断给予我力量的读者,特别是身边的文朋诗友。

我将继续"辛勤地劳作,诗意地栖居在大地上"。

作者
2020 年 8 月 24 日于咸阳